澳门大学人文学院讲座教授古典学专案；
中国社会科学院创新工程首席专家项目

屈子楚辞还原（上册）

杨义 ◎ 著

中国社会科学出版社

图书在版编目(CIP)数据

屈子楚辞还原:全2册/杨义著. —北京:中国社会科学出版社,2016.7
ISBN 978－7－5161－8549－0

Ⅰ.①屈… Ⅱ.①杨… Ⅲ.①楚辞研究 Ⅳ.①I207.22

中国版本图书馆 CIP 数据核字(2016)第 157853 号

出 版 人	赵剑英	
选题策划	郭晓鸿	
责任编辑	武兴芳　熊　瑞　慈明亮　顾世宝	
责任校对	王　斐	
责任印制	戴　宽	

出　　版	中国社会科学出版社
社　　址	北京鼓楼西大街甲 158 号
邮　　编	100720
网　　址	http://www.csspw.cn
发 行 部	010－84083685
门 市 部	010－84029450
经　　销	新华书店及其他书店

印　　刷	北京君升印刷有限公司
装　　订	廊坊市广阳区广增装订厂
版　　次	2016 年 7 月第 1 版
印　　次	2016 年 7 月第 1 次印刷

开　　本	710×1000　1/16
印　　张	71.5
插　　页	2
字　　数	1180 千字
定　　价	258.00 元(全二册)

凡购买中国社会科学出版社图书,如有质量问题请与本社营销中心联系调换
电话:010－84083683
版权所有　侵权必究

总 目

(上册)

屈子楚辞还原 ………………………………………………… (1)

屈子楚辞还原内编

《史记·屈原贾生列传》笺证 ……………………………………… (3)
淮南王刘安《离骚传》及《四库全书总目提要》"楚辞类"资料通览 …… (47)
附录一 《史记·屈原贾生列传》"太史公曰"发微 ………… 张庆利(65)
附录二 沈亚之与《屈原外传》 …………………………… 陈 钧(74)
《史记·楚世家》笺证 ……………………………………………… (83)
屈氏祖源与分宗 …………………………………………………… (114)
屈原的历史文化意识 ……………………………………………… (151)

屈子楚辞还原外编

《离骚》集论 ………………………………………………………… (215)
《天问》集论 ………………………………………………………… (307)
《九歌》集论 ………………………………………………………… (380)
《九章》集论 ………………………………………………………… (447)
《远游》集论 ………………………………………………………… (534)
《卜居》《渔父》集论 ……………………………………………… (578)

（下册）

屈子楚辞还原年谱插编

屈原年谱资料长编…………………………………………（609）

屈子楚辞还原诗学编

楚辞诗学还原导言…………………………………………（751）
第一章 《离骚》的心灵史诗形态 …………………………（780）
第二章 《九歌》:"人情—神话"双构性诗学体制……………（827）
第三章 《天问》:走出神话和反思历史的千古奇诗…………（868）
第四章 《九章》的抒情诗学世界 ……………………………（903）
第五章 《远游》:文化智者的精神超越………………………（980）
第六章 《卜居》《渔父》的文体创制…………………………（1007）
第七章 《招魂》与《大招》的诗学比较………………………（1024）
第八章 《九辩》对"秋天—人生"的双重吟味………………（1068）
第九章 《文选》所载宋玉赋的诗学价值……………………（1103）

目　录

（上册）

屈子楚辞还原 …………………………………………………（1）

屈子楚辞还原内编

《史记·屈原贾生列传》笺证 …………………………………（3）
淮南王刘安《离骚传》及《四库全书总目提要》"楚辞类"资料通览 ……（47）
附录一　《史记·屈原贾生列传》"太史公曰"发微 ……… 张庆利（65）
附录二　沈亚之与《屈原外传》 ……………………… 陈　钧（74）
《史记·楚世家》笺证 …………………………………………（83）
屈氏祖源与分宗 ………………………………………………（114）
屈原的历史文化意识 …………………………………………（151）

屈子楚辞还原外编

《离骚》集论 …………………………………………………（215）
《天问》集论 …………………………………………………（307）
《九歌》集论 …………………………………………………（380）
《九章》集论 …………………………………………………（447）
《远游》集论 …………………………………………………（534）
《卜居》《渔父》集论 …………………………………………（578）

屈子楚辞还原

屈原《楚辞》作为屈氏家族诗性思维之瑰宝，于汉高祖九年（公元前196）十一月以屈、景、昭三族充实关中，而由屈氏家族传播至关中。《史记·屈原贾生列传》：太史公曰："余读《离骚》、《天问》、《招魂》、《哀郢》，悲其志。适长沙，观屈原所自沉渊，未尝不垂涕，想见其为人。及见贾生吊之，又怪屈原以彼其材，游诸侯，何国不容，而自令若是。读《鹏鸟赋》，同死生，轻去就，又爽然自失矣。"① 由此书目可知，《离骚》《天问》《招魂》都是单篇别行，《哀郢》尚未纳入《九章》系统。

《哀郢》汇辑为《九章·哀郢》，是淮南王刘安作《离骚传》、其后刘向校书中秘而作《九叹》之时。刘向《九叹》云："叹《离骚》以扬意兮，犹未殚于《九章》。长嘘吸以于悒兮，涕横集而成行。"② 洪兴祖补注《楚辞补注》卷一六《九叹章句》云："叹《离骚》以扬意兮，犹未殚于《九章》（殚，尽也。言己忧愁不解，乃叹吟《离骚》之经以扬己志，尚未尽《九章》之篇，而愁思悲结也。犹，一作独）。长嘘吸以於悒兮（嘘吸、於悒，皆啼泣貌也。嘘，一作呼），涕横集而成行（言己吟叹《九章》未尽，自知言不见省用，故长嘘吸而啼，涕下交集，自闵伤也）。"③ 这意味着已经把《哀郢》等九篇纳入了《九章》系统。

屈原《楚辞》另一条传播线索见于班固《汉书·地理志第八下》："寿春、合肥受南北湖皮革、鲍、木之输，亦一都会也。始楚贤臣屈原被谗放流，作《离骚》诸赋以自伤悼。后有宋玉、唐勒之属慕而述之，皆以显名。汉兴，高祖王兄子濞于吴，招致天下之娱游子弟，枚乘、邹阳、严

---

① （汉）司马迁：《史记·屈原贾生列传》，中华书局1959年版，第2503页。
② （宋）洪兴祖撰，白化文等点校：《楚辞补注》，中华书局1983年版，第300页。
③ 同上。

夫子之徒兴于文、景之际。而淮南王安亦都寿春，招宾客著书。而吴有严助、朱买臣，贵显汉朝，文辞并发，故世传《楚辞》。"[①] 寿春是楚失郢都后，退保于陈，其后再迁都之地。作为文学侍从之臣的宋玉、唐勒、景差也迁至寿春，使寿春成为保存屈原《楚辞》的基地。这就构成了屈原《楚辞》北传的关中一线和南传的寿春一线。

　　这些传播的《楚辞》简帛，所用是楚文字。有如许慎《说文解字叙》所言：战国之世"分为七国，田畴异亩，车途异轨，律令异法，衣冠异制，言语异声，文字异形"，因而将楚国文字隶定为汉代通行文字，加上关中、寿春南北异轨，出现传闻异辞就在所难免。在文献具备之际，汉、宋二代出现《楚辞》研究热潮，汉学重文物制度，以王逸为代表，多从儒学角度释读《楚辞》，有利于《楚辞》厕身于主流意识形态而传播不衰。宋学重义理，着力揭示巫风诗趣与史官文化之渗透，以朱熹为代表，推进《楚辞》意义之解魅。迨至20世纪下半叶，大量战国秦汉楚墓出土诸多儒、道简帛，遂使人们换一副眼光打量《楚辞》，开始了"在楚言楚"之本位研究，《楚辞》许多秘密得以大白于天下，包括许多独具风神之文本特质、巫风诗性思维与史官理性思维之互渗，以及思想文化之深度对话，均得以大白于天下。此乃思想文化史上一大快事也！

[①] （汉）班固：《汉书·地理志》，中华书局1962年版，第1668页。

屈子楚辞还原内编

《史记·屈原贾生列传》笺证

屈原者，名平，楚之同姓也。

《离骚》首句，屈原即自报家门，曰："帝高阳之苗裔兮，朕皇考曰伯庸。"① 楚武王册封长子伯庸统领夔子国，伯庸之子屈瑕乃是屈氏家族得姓氏之始祖。屈，是夔之促音（入声）。宋洪兴祖《楚辞补注》卷一六引汉代刘向《九叹·愍命》曰："冥冥深林兮，树木郁郁。山参差以崭岩兮，阜杳杳以蔽日（言己放在中野，处于深林冥冥之中，山阜高峻，树木蔽日，望之无人，但见鸟兽也），悲余心之悁悁（一作悄悄）兮，目眇眇而遗泣（遗，堕也。言己居于山林，心中愁思，目视眇眇而泣下堕也）。风骚屑以摇木兮（骚屑，风声貌），云吸吸以涌戾（吸吸，云动貌也。涌戾，犹卷戾也。言己心既忧悲，又见疾风动摇草木，其声骚屑，浮云吸吸卷戾而相随，重愁思也。涌，一作啾。戾，一作泪。〔补〕曰：涌，子小切。戾，力结切，曲也）。悲余生之无欢兮，愁倥偬于山陆（倥偬，犹困苦也。言悲念我之生遭遇乱世，心无欢乐之时，身常困苦于山陆之中也。〔补〕曰：倥偬，苦贡、走贡二切，困苦也。又音孔摠，事多也）。旦徘徊于长阪兮，夕彷徨而独宿（言己旦起徘徊，行于长阪之上，夕暮独宿山谷之间，忧且惧也）。发披披以鬤鬤兮（披披、鬤鬤，解乱貌也。鬤，古本作鬈。〔补〕曰：鬤，而羊切。鬈，匹昭切），躬劬劳而瘏悴（劬，亦劳也。《诗》云：劬劳于野。瘏，病也。《诗》云：我马瘏矣。言己履涉风露，头发解乱，而身罢病也。〔补〕曰：瘏，音徒）。鼋俚俚而南行兮

---

① （宋）洪兴祖撰，白化文等点校：《楚辞补注》，中华书局1983年版，第3页。

（佂佂，惶遽之貌。冕，一作魂。行，一作征。〔补〕曰：佂，具往切），泣沾襟而濡袂（袂，袖也。言己中心忧戚，用志不安，魂魄佂佂，惶遽南行，悲感外发，涕泣交下，沾衣袖也。濡，一作掩）。心婵媛而无告兮，口噤闭而不言（闭口为噤也。言己愁思，心中牵引而痛，无所告语，闭我之口不知所言，众皆佞伪，无可与谋也。〔补〕曰：噤，巨荫切）。违郢都之旧间兮〔间，里〕，回湘沅而远迁（言己放逐，去我郢都故间，回于湘、沅之水而远移徙，失其所之也。回，一作过）。念余邦之横陷兮（〔补〕曰：横，户孟切），宗鬼神之无次（同姓为宗。次，第也。言我思念楚国任用谗佞，将横陷危殆，己之宗族先祖鬼神，失其次第而不见祀也）。闵先嗣之中绝兮（嗣，继），心惶惑而自悲（言己伤念先祖，乃从屈瑕建立基功，子孙世世承而继之，至于己身而当中绝，心为惶惑，内自悲哀也）。聊浮游于山陕兮（陕，山侧也。〔补〕曰：与峡同），步周流于江畔（畔，界）。临深水而长啸兮，且倘佯而氾观（氾，博也。言己忧愁不能宁处，出升山侧，游戏博观，临水长啸，思念楚国，而无解已也。〔补〕曰：倘，音常。氾，音泛）。兴《离骚》之微文兮，冀灵修之一悟。还余车于南郢兮，复往轨于初古（轨，车辙也。《月令》曰：车同轨。言己虽见放逐，犹兴《离骚》之文以讽谏其君，冀其心一寤，有命还己，己复得乘车周行楚国，修古始之辙迹也。〔补〕曰"车同轨"，今《中庸》文也。古，音故）。道修远其难迁兮，伤余心之不能已（言己后或归郢，其路长远，诚难迁徙，然我心中想念于君，不能已也）。背三五之典刑兮（典，常。刑，法）。绝《洪范》之辟纪（《洪范》，《尚书》篇名，箕子所为武王陈五行之道也。言君施行，背三皇五帝之常典，绝去《洪范》之法纪，任意妄为，故失道也。〔补〕曰：辟，婢亦切）。播规矩以背度兮（播，弃），错权衡而任意（错，置也。衡，称也。所以铨物轻重也。言君弃先王之法度而不奉循，犹置衡称不以量物，更任其意而商轻重，必失道径，违人情也。〔补〕曰：错，七故切。意，有臆音）。操绳墨而放弃兮，倾容幸而侍侧（侧，旁也。言贤者执持法度而见放弃，倾头容身谗谀之人，反得亲近，侍于旁侧也。幸，一作逢）。甘棠枯于丰草兮（甘棠，杜也。《诗》云：蔽芾甘棠。〔补〕曰：《尔雅》：杜，甘棠。注云：今之杜梨），蒺棘树于中庭（堂下谓之庭。言甘棠香美之木，枯于草中而不见御，反种蒺藜棘刺之木，满于中庭，以言远仁贤、近谗贼也）。西施斥于北宫兮，仳倠倚于弥楹（西施，美女也。仳倠，丑女也。弥，犹遍也。

槛，柱也。言西施美好，弃于后宫不见进御，仳倠丑女，反倚立遍两槛之间，侍左右也。〔补〕曰：仳，步浼，倠，虎僞切。又：仳，音毗。倠，呼维切。《说文》云：丑面也。《淮南》注云：仳倠，古之丑女，音靡也）。乌获戚而骖乘兮，燕公操于马圉（乌获，多力士也。燕公，邵公也，封于燕，故曰燕公也。养马曰圉。言与多力乌获同车骖乘，令仁贤邵公执役养马，失其宜也。〔补〕曰：《孟子》曰：举乌获之任。许慎云：秦武王之力士）。蒯聩登于清府兮，咎繇弃而在壄（蒯聩，卫灵公太子也，不顺其亲，欲害其后母。清府，犹清庙也。言使蒯聩无义之人，登于清庙而执纲纪，放弃圣人咎繇于外野，政必乱，身危殆也。一作弃于壄外。一作外野。〔补〕曰：蒯，苦怪，聩，五怪切）。盖见兹以永叹兮（以，一作而），欲登阶而狐疑（言己见君亲爱恶人，斥逐忠良，诚欲进身登阶，竭尽谋虑，意中狐疑，恐遇患害也）。桒白水而高骛兮（桒，一作乘），因徙弛而长词（言己恐登阶被害，欲乘白水高驰而远游，遂清洁之志，因徙弛却退而长诀也。弛，一作弛，一作施）。叹曰：倘佯垆阪，沼水深兮（倘佯，山名也。垆，黄黑色土也。沼，池也。《诗》云：王在灵沼。言倘佯之山，其阪土玄黄，其下有池，水深而且清，宜以避世而长隐身也。〔补〕曰：《说文》：垆，黑刚土也）。容与汉渚，涕淫淫兮（汉，水名也。《尚书》曰：嶓冢导漾，东流为汉。言己将欲避世，游戏汉水之岸，心中哀悲而不能去，涕流淫淫也）。钟牙已死，谁为声兮（钟，钟子期。牙，伯牙也。言二子晓音，今皆已死，无知音者，谁为作善声也。以言君不晓忠信，亦不可为竭谋尽诚也）。纤阿不御，焉舒情兮（纤阿，古善御者。言纤阿不执辔而御，则马不为尽其力。言君不任贤者，贤者亦不尽其节）。曾哀凄欷，心离离兮（离离，剥裂貌）。还顾高丘，泣如洒兮（言己不遭明君，无御用者，重自哀伤，凄怆累息，心为剥裂，顾视楚国，悲戚泣下，如以水洒地也。〔补〕曰：洒，所宜切）。淮南王刘安都寿春，得见屈原及其后学宋玉、唐勒、景差之辞赋，故有此悲悯悽怆之作。①

　　其中"宗鬼神之无次，同姓为宗"一语甚是重要，此"同姓"二字，使屈原与楚国血脉相连，命运与共，打断骨头连着筋。此可以比照吴国之贤公子季札。《春秋公羊传》襄公二十九年载，吴阖闾弑吴王僚后，吴季子"去之延陵，终身不入吴国"。何休解诂曰："延陵，吴下邑。礼，公

---

① （宋）洪兴祖撰，白化文等点校：《楚辞补注》，中华书局1983年版，第306—309页。

子无去国之义，故不越竟。不入吴朝，既不忍讨阖庐，义不可留事。"①董仲舒《春秋繁露》卷三，也有"公子无去国之义"②的说法。从《惜诵》"思君其莫我忠兮，忽忘身之贱贫"③，以及屈原长期流放而看不见家族的照拂或庇护来看，他是已经衰落的宗族疏裔。刘向《九叹·离世》亦云："不顾身之卑贱兮，惜皇舆之不兴。出国门而端指兮，冀壹寤而锡还。哀仆夫之坎毒兮，屡离忧而逢患。"④东方朔《七谏》也称："平生于国兮，长于原野。言语讷涩兮，又无强辅。"⑤屈原虽与楚王同姓，但到此时家道已衰，等同于一个"贫士"。由此也就可以理解为何屈原曾一再感叹和向往傅说、吕望、宁戚等身份卑贱的人，曾被殷武丁、周文王、齐桓公破格提携重用。如《离骚》所言："说操筑於傅岩兮，武丁用而不疑；吕望之鼓刀兮，遭周文而得举；宁戚之讴歌兮，齐桓闻以该辅。"⑥

> 为楚怀王左徒。

史籍记载曾任左徒者，唯屈原、春申君黄歇二人，因而颇有学人将之与春申君比拟，认为其地位仅次于令尹，这种说法全然忽视了楚怀王中期与顷襄王卒年截然不同的社会大语境，以及春申君在政治出现真空时依恃"太子之傅"的操作可能性，黄歇遂使国柄倒持，"虽名相国，实楚王也"⑦。左徒是特设之要职，并非常设之职官，不宜过分攀附。"曾侯乙墓简文中的'左陞徒'即'左登徒'，'右陞徒'即'右登徒'。《战国策》中的'郢之登徒'，乃是'左登徒'或'右登徒'的省称"⑧，此说或有文献根据，如《战国策·齐策三·孟尝君出行五国章》云："孟尝君出行五国，至楚，献象床。郢之登徒直使送之，不欲行。见孟尝君门人公孙戍曰：'臣，郢之登徒也，直送象床。象床之直千金，伤此若发漂，卖妻子

---

① （汉）公羊寿传，（汉）何休解诂，（唐）徐彦疏：《春秋公羊传注疏》，北京大学出版社1999年版，第466页。
② （汉）董仲舒：《春秋繁露》，中华书局1992年版，第89页。
③ （宋）洪兴祖撰，白化文等点校：《楚辞补注》，中华书局1983年版，第123页。
④ 同上书，第287页。
⑤ 同上书，第236页。
⑥ 同上书，第38页。
⑦ （汉）司马迁：《史记·春申君列传》，中华书局1959年版，第2397页。
⑧ 裘锡圭：《中华文史论丛》1981年第3辑。

不足偿之。足下能使仆无行，先人有宝剑，愿得献之。'公孙曰：'诺。'入见孟尝君曰：'君岂受楚象床哉！'孟尝君曰：'然。'公孙戍曰：'臣愿君勿受。'孟尝君曰：'何哉？'公孙戍曰：'小国所以皆致相印于君者，闻君于齐能振达贫穷，有存亡继绝之义。小国英桀之士，皆以国事累君，诚说君之义，慕君之廉也。今到楚而受象床，所未至之国将何以待君？臣戍愿君勿受。'孟尝君曰：'诺。'公孙戍趋而去。未出，至中闺，君召而返之，曰：'子教文无受象床，甚善。今何举足之高，志之扬也？'公孙戍曰：'臣有大喜三，重之宝剑一。'孟尝君曰：'何谓也？'公孙戍曰：'门下百数，莫敢入谏，臣独入谏，臣一喜。谏而得听，臣二喜。谏而止君之过，臣三喜。输象床，郢之登徒不欲行，许戍以先人之宝剑。'孟尝君曰：'善。受之乎？'公孙戍曰：'未敢。'曰：'急受之。'因书门版曰：'有能扬文之名、止文之过，私得宝于外者，疾入谏。'"①《史记·孟尝君列传》著录此事，又云："是时楚怀王入秦，秦留之，故欲必出之。秦不果出楚怀王。"②则孟尝君率齐、韩、魏攻楚，又与韩、魏攻秦，乃在楚怀王入秦被拘禁之时，时间上存在差误。此事当发生在楚怀王十一年（周慎靓王三年，前318），屈原其时二十三岁，初任左徒而春风得意。此年五国合纵攻秦（齐国未参加攻秦），楚怀王为纵长。这里的"郢之登徒"，应是"出则接遇宾客，应对诸侯"的屈原无疑。《战国策·秦策二》汇辑战国简帛成书，亦云："秦惠王死，公孙衍欲穷张仪。李雠谓公孙衍曰：'不如召甘茂于魏，召公孙显于韩，起樗里子于国。三人者，皆张仪之雠也，公用之，则诸侯必见张仪之无秦矣。'"③此乃刘向中秘校书，整理简帛，奏呈御览之篇章，可信度极高，足可破世间掊撦西人极时髦却不搭界之理论而臆断之"屈原否定论"。楚怀王为纵长，五国合纵攻秦时，列国支持公孙衍为魏相以筹措此举，《孟子·滕文公下》云："景春曰：'公孙衍、张仪岂不诚大丈夫哉！一怒而诸侯惧，安居而天下熄。'孟子曰：'是焉得为大丈夫乎！子未学礼乎？丈夫之冠也，父命之。女子之嫁也，母命之，往送之门，戒之曰：往之女家，必敬必戒，无违夫子。以顺为正者，妾妇之道也。居天下之广居，立天下之正位，行天下之大道。得志，与民由之。

---

① （汉）刘向集录：《战国策》，上海古籍出版社1985年版，第385—387页。
② （汉）司马迁：《史记·孟尝君列传》，中华书局1959年版，第2356页。
③ （汉）刘向集录：《战国策》，上海古籍出版社1985年版，第143页。

不得志，独行其道。富贵不能淫，贫贱不能移，威武不能屈，此之谓大丈夫。"① 《庄子·杂篇·则阳》云："犀首公孙衍闻而耻之曰：'君为万乘之君也，而以匹夫从仇。衍请受甲二十万，为君攻之，虏其人民，系其牛马，使其君内热发于背，然后拔其国。忌也出走，然后抶其背，折其脊。'"② 由此亦可知，公孙衍是能够左右列国局面的，并非等闲之辈。《史记·张仪列传》云："义渠君朝于魏。犀首闻张仪复相秦，害之。犀首乃谓义渠君曰：'道远不得复过，请谒事情。'曰：'中国无事，秦得烧掇焚杅君之国。有事，秦将轻使重币事君之国。'其后五国伐秦。会陈轸谓秦王曰：'义渠君者，蛮夷之贤君也，不如赂之以抚其志。'秦王曰：'善。'乃以文绣千纯，妇女百人遗义渠君。义渠君致群臣而谋曰：'此公孙衍所谓邪？'乃起兵袭秦，大败秦人李伯之下。"③ 因而《资治通鉴》卷三"周纪三"（公元前310）总括而言，曰："（张）仪与苏秦皆以纵横之术游诸侯，致位富贵，天下争慕效之。又有魏人公孙衍者，号曰犀首，亦以谈说显名。其馀苏代、苏厉、周最、楼缓之徒，纷纭遍于天下，务以辩诈相高，不可胜纪。而仪、秦、衍最著。"④ 这种历史记载，可信度极高。

然而，若以为左徒即"左拾遗""左史""太子之傅""司徒之佐贰""莫敖""行人"，或以为春秋时"左史倚相"之职最为近之，则是以辞赋之想象而捕风捉影了。《左传·鲁昭公十二年》曰：左史倚相趋过。（楚灵）王曰："是良史也，子善视之。是能读三坟、五典、八索、九丘。"⑤"楚之所宝者……又有左史倚相，能道训典，以叙百物，以朝夕献善败于寡君，使寡君无忘先王之业；又能上下说于鬼神，顺道其欲恶，使神无有怨痛于楚国。"⑥ 此乃巫史一体。左史倚相比商鞅、孟轲、孙膑、庄周略晚，与苏秦、张仪同时，而比荀况、公孙龙、邹衍稍早，是屈原前之楚国国宝，但与屈原之为左徒，风马牛不相及。

屈原任"左徒"，时在楚怀王十一年（前318），年仅二十出头，可谓意气风发，"一生最好是少年，一年最好是青春"。蒋骥《山带阁注楚辞·楚世家节略》云："（怀王）十一年，苏秦约从，六国共攻秦，楚为

---

① （汉）赵岐注：《孟子注疏》，北京大学出版社1999年版，第162页。
② 陈鼓应：《庄子今注今译》，中华书局1983年版，第721页。
③ （汉）司马迁：《史记·张仪列传》，中华书局1959年版，第2303页。
④ （宋）司马光：《资治通鉴》（卷三），中华书局2011年版，第97—98页。
⑤ 杨伯峻：《春秋左传注》（修订本），中华书局1995年版，第1340页。
⑥ 《国语·楚语下》，上海古籍出版社1978年版，第580页。

纵长，至函谷关。秦出兵击六国，六国皆引归。"① 按：《战国策》齐助楚攻秦取曲沃，当在是年之前后。盖屈原为怀王左徒，王甚任之，乃是促成此举之重要推手。因此，蒋氏以为屈原任左徒，在怀王十一年或略早。屈夏《楚辞新注》则定屈子为左徒在怀王十一年。近世学者姜亮夫②从之，游国恩③、陈子展④虽未明言，亦大体从之。只不过《惜诵》已言："思君其莫我知（忠）兮，忽忘身之贫贱（贱贫）；事君而不贰兮，迷不知宠之门！"⑤《九辩》为屈原申冤，曰："坎廪（孤零貌）兮，贫士失职而志不平。廓落兮，羁旅而无友生！"⑥ 可见屈原是短暂风云得意之后失去宠信之近臣。《九辩》第五辩曰："愿衔枚而无言兮，尝被君之渥洽。"王逸注："前蒙宠遇，锡祉福也"⑦，"欲寂漠而绝端兮，窃不敢忘初之厚德。"⑧昙花一现的左徒风光，使屈原念念不忘于"冀君之一悟"，并开展"九死无悔"之上下求索。《离骚》以"灵修""美人""哲王""荃"等拟君，以妇妾自拟，姿态似乎近臣，而非重臣。他是参与枢要决策、造为宪令之高级智囊，在景、昭二氏秉持国柄时起制衡作用之高级政治秘书长。

屈原生平史料，由于他长期受贬黜，沦落民间，行吟泽畔，不为官方文献所载，后人多从其辞赋中捕捉某些象征性之蛛丝马迹，理解或异，疑窦重重。幸有刘向整理秘阁简帛，去其浅薄不中义理者，以类相从而成之《新序》，从中清理出史料价值相当可观之材料。《新序》卷七《节士第七》云："屈原者名平，楚之同姓大夫，有博通之知，清洁之行，怀王用之。秦欲吞灭诸侯，并兼天下。屈原为楚东使于齐，以结强党。秦国患之，使张仪之楚，货楚贵臣上官大夫、靳尚之属，上及令尹子兰、司马子椒，内赂夫人郑袖，共谮屈原。屈原遂放于外，乃作《离骚》。张仪因使楚绝齐，许谢地六百里。怀王信左右之奸谋，听张仪之邪说，遂绝强齐之大辅。楚既绝齐，而秦欺以六里。怀王大怒，举兵伐秦，大战者数，秦兵

---

① （清）蒋骥：《山带阁注楚辞》，上海古籍出版社1984年版，第23页。
② 参见姜亮夫《史记·屈原列传疏证》，《楚辞学论文集》，上海古籍出版社1984年版，第9页。
③ 游国恩：《屈原》第二节，中华书局1963年版，第22页。
④ 陈子展：《〈屈原传〉详注》，《楚辞直解》，江苏古籍出版社1988年版。
⑤ （宋）洪兴祖撰，白化文等点校：《楚辞补注》，中华书局1983年版，第123页。
⑥ 同上书，第183页。
⑦ 同上书，第189页。
⑧ 同上书，第190页。

大败楚师，斩首数万级。秦使人愿以汉中地谢，怀王不听，愿得张仪而甘心焉。张仪曰：'以一仪而易汉中地，何爱。仪请行。'遂至楚，楚囚之。上官大夫之属共言之王，王归之。是时怀王悔不用屈原之策，以至于此，于是复用屈原。屈原使齐还，闻张仪已去，大为王言张仪之罪，怀王使人追之不及。后秦嫁女于楚，与怀王欢，为蓝田之会。屈原以为秦不可信，愿勿会，群臣皆以为可会。怀王遂会，果见囚拘，客死于秦，为天下笑。怀王子顷襄王亦知群臣谄误怀王，不察其罪，反听群谗之口，复放屈原。屈原疾暗王乱俗，汶汶嘿嘿，以是为非，以清为浊，不忍见污世，将自投于渊。渔父止之，屈原曰：'世皆醉，我独醒；世皆浊，我独清。吾闻之，新浴者必振衣，新沐者必弹冠。又恶能以其泠泠，更世事之汶汶嘿嘿者哉！吾宁投渊而死。'遂自投湘水汨罗之中而死。"① 这则材料均录自刘向中秘校书时所见战国简帛，整理而奏上御览，虽不甚细密，但可得屈原生平之梗概，亦可破除所谓"屈原否定论"。

由于屈原生平材料多有从辞赋中演绎者，辞赋多杂巫风想象，与现实中的政治家屈原存在着巨大距离，必须做出应有之校正。不应将镜中幻象，简单地等同于真实之人物。比如有学者讨论《离骚》受祝辞之影响时，认为祝官在商周时期地位很高，就将屈原与祝官相比拟。根据《国语·楚语下》观射父之言，祝之地位远非巫史可比，他们必须是"先圣之后"，"能知山川之号、高祖之主、宗庙之事、昭穆之世、齐敬之勤、礼节之宜、威仪之则、容貌之崇、忠信之质、禋絜之服而敬恭明神者"②。《周礼·春官·大祝》记载了大祝"事鬼神示，祈福祥"之"六祝之辞"（顺祝、年祝、吉祝、化祝、瑞祝、策祝），还记载其掌握的六种文辞："作六辞，以通上下、亲疏、远近：一曰祠，二曰命，三曰诰，四曰会，五曰祷，六曰诔。"③ 根据汉代人的解释，"祠"通"辞"，即辞令，"命"即"聘会往来使命之辞"，"诰"就是《尚书》的《康诰》《盘庚》之类，"会"为会同盟誓之辞，"祷"谓祷于天地社稷宗庙之辞，"诔"为追念死者生前德行之辞。可见早期祝辞之范围很广，涉及国家重大的祭祀、改治、礼仪、外交等多种场合。到了战国，祝官地位日益降低，其职权范围仅限于事鬼神方面。所以《说文解字·示部》云："祝，祭主赞词者；从

---

① （汉）刘向编著，石光瑛校释：《新序校释》，中华书局2001年版，第936—949页。
② 《国语·楚语下》，上海古籍出版社1978年版，第560页。
③ （清）孙诒让：《周礼正义》，中华书局1987年版，第1992页。

示从人从口。"段玉裁注曰:"此以三字会意,以人口交神也。"特别强调了祝官在祭祀时诵读祝辞的重要作用①。《尚书·金滕》篇在前半部分详细地记载了周公以自身为质,向周之三位有德先王祷告的祝祷辞:"祝曰:'惟尔元孙某,遘厉虐疾。若尔三王是有丕子之责于天,以旦代某之身。予仁若考能,多才多艺,能事鬼神。'"② 可见西周初期,连周公也亲行祝祷之事,足见祝祷之事举足轻重。屈原《离骚》借助祝祷巫风想象,对怀王讽谏自可发挥特殊功能。由此进而认为,屈原接受了北方礼乐文化和史官文化影响,在《离骚》中表现出对巫卜结果之怀疑则可,若认为屈原浑身散发着巫祝之气,甚至将他等同于巫祝,就把辞赋中之幻象混同于真实了。屈原材料,《战国策》所载有限,因为他不属于纵横家,而且是反纵横家的。范宁《春秋穀梁传注》序曰:"盖九流分而微言隐,异端作而大义乖。"杨士勋疏曰:"《汉书·艺文志》云,孔子既没,诸弟子各编成一家之言,凡为九……七曰纵横家流,凡十二家,百七篇。盖出于行人之官。孔子曰:诵《诗》三百,使于四方,不能专对,虽多,亦奚以为?又曰:使乎!使乎!言其当权事制宜,受命不受辞,此其所长也。及邪人为之,则尚诈谖而弃其信。"③ 朝秦暮楚而不顾信义,是纵横家之弊。反观屈原,唐人罗隐《谗书》卷三有《三闾大夫意》游戏文字,曰:"(屈)原出自楚,而又仕怀王朝,虽放逐江湖间,未必有腹江湖意。及发憔悴,述《离骚》,非所以顾望逗留,抑由礼乐去楚,不得不悲吟叹息。夫礼乐不在朝廷,则在山野。苟有合乎道者,则楚之政未忘,楚之灵未去。原在朝有秉忠履直之过,是上无礼矣;在野有扬波啜醨之叹,是下无礼矣。朝无礼乐,则征诸野。野无礼乐,则楚之政不归,楚之灵不食。原,忠臣也,楚存与存,楚亡与亡,于是乎死非所怨时也。呜呼!"可见忠贞信义之存废,乃是纵横家与反纵横家之分水岭。

> 博闻强志,明于治乱,娴于辞令。入则与王图议国事,以出号令;出则接遇宾客,应对诸侯。王甚任之。

---

① 伏俊琏、张艳芳:《谈〈离骚〉受祝辞的影响》,《宁夏师范学院学报》(社会科学版) 2009 年第 4 期。
② 黄怀信:《尚书注训》,齐鲁书社 2002 年版,第 238 页。
③ (晋) 范宁集解,(唐) 杨士勋疏:《春秋谷梁传注疏》,北京大学出版社 1999 年版,第 10 页。

此处记述屈原任左徒之政治作为，是屈原政治生涯中至为璀璨之亮点。其中"任"字值得注意，近臣受到信任和宠顾，施展其政治主张，唯有这个"任"字最切中要害。其情形如《惜往日》所云："惜往日之曾信兮，受命诏以昭时。奉先功以照下兮，明法度之嫌疑。国富强而法立兮，属贞臣而日娭。"① 由此亦可知，屈原施展政治抱负之方式，一是制作可以照亮时政之宪令；二是阐明法度，整顿朝纲；三是推进忠贞之臣的任用，以使国家富强。从《列传》描述屈原左徒职掌，只及才能、行为方式而未及重大政治事件来看，他并非左右政治格局之贵族重臣，而是属于高级智囊、政治枢要秘书一类近臣。若是重臣，应有重大政治事件在其运筹中取得成功。重臣有强大家族及赫赫战功为支撑，不易撼动；近臣即便身居枢要，国君之信任是第一要紧的，一旦失去信任，就两手空空如也。

> 上官大夫与之同列，争宠而心害其能。怀王使屈原造为宪令，屈平属草稿未定。上官大夫见而欲夺之，屈平不与，因谗之曰："王使屈平为令，众莫不知，每一令出，平伐其功，以为'非我莫能为'也。"王怒而疏屈平。

屈原步入仕途至怀王十一年，政治上可谓稳步上升。怀王十一年前后至十八年，楚国多事：张仪诈楚、楚齐断交、楚秦构兵，屈原人生之噩梦由此开始。《史记·屈原列传》未能清晰描绘其本来面目，幸赖汤炳正之力作《〈屈原列传〉理惑》，才有更加切实之遵循。根据汤炳正整理后之《屈传》，史迁载屈原在政治上遭受的打击为"王怒而疏屈平""屈平既绌""是时屈原既疏，不复在位"。考之《史记》，从史迁的行文来看，"既绌""既疏"均是对"王怒而疏屈平"之同义转述。但屈原此时处境，汤炳正认为是"待放"："《荀子·大略》杨注云：'古者臣有罪，待放于境，三年不敢去，与之环则还，与之玦则绝。'屈原当时被疏情况……只是外居待放，故后来怀王曾一度召还使齐。"② 汤炳正认为，杨注本属妄言，言"古者臣有罪，待放于境"，谬矣！"待放"是臣下无罪而自我疏远的一种行为。臣子进谏并无罪过，《毛诗序》言"言之者无罪，闻之者足以

---

① （宋）洪兴祖撰，白化文等点校：《楚辞补注》，中华书局1983年版，第149—150页。
② 汤炳正：《屈赋新探》，齐鲁书社1984年版，第13页。

戒"是也。之所以叫"待放",是"臣为君讳若言有罪放之也"。杨云臣有罪而"待放",可能是误以为"待放"属于"放"的一种,此属望文生义。《公羊传》:"古者大夫已去,三年待放。君放之,非也。大夫待放,正也。"① 可知"待放"迥异于"放"也。《思美人》:"惜往日之曾信兮,受命诏以昭时。奉先功以照下兮,明法度之嫌疑。国富强而法立兮,属贞臣而日娭。秘密事之载心兮,虽过失犹弗治。心纯厖而不泄兮,遭谗人而嫉之。君含怒以待臣兮,不清澄其然否。蔽晦君之聪明兮,虚惑误又以欺。弗参验以考实兮,远迁臣而弗思。信谗谀之溷浊兮,盛气志而过之。何贞臣之无罪兮,被离谤而见尤。"② 汤炳正由此勾勒了屈原一生大起大落共经历三个阶段:第一阶段:受怀王重用时期(怀王初至怀王十六年,即前328—前312),怀王对他言听计从;第二阶段:受谗见疏(怀王十七年至怀王二十四年,即前312—前305)怀王免除他的职务;第三阶段:被放逐江汉(怀王二十五年至怀王末年,即前304—前299),后虽被怀王召回,但襄王即位后又被流放江南,直到自沉汨罗。虽然有些问题有待商量修正,但此种划分已经向《屈传》之明晰化迈进了一大步。

> 屈平疾王听之不聪也,谗谄之蔽明也,邪曲之害公也,方正之不容也,故忧愁幽思而作《离骚》。

《离骚》是中国、亦是人类第一首伟大之心灵史诗,其诗性智慧傲视群伦。《世说新语·任诞》云:"名士不必须奇才,但使常得无事,痛饮酒,熟读《离骚》,便可称名士。"③ 这部《离骚》竟然影响了士人之行为方式,散发着浓郁的逍遥落拓之名士气。据《隋书·经籍志》:"隋时有释道骞,善读之,能为楚声,音韵清切,至今传《楚辞》者,皆祖骞公之音。"汉宣帝时,九江被公能按这种"楚声"读楚词。六朝名士也能祖骞公之音读《离骚》乎?《史记·太史公自序》云:"屈原放逐,著《离骚》。"④ 在讨论屈原之历史文化意识时,既已揭示其《楚辞》二

---

① (汉)公羊寿传,(汉)何休解诂,(唐)徐彦疏:《春秋公羊传注疏》,北京大学出版社1999年版,第371—372页。
② (宋)洪兴祖撰,白化文等点校:《楚辞补注》,中华书局1983年版,第149—150页。
③ 余嘉锡撰,周祖谟等整理:《世说新语笺疏》,中华书局1983年版,第764页。
④ (汉)司马迁:《史记·太史公自序》,中华书局1959年版,第3300页。

十五篇流传有序,而且形态完整矣。阜阳汉墓竹简又作了印证。据《阜阳汉简简介》:"阜阳简中发现有两片《楚辞》,一为《离骚》残句,仅存四字;一为《涉江》残句,仅存五字,令人惋惜不已。另有若干残片,亦为辞赋之体裁,未明作者。"① 这说明最迟在汉文帝十五年(公元前165)已有屈辞抄本在贵族手中流行。班固编撰之《白虎通》记述人臣三谏待放,臣为君讳,已如前述。处置方式是免去官职,安置在城郊,时间以三年为限,三年后如果起用就赐环召回,不然则赐玦流放。待放其间,享有俸禄,以养家口,还允许祭祀宗庙。待放从形式上叫自疏,放才是放逐,有罪才能叫放。屈原第一次被放就是待放,属于自疏性质,如《离骚》所云:"何离心之可同兮,吾将远逝以自疏。"②《离骚》章末乱词说:"国无人莫我知兮,又何怀乎故都!"③ 称郢都为故都,又未远去,表明他所处地点是郊外。《史记·屈原贾生列传》云:"怀王使屈原造为宪令,屈平属草稿未定,上官大夫见而欲夺之,屈平不与,因谗之曰:'王使屈平为令,众莫不知;每一令出,平伐其功曰:'以为非我莫能为也。'王怒而疏屈平。屈平疾王听之不聪也,谗谄之蔽明也,邪曲之害公也,方正之不容也,故忧愁幽思而作《离骚》。"④ 所谓"王怒而疏"就是自疏,也就是待放。因而《卜居》开头即写道:"屈原既放,三年不得复见。竭知尽忠,而蔽障于谗,心烦虑乱,不知所从,乃往见太卜郑詹尹曰:'余有所疑,愿因先生决之。'"⑤ 劝谏失败是屈原自疏之原因,而三年不得复见君,尚能请太卜占疑决虑,也只能是待放于郊才办得到。《离骚》中反复求媒,配香草以述明礼,也就是《白虎通》所说之三年尽惓惓,冀君醒悟起用之方式,若已流放远去,当然做不了此类事情。由此,有学者认为,根据屈原作品和诸书有关材料之综合分析,《离骚》是因疏而作,写作地点是郢郊,写作时间是待郊三年未能召回之时⑥。

离骚者,犹离忧也。夫天者,人之始也;父母者,人之本也。人穷则反本,故劳苦倦极,未尝不呼天也;疾痛惨怛,未尝不呼父母

---

① 《阜阳汉简简介》,《文物》1983年第2期。
② (宋)洪兴祖撰,白化文等点校:《楚辞补注》,中华书局1983年版,第43页。
③ 同上书,第47页。
④ (汉)司马迁:《史记·屈原贾生列传》,中华书局1959年版,第2481—2482页。
⑤ (宋)洪兴祖撰,白化文等点校:《楚辞补注》,中华书局1983年版,第176页。
⑥ 黄震云:《〈离骚〉的写作时地和屈原三次"放逐"》,《南开学报》1995年第6期。

也。屈平正道直行,竭忠尽智以事其君,谗人间之,可谓穷矣。信而见疑,忠而被谤,能无怨乎?屈平之作《离骚》,盖自怨生也。

屈原之"忠"是以"直"为原则,正道直行,是正直清醒之"孤忠"之臣。"老冉冉其将至兮",可证并非年轻;"及年岁之未晏兮,时亦其犹未央"①,说明并未老迈。由此说明屈原有紧迫之时间意识,竭忠尽智以事其君,时不我待,须打破"灵修之数化"之僵局,如《离骚》所云:"老冉冉其将至兮,恐修名之不立。朝饮木兰之坠露兮,夕餐秋菊之落英。苟余情其信姱以练要兮,长顑颔亦何伤。擥木根以结茝兮,贯薜荔之落蕊。矫菌桂以纫蕙兮,索胡绳之纚纚。謇吾法夫前修兮,非世俗之所服。虽不周于今之人兮,愿依彭咸之遗则。长太息以掩涕兮,哀民生之多艰。余虽好修姱以鞿羁兮,謇朝谇而夕替。既替余以蕙纕兮,又申之以揽茝。亦余心之所善兮,虽九死其犹未悔。怨灵修之浩荡兮,终不察夫民心。"②其旨趣在于振兴国家。

《国风》好色而不淫,《小雅》怨诽而不乱,若《离骚》者,可谓兼之矣。上称帝喾,下道齐桓,中述汤武,以刺世事。明道德之广崇,治乱之条贯,靡不毕见。其文约,其辞微,其志洁,其行廉,其称文小而其指极大,举类迩而见义远。其志洁,故其称物芳。其行廉,故死而不容自疏。濯淖污泥之中,蝉蜕于浊秽,以浮游尘埃之外,不获世之滋垢,皭然泥而不滓者也。推此志也,虽与日月争光可也。

《离骚》是屈原的代表作,自问世以来就反响不一。"扬之者谓可与日月争光,抑之者且不许与狂狷比迹。"鲁迅认为,造成这种"评骘之语,遂亦纷繁"之原因,在于"一则达观于文章,一乃局蹐于诗教,故其裁决,区以别矣"③。值得注意者,《离骚》已经上升为经。《汉书·淮南衡山济北王传》曰:"淮南王安为人好书,鼓琴,不喜弋猎狗马驰骋,亦欲以行阴德拊循百姓,流名誉。招致宾客方术之士数千人,作为《内书》二

---

① (宋)洪兴祖撰,白化文等点校:《楚辞补注》,中华书局1983年版,第39页。
② 同上书,第12—14页。
③ 鲁迅:《汉文学史纲要》,人民文学出版社1973年版,第543页。

十一篇，《外书》甚众，又有《中篇》八卷，言神仙黄白之术，亦二十餘万言。时武帝方好艺文，以安属为诸父，辩博善为文辞，甚尊重之。每为报书及赐，常召司马相如等视草乃遣。初，安入朝，献所作《内篇》，新出，上爱秘之。使为《离骚传》，旦受诏，日食时上。"①既为《离骚》作传，可知《离骚》已被尊为经。因为刘安认为《离骚》兼有《国风》和《小雅》之长，几乎可以和《诗经》比肩。至于刘安作《离骚传》所用之时间，以居延破城子简为例，从黎明开始计算之时段，有平旦（鸡后鸣）、日出、蚤食、食时（食坐）、东中（禺中）、日中②。蚤食和食时在十六时制中是两个时段，如居延简505.2云："六月廿四日辛酉，日蚤食时沙头亭长受［马辛］北卒音，日食时二分，沙头卒宣付辟马卒同。"从平旦到食时差3个时段，约4.5个小时。此乃十六时制之情形。云梦《日书》乙种中有关于十二时制名称之计述，曰："［平旦］寅、日出卯、食时辰、莫时巳、日中午。"从平旦到食时差2个时辰，约4小时。即是说，淮南王刘安用了4—4.5个小时为《离骚》作传。班固《离骚序》云："昔在孝武，博览古文，淮南王安《叙离骚传》，以'《国风》好色而不淫，《小雅》怨诽而不乱，若《离骚》者，可谓兼之。蝉蜕浊秽之中，浮游尘埃之外，皭然泥而不滓，推此志，与日月争光可也'。"③洪兴祖谓，始汉武帝命淮南王刘安为《离骚传》，其书今亡。按《史记·屈原列传》云"《国风》好色而不淫，《小雅》怨诽而不乱，若《离骚》者，可谓兼之矣"；又曰"蝉蜕于浊秽，以浮游尘埃之外，不获世之滋垢，皭然泥而不滓。推此志，虽与日月争光可也。"④班固、刘勰均以为淮南王刘安语，岂太史公取其语以作传乎？据班固的《离骚序》评论《离骚传》说："五子以失家巷，谓伍子胥也，及至羿、浇、少康、二姚、有娀之佚女，皆各以所识有所损益"⑤，知《离骚传》不止《屈原列传》中窜入的两段，还有注文，当是刘向作《离骚传》以后连《离骚》原文补注奏上汉武帝御览。有若王逸《楚辞章句》所云："至于孝武，恢廓道训，使淮南王安作《离骚经章句》，则大义粲然。"⑥所以《汉书》颜师古注云，《离骚传》

---

① （汉）班固：《汉书·淮南衡山济北王传》，中华书局1962年版，第2154页。
② 尚民杰：《居延汉简时制问题探讨》，《文物》1999年第11期。
③ （宋）洪兴祖撰，白化文等点校：《楚辞补注》，中华书局1983年版，第49页。
④ （汉）司马迁：《史记·屈原贾生列传》，中华书局1959年版，第2482页。
⑤ （宋）洪兴祖撰，白化文等点校：《楚辞补注》，中华书局1983年版，第49页。
⑥ 同上书，第48页。

犹如《毛诗传》之类。《文心雕龙·辨骚》云："昔汉武爱骚，而淮南作传，以为《国风》好色而不淫，《小雅》怨诽而不乱，若《离骚》者，可谓兼之。蝉蜕秽浊之中，浮游尘埃之外，皭（一作皪）然涅而不缁，虽与日月争光可也。"① 受到屈原辞赋之熏染，这才有元鼎四年（公元前113），汉武帝幸行河东汾阴，祠后土，顾视帝京，忻然，中流歌《秋风辞》，曰："秋风起兮白云飞，草木黄落兮雁南归。兰有秀兮菊有芳，怀佳人兮不能忘。泛楼船兮济汾河，横中流兮扬素波，箫鼓鸣兮发棹歌。欢乐极兮哀情多，少壮几时兮奈老何！"刘彻酷爱辞赋，所作歌诗继承屈原《离骚》中香草美人之笔法，以佳人比拟理想、抱负，又汲取"悲秋"情调，生发出生命悲剧意识，在永恒宇宙面前发出无可奈何之叹息。全篇以时间为经，哲理为纬，创造了一首含蓄隽永之哲理歌诗。

司马迁采用《离骚传》入《屈传》时，对《渔父》"安能以皓皓之白，而蒙世俗之尘埃乎"句，《涉江》"与日月兮齐光"句，亦加以点化，融入自己的叙事之中。司马迁得见刘安《离骚传》，宋李昉等《太平御览》卷二三五《职官部三十三》云："《汉书》曰：司马喜生谈，谈为太史公。（如淳曰：《汉仪注》，太史公，武帝置，位在丞相上。天下计书先上太史公，副上丞相，序事如古《春秋》。迁死，宣帝以其官为令，行太史公文书而已。臣瓒案：《百官表》无太史公。茂陵中书司马谈为太史令）"② 应该说，太史公之爵位不在丞相上，而是当时图书典藏制度保证了太史公能够率先读到《离骚传》。然而，清人王念孙又立异说。王先谦《汉书补注》引王念孙《读书杂志·汉书第九》认为传、赋相通，刘安所作应是《离骚傅（赋）》："王念孙曰：传（傳）当为傅，傅与赋古字通。《皋陶谟》'敷纳以言'，《文纪》作傅，僖二十七年《左传》作赋。《论语·公冶长》：'可使治其赋也'，《释文》：'赋，梁武云《鲁论》作傅'。'使为《离骚傅》'者，使约其大旨而为之赋也。安辩博善为文辞，故使作《离骚赋》，下文云安'又献《颂德》及《长安都国颂》'。《艺文志》有《淮南王赋》八十二篇，事与此并相类也。若谓使解释《离骚传》，则安才虽敏，岂能旦受诏而食时成书乎？《汉纪·孝武纪》云：'上使安作《离骚赋》，旦受诏，食时毕。'高诱《淮南鸿烈解序》云：'诏使为《离

---

① （南朝梁）刘勰著，詹锳义证：《文心雕龙义证》，上海古籍出版社1989年版，第136页。
② （宋）李昉等撰：《太平御览》（卷三），河北教育出版社1994年版，第238页。

骚赋》，自旦受诏，日早食已。'此皆本于《汉书》。《御览·皇亲部十六》引此作《离骚赋》，是所见本与师古不同。"① 但《离骚传》不容怀疑，无须节外生枝，所幸犹存此传之片断，曰："《国风》好色而不淫，《小雅》怨诽而不乱，若《离骚》者，可谓兼之矣。上称帝喾，下道齐桓，中述汤武，以刺世事。明道德之广崇，治乱之条贯，靡不毕见。其文约，其辞微，其志洁，其行廉，其称文小而其指极大，举类迩而见义远。其志洁，故其称物芳。其行廉，故死而不容自疏。濯淖污泥之中，蝉蜕于浊秽，以浮游尘埃之外，不获世之滋垢，皭然泥而不滓者也。推其志也，虽与日月争光可也。"②

太史公引淮南王之言而不标其名，自有隐情。刘安（前179—前122），司马迁（前145或前135—前90），二者生卒年之交叉参差，导致司马迁使用叛变诛灭之刘安材料入《屈原列传》，必须采用隐晦方式。汉武帝元封元年（前110）司马谈去世，三年之后，司马迁承袭父职，任太史令，汉武帝太初元年（前104），司马迁与唐都、落下闳等共同订立"太初历"，将秦代使用之颛顼历以十月为岁首，改为以正月为岁首，从而为中国农耕社会奠定了其后两千年来所尊奉的历法基础。此后司马迁便潜心修撰《太史公书》。岂料横祸飞来，天汉二年（前99），李陵出击匈奴，兵败投降，汉武帝震怒。司马迁为李陵辩护，获罪被判腐刑（阉割生殖器官之酷刑）。公元前96年（太始元年）获赦出狱，做了中书令，执掌皇帝之文书机要。他深感"人固有一死，或重于泰山，或轻于鸿毛，用之所趋异也"③。为了完成父亲遗愿，发愤著书，全力写作《史记》，用了15年"䌷史记石室金匮之书"，践履"先人有言：自周公卒五百岁而有孔子。孔子卒后至于今五百岁，有能绍明世，正易传，继春秋，本诗书礼乐之际，意在斯乎！意在斯乎！小子何敢让焉"④ 之遗愿，发愤修史，于征和二年（前91），大约55岁那年终于完成了全书之撰修。司马迁以"究天人之际，通古今之变，成一家之言"之史识，成就了《史记》——中国历史上第一部纪传体通史。《史记》发凡起例，成为历代史家之祖。全书计一百三十篇，五十二万六千五百余字，囊括十二本纪、三十世家、七

---

① （清）王念孙：《读书杂志》，中华书局1983年版，第1025页下栏。
② （汉）司马迁：《史记》，中华书局1959年版，第2482页。
③ （汉）班固：《汉书》，中华书局1964年版，第2732页。
④ 同上书，第2717页。

十列传、十表、八书,被视为"实录、信史",鲁迅称之为"史家之绝唱,无韵之《离骚》"。但其时刘安叛逆覆灭不久,故司马迁取《离骚传》文字入《屈传》时,姑隐作者之名,此可谓煞费苦心。

　　章太炎曾谓:"《屈原传》乃本淮南王。"①《史记会注考证》引董份曰:"《屈原传》大概汉武帝命淮南王安为原作者也,太史公全用其语。"又引洪兴祖语,曰:"岂太史公取淮南语以作传乎!"杨树达更指出:"郭(沫若)先生说,太史公作《屈原传》曾参考《离骚传》。据我看,这篇《屈原传》可能全本《离骚传》,不仅止参考罢了。'国风好色而不淫'那几句,与班固引文相同,不待说了。就是中间解释《离骚》命名的意义,说做《离骚》的原因,显然是《离骚传》中应有不可缺的文字,古史家全录他人的文字,并不稀奇。《汉书·司马迁传》与《扬雄传》抄写他们两人的自序,是其显证。恐怕班固这种做法,正是由太史公钞录《离骚传》的榜样模仿得来,也未可知。"②刘安所都之寿春,又是楚国灭亡前之国都,从楚考烈王至王负刍前后都此十九年,故楚之宗族遗老、巫师文士,尤其是宋玉、唐勒及其后学,多云集于此,灿烂辉煌的《楚辞》文化得以保存与流传,也当于斯为盛。这也为刘安治骚,提供了得天独厚之地理文化沃土。如《汉书·地理志第八下》所云:"寿春、合肥受南北湖皮革、鲍、木之输,亦一都会也。始楚贤臣屈原被谗放流,作《离骚》诸赋以自伤悼。后有宋玉、唐勒之属慕而述之,皆以显名。汉兴,高祖王兄子濞于吴,招致天下之娱游子弟,枚乘、邹阳、严夫子之徒兴于文、景之际。而淮南王安亦都寿春,招宾客著书。而吴有严助、朱买臣,贵显汉朝,文辞并发,故世传《楚辞》。"③《史记·屈原贾生列传》亦云:"屈原既死之后,楚有宋玉、唐勒、景差之徒者,皆好辞而以赋见称。然皆祖屈原之从容辞令,终莫敢直谏。其后楚日以削,数十年竟为秦所灭。"④屈原《楚辞》流传有序,且保存完整形态。

　　　　屈平既绌,其后秦欲伐齐,齐与楚从亲,惠王患之。

---

① 章太炎:《读太史公书》,《制言》半月刊,第 23 期。
② 杨树达:《积微居小学述林·〈离骚传〉与〈离骚赋〉》,中华书局 1983 年版,第 262 页。
③ (汉)班固:《汉书·地理志》,中华书局 1962 年版,第 1668 页。
④ (汉)司马迁:《史记·屈原贾生列传》,中华书局 1959 年版,第 2491 页。

可知楚、齐合纵，乃是对抗虎狼之秦的关键，这一点把握住了，就握住了当时国际局势之牛鼻绳。屈原力挺这种外交政策，是有全局在胸的。屈原时代虽然时局维艰，但并非没有力挽狂澜之可能、拯救重振之希望。但楚怀王日渐信用奸邪，摇摆于秦、齐之间，遂导致首鼠两端，在秦国之"诈术"中一步步走向深渊。到了随后之宋玉时代，楚之亡国迹象更是彰显，宋玉《九辩》所述："愿自往而径游兮，路壅绝而不通。欲循道而平驱兮，又未知其所从。然中路而迷惑兮，自压按而学诵。"① 季世浓雾弥漫，使他感觉无路可走，不知所措，正如《礼记·乐记》所言："亡国之音哀以思，其民困。"② 时代变迁影响了屈、宋辞赋风格，屈辞有强烈之政治性，宋赋则散发着婉曲之个人性。

  乃令张仪佯去秦，厚币委质事楚，曰："秦甚憎齐，齐与楚从亲，楚诚能绝齐，秦愿献商、於之地六百里。"楚怀王贪而信张仪，遂绝齐，使使如秦受地。张仪诈之曰："仪与王约六里，不闻六百里。"楚使怒去，归告怀王。怀王怒，大兴师伐秦。秦发兵击之，大破楚师于丹、浙，斩首八万，虏楚将屈匄，遂取楚之汉中地。怀王乃悉发国中兵以深入击秦，战于蓝田，魏闻之，袭楚至邓。楚兵惧，自秦归。而齐竟怒不救楚，楚大困。

丹阳、蓝田之战，是楚国势力之转捩点，也是屈氏家族之转捩点。楚怀王一是贪婪张仪诈称之"六百里地"，二是绝齐而未作外交修复，便仓促倾楚国之兵与秦国决战，丧师辱国在所必然。大将军屈匄是屈原家族之父辈，他之惨败被俘，与屈原被黜，宣告屈氏家族在楚国政坛之破产。为哀悼在丹阳、兰田大战中死去之楚国将士，屈原作《九歌·国殇》："操吴戈兮披犀甲，车错毂兮短兵接。旌蔽日兮敌若云，矢交坠兮士争先。凌余阵兮躐余行，左骖殪兮右刃伤。霾两轮兮絷四马，援玉枹兮击鸣鼓。天时坠兮威灵怒，严杀尽兮弃原野。出不入兮往不反，平原忽兮路超远。带长剑兮挟秦弓，首身离兮心不惩。诚既勇兮又以武，终刚强兮不可凌。身既死兮神以灵，魂魄毅兮为鬼雄。"③《九歌》不必作于一时，《国殇》之

---

① （宋）洪兴祖撰，白化文等点校：《楚辞补注》，中华书局1983年版，第191页。
② （汉）郑玄注，（唐）孔颖达疏：《礼记正义》，北京大学出版社1999年版，第1077页。
③ （宋）洪兴祖撰，白化文等点校：《楚辞补注》，中华书局1983年版，第82—83页。

加入，为之增添了不少"诚既勇兮又以武""子魂魄兮为鬼雄"的阳刚壮烈之气。在其他作品之自然神人性化中，增加了血性之刚毅，为整部《九歌》增色不少。

  明年，秦割汉中地与楚以和。楚王曰："不愿得地，愿得张仪而甘心焉。"张仪闻，乃曰："以一仪而当汉中地，臣请往如楚。"如楚，又因厚币用事者臣靳尚，而设诡辩于怀王之宠姬郑袖。怀王竟听郑袖，复释去张仪。是时屈平既疏，不复在位，使于齐，顾反，谏怀王曰："何不杀张仪？"

  楚怀王可谓昏庸透顶矣，不愿得汉中地以自固国家根基，只求泄私愤而"愿得张仪"，可是被张仪一番耍弄后，又轻而易举地"释去张仪"，简直是拿严峻之政治较量，开天大之玩笑。《史记·张仪列传》云："秦要楚欲得黔中地，欲以武关外易之。楚王曰：'不愿易地，愿得张仪而献黔中地。'秦王欲遣之，口弗忍言。张仪乃请行。惠王曰：'彼楚王怒子之负以商於之地，是且甘心于子。'张仪曰：'秦强楚弱，臣善靳尚，尚得事楚夫人郑袖，袖所言皆从。且臣奉王之节使楚，楚何敢加诛？假令诛臣而为秦得黔中之地，臣之上愿。'遂使楚。楚怀王至则囚张仪，将杀之。靳尚谓郑袖曰：'子亦知子之贱于王乎？'郑袖曰：'何也？'靳尚曰：'秦王甚爱张仪而不欲出之，今将以上庸之地六县赂楚，以美人聘楚，以宫中善歌讴者为媵。楚王重地尊秦，秦女必贵而夫人斥矣。不若为言而出之。'于是郑袖日夜言怀王曰：'人臣各为其主用。今地未入秦，秦使张仪来，至重王。王未有礼而杀张仪，秦必大怒攻楚。妾请子母俱迁江南，毋为秦所鱼肉也。'怀王后悔，赦张仪，厚礼之如故。"[①] 张仪脱身之后，楚怀王又不追究造成这种结果之楚国朝政吏治之糜烂症结，任由一个大国在浑浊不堪中运转。《韩非子·内储说下六微第三十一》又云："魏王遗荆王美人，荆王甚悦之。夫人郑袖知王悦爱之也，亦悦爱之，甚于王。衣服玩好，择其所欲为之。王曰：'夫人知我爱新人也，其悦爱之甚于寡人，此孝子所以养亲，忠臣之所以事君也。'夫人知王之不以己为妒也，因为新人曰：'王甚悦爱子，然恶子之鼻，子见王，常掩鼻，则王长幸子矣。'于

[①] （汉）司马迁：《史记·张仪列传》，中华书局1959年版，第2288—2289页。

是新人从之，每见王，常掩鼻。王谓夫人曰：'新人见寡人常掩鼻，何也？'对曰：'不已知也。'王强问之，对曰：'顷尝言恶闻王臭。'王怒曰：'劓之。'夫人先诫御者曰：'王适有言，必可从命。'御者因揄刀而劓美人。"① 何物郑袖，怪招百弄，竟然把堂堂楚国之朝纲外交搅得糜烂不堪，良可叹也。

是时屈原既黜，不复在位，但他还是三闾大夫，可以奉命出使于齐。《礼记·曲礼下》云："去国三世，爵禄有列于朝，出入有诏于国。"郑玄注："诏，告也，谓与卿大夫凶吉往来相赴告。"② 屈原使齐，有礼制根据。联齐抗秦，是他一贯主张，大国联手，当会势力倍增。如《离骚》所云："忽反顾以游目兮，将往观乎四荒。佩缤纷其繁饰兮，芳菲菲其弥章。民生各有所乐兮，余独好修以为常。虽体解吾犹未变兮，岂余心之可惩。"③ 屈原联齐抗秦之愿心，不会因郑袖、张仪之拨弄而动摇，反而坚定到了"虽体解吾犹未变兮"之程度。因而唐宋诗人对比屈原与郑袖在楚怀王世之政治作为，大为感慨，便有杜牧《题武关》诗加以针砭云："碧溪留我武关东，一笑怀王迹自穷。郑袖娇娆酣似醉，屈原憔悴去如蓬。山墙谷堑依然在，弱吐强吞尽已空。今日圣神家四海，戍旗长卷夕阳中。"曾巩《晚望》诗亦云："蛮荆人事几推移，旧国兴亡欲问谁。郑袖风流今已尽，屈原辞赋世空悲。"

> 其后诸侯共击楚，大破之，杀其将唐眛。
> 时秦昭王与楚婚，欲与怀王会。怀王欲行，屈平曰："秦虎狼之国，不可信，不如毋行。"怀王稚子子兰劝王行："奈何绝秦欢！"怀王卒行。

楚怀王晚年对国家及自身之安危，浑无主见，往往被拨弄于一些把国家和国君安危视同儿戏之人的三言两语之中。历史之悲剧，表现为喜剧之形态，更增其悲剧之浓度。《史记·楚世家》谓：楚怀王三十年，秦复伐楚，取八城。秦昭王遗楚王书曰："始寡人与王约为弟兄，盟于黄棘，太

---

① （清）王先慎撰，钟哲点校：《韩非子集解》，中华书局1998年版，第250—251页。
② （汉）郑玄注，（唐）孔颖达疏：《礼记正义》（全三册），北京大学出版社1999年版，第109页。
③ （宋）洪兴祖撰，白化文等点校：《楚辞补注》，中华书局1983年版，第18页。

子为质，至欢也。太子陵杀寡人之重臣，不谢而亡去，寡人诚不胜怒，使兵侵君王之边。今闻君王乃令太子质于齐以求平。寡人与楚接境壤界，故为婚姻，所从相亲久矣。而今秦楚不欢，则无以令诸侯。寡人原与君王会武关，面相约，结盟而去，寡人之原也。敢以闻下执事。"楚怀王见秦王书，患之。欲往，恐见欺；无往，恐秦怒。昭雎曰："王毋行，而发兵自守耳。秦虎狼，不可信，有并诸侯之心。"怀王子子兰劝王行，曰："奈何绝秦之欢心！"于是往会秦昭王。① 入武关，秦伏兵绝其后，因留怀王，以求割地。怀王怒，不听。亡走赵，赵不内。复之秦，竟死于秦而归葬。

宋洪兴祖补注《楚辞补注》卷一《离骚经章句第一》云："恐鹈鴂之先鸣兮（鹈鴂，一名买䥦，常以春分鸣也。鹈，一作鶗。五臣云：鶗鴂，秋分前鸣，则草木凋落。〔补〕曰：鹈，音提。鴂，音决。一音弟桂，一音珍绢。《反离骚》云：徒恐鹈鴃之将鸣兮，顾先百草为不芳。颜师古云：鶗鴂，一名买䥦，一名子规，一名杜鹃，常以立夏鸣，鸣则众芳皆歇。鴃与鴂同，䥦音诡。《思玄赋》云：恃知己而华予兮，鶗鴂鸣而不芳。注云：以秋分鸣。李善云：《临海异物志》：鶗鴂，一名杜鹃，至三月鸣，昼夜不止。服虔曰：鶗鴂，一名鵙，伯劳也。顺阴阳气而生。按《禽经》云：巂周，子规也。江介曰子规，蜀右曰杜宇。又曰：鶗鴂鸣而草衰。注云：鶗鴂，《尔雅》谓之鵙，《左传》谓之伯赵，然则子规、鶗鴂，二物也。《月令》：仲夏鵙始鸣。说者云：五月阴气生于下，伯劳夏至，应阴而鸣。《诗》曰：七月鸣鵙。笺云：伯劳鸣，将寒之候也。五月则鸣，幽地晚寒。《左传》：伯赵氏司至也。注云：伯劳以夏至鸣，冬至止。陆佃《埤雅》云：阴气至而鵙鸣，故百草为之芳歇。《广韵》曰：鶗鴂，关西曰巧妇，关东曰鹈鴂，春分鸣则众芳生，秋分鸣则众芳歇。未详），使夫百草为之不芳（言我恐鹈鴂以先春分鸣，使百草华英摧落，芬芳不得成也。以喻谗言先至，使忠直之士蒙罪过也。草，一作艸，一作卉。一无'夫'字。一无'为'字。〔补〕曰：《尔雅》疏云：百卉，犹百草也。《诗》云：百卉具腓）。何琼佩之偃蹇兮（偃蹇，众盛貌。佩，一作珮），众薆然而蔽之（言我佩琼玉，怀美德，偃蹇而盛，众人薆然而蔽之，伤不得施用也。五臣云：薆，亦盛也。〔补〕曰：薆，音爱。《方言》云：掩、翳，薆也。注云：谓薆蔽也）。惟此党人之不谅兮（谅，信。一作亮），恐嫉妒而折

---

① （汉）司马迁：《史记·楚世家》，中华书局1959年版，第1727—1728页。

之（言楚国之人，不尚忠信之行，共嫉妒我正直，必欲折挫而败毁之也）。时缤纷其变易兮（其，一作以。五臣云：缤纷，乱也），又何可以淹留（言时世溷浊，善恶变易，不可以久留，宜速去也）。兰芷变而不芳兮，荃蕙化而为茅（言兰芷之草，变易其体，而不复香。荃蕙化而为茅，失其本性也。以言君子更为小人，忠信更为佞伪也。五臣云：茅，恶草，以喻谗臣。〔补〕曰：上云谓幽兰其不可佩，以幽兰之别于艾也。谓申椒其不芳，以申椒之别于粪壤也。今曰兰芷不芳，荃蕙为茅，则更与之俱化矣。当是时，守死而不变者，楚国一人而已，屈子是也）。何昔日之芳草兮（草，一作艹，一作卉），今直为此萧艾也（言往昔芬芳之草，今皆直为萧艾而已。以言往日明智之士，今皆佯愚，狂惑不顾。一无'萧'字，一无'也'字。〔补〕曰：颜师古云：《齐书》太祖云：诗人采萧。萧即艾也。萧自是香蒿，古祭祀所用，合脂爇之以享神者。艾即今之灸病者。名既不同，本非一物。《诗》云：彼采萧兮，彼采艾兮。是也。《淮南》曰：膏夏紫芝，与萧艾俱死。萧艾贱草，以喻不肖）。岂其有他故兮，莫好修之害也（言士民所以变曲为直者，以上不好用忠正之人，害其善志之故。一无'也'字。五臣云：明智之士佯愚者，为君不好修洁之士，而自损害。〔补〕曰：时人莫有好自修洁者，故其害至于荃蕙为茅，芳草为艾也）。余以兰为可恃兮（兰，怀王少弟，司马子兰也。恃，怙也。〔补〕曰：《史记》：秦昭王欲与怀王会，屈平曰：'秦虎狼之国，不可信，不如无行。'怀王稚子子兰劝王行：'奈何绝秦欢。'怀王卒行，入武关，秦伏兵绝其后，因留怀王。子顷襄王立，以其弟子兰为令尹。然则子兰乃怀王少子，顷襄之弟也），羌无实而容长（实，诚也。言我以司马子兰怀王之弟，应荐贤达能，可怙而进，不意内无诚信之实，但有长大之貌，浮华而已。五臣云：无实，无实材。〔补〕曰：长，平声）。委厥美以从俗兮（委，弃），苟得列乎众芳（言子兰弃其美质正直之性，随从谄佞，苟欲列于众贤之位，无进贤之心也。〔补〕曰：子兰有兰之名，无兰之实。虽与众芳同列，而无芬芳也）。椒专佞以慢慆兮（椒，楚大夫子椒也。慆，淫也。慢，一作谩。《释文》作嫚。慆，一作谄。〔补〕曰：《古今人表》有令尹子椒。慆，它刀切。《书》曰：无即慆淫。注云：慆，慢也），樧又欲充夫佩帏（樧，茱萸也，似椒而非，以喻子椒似贤而非贤也。帏，盛香之囊，以喻亲近。言子椒为楚大夫，处兰芷之位，而行淫慢佞谀之志，又欲援引面从不贤之类，使居亲近，无有忧国之心，责之也。夫，一作其。五臣云：子椒列大夫位，在君左右，如茱萸之在香囊，妄充佩带，而无芬芳。〔补〕曰：樧，音杀。《尔雅》曰：椒樧丑萊。注云：樧，似茱萸而小，赤色。子椒佞而似义，犹樧之似椒也。子兰既已无兰之实而列乎众芳矣，子椒又欲以似椒之质充夫佩帏也）。既干进而务入兮（干，求。而，一作以），又何芳之能祗（祗，敬也。言子椒苟欲自进，求入于君，身得爵禄而已，复何能敬爱贤人，而举用之也）。固时俗之流从兮（一作从流。一本'从'误作'徙'），又孰能无变化（言时世俗人随从上化，若水之流。二子复以谄谀之行，众人谁有不变节而从之者乎。疾之甚也。五臣云：固此谄佞之俗，流行相从，谁能不变节随时以容身乎？览椒兰其若兹兮，又况揭车与江离？（言观子椒、子兰变志若此，况朝廷众臣，而不为佞媚以容其身邪？揭，一作擖。离，一作蓠。〔补〕曰：子椒、子兰宜有椒兰之芬芳，而犹若是，况众臣若揭车、江离者乎。揭车、江离，皆香草，不若椒兰之盛也。《列子》曰：臭过椒兰。《荀子》曰：椒兰苾芬）。惟兹佩之可贵兮（之，一作其），委厥美而历兹（历，逢也。言己内行忠正，外佩众香，此诚可贵重，不意明君弃其至美，而逢此咎也。〔补〕曰：上云委厥美以从俗，言子兰之自弃也。此云委厥美而历兹，言怀王之见弃也）。芳菲菲而难亏兮（兮，歇。而，一作其。亏，一作𧇾），芬至今犹未沫（沫，已也。言己所行纯美，芬芳勃勃，诚难亏歇，久而弥盛，至今尚未已也。芬芳，一作芬芬。勃，一作浡。〔补〕曰：《说文》云：芬，草初生，其香分布。沫，音昧，微晦也。《易》曰：日中见沫。《招魂》曰：身服义而未沫）。和调度以自娱兮，聊浮游而求女（言我虽不见用，犹和调己之行度，执守忠贞以自娱乐，且徐徐浮游，以求同志也。五臣云：汝，同志人也。度，法度也。〔补〕曰：和调，重言之也。女，纽吕切）。及余饰之方壮兮，周流观乎上下（上谓君，下谓臣也。言我愿及年德方盛壮之时，周流四方，观君臣之贤，欲往就之也。〔补〕曰：高余冠之岌岌兮，长余佩之陆离，所谓余饰之方壮也。周流观乎上下，犹言周流乎天余乃下也。下，音户）。"① 由《离骚》中"兰芷变而不芳兮""椒专佞以慢慆兮""览椒兰其若兹兮"诸句，洪兴祖坐实乃指楚怀王少子子兰、子椒之变质荒唐，使楚国政治愈益深沉陷入无可救药之地步。

然而，秦昭王所忧虑者，依然是"今闻君王乃令太子质于齐以求平"，

---

① （宋）洪兴祖撰，白化文等点校：《楚辞补注》，中华书局1983年版，第39—42页。

若楚、齐联手，秦人将陷入战略被动之境地，这是秦人千方百计欲拆开之连环扣。而楚怀王、顷襄王却往往自毁连环扣，可悲也哉！另外值得注意者，《屈原列传》记屈原之言，《楚世家》记昭雎之言，而不记屈原，昭雎乃是作为"太子之傅"，拥立顷襄王，日后官至令尹之重臣。屈原之言与之相同，而不入《楚世家》之记载，可见屈原身份使其生平材料难入朝廷史官之记载，"屈原否定论"者正是钻了史官之缝隙。他们之立场，岂非与子兰、子椒及其支配之史官相仿佛乎！

  长子顷襄王立，以其弟子兰为令尹。楚人既咎子兰以劝怀王入秦而不反也。

  屈平既嫉之，虽放流，眷顾楚国，系心怀王，不忘欲反，冀幸君之一悟，俗之一改也。其存君兴国而欲反覆之，一篇之中三致志焉。然终无可奈何，故不可以反，卒以此见怀王之终不悟也。人君无愚智贤不肖，莫不欲求忠以自为，举贤以自佐，然亡国破家相随属，而圣君治国累世而不见者，其所谓忠者不忠，而所谓贤者不贤也。怀王以不知忠臣之分，故内惑于郑袖，外欺于张仪，疏屈平而信上官大夫、令尹子兰。兵挫地削，亡其六郡，身客死于秦，为天下笑。此不知人之祸也。易曰："井泄不食，为我心恻，可以汲。王明，并受其福。"王之不明，岂足福哉！

  令尹子兰闻之大怒，卒使上官大夫短屈原于顷襄王，顷襄王怒而迁之。

王逸《离骚》前叙云："……（怀）王乃疏（《楚辞补注》：疏，一作逐）屈原。屈原执履忠贞而被谗邪，忧心烦乱，不知所愬，乃作《离骚经》。离，别也。骚，愁也。经，径也。言己放逐离别，中心愁思，犹依道径，以风谏君也……冀君觉悟，反于正道而还己也……其子襄王复用谗言，迁屈原于江南。屈原放在草野，复作《九章》，援天引圣，以自证明，终不见省。不忍以清白久居浊世，遂赴汨渊自沉而死……"① 令尹子兰对自己言论造成楚怀王入秦被拘客死，毫无悔愧之心，反而倒打一耙，将仗义执言之屈原推向流放之泥潭。怀王三十年，屈原回到郢都。同年，秦约怀王武关相会，屈原力劝不可，然而怀王的小儿子子兰等却力主怀王入

---

① 洪兴祖撰，白化文等点校：《楚辞补注》，中华书局1983年版，第2页。

秦，怀王亦不听屈原等人劝告，结果会盟之日即被秦扣留，三年后客死异国。在怀王被扣后，顷襄王接位，子兰任令尹，楚秦邦交一度断绝。但顷襄王七年，竟然与秦结为婚姻，以求苟安。由于屈原是明白子兰对怀王屈辱而死负有责任之当事人，子兰便向顷襄王造谣诋毁屈原，将之流放到沅、湘一带，时间当为顷襄王十三年前后。顷襄王时楚国政治之是非邪正颠倒，糜烂到了不可救药之地步，于此可见一斑。

  屈原至于江滨，被发行吟泽畔。颜色憔悴，形容枯槁。渔父见而问之曰："子非三闾大夫欤？何故而至此？"屈原曰："举世混浊而我独清，众人皆醉而我独醒，是以见放。"渔父曰："夫圣人者，不凝滞于物而能与世推移。举世混浊，何不随其流而扬其波？众人皆醉，何不哺其糟而啜其醨？何故怀瑾握瑜而自令见放为？"屈原曰："吾闻之，新沐者必弹冠，新浴者必振衣，人又谁能以身之察察，受物之汶汶者乎！宁赴常流而葬乎江鱼腹中耳，又安能以皓皓之白而蒙世俗之温蠖乎（王逸本：蒙世俗之尘埃乎）！"

此处引《渔父》而少了结尾：渔父莞尔而笑，鼓枻而去，乃歌曰："沧浪之水清兮，可以濯吾缨。沧浪之水浊兮，可以濯吾足。"遂去不复与言。① 王逸《章句》取义于《屈原列传》，将之系于屈原流放江南之时，曰："《渔父》者，屈原之所作也。屈原放逐，在江、湘之间，忧愁叹吟，仪容变易。而渔父避世隐身，钓鱼江滨，欣然自乐。时遇屈原川泽之域，怪而问之，遂相应答。楚人思念屈原，因叙其辞以相传焉。"② 王逸谓沧浪之水"在江、湘之间"，误矣。沧浪之水乃汉江之一段，如清人顾祖禹《读史方舆纪要》卷七九所云："汉江：州北四十里，自郧阳府流入，又东南入光化县界。《志》云：汉水在州境亦名沧浪水。《禹贡》：又东为沧浪之水，正谓此矣。水中有沧浪洲，或讹为千龄洲。州东十五里有渔梁滩，东南十五里有乱石滩，又东南五里为石门滩，又东南十五里为大浪滩，又州境有鹳门河口等滩，盖皆汉水所经矣。"③《孟子·离娄上》亦云："有孺子歌曰：'沧浪之水清兮，可以濯我缨。沧浪之水浊兮，可以濯

---

① （宋）洪兴祖撰，白化文等点校：《楚辞补注》，中华书局1983年版，第180—181页。
② 同上书，第179页。
③ （清）顾祖禹撰，贺次君等点校：《读史方舆纪要》，中华书局2005年版，第3727页。

我足。'孔子曰：'小子听之。清斯濯缨，浊斯濯足矣，自取之也。夫人必自侮，然后人侮之；家必自毁，而后人毁之；国必自伐，而后人伐之。《太甲》曰：天作孽，犹可违。自作孽，不可活。此之谓也。'"① 孔子足迹只及楚国北境，因而其所闻之《孺子歌》不可能在"在江、湘之间"。屈原《渔父》也只能是在汉北时所作，其时屈原不在朝，却依然职掌三闾大夫。东汉王逸《楚辞章句》卷七云："《渔父》者，屈原之所作也。屈原放逐，在江、湘之间，忧愁叹吟，仪容变易。而渔父避世隐身，钓鱼江滨，欣然自乐。时遇屈原川泽之域，怪而问之，遂相应答。楚人思念屈原，因叙其辞以相传焉。屈原既放（身斥逐也），游于江潭（戏水侧也），行吟泽畔（履荆棘也），颜色憔悴（肝黬，黑也），形容枯槁（癯瘦瘠也）。渔父见而问之（怪屈原也）曰：'子非三闾大夫与？（谓其故官）何故至于斯？'（曷为遭此患也。《史记》云：何故而至此）屈原曰：'举世皆浊我独清（众贪鄙也。志洁己也），众人皆醉我独醒（惑财贿也。廉自守也），是以见放。'（弃草野也）渔父曰：（隐士言也）'圣人不凝滞于物（不困辱其身也），而能与世推移（随俗方圆）。世人皆浊（人贪婪也），何不淈其泥而扬其波？（同其风也，与沉浮也）众人皆醉，何不哺其糟而啜其醨？（巧佞曲也，从其俗也，食其禄也）何故深思高举，独行忠直，自令放为？'（远在他域）屈原曰：吾闻之（受圣人之制也），新沐者必弹冠（拂土坌也），新浴者必振衣（去尘秽也），安能以身之察察（己清洁也），受物之汶汶者乎？（蒙垢尘也）宁赴湘流（自沉渊也），葬于江鱼之腹中（身消烂也），安能以皓皓之白（皓皓，犹皎皎也），而蒙世俗之尘埃乎？（被点污也）渔父莞尔而笑（笑离断也），鼓枻而去（叩船舷也）。歌曰：（一本歌上有'乃'字）'沧浪之水清兮（喻世昭明），可以濯吾缨（沐浴升朝廷也）；沧浪之水浊兮（喻世昏暗），可以濯吾足（宜隐遁也）。'遂去，不复与言（合道真也）。"② 王逸谓"屈原放逐，在江、湘之间"，误矣。沧浪之水，乃汉江之一段，清人胡渭《禹贡锥指》卷一四上、顾祖禹《读史方舆纪要》卷一二四辩之甚详。这就引发唐人刘威《三闾大夫》诗之无限感慨，诗云："三闾一去湘山老，烟水悠悠痛古今。青史已书殷鉴在，词人劳咏楚江深。竹移低影潜贞节，月入中流洗恨心。

---

① （汉）赵岐注：《孟子注疏》，北京大学出版社1999年版，第196页。
② （宋）洪兴祖撰，白化文等点校：《楚辞补注》，中华书局1983年版，第179—181页。

再引离骚见微旨，肯教渔父会升沉。"

乃作怀沙之赋。其辞曰：
陶陶（原文作"滔滔"）孟夏兮，草木莽莽。伤怀永哀兮，汨徂南土。眴兮杳杳，孔静幽默。郁结纡轸兮，离愍而长鞠。抚情效志兮，冤屈而自抑。刓方以为圜兮，常度未替。易初本由（原文作"迪"）兮，君子所鄙。章画职（原文作"志"）墨兮，前度（原文作"图"）未改。内直质重（原文作"内厚质正"）兮，大人所盛（原文作"晟"）。巧匠（原文作"巧倕"）不斲兮，孰察其拨（原文作"揆"）正？玄文幽处（原文作"处幽"）兮，蒙（原文作"曚"瞍"）谓之不章。离娄微睇兮，瞽以为无（原文作"谓之不"）明。变白而为（原文作"以为"）黑兮，倒上以为下。凤皇在笯兮，鸡雉（原文作"鸡鹜"）翔舞。同糅玉石兮，一（原文多一个"概"字）而相量。夫（原文多一个"惟"字）党人之鄙妒（原文作"鄙固"）兮，羌不知吾（原文作"余之"）所臧。

任重载盛兮，陷滞而不济。怀瑾握瑜兮，穷不得余（原文作"穷不知"，少一个"余"字）所示。邑犬群吠兮，吠所怪也。诽骏疑桀（原文作"非俊疑杰"）兮，固庸态也。文质疏内兮，众不知吾（原文作"余"）之异采。材朴委积兮，莫知余之所有。重仁袭义兮，谨厚以为丰。重华不可牾（原文作"遌"）兮，孰知余之从容！古固有不并兮，岂知（原文多一个"何"字）其故也（原文无此"也"字）？汤禹久远兮，邈（原文多一个"而"字）不可慕也（原文无此"也"字）。惩违（原文作"连"）改忿兮，抑心而自强。离愍（原文作"慜"）而不迁兮，愿志之有象。进路北次兮，日昧昧其将暮。含忧虞哀（原文作"舒忧娱哀"）兮，限之以大故。

乱曰：浩浩沅、湘，分流汩兮。修路幽拂兮（原文无"兮"字），道远忽兮。曾唫恒悲兮，永叹慨兮。世既莫吾知兮，人心不可谓兮。（原文无此二句）怀情抱质兮（原文作"怀质抱情"，无"兮"字），独无匹兮。伯乐既殁兮（原文作"没"，无"兮"字），骥将（原文无"将"字）焉程兮？人生（原文作"民生"）禀命兮，各有所错兮。定心广志，余何畏惧兮。曾伤爱哀，永叹喟兮。世溷不（原文作"莫"）吾知，心不可谓兮。知死不可让兮，愿勿爱兮。（原文无此句）明以（原文无"以"字）告君子兮（原文无"兮"字），吾将以为类兮。

于是怀石遂自（投）〔沈〕汨罗以死。（洪兴祖：非死为难，处死为难。屈原虽死，犹不死也。）

此处全录《九章·怀沙》之文，而终结对屈原之叙事，可知是将之视为屈原之绝笔。屈原怀石沉汨罗时之楚国形势，可参看《战国策·楚策四》："庄辛至，襄王曰：'寡人不能用先生之言，今事至于此，为之奈何！'庄辛对曰：'臣闻鄙语曰：见菟而顾犬，未为晚也。亡羊而补牢，未为迟也。臣闻昔汤、武以百里昌，桀、纣以天下亡。今楚国虽小，绝长续短，犹以数千里，岂特百里哉！……蔡圣侯之事其小者也，君王之事因是以。左州侯，右夏侯，辈从鄢陵君与寿陵君，饭封禄之粟，而戴方府之金，与之驰骋乎云梦之中，而不以天下国家为事。不知夫穰侯方受命乎秦王，填黾塞之内，而投己乎黾之外。'襄王闻之，颜色变作，身体战栗。使用乃以执珪而授之，为阳陵君，与淮北之地也。"① 庄辛针砭楚顷襄王畋猎废政，"不以天下国家为事"，在屈原沉江之岁，秦将白起攻陷郢都，其后又掠取巫郡、黔中郡，国势陷入危殆。因而楚辞后学宋玉、唐勒、景差之徒，随顷襄王退保于陈，辗转都于寿春。

宋洪兴祖《楚辞补注》卷一有一个概括，虽多比附之言，说得也算有些见地，曰："其后周室衰微，战国并争，道德陵迟，谲诈萌生。于是杨、墨、邹、孟、孙、韩之徒，各以所知著造传记，或以述古，或以明世（八字一作咸以名世）。而屈原履忠被谮，忧悲愁思（一云忧愁思愤），独依诗人之义而作《离骚》，上以讽谏，下以自慰。遭时暗乱，不见省纳，不胜愤懑，遂复作《九歌》以下凡二十五篇。楚人高其行义，玮其文采，以相教传（或作传教）。至于孝武帝，恢廓道训，使淮南王安作《离骚经章句》，则大义粲然。后世雄俊，莫不瞻慕（一作仰），舒肆妙虑（一云摅舒妙思），缵述其词。逮至刘向（颜师古读如本字），典校经书，分为十六卷。孝章即位，深弘道艺，而班固、贾逵复以所见改易前疑，各作《离骚经章句》。其余十五卷（一作篇），阙而不说。又以壮为状（一作扶），义多乖异，事不要括（一作撮）。今臣复以所识所知，稽之旧章，合之经

---

① （汉）刘向集录：《战国策》，上海古籍出版社1985年版，第555—561页。

传（八字一云稽之经传），作十六卷章句。虽未能究其微妙，然大指之趣，略可见矣。且人臣之义，以忠正为高，以伏节为贤。故有危言以存国，杀身以成仁。是以伍子胥不恨于浮江，比干不悔于剖心，然后忠立而行成（忠，一作德），荣显而名著（著，一作称）。若夫怀道以迷国，详愚而不言（详与佯同，诈也），颠则不能扶，危则不能安，婉娩以顺上（婉娩，一作娗娗，一作俛俯），逡巡以避患，虽保黄耇，终寿百年，盖志士之所耻，愚夫之所贱也。今若屈原，膺忠贞之质，体清洁之性，直若砥矢，言若丹青，进不隐其谋，退不顾其命，此诚绝世之行，俊彦之英也。而班固谓之'露才扬己'（一作班、贾），'竞于群小之中，怨恨怀王，讥刺椒、兰，苟欲求进，强（巨姜切）非其人，不见容纳，忿恚自沉'，是亏其高明，而损其清洁者也。昔伯夷、叔齐让国守分（一作志），不食周粟，遂饿而死，岂可复谓有求于世而怨望哉（一作恨怨）！且诗人怨主刺（一作谏）上曰：'呜呼！小子，未知臧否，匪面命之，言提其耳。'风谏之语，于斯为切。然仲尼论之，以为大雅。引此比彼，屈原之词，优游婉顺，宁以其君（一有"为"字）不智之故，欲提携其耳乎？而论者以为'露才扬己'、'怨刺其上'、'强非其人'，殆失厥中矣。夫《离骚》之文，依托《五经》以立义焉：'帝高阳之苗裔'，则'厥初生民，时惟姜嫄'也；'纫秋兰以为佩'，则'将翱将翔，佩玉琼琚'也；'夕揽洲之宿莽'，则《易》'潜龙勿用'也；'驷玉虬而乘鹥'，则'时乘六龙以御天'也；'就重华而陈词'，则《尚书》咎繇之谋谟也；'登昆仑而涉流沙'，则《禹贡》之敷土也。故智弥盛者其言博，才益多者其识远（多，一作劭）。屈原之词，诚博远矣。自（一有'孔丘'字）终没以来，名儒博达之士著造词赋，莫不拟则其仪表，祖式其模范，取其要妙，窃其华藻，所谓金相玉质，百世无匹（世，一作岁），名垂罔极，永不刊灭者矣（班孟坚序云：'昔在孝武，博览古文。淮南王安叙《离骚传》，以《国风》好色而不淫，《小雅》怨诽而不乱，若《离骚》者，可谓兼之。蝉蜕浊秽之中，浮游尘埃之外，皭然泥而不滓，推此志，虽与日月争光可也。斯论似过其真。又说：五子以失家巷，谓伍子胥也。及至羿、浇、少康、二姚、有娀佚女，皆各以所识有所增损，然犹未得其正也。故博采经书传记本文以为之解。且君子道穷，命矣。故潜龙不见是而无闷，《关雎》哀周道而不伤。蘧瑗持可怀之智，宁武保如愚之性，咸以全命避害，不受世患。故《大雅》曰：既明且哲，以保其身。斯为贵矣。今若屈原，露才扬己，竞乎危国群小之间，以离谗贼。然责数怀王，怨恶椒、兰，愁神苦思，强非其人，忿怼不容，沉江而死，亦贬絜狂狷景行之士。多称昆仑、冥婚、宓妃虚无之语，皆非法度之政，经义所载。谓之兼《诗》风雅，而与日月争光，过矣。然其文弘博丽雅，为辞赋宗。后世莫不斟酌其英华，则象其从容。自宋玉、唐勒、景差之徒，汉兴，枚乘、司马相如、刘向、扬雄，骋极文辞，好而悲之，自谓不能及也。虽非明智之器，可谓妙才者也。'政，与正同。颜之推云：'自古文人常陷轻薄。屈原露才扬己，显暴君过。'刘子玄云：'怀、襄不道，其恶存于楚赋。'读者不以为过，盖不隐恶故也。愚尝折衷其说而论之曰：或问：古人有言：杀其身有益于君则为之。屈原虽死，何益于怀、襄。曰：忠臣之用心，自尽其爱君之诚耳。死生、毁誉，所不顾也。故比干以谏见戮，屈原以放自沉。比干，纣诸父也。屈原，楚同姓也。为人臣者，三谏不从则去之。同姓无可去之义，有死而已。《离骚》曰：阽余身而危死兮，览余初其犹未悔。则原之自处审矣。或曰：原用智于无道之邦，亏明哲保身之义，可乎？曰：愚如武子，全身远害可也。有官守言责，斯用智矣。山甫明哲，固保身之道，然不曰夙夜匪解，以事一人乎！士见危致命，况同姓，兼恩与义，而可以不死乎！且比干之死，微子之去，皆是也。屈原其不可去乎？有比干以任责，微子去之可也。楚无人焉，原去则国从而亡。故虽身被放逐，犹徘徊而不忍去。生不得力争而强谏，死犹冀其感发而改行，使百世之下，闻其风者，虽流放废斥，犹知爱其君，眷眷而不忘，臣子之义尽矣。非死为难，处死为难。屈原虽死，犹不死也。后之读其文，知其人，如贾生者亦鲜矣。然为赋以吊之，不过哀其不遇而已。余观自古忠臣义士，慨然发愤，不顾其死，特立独行，自信而不回者，其英烈之气，岂与身俱亡哉！仍羽人于丹丘，留不死之旧乡，超无为以至清，与太初而为邻，此《远游》之所以作，而难为浅见寡闻者道也。仲尼曰：乐天知命，故不忧。又曰：乐天知命，有忧之大者。屈原之忧，忧国也；其乐，乐天也。《离骚》二十五篇，多忧世之语。独《远游》曰：道可受兮不可传，其小无内兮其大无垠。无滑而魂兮，彼将自然。壹气孔神兮，于中夜存。虚以待之兮，无为之先。此老、庄、孟子所以大过人者，而原独知之。司马相如作《大人赋》，宏放高妙，读者有凌云之意，然其语多出于此。至其妙处，相如莫能识也。太史公作传，以为其文约，其辞微，其志洁，其行廉，其称文小而其指极大，举类迩而见义远。其志洁，故其称物芳。其行廉，故死而不容自疏。濯淖污泥之中，以浮游尘埃之外，推此志也，虽与日月争光可也。斯可谓深知己者。扬子云作《反离骚》，以为君子得时则大行，不得时则龙蛇。遇不遇，命也，何必沉身哉！屈子之事，盖圣贤之变者。使遇孔子，当与三仁同称雄，未足以与此。班孟坚、颜之推所云，无异妾妇儿童之见。余故具论之）。"①

屈原既死之后，楚有宋玉、唐勒、景差之徒者，皆好辞而以赋见称。

既然说"屈原既死之后"，那么宋玉诸人之写作，主要应在陈郢或寿春。三人中，景差年岁较长，《大招》乃他在楚顷襄王三年为楚怀王归葬楚国之国家祭典所作。而且宋玉晋见顷襄王，也是景差所举荐。刘向《新序·杂事第五》云："宋玉因其友以见于楚襄王，襄王待之无以异。宋玉让其友，其友曰：'夫姜桂因地而生，不因地而辛。妇人因媒而嫁，不因媒而亲。子之事王未耳，何怨于我？'宋玉曰：'不然。昔者齐有良兔曰东郭𫔶，盖一旦而走五百里，于是齐有良狗曰韩卢，亦一旦而走五百里。使之遥见而指属，则虽韩卢不及众兔之尘。若蹑迹而纵绁，则虽东郭𫔶亦不能离。今子之属臣也，蹑迹而纵绁与，遥见而指属与？《诗》曰：将安将乐，弃我如遗。此之谓也。'其友人曰：'仆人有过，仆人有过。'"②《新序》同卷又曰："宋玉事楚襄王而不见察，意气不得，形于颜色。或谓曰：'先生何谈说之不扬，计画之疑也？'宋玉曰：'不然。子独不见夫玄蝯乎？当其居桂林之中，峻叶之上，从容游戏，超腾往来，龙兴而鸟集，悲啸长吟。当此之时，虽羿、逢蒙，不得正目而视也。及其在枳棘之中也，恐惧而掉栗，危视而迹行，众人皆得意焉。此皮筋非加急而体益短也，处势不便故也。夫处势不便，岂何以量功校能哉！《诗》不云乎？驾彼四牡，四牡项领。夫久驾而长不得行，项领不亦宜乎？《易》曰：臀无肤，其行越趄。此之谓也。'"③《渚宫旧事》三，也有此记载。这里之"友人"，就是景差。晋习凿齿《襄阳耆旧记》云："宋玉者，楚之鄢人也，故宜城有宋玉冢。始事屈原，屈原放逐，求事楚友景差。景差惧其胜己，言之于王，王以为小臣。""玉识音而善文，襄王好乐而爱赋，既美其才，而憎其

---

① （宋）洪兴祖撰，白化文等点校：《楚辞补注》，中华书局1983年版，第48—51页。
② （汉）刘向编著，石光瑛校释：《新序校释》，中华书局2001年版，第747—751页。
③ 同上书，第751—758页。

似屈原也，曰：'子盍从俗，使楚人贵子之德乎？'"① 顷襄王"憎其似屈原"，当是读了宋玉悲悯屈原之《九辩》。或如东汉王逸《楚辞章句·九辩》所言："宋玉者，屈原弟子也。闵其师忠而放逐，故作《九辩》以述其志。"② 由于屈原长期被贬黜、流放，宋玉不可能是屈原之入门弟子，而是私淑弟子。

在宋玉、唐勒、景差三人中，宋玉辞赋成就最高。刘勰《文心雕龙·才略》云："战代任武，而文士不绝，诸子以道术取资，屈宋以《楚辞》发采。"③ 李白《赠王判官，时余归隐，居庐山屏风叠》诗云："昔别黄鹤楼，蹉跎淮海秋。俱飘零落叶，各散洞庭流……荆门倒屈宋，梁苑倾邹枚。苦笑我夸诞，知音安在哉！"杜甫《戏为六绝句》又云："不薄今人爱古人，清词丽句必为邻。窃攀屈宋宜方驾，恐与齐梁作后尘。"这些诗文，都是屈宋并称的。先秦时期之宋氏，源于周武王所封以继续殷祀之宋国。宋王偃四十三年（前286），齐国联合楚、魏伐宋，瓜分其国土，宋国灭亡，子孙遂以国为氏（《新唐书·宰相世系表》）。宋玉是楚顷襄王之文学侍从之臣，可以与楚王同游云梦、高唐、兰台和阳云之台，漫无边际地聊天，谈气象、谈女人，唯独不谈政治。《九辩》云："燕翩翩其辞归兮，蝉寂漠而无声。"全篇写动物12种，第一个出现者是燕。《诗经·商颂·玄鸟》云："天命玄鸟，降而生商，宅殷土芒芒。"郑玄笺曰："玄鸟，燕也，一名鳦，音乙。"燕是宋国祖先殷人之图腾圣物，宋玉首先放飞燕子，是否暗含着对祖先和国家之怀念？

关于宋玉生平，陆侃如、冯沅君《中国诗史》谓："宋玉生于楚顷襄王九年（公元前290年）。"此言不确。宋玉悯其师屈原作《九辩》，当在屈原投江不久，即楚顷襄王二十一年（前279）。深入分析《神女赋》便可知，宋玉得见楚顷襄王之死（前263）。由此推断，前者可知宋玉当生于楚怀王末年，后者可知宋玉卒年应在楚考烈王之世，因而宋玉生活年岁应在前305—前255年前后。宋玉辞赋颇丰，《汉书·艺文志》著录宋玉赋十六篇，原注云："楚人，与唐勒并时，在屈原后也。"④《隋

---

① （晋）习凿齿注，张林川等校注：《襄阳耆旧记校注》，荆楚书社1986年版，第15页。
② （宋）洪兴祖撰，白化文等点校：《楚辞补注》，中华书局1983年版，第182页。
③ （南朝梁）刘勰著，詹锳义证：《文心雕龙义证》，上海古籍出版社1989年版，第1770页。
④ （汉）班固：《汉书·艺文志》，中华书局1962年版，第1747页。

书·经籍志》载"《楚大夫宋玉集》三卷"①。由篇变卷,就是由竹书变成帛书。《唐书·经籍志》《新唐书·艺文志》均著录"《宋玉集》二卷",此二卷当包括《隋志》所载三卷,篇数并无减少。《宋史·艺文志》不见著录,可能宋元之际,《宋玉集》开始散佚。南朝梁萧统《昭明文选》收录宋玉辞赋7篇,即《风赋》《高唐赋》《神女赋》《登徒子好色赋》《九辩》《招魂》《对楚王问》。除了《招魂》为屈原所作之外,完整保留宋玉辞赋6篇。另外值得注意者,东汉傅毅撰有《舞赋》,其文曰:"楚襄王既游云梦,使宋玉赋高唐之事……谓宋玉曰:'……'玉曰:'……'王曰:'试为寡人赋之。'玉曰:'唯唯。'……"可知傅毅是仿宋玉赋而作,傅毅赋又曰:"楚襄王既游云梦……将置酒宴饮,谓宋玉曰:'寡人欲觞群巨,何以娱之?'玉曰:'臣闻……激楚、结风、阳阿之舞,材人之穷观,天下之至妙。噫,可以进乎?……'王曰:'试为寡人赋之。'玉曰:'唯唯。'"这段文字,与今传宋玉《舞赋》全同。到了三国魏曹植作《洛神赋》,序曰:"黄初三年,余朝京师,还济洛川。古人有言:斯水之神名曰宓妃。感宋玉对楚王说神女之事,遂作斯赋。"②

据此可知,曹植读过宋玉关于神女之赋作。南朝宋谢惠连撰有《雪赋》,曰:"《曹风》以麻衣比色,楚谣以《幽兰》俪曲。"所谓"幽兰"乃楚国歌谣,《文选》李善注谓:"《毛诗·曹风》曰:蜉蝣掘阅,麻衣如雪。宋玉《讽赋》曰:臣尝行至,主人独有一女,置臣兰房之中,臣授琴而鼓之,为幽兰白雪之曲。贾逵曰:俪,偶也。"③可知"幽兰"之典出于宋玉《讽赋》。《讽赋》曰:"臣尝出行,仆饥马疲,正值主人门开,主人翁出,妪又到市,独有主人女在。女欲置臣,堂上太高,堂下太卑,乃更于兰房之室,止臣其中。中有鸣琴焉,臣援而鼓之,为《幽兰》、《白雪》之曲。主人之女,翳承日之华,披翠云之裘,更被白縠之单衫,垂珠步摇,来排臣户……"因此宋玉赋16篇中有《讽赋》,当属无疑。唐朝李善注《文选》,征引宋玉辞赋7篇,即《九辩》《高唐赋》《风赋》《登徒子好色赋》《对楚王问》《笛赋》《大言赋》。北宋李昉《太平御览》征引宋玉辞赋8篇,即《九辩》《风赋》《高唐赋》《神女赋》《登徒子好色赋》《对楚王问》《小言赋》《钓赋》。由上述可知,自两汉至于北宋,宋

---

① (唐)魏征等撰:《隋书·经籍志》,中华书局1973年版,第1056页。
② (三国魏)曹植著,赵尤文校注:《曹植集校注》,人民文学出版社1998年版,第282页。
③ (南朝梁)萧统编,(唐)李善注:《文选》,中华书局1977年版,第194页。

玉辞赋流传于世者,有《九辩》《招魂》《风赋》《高唐赋》《神女赋》《登徒子好色赋》《对楚王问》《钓赋》《笛赋》《大言赋》《小言赋》《讽赋》《舞赋》等,不会少于 13 篇。然而到了南宋,隋志所记述之《宋玉集》佚失,也就失去以各种与宋玉相关之古籍相互比对之依据。传为唐人旧藏本《古文苑》(北宋孙洙得自佛寺经龛)征引宋玉辞赋 6 篇,即《笛赋》《大言赋》《小言赋》《讽赋》《钓赋》《舞赋》。章樵为《古文苑》作注时,对其 6 篇中的《笛赋》《舞赋》提出质疑,曰:"按史,楚襄王立三十六年卒,后又二十余年方有荆卿刺秦之事。此赋果玉所作耶?""傅毅《舞赋》,《文选》已载全文,唐人欧阳询简节其词,编之《艺文类聚》,此篇是也。后人好事者,以前有楚襄、宋玉相唯诺之词,遂指为玉所作,其实非也。"章樵说兴,明清学者风起响应,于是宋玉辞赋真伪之辨代不绝书。胡应麟《诗薮·杂篇》卷一《遗逸上·篇章》将《笛赋》《舞赋》《讽赋》《钓赋》一并掊击,曰:"宋玉赋《高唐》、《神女》、《登徒》及《风》,皆妙绝今古。《古文苑》于《选》外,更出六篇:《小言》也、《大言》也、《笛》也、《讽》也、《钓》也、《舞》也,以为皆玉赋,昭明所逸者。余始以或唐、景之徒为之,细读多有可疑。《笛赋》称宋意送荆卿易水之上,按:玉事楚襄王,去始皇年代尚远,而荆轲刺秦在六国垂亡际,不应玉及见其事。《讽赋》即《登徒好色》篇,易以唐勒,唐、景与玉同以词臣侍从,顾谓勒谗。而所赋《美人》亡一佳语,乱云'吾宁杀人之父,孤人之子,诚不忍爱主人之女',殊鄙野不雅驯。《钓赋》全放《国策》射乌者对。《舞赋》王长公固以傅毅为疑,及读宋人章樵注云:'《舞赋》,《文选》已载全文。唐人欧阳询简节其词,编之《艺文类聚》,此篇是也。好事者以前有宋玉问答之词,遂指玉作。'正与《卮言》意合。然则《古文苑》所载六篇,惟《大》《小言》辞气滑稽,或当是一时戏笔,馀悉可疑,而《舞赋》非玉明甚。昭明裁鉴,讵可忽哉!诸篇皆当是汉、魏间浅陋者拟作,唐人误收。今据《汉志》一十六篇之数定之,《九辩》九篇并《神女》《高唐》《登徒》《招魂》《大》《小言》《风》七篇,正合原数。屈赋二十五篇俱完。"① 张惠言《七十家赋钞》也指斥《讽赋》《笛赋》《钓赋》《大言赋》《小言赋》5 篇,"皆五代宋人托为之"。至此,《古文苑》6 篇宋玉辞赋,悉数遭否定。严可均辑《全上古三

---

① (明) 胡应麟:《诗薮》,中华书局 1958 年版,第 237—238 页。

代秦汉三国六朝文》据《文选》江淹《杂体拟潘岳述哀诗》注引《宋玉集》，谓"《汉书·艺文志》有《宋玉赋》十六篇，今存者《风赋》、《大言赋》、《小言赋》、《讽赋》、《高唐赋》、《神女赋》、《登徒子好色赋》、《钓赋》、《笛赋》、《九辩》、《招魂》凡十一篇，《对楚王问》《高唐对》不在此数。如《九辩》为九篇，则多出《汉志》三篇，所未审也。或云《笛赋》有宋意送荆卿之语，非宋玉作。"其中增加《高唐对》一篇，并谓"按此与《文选·高唐赋》、《御览·襄阳耆旧记》小异"。按：出土简帛证明，宋玉时代作散文赋已成风气。山东临沂银雀山1972年出土之西汉初年墓葬竹简，有以"唐勒"标题之宋玉《御赋》残篇。马承源主编《上海博物馆藏战国楚竹书》第八册，载有赋作4篇，即：《有皇将起》《兰赋》《李颂》《鹠鹠》，可作为散文赋书写在宋玉时已臻成熟而趋于繁盛之实物证据。传世之宋玉作品真实可信者，有《九辩》《风赋》《高唐赋》《神女赋》《登徒子好色赋》《对楚王问》《大言赋》《小言赋》《讽赋》《钓赋》《御赋》。而《笛赋》《舞赋》《微咏赋》应予存疑。

> 自屈原沉汨罗后百有余年，汉有贾生，为长沙王太傅，过湘水，投书以吊屈原。

从屈原至贾谊，太史公跨越百余年历史烟尘，寻找着风骨独具而推动历史前行之精神文化脉络。《史记·贾谊传》半属对屈原之顾恋，再加上一系列涉及内政外事之上疏，尤其是《过秦论》对历史经验教训之总结，遂将屈原之诗性智慧转化为历史理性之新高度。对于贾谊上疏，《史记》仅扼要述其意旨，陈其卓识，而《汉书·贾谊传》则列述其数上疏陈政事，"臣窃惟事势，可为痛哭者一，可为流涕者二，可为长太息者六"[1]，又上疏言王子分封之利弊，这些都深刻地影响了"文景之治"之国体建设和边疆战略。为此，班固作赞曰："刘向称：'贾谊言三代与秦治乱之意，其论甚美，通达国体，虽古之伊、管未能远过也。使时见用，功化必盛。为庸臣所害，甚可悼痛。'追观孝文玄默躬行以移风俗，谊之所陈略施行矣。及欲改定制度，以汉为土德，色上黄，数用五，及欲试属国，施五饵三表以系单于，其术固以疏矣。谊亦天年早终，虽不至公卿，未为不遇

---

[1] （汉）班固：《汉书·贾谊传第十八》，中华书局1962年版，第2230页。

也。凡所著述五十八篇，掇其切于世事者著于传云。"① 由此亦可窥见贾谊和屈原之人格精神和历史作用之同异。

贾生传

  贾生名谊，雒阳人也。年十八，以能诵诗属书闻于郡中。吴廷尉为河南守，闻其秀才，召置门下，甚幸爱。孝文皇帝初立，闻河南守吴公治平为天下第一，故与李斯同邑而常学事焉，乃征为廷尉。廷尉乃言贾生年少，颇通诸子百家之书。文帝召以为博士。

  贾谊"诵诗属书"，出入于儒学典籍；陆德明《经典释文序录·注解传述人》云："左丘明作《传》（《春秋左传》）以授曾申。申传卫人吴起。起传其子期。期传楚人铎椒。椒传赵人虞卿，卿传同郡荀卿名况。况传武威张苍。苍传洛阳贾谊。谊至传其孙嘉。"② 他被列入儒者《春秋左传》之传承脉络，属于古文经学。近人吴承仕《经典释文序录疏证》指出，陆德明这段话，是根据《左传疏》所引刘向《别录》。清人汪中在贾谊《年表》中指出："《经典序录》云《左氏传》阳武张苍授洛阳贾谊。据《百官公卿表》，张苍于高后八年由淮南丞相入为御史大夫，明年而文帝即位，贾生受学于苍必在其时矣。"而将贾谊举荐给汉文帝之廷尉吴治平曾师事同邑李斯，则又与法家碰了头。更有意味者，是《史记·日者列传》记述："宋忠为中大夫，贾谊为博士，同日俱出洗沐，相从论议，诵易先王圣人之道术，究遍人情，相视而叹。贾谊曰：'吾闻古之圣人，不居朝廷，必在卜医之中。今吾已见三公九卿朝士大夫，皆可知矣。试之卜数中以观采。'二人即同舆而之市，游于卜肆中。天新雨，道少人，司马季主间坐，弟子三四人侍，方辩天地之道，日月之运，阴阳吉凶之本。二大夫再拜谒。司马季主视其状貌，如类有知者，即礼之，使弟子延之坐。坐定，司马季主复理前语，分别天地之终始，日月星辰之纪，差次仁义之际，列吉凶之符，语数千言，莫不顺理。宋忠、贾谊瞿然而悟，猎缨正襟危坐，曰：'吾望先生之状，听先生之辞，小子窃观于世，未尝见也。今何居之卑，何行之汙？'司马季主捧腹大笑曰：'观大夫类有道术者，今何

---

  ① （汉）班固：《汉书·贾谊传第十八》，中华书局1962年版，第2265页。
  ② （唐）陆德明：《经典释文》，上海古籍出版社1985年版，第52页。

言之陋也，何辞之野也？今夫子所贤者何也？所高者谁也？今何以卑汙长者？'二君曰：'尊官厚禄，世之所高也，贤才处之。今所处非其地，故谓之卑。言不信，行不验，取不当，故谓之汙。夫卜筮者，世俗之所贱简也。世皆言曰：夫卜者多言夸严以得人情，虚高人禄命以说人志，擅言祸灾以伤人心，矫言鬼神以尽人财，厚求拜谢以私于己。此吾之所耻，故谓之卑汙也。'司马季主曰：'公且安坐。公见夫被发童子乎？日月照之则行，不照则止，问之日月疵瑕吉凶，则不能理。由是观之，能知别贤与不肖者寡矣。贤之行也，直道以正谏，三谏不听则退。其誉人也不望其报，恶人也不顾其怨，以便国家利众为务。故官非其任不处也，禄非其功不受也。见人不正，虽贵不敬也。见人有污，虽尊不下也。得不为喜，去不为恨。非其罪也，虽累辱而不愧也。今公所谓贤者，皆可为羞矣。卑疵而前，孅趋而言。相引以势，相导以利。比周宾正，以求尊誉，以受公奉。事私利，枉主法，猎农民。以官为威，以法为机，求利逆暴，譬无异于操白刃劫人者也。初试官时，倍力为巧诈，饰虚功执空文以罔主上，用居上为右。试官不让贤陈功，见伪增实，以无为有，以少为多，以求便势尊位。食饮驱驰，从姬歌儿，不顾于亲，犯法害民，虚公家：此夫为盗不操矛弧者也，攻而不用弦刃者也，欺父母未有罪而弑君未伐者也。何以为高贤才乎？盗贼发不能禁，夷貊不服不能摄，奸邪起不能塞，官秏乱不能治，四时不和不能调，岁谷不孰不能适。才贤不为，是不忠也。才不贤而讬官位，利上奉，妨贤者处，是窃位也。有人者进，有财者礼，是伪也。子独不见鸱枭之与凤皇翔乎？兰芷芎䓖弃于广野，蒿萧成林，使君子退而不显众，公等是也。述而不作，君子义也。今夫卜者，必法天地，象四时，顺于仁义，分策定卦，旋式正棋，然后言天地之利害，事之成败。昔先王之定国家，必先龟策日月，而后乃敢代。正时日，乃后入家。产子必先占吉凶，后乃有之。自伏羲作八卦，周文王演三百八十四爻而天下治。越王句践放文王八卦以破敌国，霸天下。由是言之，卜筮有何负哉！且夫卜筮者，埽除设坐，正其冠带，然后乃言事，此有礼也。言而鬼神或以飨，忠臣以事其上，孝子以养其亲，慈父以畜其子，此有德者也。而以义置数十百钱，病者或以愈，且死或以生，患或以免，事或以成，嫁子娶妇或以养生：此之为德，岂直数十百钱哉！此夫老子所谓上德不德，是以有德。今夫卜筮者利大而谢少，老子之云岂异于是乎！庄子曰：君子内无饥寒之患，外无劫夺之忧，居上而敬，居下不为害，君子之道也。今夫卜筮者之为业也,积之无委聚,藏之不用府库,徙之不用辎车,负装之不重,止而用之无尽索之时。持不尽索之物,游于无穷之世,虽庄氏之行未能增于是也,子何故而云不可卜哉!天不足西北,星辰西北移;地不足东南,以海为池。日中必移,月满必亏。先王之道,乍存乍亡。公责卜者言必信,不亦惑乎!公见夫谈士辩人乎?虑事定计,必是人也,然不能以一言说人主意,故言必称先王,语必道上古。虑事定计,饰先王之成功,语其败害,以恐喜人主之志,以求其欲。多言夸严,莫大于此矣。然欲强国成功,尽忠于上,非此不立。今夫卜者,导惑教愚也。夫愚惑之人,岂能以一言而知之哉?言不厌多。故骐骥不能与罢驴为驷,而凤皇不与燕雀为群,而贤者亦不与不肖者同列。故君子处卑隐以辟众,自匿以辟伦,微见德顺以除群害,以明天性,助上养下,多其功利,不求尊誉。公之等喁喁者也,何知长者之道乎!'宋忠、贾谊忽而自失,芒乎无色,怅然嗫口不能言。于是摄衣而起,再拜而辞。行洋洋也,出门仅能自上车,伏轼低头,卒不能出气。居三日,宋忠见贾谊于殿门外,乃相引屏语相谓自叹曰:'道高益安,势高益危。居赫赫之势,失身且有日矣。夫卜而有不审,不见夺糈。为人主计而不审,身无所处。此相去远矣,犹天冠地屦也。此老子之所谓无名者万物之始也。天地旷旷,物之熙熙,或安或危,莫知居之。我与若,何足预彼哉!彼久而愈安,虽曾氏之义未有以异也。'久之,宋忠使匈奴,不至而还,抵罪。而贾谊为梁怀王傅,王堕马薨,谊不食,毒恨而死。此务华绝根者也。"[1] 卜者司马季主之信仰是老庄阴阳,而贾谊虽在辞赋中颇受老庄阴阳之滋润,但在政治行为中追求经世致用而过于急切,不留穷达进退之充分空间。贬长沙,"闻长沙卑湿,自以寿不得长",何不采取强身健魄之术,以待东山再起?梁怀王堕马而死,贾谊可以"自伤为傅无状",但又何必"哭泣岁余,亦死"?留得青山,自可为汉文帝之政治作为提出许多建言。因而太史公谓"贾谊为梁怀王傅,王堕马薨,谊不食,毒恨而死。此务华绝根者也",是颇有深意的。再回到廷尉吴治平,他举荐贾谊之理由,为"颇通诸子百家之书",可见贾谊知识结构之卓越。太史公惯称贾谊为"贾生",也多有几分亲切怜惜感。

是时贾生年二十余,最为少。每诏令议下,诸老先生不能言,贾

---

[1] (汉)司马迁:《史记·日者列传》,中华书局1959年版,第3215—3220页。

生尽为之对，人人各如其意所欲出。诸生于是乃以为能，不及也。孝文帝说之，超迁，一岁中至太中大夫。

贾生以为汉兴至孝文二十余年，天下和洽，而固当改正朔，易服色，法制度，定官名，兴礼乐，乃悉草具其事仪法，色尚黄，数用五，为官名，悉更秦之法。孝文帝初即位，谦让未遑也。诸律令所更定，及列侯悉就国，其说皆自贾生发之。于是天子议以为贾生任公卿之位。绛、灌、东阳侯、冯敬之属尽害之，乃短贾生曰："雒阳之人，年少初学，专欲擅权，纷乱诸事。"于是天子后亦疏之，不用其议，乃以贾生为长沙王太傅。

贾谊力主通过改革以建立国体制度，遭到草莽举义之开国武将列侯顽固抵制。二者力量严重失衡，就把独战多数之贾谊挤出了政治决策枢要范畴，边缘化为长沙王太傅。这种坎坷遭际，使之与屈原长期遭贬黜流放产生强烈之共鸣。

贾生既辞往行，闻长沙卑湿，自以寿不得长，又以适去，意不自得。及渡湘水，为赋以吊屈原。其辞曰：

共承嘉惠兮，俟罪长沙。侧闻屈原兮，自沉汨罗。造讬湘流兮，敬吊先生。遭世罔极兮，乃陨厥身。呜呼哀哉，逢时不祥！鸾凤伏窜兮，鸱枭翱翔；阘茸尊显兮，谗谀得志；贤圣逆曳兮，方正倒植。世谓伯夷贪兮，谓盗跖廉；莫邪为顿兮，铅刀为铦。于嗟嚜嚜兮，生之无故！斡弃周鼎兮宝康瓠，腾驾罢牛兮骖蹇驴，骥垂两耳兮服盐车。章甫荐屦兮，渐不可久；嗟苦先生兮，独离此咎！

讯曰：已矣，国其莫我知，独壹郁兮其谁语？凤漂漂其高逝兮，夫固自缩而远去。袭九渊之神龙兮，沕深潜以自珍。弥融爚以隐处兮，夫岂从蚁与蛭螾？所贵圣人之神德兮，远浊世而自藏。使骐骥可得系羁兮，岂云异夫犬羊！般纷纷其离此尤兮，亦夫子之辜也！瞭九州而相君兮，何必怀此都也？凤皇翔于千仞之上兮，览德辉而下之；见细德之险（微）〔徵〕兮，摇增翮逝而去之。彼寻常之污渎兮，岂能容吞舟之鱼！横江湖之鱣鲸兮，固将制于蚁蝼。

《文选》李善注引张晏曰："讯，《离骚》下竟乱辞也。"《楚辞》之有"乱曰",自屈原《离骚》始,至绝命辞《涉江》依然用之。对于"乱"历来有两种认识。王逸着重辨析"乱"之意义功能,谓"乱,理也。所以发理词指,总撮其要也。屈原舒肆愤懑,极意陈词,或去或留,文采纷华,然后结括一言,以明所趣之意也"①。自东汉王逸到今之诸多学者,对"乱"之"总撮其要",即撮取前述内容概要、阐明作者志趣之意义功能并无歧义。朱熹《楚辞集注》却另辟蹊径,从音乐角度探讨"乱",认为是"乐节之名"②。陈第、林云铭诸人继承朱熹之见解。今人杨荫浏之研究最是博深,对如何从音乐角度理解楚辞"乱曰"之综合特征和功能做出三点推论:一曰乱有短有长,而一般则是长于其前之各个歌节。长,便于发挥,说明乱之形式,在一曲中,有适于突现高潮之作用。二曰乱之大多数,较其前多个歌节,在句法上都有突然改变,意味着在音乐上必然也有节奏改变,以更适于配合高潮。也有在句法上看不出何种改变痕迹之乱,如《哀郢》之乱。句法改变,固然常会引起节奏改变,但句法不变,却并不就此能说明,不改变音阶之长短,从而改变节拍之形式;因此,即是句法不改变,仍然并不排斥改变音乐上节奏效果之可能性。三曰乱若是高潮所在,则除了结构长短、节奏变化之外,可能在旋律运用、速度处理、音色安排、唱奏者表达手法之运用诸方面,都会有其突出之处。③ 贾谊借用类乎"乱曰"之"讯曰",宣泄其南迁长沙而"国其莫我知"之孤独感,虽如龙凤隐遁,也不学蚂蚁和蚂蝗。尽管有虎落平阳遭犬欺,鳣鲸陷于污渎受制于蚁蝼之失落感,但依然珍惜"圣人之神德",远离浊世而自藏,也要如凤凰翱翔以逍遥。这种思想、文采,显然有庄子因素。而其精神守持,与屈原一脉相通。刘勰《文心雕龙·哀吊第十三》曰:"自贾谊浮湘,发愤吊屈,体周而事覈,辞清而理哀,盖首出之作也。"④ 以此确认贾谊乃哀吊文体之首创者。

贾生为长沙王太傅三年,有鸮飞入贾生舍,止于坐隅。楚人命鸮曰"服"。贾生既以适居长沙,长沙卑湿,自以为寿不得长,伤悼之,乃为赋以自广。其辞曰:

---

① (宋)洪兴祖撰,白化文等点校:《楚辞补注》,中华书局1983年版,第47页。
② (宋)朱熹:《楚辞集注》,安徽教育出版社2001年版,第29页。
③ 杨荫浏:《中国古代音乐史稿》,人民音乐出版社2004年版,第66页。
④ (南朝梁)刘勰著,詹锳义证:《文心雕龙义证》,上海古籍出版社1989年版,第479页。

单阏之岁兮，四月孟夏，庚子日施兮，服集予舍，止于坐隅，貌甚闲暇。异物来集兮，私怪其故，发书占之兮，策言其度。曰"野鸟入处兮，主人将去"。请问于服兮："予去何之？吉乎告我，凶言其菑。淹数之度兮，语予其期。"服乃叹息，举首奋翼，口不能言，请对以意。

万物变化兮，固无休息。斡流而迁兮，或推而还。形气转续兮，变化而嬗。沕穆无穷兮，胡可胜言！祸兮福所倚，福兮祸所伏；忧喜聚门兮，吉凶同域。彼吴强大兮，夫差以败；越栖会稽兮，句践霸世。斯游遂成兮，卒被五刑；傅说胥靡兮，乃相武丁。夫祸之与福兮，何异纠缪。命不可说兮，孰知其极？水激则旱兮，矢激则远。万物回薄兮，振荡相转。云蒸雨降兮，错缪相纷。大专盘物兮，坱轧无垠。天不可与虑兮，道不可与谋。迟数有命兮，恶识其时？

且夫天地为炉兮，造化为工；阴阳为炭兮，万物为铜。合散消息兮，安有常则；千变万化兮，未始有极。忽然为人兮，何足控抟；化为异物兮，又何足患！小知自私兮，贱彼贵我；通人大观兮，物无不可。贪夫徇财兮，烈士徇名；夸者死权兮，品庶冯生。述迫之徒兮，或趋西东；大人不曲兮，亿变齐同。拘士系俗兮，攌如囚拘；至人遗物兮，独与道俱。众人或或兮，好恶积意；真人淡漠兮，独与道息。释知遗形兮，超然自丧；寥廓忽荒兮，与道翱翔。乘流则逝兮，得坻则止；纵躯委命兮，不私与己。其生若浮兮，其死若休；澹乎若深渊之静，泛乎若不系之舟。不以生故自宝兮，养空而浮；德人无累兮，知命不忧。细故遘蒂兮，何足以疑！

后岁余，贾生征见。孝文帝方受釐，坐宣室。上因感鬼神事，而问鬼神之本。贾生因具道所以然之状。至夜半，文帝前席。既罢，曰："吾久不见贾生，自以为过之，今不及也。"居顷之，拜贾生为梁怀王太傅。梁怀王，文帝之少子，爱，而好书，故令贾生傅之。

《鵩鸟赋》因猫头鹰入室，停在座位之旁，而感伤不已。却自解自嘲于"天地为炉兮，造化为工；阴阳为炭兮，万物为铜"的大化流行之"通人大观"，以庄子"齐生死、等祸福"思想作解脱，以求心灵之自我救赎。其后贾谊为汉文帝召见，在宣室中，问鬼神之本，于是唐人李商隐无比感慨，作《贾生》诗云："宣室求贤访逐臣，贾生才调更无伦。可怜夜半虚前席，不问苍生问鬼神。"此举虽然应该嘲讽，但据《汉书·贾谊传》，贾谊以此拉近与汉文帝之政治情感关系后，即"数上疏陈政事，多所欲匡建"，对于边境事务，力陈"可为痛哭者一，可为流涕者二，可为长太息者六"①，又一再奏上"陈治安之策"，警诫以前事为鉴，大抵强者先反，要改变天下之势方倒悬之状况，必须树立太子权威而"割地定制""众建诸侯而少其力"，成为晁错在汉景帝时提出"削藩"政策之先声。鲁迅《汉文学史纲要》第七篇《贾谊与晁错》中云："司马迁亦云：'贾生晁错明申商。'惟谊尤有文采，而沉实则稍逊，如其《治安策》，《过秦论》，与晁错之《贤良对策》，《言兵事疏》，《守边劝农疏》，皆为西汉鸿文，沾溉后人，其泽甚远。"②贾谊建议或早或晚多为汉文帝所采纳。如王安石《贾生》诗云："一时谋议略施行，谁道君王薄贾生？爵位自高言尽废，古来何啻万公卿。"

　　文帝复封淮南厉王子四人皆为列侯。贾生谏，以为患之兴自此起矣。贾生数上疏，言诸侯或连数郡，非古之制，可稍削之。文帝不听。

　　居数年，怀王骑，堕马而死，无后。贾生自伤为傅无状，哭泣岁余，亦死。贾生之死时年三十三矣。

　　及孝文崩，孝武皇帝立，举贾生之孙二人至郡守，而贾嘉最好学，世其家，与余通书。至孝昭时，列为九卿。

　　太史公曰：余读离骚、天问、招魂、哀郢，悲其志。适长沙，观屈原所自沉渊，未尝不垂涕，想见其为人。及见贾生吊之，又怪屈原以彼其材，游诸侯，何国不容，而自令若是。读服乌赋，同死生，轻去就，又爽然自失矣。

对于篇末之《太史公曰》，由于语义曲折，后世多有揣摩。刘永济于1958年作《屈赋通笺》以"故为跌宕之词"申论之，曰："战代之季，六国君相，争以养士相尚，而士之不得志于秦者，则去而之齐、之楚、之

---

① （汉）班固：《汉书·贾谊传第十八》，中华书局1962年版，第2230页。
② 鲁迅：《汉文学史纲要》，人民文学出版社1973年版，第559页。

燕，甚而士之不得志于本国者，则助他国以伐本国，如伍子胥之于楚，是也。屈子主合齐以抗秦，又尝使于齐，苟去而之齐，未必不见用。太史公所谓'以彼之材，游诸侯，何国不容'也。按太史公此语，故为跌宕之词，故下文又曰：'读《鵩鸟赋》，同生死，轻去就，又爽然自失矣。'盖以贾生吊屈文有'所贵圣人之神德兮，远浊世而自藏'，又有'历九州而相其君兮，何必怀此都也'之词。而鵩赋多道家言，于同生死，轻去就之理，反复陈说，以自广其沉郁之情。屈子非不知此，特以宗臣之义，与国同休戚，且其所学与所处，并异贾生，故不为耳。子长读《鵩鸟赋》而自失以此。"① 汤炳正对此进行辩难，指出赞语自身之矛盾反映了司马迁思想之复杂性，而与《悲士不遇赋》的情感相通。1962 年作《〈屈原列传〉理惑》曰："此中对屈原生死去就问题之评价有三层意思：一是对屈原大志未遂，沉渊而死之遭遇，表示无限同情，故云'悲其志'；二是同意贾谊观点，认为以屈原才智，应别逝他国，以求有所建树，不当沉渊而死，故云'又怪'；三是以《鵩鸟赋》中'同死生，轻去就'的道家观点作结，说明'去就'固不必过分执著，即'生死'也不能绝对化，这是从另一个角度对前两观点的补充，故云'又爽然自失'。其基本思想是对屈原虽深表同情，但却同意贾谊观点而责怪屈原应远逝他国，不应轻生沉渊。"② 究其实，屈原在楚怀王世无去国之意，顷襄王对秦国之态度行为首鼠两端，尤其是曾经有"奈何绝秦欢"名言之草包令尹子兰在襄理国政，屈原即便赴齐缔结抗秦联盟，也无楚国之政治依托。更何况屈原被流放沅湘，以衰老残躯，岂能跋山涉水数千里迢迢赴齐做一番风生水起之大事业乎？因而屈原只能沉入民间，创作《九歌》展示神性与人性人情之奇妙融合，在呈现明媚动人之诗性建构中获得精神释放与升华。而且还在此诗性春风中，增添了《国殇》中"诚既勇兮又以武，终刚强兮不可凌。身既死兮神以灵，魂魄毅兮为鬼雄"之血性苍茫。其后屈原还写下了《涉江》《哀郢》《怀沙》《惜往日》等精神深处之绝唱。屈原在晚年写作中，回归了自己，他是一个生活在诗歌世界之"大写的人"。

　　由"贾生之死时年三十三矣"推断，贾谊生卒年为公元前 200—前 168。汉武帝"举贾生之孙二人至郡守"，是对贾谊政论之肯定。而且汉

---

① 刘永济：《屈赋通笺》，中华书局 2007 年版，第 12—13 页。
② 汤炳正：《屈赋新探》，齐鲁书社 1983 年版，第 17—18 页。

文帝、武帝又在长沙贾太傅故宅修建贾太傅祠，也可谓享有身后殊荣矣，只是不及屈原享有一个全民共庆之端午节——江湖龙舟万桨齐挥以拯救屈原免遭蛟龙之口，可谓情满天地，通于湖海。章学诚在《为谢司马撰楚词章句叙》中说："夫屈子之志，以谓忠君爱国，伤痛疾时，宗臣之义不忍去，人皆知之；而不知屈子抗怀三代之英，一篇之中，反复致意，其孤怀独往，不复有《春秋》之世宙也。故其行芳、志洁，太史推与日月争光。而于贾生所陈三代文质，终见谗于绛灌者，同致异焉。太史所谓悲其志欤？"[①] 据《史记》"太史公曰"及本传行文，可以确认为屈原所作辞赋有《离骚》《天问》《招魂》《哀郢》《怀沙》，并及《渔父》。这就是《文心雕龙·辩骚》所云"不有屈原，岂见《离骚》。惊才风逸，壮志烟高"[②] 了。《贾谊传》曰：贾谊之孙"贾嘉最好学，世其家，与余通书"[③]，可知贾谊之许多具体材料，得自贾氏家藏，应属真实可信，此乃太史公为文风格。

---

① （清）章学诚：《章氏遗书》卷八，文物出版社1982年版，第26页。
② （南朝梁）刘勰著，詹锳义证：《文心雕龙义证》，上海古籍出版社1989年版，第168页。
③ （汉）班固：《汉书·贾谊传第十八》，中华书局1962年版，第2265页。

淮南王刘安《离骚传》及《四库全书总目提要》"楚辞类"资料通览

东汉·班固《汉书》卷四十四·淮南衡山济北王传第十四

淮南王安为人好书，鼓琴，不喜弋猎狗马驰骋，亦欲以行阴德拊循百姓，流名誉。招致宾客方术之士数千人，作为《内书》二十一篇，《外书》甚众，又有《中篇》八卷，言神仙黄白之术，亦二十余万言。时武帝方好艺文，以安属为诸父，辩博善为文辞，甚尊重之。每为报书及赐，常召司马相如等视草乃遣。初，安入朝，献所作《内篇》，新出，上爱秘之。使为《离骚传》，旦受诏，日食时上。（既为"传"，则以经视之）又献《颂德》及《长安都国颂》。每宴见，谈说得失及方技赋颂，昏莫然后罢。

清·王念孙《读书杂志》汉书第九（清道光十二年刻本）
　　○离骚传

"使为《离骚》传，旦受诏，日食时上。"师古曰："传，谓解说之，若《毛诗传》。"念孙案：传，当为傅。傅与赋古字通（《皋陶谟》"敷纳以言"，《文纪》敷作傅，僖二十七年《左传》作赋，《论语·公冶长篇》"可使治其赋也"，《释文》：赋，梁武云《鲁论》作傅）。使为《离骚》傅者，使约其大旨而为之赋也。安辩博善为文辞，故使作《离骚赋》。下文云：安又献《颂德》及《长安都国颂》。《艺文志》有《淮南王赋》八十二篇事，与此并相类也。若谓使解释《离骚》，若《毛诗传》，则安才虽敏，岂能旦受诏而食时成书乎。《汉纪·孝武纪》云：上使安作《离骚赋》，旦受诏，食时毕。高诱《淮南鸿烈解叙》云：诏使为《离骚赋》，自旦受诏，日早食已，此皆本于《汉书》。《太平御览·皇亲部》十六引此作《离骚赋》，是所见本与师古不同。

☆ 班固
○ 离骚序

昔在孝武，博览古文，淮南王安叙《离骚传》，以"《国风》好色而不淫，《小雅》怨诽而不乱，若《离骚》者，可谓兼之。蝉蜕浊秽之中，浮游尘埃之外，皭然泥而不滓，推此志，与日月争光可也"。斯论似过其真。又说五子以失家巷，谓伍子胥也。及至羿、浇、少康、二姚、有娀佚女，皆各以所识，有所增损，然犹未得其正也。故博采经书传记本文，以为之解。且君子道穷，命矣，故潜龙不见，是而无闷。《关雎》哀周道而不伤，蘧瑗持可怀之智，宁武保如愚之性，咸以全命避害，不受世患，故《大雅》曰"既明且哲，以保其身"斯为贵矣。今若屈原，露才扬己，竞乎危国群小之间，以离谗贼。然责数怀王，怨恶椒兰，愁神苦思，非其人，忿怼不容，沉江而死，亦贬絜狂狷景行之士。多称昆仑冥婚宓妃虚无之语，皆非法度之政。经义所载，谓之兼诗《风》、《雅》，而与日月争光，过矣。然其文弘博丽雅，为辞赋宗，后世莫不斟酌其英华，则象其从容。自宋玉、唐勒、景差之徒，汉兴，枚乘、司马相如、刘向、扬雄，骋极文辞，好而悲之，自谓不能及也。虽非明智之器，可谓妙才者也。（《楚辞》王逸注本）

○ 离骚赞序

《离骚》者，屈原之所作也。屈原初事怀王，甚见信任。同列上官大夫妒害其宠，谗之王，王怒而疏屈原。屈原以忠信见疑，忧愁幽思而作《离骚》。（与太史公的叙述基本一致）离犹遭也。骚，忧也，明己遭忧作辞也。是时周室已灭，七国并争，屈原痛君不明，信用群小，国将危亡，忠诚之情，怀不能已，故作《离骚》。上陈尧、舜、禹、汤、文王之法，下言羿、浇、桀、纣之失以风。怀王终不觉寤，信反间之说，西朝于秦。秦人拘之，客死不还。至于襄王，复用谗言，逐屈原。在野又作"九章"，赋以风谏，卒不见纳。不忍浊世，自投汨罗。原死之后，秦果灭楚。其辞为众贤所悼悲，故传于后。（《楚辞》王逸注本）

宋·洪兴祖补注《楚辞补注》卷一

隋、唐书《志》有皇甫遵训《参解楚辞》七卷、郭璞注十卷、宋处士诸葛《楚辞音》一卷、刘杳《草木虫鱼疏》二卷、孟奥音一卷、徐邈音一卷。始汉武帝命淮南王安为《离骚传》，其书今亡。按《屈原传》云："《国风》好色而不淫，《小雅》怨诽而不乱，若《离骚》者，可谓兼之矣。"又曰："蝉蜕于浊秽，以浮游尘埃之外，不获世之滋垢，皭然泥而不滓。推此志，虽与日月争光可也。"班孟坚、刘勰皆以为淮南王语，岂太史公取其语以作传乎？汉宣帝时，九江被公能为楚词。隋有僧道骞者善读之，能为楚声，音韵清切。至唐，传楚辞者，皆祖骞公之音。

宋·洪兴祖补注《楚辞补注》卷一

叙曰：昔者孔子睿圣明喆〔音哲〕，天生不群〔群，一作王〕，定经术，删诗书〔一云俾定经术，乃删诗书〕，正礼乐，制作《春秋》，以为后王法。门人三千，罔不昭达。临终之日，则大义乖而微言绝。其后周室衰微，战国并争，道德陵迟，谲诈萌生。于是杨、墨、邹、孟、孙、韩之徒，各以所知著造传记，或以述古，或以明世〔八字一作咸以名世〕。而屈原履忠被谮，忧悲愁思〔一云忧愁思愤〕，独依诗人之义而作《离骚》，上以讽谏，下以自慰。遭时暗乱，不见省纳，不胜愤懑，遂复作《九歌》以下凡二十五篇。楚人高其行义，玮其文采，以相教传〔或作传教〕。至于孝武帝，恢廓道训，使淮南王安作《离骚经章句》，则大义粲然。后世雄俊，莫不瞻慕〔一作仰〕，舒肆妙虑〔一云摅舒妙思〕，缵述其词。逮至刘向〔颜师古读如本字〕，典校经书，分为十六卷。孝章即位，深弘道艺，而班固、贾逵复以所见改易前疑，各作《离骚经章句》。其余十五卷〔一作篇〕，阙而不说。又以壮为状〔一作扶〕，义多乖异，事不要括〔一作撮〕。今臣复以所识所知，稽之旧章，合之经传〔八字一云稽之经传〕，作十六卷章句。虽未能究其微妙，然大指之趣，略可见矣。且人臣之义，以忠正为高，以伏节为贤。故有危言以存国，杀身以成仁。是以伍子胥不恨于浮江，比干不悔于剖心，然后忠立而行成〔忠，一作德〕，荣显而名著〔著，一作称〕。若夫怀道以迷国，详愚而不言〔详与佯同，诈也〕，颠则不能扶，危则不能安，婉娩以顺上〔婉娩，一作娩娩，一作俋俯〕，逡巡以避患，虽保黄耇，终寿百年，盖志士之所耻，愚夫之所贱也。今若屈原，膺忠贞之质，体清洁之性，直若砥矢，言若丹青，进不隐其谋，退不顾其命，此诚绝世之行，俊彦之英也。而班固谓之"露才扬己"〔一作班、贾〕，"竞于群小之中，怨恨怀王，讥刺椒、兰，苟欲求进，强〔巨姜切〕非其人,不见容纳,忿恚自沉",是亏其高明,而损其清洁者也。昔伯夷、叔齐让国守分〔一作志〕,不食周粟,遂饿而死,岂可复谓有求于世而怨望哉〔一作恨怨〕。且诗人怨主刺〔一作谏〕上曰:"呜呼!小子,未知臧否,匪面命之,言提其耳!"风谏之语,于斯为切。然仲尼论之,以为大雅。引此比彼,屈原之词,优游婉顺,宁以其君〔一有"为"字〕不智之故,欲提携其耳乎。而论者以为"露才扬己""怨刺其上""强非其人",殆失厥中矣。夫《离骚》之文,依托《五经》以立义焉,"帝高阳之苗裔",则"厥初生民,时惟姜嫄"也。"纫秋兰以为佩",则"将翱将翔,佩玉琼琚"也。"夕揽洲之宿莽",则《易》"潜龙勿用"也。"驷玉虬而乘鹥",则"时乘六龙以御天"也。"就重华而陈词",则《尚书》咎繇之谋谟也。"登昆仑而涉流沙",则《禹贡》之敷土也。故智弥盛者其言博,才益多者其识远〔多,一作劭〕。屈原之词,诚博远矣。自〔一有"孔丘"字〕终没以来,名儒博达之士著造词赋,莫不拟则其仪表,祖式其模范,取其要妙,窃其华藻,所谓金相玉质,百世无匹〔世,一作岁〕,名垂罔极,永不刊灭者矣〔班孟坚序云:"昔在孝武,博览古文。淮南王安叙《离骚传》,以《国风》好色而不淫,《小雅》怨悱而不乱,若《离骚》者,可谓兼之。蝉蜕浊秽之中,浮游尘埃之外,皭然泥而不滓,推此志,虽与日月争光可也。斯论似过其真。又说:五子以失家巷,谓伍子胥也。及至羿、浇、少康、二姚、有娀佚女,皆各以所识有所增损,然犹未得其正也。故博采经书传记本文以为之解。且君子道穷,命矣。故潜龙不见是而无闷,《关雎》哀周道而不伤。蘧瑗持可怀之智,宁武保如愚之性,咸以全命避害,不受世患。故《大雅》曰:既明且哲,以保其身。斯为贵矣。今若屈原,露才扬己,竞乎危国群小之间,以离谗贼。然责数怀王,怨恶椒、兰,愁神苦思,强非其人,忿怼不容,沉江而死,亦贬絜狂狷景行之士。多称昆仑、冥婚宓妃虚无之语,皆非法度之政,经义所载。谓之兼《诗》风雅,而与日月争光,过矣!然其文弘博丽雅,为辞赋宗。后世莫不斟酌其英华,则象其从容。自宋玉、唐勒、景差之徒,汉兴,枚乘、司马相如、刘向、扬雄,骋极文辞,好而悲之,自谓不能及也。虽非明智之器,可谓妙才者也。"政,与正同。颜之推云:"自古文人常陷轻薄。屈原露才扬己,显暴君过"。刘子玄云:"怀、襄不道,其恶存于楚赋。"读者不以为过,盖不隐恶故也。愚尝折衷其说而论之曰:或问:古人有言:杀其身有益于君则为之。屈原虽死,何益于怀、襄?

曰：忠臣之用心，自尽其爱君之诚耳。死生、毁誉，所不顾也。故比干以谏见戮，屈原以放自沉。比干，纣诸父也。屈原，楚同姓也。为人臣者，三谏不从则去之。同姓无可去之义，有死而已。《离骚》曰：阽余身而危死兮，览余初其犹未悔。则原之自处审矣。或曰：原用智于无道之邦，亏明哲保身之义，可乎？曰：愚如武子，全身远害可也。有官守言责，斯用智矣。山甫明哲，固保身之道，然不曰夙夜匪解，以事一人乎！士见危致命，况同姓，兼恩与义，而可以不死乎！且比干之死，微子之去，皆是也。屈原其不可去乎？有比干以任责，微子去之可也。楚无人焉，原去则国从而亡。故虽身被放逐，犹徘徊而不忍去。生不得力争而强谏，死犹冀其感发而改行，使百世之下，闻其风者，虽流放废斥，犹知爱其君，眷眷而不忘，臣子之义尽矣。非死为难，处死为难。屈原虽死，犹不死也。后之读其文，知其人，如贾生者亦鲜矣。然为赋以吊之，不过哀其不遇而已。余观自古忠臣义士，慨然发愤，不顾其死，特立独行，自信而不回者，其英烈之气，岂与身俱亡哉！仍羽人于丹丘，留不死之旧乡，超无为以至清，与太初而为邻，此《远游》之所以作，而难为浅见寡闻者道也。仲尼曰：乐天知命，故不忧。又曰：乐天知命，有忧之大者。屈原之忧，忧国也；其乐，乐天也。《离骚》二十五篇，多忧世之语。独《远游》曰：道可受兮不可传，其小无内兮其大无垠。无滑涽而魂兮，彼将自然。壹气孔神兮，于中夜存。虚以待之兮，无为之先。此老、庄、孟子所以大过人者，而原独知之。司马相如作《大人赋》，宏放高妙，读者有凌云之意，然其语多出于此。至其妙处，相如莫能识也。太史公作传，以为其文约，其辞微，其志洁，其行廉，其称文小而其指极大，举类迩而见义远。其志洁，故其称物芳。其行廉，故死而不容自疏。濯淖污泥之中，以浮游尘埃之外，推此志也，虽与日月争光可也。斯可谓深知己者。扬子云作《反离骚》，以为君子得时则大行，不得时则龙蛇。遇不遇，命也，何必沉身哉！屈子之事，盖圣贤之变者。使遇孔子，当与三仁同称焉，未足以与此。班孟坚、颜之推所云，无异妾妇儿童之见。余故具论之〕。

离骚赞序〔班固〕

《离骚》者，屈原之所作也。屈原初事怀王，甚见信任。同列上官大夫妒害其宠，谗之王，王怒而疏屈原。屈原以忠信见疑，忧愁幽思，而作《离骚》。离，犹遭也。骚，忧也。明己遭忧作辞也。是时周室已灭，七国并争。屈原痛君不明,信用群小,国将危亡,忠诚之情,怀不能已,故作《离骚》。上陈尧、舜、禹、汤、文王之法,下言羿、浇、桀、纣之失以风。怀王终不觉寤,信反间之说,西朝于秦。秦人拘之,客死不还。至于襄王,复用谗言,逐屈原。在野又作《九章》赋以风谏,卒不见纳。不忍浊世,自投汨罗。原死之后,秦果灭楚。其辞为众贤所悼悲,故传于后。

辨骚〔刘勰〕

自风雅寝声,莫或抽绪,奇文蔚起,其《离骚》哉。故以轩翥诗人之后,奋飞辞家之前,岂去圣之未远,而楚人之多才乎。昔汉武爱骚,而淮南作传,以为《国风》好色而不淫,《小雅》怨诽而不乱,若《离骚》者,可谓兼之。蝉蜕秽浊之中,浮游尘埃之外,皭〔一作暶〕然涅而不缁,虽与日月争光可也。班固以为露才扬己,忿怼沉江。羿、浇、二姚,与左氏不合〔《离骚》用羿、浇等事,正与左氏合。孟坚所云,谓刘安说耳〕,昆仑、悬圃,非经义所载,然而文辞丽雅,为词赋之宗,虽非明哲,可谓妙才。王逸以为诗人之提耳,屈原婉顺。《离骚》之文,依经立义:驷虬乘鹥,则时乘六龙。昆仑流沙,则《禹贡》敷土。名儒词赋,莫不拟其仪表,所谓金相玉振,百世无匹者也。及汉宣嗟叹,以为皆合经术。扬雄讽味,亦言体同诗雅。四家举以方经,而孟坚谓不合传体,褒贬任声,抑扬过实,可谓鉴而弗精,玩而未核者也。将核其论,必征言焉。故其陈尧、舜之耿介,称禹、汤之翘敬,典诰之体也。讥桀、纣之猖狂,伤羿、浇之颠陨,规讽之旨也。虬龙以谕君子,云霓以譬谗邪,比兴之义也。每一顾而掩涕,叹君门之九重,忠怨之辞也。观兹四事,同于风雅者也。至于托云龙,说迂怪,丰隆求宓妃,鸩鸟媒娀女,诡异之辞也。康回倾地,夷羿弊日,木夫九首,土伯三目,谲怪之谈也。依彭咸之遗则,从子胥以自适,狷狭之志也。士女杂坐,乱而不分,指以为乐,娱酒不废,沉湎日夜,举以为欢,荒淫之意也〔此皆宋玉之词,非屈原意。(刘勰亦以《招魂》为屈赋)自汉以来,靡丽之赋,劝百而讽一,其流至于齐、梁而极矣,皆自宋玉唱之〕。摘此四事,异乎经典者也。故论其典诰则以彼,语其夸诞则如此。固知《楚辞》者,体慢于三代,而风雅于战国,乃雅颂之博徒,而词赋之英杰也〔此语施于宋玉可也〕。观其骨鲠所树,肌肤所附,虽取熔经意,亦自铸伟辞。故《骚经》、《九章》,朗丽以哀志。《九歌》、《九辩》,绮靡以伤情。《远游》、《天问》,瑰诡而惠巧。《招魂》、《大招》，耀艳而深华。《卜居》标放言之致，《渔父》寄独任之才。故能气往轹古，辞来切今，惊采绝焰，难与并能矣。自《九怀》已下，遽蹑其迹，而屈、宋逸步，莫之能追。故其叙情怨，则郁伊而易感。述离居，则怆怏而难怀。论山水，则循声而得貌。言节候，则披文而见时。枚、贾追风以入丽，马、杨沿波而得奇，其衣被词人，非一代也。故才高者苑其鸿裁，中巧者猎其艳辞，吟讽者衔其山川，童蒙者拾其香草。若能凭轼以倚雅颂，悬辔以驭楚篇，酌奇而不失其贞，玩华而不坠其实，则顾盼可以驱辞力，咳唾可以穷文致，亦不复乞灵于长卿，假宠于子渊矣〔一云：独任当作独往〕。

赞曰：不有屈原，岂见《离骚》。惊才风逸，壮志烟高。山川无极，情理实劳。金相玉式，艳溢锱毫〔烟，一作云〕。

清·纪昀等《四库全书总目提要》卷一四八·集部一
○集部总叙

集部之目，楚辞最古，别集次之，总集次之，诗文评又晚出，词曲则其闰馀也。古人不以文章名，故秦以前书无称屈原、宋玉工赋者。洎乎汉代，始有词人，迹其著作，率由追录。故武帝命所忠求相如遗书。魏文帝亦诏天下上孔融文章。至于六朝，始自编次。唐末又刊板印行。〔事见贯休《禅月集序》〕夫自编则多所爱惜，刊板则易于流传。四部之书，别集最杂，兹其故欤。然典册高文，清词丽句，亦未尝不高标独秀，挺出邓林。此在蕢刈后言，别裁伪体，不必以猥滥病也。总集之作，多由论定。而《兰亭》《金谷》悉觞咏于一时，下及汉上题襟、松陵倡和。《丹阳集》惟录乡人，《箧中集》则附登乃弟。虽去取佥孚众议，而履霜有渐，已为诗社标榜之先驱。其声气攀援，甚于别集。要之，浮华易歇，公论终明，岿然而独存者，《文选》、《玉台新咏》以下数十家耳。诗文评之作，著于齐梁。观同一八病四声也。钟嵘以求誉不遂，巧致讥排。刘勰以知遇独深，继为推阐。词场恩怨，亘古如斯。冷斋曲附乎豫章，石林隐排乎元祐。党人余衅，报及文章，又其已事矣。固宜别白存之，各核其实。至于倚声末技，分派诗歌，其间周、柳、苏、辛，亦递争轨辙。然其得其失，不足重轻。姑附存以备一格而已。大抵门户构争之见，莫甚于讲学，而论文次之。讲学者聚党分朋，往往祸延宗社。操觚之士笔舌相攻，则未有乱及国事者。盖讲学者必辨是非，辨是非必及时政，其事与权势相连，故其患大。文人词翰，所争者名誉而已，与朝廷无预，故其患小也。然如艾南英以排斥王、李之故，至以严嵩为察相，而以杀杨继盛为稍过当。岂其扪心清夜，果自谓然！亦朋党既分，势不两立，故决裂名教而不辞耳。至钱谦益《列朝诗集》，更颠倒贤奸，彝良泯绝。其贻害人心风俗者，又岂鲜哉！今扫除畛域，一准至公。明以来诸派之中，各取其所长，而不回护其所短。盖有世道之防焉，不仅为文体计也。

○**楚辞类**

裒屈、宋诸赋，定名《楚辞》，自刘向始也。后人或谓之骚，故刘勰品论《楚辞》，以《辨骚》标目。考史迁称"屈原放逐，乃著离骚"，盖举其最著一篇。《九歌》以下，均袭《骚》名，则非事实矣。《隋志》集部以《楚辞》别为一门，历代因之。盖汉、魏以下，赋体既变，无全集皆作此体者。他集不与《楚辞》类，《楚辞》亦不与他集类，体例既异，理不得不分著也。杨穆有《九悼》一卷，至宋已佚。晁补之、朱子皆尝续编，然补之书亦不传，仅朱子书附刻《集注》后。今所传者，大抵注与音耳。注家由东汉至宋，递相补苴，无大异词。迨于近世，始多别解。割裂补缀，言人人殊。错简说经之术，蔓延及于词赋矣。今并刊除，杜窜乱古书之渐也。

△《楚辞章句》十七卷（兵部侍郎纪昀家藏本）

汉王逸撰。逸字叔师，南郡宜城人。顺帝时官至侍中。事迹具《后汉书·文苑传》。旧本题"校书郎中"，盖据其注是书时所居官也。初，刘向裒集屈原《离骚》〔注意游国恩《楚辞女性中心说》，姜亮夫认为，"降"则专指从天而降，富有神性，所谓"百神翳其备降"（《离骚》）"天命玄鸟，降而生商"（《诗·玄鸟》）之意。与一般的出生不同，《左传·隐公元年》："庄公寤生"而不说"降"。诗中主人公是光明天神之子，所以开头从昆仑天国"降"生而下，最后又"陟"升天庭，所谓"陟升皇之赫戏"。楚魂、史影、湘灵、诗统。中国哲学和文学本是始于同源的文化范畴，《离骚》则是哲学和文学开始明确分离的文学作品。《离骚》是富有哲学意味的悲剧。表现的上天入地追求理想而最后不可得的结局，是主人公渴望自由却无法获得自由命运的体现，这是人物的悲剧，更是诗篇所表现的最高悲剧。灵界游行，祭祀仪式，神与人，对神的祈求和对人的关注，悲剧根源是"固时俗之从流兮，又孰能无变化"的楚世俗。人格悲剧，道德人格、心理人格、审美人格等文化人格〕、《九歌》〔中国古代神舞歌曲的里程碑，是宗教文学发达的标志。多用兮字乃是南楚巫者与三苗部族擅长歌唱的原因。当作于居湘水洞庭之时，故赋《二湘》，与三苗杂居，故赋《河伯》。1. 结桂枝兮延伫（《九歌》）；结幽兰而延伫（《离骚》）。2. 九嶷缤兮并迎（《九歌》）；九嶷缤其并迓（《离骚》）。3. 驾龙舟兮乘雷，载云旗兮委蛇（《九歌》）；驾八龙之蜿蜿兮，载云旗之委蛇（《离骚》）。《晋书·夏统传》一段，介绍晋代楚地女巫的表演，完全可作为《九歌》的注脚。〕、《天问》（《离骚》中的彷徨绝望心理在《天问》中是潜伏的主流。注意姜亮夫认为《天问》，详夏、殷而略西周之原因，氏又著有《三楚所传古史与齐鲁三晋异同辨》。不必强分卜问系统的设问文学与占卜系统的问答文学）、《九章》（蒋骥《山带阁注楚辞》绘有楚辞地理总图，抽思、思美人路图，哀郢路途，涉江路图和渔父、怀沙路图等 5 幅地图）、《远游》（姜亮夫认为，《离骚》是中年前后的《远游》，而《远游》则是垂老将死时的《离骚》。清人姚培谦《楚辞节注》以《老子·德经》释《远游》之"得一"。至死不离宗国，借远游而发泄内心郁积，属于以文学进行精神补偿）、《卜居》、《渔父》，宋玉《九辩》、《招魂》（顷襄王三年，怀王归葬，屈原流放江南：魂兮归来哀江南，既以哀怀王，亦以哀自己），景差《大招》，而以贾谊《惜誓》，淮南小山《招隐士》，东方朔《七谏》，严忌《哀时命》，王褒《九怀》及向所作《九叹》（既然刘向把自己所作《九叹》与屈原《离骚》等辞赋合编，说明《离骚》在他以前就存在，并非他伪造的作品），共为《楚辞》十六篇。是为总集之祖。逸又益以己作《九思》与班固二叙为十七卷，而各为之注。其《九思》之注，洪兴祖疑其子延寿所为。然《汉书·地理志》《艺文志》即有自注，事在逸前。谢灵运作《山居赋》，亦自注之。安知非用逸例耶？旧说无文，未可遽疑为延寿作也。陈振孙《书录解题》载，有《古文楚辞释文》一卷，其篇第首《离骚》，次《九辩》、《九歌》、《天问》、《九章》、《远游》、《卜居》、《渔父》、《招隐士》、《招魂》、《九怀》、《七谏》、《九叹》、《哀时命》、《惜誓》、《大招》、《九思》，迥与今本不同。兴祖据逸《九章》注中，称皆解于《九辩》中，知古本《九辩》在前，《九章》在后。振孙又引朱子之言，据天圣十年陈说之序，谓旧本篇第混并，乃考其人之先后，重定其篇第，知今本为说之所改。则自宋以来，已非逸之旧本。又黄伯思《东观馀论》谓逸注《楚辞》，序皆在后，如《法言》旧本之例，不知何人移于前。则不但篇第非旧，并其序亦非旧矣。然洪兴祖《考异》，于

"离骚经"下注曰"释文第一",无"经"字。而逸注明云"离,别也。骚,愁也。经,径也",则逸所注本确有"经"字,与释文本不同。必谓《释文》为旧本,亦未可信,姑存其说可也。逸注虽不甚详赅,而去古未远,多传先儒之训诂。故李善注《文选》,全用其文。《抽思》以下诸篇注中,往往隔句用韵。如"哀愤结绔,虑烦冤也。哀悲太息,损肺肝也。心中结屈,如连环也"之类,不一而足。盖仿《周易·象传》之体,亦足以考证汉人之韵。而吴棫以来谈古韵者,皆未征引,是尤宜表而出之矣。

△《楚辞补注》十七卷(内府藏本)

宋洪兴祖撰。兴祖字庆善。陆游《渭南集》有兴祖手帖跋,称为"洪成季庆善",未之详也。丹阳人。政和中登上舍第。南渡后召试,授秘书省正字。历官提点江东刑狱,知真州、饶州。后忤秦桧,编管昭州,卒。事迹具《宋史·儒林传》。周麟之《海陵集》有兴祖《赠直敷文阁制》,极褒其编纂之功。盖桧死乃昭雪也。案陈振孙《书录解题》列《补注楚辞》十七卷、《考异》一卷。称"兴祖少时,从柳展如得东坡手校十卷。凡诸本异同,皆两出之。后又得洪玉父而下本十四五家,参校遂为定本,始补王逸《章句》之未备者。成书又得姚廷辉本,作《考异》,附古本释文之后。又得欧阳永叔、孙莘老、苏子容本于关子东、叶少协,校正以补《考异》之遗"云云。则旧本兼载释文,而《考异》一卷附之,在《补注》十七卷之外。此本每卷之末有汲古后人毛表字奏叔依古本是正印记,而《考异》已散入各句下,未知谁所窜乱也。又目录后有兴祖《附记》,称鲍钦止云"《辨骚》非《楚辞》本书,不当录。班固二序,旧在《九叹》之后,今附于第一通之末"云云。此本《离骚》之末有班固二序,与所记合。而刘勰《辨骚》一篇仍列序后,亦不详其何故。岂但言其不当录,而未敢遽删欤?汉人注书,大抵简质,又往往举其训诂,而不备列其考据。兴祖是编,列逸注于前,而一一疏通、证明、补注于后,于逸注多所阐发。(屈原政治理想的核心是"美政",《离骚》中"称芳不一"则其象征意义有别。女嬃以"鲧婞直以亡身"的史例教责屈原,而治杀鲧的恰恰就是舜。注《离骚》"济沅湘以南征兮,就重华而陈词"曰:"尔以予为鲧,请即质之于舜。"李陈玉:《楚辞笺注·离骚》注。清康熙十一年仲春武塘魏子渠刊本)"求女"即"求通君侧之人",[1] 又皆以"补

---

[1] 胡文英:《屈骚指掌·离骚》注,北京古籍出版社1979年影印本。

曰"二字别之，使与原文不乱，亦异乎明代诸人妄改古书，恣情损益。于楚辞诸注之中，特为善本。故陈振孙称其用力之勤，而朱子作《集注》，亦多取其说云。

△《楚辞集注》八卷、《辨证》二卷、《后语》六卷（内府藏本）

宋朱子撰。以后汉王逸《章句》及洪兴祖《补注》二书详于训诂，未得意旨。（注本方式的汉学与宋学。第一个为楚辞作注的东汉校书郎王逸在诠释地理山川草木虫鱼方面引经据典，头头是道，但是疏于义理，为后世诟病。到了宋代的朱熹，辑有《楚辞集注》，充分重视义理，特别是把《离骚》中香草美人等一应象喻与楚国君臣联系起来，有的还特别挑明指实，不能不说有所进展，但负面影响也不小，从此喜好索隐、影射一路的学人活跃异常，甚至把《离骚》中时见的香草佳木兰、椒一一对号入座为楚之佞臣令尹子兰、司马子椒）乃櫽括旧编，定为此本。以屈原所著二十五篇为《离骚》，宋玉以下十六篇为《续离骚》。随文诠释，每章各系以兴、比、赋字，如《毛诗》传例。其订正旧注之谬误者，别为《辨证》二卷附焉，自为之序。又刊定晁补之《续楚辞》《变离骚》二书，录荀卿至吕大临凡五十二篇，为《楚辞后语》，亦自为之序。《楚辞》旧本有东方朔《七谏》、王褒《九怀》、刘向《九叹》、王逸《九思》，晁本删《九思》一篇。是编并削《七谏》《九怀》《九叹》三篇，益以贾谊二赋。陈振孙《书录解题》谓以"《七谏》以下，词意平缓，意不深切，如无病而呻吟者也"。晁氏《续离骚》凡二十卷，《变楚辞》亦二十卷。《后语》删为六卷，去取特严。而扬雄《反骚》为《旧录》所不取者，乃反收入。《自序》谓"欲因《反骚》而著苏氏、洪氏之贬词，以明天下之大戒也"。周密《齐东野语》记绍熙内禅事曰"赵汝愚永州安置，至衡州而卒，朱熹为之注《离骚》以寄意焉"[1]。然则是书大旨在以灵均放逐寓宗臣之贬，以宋玉《招魂》抒故旧之悲耳。固不必于笺释音叶之间，规规争其得失矣。

△《离骚草木疏》四卷（安徽巡抚采进本）

宋吴仁杰撰。仁杰有《古周易》，已著录。是编末有仁杰庆元丁巳自序，谓梁刘杳有《草木疏》二卷，见于本传。其书已亡。杳疏凡王逸所集者皆在焉，仁杰独取二十五篇疏之。其大旨谓《离骚》之文，多本《山

---

[1] （宋）周密撰：《齐东野语》，中华书局1983年版，第45页。

海经》〔还应注意老、庄、屈的精神系列。明清之际钱澄之："庄子屈子之所为，一处潜，一处元，皆时为之也。"他认为"庄屈无二道"，（注：见《庄屈合诂·屈子诂·自序》，清康熙刊本）这是"庄屈形异实同论"〕，故书中引用，每以《山海经》为断。若辨"夕揽洲之宿莽"句，引《朝歌》之"山有莽草焉"为据，驳王逸旧注之非。其说甚辨。然骚人寄兴，义不一端。琼枝、若木之属，固有寓言。澧兰、沅芷之类，亦多即目。必举其随时抒望，触物兴怀，悉引之于大荒之外，使灵均所赋，悉出伯益所书，是泽畔行吟，主于侈其博赡，非以写其哀怨，是亦好奇之过矣。以其征引宏富，考辨典核，实能补王逸训诂所未及。以视陆玑之疏《毛诗》、罗愿之翼《尔雅》，可以方轨并驾，争鹜后先，故博物者恒资焉。迹其赅洽，固亦考证之林也。此本为影宋旧钞，末有庆元庚申方灿跋。又有校正姓氏三行。盖仁杰官国子学录时，属灿刊于罗田者。旧版散佚，流传颇罕。写本仅存，亦可谓艺林之珍笈矣。

△《钦定补绘离骚全图》二卷

清萧云从原图，乾隆四十七年奉敕补绘。云从字尺木，当涂贡生。考《天问序》，称"屈原放逐，彷徨山泽，见楚有先王之庙及公卿祠堂，图画天地山川神灵琦玮谲诡及古圣贤怪物异事，因书其壁，呵而问之"。是《天问》一篇，本由图画而作。后世读其书者，见所征引，自天文、地理、虫鱼、草本与凡可喜、可愕之物，无不毕备，咸足以扩耳目而穷幽渺，往往就其兴趣所至，绘之为图。如宋之李公麟等，皆以此擅长。特所画不过一篇一章，未能赅极情状。云从始因其章句，广为此图。当时咸推其工妙，为之镌刻流传。原本所有，只以三闾大夫、郑詹尹、渔父合绘一图，冠于卷端。及《九歌》为九图，《天问》为五十四图。而《目录》《凡例》所称《离骚经》《远游》诸图，并已阙佚。《香草》一图，则自称有志未逮。核之《楚辞》篇什，挂漏良多。皇上几馀披览，以其用意虽勤，而脱略不免。特命内廷诸臣，参考厘订，各为补绘。于《离骚经》则分文析句，次为三十二图。又《九章》为九图，《远游》为五图，《九辩》为九图，《招魂》为十三图，《大招》为七图，《香草》为十六图（共91图）。于是体物摹神，粲然大备。不独原始要终，篇无剩义。而灵均旨趣，亦藉以考见其比兴之原。仰见大圣人游艺观文，意存深远。而云从以绘事之微，荷蒙宸鉴，得为大辂之椎轮，实永被荣施于不朽矣。

△《山带阁注楚辞》六卷、《楚辞馀论》二卷、《楚辞说韵》一卷（通行本）

清蒋骥撰。骥字涑塍，武进人。是书《自序》题康熙癸巳，而《馀论》上卷有"庚子以后复见安溪李氏《离骚解义》"之语，盖《馀论》又成于注后也。注前冠以《史记·屈原列传》、沈亚之《屈原外传》《楚世家》节略，以考原事迹之本末。次以《楚辞》地理，列为五图，以考原涉历之后先。所注即据事迹之年月、道里之远近，以定所作之时地。虽穿凿附会，所不能无。而征实之谈，终胜悬断。《馀论》二卷，驳正注释之得失，考证典故之同异。其间诋诃旧说，颇涉轻薄。如以"少司命"为月下老人之类，亦几同戏剧，皆乖著书之体。而汰其冗芜，简其精要，亦自瑕不掩瑜。《说韵》一卷，分以字母，通以方音。又博引古音之同异，每部列"通韵""叶韵""同母叶韵"三例，以攻顾炎武、毛奇龄之说。夫"双声互转""四声递转"之二例，沙随程迥已言之，非骥之创论。然实不知先有声韵，后有字母，声韵为古法，字母为梵学，而执末以绳其本。至于五方音异，自古已然，不能谓之不协，亦不能执以为例。黄庭坚词用蜀音，以"笛"韵"竹"。《林外词》用闽音，以"扫"韵"锁"。是可据为典要，谓宋韵尽如是乎？又古音一字而数叶，亦如今韵一字而重音。"佳"字"佳""麻"并收，"寅"字"支""真"并见，是即其例。使非韵书俱在，亦将执其别音攻今韵之部分乎？盖古音本无成书，不过后人参互比校，择其相通之多者，区为界限。犹之九州列国，今但能约指其地，而不能一一稽其犬牙相错之形。骥不究同异之由，但执一二小节，遽欲变乱其大纲，亦非通论。以其引证浩博中亦间有可采者，故仍从原本，与《馀论》并附录焉。

——右"楚辞类"六部，六十五卷，皆文渊阁著录。

○ **楚辞类存目**

△《天问天对解》一卷（浙江范懋柱家天一阁藏本）

宋杨万里撰。万里有《易传》，已著录。是书取屈原《天问》、柳宗元《天对》，比附贯缀，各为之解。已载入《诚斋集》中，此其别行本也。训诂颇为浅易。其间有所辨证者，如《天问》"雄虺九首，儵忽焉在"，引《庄子》"南方之帝曰儵，北方之帝曰忽"，证王逸注"电光"之误。特因《天对》"儵忽之居帝南北海"而为之说。又如《天问》"鲮鱼何所，鬿堆焉处"，独谓"堆"当为"雀"，"鬿雀在北号山，如鸡虎爪食人",证王逸注"奇兽"之误。亦因《天对》"䑏雀在北号,惟人是食"而为之说。未尝别有新义也。

△《楚辞集解》八卷、《蒙引》二卷、《考异》一卷（两淮盐政采进本）

明汪瑗撰。瑗字玉卿,歙县人。是书《集解》八卷,惟注屈原诸赋,而宋玉、景差以下诸篇弗与。《蒙引》二卷,皆辨证文义。《考异》一卷,则以王逸、洪兴祖、朱子三本互校其字句也。《楚辞》一书,文重义隐,寄托遥深。自汉以来,训诂或有异同,而大旨不相违舛。瑗乃以臆测之见,务为新说以排诋诸家。其尤舛者,以"何必怀故都"一语为《离骚》之纲领,谓实有去楚之志而深辟,洪兴祖等谓原惓惓宗国之非。又谓原为圣人之徒,必不肯自沉于水,而痛斥司马迁以下诸家言死于汨罗之诬。盖掇拾王安石《闻吕望之解舟》诗、李壁注中语也。亦可为疑所不当疑,信所不当信矣。

△《离骚草木疏补》四卷（浙江范懋柱家天一阁藏本）

明屠本畯撰。本畯有《闽中海错疏》,已著录。是书以宋吴仁杰《离骚草木疏》多有未备,特于"香草"类增入麻、秬、薇、藻、稻、粢、麦、粱八种,于"嘉木"类增入枫、梧二种。其馀于仁杰疏多所删汰。自谓明简过之,而实则反失之疏略。又每类冠以《离骚》本文及王逸《注》,拟于诗之《小序》,亦无关宏旨,徒事更张。至仁杰谓宿莽非卷葹,斥王逸《注》及郭璞《尔雅注》之误。本畯是书,引罗愿《尔雅翼》以明之。不知其引《南越志》"宁乡草名卷葹,江淮间谓之宿莽"者,正主郭之说。不免自相刺谬,尤失于考证矣。

△《楚骚协韵》十卷、附《读骚大旨》一卷（浙江范懋柱家天一阁藏本）

明屠本畯撰。此本惟题曰屠畯,盖未改名以前刻也。本畯以朱子《楚辞集注》韵为未备,故广为此书。然所增实未尽当。古无韵书,各以方音取读。方音南北互殊,不免大同而小异。如《离骚》"朕皇考曰伯庸,维庚寅吾以降","降"读户工切。又"重之以修能,纫秋兰以为佩","能"读奴来切。皆古音也。至"肇锡予以嘉名,字余曰灵均",则方音矣。江以南"真""庚"互叶,今世尚然。本畯必读名弥延反、均居员反,殊为牵合。本畯又好取《说文》字体改今楷法,以为楚骚文字在小篆未变之前,写《楚辞》宜用小篆分草。今刊本虽用隶书,然宜以六书善本正其差讹。夫隶体与分草之兴,初不相远。且意取简易,与篆固殊。若尽依《说文》改变形体，以为能守六书之义，转为烦重。则但作篆可耳，奚以隶为。是亦好奇之过也。

△《楚辞听直》八卷、《合论》一卷（两江总督采进本）

明黄文焕撰。文焕有《诗经考》，已著录。崇祯中，文焕坐黄道周党下狱，因在狱中著此书。盖借屈原以寓感。其曰"听直"，即取原《惜诵》篇中"皋陶听直"语也。其例凡评谓之"品"，注谓之"笺"。《九歌》《九章》诸篇标题下又有"总品"。其篇次首《离骚》，次《远游》，次《天问》，次《九歌》，次《渔父》，次《卜居》，次《九章》。又据王逸之注，以《大招》或称屈原。又据司马迁《屈原贾生传赞》有"读原《离骚》、《招魂》、《哀郢》"语，并以《大招》、《招魂》附于篇末，与旧本皆异。《合论》一卷，即以发明"听直"之旨。有合论一篇者，《听离骚》、《听远游》、《听天问》、《听九歌》、《听卜居、渔父》、《听九章》、《听二招》七篇是也。有合论全书者，《听忠》、《听孝》、《听年》、《听次》、《听复》、《听芳》、《听玉》、《听路》、《听女》、《听礼》十篇是也。大抵借抒牢骚，不必尽屈原之本意。其词气傲睨恣肆，亦不出明末佻薄之习也。

△《楚辞评林》八卷（内府藏本）

明沈云翔编。云翔字千仞，庆城人。是书成于崇祯丁丑。因朱子《集注》杂采诸家之说，标识简端，冗碎殊甚。盖坊贾射利之本也。

△《天问补注》一卷（浙江巡抚采进本）

清毛奇龄撰。奇龄有《仲氏易》，已著录。是编以朱子《楚辞集注》于《天问》一篇多所阙疑，又谓世或牵引《天问》，造饰襞积，因以为说，而浅陋者更且牵引而注之。奇龄喜摭朱子之失，故为之补注。前为《总论》，后凡三十四条，皆先列《天问》原文，次列《集注》，而后以补注继之。亦间有所疏证。然语本恍惚，事多奇诡，终属臆测之词，不能一一确证也。

△《楚辞灯》四卷（内府藏本）

清林云铭撰。云铭字西仲，侯官人。顺治戊戌进士。官徽州府通判。王晫《今世说》称"云铭少嗜学，每探索精思，竟日不食。暑月家僮具汤请浴，或和衣入盆。里人皆呼为书痴"。然观所著诸书，实未能深造。是编取《楚辞》之文，逐句诠释。又每篇为《总论》，词旨浅近，盖乡塾课蒙之本。江宁朱冀尝作《离骚辨》一卷，攻云铭之说甚力。然二人均以时文之法解古书，亦同浴而讥裸裎也。其于《九章》篇次，自《涉江》

以下，皆易其旧。曰《惜诵》第一、《思美人》第二、《抽思》第三、《涉江》第四、《橘颂》第五、《悲回风》第六、《惜往日》第七、《哀郢》第八、《怀沙》第九。考王逸注称"屈原放于江南之野，思君念国，忧心罔极，故复作《九章》"。盖以《九章》皆放江南时作。云铭此编，谓《惜诵》为怀王见疏之后，又进言得罪而作，时但见疏而未尝放。本传所谓"不复在位者"，以不复在左徒之位，未尝不在朝也。其《思美人》《抽思》乃怀王置之于外时作，然此时在汉北，尚与江南之野无涉。惟《涉江》、《橘颂》、《悲回风》、《惜往日》、《哀郢》、《怀沙》六篇，始是顷襄放之江南所作。如此说来，既与本传使齐及谏释张仪、谏入武关数事不相碍。且与《思美人》、《抽思》章称"造都为南行，朝臣为南人"及"来集汉北"等语、《哀郢》章"仲春东迁，逍遥来东，西思故都"等语，一一印合云云。然此说本明黄文焕《楚辞听直》，亦非其创解也。

△《离骚经注》一卷、《九歌注》一卷（安徽巡抚采进本）

清李光地撰。光地有《周易观象》，已著录。案《史记》但称"屈原著《离骚》"，至王逸注本，始于《离骚》加"经"字，而《九歌》《九章》加"传"字。此称《离骚经》，从逸本也。所注皆推寻文意，以疏通其旨，亦颇简要。然《楚辞》实诗赋之流，未可说以诂经之法。至《国殇》《礼魂》二篇，向在《九歌》之末。古人以九纪数，实其大凡之名，犹《雅》《颂》之称"什"。故篇十有一，仍题曰"九"。光地谓当止于九篇，竟不附载，则未免拘泥矣？

△《离骚经解》一卷（浙江巡抚采进本）

清方楘如撰。楘如字文辀，淳安人。康熙丙戌进士。官丰润县知县。是编所解甚略，无所考证发明。原附刻《集虚斋学古文》后，今析出别著录焉。

△《离骚解》一卷（江苏巡抚采进本）

清顾成天撰。成天字良哉，娄县人。雍正庚戌进士。官翰林院侍讲。是编成于乾隆辛酉。大旨深辟王逸以来求女譬求君之说，持论甚正。然词赋之体与叙事不同，寄托之言与庄语不同，往往恍惚汗漫，翕张反覆，迥出于蹊径之外，而曲终乃归于本意。疏以训诂，核以事实，则刻舟而求剑矣。《离骚》之末曰"陟升皇之赫戏兮，忽临睨夫旧乡。仆夫悲余马怀兮，蜷局顾而不行"即终之以"乱曰"云云，大意显然，以前皆文章之波澜也。不通观其全篇，而句句字字必求其人以实之，反诋古人之疏舛，是亦苏轼所谓"作诗必此诗"也。

△《楚辞九歌解》一卷（江苏巡抚采进本）

清顾成天撰。其说以《湘君》、《湘夫人》为一篇，《大司命》、《少司命》为一篇，并十一篇为九，以合《九歌》之数。说尚可通。至于每篇所解，大抵以林云铭《楚辞灯》为蓝本，而加以穿凿附会。如《河伯篇》云"九河属韩、魏之境，而昆仑在秦之墟。韩、魏不能蔽秦，而东诸侯始无宁日。与女游兮九河，武关之要盟也。冲风起兮横波，伏兵之劫行也。登昆仑兮四望，留秦而不返也。灵何为兮水中，朝章台如藩臣，不与抗礼也。与女游兮河渚，流澌纷兮来下，冬卒而春归其丧也"则全归之于怀王。又《山鬼篇》云"楚襄王游云梦，梦一妇人，名曰瑶姬。通篇辞意，似指此事"则又归之于巫山神女。屈原本旨，岂其然乎。

△《读骚列论》一卷（江苏巡抚采进本）

清顾成天撰。此书又举《九章》以下诸篇未及作解者，一一评其大意。谓《离骚》之作在顷襄之世，屈原之死乃身殉怀王，力辟《史记》记事之谬。谓《九章·惜诵》、《惜往日》二篇为伪托，定为河洛间人所作。谓《卜居》亦为伪托，定为战国人所作。谓《渔父》即庄周。谓《招魂》《大招》皆招怀王。其说皆不免武断。至《思美人》篇"托玄鸟而致词"句，谓因张仪生出"鸟"字，因商於生出"玄鸟"字，其说尤不可解矣。

△《离骚中正》（无卷数，副都御史黄登贤家藏本）

清林仲懿撰。仲懿有《南华本义》，已著录。是编首载《读离骚管见》数则，谓屈原之赋以执中为宗派，主敬为根柢。自叙学问本领，陈述帝王心法，与四子书相表里。其说甚迂，故所释类多穿凿。如释"名余曰正则，字余曰灵均"，谓屈子窃取子思之道，所言正则、灵均，与《中庸》"天命之性，率性之道"相合。是果骚人之本意乎？

△《屈骚心印》五卷（浙江巡抚采进本）

清夏大霖撰。大霖字用雨，号梅皋，衢州西安人。是编成于乾隆甲子，因林云铭《楚辞灯》而改订之。据其自述，自林本以外，所见惟朱子、来钦之、黄维章三家本。其论韵称沈约为晋人。所引据者亦不过李渔《笠翁诗韵》、蔡方炳《广舆记》诸书。前有毛以阳评，谓朱子未暇注《楚辞》，今本出后人之附会，尤不知何据也。

△《楚辞新注》八卷（陕西巡抚采进本）

清屈复撰。复字悔翁，蒲城人。是编采合《楚辞》旧注，而自以新意疏解之。复颇工诗，故能求骚人言外之意，与拘言诠、涉理路者有殊。而果于师心，亦往往臆为变乱。如《离骚》"曰黄昏以为期兮"二句，指为衍文。《天问》一篇，随意移置其前后，谓之错简。《九歌》末《礼魂》一章，欲改为《礼成》，以为《九歌》之"乱辞"。大抵皆以意为之，无所依据也。

　　△《楚辞章句》七卷（山东巡抚采进本）

　　清刘梦鹏撰。梦鹏有《春秋义解》，已著录。是书就诸本字句异同。参互考订，亦颇详悉。然不注某字出某本，未足依据。至于篇章次第，窜乱尤多。如二卷《九歌》内《湘君》、《湘夫人》、《大司命》、《少司命》本各自标题，而删除《湘夫人》、《少司命》之名，称《湘君》前后篇、《司命》前后篇。六卷《九章》内删《抽思》、《橘颂》之目，统为《哀郢》，又移置其先后。均不知何据。又误以《史记》叙事之文为屈平之语，遂合《渔父》、《怀沙》为一篇。删去《渔父歌》，而增入乃作《怀沙之赋》。其辞曰九字，尤以意为之也。

　　——右"楚辞类"十七部，七十五卷，内一部无卷数，皆附《存目》。

附录一 《史记·屈原贾生列传》"太史公曰"发微

张庆利

【内容提要】 "太史公曰"是《史记》中司马迁评价历史人物与事件的标志之语。学界对《史记·屈原贾生列传》"太史公曰"的理解仍存在着歧义,而如何理解这一问题涉及如何认识司马迁对屈原的态度问题。结合屈原的作品和司马迁的思想,可以看出,其传赞高歌了屈原热爱故国、坚守高洁和追求美政的精神。传赞还反映出,司马迁对屈原的认识也受到贾谊的影响,但最终经过反思,仍然肯定了屈原殉国的崇高精神。

【关键词】 司马迁;太史公曰;屈原评价;汉代楚辞学

司马迁《史记·屈原贾生列传》是今见较早的屈原、贾谊的传记资料,是后人研究屈原、评价贾谊的重要依据。但由于时代久远,一是间有窜乱,致使其中有些文义前后不相连属,有些记述前后似有矛盾;二是后人认识与理解有所不同,因而对有些问题的看法见仁见智,不一而足。前者先贤时人多作梳理,意见渐趋一致;后者则涉及角度和方法诸问题,争议仍时见简端。

"太史公曰"是司马迁对历史人物、历史事件评价的创格,是《左传》"君子曰"类体制的新发展,其中代表了作者的历史观,反映了作者的人生观,体现了作者对传主的基本认识和对事件的基本态度。因而对《史记·屈原贾生列传》"太史公曰"内容的理解,不仅涉及对屈原和贾谊人生、思想与作品的认识,也可见司马迁的历史观、人生观。

一

《史记·屈原贾生列传》"太史公曰"原文如下:

太史公曰：余读《离骚》、《天问》、《招魂》、《哀郢》，悲其志。适长沙，观屈原所自沉渊，未尝不垂涕，想见其为人。及见贾生吊之，又怪屈原以彼其材，游诸侯，何国不容，而自令若是。读《鵩鸟赋》，同死生，轻去就，又爽然自失矣①。

这一段文字虽然不长，却存在着不少似乎很好理解却实际颇难明了的问题。

一是其志未详。司马迁既说"悲其志"，然未明言其志，故后人"悬揣其意而为之说者则纷如"。

二是文意不好厘清。清人李景星《〈史记〉评议》说："赞语凡四转，全以骚赋联合屈、贾，沉挫中有流逸之致。"② 他虽未直言"四转"为何，但从传赞可见，"悲其志"是一转，读其文，逆其志，悲从中来；"想见其为人"为二转，适其地，念其行，泪由心生；"而自令若是"为三转，观贾文，系屈事，为屈不平；"又爽然自失矣"为四转，读《鵩鸟赋》，同死生，感怀贾生。这是从结构层次上加以分析。但从文意上进行梳理，其前后似有矛盾：既赞叹其"为人"，又责怪其行事，而二者本应相辅相成。对此，历代学者曾作出不同的解释。刘永济先生在作于1958年的《屈赋通笺》中以"故为跌宕之词"说之：

战代之季，六国君相，争以养士相尚，而士之不得志于秦者，则去而之齐、之楚、之燕，甚而士之不得志于本国者，则助他国以伐本国，如伍子胥之于楚，是也。屈子主合齐以抗秦，又尝使于齐，苟去而之齐，未必不见用。太史公所谓"以彼其材，游诸侯，何国不容"也。按太史公此语，故为跌宕之词，故下文又曰："读《鵩鸟赋》，同生死，轻去就，又爽然自失矣。"盖以贾生吊屈文有"所贵圣人之神德兮，远浊世而自藏"，又有"历九州而相其君兮，何必怀此都也"之词。而鵩赋多道家言，于同死生，轻去就之理，反复陈说，以自广其沉郁之情。屈子非不知此，特以宗臣之义，与国同休戚，且其所学与所处，并异贾生，故不为耳。子长读《鵩鸟赋》而自失以此③。

---

① 司马迁：《史记》，中华书局1959年版，第2503页。
② 李景星：《〈史记〉评议》，东北师范大学出版社1985年版，第87页。
③ 刘永济：《屈赋通笺》，中华书局2007年版，第12—13页。

但刘先生未条理原文,细加论说,故致汤炳正先生辩难。

汤先生认为赞语自身的矛盾反映着史迁思想的复杂性,而与《悲士不遇赋》的情感相通。在作于1962年的《〈屈原列传〉理惑》一文说,这段话对屈原死生去就问题的评价有三层意思:(1)对屈原大志未遂、沉渊而死的遭遇,表示无限的同情,故云"悲其志";(2)同意贾谊的观点,认为以屈原的才智,应别逝他国,以求有所建树,不当沉渊而死,故云"又怪";(3)以《鵩鸟赋》中"同死生,轻去就"的道家观点作结,说明"去"与"就"固不必过分执着,即"生"与"死"也不能绝对化,这是从另一个角度对前两个观点的补充,故云"又爽然自失"①。

汤先生认为,司马迁对屈原虽深表同情,但却同意贾谊的观点而责怪屈原应远逝他国,不应轻生沉渊。这一观点影响很大,在这一问题的研究上具有代表性。李大明也认为,司马迁论屈原,"从'悲其志'到归本于道家'同死生,轻去就'的思想,从思想意识看大致与贾谊同调"②。但这样解释,就会产生下面的问题。

三是与传文有矛盾。主张司马迁完全同意贾谊的观点,便会遇到一个不可回避的问题:传文中充满着作者对屈原"存君兴国""怀石自沉"的礼赞与称扬,传赞却满含着对屈原固守楚国、未游诸侯的不解与责难。对此,汤炳正先生在文中认为传文中评《离骚》的两段文字,即从"离骚者,犹离忧也"到"虽与日月争光可也"和从"虽放流"到"岂足福哉"两段,均为刘安《离骚传》之语,而且为后人窜入,非司马迁引入,因而不代表司马迁的观点。但是,除了上述第一段中"《国风》好色而不淫"到"虽与日月争光可也"一段班固、刘勰等明称为刘安语外,第一段中的其他文字"《离骚》者,犹离忧也"到"屈平之作离骚,盖自怨生也"以及第二段文字,均于文献无征,史无旁证;而前者恰与司马迁《报任安书》中的思想相为表里。

今人又有不少论著涉及这些问题,但或没有明确论证,或以汤先生之说为立论基础,因此这一问题没有得到根本的解决。

二

什么是令司马迁悲伤动容的屈原之"志"?千百年来,异解纷呈。有

---

① 汤炳正:《屈赋新探》,齐鲁书社1983年版,第17—18页。
② 李大明:《汉楚辞学史》,中国社会科学出版社2004年版,第106页。

的认为是一种忠君伤谗的愿望,如李晚芳说:"其惜惜君国,不忍遽死者,冀君之一悟,而鬻熊之血食可延;冀谗佞之一改,而高阳之苗裔不斩也。"① 有的认为是忠义不得施展的哀伤,如王治皞说:"屈、贾以忠义博雅之人,俱逢时得主后遭贬斥,不得已而以虚文自见,此其志有足悲者。"② 李大明先生更直接地说:司马迁的"悲其志","就是'悲'屈原'以彼其材'而不为君王所用,就是'悲'屈原的不得志"③。

章学诚在《为谢司马撰楚词章句叙》中说:

> 夫屈子之志,以谓忠君爱国,伤痛疾时,宗臣之义不忍去,人皆知之;而不知屈子抗怀三代之英,一篇之中,反复致意,其孤怀独往,不复有《春秋》之世宙也。故其行芳、志洁,太史推与日月争光。而于贾生所陈三代文质,终见馋于绛灌者,同致异焉。太史所谓悲其志欤?④

章氏综合前说,创为新意,以屈子之"志"为志洁行芳、孤怀独往。应该说比前人的理解又进了一步,然惜未详加论说。

太史公明言"余读《离骚》、《天问》、《招魂》、《哀郢》,悲其志",因而其志意所在,必求之作品而方可得合理之释。

在《离骚》中,诗人把叙事与抒情紧密地结合起来,自豪地叙写"内美"与"外修",兴奋地描述内政与外交,伤感地指责"浩荡"的君王,愤怒地批判"贪婪"的党人,热烈地追求不悔的理想,低回地陈述心中的犹豫,毅然地宣布自己的死志。诗人将这些内容反复咏叹,或委曲婉转,或高亢激越,因而全诗波澜起伏,并一次次地将情感的波澜推向高潮。所以,司马迁在传文中或称引刘安之文,或申述自己之意,说《离骚》"其文约,其辞微,其志洁,其行廉","其存君兴国而欲反复之,一篇之中三致志焉"。因而《离骚》之"志"是披香戴芳的高洁之志,是勇于抗争的坚韧之志,是以死殉国的不悔之志。

---

① 杨燕起、赖长杨、陈可青:《历代名家评〈史记〉》,北京师范大学出版社1986年版,第615页。
② 同上。
③ 李大明:《汉楚辞学史》,中国社会科学出版社2004年版,第162—163页。
④ 章学诚:《章氏遗书》卷八,文物出版社1982年版,第26页。

《天问》是一篇奇文,全诗以一"曰"字领起,在 374 句诗中,一连串提出了 172 个问题。诗人置身于无穷无尽的宇宙空间和无始无终的历史长流中,发出了震撼天地、响彻古今的滔滔诘问:从宇宙未成的混沌状态,问到天地上下的各种现象;从神话传说中的人物,问到夏商周三代的兴亡;从洪荒久远的史事,问到楚国的现实和他自己的遭遇……天文、地理、历史、哲学,诸如宇宙本原、天体构成、神话传说、天命注定、兴亡治乱、寿夭祸福,总之,诗人把当时社会文化思想各个领域的一切都调动起来,构成一个个穷之难尽、纷至沓来的问题,林林总总,而又咄咄逼人。但正如林云铭所说:"滋味其立言之意,以三代兴亡作骨……全为自己抒胸中不平之恨耳!"可以说,《天问》之"志"是通古贯今的探究求索,是顶天立地的孤独感受,是叩天问地的不平之鸣!

《招魂》在"巫阳"的招魂词中,历陈天地、四方之险恶,极写楚国之美好,将深挚的感情寄托于铺排的描述之中。诗人写到天、地、四方均非久居之所:东方有千丈长人,专食鬼魂,十日代出,炎热无比;南方是蛮荒之地,生灵野蛮,荆棘丛生,凶兽纵横;西方流沙千里,旷野无极,五谷不生,土地烂人;北方冰雪连绵,寒冷难耐;人间向往的天堂是天门九重,虎豹守关,神怪往来,啄害下人;阴曹地府更是恐怖异常,妖魔怪兽穿行不已,头角锐利,以人为食。只有楚国环境幽雅,五彩辉映,人盛物丰,安宁祥和。因而诗人热切地呼唤:"魂兮归来,返故居些!"这样看来,《招魂》之"志"是魂兮归来的热切呼唤,是固守宗国的铮铮誓言,是流观天下的理性抉择。

《哀郢》的作意虽有争论,但不管是王逸主张的"虽被放,心在楚国……蔽于谗谄,思见君而不得"而作,还是汪瑗倡导的为秦将白起破郢而作,抒写悲愤忧伤之情则为历来学者所公认。诗人以被放逐离开故都而漂流的路线为经,以所见所闻所感所思为纬,纵横交错地描写了自己辗转流徙的艰难经历、百姓离散相失的悲惨境遇、楚国谗人高进贤人远引的黑暗现实,抒发了诗人去国怀乡的哀怨和国势日蹙的悲愤。那么《哀郢》之"志"是顾念"旧乡"的拳拳忠心,是哀时悯乱的殷殷热肠,是"狐死首丘"的坚定信念!

值得注意的是,《离骚》《招魂》《哀郢》三篇作品的篇末都有一段"乱"辞。"乱"本是乐曲的尾声,在楚辞中,这些乱辞往往归结全文,是全文内容的收束与概括。《离骚》的乱辞说:"已矣哉!国无人莫我知兮,又何怀乎故都？既莫足与为美政兮,吾将从彭咸之所居！"开头一句就表现了对现实政治的绝望、无人理解的孤独、欲说还休的苦痛、美政难以实现的悲哀,最后化为以死殉国、殉理想的不悔决心！《哀郢》的乱辞说:"曼余目以流观兮,冀一反之何时！鸟飞反故乡兮,狐死必首丘。信非吾罪而弃逐兮,何日夜而忘之？"在漂泊之地,他极目远眺,希冀能够早日返回故都,那里才是他实现理想、发挥才干的希望之地。尽管他被谗受害,遭遇种种不公,但是他系怀国家的感情、苏世独立的人格却始终不变！《招魂》的乱辞则从叙述自己初春时节被逐南行写起,沿途的山川草木使他眷恋不已,也使他感慨不已,对自己忠而被谤的不幸,对当时执政者苟且偷安的享乐,最后发出"魂兮归来哀江南"的悲鸣！清人蒋骥说:"卒章'魂兮归来哀江南'乃作文本旨,余皆幻设耳。"这些"乱曰"之语虽很简短,却均为点睛之笔,深刻而充分地概括了全诗主旨,点明了作者心志。

由以上分析可见,屈原之"志"正是他贯穿于全部作品和整个人生的热爱故国的深厚感情、坚守高洁的可贵气节和追求美政的斗争精神。而这种感情的遭受肆意践踏、这种气节的不被理解和这种斗争的最终失败,正是屈原的悲剧所在,是楚国的悲哀所在,也是司马迁的悲情所在。

三

传赞中"怪"的主体是谁？"爽然自失"是何意？这是理解这段文字的又一关键之处。清人何焯《义门读书记》曰:"赞又怪屈原以彼其材云云,即赋内历九州二句,谓贾生怪之也。爽然自失,亦谓贾生。"认为是在客观上叙述贾谊的观点。而更多学者认为这是司马迁的思想,是以赞同贾谊观点的方式表达自己的看法,前引汤炳正、褚斌杰、李大明等先生的观点即为此例。

从文意来看,"怪"的主体仍是司马迁。"读《离骚》……适长沙……观屈原……及见……又怪……读《鵩鸟赋》……又爽然自失矣"的主体均为"余",是司马迁,这样才文气通贯。贾谊被贬长沙王太傅,渡湘水时作《吊屈原赋》。赋中一方面同情屈原的遭遇,由于生不逢时,在"阘茸尊显兮,谗谀得志;贤圣逆曳兮,方正倒植"的黑暗现实中,屈原坚持高洁,"乃陨厥身"。对此,贾谊深表同情,因而他"敬吊先生"。另一方面,他又不同意屈原最后的选择,认为屈原不必宁赴湘流而固守楚国,赋篇最后的陈词便是表达这一思想：一者曰既无人理解自己，则可远逝他国；二者曰世风险恶，容不得圣贤在位；三者曰要懂得深潜高翔，要明哲保身，相时而动。

贾谊以才能"超迁"，遭到高官勋贵的嫉恨谗害，际遇与屈原相同。他由自身之遭遇遥想屈原之处境，因而对屈原充满景仰与同情。但他生当汉世，政治上已然一统，思想上亦渐趋一致，战国时代的自由与解放使他心向往之。因而他对屈原离忧殒身的劝阻，既是对自己无咎被贬、怀才不遇的激愤之词，也有对政治多元、思想自由时代的向往之意。司马迁的遭遇与感慨与此相类，所以他对贾谊的个人观点是赞同的，这正是司马迁责怪屈原"以彼其材，游诸侯，何国不容，而自令若是"的来由。

"爽然自失"即茫然自失。为什么会茫然自失？"自失"的原因何在？汤炳正先生认为"是史迁也同意贾生'同死生，轻去就'的论点而认为前面所说死生去就问题也未免太绝对化了，故感到'自失'"，"它是代表了史迁对屈原生死去就问题的个人看法"。但是一个十分明显的问题是，既然感到"自失"，修改或删除也就可以了，何必使这种失误仍然存在并"藏之名山，传之后世"呢！于情于理显然难通。笔者认为，"自失"的原因就在于读了《鵩鸟赋》，"自失"所指是自己责怪屈原的态度。

《鵩鸟赋》之作，已是贾谊任长沙王太傅三年之后，"卑湿"的环境使他神意消散，"谪居"的处境更使他悲哀无限。因而，当"不祥"之"鵩鸟"飞入馆舍，"止于坐隅"，自然使他产生了"寿不得长"的联想。于是他"为赋自广"，自我宽解，自我安慰，实际上也是一种心灵的自我救赎。《鵩鸟赋》的主体是假想的鵩鸟对自己所提问题的回答。贾谊的问题一是吉凶，二是迟速，归根结底是一个生死忧患的问题。鵩鸟的回答一是言万物变化之道，二是言生死齐一之理，归根结底是一个"遗世忘形"的问题。万物变化，既无穷无息，又相互转化。无穷无息，因而无以尽言其极，也不必穷尽其极；相互转化，因而无以明断吉凶，也不必分清吉凶。人生各有不同，有的为利驱遣，有的为名奔忙，只有那些摒弃了物欲、不羁于时空、超然于生死的"大人""至人""真人"，才能得到人生的真谛。显然，贾谊立论的根本在道家思想。清人王伯海在《评注昭明文选》中说：

> 前半是见天道深远难知，世间生死得丧，皆有定分，但未值其时，难以逆亲，私忧过计，总属无益，安见鹏鸟定为不祥，此一自广法也。后半见生必有死，生不知其自来，死何妨听其自往，而以达人、大人、至人、真人、德人，博征众说，见皆能自外形骸，不累生死，达观旷怀，与道消息，即鹏鸟为不祥，何足恐怖，又一自广法也。

他是借老庄"一生死，齐得丧"的思想排遣内心的郁结。所以司马迁说《鹏鸟赋》是"同死生，轻去就"。既然生死不过如此，何时得生何时赴死，自不必强求。死生既可齐同，去就何足争辩！所以没有必要非要求屈原"以彼其材，游诸侯"不可。在司马迁看来，贾谊的思想是矛盾。从汉文帝三年（前177）贾谊作《吊屈原赋》，到汉文帝六年（前174）贾谊作《鹏鸟赋》，时移事变，贾谊的思想自然会发生许多变化，再加上贾谊为后一篇赋有"依托老庄，强为排遣"之意。二赋所表现的思想自然不甚一致。如果说前者还有些愤激的话，那么后者更多的则是排解了。

在司马迁的思想意识中，生无理想，生亦何为？死既警世，死不足惜！他生死观的核心是价值的轻重："或重于泰山，或轻于鸿毛"。因而在《史记》中，他既肯定"不轻于一死而能别有建树"的人，如伍子胥、魏豹、彭越、季布、栾布等，又高度评价那些视死如归、"知死必勇"的人，如项羽、李广、荆轲等，赞美他们以死来殉自己的事业，来维护人格的尊严，来展示不屈服的精神。因而他感到前面受贾谊感染而对屈原的责怪是不适当的，所以在这里说自己"爽然自失"①。

由以上分析，我们可以说，《屈原贾生列传》"太史公曰"中反映了司马迁评屈思想中的一些变化，也展示了史迁反思的过程，但其基本思想并不矛盾。"爽然自失"一句，是对自己"怪屈原"思想的否定，是承认其"失"。由此，可以认为司马迁在屈原本传中论屈的思想是一致的，始终如一的，文中所记所论与《太史公自序》称"作辞以讽谏，连类以争义，《离骚》有之"的作传缘由、与《报任安书》中"盖文王拘而演《周

---

① 洪兴祖：《楚辞补注》，中华书局1983年版；王洲明、徐超：《贾谊集校注》，人民文学出版社1996年版；费振刚、仇仲谦、刘南平：《全汉赋校注》，广东教育出版社2005年版。

易》，仲尼厄而作《春秋》，屈原放逐乃赋《离骚》……此人皆意有所郁结，不得通其道，故述往事，思来者"的思想也是一致的。由此，怀疑传中对刘安语的引用为后人窜入、怀疑对《离骚》的评论亦为刘安语的窜入，是没有根据的。

［原载《天津大学学报》（社会科学版）2009年第5期］

附录二 沈亚之与《屈原外传》

陈 钧

（盐城师范学院文学院，江苏 盐城 224002）

【摘要】《屈原外传》是根据古代传说和文献"组合"而成的逸事性作品。考其资料大致来源于唐前，但今所见最早著录《屈原外传》一文的是明董说《七国考》一书；全文载录并署名其作者为唐沈亚之的，是清蒋骥的《山带阁注楚辞》一书。对于沈亚之是否著有《屈原外传》，本文认为应该存疑。

【关键词】《屈原外传》；沈亚之；传奇

《屈原外传》一文，当今可以见到的最早著录，应是明董说（1620—1686）的《七国考》一书，其书卷一四云："玉米田，书旧云：……又见《屈原外传》。"据董说《丰草庵前集》，《七国考》著作于崇祯十五年（1642）。但他没说作者是谁。清代的《湖广通志》卷七七"屈原宅""玉米田"两条，也标明出处是《外传》。全文载录《屈原外传》并署名其作者为唐沈亚之的，是清蒋骥（1678—1745）《山带阁注楚辞》[①] 一书。《山带阁注楚辞》共六卷，卷首冠以《史记·屈原列传》、唐沈亚之《屈原外传》等。其"采摭书目"中有"《沈下贤集（亚之）》"一种。可见，蒋骥是根据《沈下贤集（亚之）》"采摭"这篇《屈原外传》的。他在《楚辞馀论·九歌》中说："《外传》谓《九歌》作于湘阴之玉笥山，亦臆说也。"从他对《屈原外传》有所批评，并倾注二十余年心血著述此书的情况来看，蒋氏的治学态度是严谨的。他载录的这篇《屈原外传》是有一定

---

① （清）蒋骥：《山带阁注楚辞》，上海古籍出版社1984年版。

理由让人信赖的。清王邦采（1676—1746）康熙六十一年（1722）刻所编《离骚汇订》六卷四帙：第一帙为"卷首"，并录《史记·屈原列传》、沈亚之《屈原外传》及贾谊《吊屈原辞》等文。清胡文英乾隆五十一年（1786）刻所著《屈骚指掌》四卷，卷首并录《史记·屈原列传》和沈亚之《屈原外传》，有乾隆五十一年（1786）富芝堂刊《武进胡氏所著书》本。清陈本礼（1739—1818）嘉庆十七年（1812）刻所著《楚辞精义》六卷，卷首亦有《史记·屈原列传》、沈亚之《屈原外传》。这些著作不但标明《屈原外传》的作者是沈亚之，而且都载录了《屈原外传》的全文。

　　《四库全书》的编者对此没有怀疑。阿英（1900—1977）1953年在《有关屈原及其诗篇的传说——屈原逝世2230年纪念》中说："唐朝的名传奇作者沈亚之，曾经集中一部分，写成一篇《屈原外传》。里面涉及他诗篇的部分，我们很难断定是否确有那些传说，还是出于亚之或后代诗人们的寄托。"① 詹安泰先生在《屈原》② 一书中两处引用沈亚之《屈原外传》。现在还有若干学者和地方网站也多次引用，还有学者著文论证《屈原外传》"很可能是唐沈亚之的一篇佚文"。但是遗憾的是，明以前未见提及《屈原外传》者，未见著录"唐沈亚之《屈原外传》"者，更未见《屈原外传》之全文，包括宋以来各种版本的《沈下贤集》和《全唐文》。那么，《屈原外传》是不是沈亚之的一篇佚文呢？

　　《屈原外传》是根据古代传说和文献"组合"而成的逸事性作品。为了叙述的方便，兹据原文逐句考订如下：

　　　　昔汉武爱骚，令淮南作传，大概屈原已尽于此，故太史公因之以入《史记》。外有二三逸事，见之杂纪、方志者尤详。

　　《汉书·淮南王安传》："初，安入朝，献所作《内篇》，新出，上爱秘之。使为《离骚传》，旦受诏，日食时上。又献《颂德》及《长安都国颂》。每宴见，谈说得失及方技赋颂，昏莫然后罢。"

　　《史记·屈原列传》："国风好色而不淫，小雅怨诽而不乱……推此志

---

① 钱小芸、吴昌泰：《阿英散文选》，百花文艺出版社1981年版。
② 詹安泰：《屈原》，上海人民出版社1957年版。

也，虽与日月争光可也。"据班固《离骚序》，这段文字乃刘安《离骚传》之序文，为司马迁所引用。

杂纪：《旧唐书》卷四六《经籍志》上："乙部为史，其类十有三：一曰正史，以纪纪传表志……三曰杂史，以纪异体杂纪。"① 唐刘知几《史通·杂述》分史氏流别为十，八曰杂记。《隋书·经籍志四》著录有晋张华《杂记》十一卷。旧署晋葛洪有《西京杂记》。

方志：《周礼·地官·诵训》："诵训，掌道方志，以诏观事。"《文选·晋·左太冲·吴都赋》："方志所辨，中州所羡。"唐张铣注云："方志，谓四方物土所记录者。"《魏书》卷九八《岛夷萧衍传》："沙海荒忽之外，瀚漠羁縻之表，方志所不传，《荒经》所不缀，莫不绳谷钓山，依风托水，共仰中国之圣，同欣大道之行。"② 《新唐书》卷五八《艺文志二》："李播《方志图》。"③

屈原瘦细美髯，丰神明秀。长九尺，好奇服，冠切云之冠。性洁，一日三濯缨。

《涉江》："余幼好此奇服兮……冠切云之崔嵬。"

屈原曰："吾闻之，新沐者必弹冠，新浴者必振衣，人又谁能以身之察察，受物之汶汶者乎！宁赴常流而葬乎江鱼腹中耳，又安能以皓皓之白而蒙世俗之温蠖乎！"

事怀、襄间。蒙谗负讥，遂放而耕。吟《离骚》，倚耒号泣于天。时楚大荒，原堕泪处独产白米如玉。《江陵志》有玉米田，即其地也。

《六艺之一录》卷一〇四引《江陵志》云："（韩）愈为江陵法曹，当时之题名石刻存焉。"《居易录》卷二七云："元和中，裴宙镇荆州，掘地得一石。见《江陵志》。"可见其书记录了中唐人物的逸事。《湖广通志》卷九九《刘文恪传》谓宋人刘文恪"事载《江陵志》中"；《景定建康志》卷首谓宋人马光祖"有幕客周君……旧尝为《江陵志》。"可

---

① （五代）刘昫：《旧唐书》，中华书局1975年版。
② （北齐）魏收：《魏书》，中华书局1975年版。
③ （宋）欧阳修：《新唐书》，中华书局1975年版。

见《江陵志》后来经过增益。《屈原外传》作者所见《江陵志》的版本不得而知。

明陈仁锡《潜确居类书》:"玉米田在归州,屈原耕此,产白米似玉。"①

董说《七国考》卷一四《玉米田》:"书旧云:归州有玉米田,屈原耕于此,产白米似玉。楚人遂名其田曰玉米。又见《屈原外传》。"

> 尝游沅湘,俗好祀,必作乐歌以乐神,辞甚俚。原因栖玉笥山,作《九歌》,托以讽谏。至《山鬼》篇,四山忽啾啾若啼啸,声闻十里外,草木莫不萎死。

王逸《九歌·序》:"九歌者,屈原之所作也。昔楚国南郢之邑,沅湘之间,其俗信鬼而好祠,其祠必作歌乐以乐诸神,屈原放逐,出见俗人祭祀之礼,歌舞之乐,其词鄙陋。因为作《九歌》之曲……托以讽谏。"

晋罗会《湘中记》:"屈潭之左玉笥山,屈平之放,栖于此山而作《九歌》。"②《元和郡县图志》卷二七《江南道》三:"玉笥山,在(湘阴)县东北七十五里。屈原放逐,居此山下而作《九歌》焉。"

> 又见楚先王庙及公卿祠堂,图画天地山川神灵,瑰玮僪佹,与古圣贤怪物行事,因书其壁,呵而问之。时天惨地愁,白昼如夜者三日。

王逸《天问·序》:"屈原放逐,忧心愁悴,彷徨山泽,经历陵陆,嗟号昊旻,仰天叹息。见楚有先王之庙及公卿祠堂,图画天地山川神灵,琦玮僪佹,及古圣贤怪物行事,周流罢倦,休息其下。仰见图画,因书其壁,呵而问之。以泄愤懑,舒泻愁思。"

> 晚益愤懑,披蓁茹草,混同鸟兽,不交世务,采柏实,和桂膏,歌《远游》之章,托游仙以自适。王逼逐之,于五月五日遂赴清泠之水。其神游于天河,精灵时降湘浦,楚人思慕,谓为水仙。

---

① (清)张玉书:《佩文韵府》,上海古籍出版社1983年版。
② (元)陶宗仪:《说郛》,宛委山堂本。

晋王嘉《拾遗记》卷一〇："屈原以忠见斥,隐于沅湘,披蓁茹草,混同鸟兽,不交世务,采柏实,以和桂膏,用养心神。被王逼逐,乃赴清泠之渊。楚人思慕,谓为水仙。其神游于天河,精灵时降湘浦,楚人为之立祠,汉末犹在其上。"

每值原死日,必以筒贮米投水祭之。
至汉建武中,长沙区回,白日忽见一人,自称三闾大夫,谓曰:"闻君尝见祭,甚善。但所遗并蛟龙所窃。今有惠,可以楝树叶塞上,以五色丝缚之,此物蛟龙所惮。"回依其言。世俗作粽并带丝叶,皆其遗风。

梁吴均《续齐谐记》:"屈原五月五日投汨罗而死,楚人哀之,每至此日,以竹筒贮米投水祭之。汉建武中,长沙区回,白日忽见一人,自称三闾大夫,谓曰:'君尝见祭,甚善。但常所遗,苦为蛟龙所窃。今若有意,可以楝树叶塞其上,仍以五色丝约缚之,此二物蛟龙所惮也。'回依其言。世人作粽,并带五彩丝及楝叶,皆汨罗之遗风也。"

晋咸安中,有吴人颜珏者,泊汨罗,夜深月明,闻有人行吟曰:"曾不知夏之为丘兮,孰两东门之可芜。"珏异之,前曰:"汝三闾大夫耶?"忽不见其所之。

《哀郢》:"曾不知夏之为丘兮,孰两东门之可芜。"
詹安泰先生谓出梁吴均《续齐谐记》[1],余未检出,未知詹氏所据何本。但原文谓为"晋咸安中"事,由来应久。
《艺文类聚·居处》引庾仲雍《荆州记》:"姊归县有屈原田宅,女媭庙,捣衣石犹存。"
《元和郡县图志·归州》:"屈原宅,在县北三十里。"

嘻,异哉!原以忠死,直古龙比者流,何以没后多不经事。特千古骚魂郁而未散,故鬻熊虽久不祀,三闾之迹,犹时仿佛占断于江潭

---

[1] 詹安泰:《屈原》,上海人民出版社1957年版。

泽畔蒹葭白露中耳。

《渔父》:"屈原既放,游于江潭,行吟泽畔。颜色憔悴,形容枯槁。"

据以上考证,《屈原外传》所据资料大致来源于中唐以前。也就是说,沈亚之那个时代已经具备了产生《屈原外传》的史料条件。

"外传"一体,《辞源》有两个义项:第一个义项是"外编",这里不谈。第二个义项是:为史书所不载的人物立传;或于正史外另为作传,记录遗闻逸事。《屈原外传》就属于这一类。学术界比较一致的意见是:中唐大历年间(766—779)郭湜已经写作了《高力士外传》,《新唐书·艺文志》题为《高氏外传》,其他如《飞燕外传》,鲁迅认为"恐是唐宋人所为"[①];《太平广记》卷三八引《邺侯外传》,也应该是唐宋间人所作。这就是说,从文体角度来说,沈亚之那个时代也已经具备了《屈原外传》的写作条件。

我们再来看看《屈原外传》"现身"的时代和区域。

《楚辞》类著作载录屈原传记始见于明末。陆时雍《楚辞疏》最早转载《史记·屈原列传》,上距司马迁时代已经一千多年。陆时雍以后,清王夫之(1619—1692)《楚辞通释》、林云铭《楚辞灯》竞相效法,这才渐渐酿成风气:蒋骥《山带阁注楚辞》不但载录了《史记·屈原列传》,而且增加了"唐沈亚之《屈原外传》"和"楚世家节略";王邦采《离骚汇订》又新增了"贾谊《吊屈原辞》";胡文英《屈骚指掌》、陈本礼《楚辞精义》等人如法炮制。其实,《楚辞》类著作载录屈原传记实乃风气使然,不足反证载录文献的产生年代。

董说的《七国考》成书于崇祯十五年(1642),他早在蒋骥编纂《山带阁注楚辞》七十多年前就阅读了《屈原外传》。完全可以肯定,蒋骥没有伪作《屈原外传》,董说也没有作假。那么,《屈原外传》产生于什么年代?待考。

有趣的是,蒋骥是江苏武进人,王邦采是江苏无锡人,胡文英也是武进人。董说虽是浙江乌程人,但他崇祯十三年(1640)就到江苏昆山拜见张溥,并从张溥学,还加入了复社。崇祯十四年(1641)他又到江苏太仓见张溥。崇祯十五年(1642)他到昆山会葬张溥,代表同学撰祭词。同年

---

① 鲁迅:《中国小说史略》,人民文学出版社1973年版。

著《七国考》。① 崇祯十七年（1644）吴江张隽到浙江湖州南浔，访董说于丰草庵。顺治十年（1653）董说两次到苏州灵岩，作《灵岩歌》。康熙二十四年（1685）他从江苏宜兴西行访衡山，复还吴中。他一生足迹未离江苏，未离苏、锡、常地区。也就是说，他的活动地点与蒋骥、王邦采、胡文英是一致的。由此，我们如果推断，明末清初、清中期，在江苏的苏、锡、常地区，浙江的湖州地区曾经出现过一种文本，其中就有"唐·沈亚之撰《屈原外传》"，恐怕不能说是毫无根据吧？阿英先生、詹安泰先生所见的《屈原外传》是一种怎样的版本？可惜我们不得而知，而且我们也找不到上述版本以外的版本，太遗憾了。

沈亚之（781—832），字下贤，元和十年（815）进士。工诗善文。曾游韩愈门下，与李贺、杜牧、李商隐、张祜、徐凝等交往。沈亚之是知名的传奇作者，今传《湘中怨词》《异梦录》《秦梦记》《冯燕传》《李绅传》《歌者叶记》等。其文才足以写出《屈原外传》这样的作品。鲁迅说他的传奇"皆以华艳之笔，叙恍惚之情，而好言仙鬼复死，尤与同时人异趣"②。这样的风格与《屈原外传》也是一致的。沈亚之一生沉沦下僚，"终郢州掾"③。郢州在今湖北京山一带，就是说，沈亚之到了楚国的故地。沈亚之在他的晚年产生怀念屈原之情，进而写作一篇《屈原外传》，乃是贴人、贴心、贴地之事。

问题是，这篇《屈原外传》为什么没有被收进"要集"？

沈亚之的文集流传情况约略如下：《新唐书·艺文志》著录沈亚之有集九卷；《郡斋读书志》著录八卷；《直斋书录解题》著录为十二卷，或以为即钱曾《读书敏求记》著录元祐刊本二十卷（或即十二卷之误）；《文献通考》作十卷；《铁剑铜琴楼藏书目录》著录旧钞本二种；北京图书馆藏有旧钞本；鲁迅曾据明谢氏"影抄小草斋文集《沈下贤集》"过录《湘中怨解》；《汪辟疆·唐人小说》云："今《沈下贤集》，有长沙叶氏观古堂刻十卷本；又有涵芬楼景明翻宋本《沈下贤文集》十二卷本。此文（《湘中怨解》）及下所录三篇（《异梦录》《秦梦记》《冯燕传》）并载集中。"长沙叶德辉氏观古堂刻十卷本《沈下贤集》为光绪二十一年即1895年《观古丛书》本；近年肖占鹏、李勃洋有《沈下贤集校注》，此本所据

---

① 张慧剑：《明清江苏文人年表》，上海古籍出版社1986年版。
② 鲁迅：《中国小说史略》，人民文学出版社1973年版。
③ （元）辛文房：《唐才子传》，中州古籍出版社1987年版。

主要是：《四部丛刊》影印明翻宋刻本、湖南叶德辉观古堂刻本、《四库全书》本，校以《文苑英华》《全唐文》《全唐诗》中所收的沈亚之作品。

我们今天所看到的沈亚之文集，都没有收这一篇《屈原外传》。其原因大致有：古本未收；证据不足。窃以为，本文以上所论，也只能说明：《屈原外传》所据之杂纪、方志，大致是唐以前的古籍；它现身的时间应在明末清初，地点主要在江、浙一带，《湖广通志》成书较晚，所据版本不得而知；沈亚之有才华、有可能写作此文。要解释未收入沈亚之文集和重要典籍的原因，只能说是遗漏、散佚。旧抄本无名氏序云："（沈亚之诗文）存于今者，既不尽允；世之所有，复舛错讹谬，脱文漏句，十有二三。"① 程毅中《唐代小说史话》第五章论及"沈亚之《秦梦记》"时说："沈亚之的作品比李公佐还多，可以说是唐代传奇的一个大作家。《感异记》以前不大为人注意，是否沈亚之的手笔，还有待研究。"② 足见，沈亚之作品的遗漏、散佚，是一个由来已久的问题。

说到这里，要问我的意见，曰"存疑"，或者顶多说"疑是"。

《史记》卷四〇《楚世家》：二十三年，襄王乃收东地兵，得十馀万，复西取秦所拔我江旁十五邑以为郡，距秦。二十七年，使三万人助三晋伐燕。复与秦平，而入太子为质于秦。楚使左徒侍太子于秦……三十六年，顷襄王病，太子亡归。秋，顷襄王卒，太子熊元代立，是为考烈王。考烈王以左徒为令尹，封以吴，号春申君。考烈王元年，纳州于秦以平。是时楚益弱。

☆刘轲　轲字希仁，唐元和末进士。文宗朝宏文馆学士。出为洛州刺史。
《代荀卿与楚相春申君书》

前兰陵令臣况谨奉书于相国春申君足下。前者不识事机，冠宋章，袭儒衣，以廉轴驾赢驽，应聘于诸侯。始入秦，见秦应侯。会侯方以六国□舀其君，且曰"吾方角虎以斗，又何儒为？"故去秦之赵，会孝成王喜兵法，方筑坛拜孙膑，欲磨牙而西。臣以汤武之兵钳其口于前，赵王亦不少孙膑而多臣。臣以是去赵之齐，会宣王方沽贤市名达诸侯间，人聚稷下，若邹子、田骈、淳于髡，皆号客卿。故臣得翱翔于诸子间。自威王至襄王，三为祭酒，号为老师。然悯诸生少年，皆不登阙里，不浴沂水，各掉

---

① 万曼：《唐集叙录》，中华书局1980年版。
② 程毅中：《唐代小说史话》，文化艺术出版社1990年版。

寸舌，得纡朱垂组，自以为高洁莫我若也。臣以乳儿辈畜之，何虞其蝎蛋之为毒也。由是谗言塞路，臣之肉几为齐人所食。

伏念相君与平原、孟尝、信陵齐名，故游谈者谓从成则楚王，衡成则秦帝，以相君之相楚故也。不然，楚何以得是名？以是去齐归相君。相君果不以臣屡固，俾臣为兰陵令。臣始下车，方弦琴调轸，欲兰陵之人心和且富，既富且教，必使三年有成，然后报政于相君。此臣效相君者希以是。不意稷下之谤，又起于左右，俾臣之丑声，直闻于执事。执事果亦疑弃臣如脱故屣。臣之去兰陵，岂不知相君之弃臣邪？臣尚念古者交绝不出恶声，臣怼楚而怨相君也哉。顷相君徒欲人之贤已，曾不知楚国前事。臣不远引三代洎春秋，今虽战国，亦不敢以他事白，直道今楚国盛衰之尤者，冀相君择焉。

自重黎为火正，光融天下。鬻熊有归德，教西伯弟子。洎蚡冒熊绎，荜路蓝缕，以启荆蛮。历武、文、成始臣妾江汉，至庄王始与中国争伯。此数君皆郢之祖宗，而代亦称臣之术。五尺童子，羞称五伯，臣又何必独为相君道哉！然楚君但成、庄而已矣。自庄而下，楚亟不竞。平王嗣位，耳目倒置，伍奢以谏死，费无极以谗用。亡太子，走昭王，污楚宫，鞭郢墓，岂不以一谗而至乎！尔下及怀王，知左徒屈原忠贤，始能付以楚政。当诸侯盛，以游说交斗，犹以楚为有人。无何，为上官靳尚所短，王怒，疏屈平。平既疏，秦果为张仪计陷楚之商於地。仪计行，秦果欺楚。是以有蓝田之役，丹徒之败。怀王囚不出咸阳，亡不越魏境，客死而尸归，至今为楚痛。岂不曰疏屈平亲靳尚而至于尔！人亦谓令尹子兰不得蠲然无非，已不能疾谗，又从而惜之，俾屈生溺，《离骚》为之作。襄王以前事历目切骨，虽有宋玉、唐勒、景差辈子弟，赋风吊屈而已，又何能免王于矢石哉！

今相君自左徒为令尹，封以号春申君。楚于相君，设不能引伍奢、屈平以辅政，复不能拒无极、靳尚之口弈，臣见泗上诸侯，不北辕不来矣。夫如是，汉水虽深，不为楚堑；方城虽高，不为楚险。相君虽贤，欲舍楚而安之也。今有李园者，世以谀媚荐宠，喜以阴计中上，根结枝布，浸为难拔。相君若不以此时去之，则王之左右前后，不靳尚，则无极，讵独臣之不再用也。前月相君聘至，跪书受命，且曰：若恶若仇，若善若师，真宰相之心。脱李园之〔一作何〕至，费、靳方试，何害臣之不再罢兰陵也哉。敢辄尽布诸执事，而无遂子兰之非，况之望也，楚子之幸也。

《史记·楚世家》笺证

　　楚之先祖出自帝颛顼高阳。高阳者，黄帝之孙，昌意之子也。高阳生称，称生卷章，卷章生重黎。重黎为帝喾高辛居火正，甚有功，能光融天下，帝喾命曰祝融。共工氏作乱，帝喾使重黎诛之而不尽。帝乃以庚寅日诛重黎，而以其弟吴回为重黎后，复居火正，为祝融。

　　吴回生陆终。陆终生子六人，坼剖而产焉。其长一曰昆吾；二曰参胡；三曰彭祖；四曰会人；五曰曹姓；六曰季连，芈姓，楚其后也。昆吾氏，夏之时尝为侯伯，桀之时汤灭之。彭祖氏，殷之时尝为侯伯，殷之末世灭彭祖氏。季连生附沮，附沮生穴熊。其后中微，或在中国，或在蛮夷，弗能纪其世。

　　周文王之时，季连之苗裔曰鬻熊。鬻熊子事文王，蚤卒。其子曰熊丽。熊丽生熊狂，熊狂生熊绎。

　　熊绎当周成王之时，举文、武勤劳之后嗣，而封熊绎于楚蛮，封以子男之田，姓芈氏，居丹阳。楚子熊绎与鲁公伯禽、卫康叔子牟、晋侯燮、齐太公子吕伋俱事成王。

　　此处对楚国世系之描述，认同黄帝、颛顼之五帝血脉，有如《离骚》开篇所云："帝高阳之苗裔兮。"据《世本》《古今姓氏书辩证》及《元和姓纂》所载，黄帝子昌意生颛顼，颛顼四世孙陆终第六子名季连，赐为芈姓。季连生附沮，附沮生穴熊。穴熊的直系子孙鬻熊，为周文王之师。其子事文王，早卒。曾孙熊绎以王父字为熊氏，受周成王之封而建国，封以子男之田，居丹阳。对于楚人始祖，汲冢出土之《竹书纪年》云："帝颛顼高阳氏：母曰女枢，见瑶光之星，贯月如虹，感己于幽房之宫，生颛顼于若水。首戴干戈，有圣德。生十年而佐少昊氏，二十而登帝位。元年，帝即位，居濮。十三年，初作历象。二十一年，作承云之乐。三十年，帝产伯鲧，居天穆之阳。七十八年，帝陟。"① 但《离骚》只称高阳，不坐实颛顼，或又有深意焉。也如《竹书纪年》所云："帝舜有虞氏：母曰握登，见大虹意感，而生舜于姚墟。目重瞳子，故名重华。龙颜大口，黑色，身长六尺一寸。舜父母憎舜，使其涂廪，自下焚之，舜服鸟工衣服飞去。又使浚井，自上填之以石，舜服龙工衣自傍而出。耕于历，梦眉长与发等，遂登庸。元年己未，帝即位，居冀。作《大韶》之乐。即帝位，蓂荚生于阶，凤凰巢于庭，击石拊石，以歌《九韶》，百兽率舞，景星出于房，地出乘黄之马。三年，命皋陶作刑。九年，西王母来朝。西王母之来朝，献白环、玉玦。十四年，卿云见，命禹代虞事。"② 而《离骚》只称虞舜为重华，也是意味深长。屈原以高阳称颛顼、以重华称舜之诗性思维特异点，不应轻易放过。

> 熊绎生熊艾，熊艾生熊䵣，熊䵣生熊胜。熊胜以弟熊杨为后。熊杨生熊渠。
>
> 熊渠生子三年。当周夷王之时，王室微，诸侯或不朝，相伐。熊渠甚得江汉间民和，乃兴兵伐庸、杨粤，至于鄂。熊渠曰："我蛮夷也，不与中国之号谥。"乃立其长子康为句亶王，中子红为鄂王，少子执疵为越章王，皆在江上楚蛮之地。及周厉王之时，暴虐，熊渠畏其伐楚，亦去其王。

这是屈氏得姓之始。《国语·郑语》云："楚蚡冒（楚厉王）于是乎始启濮。"③ 迨至熊渠封长子伯庸（康）为句亶王，统摄夔子国，夔之促音（入声）为屈，屈瑕乃伯庸之长子，楚武王之长孙。王逸《楚辞章句》卷一六云："闵先嗣之中绝兮，心惶惑而自悲。言己伤念先祖，乃从屈瑕建立基功，子孙世世承而继之，至于己身而当中绝，心为惶惑，内自悲哀也。"④ 郑樵《通志略·氏族略第三》云："屈氏：芈姓，楚之公族也。莫敖屈瑕食邑于屈，因以为氏。三闾大夫屈平字原，其后也。"⑤ 楚武王

---

① 方诗铭、王修龄：《古本竹书纪年辑证》，上海古籍出版社1981年版，第192页。
② 同上书，第197—198页。
③ 《国语》，上海古籍出版社1978年版，第524页。
④ （宋）洪兴祖撰，白化文等点校：《楚辞补注》，中华书局1983年版，第307页。
⑤ （宋）郑樵：《通志略》，中华书局1992年版，第91页。

"大启群蛮",先后灭萧、邓、绞、权、罗、申诸国,奄有江汉。在王位继承上,长孙屈瑕居于优先地位,是楚文王之劲敌,自然受到楚武王新夫人邓曼之严厉抨击。然而,屈瑕乃英勇善战之骁将,屡建奇功,《左传·鲁桓公十一年》载:"楚屈瑕将盟贰、轸。郧人军于蒲骚,将与随、绞、州、蓼伐楚师。斗廉曰:'郧人军其郊,必不诫,且日虞四邑之至也。君次于郊郢,以御四邑。我以锐师宵加于郧。郧有虞心,而恃其城,莫有斗志。若败郧师,四邑必离。'莫敖曰:'盍请济师于王。'对曰:'师克在和,不在众。成军以出,又何济焉?'莫敖曰:'卜之。'对曰:'卜以决疑,不疑何卜?'遂败郧师于蒲骚,卒盟而还。"① 十二年,"楚伐绞,军其南门。莫敖屈瑕曰:'绞小而轻,轻则寡谋,请无扞采樵者以诱之。'从之。绞人获三十人。明日,绞人争出,驱楚役徒于山中。楚人坐其北门,而覆诸山下,大败之,为城下之盟而还"。② 十三年春,楚屈瑕伐罗,斗伯比送之。还,谓其御曰:'莫敖必败,举趾高,心不固矣。'遂见楚子曰:'必济师。'入告夫人邓曼,邓曼曰:'大夫其非众之谓,其谓君抚小民以信,训诸司以德,而威莫敖以刑也。莫敖狃于蒲骚之役,将自用也,必小罗。君若不镇抚,其不设备乎。夫固谓君训众而好镇抚之,召诸司而劝之以令德,见莫敖而告诸天之不假易也。不然,夫岂不知楚师之尽行也!'楚子使赖人追之,不及。莫敖使徇于师曰:'谏者有刑。'及鄢,乱次以济。遂无次,且不设备。及罗,罗与卢戎两军之,大败之。莫敖缢于荒谷。群帅囚于冶父,以听刑。"③ 对其自缢以殉难,楚武王曰:"孤之罪也。"皆免之。楚武王主动承担全部责任,关爱痛惜有加。从莫敖屈瑕屡建战功,最后功败垂成而言,他是一个不容抹杀之堂堂正正人物。但后来掌握官方史乘记载者,受制于楚文王,邓曼也就成了半个圣人了。楚文王自然也是有作为之国君,从丹阳迁都于郢(今湖北省江陵市西北),采用"板筑法"筑城,尚武强国,极大扩充了楚国版图。

后为熊毋康,毋康蚤死。熊渠卒,子熊挚红立。挚红卒,其弟弑而代立,曰熊延。熊延生熊勇。熊勇六年,而周人作乱,攻厉王,厉王出奔彘。熊勇十年,卒,弟熊严为后。熊严十年,卒。有子四人,

---

① 杨伯峻:《春秋左传注》,中华书局1995年版,第130—131页。
② 同上书,第134页。
③ 同上书,第138页。

长子伯霜，中子仲雪，次子叔堪，少子季徇。熊严卒，长子伯霜代立，是为熊霜。熊霜元年，周宣王初立。熊霜六年，卒，三弟争立。仲雪死；叔堪亡，避难于濮；而少弟季徇立，是为熊徇。熊徇十六年，郑桓公初封于郑。二十二年，熊徇卒，子熊咢立。熊咢九年，卒，子熊仪立，是为若敖。

若敖二十年，周幽王为犬戎所弑，周东徙，而秦襄公始列为诸侯。

二十七年，若敖卒，子熊坎立，是为霄敖。霄敖六年，卒，子熊眴立，是为蚡冒。蚡冒十三年，晋始乱，以曲沃之故。蚡冒弟熊通弑蚡冒子而代立，是为楚武王。

武王十七年，晋之曲沃庄伯弑主国晋孝侯。十九年，郑伯弟段作乱。二十一年，郑侵天子之田。二十三年，卫弑其君桓公。二十九年，鲁弑其君隐公。三十一年，宋太宰华督弑其君殇公。

三十五年，楚伐随，是也。随曰："我无罪。"楚曰："我蛮夷也。今诸侯皆为叛相侵，或相杀。我有敝甲，欲以观中国之政，请王室尊吾号。"随人为之周，请尊楚，王室不听，还报楚。三十七年，楚熊通怒曰："吾先鬻熊，文王之师也，蚤终。成王举我先公，乃以子男田令居楚，蛮夷皆率服，而王不加位，我自尊耳。"乃自立为武王，与随人盟而去。于是始开濮地而有之。

熊通自立为"武王"，标志着楚国从周王朝自谋独立。自此，楚君皆称"王"，开诸侯僭号称王之先河。所谓鬻子为周文王师，《鬻子》一书或成于此时，是为了抬高楚人之身份价码。《汉书·艺文志》记载道家有《鬻子》二十二篇，原注曰："名熊，为周师，文王以下问焉。"① 小说家又有《鬻子说》十九篇。其依托西周初期楚国先祖鬻熊所著，缀合鬻子之言论，现在传存于世者，有《鬻子》一卷。《文心雕龙·诸子》云："篇述者，盖上古遗语，而（战）代所托者也。至鬻熊知道，而文王咨询，余文遗事，录为《鬻子》。"② 该书杂陈了儒、道、法、名四家思想。但是其思想在老庄之前，可以称为"前道家"思想，以此为根本，谈治国兴邦之道，以道家之帝王术指点周文王，俨然与师尚父并驾齐驱。宋陆佃《陶山

---

① （汉）班固：《汉书·艺文志》，中华书局1962年版，第1729页。
② （南朝梁）刘勰著，詹锳义证：《文心雕龙义证》，上海古籍出版社1989年版，第623—624页。

集》卷一一《鬻子序》云："鬻子名熊，楚人也。九十适周文王，曰：'先生老矣。'对曰：'使臣捕兽逐麋，则熊老矣。若使坐筹国事，臣尚少焉。'文王师之。著书二十二篇，实诸子滥觞之始。"战国慎到作《慎子》云："周成王问鬻子曰：'寡人闻圣人在上位，使民富且寿。若夫富，则可为也。若夫寿，则在天乎？'鬻子对曰：'夫圣王在上位，天下无军兵之事，故诸侯不私相攻，而民不私相斗也，则民得尽一生矣。圣王在上，则君积于德化，而民积于用力，故妇人为其所衣，丈夫为其所食，则民无冻饿，民得二生矣。圣人在上，则君积于仁，吏积于爱，民积于顺，则刑罚废而无夭遏之诛，民则得三生矣。圣王在上，则使人有时，而用之有节，则民无疠疾，民得四生矣。'"①

五十一年，周召随侯，数以立楚为王。楚怒，以随背己，伐随。武王卒师中而兵罢。子文王熊赀立，始都郢。

文王二年，伐申过邓，邓人曰"楚王易取"，邓侯不许也。六年，伐蔡，虏蔡哀侯以归，已而释之。楚强，陵江汉间小国，小国皆畏之。十一年，齐桓公始霸，楚亦始大。

十二年，伐邓，灭之。十三年，卒，子熊囏立，是为庄敖。庄敖五年，欲杀其弟熊恽，恽奔随，与随袭弑庄敖代立，是为成王。

成王恽元年，初即位，布德施惠，结旧好于诸侯。使人献天子，天子赐胙，曰："镇尔南方夷越之乱，无侵中国。"于是楚地千里。

十六年，齐桓公以兵侵楚，至陉山。楚成王使将军屈完以兵御之，与桓公盟。桓公数以周之赋不入王室，楚许之，乃去。

十八年，成王以兵北伐许，许君肉袒谢，乃释之。二十二年，伐黄。二十六年，灭英。

三十三年，宋襄公欲为盟会，召楚。楚王怒曰："召我，我将好往袭辱之。"遂行，至盂，遂执辱宋公，已而归之。三十四年，郑文公南朝楚。楚成王北伐宋，败之泓，射伤宋襄公，襄公遂病创死。

三十五年，晋公子重耳过楚，成王以诸侯客礼飨，而厚送之于秦。

三十九年，鲁僖公来请兵以伐齐，楚使申侯将兵伐齐，取谷，置齐桓公子雍焉。齐桓公七子皆奔楚，楚尽以为上大夫。灭夔，夔不祀

---

① （周）慎到：《慎子》，华东大学出版社2010年版，第70—71页。

祝融、鬻熊故也。（注意：楚祭祀祝融、鬻熊，未及高阳）

　　夏，伐宋，宋告急于晋，晋救宋，成王罢归。将军子玉请战，成王曰："重耳亡居外久，卒得反国，天之所开，不可当。"子玉固请，乃与之少师而去。晋果败子玉于城濮。成王怒，诛子玉。

　　四十六年，初，成王将以商臣为太子，语令尹子上。子上曰："君之齿未也，而又多内宠，绌乃乱也。楚国之举常在少者。且商臣蜂目而豺声，忍人也，不可立也。"王不听，立之。后又欲立子职而绌太子商臣。商臣闻而未审也，告其傅潘崇曰："何以得其实？"崇曰："飨王之宠姬江芈而勿敬也。"商臣从之。江芈怒曰："宜乎王之欲杀若而立职也。"商臣告潘崇曰："信矣。"崇曰："能事之乎？"曰："不能。""能亡去乎？"曰："不能。""能行大事乎？"曰："能。"冬十月，商臣以宫卫兵围成王。成王请食熊蹯而死，不听。丁未，成王自绞杀。商臣代立，是为穆王。

　　穆王立，以其太子宫予潘崇，使为太师，掌国事。穆王三年，灭江。四年，灭六、蓼。六、蓼，皋陶之后。八年，伐陈。十二年，卒。子庄王侣立。

　　庄王即位三年，不出号令，日夜为乐，令国中曰："有敢谏者死无赦！"伍举入谏。庄王左抱郑姬，右抱越女，坐钟鼓之间。伍举曰："原有进隐。"曰："有鸟在于阜，三年不蜚不鸣，是何鸟也？"庄王曰："三年不蜚，蜚将冲天；三年不鸣，鸣将惊人。举退矣，吾知之矣。"居数月，淫益甚。大夫苏从乃入谏。王曰："若不闻令乎？"对曰："杀身以明君，臣之愿也。"于是乃罢淫乐，听政，所诛者数百人，所进者数百人，任伍举、苏从以政，国人大说。是岁灭庸。六年，伐宋，获五百乘。

　　八年，伐陆浑戎，遂至洛，观兵于周郊。周定王使王孙满劳楚王。楚王问鼎小大轻重，对曰："在德不在鼎。"庄王曰："子无阻九鼎！楚国折钩之喙，足以为九鼎。"王孙满曰："呜呼！君王其忘之乎？昔虞夏之盛，远方皆至，贡金九牧，铸鼎象物，百物而为之备，使民知神奸。桀有乱德，鼎迁于殷，载祀六百。殷纣暴虐，鼎迁于周。德之休明，虽小必重；其奸回昏乱，虽大必轻。昔成王定鼎于郏鄏，卜世三十，卜年七百，天所命也。周德虽衰，天命未改。鼎之轻重，未可问也。"楚王乃归。

九年，相若敖氏。人或谗之王，恐诛，反攻王，王击灭若敖氏之族。十三年，灭舒。

十六年，伐陈，杀夏徵舒。徵舒弑其君，故诛之也。已破陈，即县之。群臣皆贺，申叔时使齐来，不贺。王问，对曰："鄙语曰，牵牛径人田，田主取其牛。径者则不直矣，取之牛不亦甚乎？且王以陈之乱而率诸侯伐之，以义伐之而贪其县，亦何以复令于天下！"庄王乃复国陈后。

十七年春，楚庄王围郑，三月克之。入自皇门，郑伯肉袒牵羊以逆，曰："孤不天，不能事君，君用怀怒，以及敝邑，孤之罪也。敢不惟命是听！宾之南海，若以臣妾赐诸侯，亦惟命是听。若君不忘厉、宣、桓、武，不绝其社稷，使改事君，孤之愿也，非所敢望也。敢布腹心。"楚群臣曰："王勿许。"庄王曰："其君能下人，必能信用其民，庸可绝乎！"庄王自手旗，左右麾军，引兵去三十里而舍，遂许之平。潘尪入盟，子良出质。夏六月，晋救郑，与楚战，大败晋师河上，遂至衡雍而归。

二十年，围宋，以杀楚使也。围宋五月，城中食尽，易子而食，析骨而炊。宋华元出告以情。庄王曰："君子哉！"遂罢兵去。

二十三年，庄王卒，子共王审立。

共王十六年，晋伐郑。郑告急，共王救郑。与晋兵战鄢陵，晋败楚，射中共王目。共王召将军子反。子反嗜酒，从者竖阳谷进酒醉。王怒，射杀子反，遂罢兵归。

三十一年，共王卒，子康王招立。康王立十五年卒，子员立，是为郏敖。

康王宠弟公子围、子比、子皙、弃疾。郏敖三年，以其季父康王弟公子围为令尹，主兵事。四年，围使郑，道闻王疾而还。十二月己酉，围入问王疾，绞而弑之，遂杀其子莫及平夏。使使赴于郑。伍举问曰："'谁为后？"对曰："寡大夫围。"伍举更曰："共王之子围为长。"子比奔晋，而围立，是为灵王。

灵王三年六月，楚使使告晋，欲会诸侯。诸侯皆会楚于申。伍举曰："昔夏启有钧台之飨，商汤有景亳之命，周武王有盟津之誓，成王有岐阳之搜，康王有丰宫之朝，穆王有涂山之会，齐桓有召陵之师，晋文有践土之盟，君其何用？"灵王曰："用桓公。"时郑子产在焉。于是晋、宋、鲁、卫不往。灵王已盟，有骄色。伍举曰："桀为有仍之会，有缗叛之。纣为黎山之会，东夷叛之。幽王为太室之盟，戎、翟叛之。君其慎终！"

七月，楚以诸侯兵伐吴，围朱方。八月，克之，囚庆封，灭其族。以封徇，曰："无效齐庆封弑其君而弱其孤，以盟诸大夫！"封反曰："莫如楚共王庶子围弑其君兄之子员而代之立！"于是灵王使疾杀之。

七年，就章华台，下令内亡人实之。

八年，使公子弃疾将兵灭陈。十年，召蔡侯，醉而杀之。使弃疾定蔡，因为陈蔡公。

十一年，伐徐以恐吴。灵王次于乾溪以待之。王曰："齐、晋、鲁、卫，其封皆受宝器，我独不。今吾使使周求鼎以为分，其予我乎？"析父对曰："其予君王哉！昔我先王熊绎辟在荆山，筚露蓝蒌。以处草莽，跋涉山林以事天子，唯是桃弧棘矢以共王事。齐，王舅也；晋及鲁、卫，王母弟也：楚是以无分而彼皆有。周今与四国服事君王，将惟命是从，岂敢爱鼎？"灵王曰："昔我皇祖伯父昆吾旧许是宅，今郑人贪其田，不我予，今我求之，其予我乎？"对曰："周不爱鼎，郑安敢爱田？"灵王曰："昔诸侯远我而畏晋，今吾大城陈、蔡、不羹，赋皆千乘，诸侯畏我乎？"对曰："畏哉！"灵王喜曰："析父善言古事焉。"

太史公所采用者，是《左传》之记述。《左传·鲁昭公十二年》曰：楚子次于乾溪，以为之援。雨雪，王皮冠，秦复陶，翠被，豹舄，执鞭以出，仆析父从。右尹子革夕，王见之，去冠、被、舍鞭，与之语曰："昔我先王熊绎，与吕伋、王孙牟、燮父、禽父，并事康王，四国皆有分，我独无有。今吾使人于周，求鼎以为分，王其与我乎？"对曰："与君王哉！昔我先王熊绎，辟在荆山，筚路蓝缕，以处草莽。跋涉山林，以事天子。唯是桃弧、棘矢，以共御王事。齐，王舅也。晋及鲁、卫，王母弟也。楚是以无分，而彼皆有。今周与四国服事君王，将惟命是从，岂其爱鼎？"王曰："昔我皇祖伯父昆吾，旧许是宅。今郑人贪赖其田，而不我与。我若求之，其与我乎？"对曰"与君王哉！周不爱鼎，郑敢爱田？"王曰："昔诸侯远我而畏晋，今我大城陈、蔡、不羹，赋皆千乘，子与有劳焉。诸侯其畏我乎？"对曰"畏君王哉！是四国者，专足畏也，又加之以楚，敢不畏君王哉！"① 这番言论体现了楚人之充分自信。"昔我先王熊绎，辟在荆山，筚路蓝缕，以处草莽。跋涉山林，以事天子"，展示了楚人向南方蛮夷之地大踏步开拓。《左传·鲁宣公十二年》云："楚自克庸以来，其君无日不讨国人而训之于民生之不易，祸至之无日，戒惧之不可以怠。在军，无日不讨军实而申儆之。于胜之不可保，纣之百克，而卒无后。训以若敖、蚡冒，筚路蓝缕，以启山林。箴之曰：民生在勤，勤则不匮。不可谓骄。先大夫子犯有言曰：师直为壮，曲为老。我则不德，而徼怨于楚，我曲楚直，不可谓老。其君之戎，分为二广，广有一卒，卒偏之两。右广初驾，数及日中。左则受之，以至于昏。内官序当其夜，以待不虞，不可谓无备。"② 这种开拓精神深刻地融入了屈原之生命基因，如《离骚》所云："昔三后之纯粹兮，固众芳之所在。杂申椒与菌桂兮，岂维纫夫蕙茞。"③ 申椒、菌桂、蕙茞，群芳荟萃，培育壮大了楚人开拓进取的精神。

十二年春，楚灵王乐乾溪，不能去也。国人苦役。初，灵王会兵于申，僇越大夫常寿过，杀蔡大夫观起。起子从亡在吴，乃劝吴王伐楚，为间越大夫常寿过而作乱，为吴间。使矫公子弃疾命召公子比于晋，至蔡，与吴、越兵欲袭蔡。令公子比见弃疾，与盟于邓。遂入杀灵王太子禄，立子比为王，公子子皙为令尹，弃疾为司马。先除王宫，观从从师于乾溪，令楚众曰："国有王矣。先归，复爵邑田室。后者迁之。"楚众皆溃，去灵王而归。

灵王闻太子禄之死也，自投车下，而曰："人之爱子亦如是乎？"侍者曰："甚是。"王曰："余杀人之子多矣，能无及此乎？"右尹曰："请待于郊以听国人。"王曰："众怒不可犯。"曰："且入大县而乞师于诸侯。"王曰："皆叛矣。"又曰："且奔诸侯以听大国之虑。"王曰："大福不再，祗取辱耳。"于是王乘舟将欲入鄢。右尹度王不用其计，惧俱死，亦去王亡。

灵王于是独傍徨山中，野人莫敢入王。王行遇其故锸人，谓曰："为我求食，我已不食三日矣。"锸人曰："新王下法，有敢饷王从王者，罪及三族，且又无所得食。"王因枕其股而卧。锸人又以土自代，

---

① 杨伯峻：《春秋左传注》，中华书局1995年版，第1338—1340页。
② 同上书，第731—732页。
③ （宋）洪兴祖撰，白化文等点校：《楚辞补注》，中华书局1983年版，第7页。

逃去。王觉而弗见，遂饥弗能起。芊尹申无宇之子申亥曰："吾父再犯王命，王弗诛，恩孰大焉！"乃求王，遇王饥于釐泽，奉之以归。夏五月癸丑，王死申亥家，申亥以二女从死，并葬之。

是时楚国虽已立比为王，畏灵王复来，又不闻灵王死，故观从谓初王比曰："不杀弃疾，虽得国犹受祸。"王曰："余不忍。"从曰："人将忍王。"王不听，乃去。弃疾归。国人每夜惊，曰："灵王入矣！"乙卯夜，弃疾使船人从江上走呼曰："灵王至矣！"国人愈惊。又使曼成然告初王比及令尹子皙曰："'王至矣！国人将杀君，司马将至矣！君蚤自图，无取辱焉。众怒如水火，不可救也。"初王及子皙遂自杀。丙辰，弃疾即位为王，改名熊居，是为平王。

平王以诈弑两王而自立，恐国人及诸侯叛之，乃施惠百姓。复陈蔡之地而立其后如故，归郑之侵地。存恤国中，修政教。吴以楚乱故，获五率以归。平王谓观从："恣尔所欲。"欲为卜尹，王许之。

初，共王有宠子五人，无适立，乃望祭群神，请神决之，使主社稷，而阴与巴姬埋璧于室内，召五公子斋而入。康王跨之，灵王肘加之，子比、子皙皆远之。平王幼，抱其上而拜，压纽。故康王以长立，至其子失之；围为灵王，及身而弑；子比为王十余日，子皙不得立，又俱诛。四子皆绝无后。唯独弃疾后立，为平王，竟续楚祀，如其神符。

初，子比自晋归，韩宣子问叔向曰："子比其济乎？"对曰："不就。"宣子曰："同恶相求，如市贾焉，何为不就？"对曰："无与同好，谁与同恶？取国有五难：有宠无人，一也；有人无主，二也；有主无谋，三也；有谋而无民，四也；有民而无德，五也。"子比在晋十三年矣，晋、楚之从不闻通者，可谓无人矣；族尽亲叛，可谓无主矣；无衅而动，可谓无谋矣；为羁终世，可谓无民矣；亡无爱徵，可谓无德矣。王虐而不忌，子比涉五难以弑君，谁能济之！有楚国者，其弃疾乎？君陈、蔡，方城外属焉。苛慝不作，盗贼伏隐，私欲不违，民无怨心。先神命之，国民信之。芈姓有乱，必季实立，楚之常也。子比之官，则右尹也；数其贵宠，则庶子也；以神所命，则又远之；民无怀焉，将何以立？"宣子曰："齐桓、晋文不亦是乎？"对曰："齐桓，卫姬之子也，有宠于釐公。有鲍叔牙、宾须无、隰朋以为辅，有莒、卫以为外主，有高、国以为内主。从善如流，施惠不倦。有国，不亦宜乎？昔我文公，狐季姬之子也，有宠于献公。好学不倦。生十七年，有士五人，有先大夫子余、子犯以为腹心，有魏犨、贾佗以为股肱，有齐、宋、秦、楚以为外主，有栾、郤、狐、先以为内主。亡十九年，守志弥笃。惠、怀弃民，民从而与之。故文公有国，不亦宜乎？子比无施于民，无援于外，去晋，晋不送；归楚，楚不迎。何以有国！"子比果不终焉，卒立者弃疾，如叔向言也。

平王二年，使费无忌如秦为太子建取妇。妇好，来，未至，无忌先归，说平王曰："秦女好，可自娶，为太子更求。"平王听之，卒自娶秦女，生熊珍。更为太子娶。是时伍奢为太子太傅，无忌为少傅。无忌无宠于太子，常谗恶太子建。建时年十五矣，其母蔡女也，无宠于王，王稍益疏外建也。

六年，使太子建居城父，守边。无忌又日夜谗太子建于王曰："自无忌入秦女，太子怨，亦不能无望于王，王少自备焉。且太子居城父，擅兵，外交诸侯，且欲入矣。"平王召其傅伍奢责之。伍奢知无忌谗，乃曰："王奈何以小臣疏骨肉？"无忌曰："今不制，后悔也。"于是王遂囚伍奢。乃令司马奋扬召太子建，欲诛之。太子闻之，亡奔宋。

无忌曰："伍奢有二子，不杀者为楚国患。盍以免其父召之，必至。"于是王使使谓奢："能致二子则生，不能将死。"奢曰："尚至，胥不至。"王曰："何也？"奢曰："尚之为人，廉，死节，慈孝而仁，闻召而免父，必至，不顾其死。胥之为人，智而好谋，勇而矜功，知来必死，必不来。然为楚国忧者必此子。"于是王使人召之，曰："来，吾免尔父。"伍尚谓伍胥曰："闻父免而莫奔，不孝也；父戮莫报，无谋也；度能任事，知也。子其行矣，我其归死。"伍尚遂归。伍胥弯弓属矢，出见使者，曰："父有罪，何以召其子为？"将射，使者还走，遂出奔吴。伍奢闻之，曰："胥亡，楚国危哉。"楚人遂杀伍奢及尚。

十年，楚太子建母在居巢，开吴。吴使公子光伐楚，遂败陈、蔡，取太子建母而去。楚恐，城郢。初，吴之边邑卑梁与楚边邑钟离小童争桑，两家交怒相攻，灭卑梁人。卑梁大夫怒，发邑兵攻钟离。楚王闻之怒，发国兵灭卑梁。吴王闻之大怒，亦发兵，使公子光因建母家攻楚，遂灭钟离、居巢。楚乃恐而城郢。

十三年，平王卒。将军子常曰："太子珍少，且其母乃前太子建所当娶也。"欲立令尹子西。子西，平王之庶弟也，有义。子西曰："国有常法，更立则乱，言之则致诛。"乃立太子珍，是为昭王。

昭王元年，楚众不说费无忌，以其谗亡太子建，杀伍奢子父与郤宛。宛之宗姓伯氏子嚭及子胥皆奔吴，吴兵数侵楚，楚人怨无忌甚。楚令尹子常诛无忌以说众，众乃喜。

四年，吴三公子奔楚，楚封之以捍吴。五年，吴伐取楚之六、潜。七年，楚使子常伐吴，吴大败楚于豫章。

十年冬，吴王阖闾、伍子胥、伯嚭（注意：亦未及孙武，而五战入郢之役，孙武实以兵不厌诈之谋，在前锋夫概五千精兵处任指挥）与唐、蔡俱伐楚，楚大败，吴兵遂入郢，辱平王之墓，以伍子胥故也。吴兵之来，楚使子常以兵迎之，夹汉水阵。吴伐败子常，子常亡奔郑。楚兵走，吴乘胜逐之，五战及郢。己卯，昭王出奔。庚辰，吴人入郢。

昭王亡也至云梦。云梦不知其王也，射伤王。王走郧。郧公之弟怀曰："平王杀吾父，今我杀其子，不亦可乎？"郧公止之，然恐其弑昭王，乃与王出奔随。吴王闻昭王往，即进击随，谓随人曰："周之子孙封于江汉之间者，楚尽灭之。"欲杀昭王。王从臣子綦乃深匿王，自以为王，谓随人曰："以我予吴。"随人卜予吴，不吉，乃谢吴王曰："昭王亡，不在随。"吴请入自索之，随不听，吴亦罢去。

昭王之出郢也，使申鲍胥请救于秦。秦以车五百乘救楚，楚亦收余散兵，与秦击吴。十一年六月，败吴于稷。会吴王弟夫概见吴王兵伤败，乃亡归，自立为王。阖闾闻之，引兵去楚，归击夫概。夫概败，奔楚，楚封之堂溪，号为堂溪氏。

楚昭王灭唐，九月，归入郢。十二年，吴复伐楚，取番。楚恐，去郢，北徙都鄀。

十六年，孔子相鲁。二十年，楚灭顿，灭胡。二十一年，吴王阖闾伐越。越王句践射伤吴王，遂死。吴由此怨越而不西伐楚。

二十七年春，吴伐陈，楚昭王救之，军城父。十月，昭王病于军中，有赤云如鸟，夹日而蜚。昭王问周太史，太史曰："是害于楚王，然可移于将相。"将相闻是言，乃请自以身祷于神。昭王曰："将相，孤之股肱也，今移祸，庸去是身乎！"弗听。卜而河为祟，大夫请祷河。昭王曰："自吾先王受封，望不过江、汉，而河非所获罪也。"止不许。孔子在陈，闻是言，曰："楚昭王通大道矣。其不失国，宜哉！"

楚昭王不祷河，遵从祭不过望之体制。故《九歌·河伯》所娱乃三苗民间神祇，负载着三苗民族由黄河流域被迫长途南迁之历史记忆。此乃全部《九歌》中写得最是痛快淋漓之歌诗。《九歌·河伯》曰："与女游兮九河，冲风起兮横波。乘水车兮荷盖，驾两龙兮骖螭。登昆仑兮四望，心飞扬兮浩荡。日将莫兮怅忘归，惟极浦兮寤怀。鱼鳞屋兮龙堂，紫贝阙兮朱宫，灵何为兮水中。乘白鼋兮逐文鱼，与女游兮河之渚，流澌纷兮将来下。子交手兮东行，送美人兮南浦。波滔滔兮来迎，鱼鳞鳞兮媵予。"① 何为"九河"？《尚书·禹贡》云："济河惟兖州。九河既道，雷夏既泽，灉、沮会同。"《尔雅·释水》曰："徒骇、太史、马颊、覆鬴、胡苏、简、絜、钩盘、鬲津——九河。"② 黄河古入海口分为九道，在兖州界，汉乐府《铙歌·圣人出》云："圣人出，阴阳和。美人出，游九河。"《九歌·河伯》之"与女游兮九河"，牵连着三苗民族对黄河古入海口之旧居的深切怀念。

昭王病甚，乃召诸公子大夫曰："孤不佞，再辱楚国之师，今乃得以天寿终，孤之幸也。"让其弟公子申为王，不可。又让次弟公子结，亦不可。乃又让次弟公子闾，五让，乃后许为王。将战，庚寅，昭王卒于军中。子闾曰："王病甚，舍其子让群臣，臣所以许王，以广王意也。今君王卒，臣岂敢忘君王之意乎！"乃与子西、子綦谋，伏师闭涂，迎越女之子章立之，是为惠王。然后罢兵归，葬昭王。

惠王二年，子西召故平王太子建之子胜于吴，以为巢大夫，号曰白公。白公好兵而下士，欲报仇。六年，白公请兵令尹子西伐郑。初，白公父建亡在郑，郑杀之，白公亡走吴，子西复召之，故以此怨郑，欲伐之。子西许而未为发兵。八年，晋伐郑，郑告急楚，楚使子西救郑，受赂而去。白公胜怒，乃遂与勇力死士石乞等袭杀令尹子

---

① （宋）洪兴祖撰，白化文等点校：《楚辞补注》，中华书局1983年版，第76—78页。
② （晋）郭璞注，（宋）邢昺疏：《尔雅注疏》，北京大学出版社1999年版，第227—228页。

西、子綦于朝,因劫惠王,置之高府,欲弒之。惠王从者屈固负王亡走昭王夫人宫。白公自立为王。月余,会叶公来救楚,楚惠王之徒与共攻白公,杀之。惠王乃复位。是岁也,灭陈而县之。

十三年,吴王夫差强,陵齐、晋,来伐楚。十六年,越灭吴。四十二年,楚灭蔡。四十四年,楚灭杞。与秦平。是时越已灭吴而不能正江、淮北;楚东侵,广地至泗上。

五十七年,惠王卒,子简王中立。

简王元年,北伐灭莒。八年,魏文侯、韩武子、赵桓子始列为诸侯。

二十四年,简王卒,子声王当立。声王六年,盗杀声王,子悼王熊疑立。悼王二年,三晋来伐楚,至乘丘而还。四年,楚伐周。郑杀子阳。九年,伐韩,取负黍。十一年,三晋伐楚,败我大梁、榆关。楚厚赂秦,与之平。二十一年,悼王卒,子肃王臧立。

肃王四年,蜀伐楚,取兹方。于是楚为扞关以距之。

楚无灭蜀之志,消极地"扞关以距之",是其战略上之大病。刘向《新序·善谋上第九》云:"秦惠王时,蜀乱,国人相攻击,告急于秦。惠王欲发兵伐蜀,以为道险狭,难至,而韩人侵秦。秦惠王欲先伐韩,恐蜀乱。先伐蜀,恐韩袭秦之弊。犹与未决,司马错与张子争论于惠王之前。司马错欲伐蜀,张子曰:'不如伐韩。'王曰:'请闻其说。'对曰:'亲魏善楚,下兵三川,塞什谷之口,当屯留之道。魏绝南阳,楚临南郑,秦攻新城、宜阳,以临二周之郊,诛周王之罪,侵楚魏之地。周自知不救,九鼎宝器必出。据九鼎,按图籍,挟天子以令于天下,天下莫敢不听:此王业也。今夫蜀,西僻之国,而戎狄之伦也。弊兵劳众不足以成名,得其地不足以为利。臣闻争名者于朝,争利者于市。今三川、周室,天下之朝市也,而王不争焉,顾争于戎狄,去王远矣。'司马错曰:'不然。臣闻之:欲富者务广其地,欲强者务富其民,欲王者务博其德。三资者备,而王随之矣。今王地小民贫,故臣愿先从事于易。夫蜀西僻之国,而戎狄之长也,有桀、纣之乱。以秦攻之,譬如以豺狼逐群羊也。得其地足以广国,取其财足以富民缮兵,不伤众而服焉,服一国而天下不以为暴,利尽西海而诸侯不以为贪:是我一举而名实附也,又有禁暴正乱之名。今攻韩,劫天子,恶名也,而未必利也。有不义之名,而攻天下所不欲，危矣。臣请竭其故：周，天下之宗室也。齐，韩之与国也。周自知失九鼎，韩自知亡三川，将二国并力合谋，以因乎齐、赵，而求解乎楚、魏：以鼎予楚，以地予魏。以鼎予楚，以地予魏，王不能止。此臣所谓危也。不如伐蜀完。'秦惠王曰：'善，寡人请听子。'卒起兵伐蜀，十月，取之，遂定蜀。蜀王更号为侯，而使陈叔相蜀。蜀既属秦，秦日益强，富厚而制诸侯，司马错之谋也。"① 司马迁八世祖司马错之战略眼光，与"楚为捍关以距之"之鼠目寸光，简直不可同日而语。其后秦人觊觎楚之巫郡、黔中郡，直至攻入郢都，依凭者均是司马错所开拓之蜀地。

十年，魏取我鲁阳。十一年，肃王卒，无子，立其弟熊良夫，是为宣王。

宣王六年，周天子贺秦献公。秦始复强，而三晋益大，魏惠王、齐威王尤强。三十年，秦封卫鞅于商，南侵楚。是年，宣王卒，子威王熊商立。

威王六年，周显王致文武胙于秦惠王。

七年，齐孟尝君父田婴欺楚，楚威王伐齐，败之于徐州，而令齐必逐田婴。田婴恐，张丑伪谓楚王曰："王所以战胜于徐州者，田盼子不用也。盼子者，有功于国，而百姓为之用。婴子弗善而用申纪。申纪者，大臣不附，百姓不为用，故王胜之也。今王逐婴子，婴子逐，盼子必用矣。复搏其士卒以与王遇，必不便于王矣。"楚王因弗逐也。

十一年，威王卒，子怀王熊槐立。

楚怀王于前328—前299年在位，其即位之初，屈原才13岁，屈原任左徒，以打破昭、景二氏均衡秉政之僵局，当在楚怀王十一年前后，正是屈原"春风得意"之时，如《史记·屈原贾生列传》所云："屈原者，名平，楚之同姓也。为楚怀王左徒。博闻强志，明于治乱，娴于辞令。入则与王图议国事，以出号令。出则接遇宾客，应对诸侯。王甚任之。"② 因而屈原对怀王眷恋不已。

---

① （汉）刘向撰，石光瑛校释：《新序校释》，中华书局2001年版，第1168—1181页。
② （汉）司马迁：《史记》，中华书局1959年版，第2481页。

魏闻楚丧，伐楚，取我陉山。

怀王元年，张仪始相秦惠王。四年，秦惠王初称王。

六年，楚使柱国昭阳将兵而攻魏，破之于襄陵，得八邑。又移兵而攻齐，齐王患之。陈轸适为秦使齐，齐王曰："为之奈何？"陈轸曰："王勿忧，请令罢之。"即往见昭阳军中，曰："原闻楚国之法，破军杀将者何以贵？"昭阳曰："其官为上柱国，封上爵执圭。"陈轸曰："其有贵于此者乎？"昭阳曰："令尹。"陈轸曰："今君已为令尹矣，此国冠之上。臣请得譬之。人有遗其舍人一卮酒者，舍人相谓曰：'数人饮此，不足以遍，请遂画地为蛇，蛇先成者独饮之。'一人曰：'吾蛇先成。'举酒而起，曰：'吾能为之足。'及其为之足，而后成人夺之酒而饮之，曰：'蛇固无足，今为之足，是非蛇也。'今君相楚而攻魏，破军杀将，功莫大焉，冠之上不可以加矣。今又移兵而攻齐，攻齐胜之，官爵不加于此；攻之不胜，身死爵夺，有毁于楚：此为蛇为足之说也。不若引兵而去以德齐，此持满之术也。"昭阳曰："善。"引兵而去。

《史记·楚世家》这段叙事，采自《战国策·齐策二》，曰："昭阳为楚伐魏，覆军杀将，得八城，移兵而攻齐。陈轸为齐王使，见昭阳，再拜贺战胜，起而问：'楚之法，覆军杀将，其官爵何也？'昭阳曰：'官为上柱国，爵为上执珪。'陈轸曰：'异贵于此者何也？'曰：'唯令尹耳。'陈轸曰：'令尹贵矣，王非置两令尹也。臣窃为公譬可也。楚有祠者，赐其舍人卮酒。舍人相谓曰：数人饮之不足，一人饮之有余。请画地为蛇，先成者饮酒。一人蛇先成，引酒且饮之，乃左手持卮，右手画蛇，曰：吾能为之足。未成，人之蛇成，夺其卮曰：蛇固无足，子安能为之足？遂饮其酒。为蛇足者，终亡其酒。今君相楚而攻魏，破军杀将得八城，不弱兵，欲攻齐。齐畏公甚，公以是为名居足矣。官之上非可重也。战无不胜，而不知止者，身且死，爵且后归，犹为蛇足也。'昭阳以为然，解军而去。"[①] 楚之移兵而攻齐，是战略上之失策，与屈原始终坚持之联齐抗秦方略相左。

燕、韩君初称王。秦使张仪与楚、齐、魏相会，盟啮桑。

[①] （汉）刘向：《战国策》，上海古籍出版社1985年版，第355—356页。

十一年，苏秦约从山东六国共攻秦，楚怀王为从长。至函谷关，秦出兵击六国，六国兵皆引而归，齐独后。十二年，齐湣王伐败赵、魏军，秦亦伐败韩，与齐争长。

十六年，秦欲伐齐，而楚与齐从亲，秦惠王患之，乃宣言张仪免相，使张仪南见楚王，谓楚王曰："敝邑之王所甚说者无先大王，虽仪之所甚愿为门阑之厮者亦无先大王。敝邑之王所甚憎者无先齐王，虽仪之所甚憎者亦无先齐王。而大王和之，是以敝邑之王不得事王，而令仪亦不得为门阑之厮也。王为仪闭关而绝齐，今使使者从仪西取故秦所分楚商於之地方六百里，如是则齐弱矣。是北弱齐，西德于秦，私商于以为富，此一计而三利俱至也。"怀王大悦，乃置相玺于张仪，日与置酒，宣言"吾复得吾商於之地"。群臣皆贺，而陈轸独吊（未及屈原，例同孙武，因没有进入官方史乘之规格）。怀王曰："何故？"陈轸对曰："秦之所为重王者，以王之有齐也。今地未可得而齐交先绝，是楚孤也。夫秦又何重孤国哉，必轻楚矣。且先出地而后绝齐，则秦计不为。先绝齐而后责地，则必见欺于张仪。见欺于张仪，则王必怨之。怨之，是西起秦患，北绝齐交。西起秦患，北绝齐交，则两国之兵必至。臣故吊。"楚王弗听，因使一将军西受封地。

张仪至秦，详醉坠车，称病不出三月，地不可得。楚王曰："仪以吾绝齐为尚薄邪？"乃使勇士宋遗北辱齐王。齐王大怒，折楚符而合于秦。秦齐交合，张仪乃起朝，谓楚将军曰："子何不受地？从某至某，广袤六里。"楚将军曰："臣之所以见命者六百里，不闻六里。"即以归报怀王。怀王大怒，兴师将伐秦。陈轸又曰："伐秦非计也。不如因赂之一名都，与之伐齐，是我亡于秦，取偿于齐也，吾国尚可全。今王已绝于齐而责欺于秦，是吾合秦齐之交而来天下之兵也，国必大伤矣。"楚王不听，遂绝和于秦，发兵西攻秦。秦亦发兵击之。

十七年春，与秦战丹阳，秦大败我军，斩甲士八万，虏我大将军屈匄、裨将军逢侯丑等七十余人，遂取汉中之郡。楚怀王大怒，乃悉国兵复袭秦，战于蓝田，大败楚军。韩、魏闻楚之困，乃南袭楚，至于邓。楚闻，乃引兵归。

十八年，秦使使约复与楚亲，分汉中之半以和楚。楚王曰："愿得张仪，不愿得地。"张仪闻之，请之楚。秦王曰："楚且甘心于子，奈何?"张仪曰:"臣善其左右靳尚,靳尚又能得事于楚王幸姬郑袖,袖所言无不从者。且仪以前使负楚以商於之约,今秦楚大战,有恶,臣非面自谢楚不解。且大王在,楚不宜敢取仪。诚杀仪以便国,臣之愿也。"仪遂使楚。至,怀王不见,因而囚张仪,欲杀之。仪私于靳尚,靳尚为请怀王曰:"拘张仪,秦王必怒。天下见楚无秦,必轻王矣。"又谓夫人郑袖曰:"秦王甚爱张仪,而王欲杀之,今将以上庸之地六县赂楚,以美人聘楚王,以宫中善歌者为之媵。楚王重地,秦女必贵,而夫人必斥矣。夫人不若言而出之。"郑袖卒言张仪于王而出之。

曾巩《晚望》诗云:"蛮荆人事几推移,旧国兴亡欲问谁?郑袖风流今已尽,屈原辞赋世空悲。深山大泽成千古,暮雨朝云又一时。落日西楼凭槛久,闲愁唯有此心知。"《史记·张仪列传》云:"秦要楚欲得黔中地,欲以武关外易之。楚王曰:'不原易地,原得张仪而献黔中地。'秦王欲遣之,口弗忍言。张仪乃请行。惠王曰:'彼楚王怒子之负以商、於之地,是且甘心于子。'张仪曰:'秦强楚弱,臣善靳尚,尚得事楚夫人郑袖,袖所言皆从。且臣奉王之节使楚,楚何敢加诛?假令诛臣而为秦得黔中之地,臣之上愿。'遂使楚。楚怀王至则囚张仪,将杀之。靳尚谓郑袖曰:'子亦知子之贱于王乎?'郑袖曰:'何也?'靳尚曰:'秦王甚爱张仪而不欲出之,今将以上庸之地六县赂楚,以美人聘楚,以宫中善歌讴者为媵。楚王重地尊秦,秦女必贵而夫人斥矣。不若为言而出之。'于是郑袖日夜言怀王曰:'人臣各为其主用。今地未入秦,秦使张仪来,至重王。王未有礼而杀张仪,秦必大怒攻楚。妾请子母俱迁江南,毋为秦所鱼肉也。'怀王后悔,赦张仪,厚礼之如故。"[1]《韩非子·内储说下六微第三十一》云:"魏王遗荆王美人,荆王甚悦之。夫人郑袖知王悦爱之也,亦悦爱之,甚于王。衣服玩好,择其所欲为之。王曰:'夫人知我爱新人也,其悦爱之甚于寡人,此孝子所以养亲,忠臣之所以事君也。'夫人知王之不以己为妒也,因为新人曰:'王甚悦爱子,然恶子之鼻,子见王,常掩鼻,则王长幸子矣。'于是新人从之,每见王,常掩鼻。王谓夫人曰:'新人见寡人常掩鼻,何也?'对曰:'不己知也。'王强问

---

[1] (汉)司马迁:《史记·张仪列传》,中华书局1959年版,第2288—2289页。

之，对曰：'顷尝言恶闻王臭。'王怒曰：'劓之。'夫人先诫御者曰：'王适有言，必可从命。'御者因揄刀而劓美人。"①《战国策·楚策四》也载此事："郑袖知王以己为不妒也，因谓新人曰：'王爱子美矣。虽然，恶子之鼻。子为见王，则必掩子鼻。'新人见王，因掩其鼻。王谓郑袖曰：'夫新人见寡人，则掩其鼻，何也？'郑袖曰：'妾知也。'王曰：'虽恶必言之。'郑袖曰：'其似恶闻君王之臭也。'王曰：'悍哉！'令劓之，无使逆命。"②《资治通鉴》卷三也叙述此事。郑袖邀宠，毁弃了屈原联齐抗秦之方略。

仪出，怀王因善遇仪，仪因说楚王以叛从约而与秦合亲，约婚姻。张仪已去，屈原（于此言及屈原）使从齐来，谏王曰："何不诛张仪？"怀王悔，使人追仪，弗及。是岁，秦惠王卒。

怀王是无定见、无韬略之人，听信说客、妇人之言。《史记·屈原列传》云："屈平既绌，其后秦欲伐齐，齐与楚从亲，惠王患之，乃令张仪详去秦，厚币委质事楚，曰：'秦甚憎齐，齐与楚从亲，楚诚能绝齐，秦愿献商、於之地六百里。'楚怀王贪而信张仪，遂绝齐，使使如秦受地。张仪诈之曰：'仪与王约六里，不闻六百里。'楚使怒去，归告怀王。怀王怒，大兴师伐秦。秦发兵击之，大破楚师于丹、淅，斩首八万，虏楚将屈匄，遂取楚之汉中地。怀王乃悉发国中兵以深入击秦，战于蓝田。魏闻之，袭楚至邓。楚兵惧，自秦归。而齐竟怒不救楚，楚大困。"③ 一是左徒屈原贬黜，二是大将军屈匄被俘，屈氏家族在楚国政坛陷于破产。屈原为此满怀悲愤作《国殇》："操吴戈兮披犀甲，车错毂兮短兵接。旌蔽日兮敌若云，矢交坠兮士争先。凌余阵兮躐余行，左骖殪兮右刃伤。霾两轮兮絷四马，援玉枹兮击鸣鼓。天时坠兮威灵怒，严杀尽兮弃原野。出不入兮往不反，平原忽兮路超远。带长剑兮挟秦弓，首身离兮心不惩。诚既勇兮又以武，终刚强兮不可凌。身既死兮神以灵，魂魄毅兮为鬼雄。"④《九歌》不必作于一时，《国殇》当是为丹淅之战而作，该诗为《九歌》增添

---

① （清）王先慎撰，钟哲点校：《韩非子集解》，中华书局1998年版，第250—251页。
② （汉）刘向：《战国策》，上海古籍出版社1985年版，第553—554页。
③ （汉）司马迁：《史记·屈原列传》，中华书局1959年版，第2483页。
④ （宋）洪兴祖撰，白化文等点校：《楚辞补注》，中华书局1983年版，第82—83页。

了血色苍茫之生命力度。

　　二十年，齐湣王欲为从长，恶楚之与秦合，乃使使遗楚王书曰："寡人患楚之不察于尊名也。今秦惠王死，武王立，张仪走魏，樗里疾、公孙衍用，而楚事秦。夫樗里疾善乎韩，而公孙衍善乎魏；楚必事秦，韩、魏恐，必因二人求合于秦，则燕、赵亦宜事秦。四国争事秦，则楚为郡县矣。王何不与寡人并力收韩、魏、燕、赵，与为从而尊周室，以案兵息民，令于天下？莫敢不乐听，则王名成矣。王率诸侯并伐，破秦必矣。王取武关、蜀、汉之地（齐王遗楚王书书也言及于蜀，眼光不在楚王之下，可慨也乎！），私吴、越之富而擅江海之利，韩、魏割上党，西薄函谷，则楚之强百万也。且王欺于张仪，亡地汉中，兵锉蓝田，天下莫不代王怀怒。今乃欲先事秦！原大王孰计之。"

　　楚王业已欲和于秦，见齐王书，犹豫不决，下其议群臣（议政群臣，无屈原，因其无入官方史乘之规格）。群臣或言和秦，或曰听齐。昭雎曰："王虽东取地于越，不足以刷耻；必且取地于秦，而后足以刷耻于诸侯。王不如深善齐、韩以重樗里疾，如是则王得韩、齐之重以求地矣。秦破韩宜阳，而韩犹复事秦者，以先王墓在平阳，而秦之武遂去之七十里，以故尤畏秦。不然，秦攻三川，赵攻上党，楚攻河外，韩必亡。楚之救韩，不能使韩不亡，然存韩者楚也。韩已得武遂于秦，以河山为塞，所报德莫如楚厚，臣以为其事王必疾。齐之所信于韩者，以韩公子眛为齐相也。韩已得武遂于秦，王甚善之，使之以齐、韩重樗里疾，疾得齐、韩之重，其主弗敢弃疾也。今又益之以楚之重，樗里子必言秦，复与楚之侵地矣。"于是怀王许之，竟不合秦，而合齐以善韩。

　　二十四年，倍齐而合秦。秦昭王初立，乃厚赂于楚。楚往迎妇。二十五年，怀王入与秦昭王盟，约于黄棘。秦复与楚上庸。

　　黄棘之会，秦昭王为了巩固自己刚刚取得的王位，不得不取得外家的支持。秦昭王之母亲宣太后是楚国人，想借助宣太后之援助，对内可以压服继承王位时的反对派，对外可以拆散楚国和东方各国的纵约，从而孤立楚国。秦昭王的母亲宣太后力主与楚和好，秦以厚礼送给楚王，怀王又背离齐国与秦和好，并到秦国迎女，从而结成婚姻之好。怀王二十五年，楚怀王与秦昭王相会于黄棘（今河南新野县东北），秦国退还侵占的上庸地给楚。怀王夹在齐、秦两大国中间，优柔寡断，首鼠两端，屡遭齐、秦两国之攻击。

  二十六年，齐、韩、魏为楚负其从亲而合于秦，三国共伐楚。楚使太子入质于秦而请救。秦乃遣客卿通将兵救楚，三国引兵去。
  二十七年，秦大夫有私与楚太子斗，楚太子杀之而亡归。二十八年，秦乃与齐、韩、魏共攻楚，杀楚将唐眛，取我重丘而去。二十九年，秦复攻楚，大破楚，楚军死者二万，杀我将军景缺。怀王恐，乃使太子为质于齐以求平。三十年，秦复伐楚，取八城。秦昭王遗楚王书曰："始寡人与王约为弟兄，盟于黄棘，太子为质，至欢也。太子陵杀寡人之重臣，不谢而亡去，寡人诚不胜怒，使兵侵君王之边。今闻君王乃令太子质于齐以求平。寡人与楚接境壤界，故为婚姻，所从相亲久矣。而今秦楚不欢，则无以令诸侯。寡人愿与君王会武关，面相约，结盟而去，寡人之愿也。敢以闻下执事。"楚怀王见秦王书，患之。欲往，恐见欺；无往，恐秦怒。昭雎曰："王毋行，而发兵自守耳。秦虎狼，不可信，有并诸侯之心。"怀王子子兰劝王行，曰："奈何绝秦之欢心！"于是往会秦昭王。昭王诈令一将军伏兵武关，号为秦王。楚王至，则闭武关，遂与西至咸阳，朝章台，如蕃臣，不与亢礼。楚怀王大怒，悔不用昭子言。秦因留楚王，要以割巫、黔中之郡。楚王欲盟，秦欲先得地。楚王怒曰："秦诈我而又强要我以地！"不复许秦。秦因留之。

  历史记载往往参差其词，从中可以窥见人物在历史上之位置。《史记·楚世家》曰："楚怀王见秦王书，患之。欲往，恐见欺；无往，恐秦怒。昭雎曰：'王毋行，而发兵自守耳。秦虎狼，不可信，有并诸侯之心。'怀王子子兰劝王行，曰：'奈何绝秦之欢心！'"[1] 其记述不及屈原。可见屈原作为贬黜之臣，其建言在楚史中占不上位置。唯有《史记·屈原列传》专门标示屈原之言，曰：'时秦昭王与楚婚，欲与怀王会。怀王欲行，屈平曰：'秦虎狼之国，不可信，不如毋行。'怀王稚子子兰劝王行：'奈何绝

---

[1]（汉）司马迁：《史记·楚世家》，中华书局1959年版，第1728页。

秦欢!'怀王卒行。入武关,秦伏兵绝其后,因留怀王,以求割地。怀王怒,不听。亡走赵,赵不内。复之秦,竟死于秦而归葬。"① 那种认为历史不载,就不存在者,可谓休矣;载与不载,其中有价值选择焉。怀王至终不负巫山神女,故宋玉《高唐赋》《神女赋》楚怀王得近巫山神女,而顷襄王则否。如《高唐赋》曰:"昔者先王尝游高唐,怠而昼寝,梦见一妇人,曰:'妾,巫山之女也,为高唐之客。闻君游高唐,愿荐枕席。'王因幸之。去而辞曰:'妾在巫山之阳,高丘之阻,旦为朝云,暮为行雨。朝朝暮暮,阳台之下。'旦朝视之,如言,故为立观,号曰朝云。王曰:'朝云始出,状若何也?'玉对曰:'其始出也,对兮若松榯。其少进也,晰兮若姣姬,扬袂障日,而望所思。忽兮改容,偈兮若驾驷马,建羽旗。湫兮如风,凄兮如雨。风止雨霁,云无处所。'"

> 楚大臣患之,乃相与谋曰:"吾王在秦不得还,要以割地,而太子为质于齐,齐、秦合谋,则楚无国矣。"乃欲立怀王子在国者。昭雎曰:"王与太子俱困于诸侯,而今又倍王命而立其庶子,不宜。"乃诈赴于齐,齐湣王谓其相曰:"不若留太子以求楚之淮北。"相曰:"不可,郢中立王,是吾抱空质而行不义于天下也。"或曰:"不然。郢中立王,因与其新王市曰'予我下东国,吾为王杀太子,不然,将与三国共立之',然则东国必可得矣。"齐王卒用其相计而归楚太子。太子横至,立为王,是为顷襄王。乃告于秦曰:"赖社稷神灵,国有王矣。"

对于楚怀王被秦拘禁而顷襄王自立为王之事,《史记·楚世家》单刀直入,曰:"顷襄王横元年,秦要怀王不可得地,楚立王以应秦,秦昭王怒,发兵出武关攻楚,大败楚军,斩首五万,取析十五城而去。二年,楚怀王亡逃归,秦觉之,遮楚道,怀王恐,乃从间道走赵以求归。赵主父在代,其子惠王初立,行王事,恐,不敢入楚王。楚王欲走魏,秦追至,遂与秦使复之秦。怀王遂发病。顷襄王三年,怀王卒于秦,秦归其丧于楚。楚人皆怜之,如悲亲戚。诸侯由是不直秦。秦楚绝。"② 至于楚顷襄王之

---

① (汉)司马迁:《史记·屈原列传》,中华书局1959年版,第2484页。
② (汉)司马迁:《史记·楚世家》,中华书局1959年版,第1729页。

为人,《淮南子·主术训》云:"顷襄好色,不使风议,而民多昏乱,其积至昭奇之难。"高诱注:"楚顷襄王。"唐人周昙《春秋战国门·顷襄王》诗云:"秦陷荆王死不还,只缘偏听子兰言。顷襄还信子兰语,忍使江鱼葬屈原。"然而,《战国策·齐策三》则从齐国之角度立论,曰:"楚王死,太子在齐质。苏秦谓薛公曰:'君何不留楚太子,以市其下东国?'薛公曰:'不可。我留太子,郢中立王,然则是我抱空质而行不义于天下也。'苏秦曰:'不然,郢中立王,君因谓其新王曰:与我下东国,吾为王杀太子。不然,吾将与三国共立之。然则下东国必可得也。'苏秦之事,可以请行,可以令楚王亟入下东国,可以益割于楚,可以忠太子而使楚益入地,可以为楚王走太子,可以忠太子使之亟去,可以恶苏秦于薛公,可以为苏秦请封于楚,可以使人说薛公以善苏子,可以使苏子自解于薛公。苏秦谓薛公曰:'臣闻谋泄者事无功,计不决者名不成。今君留太子者,以市下东国也。非亟得下东国者,则楚之计变,变则是君抱空质而负名于天下也。'薛公曰:'善。为之奈何?'对曰:'臣请为君之楚,使亟入下东国之地。楚得成,则君无败矣。'薛公曰:'善。'因遣之。谓楚王曰:'齐欲奉太子而立之。臣观薛公之留太子者,以市下东国也。今王不亟入下东国,则太子且倍王之割而使齐奉己。'楚王曰:'谨受命。'因献下东国。故曰:'可以使楚亟入地也。'谓薛公曰:'楚之势可多割也。'薛公曰:'奈何?''请告天子其故,使太子谒之君,以忠太子。使楚王闻之,可以益入地。故曰:可以益割于楚。'谓太子曰:'齐奉太子而立之,楚王请割地以留太子,齐少其地。太子何不倍楚之割地而资齐?齐必奉太子。'太子曰:'善。'倍楚之割而延齐。楚王闻之,恐,益割地而献之,尚恐事不成。故曰:可以使楚益入地也。谓楚王曰:'齐之所以敢多割地者,挟太子也。今已得地而求不止者,以太子权王也。故臣能去太子。太子去,齐无辞,必不倍于王也。王因驰强齐而为交,齐辞,必听王。然则是王去雠而得齐交也。'楚王大悦曰:'请以国因。'故曰:可以为楚王使太子亟去也。谓太子曰:'夫剬楚者王也,以空名市者太子也,齐未必信太子之言也,而楚功见矣。楚交成,太子必危矣。太子其图之。'太子曰:'谨受命。'乃约车而暮去。故曰:可以使太子急去也。苏秦使人请薛公曰:'夫劝留太子者苏秦也,苏秦非诚以为君也,且以便楚也。苏秦恐君之知之,故多割楚以灭迹也。今劝太子者又苏秦也,而君弗知。臣窃为君疑之。'薛公大怒于苏秦。故曰:可使人恶苏秦于薛公也。又使人谓楚王曰:'夫使薛公留太子者苏秦也。奉王而代立楚太子者又苏秦也。割地固约者又苏秦也。忠王而走太子者又苏秦也。今人恶苏秦于薛公，以其为齐薄而为楚厚也。愿王之知之。'楚王曰：'谨受命。'因封苏秦为武贞君。故曰：可以为苏秦请封于楚也。又使景鲤请薛公曰：'君之所以重于天下者，以能得天下之士而有齐权也。今苏秦天下之辩士也，世与少有。君因不善苏秦，则是围塞天下士，而不利说途也。夫不善君者，且奉苏秦，而于君之事殆矣。今苏秦善于楚王，而君不蚤亲，则是身与楚为雠也。故君不如因而亲之，贵而重之，是君有楚也。'薛公因善苏秦。故曰：可以为苏秦说薛公以善苏秦。"①《战国策·楚策二》则从楚国角度看问题："楚襄王为太子之时，质于齐。怀王薨，太子辞于齐王而归。齐王隘之：'予我东地五百里，乃归子。子不予我，不得归。'太子曰：'臣有傅，请追而问傅。'傅慎子曰：'献之。地所以为身也，爱地不送死父，不义。臣故曰献之便。'太子入，致命齐王曰：'敬献地五百里。'齐王归楚太子。太子归，即位为王。齐使车五十乘，来取东地于楚。楚王告慎子曰：'齐使来求东地，为之奈何？'慎子曰：'王明日朝群臣，皆令献其计。'上柱国子良入见。王曰：'寡人之得求反，王坟墓，复群臣，归社稷也，以东地五百里许齐。齐令使来求地，为之奈何？'子良曰：'王不可不与也。王身出玉声，许强万乘之齐而不与，则不信，后不可以约结诸侯。请与而复攻之。与之，信。攻之，武。臣故曰与之。'子良出，昭常入见。王曰：'齐使来求东地五百里，为之奈何？'昭常曰：'不可与也。万乘者，以地大为万乘。今去东地五百里，是去战国之半也，有万乘之号，而无千乘之用也，不可。臣故曰勿与。常请守之。'昭常出，景鲤入见。王曰：'齐使来求东地五百里，为之奈何？'景鲤曰：'不可与也。虽然，楚不能独守。王身出玉声，许万乘之强齐也而不与，负不义于天下。楚亦不能独守，臣请西索救于秦。'景鲤出，慎子入。王以三大夫计告慎子曰：'子良见寡人曰：不可不与也，与而复攻之。常见寡人曰：不可与也，常请守之。鲤见寡人曰：不可与也，虽然，楚不能独守也，臣请索救于秦。寡人谁用于三子之计？'慎子对曰：'王皆用之。'王艴然作色，曰：'何谓也？'慎子曰：'臣请效其说，而王且见其诚然也：王发上柱国子良车五十乘，而北献地五百里于齐。发子良之明日，遣昭常为大司马，令往守东地。遣昭常

---

① （汉）刘向：《战国策》，上海古籍出版社1985年版，第365—371页。

之明日，遣景鲤车五十乘，西索救于秦。'王曰：'善。'乃遣子良北献地于齐。发子良之明日，遣昭常为大司马，令往守东地。遣昭常之明日，景鲤车五十乘，西索救于秦。子良至齐，齐使人以甲受东地。昭常应齐使曰：'我典主东地，且与死生，悉五尺至六十，三十馀万，弊甲钝兵，愿承下尘。'齐王谓子良曰：'大夫来献地，今常守之何如？'子良曰：'臣身受命弊邑之王，是常矫也，王攻之。'齐王大兴兵攻东地，伐昭常。未涉疆，秦以五十万临齐右壤，曰：'夫隘楚太子弗出，不仁。又欲夺之东地五百里，不义。其缩甲则可，不然，则愿待战。'齐王恐焉。乃请子良南道楚，西使秦，解齐患。士卒不用，东地复全。女阿谓苏子曰：'秦栖楚王，危太子者公也。今楚王归，太子南，公必危。公不如令人谓太子曰：苏子知太子之怨己也，必且务不利太子。太子不如善苏子，苏子必且为太子入矣。'苏子乃令人谓太子。太子复请善于苏子。"①

《战国策·齐策三》写孟尝君之顺水人情，《战国策·楚策二》则写齐湣王之刻意刁难，着眼点颇殊。而纵横家从中左右其手，令人歆歉不已。《资治通鉴》卷二云：齐王封田婴于薛，号曰靖郭君。靖郭君言于齐王曰："五官之计，不可不日听而数览也。"王从之。已而厌之，悉以委靖郭君。靖郭君由是得专齐之权。靖郭君欲城薛，客谓靖郭君曰："君不闻海大鱼乎？网不能止，钩不能牵，荡而失水，则蝼蚁制焉。今夫齐，亦君之水也。君长有齐，奚以薛为？苟为失齐，虽隆薛之城到于天，庸足恃乎？"乃不果城。靖郭君有子四十余人，其贱妾之子曰文。文通倜傥智略，说靖郭君以散财养士。靖郭君使文主家待宾客，宾客争誉其美，皆请靖郭君以文为嗣。靖郭君卒，文嗣为薛公，号曰孟尝君。孟尝君招致诸侯游士及有罪亡人，皆舍业厚遇之，存救其亲戚。食客常数千人，各自以为孟尝君亲己。由是孟尝君之名重天下。②还须注意者，陪同楚太子（顷襄王）为质于齐之慎子，并非战国赵人慎到，以其《慎子》威德、因循、民杂、知忠、德立、君人、君臣诸篇，皆学黄老道德之术，因发明序其指意。需严密关注者，则是1993年10月在湖北省荆门市郭店一号战国中期楚墓M1发掘出竹简，共804枚，含多种古籍，其中杯上标示"太子之师"，连带出土有《老子》（甲、乙、丙）《太一生水》诸篇，可知此太子傅乃楚

---

① （汉）刘向：《战国策》，上海古籍出版社1985年版，第531—535页。
② （宋）司马光撰：《资治通鉴》，中华书局1956年版，第77—78页。

国慎邑人士，在齐国稷下学宫得黄老道德术之秘，与荆门市郭店一号战国中期楚墓之墓主若合符契。谨按：《战国策》乃刘向校书中秘，奏上御览者，可信度不应置疑，其中用语参差，是简帛记载之差异。

  楚欲与齐韩连和伐秦，因欲图周。周王赧使武公谓楚相昭子曰："三国以兵割周郊地以便输，而南器以尊楚，臣以为不然。夫弑共主，臣世君，大国不亲。以众胁寡，小国不附。大国不亲，小国不附，不可以致名实。名实不得，不足以伤民。夫有图周之声，非所以为号也。"昭子曰："乃图周则无之。虽然，周何故不可图也？"对曰："军不五不攻，城不十不围。夫一周为二十晋，公之所知也。韩尝以二十万之众辱于晋之城下，锐士死，中士伤，而晋不拔。公之无百韩以图周，此天下之所知也。夫怨结两周以塞驺鲁之心，交绝于齐，声失天下，其为事危矣。夫危两周以厚三川，方城之外必为韩弱矣。何以知其然也。西周之地，绝长补短，不过百里。名为天下共主，裂其地不足以肥国，得其众不足以劲兵。虽无攻之，名为弑君。然而好事之君，喜攻之臣，发号用兵，未尝不以周为终始。是何也？见祭器在焉，欲器之至而忘弑君之乱。今韩以器之在楚，臣恐天下以器雠楚也。臣请譬之。夫虎肉臊，其兵利身，人犹攻之也。若使泽中之麋蒙虎之皮，人之攻之必万于虎矣。裂楚之地，足以肥国。诎楚之名，足以尊主。今子将以欲诛残天下之共主，居三代之传器，吞三翮六翼，以高世主，非贪而何。周书曰欲起无先，故器南则兵至矣。"于是楚计辍不行。

  十九年，秦伐楚，楚军败，割上庸、汉北地予秦。二十年，秦将白起拔我西陵。二十一年，秦将白起遂拔我郢，烧先王墓夷陵。楚襄王兵散，遂不复战，东北保于陈城。二十二年，秦复拔我巫、黔中郡。六年，秦使白起伐韩于伊阙，大胜，斩首二十四万。秦乃遗楚王书曰："楚倍秦，秦且率诸侯伐楚，争一旦之命。愿王之饬士卒，得一乐战。"楚顷襄王患之，乃谋复与秦平。七年，楚迎妇于秦，秦楚复平。

  楚顷襄王完全毁弃了屈原联齐抗秦之战略思想，致使楚人与虎狼之秦打交道时，吃尽苦头。和中蕴含着巨大灾难，战时又一败涂地，如此恶性循环，直至社稷倾覆。

　　十一年，齐秦各自称为帝；月余，复归帝为王。
　　十四年，楚顷襄王与秦昭王好会于宛，结和亲。十五年，楚王与秦、三晋、燕共伐齐，取淮北。十六年，与秦昭王好会于鄢。其秋，复与秦王会穰。
　　十八年，楚人有好以弱弓微缴加归雁之上者，顷襄王闻，召而问之。对曰："小臣之好射鶀雁，罗鸗，小矢之发也，何足为大王道也。且称楚之大，因大王之贤，所弋非直此也。昔者三王以弋道德，五霸以弋战国。故秦、魏、燕、赵者，鶀雁也；齐、鲁、韩、卫者，青首也；驺、费、郯、邳者，罗鸗也。外其余则不足射者。见鸟六双，以王何取？王何不以圣人为弓，以勇士为缴，时张而射之？此六双者，可得而囊载也。其乐非特朝昔之乐也，其获非特凫雁之实也。王朝张弓而射魏之大梁之南，加其右臂而径属之于韩，则中国之路绝而上蔡之郡坏矣。还射圉之东，解魏左肘而外击定陶，则魏之东外弃而大宋、方与二郡者举矣。且魏断二臂，颠越矣；膺击郯国，大梁可得而有也。王缋缴兰台，饮马西河，定魏大梁，此一发之乐也。若王之于弋诚好而不厌，则出宝弓，碆新缴，射䴔鸟于东海，还盖长城以为防，朝射东莒，夕发浿丘，夜加即墨，顾据午道，则长城之东收而太山之北举矣。西结境于赵而北达于燕，三国布𡟎，则从不待约而可成也。北游目于燕之辽东而南登望于越之会稽，此再发之乐也。若夫泗上十二诸侯，左萦而右拂之，可一旦而尽也。今秦破韩以为长忧，得列城而不敢守也；伐魏而无功，击赵而顾病，则秦魏之勇力屈矣，楚之故地汉中、析、郦可得而复有也。王出宝弓，碆新缴，涉鄳塞，而待秦之倦也，山东、河内可得而一也。劳民休众，南面称王矣。故曰秦为大鸟，负海内而处，东面而立，左臂据赵之西南，右臂傅楚鄢郢，膺击韩魏，垂头中国，处既形便，势有地利，奋翼鼓𡟎，方三千里，则秦未可得独招而夜射也。"欲以激怒襄王，故对以此言。襄王因召与语，遂言曰："夫先王为秦所欺而客死于外，怨莫大焉。今以匹夫有怨，尚有报万乘，白公、子胥是也。今楚之地方五千里，带甲百万，犹足以踊跃中野也，而坐受困，臣窃为大王弗取也。"于是顷襄王遣使于诸侯，复为从，欲以伐秦。秦闻之，发兵来伐楚。

楚人以弋激励顷襄王者，可谓煞费苦心，但看其四面出击，左右开弓，浑无章法，似乎要将齐、宋、燕、赵、韩、魏尽收入囊中，然后"独招而夜射"强秦，令人感到实在是痴人说梦。联齐抗秦，本是屈原章法之要点所在，顷襄王对此懵然不省，又岂可谈论"楚之地方五千里，带甲百万，犹足以踊跃中野"，而不"坐受困"乎？此番痴人说梦，也可以看作楚国垂死时之回光返照。宋人杨万里《诚斋诗话》云："五七字绝句最少，而最难工，虽作者亦难得四句全好者，晚唐人与介甫最工于此。如李义山忧唐之衰云：'夕阳无限好，其奈近黄昏。'如'青女素娥俱耐冷，月中霜里斗婵娟'；如'芭蕉不解丁香结，同向春风各自愁'；如'莺花啼又笑，毕竟是谁春？'唐人《铜雀台》云：'人生富贵须回首，此地岂无歌舞来。'《寄边衣》云：'寄到玉关应万里，戍人犹在玉关西。'《折杨柳》云：'羌笛何须怨杨柳，春风不度玉门关'，皆佳句也。如介甫云：'更无一片桃花在，为问春归有底忙？''祗是虫声已无梦，三更桐叶强知秋'；'百啭黄鹂看不见，海棠无数出墙头'；'暗香一阵风吹起，知有蔷薇涧底花'，不减唐人，然鲜有四句全好者。杜牧之云：'清江漾漾白鸥飞，绿净春深好染衣。南去北来人自老，夕阳长送钓船归。'唐人云：'树头树底觅残红，一片西飞一片东。自是桃花贪结子，错教人恨五更风。'韩偓云：'昨夜三更雨，临明一阵寒。蔷薇花在否，侧卧卷帘看。'介甫云：'水际柴扉一半开，小桥分路入青苔。背人照影无穷柳，隔屋吹香并是梅。'东坡云：'暮云收尽溢清寒，银汉无声转玉盘。此生此夜不长好，明月明年何处看。'四句皆好矣。"在痴人说梦中，人们感受到的，是一股不寒而栗的阴气而已。如果说历史在第一次演示中呈现的是正剧，那么在再次演示中呈现的就是滑稽剧了。

楚欲与齐韩连和伐秦，因欲图周。周王赧使武公谓楚相昭子曰："三国以兵割周郊地以便输，而南器以尊楚，臣以为不然。夫弑共主，臣世君，大国不亲；以众胁寡，小国不附。大国不亲，小国不附，不可以致名实。名实不得，不足以伤民。夫有图周之声，非所以为号也。"昭子曰："乃图周则无之。虽然，周何故不可图也？"对曰："军不五不攻，城不十不围。夫一周为二十晋，公之所知也。韩尝以二十万之众辱于晋之城下，锐士死，中士伤，而晋不拔。公之无百韩以图周，此天下之所知也。夫怨结两周以塞驺鲁之心，交绝于齐，声失天下，其为事危矣。夫危两周以厚三川，方城之外必为韩弱矣。何以知其然也？西周之地，绝长补短，不过百里。名为天下共主，裂其地不足以肥国，得其众不足以劲兵。虽无攻之，名为弑君。然而好事之君，喜攻之臣，发号用兵，未尝不以周为终始。是何也？见祭器在焉，欲器之至而忘弑君之乱。今韩以器之在楚，臣恐天下以器仇楚也。臣请譬之。夫虎肉臊，其兵利身，人犹攻之也。若使泽中之麋蒙虎之皮，人之攻之必万于虎矣。裂楚之地，足以肥国；诎楚之名，足以尊主。今子将以欲诛残天下之共主，居三代之传器，吞三翮六翼，以高世主，非贪而何？周书曰'欲起无先'，故器南则兵至矣。"于是楚计辍不行。

十九年，秦伐楚，楚军败，割上庸、汉北地予秦。二十一年，秦将白起遂拔我郢，烧先王墓夷陵。楚襄王兵散，遂不复战，东北保于陈城。二十二年，秦复拔我巫、黔中郡。

按：《战国策·中山策》：（秦昭王）乃使五校大夫王陵将而伐赵。陵战失利，亡五校。王欲使武安君，武安君称疾不行。王乃使应侯往见武安君，责之曰："楚地方五千里，持戟百万。君前率数万之众入楚，拔鄢郢，焚其庙，东至境陵，楚人震恐，东徙而不敢西向。韩、魏相率兴兵甚众，君所将之不能半之，而与战之于伊阙，大破二国之军，流血漂卤，斩首二十四万，韩、魏以故至今称东藩。此君之功，天下莫不闻。今赵卒之死于长平者已十七八，其国虚弱，是以寡人大发军，人数倍于赵国之众，愿使君将，必欲灭之矣。君尝以寡击众，取胜如神，况以强击弱，以众击寡乎！"武安君曰："是时楚王，恃其国大，不恤其政，而群臣相妒以功，谄谀用事，良臣斥疏，百姓心离，城池不修，既无良臣，又无守备。故起所以得引兵深入，多倍城邑，发梁焚舟以专民以，掠于郊野以足军食。当此之时，秦中士卒以军中为家，将帅为父母，不约而亲，不谋而信，一心同功，死不旋踵。楚人自战其地，咸顾其家，各有散心，莫有斗志，是以能有功也。伊阙之战，韩孤顾魏，不欲先用其众。魏恃韩之锐，欲推以为锋。二军争便之力不同，是臣得设疑兵以待韩阵，专军并锐，触魏之不意。魏军既败，韩军自溃，乘胜逐北，以是之故能立功。皆计利形势，自然之理，何神之有哉！今秦破赵军于长平，不遂以时乘其振惧而灭之，畏而释之，使得耕稼以益蓄积，养孤长幼以益其众，缮治兵甲以益其强，增城浚池以益其固。主折节以下其臣，臣推体以下死士。至于平原君之属，皆令妻妾补缝于行伍之间。臣人一心，上下同力，犹勾践困于会稽之时也。以合伐之，赵必固守，挑其军战，必不肯出。围其国都，必不可克。攻其列城，必未可拔。掠其郊野，必无所得。兵出无功，诸侯生心，外救必至。臣见其害，未睹其利。又病，未能行。"① 白起之言，颇能击中楚国政治之要害；而对赵国平原君令妻妾补缝于行伍之间，固国自守，臣人一心，上下同力，犹勾践困于会稽之时也，也有洞察之力。

二十三年，襄王乃收东地兵，得十余万，复西取秦所拔我江旁十五邑以为郡，距秦。二十七年，使三万人助三晋伐燕。复与秦平，而入太子为质于秦。楚使左徒侍太子于秦。

三十六年，顷襄王病，太子亡归。秋，顷襄王卒，太子熊元代立，是为考烈王。考烈王以左徒为令尹，封以吴，号春申君。

考烈王元年，纳州于秦以平。是时楚益弱。

六年，秦围邯郸，赵告急楚，楚遣将军景阳救赵。七年，至新中。秦兵去。十二年，秦昭王卒，楚王使春申君吊祠于秦。十六年，秦庄襄王卒，秦王赵政立。二十二年，与诸侯共伐秦，不利而去。楚东徙都寿春，命曰郢。

二十五年，考烈王卒，子幽王悍立。李园杀春申君。幽王三年，秦、魏伐楚。秦相吕不韦卒。九年，秦灭韩。十年，幽王卒，同母弟犹代立，是为哀王。哀王立二月余，哀王庶兄负刍之徒袭杀哀王而立负刍为王。是岁，秦虏赵王迁。

王负刍元年，燕太子丹使荆轲刺秦王。二年，秦使将军伐楚，大破楚军，亡十余城。三年，秦灭魏。四年，秦将王翦破我军于蕲，而杀将军项燕。

五年，秦将王翦、蒙武遂破楚国，虏楚王负刍，灭楚名为郡云。

太史公曰：楚灵王方会诸侯于申，诛齐庆封，作章华台，求周九

---

① （汉）刘向：《战国策》，上海古籍出版社1985年版，第1187—1189页。

鼎之时，志小天下；及饿死于申亥之家，为天下笑。操行之不得，悲夫！势之于人也，可不慎与？弃疾以乱立，嬖淫秦女，甚乎哉，几再亡国！

鬻熊之嗣，周封于楚。僻在荆蛮，荜路蓝缕。及通而霸，僭号曰武。文既伐申，成亦赦许。子围篡嫡，商臣杀父。天祸未悔，凭奸自怙。昭困奔亡，怀迫囚虏。顷襄、考烈，祚衰南土。

屈氏祖源与分宗

《离骚》首句："帝高阳之苗裔兮，朕皇考曰伯庸。"这是屈原开宗明义，自报家门，是对屈氏家族之祖源和分宗的返回根本之言，涉及屈原与楚同姓，分宗为屈之关键。然而问题即由此而生焉，对于"朕皇考"一词，如何释读？简直是言人人殊，莫衷一是。"朕皇考"在周代金文中乃习见之语，《殷周金文集成》首页《叔旅鱼父》器就以"朕皇考"开头①。《诗经·周颂·雍》的"假哉皇考"句中的"皇考"，即指周族之太祖。孔颖达疏："皇，君也。此太祖宜为一代之始王，故知嘉哉……考者，成德之名，可以通其父而祖故也。"可见儒家六经并不拘泥于"皇考"为父亲，而往往及于家族始祖。

关于楚族分出屈氏一宗，王逸《楚辞章句》引《帝系》曰："颛顼娶于腾隍氏女而生老僮，是为楚先。其后熊绎事周成王，封为楚子，居于丹阳。周幽王时，生若敖，奄征南海，北至江、汉。其孙武王求尊爵于周，周不与，遂僭号称王。始都于郢。是时生子瑕，受屈为客卿，因以为氏。"② 王逸的意思是屈瑕是屈氏分宗得氏的始祖，受封于屈，以邑为氏。他既是楚武王之子，就不可能在楚为客卿，而是作为楚国上大夫在周廷为客卿。可惜王逸《楚辞章句》释"朕皇考"依然拘泥于伯庸为屈原之父，谓"朕皇考曰伯庸"，曰："朕，我也。皇，美也。父死称考。《诗》曰'既右烈考'，伯庸，字也。屈原言我父伯庸，体有美德，以忠辅楚，世有令名，以及于己。"③ 王逸之言往往依违其词，但此说对后世影响甚深。

郑樵《通志》卷二五氏族略第一云："又按楚辞云：昭、屈、景，楚

---

① 《殷周金文集成》，中华书局1984—1994年版，第1页。
② （宋）洪兴祖撰，白化文等点校：《楚辞补注》，中华书局1983年版，第3页。
③ 同上。

之三族也。昭氏、景氏则以谥为族者也。屈氏者，因王子瑕食邑于屈，初不因谥，则知为族之道多矣，不可专言谥也。"① 郑樵《通志》卷二七氏族略第三"以邑为氏"条"楚邑"部分列屈氏，曰："屈氏：芈姓，楚之公族也。莫敖屈瑕食邑于屈，因以为氏。三闾大夫屈平字原，其后也。汉有屈燕。又屈突氏改为屈氏，望出河南。"② 唐代林宝《元和姓纂》卷一〇云：屈，楚公族芈姓之后，楚武王子瑕食采于屈，因氏焉。屈重、屈建、屈到、三闾大夫屈平，字原、屈正，并其后也。汉有屈燕，汝南先贤传有屈霸，苻秦有屈伯产，河南人吴尚书仆射屈晃，大历中职方郎中屈无易，晋州刺史栎阳尉屈同僇，洛阳人。③

《史记·屈原贾生列传》之《集解》引王逸《离骚序》曰："三闾之职，掌王族三姓，曰昭、屈、景，序其谱属，率其贤良，以励国士。"既然屈原有"序其谱属"之职，应对自己的族谱了如指掌；既然昭、景二氏皆是公族，那么屈氏也应是公族。《离骚》首句叙述屈氏祖源和分宗，与屈原"序其谱属"的职掌意识存在着深刻的关系。

屈瑕是不是楚武王之子，关联到楚武王有多少子嗣的问题。《史记·楚世家》曰：熊渠生子三人。当周夷王之时，王室微，诸侯或不朝，相伐。熊渠甚得江汉间民和，乃兴兵伐庸、杨粤，至于鄂。熊渠曰："我蛮夷也，不与中国之号谥。"乃立其长子康为句亶王（《史记》三家注《索隐》云："《系本》：康作庸。"），中子红为鄂王，少子执疵为越章王（《索隐》又说："《系本》无执字。"），皆在江上楚蛮之地。及周厉王之时，暴虐，熊渠畏其伐楚，亦去其王……后为熊毋康，毋康蚤死。熊渠卒，子熊挚红立。挚红卒（日人泷川资言《〈史记〉会注考证》就认为："挚字当衍。"），其弟弑而代立，曰熊延。熊延生熊勇。④ 楚武王有三子：康（庸）、红、执疵。并无屈瑕。这与《大戴礼记·帝系》的记述相契合："自熊渠有子三人：其孟之名为无康，为句袒王；其中之名为红，为鄂王；其季之名为疵，为戚章王。"⑤

屈瑕既然并非楚武王之子，那么他的辈分身世应如何定位？这就有必

---

① （宋）郑樵撰，王树民点校：《通志》，中华书局1995年版，第5页。
② 同上书，第91页。
③ （唐）林宝：《元和姓纂》，文渊阁《四库全书》子部十一，类书类。
④ （汉）司马迁：《史记》，中华书局1959年版，第1692—1693页。
⑤ （清）王聘珍：《大戴礼记解诂》，中华书局1983年版，第128页。

要考察屈瑕，也是全部楚国屈氏之祖，何时首见于历史记载。《左传·鲁桓公十一年》（楚武王四十年，前701）："楚屈瑕将盟贰、轸。郧人军于蒲骚，将与随、绞、州、蓼伐楚师。莫敖患之。斗廉曰：'郧人军其郊，必不诫。且日虞四邑之至也。君次于郊郢，以御四邑，我以锐师宵加于郧。郧有虞心而恃其城，莫有斗志。若败郧师，四邑必离。'莫敖曰：'盍请济师于王？'对曰：'师克在和，不在众。商、周之不敌，君之所闻也。成军以出，又何济焉？'莫敖曰：'卜之？'对曰：'卜以决疑。不疑，何卜？'遂败郧师于蒲骚，卒盟而还。"① 屈瑕官职为莫敖，作战运谋，是注意仪轨，又从善如流的。次年，《左传·鲁桓公十二年》（楚武王四十一年，前700）又记载："楚伐绞，军其南门。莫敖屈瑕曰：'绞小而轻，轻则寡谋。请无扞采樵者以诱之。'从之。绞人获三十人。明日，绞人争出，驱楚役徒于山中。楚人坐其北门，而覆诸山下。大败之，为城下之盟而还。"孔颖达疏："坐犹守也。覆，设伏兵而待之。"② 在绞之战中，屈瑕对敌方的分析是准确的，采取的诱敌和伏击的谋略，足以克敌制胜。这些记载应是源自楚武王之史官。

疑窦出现于又次年，《左传·鲁桓公十三年》（楚武王四十三年，前699）记载："十三年春，楚屈瑕伐罗，斗伯比送之。还，谓其御曰：'莫敖必败。举趾高，心不固矣。'遂见楚子，曰：'必济师！'楚子辞焉。入告夫人邓曼。邓曼曰：'大夫其非众之谓，其谓君抚小民以信，训诸司以德，而威莫敖以刑也。莫敖狃于蒲骚之役，将自用也，必小罗。君若不镇抚，其不设备乎！夫固谓君训众而好镇抚之，召诸司而劝之以令德，见莫敖而告诸天之不假易也。不然，夫岂不知楚师之尽行也？'楚子使赖人追之，不及。莫敖使徇于师曰：'谏者有刑。'及鄢，乱次以济。遂无次，且不设备。及罗，罗与卢戎两军之，大败之。莫敖缢于荒谷，群帅囚于冶父以听刑。楚子曰：'孤之罪也。'皆免之。"③ 从楚武王承担战败之责，赦免将士来看，楚武王对屈瑕还有爱抚吝惜之情。邓曼是楚文王熊赀的生母，如《左传·鲁庄公六年》（楚文王二年，前688）："楚文王伐申，过

---

① 《春秋左传正义》，中华书局1957年版，第195—196页。
② （周）左丘明传，（晋）杜预注，（唐）孔颖达疏：《春秋左传正义》，北京大学出版社1999年版，第198页。
③ 同上书，第200—201页。

邓。邓祁侯曰：'吾甥也。'止而享之。"① 楚武王在位 51 年（前 740—前 689）。楚武王的原配夫人和长子伯康（庸），在楚武王即位四十余年后，都已故去，即《史记·楚世家》所谓"蚤死"。邓曼应是楚武王的新夫人，她想使自己的亲生儿子熊赀继位，最大的对手应是长孙，屈瑕应是楚武王之长孙，伯康（庸）之子，因此受到邓曼的激烈申斥。这种情形与晋献公的新夫人骊姬想让自己亲生子奚齐继位，而排击、诬陷申生有些相似。但是"成者为王，败者为寇"，邓曼申斥屈瑕的言行，被贤明化了，因为最后继位的楚文王熊赀是她的亲生子。

《左传》这则记载除了沿用《春秋》义法而称楚武王为"楚子"，视之为蛮夷之外，基本材料源于楚文王之史官，因而扬邓曼抑屈瑕。史官记事，是有价值取向的。汉人刘向《列女传》卷三"仁智传"不审于此，在对邓曼贤明化的基础上，进一步纳入儒家标准而"仁智化"，如此写道："邓曼者，武王之夫人也。王使屈瑕为将，伐罗。屈瑕号莫敖，与群帅悉楚师以行。斗伯比谓其御曰：'莫敖必败。举趾高，心不固矣。'见王曰：'必济师。'王以告夫人邓曼，曰：'大夫非众之谓也，其谓君抚小民以信，训诸司以德，而威莫敖以刑也。莫敖狃于蒲骚之役，将自用也，必小罗。君若不镇抚，其不设备乎！'于是王使赖人追之，不及。莫敖令于军中曰：'谏者有刑。'及鄢，师次乱济。至罗，罗与卢戎击之，大败，莫敖自经荒谷，群师囚于冶父以待刑。王曰：'孤之罪也。'皆免之。君子谓邓曼为知人。诗云：'曾是莫听，大命以倾'，此之谓也。王伐随且行，告邓曼曰：'余心荡，何也？'邓曼曰：'王德薄而禄厚，施鲜而得多。物盛必衰，日中必移。盈而荡，天之道也。先王知之矣，故临武事，将发大命，而荡王心焉。若师徒毋亏，王薨于行，国之福也。'王遂行，卒于樠木之下。君子谓邓曼为知天道。易曰：'日中则昃，月盈则亏，天地盈虚，与时消息'，此之谓也。颂曰：楚武邓曼，见事所兴，谓瑕军败，知王将薨。"

《列女传》后半段的叙述，来自《左传·鲁庄公四年》（楚武王五十一年，前 690）："春，王三月，楚武王荆尸，授师孑焉，以伐随。将齐，入告夫人邓曼曰：'余心荡。'邓曼叹曰：'王禄尽矣。盈而荡，天之道

---

① （周）左丘明传，（晋）杜预注，（唐）孔颖达疏：《春秋左传正义》，北京大学出版社 1999 年版，第 229 页。

也。先君其知之矣，故临武事，将发大命，而荡王心焉。若师徒无亏，王薨于行，国之福也。'王遂行，卒于樠木之下。令尹斗祁、莫敖屈重除道梁溠，营军临随。随人惧，行成。莫敖以王命入盟随侯，且请为会于汉汭而还。济汉而后发丧。"① 莫敖屈重，当是莫敖屈瑕之子，是屈氏的二世祖，这种莫敖世职制度建立于楚武王后期，即长子熊伯康（庸）故去之后。这一点相当重要，楚武王将莫敖确定为屈氏世爵，世代莫替。然而在《左传》行文中，邓曼之言似乎知天命，细审之，把"王薨"当成"国之福"实在有点诡异。原来楚武王决定把王位传给二子熊挚红，其后政治变局，才有如《史记·楚世家》所云："熊渠卒，子熊挚红立。挚红卒，其弟弒而代立，曰熊延。"但是所有这些政治变局，都被楚文王之史官按照官方价值取向予以记述，邓曼依然被贤明化。历史是人记述的，应该看到记述深处人之价值行为，才算具有认知历史、触摸生命的穿透能力。

因而王逸《楚辞章句》所言"武王求尊爵于周，周不与，遂僭号称王。始都于郢。是时生子瑕，受屈为客卿，因以为氏"②，其探寻方向是有根据的，只是他把屈瑕当作楚武王之子，则犯了以长孙为子的差误。另一个启人疑窦者，是《大戴礼记·帝系》的记述："自熊渠有子三人：其孟之名为无康，为句袒王；其中之名为红，为鄂王；其季之名为疵，为戚章王。"③ "熊毋康""无康"均是"孟康"，因为"毋""无"与"孟"古音可以互借。徐维起《徐氏笔精》转载："《礼纬》曰：'嫡长曰伯，庶长曰孟。'"《礼记·檀弓上》："幼名，冠字，五十以伯仲，死谥，周之道也。"④ 熊渠曰："我蛮夷也，不与中国之号谥。"熊渠必不行周之道也。"熊孟康"称"孟"，意味着他是庶出。本来，"熊孟康"是楚武王原配夫人的嫡长子，应称"熊伯康（庸）"；但是楚文王夺得王位之后，为了强化自身的正统性，就只尊自己生母、楚武王新夫人邓曼为嫡，贬原夫人、伯康（庸）之生母为庶，致使"熊伯康（庸）"改称为"熊孟伯康"。历史不是按照礼制发展的，礼制却因历史的变迁而被改写或篡改。《大戴礼

---

① （周）左丘明传，（晋）杜预注，（唐）孔颖达疏：《春秋左传正义》，北京大学出版社1999年版，第224—226页。
② （宋）洪兴祖撰，白化文等点校：《楚辞补注》，中华书局1983年版，第3页。
③ （清）王聘珍：《大戴礼记解诂》，中华书局1983年版，第128页。
④ （唐）孔颖达：《礼记正义》，北京大学出版社1999年版，第219页。

记·帝系》承袭的是经过楚文王时期执掌谱系之史官材料,但是屈氏家族对这种篡改是不接受的,所以《离骚》强调其分宗的始祖是"伯庸"。即刘向《九叹·逢纷篇》所说:"伊伯庸之末胄兮,谅皇直之屈原。"① 洪兴祖《楚辞补注》卷一六如此释读:"伊伯庸之末胄兮(胄,后也。《左氏传》曰:戎子驹支,四岳之裔胄也),谅皇直之屈原(谅,信也。《论语》曰:君子贞而不谅。言屈原承伯庸之后,信有忠直美德,甚于众人也。直,一作贞)。云余肇祖于高阳兮,惟楚怀之婵连(婵连,族亲也。言屈原与怀王俱颛顼之孙,有婵连之族亲,恩深而义笃也。婵,一作嫸。〔补〕曰:婵连,犹牵连也)。原生受命于贞节兮,鸿永路有嘉名(鸿,大也。永,长也。路,道也。言屈原受阴阳之正气,体合大道,故长有美善之名也。有,一作以)。齐名字于天地兮(谓名平、字原也),并光明于列星(谓心达道要,又文采光耀,若天有列星也。〔补〕曰:《九章》云:与日月兮齐光)。吸精粹而吐氛浊兮(氛,恶气也。《左氏传》曰:楚氛甚恶。言己吸天地清明之气,而吐其尘浊,内洁净也),横邪世而不取容(言己体清洁之行,在横邪贪枉之世,而不能自容入于众也。一无'取'字)。行叩诚而不阿兮(叩,击也。阿,曲也。叩,一作切),遂见排而逢谗(言己心不容非,以好叩击人之过,故遂为谗佞所排逐也)。后听虚而黜实兮(黜,贬也。实,诚也),不吾理而顺情(言君听谗佞虚言,以贬忠诚之实,不理我言,而顺邪伪之情,故见放流也)。肠愤悁而含怒兮(〔补〕曰:悁,乌玄切,忿也),志迁蹇而左倾(言己执忠诚而见贬黜,肠中愤懑,悁悒而怒,则志意迁移,左倾而去也。一云:志徙倚而左倾)。心懭慌其不我与兮(懭慌,无思虑貌。慌,一作恍。其,一作而。〔补〕曰:懭慌,失意。上坦朗、下呼晃切),躬速速其不吾亲(速速,不亲附貌也。言君心懭慌而无思虑,不肯与我谋议,用志速速,不与己相亲附也。其,一作而)。辞灵修而陨志兮(陨,堕也。《易》曰:有陨自天也。辞,一作词。志,一作意),吟泽畔之江滨(畔,界也。滨,涯也。言己与怀王辞诀,志意堕落,长吟江泽之涯而已)。椒桂罗以颠覆兮(颠,顿也。覆,仆也),有竭信而归诚(言己见先贤,若椒桂之人以被祸,其身颠仆,然犹竭信归诚,而志不惧也)。逸夫蔼蔼而漫著兮(蔼蔼,盛多貌也。《诗》云:蔼蔼王多吉士。漫,污也。一无'夫'字。漫,一作曼。注云:曼,

---

① (宋)洪兴祖撰,白化文等点校:《楚辞补注》,中华书局1983年版,第282页。

汗也。曼汗以自著），曷其不舒予情（曷，何也。言谗人相聚，蔼蔼而盛，欲漫污人以自著明，君何不舒我忠情以诘责之乎）。"[1] 王逸《楚辞章句》说："屈原自道本与君共祖，俱出颛顼胤末之子孙，是恩深而义厚也。朕，我也。皇，美也。父死称考。《诗》曰：'既右按考。'伯庸，字也。屈原言我父伯庸，体有美德，以忠辅楚，世有令名，以及于己。"[2] 据战国秦汉诸多典籍所记屈氏人物推算，屈原为屈瑕的十七世孙。

关于屈氏的始封地，王逸《楚辞章句》云，楚武王"生子瑕，受屈为客卿，因以为氏"[3]。屈地应是楚武王长子熊伯康（庸）之始封地，长孙屈瑕袭其封，遂以邑为氏。略知音韵者均晓，屈乃夔之音变，夔之促读（入声）为屈。《汉书·地理志》："归子国。即夔子国也。秭归曾是夔国所在地，是楚族分支。"夔即归，甲骨文、金文云，归乃古之归子国。商王武丁讨伐之，夔人遂南迁于今渝鄂交界处的三峡地区。后为楚王熊渠所灭，封其孙熊挚为夔子建国。夔子国后迁于秭归东的夔子城，直至春秋时秭归仍是楚国的夔子国。楚成王欲北上争霸，为解除后顾之忧，防止巴、蜀通过夔国侵楚，派令尹子玉、司马子西"帅师灭夔，以夔子归"[4]（《左传·鲁僖公二十六年》），并派"令尹子玉城夔"（《水经注·江水》）。《路史·国名记》云："夔子，熊挚治，多熊姓。今秭归城东二十有故夔子城。荆州记：秭归西，有杨城。即绎孙所居。"《太平御览》卷一六七引《十道志》曰："归州，巴东郡。在周为夔子国，属楚。秦并天下，为南郡之地。汉置秭归县。唐武德二年，割夔州之秭归、巴东二县置归州。"[5] 清顾祖禹《读史方舆纪要》卷七十八："周夔子国地〔《汉志》：秭归县有归乡，故归国。宋忠曰：归即夔也〕。春秋、战国属楚。秦、汉属南郡。"[6] 杜甫晚岁曾在夔州流寓多年，他是身临其境地感受夔子国的，《大历二年九月三十日》诗云："为客无时了，悲秋向夕终。瘴馀夔子国，霜薄楚王宫。"杜甫准备离开夔州，又作《续得观书，迎就当阳居止，正月中旬定出三峡》诗云："自汝到荆府，书来数唤吾……天

---

[1] （宋）洪兴祖撰，白化文等点校：《楚辞补注》，中华书局1983年版，第282—283页。
[2] 同上书，第3页。
[3] 同上。
[4] （周）左丘明传，（晋）杜预注，（唐）孔颖达疏：《春秋左传正义》，北京大学出版社1999年版，第433页。
[5] （宋）李昉：《太平御览》，河北教育出版社1994年版，第586页。
[6] （清）顾祖禹撰，贺次君等点校：《读史方舆纪要》，中华书局2005年版，第3688页。

旋夔子国，春近岳阳湖。"杜甫实地感受的夔子国，与历代方志所述相吻合。

夔子国与楚国的关系变动，反映了春秋中期楚国政治体制由疏散走向紧密的行程。《春秋经》鲁僖公二十六年（楚成王三十八年，前634）："秋，楚人灭夔，以夔子归。（杜预注：夔，楚同姓国，今建平秭归县。夔有不祀之罪，故不讥楚灭同姓。）"① 同年《左传》："夔子不祀祝融与鬻熊。（杜预注：祝融，高辛氏之火正，楚之远祖也。鬻熊，祝融之十二世孙。夔，楚之别封，故亦世绍其祀。）楚人让之，对曰：'我先王熊挚有疾，鬼神弗赦而自窜于夔。（杜预注：熊挚，楚嫡子，有疾不得嗣位，故别封为夔子。）吾是以失楚，又何祀焉?'秋，楚成得臣、斗宜申帅师灭夔，以夔子归。"② 《史记·楚世家》记载比《春秋》《左传》晚了一年，为楚成王三十九年（鲁僖公二十七年，前633），"灭夔，夔不祀祝融、鬻熊故也"。《左传》夔子之辩词及杜预注，存在着不少漏洞，需要以群籍中关于屈氏家族源流的材料加以订正。首先长子康（庸）为句亶王，而非"熊挚有疾，鬼神弗赦而自窜于夔"。由于楚武王在位51年，伯庸未及继位而早死，但其子孙在楚武王后期相继为莫敖。这反映了楚国在急剧扩张中之政治建制，它征服了包括夔子国在内之诸多小国，以宗主国形式让被征服的小国君主继续治理，而分封王室子嗣进行监控和督导，所以这些国中之国"祀祝融与鬻熊"，以承认楚国的宗主国地位。分封以监控、督导夔子国者，是楚武王的长子熊伯庸，即句亶王的封地在"江上楚蛮之地"。所以熊伯庸以"夔"为氏，"夔"的促音（入声）就是"屈"。其后由于政治体制的发展，宗主国指责属国"不祀祝融与鬻熊"而将其消灭，由楚国直接治理，成为楚国的一级地方政权。楚人吸取周朝分封制的教训，改间接统治为直接管理。屈瑕以熊伯庸之长子的身份，分宗成为屈氏。《庄子·庚桑楚》认为昭、景、屈是三大公族，"昭、景也，著戴也；甲氏也，著封也"。③ 马叙伦在《庄子浅释》《庄子义证》中将"甲氏"考证为屈氏，《义证》："甲借为屈，音同见纽"。郭沫若在《屈原研究》中言"屈是楚武王的儿子屈瑕所封的采邑"，认为"甲氏"为屈氏。"昭是楚

---

① （周）左丘明传，（晋）杜预注，（唐）孔颖达疏：《春秋左传正义》，北京大学出版社1999年版，第431页。
② 同上书，第432—433页。
③ 陈鼓应：《庄子今注今译》，中华书局1983年版，第656页。

昭王的支庶，所以说是'著戴'，戴是代的假借。"① 《礼记·大传》云："别子为祖，继别为宗。"郑玄注："别子，谓公子若始来在此国者，后世以为祖也。继别为宗，别子之世适也，族人尊之，谓之大宗，是宗子也。"② 因此，屈氏家族是以熊伯庸为祖，以屈瑕为宗。屈氏分宗，发生在楚武王四十年（前701）以前，斯时离屈原诞生尚有三百年。

从屈氏家族立宗，到屈原降生，时间流转了360年，经历了春秋时期世任莫敖威权赫赫之十一代，以及战国时期莫敖世爵逐渐式微之六代。前面已经介绍了屈瑕、屈重在楚武王时期相继任莫敖。其后《左传·鲁僖公四年》（楚成王十六年，前656）记载有屈完，曰："夏，楚子使屈完如师。师退，次于召陵。齐侯（齐桓公）陈诸侯之师，与屈完乘而观之。齐侯曰：'岂不谷（《老子》曰：孤、寡、不谷，王侯之谦称也）是为，先君之好是继。与不谷同好，如何？'对曰：'君惠徼福于敝邑之社稷，辱收寡君，寡君之愿也。'齐侯曰：'以此众战，谁能御之？以此攻城，何城不克？'对曰：'君若以德绥诸侯，谁敢不服。君若以力，楚国方城以为城，汉水以为池，虽众，无所用之。'屈完及诸侯盟。"③ 清梁玉绳《人表考》卷四引高士奇《左传姓名考》，认为"完是重子"，即屈氏三世祖。从他全权代表楚国与列国盟主齐桓公相应对，又以楚国实力完成体面的召陵之盟来看，其职掌也应是莫敖。

《礼记·大传》在说了"别子为祖，继别为宗"之后，又说："继祢者为小宗（父之适也，兄弟尊之，谓之小宗）。有百世不迁之宗，有五世则迁之宗。"④ 《春秋公羊传》鲁隐公元年秋七月何休解诂云："生称父，死称考，入庙称祢。"⑤ 徐彦疏曰："祢字示旁尔，言虽可入庙是神示，犹自最近于已，故曰祢。"⑥ 奉祀死父的宗庙。如祢庙（父庙，或称考庙），祢祖（父与祖之庙）。到了屈氏第四世，就分出小宗。《左传·鲁僖公二十五年》（楚成王三十七年，前635）记载有屈御寇："秋，秦、晋伐鄀。楚斗克（字子议）、屈御寇（字子

---

① 郭沫若：《历史人物·屈原研究》，人民文学出版社1989年版，第60—61页。
② （汉）郑玄注，（唐）孔颖达疏：《礼记正义》，北京大学出版社1999年版，第1008页。
③ （周）左丘明传，（晋）杜预注，（唐）孔颖达疏：《春秋左传正义》，北京大学出版社1999年版，第332—333页。
④ （汉）郑玄注，（唐）孔颖达疏：《礼记正义》，北京大学出版社1999年版，第1008页。
⑤ （汉）公羊寿传，（汉）何休解诂，（唐）徐彦疏：《春秋公羊传注疏》，北京大学出版社1999年版，第22页。
⑥ 同上书，第23页。

边)以申、息之师戍商密……秦师囚申公子仪、息公子边以归。"① 此年距屈瑕之子屈重"以王命入盟随侯",已是 56 年,距屈完促成召陵之盟(楚成王十六年,前 656)也已 21 年,分出小宗为息公之屈御寇应是屈完之子侄辈。对屈御寇记载 11 年后,《左传·鲁文公三年》(楚穆王二年,前 624)记载有息公子朱。此年楚军围江,"晋阳处父伐楚以救江,门于方城,遇息公子朱而还"②。《左传·鲁文公九年》,秋,楚公子朱自东夷伐陈。杜预注:"子朱,息公也。"③ 次年,楚穆王、郑穆公与宋昭公田猎于宋之大薮孟诸,子朱为左司马。息县在楚国北境,《左传·鲁隐公十一年》,息侯伐郑。杜预注:"息国,汝南新息县……一本作郾。"④ 鲁庄公十四年,息灭于楚,置为县。屈氏分出的这支小宗息公,职责在于捍卫楚国北境边防。

息公系统,还有《左传·鲁宣公十二年》(楚庄王十七年,前 597)记载之屈荡。在楚、晋邲之战中,"楚子为乘广三十乘,分为左右。右广鸡鸣而驾,日中而说。(说,舍也。)左则受之,日入而说。许偃御右广,养由基为右。彭名御左广,屈荡为右。乙卯,王乘左广以逐赵旃。赵旃弃车而走林,屈荡搏之,得其甲裳。"⑤ 楚庄王亲军"两广"扈从参战,屈荡为左广之右(即左广戎车力士)。宋程公说《春秋分记·世谱》谓屈荡为子朱之子,他尚在青年时期,或子朱尚在,屈荡未及继承息公的职位。息公其后甚是驰名者,有屈宜臼,其与吴起变法意见相左,折射了贵族封君之守成态度。

屈氏别出的另一个小宗,是申公巫臣。他与屈荡同时出现于《左传·鲁宣公十二年》。《左传·鲁成公七年》记载更详:"楚围宋之役(杜预注:在宣十四年),师还,子重请取于申、吕以为赏田,王许之。(分申、吕之田以自赏)申公巫臣曰:'不可。此申、吕所以邑也,是以为赋,以御北方。若取之,是无申、吕也(言申、吕赖此田成邑耳。不得此田,则无以出兵赋而二邑坏也),晋、郑必至于汉。'王乃止。子重是以怨巫臣。子反欲取夏姬,巫臣止之,遂取以行,子反亦怨之。及共王即位(楚共王

---

① (周)左丘明传,(晋)杜预注,(唐)孔颖达疏:《春秋左传正义》,北京大学出版社 1999 年版,第 428—429 页。
② 同上书,第 500—501 页。
③ 同上书,第 528 页。
④ 同上书,第 128 页。
⑤ 同上书,第 648 页。

以鲁成公元年即位），子重、子反杀巫臣之族子阎、子荡及清尹弗忌（皆巫臣之族）及襄老之子黑要（以夏姬故，并怨黑要），而分其室……巫臣自晋遗二子（子重、子反）书，曰：'尔以谗慝贪惏事君，而多杀不辜，余必使尔罢于奔命以死。'巫臣请使于吴，晋侯许之。吴子寿梦说之。乃通吴于晋。"① 巫臣姓屈（一称屈巫。其子狐庸亦称屈狐庸），楚之王族，字子灵。为申县尹，故称申公。以争夏姬奔晋，为邢大夫，而楚灭其族。乃通吴于晋以病楚，吴于是始大。《左传·鲁成公二年》载："王问诸屈巫。"杜预注："屈巫，巫臣称屈巫"。也就是说，在屈氏别出之小宗息公传承二三代之时，又别出一小宗申公，但申公巫臣奔晋，为邢大夫，以"巫"为氏。

《礼记·大传》云："有百世不迁之宗，有五世则迁之宗。"屈氏本宗，乃是百世不迁之宗。《左传·襄公十五年》（楚康王二年，前558）记载："楚公子午为令尹，公子罢戎为右尹，蒍子冯为大司马，公子橐师为右司马，公子成为左司马，屈到为莫敖，公子追舒为箴尹，屈荡为连尹，养由基为宫厩尹，以靖国人。"杜预注："屈到，屈荡子。"②《国语·楚语上》韦昭注："屈到，楚卿屈荡子子夕也。"既然屈荡是邲之战时之车右力士，又认可屈荡为息公子朱之子。那么他作为小宗别出，就不可能是本宗莫敖屈到之父亲。屈到之出现，比起《左传·鲁僖公四年》（楚成王十六年，前656）记载的屈氏三世祖屈完，晚了98年，应是屈完之重孙，屈氏六世祖。

莫敖屈到7年之后，又有莫敖屈建见于《左传·鲁襄公二十二年》（楚康王九年，前551）记载："蒍子冯为令尹，王子齮为司马，屈建为莫敖。"③《国语·楚语上》韦昭注："屈建，到之子子木也。"再过3年，《左传·鲁襄公二十五年》（楚康王十二年，前548）记载："楚蒍子冯卒，屈建为令尹，屈荡为莫敖。（杜预注：代屈建。宣十二年邲之役，楚有屈荡，为左广之右。《世本》，屈荡，屈建之祖父。今此屈荡与之同姓名。）舒鸠人卒叛。楚令尹子木（屈建）伐之，及离城。吴人救之，子木遽以右师先，子彊、息桓、子捷、子骈、子盂帅左师以退。（五人不及子木，与

---

① （周）左丘明传，（晋）杜预注，（唐）孔颖达疏：《春秋左传正义》，北京大学出版社1999年版，第728页。
② 同上书，第933—934页。
③ 同上书，第982页。

吴相遇而退）吴人居其间七日。子彊曰：'久将垫隘，隘乃禽也，不如速战。'……吴师大败。遂围舒鸠，舒鸠溃。八月，楚灭舒鸠。"① 次年，《左传·鲁襄公二十六年》：令尹子木谈论"虽楚有材，晋实用之"（言楚亡臣多在晋）。《国语·楚语上》也记述令尹子木这次谈论楚材晋用现象的话。再次年，《左传·鲁襄公二十七年》（楚康王十四年，前546）记载：宋向戌善于赵文子，又善于令尹子木，欲弭诸侯之兵以为名②。晋、楚争先歃血。令尹子木与宋公、晋卿会盟于宋蒙门之外。从这些历史记载中可知，莫敖屈建晋升令尹之时，屈荡递补为莫敖，此屈荡应是屈建之子侄辈，虽是姓名相同，但绝不是息公子朱之子屈荡，本宗世系与别出之小宗世系不应混淆。由于人们将本宗、小宗相混淆，时间相差很大之两个屈荡就忽而是屈建之父，忽而是屈建之子。其实属于本宗之莫敖屈荡，乃屈氏家族之七世祖。

屈荡为莫敖10年后，《左传·鲁昭公四年》（楚灵王三年，前538）记载有屈申："秋七月，楚子以诸侯伐吴……使屈申围朱方，八月甲申，克之。执齐庆封而尽灭其族。"杜预注："朱方，吴邑，齐庆封所封也。屈申，屈荡之子。"③ 次年，"楚子以屈申为贰（造生贰心）于吴，乃杀之。以屈生为莫敖（杜预注：生，屈建子），使与令尹子荡如晋逆女。过郑，郑伯劳子荡于氾，劳屈生於菟氏。"④ 屈申继承屈荡为莫敖，乃是屈氏家族八世祖。但屈申继任莫敖为时不长，被杀后，以屈生补任莫敖，屈生若如杜预注所云是莫敖屈建之子，依据莫敖屈建见于《左传·鲁襄公二十二年》（楚康王九年，前551）推算，至此已经14年，屈生应是屈申的从叔。可见屈氏家族的莫敖世职，不纯是父子相继，而出现了辈分错综。这透露了屈氏本宗地位不稳的信息。

与八世祖屈申同辈者，还有屈乘。《姓纂》云："乘氏，楚屈荡生子乘，因氏焉。"宋郑樵《通志略·氏族略第三》说："乘氏：《风俗通》，楚大夫子乘之后，以王父字为氏。"⑤ 屈荡子嗣又别出为小宗，以父字为氏，游离于屈氏本宗。

---

① （周）左丘明传，（晋）杜预注，（唐）孔颖达疏：《春秋左传正义》，北京大学出版社1999年版，第1020—1021页。
② 同上书，第1056页。
③ 同上书，第1202页。
④ 同上书，第1215页。
⑤ （宋）郑樵撰，王树民点校：《通志》，中华书局1995年版，第118页。

《左传·鲁昭公十四年》（楚平王元年，前528）记载："屈罢简东国之兵于召陵，亦如之。好于边疆，息民五年，而后用师，礼也。"① 事在楚平王夺灵王位第二年，屈罢奉命选练、检阅楚东部武事，安抚楚国边民，结好邻邦，与民休息，其职掌类乎莫敖。若是沿袭莫敖屈生之职，应与莫敖屈申同辈，并为屈氏家族八世祖。

其后回复到屈氏本宗百世不替之血脉传承。《说苑·臣术》记载有屈春："楚令尹死，景公遇成公乾曰：'令尹将焉归？'成公乾曰：'殆于屈春乎？'景公怒曰：'国人以为归于我。'成公乾曰：'子资少，屈春资多，子义获，天下之至忧也，而子以为友。鸣鹤与刍狗，其知甚少，而子玩之。鸱夷子皮日侍于屈春，损颇为友，二人者之智，足以为令尹，不敢专其智，而委之屈春，故曰政其归于屈春乎？"此所谓"楚令尹死"，当是指《左传·鲁昭公二十三年》（楚平王十年，前519）所记之令尹"子瑕卒"。成公乾的行止，可参看《说苑·辩物》的记载："王子建出守于城父，与成公乾遇于畴中。问曰：'是何也？'成公乾曰：'畴也。''畴也者何也？'曰：'所以为麻也。''麻也者何也？'曰：'所以为衣也。'成公乾曰：'昔者庄王伐陈，舍于有萧氏，谓路室之人曰：巷其不善乎？何沟之不浚也。庄王犹知巷之不善，沟之不浚。今吾子不知畴之为麻，麻之为衣，吾子其不主社稷乎？'王子果不立。"据《左传·鲁昭公十九年》（楚平王六年，前523）所记，"太子建居于城父"，次年建奔郑，不久为郑人所杀，应合了成公乾之预测。可见成公乾是一位知世识人的慧者。他推测屈春堪任令尹，可知屈春已是"资多"的莫敖。从《左传·鲁昭公五年》（楚灵王四年，前537）记载莫敖屈生，至成公乾推许屈春堪为令尹，已是14年，因此屈春当是屈生之子，为屈氏家族九世祖。

莫敖屈春56年后，《新序·义勇》又记载屈庐："白公胜将弑楚惠王，王出亡。令尹、司马（令尹子西、司马子期）皆死，拔剑而属之于屈庐，曰：'子与我，将舍子；子不与我，必杀子。'庐曰：'《诗》回有之，曰：莫莫葛藟，延于条枚，恺弟君子，求福不回。今子杀叔父，而求福于庐也，可乎？且吾闻之，知命之士，见利不动，临死不恐。为人臣者，时生则生，时死则死，是谓人臣之礼。故上知天命，下知臣道，其有可劫

---

① （周）左丘明传，（晋）杜预注，（唐）孔颖达疏：《春秋左传正义》，北京大学出版社1999年版，第1336页。

乎。子胡不推之?' 白公胜乃内其剑。"① 白公胜乃废太子建之子，他杀死令尹、司马之后，便以剑威逼屈庐，可见屈庐是位次于令尹、司马之莫敖。据《左传·鲁哀公十六年》（楚惠王十年，前479）记载"白公之乱"的始末（《史记·楚世家》误记为楚惠王八年），莫敖屈庐距离莫敖屈春56年，应是屈春之孙，为屈氏家族十一世祖，屈庐乃春秋时期屈氏的最后一位莫敖。

由上述可知，春秋屈氏家族共历十一世。从屈瑕起，见于战国秦汉史籍、诸子、杂录记载之屈氏任莫敖者有屈瑕、屈重、屈完、屈到、屈建、屈荡、屈申、屈生、屈申、屈春、屈庐，共计11人，莫敖几乎成了屈氏家族之世职。然而世职传承在莫敖屈生时出现错动参差，又别出了息公、申公、乘氏等一代不如一代的小宗，可见屈氏家族虽仍为在楚国政治军事上举足轻重之重镇，但也开始露出昔日繁华难继的衰微之像。

莫敖之"敖"是部族酋豪的通称，敖、豪音通，楚武王未称王之前也称"敖"。"莫"者，大也。楚武王把莫敖尊号封屈瑕，世代相袭。令尹、司马、莫敖被人认为宛若"楚廷三公"。自楚武王（前740—前690在位）设立令尹一职与莫敖分权开始，历代楚王紧紧地控制令尹任免大权，统摄四大公族（斗、成、屈、芳或作"蘧"）轮流辅政，掌握全局。莫敖为屈氏世职，在平衡辅政上依然举足轻重。据今人考证，楚国春秋时期可以考见的三十一位令尹，其中王子、王弟几占其半，余者则几乎被斗、成、芳三氏瓜分，屈氏为令尹者仅康王时期屈建一人。十八位司马中，王子、王弟八人，余者斗氏四人，芳氏四人，成氏一人，屈氏则未见②。

殆至战国，形势骤变，斗、成、芳三大公族均已衰微。屈氏可考见者不少，但任要职者寥寥。莫敖已非屈氏家族的世职，任令尹、司马要职者，更无其人。新兴的景氏、昭氏，至楚宣王时期同时崛起。屈氏地位远在新起的昭氏之下（战国昭氏任令尹者，见于记载的至少有三人：昭奚恤、昭阳、昭鱼），也在景氏之下（战国时景氏任令尹者大约有二人：景翠、景鲤）。屈氏任职变得芜杂，可知者有大莫敖、息公、大将军、大鲛尹、新大厩、贞人、三闾大夫及地方吏员而已。也有的人才因不被重用，出为别国客卿者，甚至成了墨子再传弟子，如屈将。

---

① （汉）刘向撰，石光瑛校：《新序校释》，中华书局2001年版，第1038—1040页。
② 宋公文：《春秋时期楚令尹序列辨误》，《江汉论坛》1983年第8期。

对于左徒屈原昙花一现的深层原因的考察，有必要置于更加广阔的社会大语境中进行剖析。社会大语境，更能在实质上决定某个政治人物的最终命运。综合融贯《史记》《战国策》《资治通鉴》《春秋大事表》《七国考》《渚宫旧事》及先秦子书和出土文献，参以近今学者詹安泰、缪文远、赵逵夫、宋公文等人之研究收获，可知：在楚宣王时期昭奚恤为令尹；怀王时期昭鱼两为令尹，昭阳为司马、柱国、令尹，昭雎为司马，昭滑为大司马，昭应为将，昭蔿为司马，昭鼠为宛公（县尹）；同在怀王时期，景伯为柱国，景缺为将军，景翠为将军、柱国、令尹，景鲤为将。顷襄王时期，昭雎为令尹，昭常为司马；景鲤为将，景阳为将军。而屈氏家族除了战国初期昭王、惠王时期，屈大心为莫敖，屈春为莫敖，屈建为莫敖、令尹，屈庐为莫敖之外，威王时期屈宜臼为息公（县尹），遗威殆犹存之外，到了怀王时期，唯有屈匄为大将军，屈原为三闾大夫，短期特升为左徒。怀王于昭、景之外启用屈氏，意欲建构新的权力制衡，结果以屈原被黜、屈匄在丹析之役被俘而失败谢幕。到了顷襄王时期的屈署，就连官职也不甚明了。只能两用昭、景二氏，昭氏出相、景氏出将，形成相互制衡。《韩非子》两载樛留对问一事，其一见于《难一》："韩宣王问于樛留：'吾欲两用公仲、公叔，其可乎？'樛留对曰：'昔魏两用楼、翟而亡西河，楚两用昭、景而亡鄢郢。今君两用公仲、公叔，此必将争事而外市，则国必忧矣。'"韩宣王（楚怀王四年至十七年，前325—前312在位）顾忌权臣公仲侈专擅国柄，意欲扶植公仲的政敌公叔婴以相互制衡。樛留则引鉴前事，力陈两用权臣之弊端，告诫宣王不可落入权臣怪圈，酿成恶果。樛留尤其以楚为鉴，认为楚国之痛失旧都鄢郢（在今湖北宜城东南），乃是由楚王"两用昭、景"之弊。韩非子的说法有致命的硬伤，楚失鄢郢在楚顷襄王二十年（秦昭王二十八年，公元前279），而非韩宣王（楚怀王四年至十七年，前325—前312在位）之世，秦将白起引鄢水灌城，将鄢郢攻破，又焚毁楚先王宗庙所在地夷陵（今湖北宜昌东南）。如西汉刘向集录《战国策·秦策四》所谓："顷襄王二十年，秦白起拔楚西陵，或拔鄢郢、夷陵，烧先王之墓，王徙东北，保于陈城，楚遂削弱，为秦所轻。"[1]《战国策·中山策》记载秦武安君白起论破楚事，曰："是时楚王恃其国大，不恤其政，而群臣相妒以功，谄谀用事，良臣斥疏，百姓

---

[1] （汉）刘向：《战国策》，上海古籍出版社1985年版，第241—242页。

心离，城池不修。既无良臣，又无守备，故起所以得引兵深入，多倍城邑，发梁焚舟以专民，掠于郊野，以足军食。当此之时，秦卒以军中为家，将帅为父母，不约而亲，不谋而信，一心同功，死不旋踵。楚人自战其地，咸顾其家，各有散心，莫有斗志。是以能有功也。"① 即是说，"楚两用昭、景而亡鄢郢"是在楚顷襄王二十年，并非半个世纪以前韩宣王时期，韩非子言"楚两用昭、景而亡鄢郢"，乃是把半个世纪以后的结果提前阐述，他犯了一个时空倒置的错误，但也是一个有理性深度的错误，错得有理性深度，是一个思想家之发明。

屈原由左徒要职被疏后，三年不复于朝，退居三闾大夫本职，大约复又三年，他作了一次自疏远放之行，即《离骚》所谓"吾将远逝以自疏"，于是"有鸟自南兮，来集汉北"，以祭奠大楚精神，这就是《左传·鲁宣公十二年》所载："若敖、蚡冒筚路蓝缕以启山林。"杜预注："若敖、蚡冒，皆楚之先君。筚路，柴车。蓝缕，敝衣。言此二君勤俭以启土。"②《左传·鲁昭公十二年》又有所载："昔我先王熊绎，辟在荆山。筚路蓝缕，以处草莽，跋涉山林，以事天子。唯是桃弧、棘矢，以共御王事。"③本来华夏民族之各族群纷相逐鹿中原，兼并缔盟不已，周族崛起后才出现发展的新思路，泰伯、虞仲奔吴，开发句吴；尤其是楚先君若敖、蚡冒筚路蓝缕以启山林，开拓百濮、三苗之地，其后世又囊括句吴、于越之地，致使中华民族拥有黄河文明和长江文明的巨大腹地，于南北"太极推移"中，造就了这个东方民族千古不磨的可持续发展的强大生命力。楚人为中国历史文化地图，绘上了绚丽多彩的浓重一笔。正是在这种大楚精神的激励下，屈原挥笔写下了那首千古心灵史诗《离骚》。即《史记·屈原列传》所云："屈平疾王听之不聪也，谗谄之蔽明也，邪曲之害公也，方正之不容也，故忧愁幽思而作《离骚》"④，"虽放流，睠顾楚国，系心怀王，不忘欲反，冀幸君之一悟，俗之一改也。其存君兴国而欲反覆之，一篇之中三致志焉"⑤；有所谓"人穷则反本"，这个"本"，就是那蓬蓬勃勃的大楚精神。大楚精神使他有一种难以自抑的壮志凌云："不抚

---

① （汉）刘向：《战国策》，上海古籍出版社1985年版，第1188页。
② （周）左丘明传，（晋）杜预注，（唐）孔颖达疏：《春秋左传正义》，北京大学出版社1999年版，第643页。
③ 同上书，第1305页。
④ （汉）司马迁：《史记》，中华书局1959年版，第2482页。
⑤ 同上书，第2485页。

壮而弃秽兮，何不改乎此度？乘骐骥以驰骋兮，来吾导夫先路！"屈原充满着政治导路人之激昂情怀。考其生平轨迹，屈原被疏在楚怀王十五年（前315），自疏远放汉北祭奠大楚精神应是六年后的楚怀王二十一年（前309），《离骚》应是始作于此年而在痛苦中持续发酵至略晚才告成。

值得进一步探究者，是"楚两用昭、景"的权力制衡术所产生的政治效应。明人董说《七国考》（卷一）引傅逊之说云："春秋诸国，惟楚英贤最多。而为令尹、执国政者皆其公族，少有偾（fèn，败坏，破坏）事，旋即诛死。"① 这是对掌执国柄之令尹败坏行为施以苛刑，用以操纵政治制衡之术。清人顾栋高《春秋大事表》"春秋楚令尹论"对此作了进一步的发挥，又云："楚以令尹当国执政，而自子文以后，若斗氏、陈氏、芳氏、蒍氏（'芳氏'即是'蒍氏'）、阳氏皆公族子孙，世相授受，绝不闻以异姓为之，可以矫齐、晋之弊。然一有罪戾，随即诛死——子玉、子反以丧师诛，子上以避敌诛，子辛以贪欲诛，子南以多宠人诛——绝不赦宥，可以矫鲁、卫、宋之弊。以肺腑而膺国重寄，则根本盛强；以重臣而骤行显戮，则百僚震惧。且政权画一，则无牵制争竞之病；责任重大，则无诿罪偷安之咎。楚之国法行而纲纪立，于是乎在。"② 顾氏认为"两用昭、景"而骤行显戮之办法，可以震惧百僚，禁绝诿罪偷安，能够使政治权柄操控在国君手中。实际上，这种政治制衡术采取者，是"窝里斗"手段，在内耗中消磨国家的元气，不可避免地导致韩非子所谓"楚两用昭、景而失鄢郢"的恶果。

令人感慨者，是楚怀王后期至顷襄王时期，已经丧失了天下一盘棋之战略眼光，陷于鼠目寸光之尴尬境地。这里有必要考究所谓"庄蹻暴楚"的命题，实际上"庄蹻为滇王"与"庄蹻暴楚"是同一个命题的不同表述。《史记·西南夷列传》云："始楚威王时，使将军庄蹻将兵循江上，略巴、黔中以西。庄蹻者，故楚庄王苗裔也。蹻至滇池，方三百里，旁平地，肥饶数千里，以兵威定属楚。欲归报，会秦击夺楚巴、黔中郡，道塞不通，因还以其众王滇，变服，从其俗，以长之。秦时常頞（《注》云：頞，音案。孚远曰：常頞，疑人姓名。）略通五尺道，诸此国颇置吏焉。③ 晋常璩《华阳国志》卷四亦云："周之季世，楚顷襄王遣将军庄蹻溯沅

---

① （明）董说：《七国考》，中华书局1956年版，第29页。
② （清）顾栋高：《春秋大事表》，中华书局1993年版，第1840页。
③ （汉）司马迁：《史记》，中华书局1959年版，第29993页。

水，出且兰，以伐夜郎，植牂柯系舡于且兰。既克夜郎，秦夺楚黔中地，无路得归，遂留王之，号为庄王。以且兰有椓舡牂柯柯处，乃改其名为牂柯。分侯支党，传数百年。秦并蜀，通五尺道，置吏主之。"①《白虎通》亦云："战国时楚庄蹻据滇，号为庄氏。"清人顾祖禹《读史方舆纪要》卷一百十四云："《史记》：楚威王时（《后汉书》《华阳国志》俱作顷襄王时），使将军庄蹻将兵循江上略巴、蜀、黔中以西，至滇池，地方三百里，旁平地肥饶数千里，以兵威定属楚，欲归报。会秦击夺楚巴、黔中郡，道塞不通，因还，以其众王滇也。秦时，常頞略通五尺道。说者曰：滇池险，置栈道，广不过五尺云。"唐人杜佑《通典》卷一八七《边防三》又谓："后汉史则云：顷襄王时，庄豪王滇，豪即蹻若也。庄蹻自威王时将兵略地，属秦陷巫、黔中郡，道塞不还……自夜郎滇池以西，皆云庄蹻之余种也。"《吕氏春秋》也言及"庄暴郢"事件，可与《史记》《华阳国志》言及楚顷襄王二十二年"庄入滇"事件相参照。

显而易见，庄蹻自立为滇王，是"以兵威定属楚"，"号为庄王"也是以楚之公族自居而定位其政权归属。"号为庄王"之滇王本是楚人一支奇兵，但是一旦将之视为"庄蹻暴楚"，如《吕氏春秋·季冬纪·介立》篇所说："庄蹻之暴郢也。"如此审视问题的视角就发生根本性的倒置。或如《荀子·议兵》篇所云："兵殆于垂沙，唐蔑死，庄蹻起，楚分而为三四。"② 这就把庄蹻推到敌对的地位，其实庄蹻"号为庄王"而自立为滇王，是反抗虎狼之秦国的，若能组成联合战线，使庄蹻掎击秦人之脊背，楚、秦之间的政治态势必将犬牙交错，另有可为。因此，所谓"庄蹻暴郢"实际上是对"庄蹻自立滇王"的战略性失察，丧失了联滇抗秦之历史契机。"庄蹻将兵循江上，略巴、黔中以西"是在楚威王熊商（前340—前329在位）后期，楚威王堪称一代霸主，楚威王七年（前333）任命景翠歼灭越军主力，杀死越王无疆，尽取越国所占领句吴之地，在怀王时期又尽得于越之地，拥有了"句吴、于越探究政治制衡的文化资源"。倘若以此与自立滇王的庄蹻相呼应，就形成了左右逢源的新战略格局。当然到了楚顷襄王熊横（前298—前263在位）时期，庄蹻已经故去，但其宗子依然继承滇王，打出"号为庄王"的滇王旗号，是新一代的滇王。然

---

① （晋）常璩：《华阳国志》，上海古籍出版社1987年版，第229页。
② （清）王先谦：《荀子集解》，中华书局1988年版，第282页。

而楚顷襄王二十一年（前278），秦将白起拔郢，烧楚先王墓夷陵。楚襄王兵散，遂不复战，东北保于陈郢。二十二年，秦复拔巫、黔中郡之时，楚顷襄王只顾自保，而他在位三十六年从不思调动远在西陲之滇王有生力量，铸下了战略性历史败笔，葬送了重振楚国的最后希望。

于此有一则历史插曲值得注意。公元前299年，楚怀王被骗入秦拘禁不返，端赖昭雎力排众议，从齐国迎立太子横，是为顷襄王。顷襄王得立，相当程度上是受惠于昭雎，鉴于昭雎之权位和功业，升任令尹似乎唾手可得。但《史记·屈原列传》记载："顷襄王立，其弟子兰为令尹。"①不以昭雎而以子兰为令尹之本意，在于顷襄王意欲取法于春秋前王以王族成员为令尹，以便控制握有重权之公族。无奈子兰既有"奈何绝秦欢"之名言，且与其继任者子椒在令尹任内均平庸苟且，无所建树，以草包令尹襄理国政，只能是国家陷入沉重的危机。所以顷襄王无奈而再启用昭雎为令尹。昭、景二氏除昭雎之外，如昭常、景鲤均是重臣。顷襄王只能和怀王一样出此下策而"两用昭、景"相互制衡。顷襄王在即位之初原本想用子兰、子椒抑制昭氏和景氏，实际上已对屈氏家族的制衡功能弃之不顾了。在这种社会大语境中，左徒屈原之命运只能是悲剧性的。《九章·哀郢》中，诗人对自己离开鄢郢之时间记载是"方仲春而东迁"，"甲之朝吾以行"。说他是二月仲春刚开始的一个"甲日"的早晨（即公元前298年仲春二月初六甲申日）从被白起以江水漫灌鄢郢，溺死数十万人之死尸堆中爬出来而"东迁"的。从此年下推九年，即是屈原流放在江南沅水、湘水间之时期。

对于屈氏家族命运之遽变，最值得注意者，是《战国策·楚策一》这则记载："（楚）威王（前340—前329在位）问于莫敖子华曰：'自从先君文王，以至不谷之身，亦有不为爵劝、不为禄勉，以忧社稷者乎？'……莫敖子华对曰：'君王将何问者也？彼有廉其爵，贫其身，以忧社稷者；有崇其爵，丰其禄，以忧社稷者；有断脰决腹，一瞑而万世不视，不知所益，以忧社稷者；有劳其身，愁其志，以忧社稷者；亦有不为爵劝，不为禄勉，以忧社稷者。'"②随之列举了令尹子文、叶公子高、莫敖大心、棼冒勃苏（申包胥）、蒙谷，将此五臣皆推举为社稷分忧乃至献身之典型。

---

① （汉）司马迁：《史记·屈原贾生列传》，中华书局1959年版，第2484页。
② （汉）刘向：《战国策》，上海古籍出版社1985年版，第513—514页。

"王乃大息曰：'此古之人也，今之人焉能有之耶？'莫敖子华对曰：'昔者先君灵王好小要，楚士约食，冯而能立，式而能起。食之可欲，忍而不入；死之可恶，然而不避。章闻之：其君好发者，其臣抉拾。君王直不好，若君王诚好贤，此五臣者，皆可得而致之。'"① 战国尸佼《尸子》卷上亦云："《淮南子·主术训》：灵王好细腰，而民有杀食自饥也。越王好勇，而民皆处危争死。《楚策》：莫敖子华曰：昔者先君灵王好小腰，楚士约食，冯而能立，式而能起。食之可欲，忍而不入，死之可恶，就而不避。章闻之：其君好发者，其臣抉拾。君王直不好，若君王诚好贤，皆可得而致之。"所谓"章闻之"，是言者自称其名，莫敖子华即是沈尹章。此公见于《墨子·所染第三》："齐桓染于管仲、鲍叔，晋文染于舅犯、高偃，楚庄染于孙叔、沈尹，吴阖闾染于伍员、文义，越句践染于范蠡、大夫种。此五君者所染当，故霸诸侯，功名传于后世。"②《吕氏春秋·仲春纪·当染》亦云："荆庄王染于孙叔敖、沈尹蒸。"③《吕氏春秋·孟夏纪·尊师》又说："楚庄王师孙叔敖、沈尹巫。"④《吕氏春秋·慎行论·察传》又重复："齐桓公闻管子于鲍叔，楚庄闻孙叔敖于沈尹筮，审之也。故国霸诸侯也。"⑤《吕氏春秋·不苟论·赞能》还絮絮叨叨："孙叔敖、沈尹茎相与友。叔敖游于郢三年，声问不知，修行不闻。沈尹茎谓孙叔敖曰：'说义以听，方术信行，能令人主上至于王，下至于霸，我不若子也。耦世接俗，说义调均，以适主心，子不若我也。子何以不归耕乎？吾将为子游。'沈尹茎游于郢五年，荆王欲以为令尹，沈尹茎辞曰：'期思之鄙人有孙叔敖者，圣人也。王必用之，臣不若也。'荆王于是使人以王舆迎叔敖，以为令尹，十二年而庄王霸。此沈尹茎之力也。功无大乎进贤。"⑥ 西汉刘向《新序·杂事第五》记载略异："楚庄王学孙叔敖、沈尹竺。"刘向《说苑·杂言》又重复："沈尹名闻天下，以为令尹，而让孙叔敖，则其遇楚庄王也。"⑦ 对沈尹氏始祖这一连串记述，或名"蒸""巫""筮""茎""竺"，均是指同一个人，当都是"筮"字因形近而讹

---

① （汉）刘向：《战国策》，上海古籍出版社1985年版，第520页。
② 吴毓江：《墨子校注》，中华书局1993年版，第17页。
③ 许维遹：《吕氏春秋集释》，中华书局2009年版，第50页。
④ 同上书，第92页。
⑤ 同上书，第617页。
⑥ 同上书，第646页。
⑦ （汉）刘向撰，向宗鲁校证：《说苑校证》，中华书局1987年版，第423页。

之变异。

　　这位沈尹氏最初出现在《左传·鲁宣公十二年》（楚庄王十七年，前597）之记载：“楚子北师次于郔。（郔，郑北地。）沈尹将中军，（沈或作寝。寝，县也，今汝阴固始县。孔颖达疏曰：楚官多名为尹。沈者或是邑名。）子重将左，子反将右。”宋郑樵《通志略·氏族略第一》将沈尹氏归于"以官为氏"之列。《通志略·氏族略第二》则列举"宣十二年（邲之战），楚子北师，次于郔，沈尹将中军。襄二十四年，舒鸠人叛楚，楚使沈尹寿让之。昭四年，吴伐楚，入棘栎麻。五年，沈尹射待命于巢。哀十七年，王与叶公枚卜子良以为令尹，沈尹朱曰：'吉，过于其志。'"①《通志略·氏族略第四》："沈尹氏：沈邑之尹官也，沈姓。沈尹之后世为之。"沈尹氏后来别出小宗为叶公，如《通志略·氏族略第三》引《风俗通》云：“楚（司马）沈尹戌生诸梁，食采于叶，因氏焉。”司马沈尹戌之子就是叶公子高也，叶公发兵救楚，攻灭白公胜。之所以重复引用如此多的材料，无非就是为了证明莫敖子华并非屈子华，而是沈尹章字子华。这一点成了屈氏家族命运的一条分界线，莫敖已非屈氏家族的世职，旁落到非屈氏家族手中。莫敖世爵旁落，意味着屈氏家族屋漏又逢连夜雨。而楚国国君如此处置莫敖爵位，是否包含着诛心之险恶意图？

　　莫敖世职失落，导致屈氏家族世系模糊化，难以一一寻踪。唯一见于正史，给人严峻的刺激者，是《史记·楚世家》所记载：“（楚怀王）十七年春，与秦战丹阳，秦大败我军，斩甲士八万，虏我大将军屈匄、裨将军逢侯丑等七十余人，遂取汉中之郡。”②楚怀王十七年为公元前312年，距离沈尹子华在楚威王初年对问约有28年。屈匄为大将军，算是屈氏家族最显赫的人物，位在令尹、司马之下，无莫敖世职，不复是上卿。《史记·秦本纪》："张仪相楚。（秦惠文王更元）十三年（前313），庶长章击楚于丹阳，虏其将屈匄，斩首八万。又攻楚汉中，取地六百里，置汉中郡。楚围雍氏，秦使庶长疾助韩而东攻齐，到满助魏攻燕。十四年，伐楚，取召陵。"③《秦本纪》比《楚世家》对丹阳之战的系年晚了一年，大概是楚记发兵之年，秦记战胜之年，是一次跨年度的大战。《史记·张仪列传》："楚王不听，卒发兵而使将军屈匄击秦。秦齐共攻楚，斩首不听，卒发兵

---

　　① （宋）郑樵撰，王树民点校：《通志》，中华书局1995年版，第61页。
　　② （汉）司马迁：《史记》，中华书局1959年版，第1724页。
　　③ 同上书，第207页。

而使将军屈匄击秦。秦齐共攻楚,斩首八万,杀屈匄,遂取丹阳、汉中之地。楚又复益发兵而袭秦,至蓝田,大战,楚大败,於是楚割两城以与秦平。"①《史记·屈原贾生列传》:"屈平既绌,其后秦欲伐齐,齐与楚从亲,惠王患之,乃令张仪详去秦,厚币委质事楚,曰:'秦甚憎齐,齐与楚从亲,楚诚能绝齐,秦原献商、於之地六百里。'楚怀王贪而信张仪,遂绝齐,使使如秦受地。张仪诈之曰:'仪与王约六里,不闻六百里。'楚使怒去,归告怀王。怀王怒,大兴师伐秦。秦发兵击之,大破楚师于丹、淅,斩首八万,虏楚将屈匄,遂取楚之汉中地。怀王乃悉发国中兵以深入击秦,战于蓝田。魏闻之,袭楚至邓。楚兵惧,自秦归。而齐竟怒不救楚,楚大困。明年,秦割汉中地与楚以和。楚王曰:'不愿得地,愿得张仪而甘心焉。'张仪闻,乃曰:'以一仪而当汉中地,臣请往如楚。'如楚,又因厚币用事者臣靳尚,而设诡辩于怀王之宠姬郑袖。怀王竟听郑袖,复释去张仪。是时屈平既疏,不复在位,使于齐,顾反,谏怀王曰:'何不杀张仪?'怀王悔,追张仪不及。"②秦楚丹阳、蓝田之战,实是公元前313年(楚怀王十六年)秋七月到公元前312年(楚怀王十七年)秋九月,整个战局的一部分。战争前一阶段是秦、魏、韩联盟对楚、齐联盟,战争的后一阶段是齐军反戈,变成楚战六国。蓝田之战,以秦军、楚军两败俱伤,韩国、魏国联军越过楚方城,攻克宛城,切断楚军后路,楚军只好先撤退宣告结束。《史记·樗里子甘茂列传》:"甘茂者,下蔡人也。事下蔡史举先生,学百家之术。因张仪、樗里子而求见秦惠王。王见而说之,使将,而佐魏章略定汉中地。惠王卒,武王立。张仪、魏章去,东之魏。蜀侯煇、相壮反,秦使甘茂定蜀。还,而以甘茂为左丞相,以樗里子为右丞相。"③可见《屈原列传》所谓"明年,秦割汉中地与楚以和",乃是秦武王初即位(前310—前307在位),政局有待稳定,割地与楚结好,并麻痹楚国不去救援秦攻韩国宜阳。宜阳之战结束后,秦武王背约没有割地。反于秦武王四年(前307),派司马错率领巴、蜀联军共十万,携带大船万艘、米六百万斛从枳县(今四川涪陵西南)南部攻打楚国,夺取了商於(今湖南西部及贵州东北部)之地,建立黔中郡。在秦人引诱欺诈的"空头支票"诡计,及楚怀王左右失据、弃齐媚秦的昏庸行为

---

① (汉)司马迁:《史记》,中华书局1959年版,第2288页。
② 同上书,第2483—2484页。
③ 同上书,第2310—2311页。

中，楚国国力江河日下，重新振作之元气丧失殆尽。

丹阳、蓝田之战，对屈原精神震撼之巨，实在难以言喻。姜亮夫《史记屈原列传疏证》认为屈匄是屈原父辈，应该补充一句，是父辈中之顶梁柱。梁柱摧折，诚乃家之恸、国之殇。更何况这次灾难发生在周成王封熊绎于楚蛮，"以子男之田"，"居丹阳"的楚族发源地。精神震撼触发了屈原作《国殇》的心理契机，他毅然绝然把原指幼年死者、外出死者的"殇"，提升到"国"的高端规格，写成一首追悼楚国阵亡将士的悲壮挽诗："操吴戈兮被犀甲，车错毂兮短兵接。旌蔽日兮敌若云，矢交坠兮士争先。凌余阵兮躐余行，左骖殪兮右刃伤。霾两轮兮絷四马，援玉枹兮击鸣鼓。天时坠兮威灵怒，严杀尽兮弃原野。"[①] 将士手执吴戈，吴国制造之戈因冶铁技术先进而以锋利驰名。楚威王七年（前333）打败越王无疆，尽取吴地后，吴戈也就成了楚人雄猛的标志。敌我双方战车交错，短兵相接，对射的箭镞纷纷坠地。左边骖马倒地而死，右边骖马被兵刃所伤。战车的两个车轮陷进泥土被埋住，四匹马也被绊住了。主将依然手持镶嵌着玉的鼓槌，击打洪亮的战鼓督战，指挥勇士进退。天昏暗得要崩坠，连威严的神灵都在发怒。在殊死恶战中将士全都阵亡，尸骨被丢弃在旷野上。勇往直前，何其惨烈！"出不入兮往不反，平原忽兮路超远。带长剑兮挟秦弓，首身离兮心不惩。诚既勇兮又以武，终刚强兮不可凌。身既死兮神以灵，子魂魄兮为鬼雄！"秦弓是以秦地质地坚实木材制造出来的射程远的良弓。身首异处，壮心犹不改之战地亡灵，依然佩带楚国长剑，又挟起秦国强弓，勇武刚强不可凌辱。即便身死，精神不死，也要让魂魄做一个大气凛然的"鬼雄"！这是屈原对"生当作人杰，死亦为鬼雄"的大楚精神之礼赞和祭奠，是一曲洋溢着爱国豪情之正气歌。在楚文化中，诗是哲学，哲学也是诗。由此亦可知，屈原《九歌》不是作于一时一地，从《橘颂》《国殇》起，已经突出品格高洁、正气浩然之格调，将之纳入南楚《九歌》《九章》系统，从而形成了回旋于天地之间的亦刚亦柔的交响乐祭祀之歌。

屈匄之后，屈氏家族又有屈盖，见于《战国策·秦策二》："甘茂约秦、魏而攻楚，楚之相秦者屈盖，为楚和于秦，秦启关而听楚使。甘茂谓秦王曰：'怵于楚，而不使魏制和，楚必曰：秦鬻魏。不悦而合于楚，楚、

[①]（宋）洪兴祖撰，白化文等点校：《楚辞补注》，中华书局1983年版，第82—83页。

魏为一，国恐伤矣。王不如使魏制和，魏制和，必悦。王不恶于魏，则寄地必多矣。'"① 甘茂于公元前309年开始主持秦国之政，"约秦、魏而攻楚"当在次年。此年（楚怀王二十一年，前308）楚向秦求和，使屈盖与秦谈判。屈盖与屈匄都是楚怀王时人，盖、匄音同，易被混为一人，但屈匄是大将军，屈盖却游说诸侯，而且屈匄已在怀王十七年为秦所俘身死，屈盖却在怀王二十一年赴秦议和，自然不是同一人。金正炜《战国策补释》云："屈盖相秦，无考，且与《楚王问于范环章》不合，置楚臣以为秦相，恐亦非楚所能得于秦也。《史记·六国年表》：'楚怀王十七年，秦败我将军屈匄。'《索隐》云：'匄音盖，楚大夫。'疑即此《策》屈盖。'相秦'当为'拒秦'之讹……"其言可资参考。以和的方式达到"拒秦"的效果，也不失为一策。但屈盖的身份近乎行人，远逊于屈匄，也是一目了然。

屈氏家族在《战国策·楚策四》又记载有屈署："长沙之难，楚太子横为质于齐。楚王死（应是被秦劫持而未死），薛公（孟尝君）归太子横。因与韩、魏之兵，随而攻东国。太子惧。昭盖曰：'不若令屈署以新东国为和于齐以动秦。秦恐齐之败东国，而令行于天下也，必将救我。'太子曰：'善。'遽令屈署以东国为和于齐。秦王闻之惧，令辛戎告楚曰：'毋与齐东国，吾与子出兵矣。'"② 事在楚怀王三十年（前299），怀王被骗入秦被拘禁之后，太子横归国自立为顷襄王。此时屈署为楚东境淮北守将，受命向齐献地，作为争取齐人释放楚太子横返楚填补王位的条件。此举离屈匄、屈盖事件已是9年或13年，屈署应为屈匄及屈盖的子侄辈，屈署为武将，是否屈匄之子，无从考证，却与屈原是同辈无疑。既然令屈署"以东国和于齐"，可见楚怀王被秦扣留时，屈原已不能参与联齐事务。屈署的地位，也远在屈匄之下。

考古出土文献似乎令人对屈氏家族之生存状态更为清晰。《包山楚简》提及屈氏人物11人，墓主左尹邵（𦤶）卒于楚怀王十三年（前316），这是该墓出土材料人物之时间下限，属于丹阳之战以前的楚怀王前期。时间离屈原并不遥远，或为屈原直系亲属，或为与屈原关系密切的旁系人物。其中记述有屈氏家族人物任"莫嚣""株阳莫嚣""正阳莫嚣""新都莫

---

① （汉）刘向：《战国策》，上海古籍出版社1985年版，第162页。
② 同上书，第564页。

敖""州莫敖""廊莫嚣""郫阳莫嚣""陇城莫嚣""卸莫嚣"等,甚至还有"大莫敖"。如《包山竹简》第7—8简:"齐客陈豫贺王之岁八月乙丑之日,王往于蓝郢之游宫,女,命(令)大莫嚣屈昜为命,邦人内(纳)其□(没)典,臧王之墨,以(纳)其臣之□(没)典。"① "齐客陈豫贺王之岁"被指认为楚怀王八年(前321)。有学者认为,此"大莫敖"屈昜乃屈原之父,未免过于坐实;至于认为屈昜应是继沈尹章(子华)任大莫敖,旁落的世职又完璧归赵,更难以令人信服。究实而言,屈氏家族几乎同时涌现如此多的"大莫敖""莫敖""莫嚣",并非意味着家族势力膨胀,反而意味着莫敖地位跌价,或是由于屈氏家族想保存一点春秋时期屈瑕、屈完、屈建"莫敖世职"的光荣记忆,保存一个家族失落了的怀旧梦,楚廷也恩准他们如此施为,但这只是一个标志,谈不上有多少权威,更形不成左右朝政之现实力量。不过,楚怀王此举比起其先辈楚威王以沈尹筮为莫敖的诛心之举,还是更有人情味一些。

对于莫敖满天飞、价位满地跌这一点,从屈原被疏、被流放,看不到有多少屈氏家族力量从中斡旋,就可思得其半矣。屈原任楚怀王之左徒之时限,可参看《史记·楚世家》的两段记载:一是"(楚怀王)六年(前323),楚使柱国昭阳将兵而攻魏,破之于襄陵,得八邑。又移兵而攻齐,齐王患之"②。此时楚与齐还兵戎相见。二是到了"(楚怀王)十六年(前313),秦欲伐齐,而楚与齐从亲,秦惠王患之"③。在此十年内,屈原联齐抗秦之战略构想大见成效。他作为年逾二十的青年才俊,"为怀王左徒","王甚任之";以及屈原为"楚之同姓大夫","上官大夫与之同列",应在此期间。据游国恩估算,"怀王十一年,苏秦约从山东六国共攻秦,楚怀王为从长",与屈原力主联齐抗秦的外交战略相吻合。然而,屈原在《九章·惜诵》中如此自述身世,与《离骚》开篇就突出"楚之同姓"的自述形成鲜明的对照:"思君其莫我忠兮,忽忘身之贱贫。"他自认出身贫贱,固然是感慨并无权倾一时之莫敖世职家族的牢固支撑,而要顶住来自包括昭氏、景氏威权家族的压力,实施忠君兴邦建言,就难免有些脚跟不稳。他是以自己的抱负、才能、忠贞品格,而不是依持屈氏家族照拂或庇护为后盾,跻身翻云覆雨的楚国政治舞台的。按照东方朔《七谏》的说

---

① 湖北荆沙铁路考古队:《包山楚简》,文物出版社1991年版。
② (汉)司马迁:《史记》,中华书局1959年版,第1721页。
③ 同上书,第1723页。

法:"平生于国兮,长于原野。"洪兴祖《楚辞补注》卷一三对之释读曰:"平生于国兮(平,屈原名也。一本'国'上有'中'字),长于原壄(高平曰原,坰外曰野。言屈原少生于楚国,与君同朝,长大见远,弃于山野,伤有始而无终也。壄,一作野)。言语讷譅兮(出口为言,相答曰语。讷者,钝也。譅者,难也。譅,一作翣。《释文》作譅。〔补〕曰:并所立切。《集韵》作嚃,口不能言也。通作翣),又无彊辅(言己质性忠信,不能巧利辞令,言语讷钝,复无齐友党辅,以保达己志也。彊,一作强)。浅智褊能兮(褊,狭也。〔补〕曰:褊,必善切。《说文》:衣小也),闻见又寡(寡,少也。屈原多才有智,博闻远见,而言浅狭者,是其谦也)。数言便事兮,见怨门下(门下,喻亲近之人也。言己数进忠言,陈便宜之事以助治,而见怨恨于左右,欲害己也。一作数谏便事)。王不察其长利兮,卒见弃乎原壄(言怀王不察己忠谋可以安国利民,反信谗言,终弃我于原野而不还也。一无'见'字。壄,一作野)。伏念思过兮,无可改者(言己伏自思念,行无过失可改易也)。羣众成朋兮(羣,一作群),上浸以惑(上,谓君也。浸,稍也。言佞人相与群聚,朋党成众,君稍以惑乱而不自知也)。巧佞在前兮,贤者灭息(灭,消也。言佞臣巧好其言,顺意承旨,旦夕在于君前,而使忠贤之士心怀恐惧,吞声小语,消灭謇謇之气,以避祸患也)。尧舜圣已殁兮(一无'圣'字),孰为忠直(言尧、舜圣明,今已殁矣,谁为尽忠直也。〔补〕曰:为,去声)? 高山崔巍兮(崔巍,高貌。〔补〕曰:上徂回、下五回切),水流汤汤(汤汤,流貌。言己仰视高山,其形崔巍,而不知颓弛。俯视水流,汤焉流行,而不知竭。自伤不如山川之性,身将颠沛也。〔补〕曰:《书》云:汤汤洪水方割。汤,音商)。死日将至兮,与麋鹿同坈(陂池曰坈。言己年岁衰老,死日将至,不得处国朝,辅政治,而与麋鹿同坈,鸟兽为伍,将坠陷坑阱,不复久也。〔补〕曰:坈,字书作坑,丘庚切。俗作坑)。块兮鞠(块,独处貌。匍匐为鞠。一作块鞠兮。〔补〕曰:块,苦对切),当道宿(夜止曰宿。言己孤独无耦,块然独处,鞠然匍匐,当道而蹎卧,无所栖宿也),举世皆然兮(举,一作与),余将谁告(举,与也。言举当世之人皆行佞伪,当何所告我忠信之情也? 一无'余'字。〔补〕曰:告,姑沃切。《易》:初筮告)?斥逐鸿鹄兮(鸿鹄,大鸟),近习鸱枭(鸱枭,恶鸟。一无'习'字。枭,一作鸮。〔补〕曰:斥,音赤。枭,不孝鸟。鸮,于骄切,恶声之鸟也)。斩伐橘柚兮(橘柚,美木。

〔补〕曰：《尚书》：厥包橘柚。小曰橘，大曰柚。柚似橙而实酢。《吕氏春秋》：果之美者，有云梦之柚），列树苦桃（苦桃，恶木。言君亲近贪贼奸恶之人，而远仁贤之士也。〔补〕曰：桃自有苦者，如苦李之类。《本草》云：羊桃味苦。陶隐居云：山野多有之。《诗》'隰有苌楚'是也）。便娟之修竹兮，寄生乎江潭（便娟，好貌。屈原以竹自喻，言有便娟长好之竹，生于江水之潭，被蒙润潭而茂盛，自恨放流而独不蒙君之惠也。乎，一作于。〔补〕曰：便，平声。娟，乌玄切）。上葳蕤而防露兮（葳蕤，盛貌。防，蔽也。〔补〕曰：葳，音威。蕤，儒佳切，草木垂貌。《集韵》作甤），下泠泠而来风（泠泠，清凉貌。言竹被润泽，上则葳蕤而防蔽雾露，言能有所覆也。下则泠泠清凉，可休庇也。以言己德上能覆盖于君，下能庇荫于民。〔补〕曰：泠，音灵）。孰知其不合兮（孰，一作固），若竹柏之异心（竹心空，屈原自喻志通达也。柏心实，以喻君暗塞也。言己性达道德，而君闭塞，其志不合，若竹柏之异心也）。往者不可及兮（谓圣明之王尧、舜、禹、汤、文、武也），来者不可待（欲须贤君，年齿已老，命不可待也）。悠悠苍天兮，莫我振理（悠悠，忧貌。振，救也。言己忧愁思想，则呼苍天。言己怀忠正而君不知，群下无有救理我之侵冤者。〔补〕曰：太史公《屈原传》云：人穷则反本，故劳苦倦极，未尝不呼天也）。窃怨君之不寤兮，吾独死而后已（言己私怨怀王用心暗惑，终不觉寤，令我独抱忠信，死于山野之中而已）。"[1] 屈原出生时，父辈也许还在朝供职，他得以生在郢都，但成长在"原野"，家族已经沦落。因而刘向《九叹·离世》作了进一步的描述："不顾身之卑贱兮，惜皇舆之不兴。出国门而端指兮，冀壹寤而锡还。哀仆夫之坎毒兮，屡离忧而逢患。"[2] 不仅是屈原自述的"贱贫"，而且是"卑贱"，虽然从家族发源上屈原与楚王同姓，但经过十几世之变迁，到宋玉作《九辩》哀悯他的疏放，已经用了"坎凛（孤零貌）兮，贫士失职而志不平"这样的同悲共鸣的字眼了。由此，我们也就可以理解，为何屈原在感情激荡的诗章中，为何反复咏叹、神往傅说、吕望、宁戚等身份卑贱的人物，被殷武丁、周文王、齐桓公破格重用而振作朝纲的"君臣之遇"了。《离骚》所谓"说操筑于傅岩兮，武丁用而不疑；吕望之鼓刀兮，遭周文而得举；宁戚之讴

---

[1] （宋）洪兴祖撰，白化文等点校：《楚辞补注》，中华书局1983年版，第236—238页。
[2] 同上书，第287页。

歌兮，齐桓闻以该辅"，折射着屈原心中孜孜以求的一种君臣知遇之"精神情结"。

理解屈原被疏待放三年的精神状态的绝妙文献，应是大气凛然地质疑社会正义与人生去从之名篇《卜居》。将居处纳入占卜仪轨，无论对于王朝气运，还是人生去从，都是人与天的郑重的精神对话。王朝建都，卜居仪式成为历史记载的焦点。《毛诗·文王有声》云："考卜维王，宅是镐京。维龟正之，武王成之。"郑玄笺云："考，犹稽也。宅，居也。稽疑之法，必契灼龟而卜之。武王卜居是镐京之地，龟则正之，谓得吉兆，武王遂居之。修三后之德，以伐纣定天下，成龟兆之占，功莫大于此。"其后武王克殷，遗言卜居洛邑，如《史记·周本纪》太史公曰："学者皆称周伐纣，居洛邑，综其实不然。武王营之，成王使召公卜居，居九鼎焉，而周复都丰、镐。（其实太史公所言不算严密，周室东都"成周"既定，位居"天地之中"，周公留守于此，成为会合诸侯发布政令之重要场所）至犬戎败幽王，周乃东徙于洛邑。"① 王朝重器九鼎居洛，寄托着王朝的命运。不仅天子如此，诸侯建都，也倚重卜居，如《史记·封禅书》云："秦德公既立，卜居雍，'后子孙饮马于河'，遂都雍。"②《史记·秦本纪》亦云："德公元年，初居雍城大郑宫，以牺三百牢祠鄜畤。卜居雍。"③ 考《汉书·地理志》，这位秦德公，乃是秦惠公，即所谓："雍，秦惠公都之。"清人王念孙《读书杂志·汉书第六》云："惠公，当为悳公。悳，古'德'字也。"屈原的独立不阿之处，在于他把卜居仪轨用于自己荡气回肠的人生去从之生命抉择，把生命抉择看得与王朝卜都一样严峻。或如蒋骥《山带阁注楚辞》说："居，谓所以自处之方……《卜居》本意，盖以恶既不可为，而善又不蒙福，故向神而号之，犹阮籍途穷之泣也。"为此，屈原不惜打破他原本建立的辞赋格局，采用主客问答的形式，创造一种介于诗歌和散文之间的新体裁，敞开了通向"不歌而诵"的汉赋的形式导向。人们往往为这种新形式而迷醉，简直将之视为一篇直诘神明的小《天问》。他把满腔怨愤，尽情倾泄，以八组"宁……将……"的两疑句式，反复铺陈对撞而在摩荡震荡中，烘托出一个伟岸高耸之忠贞诗魂。

---

① （汉）司马迁：《史记》，中华书局1959年版，第170页。
② 同上书，第1360页。
③ 同上书，第184页。

《卜居》开篇，写得从容不迫："屈原既放，三年不得复见。竭知尽忠而蔽障于谗。心烦虑乱，不知所从。乃往见太卜郑詹尹曰：'余有所疑，愿因先生决之。'詹尹乃端策拂龟，曰：'君将何以教之？'"① 太卜当在鄢郢之郊，他端数蓍草，拂拭龟板尘埃，态度甚是庄肃。但这从容不迫，却"迫"出了屈原连珠炮式的灵魂拷问，一鞭一个血痕，于是平常处的爆发成了更足以焚毁一切的爆发。屈原曰："吾宁悃悃款款，朴以忠乎，将送往劳来，斯无穷乎？宁诛锄草茅以力耕乎，将游大人以成名乎？宁正言不讳以危身乎，将从俗富贵以偷生乎？宁超然高举以保真乎，将哫訾栗斯，喔咿儒儿，以事妇人乎？宁廉洁正直以自清乎，将突梯滑稽，如脂如韦，以絜楹乎？宁昂昂若千里之驹乎，将泛泛若水中之凫，与波上下，偷以全吾躯乎？宁与骐骥亢轭乎，将随驽马之迹乎？宁与黄鹄比翼乎，将与鸡鹜争食乎？此孰吉孰凶？何去何从？世溷浊而不清：蝉翼为重，千钧为轻；黄钟毁弃，瓦釜雷鸣；谗人高张，贤士无名。吁嗟默默兮，谁知吾之廉贞！"② 悃悃忠贞、锄草力耕、正言危身，都可以无怨无悔地坚持到底，而把谄媚逢迎、游说"大人"、从俗富贵，视为一文不值的粪土。尤其不值一晒者，是对"妇人"，即楚怀王之宠姬郑袖与朝中权臣上官大夫等人联合排挤谗毁，采取了鄙夷嘲笑的态度，讪笑那副探头缩脚、强颜逗笑的鬼祟嘴脸，实在令人作呕。屈原以自身廉洁正直清高的道德优势，反衬政敌像油脂一样光滑，像熟牛皮一样柔软，能够顺着圆柱翻跟斗的圆滑随俗的处世伎俩，随之将它们喻为随波漂浮的野鸭，与鸡鸭争食的禽类，追随驽马的足迹的"下九滥"，就有点像癞皮狗了。

在一连串等而下之的褒贬中，屈原弘扬了自身忠贞报国、拯救颓势、励精图治的道德尊严，他是以人格力量担当道义的诉求。顾炎武《日知录》卷一云："《卜居》，屈原自作，设为问答，以见此心，非鬼神吉凶之所得而移耳。王逸《序》乃曰：'心迷意惑，不知所为，往至太卜之家，决之蓍龟，冀闻异策，以定嫌疑。'则与屈子之旨大相背戾矣。洪兴祖补注曰：'此篇上句皆原所从，下句皆原所去。时之人去其所当从，从其所当去。其所谓吉，乃原所谓凶也。'可谓得屈子之心者矣。"屈原由此彰显了不坠时俗、不沉于物欲的精神特质，激励众人摆脱卑琐和庸俗，而气宇

---

① （宋）洪兴祖撰，白化文等点校：《楚辞补注》，中华书局1983年版，第176页。
② 同上书，第176—178页。

轩昂地走向生命之悲壮和崇高。这种人格的庄严是惊天动地的，以致太卜也要释策而谢，自嘲占卜不足以通神解惑，从而消解了占卜的神圣性，把"卜居"颠覆为"反卜居"。

这篇"反卜居"的关键点在于它开篇所云："屈原既放，三年不得复见。"三年不得复见者是楚怀王，臣为君讳，姑隐其名。曾任左徒的屈原，因上官大夫夺稿不与，受谗而被疏黜，就陷入了待放的怪圈之中。东汉班固《白虎通义》卷五"谏诤"条如此描述这个怪圈："诸侯诤不从，得去何？以屈尊申卑，孤恶君也。去曰：'某质性顽钝，言愚不任用，请退避贤'。如是之，待之以礼。臣待放，如不以礼相待，遂去。君待之以礼奈何？曰余熟思夫子言，未得其道，今子且不留，圣王之制，无塞贤之路，夫子欲何之？则遣大夫送之郊。必三谏者何？以为得君臣之义，必得于郊者，忠厚之至也，冀君觉悟能用之。所以必三年者，古者臣下有大丧，君子三年不呼其门，所以复君恩；今已所言不合于礼义，君欲罪之可得也！《援神契》曰：三谏待放，复三年尽惓惓也；所以言放者，臣为君讳。若言有罪放之也，所谏事已行者，遂去不留。凡待放，冀君用其言耳。事已行篡，各去无为留也……臣待于郊者，君绝其禄者，示不欲去也，道不合耳。以其禄参二与之，一留与其妻长子，使终祭其宗庙。赐之环则反，赐之玦则去。明君子重耻也……士不得谏者，士贱，不得豫政事，故不得谏也。谋及之，得固尽其忠耳。"待放还保留三分之二的俸禄，一份留给其妻长子祭宗庙，一份维持待放者的生活。但待放需要安置在城郊，实行"三谏"的仪式，尽忠力谏，最终由国君裁定去从。国君不回心转意，待放的结果就是"自疏"，如《离骚》所云："何离心之可同兮，吾将远逝以自疏。"屈原的政治命运也就在这种待放、自疏中被推向没顶之灾的深渊。面对无可奈何的没顶之灾，屈原虽有坚韧不拔的人格担当，但他是孤傲无援的，看不到任何"大人物"的关照和家族势力的支撑。

至此有必要考察作为屈原一生标志的"左徒"一职。《史记·屈原列传》云："屈原者，名平，楚之同姓也。为楚怀王左徒。博闻强志，明于治乱，娴于辞令。入则与王图议国事，以出号令；出则接遇宾客，应对诸侯。王甚任之。"[①] 左徒就是左徒，它既与原有职官体制缺乏对应的职位，在楚国职官体制中也属于破格擢用，或如《战国策·燕策二》乐毅之所谓

---

① （汉）司马迁：《史记》，中华书局1959年版，第2481页。

"擢之乎宾客之中，而立之乎群臣之上"，在楚国也非常备职官，仅见于屈原、黄歇二人而已。因而将之对应于"左右拾遗""左史""司徒之佐贰""莫敖""行人"，或牵强比方为黄歇之"太子之傅"，都属于张冠李戴。其中"王甚任之"的"任"字非常要紧，它说明屈原是"近臣"而非"重臣"，重臣拥有权柄在握、家族显赫的分量，根深蒂固，不易动摇；近臣依赖国君的信任，失去信任就一无所有。《九章·惜往日》云："惜往日之曾信兮，受命诏以昭时；奉先功以照下兮，明法度之嫌疑。国富强而法立兮，属贞臣而日嬉。"① 王逸《章句》云："先时见任，身亲近也。"② 这都可以透露左徒职官的秘密。从《屈原列传》描述屈原左徒职事，只及才能、行为方式而未及重大政治事件来看，他并非左右政治格局的贵族重臣，而是属于高级智囊、参知宪令与外交，规划治国方略的思想家一类近臣，太史公将之与贾谊合传，以类相从，是蕴含着深刻的洞见的。也正因为只是近臣，所以"上官大夫与之同列，争宠而心害其能"。怀王使屈原造为宪令，屈平属草稿未定。上官大夫见而欲夺之，屈平不与，因谗之曰：'王使屈平为令，众莫不知，每一令出，平伐其功，（曰）以为非我莫能为也'"③，才能轻易得逞，导致"王怒而疏屈平"，不费多少周折就被甩出了政治中枢。

由于屈原、黄歇都担任过左徒，研究者往往喜欢将二人相比附。《史记·楚世家》云："（楚顷襄王）二十三年，襄王乃收东地兵，得十余万，复西取秦所拔我江旁十五邑以为郡，距秦。二十七年，使三万人助三晋伐燕。复与秦平，而入太子为质于秦。楚使左徒侍太子于秦。"这位担任左徒的黄歇，是有"太子之傅"的身份的。《史记·春申君列传》这样描述他以左徒"侍太子于秦"之前的作为："春申君者，楚人也，名歇，姓黄氏。游学博闻，事楚顷襄王。顷襄王以歇为辩，使于秦。秦昭王使白起攻韩、魏，败之于华阳，禽魏将芒卯，韩、魏服而事秦。秦昭王方令白起与韩、魏共伐楚，未行，而楚使黄歇适至于秦，闻秦之计。当是之时，秦已前使白起攻楚，取巫、黔中之郡，拔鄢郢，东至竟陵，楚顷襄王东徙治于陈县。黄歇见楚怀王之为秦所诱而入朝，遂见欺，留死于秦。顷襄王，其子也，秦轻之，恐壹举兵而灭楚。歇乃上书说秦昭王曰：天下莫强于秦、

---

① （宋）洪兴祖撰，白化文等点校：《楚辞补注》，中华书局1983年版，第149—150页。
② 同上书，第149页。
③ （汉）司马迁：《史记》，中华书局1959年版，第150页。

楚。今闻大王欲伐楚，此犹两虎相与斗。两虎相与斗而驽犬受其弊，不如善楚。"① 可见黄歇属于纵横家，在秦楚之间上下其手，长袖善舞。

这则记载也见于西汉刘向《新序·善谋上》，而所述更详，可信度也更高："楚使黄歇于秦。秦昭王使白起攻韩、魏，韩、魏服事秦。昭王方令白起与韩、魏共伐楚，黄歇适至，闻其计。是时秦已使白起攻楚，取数县，楚顷襄王东徙。黄歇上书于秦昭王，欲使秦远交楚而攻韩、魏以解楚。其书曰：'天下莫强于秦、楚，今闻王欲伐楚，此犹两虎相与斗。两虎相与斗，而驽犬受其弊也。不如善楚。臣请言其说。臣闻之：物至则反，冬夏是也。致高则危，累棋是也。今大国之地，遍天下有其二垂。此从生民以来，万乘之地，未尝有也。今王使盛桥守事于韩，盛桥以其地入秦。是王不用甲，不信威，而得百里之地也。王可谓能矣。王又举甲而攻魏，杜大梁之门，举河内，拔燕、酸枣、虚、桃，入邢，魏之兵云翔而不敢救，王之功多矣。王休甲息众，二年而复之，有取蒲、衍、首垣，以临仁、平丘、黄、济阳、甄城而魏氏服。王又割濮、历之北，注之秦、齐之要，绝楚、赵之脊，天下五合六聚而不敢相救，王之威亦单矣。王若能持功守威，挟战功之心，而肥仁义之地，使无后患，三王不足四，五伯不足六也。王若负人徒之众，兵革之强，乘毁魏之威，而欲以力臣天下之主，臣恐其有后患也，《诗》曰：靡不有初，鲜克有终。《易》曰：狐涉水，濡其尾。此言始之易，终之难也。何以知其然也？智伯见伐赵之利，不知榆次之祸。吴见伐齐之便，而不知干隧之败。此二国者，非无大功也，没利于前而易患于后也。吴之亲越也，从而伐齐，既胜齐人于艾陵，还为越人所禽于三渚之浦。知伯之信韩、魏也，从而伐赵，攻晋阳之城，胜有日矣，韩、魏畔之，杀知伯瑶于丛台之上。今王妒楚之不毁也，而忘毁楚之强韩、魏也：臣为王虑而不取也。《诗》曰：大武远宅而不涉。从此观之，楚国援也，邻国敌也。《诗》曰：跃跃毚，遇犬获之。他人有心，予忖度之。今王中道而信韩、魏之善王也，此吴之亲越也。臣闻之，敌不可假，时不可失。臣恐韩、魏卑辞除患，而实欺大国也。何则？王无重世之德于韩、魏，而有累世之怨焉。夫韩、魏父子兄弟，接踵而死于秦者，将十世矣。本国残，社稷坏，宗庙隳。刳腹绝肠，折颈摺颈，身首分离，暴骨草泽，头颅僵仆，相望于境。系臣束子为群虏者，相及于路。鬼神潢洋无所

---

① （汉）司马迁：《史记》，中华书局1959年版，第2387—2388页。

食，民不聊生，族类离散流亡为仆妾者，盈海内矣。故韩、魏之不亡，秦社稷之忧也。今王赟之与攻楚，不亦过乎？且王攻楚，将恶出兵，王将藉路于仇雠之韩、魏乎？兵出之日，而王忧其不反也。是王以兵资于仇雠之韩、魏也。王若不借路于仇雠之韩、魏，必攻随水右壤，此皆广川大水，山林溪谷，不食之地也。王虽有之，不为得地。是王有毁楚之名，而无得地之实也。且王攻楚之日，四国必悉起兵以应王。秦楚之兵构而不离，韩、魏氏将出兵而攻留、方与、铚、胡陵、砀、萧、相，故宋必尽。齐人南面，泗北必举。此皆平原四达，膏腴之地也，而使独攻。王破楚以肥韩、魏于中国而劲齐。韩、魏之强，足以校于秦。齐南以泗水为境，东负海，北倚河，而无后患。天下之国，莫强于齐、魏。齐、魏得地保利，而详事下吏，一年之后，为帝未能，其于禁王之为帝有余矣。夫以王壤土之博，人徒之众，兵革之强，一举事而树怨于楚，出令韩、魏归帝重齐，是王失计也。臣为王虑，莫若善楚。秦、楚合为一而以临韩，韩必拱手。王施之以东山之险，带以曲河之利，韩必为关内之侯，若是而王以十万戍郑，梁氏寒心，许、鄢陵婴城，而上蔡、召陵不往来也。如此，而魏亦关内侯矣。王一善楚，而关内两万乘之主，注地于齐，齐右壤可拱手而取也。王之地一径两海，要绝天下，是燕、赵无齐、楚，齐、楚无燕、赵，然后危动燕、赵，直摇齐、楚，此数国者，不待痛而服也。'昭王曰：'善。'于是乃止白起，谢韩、魏，发使赂楚，约为与国。黄歇受约归楚。解弱楚之祸，全强秦之兵，黄歇之谋也。

《史记·春申君列传》又详细描述了长袖善舞之春申君黄歇采用金蝉脱壳之计，使太子安然归楚："黄歇受约归楚，楚使歇与太子完入质于秦，秦留之数年。楚顷襄王病，太子不得归。而楚太子与秦相应侯善，于是黄歇乃说应侯曰：'相国诚善楚太子乎？'应侯曰：'然。'歇曰：'今楚王恐不起疾，秦不如归其太子。太子得立，其事秦必重而德相国无穷，是亲与国而得储万乘也。若不归，则咸阳一布衣耳。楚更立太子，必不事秦。夫失与国而绝万乘之和，非计也。愿相国孰虑之。'应侯以闻秦王，秦王曰：'令楚太子之傅先往问楚王之疾，返而后图之。'黄歇为楚太子计曰：'秦之留太子也，欲以求利也。今太子力未能有以利秦也，歇忧之甚。而阳文君子二人在中，王若卒大命，太子不在，阳文君子必立为后，太子不得奉宗庙矣。不如亡秦，与使者俱出。臣请止，以死当之。'楚太子因变衣服为楚使者御以出关，而黄歇守舍，常为谢病。度太子已远，秦不能追，歇乃自言秦昭王曰：'楚太子已归，出远矣。歇当死，愿赐死。'昭王大怒，欲听其自杀也。应侯曰：'歇为人臣，出身以徇其主，太子立，必用歇，故不如无罪而归之，以亲楚。'秦因遣黄歇。"① 黄歇是有"楚太子之傅"的身份的，他周旋于应侯、秦昭王之间，颇能把握政治操作的窍门。他归楚之后，遇上了罕得一遇的政治真空，如《史记·楚世家》所云："三十六年，顷襄王病，太子亡归。秋，顷襄王卒，太子熊元代立，是为考烈王。考烈王以左徒为令尹，封以吴，号春申君。"②

春申君此时已是国柄倒持，控制了楚考烈王和楚国政令。如《史记·春申君列传》所云："春申君为楚相四年，秦破赵之长平军四十余万。五年，围邯郸。邯郸告急于楚，楚使春申君将兵往救之，秦兵亦去。"③ 他不仅与信陵君、平原君率师逼退秦兵，而且还显摆骄侈，"赵平原君使人于春申君，春申君舍之于上舍。赵使欲夸楚，为瑇瑁簪，刀剑室以珠玉饰之，请命春申君客。春申君客三千余人，其上客皆蹑珠履以见赵使，赵使大惭"④。其气焰已是"相楚二十余年矣，虽名相国，实楚王也"。他又与李园及其女弟控制宫闱，因楚考烈王无子，而幸女弟妊娠，遂生太子，所以一切都是机关算尽。岂料李园恐春申君语泄而益骄，阴养死士，欲杀春申君以灭口，待楚考烈王卒，李园伏死士于棘门之内。春申君入棘门，死士刺春申君，斩其头，投之棘门外，遂使吏尽灭春申君之家。阴谋政治使楚国国基摇摇欲坠，走向破灭。

虽然都担任过左徒，但是屈原"贫士失职而志不平"而一再被疏黜、流放，与春申君"虽名相国，实楚王也"之身份作为，不可同日而语。那种比附春申君认为屈原也是"太子之傅"，觉得屈原离令尹只有一步之遥的观点，是全然不顾楚怀王时期和顷襄王卒后的政治大语境之无端猜测，是毫无依据的。屈原曾任三闾大夫，破格擢升为左徒，如王逸《楚辞章句》所云："屈原与楚同姓，仕于怀王，为三闾大夫，三闾之职，掌王族三姓，曰昭、屈、景。屈原序其谱属，率其贤良，以厉国士。"⑤ 也就是《离骚》所云："余既兹兰之九畹兮，又树蕙之百亩；畦留夷与揭车兮，

---

① （汉）司马迁：《史记》，中华书局1959年版，第2393—2394页。
② 同上书，第1735页。
③ 同上书，第2295页。
④ 同上书，第2395页。
⑤ （宋）洪兴祖撰，白化文等点校：《楚辞补注》，中华书局1983年版，第1—2页。

杂杜蘅与芳芷；冀枝叶之峻茂兮，愿竢时乎吾将刈；虽萎绝其亦何伤兮，哀众芳之芜秽。"① 虽然以厉国士的事业并无成效，但序其谱属的意识却使屈原把与楚同姓的意念，化为忠贞爱国之血脉和精魂。这才有《离骚》中"历吉日乎吾将行"，"远逝以自疏"时，出现了难割难舍的一幕："陟升皇之赫戏兮，忽临睨夫旧乡；仆夫悲余马怀兮，蜷局顾而不行。"② 东升的太阳照得亮堂堂，忽然俯视见我的故乡。驾车之仆从悲伤，连马也感怀，卷屈不行，眷恋彷徨。随之又是概括反思性的尾声："乱曰：已矣哉，国无人莫我知兮，又何怀乎故都？既莫足为美政兮，吾将从彭咸之所居。"③ 感慨一声算了吧！国中既然没有人明白我的心志，我又何必怀念故都不舍不弃。既然不可能和国人谈论"美政"，我只好追随彭咸拯救自我的遗则了。沉痛哉斯言！屈子"哀民生之多艰"，主张"举贤而授能"，"循绳墨而不颇"。但也只能走上"路漫漫其修远兮，吾将上下而求索"的无穷无尽之长途。屈子的求索以忠贞爱国、振兴大楚为内核，这是一盏心灵的明灯。即便与屈子同时的屈氏家族人士，也有另求发展途径者在，如西汉刘向《说苑·君道》记载燕国纳贤："郭隗曰：'王诚欲兴道，隗请为天下之士开路。'于是燕王常置郭隗上坐，南面。居三年，苏子闻之，从周归燕；邹衍闻之，从齐归燕；乐毅闻之，从赵归燕；屈景闻之，从楚归燕。四子毕至，果以弱燕并强齐。夫燕、齐非均权敌战之国也，所以然者，四子之力也。"④ 反观屈原，他是以爱国兴邦作为自己影响千秋万代的精神标志的，"推此志也，虽与日月争光可也"。

屈原被疏后"乃退守其世职三闾大夫"，只是不再在朝，参知中枢改革政治之设计和运筹。《新序》认为屈原于怀王十五年或十六年放于外。其后"秦使人愿以汉中地谢"，随后张仪之楚，刘向《新序·节士第七》云："屈原者名平，楚之同姓大夫，有博通之知，清洁之行，怀王用之。秦欲吞灭诸侯，并兼天下。屈原为楚东使于齐，以结强党。秦国患之，使张仪之楚，货楚贵臣上官大夫、靳尚之属，上及令尹子兰、司马子椒，内赂夫人郑袖，共谮屈原。屈原遂放于外，乃作《离骚》。张仪因使楚绝齐，许谢地六百里。怀王信左右之奸谋，听张仪之邪说，遂绝强齐之大辅。楚

---

① （宋）洪兴祖撰，白化文等点校：《楚辞补注》，中华书局1983年版，第10—11页。
② 同上书，第47页。
③ 同上。
④ （汉）刘向撰，石光瑛校释：《新序校释》，中华书局2001年版，第17页。

既绝齐，而秦欺以六里。怀王大怒，举兵伐秦，大战者数，秦兵大败楚师，斩首数万级。秦使人愿以汉中地谢，怀王不听，愿得张仪而甘心焉。张仪曰：'以一仪而易汉中地，何爱？仪请行。'遂至楚，楚囚之。上官大夫之属共言之王，王归之。是时怀王悔不用屈原之策，以至于此，于是复用屈原。屈原使齐还，闻张仪已去，大为王言张仪之罪，怀王使人追之不及。后秦嫁女于楚，与怀王欢，为蓝田之会。屈原以为秦不可信，愿勿会，群臣皆以为可会。怀王遂会，果见囚拘，客死于秦，为天下笑。怀王子顷襄王亦知群臣谄误怀王，不察其罪，反听群谗之口，复放屈原。屈原疾暗王乱俗，汶汶嘿嘿，以是为非，以清为浊，不忍见污世，将自投于渊。渔父止之，屈原曰：'世皆醉，我独醒。世皆浊，我独清。吾闻之，新浴者必振衣，新沐者必弹冠。又恶能以其泠泠，更世事之嘿嘿者哉！吾宁投渊而死。'遂自投湘水汨罗之中而死。"① 据《楚世家》，事在怀王十八年，则屈原最迟在此时被召回。屈原被疏之后，在两个特殊的场合，他还出面劝谏了怀王。一是担任使齐特使回国复命之机，二是怀王离国入秦，遍告群臣之时：（1）怀王十八年（前311），"怀王竟听郑袖，复释去张仪。是时屈平既疏，不复在位，使于齐，顾反，谏怀王曰：'何不杀张仪？'怀王悔，追张仪不及"②。《史记·张仪列传》也载屈原曰："前大王见欺于张仪，张仪至，臣以为大王烹之；今纵弗忍杀之，又听其邪说，不可。"③（2）怀王三十年（前299），"时秦昭王与楚婚，欲与怀王会。怀王欲行，屈平曰：'秦虎狼之国，不可信，不如毋行。'"④ 然而，《史记·楚世家》的记载是："（楚怀王）三十年，秦复伐楚，取八城。秦昭王遗楚王书曰：'始寡人与王约为弟兄，盟于黄棘，太子为质，至欢也。太子陵杀寡人之重臣，不谢而亡去，寡人诚不胜怒，使兵侵君王之边。今闻君王乃令太子质于齐以求平。寡人与楚接境壤界，故为婚姻，所从相亲久矣。而今秦楚不欢，则无以令诸侯。寡人愿与君王会武关，面相约，结盟而去，寡人之愿也。敢以闻下执事。'楚怀王见秦王书，患之。欲往，恐见欺；无往，恐秦怒。昭雎曰：'王毋行，而发兵自守耳。秦虎狼，不可信，有并诸侯之心。'怀王子子兰劝王行，曰：'奈何绝秦之欢心！'于是

---

① （汉）刘向编著，石光瑛校释：《新序校释》，中华书局2001年版，第936—949页。
② （汉）司马迁：《史记》，中华书局1959年版，第2484页。
③ 同上书，第2292页。
④ 同上书，第2484页。

往会秦昭王。"①《楚世家》只记昭睢，而不记屈原，可见屈原的身份使其生平材料难入朝廷史官的记载。此事除了子兰之昏话外，还有郑袖之魅语，如《史记·张仪列传》所言："秦要楚欲得黔中地，欲以武关外易之。楚王曰：'不愿易地，愿得张仪而献黔中地。'秦王欲遣之，口弗忍言。张仪乃请行。惠王曰：'彼楚王怒子之负以商於之地，是且甘心于子。'张仪曰：'秦强楚弱，臣善靳尚，尚得事楚夫人郑袖，袖所言皆从。且臣奉王之节使楚，楚何敢加诛？假令诛臣而为秦得黔中之地，臣之上愿。'遂使楚。楚怀王至则囚张仪，将杀之。靳尚谓郑袖曰：'子亦知子之贱于王乎？'郑袖曰：'何也？'靳尚曰：'秦王甚爱张仪而不欲出之，今将以上庸之地六县赂楚，以美人聘楚，以宫中善歌讴者为媵。楚王重地尊秦，秦女必贵而夫人斥矣。不若为言而出之。'于是郑袖日夜言怀王曰：'人臣各为其主用。今地未入秦，秦使张仪来，至重王。王未有礼而杀张仪，秦必大怒攻楚。妾请子母俱迁江南，毋为秦所鱼肉也。'怀王后悔，赦张仪，厚礼之如故。"②

---

① （汉）司马迁：《史记》，中华书局1959年版，第1727—1728页。
② 同上书，第2288—2289页。

屈原的历史文化意识

对屈子之生命存在进行返本还原，除了考察屈氏家族祖源发生、分宗崛起而终至衰微凋残的历史过程之外，另一个关键在于揭示屈原的历史文化意识的深层意蕴。屈原之生命存在，是深刻地、从不游离地存在于历史文化的滂滂长河之中。他如何认识历史文化，又如何从历史文化中认识孑然独立的自我，这都是中华文明血脉上不容抹杀的重要命题，抹杀了，就是自毁长城。历史总是郑重地记载着那些为历史增添精彩和精华的巨人行为，历史就是这么无私而精明，这才叫作值得尊重的历史。由此才可以解释，屈原为何是中国上古史上一个独立标举的文化巨人，他不曾重复以往的圣贤，然而后世俊杰之士，却往往重复他以作为实现生命辉煌的出发点。谁人不知呢？屈原生当纵横家和客卿制度大走红运的战国中晚期，那种风气滔滔者天下皆是，似乎令人难以抗拒。所谓"楚材晋用"，已然蔚成风气。然而屈原却坚守着不弃不舍的"楚材楚用"，哪怕一路走来受尽了"材"而不得其"用"的悲剧性的绝望窝囊气之磨难，却无怨无悔地捡起无休无止之磨难，用来充实和壮大主体之生命意志和人文襟怀，用来开拓振兴民族之新视境。屈子之学博采融贯道、儒、法、刑名、阴阳、神仙各家精髓，统摄融合于稷下学宫之黄老之术，更浸染着楚地的原始巫风信仰，及楚人之国族情结，用以内修美质，外求"美政"拯救时弊和民忧，闪耀着令人心灵发光的人格典范。屈子之学既尚德又尚法，却与儒、法二家均有出入，显现了儒法合流而重建新制的趋向。他尚儒尚法，而又非儒非法，他亦道亦墨，而又非道非墨；他折中百氏，自成系统，别创一家；他以他独树一帜的思想学说，尤其出诸不朽之歌诗吟唱，神采独具地参与了战国时代风云翻涌之"百家争鸣"而翘楚特出，精蕴繁富。正如朱自清在《经典常谈·辞赋第十一》中所言："他其实也是一子，也是一家之学。"① 屈子之学，融合着诗性思维，切实而有效地拓宽了先秦诸子学之光谱频道，使之泛出耀目之异彩。

一个关键问题，是探寻和确认屈原《楚辞》传承之真实轨迹，对此学术界长期音影模糊，莫衷一是，造成研究上左支右绌，扭扭捏捏。解开谜团之要点，在于不是孤立静止地停留在若干文献之寻章摘句上，而应该深入贯通文献之内在脉络，见微知著，揭示其汩汩不息的真实完整之潜流。只要对西汉前期的历史文献有全面深入之了解，就不难发现，屈原《楚辞》传承并未中断。西汉开国，迁屈、景、昭三姓充实关中，如《汉书·高帝纪》所云，汉高祖九年冬"十一月，徙齐、楚大族昭氏、屈氏、景氏、怀氏、田氏五姓关中"②。屈原辞赋作为珍贵财富当以完备形态，由屈氏家族携带抵达崇尚楚风之长安。贾谊也由此得见屈原《楚辞》原本，获得真传，他赴长沙吊屈原是有充分的精神准备的。这才有贾谊《吊屈原赋》所言："共承嘉惠兮，俟罪长沙。侧闻屈原兮，自沉汨罗。造讬湘流兮，敬吊先生。遭世罔极兮，乃陨厥身。呜呼哀哉！逢时不祥。"另一条重要渠道，是《汉书·地理志》所云："始楚贤臣屈原被谗放流，作《离骚》诸赋以自伤悼。后有宋玉、唐勒之属慕而述之，皆以显名。汉兴，高祖王兄子濞于吴，招致天下之娱游子弟，枚乘、邹阳、严夫子之徒兴于文、景之际。淮南王安亦都寿春，招宾客著书。而吴有严助、朱买臣，贵显汉朝，文辞并发，故世传《楚辞》。"③ 于此不应该只停留在指认这是《楚辞》一语，第一次见于正史记载；而应该确认，淮南王刘安都寿春，乃宋玉、唐勒辈传承《楚辞》之基地，自然能够得天独厚地接触《楚辞》的本源。有了这两条渠道的保障，屈原《楚辞》在汉朝前期是传承有序而且形态完备的，那种"屈原否定说"，并未深入解读文献，因而是毫无事实根据的臆说。《汉书·淮南衡山济北王传》云："（刘）安入朝，献所作《内篇》（即今《淮南子》），新出，上爱秘之。使为《离骚传》，旦受诏，日食时上。"④ 如此迅速成文，可见刘安对屈原《楚辞》早已耳濡目染，具有了如指掌之造诣。《史记·屈原贾生列传》能够采用刘安《离骚传》建构屈原传，得益于当时的书籍典藏制度，如

---

① 朱自清：《经典常谈》，上海古籍出版社2004年版，第84页。
② （汉）班固：《汉书》，中华书局1962年版，第66页。
③ 同上书，第1668页。
④ 同上书，第2145页。

《史记·太史公自序集解》如淳引《汉仪注》云："太史公，武帝置，位在丞相上，天下计书，先上太史公，副上丞相。"① 太史公并非爵位在丞相上，而是在典藏郡国文献上对太史公收藏有特殊的制度保障。因而司马迁父子是得见《离骚传》的，只是刘安叛变受诛不久，司马迁使用《离骚传》作《屈原列传》时姑隐作者之名。隐其名而用其实，这是太史公的叙事策略。

历史怎么会忘记屈子之学这个旷世难求而又永远灿烂的亮点？百年后遭遇类乎屈原的汉初贾谊，对于这位政治生命偶像发出深情的悲悯和慨叹："瞝九州而相君兮，何必怀此都也！"这个"瞝"很有味道，"瞝"读为 chī，音螭，视也。贾谊《吊屈原赋》曰："瞝九州而相君兮，何必怀此都也。凤皇翔于千仞之上兮，览德辉焉下之。见细德之险微兮，摇增翮而去之。彼寻常之污渎兮，岂能容吞舟之鱼。横江湖之鱣鲸兮，固将制于蝼蚁。"王逸注云："瞝谓历视也。《汉书》作历。"可见这不是一时即兴所为，而是沉观默察的精神凝视所得，其中混合着对屈原斑斑心血之求索的极端痛惜，忍痛质疑，令人心灵震撼。贾谊看到了一个"永远的屈原"。司马迁《史记·屈原列传》以"太史公曰"的方式，接着贾谊话题加以发挥："余读《离骚》、《天问》、《招魂》、《哀郢》，悲其志。适长沙，观屈原所自沉渊，未尝不垂涕，想见其为人。及见贾生吊之，又怪屈原以彼其材，游诸侯，何国不容，而自令若是。读《鵩鸟赋》，同死生，轻去就，又爽然自失矣。"② 作为能够触及历史潜流的杰出思想者，贾谊、司马迁真正懂得何为历史之永恒和短暂，他们也都遭遇了坎坷冤屈而心有不平的人生，不平则鸣，因而与"永远的屈原"产生强烈的精神对质，难免生发出异代同感的强烈的精神共鸣。屈原、贾谊、司马迁构筑了一个"究天人之际"的精神系统，令人神旺，中国文明史竟然有一条如此光辉灿烂的精神文化脉络。

历史就是那么沉重，又是那么有趣，不有点趣味就不足以称令人景仰的历史了。读史确然可以增长人的智慧，请注意，不仅仅是增长知识，而是增长更为沁人心脾、令人感奋的"智慧"。相对于贾谊、司马迁，历史又推出了一个别有趣味的扬雄。扬雄是一个另类，另类自然有另类的一套

---

① （汉）司马迁：《史记》，中华书局 1959 年版，第 3287 页。
② 同上书，第 2503 页。

说辞，给历史添加了另一番趣味。《汉书·扬雄传》记述扬雄批评屈原"弃由、聃之所珍兮，蹠彭咸之所遗"（参看《艺文类聚》五十六引《反离骚》）。扬雄毕竟想当儒学宗师，觉得屈原应该像孔子那样周游天下。扬雄用了一个"蹠"，用得恰到好处，"蹠"读为 zhí，音直。《说文》楚人谓跳跃曰蹠。扬雄《方言》云："楚曰蹠。自关而西，秦晋之间曰跳。"在东周秦汉文献中，"蹠"字并非罕见。《广韵》曰："足履践也。《史记·苏秦传》被坚甲，蹠劲弩。"《汉书·扬雄传》云："蹠彭咸之所遗。"① 颜师古注曰："蹠，蹈也。"② 《楚辞·九章》云："眇不知其所蹠。"王逸注曰："蹠，践也。"③ 这些诗文都把"蹠"字使用得相当郑重，掷地有声。值得注意者，扬雄从自己的《方言》中特意挑出这个"蹠"字，大概他感觉到这个含义特别之"蹠"字，携带着楚人屈原的可以触摸的体温，因而扬雄感慨屈原抛弃了许由"洗耳"隐遁、老聃"出关"传道的生命选择，而艰难憔悴地践履着彭咸矢志不渝、致死遵循之人生哲学。扬雄对此大惑不解，也与其机会主义人品有关。

对于如此"永远的屈原"，历代文论思想家和高明的笺注家却是情有独钟，念兹在兹。屈原成为中国正气士人极其珍惜的精神文化资源，有屈原在，就有浩然正气在。刘勰《文心雕龙·辩骚》曰，屈原"依彭咸之遗则，从子胥以自适"乃是"狷狭之志也"④。如何认识这种"偏急而狭隘"？鲁迅《汉文学史纲要》第九篇云："（董仲舒）尝作《士不遇赋》（见《古文苑》）……终则谓不若反身素业，归于一善，讬声楚调，结以中庸，虽为粹然儒者之言，而牢愁狷狭之意尽矣。"⑤ 性情耿直孤洁，狷介狷傲，自有一种激扬蹈厉之风，情系家国命运，融合着浓浓的爱国忧时之情。因而洪兴祖《楚辞补注》卷一谓："叙曰：昔者孔子睿圣明喆（音哲），天生不群（群，一作王），定经术，删诗书（一云俾定经术，乃删诗书），正礼乐，制作《春秋》，以为后王法。门人三千，罔不昭达。临终之日，则大义乖而微言绝。其后周室衰微，战国并争，道德陵迟，谲诈萌生。于是杨、墨、邹、孟、孙、韩之徒，各以所知著造传记，或以述

---

① （汉）班固：《汉书》，中华书局 1962 年版，第 3521 页。
② 同上书，第 3522 页。
③ （宋）洪兴祖撰，白化文等点校：《楚辞补注》，中华书局 1983 年版，第 134 页。
④ （南朝梁）刘勰撰，范文澜注：《文心雕龙注》，人民文学出版社 1962 年版，第 47 页。
⑤ 鲁迅：《汉文学史纲要》，人民文学出版社 1973 年版，第 573 页。

古，或以明世（八字一作咸以名世）。而屈原履忠被谮，忧悲愁思（一云忧愁思愤），独依诗人之义而作《离骚》，上以讽谏，下以自慰。遭时暗乱，不见省纳，不胜愤懑，遂复作《九歌》以下凡二十五篇。楚人高其行义，玮其文采，以相教传（或作传教）。至于孝武帝，恢廓道训，使淮南王安作《离骚经章句》，则大义粲然。后世雄俊，莫不瞻慕（一作仰），舒肆妙虑（一云摅舒妙思），缵述其词。逮至刘向（颜师古读如本字），典校经书，分为十六卷。孝章即位，深弘道艺，而班固、贾逵复以所见改易前疑，各作《离骚经章句》。其余十五卷（一作篇），阙而不说。又以壮为状（一作扶），义多乖异，事不要括（一作撮）。今臣复以所识所知，稽之旧章，合之经传（八字一云稽之经传），作十六卷章句。虽未能究其微妙，然大指之趣，略可见矣。且人臣之义，以忠正为高，以伏节为贤。故有危言以存国，杀身以成仁。是以伍子胥不恨于浮江，比干不悔于剖心，然后忠立而行成（忠，一作德），荣显而名著（著，一作称）。若夫怀道以迷国，详愚而不言（详与佯同，诈也），颠则不能扶，危则不能安，婉娩以顺上（婉娩，一作娩娩，一作俔俯），逡巡以避患，虽保黄耇，终寿百年，盖志士之所耻，愚夫之所贱也。今若屈原，膺忠贞之质，体清洁之性，直若砥矢，言若丹青，进不隐其谋，退不顾其命，此诚绝世之行，俊彦之英也。而班固谓之'露才扬己'（一作班、贾），'竞于群小之中，怨恨怀王，讥刺椒、兰，苟欲求进，强（巨姜切）非其人，不见容纳，忿恚自沉'，是亏其高明，而损其清洁者也。昔伯夷、叔齐让国守分（一作志），不食周粟，遂饿而死，岂可复谓谓有求于世而怨望哉（一作恨怨）！且诗人怨主刺（一作谏）上曰：'呜呼！小子，未知臧否，匪面命之，言提其耳。'风谏之语，于斯为切。然仲尼论之，以为大雅。引此比彼，屈原之词，优游婉顺，宁以其君（一有"为"字）不智之故，欲提携其耳乎！而论者以为'露才扬己'、'怨刺其上'、'强非其人'，殆失厥中矣。夫《离骚》之文，依托《五经》以立义焉：'帝高阳之苗裔'，则'厥初生民，时惟姜嫄'也；'纫秋兰以为佩'，则'将翱将翔，佩玉琼琚'也；'夕揽洲之宿莽'，则《易》'潜龙勿用'也；'驷玉虬而乘鹥'，则'时乘六龙以御天'也；'就重华而陈词'，则《尚书》咎繇之谟谟也；'登昆仑而涉流沙'，则《禹贡》之敷土也。故智弥盛者其言博，才益多者其识远（多，一作劭）。屈原之词，诚博远矣。自（一有'孔丘'字）终没以来，名儒博达之士著造词赋，莫不拟则其仪表，祖式其模范，取其要妙，窃其华藻，所谓金相玉质，百世无匹（世，一作岁），名垂罔极，永不刊灭者矣（班孟坚序云：'昔在孝武，博览古文。淮南王安叙《离骚传》，以《国风》好色而不淫，《小雅》怨悱而不乱，若《离骚》者，可谓兼之。蝉蜕浊秽之中，浮游尘埃之外，皭然泥而不滓，推此志，虽与日月争光可也。斯论似过其真。又说：五子以失家巷，谓伍子胥也。及至羿、浇、少康、二姚、有娀佚女，皆各以所识有所增损，然犹未得其正也。故博采经书传记本文以为之解。且君子道穷，命矣。故潜龙不见是而无闷，《关雎》哀周道而不伤。蘧瑗持可怀之智，宁武保如愚之性，咸以全命避害，不受世患。故《大雅》曰：既明且哲，以保其身。斯为贵矣。今若屈原，露才扬己，竞乎危国群小之间，以离谗贼。然责数怀王，怨恶椒、兰，愁神苦思，强非其人，忿怼不容，沉江而死，亦贬絜狂狷景行之士。多称昆仑、冥婚、宓妃虚无之语，皆非法度之政，经义所载。谓之兼《诗》风雅，而与日月争光，过矣。然其文弘博丽雅，为辞赋宗。后世莫不斟酌其英华，则象其从容。自宋玉、唐勒、景差之徒，汉兴，枚乘、司马相如、刘向、扬雄，骋极文辞，好而悲之，自谓不能及也。虽非明智之器，可谓妙才者也。'政，与正同。颜之推云：'自古文人常陷轻薄。屈原露才扬己，显暴君过。'刘子玄云：'怀、襄不道，其恶存于楚赋。'读者不以为过，盖不隐恶故也。愚尝折衷其说而论之曰：或问：古人有言：杀其身有益于君则为之。屈原虽死，何益于怀、襄？曰：忠臣之用心，自尽其爱君之诚耳。死生、毁誉，所不顾也。故比干以谏见戮，屈原以放自沉。比干，纣诸父也。屈原，楚同姓也。为人臣者，三谏不从则去之。同姓无可去之义，有死而已。《离骚》曰：阽余身而危死兮，览余初其犹未悔。则原之自处审矣。或曰：原用智于无道之邦，亏明哲保身之义，可乎？曰：愚如武子，全身远害可也。有官守言责，斯用智矣。山甫明哲，固保身之道，然不曰夙夜匪解，以事一人乎！士见危致命，况同姓，兼恩与义，而可以不死乎！且比干之死，微子之去，皆是也。屈原其不可去乎？有比干以任责，微子去之可也。楚无人焉，原去则国从而亡。故虽身被放逐，犹徘徊而不忍去。生不得力争而强谏，死犹冀其感发而改行，使百世之下，闻其风者，虽流放废斥，犹知爱其君，眷眷而不忘，臣子之义尽矣。非死为难，处死为难。屈原虽死，犹不死也。后之读其文，知其人，如贾生者亦鲜矣。然为赋以吊之，不过哀其不遇而已。余观自古忠臣义士，慨然发愤，不顾其死，特立独行，自信而不回者，其英烈之气，岂与身俱亡哉！仍羽人于丹丘，留不死之旧乡，超无为以至清，与太初而为邻，此《远游》之所以作，而难为浅见寡闻者道也。仲尼曰：乐天知命，故不忧。又曰：乐天知命，有忧之大者。屈原之忧，忧国也；其乐，乐天也。《离骚》二十五篇，多忧世之语。独《远游》曰：道可受兮不可传，其小无内兮其大无垠。无滑而魂兮，彼将自然。壹气孔神兮，于中夜存。虚以待之兮，无为之先。此老、庄、孟子所以大过人者，而原独知之。司马相如作《大人赋》，宏放高妙，读者有凌云之意，然其语多出于此。至其妙处，相如莫能识也。太史公作传，以为其文约，其辞微，其志洁，其行廉，其称文小而其指极大，举类迩而见义远。其志洁，故其称物芳。其行廉，故死而不容自疏。濯淖污泥之中，以浮游尘埃之外，推此志也，虽与日月争光可也。斯可谓深知己者。扬子云作《反离骚》，以为君子得时则大行，不得时则龙蛇。遇不遇，命也，何必沉身哉！屈子之事，盖圣贤之变者。使遇孔子，当与三仁同称雄，未足以与此。班孟坚、颜之推所云，无异妾妇儿童之见。余故具论之）。"① 这就触及了忠贞爱国乃是屈子思想之内核所居，居于此则忧愤深广而精神健旺，宁为"九死不悔"。朱熹《楚辞集注序》也明确揭出"爱国"二字："（屈）原之为人，其志行虽或过于中庸而不可以为法，然皆出于忠君爱国之诚心。原之为书，其辞旨虽或流于跌宕怪神、怨怼激发而不可以为训，然皆生于缱绻恻怛不能自已之至意。"② 朱熹以粹然儒宗的口吻，指责屈子"过犹不及"，却还不能、亦不容抹杀其"爱国"的内核。忠贞爱国成了屈子精神的一面高扬的旗帜，旗帜所在，众所瞩目。据《论语·微子篇》记载："柳下惠为士师，三黜。人曰：'子未可以去乎？'曰：'直道而事人，焉往而不三黜。枉道而事人，何必去父母之邦？'"③ 屈子所行是"直道"而非"枉道"，以耿直狷介之形态来强化光明正大之精神申诉。其实，耿直狷洁岂是狭隘乎？屈子之心坦坦荡荡，屈赋所推崇的历史精英，多是离开本国族，去为他国族建立不世之功的俊杰，诸如伊尹乃有莘国之奴隶，却以烹饪之奥妙为商汤王赢得天下；吕望本为"东海上人"，却为西方的周族之文王、武王灭纣开国；宁戚原是卫人，却促成齐桓公之辉煌霸业；百里奚本是虞国大夫，却成了秦穆公霸业之最重要推手。相对而言，孟子宣扬王道，因而

---

① （宋）洪兴祖撰，白化文等点校：《楚辞补注》，中华书局1983年版，第47—51页。
② （宋）朱熹：《楚辞集注》，上海古籍出版社2001年版，第2页。
③ 程树德：《论语集释》，中华书局1990年版，第1254页。

指斥霸道，谓"五霸者，三王之罪人也"，"仲尼之徒无道（齐）桓、（晋）文之事者，是以后世无传焉。臣未之闻也"，其实这是对孔子曾经称许过齐桓、晋文的功业装聋作哑。《论语·宪问篇》云："子曰：晋文公谲而不正，齐桓公正而不谲。"（郑玄笺曰："谲者，诈也，谓召天子而使诸侯朝之。仲尼曰：以臣召君，不可以训。故书曰：天王狩于河阳。是谲而不正也。"马融注曰："伐楚以公义，责苞茅之贡不入，问昭王南征不还，是正而不谲也。"）① 又："子曰：管仲相桓公，霸诸侯，一匡天下，民到于今受其赐。微管仲，吾其被发左衽矣。岂若匹夫匹妇之为谅也，自经于沟渎而莫之知也。"② 孔子对齐桓公霸业如此推崇，岂是用一句"仲尼之徒无道（齐）桓、（晋）文之事者"的轻轻松松的话，就可以遮蔽得了？如此说来，屈子王霸兼容，思想更是开明通达。屈子言爱国，思想指向天地四方，在六合之内形成一个开放的系统。

不妨从屈原赋中进一步探求其爱国之特质，其中流注着歌吟动地的忧患意识。《离骚》云："陟升皇之赫戏兮，忽临睨夫旧乡，仆夫悲余马怀兮，蜷局顾而不行。"③ 迎着光明飞升上天，犹不忘这块生我育我之热土，虽然这里已是遍地泥泞，但他还懂得对这块热土赋予无限之感恩。《九章·抽思》云："愿摇起而横奔兮，览民尤以自镇。结微情以陈词兮，矫以遗夫美人。"④ 王逸《章句》阐释为："言己见君妄怒，无辜而受罚，则欲摇动而奔走。尤，过也。镇，止也。言己览观众民，多无过恶而被刑罚，非独己身，故自镇止而慰己也。结续妙思，作辞赋也。举与怀王，使览照也。"⑤ 其实，"览民尤"又何尝不是关切民间的尤怨、尤苦、尤痛？屈子之心毕竟关注民尤，以满腔忧患连通"地气"。《九章·哀郢》又云："鸟飞反故乡兮，狐死必首丘。"⑥ 汉人东方朔《七谏·自悲》拓而言之曰："悲不反余之所居兮，恨离予之故乡。鸟兽惊而失群兮，犹高飞而哀鸣。狐死必首丘兮，夫人孰能不反其真情。"王逸《章句》又作了画龙点睛："真情，本心也。言狐狸之死犹乡丘穴，人年老将死，谁有不思故乡乎？言己尤甚也。"屈子家国深情，感染飞禽走兽和世间诸有情，缠绵悱

---

① 程树德：《论语集释》，中华书局1990年版，第979—980页。
② 同上书，第989—992页。
③ （宋）洪兴祖撰，白化文等点校：《楚辞补注》，中华书局1983年版，第47页。
④ 同上书，第137页。
⑤ 同上。
⑥ 同上书，第136页。

侧，是充塞于天地之间的一股沛然浩然之气。

  对故国热土之感恩，重中之重是振兴国家，开拓进取。概览当时国际形势，迨至战国中后期，秦、楚已成主要敌国，这是屈原有切肤之痛的忧患之所系。《战国策·楚策一》说："秦之所害，天下莫如楚，楚强则秦弱，楚弱则秦强"①，"纵合则楚王，横成则秦帝"②。《史记·项羽本纪》说："夫秦灭六国，楚最无罪。自怀王入秦不反，楚人怜之至今。故楚南公曰：'楚虽三户，亡秦必楚。'"③（司马贞《索隐》引韦昭说：三户，指楚之昭、屈、景三大姓。）④ 三户之楚与虎狼之秦的角逐，已是战国中后期兵燹频仍的时代焦点。这个焦点已经烧灼得楚国满目疮痍，民生多艰。如杨宽《战国史》谓，怀王在位时，"全国陷入'食贵于玉，薪贵于桂'的境地（《战国策·楚策三》苏子谓楚王语）"⑤。其实，"食贵于玉，薪贵于桂"云云，不在"苏子谓楚王曰"章，而在"苏秦之楚"章，时间应该提前。苏秦所见者乃楚威王，《战国策·楚策》和《史记·苏秦列传》俱有载记，可资核查。苏秦对楚威王说："楚，天下之强国也……地方五千里，带甲百万，车千乘，骑万匹，粟支十年，此霸王之资也。"⑥楚威王七年（前333）大败越王无疆，尽取吴地。又在徐州之役大败齐军，版图北抵汝、颍、沂、泗，成为东周第一大国。如此不可一世的国势，还会"食贵于玉，薪贵于桂"吗？若按屈原生于公元前340年计算，此时屈原年仅七岁。怀王六年（前323），大破魏师，楚国疆域更为广阔，此时屈原十七岁。从文献记载和考古发现来看，这个第一大国也是第一富国，说它"食贵于玉，薪贵于桂"，似乎令人难以置信。然则应该明白，楚威王连年征战，劳师伤财，已使楚国经济陷入崩溃的边缘。切不可看到楚墓出土的鼎彝重器，漆器北斗青龙白虎，锦帛凤斗龙虎，木雕凤立虎背引吭高鸣的奇思，就以为全楚国人都乐陶陶沉浸在巫风歌舞的酣梦中，而不知尤怨、尤苦、尤痛，已经不需要担忧"食贵于玉，薪贵于桂"了，这种想法未免过于天真。当然应该高度肯定楚墓中这些神奇之创造，它们彰显了非凡的文化高度、技艺水平和旷世奇思，在当时洪荒蒙昧之人类世界

---

① （汉）刘向：《战国策》，上海古籍出版社1958年版，第500—501页。
② 同上书，第502页。
③ （汉）司马迁：《史记》，中华书局1959年版，第300页。
④ 同上书，第301页。
⑤ 杨宽：《战国史》，上海人民出版社1982年版，第九章。
⑥ （汉）刘向：《战国策》，上海古籍出版社1958年版，第500页。

上堪称一绝,无与伦比,显示了楚人卓绝的物质上和精神上之创造能力。但是也应翻过一面进行深思,《墨子·节葬下》就揭露"今王公大人为葬埋……必大棺中棺,革鞼三操,璧玉即具,戈剑鼎鼓壶滥,文绣素练,大鞅万领,舆马女乐皆具",抨击此乃"非仁也、非义也,非孝之事也"①。《吕氏春秋·节丧篇》亦谓:"今世俗大乱之主,愈侈其葬……国弥大,家弥富,葬弥厚。含珠鳞施,夫玩好货宝,钟鼎壶滥,舆马衣被戈剑,不可胜其数。诸养生之具,无不从者。题凑之室,棺椁数袭,积石积炭,以环其外。"② 聚天下之财,以资权贵者侈葬之迷思,这是需要把几座墓穴置于整个社会大语境中才能窥见其实质所在。屈原从奢靡之现世享乐和去世厚葬中,看到了民间沉重疾苦,"哀民生之多艰",这才是其忧患能够忧患到事物本质之处。

　　当然,王逸为楚辞作解,自有高明可佩的一点真诚。唯有真诚,才是打开盘曲纠结的心锁的有效钥匙。于此有《楚辞章句·九思序》为证:"《九思》者,王逸之所作也。逸,南阳人(一作南郡),博雅多览,读楚辞而伤愍屈原,故为之作解。"又说:"逸与屈原同土共国,悼伤之情,与凡有异。"③ 这侧重从人文地理渊源立论,而《文心雕龙·辩骚》则注重辞赋之内在思想脉络,曰:"王逸以为诗人提耳,屈原婉顺,《离骚》之文,依《经》立义:驷虬乘鹥,则时乘六龙。昆仑流沙,则《禹贡》敷土。名儒辞赋,莫不拟其仪表,所谓金相玉质,百世无匹者也。"④ 王逸竭诚为屈原作精神定位,推崇屈子之"清""忠""贤"的人格精华。《楚辞章句序》曰:"屈原履忠被谗,忧悲愁思,独依诗人之义而作《离骚》。上以讽谏,下以自慰。遭时闇乱,不见省纳,不胜愤懑,遂复作《九歌》以下,凡二十五篇。"⑤ 所谓"二十五篇",当包括《离骚》《天问》《远游》《卜居》《渔父》《招魂》《大招》及《九歌》九篇、《九章》九篇,即全部屈原辞赋、或疑似屈原辞赋。因而《楚辞章句·离骚序》进而言之,谓屈子"不忍以清白久居浊世遂赴汨渊,自沉而死","凡百君子,莫不慕其清高,嘉其文采,哀其不遇,而愍其志焉"⑥。这是对屈子人格、

---

① 吴毓江:《墨子校注》,中华书局1993年版,第267页。
② 《吕氏春秋》卷一〇,《诸子集成》(六),中华书局1054年版,第97页。
③ (宋)洪兴祖撰,白化文等点校:《楚辞补注》,中华书局1983年版,第313—314页。
④ (南朝梁)刘勰撰,范文澜注:《文心雕龙注》,人民文学出版社1962年版,第46页。
⑤ (宋)洪兴祖撰,白化文等点校:《楚辞补注》,中华书局1983年版,第48页。
⑥ 同上书,第3页。

情志和坎坷人生的全面论定，从其生生死死中掂量着历史之永恒。

这就构建成屈子高出群伦的忠贞特立的人格典范，典范的力量可以启迪群伦，熔铸心志。如《九章·涉江》所云："哀吾生之无乐兮，幽独处乎山中。吾不能变心而从俗兮，固将愁苦而终穷。接舆髡首兮，桑扈臝行。忠不必用兮，贤不必以。伍子逢殃兮，比干菹醢。与前世而皆然兮，吾又何怨乎今之人？余将董道而不豫兮，固将重昏而终身。乱曰：鸾鸟凤皇，日以远兮。燕雀乌鹊，巢堂坛兮。露申辛夷，死林薄兮。腥臊并御，芳不得薄兮。阴阳易位，时不当兮。怀信侘傺，忽乎吾将行兮。"① 王逸《章句》为此列举历代含冤蒙屈者，诸如楚狂接舆髡首自刑身体，避世不仕；隐士桑扈，去衣裸裎，仿效夷狄；更甚者伍子胥直谏吴王夫差伐越，被赐剑而自裁，吴竟灭于越；纣之诸父比干由于纣惑妲己，作糟丘酒池，长夜之饮，断斩朝涉，刳剔孕妇，正谏而触怒纣曰"吾闻圣人心有七孔"，乃杀比干，剖其心而观之。以史为鉴，前世而皆然兮，吾又何怨乎今之人？余所能做的只是履行董正之道而不犹豫，那怕焦虑昏乱终此一生，也"无怨无悔"。不仅此也，又以"乱辞"作了精深的历史哲学的阐发："乱曰：鸾鸟凤皇，日以远兮。燕雀乌鹊，巢堂坛兮。"燕雀乌鹊，多口妄鸣，以喻谗佞。言楚王愚暗，不亲仁贤，而近谗佞也。"露申辛夷，死林薄兮。"贤明君子，弃之山野，使之颠坠也。"腥臊并御，芳不得薄兮。"信任谗佞，故忠信之士，不得附近而放逐也。"阴阳易位，时不当兮。怀信侘傺，忽乎吾将行兮。"历史在"阴阳易位"、是非邪正颠倒中充满着悖谬感。这种历史哲学的阐发，把生命认知推至洞幽烛微的极高境界，促成了屈子生命热力的迸发，经历如此境遇，确然令人感到此行不知路在何方。

至于《九章·怀沙》更是将这种生命热力进一步高扬，所云是如此堂堂正正："文质疏内兮，众不知余之异采。材朴委积兮，莫知余之所有。重仁袭义兮，谨厚以为丰。重华不可遌兮，孰知余之从容。"② 王逸《章句》极力推崇屈子与圣帝虞舜、殷汤、夏禹的精神联系，谓"众人不知我有异艺之文采。圣帝重华，不可逢遇，谁得知我举动欲行忠信。殷汤、夏禹圣德之君，明于知人，然去久远，不可思慕而得事之。罹病而不迁，但

---

① （宋）洪兴祖撰，白化文等点校：《楚辞补注》，中华书局1983年版，第131页。
② 同上书，第144页。

愿心志之有所像法。思念楚国，愿得君命，进道北行，以次舍止，冀遂还归，日又将暮，不可去也。自知不遇，聊作辞赋，以舒展忧思，乐已悲愁，自度以死亡而已，终无它志也"①。值得注意的是，屈子讲了虞舜之后，使用了殷汤、夏禹这么一个说法，这是异常的说法，按照历史时间次序，应是夏禹在殷汤之前，换作殷汤在夏禹之前，就形成了一种新的组合形态，不可忽视这种先汤后禹的组合，它彰显了一种新的历史认知，以先汤后禹的独特表述方式，揭示一种异常的精神结构，即以汤、禹表述特异的历史文化概括之精髓，唯有如此，方能把握历史的命脉。进而言之，《九章·怀沙》又用了一个"乱曰"以表达坚确的意志，汩汩流淌的湘水，将归乎海，虽在湖泽之中，幽深蔽暗，道路甚远且长，但是只需怀敦笃之质，抱忠信之情，孤茕独行，骐骥不遇伯乐，则无所程量其才力，贤臣不遇明君，则无所施其智能也。万民禀受天命，其性不同，或安于忠信，或安于诈伪。我既安于忠信，广我志意，当复何惧乎？遭遇溷浊乱世，众人不知我贤，也就只好建忠仗节而死义，不再辞让了。《诗》云"永锡尔类"，我将履行这种人格类型，执忠死节，明告君子，宜以我为法度，抱石沉江就成了其生命耀眼的升华。这就是王逸颂扬的屈子"洁白""清白"，以极端方式彰显生命之辉煌。

屈原在汨罗这伟大的一跳，是惊天动地的。梁启超曾说："研究屈原，应当以他的自杀为出发点。"屈原说此举遵循"彭咸之遗则"，实际上遵循的是一种与天地鬼神相通的巫风歌诗的规范，以及由此升华出的生命哲学。这是一种崇高与神秘兼有的道德范式，当然这里也不排除彭咸为殷贤大夫，谏其君不听，自投水而死的说法。在中华文明史上，谁人能够像屈原这样执着地以死来衡量生，追求人的生命不能有何种玷污与亵渎？他以纵身一跳升华出天地之大美。屈原以死启示世人如何去生，这是站在审美理想的高度来俯视政治角斗，从而与现实生活保持一定的审美心理距离，以距离推进精神的攀升。

《离骚》之灵均，既是一个"灵"，如王逸注所谓"灵，巫也，楚人名巫为灵"，《谥法》谓灵有六义，如"极知鬼事曰灵"，"好祭鬼神曰灵"之类，其既是受天帝之重托降临人间的具有"灵"之印记的神胄，就负有天降大任，舍我其谁之历史担当。有若王国维《宋元戏曲考》所言："古

---

① （宋）洪兴祖撰，白化文等点校：《楚辞补注》，中华书局1983年版，第144—145页。

之所谓巫，楚人谓之曰灵"，"《楚辞》之灵，殆以巫而兼尸之用者也总之"。《离骚》曰："字余曰灵均"，"灵"即巫。又强调生日为"庚寅"，湖北云梦睡虎地秦简《日书》云："凡庚寅生者为巫"，"庚寅生子，女为贾，男好衣佩而贵"。因而《离骚》曰："制芰荷以为衣兮，集芙蓉以为裳"，"高余冠之岌岌兮，长余佩之陆离"，乃是一位从巫灵深处站立起来的肩负着天下重任之王者师，失意之余还追求做一个升天入地、驾龙驭凤的天之骄子，即便抱石沉江，也追慕与理想人物彭咸同在的光辉归宿。屈子于此成了探索大美人性的斯芬克斯，其孤独感与忧患感，使之遗世独立，对崇高目标之追求躁动在心头，永无宁日。屈子在感性认知上感觉到个人与国族前途的不可分割性，"吾"与国融为一。"他出身于贵族阶级，但他无情地暴露了这个阶级的黑暗与罪恶，而且重重地打击他们。"（郑振铎《纪念伟大的诗人——屈原》，见《楚辞研究论文集》）所谓"伴君如伴虎"，伴虎凶险吾又何尝畏惧哉？屈子要以大美的人格克服和转化楚君的昏庸本性，推动德政、美政的践履，表现了一种悲剧性的崇高。这才是屈子"岂余身之惮殃兮，恐皇舆之败绩""指九天以为正兮，夫唯灵修之故也"道义诉求之本质所在。对此，司马迁解释得清清楚楚："（屈原）虽放流，眷顾楚国，系心怀王，不忘欲反，冀幸君之一悟，俗之一改也。"这是屈原以德政、美政理想启悟怀王，而不是以怀王的昏庸来异化屈原，二者不可同日而语。这便令人联想到陈子昂曾经喟然发出千古一叹："前不见古人，后不见来者。念天地之悠悠，独怆然而涕下。"如此悽怆悲悯的情怀，融合着苍茫的宇宙意识和坚执的使命意识，令人心旌摇荡不已。

于此，有一则历史事实需要订正。《九章·哀郢》中记述屈子离开郢都的时间应由纪南城郢都的沦陷上推九年，即公元前279年仲春二月初六甲申日"仲春而东迁"，"甲之朝吾以行"。流放地点在江南的沅水、湘水之间。这个时间节点非常关键，据《水经注》所载：公元前279年鄢郢之役，秦将白起久攻不下，遂引水灌鄢郢，从城西漫灌到城东，城中军民被溺死者数十万，尸体腐烂，臭气冲天，以致人们称鄢郢为"臭池"。三闾大夫"掌王族三姓，曰昭、屈、景。屈原序其谱属，率其贤良，以厉国士"的衙署，应在离郢都之郊不算太远的楚国旧都鄢郢，屈原是从数十万溺死者的尸体中爬出来而走上流亡之途的。鄢郢之役的残酷，足以印证秦国乃虎狼之邦，如楚臣昭雎所言："秦虎狼，不可信，有并诸侯之心。"① 秦人以暴力鞭笞四方，锋芒所向，血流成河，哀鸿遍野。包括张仪承诺"六百里地"诈为"六里地"；秦人欺骗楚君入秦而将之拘禁，都是践踏公共道义礼法之失信行为。秦楚交战中楚国将士被斩首者竟达数十万之众。"（怀王）十七年春，与秦战丹阳，秦大败我军，斩甲士八万，虏我大将军屈匄、裨将军逢侯丑等七十余人，遂取汉中之郡。"② "顷襄王横元年，秦要怀王不可得地，楚立王以应秦，秦昭王怒，发兵出武关攻楚，大败楚军，斩首五万，取析十五城而去。"③ "（顷襄王）六年，秦使白起伐韩于伊阙，大胜，斩首二十四万。"④ 秦军屠城坑卒，动辄以数十万人计，令人毛骨悚然。真所谓蚌病成珠，愤怒出诗人。屈子的爱国举措，联齐抗秦方略，具有明显的解民于倒悬的抗暴特征。

屈子精神特征往往是复合的，而非单一的，复合精神结构最有文化内涵之因应能力。屈原一方面关注解民于倒悬的抗暴，另一方面又关联着楚人浓郁的崇祖怀祖情结，这种情结在上古中国以楚人最为突出，"楚国的公室所格外重视的，是祭祀祖先和大川"⑤。楚人从祖先和大川中，寻找文化血脉之永恒。然而秦军专门摧毁这种楚人信仰，攻破郢都后的第一件事，就是烧毁楚先王陵墓。"（顷襄王）二十一年，秦将白起遂拔我郢，烧先王墓夷陵。" 这是对楚人国族意识的肆意摧残，严重动摇其国族的精神支柱，必然引起屈子强烈的反抗，如王逸《章句》云："《离骚经》者，屈原之所作也。屈原与楚同姓，仕于怀王，为三闾大夫。三闾之职，掌王族三姓，曰昭、屈、景。屈原序其谱属，率其贤良，以厉国士。"⑥ 屈子既能"序其谱属"，自然也就对国族灵魂之尊严念兹在兹，以此安顿好生命之归属。于是屈子弘扬《九章·橘颂》中"独立不迁"的"后皇嘉树"之品格，"深固难徙，苏世独立"的精神守持，以之为历史增添温度，激活国族灵魂之尊严。屈原之《离骚》《天问》等巨构均与这种国族精神支柱受到摧折存在着深刻的联系。

进而言之，这种生命归属之安顿不是封闭的，而是具有开阔的历史文化情怀和坚强的人生意志，如《离骚》中反复致意焉，曰："长太息以掩

---

① （汉）司马迁：《史记》，中华书局 1959 年版，第 1728 页。
② 同上书，第 1724 页。
③ 同上书，第 1729 页。
④ 同上。
⑤ 张正明：《楚文化史》，上海人民出版社 1987 年版，第 114 页。
⑥ （宋）洪兴祖撰，白化文等点校：《楚辞补注》，中华书局 1983 年版，第 1—2 页。

涕兮，哀民生之多艰……亦余心之所善兮，虽九死其犹未悔！"① 履行忠信，执守清白，亦我中心之所美善也。虽支解九死，终无悔恨。"鸷鸟之不群兮，自前世而固然"，苍鹰猛隼执志刚厉，特立不群，意味着忠正之士，亦执分守节，不随俗人，自前世固然，非独于今。"伏清白以死直兮，固前圣之所厚"，士有伏清白之志，以死忠直之节者，固乃前世圣王之所厚哀也。故武王伐纣，封比干之墓，表商容之闾也。"回朕车以复路兮，及行迷之未远"，乃旋我之车以反故道，及己迷误欲去之路，尚未甚远也。所谓同姓无相去之义，故屈原遵道行义，欲还归之也。屈原以苍鹰猛隼之雄姿翱翔于楚国灰蒙蒙的上空，显示了一种孤独者的强大力量。

屈子思想具有综合性的广阔频谱，融合了当时各家学说之长，萃取其精华而自成博大精深之一家。屈子之行孤，屈子之道不孤，以不孤辅其孤，更彰显其孤独之崇高和强大。比如对道家思想，《远游》篇得其旨要地阐释："道可受兮不可传，其小无内兮，其大无垠。"这就对接上老子《道德经》开篇揭示的"道"的核心理念，即所谓："道可道，非常道；名可名，非常名。无名，天地之始；有名，万物之母。故无常，欲以观其妙；常有，欲以观其徼。此两者，同出而异名，同谓之玄。玄之又玄，众妙之门。"② "道"在这里超越万象，无始无终，自生自化。《远游》篇还有对道家"虚无""无为"等理念给出了得其精髓的阐发："漠虚静以恬愉兮，淡无为而自得……因气变而遂曾举兮，忽神奔而鬼怪。"又云："虚以待之兮，无为之先。"这就契合了老子"无为而无不为"，"为无为，则无不治"的理念精华。对于庄子《逍遥游》的诗性化哲学，屈子辞赋如《离骚》《远游》均撷取其精髓。那种以奇幻的想象超越时空及物我分别，开启了屈子《离骚》中上下求索、叩帝阍、求佚女的灿烂追求。《远游》篇"超无为以至清兮，与泰初而为邻"，"道可受兮不可为而自得"，都猎取道家思想之旨要。道家思想富有文学思维，切合了骚体歌诗的光风霁月的想象形态。这就是清人龚自珍所言："庄骚两灵鬼，盘踞肝肠深。"（龚自珍《自春徂秋，偶有所触，拉杂书之，漫不诠次，得十五首》）至于屈、庄思想之分歧，清人刘熙载《艺概·文概》以"路"设喻，将屈原与庄子作比较，揭示屈原是"有路可走，卒归无路可走"，而

---

① （宋）洪兴祖撰，白化文等点校：《楚辞补注》，中华书局1983年版，第13—14页。
② 陈鼓应：《老子注释及评介》，中华书局2012年版，第53页。

庄子则是"无路可走，卒归有路可走"，并认为"二子之书之全旨，亦可以此概之"，此说具有相当独到的深刻。

屈子孜孜矻矻以求的"美政"思想，融合了儒、墨、法家诸家思想的精华，归趋盛于稷下学宫的黄老之术。儒家远绍尧舜，近法文王周公，为政以德，讲求民为邦本，以"人性善"的命题探寻王道之终极关怀。《离骚》则在此基础上更加强调"纯粹"之价值，即所谓"昔三后之纯粹兮，固众芳之所在。杂申椒与菌桂兮，岂维纫夫蕙茝？"这显然以"纯粹"作为历史精神与人格美之内核，追求纯正无邪，精粹出彩。屈子由此将楚国感性巫风文化和华夏理性史官文化实行了南北文化之交融，建构起"纯粹"而崇高的人格样本。此人格样本是具有无以代替的感召效应的。

这种"纯粹"而崇高的人格样本，凝聚为屈子的"独醒精神"，即《渔父》篇所谓"举世皆浊我独清，众人皆醉我独醒"。独醒乃是一种孤独的卓越。为了打破孤独，屈子特别强调一个"知"字，知性、知情、知音、知遇，人生之乐莫过于斯。然而举目四望，"世混浊而莫吾知兮"，"国无人莫我知兮"，"哀南夷之莫我知兮"，"文质疏内兮，众不知余之异采；材朴委积兮，莫知余之所有"。国君已将之贬黜："荃不察余之中情兮，反信谗而齌怒"；党人已将之谗毁："众女疾余之蛾眉兮，谣诼谓余以善淫"；朋友纷纷变节："何昔日之芳草，今直为此萧艾也"；亲人也大加责难："女嬃之婵媛兮，申其詈予"。这是一个无知音的可怕之世道，使屈子于四处碰壁之余不能不质疑："初既与予成言兮，后悔遁而有他"，"昔君与我成言兮，曰'黄昏以为期'，'羌中道而回畔兮，反既有此他志'"。幸而屈子"独醒精神"拥有坚强丰盛的主体，一是与楚同姓之家族身世认同；二是独立不群之政治襟怀和"明于治乱"之能力；三是狷介"纯粹"不阿世俗之独立人格。他熟知天文历法、礼乐制度、尧舜禹及夏商周三代的治乱兴衰的文献记载和口头传统；关注夏、商、周三代及春秋以来充满悖谬感的冤屈人物的是非邪正；尤其是楚先王"筚路蓝缕"的开拓创业史，已经镌刻为深入骨髓的文化血脉。如《离骚》所云："汤禹俨而祇敬兮，周论道而莫差。举贤而授能兮，循绳墨而不颇。皇天无私阿兮，览民德焉错辅。夫维圣哲以茂行兮，苟得用此下土。瞻前而顾后兮，相观民之计极。夫孰非义而可用兮，孰非善而可服？"[①] 追求正直、光明，鄙视周

[①]（宋）洪兴祖撰，白化文等点校：《楚辞补注》，中华书局1983年版，第23—24页。

容、佞曲，即使备受谣诼毁谤、疏远流放，穷愁茕独，独战多数，也毅然不思改弦易张，而要破除险阻探寻"德政""美政"的崇高方略。鲁迅曾经质疑："假如一间铁屋子，是绝无窗户而万难破毁的，里面有许多熟睡的人们，不久都要闷死了，然而是从昏睡入死灭，并不感到就死的悲哀。现在你大嚷起来，惊起了较为清醒的几个人，使这不幸的少数者来受无可挽救的临终的苦楚，你倒以为对得起他们么？"这种"铁屋子里的呐喊"，是先驱者独醒的抗争，矢志不渝，忠贞不贰，哪怕最终抱石自沉汨罗，"既莫足与为美政兮，吾将从彭咸之所居"，也坚毅而赴，以生命意志的光华点燃那冷酷死寂的人间。历史因一人的独醒而增添了温暖，增添了亮色，人性由此得到张扬。这就是《九章·橘颂》中"深固难徙，廓其无求兮。苏世独立，横而不流兮"的"后皇嘉树"精神。中国诗歌史上第一首咏物诗，把握"橘生淮南则为橘，生于淮北则为枳"的生态特征，沟通物我，人树如一，如清人林云铭在《楚辞灯》中所云："看来两段中句句是颂橘，句句不是颂橘，但见（屈）原与橘分不得是一是二，彼此互映，有镜花水月之妙。"独醒声音于苍凉中蕴含着激越，以激越慰藉着苍凉。如《涉江》所云："吾不能变心而从俗兮，固将愁苦而终穷"，"余将董道而不豫兮，固将重昏而终身"，"苟余心其端直兮，虽僻远之何伤"，处处以一个孤独的"余"字为历史作证；又如《九章·抽思》所云："惟郢路之辽远兮，魂一夕而九逝……何灵魂之信直兮，人之心不与吾心同，"[1] 或如《九章·怀沙》所云："抚情效志兮，冤屈而自抑。刓方以为圜兮，常度未替……世溷浊莫吾知，人心不可谓兮。知死不可让，愿勿爱兮。明告君子，吾将以为类兮。"[2] 这里也处处以一个孤独的"吾"字为历史作证。以"吾""余"作证，体现了屈原对自身抱负之无限自信。那么，独醒者是否还有其他道路可走？《渔父》篇之渔父劝诫屈原说："圣人不凝滞于物，而能与世推移。世人皆浊，何不淈其泥而扬其波。众人皆醉，何不餔其糟而歠其醨？"餔音 bū，本义指申时食。《玉篇》：日加申时食也。歠音 chuò，饮，喝。歠醨，饮薄酒，喻随波逐流，从俗沉浮。舍弃深思高举的姿态，而采取随俗方圆、与世沉浮的态度，"背绳墨以追曲"，这一点为屈子万难接受。独醒的精神状态，使他宁可为苍鹰猛隼，"鸷鸟之不群兮，自前世

---

[1] （宋）洪兴祖撰，白化文等点校：《楚辞补注》，中华书局 1983 年版，第 140 页。
[2] 同上书，第 142—146 页。

而固然","世溷浊而莫余知兮,吾方高驰而不顾"。做人要做遗世独立的深思高举者,做鸟要做翱翔云天的苍鹰猛隼,独醒精神也就成了一种鞳鞳鞳鞳的气节、一种铿铿锵锵的风骨。屈子是知道《易》之所谓"人文化成",但他更注重"声诗教化",以《离骚》《天问》等一系列歌诗叩问天地鬼神,重铸"君子人也"的独立、清醒、良知、理性和人文操守,如孔子所强调的"士志于道",绝不容"以皓皓之白,而蒙世俗之尘埃"。大哉独醒精神,它有如强光划破长空,放飞意志,从而对生命存在作出历史性超越,为人类谱写了美轮美奂的内在精神之历史。

然而应该看到,独醒精神并非只是划破长空的强光,更为本质者是内在人格之撕裂。在揪心裂肺之撕裂中,更能呈现人格之本质。宋洪兴祖《楚辞补注》卷四言及《九章·惜诵》云:"欲横奔而失路兮,坚志而不忍(言己意欲变节易操,横行失道,而从佞伪,心坚于石,而不忍为也……)。背膺牉以交痛兮……心郁结而纡轸(纡,曲也。轸,隐也。言己不忍变心易行,则忧思郁结,胸背分裂,心中交引而隐痛也……)。"① 要坚持独醒精神,就要承受胸背撕裂的惨痛,在惨痛中咀嚼生命的本真滋味。生命是在胸背撕裂的惨痛中,显示其历史深度和崇高力量。屈子这种"背膺牉以交痛"之精神体验,令人联想到中国原始神话中有四大典型,即精卫填海、刑天操干戚以舞、愚公移山、夸父逐日。《山海经·北山经》云:"有鸟焉,其状如乌,文首、白喙、赤足,名曰精卫,其鸣自詨(《类篇》:吴人谓叫呼为詨)。是炎帝之少女名曰女娃,女娃游于东海,溺而不返,故为精卫。常衔西山之木石,以堙于东海。"② 晋郭璞精卫赞曰:"炎帝之女,化为精卫,沉形东海,灵爽西迈,乃衔木石,以填攸害。"《山海经·海外西经》又云:"刑天与帝至此争神,帝断其首,葬之常羊之山。乃以乳为目,以脐为口,操干戚以舞。"③《列子·汤问》则记述愚公移山云:"太行、王屋二山,方七百里,高万仞,本在冀州之南,河阳之北。北山愚公者,年且九十,面山而居。惩山北之塞,出入之迂也。聚室而谋曰:'吾与汝毕力平险,指通豫南,达于汉阴,可乎?'杂然相许。其妻献疑曰:'以君之力,曾不能损魁父之丘,如太行、王屋何?且焉置土石?'杂曰:'投诸渤海之尾,隐土之北。'遂率子孙荷担者三夫,叩石垦壤,

---

① (宋)洪兴祖撰,白化文等点校:《楚辞补注》,中华书局1983年版,第127页。
② 袁珂校注:《山海经校注》,上海古籍出版社1980年版,第92页。
③ 同上书,第214页。

箕畚运于渤海之尾。邻人京城氏之孀妻有遗男，始龀，跳往助之。寒暑易节，始一反焉。河曲智叟笑而止之曰：'甚矣，汝之不惠。以残年余力，曾不能毁山之一毛，其如土石何？'北山愚公长息曰：'汝心之固，固不可彻，曾不若孀妻弱子。虽我之死，有子存焉；子又生孙，孙又生子；子又有子，子又有孙；子子孙孙无穷匮也，而山不加增，何苦而不平？'河曲智叟亡以应。操蛇之神闻之，惧其不已也，告之于帝。帝感其诚，命夸娥氏二子负二山，一厝朔东，一厝雍南。自此，冀之南，汉之阴，无陇断焉。"①《山海经·海外北经》记夸父逐日，更近乎屈子精神之特征，其中曰："夸父与日逐走，入日。渴欲得饮，饮于河渭。河渭不足，北饮大泽。未至，道渴而死。弃其杖，化为邓林。"②屈子独醒精神，颇具夸父逐日之惊天地、泣鬼神的雄奇风采。生命的奇迹，于此发挥得淋漓尽致。

尤可注意者，屈子夸父逐日之风采，出自性情，但不限于性情，而是博取百家之长，而达至独醒的精神境界，一种既有锐气又有厚度的精神境界，厚度使锐气变得分量倍增。黄老之术盛行于战国中晚期齐国稷下学宫，老子之学与黄帝之学交融互济于斯，吸纳了阴阳、刑名、法术，甚至儒家之长。如马王堆帛书《称》所言："凡论必以阴阳（明）大义"。帛书《道法》开篇又云："道生法。法者，引得失以绳，而明曲直者也。故执道者生法而弗敢犯也，法立而弗敢丧也。"帛书《君正》篇又阐发："法度者，正（政）之至也。而以法度治者，不可乱也"；"执道者之观于天下也，必审观事之所始起，审其刑（形）名。"帛书《十大经·立命》借黄帝之口曰："吾畏天爱地亲（民）……吾苟能亲亲而兴贤，吾不遗亦至矣。"这里对儒家的精华也有所萃取，在萃取中加以转化。战国中晚期齐国稷下学官之稷下先生如慎到、田骈、接子、环渊"皆学黄老道德之术"，外溢至楚国而黄老之学蔚然大观，浸染着屈子思想尤深。《远游》既已谈论"道可受兮不可传"③，"其小无内兮，其大无垠"④；《九章·怀沙》却又力主"明法度之嫌疑"⑤，"举贤而授能兮"，"循绳墨而不颇"⑥，

---

① 杨伯峻：《列子集释》，中华书局1979年版，第159—161页。
② 袁珂校注：《山海经校注》，上海古籍出版社1980年版，第238页。
③ （宋）洪兴祖撰，白化文等点校：《楚辞补注》，中华书局1983年版，第167页。
④ 同上。
⑤ 同上书，第149页。
⑥ 同上书，第23页。

推许"重仁袭义","国富强而法之"。屈原追求之政治作为,既有开阔的精神空间,又有切实的现实践履。

考诸历史文献之记载,楚国是接纳中原思想精华之渊薮,海纳百川,交融创新,而在屈子手中显得生气勃勃,独具风神。一个具有思想史意义的重大事件是周公奔楚,如《史记·鲁周公世家》所云:"及成王用事,人或谮周公,周公奔楚。"① 《蒙恬列传》又云:"及(成)王能治国,有贼臣言:'周公旦欲为乱久矣,王若不备,必有大事。'王乃大怒,周公旦走而奔于楚。"② 《论衡·感类篇》也证实此事,曰:"武王崩,周公居摄,管、蔡流言,王意狐周公,周公奔楚。"

对于周公奔楚之真实性,《左传·鲁昭公七年》作了很好的证明,曰:"(鲁昭)公将往,梦襄公祖。梓慎曰:'君不果行。襄公之适楚也,梦周公祖而行。今襄公实祖,君其不行。'子服惠伯曰:'行。先君未尝适楚,故周公祖以道之。襄公适楚矣,而祖以道君,不行,何之?'三月,公如楚。"③ 古代出行时祭道神曰"祖"。徐中舒《西周史论述》云:"周公入楚是春秋时代星象家相传的故事,当属信史。"④ 杨宽《西周时代的楚国》也云:"周公一度入楚,当为事实。"⑤ 周公乃周王朝政治思想文化体制之奠基者,王国维《殷周制度论》谓"殷、周间之大变革","旧制度废而新制度兴,旧文化废而新文化兴",其关键在于"立子立嫡"之制,"夫舍弟而传子者,所以息争也",由此而确立宗法体制和封建诸侯之政治体制。虽然楚乃蛮夷之邦,未能遵从周制,但不可否认其对楚国政治体制之冲击是潜在的,而周公带来之礼乐文明又给楚人以深刻之感召与启迪,这在楚国启动了一股蓬蓬勃勃之诗乐潮流。

另一个典籍文化南传的重大事件,是王子朝奔楚。《左传·鲁昭公二十六年》云:"召伯盈逐王子朝,王子朝及召氏之族、毛伯得、尹氏固、南宫嚚奉周之典籍以奔楚。"⑥ 王子朝是周景王之庶长子,与周敬王争夺

---

① (汉)司马迁:《史记》,中华书局1959年版,第1520页。
② 同上书,第2569页。
③ (周)左丘明传,(晋)杜预注,(唐)孔颖达疏:《春秋左传正义》,北京大学出版社1999年版,第1239—1240页。
④ 徐中舒:《西周史论述》,《四川大学学报》1979年第3期。
⑤ 杨宽:《西周时代的楚国》,《江汉论坛》1981年第5期。
⑥ (周)左丘明传,(晋)杜预注,(唐)孔颖达疏:《春秋左传正义》,北京大学出版社1999年版,第1472页。

王位失败后，携带"周之典籍"奔逃到楚国，这是周文化与楚文化的一次大交会，对于提升楚文明之典籍文化含量和高度，实为举足轻重。加之中原诸子入楚，诸如孔子之教导叶公；墨子入郢，制止楚王攻宋；荀子为楚兰陵令，著书立说，教导韩非、李斯、陈嚣、浮丘伯等门徒。楚国敞开其博大兼容的胸襟，呼吸着诸子学术之新鲜空气，使楚国文化在保持自身原始特色之同时，增添了许多南北文化交融的特征。有多元文化之交融，始有文化创新之高境界可言。

在南北文化交融中，尤为值得注意者，是出现了一个教育贵族子弟的"申叔时传统"。这个传统为历代学人交口称誉，但前贤均未能深入其内在脉络，剖析其综合多元成分之底蕴。《国语·楚语上》云："（楚）庄王使士亹傅太子箴……问于申叔时，叔时曰：'教之《春秋》，而为之耸善而抑恶焉，以戒劝其心。教之《世》，而为之昭明德而废幽昏焉，以休惧其动。教之《诗》，而为之导广显德，以耀明其志。教之《礼》，使知上下之则。教之《乐》，以疏其秽而镇其浮。教之《令》，使访物官。教之《语》，使明其德，而知先王之务用明德于民也。教之《故志》，使知废兴者而戒惧焉。教之《训典》，使知族类，行比义焉。'"① "申叔时传统"的特点是整合了前儒学的《诗》《礼》《乐》《春秋》（请注意，孔子整理六经是略晚之举），及楚人尤为重视的《令》《语》《故志》《训典》，在开放的前儒学基础上形成高明之楚学。楚庄王（前613—前591年在位）距离屈原250年以上，其时已经出现的教育太子和贵族子弟的"申叔时传统"，这对于与楚同姓之屈原的精神结构之影响，是不言而喻的。

人们往往喜欢把一些楚国问题与儒学简单挂钩，而疏于辨析儒学有儒学之逻辑，楚国有楚国之思想形态。唯有揭示楚学之特质，才可能触及事物之精蕴。比如《左传·鲁昭公十二年》记载楚灵王左史倚相趋过。王曰："是良史也，子善视之。是能读《三坟》《五典》《八索》《九丘》。"② 这里透露的消息是楚国士人关注原始文化，从原始文化中寻找思想发生之源。《左传》借此发挥，曰："昔穆王欲肆其心，周行天下，将皆必有车辙马迹焉。祭公谋父作《祈招》之诗，以止王心……其诗曰：祈招之愔愔，式昭德音。思我王度，式如玉，式如金。形民之力，而无醉

---

① 《国语》，上海古籍出版社1978年版，第527—528页。
② （周）左丘明传，（晋）杜预注，（唐）孔颖达疏：《春秋左传正义》，北京大学出版社1999年版，第1306页。

饱之心。"① 值得注意者，楚国士人是依据前儒家的文献，探寻思想源头和治国安邦之道。鲁昭公十二年（前530），孔子二十二岁，尚未整理六经。可知楚国士人不是从儒家经传，而是试图从原始文化中窥探思想发源。

左史倚相之外，又有观射父论巫觋文化，如《国语·楚语下》云："（楚）昭王问于观射父，曰：'《周书》所谓重、黎实使天地不通者，何也？若无然，民将能登天乎？'对曰：'非此之谓也。古者民神不杂。民之精爽不携贰者，而又能齐肃衷正，其智能上下比义，其圣能光远宣朗，其明能光照之，其聪能月彻之，如是则明神降之，在男曰觋，在女曰巫……民是以能有忠信，神是以能有明德，民神异业，敬而不渎，故神降之嘉生，民以物享，祸灾不至，求用不匮。及少皞之衰也，九黎乱德，民神杂糅，不可方物。夫人作享，家为巫史，无有要质……颛顼受之，乃命南正重司天以属神，命火正黎司地以属民，使复旧常，无相侵渎，是谓绝地天通。其后，三苗复九黎之德，尧复育重、黎之后，不忘旧者，使复典之。以至于夏、商，故重、黎氏世叙天地，而别其分主者也。其在周，程伯休父其后也，当宣王时，失其官守，而为司马氏。宠神其祖，以取威于民，曰：重实上天，黎实下地。遭世之乱，而莫之能御也。不然，夫天地成而不变，何比之有？'"② 观射父与左史倚相都是被视为楚国国宝的，《国语·楚语下》记载，楚大夫王孙圉出使晋国时，赵简子问楚国的"白珩"为宝几何，他回答："未尝为宝。楚之所宝者，曰观射父，能作训辞，以行事于诸侯，使无以寡君为口实。又有左史倚相，能道训典，以叙百物，以朝夕献善败于寡君，使寡君无忘先王之业。又能上下说于鬼神，顺道其欲恶，使神无有怨痛于楚国。"③ 观射父对楚昭王之言，说明楚人重视巫觋文化及其变迁，觉得愈原始的巫觋文化愈是纯粹和正宗。这种正宗论是重感性而非理性的，以感性叩击巫觋文化的黑色大门。楚昭王在位时间是公元前515年—前489年，正当孔子适周问礼于老聃，以及周游列国之岁。"申叔时传统"对于一百余年后的屈原，应是记忆犹新，可以视为其文化DNA。

---

① （周）左丘明传，（晋）杜预注，（唐）孔颖达疏：《春秋左传正义》，北京大学出版社1999年版，第1307—1308页。
② 《国语》，上海古籍出版社1978年版，第559—564页。
③ 同上书，第580页。

极有趣味者，楚国文化奇迹般整合了最原始的巫风思维，以及最先进的中原典籍文化思维，二者并行不悖，相得益彰，显示了楚国文化极大的兼容性。楚国王公卿士议事往往征《书》引《诗》，史乘多有记述。其中给人印象最深刻者，是公元前597年晋、楚邲之战，楚师大捷，有人建议修建纪念胜利、炫耀武功的"京观"，楚庄王严辞反对。据《左传·鲁宣公十二年》记载，楚庄王云：夫武有"七德"，禁暴、戢兵、保大、定功、安民、和众、丰财。夫文，止戈为武。武王克商，作《颂》曰："载戢干戈，载櫜（gāo，收藏弓矢之袋子）弓矢。我求懿德，肆于时夏，允王保之。"① 又作《武》，其卒章曰"耆定尔功"，赞美周武王能诛灭暴乱而息兵。楚庄王征引《诗经·周颂》中的《时迈》《武》《赉》《桓》四诗，展示了他非常高明的前儒家思想（其时孔子尚未出生）。从楚庄王倡言"武之七德"到楚昭王叩问巫觋文化之原始，可知楚国思想兼容并包，囊括人类思维之两端而成为一种独特的存在。这种思维方式也深刻地植入屈子精神深处，并获得光辉的展示。故而梁启超在《屈原的思想流派》中认为，屈子人格修养"近于北派"，有儒家入世进取的精神；在信仰上则"纯乎为南风"，在实现政治理想的过程中又选择了法家思想。

在此囊括人类思维之两端的思想框架中，屈子融会了春秋战国百家之学，从天命中探究天道。由西周重"天命"到战国重"天道"，这是诸子百家争鸣之具有本质意义的思想成果。《老子》中"天"字90见，"道"字60见，"天""道"连用者凡七。第四章揭示"道"乃天地万物之宗："道冲，而用之或不盈。渊兮！似万物之宗。湛兮，似或存。"第十四章谓："视之不见，名曰夷；听之不闻，名曰希；搏之不得，名曰微。此三者不可致诘，故混而为一。其上不皦，在下不昧。绳绳不可名，复归于无物。是谓无状之状，无物之象，是谓惚恍。迎之不见其首，随之不见其后。"河上公注曰："无色曰夷，无声曰希，无形曰微。"第二十一章又谓："孔德之容，惟道是从。道之为物，惟恍惟惚。惚兮恍兮，其中有象；恍兮惚兮，其中有物。窈兮冥兮，其中有精；其精甚真，其中有信。自古及今，其名不去，以阅众甫。吾何以知众甫之状哉？以此。""象""物""精""信"四字，把天地之生育与人类之生育相贯通，融合了天道人道

---

① （周）左丘明传，（晋）杜预注，（唐）孔颖达疏：《春秋左传正义》，北京大学出版社1999年版，第652页。

而趋于第四十二章的"道生一,一生二,二生三,三生万物。万物负阴而抱阳,冲气以为和"。王弼注云:"万物万形,其归一也。"归一就是归于"道",如《淮南子·天文训》所言:"道始于一,一而不生,故分而为阴阳,阴阳合和而万物生。"屈子《天问》开篇即诘问宇宙起源:"遂古之初,谁传道之?上下未形,何由考之?冥昭瞢暗,谁能极之?冯翼惟象,何以识之?明明暗暗,惟时何为?阴阳三合,何本何化?"① 天地万物形成于混沌之气,其中"阴阳三合"一语,柳宗元在《天对》中引《穀梁传》曰:"独阴不生,独阳不生,独天不生,三合然后生。"其实,所谓"阴阳三合"一语,自然可以作"参合"解,但又何尝不可以作"一分为三"解?一分为二,再分为三,以三驾驭精气与阴阳,催生天地万象之蓬蓬勃勃。这就是《九歌·大司命》所云:"高飞兮安翔,乘清气兮御阴阳。"这又可以与稷下先生邹衍的阴阳学说有所契合,展开了恢宏的宇宙视境。谓予不然,可以检阅屈原辞赋,其中出现了"昆仑""流沙""赤水""不周""悬圃""三危""西海""崦嵫""西极""何所冬暖,何所夏寒"一类远超出楚地与中原幅员的神话地理名词。这与邹衍超越中华本土"九州"观念,宣扬中土"九州"之外,尚有大至九倍之想象世界"大九州",是相互呼应与契合的。对"天道"之深入体认,使屈子思想博大恢宏,舒展自如。

就内在本质而言,宇宙视境之所以恢宏,既有横向上囊括"大九州",又有纵向上沟通三皇五帝、历代圣王,展示了无际无涯之时空维度。《史记·屈原贾生列传》谓:"屈平之作《离骚》,盖自怨生也……上称帝喾,下道齐桓,中述汤武,以刺世事。"班固《离骚赞序》也云:"屈原痛君不明,信用群小,国将危亡,忠诚之情怀不能已,故作《离骚》。上陈尧、舜、禹、汤、文王之法,下言羿、浇、桀、纣之失,以风。"② 宋人沿袭了汉人这些见解,如朱熹进一步引申曰:"王疏屈原。屈原被谗,忧心烦乱,不知所愬,乃作《离骚》,上述唐、虞、三后之制,下序桀、纣、羿、浇之败,冀君觉悟,反于正道,而还己也。"③ 清人又延伸了汉、宋儒者之见解,蒋骥《山带阁注楚辞序》云:"夫屈子,王佐才也。当战国时,天下争挟刑名兵战纵横吊诡之说以相夸尚。而屈子所以先后其君者,必曰

---

① (宋)洪兴祖撰,白化文等点校:《楚辞补注》,中华书局1983年版,第85—86页。
② 同上书,第51页。
③ (宋)朱熹:《楚辞集注》,上海古籍出版社1979年版,第1页。

五帝三王。其治楚，奉先功，明法度，意量固有过人者。"① 屈子思想与儒家法尧舜及夏商周三代圣王；墨家法尧舜禹汤文武，尤崇大禹，"非禹之道也，不足为墨"；道家法宓羲、黄帝；农家法神农；阴阳家法黄帝，相互契合而另有独得之处。屈子立了一个崇高的标准来要求现实之国君，其间存在着何止十万八千里的标准与现实的落差，也就难免涌动着忠君、尊君、思君、冀君、惜君、罪君、伤君、痛君、哀君等极其无奈而复杂微妙的心理情感。屈子所立之崇高标准，俯瞰着人世的纷纷扰扰、蝇营狗苟，展示了令人感慨不已的人间悲喜剧。据统计，《孟子》述尧有24章，舜40章，禹11章，汤17章，文王23章，武王13章，周公8章。② 更精细的统计是《孟子》一书尧42见，舜80见，禹21见，汤26见，文王33见，武王14见，周公14见。③ 这种"致君尧舜上"的情结，成了屈子知其不可而为之的崇高目标。屈子因此为国君规划了敬德爱民、举贤授能、修明法度的"美政"蓝图，真可谓"为伊消得人憔悴"。《离骚》曰："昔三后（指禹、汤、文王）之纯粹兮，固众芳之所在……初既与余成言兮，后悔遁而有他。余既不难夫离别兮，伤灵修之数化"④，违背承诺的无常操的变卦竟然致于数次，实在令屈原唏嘘不已、痛心不已。甲骨文的"化"字是一个"人"字和一个颠倒的"人"字两相组合，一个人翻了一个跟斗，一正一反，以示变化。屈子痛惜楚君是如此一再翻跟斗的角色，跟斗翻多了是会折断脊梁骨的。

值得注意者，屈原在上古人物表上，将彭咸推举为"法夫前修"的最高典范，而致意再三焉。《离骚》曰："虽不周于今之人兮，愿依彭咸之遗则"，"莫足与为美政兮，吾将从彭咸之所居"。彭咸是谁？王逸《章句》曰："彭咸，殷贤大夫，谏其君不听，自投水而死。言己所行忠信，虽不合于今之世，愿依古之贤者彭咸余法，以自率厉也。"洪兴祖补注沿袭王逸之说："颜师古云：彭咸，殷之介士，不得其志，投江而死。"其实，这都是以屈原抱石沉江之行为，反推彭咸之可能性意义，因而对其原始意义有所遮蔽。朱熹《楚辞集注》就质疑王逸与洪兴祖对"彭咸"的解释："彭咸，洪引颜师古，以为'殷之介士，不得其志，而投江以死'与王

---

① （清）蒋骥：《山带阁注楚辞序》，上海古籍出版社1984年版，第3页。
② 董洪利：《孟子研究》，江苏古籍出版社1997年版，第71页。
③ 游唤民：《〈尚书〉法先王思想及其对后世的影响》，《船山学刊》2001年第4期。
④ （宋）洪兴祖撰，白化文等点校：《楚辞补注》，中华书局1983年版，第7—10页。

逸异。然二说不知其所据也。"① 返回原始经典就可以发现，《山海经·海外西经》云："巫咸国在女丑北，右手操青蛇，左手操赤蛇，在登葆山，群巫所从上下。"②《大荒西经》又云："大荒之中有山，名曰丰沮玉门，日月所入，有灵山，巫咸，巫即、巫盼、巫彭、巫姑、巫真、巫礼、巫抵、巫谢、巫罗十巫，从此升降，百药爰在。"③ 屈子创造了一个兼容巫咸、巫彭，甚至兼容十巫的彭咸，他既是巫咸、巫彭，又非巫咸、巫彭，而是彭咸合体，宣示着与天地通之原始信仰。有如《九章·抽思》所言："望三五以为像兮，指彭咸以为仪。"④ 对此，倒是王夫之看得透彻，曰："巫咸，神巫之通称。楚俗尚鬼，神附于巫而传语焉。"⑤ 顾颉刚《中国上古史研究讲义》亦云："彭咸为《山海经》中巫咸与巫彭之合作。古时巫医不分，巫咸、巫彭为神医，操不死药以起楚国沉疴，是完全合理的想象。"⑥ 极有意味者，把巫咸与巫彭合为一体的人物构成法，是屈原之一大发明，他擅长于这种构成法。考古材料也为此提供新视境，董作宾依据殷墟甲骨卜辞多见"贞人彭"又倡新说，谓第三期廪辛、康丁时的贞人"彭"出现56次，"贞人彭"可能是职官名称，如羲和最终成为尧时官名。说到彭姓，人们往往想到彭祖，如《国语·郑语》云："彭姓彭祖、豕韦、诸稽，则商灭之矣。"⑦ 彭氏一族为商所灭，成为商之部属，乃东方夷人之一支。不仅此也，而且这个"彭"字又有声有色地与图腾崇拜发生瓜葛。《说文解字》卷五"壴部"："彭，鼓声也。从壴彡声。"祝融后代彭姓有豕韦族，以猪为图腾，以猪皮鼓为图腾圣器，而"猪与水有密切联系，被奉为水神"。《史记·殷本纪》记载帝太戊时，立伊陟为相，"伊陟赞言于巫咸。巫咸治王家有成，作《咸艾》，作《太戊》"。《集解》引孔安国注曰："巫咸，臣名也。"颜师古认为《汉书·古今人表》中的巫咸是"大戊之臣"。对于巫咸之职官身份，《吕氏春秋·审分览·勿躬》作了更详细的勾勒，曰："大桡作甲子，黔如作虏首，容成作历，羲和作占日，尚仪作占月，后益作占岁，胡曹作衣，夷羿作弓，祝融作市，仪狄

---

① （宋）朱熹：《楚辞集注》，上海古籍出版社2001年版，第172页。
② 袁珂校注：《山海经校注》，上海古籍出版社1980年版，第219页。
③ 同上书，第396页。
④ （宋）洪兴祖撰，白化文等点校：《楚辞补注》，中华书局1983年版，第138页。
⑤ 王夫之：《楚辞通释》，上海古籍出版社1975年版，第18页。
⑥ 顾颉刚：《中国上古史研究讲义》，中华书局1999年版，第22页。
⑦ 《国语》，上海古籍出版社1978年版，第511页。

作酒，高元作室，虞姁作舟，伯益作井，赤冀作臼，乘雅作驾，寒哀作御，王冰作服牛，史皇作图，巫彭作医，巫咸作筮。此二十官者，圣人之所以治天下也。"①《史记·天官书》在《吕览》之横向排比外，又作了纵向之梳理，曰："昔之传天数者：高辛之前，重、黎。于唐、虞，羲、和。有夏，昆吾。殷商，巫咸。周室，史佚、苌弘。于宋，子韦。郑则裨灶。在齐，甘公。楚，唐眛。赵，尹皋。魏，石申。"② 巫咸为掌管天文历法之神巫，身兼巫、医、贤臣、天文历法学家，故其文化内涵远大于"殷贤大夫，谏其君不听，自投水而死"一类说法，而与"传天数"之古天文学占星职官，及原始巫风文化存在着深刻的渊源。

　　似乎有点匪夷所思，这种原始巫风文化竟然蕴含着推动"汤武革命"的强大力量。此即《易经·革卦》所云："天地革而四时成，汤武革命，顺乎天而应乎人，革之时大矣哉。"而在周武王灭纣之革命中，巴人发挥了极其独特的作用。《世本》说："夔作乐。"夔古属巴地。晋常璩《华阳国志》卷一《巴志》云："周武王伐纣，实得巴蜀之师，著乎《尚书》。巴师勇锐，歌舞以凌，殷人倒戈。故世称之曰：'武王伐纣，前歌后舞也'……阆中有渝水，其民多居水左右，天性劲勇。初为汉前锋，数陷阵，锐气喜舞。帝善之，曰：'此武王伐纣之歌也。'乃命乐人习学之，所谓巴渝舞也。"③ 巴人呼赋为賨，谓之賨人焉，代号为板楯蛮夷。阆中有渝水，其人多居水左右。天性劲勇，为周武王灭纣之师的前锋，数陷阵。《巴渝舞》有《矛渝》《弩渝》《安台》《行辞》歌曲四篇，其辞既古，莫能晓其句读。西周王朝据此编为"大武舞"进入宫中演奏，执干戚，象天下乐己除乱。巴人由此创造了原始巫风与先进行为相结合的奇观。

　　屈原辞赋对于夏后氏情有独钟，或者说屈原在夏后氏之遗风上建构了历史哲学的文化认知系统。屈原是崇尚尧舜的，却以大量笔墨对被圣君尧、舜认定为四凶之一而施以殛刑的鲧，大鸣不平，出现了屈原辞赋中相互碰撞的音符。如《离骚》曰："彼尧舜之耿介兮，既尊道而得路"④；"依前圣以节中兮，喟凭心而历兹。济沅湘以南征兮，就重华而陈词"⑤；

---

① 许维遹：《吕氏春秋集释》，中华书局2009年版，第449—451页。
② （汉）司马迁：《史记》，中华书局1959年版，第1343页。
③ （晋）常璩：《华阳国志》，上海古籍出版社1987年版，第4—14页。
④ （宋）洪兴祖撰，白化文等点校：《楚辞补注》，中华书局1983年版，第8页。
⑤ 同上书，第20页。

"汤禹俨而祗敬兮，周论道而莫差"①。《九章·哀郢》又曰："尧舜之抗行兮，瞭杳杳而薄天。众谗人之嫉妒兮，被以不慈之伪名。"②《九辩》又再曰："尧舜之抗行兮，瞭冥冥而薄天。何险巇之嫉妒兮，被以不慈之伪名？彼日月之照明兮，尚黯黯而有瑕。何况一国之事兮，亦多端而胶加"③，"尧舜皆有所举任兮，故高枕而自适"④。《九章·怀沙》再又曰："重华不可遻兮，孰知余之从容。"⑤ 此类崇尚尧舜的言辞，与儒、墨诸家并无二致，是当时的主流意见，屈原自是从之不颇。然而更值得注意者，是《离骚》却曰："女嬃之婵媛兮，申申其詈予。曰：鲧婞直以亡身兮，终然殀乎羽之野；汝何博謇而好修兮，纷独有此姱节。"⑥《九章·惜诵》又曰："晋申生之孝子兮，父信谗而不好。行婞直而不豫兮，鲧功用而不就。吾闻作忠以造怨兮，忽谓之过言。九折臂而成医兮，吾至今而知其信然。"⑦ 何以说鲧倔强刚直？《吕氏春秋·恃君览·行论》云："尧以天下让舜。鲧为诸侯，怒于尧曰：'得天之道者为帝，得地之道者为三公。今我得地之道，而不以我为三公。'以尧为失论，欲得三公。怒甚猛兽，欲以为乱。比兽之角，能以为城。举其尾，能以为旌。召之不来，仿佯于野以患帝。舜于是殛之于羽山，副之以吴刀。"⑧ 鲧是以治理洪水而得"地之道"的功业，向尧帝讨要公道，却招致殛之于羽山的极刑。《韩非子·外储说右上》："尧欲以天下于舜，鲧谏曰：'不祥哉，孰以天下而传之于匹夫乎？'尧不听，举兵而诛杀鲧于羽山之郊。"这则记载与《吕览》相呼应，展示鲧要改写尧舜禅位之秩序，以"匹夫"斥舜，可见其婞直之至。应该看到，《史记·夏本纪》"索隐"曰："鲧为颛顼子。"这就契合了《离骚》开篇之"帝高阳之苗裔兮"，乃屈原追踪自身的夏后氏宗脉。为此《天问》更是对圣君尧舜发出质疑之声，曰："不任汨鸿，师何以尚之？佥曰何忧，何不课而行之？鸱龟曳衔，鲧何听焉？顺欲成功，帝何刑焉？永遏在羽山，夫何三年不施？伯禹腹鲧，夫何以变化？纂就前绪，遂成考功。

---

① （宋）洪兴祖撰，白化文等点校：《楚辞补注》，中华书局1983年版，第23页。
② 同上书，第136页。
③ 同上书，第193—194页。
④ 同上书，第194—195页。
⑤ 同上书，第144页。
⑥ 同上书，第18—19页。
⑦ 同上书，第125—126页。
⑧ 许维遹：《吕氏春秋集释》，中华书局2009年版，第568—569页。

何续初继业，而厥谋不同？洪泉极深，何以填之？地方九则，何以坟之？应龙何画？河海何历？鲧何所营？禹何所成？……阻穷西征，岩何越焉？化为黄熊，巫何活焉？咸播秬黍，莆雚是营，何由并投，而鲧疾修盈？"①王逸《章句》于此发出质疑：鲧才不任治洪水，众人何以举之乎？众人既然推举鲧治水，尧知其不能，何不先试之也？鲧能够顺众人之欲，而成其功，尧当何为刑戮之乎？尧长放鲧于羽山，绝在不毛之地，三年不舍其罪也。鲧的腹中孕育而生禹，何以能变化而有圣德也？禹能纂代鲧之遗业，而成考父之功也。九州之地，凡有九品，禹何以能分别之乎？②"九州"之最早见于记载，为考古发现的春秋晚期齐灵公时《叔尸钟》铭文，曰："又□九州，处土禹（禹）之堵，不（丕）显□。"可见《禹贡》"九州"，具有历史文献与出土文献之双重证据。禹治洪水时，应龙以尾画地，导水所注当决者，因而治之也。尧放鲧于羽山，鲧死后化为黄熊，入于羽渊，岂巫医所能使之复生也？禹平治水土，万民皆得耕种黑黍于鄏之地，尽为良田也。尧不恶鲧而戮杀之，则禹不得嗣兴，民何得投种五谷乎？汲冢《竹书记年》有"舜囚尧"之说，对尧舜禅让自是严峻的挑战。而"囚尧"之舜以"治水无功""擅盗息壤""反对禅舜"三大罪将鲧处以四凶中最残酷的殛刑，即《山海经·海内经》所言："洪水滔天，鲧窃帝之息壤以堙洪水，不待帝命。帝命祝融杀之于羽郊。"③然而对历史的解释，因解释者的谱系而各自不同，按照夏后氏的传统，鲧却赫然列入祭天大典的序列，如《礼记·祭法》所言："有虞氏禘黄帝而郊喾，祖颛顼而宗尧。夏后氏禘黄帝而郊鲧，祖颛顼而宗禹。"④《国语·晋语上》亦曰："有虞氏禘黄帝而祖颛顼，郊尧而宗舜。夏后氏禘黄帝而祖颛顼，郊鲧而宗禹。"⑤屈原尊鲧，追随的是夏后氏之宗脉。《天问》在问天地于浑沌中生成之后，便率先叩问鲧事，用了全部《天问》十分之一篇幅，可见屈原对夏后氏传统之关键点的拳拳之心。

与夏后氏传统息息相关者，还有《九歌》来源。《山海经·大荒西经》曰："西南海之外，赤水之南，流沙之西，有人珥两青蛇，乘两龙，

---

① （宋）洪兴祖撰，白化文等点校：《楚辞补注》，中华书局1983年版，第89—101页。
② 同上书，第89—91页。
③ 袁珂校注：《山海经校注》，上海古籍出版社1980年版，第472页。
④ （汉）郑玄注，（唐）孔颖达疏：《礼记正义》，北京大学出版社1999年版，第1292页。
⑤ 《国语》，上海古籍出版社1978年版，第166页。

名曰夏后开（启）。开上三嫔于天，得《九辩》与《九歌》以下。此天穆之野，高二千仞，开焉得始歌《九招》。"① 夏后启沟通天人，把原始天乐变为人间祭神乐神之乐，为夏后氏传统增添了一个华美而神秘的乐章。夏后启之原始《九歌》是一个神圣的起点，但它流传民间几近二千年，自然也会出现许多变异。王逸《章句》对此作出解释，曰："《九歌》者，屈原之所作也。昔楚国南郢之邑，沅湘之间，其俗信鬼而好祠。其祠，必作歌乐鼓舞，以乐诸神，屈原放逐，窜伏其域，怀忧苦毒，愁思沸郁，出见俗人祭祀之礼，歌舞之乐，其词鄙陋。因为作《九歌》之曲。上陈事神之敬，下见己之冤结，讬之以风谏。"② 屈原《九歌》出现了"扬枹""拊鼓""缅瑟""萧钟""鸣篪""吹竽"一类"五音纷兮繁会"的场面，赋予一系列自然神以人性情感，尤其是怅惘若失的爱情，微妙细腻，宣发着人神同乐共悲的浓浓的生活气息。《九歌·河伯》写河伯与爱侣相邀出游，曰："与女游兮九河，冲风起兮横波。乘水车兮荷盖，驾两龙兮骖螭。登昆仑兮四望，心飞扬兮浩荡。"③《九歌·少司命》又展示了爱情的另一种风光，曰："满堂兮美人，忽独与余兮目成。"④ 堂上美人如云，少司命唯独对其中一人情有独钟，暗递秋波，自有丘比特之神矢穿透心灵。不过好事多磨，多磨才能磨出亦甘亦苦的滋味，因而感慨"入不言兮出不辞，乘回风兮载云旗。悲莫悲兮生别离，乐莫乐兮新相知"⑤。《湘君》《湘夫人》则联璧而成人神恋的另一种样式，《湘夫人》云："帝子降兮北渚，目眇眇兮愁予。袅袅兮秋风，洞庭波兮木叶下。"⑥ 钱锺书认为，此句"开后世写景法门，先秦绝无仅有"。《湘君》又云："扬灵兮未极，女婵媛兮为余太息。横流涕兮潺湲，隐思君兮陫侧。"⑦ 以己之心度彼之情，己思人，却谓人思己，颠倒错综，缠绵悱恻，把一派揪心揪肺的思慕撒满了八百里洞庭。

人神恋更值得注意的样式，是《山鬼》。这位女山神原是神话传说中怪异丑陋的人面猴身的"山魈"，而在《九歌·山鬼》幽深浓密的丛林

---

① 袁珂校注：《山海经校注》，上海古籍出版社 1980 年版，第 414 页。
② （宋）洪兴祖撰，白化文等点校：《楚辞补注》，中华书局 1983 年版，第 55 页。
③ 同上书，第 76—77 页。
④ 同上书，第 72 页。
⑤ 同上。
⑥ 同上书，第 64—65 页。
⑦ 同上书，第 61—62 页。

中，却成了美丽精灵，明艳倩丽动人，含睇微笑，风情无限，诗云："若有人兮山之阿，被薜荔兮带女萝。既含睇兮又宜笑，子慕予兮善窈窕。"①"若有人"三字传达了山隈间仿仿佛佛的神秘身影，煞是撩拨人心，她自信窈窕身姿使得意中人神魂颠倒，口吻是如此直率泼辣。而且她一经亮相就给人强烈的视觉冲击，骑着皮毛火焰般通红的赤豹、跟着浑身花纹绚丽的文狸："乘赤豹兮从文狸，辛夷车兮结桂旗。被石兰兮带杜衡，折芳馨兮遗所思。"②其装束、坐骑散发着原始巫风之野性美。更何况她殷勤采集一岁三华的芝草，把梦魂萦绕的爱情寄托其间："留灵修兮憺忘归，岁既晏兮孰华予。采三秀兮于山间，石磊磊兮葛蔓蔓。怨公子兮怅忘归，君思我兮不得闲。"③歌诗结尾对这次寻找爱情无着落，发出哀怨："雷填填兮雨冥冥，猿啾啾兮狖夜鸣。风飒飒兮木萧萧，思公子兮徒离忧！"④这就把此番爱情写得惊天地、泣鬼神，迸发出"思公子兮徒离忧"⑤的痛切呼号。对此，朱熹《楚辞辩证》的说法暗示着丰富的潜台词，曰："楚俗祠祭之歌，今不可得而闻矣。然计其间，或以阴巫下阳神，以阳主接阴鬼，则其辞之亵慢淫荒，当有不可道者。"闻一多《神话与诗·高唐神女传说之分析》又云："在民间，则《周礼·媒氏》'仲春之月，令会男女'与夫《桑中》、《溱洧》等诗所昭示的风俗……确乎是十足地代表着那以生殖机能为宗教的原始时代的一种礼俗。"山鬼之恋，成了可以天地做证的爱情诗章之极品。

《九歌》多言草木，涉及香草十余种，有兰、蕙、桂、椒、芷、荷、辛、夷、荪、薜荔、杜衡、蘪芜、芙蓉、杜若、芭、菊。其中兰（11次）、桂（7次）、荷（5次），最是频繁。若从药用功能考察，《九歌》芳草颇多奥秘，如李时珍《本草纲目》便记录兰草能"调月经"，泽兰主治"频产血气衰冷"⑥；芷草疗"妇女漏下赤白"⑦；芳椒治"泄精，女子字乳余疾"⑧，

---

① （宋）洪兴祖撰，白化文等点校：《楚辞补注》，中华书局1983年版，第79页。
② 同上。
③ 同上书，第80—81页。
④ 同上书，第81页。
⑤ 同上。
⑥ （明）李时珍：《本草纲目》，人民卫生出版社2002年版，第816页。
⑦ 同上书，第817页。
⑧ 同上书，第760页。

"产后宿血，壮阳，疗阴汗"①，均与爱情、生育关系紧密，冥冥中给一部《九歌》的人神恋增加了许多"剪不断、理还乱"的"别是一般滋味"的暗示性。芳草又与爱情祈祷关系密切，据云"沅湘间的少数民族男女，当遇到情人疏远时，使用香草神木等灵物挽成一个同心结，或放在枕头下面，或朝夕供奉祈祷，希冀情人能回心转意"②。草木无言，却为《九歌》中的人神恋注入了令人遐想连绵的潜台词，其无言之言可谓大矣。③

楚、巴本是歌舞乡，欸乃一声断人肠。《九歌》音乐与巴人巫歌之楚化关系甚深。《宋玉对楚王问》曰："客有歌于郢中者，其始曰《下里》、《巴人》，国中属而和者数千人；其为《阳阿》、《薤露》，国中属而和者数百人；其为《阳春》、《白雪》，国中属而和者不过数十人；引商刻羽，杂以流徵，国中属而和者不过数人而已。是其曲弥高，其和弥寡。"行文将《下里》《巴人》与挽歌《阳阿》《薤露》并列，极有意味，意味着死亡可以最大限度地激发生者发现存在之意义。东晋干宝《搜神记》卷一六云："挽歌者，丧家之乐；执绋（牵引灵车绳索）者，相和之声也。挽歌辞有《薤露》、《蒿里》二章，汉田横门人作。横自杀，门人伤之，悲歌。言人如薤上露，易晞灭，亦谓人死精魂归于蒿里，故有二章。"④挽歌《薤露》《蒿里》二章早在宋玉之时已有，流播至齐，因齐王田横在楚汉之争中，纵横驰骋，怒而烹汉使郦食其，在应刘邦之邀赴洛阳途中自刎，其徒属五百余人皆自刎以从，成为楚汉之际继项羽之后的又一个伟丈夫，遂使挽歌也因之哀动天地，生色不少。《下里》《巴人》连同挽歌《薤露》《蒿里》，乃是巴楚之音，这种新音色自然也渗入屈原《九歌》，使之增加俗趣和哀声。巴楚融合，巴音楚化已是当时潮流。20 世纪 80 年代，秭归天灯堡两座战国古墓出土之文物，既有巴式剑和巴式钟，也有楚式剑和楚式陶器鼎和壶。《山海经·海内经》云："西南有巴国，大皞生咸鸟，咸鸟生乘厘，乘厘生后照，后照是始为巴人。"⑤宋郑樵《通志略·都邑略》谓廪君是巴族之开国王者，曰："廪君，都夷城，其后世散处巴郡、南郡，

---

① （明）李时珍：《本草纲目》，人民卫生出版社 2002 年版，第 1666 页。
② 林河：《九歌与沅湘民俗》，生活·读书·新知三联书店 1992 年版，第 178 页。
③ 关于香草材料，可参看高勇《屈原作品中"人神恋爱"主题文化背景探析》，《名作欣赏》2010 年第 9 期。
④ （晋）干宝：《搜神记》，中华书局 2009 年版，第 286 页。
⑤ 袁珂校注：《山海经校注》，上海古籍出版社 1980 年版，第 453 页。

谓之南郡、巴郡蛮。板楯蛮始居巴中，其后世僭侯称王，屯据三峡。"①《世本》对廪君之作为，更是作了充满神话风采之追根溯源，曰："廪君之先，故出巫诞……廪君乃乘土船，从夷水至盐阳。盐水有神女，谓廪君曰：'此地广大，鱼盐所出，愿留共居。'廪君不许。盐神暮辄来取宿，旦即化为飞虫，与诸虫群飞，掩蔽日光，天地晦冥，积十余日。廪君不知东西所向，七日七夜，使人操青缕以遗盐神，曰：'缨此即相宜，云与女俱生，（弗）宜将去。'盐神受而缨之，廪君即立阳石上，应青缕而射之，中盐神，盐神死，天乃大开。廪君于是君乎夷城，四姓皆臣之。"唐人樊绰《蛮书》卷一〇补充曰："廪君死，魂魄化为白虎。"这里揭示了巴人的白虎图腾崇拜，及其浓郁的巫风信仰。从清光绪七年（1881）到民国十年（1921）编纂之《湖北通志》云："巴人好歌。"东汉张衡《南都赋》、晋张华《轻薄篇》云："汉女击节，巴姬鼓琴"；"妍唱出西巴"。以此为丰沛的源头，巴人巫风歌舞音乐浸润及于屈原《九歌》，使屈原创造的《九歌》是那么原始地道，那么具有沟通人神之大美，那么连通着暖融融的地气。

  巴、楚之际有起源甚早而归属屡更，因而成为春秋战国之世关注焦点的夔子国。此夔子国又牵系着与楚国族源紧密相关的"祝融八姓"著名命题。《左传·鲁僖公二十六年》记载："夔子不祀祝融与鬻熊，楚人让之……秋，楚成德臣、斗宜申率师灭夔，以夔子归。"② 夔子国由楚武王立其长子庸为句祖王作为统领，到灭其国族而直接归入楚国版图，所用的理由与楚国族源上的关键人物祝融、鬻熊相关。祝融是楚人远祖，鬻熊是楚人近祖，夔子是楚国别封之君却不祭祀这两位祖先，令楚成王忍无可忍而兴师灭夔。考楚国族源世系，《山海经·大荒西经》即云："颛顼生老童，老童生祝融。"③ 又云："颛顼生老童，老童生重及黎。"④ 对于重及黎，据《国语·楚语下》所言"颛顼受之，乃命南正重司天以属神，命火正黎司地以属民，使复旧常，无相侵渎，是谓绝地天通"⑤；《史记·历书》接着发挥"尧复遂重黎之后，不忘旧者，使复典之，而立羲和之官。

---

① （宋）郑樵撰，王树民点校：《通志》，中华书局1995年版，第577页。
② （周）左丘明传，（晋）杜预注，（唐）孔颖达疏：《春秋左传正义》，北京大学出版社1999年版，第432—433页。
③ 袁珂校注：《山海经校注》，上海古籍出版社1980年版，第395页。
④ 同上书，第402页。
⑤ 《国语》，上海古籍出版社1978年版，第562页。

明时正度，则阴阳调，风雨节，茂气至，民无夭疫"①；《楚世家》又云，高阳生称，称生卷章，卷章生重黎，高辛氏之火正，能光融天下，帝喾命曰"祝融"。湖南长沙子弹库 20 世纪 40 年代出土的战国晚期木椁墓帛书云："炎帝乃命祝融以四神降，莫三天，□思□，莫四极。"② 可见对祝融之血脉认同，是楚人持之以恒的荣耀之举，重黎、羲和、祝融成为一个互通互融的叙事系统，为楚人祖源沟通天地鬼神增光生色。五帝时代的祝融部落居处中原腹地的今河南新郑一带，可谓证据确凿。《左传·鲁昭公十七年》载明："郑，祝融之虚也。"③ 这是祝融部族存在的核心地望。《大戴礼记·帝系》随之交代："老童娶于竭水氏，竭水氏之子谓之高绹，氏产重黎及吴回。吴回氏产陆终。"④ 接下来《世本·帝系篇》进一步展示了祝融派生的六个姓氏，从而将楚族芈姓之由来梳理得一清二楚："吴回氏生陆终。陆终氏娶于鬼方氏之妹，谓之女嬇，生子六人，孕而不育三年，启其左胁，三人出焉；启其右胁，三人出焉。其一曰樊，是为昆吾；昆吾者，卫是也。二曰惠连，是为参胡；参胡者，韩是也。三曰篯铿，是为彭祖；彭祖者，彭城是也。四曰求言，是为会（郐）人；会人者，郑是也。五曰安，是为曹姓；曹姓者，邾是也。六曰季连，是为芈姓；季连者，楚是也。"参合《世本》《大戴礼记·帝系》《史记·楚世家》，似乎"祝融八姓"实为六姓，其实内含秃姓是彭姓之别，斟姓是曹姓之别，祝融吴回之六个孙子依然可以蕴含着"祝融八姓"。吴回之幼孙季连，是楚人直系祖先也是一目了然，不宜东拉西扯出许多拉杂不实的材料乱人耳目，甚至消解"祝融八姓"之经典判断。《离骚》首句"帝高阳之苗裔兮"，是指认楚人祖源属于黄帝、颛顼系统，属于华夏之种。但在其开拓迁徙融合的漫长过程中，楚族祖源之祝融形成了错综复杂的身份归属的复合性。据《礼记·月令》记载，祝融关联着炎帝神农氏之西羌系统："孟夏之月，其帝炎帝，其神祝融。"宋张虑《月令解》云："南方之神炎帝，乘离执衡司夏也。火性炎上，故曰炎融者，火之明盛也。神必有祝，遂称祝融。"而且《庄子·胠箧篇》以祝融氏、伏羲氏、神农氏为三

---

① （汉）司马迁：《史记》，中华书局 1959 年版，第 1257—1258 页。
② 林河：《九歌与沅湘民俗》，生活·读书·新知三联书店 1992 年版，第 178 页。
③ （周）左丘明传，（晋）杜预注，（唐）孔颖达疏：《春秋左传正义》，北京大学出版社 1999 年版，第 1368 页。
④ （清）王聘珍：《大戴礼记解诂》，中华书局 1983 年版，第 127 页。

皇；《六韬·大明篇》以赫胥氏、尊卢氏、祝融氏为三王，楚人把祝融的神性升格到极致。这种极致升格，关联着伏羲神农氏，如《帝王世纪》云，伏牺之后女娲氏，亦风姓也。女娲氏没，"次有大庭氏、柏皇氏、中央氏、栗陆氏、骊连氏、赫胥氏、尊卢氏、浑沌氏、昊英氏、有巢氏、朱襄氏、葛天氏、阴康氏、无怀氏，凡十五代，皆袭伏牺之号"。既然关联着伏羲神农氏，就不能排除羌人的血缘基因，这是楚人发源时的一个隐性基因。所谓"火性炎上"，火对于原始人类的生存而言具有决定性的意义，楚人的辉煌业绩正是火神精神照耀的结果，这也就是楚文化的精魂所在。并由此形成楚人崇凤、拜火、拜日、尚赤、尚东的民俗信仰。《国语·晋语八》曰："成王盟诸侯于岐阳，楚为荆蛮，置茅绝，设望表，与鲜卑守燎，故不与盟。"[1] 楚人与鲜卑一样被视为蛮夷，执掌守燎祭天之职。原始楚族横跨着颛顼（高阳）、伏羲神农氏及东夷族群等庞大复杂的异质相兼的族群系统，即《史记·楚世家》所云："或在中国，或在蛮夷，弗能纪其世。"[2] 这为楚人的发展，敞开了莽莽苍苍的地理空间，与拥挤在中原诸小国之左支右绌，迥然不可同日而语。

这种华夷互动的族群生存形态，使楚人既拥有中原先进文化的本体性配备，又一波接一波地激活蛮夷之地"边缘的活力"，闪射出耀目的大踏步开拓发展的万丈光华。楚人因此礼赞太阳，礼赞光明。《九歌·东君》是祭祀太阳神的歌诗："暾将出兮东方，照吾槛兮扶桑。抚余马兮安驱，夜皎皎兮既明。驾龙辀兮乘雷，载云旗兮委蛇。长太息兮将上，心低徊兮顾怀。羌声色兮娱人，观者憺兮忘归。緪瑟兮交鼓，箫钟兮瑶虡（jù，《玉篇》：钟磬之柎，以猛兽为饰也），鸣篪兮吹竽，思灵保兮贤姱。翾飞兮翠曾，展诗兮会舞。应律兮合节，灵之来兮蔽日。青云衣兮白霓裳，举长矢兮射天狼。操余弧兮反沦降，援北斗兮酌桂浆。撰余辔兮高驰翔，杳冥冥兮以东行。"[3] 太阳神祭典庄重辉煌，乐舞繁盛，姿容威武。郭店楚简《太一生水》篇提到"太一"："大一生水，水反辅大一，是以成天。天反辅大一，是以成地。天地（复相辅）也，是以成神明。神明复相辅也，是以成阴阳。阴阳复相辅也，是以成四时……是故大一藏于水，行于

---

[1] 《国语》，上海古籍出版社1978年版，第466页。
[2] （汉）司马迁：《史记》，中华书局1959年版，第1690页。
[3] （宋）洪兴祖撰，白化文等点校：《楚辞补注》，中华书局1983年版，第74—76页。

时，周而又（始，以己为）万物母……"① 将《东皇太一》作为《九歌》首篇，是极其富丽堂皇的。至于《九章·涉江》主人公幻想服食玉英，以与天地同寿，与日月共光，关注点依然不离太阳光明特性："吾与重华游兮瑶之圃，登昆仑兮食玉英。与天地兮同寿，与日月兮同光。"② 这种对太阳的礼赞，也可以说与中原传统有深刻的精神联系。《诗经·小雅·天保》对君王的祝词中有"如月之恒，如日之升"之句，郑玄笺曰："月上弦而就盈，日始出而就明。"《小雅·十月之交》又云："十月之交，朔月辛卯。日有食之，亦孔之丑。彼月而微，此日而微。今此下民，亦孔之哀。"日月无光，乃政治衰乱、下民哀痛之象，反衬出日月之光之不可或缺。《诗经·周颂·敬之》曰："日就月将，学有缉熙于光明。"此乃周公之摄王政，警诫年幼的成王莫为管蔡流言，遮蔽光明（缉熙）而要将"日月之光"作为仰慕取法之高悬明镜。《诗经·小雅·十月之交》对月食、日食之关切人事的重要性进行分辨，曰："彼月而食，则维其常。此日而食，于何不臧。"对于其中的文化人类学依据，清人马瑞辰《毛诗传笺通释》揭示其间的奥秘，曰："考《春秋》日食三十六，而月食则不书，此古人重日食轻月食之证。"③ 明白这一点，可以窥见古民的精神堂奥。考之殷墟卜辞，殷人重日，其祖源帝喾以鸟的形象出现于日中，是为日精。据考证，殷人先公上甲微的原始神格应是日神，报乙、报丙、报丁代表时令中之日。其他如主壬、主癸、成汤，也都是日神。④ 帝喾即帝夋、帝俊。《淮南子·精神训》则说："日中有踆夋乌，而月中有蟾蜍。"⑤ 夋与俊、竣通。考古文物也反复申述此种说法，长沙子弹库战国楚帛书云："千又百岁，日月夋生……帝夋乃为日月之行。"马王堆三号墓帛书《十问》亦云："王子巧父问彭祖：'人气何是为精乎？'彭祖合（答）曰：'人气莫如竣（朘）精。竣（朘）气宛闭，百脉生疾；竣（朘）气不成，不能繁生，故寿尽在竣（朘）。'"竣（朘）精，即夋精，阳精，精气神，是人的生命的精髓所在。《初学记》卷九引皇甫谧《帝王世纪》："帝喾生而灵异，自言其名曰夋。"《史记·五帝本纪》索隐沿袭皇甫谧此说云："帝喾名夋。"⑥ 值得关注者，

---

① 李零：《郭店楚简校读记（增订本）》，北京大学出版社2002年版，第32页。
② （宋）洪兴祖撰，白化文等点校：《楚辞补注》，中华书局1983年版，第128—129页。
③ （清）马瑞辰：《毛诗传笺通释》，中华书局1989年版。
④ 丁山：《中国古代宗教与神话考》，龙门联合书局1961年版，第548页。
⑤ 何宁：《淮南子集释》，中华书局1998年版，第508—509页。
⑥ （汉）司马迁：《史记》，中华书局1959年版，第13页。

是帝俊之妻羲和乃太阳之母，如《山海经·大荒南经》所言："东南海之外，甘水之间，有羲和之国。有女子名曰羲和，方日浴于甘渊。羲和者，帝俊之妻，生十日。"① 一涉及羲和，就与楚人祖源祝融发生关系，其日月光明由此而生。追慕太阳之光明，是与天地同德，礼赞人类生命源泉。

值得注意者，楚祖祝融之族与夏后氏根脉相连。《墨子·耕柱篇》载："昔者夏后开（启）使蜚廉采金于山川而陶铸之于昆吾。是使翁难乙卜于目若之龟，龟曰：'逢逢白云，一南一北，一西一东。九鼎既成，迁于三国。非龙非螭，非虎非黑。兆得公侯，天遗汝师，以之佐昌，施及三王。'夏后氏失之，殷人受之。殷人失之，周人受之。夏后、殷、周之相受也，数百岁矣。"② 祝融之裔昆吾与夏后启的联系于此可以概见。蜚廉即飞廉，行为轨迹涉及天上人间，情形较为复杂。王逸《楚辞章句》卷一对《离骚》中灵均漫游天国，上下求索，"前望舒使先驱兮，后飞廉使奔属"，解释为"望舒，月御也"；"飞廉，风伯也"③。而《史记·秦本纪》《赵世家》则梳理蜚廉之族脉的人间轨迹，宋郑樵采入《通志略·氏族略第二》曰："秦氏：嬴姓，少莘之后也。以皋陶为始祖，十世曰蜚廉，生二子：一曰恶来，其后为秦。"④ 又曰："赵氏：嬴姓，与秦同祖，少皞之后，皆祖皋陶。皋陶十世曰蜚廉，蜚廉二子，一曰恶来，恶来之后为秦。二曰季胜，季胜生孟增，得幸于周成王，是为宅皋狼。皋狼生衡父，衡父生造父，为周穆王御，穆王赐以赵城，为赵氏。"⑤ 蜚廉族脉的人间轨迹，意味着"祝融八姓"发源于西方昆仑神话区域，这就可以理解屈原辞赋何以频频回首昆仑神话，那是其族源所系。"祝融八姓"之裔昆吾，衍变成了夏朝最重要的支柱之一，即《国语·郑语》所云："祝融亦能昭显天地之光明，以生柔嘉材者也，其后八姓于周未有侯伯。佐制物于前代者，昆吾为夏伯矣，大彭、豕韦为商伯矣。当周未有。己姓昆吾、苏、顾、温、董，董姓鬷夷、豢龙，则夏灭之矣。彭姓彭祖、豕韦、诸稽，则商灭之矣。秃姓舟人，则周灭之矣。妘姓邬、郐、路、偪阳，曹姓邹、莒，皆为采卫，或在王室，或在夷、狄，莫之数也。"⑥ 出入于王室、夷狄，为祝

---

① 袁珂校注：《山海经校注》，上海古籍出版社1980年版，第381页。
② 吴毓江：《墨子校注》，中华书局1993年版，第656页。
③ （宋）洪兴祖撰，白化文等点校：《楚辞补注》，中华书局1983年版，第28页。
④ （宋）郑樵撰，王树民点校：《通志》，中华书局1995年版，第40页。
⑤ 同上书，第56页。
⑥ 《国语》，上海古籍出版社1978年版，第511页。

融八姓的发展敞开了宽广的地理空间。商汤推翻夏桀，先翦灭昆吾，其事见于《诗·商颂·长发》："韦顾既伐，昆吾夏桀。"昆吾被商伐灭，夏桀就随之覆亡了。至于昆吾之地望，《左传·鲁昭公十二年》记楚王之言，曰："昔我皇祖伯父昆吾，旧许是宅，今郑人贪赖其田而不我与。我若求之，其与我乎？"昆吾之祖樊为楚祖季连之兄，故楚王称之为"皇祖伯父"①。这里讲的"旧许"，在今河南许昌。同时，《左传·鲁哀公十七年》称卫国有"昆吾之墟"，地在今河南濮阳东二十五里。清学者陈奂《诗毛氏传疏》主张昆吾先在许昌，后迁濮阳，应是有其实证的理由。如唐人李吉甫《元和郡县图志》卷一一云："濮阳县，上。东至州八十里。本汉旧县也，古昆吾国，即帝丘，颛顼之墟也。昆吾即夏诸侯，为五伯之首。"②

进一步追踪可以发现，颛顼高阳、祝融八姓与伯鲧血脉相通。《古本竹书纪年》记有"颛顼产伯鲧"世系，这是根据《山海经·大荒西经注》著录之散佚文献。汉代宋衷注《世本·诸侯世本》云："陆终娶鬼方氏妹，谓女嬇，是生六子。六曰季连，是为芈姓。季连者，楚是也。"以下世系便是季连产付沮氏，付沮产穴熊，九世至于渠娄……《国语·郑语》在谈到芈姓祝融时说："融之兴者，其在芈姓乎？芈姓夔、越，不足命也，蛮芈，蛮矣；唯荆实有昭德，若周衰，其必兴矣。"③ 这段史料明确地将芈姓祝融分成了四支，即夔、越、蛮、荆。荆芈，即芈姓楚国无疑。韦昭《注》曰："夔、越，芈姓之别国。楚熊绎六世孙曰熊挚，有恶疾，楚人废之。挚自弃于夔，其子孙有功，王命曰夔子。"④ 所谓"楚人废之"其说不确，应是楚武王封之统领夔子国，这是当时楚国政治体制中的重大举措。又于《国语·郑语》蛮芈条下，韦昭《注》曰："蛮芈谓叔熊在濮，从蛮俗。"⑤ 这个蛮芈族群属于夏后氏系统，因而处在商人的对立面，商人直至武丁时期尚如《诗经·商颂·殷武》所云："挞彼殷武，奋伐荆楚。罙入其阻，裒荆之旅。"商人对置身于三苗或南蛮民族之中的芈姓祝融进行杀伐，成了后来楚族鬻熊辅周伐纣的重要历史原因。

---

① （周）左丘明传，（晋）杜预注，（唐）孔颖达疏：《春秋左传正义》，北京大学出版社1999年版，第1305页。
② （唐）李吉甫撰，贺次君点校：《元和郡县图志》，中华书局1983年版，第296页。
③ 《国语》，上海古籍出版社1978年版，第511页。
④ 同上书，第514页。
⑤ 同上。

祝融以下的这种血脉汇通,形成了楚人的独特之处,就是居然拥有双图腾:"熊"图腾与"凤"图腾,这折射了楚族起源的流动性、多元性和综合性,"三性"生成独具一格的双图腾崇拜。"熊"图腾意味着楚族发源于西北昆仑神话区域,这是屈原辞赋频繁反顾的祖宗发源地;"凤"图腾意味着楚族东迁过程中曾经与东夷民族缔盟,因而与《诗经·商颂·玄鸟》所曰"天命玄鸟,降而生商"形成互动,殷墟卜辞即以"凤日"作为特定的祭日。《白虎通·五行篇》云:"祝融者,其精为鸟,离为鸾",鸾即凤。楚人由此形成了熊行大地,凤翔苍穹的灿烂辉煌的图腾崇拜景观。《天问》首次出现"熊"意象,是"焉有虬龙,负熊以游"。观此熊践龙蛇图腾,象征意义一目了然,就是以楚人信仰高居中原信仰之上位,这与荆州楚墓出土之锦帛纹饰凤斗龙虎图案,有异曲同工之妙。东汉王逸《楚辞章句》卷三解释"焉有虬龙,负熊以游?雄虺九首,鯈忽焉在?"云:"有角曰龙,无角曰虬。言宁有无角之龙,负熊兽以游戏者乎?虺,蛇别名也。鯈忽,电光也。言有雄虺,一身九头,速及电光,皆何所在乎?"① 毛奇龄、徐文靖、丁晏释《楚辞》均因黄帝号有熊氏,以为所讲乃是黄帝升天的典故,黄帝此说盛行于汉初方士,战国时其说未彰,当以鲧禹时代之图腾崇拜说为确。《春秋公羊传解诂》何休解诂云:"天子马曰龙,高七尺以上。诸侯曰马,高六尺以上。卿大夫、士曰驹,高五尺以上。"这是屈原以龙马驾车,上征神游的根据。屈原《离骚》"驷玉虬以乘鹥兮,溘埃风余上征。朝发轫于苍梧兮,夕余至乎县圃"②。王逸《章句》释此《离骚》句曰:"有角曰龙,无角曰虬。鹥,凤凰别名也。《山海经》云:'鹥身有五采,而文如凤',凤类也,以为车饰。溘犹掩也。埃,尘也。言我设往行游,将乘玉虬,驾凤车,掩尘埃而上征,去离世俗,远群小也。轫,搘轮木也。苍梧,舜所葬。县圃,神山也,在昆仑之上。《淮南子》曰:'昆仑县圃,维绝,乃通天。'言己朝发帝舜之居,夕至县圃之上,受道圣王,而登神明之山。"③ 洪兴祖补注:"言以鹥鸟为车,而驾以玉虬也。驷,一乘四马也。虬,龙类也。"④ 由圣帝虞舜重华处驾龙凤而驰往昆仑,虽有尘埃阻隔,还要叩帝阍而探道源,彰显了一种

---

① (宋)洪兴祖撰,白化文等点校:《楚辞补注》,中华书局1983年版,第94页。
② 同上书,第25—26页。
③ 同上。
④ 同上书,第25页。

不屈不挠的上下求索精神。

　　应该注意者，乃是《天问》对"熊"图腾的记载，关乎鲧禹，曰："阻穷西征，岩何越焉？化为黄熊，巫何活焉？"① 王逸《章句》云："阻，险也。穷，窘也。征，行也。越，度也。言尧放鲧羽山，西行度越岑岩之险，因堕死也。活，生也。言鲧死后化为黄熊，入于羽渊，岂巫医所能复生活也？"②《左传》《国语》均有"鲧化熊"之记载，《左传·鲁昭公七年》云："尧殛鲧于羽山（杜预注：羽山在东海祝其县西南……黄熊音雄，兽名，亦作能，如字，一音奴来反，三足鳖也。解者云，兽非入水之物，故是鳖也。一曰既为神，何妨是兽。案《说文》及《字林》皆云，能，熊属，足似鹿。然则能既熊属，入为鳖类。今本作能者，胜也。东海人祭禹庙，不用熊白〔熊背上脂肪，白色，珍贵食品〕及鳖为膳，斯岂鲧化为二物乎？……)，其神化为黄熊，以入羽渊。实为夏郊，三代祀之。（杜预注：鲧，禹父，夏家郊祭之，历殷、周二代，又通在群神之数，并见祀）"③《国语·晋语八》云："昔者，鲧违帝命，殛之于羽山，化为黄能（或作"熊"），以入羽渊。实为夏郊，三代举之。"④ 宋洪兴祖《楚辞补注》卷一云："（补）曰：羽山，东裔，在海中。殛，殁也，于矫切。鲧迁羽山，三年然后死，事见《天问》。《左传》曰：其神化为黄能，入于羽渊。"⑤ 所谓"羽山，东裔，在海中"，这就将伯鲧之轨迹与东夷部族联系起来，将熊图腾与凤图腾联系起来。《说文解字》卷一〇"熊部"曰："熊，兽似豕。山居，冬蛰。"段玉裁注：此说"见《夏小正》"。《说文解字》卷一〇"能部"云："能，熊属，足似鹿。从肉声。能兽坚中，故称贤能；而强壮，称能杰也。""能"，《尔雅·释鱼》云："鳖三足，能。"邢昺疏："鳖鱼皆四足，三足者异，鳖之三足者名能。"⑥ 能是象形字，金文字形似熊形，本义是熊。更原始的记述见于《山海经·中山经》云："熊山有穴焉，熊之穴，恒出神人，夏启而冬闭。是穴也，冬启乃必

---

① （宋）洪兴祖撰，白化文等点校：《楚辞补注》，中华书局1983年版，第100页。
② 同上。
③ （周）左丘明传，（晋）杜预注，（唐）孔颖达疏：《春秋左传正义》，北京大学出版社1999年版，第1244—1245页。
④ 《国语》，上海古籍出版社1978年版，第514、478页。
⑤ （宋）洪兴祖撰，白化文等点校：《楚辞补注》，中华书局1983年版，第19页。
⑥ （晋）郭璞注，（宋）邢昺疏：《尔雅注疏》，北京大学出版社1999年版，第298页。

有兵。其上多白玉，其下多白金，其林多樗柳，其草多寇脱。"① 可见屈原之历史传承，来自夏后氏传统，并非周人重新阐释过的传统。《天问》关于"熊"神话的记述，又引申至大禹，曰："焉得彼涂山氏之女，而通之于台桑？"王逸《章句》曰："《史记》曰：辛壬娶涂山山，癸甲生启。《吕氏春秋》曰：禹娶涂山氏女，不以私害公，自辛至甲四日，复往治水。故江、淮之俗，以辛壬癸甲为嫁娶日也。《淮南》曰：禹治鸿水，通偃辕山，化为熊，谓旞山氏（旞，音 yú，画着鸟隼的军旗，所谓'鸟隼为旞'，可知涂山氏属于东夷族群）曰：'欲饷，闻鼓声乃来。'禹跳石，误中鼓，涂山氏往，见禹方作熊，惭而去。至嵩高山下，化为石，方生启。禹曰：归我子。石破北方而启生。"② 鲧、禹均与熊图腾结有不解之缘。楚国王族芈姓熊氏，乃是原始社会族群图腾崇拜的长期沉淀之结果。

与屈原历史文化意识之深度息息相关者，有一个风标独特而招致诸多言说的问题，就是对吴国重臣伍子胥的同情与颂扬。屈原投江绝命之岁写有《哀郢》《怀沙》《惜往日》。在《惜往日》中，格外推崇三位先贤：比干、介子推、伍子胥。《涉江》既已曰："伍子逢殃兮，比干菹醢。与前世而皆然兮，吾又何怨乎今之人！"③《悲回风》亦已曰："浮江淮而入海兮，从子胥而自适。"④《惜往日》更是将伍子胥的命运与吴国兴亡相联系，曰："吴信谗而弗味兮，子胥死而后忧。"⑤ 而在当时吴国命运是与楚国命运绝然相左，属于关乎国族安危的高度敏感话题。伍子胥何许人也？据《左传》《史记》载述，伍子胥本系楚人，因楚平王信谗言而诛杀其父兄，遂辗转逃亡至吴国，教吴伐楚，后竟与孙武率吴军三万大败楚军二十万，仅十一日就捣破楚国郢都，发掘楚平王之墓而鞭其尸，而妻其妃嫔，对楚王族之侮辱至于刻毒程度。据汉末王符《潜夫论·志氏姓》，"伍氏"为楚之公族。南宋郑樵《通志·氏族略》也认为楚国"伍氏"为芈姓。可见伍子胥亦与楚王同姓，此同姓与屈原彼同姓竟然大相径庭，不仅怨毒楚君，而且辅助异姓吴王，伐楚申狠。对于如此人物，屈原却同情而予以颂扬，可见屈原内心之丰富复杂性和广大包容性，绝非同姓之义所局限的愚忠意识所

---

① 袁珂校注：《山海经校注》，上海古籍出版社1980年版，第159页。
② （宋）洪兴祖撰，白化文等点校：《楚辞补注》，中华书局1983年版，第97页。
③ 同上书，第131页。
④ 同上书，第161页。
⑤ 同上书，第151页。

能探其真谛。屈原是以宏大的文化意识来认知国族意识,包括他于心拳拳的爱国意识。屈子之心,令人不能不慨叹其浩如沧海,不可率然蠡测。

屈子浩如沧海之内心,折射于对天命的探究和质疑。他要完善"美政"思想,不能不思考天命对"美政"之眷顾,是成全抑是毁弃。《荀子·儒效篇》云:"儒者在本朝则美政,在下位则美俗。"① 《荀子·劝学篇》又云:"君子知夫不全不粹之不足以为美也。"② 屈原追求的"美政"就是君王圣哲,举贤授能,众芳毕萃,遵道得路,法立国强,是"德政"与法制的综合体,所讲究者就是以"纯粹"为美。屈原往往是从三皇五帝、尧舜禹汤寻求"美政"范本,而不是从当时先进强国中借鉴有益经验,设计可以切实履行之治国方略。他流连难返者乃是"三后之纯粹""尧舜之耿介","汤禹俨而祗敬兮,周论道而莫差",在那"竞于力"而"无义战"的年代,多少给人纸上谈兵之遗憾。因此其悬设崇高标准带来的现实批判性大于建构性,由此痛斥群小竞进贪婪、蔽美称恶、嫉贤害能、欺君罔国,喻之为菉葹粪壤、燕雀鸡鹜,斥其变节从俗无异萧艾茅草,都是针针见血。《九章·涉江》之"乱"辞云:"鸾鸟凤皇,日以远兮;燕雀乌鹊,巢堂坛兮。露申辛夷,死林薄兮。腥臊并御,芳不得薄兮。阴阳易位,时不当兮。"③ 这无异于针针见血中揭示了"阴阳易位"的历史道义的崩毁。于此可以参看鲁迅《摩罗诗力说》对《天问》主旨的概括:"惟灵均将逝,脑海波起,通于汨罗,返顾高丘,哀其无女,则抽写哀怨,郁为奇文。茫洋在前,顾忌皆去,怼世俗之浑浊,颂己身之修能,怀疑自遂古之初,直至百物之琐末,放言无惮,为前人所不敢言。"诗人屈原敏于生命意识,尤其注重从死亡中强化对生命意识的理解,并以此质疑天命之正义何在。《离骚》曰:"皇天无私阿兮,览民德焉错辅。"④ 王逸《章句》解释为"言皇天神明,无所私阿,观外民之中有道德者,因置以为君。使贤能辅佐,以成其志。故桀为无道,传与汤。纣为淫虐,传与文王。"⑤ 此时的皇天尚存几分公信度。但是到了《哀郢》"皇天之不纯命兮,何百姓之震愆"⑥,王逸《章句》解释为"言皇天不纯一其施,则万物夭伤,人君不

---

① (清)王先谦:《荀子集解》,中华书局1988年版,第120页。
② 同上书,第18页。
③ (宋)洪兴祖撰,白化文等点校:《楚辞补注》,中华书局1983年版,第131—132页。
④ 同上书,第23页。
⑤ 同上书,第23—24页。
⑥ 同上书,第132页。

纯一其政，则百姓震动以触罪也"①。对皇天不纯一的公信度已经发出强烈的质问。迨至《天问》这种质问就更为普遍而富有颠覆性："天命反侧，何罚何佑？"②皇天之保佑和惩罚反复倾侧，令人摸不着头脑。比如对于尧舜，屈原是高度尊崇的，《离骚》云："彼尧舜之耿介兮，既尊道而得路。"③《九辩》云："尧舜之抗行兮，瞭冥冥而薄天。众何险巇之嫉妒兮，被以不慈之伪名？彼日月之照明兮，尚黯黯而有瑕。何况一国之事兮，亦多端而胶加。"④迨至《天问》则质疑"舜闵在家，父何以鳏？尧不姚告，二女何亲？"⑤又如对于禹汤，《离骚》既已言矣："汤禹俨而祗敬兮，周论道而莫差。"⑥《九章·怀沙》又已言矣："汤禹久远兮，邈而不可慕。"⑦王逸《章句》解释为："言殷汤、夏禹圣德之君，明于知人，然去久远，不可思慕而得事之也。"⑧殆至《天问》则出现了不少微词："汤谋易旅，何以厚之？"⑨"不胜心伐帝，夫谁使挑之？"⑩"妹嬉何肆，汤何殛焉？"⑪似乎商汤伐桀，妹嬉也是可以利用的一个棋子。对于桀纣，《离骚》云："何桀纣之猖披兮，夫唯捷径以窘步"⑫，"夏桀之常违兮，乃遂焉而逢殃"，"后辛之菹醢兮，殷宗用而不长"⑬。对于桀纣的"猖披"之态、"菹醢"之刑大加鞭挞，不留情面。迨至《天问》则反问天命之无常："何承谋夏桀，终以灭丧？"⑭"彼王纣之躬，孰使乱惑？"⑮"反成乃亡，其罪伊何？"⑯所言这些都是鲁迅论《天问》所言"放言无惮，为前人所不敢言"之处。前人不敢言而竟言之，表明屈原思想独到的深刻。

---

① （宋）洪兴祖撰，白化文等点校：《楚辞补注》，中华书局1983年版，第132页。
② 同上书，第111页。
③ 同上书，第8页。
④ 同上书，第193—194页。
⑤ 同上书，第103页。
⑥ 同上书，第23页。
⑦ 同上书，第144页。
⑧ 同上。
⑨ 同上书，第103页。
⑩ 同上书，第108页。
⑪ 同上书，第103页。
⑫ 同上书，第8页。
⑬ 同上书，第23页。
⑭ 同上书，第105页。
⑮ 同上书，第112页。
⑯ 同上书，第110页。

天命既然不足以依凭，足以依凭者就只有楚人祖源祝融了。天命远而缥缈，祖源近而切实，可以从血缘文化基因上提供精神支撑的力量。《远游》表明，屈原远游于天国，而非远游去国，就与楚人祖源基因有关。只不过为了远离世俗的污浊，屈原宁愿置身于天上神仙之境，找一块"干净的地方"，体现了对高尚清纯的精神世界的渴望，以及对当时社会黑暗和卑鄙之深恶痛绝的蔑视。而在这番精神高翔中，祖源祝融发挥了关键作用。这里存在着一条从傅说到祝融的精神通道，屈原从"傅说骑辰尾"中获得精神脱离浊世的高举，进而由祝融打开"天乐府"的潘朵拉魔盒，呼唤出黄帝、尧舜、湘灵、尧之二女的天乐，美轮美奂，精神上收获了得其所哉的安顿。《远游》曰："奇傅说之托辰星兮，羡韩众之得一。形穆穆以浸远兮，离人群而遁逸。因气变而遂曾举兮，忽神奔而鬼怪。时仿佛以遥见兮，精齐齐以往来。绝氛埃而淑尤兮，终不反其故都。免众患而不惧兮，世莫知其所如。"① 宋洪兴祖《楚辞补注》卷五对王逸《楚辞章句》作了引申，曰："傅说死后，其精著于房尾也。〔补〕曰：大火，谓之大辰。大辰，房心尾也。《庄子》曰：傅说得之，以相武丁，奄有天下。乘东维，骑箕尾，而比于列星。《音义》云：傅说死，其精神乘东维，托龙尾。今尾上有傅说星。其生无父母，登假三年而形遁。《淮南》云'傅说之所以骑辰尾'是也。奋翼高举，升天衢也。自此以上，皆美仙人超世离俗，免脱患难。屈原想慕其道，以自慰缓，愁思复至，志意怅然，自伤放逐，恐命不延，顾念年时，因复吟叹也。"② 尤可注意者，在这次飞天神游中，南方星宫受到甚多眷顾，反映了楚为南国的精神选向。南宫朱雀七宿，即井、鬼、柳、星、张、翼、轸。《开元占经》卷六三《南方七宿占四》载"石氏曰：翼，天乐府也"，此所谓"石氏曰"即《石氏星经》所曰。在天国这块"干净之地"，屈原的精神在"天乐府"中与音乐相融合，他光顾九嶷山炎帝、祝融之所，已经奔赴楚人之祖源脉络。《山海经·大荒西经》云："祝融生太子长琴，是处榣山，始作乐风。"③ 天庭乐府被楚人视为祖源脉络上的创造。《远游》曰："览方外之荒忽兮，沛罔象而自浮。祝融戒而还衡兮（〔补〕曰：《山海经》：南方祝融，兽身人面，乘两龙，火神也。《国语》曰：夏之兴也，祝融降于崇山。太公《金

---

① （宋）洪兴祖撰，白化文等点校：《楚辞补注》，中华书局1983年版，第164—165页。
② 同上。
③ 袁珂校注：《山海经校注》，上海古籍出版社1980年版，第395页。

匱》曰：南海之神曰祝融……《大人赋》云：祝融警而跸御），腾告鸾鸟迎宓妃。张《咸池》奏《承云》兮（《咸池》，尧乐也。《承云》即《云门》，黄帝乐也。屈原得祝融止己，即时还车，将即中土，乃使仁贤若鸾凤之人，因迎贞女，如洛水之神，使达己于圣君，德若黄帝、帝尧者，欲与建德成化，制礼乐，以安黎庶也），二女御《九韶》歌。使湘灵鼓瑟兮，令海若舞冯夷。"① 这是何等光华璀璨的"天乐府"景观，游览天宫，北征闻黄帝、尧舜之乐，依然散发着南韵，祝融让青鸾迎接我，听到了《咸池》和《承云》，又听到湘灵鼓瑟、娥皇女英演唱《九韶》，南北神仙都来同乐，神鸟高翔，随音乐翩翩起舞。神仙音乐，精神高旷，其乐融融，确乎屈原所找到的一块远离尘世污浊的"干净的地方"。这种精神境界的获得，全归于楚人祖源祝融的高明指点和悉心安排。可以说，祝融的文化基因，激发了屈原诗、乐、舞的光风霁月想象力，楚国辞赋文化由此崛起高耸云霄的峰峦。这令人联想到德国存在主义哲学创始者马丁·海德格尔（Martin Heidegger）的一番话，他认为，诗人具有一种至高无上的神性，因此在神性逃遁的时代，人类只有倾听诗人的吟咏，才能走向诗意栖居的精神家园。因为只有诗人才能向人们传达神性的消息和神的问候，指引人们返归故乡的路径②。《远游》中祝融与"天乐府"的辉煌展现，以及《离骚》三次飞行中两度进入昆仑神话腹地，均隐含着作者回归神圣祖先的返本情结，以及寻绎和期待神圣性精神家园的原始信仰和宗教情怀。楚文明崇尚诗性思维，诗是哲学，哲学也是诗，往往以人类童年式的美妙遐想，抵达人类生命未曾被切割得支离破碎的本源。

楚文化之有屈原，久积厚蕴的万顷精华终于获得一个忠贞赤诚的爆发口，而变得光焰万丈。屈原短暂风云得意之后，经历漫长坎坷颠踬而不改其上下求索，披襟当风，慷慨悲歌，成为中华文明史上第一位伟大的诗人。宋代秘书郎昭武黄伯思为《校定楚辞》十卷作序言曰："屈宋诸骚，皆书楚语、作楚声、纪楚地、名楚物，故可谓之'楚辞'。若'些'、'只'、'羌'、'谇'、'蹇'、'纷'、'侘'、'傺'者，楚语也。悲壮顿挫、或韵或否者，楚声也。沅、湘、江、澧、修门、夏首者，楚地也。兰、茝、荃、药、蕙、若、芷、蘅者，楚物也。"③ 在此久积厚蕴中，楚

---

① （宋）洪兴祖撰，白化文等点校：《楚辞补注》，中华书局1983年版，第172—173页。
② 刘小枫：《诗化哲学》，山东文艺出版社1986年版，第213—248页。
③ 引自李诚等主编《楚辞评论集览》，湖北教育出版社2003年版，第172页。

人坚定地守持着返本还原的意识。楚人的大规模迁徙开拓，核心地域的转移在十次以上，却始终保持着荆楚、郢都之类"易地不易名"的习惯，既有对族源之延续性怀念，又保持其国族核心理念不可动摇之根基。《说文解字》云："荆，楚木也。"而释"楚"则又云："丛木，一名荆也。"所彰显者是一种开辟草莽的开拓精神。《左传·鲁宣公十三年》载：楚庄王常向国人"训之以若敖、蚡冒筚路蓝缕，以启山林。箴之曰：'民生在勤，勤则不匮。'"①《左传·鲁昭公十二年》载，楚大夫子革对楚灵王说："昔我先王熊绎，辟在荆山。筚路蓝缕，以处草莽。跋涉山林，以事天子。唯是桃弧棘矢，以共御王事。"杜预注："桃弓棘箭，所以禳除凶邪，将御至尊故。"② 楚文化由此形成了开拓进取、创新自强、坚忍执着、兼容并包、剽悍尚武、恋乡敬祖、爱国忠君、崇火尊凤、精通乐舞、尊巫尚鬼等一系列特征。楚文化既有如此卓越之基因，又在屈原手中，诗与哲学相互浸润，以神奇幽谧之诗性思维，为"屈宋诸骚，皆书楚语、作楚声、纪楚地、名楚物"，注入了神采独具的本质。

尤为值得注意者，屈原《楚辞》不仅是一种光华奕奕的文化现象，而且以其丰沛的生命力介入了社会历史进程，成为历史发展的重要角色。极其有趣者，是历史走了一条大跨度的迂回之路，秦人以强大的武力统一天下，而最终却是楚人以黄老学说获得人心和社会经济成果。贾谊《新书·时变》曾剖析商鞅变法以来秦文化之得失，认为"商君违礼义，弃伦理，并心于进取，行之二岁，秦俗日败。秦人有子，家富子壮则出分，家贫子壮则出赘。假父耰鉏杖彗耳，虑有德色矣；母取瓢碗箕帚，虑立谇语。抱哺其子，与公并踞。妇姑不相说，则反唇而睨。其慈子嗜利，而轻简父母也，念罪非有伦理也，其不同禽兽仅焉耳。然犹并心而赴时者，曰功成而败义耳。蹶六国，兼天下，求得矣，然不知反廉耻之节，仁义之厚，信并兼之法，遂进取之业，凡十三岁而社稷为墟，不知守成之数、得失之术也。悲夫！"③ 可见秦国社会充斥着徭役残酷、伦理撕裂、道义沦丧的危机。《战国策·赵策三》曾记载与屈原同时的鲁仲连"义不帝秦"，其原因如鲁仲连所云："彼秦者，弃礼义而上首功之国也。权使其士，虏使其

---

① （周）左丘明传，（晋）杜预注，（唐）孔颖达疏：《春秋左传正义》，北京大学出版社1999年版，第643—644页。
② 同上书，第1305页。
③ 吴云、李春台：《贾谊集校注》，天津古籍出版社2010年版，第86—87页。

民。彼则肆然而为帝，过而遂正于天下，则连有赴东海而死矣。吾不忍为之民也！"① 其实，不但屈原、鲁仲连，当时受秦之暴力"鞭笞"的山东六国民众，在秦楚气势汹汹的争斗中，大多同情楚国而痛恶秦国非道德主义暴力作为。

虎狼之秦是以军事暴力的手段统一六国，但历史行程最终收获思想成果者，除了汉承秦制的商韩体制之外，主要是"无为而治而无不治"，"道法自然"的黄老思想。从公元前209年到公元前202年绵延7年的楚汉之争，实际上是楚文化内部之争。司马迁《史记》专门为这7年，立了《项羽本纪》，确乎眼光独具，这种眼光到了班固作《汉书》就令人遗憾地萎缩了。项羽、刘邦均是楚人，都延续楚风，都能楚歌楚舞，有着共同的文化基因。朱熹《楚辞后语》载有项羽《垓下帐中之歌》，谓："汉王大会诸侯以伐楚，（项）羽壁垓下，军少食尽，汉帅诸侯，围之数重。羽夜闻汉军四面皆楚歌，乃惊曰：'汉皆已得楚乎？是何楚人多也！'起饮帐中，有美人姓虞氏，常幸从；骏马名骓，常骑。羽乃悲歌忼慨，自为歌诗。歌数曲，美人和之。羽泣下数行，左右皆泣，莫能仰视……（歌云：）'力拔山兮气盖世，时不利兮骓不逝。骓不逝兮可奈何，虞兮虞兮奈若何！'"又载刘邦《大风歌》，谓："（汉高祖）还过沛，留置酒沛宫，悉召故人父老子弟佐酒，发沛中儿得百二十人，教之歌。酒酣，上击筑，自歌，令儿皆歌习之。上乃起舞，忼慨伤怀，泣数行下。谓沛父兄曰：'游子悲故乡。吾虽都关中，万岁之后，吾魂魄犹思沛。且朕自沛公以诛暴逆，遂有天下，其以沛为朕汤沐邑，复其民，世世无有所与。'此其歌，正楚声也……然自千载以来，人主之词，亦未有若是其壮丽而奇伟者也。呜呼雄哉！（歌云：）'大风起兮云飞扬，威加海内兮归故乡，安得猛士兮守四方？'"这些材料均来自《史记》之《项羽本纪》和《高祖本纪》。汉代文化，尤其是西汉前期文化，浓得化不开的主要是楚文化，楚歌楚舞自汉高祖至汉武帝甚是风行。加之周初周公奔楚，其后王子朝携"周之典籍"奔楚，《左传·僖公二十八年》又载："汉阳诸姬，楚实尽之。"② 楚国兼并了江汉流域诸多姬姓小国，甚至问鼎中原，又为周、楚文化的接触和交融创造了条件。由此可知，楚人崇尚的黄老学说具有强大的综合性，将南

---

① （汉）刘向：《战国策》，上海古籍出版社1985年版，第705页。
② （周）左丘明传，（晋）杜预注，（唐）孔颖达疏：《春秋左传正义》，北京大学出版社1999年版，第447页。

北之学综合于"无为而治""道法自然"之中,由此收获的重要政治社会成果就是人们津津乐道的"文景之治",其情形有若《淮南子·原道训》所谓"漠然无为而无不为也,澹然无治也而无不治也"。其时清静无为,轻徭薄赋,与民休息,财富大增,如《史记·律书》记载文帝时,"百姓无内外之繇,得息肩于田亩,天下殷富,粟至十余钱,鸣鸡吠狗,烟火万里,可谓和乐者乎!"① 在《汉书·景帝纪》中班固也按捺不住作"赞曰":"汉兴,扫除烦苛,与民休息。至于孝文,加之以恭俭,孝景遵业,五六十载之间,至于移风易俗,黎民淳厚。周云成、康,汉言文、景,美矣!"② 文景之治作为汉初继承长期战争之经济凋残,在数十年间臻至汉武鼎盛,是中华文明创造大国雄姿的稳健求进的坚确步履。中华文明之大国风范,"文景之治"具有无以代替之奠基之功。

湖北郭店一号楚墓出土的简书,《语丛一》云:"君臣、朋友,其择者也。"《语丛三》又云:"君犹父也。其弗恶也,犹三军之旌也正也。所以异于父,君臣不相戴也,则可以已;不悦,可去也;不义而加诸己,弗受也。"又曰:"友,君臣之道也。"③ 屈原出于对日落的恐惧感,幻想通过阻止太阳的运行以实现时间的停滞。《离骚》中,主人公从苍梧出发,向昆仑神境行进以求女:"朝发轫于苍梧兮,夕余至乎县圃。欲少留此灵琐兮,日忽忽其将暮。吾令羲和弭节兮,望崦嵫而勿迫。路漫漫其修远兮,吾将上下而求索。"④ "饮余马于咸池兮,总余辔乎扶桑。"⑤ "前望舒使先驱兮,后飞廉使奔属。鸾皇为余先戒兮,雷师告余以未具。吾令凤鸟飞腾兮,继之以日夜。"⑥ 主人公又"折若木以拂日兮",即折取西方若木的树枝,击打太阳,阻止它的前行,以便有充分的时间"聊逍遥以相羊"。

《淮南子·览冥训》:"鲁阳公与韩构难。战酣日暮,援戈而挥之,日为之反三舍。"⑦ 王符《潜夫论·浮侈》以白日喻生命:"此等之俦,既不助长农工女,无有益于世,而坐食嘉谷,消费白日,毁坏成功。"顺此思

---

① (汉)司马迁:《史记》,中华书局1959年版,第1242页。
② (汉)班固撰,(唐)颜师古疏:《汉书》,中华书局1962年版,第153页。
③ 李零:《郭店楚简校读记》增订本,北京大学出版社2002年版,第160、147页。
④ (宋)洪兴祖撰,白化文等点校:《楚辞补注》,中华书局1983年版,第26—27页。
⑤ 同上书,第27页。
⑥ 同上书,第28—29页。
⑦ 何宁:《淮南子集释》,中华书局1998年版,第447页。

路,日暮便与人生的暮年建立对应关系,日暮激发人的迟暮之感。屈原对此,有深切体会。这种体会,除《离骚》以外,尚见于《九章·怀沙》:"进路北次兮,日昧昧其将暮。舒忧娱哀兮,限之以大故。"①《思美人》:"广遂前画兮,未改此度也。命则处幽吾将罢兮,愿及白日之未暮也。独茕茕而南行兮,思彭咸之故也。"② 与此认识相应,黄昏在屈原的作品中,总是令人感伤。然同样是黄昏,屈原作品与《诗经》具有不同的象征意蕴。《诗经》中的黄昏意象,以《王风·君子于役》为代表:"君子于役,不知其期。曷至哉?鸡栖于埘,日之夕矣,羊牛下来。君子于役,如之何勿思?"

后世文人们在作品中通过系白日、翻日车的幻想,表达对于生命与光阴的怀恋,对于衰老和死亡的反抗。东汉李尤《九曲歌》残句:"年岁晚暮日(一作时)已斜,安得壮(一作力)士翻日车。"曹植《升天行》:"日出登东干,既夕没西枝。愿得纡阳辔,回日使东驰。"阮籍《咏怀诗》其三十五:"壮年以时逝,朝露待太阳。愿揽羲和辔,白日不移光。"南朝陈沈炯《幽庭赋》:"那得长绳系白日,年年月月俱如春。"江总《岁暮还宅》:"长绳岂系日,浊酒倾一杯。"李白《古风》其四十一:"挥手折若木,拂此西日光。"李贺《后园凿井歌》:"城头日,长向城头住。一日作千年,不须流下去。"《日出行》:"白日下昆仑,发光如舒丝……奈尔铄石,胡为销人。羿弯弓属矢,那不中足,令久不得奔,讵教晨光夕昏。"《过行宫》:"垂帘几度青春老,堪锁千年白日长。"白居易《浩歌行》:"既无长绳系白日,又无大药驻朱颜。"

如果说《离骚》是中国古今第一政治抒情诗,那么《天问》就是中国古今第一哲理诗了。屈原以一个"曰"字领起,对天长啸般发出了一百七十多个关于天地万物的诘问,彰显了一种重新审视历史人物,包括审视尧、舜、鲧、禹、启、商纣、汤、伊尹、周公旦等历史人物,揭露楚成王弑兄篡位的秘史,告诫楚怀王应警惕子兰,应避免步堵敖的后尘,子兰作了顷襄王的令尹,但楚怀王却客死他乡,进而张扬了一种反天命的历史观,闪烁着一种"惊采绝艳"而带悲剧色彩的文化人格。屈原在著述中对女子的态度有所变化。《九歌》:"闻佳人兮召余,将腾驾兮潜逝。"③"与

---

① (宋)洪兴祖撰,白化文等点校:《楚辞补注》,中华书局1983年版,第145页。
② 同上书,第149页。
③ 同上书,第66页。

女游兮九河,冲风起兮横波。"①《离骚》:"忽反顾以流涕兮,哀高丘之无女。"②"吾令丰隆乘云兮,求宓妃之所在。"③《抽思》:"憍吾以其美好兮,敖朕辞而不听!"④《惜往日》:"虽有西施之美容兮,谗妒入以自代!"⑤《天问》:"浞娶纯狐,眩妻爰谋?"⑥"桀伐蒙山,何所得焉?"⑦"殷有惑妇,何所讥?"⑧"周幽谁诛,焉得夫褒姒?"⑨从《九歌》中的颂女、近女,到《离骚》中的求女,再到《抽思》《昔往日》中的说女骄、道女妒,直到《天问》中大问女祸,这又是屈原观念上的一个重大的渐变历程。从《离骚》中的敬天崇圣求女,到《天问》中的斥天责圣说妒,它应该有一个长期的渐变过程。《大清一统志》及《古今图书集成》记载:"益阳县西南有凤凰庙祀屈原,相传此地为屈原作《天问》处。""凤凰庙在益阳县治南六十里弄溪之滨,世传屈原作《天问》处,庙祀原与妻洎其子,俗呼为凤凰神。"但这类记载多为信从王逸"呵壁之说"的方家所否定,他们发问:"益阳弄溪那个荒凉的地方,怎么会有楚宫壁画?"但是"呵壁之说"实是王逸的设辞,并无实证。而且既是楚宫壁画,必然以绘楚国的事为主,但屈原所问,却全是中原大地的史事。楚宫壁画不绘楚国史事,岂不奇怪?

屈子是中国原始宗教最后的信仰者。楚国具有敬鬼神的习俗,巫鬼祭祀之风盛行,这在当时其他诸侯国是没有的。宗教信仰的力量给了屈原这样的勇气,敢于在《离骚》中不留情面地指斥楚怀王,甚至指斥楚王为"壅君"。对于先帝或天神的崇拜,披上神圣的衣装,以神灵的名义,才有足够的精神空间,敢于冲破君权的世俗权威,自信地行使自己批判的权利。

从这一视角出发来探讨追问在屈原自有知识系统"何以产生"的问题便具备某种确实的理据。正如刘勰所赞:"齐开庄衢之第,楚广兰台之宫,

---

① (宋)洪兴祖撰,白化文等点校:《楚辞补注》,中华书局1983年版,第72—73页。
② 同上书,第30页。
③ 同上书,第31页。
④ 同上书,第139页。
⑤ 同上书,第152页。
⑥ 同上书,第100页。
⑦ 同上书,第103页。
⑧ 同上书,第114页。
⑨ 同上书,第111页。

孟轲宾馆，荀卿宰邑，故稷下扇其清风，兰陵郁其茂俗，邹子以谈天飞誉，驺奭以雕龙驰响……"据杨宽《战国史》，田齐政权君主世系为桓公田午（前374—前357年在位）、威王田因齐（前356—前320年在位）、宣王田辟疆（前319—前301年在位）、湣王田地（前300—前284年在位）、襄王田法章（前283—前265年在位）、王田建（前264—前221年在位）①。由政府牵头成立的学术研究机构"稷下学宫"应运而生，并一直伴随田齐政权终始，历时150余年。《史记·田敬仲完世家》裴骃集解说："刘向《别录》曰：齐有稷门，城门也。谈说之士期会于稷下。"②"稷"是齐都临淄一城门名，"稷下"即齐都临淄城稷门附近，齐国君主在此设立学宫，以供学者们自由辩论、发表政见，学宫因处稷下而称"稷下学宫"。东汉末年徐干《中论·亡国》亦有记载："昔齐宣王（按：据胡家聪考证为齐桓公，参见胡家聪《稷下争鸣与黄老新学》，中国社会科学出版社1998年版，第15页）立稷下之宫，设大夫之号，招致贤人而尊宠之。自孟轲之徒皆游于齐。"③《史记·田敬仲完世家》记载："宣王喜文学游说之士，自如驺衍、淳于髡、田骈、接予、慎到、环渊之徒七十六人，皆赐列第，为上大夫，不治而议论。是以齐稷下学士复盛，且数百千人。"④邹衍其人，《史记·孟子荀卿列传》记载最为详赡，现摘录其有关"大九州"学说如下："齐有三驺子……其次驺衍……其语闳大不经，必先验小物，推而大之，至于无垠……先列中国名山大川通谷禽兽，水土所殖，物类所珍，因而推之及海外，人之所不能睹……以为儒者所谓中国（按：此'中国'实指为齐国）者，于天下乃八十一分居其一分耳。中国名曰赤县神州。赤县神州内自有九州，禹之序九州是也，不得为州数。中国外如赤县神州者九，乃所谓九州也。于是有裨海环之，人民禽兽莫能相通者，如一区中者，乃为一州。如此者九，乃有大瀛海环其外，天地之际焉……自驺衍与齐之稷下先生，如淳于髡、慎到、环渊、接子、田骈、驺奭之徒，各著书言治乱之事，以干世主，岂可胜道哉。"⑤游国恩于《屈赋探源》一文中曾提到："考《周礼·春官》'钟师'疏引《五经异义》，

---

① 杨宽：《战国史》，上海人民出版社2003年版，第706—722页。
② （汉）司马迁：《史记》，中华书局1959年版，第1895页。
③ （汉）徐干：《中论》，《文渊阁四库全书》第1094册，上海古籍出版社1987年版，第499页。
④ （汉）司马迁：《史记》，中华书局1959年版，第1895页。
⑤ 同上书，第2344—2346页。

有'古《山海经》《邹子书》'云云，尤足以证明衍说与《山海经》有关。安知《山海经》一类神怪的书，非秦汉间人杂采衍说，或就阴阳家或地理家言推演附会而成的呢？"① 方孝岳甚至认为《山海经》所提到的材料为邹衍、驺奭一派阴阳家和神仙家的大本营。② "九州"之最早记录，目前为考古发掘春秋晚期齐灵公时的《叔尸钟》铭文记载："又□九州，处土禹（禹）之堵，不（丕）显□。"这则材料似乎言大禹治水事，大禹治水足迹范围可能遍及九州，所以，这里的"九州"应该是大禹治水时所涉之"九州"。《诗》无九州，《论语》无九州，《仪礼》无九州，《礼记》晚出不论。《周礼》言九州共6则，兹录于下：《地官司徒·大司徒》："以天下土地之举，则其书固俨然《山海经》之图，周知九州之地域广轮之数"，这则材料记叙了大司徒应该掌握天下舆地图籍，了解九州的土地情况；《春官宗伯·保章氏》："以星土辨九州之地所封"③，保章氏的职责是掌管天文之天星，以星宿和土地的对应关系来辨别九州；《夏官司马·量人》："量人掌建国之法，以分国为九州"④，量人的职责是掌握建国之法，并把国家分为九州；《夏官司马·司险》："司险掌九州之图"⑤，司险的职责是掌握九州的地图，了解九州山林川泽的总体情况；《夏官司马·职方氏》："乃辨九州之国"⑥，职方氏的职责是掌管天下的地图，并根据地图掌管天下的土地，分辨出九州的范围；《秋官司寇·大行人》："九州之外，谓之蕃国"⑦，大行人的职责是掌握重大外交礼仪，以处理好和诸侯的关系。九州以外的地方，就称之为蕃国。《左传·襄公四年》有一处记载了九州："芒芒禹迹，画为九州。"⑧ 这与《叔尸钟》所记相同。《山海经·海内经》："禹、鲧是始布土，均定九州……帝乃命禹卒布土以定九州。"⑨《山海经》说九州，也与大禹治水相关。

---

① 游国恩：《楚辞论文集》，古典文学出版社1957年版，第45页。
② 方孝岳：《关于楚辞天问》，载《楚辞研究论文集》，作家出版社1957年版，第45页。
③ （汉）郑玄注，（唐）贾公彦疏：《周礼注疏》，北京大学出版社1999年版，第705页。
④ 同上书，第791页。
⑤ 同上书，第799页。
⑥ 同上书，第870页。
⑦ 同上书，第1005页。
⑧ （周）左丘明传，（晋）杜预注，（唐）孔颖达疏：《春秋左传正义》，北京大学出版社1999年版，第839页。
⑨ 袁珂校注：《山海经校注》，上海古籍出版社1980年版，第469—472页。

屈原《天问》提出了大胆质疑:"九州安错?川谷何洿?"① 《天问》此句置于鲧、禹事后,无疑是屈原对大禹治水导九州之说提出的疑惑。

邹衍在稷下学宫讲学时(宣王田辟疆在位时间为前319—前301),屈原三四十岁,正值年富力强、上下求索、"博闻强志"的屈原不可能不知稷下学宫邹衍其人其说。《史记》所载邹衍恢弘"大九州"学说,应有理由为屈原所熟知。由此观之,屈原利用对邹衍"大九州"学说的接受,从而在自己的文学天地中营构出一种世界性的广阔地理面貌以及色彩斑斓的神话想象境界,也就是再自然不过的事情。

屈子具有神性视野。《天问》充满着寻求终极根据的"超验之问",在现实世界意义沦丧之后向神圣世界寻求根据、寻求意义的形而上的冲动。马克斯·韦伯说:"中国的宗教,不管它是巫术性或祭典性的,就其意义而言是面向今世的。中国宗教的这一特点较诸其他宗教都要远为强烈和更具原则性。除了本来的崇拜伟神巨灵的国家祭典之外,各种的祭礼尤其受到推崇……由于缺乏任何的来世论和任何的拯救学说,或者缺乏任何对超验的价值与命运的思索,国家的宗教政策依然保持着简单的形式……在官方祭典里,几乎所有的迷狂、禁欲与冥思,都不存在,这些都被认为是无秩序与非理性的兴奋成分,这是官吏们的理性主义所无法容忍的,就像罗马官僚贵族眼里的酒神祭典那样的具有危险性。当然,官方的儒教并没有西方意义的那种个人的祈祷,而只有礼仪规范。"② 土家族巫祀"服司妥",主旨在为人消灾驱邪心(招魂)和"告祖渡嗣"(求子)。一场场面稍大点的祭祀,掌坛主巫一人,伴巫(充任者一般为师兄弟)数人,动乐(充任者一般为徒弟)数人,香官(充任者一般为熟悉巫事的长者)一至二人,茶婆婆(充任者一般为福寿双全的年长妇女)一人;帮师(杂役)数人,另外,直接参与祭祀事宜者达数十人众。加之周围数十里凡沾亲带故者皆会群集而至,观者常常不下千余。巫师身穿宽衣大袖的红袍(也有穿蓝袍或白袍的)。白领襟左绣金黄色"千千雄兵",右绣金黄色"万万猛将"字样。肩背左右分别绣金色的"日"字和银色的"月"字。胸后背皆绣有金黄色的八卦图,并饰以银灰色的云纹作圈。八卦图的中心则为黑白相交的太极图。腰系五彩"八幅罗裙"。背插亮闪闪的长剑

---

① (宋)洪兴祖撰,白化文等点校:《楚辞补注》,中华书局1983年版,第91页。
② [德]马克斯·韦伯:《儒教与道教》,洪天富译,江苏人民出版社1995年版,第169—171页。

一把。其服色彩艳丽，装饰奇特，似神似仙，大异于常人衣裳。

"人神恋爱"的背后是充满神话和原始宗教氛围的奇丽图景，是比理性精神更为遥远的文化传统，是洋溢着生命热力的审美智慧。随着江汉流域的不断开发与楚国土的逐渐扩大，芈楚与南方土著居民的交往日益频繁，文化上不可避免地互相吸收、融合，逐渐创造出富有特点的代表南方文化系统的巫楚文化。江陵李家台4号墓出土了一座乍见令人不可名状的木雕像——"虎座立凤"。一只气宇轩昂的凤鸟立在一只小虎背上引吭高歌，奇特的是两扇张开的翅膀上竟生长出两只有升腾之势的鹿角，深含着沟通天人之际的宇宙意识和空间效应。《离骚》中屈原上天下地的几次遨游追寻与之有着异曲同工之妙。长沙子弹库楚墓出土了一幅《人物御龙帛画》，一位南国翩翩公子驾驭着"乙"状龙舟，公子头上还有华盖一重，龙舟下一尾鱼儿相随，增添了几分水乡情调，若将《九歌》与之对照，我们能看到"龙驾兮帝服，聊翱游兮周章"的云中君，"乘水车兮荷盖，驾两龙兮骖螭"的河伯，"闻佳人兮召予，将腾驾兮偕逝"的湘君。

《周易·系辞下》阐述各卦之由来时谓："古者包犧氏之王天下也……作结绳而为网罟，以佃以渔……包犧氏没，坤农氏作，斫木为耜，揉木为耒，耒耨之利以教天下——……"①墨家主要着眼于尧、舜、禹三代，并将三代圣王以及汤、文、武王一并树立为崇高典范。战国楚竹书《容成氏》从渺茫难稽的容成氏、尊卢氏、赫胥氏、仓颉氏、轩辕氏、神农氏等远古帝王一直说到武王伐纣。法家鼓吹法、术、势，常以古史人物和古代社会为论据。《商君书·更法》提到伏羲、神农、黄帝，伏羲为出现最早的人物，但无论上溯到多远，记述的仍然是人的活动。儒家认为，商族祖先契的降生就是上帝的安排，与玄鸟有关，《诗经·商颂·玄鸟》曰："天命玄鸟，降而生商。"周的祖先如何呢？《生民》如是说："厥初生民，时维姜嫄。生民如何？克禋克祀，以弗无子。履帝武敏歆，攸介攸止。载震载夙，载生载育，时维后稷。"可见，无论商族还是周族的起源，儒家最终都找到了上帝的头上。先秦时代，主张天地分判以前宇宙处于混沌状态的哲学观点，主要见于道家，这一派的开山之祖当属老子。老子关于宇宙之始的观念蕴含在他的"道"论中。这里宇宙的本原非"道"而是"太一"，两者的实质是相同的。《周易·序卦》提出"有天地，然后万物生

---

① 金景芳、吕绍纲：《周易全解》，吉林大学出版社1989年版，第514页。

焉"的著名观点,将天地始生视为历史之源;《周易·系辞上》则曰:"易有太极,是生两仪,两仪生四象,四象生八卦"①,这里的历史又始于太极。屈原遵从道家、阴阳家的思维指向,对历史追根溯源,从"邃古之初"问起,将历史之源上溯到渺茫难求的宇宙之初。屈原问道:那远古的最初状态是谁传道下来的?言外之意是问,那时尚没有人类,谁能亲眼见到?谁考证过?谁能真正认识?如果说阴阳参合形成万物,那么,哪一个是根本,哪一个又是演化而成的?之后,屈原问及天的结构、日月星辰等天体的运行、鲧和禹治水、大地的结构、大地上奇怪的动植物和奇闻逸事,最后问人类历史。结合屈原问天、问地、问人事的顺序可以推断,屈原认为历史起源的"邃古之初"应是人们尚不能探知,然而又的确经历过的一种状态。可贵的是,屈原能够冷静地辨析"不是什么",能够洞察、辨别传统观念与流行学说中的舛误之处并予以犀利地诘难。"天命反侧,何罚何佑?"②"皇天集命,惟何戒之?受礼天下,又使至代之。"③

屈子建构了巫术话语语场。关于"人神相通"的神秘主义诗性特征,南朝梁刘勰《文心雕龙·辨骚》篇云:"至于托云龙,说迂怪,丰隆求宓妃,鸩鸟媒娀女,诡异之辞也。康回倾地,夷羿彃日,木夫九首,土伯三目,谲怪之谈也。依彭咸之遗则,从子胥以自适,狷狭之志也。士女杂坐,乱而不分,指以为乐,娱酒不废,沉湎日夜,举以为欢,荒淫之意也。摘此四事,异乎经典者也。"④ 这种文学形式是在祭祀鬼神时所诵念的,都是祈求鬼神的颂词。《离骚》《九歌》《远游》中某些句式的重复,乃是对巫术仪式上巫师宣讲文本的模拟。屈原的作品中,有一种忽隐忽现、莫可名状的神秘气氛。在那里,与神鬼为邻,与宓妃、佚女娱戏,与上帝同游,这种幻化莫测的神秘的诗意境界是屈原作品所独有的,而这种境界正是巫术话语的神秘主义诗性所造就。神秘主义诗性特征是屈原赋巫术话语的本质特征。《离骚》和《远游》中"命""令""使""诏"这类词很多,令羲和弭节、令帝阍开关、令丰隆、令蹇修、麾蛟龙、诏西皇、凌天地以径度、召玄武、使文昌、使湘灵鼓瑟、令海若舞冯夷。《九章·

---

① 周振甫:《周易译注》,中华书局1991年版,第248页。
② (宋)洪兴祖撰,白化文等点校:《楚辞补注》,中华书局1983年版,第111页。
③ 同上书,第115页。
④ (南朝梁)刘勰撰,范文澜注:《文心雕龙注》,人民文学出版社1962年版,第46—47页。

惜诵》："令五帝使折中兮，戒六神与向服。俾山川以备御兮，命咎繇使听直。"① 屈原赋巫术话语所包孕的诗意神秘主义以提高人性为要旨，借比喻和象征的方法表达意愿，令读者感受到神性律动与心灵律动的冥契。

神话是人类文明的第一页。《离骚》受昆仑神话的影响很深。昆仑神话以黄帝为中心，颛顼是黄帝之苗裔。即《离骚》开篇之帝高阳。鲧的神话也出自昆仑系统。《山海经·海内经》曰："黄帝生骆明，骆明生白马，白马是为鲧"②；"洪水滔天。鲧窃帝之息壤以堙（yīn，《说文》本作'㙂'，从土，西声。本义为堵塞）洪水，不待帝命。帝令祝融杀鲧于羽郊。鲧复生禹。帝乃命禹卒布土以定九州"③。重华（帝舜、帝俊）、羿、启，也与昆仑神话有关。其余如羲和（生十日）、望舒、崦嵫、咸池、悬圃、阆风、不周山、西海、若木。《九歌·大司命》曰："君回翔兮以下，逾空桑兮从女。"④《山海经·北山经》云："又北二百里，曰空桑之山，无草木，冬夏有雪。空桑之水出焉，东流注于虖沱。"⑤《东君》："暾将出兮东方，照吾槛兮扶桑。"⑥《山海经·海外东经》曰："汤谷上有扶桑，十日所浴，在黑齿北。居水中，有大木，九日居下枝，一日居上枝。"⑦《河伯》云："登昆仑兮四望，心飞扬兮浩荡。日将暮兮怅忘归，惟极浦兮寤怀。"⑧《山海经·海内西经》谓黄河源自昆仑，"河水出东北隅……入禹所导积石山"⑨。《天问》："八柱何当？东南何亏？"⑩ 王逸《章句》云："言天有八山为柱，皆何当值。东南不足，谁亏缺之也。"⑪ 宋洪兴祖《楚辞补注》卷三曰："《河图》言：昆仑者，地之中也。地下有八柱，柱广十万里，有三千六百轴，互相牵制。名山大川，孔穴相通。《淮南》云：天有九部八纪，地有九州八柱。《神异经》云：昆仑有铜柱焉，其高入天，所谓天柱也。《素问》曰：天不足西北，故西北方阴也，而人右耳目不如

---

① （宋）洪兴祖撰，白化文等点校：《楚辞补注》，中华书局1983年版，第121—122页。
② 袁珂校注：《山海经校注》，上海古籍出版社1980年版，第465页。
③ 同上书，第472页。
④ （宋）洪兴祖撰，白化文等点校：《楚辞补注》，中华书局1983年版，第69页。
⑤ 袁珂校注：《山海经校注》，上海古籍出版社1980年版，第94页。
⑥ （宋）洪兴祖撰，白化文等点校：《楚辞补注》，中华书局1983年版，第74页。
⑦ 袁珂校注：《山海经校注》，上海古籍出版社1980年版，第260页。
⑧ （宋）洪兴祖撰，白化文等点校：《楚辞补注》，中华书局1983年版，第77页。
⑨ 袁珂校注：《山海经校注》，上海古籍出版社1980年版，第297页。
⑩ （宋）洪兴祖撰，白化文等点校：《楚辞补注》，中华书局1983年版，第87页。
⑪ 同上。

左明也。地不满东南，故东南方阳也，而人左手足不如右强也。又曰：天不足西北，左寒而右凉，地不满东南，右热而左温。注云：中原地形，西北高，东南下。今百川满凑东之沧海，则东西南北高下可知。"① 《天问》又云："增城九重，其高几里？"② 王逸《章句》谓："《淮南》言昆仑之山九重，其高万二千里也。二或作五。"③ 宋洪兴祖《楚辞补注》卷三曰："《淮南》云：昆仑虚中，有增城九重，其高万一千里百一十四步二尺六寸。注云：增，重也。有五城十二楼，见《括地象》。此盖诞，实未闻也。"④《天问》对天地山川地理名物提问，涉及昆仑神话着更是繁多。如鲧、禹、应龙、烛龙、不死国。《招魂》对西方诡异可怖之描写，也取自昆仑神话。《远游》也有涉及昆仑神话的内容，如："高阳邈以远兮，余将焉所程"⑤，"轩辕不可攀援兮，吾将从王乔而娱戏"⑥。又如："仍羽人于丹丘兮，留不死之旧乡。"⑦《山海经·大荒南经》记载："有羽民之国，其民皆生毛羽。"⑧ 王逸注："遂居蓬莱处昆仑也"。

屈原的家乡秭归，古称夔国，是乐夔的封地。夔是夏民族的一个擅长音乐的部族首领，尧舜时代是乐官。《尚书·尧典》记载："帝曰：'夔！命汝典乐，教胄子，直而温，宽而栗，刚而无虐，简而无傲，诗言志，歌永言，声依永，律和声。八音克谐，无相夺伦；神人以和。'夔曰：'於！予击石拊石，百兽率舞。'"《古微书·乐纬》也说："昔归典协声律。"《尚书》云："伯禹稽首，让于益归。"郑康成注曰："益归贤者，尧臣，归读曰夔。"《水经注·江水》曰："秭归县，故归子国也。"⑨《汉书·地理志》曰："归子国即夔子国也。"宋忠注曰："归即夔，夔乡即归乡。"《左传·昭公二十八年》："乐正后夔取之，生伯封，有穷后羿灭之，夔是以不祀。"⑩ 但仍延续到了殷商时代。邓延良的《楚裔入巴王蜀说》写道：

---

① （宋）洪兴祖撰，白化文等点校：《楚辞补注》，中华书局1983年版，第87页。
② 同上书，第92页。
③ 同上。
④ 同上。
⑤ 同上书，第165—166页。
⑥ 同上书，第166页。
⑦ 同上书，第167页。
⑧ 袁珂校注：《山海经校注》，上海古籍出版社1980年版，第368页。
⑨ （北魏）郦道元撰，陈桥驿校正：《水经注校正》，中华书局2007年版，第791页。
⑩ （周）左丘明传，（晋）杜预注，（唐）孔颖达疏：《春秋左传正义》，北京大学出版社1999年版，第1492页。

甲文中已出现过"夔"乃"夔方"(《甲骨文编》),是殷商时,早有此部族。《玉篇》释夔云:"神也,如龙,一足。"此如龙之夔与殷代人巴方(龙方)同在江汉,与褒及巴方同为龙蛇系(夏系)一支,且"夔"字从"巳",亦是夔为蛇系之旁证。《华阳国志·巴志》说:"周武王伐纣,实得巴蜀之归,著乎《尚书》。巴师勇锐,歌舞以凌殷人,前徒倒戈,故世称之曰武王伐纣,前歌后舞也。'"① 夔族、巴族都是楚族的来源之一,这对楚民族成为一个音乐民族关系极大。长沙陈家大山战国楚墓出土的帛画就被郭沫若认为是描绘了一妇人虔诚地向一凤一夔祈祷。凤和夔这两个音乐动物都成了楚国的图腾,可见楚国作为一个音乐民族源远流长。屈原出生在秭归这个音乐之乡,生活在楚国这个音乐的国度,这是他成为中国历史上最伟大的音乐家的良好的社会条件。《乐书》云:"筑者,形如颂琴,施十三弦,项细、肩圆,品声按柱,鼓法,以左手扼之,左手以竹尺击之,随调应律。"刘邦、项羽是秦末农民起义的领袖,他们一个是沛县(今属江苏)人,一个是下相(今江苏宿迁)人,都是楚族的后裔,文化水平不高,还创作表演了这么动人的歌曲。刘邦甚至还能自己演奏一种乐器,教年轻人表演自己的作品。可见,楚民族确实是一个能歌善舞的民族,楚国不愧为一个音乐的国度。汉代王逸在《楚辞章句·九歌序》中说:"楚南郢之邑,沅湘之间,其俗信鬼而好祀……屈原放逐……愁思怫郁,出见俗人祭祀之礼,歌舞之乐,其词鄙俚,因为作《九歌》之曲。"② 唐人刘禹锡《竹枝词·并序》说:"昔屈原居沅湘间,其民迎神鄙陋,乃为作《九歌》,到于今,荆楚歌舞之。"隋时有释道骞善读楚辞,音韵清切,至今传楚辞者,皆祖骞公之音。可见,楚方言语调,唐代犹存。为什么屈原的《九歌》唐代的人民还在演唱?而楚国其他的名曲如《涉江》《采菱》《扬荷》《劳商》《阳春》《白雪》《朝日》《鱼丽》,包括很普及、有群众性的《下里》《巴人》都失传了?这与屈原的创作是吸收了民间的营养,表达了人民的感情,具有民族地方特色,化为了人民的乡土父母之音有关。

  屈原任左徒之年应在楚怀王十年。因为六国联盟从怀王十年已开始,至十一年有五国攻秦之事。楚国在怀王六年尚派昭阳攻齐败魏,至魏惠王后元十三年(前 322,即楚怀王七年)秦取魏曲沃、平周之地。魏惠王十

---

① (晋)常璩撰,任乃强校注:《华阳国志校补图注》,上海古籍出版社 1987 年版,第 4 页。
② (宋)洪兴祖撰,白化文等点校:《楚辞补注》,中华书局 1983 年版,第 55 页。

四年(即楚怀王十年),秦伐败韩取鄢。又有屈原、陈轸、苏秦、公孙衍等的沟通联络,六国之联盟遂成。因此,才有五国伐秦之事。郢之登徒设计让孟尝君拒绝受象床之事在周慎靓王三年,即楚怀王十一年(前318)。

"庄骚两灵鬼,盘踞肝肠深。"(龚自珍《自春徂秋,偶有所触,拉杂书之,漫不诠次,得十五首》)庄子和屈原都超越了世俗人生,郭象认为《庄子》可以使"贪婪之人,进躁之士"、"旷然有忘形自得之怀","探其远情而玩永年者"更是能"去离尘埃而返冥极者也"(郭象《庄子序》)。林应辰认为《离骚》让人"寄兴高远"(林应辰《龙凤楚辞说》)。之所以如此,是因为庄子和屈原超越了时空之限、名利之欲、生死之忧,这种超越给予了他们自信,发而为"狂狷"的言行。

庄子和屈原的时空世界无比广阔。《庄子》中的神人"乘云气,御飞龙,而游乎四海之外"[①](《逍遥游》),道"先天地生而不为久,长于上古而不为老"[②](《大宗师》)。屈原横步天衢,"令羲和弭节",东君"撰余辔兮高驼翔,杳冥冥兮以东行"[③](《九歌·东君》)。他"时空观念显得更广阔,达到了宏观境界,把他对宇宙和神仙世界的观念融为一体,写得十分自然和极为壮观,故同正常的时空观念不同"[④]。庄子和屈原也在乎生死,庄子感慨"死生亦大矣";屈原长歌"汨余若将不及兮,恐年岁之不吾与"[⑤]。但是,他们或以其深邃的理性,或以其高洁的精神超越了世人的生死之惧。庄子从"道"的角度视人生为一个过程,"生"与"死"都是必然的,自然"佚我以死","死"只是生命的形式之一。妻死却鼓盆而歌,他超脱了对死的哀伤,彻悟了生的真谛。屈原珍惜生,但并不害怕死,"亦余心之所善兮,虽九死其犹未悔"[⑥],"阽余身而危死兮,览余初其犹未悔"[⑦](《离骚》)。他不畏死,因为他知道生命不是以肉体存在为标志,勇猛的战士"身既死兮神以灵,魂魄毅兮为鬼雄"(《国殇》)[⑧]。"死"

[①] 陈鼓应:《庄子今注今译》,中华书局1983年版,第25页。
[②] 同上书,第199页。
[③] (宋)洪兴祖撰,白化文等点校:《楚辞补注》,中华书局1983年版,第76页。
[④] 曹毓英:《屈原赋与楚地文化的地方特色》,《华中师范大学学报》(社会科学版)1992年第4期。
[⑤] (宋)洪兴祖撰,白化文等点校:《楚辞补注》,中华书局1983年版,第6页。
[⑥] 同上书,第14页。
[⑦] 同上书,第24页。
[⑧] 同上书,第83页。

丝毫无损于精神的长存。钱穆先生认为，和儒、墨两家相比，"可谓至庄周而始把人的地位更提高了，因照庄周意，天即在人生界之中，更不在人生界之上也。故就庄周思想体系言，固不见有人与物之高下判别，乃亦无天与人之高下划分"①。庄子通过"齐物"把"人"和"天"提到了同一高度，"万物与我为一"，又有什么能令人去俯首称臣？屈原"令五帝以折中兮，戒六神使向服。俾山川以备御兮，命咎繇使听直"②（《惜诵》）。哀怨中充满刚直，"青云衣兮白霓裳……杳冥冥兮以东行"更是有"高步天衢语气"（陆时雍《楚辞疏》）。庄子通过降低"天"而提升人，屈原则从道德上提升"我"，他们都超越了世俗的污浊。"屈原那种高自尊贵的态度，卓尔不群的品格，毫不掩饰的爱憎以及激烈的行事方式，表现了战国之士所具有的独立自由的精神。就其人格与个性的表现而言，这种自由精神与庄子所宣传的'逍遥游'的理想并无隔绝。"③ 他们这种精神发而为"狂狷"的言行，庄子"糠秕尧舜"（《逍遥游》），屈原"呵问天地"，诚如章学诚说："庄、屈，其著述之狂狷者乎！屈原不能以身之察察受物之汶汶，不屑不洁之狷也；庄周独与天地精神相往来而不傲倪于万物，进取之狂也。昔人谓庄、屈之书，哀乐过人，盖言性不可见，而情之奇至如庄、屈，狂狷之所以不朽也。"（《文史通义·质性》）"庄子之言往往放肆于规矩绳墨之外，而皆为屈子所法者；凡屈子之所为，固庄子所谓役人之役，适人之适，而不自适其适者也。"（钱澄之《庄屈合诂·自序》）屈原和庄子超越社会的出发点和方向是不同的，陈子龙说："庄子游天地之表，却诸侯之聘，自托于不鸣之禽，不材之木，此无意于当世者也"，而屈子则"自以宗臣受知遇，伤王之不明而国之削弱，悲伤郁陶，沉渊以没，斯甚不忘情者也。"（《谭子庄骚二学序》）同样是否定社会，庄子看到整个价值体系的虚伪而离世；屈原寄情楚国，意欲改造社会不得而以死明志。"三闾之哀怨在一国，而漆园之哀怨在天下；三闾之哀怨在一时，而庄子之哀怨在万世。"（胡文英《庄子独见·庄子总论》）正如唐甄所言："第若庄子遗世绝物，以卿相为污我，于心安乎？是故当以屈子之志济之，则世而不至于荡。死生亦大矣！为屈子计……呜咽悲泣，自捐其躯，吾嫌其

---

① 钱穆：《庄老通辨》，生活·读书·新知三联书店2002年版，第106页。
② （宋）洪兴祖撰，白化文等点校：《楚辞补注》，中华书局1983年版，第121—122页。
③ 蒋方：《论两晋名士对屈原的解读及其意义》，载《中国古代文学论集》，中华书局2002年版，第158页。

近于妇人。是故当以庄子之意济之,则忠而不至于愚。"(《庄屈合诂序》)文人往往"以《离骚》寓其忧,而以《庄子》寓其解脱"(钱澄之《四库全书总目提要》)。并在二者影响间随情感而转换,"每当读骚,辄废书痛哭,失声仆地。因取蒙庄齐得丧忘是非之旨以抑哀愤"(林云铭《楚辞灯》自序)。"浑身上下浸透忧愤的是屈原;能够消解忧愤使心灵获得宁静的是庄子。于是,像屈原一样充满忧愤的解骚者选择庄子,就是自然而然的了。"[①]

[①] 崔大华:《庄学研究》,人民文学出版社1991年版,第132页。

屈子楚辞还原外编

外编侧重单篇释读，以期究明各篇之内质、脉络，及文学、文化史意义。这是一种中观考察，上连宏观把握，下启微观细读，春风拂面，悟性奔驰，遂使《楚辞》熠熠发光。是金子就会熠熠发光，拂去烟尘，使金子还原为金子，乃是研究者之责任。两千余年《楚辞》研究，卓见迭出，遮蔽时有，折中百家，以窥堂奥，是吾所愿。此中还有何种未解之谜？此中还有何种尚未抵达之根本？此中还有何种颠倒错综之纠缠？此中还有何种说不清、道不白之呆招、死穴、盲点？都应逐一加以破解，才能大舒一口气。

《离骚》集论

把屈原列入诸子予以研究，这是因为屈原不仅是伟大的诗人，而且是杰出的政治思想、历史批评和生命哲学的思考者。这种思考是融合于诗性思维之中，因而《离骚》在人类史诗上，自来未见此体，仿佛是从天上盗得。典型的楚辞文化应该是南楚巫文化与战国士文化的融合，《离骚》即为这种握其感性与理性之二端的楚辞文化的产物，由此引起后世参差不齐的学人的热议、精研和说三道四。《离骚》全诗凡372句2461字。同一时期他的代表作品计有《离骚》《天问》《抽思》《卜居》诸篇。王逸《楚辞章句》曰："《离骚》之文，依《诗》取兴，引类譬谕。故善鸟香草，以配忠贞；恶禽臭物，以比谗佞；灵修美人，以媲于君；宓妃佚女，以譬贤臣；虬龙鸾凤，以托君子；飘风云霓，以为小人。"[1] 这首伟大的歌诗，散发着浓郁而焦灼的本根意识、忧患意识、振兴意识、美政意识，批判精神甚强。但评论参差，如张嵲《证辨骚》。这就是"刘勰作《辨骚》，以谓班固谓屈原为露才扬己，忿怼沈江，羿、浇、二姚，与《左氏》不合，昆仑县圃，非经义所载。谓孝武博览古今，淮南王叙《离骚传》，以《国风》好色而不淫，《小雅》怨悱而不乱，若《离骚》者，可谓兼之。蝉蜕秽浊之中，浮游尘垢之外，皭然泥而不滓，虽与日月争光可也。又说五子以失家巷，谓伍子胥也。及至羿、浇、二姚，有娀佚女，皆以所识有增损，然未得其正也，故博采经书传记以为之解。自此以上，固皆统论淮南王安叙《离骚传》有与经义不合者尔，非谓屈原也，兼亦无羿、浇、二姚与《左氏》不合之文。而勰考不精，遂谓班孟坚谓'屈平《离骚》，不合《左氏》'，则其失也，不待辨而可了矣。或曰：今王逸所注皆引《左氏》

---

[1] （宋）洪兴祖撰，白化文等点校：《楚辞补注》，中华书局1983年版，第2—3页。

以释《离骚》,曷为无向之不合者。盖淮南作传之时,皆以所识有所增损,所以广异闻也,如《汲冢竹书纪年》之类尔。后人以其与《左氏》乖剌,遂削去之,所以不见於世也。惜哉!"①

从形式上看,值得注意者,歌诗中使用"兮"字,渊源有自,与南楚、吴越结有不解之缘。它是南楚、吴越古歌、民谣的提升和发展,由此创造中国诗歌的新形式。古歌如《南风歌》曰:"昔者舜弹五弦之琴,造《南风》之诗。其诗曰:'南风之熏兮,可以解吾民之愠兮。南风之时兮,可以阜吾民之财兮。'"又有《接舆歌》曰:"楚狂接舆歌而过孔子。曰:'凤兮凤兮,何德之衰!往者不可谏,来者犹可追!已而已而,今之从政者殆而!'"《孺子歌》:"有孺子歌曰:'沧浪之水清兮,可以濯我缨;沧浪之水浊兮,可以濯我足。'"还有《越人歌》,刘向《说苑·善说》云:"襄成君始封之日,衣翠衣,带玉璆剑,履缟舄,立于流水之上。大夫拥钟锤,县令执桴号令,呼谁能渡王者。于是也,楚大夫庄辛过而说之,遂造托而拜谒起立曰:'臣愿把君之手,其可乎?'襄成君忿然作色而不言。庄辛迁延盥手而称曰:'君独不闻夫鄂君子皙之泛舟于新波之中也?乘青翰之舟,极芮芘,张翠盖,而擒犀尾,班丽袿衽,会钟鼓之音毕,榜枻越人拥楫而歌,歌辞曰:滥兮抃草滥予昌枑泽予昌州州饣甚州焉乎秦胥胥缦予乎昭澶秦踰渗惿随河湖。鄂君子皙曰:'吾不知越歌,子试为我楚说之。于是乃召越译,乃楚说之曰:今夕何夕兮搴舟中流,今日何日兮得与王子同舟。蒙羞被好兮不訾诟耻,心几顽而不绝兮得知王子,山有木兮木有枝,心说君兮君不知。于是鄂君子皙乃揄修袂,行而拥之,举绣被而覆之。鄂君子皙亲楚王母弟也,官为令尹,爵为执圭,一榜枻越人犹得交欢尽意焉。今君何以踰于鄂君子皙。臣独何以不若榜枻之人。愿把君之手,其不可何也?'襄成君乃奉手而进之曰:'吾少之时,亦尝以色称于长者矣,未尝遇僇如此之卒也。自今以后,愿以壮少之礼谨受命。'"② 刘向《新序·节士第七》又有《徐人歌》曰:"延陵季子将西聘晋,带宝剑以过徐君。徐君观剑,不言而色欲之。延陵季子为有上国之使,未献也,然其心许之矣,致使于晋,故反,则徐君死于楚,于是脱剑致之嗣君。从者止之曰:'此吴国之宝,非所以赠也。'延陵季子曰:'吾非赠之也,先日

---

① (宋)张嵲:《证辨骚》,曾枣庄、刘琳主编《全宋文》第 187 册,上海辞书出版社、安徽教育出版社 2006 年版,第 197—198 页。

② (汉)刘向撰,向宗鲁校证:《说苑校证》,中华书局 1987 年版,第 277—279 页。

吾来，徐君观吾剑，不言而其色欲之。吾为有上国之使，未献也。虽然，吾心许之矣。今死而不进，是欺心也。爱剑伪心，廉者不为也。'遂脱剑致之嗣君。嗣君曰：'先君无命，孤不敢受剑。'于是季子以剑带徐君墓树而去。徐人嘉而歌之曰：'延陵季子兮不忘故，脱千金之剑兮带丘墓。'"①《文苑英华》又载有胡运唐代宗时擢书判拔萃科所作曰："佩玉蕊兮德音发，中规矩兮声不歇。驰畋猎兮思敬慎，寿考不亡兮长岁月。端法服兮临魏阙，群后觐兮万方谒。"

《离骚》之流传，于汉高祖九年由屈氏家族带到关中；另一途径在楚国后期首都寿春，宋玉、唐勒、景差之徒的遗产，其后被淮南王刘安所保存。刘向校书中秘时作《九叹》，将单篇别行之屈原相关辞赋汇辑为《九章》，对此，他在《九叹》作了交代："叹《离骚》以扬意兮，犹未殚于《九章》。长嘘吸以于悒兮，涕横集而成行。"② 因而屈原《楚辞》是流传有序，并无散佚。所谓"屈原否定论"是无视古文献记载，或者没有读通古文献而玩弄西方理论的一种臆想。1977年距寿春不远的安徽阜阳双古堆1号汉墓出土了大批文物，墓主为第二代汝阴侯夏侯灶，卒于汉文帝十五年（公元前165）。出土文物中就有《离骚》残句，存有四字；《涉江》残句，仅存五字。一片是屈原《离骚》第四句"惟庚寅吾以降"中的"寅吾以降"四字，简纵裂，存右边字的三分之二，残长3.5厘米，宽处0.5厘米。另一片是屈原《九章·涉江》"船容与而不进兮，淹回水而凝滞"两句中"不进旖奄回水"六字，"水"字仅存一残笔，"不"字完整，其他四字存左边的四分之三。简残长4.2厘米，宽处0.4厘米。简文淹作"奄"，兮作"旖"，与今本不同③。说明汉文帝时《楚辞》的一些单篇已有流行。夏侯灶死时淮南王刘安14岁，单篇《楚辞》已在淮南国毗邻的地区流行。

《离骚》是为了反对黄棘之会而作，作于楚怀王二十五年，即公元前304年或略晚。同时还有《惜诵》《抽思》。《离骚》云："汩（忽也）余若将不及兮，恐年岁之不吾与"④；"老冉冉（渐渐也）其将至兮，恐修

---

① （汉）刘向撰，石光瑛校释：《新序校释》，中华书局2001年版，第867—869页。
② （宋）洪兴祖撰，白化文等点校：《楚辞补注》，中华书局1983年版，第300页。
③ 阜阳汉简整理组：《阜阳汉简〈楚辞〉》，《中国韵文学刊》1987年总第1期。
④ （宋）洪兴祖撰，白化文等点校：《楚辞补注》，中华书局1983年版，第6页。

（美也）名之不立！"①"及年岁之未晏（晚也）兮，时亦其犹（今本换作'犹其'）未央（尽也）②。考屈原生于楚宣王二十七年（前343），死于顷襄王二十一年（前278），享年66岁。黄棘之会在楚怀王二十五年（前304），屈子40岁。从其时空意识中，可以感受到迫不及待的经世致用、批判现实、振兴国族之政治意识。

　　典籍文献与出土文献于此可以互为参证。1987年1月，在距战国楚都纪南城16公里的包山楚墓中发现了大量楚简。汤炳正据简文考定，墓主名邵𣂏，官左尹。葬于公元前316年，即楚怀王十三年。当时屈原15岁，则邵𣂏系略早于屈原的同时代人。而且据楚简惯例，凡"昭"字多作"邵"或"慰"，则墓主邵𣂏即昭𣂏，又系楚贵族昭、屈、景三姓之一，与屈原同宗。其官居左尹，乃楚大夫级，与屈原曾官居左徒之秩位相近。墓中随葬物品极丰，并发现大量字迹清晰的竹简有278枚，总字数共达12472之多。其中记录卜筮祭祷的竹简，共26事，每事用简不一，或一、二简，或三、四简。根据这些简文，当时楚国贵族卜筮祭祷之制，可略得其梗概。而且与同时代产生的屈赋《离骚》中有关卜筮的艺术构思等，多相契合。……古人，事无大小，有疑则占。但纵观先秦典籍，大事如征战祭祀，小事如婚姻嫁娶，皆用卜筮以决疑。而占卜"事君"之吉凶者，则不多见。今观包山楚简，共记录卜筮祭祷者，凡二十六简。其中一般祭祷祈福者四简，占疾病者十一简，占"事君"之吉凶者亦十一简。占疾乃古人的常事，而占"事君"之吉凶者，竟占如此大的比重，乃此次出土的包山楚简值得注意之现象。……从上述例简看，这类占卜，是以"事王"是否"有咎"为贞问中心，余者皆如此。而且关心的范围，除一般"尚无有咎"之外，又涉及"爵位"升迁的早迟，"志事"是否得申，等等。凡此，当然都是一个贵族大臣最关心的问题。但以此作为卜筮的主要内容而不厌其烦地贞龟问卦，这也许是楚国当时普遍的风尚。而且这些楚简中，凡问"事君"问题，都不是贞问一时一事，而是贞问较长时期的吉凶。至少是一年，乃至更多的几年之中。"东周之客許，绖归胙于蔵郢之岁，夏㡿之月，乙丑之日，苟嘉以长则为左尹𣂏贞：出入侍王，自夏㡿之月以庚集岁之夏㡿之月，尽集岁，躬身尚毋有咎？占之：恒贞吉，少有忧于躬身，

---

① （宋）洪兴祖撰，白化文等点校：《楚辞补注》，中华书局1983年版，第12页。
② 同上书，第39页。

且外有不顺。以其古（故）敫之：举祷楚先老僮、祝融、媸酓各一牂，鬼攻解于不辜。苟嘉占之，曰：吉。"其程序有六：记卜筮的年月日，记卜筮人及为谁卜筮，记所占何事，记占卜的答案，记为趋吉避凶进行祈祷，卜筮人再占吉凶。1. 《离骚》并没有具体写出卜筮的年月日，只是写出被疏之后，由于政治上的失败而心情处于极端困惑的时刻。2. 卜筮人及为谁卜筮：《离骚》紧接上文"余焉能与此终古"之下云："索蔓茅以筳篿兮，命灵氛为余占之。"① "灵氛"，则王逸云："古明占吉凶者"；或谓即《山海经·大荒西经》灵山十巫中之"巫朌"。3. 所占何事，此指"贞辞"而言。即卜筮人，在占卜之前向蓍龟言其所占何事。《离骚》紧承上句"灵氛为余占之"，即言其所占的内容："曰：两美其必合兮，孰信修而慕之？思九州岛之博大兮，岂唯是其有女？"② 这个"曰"字，即卜者灵氛"贞辞"的开始；并引起下四句"贞辞"的内容。占卜的答案："曰：勉远逝而无狐疑兮，孰求美而释女！何所独无芳草兮，尔何怀宁故宇！"③ 这个"曰"字下的四句，即占得的答案，故重新以"曰"字起句。前四句以"曰"字引起，这是卜问之词，即言所卜何事；后四句以"曰"字引起，是卜筮的答案，即卜筮结果所示的吉凶。两"曰"字是一问一答，一疑一决。一为代主人问蓍龟；一为代蓍龟答主人，角度完全不同。包山楚简可以为证。5. 为趋吉避凶而进行祈祷：据楚简，凡卜筮得到答案，为了趋吉避凶，必祭祷神灵以求福佑。由于楚简于卜筮而得到答案之后，必进行祭祷。因此《离骚》于灵氛宣布吉凶之后，诗人作了一段自我抒情。接着就是："欲从灵氛之吉占兮，心犹豫而狐疑。巫咸将夕降兮，怀椒糈而要之。百神翳其备降兮，九疑缤其并迎。皇剡剡其扬灵兮，告余以吉故。曰：勉升降以上下兮，求矩矱之所同……及年岁之未晏兮，时亦犹其未央。恐鹈鴃之先鸣兮，使夫百草为之不芳。"④ 上述"巫咸将夕降兮，怀椒糈而要之"这节诗，乃指祭祷，非言卜筮。并不是旧注所谓要其"重卜"。《秦诅楚文》称巫咸为"丕显大神"，而使宗祝祭祷之；又《庄子·天运》乃问巫咸以天道。可见当时南楚视巫咸为"大神"，非一般卜筮从事者可比。据楚简所载凡卜筮之后必继之以祭祷的程序来考查，则

---

① （宋）洪兴祖撰，白化文等点校：《楚辞补注》，中华书局1983年版，第35页。
② 同上。
③ 同上。
④ 同上书，第36—39页。

《离骚》此节"要巫咸""降百神""迎九疑",当皆为祭祷鬼神之事,而非求卜之举。据楚简,每卜之后,必祭祷众神;每次祭神之多,往往以数计,与《离骚》"百神备降"之语颇相吻合。祷神之后,神必以吉凶相告,所以说"皇剡剡其扬灵兮,告余以吉故"。这里的"故",与简文"以其故敓之"的"故"字相近,即指旧典或故事而言。故下文以"曰"字起首的这段话,即"吉故"的内容。乃神灵列举古代的汤、禹、殷武丁、周文王、齐桓公诸史事,以证明及时远逝以求贤君,必能达到君臣相得的理想。但是,从楚简来看,祭祷之后,或吉或凶,是由卜筮人经过占卜之后,间接相告。因此,这节诗歌显然是诗人借巫咸百神之口的抒情之笔,与楚简的纪实之文有异。6. 卜筮人再占吉凶:据楚简观之,凡祭祷之后,原来的卜筮人必再占吉凶,作最后决定。在《离骚》中,于祭祷"巫咸""百神"之后,原来的卜筮人"灵氛",又以祭祷之后所占的结果相告。亦即:"灵氛既告余以吉占兮,历吉日乎吾将行。"古今说者,多以为"灵氛既告余以吉占",为回顾与重复上文开始卜筮时灵氛之断语。事实上此当为灵氛于祭祷后再次卜筮之结果;由于"巫咸""百神"为之祛灾赐福,故谓之"吉占"。此与楚简每条之末必曰"某某占之曰:吉",是一个程序。乃祭神之后所占得的新结论;并非对祭神前的旧结论之回顾。这以下一大段"驾飞龙"而神游,正是根据这一"吉占"而付诸实行的浪漫主义意象表现。有人说:艺术起源于宗教。这话未必确切。汤炳正认为,艺术之始或寄生于宗教,并不是起源于宗教[①]。

  《离骚》的"巫幻意识"是创作主体的意识与无意识的交混,实际上是创作主体深层心理躁动与升华之结果。对此,可以从文化人类学的角度,在少数民族地区的原始祭神活动中获得参照。贵州苗族存在着一种做神的活动,有的叫作"七姑娘",有的叫作"苗家稻",有的叫作"菜花神"……黔东南苗族叫做"七姑娘"(也有叫作"苗家稻"的),时间在农历七月初至七月半。在月光的朗照下,人们集中在村边的空旷处,由一人或几人扮"七姑娘"神游天界。用布蒙脸,以手指塞耳,向前点燃香火,他人从田中摘下稻叶插在他(她)的头上,并给他(她)扇风。引导者用话和歌来给予引导。做神者慢慢昏迷,两脚抖动,便进入"阴间",去会亡灵,去到"最美丽的地方"后,开始返回,如遇到死去的亲人之亡

[①] 汤炳正:《从包山楚简看〈离骚〉的艺术构思与意象表现》,《文学遗产》1994年第2期。

灵就痛苦不已，如果遇到青年男女，就同他们对歌。平时不大会唱歌的人，迷狂状态也变得特别能唱，据说这是神（"七姑娘"等）授的结果①。荣格运用无意识理论研究原始意识，原始人类之深层心理，这对我们研究迷狂心理有直接的参考价值。荣格说，研究无意识，"最好的例子莫过于疯子的幻想以及所谓的降神会。只要自主心灵成分被投射出来，无形人便随时随地会出现"，"如果一个人被某种重要的心灵内涵投射到，他就算是着魔了。"② 理智与迷狂相结合，乃是其基本特征。黔东南苗族做"七姑娘"，表面上看，是通过唱歌送阳人"上天"旅游，领略天国风光的一个荒诞的过程。黔东南苗族做"七姑娘"回老家的路线一般是：上马—天地交接处—生死桥—桑那岭—扬州城。巫师和所有做"七姑娘"的人都知道这样一些地方，但这些地方是什么模样，距离有多远，都一概不知，但神游者可以倏然而至，而且什么地方有沟，什么地方有坎，什么地方有狗，什么地方有人，都说得清清楚楚。《离骚》对社会之批判，从另一角度看，就是被当局者放逐。因而屈原者，乃是"中国放逐诗学之父"。史拉第（Lola L. Szladits）有句名言："亚当是被放逐者。"③ 也就是说，"人类之父"是被放逐者。而"中国诗歌之父"屈原，也同样是一个被放逐者。余光中不无悲痛地说："我们有流放诗人的最早记录。"④ 放逐，也是中国诗学的永恒母题。"离骚"到底是"离忧"，还是"遭忧"呢？两者都可以在《离骚》中找到证据："余既不难乎离别兮""判独离而不服""纷总总其离合兮""何离心之可同兮"等句中的"离"字均作"分离、分别"解，而"进不入以离忧兮"的"离"则作"遭到、遭遇"解。如果要找外证，"悲莫悲兮生别离"（《少司命》）、"反离群而赘疣"（《惜诵》）、"民离散而相失兮"（《哀郢》）等句中的"离"皆可作"别"解，而"思公子兮徒离忧"（《山鬼》）、"卒然离蠥"（《天问》）、"纷逢尤以离谤兮"（《惜诵》）中的"离"则可释成"遭"。而且从《离骚》的内容看，既可以说是"离忧"，也可以说是"遭忧"。两种正好相反的意思，竟然都统一在"离骚"之中，中国文字和诗歌的"多义性"真是奇妙无比。其间

---

① 罗义群：《从苗族巫歌看〈离骚〉的"魔法综合"》，《中央民族大学学报》1995年第5期。
② ［瑞士］荣格：《探索心灵奥秘的现代人》，黄奇铭译，社会科学文献出版社1987年版，第138页。
③ Lola L. Szladits, *Beneath Another Sun*, The New York Public Library Astor, Lenox And Tilden Foundation, 1977, p. 3.
④ 余光中：《敲打乐》，（台北）纯文学出版社1996年版，第56页。

奥秘可以如此表述："正是'离骚'的双义性悖论，造成一种内在的骚动不安的审美活力，倾泄着诗人遭遇现实困境而想抛离忧愁，却在抛离忧愁的求索中遭遇到更加痛苦的精神困境。在这种'遭⇆离'的复杂的语义结构中，《离骚》以情感反复动荡的大波大澜，形成了沉郁而奔放的美学格调和'痛苦的崇高'的美学机制。"①

关于香草美人，是屈原撷取楚地风物入诗之一大创造，形成了一个"寓情草木，托意男女"（朱熹语）的象征性"意象系统"。王逸在注释《离骚》时曾指出："《离骚》之文，依《诗》取兴，引类譬喻。故善鸟香草，以配忠贞；恶禽臭物，以比谗佞；灵修美人，以媲于君；宓妃佚女，以譬贤臣；虬龙鸾凤，以讬君子；飘风云霓，以为小人。"朱自清曾将中国比体诗分为四类，即咏史（以古比今）、游仙（以仙比俗）、艳情（以男女比君臣）、咏物（以物比人），并认为"这四体的源头都在王注《楚辞》里"。②游国恩说："在《诗经》中显然看得出'比兴'材料真不少：它有草木，有虫鱼，也有鸟兽，更有多种器物，甚至有自然现象，如风、雷、雨、雪、蟊螟和阴霾等等。可是没有'人'，更没有'女人'。文学用'女人'来做'比兴'材料，最早是《楚辞》。他的'比兴'材料虽不限于'女人'，但'女人'至少是其中重要材料之一。所以我国文学首先与'女人'发生关系的是《楚辞》，而在表现技巧上崭新的一大进步的文学也是《楚辞》。"③其实，四种比诗，可以上溯《诗三百篇》，其中以男女比君臣，可以参见《卫风·氓》《邶风·谷风》《邶风·柏舟》，表面看都是"弃妇诗"，蕴含着"弃妇情结"。《左传·鲁成公八年》晋景公使韩穿来言汶阳之田，归之于齐，鲁季文子引用了《卫风·氓》，晋、鲁关系若氓与弃妇。对于《诗经·召南·邶风》，方玉润认为是"逐臣自伤也"④《毛诗序》云："《柏舟》，言仁而不遇也。卫顷公之时，仁人不遇，小人在侧。"⑤《柏舟》被称为"小《离骚》"。明初刘基《读史有感》云："千古怀沙恨逐臣，章台遗事最酸辛。可怜日暮高唐梦，绕尽行云不到秦。"以儒家经典之言，呈现峻洁人格和卑污人格，是语一出，为后世

---

① 杨义：《楚辞诗学》，人民文学出版社1998年版，第53—54页。
② 朱自清：《诗言志辨》，华东师范大学出版社1996年版，第87页。
③ 游国恩：《楚辞女性中心说》，《楚辞论文集》，古典文学出版社1957年版，第191页。
④ （清）方玉润：《诗经原始》，中华书局1986年版，第135—137页。
⑤ （汉）毛亨撰，（汉）郑玄笺，（唐）孔颖达疏：《毛诗正义》，北京大学出版社1999年版，第113页。

"香草美人"之张本。《离骚》抒情主人公以多种方式与香花芳草发生关联，归纳起来主要有以下 8 种方式：用它们做服装、做佩饰、充当食物和饮料、作为礼品，香花芳草是抒情主人公揽持的对象、依傍的对象、培育的对象，是用于拭泪的物品。在这 8 种关联方式中，分布是不均衡的。《离骚》集中出现抒情主人公与香花芳草发生关联者共 16 处，其中以香草为佩饰者 8 处，占总数的一半，在所有关联方式中居于首位，远远高于其他类别的关联方式。北京周口店猿人洞内发现由水晶砾石、狐齿连缀之项串。山顶洞人较"北京人"又有了更大的进步，在山顶洞穴中出土了许多用兽骨磨制而成的精致骨角器，如磨光的鹿骨、穿孔的骨坠、鱼骨、牙饰、蚌饰等，这生动地反映了山顶洞人原始艺术的萌芽。殷墟考古，发现了不计其数的玉、石、骨、角、牙、蚌、陶等各类遗物。曾侯乙墓出土的大量青铜器，从墓主人尸骨周围清理出 500 多件玉饰品，墓主人口中竟含有 21 件玉雕动物，如玉牛、玉羊、玉鱼等。出土的玉缨是一件 16 节的龙凤玉挂，整件玉挂集透、平、阴雕等玉雕技艺于一身，共刻有大大小小的 37 条龙、7 只凤及 10 条蛇。《韩非子·观行》写道："西门豹之性急，故佩韦以自缓；董安于之心缓，故佩弦以自急。"[①] 韦，指熟牛皮，质地柔软；弦，指弓弦。《礼记·玉藻》云："君子无故玉不去身，君子与玉比德焉。天子佩白玉而玄组绶，公侯佩山玄玉而朱组绶，大夫佩水苍玉而纯组绶，世子佩瑜玉而綦组绶，士佩瓀玟而缊组绶，孔子佩象环五寸而綦组绶。"[②]《诗经》出现的佩饰无一例外都是玉制。周代礼乐文明是把玉佩作为贵族威仪之美的重要标志，而《离骚》出现的佩饰却是由香草制成，而不是以玉为佩。这些芳草可以和《山海经》有关楚地植物佩饰的记载相互印证。其中虽然也有"折琼枝以继佩"之语，但这里指的是玉树，属于植物，而不是玉石。《离骚》比兴不是源于儒家经典，而是源于楚文化自身。《宋文鉴》卷九十二所载黄思伯的《校定楚辞序》称："盖屈宋诸骚，皆书楚语，作楚声，记楚地，名楚物，故可谓之楚辞。"宋陈振孙《直斋书录解题》卷十五云："陈氏曰：昭武黄伯思长睿撰。其序言屈、宋诸骚皆是楚语，作楚声，纪楚地，名楚物，故可谓之《楚辞》。若'些''只''羌''谇''蹇''纷''侘''傺'者，楚语也。悲壮顿挫，或韵或否

---

① （清）王先慎撰，钟哲点校：《韩非子集解》，中华书局 1998 年版，第 197 页。
② （汉）郑玄注，（唐）孔颖达疏：《礼记正义》，北京大学出版社 1999 年版，第 914 页。

者,楚声也。沅、湘、江、澧、修门、夏首者,楚地也。兰茝、荃药、蕙若、烦蘅者,楚物也。既以诸家物校定,又以太史公《屈原传》至陈说之之序,附以今序,别为一卷,目以《翼骚》。《洛阳九咏》者,伯思所作也。"① 楚文化中的巫风习俗是我们理解《离骚》比兴的关键。第一任楚子熊绎对周天子所尽的几项职责乃是守燎祭天、进贡苞茅以缩酒和进贡桃弧棘矢以禳灾,都是与事神相关之巫术活动。《国语·楚语下》载大巫观射父对楚昭王说:"民之精爽不携贰者,而又能齐肃衷正,其智能上下比义,其圣能光远宣朗,其明能光照之,其聪能听彻之,如是则明神降之,在男曰觋,在女曰巫。"② 把巫觋与"上下比义"相联系。《诗》《骚》比兴不同,《离骚》用以敬神娱神的事物必须是象征纯洁、光明、美好、神圣的芳草物品,而不可能是北国的牺牲黍稷。《九歌》就是以香花、香草、桂酒、椒浆敬神娱神。比较而言,《诗经》比兴大都是即景起兴和形象比喻,而《离骚》比兴则具有寄寓深刻的象征性质;《诗经》中的比兴只是一首诗的片断,而《离骚》中的比兴事物则是成批地涌现,形成一个意象群,贯穿并直接参与情节发展之始终;《诗经》中的比兴事物是人们日常生活中司空见惯的草木鸟兽虫鱼以及作为祥瑞物的凤麟;等等,而《离骚》中的比兴事象则是源于巫文化母体的彼此联系的系列事物,五彩缤纷,出入于神话与人界,如果有人试图将《诗》《骚》比兴的所谓联系落到实处,那么势必难免胶柱鼓瑟、破绽百出,因为它是一种前所未见的创造。《离骚》中香草是一种"巫具""巫服",以"香草"作为"行巫"的催化药服,展开光怪陆离的人神对话。所以《离骚》的源头在楚国的古风和民间,若从《诗经》中去寻找《离骚》比兴的源头,是一种南辕北辙的做法,用力愈勤,离开真理也就愈远。起源于以表现原始巫觋习俗为内容的南楚祭歌,系于屈原名下《九歌》就是南楚祭歌的代表作。这些芳草的基本意义应该是巫术意义,因为楚人心目中的神灵都是爱美的,佩饰花草以增添主人公美的风采与性的魅力,这符合南楚祭神的习俗,容易博得神灵的好感与同情。宋代吴仁杰所撰《〈离骚〉草木疏》书分四卷,前三卷为芳草类,共收药用植物 44 种,后一卷为附录,收莸草 11 种。吴仁杰在《〈离骚〉草木疏序》中指出:"《离骚》以香草为忠正,莸草为小

---

① (宋)陈振孙:《直斋书录解题》,上海古籍出版社 1957 年版,第 436 页。
② 《国语》,上海古籍出版社 1978 年版,第 559 页。

人。荪、芙蓉以下凡四十四种犹青史独义独行之有全传也,蒺、菉、蓝之类十一种,传着卷末,犹佞幸奸臣传也。彼既不能流芳千古后世,姑使之遗臭万载云。"全书共收《离骚》药用植物55种,包括了屈原其他作品中的本草描写。《离骚》描写本草有22种,其中香草类15种,它们是川芎、白芷、泽兰、辛夷、荠草、花椒、桂、佩兰、荪荃、山药、杜衡、菊花、薜荔、胡绳、蓬荷。莸草类7种,即蒺(蒺藜)、菉、蓝(卷耳)、葛、茅、蒿、椒。《离骚》中香草、莸草主要是以药物性能来区分的。香草类的药物,不管其药用效能怎样有差异,但在性味上均是辛温之品。气味芬香,如白芷、辛夷、川芎、菖蒲,历来就被认为是香草,佩之可辟邪恶;而莲花、菊花,更是香花,实为高洁之象征;薜荔、兰草,生性高洁,历代诗歌无不以之比喻高尚的节操。莸草类则恰恰相反,或其味苦,或其形劣,大多为有毒之物。当然,香草中也有"宿莽"之类有毒之物,莸草中亦有"蒺藜"甘温之品。乃是当时人们科学水平低下所致①。"香草喻"的原型可追溯到原始人的植物崇拜观念,及楚地巫风祭祀习俗。楚国盛产香草,楚人对香草有一种特殊的感情。据《荆楚岁时记》记载,楚人几乎一年四季都要用到香草。如:"正月一日……造桃板着户……长幼悉正衣冠……进椒柏酒,饮桃汤。""正月未日夜,芦苣火照厕中,则百鬼走。""二月八日……平旦执香花绕城一匝,谓之'行城'。""三月三日……取鼠曲菜汁作羹……以厌时气。……四月八日,诸寺设斋,以五色香水浴佛……""五月五日,谓之浴兰节……菜艾以为人,悬于门上,以禳毒气。以菖蒲或缕或屑,以泛酒。……采杂药。"

楚国巫文化是以神巫凤鸟怪兽为中心,而《离骚》则体现出以人为中心的深刻的理性精神,乃是战国士文化精神与巫文化的深度化生。从以神为中心到以人为中心的价值观的转变,必然导致《离骚》对巫卜神怪龙凤图腾的巨大艺术改造,抒情诗主人公表现了役使众神、睥睨一切的气概,使得那些神怪巫卜凤鸟图腾在人的理性的光辉照耀下熠熠闪光。不妨与西方经典文学作一比较②,但丁《神曲》中只有香花而无恶草,香花香草只有宗教含义而无政治、伦理含义。灯心草象征谦逊:《净界》第一歌写维吉尔为但丁用灯心草做了一根缚腰的带子,以约束但丁的骄傲。"在那里

---

① 刘晓林:《〈离骚〉本草描写的美学意义及与〈诗经〉之比较》,《海南师院学报》1999年第4期。

② 李万钧:《〈离骚〉、〈神曲〉、〈浮士德〉比较研究四题》,《中国比较文学》1998年第3期。

我的老师替我拔取灯心草做了带子，……他拔取了那谦逊的植物以后，那里马上又生长出来了。"① 橄榄枝象征和平及智能：《净界》第二歌写众灵魂围拢但丁聆听消息，"好比围绕着一个手持橄榄的使者"②。百合花寓《旧约》的纯洁，玫瑰花和红花寓《新约》的博爱；《净界》二十九歌写但丁看见迎面来了二十四位长老，"二个一排走着，头戴百合花冠"③。二十四个长老象征《旧约》，因为《旧约》共二十四卷。但丁又看见随后来了七个老人，"只是他们不戴着百合花冠，却是玫瑰花和别的红花"④。七个老人指《新约》的七位作者。美花寓圣母玛丽亚；《天堂》第二十三歌说："那朵美花的名字，我常常早晚祈求，……所有其他的光辉也一齐喊着玛丽亚的名字。"⑤ 屈原和但丁都用香花变恶草的比喻说明后天自我修养的重要性。《离骚》这方面的例子不少。《神曲》仅有一例⑥。

犹可注意者，诸子面对君权，则强调民德；面对民俗，则神鬼可鉴。屈原《离骚》也是如此。宋人李樗曾说："欲观诸《柏舟》当观屈原之《离骚》，其言忧国之将亡仿徨不忍去之辞，使人读之皆有忧戚之容，知《离骚》则知《柏舟》矣。"（《毛诗集解》，通志堂经解本）《离骚》称经，至迟应在淮南王之时，淮南王刘安故作《离骚传》。《汉书·淮南衡山济北王传》："安入朝，献所作《内篇》，新出，上爱秘之。使为《离骚传》，旦受诏，日食时上。"⑦ 扬雄亦谓，"兼之《风》《雅》"，"依《诗》取兴"，"赋莫深于《离骚》"⑧（《汉书·扬雄传》）。王逸《楚辞章句》叙言曰："至于孝武帝，恢廓道训，使淮南王安作《离骚经章句》，则大义粲然。后世雄俊，莫不瞻慕，舒肆妙虑，赞述其词。"⑨ 刘安为淮南王，在汉文帝十六年，殆至汉武帝，《汉官仪》上云：孝武建元五年，初置五经博士，秩六百石。十五年后，《汉书·武帝纪》：元狩元年十一月，淮南王安、衡山王赐谋反，诛⑩。此前五年，元朔二年冬，赐淮南王、

---

① 王维克译：《净界》，人民文学出版社1957年版，第4—5页。
② 同上书，第9页。
③ 同上书，第198页。
④ 同上书，第200页。
⑤ 同上书，第147页。
⑥ 同上书，第207页。
⑦ （汉）班固撰，（唐）颜师古注：《汉书》，中华书局1962年版，第2145页。
⑧ 同上书，第3583页。
⑨ （宋）洪兴祖撰，白化文等点校：《楚辞补注》，中华书局1983年版，第48页。
⑩ （汉）班固撰，（唐）颜师古注：《汉书》，中华书局1962年版，第174页。

淄川王几杖，毋朝①。考淮南王初入朝，在建元二年（前139），而《离骚传》正是入朝时奉诏所作。处在曹参推崇黄老之术而《德经》《道经》之前，向汉武帝独尊儒术，置五经博士之转换期。王逸《楚辞章句叙》说："至于孝武帝，恢廓道训，使淮南王安作《离骚经章句》，则大义粲然"②，重在"道训""大义"，开启了后世以"经"评骚的传统。其后就是儒术独尊，杂以阴阳，如《汉书·武帝纪》所载："建元元年，冬十月，诏丞相、御史、列侯、中二千石、二千石、诸侯相举贤良方正直言极谏之士。丞相（卫）绾奏：'所举贤良，或治申、商、韩非、苏秦、张仪之言，乱国政，请皆罢。'奏可。"③《离骚传》由此比附儒家经典，以儒家文化的价值指向作为评判标准，力图将《离骚》纳入儒家文化的价值模式之中。

《离骚传》评价《离骚》具有儒家诗教的怨刺精神，兼有《国风》"好色而不淫"、《小雅》"怨诽而不乱"的特征，"以刺世事"。这与《论语》中孔子评《诗》"乐而不淫，哀而不伤"，《左传》季札观诗，闻鲁乐之歌《小雅》，而谓"思而不二，怨而不言"如出一辙，充分体现了"诗可以怨"的思想。而评《离骚》风格，"其文约，其辞微"，"其称文小，而其指极大，举类迩而见义远"，几乎可以说是《易·系辞下》评论《易》辞特色的沿用："其称名也小，其取类也大，其旨远，其辞文，其言曲而中，其事肆而隐。"王弼注说："记象以明义，因小以喻大"，"事显而理微也。"王逸《楚辞章句》本于《九歌》《天问》《九章》《远游》《卜居》《渔父》诸篇篇题之下，皆标明《离骚经》二字，是以诸篇当《离骚》之传矣。王充《论衡·案书》："扬子云反《离骚》之经，非能尽反。一篇文往往见非，反而夺之。"《论衡·案书》一篇撰成的时间，不得晚于东汉章帝建初四年。自名为"经"的著作，如扬雄作过《太玄经》，东方朔作过《灵棋经》《神异经》等。涉及专业知识方面的书籍，那么称"经"的概率就更高，如《相马经》《棋经》《医经》《茶经》《宅经》等。明正德十三年黄省曾刊及隆庆五年夫容馆刊王逸《楚辞章句》，其目录标《离骚》为"经"，其他作品皆为"传"（如离骚经章句第一、九歌传章句第二）。日本宽延三年（清乾隆十五年）庄允益刻本虽无

---

① （汉）班固撰，（唐）颜师古注：《汉书》，中华书局1962年版，第170页。
② （宋）洪兴祖撰，白化文等点校：《楚辞补注》，中华书局1983年版，第48页。
③ （汉）班固撰，（唐）颜师古注：《汉书》，中华书局1962年版，第155—156页。

"经""传"之别，但正文标题却署"离骚经章句第一""九歌传章句第二"，以下类推。古今关于《离骚》创作时地比较有代表性的观点大概有这么一些：(1) 作于楚怀王十四年（今人李延陵之说）。(2) 黄震云认为"《离骚》是因疏而作，写作地点是郢郊，写作时间是待郊三年未能招回之时。……《离骚》写作的确切时间应在怀王十五年左右，即公元前314年前后。"(3) 屈原于怀王十六年作《离骚》，宋洪兴祖《楚辞补注》明确提出此说。司马迁、刘向大概也认为《离骚》作于楚怀王十六年前后。周勋初《屈子生卒年月考》也持此说。王夫之《楚辞通释》认为《离骚》是屈原被谗见疏引退于汉北所作，朱熹认为是初被疏远后在郢都所作，他们所说地点不同，但时间比较接近。近人徐仁甫《楚辞别解》认为"《离骚》作于屈原初被疏远之时，《史记》本传说甚明确"。林庚亦赞同此说。当代学者吕培成认为："《离骚》当作于作者遭谗见疏之际，而非放逐之后，其时在楚怀王十六年—十八年。"(4)《离骚》作于楚怀王十九年至二十四年（浦江清《祖国十二诗人·屈原》）。(5) 屈原于楚怀王二十四年开始写作《离骚》（逯钦立《屈原〈离骚〉简论》）；屈原于楚怀王二十四至二十六七年左右于郢都作《离骚》，时未被放（如胡念贻、金开诚等）；或可能与楚怀王二十五年谏阻黄棘之会有关，时已被放，作于汉北（如孙作云、戴志钧等）。赵逵夫认为《离骚》"只能作于怀王二十四、五年被放汉北后的两三年中，具体说来，作于怀王二十五年到二十七年之间。"(6) 作于怀王二十八年至三十年之间（马茂元之说）。刘永济认为《离骚》作于怀王二十八年至顷襄王元年（见《屈赋通笺》）。龚景瀚《离骚笺》认为其作于怀王不返、顷襄王未立之时。或认为屈原在怀王末年被放至顷襄王初年作《离骚》（如马春香、畲丹青认为其作于怀王三十年至顷襄王三年之间）。(7) 始作于怀王十六年见疏以后，成于怀王入秦，顷襄王嗣立初年（姜亮夫《屈原赋校注》）。(8) 颜新宇认为《离骚》可能作于顷襄王前期，怀王死于秦后，屈原流放江南之前，约在顷襄王三年至十二年之间，而以靠前的可能性比较大。(9) 作于顷襄王三年或三年之后，是屈原被放江南后的作品（游国恩《楚辞概论》）。潘啸龙等则认为屈原于怀王三十年因谏阻武关之会被初放，后大约于顷襄王四年再放，约于顷襄王八九年作《离骚》，不过他认为《离骚》是作于汉北。(10) 认为是屈原晚年作品，作于《怀沙》之前（郭沫若《屈原研究》），甚至认为是屈原的绝命辞（如江立中）。蒋天枢则认为《离骚》作于顷襄王三十年或稍后（见《楚辞新注》"导论"）①。《离骚》应是楚怀王十六年（前313）至十八年（前311）间被黜或待放于汉北时作，是屈原流传下来的最重要和最早的作品。《史记·屈原列传》在叙述上官大夫"夺稿"、进谗之后写道："王怒而疏屈平。屈平嫉王听之不聪也，谗谄之蔽明也，邪曲之害公也，方正之不容也，故忧愁幽思而作《离骚》。《离骚》者，犹离忧也。……屈平之作《离骚》，盖自怨生也。"② 然后接着是"屈平既绌，其后秦欲伐齐，齐与楚纵亲，惠王患之，乃令张仪详去秦，厚币委质事楚"③，秦以商、於之地六百里为诱饵，骗楚绝齐。结合《楚世家》等的记述来看，其时为怀王十六年（前313）。从这一段叙述推测，《离骚》约当作于怀王十六年左右，屈原被疏远、黜退之后。乃屈原第一次受了精神上的大挫折，出现的感情大爆发的结晶。首述世系，有疏不间亲之意，是针对上官大夫的。人才变节，世态炎凉，也当发生在此前后。而不是屈原屡疏屡放之后。帝阍拒纳，求女无路，也应发生于此时。这些描写，与其稍后作的《惜诵》中"欲高飞而远集""愿增思而远身"的想法也一致。从诗末"乱辞"称郢都为"故都"（"又何怀乎故都"）来看，屈原此时应已离开郢都、待放在外。这与《卜居》所云"屈原既放，三年不得复见"亦相吻合。《惜诵》中云"愿高飞而远集兮，君罔谓汝何之"等描写，我们也许会得到更深入的理解。屈原此时有一定的行动自由，故他还可以找太卜郑詹尹占卜，当然也可以主动地"远逝以自疏"。《抽思》中所表现的思想、情感和作者的处境也与《离骚》颇多相似，其"倡曰：有鸟自南兮，来集汉北。好姱佳丽兮，牉独处此异域。"④ 正可反映屈原此时当是待放于汉北。

屈原《远游》云："祝融戒而还衡兮，腾告鸾鸟迎宓妃。张《咸池》奏《承云》兮，二女御《九韶》歌。使湘灵鼓瑟兮，令海若舞冯夷。玄螭虫象并出进兮，形蟉虬而逶蛇。雌蜺便娟以增挠兮，鸾鸟轩翥而翔飞。音乐博衍无终极兮，焉乃逝以徘徊。舒并节以驰骛兮，逴绝垠乎寒门。轶迅风于清源兮。"⑤ 扬雄《方言》卷六曰："逴、骚、䠦，蹇也。吴楚偏蹇

---

① 陈学文：《〈离骚〉创作时地新探》，《武汉大学学报》（人文科学版）2008年第1期。
② （汉）司马迁：《史记》，中华书局1959年版，第2481—2482页。
③ 同上书，第2483页。
④ （宋）洪兴祖撰，白化文等点校：《楚辞补注》，中华书局1983年版，第139页。
⑤ 同上书，第172—174页。

曰骚，齐楚晋曰逴。"一篇《远游》，使屈原进入了诗乐府之高旷境界。清人钱绎笺疏云："'齐楚晋曰逴'句，楚字疑衍。"① 游国恩先生《离骚纂义》引钱澄之《屈诂》："离为遭，骚为扰动。扰者，屈原以忠被谗，志不忘君，心烦意乱，去住不宁，故曰骚也。"② 楚人说的"骚"是偏蹇之义。段玉裁《说文解字注》："《易》曰：'蹇，难也。'"《易》有蹇卦，《序卦》《杂卦》都释为"难"。"几种《易传》毫无例外地释蹇为难，由此不难看出，蹇字的内涵在先秦时期是比较稳定的，并且为人们所熟知，指的是困难、苦难、灾难、艰难，简而言之曰难。"蹇、骚在屈原的代表作中有三层含义，成为贯穿全篇的三条线索。蹇的原型是跛足、残疾，这种意义通过作品的背景显示出来。蹇在作品中的直接意义是难，作品主人公慨叹言难、慨叹行难，由此构成一系列相关情节。蹇的引申意义是骚动不安，《离骚》以浪漫的方式表现了抒情主人公的这种心路历程。③ 因此，"骚"有"难"的意思。不过扬雄释"骚"是偏蹇，本义指路途的偏远艰难，有曲折难行之义，后来才引申指心理上产生的艰难。《左传》记有战国时期的楚地名"蒲骚"，其位置在鄢郢，从地理上看恰在河水的折转处。但《方言》卷六又曰："蹇，妉，扰也。人不静曰妉，秦晋曰蹇，齐宋曰妉。"蹇还有"内心躁扰不安"之义。从以上训释看，楚人所言的"骚"，秦晋等中原地区称"蹇"，有"偏蹇"和"人不静"两层意思④。

《离骚》的出现，打破了《诗经》四言诗的格局。最早的《楚公逆镈铭》以四言为主，夹以杂言，风格近于《雅》。《说苑·至公》载"楚人诵子文歌"，子文之族，犯国法程。廷理释之，子文不听。恤顾怨萌，方正公平⑤。《左传·鲁宣公十二年》的《楚箴》箴之曰："民生在勤，勤则不匮。"⑥ 则是典型的四言诗。战国时期的诗歌大多也是以四言为主，如《说苑·正谏》所载《楚人歌》："薪乎莱乎，无诸御己，讫无子乎。莱乎

---

① （清）钱绎：《方言疏证》，上海古籍出版社1984年版，第377页。
② 游国恩：《离骚纂义》，中华书局1982年版，第5页。
③ 李炳海：《从偏蹇之难到偃蹇之美——〈离骚〉篇名与楚辞审美》，《社会科学战线》2002年第2期。
④ 魏鸿雁：《〈离骚〉创作时地辨正》，《中州学刊》2011年第2期。
⑤ （汉）刘向撰，向宗鲁校证：《说苑校证》，中华书局1987年版，第360页。
⑥ （周）左丘明传，（晋）杜预注，（唐）孔颖达正义：《春秋左传正义》，北京大学出版社1999年版，第644页。

薪乎，无诸御己，讫无人乎"①。《论语·楚狂接舆歌》中虽有"往者不可谏，来者犹可追"这样五言句式，但基本也属四言诗。而《庄子·人间世》记载的此诗的详细版本则更是较标准的四言。细观以上诗歌可知，出自楚贵族之口或来自楚都地区的歌谣，基本上都属于《诗经》的语言系统。这说明楚国的官方诗歌或曰楚国的礼仪乐歌与中原诸国是一致的。

《离骚经》开宗明义，自报家门，返祖还原意识甚浓："帝高阳之苗裔兮，朕皇考曰伯庸。"《独断》云："朕、我也。古者尊卑共之，贵贱不嫌，则可同号之义也。尧曰朕，在位七十载。皋陶与帝舜言曰'朕言惠可底行'。屈原曰'朕皇考'，此其义也。至秦，天子独以为称，汉因而不改也。"②综合钱玄《三礼通论》及《三礼辞典》的说法：皇考，一般来说是周代宗庙，除太庙（始祖庙）以外，还有显考庙（高祖庙）、皇考庙（曾祖庙）、王考庙（祖父庙）、考庙（父庙）四个庙，合计五庙。《离骚》以半神话的风格抒写充满隐喻的真实身世。以真实的身世，贴合自己之呼天愤懑，人与天地融为一体，再以充满隐喻的抒写方式，导向神话境界。此篇歌诗以第一人称写"灵均"的世系，隐含着或折射着屈原的世系。高阳，在《楚辞》一书中凡四见。《离骚》云："帝高阳之苗裔兮，朕皇考曰伯庸。"王逸注曰："高阳，颛顼有天下之号也。……屈原自道本与君共祖，俱出颛顼胤末之子孙，是恩深而义厚也。"③刘向《九叹》："伊伯庸之末胄兮，谅皇直之屈原。云余肇祖于高阳兮，惟楚怀之婵连。"④"览屈氏之《离骚》兮，心哀哀而怫郁。"⑤王逸注曰："言屈原与怀王俱颛顼之孙，有婵连之祖亲，恩深而义笃也。"⑥但似乎又是主人公秉承远古太阳神的高贵血统，在一个吉日良辰降临人间。这两处或自叙，或代言，皆因叙屈子身世而远及始祖。东方朔《七谏》："高阳无故而委尘兮，唐虞点灼而毁议。"⑦王逸注曰："高阳，帝颛顼也。委尘，坋尘也。言

---

① （汉）刘向撰，向宗鲁校证：《说苑校证》，中华书局1987年版，第218页。
② （宋）洪兴祖撰，白化文等点校：《楚辞补注》，中华书局1983年版，第3页。
③ 同上。
④ 同上书，第282页。
⑤ 同上书，第295页。
⑥ 同上书，第282页。
⑦ 同上书，第243页。

帝颛顼圣明克让，然无故被尘黩。言与帝共工争天下也。"①《墨子·非攻下》："昔者有三苗大乱，天命殛之，日妖宵出，雨血三朝，龙生〔于〕庙，（大）〔犬〕哭乎市，夏冰，地坼及泉，五谷变化，民乃大振。高阳乃命〔禹于〕玄宫，禹亲把天之瑞令，以征有苗。四电诱祗，有神人面鸟身，若瑾以侍，搤矢有苗之祥，苗师大乱，后乃遂几。禹既已克有三苗，焉（磨）〔历〕为山川，别物上下，（卿制大极）〔乡制四极〕，而神民不违，天下乃静，则此禹之所以征有苗也。"②唐欧阳询《艺文类聚》卷十《符命部》引《随巢子》曰："昔三苗大乱，天命夏禹于玄宫，有大神，人面鸟身，降而福之，司禄益富而国家实，司命益年而民不夭，四方归之，禹乃克三苗，而神民不违。"③颛顼"人面鸟身"，实在像是日精三足乌的化身，所以颛顼与崇拜鸟图腾的楚民族有着神秘的不解之缘。

"朕皇考"，即"我光明伟大的先祖父"，用以表达高贵而悠远之贵族身世。黄灵庚提出楚之先祖颛顼族"本东土夷族最原始之先民，颛顼为古之日神之号"，"而后其族或南迁江汉者，是为楚先"。又谓"彭咸"系"彭祖之后，他与楚国贵族出身的屈原同宗于帝颛顼"。"彭咸水死既是他在不逢明时的历史条件下而殉身其志的理性选择，又带有野蛮、古朴的、用生命献祭于血缘祖先的宗教巫术的性质"④。这里的高阳或指颛顼，亦可泛指古代圣贤。惟《远游》一篇，高阳与颛顼次第出现，显然是各为一人。《远游》："高阳邈以远兮，余将焉所程。"王逸注曰："颛顼久矣，在其前也。"洪兴祖补曰："屈原，高阳氏之苗裔也。"⑤ 这里的高阳被视为抒情主人公心目中高不可攀的偶像。然而，《远游》在写神游天地时又云："轶迅风于清源兮，从颛顼乎增冰。"王逸注曰："过观黑帝之邑宇也。"洪兴祖补曰："北方壬癸，其帝颛顼，其神玄冥。"⑥ 这是写抒情主人公神游东南西北四方时，先后遇见东方天帝太昊及其佐句芒，西方其帝少昊及其佐蓐收，南方其帝炎帝（或祝融）其佐朱明，北方其帝颛顼及其佐玄冥，再加上中央，其帝黄帝及其佐后土。木、金、火、水，及中央之土，形成了古所谓"五星"体系，是五行说

---

① （宋）洪兴祖撰，白化文等点校：《楚辞补注》，中华书局1983年版，第243页。
② 吴毓江：《墨子校注》，中华书局1993年版，第220页。
③ （唐）欧阳询：《艺文类聚》，上海古籍出版社1982年版，第185页。
④ 黄灵庚：《〈离骚〉校诂》，中州古籍出版社1996年版，第942页。
⑤ （宋）洪兴祖撰，白化文等点校：《楚辞补注》，中华书局1983年版，第165—166页。
⑥ 同上书，第174页。

风行之产物。董运庭认为在屈原的时候，高阳和颛顼还未合为一人，"从现有资料看，把高阳和颛顼连成一人，并直称其为楚人之先，似始于秦汉之际"①。《山海经·海内经》云："流沙之东，黑水之西，有朝云之国、司彘之国。黄帝妻雷祖，生昌意。昌意降处若水，生韩流。韩流擢首谨耳，人面，豕喙，鳞身，渠股，豚止，取淖子曰阿女，生帝颛顼。"②姜亮夫据此认为："颛顼生于西徼若水，在昆仑之麓，其为西方民族传说之人先，盖已无可疑。"又认为："《离骚》两上昆仑，而每上必对故乡故宇而生悲感。《离骚》非纯浪漫写法，每事必有其至深之含义，盖昆仑为颛顼降生发祥之所，故憧憬如是也。"③唐刘知几《史通·序传》云："盖作者自叙，其流出于中古乎？案屈原《离骚传》，其首章上陈氏族，下列祖考；先述厥生，次显名字。自叙发迹，实基于此。"④清人贺宽《饮骚》云："此屈子自叙年谱，开汉人韦氏及班、马、扬雄述祖德、言志等诗之祖也。"若从写作心理上进行讨论，如清贺贻孙《骚筏》说："《离骚》云朕皇考曰伯庸，即子长所谓人穷则反本也。"林云铭《楚辞灯》也说："（首句）便有宗国不可去之义。"⑤王逸《章句》云："帝高阳之苗裔"，则"厥初生民，时惟姜嫄"也。王献唐《炎黄氏族文化考》一书云："重黎初即炎族，又为祝融……芈为楚姓，亦从羊出，羊者姜也，羌也，神农族也，是楚为炎裔，已无疑义。""朕皇考曰伯庸"，屈原在追述了自己的先祖是颛顼高阳的后代苗裔，紧接着就说屈氏一族起源于伯庸。

据赵逵夫考证，屈原诉述的伯庸是熊渠分封三子中的长子康。康即伯庸。考诸《左传·鲁文公十六年》云："楚大饥，戎伐其西南至于阜山，师于大林，又伐其东南，至于阳秋，以侵訾枝，庸人率群蛮以叛楚，麇人率百濮聚于选，将伐楚。于是申息之北门不启，楚人谋徙于阪高，蒍贾曰：'不可，我能住，寇亦能住，不如伐庸，夫麇与百濮谓我饥，不能师，故伐我也，若我出师，必惧而归，百濮离居，将各走其邑，谁暇谋人？'乃出师，旬有五日，百濮乃罢……以伐庸，秦人、巴人从楚师，群蛮从楚

---

① 董运庭：《〈离骚〉前四句与屈原家世再考释》，《重庆教育学院学报》2005年第5期。
② 袁珂校注：《山海经校注》，上海古籍出版社1980年版，第442—443页。
③ 姜亮夫：《楚辞学论文集》，上海古籍出版社1984年版，第70—71页。
④ 刘知几著，浦起龙释：《史通通释》，上海古籍出版社1978年版，第256页。
⑤ 引贺宽、贺贻孙、林云铭之说，见游国恩主编《离骚纂义》，中华书局1982年版，第9页。

子盟,遂灭庸。"①《史记·楚世家》记载:"熊渠生子三人。当周夷王之时,王室微,诸侯或不朝,相伐。熊渠甚得江汉间民和,乃兴兵伐庸、杨粤,至于鄂。熊渠曰:'我蛮夷也,不与中国之号谥。'乃立其长子康为句亶王,中子红为鄂王,少子执疵为越章王,皆在江上楚蛮之地。"② 司马贞《索隐》云:"《系本》'康'作'庸','亶'作'袒'。"③《世本》(即《系本》)云:"(熊渠)有子三人,其孟之名为庸,为句袒王。其中之名为红,为鄂王。其季之名为疵,为戚章王。"孟即伯、中即仲,孟中季叔即伯仲季叔,因此句亶王孟庸就是"伯庸"。吉诚《楚辞拾遗引》:"伯庸为屈子之远祖,非屈子之父名也。刘向《九叹》云,'伊伯庸之末胄兮,谅皇直之屈原',可证。予按《礼记·曲礼》云:'父曰皇考'。《祭法》云:'大夫立三庙,曰考庙,曰王考庙,曰皇考庙。'郑注,皇考,曾祖也。以《祭法》证之,皇考殆即屈子之曾祖矣。"王闿运《楚辞释》:"皇考,大夫祖庙之名,及太祖。伯庸,屈氏受姓之祖。"闻一多《离骚解诂》:"'皇考'之称,稽之经典本不专属父庙。《诗·周颂·雝》篇,鲁、韩、毛三家以为禘太祖之乐章,而《诗》曰'假哉皇考',此古称太祖为皇考之明证。以彼例此,则《离骚》之'皇考'当即楚之太祖。……然则屈子自述其世系,以高阳与祖先之名并举,乃依庙制之成法,而非出自偶然,抑又可知。"光耀的祖先观望并衡量了我初生时的气度,就用卦兆恩赐给我以美好的名字。王逸《楚辞章句》云:"其(若敖)武王求尊爵于周,周不与,遂僭号称王。始都于郢,是时生子瑕,受屈为客卿,因以为氏。"④ 王逸认为楚武王的儿子瑕(应是长孙)受封于屈,称屈瑕,这就是屈氏的由来。昭、屈、景,就是芈姓中的三大支派。然赵逵夫《屈氏先世与句亶王熊伯庸》一文中指出:既说屈瑕是楚武王之子,又说"为客卿",则自相矛盾。客卿产生于战国而不见于春秋,王逸说屈瑕为客卿,明显有不实之处。……然而,王逸所谓屈瑕是楚武王之子,为屈氏始封君的说法,虽经后人弥罅补露,仍有一大疑窦:从《左传》看,屈瑕根本不是楚武王之子。《左传》中屈瑕见于《鲁桓公十一、十二、十三年》,称

---

① (周)左丘明传,(晋)杜预注,(唐)孔颖达正义:《春秋左传正义》,北京大学出版社1999年版,第565—567页。
② (汉)司马迁:《史记》,中华书局1959年版,第1692页。
③ 同上书,第1693页。
④ (宋)洪兴祖撰,白化文等点校:《楚辞补注》,中华书局1983年版,第3页。

之为"屈瑕""楚屈瑕""莫敖",并无王子或公子之称,更没有说他是楚武王之子。《左传》中说屈瑕称楚武王为"王",武王夫人邓曼对楚武王称屈瑕为"莫敖",仅是君臣之分,看不出有父子、母子关系。屈瑕兵败,便缢于荒谷,不敢回命,也不像王子的身份①。《楚世家》中句亶王伯庸的受封之地是靠近庸的甲水边上的句亶,"屈氏由句亶王而来,句亶王的封号又与甲水有关,故屈氏即甲氏"。赵逵夫《离骚正读》的《离骚》注依此考证这是"屈原被放汉北,至鄢郢拜谒先王之庙及公卿祠堂而有此作"。②

《史记·楚世家》言:"(楚武王)五十一年,周召随侯,数以立楚为王。楚怒,以随背己,伐随。武王卒师中而兵罢。子文王熊赀立,始都郢。"③可见"都郢"是楚武王之子文王事。继楚武王之位者,非长子伯庸,而是少子熊赀。大概是因为楚武王于公元前740年立,前689年卒,在位51年。长子或已亡故,或已苍老。屈瑕乃其长孙。莫敖屈瑕始见于《左传·鲁桓公十一年》(公元前701),既以莫敖为官称,姓屈氏。可见在此之前屈瑕就已经是莫敖而且早已得氏了。屈瑕根本不可能是武王之子,而可能是长孙,其父已亡,代父为在周室为客卿,却成了屈氏得氏之祖。王逸谓"(武王)始都于郢,是时生子瑕,受屈为客卿,因以为氏","始都"与《史记》异,"子"字乃"孙"之误,"客卿"的"客"是衍字。《左传·鲁桓公十三年》(前699)记屈瑕伐罗,斗伯比送之,认为屈瑕"莫敖必败。举趾高,心不固矣。遂见楚子,曰:'必济师!'楚子辞焉。入告夫人邓曼。邓曼曰:'大夫其非众之谓,其谓君抚小民以信,训诸司以德,而威莫敖以刑也。莫敖狃于蒲骚之役,将自用也,必小罗。君若不镇抚,其不设备乎?夫固谓君训众而好镇抚之,召诸司而劝之以令德,见莫敖而告诸天之不假易也。不然,夫岂不知楚师之尽行也?'楚子使赖人追之,不及。"④于是屈瑕轻敌致败,缢于荒谷。此时屈瑕"举趾高,心不固",是三十岁左右血气方刚。楚武王在位已41年,邓曼可能不是伯庸之母,非莫敖之亲祖母,可能是武王后期

---

① 赵逵夫:《屈原与他的时代》,人民文学出版社2002年版,第1页。
② 赵逵夫:《屈骚探幽》,甘肃人民出版社1998年版,第196页。
③ 同上书,第1695页。
④ (周)左丘明传,(晋)杜预注,(唐)孔颖达正义:《春秋左传正义》,北京大学出版社1999年版,第200—201页。

的新夫人，是幼子熊赀的母亲，为了使熊赀能继位，贬抑竞争者长孙也是情理之中。这就是《韩非子·内储说下·六微》所云"国君好内则太子危"了。

屈氏家族之得姓，源于夔子国。屈乃夔之音变，夔之促读（入声）为屈。《汉书·地理志》：归子国，即夔子国也。秭归曾是夔国所在地，是楚族分支。《左传·鲁僖公二十六年》（前634）云，楚成王灭夔。《史记·楚世家》云："当周夷王之时，王室微，诸侯或不朝，相伐。熊渠甚得江汉间民和，乃兴兵伐庸、杨粤，至于鄂。熊渠曰：'我蛮夷也，不与中国之号谥。'乃立其长子康为句亶王，中子红为鄂王，少子执疵为越章王，皆在江上楚蛮之地。及周厉王之时，暴虐，熊渠畏其伐楚，亦去其王。"① 句亶王的封地在"江上楚蛮之地"。至于夔之原始意象，有所谓夔如龙，一足。《山海经·大荒东经》云："有兽状如牛，苍身而无角，一足。出入水则必风雨。其光如日月，其声如雷，名曰夔。黄帝得其皮，为声闻五百里。"② 其所属大概是龙、雷图腾。这是莫敖伯庸之宗族认同和文化归属。屈氏自屈原被贬黜，屈匄在丹阳之战中战死，已经衰落不堪。因而《九章·惜诵》说："思君其莫我忠兮，忽忘身之贱贫！"③ 宋玉悯其师而作《九辩》云："坎廪（同'凛'，孤独、穷困之意）兮，贫士失职而志不平。"④ 二者所述之身份完全相合，故知《九辩》所说的"贫士"即屈原。《离骚》起笔就张扬族姓，是为了以屈、芈同源而认同一种命运共同体，并非说屈氏家族目下又如何强盛，从他一再被贬中看不到家族的声援，就可以思过半矣。东方朔《七谏》也称"平生于国兮，长于原野。"⑤ 刘向《九叹·离世》亦云："不顾身之卑贱兮，惜皇舆之不兴。"⑥ 可见屈原虽与楚王同姓，但到他这时家世已衰，实际上完全可说是一个"贫士"了。由此，我们也就可以理解为何屈原曾一再感叹和向往傅说、吕望、宁戚等身份卑贱的人曾被殷武丁、周文王、齐桓公破格提拔之君臣知遇了。而且，我们也可以理解为什么《九辩》中会特别强调自己不敢忘君之"渥洽"和"初之厚德"了。《九辩》所谓"愿衔枚而无言兮，尝被

---

① （汉）司马迁：《史记》，中华书局1959年版，第1692页。
② 袁珂校注：《山海经校注》，上海古籍出版社1980年版，第361页。
③ （宋）洪兴祖撰，白化文等点校：《楚辞补注》，中华书局1983年版，第123页。
④ 同上书，第183页。
⑤ （宋）洪兴祖撰，白化文等点校：《楚辞补注》，中华书局1983年版，第236页。
⑥ 同上书，第287页。

君之渥洽"①;"欲寂寞而绝端兮,窃不敢忘初之厚德"②,这完全是近臣而非重臣的口吻和语气。"楚虽三户,亡秦必楚"的谶语流行于秦代故楚之地,并非没有来由。"三户",谓"楚三大姓昭、屈、景也",考诸史籍,战国后期的楚国,昭氏、景氏尚多有任要职的人物,如昭阳、昭雎、昭常、景翠、景鲤、景阳等。大致而言,昭氏世世为相,景氏世世为将。可是,屈原被放逐之后的屈氏人物,却几乎不见史籍记载。显然,屈氏家族在战国末年已经衰落。何以秦末楚人仍将屈氏同战国后期显赫的昭氏、景氏并列同尊,并且表达出"依名族亡秦"的心愿呢?其中的重要原因,大概亦因为屈原,即因楚人思念和颂扬屈原而不忘和尊敬屈氏家族。

楚人在秦末奋起亡秦兴楚的过程中,屈原的精神激励作用不可低估。故鹿山易氏《新校楚辞序》有云:"嗟夫!灭楚者秦也,灭秦者《楚辞》也。楚自顷襄王忘仇,君臣泄渝,已处必亡之势。屈原为赋二十五篇,且以身殉。《荆楚岁时记》载缚艾竞舟事,楚人感原之至,引屋社之恫深也。故秦虽亡楚,楚辞以系民心,国虽亡而心不殄。南公有言:'楚虽三户,亡秦必楚。'故陈涉之兴必曰'张楚',项梁之起必假怀王。项籍震乎楚歌,沛公不忘楚舞。六国均亡,而民特怀楚,楚遵何德而致是哉?"③

至于"摄提贞于孟陬兮,惟庚寅吾以降",王逸《楚辞章句》云:"太岁在寅曰摄提格。孟,始也。贞,正也。于,于也。正月为陬。"④又曰:"庚寅,日也。降,下也。……言己以太岁在寅,正月始春,庚寅之日,下母体而生,得阴阳之中正也。"⑤按王逸的意思,"摄提"即"摄提格"的简称,是岁名,指太岁在寅之年,即寅年。王逸据此认为,屈原生于寅年、寅月、寅日。这个说法受到了朱熹的挑战。朱熹《楚辞集注》云:"摄提,星名,随斗柄以指十二辰(按:即十二个月)者也。贞,正也。孟,始也。……正月为陬。盖是月昏时斗柄指寅。……降,下也。原又自言此月庚寅之日,己始下母体而生也。"⑥王逸、朱熹在寅月、寅日上看法一致,分歧的焦点在于"摄提"究竟指什么。王逸认为:"太岁在寅曰摄提",此"摄提"即指"摄提格",是以岁星所当年次而言。朱熹

---

① (宋)洪兴祖撰,白化文等点校:《楚辞补注》,中华书局1983年版,第189页。
② 同上书,第190页。
③ 引自陈子展《楚辞直解》,复旦大学出版社1996年版,第666页。
④ 同上书,第3页。
⑤ (宋)洪兴祖撰,白化文等点校:《楚辞补注》,中华书局1983年版,第3页。
⑥ (宋)朱熹:《楚辞集注》,上海古籍出版社2001年版,第7页。

认为："摄提，星名，随斗柄以指十二辰"，意思是与岁名、岁星皆无关，是就摄提星斗柄所指的月份而言。如果认同王逸的"摄提格"，则十二年中就有一个摄提格，相当于后世所说的寅年。如果认同朱熹所说"摄提"乃指纪月而言，则十二个月中就有一个"摄提贞于孟陬"之月，即夏历正月。戴震《屈原赋注》亦云："太岁在寅曰摄提格，亦通称摄提。"不言何年而只言月日是无论如何也讲不通的。摄提之年，又正当孟陬之月。屈原出生，肯定是在正月寅日。清人陈玚《屈子生卒年月考》用周历推算，定为屈原生于楚宣王二十七年戊寅，夏历正月二十二日庚寅；近人刘师培《古史管窥》用夏历推算，定为屈原生于楚宣王二十七年戊寅，夏历正月二十一日庚寅。今人周勋初《屈子生卒年月日考》用殷历推算，定为屈原生于楚宣王二十七年（公元前343）戊庚，夏历正月二十一日庚寅；蒋南华先生据"岁星纪年法""太岁干支法""四分历术"、《史记·天官书》及《汉书·天文志》《淮南子·天文训》等大量可靠的星象、天文、历法考证，是："公元前343年为戊寅年，夏历正月（为寅月）二十一日是庚寅日。"① 蒋南华又据《石氏星经》载："摄提六星夹大角"及《天文全图》"属东方七宿的角亢二宿所辖，同二十八宿中的营室一样，恰好处在黄道星空北纬23.5度左右，亦即正东方向"②。戊寅年春季第一个月的庚寅日屈原出生这天，不但吉星高照，而且又正好是黄道吉日，即青龙所属的角宿居正东方位（青龙是吉神，又叫贵神，亦即吉星。青龙七宿：角、亢、氐、房、心、尾、箕）。《史记·天官书》云："以摄提格岁。岁阴左行在寅，岁星右转居丑。正月（夏历十一月）与斗、牵牛晨出东方，名曰监德。"③《淮南子·天文训》云："太阴在寅，岁名曰摄提格，其雄为岁星，舍斗、牵牛，以十一月与之晨出东方。"④ 这里的"斗宿、牵牛星"即以日言，是福星，吉星。也就是说，斗宿和牵牛星在正月的庚寅日屈原出生这天，与岁星一同出现在早上的东方（舍斗、牵牛是夜出北方，早上出现在东方，与东方的岁星相照应），是非常吉祥的。湖北云梦睡虎地11号秦墓出土《日书》，其中875简、1137简云："凡庚寅生者为巫"，并曰"男好衣佩而贵"。《史记·楚世家》云："共工氏作乱，帝喾使重黎诛之

---

① 蒋南华：《屈原及其〈九歌〉研究》，贵州人民出版社1992年版，第131页。
② 同上书，第115页。
③ （汉）司马迁：《史记》，中华书局1959年版，第1313页。
④ 何宁：《淮南子集释》，中华书局1998年版，第262—263页。

而不尽,帝乃以庚寅日诛重黎,而以其弟吴回为重黎后,复居火正。"①可见庚寅日是楚先祖清除无能之辈的日子。姜亮夫言庚寅日是楚国的一个重要节日,乃据有关史料统计而得出的结论,所言甚是(《楚辞通绎》)。汤炳正根据1976年陕西出土的周代"利簋"铭文,从文字学、天文学、历法学等方面,详加考析,证明了屈赋"摄提贞于孟陬兮"是用的岁星纪年,推算出屈原生于公元前342年夏历正月二十六日庚寅,即楚宣王二十八年乙卯②。

对于"皇览揆余于初度兮,肇锡余以嘉名;名余曰正则兮,字余曰灵均"之解读,朱熹《楚辞集注》曰:"高平曰原,故名平而字原也。正则、灵均各释其义,以为美称耳。"③王夫之《楚辞通释》云:"隐其名耳取其义,以属词赋体然也。"关键在于屈原没有用真实名字,而是以隐喻方式,自称"灵均",别有深意。饶宗颐曰:"《离骚》有它的主题,有贯串全文的关键字,就是'灵'字。屈原自己的字叫灵均,君主的代词叫灵修,替他占卜的人叫灵氛,玄圃上天帝之居叫灵琐。"④《说文》灵字在玉部,云:"灵,巫也,以玉事神,从玉,霝声。灵或从巫。"神即由巫引申而来。从《谥法》讲,灵有六义,如"极知鬼事曰灵","好祭鬼神曰灵"之类。(王逸《楚辞章句》:"灵,巫也,楚人名巫为灵子。"⑤ 王国维说:"古之所谓巫,楚人谓之曰灵……《楚辞》之灵,殆以巫兼尸之用者也。其词谓巫曰灵,谓神亦曰灵。盖群巫之中,必有象神之衣服形貌动作者,而视为神之所依凭,故谓之灵保。"⑥《逸周书·谥法解》:"死而志成曰灵,乱而不损曰灵,极知鬼事曰灵,不勤成名曰灵,死见鬼能曰灵,好祭鬼神曰灵。"(古礼书记载,周代男子出生三月然后命以名,年二十加冠然后命以字。)直称楚王为灵修,屈原之字亦曰灵均。孙作云有一种说法:笔名正则、灵均——中国文人有笔名,大概是从屈原开始的。

《离骚》主人公灵均经历了"四重境界"。《离骚》的结构成为一种

---

① (汉)司马迁:《史记》,中华书局1959年版,第1689页。
② 汤炳正:《历史文物的新出土与屈原生年月日的再探讨》,《屈赋新探》,齐鲁书社1984年版,第23—47页。
③ (宋)朱熹:《楚辞集注》,上海古籍出版社2001年版,第7页。
④ 饶宗颐:《重读〈离骚〉——谈〈离骚〉中的关键字"灵"》,《浙江师大学报》(社会科学版)2000年第4期。
⑤ (宋)洪兴祖撰,白化文等点校:《楚辞补注》,中华书局1983年版,第58页。
⑥ 王国维:《宋元戏曲史》,上海人民出版社2014年版,第2页。

"两难结构",一种永远开放的结构,它使《离骚》获得永恒。第一部分写人界冲突,第二部分写天界冲突,第三部分写巫界活动与心理冲突,至于"乱曰"数语,是写自己的归宿——祖灵界的。① 它所显现的思维水平,达到了"道"的境界,"进乎技矣"!"纷吾既有此内美兮,(孟轲说'充实之谓美','内美'便是内在的充实)又重之以修能";在屈原的作品中有非常浓厚的"自我情结",呈现屈原以自我为圆心的叙写模式,多少带有些自我崇拜的味道。屈原没有什么"原罪"要在圣水中洗干净,在"忘川"沐浴而忘记。"忘川"是希腊神话中冥土的一条河流,人若在此沐浴或饮此河之水即可忘记过去。以历史为镜,是屈原思维的特点,他的理想、信念、对现实的批判,全建立在对历史的反思与对比上面。

按照儒家传统,"故行清洁者佩芳,德仁明者佩玉……故孔子无所不佩也"。然而屈原所佩是芳草:"扈江离与辟芷兮,纫秋兰以为佩。"王逸注曰:"佩,饰也,所以象德。"② 江离与蘼芜,实即《古今注》之可离与文无,亦即芍药与当归。《古今注》下《问答释义》:"芍药一名可离,故将别,以赠之";"相招召赠之以文无,文无亦名当归也。"其焦灼用世之心,表现在"汨余若将不及兮,恐年岁之不吾与;朝搴阰之木兰兮,夕揽洲之宿莽;日月忽其不淹兮,春与秋其代序;惟草木之零落兮,恐美人之迟暮;不抚壮而弃秽兮,何不改乎此度?"③

所谓"乘骐骥以驰骋兮,来吾道夫先路",以御车马喻治国,在屈原作品中已有。《离骚》云:"乘骐骥以驰骋兮,来吾道夫先路"④,"岂余身之惮殃兮,恐皇舆之败绩"⑤。《思美人》云:"知前辙之不遂兮,未改此度。车既覆而马颠兮,蹇独怀此异路。勒骐骥而更驾兮,造父为我操之。迁逡次而勿驱兮,聊假日以须时。"⑥ 屈辞中以御马喻治国,同法家(韩非)或接近于法家思想的儒家人物(荀况)可资参照。如《荀子·哀公》云:"昔舜巧于使民而造父巧于使马。舜不穷其民,造父不穷其马,是以

---

① 黄崇浩:《〈离骚〉结构的深层解析》,《云梦学刊》2005年第6期。
② (宋)洪兴祖撰,白化文等点校:《楚辞补注》,中华书局1983年版,第4—5页。
③ 同上书,第6—7页。
④ 同上书,第7页。
⑤ 同上书,第8页。
⑥ 同上书,第147页。

舜无失民，造父无失马也。"① 《韩非子·难势》："以国为车，以势为马，以号令为誉，以刑罚为鞭策，使尧舜御之则天下治，桀纣御之则天下乱。则贤不肖相去远矣。夫欲追速致远，不知任王良，欲进利除害，不知任贤能，此则不知类之患也．夫尧舜，亦治民之王良也。"② 《外储说右上》云："夫猎者托车舆之安，用六马之足，使王良佐辔，则身不劳而易及轻兽矣。今释车舆之利，捐六马之足与王良之御，而下走逐兽，则虽楼季之足无时及兽矣……国者，君之车也．势者，君之马也。夫不处势以禁诛擅爱之臣，而必德厚以与下齐行事民，是皆不乘君之车，不因马之势，释车而下走也。"③《外储说·右下》比喻更为确定具体："国者，君之车也；势者，君之马也。无术以御之，身虽劳犹不免乱；有术以御之，身处佚乐之地，犹致帝王之功也。"④ 这都同屈原作品所表现思想有形式的相似性。屈原重视"举贤授能"，肯定法治（"循绳墨而不颇"），并没有道家虚静无为的思想，他主持制定宪令，为实现美政而"九死未悔"，以其一生实践政治理想。

至于"昔三后之纯粹兮，固众芳之所在"，三后是谁？说者各异。王逸《楚辞章句》云："谓禹、汤、文王也。"⑤ 朱熹《楚辞辩证》云："疑谓三皇，或少昊、颛顼、高辛也。"⑥ 汪瑗《楚辞蒙引》云："此只言三后而不着其名者，盖指楚之先君耳。……吾尝谓颛顼高阳氏为楚之鼻祖矣，其余如祝融氏、季连氏、鬻熊氏，及熊绎为受封之始，熊通为称王之始，熊赀为迁都之始，皆楚之先君有功德所当法焉者也，但不知其何所指耳。昔夔不祀祝融、鬻熊而楚成王灭之，则二氏为楚之尊敬也久矣。然此所谓三后者，以理揆之，当指祝融、鬻熊、熊绎也。"⑦ 戴震说："三后，即下'前王'"，这是很有见地的。"昔三后之纯粹兮，固众芳之所在"的下文有"忽奔走以先后兮，及前王之踵武"。众所周知，《楚辞》习惯以芳草喻贤臣，"昔三后之纯粹兮，固众芳之所在"是说三位贤明的先王有众贤臣辅佐他们。"忽奔走以先后兮，及前王之踵武"是说自己要前后奔走，效法贤明

---

① （清）王先谦：《荀子集解》，中华书局1988年版，第546页。
② （清）王先谦撰，钟哲点校：《韩非子集解》，中华书局1998年版，第390—391页。
③ 同上书，第313页。
④ 同上书，第343页。
⑤ （宋）洪兴祖撰，白化文等点校：《楚辞补注》，中华书局1983年版，第7页。
⑥ （宋）朱熹：《楚辞集注》，上海古籍出版社1979年版，第176页。
⑦ （明）汪瑗：《楚辞集解》，北京古籍出版社1994年版，第313—314页。

的先王，以辅佐今王。"忽奔走以先后"的人，正是今日之"众芳"，然则"三后"对应的正是"前王"，即楚国的先王。戴震又认为："其但云'三后'者，犹周家言'三后在天'。"所引"周家言"即《诗经·大雅·下武》："三后在天，王配于京。""三后"指周之先祖太王、王季、文王。另外周人诗歌中还有"二后"，如《大雅·昊天有成命》："昊天有成命，二后受之。""二后"指周文王、周武王。《下武》和《昊天有成命》都是周人的诗歌，其称"二后""三后"，指的都是周人的先祖。《离骚》是楚人的诗歌，其称"三后"，也应该是指楚人的先祖。由上述这两条证据，戴震得出结论："三后，谓楚之先君贤而昭显者，故径省其辞，以国人共知之也。"①《左传》僖公二十六年（前634）记载楚成王以夔子不祀祝融、鬻熊为由攻灭了夔国。这是"二后"，还有"一后"是谁？按《大戴礼·帝系》云："颛顼娶于滕氏，滕氏奔之子，谓之女隤氏，产老童。老童娶于竭水氏，竭水氏之子，谓之高氏，产重黎及吴回。吴回氏产陆终。陆终氏娶于鬼方氏，鬼方氏之妹，谓之女隤氏，产六子，……其六曰季连，……楚其后也。"②王逸引《帝系》曰："颛顼娶于滕隍氏女而生老僮"，是为楚先。《山海经·大荒西经》："颛顼生老童。"③《史记·楚世家》记楚之世次，老童作"卷章"，并在"卷章"上增名"称"的一代。谯周《古史考》以为"老童即卷章"。《史记·楚世家》云："陆终生子六人……六曰季连……楚其后也。"④司马贞《索隐》引宋忠说："季连，名也。……楚之先。"⑤ 另一后应从此世系中寻找。

河南新蔡葛陵村楚墓出土的祭祷简中多处提到"三楚先"，又为此提供了新解。下面引用简文除了需要讨论的先公先王名号外，尽量用通行字。凡加"□"的，表示原简文有残缺；凡加"…"的，表示所引简文有所删节：

（1）荐三楚先各（《新蔡》甲三：105）
（2）就祷三楚先屯一牂…（《新蔡》甲三：214）

---

① 戴震：《屈原赋注》，中华书局1999年版，第137页。
② （清）王聘珍：《大戴礼记解诂》，中华书局1983年版，第127—129页。
③ 袁珂校注：《山海经校注》，上海古籍出版社1980年版，第402页。
④ （汉）司马迁：《史记》，中华书局1959年版，第1690页。
⑤ 同上书，第1691页。

（3）就祷三楚先屯一羘…（《新蔡》乙一：17）

（4）就祷三楚［先］（《新蔡》乙三：31）

（5）…举祷三楚先各一羘…（《新蔡》乙三：41）

（6）三楚先、地主、二天子、山、北［方］（《新蔡》乙四：26）

（7）…就祷三楚［先］（《新蔡》零：314）

另外楚简中还有多处提到"楚先"。一种是"楚先"后列出先祖名号的：

（8）…举祷楚先老僮（童）、祝（融）、（鬻）酓（熊）各一羘。…（《包山》2·217）

（9）…举祷楚先老僮（童）、祝（融）、（鬻）酓（熊）各两。…（《包山》2·237）

（10）…举祷楚先老童、祝（融）、（鬻）酓（熊）各两羘…□（《新蔡》甲三：188、197）

（11）…就祷楚先老（童）、祝［融］□（《新蔡》甲三：268）

（12）□先老（童）、祝［融］、（鬻）酓（熊）各一羘□（《望山》一·120 +《望山》一·121）

（13）□［楚］先老（童）、［祝］融各一羘（《望山》一·122 +《望山》一·123）（《包山》，湖北省荆沙铁路考古队：《包山楚简》，文物出版社 1991 年版；《望山》，湖北省文物考古研究所、北京大学中文系：《望山楚简》，中华书局 1995 年版。）

因而有学者认为，《离骚》里的"三后"很可能就是楚简里的"三楚先"[1]。关于新蔡葛陵楚墓的年代，学术界尚无定论，主要有两种说法：一，楚悼王末年或稍后，绝对年代为公元前 340 年左右[2]；二，楚肃王四年，即公元前 377 年[3]。

---

[1] 宋华强：《〈离骚〉"三后"即新蔡简"三楚先"说》，《云梦学刊》2006 年第 2 期。
[2] 河南省文物考古研究所编著：《新蔡葛陵楚墓》，第 181—184 页。
[3] 刘信芳：《新蔡葛陵楚墓的年代以及相关问题》，《长江大学学报》（社会科学版）2004 年第 27 卷第 1 期。李学勤：《论葛陵楚简的年代》，《文物》2004 年第 7 期。

《离骚》云："昔三后之纯粹兮，固众芳之所在。杂申椒与菌桂兮，岂维纫夫蕙茝。彼尧、舜之耿介兮，既遵道而得路。何桀纣之昌披兮，夫唯捷径以窘步。"① 这里痛骂党人投机取巧，也捎带着楚怀王，可见屈原是傲视君权的。《惜诵》又云："曰：君可思而不可恃！故众口之铄金兮，初若是而逢殆！"② 如此言辞是会给党人留下话柄，不适于政治操作，但它直指社会弊端之源头。而且"惟夫党人之偷乐兮，路幽昧以险隘"③，也痛斥党人蔽君之政治形态。诗人抒发这种严峻的政治批判的良苦用心："岂余身之惮殃兮，恐皇舆之败绩；忽奔走以先后兮，及前王之踵武；荃不察余之中情兮，反信谗而齌怒；余固知謇謇之为患兮，忍而不能舍也。"④ 王逸《楚辞章句》释此云：謇謇，忠言貌也。易曰：王臣謇謇，匪躬之故。舍，止也。言己忠言謇謇，谏君之过，必为身患，然中心不能自止而不言也。盖《易·蹇》此爻以"五"为君位，"二"为臣位。谓蹇难之时，六二以臣位而能蹇蹇忠贞以匡王室，而不是私身远害，明哲保身。故曰"王臣謇謇，匪躬之故"⑤。所以应该肯定，屈骚此句应当出自《易》。

"灵修"在《离骚》中凡三见，"指九天以为正兮，夫唯灵修之故也"⑥；"余既不难夫离别兮，伤灵修之数化"⑦；"怨灵修之浩荡兮，终不察夫民心"⑧。王逸注"灵修"曰："灵，神也。修，远也。能神明远见者，君德也，故以喻君。"⑨《离骚》中不无怨怼："初既与余成言兮，后悔遁而有他。"⑩ 洪兴祖从王逸未对"曰黄昏以为期兮，羌中道而改路"作注的疑窦出发，结合《九章·抽思》有"曰黄昏以为期，羌中道而回畔兮"⑪，将《离骚》此句断为增句的眼光是锐利的。"余既不难夫离别兮，伤灵修之数化"，以女性自拟，可以反证屈原是近臣而非重臣。重臣不会出此口吻。"余既兹兰之九畹兮，又树蕙之百亩；畦留夷与揭车兮，

---

① （宋）洪兴祖撰，白化文等点校：《楚辞补注》，中华书局1983年版，第7—8页。
② 同上书，第124—125页。
③ 同上书，第8页。
④ 同上书，第8—9页。
⑤ 同上书，第9页。
⑥ 同上。
⑦ 同上书，第10页。
⑧ 同上书，第14页。
⑨ 同上书，第9页。
⑩ 同上书，第10页。
⑪ 同上。

杂杜蘅与芳芷。"①《周礼·地官·司徒》：乡大夫之职，各掌其乡之政教禁令，正月之吉，受教法于司徒，退而颁之于其乡吏，使各以教其所治，以考德行，察其道艺。以岁时登其夫家之众寡，辨其可任者，国中自七尺以及六十，好自六尺以及六十有五，皆征之。……以其岁时入其书，三年则大比，考其德行道艺，而兴贤者能者。""冀枝叶之峻茂兮，愿竢时乎吾将刈；虽萎绝其亦何伤兮，哀众芳之芜秽；众皆竞进以贪婪兮，凭不厌乎求索；羌内恕己以量人兮，各兴心而嫉妒；忽驰骛以追逐兮，非余心之所急"②，"老冉冉其将至兮，恐修名之不立"③，这都彰显着时间的迟速、古今、内外，形成多重的焦虑与惶惑，以至于迷离恍惚、神与形分离。《离骚》中一再说："老冉冉其将至兮，恐修名之不立"，"及年岁之未晏兮，时亦犹其未央"④，"及余饰之方壮兮，周流观乎上下。"⑤ 可见，屈原当时将老未老，还在壮年，应当是在四十岁左右。古人有"七十曰老"的说法，不过《礼记·曲礼》曰："五十曰艾"。《博雅》说："艾，老也。"《盐铁论》："五十以上曰艾老，杖于乡，不从力役。"可见，"古人是从五十岁起就算是法定的老了。"⑥

对于国君改弦易张而从善，采取的是矢志不渝的立场："朝饮木兰之坠露兮，夕餐秋菊之落英；苟余情其信姱以练要兮，长顑颔亦何伤。"闻一多注云："朝露夕英，实阴阳之纯精，木兰秋菊，含自然之淑气。挹露于兰，拾英于菊，一举而兼两善，故弥觉可贵。……此见存神人饮露传说之最早者。若夫养形家言，抒为辞赋，……尤与《离骚》饮露餐英之旨同符。……顑颔，迭韵连语，面黄貌。避食谷实而饮露餐英，所需如此，简约之至矣。诚能如此，而得精神姱美，则虽颜色憔悴，形容枯槁，亦何伤哉？……凡此所称，实皆避谷服气，营养不给所致。《离骚》言因饮食练要而致顑颔，理亦犹是。"⑦

这种矢志不渝的立场，又与古贤人彭咸相联系："揽木根以结茝兮，贯薜荔之落蕊；矫菌桂以纫蕙兮，索胡绳之纚纚；謇吾法夫前修兮，非世

---

① （宋）洪兴祖撰，白化文等点校：《楚辞补注》，中华书局1983年版，第10页。
② 同上书，第11—12页。
③ 同上书，第12页。
④ 同上书，第39页。
⑤ 同上书，第42页。
⑥ 林庚：《诗人屈原及其作品》，上海古籍出版社1981年版，第49页。
⑦ 《离骚解诂》，上海古籍出版社1985年版，第16—17页。

俗之所服；虽不周于今之人兮，愿依彭咸之遗则！"① 林庚《诗人屈原及其作品研究·彭咸是谁》云："《国语·郑语》：'彭姓彭祖豕韦诸稽，则商灭之'，谓彭祖实为彭姓之祖。……而彭姓为祝融之后，祝融为颛顼之子或孙，颛顼即高阳氏，楚之祖先。所以，屈原心目中念念不忘的彭咸也正是楚之先贤，这才可以说明屈原一贯的感情，才可以说明《离骚》一开头便谓'帝高阳之苗裔兮，朕皇考曰伯庸'的写作深意。另外，从《楚辞》的描写看，彭咸属伊尹、姜太公之流的人物，一方面是治世之才，一方面是隐者、神话式的人物。屈原也正含有帝王的世系与隐者的双重身份……因此彭咸乃成为他进退的依据。"② 《离骚》中彭咸凡两见，另一见是："謇吾法夫前修兮，非世俗之所服。虽不周于今之人兮，愿依彭咸之遗则。"屈原饮露餐菊，以通天地；练要缀芳，自明高洁，乃是学习先贤而然，而彭咸是前修中的杰出代表。又《离骚》末章乱辞云："已矣哉！国无人莫我知兮，又何怀乎故都！既莫足与为美政兮，吾将从彭咸之所居。"③ 这两句话比较准确地反映了屈原被迫远行的心态，但不是投水前的心态，所以称从彭咸之所居是投水自杀不能成立。味其文意，从彭咸之所居就是在国中无人相知的情况下，离开政治舞台到理想境界去，亦即"自疏以远逝"的远逝，还有与非美政不同流合污之意。那么，由此反求彭咸，应是古代很可能是在政治气氛不清明时远离官场，超脱尘凡的楚国隐者形象。《抽思》云："兹历情以陈辞兮，荪详聋而不闻。固切人之不媚兮，众果以我为患。初吾所陈之耿着兮，岂至今其庸亡。何独乐斯之謇謇兮，愿荪美之可完。望三五以为象兮，指彭咸以为仪。"④ 《思美人》于彭咸又有一见云："广遂前画兮，未改此度也。命则处幽吾将罢兮，愿及白日之未暮也。独茕茕而南行兮，思彭咸之故也。"⑤ 《悲回风》有三次提到彭咸。（一）"物有微而陨性兮，声有隐而先倡。夫何彭咸之造思兮，暨志介而不忘。"⑥ 诗句以物性类比，声有隐指心有郁结，"先倡"就是开始表达出来。这两句诗赞美彭咸能始终保持耿介心志，不改初衷。可见彭咸是个始终保持名节的人。屈原在作品中多次提到范蠡、介子推这些建立

---

① （宋）洪兴祖撰，白化文等点校：《楚辞补注》，中华书局1983年版，第12—13页。
② 林庚：《诗人屈原及其作品研究·彭咸是谁》，上海古籍出版社1981年版。
③ 同上书，第47页。
④ （宋）洪兴祖撰，白化文等点校：《楚辞补注》，中华书局1983年版，第138页。
⑤ 同上书，第149页。
⑥ 同上书，第155—156页。

功业之后的隐士，以示敬佩之情，也是通于身世之感而然。所表达的感情了与彭咸相通。（二）"宁逝死而流亡兮，不忍此心之常愁。孤子吟而抆泪兮，放子出而不还。孰能思而不隐兮，照彭咸之所闻。"① 宁愿迅速死去，或者放流远方，也不愿忍受无休无止的焦愁之苦。但是退居山林，泪无洒处，吟而无闻，一去就很难再有东山再起的机会。在那种情境下，只有彭咸能相与昭闻，那么彭咸应是退居山林的智者高士。（三）"凌大波而流风兮，讬彭咸之所居。上高岩之峭岸兮，处雌蜺之标颠。据青冥而攄虹兮，遂儵忽而扪天。吸湛露之浮凉兮，漱凝霜之雰雰。依风穴以自息兮，忽倾寤以蝉媛。冯昆仑以瞰雾兮，隐岷山以清江。"② 凌波乘风就是托彭咸所居，那么托彭咸所居就是依风扪天，泛舟江湖。《离骚》中也提到的彭咸所居就是乘风随波，走向大自然，听潮观气，扪天攄虹，享受与神话同在之逍遥。

"长太息以掩涕兮，哀民生之多艰。余虽好修姱以鞿羁兮，謇朝谇而夕替。既替余以蕙纕兮，又申之以揽茝。亦余心之所善兮，虽九死其犹未悔。怨灵修之浩荡兮，终不察夫民心。众女嫉余之蛾眉兮，谣诼谓余以善淫。"③ 群臣是众女，造谣说"我"淫荡，"善淫说"表明屈原是近臣而非重臣。屈原自认出身高贵，其实家族已经破落，因而又有"贫贱说"，他的少年得志并非依靠强盛家族的力量，而是因才华获得宠信。但他面对者，是"固时俗之工巧兮，偭规矩而改错。背绳墨以追曲兮，竞周容以为度。忳郁邑余侘傺兮，吾独穷困乎此时也"④。在楚怀王之世，"大臣父兄好伤贤以为资，厚赋敛诸百姓"⑤，楚国陷入战争频仍，"食贵于玉，薪贵于桂"⑥ 的境况。其时各国争先恐后实行变法，调整和改变规矩、绳墨、法度。魏文侯以李悝为相，实行变法，使魏国首先富强起来。此后，赵国任用公仲连，韩国任用申不害，齐国任用邹忌，燕国任用乐毅进行变法革新，国力都大大增强。秦孝公任用商鞅，变法最彻底，成效最显著，使偏处一隅之秦国一跃而成为当时最强大的国家。楚悼王任命吴起为令尹，主持变法，使楚国强大。然而由于楚悼王早逝，因变法触动固有利益的旧贵

---

① （宋）洪兴祖撰，白化文等点校：《楚辞补注》，中华书局1983年版，第158页。
② 同上书，第159—160页。
③ 同上书，第13—15页。
④ 同上书，第15页。
⑤ （汉）刘向：《战国策》，上海古籍出版社1985年版，第537页。
⑥ 同上书，第538页。

族极力反扑，乱箭齐发，使吴起惨死于楚悼王的灵堂上，把楚国重振的机会扼杀在摇篮之中。

《离骚》云："忳郁邑余侘傺兮，吾独穷困乎此时也。宁溘死以流亡兮，余不忍为此态也。鸷鸟之不群兮，自前世而固然。何方圜之能周兮，夫孰异道而相安。屈心而抑志兮，忍尤而攘诟。伏清白以死直兮，固前圣之所厚。悔相道之不察兮，延伫乎吾将反。回朕车以复路兮，及行迷之未远。步余马於兰皋兮，驰椒丘且焉止息。进不入以离尤兮，退将复修吾初服。制芰荷以为衣兮，集芙蓉以为裳。不吾知其亦已兮，苟余情其信芳。高余冠之岌岌兮，长余佩之陆离。"① 主人公性别于此发生转换，恢复屈原自身原本形貌，是位高冠崔嵬、长剑陆离的仪美之士。高冠、佩剑本是楚国服饰习俗，用它们来刻画诗人自己奇伟峻洁的人格品德。屈原喜欢以"陆离"作自我形容，《离骚》云："纷总总其离合兮，斑陆离其上下。"②《远游》云："叛陆离其上下兮，游惊雾之流波。"③ 在这两组诗句中，陆离都是和空间位置的上下联系在一起，因为忽上忽下，故有离有合，高下起伏，正因为如此，它才和偃蹇成为同义词。赵逵夫认为："偃蹇一词用来描写具体物和人时，只有两种意思：一个是委曲、屈曲缠绕，一个是伸展自如。"④

《离骚》又云："芳与泽其杂糅兮，唯昭质其犹未亏。忽反顾以游目兮，将往观乎四荒。佩缤纷其繁饰兮，芳菲菲其弥章。民生各有所乐兮，余独好修以为常。"⑤ 何为"四荒"？《尔雅·释地》："觚竹，北户，西王母，日下，谓之四荒。"郭璞注："觚竹在北，北户在南，西王母在西，日下在东。皆四方错荒之国，次四极者。"⑥ 但同时屈原又缺乏儒家"知其不可为而为之"的进取精神，缺乏老庄"知其不可奈何而安之若命"的旷达，也不具备墨家"摩顶放踵为之"的坚忍，他的心灵是异常敏感而坚确的。屈原以坚确敏感的心理承受能力使经受一而再、再而三的失败的打击。被流放之后，屈原"游于江潭，行吟泽畔，颜色憔悴，形容枯槁"⑦。

---

① （宋）洪兴祖撰，白化文等点校：《楚辞补注》，中华书局1983年版，第15—17页。
② 同上书，第29页。
③ 同上书，第171页。
④ 赵逵夫：《屈骚探幽》，甘肃人民出版社1998年版，第299页。
⑤ （宋）洪兴祖撰，白化文等点校：《楚辞补注》，中华书局1983年版，第17—18页。
⑥ （晋）郭璞注，（宋）邢昺疏：《尔雅注疏》，北京大学出版社1999年版，第198—199页。
⑦ （宋）洪兴祖撰，白化文等点校：《楚辞补注》，中华书局1983年版，第179页。

虽说自古艰难唯一死，但死对精神备受磨难的诗人而言，已不再是一件恐怖之事，而是一种抗争，一种解脱，一种必然了。

洪兴祖《楚辞补注》卷一《离骚经章句第一》如此解释："女嬃之婵媛兮〔女嬃，屈原姊也。婵媛，犹牵引也，一作婵援。〔补〕曰：《说文》云：嬃，女字也，音须。贾侍中说：楚人谓女曰嬃。前汉有吕须，取此为名。婵媛，音蝉爰。《水经》引袁崧云：屈原有贤姊，闻原放逐，亦来归，喻令自宽全。乡人冀其见从，因名曰秭归。县北有原故宅，宅之东北有女须庙，捣衣石犹存。秭与姊同。观女嬃之意，盖欲（屈）原为宁武子之愚，不欲为史鱼之直耳，非责其不能为上官、椒兰也。而王逸谓女媭骂原以不与众合，不承君意，误矣〕，申申其詈予（申申，重也。言女嬃见已施行不与众合，以见放流，故来牵引数怒，重詈我也。詈，一作骂。予，一作余。五臣云：牵引古事，而骂詈我。〔补〕曰：《论语》曰：申申如也。申申，和舒之貌。女嬃詈原，有亲亲之意焉。《九歌》云'女婵媛兮为余太息'，是也。予，音与，叶韵）。曰鲧婞直以亡身兮（曰，女嬃词也。鲧，尧臣也。《帝系》曰：颛顼后五世而生鲧。婞，很也。鲧，亦作鯀，一作䲤。《文选》亡作方。〔补〕曰：䲤，下顶切。东坡曰：《史记》：殛鲧于羽山，以变东夷。《楚词》：鲧婞直以亡身。则鲧盖刚而犯上者耳。若小人也，安能以变四夷之俗哉！如左氏之言，皆后世流传之过。《九章》亦云：行婞直而不豫兮，鲧功用而不就），终然殀乎羽之野（蚤死曰殀。言尧使鲧治洪水，旅很自用，不顺尧命，乃殛之羽山，死于中野。女嬃比屈原于鲧，不顺君意，亦将遇害也。殀，一作夭。一云：羽山之野。〔补〕曰：羽山，东裔，在海中。殀，殁也，于矫切。鲧迁羽山，三年然后死，事见《天问》。《左传》曰：其神化为黄能，入于羽渊）。汝何博謇而好修兮，纷独有此姱节（女嬃数谏屈原，言汝何为独博采往古，好修謇謇，有此姱异之节，不与众同，而见憎恶于世也。《文选》作蹇。五臣云：汝何博采古道，于蹇难之世，好修直节，独为姱大之行。〔补〕曰：博謇，当如逸说。纷，盛貌。姱，苦瓜切，好也）。薋菉葹以盈室兮（薋，蒺藜也。菉，王刍也。葹，枲耳也。《诗》曰：楚楚者薋。又曰：终朝采菉。三者皆恶草，以喻谗佞盈满于侧者也。〔补〕曰：今《诗》薋作茨，菉作绿。薋音瓷。《尔雅》亦作茨，布地蔓生，细叶，子有三角，刺人。《易》：据于蒺藜。言其凶伤。《诗·墙有茨》：以刺梗秽。菉，音录。《尔雅》云：菉，王刍。菉，蓐也。《本草》云：荩草，叶似竹而细薄，茎亦圆小，生平泽溪涧之侧，俗名菜蓐草。蒇，商支切，形似鼠耳，诗人谓之卷耳，《尔雅》谓之苓耳，《广雅》谓之枲耳，皆以实得名。《本草》：枲耳，一名蒇），判独离而不服（判，别也。女媭言众人皆佩蒉、菉、枲耳，为谗佞之行，满于朝廷，而获富贵，汝独服兰蕙，守忠直，判然离别，不与众同，故斥弃也）。众不可户说兮，孰云察余之中情（屈原外困群佞，内被姊詈，知世莫识，言己之心志所执，不可户说人告，谁当察我中情之善否也。〔补〕曰：《管子》曰：圣人之治于世，不人告也，不户说也。《淮南子》曰：口辨而户说之）。世并举而好朋兮（朋，党也。〔补〕曰：《说文》：朋，古凤字。凤飞，群鸟从以万数，故以为朋党字），夫何茕独而不予听（茕，孤也。《诗》曰：哀此茕独。言世俗之人，皆行佞伪，相与朋党，并相荐举。忠直之士，孤茕特独，何肯听用我言，而纳受之也。茕，一作茕。予，一作余。〔补〕曰：茕，渠营切。今《诗》作惸。听，平声）。依前圣以节中兮（节，度。《文选》'以'作'之'），喟凭心而历兹（喟，叹也。历，数也。言己所言，皆依前世圣人之法，节其中和，喟然舒愤懑之心，历数前世成败之道，而为此词也。凭，一作㥬，一作冯。五臣云：中，得也。历，行也。凭，满也。言我依前代圣贤节度，而不得用，故叹息愤懑，而行泽畔矣。〔补〕曰：喟，丘愧切。《方言》云：凭，怒也，楚曰㥬。注云：恚盛貌。引《楚词》'康回凭怒'。皮冰切。《列子》曰：帝冯怒。《庄子》曰：侅溺于冯气。《说文》云：冯，懑也，并音愤。喟凭心而历兹者，叹逢时之不幸也。历犹逢也。下文云'委厥美而历兹'，意与此同）。济沅湘以南征兮（济，渡也。沅、湘，水名。征，行也。〔补〕曰：沅，音元。《山海经》云：湘水出帝舜葬东，入洞庭下。沅水出象郡镡城西，东注江，合洞庭中。《后汉·志》：武陵郡有临沅县，南临元水，水源出牂牁且兰县，至郡界分为五溪。又零陵郡阳朔山，湘水出。《水经》云：沅水下注洞庭，方会于江。《湘中记》云：湘水之出于阳朔，则觞为之舟，至洞庭，则日月若出入于其中），就重华而陈词（重华，舜名也。《帝系》曰：瞽叟生重华，是为帝舜，葬于九疑山，在沅、湘之南。言己依圣王法而行，不容于世，故欲渡沅、湘之水南行，就舜陈词自说，稽疑圣帝，冀闻秘要，以自开悟也。一作陈辞。〔补〕曰：陈，列也。先儒以重华为舜名。按《书》云：有鳏在下曰虞舜，与帝之咨禹一也，则舜非谥也，名也。又曰：若稽古帝舜曰重华，与尧为放勋一也，则重华非名也，号也。群臣称帝不称尧，则尧为名。帝称禹不称文命，则文命为号。伊尹称尹躬暨汤，则汤号也。汤自称予小子履，则履名也。《楚词》屡言尧、舜、禹、汤，今辨于此。天下明德，皆自虞帝始，其于君臣之际详矣。故原欲就之而陬词也）。启《九辩》与《九歌》兮（启，禹子也。《九辩》《九歌》，禹乐也。言禹平治水土，以有天下，启能承先志，缵叙其业，育养品类，故九州岛之物，皆可辩数，九功之德，皆有次序，而可歌也。《左氏传》曰：六府三事，谓之九功。九功之德，皆可歌也，谓之《九歌》。水、火、金、木、土、谷，谓之六府。正德、利用、厚生，谓之三事。〔补〕曰：《山海经》云：夏后上三嫔于天，得《九辩》与《九歌》以下。注云：皆天帝乐名。启登天而窃以下，用之。《天问》亦云：启棘宾商，《九辩》《九歌》。王逸不见《山海经》，故以为禹乐。五臣又云：启，开也。言禹开树此乐，谬矣。《骚经》《天问》多用《山海经》，而刘勰《辨骚》以康回倾地、夷羿弊日为谲怪之谈，异乎经典。如高宗梦得说，姜嫄履帝敏之类，皆见于《诗》《书》，岂诬也哉），夏康娱以自纵（夏康，启子太康也。娱，乐也。纵，放也）。不顾难以图后兮，五子用失乎家巷（图，谋也。言太康不遵禹、启之乐，而更作淫声，放纵情欲，以自娱乐，不顾患难，不谋后世，卒以失国，兄弟五人，家居间巷，失尊位也。《尚书序》曰：太康失国，昆弟五人，须于洛汭，作《五子之歌》，此佚篇也。巷，一作居。〔补〕曰：《书》云：太康尸位，以逸豫灭厥德，黎民咸贰，乃盘游无度，畋于有洛之表，十旬弗反。有穷后羿，因民弗忍，距于河。厥弟五人，御其母以从，徯于洛之汭。五子咸怨，述大禹之戒以作歌。逸不见全《书》，故以为佚篇，它皆放此。难，乃旦切。巷，里中道也。此言太康娱乐放纵，以至失邦耳。逸云'不遵启乐，更作淫声'，未知所据。且太康不反，国人立其弟仲康，仲康死，子相立，则五子岂有家居间巷之理？盖仲康以来，羿势日盛，王者备位而已。五子之失乎家巷，太康实使之）。羿淫游以佚畋兮（羿，诸侯也。畋，猎也，一作田。〔补〕曰：羿，五计切。《说文》云：帝喾，射官也，夏少康灭之。贾逵云：羿之先祖也，为先王射官。帝喾时有羿，尧时亦有羿，羿是善射之号。此羿，商时诸侯，有穷后也），又好射夫封狐（封狐，大狐也。言羿为诸侯，荒淫游戏，以佚畋猎，又射杀大狐，犯天之孽，以亡其国也。〔补〕曰：射，食亦切，弓弩发也。《天问》云：帝降夷羿，革孽夏民。冯珧利决，封狶是射）。固乱流其鲜终兮（鲜，少也。固，一误作国。鲜，一作尠），浞又贪夫厥家（浞，寒浞，羿相也。妇谓之家。

言羿因夏衰乱，代之为政，娱乐畋猎，不恤民事，信任寒浞，使为国相。浞行媚于内，施赂于外，树之诈慝而专其权势。羿畋将归，使家臣逢蒙射而杀之，贪取其家，以为己妻。羿以乱得政，身即灭亡，故言鲜终。〔补〕曰：浞，食角切。传曰：以德和民，不闻以乱。以乱易乱，其流鲜终。浞、浇之事是也）。浇身被服强圉兮（浇，寒浞子也。强圉，多力也。浇，一作奡。一云：被于强圉。〔补〕曰：浇，五吊切。《论语》曰：羿善射，奡荡舟，俱不得其死然。奡即浇也，五耗切，声转字异。《诗》曰：曾是强御。强御，强梁也），纵欲而不忍（纵，放也。言浞取羿妻而生浇，强梁多力，纵放其情，不忍其欲，以杀夏后相也。一本'欲'下有'杀'字。〔补〕曰：《左传》云：昔有过浇，杀斟灌，以伐斟寻，灭夏后相。杜预云：相失国，依于二斟，为浇所灭）。日康娱而自忘兮（康，安也。而，一作以），厥首用夫颠陨（首，头也。自上下曰颠。陨，坠也。言浇既灭杀夏后相，安居无忧，日作淫乐，忘其过恶，卒为相子少康所诛，其头颠陨而坠地。自此以上，羿、浇、寒浞之事，皆见于《左氏传》。夫，一作以。一无'夫'字。〔补〕曰：颠，倒也。《释文》作巅。陨，从高下也。《左传》云：昔有夏之方衰，后羿自鉏迁于穷石，因夏民以代夏政。恃其射也，不修民事，而淫于原兽。寒浞，伯明氏之谗子弟也，信而使之，以为己相。浞行媚于内，施赂于外，愚弄其民，而虞羿于田，树之诈慝，以取其国家，内外咸服。羿犹不悛，将归自田，家众杀而亨之，靡奔有鬲氏。浞因羿室，生浇及豷，恃其谗慝诈伪，而不德于民，使浇用师，灭斟灌及斟寻氏，靡自有鬲氏收二国之烬，以灭浞，而立少康。少康灭浇于过，后杼灭豷于戈，有穷由是遂亡。《论语兼义》云：羿逐后相自立，相依二斟，夏祚犹尚未灭。及寒浞杀羿，因羿室而生浇，浇长大，自能用师，始灭后相。相死之后，始生少康，少康生杼，杼又年长，始堪诱豷，方始灭浞而立少康。计太康失邦，及少康绍国，向有百载乃灭有穷。而《夏本纪》云仲康崩，子相立，相崩，子少康立，都不言羿、浞之事，是马迁之疏也）。夏桀之常违兮（桀，夏之亡王也。五臣云：言常背天违道），乃遂焉而逢殃（殃，咎也。言夏桀上僭于天道，下逆于人理，乃遂以逢殃咎，终为殷汤所诛灭）。后辛之菹醢兮（后，君也。辛，殷之亡王纣名也。藏菜曰菹，肉酱曰醢。菹，一作葅，五臣云：菹醢，肉酱也。〔补〕曰：菹，臻鱼切。《说文》：酢菜也。一曰麋鹿为菹，斋菹之称，菜肉通。醢，音海。《尔雅》曰：肉谓之醢），殷宗用而不长（言纣为无道，杀比干，醢梅伯。武王杖黄钺，行天罚，殷宗遂绝，不得长久也。而，一作之。〔补〕曰：《礼记》云：昔殷纣乱天下，脯鬼侯以飨诸侯。《史记》曰：纣醢九侯，脯鄂侯。《淮南子》云：醢鬼侯之女，菹梅伯之骸）。汤禹俨而祗敬兮（俨，畏也。祗，敬也。俨，一作严。〔补〕曰：《礼记》曰：俨若思。俨亦作严，并鱼检切），周论道而莫差（周，周家也。差，过也。言殷汤、夏禹、周之文王，受命之君，皆畏天敬贤，论议道德，无有过差，故能获夫神人之助，子孙蒙其福佑也。五臣云：汤、禹、周文，皆俨肃祗敬，论议道德，无有差殊，故得永年。〔补〕曰：道，治道也。言周则包文、武矣。差，旧读作蹉。五臣以为差殊，非是）。举贤而授能兮（一云举贤才），循绳墨而不颇（颇，倾也。言三王选士，不遗幽陋，举贤用能，不顾左右。行用先圣法度，无有倾失。故能绥万国，安天下也。《易》曰：无平不颇也。五臣云：无有颇僻。循，一作修。颇，一作陂。〔补〕曰：《思玄赋》注引《楚词》：遵绳墨而不颇。遵，亦循也，作修非是。《易·泰卦》云：无平不陂。陂，一音颇。滂禾切）。皇天无私阿兮（窃爱为私，所私为阿。一云所佑为阿），览民德焉错辅（错，置也。辅，佐也。言皇天神明，无所私阿。观万民之中有道德者，因置以为君，使贤能辅佐，以成其志。故桀为无道，传与汤。纣为淫虐，传与文王。德，一作惪。《文选》民作人。〔补〕曰：焉，语助。错，七故切。上天佑之，为生贤佐，故曰错辅）。夫维圣哲以茂行兮（哲，智也。茂，盛也。〔补〕曰：行，下孟切），苟得用此下土（苟，诚也。下土，谓天下也。言天下之所立者，独有圣明之智，盛德之行，故得用事天下，而为万民之主。〔补〕曰：睿作圣，明作哲。圣哲之人，以有甚盛之行，故能使下土为我用。《诗》曰：奄有下土）。瞻前而顾后兮（瞻，观也。顾，视也。前谓禹、汤，后谓桀、纣。〔补〕曰：《说文》：瞻，临视也。顾，还视也），相观民之计极（相，视也。计，谋也。极，穷也。言前观汤、武之所以兴，顾视桀、纣之所以亡，足以观察万民忠佞之谋，穷其真伪也。民，一作人。〔补〕曰：相，息亮切。言观民之策，此为至矣。计，策也。极，至也。相观，重言之也。下文亦曰'览相观于四极'，与《左传》'尚犹有臭'，《书》'弗遑暇食'语同）。夫孰非义而可用兮，孰非善而可服（服，服事也。言世之人臣，谁有不行仁义，而可任用。谁有不行信善，而可服事者乎。言人非义则德不立，非善则行不成也。五臣云：服，用也）。阽余身而危死兮（阽，犹危也。或云：阽，近也。言己尽忠，近于危殆。一本'死'下有'节'字。〔补〕曰：阽，音檐，临危也。《小尔雅》曰：疾甚谓之阽。《前汉》注云：阽，近边欲堕之意），览余初其犹未悔（言己正言危行，身将死亡，上观初世伏节之贤士，我志所乐，终不悔恨也。五臣云：今观我之初志，终竟行犹未为悔）。不量凿而正枘兮（量，度也。正，方也。枘所以充凿。〔补〕曰：量，力香切。凿，音漕，穿孔也。枘，而锐切，刻木端所以入凿。《淮南子》云：良工渐乎矩凿之中），固前修以菹醢（言工不量度其凿，而方正其枘，则物不固而木破矣。臣不度君贤愚，竭其忠信，则被罪过而身殆也。自前世修名之人，以获菹醢，龙逢、梅伯是也。菹，一作葅。五臣云：邪佞在前，忠贤何由能进。〔补〕曰：《九辩》云：圆凿而方枘兮，吾固知其鉏铻而难入。夫邪佞在前，而己以正直当之，其君不察，得罪必矣）。曾歔欷余郁邑兮（曾，累也。歔欷，惧貌。或曰：哀泣之声也。郁邑，忧也。曾，一作增。邑，一作悒。〔补〕曰：歔，许居切。欷，香衣、许毅二切），哀朕时之不当（言我累息而惧，郁邑而忧者，自哀生不当举贤之时，而值菹醢之世也。〔补〕曰：当，平声）。揽茹蕙以掩涕兮（茹，柔耎也。揽，一作搅，《文选》作擥。五臣云：茹，臭也。蕙，香草。以喻忠正之心。〔补〕曰：茹，《文选》音汝。《玉篇》云：茹，柔也，一曰菜茹。五臣以茹为香，误矣。《吕氏春秋》曰：以茹鱼驱蝇，蝇愈至而不可禁。则茹又为臭败之名，非香也），沾余襟之浪浪（沾，濡也。衣眦谓之襟。浪浪，流貌也。言己自伤放在草泽，心悲泣下，沾濡我衣，浪浪而流，犹引取柔耎香草，以自掩拭，不以悲放失仁义之则也。〔补〕曰：《尔雅》：衣眦谓之襟。襟，交领也。浪，音郎）。"[1]

屈原《离骚》中的女媭为何人？王逸说是屈原之姊，明代汪瑗则以为是屈原之妾，历来争讼纷纭，说法不一，但都从与屈原的亲近关系来考证其身份则无不同。于此不妨从文化人类学角度，参照少数民族之原始信仰。侗族是一个保存母系氏族社会遗俗较多的民族，至今还停留在祭祀原始女神沙婆的阶段。侗傩中的最尊神为"婆婆"（最大的祖母），因此，侗族的一切活动都是围绕着祭祀女神的盛典举行的。侗族历史上有许多领导民族战争的女首领，他们普遍被侗族称为沙婆，因为沙婆的含义就是老祖母，一切的女祖先当然都是老祖母，因此，有多种沙婆的故事流传。有

---

[1] （宋）洪兴祖撰，白化文等点校：《楚辞补注》，中华书局1983年版，第18—25页。

最原始的女神沙婆，也有明清时代的民族女战斗英雄。祭祀沙婆，必跳芦笙舞，芦笙舞的本身就是战争的产物。相传，当初沙婆在与敌人作战时，就是以芦笙队与侗女的歌舞为前导，以火牛阵及精兵利甲隐藏在歌舞队的后面，载歌载舞地冲向敌军的。至今日，侗族每年都要祭祀沙婆并举行芦笙比赛，赛芦笙不是比哪一队的芦笙曲美调多，而是比哪一队的芦笙的音频如何共振得法，凡能用声波去震裂对方的芦笙，甚至震聋对方的耳鼓者即为胜方，明显地带有军事功用的遗痕。侗族每年要举行一次斗牛，也是当年军事功用的遗痕。相传当年沙婆作战时，就以训练过的水牛，作火牛阵冲杀敌人的。① 申申其詈予之"女嬃"，除了王逸以为屈原姊也，郑玄则持"妹名说"，朱熹持"贱妾说"。清代周振辰据《易》注说"嬃，女之贱者"，又以为女嬃乃女巫之称。清代陈远新说是"女侍"，颇为近代一些注家所取。郭沫若说女嬃是"平生最关心屈原的女伴"②。贾侍中说：楚人谓姊为嬃，见《说文》。这种多义性，使单一临场者而一人二任，同时扮演男女两种角色，这就是楚人想象的超伦理性和超逻辑性。钱锺书在《管锥编卷二·〈九歌〉一》中解释道：巫筮降神时，与神的关系是"忽合为一，忽分为二，合为吾我，分相尔彼，而隐约参乎神与巫之离坐离立者……胥出一口，宛若多身，叙述搬演，杂用并施……时而巫语称'灵'，时而灵语称'予'，交错以出"。③《离骚》由此把《九歌》的空间性变为时间性，呈现出迷离恍惚之感。

　　《离骚》又云："曰：鲧婞直以亡身兮，终然殀乎羽之野。汝何博謇而好修兮，纷独有此姱节。薋菉葹以盈室兮，判独离而不服。众不可户说兮，孰云察余之中情。世并举而好朋兮，夫何茕独而不予听。依前圣以节中兮，喟凭心而历兹。"④ 北魏郦道元《水经注》引袁山松云："屈原有贤姊，闻原放逐，亦来归，喻令自宽，全乡人冀其见从，因名曰秭归。"郦道元认为："袁山松此言，可谓因事而立证，恐非名县之本旨矣。"女嬃，或解释为妹、贱妾、侍女、女伴、须女星，或把"女嬃"考证为家族中女性宗老，以屈原《天问》中"女岐""女娲"皆指母，"女嬃"或指母亲乎？

---

① 林河：《国魂颂——论〈九歌·国殇〉的民族文化基因兼评前人研究〈国殇〉的失误》，《文艺研究》1990年第3期。
② 郭沫若：《离骚今译》，人民文学出版社1978年版，第31页。
③ 钱锺书：《管锥编》，中华书局1979年版，第599—600页。
④ （宋）洪兴祖撰，白化文等点校：《楚辞补注》，中华书局1983年版，第19—20页。

楚国兴盛，依靠的是长期推行了一条"抚有蛮夷，奄征南海，以属诸夏"的发展路线。由此遂向舜帝讨个说明："依前圣以节中兮，喟凭心而历兹；济沅湘以南征兮，就重华而陈词。"①《离骚》称"高阳""重华"，而不用中原的"颛顼""帝舜"，呈现者是楚人叙事的特征。如此古帝，未经中原儒者深度改造，是听得懂夏初的启、羿、浞、浇的历史的。对于古圣王，不仅及于舜，而且及于汤禹。《怀沙》写道："重仁袭义兮，谨厚以为丰。重华不可遻兮，孰知余之从容。古固有不并兮，岂知何其故。汤、禹久远兮，邈而不可慕。惩连改忿兮，抑心而自强。离慜而不迁兮，愿志之有像。"② 这里也称重华、汤禹。这种错乱称呼的做法，便于原始巫风思维的渗入。因而日本藤野岩友云："《楚辞》是从宗教中独立兴起的文学，按其类型分析，显然是来源于和巫祝有关的宗教文学"，而"《离骚》则是来源于对神的祝辞"的"祝辞系文学"。③

《离骚》进一步推衍："启《九辩》与《九歌》兮，夏康娱以自纵；（'启从神庙中取来《九辩》与《九歌》'，运用于朝堂之上。）不顾难以图后兮，五子用失乎家巷（王逸注云：'夏康，启子太康也。娱，乐也。纵，放也。'《国语·楚语上》士亹曰：'启有五观。'韦昭注云："启，禹子。五观，启子，太康昆弟也。观，洛汭之地。《书序》曰：'太康失国，昆弟五人，须于洛汭。'《传》曰：'夏有观扈。'《水经·巨洋水》郦注云：'《国语》曰：启有五观，谓之奸子。五观盖其名也，所处之邑，其名为观。'《左传·昭公元年》杜预注云：'观国，今顿丘卫县。'《墨子》卷八《非乐上第三十二》：'于《武观》曰：'启乃淫溢康乐，野于饮食，将将铭，苋磬以力，湛浊于酒，渝食于野，万舞翼翼，章闻于（大）〔天〕，天用弗式。'故上者天鬼弗戒，下者万民弗利。"《潜夫论·五德志第三十四》云："传嗣子启。启子太康、仲康更立。兄弟五人，皆有昏德，不堪帝事，降须洛汭，是谓五观。"陆善经说："太康但恣娱乐，不顾祸难以谋其后，失其国家，令五弟无所依。"④《国语·周语上》云："我先王

---

① （宋）洪兴祖撰，白化文等点校：《楚辞补注》，中华书局1983年版，第20页。
② 同上书，第144页。
③ ［日］藤野岩友：《楚辞解说》，《楚辞资料海外编》，高鹏译，湖北人民出版社1985年版，第1页。此处转引自刘不朽《古三峡——巫人的活动》，《中国三峡建设》1998年第5期。
④ 唐佚名《文选集注》一百二十卷，唐写本存二十三卷，卷六十三《离骚经集注》引陆善经云云，1936年日本京都帝国大学文学部影印本。

不窋用失其官"①，此与"五子用失乎家巷"句式相同，且都以"用失"以成文。王夫之《楚辞通释》说："家巷，旧都也。""羿淫游以佚畋兮，又好射夫封狐；固乱流其鲜终兮，浞又贪夫厥家；浇身被服强圉兮，纵欲而不忍；日康娱而自忘兮，厥首用夫颠陨；夏桀之常违兮，乃遂焉而逢殃；后辛之菹醢兮，殷宗用之不长；汤禹俨而祗敬兮，周论道而莫差；举贤才而授能兮，循绳墨而不颇；皇天无私阿兮，揽民德焉错辅。"②《左传·鲁僖公五年》云："故《周书》曰：皇天无亲，惟德是辅。又曰：黍稷非馨，明德惟馨。"③屈原之美政理想，在于推崇往古的尧、舜、禹、汤、文、武之治。对于汤、禹并称，余嘉锡《世说新语笺疏》关于"凡以二名同言者，如其字平仄不同，而非有一定之先后，如夏商、孔颜之类，则必平声居先，仄声居后，此乃顺乎声音之自然"的新见④，则"汤禹"亦属其例：平声"汤"居先，上声"禹"居后。屈原主张"有德在位"，建立"以民为本"的"德政"；改革贵族特权制度，主张"举贤授能"；主张变法革新，实行"法治"。屈原正是继承了西周末期、春秋时代的敬天保民思想，承认天和天命的存在，但以为天是按民意办事的。《离骚》中说："皇天无私阿兮，览民德焉错辅。"⑤这便是明证。《孟子·万章》引《秦誓》："天视自我民视，天听自我民听。"《左传·鲁桓公六年》季梁曰："夫民，神之主也。是以圣王先成民而后致力于神。"⑥《左传·鲁僖公五年》宫之奇曰："鬼神非人实亲，惟德是依。"故《周书》曰："皇天无亲，惟德是辅。"⑦屈原的"美政"内容十分明确："举贤而授能兮，循绳墨而不颇"⑧，"皇天无私阿兮，览民德焉错辅。夫维圣哲以茂行兮，苟得用此下土。"⑨"瞻前而顾后兮，相观民之计极；夫

---

① 《国语》，上海古籍出版社1978年版，第2—3页。
② （宋）洪兴祖撰，白化文等点校：《楚辞补注》，中华书局1983年版，第21—23页。
③ （周）左丘明传，（晋）杜预注，（唐）孔颖达正义：《春秋左传正义》，北京大学出版社1999年版，第344页。
④ （南朝宋）刘义庆著，余嘉锡笺疏：《世说新语笺疏》，中华书局2007年版，第930页。
⑤ （宋）洪兴祖撰，白化文等点校：《楚辞补注》，中华书局1983年版，第23页。
⑥ （周）左丘明传，（晋）杜预注，（唐）孔颖达正义：《春秋左传正义》，北京大学出版社1999年版，第175页。
⑦ 同上书，第344页。
⑧ （宋）洪兴祖撰，白化文等点校：《楚辞补注》，中华书局1983年版，第23页。
⑨ 同上书，第23—24页。

孰非义而可用兮,孰非善而可服?"① 诗人殚精竭虑者是治国方略、国家前途、民族命运,根本不屑汲汲于个人进退:"阽余身其危败兮,览余初其犹未悔!"② 诚如太史公所云,《离骚》一诗"明道德之广崇,治乱之条贯,靡不毕见","其旨极大,举类迩而见义远"③。

《离骚》对于德政矢志不渝:"夫维圣哲以茂行兮,苟得用此下土;瞻前而顾后兮,相观民之计极;夫孰非义而可用兮,孰非善而可服;阽余身而危死兮,揽余初其犹未悔;不量凿而正枘兮,固前修以菹醢。"④ 这是一个没有给出答案的陈词,实际上是以古帝做证,自述胸襟,借史托心,申诉对"时之不当"的现实和命运的不平和抑郁之批判。也以巫祝事神的礼仪,借历史为明镜,蕴含着陈述夏商周三代的兴亡,又有借史官诵史传统以讽谏君王的意思,为此甚至涕泪交加:"曾歔欷余郁邑兮,哀朕时之不当;揽茹蕙以掩涕兮,沾余襟之浪浪。跪敷衽以陈词兮,耿吾既得中正;驷玉虬以乘鹥兮,溘埃风余上征。"⑤ 驷玉虬以乘鹥之情景,可参看1973年在长沙子弹库一号墓发现的人物御龙帛画,于神奇想象中见出恢宏诗意。画之正中为一有胡须之男子侧身直立,手执缓绳,驾驭一巨龙。龙头高昂,龙尾上翘,龙身平伏,略呈舟形。龙尾上立一鹤,圆目长喙,昂首向天。人头上方为舆盖,华盖垂穗和人物衣裾飘向右方,表现了龙舟迎风前进之动态。另外,湖南长沙楚墓中出土了两幅举世闻名之帛画,所画皆是墓主人死后回归"天国"之景象。女图中之女亡灵,乘坐一艘月亮形小舟,前方有一"龙"一"凤"开道。男图中之男亡灵则乘坐龙舟,龙之首尾高翘,龙尾上立一鸟,似在为亡灵掌舵引航。长沙马王堆一号汉墓出土之引魂幡帛画,画得尤其明白,女亡灵是由两条巨龙驮着飞升"天国";而古时所谓"天国",乃是日月所居之"鸿雁之乡",正中坐着人面蛇身之傩娘,傩娘则处于滩雁之中,把傩娘画成蛇身当是掺杂着《列子》曰"伏羲女娲,蛇身而人面,有大圣之德"之类文化因素,傩娘与日月傩雁为伍这一傩文化特征,也是明白无误的。帛画所表达的宇宙观,不但"天国"是在"傩雁水乡",连大地也处于大海之中,由一位踩

---

① (宋)洪兴祖撰,白化文等点校:《楚辞补注》,中华书局1983年版,第24页。
② 同上。
③ (汉)司马迁:《史记》,中华书局1959年版,第2482页。
④ (宋)洪兴祖撰,白化文等点校:《楚辞补注》,中华书局1983年版,第24页。
⑤ 同上书,第25—26页。

在两条怪鱼背上之大力神托着大地，大地才免于沉沦海洋之中，整个帛画的境界从地下到天上，处处都是水乡，可以判定，当时人们也以崇拜水神为主，与"太一生水"之观念相契合。

　　从文物返回正史，《史记·秦始皇本纪》云："三十六年，荧惑守心。有坠星下东郡，至地为石，黔首或刻其石曰：'始皇帝死而地分。'始皇闻之，遣御史逐问，莫服，尽取石旁居人诛之，因燔销其石。始皇不乐，使博士为仙真人诗，及行所游天下，传令乐人歌弦之。"① 所谓"离骚是仙真人诗"，源于廖季平1921年刻印之《楚辞讲义》："《秦本纪》始皇三十六年，使秦博士为'仙真人诗'，即《楚辞》也。"秦博士七十人，命题之后，各有呈撰，"离骚"即离绝世俗，"骚"为逍遥之合音；"离骚"杂沓不堪。此说不合历史事实。但闻一多承认，经过考据，结果"十分之六七同廖先生的说法相合"。闻一多认为《离骚》是"仙真人诗"，这一观点贯穿于他几乎全部的《楚辞》研究论著中，不少文章表达此观点。如《离骚与仙真人诗》中写道："《离骚》的确是'仙真人诗'，但与秦始皇无干。……我们把《离骚》称为'游仙诗'或'咏怀诗'亦无不可。"② 闻一多于1944年12月《屈原问题——敬质孙次舟先生》中云："我以为在传统来源问题的探究上，以前廖季平先生的《离骚》即秦博士的《仙真人诗》的说法，是真正着上了一点边儿。"③《离骚》的"本意"是周游流览，避食五谷，餐英饮露，求女听乐，快活神仙。闻氏1945年6月《人民的诗人——屈原》中又云，"《离骚》的形式，是人民的艺术形式和秦始皇命博士所唱的《仙真人诗》一样的歌舞剧"④。另外以遗作形式发表于1949年10月的《廖季平论离骚》又云："自来谈《离骚》谈得最离奇的，莫过于廖季平。谈得最透辟的，恐怕也要算他。……廖氏本意原要说明《离骚》是'天学'，想藉以证实《诗经》之'天学'。这实在是三点中最惊人，也最有启示性的一点。……任何读《离骚》的人，只要肯平心静气，忘掉太史公的传，王逸以来的注，就《离骚》读《离骚》，他的结论必与这相去不远"⑤。闻一多体会到《离骚》仙真人诗的宗教意味，

---

① （汉）司马迁：《史记》，中华书局1959年版，第259页。
② 闻一多：《〈离骚〉与"仙真人诗"》，郑临川编《闻一多论古典文学》，重庆出版社1984年版，第55—58页。
③ 《闻一多全集》，湖北人民出版社1993年版，第24—25页。
④ 同上书，第29页。
⑤ 同上书，第249—252页。

不仅因为他博学多识，还因为他是一位极富个性和诗人气质的学者。1922年5月《致闻家驷》信中说："我将以诗为妻，以画为子，以上帝为父母，以人类为兄弟罢！"① 他给学生之印象是，"苦学，诚挚，而且神秘"。苦学和诚挚，很容易理解。神秘的印象却与闻一多讲授《楚辞》有关，闻一多曾与清华再三交涉，要求把《楚辞》课从上午改到黄昏以后。这种讲课气氛，冯夷有文字记述："记得是初夏的黄昏……七点钟，电灯已经亮了，闻先生高梳着他那浓厚的黑发，架着银边眼镜，穿着黑色的长衫，抱着他那数年来钻研所得的大叠大叠的手抄稿本，像一位道士样的昂然走进教室里来。……于是闻先生自己擦火柴吸了一支，使一阵烟雾在电灯下更浇重了他道士般神秘的面容。于是，像念'坐场诗'一样，他搭着极其迂缓的腔调，念道：'痛——饮——酒——熟——读——离——骚——方得为真——名——士！'这样地，他便开始讲起来。"②

值得注意者，是《离骚》与"昆仑"风物和人物相涉者，有40余句，比如"朝发轫于苍梧兮，夕余至乎县圃"。屈原在《离骚》后半篇，写到在"南征""就重华而陈辞"之后，便转而叩天阊、求佚女、道昆仑、涉天津、至西极、路不周、指西海之虚荒诞幻"周流（游）"情节。这种"周流（游）"，当然不是实地出游，只能说是一种"精神遨游""灵魂遨游"。《离骚》为何专言"西行"？这确是一个千古难解之谜。明人汪瑗认为，篇中"独眷眷于西方者"，"盖彭咸当殷之乱世，西逝流沙而远去"，故言"西行"即"从彭咸之所居"之意，是屈原"遁逸之志"的表现。（《楚辞集释》）李光地认为"西行"喻适秦，因为"是时山东诸国，政之混乱无异南荆，帷秦勤于刑政，收纳列国贤士，一言投合，俯仰卿士。士之欲急功名，舍是莫适归者。是以览观大势，属意于斯，所过山川，悉表西路"。（《离骚经注》）屈复认为作者"上下周流，而不言三方者，不惟怀王在秦，言外盖欲遂灭秦复国之志也"。龚景瀚认为："必曰西者，秦在楚之西也。屈子知楚之必为秦所灭也，观于西而楚之亡决矣。"（《离骚笺》）刘献庭认为："西所以表灭，西游者，欲死也。"（《离骚经讲录》）蒋骥《山带阁注楚辞·楚辞余论》驳诘众说，认为"专言西者，因怀楚中止也"。西游实际上与楚人祖先颛顼有关，"帝颛

---

① 《闻一多全集》第12卷，湖北人民出版社1993年版，第15页。
② 梁实秋：《谈闻一多》，方仁念编《闻一多在美国》，华东师范大学出版社1985年版，第157页。

顼生自若水"①（《吕氏春秋·古乐》），若水即雅砻江，横贯四川西部。楚人的发祥地是巴蜀，是来自西南的古族。《山海经·大荒西经》云："有鱼偏枯，名曰鱼妇，颛顼死即复苏。"②此话较隐晦，但大意尚清楚，颛顼死后入于水，变成鱼，并且能够复活。传说颛顼有三个儿子，死后都变成了鬼："一居江水，为疟鬼；一居若水，为魍魉鬼；一居人宫室，善惊人小儿，为小鬼"③（《搜神记》卷一六）。今人姜亮夫在《楚辞今绎讲录》中从民族起源学角度指出：屈原的"西行""实则是到祖坟上去哭诉，因为昆仑是楚之发祥地。"姜亮夫早就注意到屈原对西方格外钟情。他说："'西'字《楚辞》三十八见，其使用之频，在四方名中，仅次于南，而其含义，既大别于东北，亦与南之切近人事现实者大异。盖西方之中心构思，在于神思为主，天、地、日、月、神祇为其组成之重要对象。其与人事行为思理相涉者，仅'背夏首而西思'与'过夏首而西浮'及'夕济兮西澨'三语。其余则西极、西海、西皇及大量以昆仑为中心之西方神山神水，如昆仑、玄圃、瑶圃、阆风、流沙、嶓冢、西隈、崦嵫、昧谷、阊阖等不一而足。且盛道其乐，盛赞其美。诗人每有郁悒侘傺，则又往往以西游为之解忧，或有所疑虑，则西升而游，与天庭与在天之帝王相要约，其间有'帝阍开关'、'虎豹守关'、'诸神送迎'、'龙凤乘驾'，其神话成分，构成屈子浪漫思想之基础，有如后世游仙呓梦之象，西极，遂成为人天相与之际而陟降之所，凡此种种，纯为屈子之虚构欤？抑亦有其承受与时代背景？"④屈原神游西方，表现为强烈之寻根追祖意识。其"追怀往迹"，一是为了朝圣——朝觐先祖神灵；二是向先祖神灵哭诉苦衷，相当于"哭祖庙"。作为中华民族的发祥地之一，河西走廊从上古时就是东西方文化交流的通道，是楚先民的定居地和发祥地，其始祖传说和英雄传说在先民记忆通过代代口耳相传，最终演变成神话。其实《离骚》中的"西游"情结，是楚民族关于其发祥起源之群体记忆和传统意识之反映。姜亮夫云："楚本夏后，自状曰高阳苗裔，亦来自西方，沿汉水，居息洞庭云梦之间，则乞灵于昆仑，怀想于西土，亦其历史之自然因力。南土为其开拓之地，西土为其发祥之基，故于

---

① 许维遹：《吕氏春秋集释》，中华书局2009年版，第123页。
② 袁珂校注：《山海经校注》，上海古籍出版社1980年版，第416页。
③ （晋）干宝：《搜神记》，中华书局2009年版，第286页。
④ 姜亮夫：《楚辞通故》第一辑，齐鲁书社1985年版，第204—205页。

南则以实际之行动为主,于西则以追怀往迹为基,截然在诗人心目中有其大界,非比后人之随意枘撵挪揄者,此诗人之所以成其为强固坚贞不拔之个性,与文学表现者也。"① 楚族本居黄河流域,对自天奔泻而至的河源存在着归宗溯源的意识,因而昆仑神话想象生焉。《尔雅·释水》:"河出昆仑虚。"②《史记·大宛列传》云:"而汉使穷河源,河源出于寘,其山多玉石,采来,天子案古图书,名河所出山曰昆仑云。"③ 此列传之"太史公曰":"《禹本纪》言'河出昆仑。昆仑其高二千五百余里,日月所相避隐为光明也。其上有醴泉、瑶池'。今自张骞使大夏之后也,穷河源,恶睹本纪所谓昆仑者乎?故言九州岛山川,《尚书》近之矣。至《禹本纪》、《山海经》所有怪物,余不敢言之也。"④ 昆仑神话与发源西方之夏族相关联,楚人与夏族有深刻渊源。《汉书·张骞李广利传》云:"而大宛诸国发使随汉使来,观汉广大,以大鸟卵及犛靬眩人献于汉,天子大说。而汉使穷河源,其山多玉石,采来,天子案古图书,名河所出山曰昆仑云。"⑤《山海经·北山经》又为之增添了不少神巫气息:"又北三百二十里,曰敦薨之山,其上多棕枏,其下多茈草。敦薨之水出焉,而西流注于泑泽。出于昆仑之东北隅,实惟河源。其中多赤鲑,其兽多兕、旄牛,其鸟多鸤鸠。"⑥《海内西经》:"海内昆仑之(墟)〔虚〕,在西北,帝之下都。昆仑之(墟)〔虚〕,方八百里,高万仞。上有木禾,长五寻,大五围。面有九井,以玉为槛。面有九门,门有开明兽守之,百神之所在。在八隅之岩,赤水之际,非仁羿莫能上冈之岩。"⑦《穆天子传》卷之一又云:"癸丑,天子大朝于燕□之山、河水之阿。乃命井利、梁固,聿将六师。天子命吉日戊午。天子大服:冕(袆)〔袆〕,帗带,搢笏,夹佩,奉璧,南面立于寒下。曾祝佐之。官人陈牲全五□具。天子授河宗璧。河宗伯夭受璧,西向沉璧于河,再拜稽首。祝沉牛马豕羊。河宗□命于皇天子,河伯号之:'帝曰:穆满,女当永致用时事!'南向再拜。河宗又号之:'帝曰:穆满,示女春山之宝,诏女昆仑□舍四平泉七十,乃至于昆仑之丘,以观春山

---

① 姜亮夫:《楚辞通故》第一辑,齐鲁书社 1985 年版,第 206 页。
② (晋)郭璞注,(宋)邢昺疏:《尔雅注疏》,北京大学出版社 1999 年版,第 226 页。
③ (汉)司马迁:《史记》,中华书局 1959 年版,第 3173 页。
④ 同上书,第 3179 页。
⑤ (汉)班固撰,(唐)颜师古注:《汉书》,中华书局 1962 年版,第 2696 页。
⑥ 袁珂校注:《山海经校注》,上海古籍出版社 1980 年版,第 75—76 页。
⑦ 同上书,第 294 页。

之宝。赐语晦。'天子受命,南向再拜。"崔鸿《十六国春秋·前凉录》又云:"酒泉太守马岌上言:酒泉南山,即昆仑之体也。周穆王见西王母,乐而忘归,即在此山。山有石室王母堂,珠玑镂饰,焕若神宫。"这些"西游"所到达和经历的地方,在《山海经》《水经注》《淮南子》等文献中,其地理原型在今河西走廊祁连山一带。可见在古人地理认知中,昆仑是一个博大地域,覆盖青藏甘新的广阔磅礴山系。而对此巨大山系,指认得较为具体者,多在祁连山周边,如穷石、弱水、赤水、流沙、崦嵫(焉支山),其地望均在河西走廊的张掖、酒泉一带。《文选》卷四十五载宋玉《对楚王问》,宋玉对曰:"故鸟有凤而鱼有鲲。凤皇上击九千里,绝云霓,负苍天,翱翔乎杳冥之上。夫蕃篱之鷃,岂能与之料天地之高哉?鲲鱼朝发昆仑之墟,暴鬐于碣石,暮宿于孟诸。夫尺泽之鲵,岂能与之量江海之大哉!"①《淮南子·说山训》曰:"江出岷山,河出昆仑,济出王屋,颍出少室,汉出嶓冢,分流舛驰,注于东海,所行则异,所归者一。"《淮南子·墬形训》曰:"河水出昆仑东北陬,贯渤海,入禹所导积石山。"②又云:"昆仑之丘,或上倍之,是谓凉风之山,登之而不死。或上倍之,是谓悬圃(之山),登之乃灵,能使风雨。或上倍之,乃维上天,登之乃神,是谓太帝之居。"③《淮南子·览冥训》又曰:"其本者也。河九折注于海而流不绝者,昆仑之输也。潦水不泄,瀸濆极望,旬月不雨,则涸而枯泽,受(翼)〔瀷〕而无源(者)〔也〕。"④《论衡·异虚篇》:"河源出于昆仑,其流播于九河。"昆仑神话保留了中华民族关于人类发祥和宇宙模式之最早群体记忆,带有神话色彩和宗教意味,而这些民族记忆散落或凝聚于《楚辞》《山海经》等典籍中。《离骚》中主人公在上叩帝阍之后三次求女——宓妃、佚女、二姚,均与夏民族历史传说有关。昆仑神话系统包括以昆仑为本体之神山、神木、神水、神物、神仙及昆仑墟之四方疆域。闻一多认为,"仙真人诗"即"游仙诗",游仙的主要活动是周游和求女。"仙人登霞,本是从灵魂上天而游行不休产生的观念,所以仙人飞升后最主要的活动是周游流览"⑤,

---

① (南朝梁)萧统编,(唐)李善注:《文选》,上海古籍出版社1986年版,第1999—2000页。
② 何宁:《淮南子集解》,中华书局1998年版,第326页。
③ 同上书,第328页。
④ 同上书,第500页。
⑤ 《闻一多全集》第3卷,湖北人民出版社1993年版,第140页。

"人们理想中的神仙一定是喜爱并善于云游的。"① "游必需舆驾,所游的地方是天空,所以,以龙为马,以云霓彗星之类为旌旗。有舆驾,还得有仪卫,这是由风雨雷电以及其他种种神灵鬼怪组成的,此之谓'役使鬼神'。"② "可是云游必有车马,于是按照人的生活经验把天上的彩虹想象成龙骑,又以云霓彗星为旌旗,以风雷诸神为护驾。"③ "神仙思想之产生,本是人类几种基本欲望之无限度的伸张……在原始人生观中,酒食,音乐,女色,可谓人生最高的三种享乐。其中酒食一项,在神仙本无大需要,只少许琼浆玉液,或露珠霞片便可解决。其余两项,则似乎是他们那无穷而闲散的岁月中唯一的课业。"④

《离骚》对昆仑显得眷恋不舍:"驷玉虬以乘鹥兮,溘埃风余上征。朝发轫于苍梧兮,夕余至乎县圃。欲少留此灵琐兮,日忽忽其将暮。(神话有"夸父逐日",承接此原型思维,此乃"灵均追日")吾令羲和弭节兮,望崦嵫而勿迫。吾令羲和弭节兮,望崦嵫而匆迫(时间意识敞开了博大之襟怀)。"⑤ 昆仑乃人类发祥地,生命之起点;昆仑又是西方日没之地,是生命的终点。"吾令"一词,意味着主体的强大,以超神格之力量驱遣众神:"吾令羲和弭节兮,望崦嵫而勿迫","吾令凤鸟飞腾兮,继之以日夜"⑥,"吾令帝阍开关兮,倚阊阖而望予"⑦,"吾令丰隆乘云兮,求宓妃之所在。解佩纕以结言兮,吾令蹇修以为理"⑧,"吾令鸩为媒兮,鸩告余以不好"⑨。实在是"路曼曼其修远兮,吾将上下而求索;饮余马于咸池兮,总余辔乎扶桑;折若木以拂日兮,聊逍遥以相羊;前望舒使先驱兮,后飞廉使奔属。鸾皇为余先戒兮,雷师告余以未具;吾令凤鸟飞腾兮,继之以日夜;飘风屯其相离兮,帅云霓而来御;纷总总其离合兮,斑陆离其上下"⑩。新批评派认为,神话是一种更高层次的象征性意象,它"是一种

---

① 闻一多:《〈离骚〉与"仙真人诗"》,《闻一多论古典文学》,重庆出版社1984年版,第52页。
② 同上书,第141页。
③ 同上书,第53页。
④ 同上书,第141页。
⑤ (宋)洪兴祖撰,白化文等点校:《楚辞补注》,中华书局1983年版,第26—27页。
⑥ 同上书,第29页。
⑦ 同上。
⑧ 同上书,第31页。
⑨ 同上书,第33页。
⑩ 同上书,第27—29页。

真理，或者是一种相当于真理的东西"，当然，它也是一种对历史真理与科学真理的"补充"①。"吾令帝阍开关兮，倚阊阖而望予。"闻一多注："阊阖，天门也。叩阊阖，意欲入求帝女。《大人赋》曰：'排阊阖而入帝宫兮，载玉女而与之归'，即袭此文，惟彼求玉女而得之，此则求而未得为异耳。"②然而那是追不上之落日，叩不开之天门，此乃屈原的生命悲剧之热烈追求和无奈。至于《离骚》中"三求女"情节，也有认为是"五求女"。《离骚》有这样一句："吾令帝阍开关兮，倚阊阖而望予。"王逸《楚辞章句》释此云："言己求贤不得，疾谗恶佞，将上诉天帝，使阍人开关，又倚天门望而距我，使我不得入也。"③闻一多《离骚解诂》云："王说非是。自此以下一大段皆言求女事，此二句若解为上诉天帝，则与下文语气不属。下文曰：'时暖暖其将罢兮，结幽兰而延伫。世溷浊而不分兮，好蔽美而嫉妒。'详审文意，确为求女不得而发。'结幽兰而延伫'与《九歌·大司命篇》'结桂枝兮延伫，羌愈思兮愁人。'《九章·思美人篇》'思美人兮，擥涕而伫眙。媒绝路阻兮，言不可结而诒'语意同。结幽兰，谓结言于幽兰，将以贻诸彼美，以致钦慕之忱也。'世溷而嫉贤兮，好蔽美而称恶'语意又同。彼为求有虞二姚不得而发，则此亦为求女不得而发也。然则此求女为求何女乎？"按闻一多的说法，第一次是求玉女；第二次是求神女，此指《离骚》"忽反顾以流涕兮，哀高丘之无女"，并说："《文选·高唐赋》神女曰：'妾在巫山之阳，高丘之岨'……高丘若即巫山之高丘，则'哀高丘之无女'，必谓巫山神女。"第三次求宓妃；第四次求有娀之佚女；第五次求有虞之二姚。④闻一多对求女之释述可备一说。而罗漫在《〈离骚〉"求女"与怀王丧后》一文中，又将求女理解为"求五女"，即五位美人：天女、宓妃、简狄、二姚。《离骚》中的"美人"绝非《诗经·硕人》之"巧笑倩兮，美目盼兮"的美女，宋玉《登徒子好色赋》之"增之一分则太长，减之一分则太短；着粉则太白，施朱则太赤"的美女，曹植《洛神赋》之"翩若惊鸿，婉若游龙"的美女。它保持着美人的神话性，没有将之仙女化。近人卫仲瑶《离骚集

---

① 参见韦勒克、沃伦《文学理论》，刘象愚等译，生活·读书·新知三联书店1984年版，第206页。
② 《离骚解诂乙》，上海古籍出版社1985年版，第206页。
③ 同上书，第29页。
④ 闻一多：《离骚解诂》，上海古籍出版社1985年版。

释》说："美人，王逸、洪兴祖、朱子、蒋骥、方苞，皆以为喻君，盖指怀王；朱冀谓亦可云大夫自况；朱骏声、马其昶则以为泛指贤士，戴震引纪昀，又以为喻壮盛之年。"① 出土于安徽寿县楚怀王时期的《鄂君启节》铭文有地名"高丘"一词，其《车节》云"适繁阳，适高丘，适下蔡"。于省吾先生即认为"楚地的高丘，应在今安徽省的西北部或靠近其西北部之河南境内"②。包山楚简卜筮简两见"高丘"，而且是与"大水""二天子"等山川神祇和"老僮""祝融"等"楚先"并列，说明上述"高丘"可能既是地名，又是某一神祇之指代。《鄂君启节》铭文之"高丘"与包山楚简卜筮简、《离骚》《高唐赋》中的"高丘"并非同指。包山楚简所属的包山2号墓所在地湖北荆门，其文曰："享祭□之高丘、下丘，各一全豢"③。何琳仪认为"屈宋赋与包山简可以互证"，故包山楚简卜筮简"高丘""应在三峡之中"④。宋玉《高唐赋》是把"高丘"与"云梦"和"巫山"是联系在一起。《高唐赋》言瑶姬（"巫山神女"）"妾在巫山之阳、高丘之阻"，说明"高丘女"即是"巫山之女"，"高丘"亦在"巫山"，同属瑶姬神话。瑶姬神话的地域背景是江汉流域，故《离骚》《高唐赋》和瑶姬神话中"高丘"的地域背景也不应该离开江汉流域。《艺文类聚》卷二十八《人部十二》著录《淮南子》曰："所谓乐者，游云梦，陟高丘，耳听九韶六茎，口味煎熬芬芳，驰骋夷道，钓射鹔鷞，之谓乐乎！"⑤ 其中"游云梦，陟高丘"句，今本《淮南子·原道训》作"游云梦沙丘"。

《九歌》中的迎神娱神的女巫，应该就是巫娼，她们所从事的职业就是以性爱娱神。《离骚》中的美人描写，可与《九歌》以性娱神的巫娼习俗相参证。主人公必须按照南楚祭神习俗，将自己装扮成一个芳香四溢的美人，以此取娱神灵，进而求得神灵的顾爱和指点。《离骚》主人公所求神灵一半是女神，诸如女媭、宓妃、简狄、二姚等。前人对《离骚》中主人公冥婚的现象多不理解，实际上这些女性早已成为女神，主人公与女神的关系，正如《九歌》中神与巫的关系一样。主人公作为一个男性，他在选择神灵对象的时候，按照楚人以性娱神的习俗，理所当然地要追求女

---

① 龚湛侯主编：《楚辞要籍解题》，湖北人民出版社1984年版，第324页。
② 于省吾：《泽螺居楚辞新证》，《社会科学战线》1979年第3、4期。
③ 《包山2号墓简册·卜筮祷祠记录》第237—238简，陈伟等《楚地出土战国简册〔十四种〕》，经济科学出版社2009年版，第95页。
④ 何琳仪：《包山楚简选释》，《江汉考古》1993年第4期。
⑤ （唐）欧阳询：《艺文类聚》卷二十八，上海古籍出版社1999年版，第499页。

神。《离骚》主人公"求女"的意图非常明确，就是要与女神缔结姻缘。主人公试图以性爱取悦女神，进而求得女神的指点与赐福，以解脱他的极度悲苦的困境。有些细心的论者注意到《离骚》主人公前后性别的变化：《离骚》前半部分有"众女嫉余之蛾眉兮，谣诼谓余以善淫"的诗句，这分明暗示主人公是一个女性，而后半部分主人公反复"求女"，又变为一名男性。这种主人公性别变化的现象，可以从南楚以性娱神的巫娼习俗来作说明：前半部分是主人公向祖宗神高阳大帝倾诉，因而主人公扮演成女性，以取悦于祖宗神，这其中的用意，正如汉家以伪饰女妓祭祀祖宗上帝一样；诗的后半部分所祈求的对象是女神，故而主人公变为男性。

《离骚》之求女，真可谓孜孜不倦矣："溘吾游此春宫兮，折琼枝以继佩；及荣华之未落兮，相下女之可诒。"① 这是求精神上的知己，政治上的同盟乎？上叩帝门，却遭帝阍阻隔，求玉女不能，玉女与天帝有关。高丘之女，聂石樵以为是神女，以喻楚王贤妃；宓妃是伏牺氏女，即为帝伏羲氏之女，属帝女；"有娀氏之佚女"即简狄（帝喾后妃）、二姚（少康之妃），皆为帝妃。清代朱冀《离骚辩·凡例》云："读《离骚》须分段看，又须通长看。不分段看，则章法不清；不通长看，则血脉不贯。旧注之失，在逐字逐句求其解，而于前后呼应阖辟处，全欠理会。所以有重复总杂之疑。"王邦采《离骚汇订》说："洋洋焉洒洒焉，其最难读者，莫如《离骚》一篇。而《离骚》之尤难读者，在中间见帝求女两段，必得其解，方不失之背谬侮亵，不流于奇幻，不入于淫靡。"何焯在《义门读书记》中说："此辞难通处，无如中间求女三节。然文意坦然明白，寄情属望之恳到全在此段……历来注家莫有得其说者。"近人游国恩也指出："《离骚》有求女一节，他在登阆风，反顾流涕，哀高丘之无女以后，又想求宓妃，见娀女，留二姚，而三次求女都归失败。这一节的真正意义，从来注家都不了解。……越讲越糊涂、越支离，令人堕入云雾。这是《离骚》中一大难题。"为楚王"求宓妃、见娀女、留二姚"。传统学者对"求女"一义的假说性阐解大致可归结为六种：（一）求君；（二）求贤臣；（三）求隐士；（四）求诸侯；（五）求通君侧的人；（六）实求女人。"其实，屈原之所谓求女者，不过是想求一个可以通君侧的人罢了。因为他自比弃妇，所以想要重返夫家，非有一个能在夫面前说得到话的人

---

① （宋）洪兴祖撰，白化文等点校：《楚辞补注》，中华书局1983年版，第30—31页。

不可，又因他自比女子，所以通话的人不能是男人，这是显然的道理。所以他所想求的女子，可以看作使女婢妾等人的身份，并无别的意义。"① 王逸在《楚辞章句》中说："宓妃、佚女，以譬贤臣。"② 他把《离骚》中的"求美女"比喻为求贤臣。朱熹在《楚辞集注》中反驳了王逸的观点说："求宓妃，见佚女，留二姚，皆求贤君之意也。"则把"求美女"比喻为求贤君。明清的学者们又另有一种解释，认为"求女"乃求通君侧之人。其中，赵南星认为，诗人求贤女以配怀王，兼斥怀王宠信郑袖；黄文焕在《听直合论·听女》中说："盖寓意在斥郑袖耳。惟暗斥郑袖，故多引古之妃嫔，以此为吾王配焉……使有贤妃，何致脱仪于国中，反劳师于远伐耶？"顾成天则于斥郑袖之外把另两次求女解释为斥怀王迎妇于秦和襄王迎妇于秦，与《史记》的记载直接挂钩。当代治《楚辞》的专家学者大多沿袭前人的说法，或从朱熹的求贤君说，或从王逸的求贤臣说，或从明清学者求通君侧之人及斥郑袖说。郭耘桂《读骚大例》说："《骚》辞设隐，按据本事，斯射覆悉中，宓妃者子兰，有娀者郑袖，二姚者宋玉、唐勒、景差，凡以悼念楚怀王无亲臣。《史》云：其所谓忠者不忠是也。"贺宽《饮骚》云："愚意帝以拟楚王，女以比郑袖，庶几其可通乎？怀王之见蔽，蔽于郑袖也。使袖而能识原之芳洁，转以达于君，亦何不可？然袖固君之宠幸也，不可见也。下女、丰隆、蹇修、凤皇、鸠鸩，同朝共事之人，上官、子兰之徒也，皆可以知吾之芳洁而转达于君若妃者也。乃勇而速如丰隆、婉以达如蹇修，皆不能得志；而拙如鸠鸟，巧若鸣鸠，益复何赖？即吾所最信者凤皇，而又弱且拙焉，终不足望矣。""闺中邃远，即四极以祈求女之说也；哲王不寤，即叩阍不得见帝之说也。两无所遇，则此情难诉，将诉之混浊之世人乎？彼既嫉我蔽我矣，惟有怀情而不发矣……于是不得不转而求卜矣。""闺中哲王对举，益见余楚怀，郑袖之说不谬矣。"明代黄文焕《楚辞合论·听女》说："二十五篇多言女，……盖寓意在斥郑袖耳。惟暗斥郑袖，故多引古之妃嫔，以此为君王配焉。怀王外惑于上官大夫，内惑于郑袖。""比"或"隐"在这些考据者看来已经不再是一种艺术传达方式，简单到可以机械地搬用现实来予以界说。正是基于这种方法，对"求女"予以纷纭阐释且又提出男妾说、弄臣说，争论女要为

---

① 游国恩：《楚辞论文集》，古典文学出版社1957年版。
② （宋）洪兴祖撰，白化文等点校：《楚辞补注》，中华书局1983年版，第3页。

何人的渊博学者们久久地徘徊于思维的误区。性恋在楚国巫风中主要还是一种通神、降神术。《离骚》抒情主人公四次神游，并且还有三次求女。求女和神游共同构成《离骚》浪漫的基调，是《离骚》浪漫之舟的双桨。应该说，求女即"求美政"，此乃人及美政之象征。因而求女即求君臣遇合。以求女比喻追求理想。近人马茂元《楚辞选》说：求女是"借求爱的炽热和失恋的苦痛来象征自己对理想的追求"。[1] 胡念贻在《楚辞选注及考证》中注释《离骚》"求女"原文中的"聊浮游以逍遥"时说："回应上文，寻求理想的人物。"并说："这'女'就是比喻他的理想。"周建忠《楚辞考论》称："胡氏的'理想'说，实际上是求君求臣而且并不局限于楚境之内的综合之说。"因此，周建忠又称"理想"说为"综合"说。[2]

《离骚》高丘求女，总有点颐指气使，曰："吾令丰隆乘云兮，求宓妃之所在。"[3]《远游》又有"祝融戒而还衡兮，腾告鸾鸟迎宓妃"[4]。《文选·洛神赋》李善注引如淳《汉书音义》云："宓妃，宓羲氏之女，溺死洛水，为神。"[5] 清人屈复《楚辞新注》提出疑义，曰："下女佚女为高辛妃，二姚为少康妃，若以此意例之，则虙妃当是伏羲之妃，非女也。"[6] 游国恩《离骚纂义》肯定屈复之说："后人以为宓羲氏女，然既云虙妃，必宓羲氏之妃无疑。若云女也则措辞之例，不当以妃称之。后人自妄耳。"[7] 宓妃为洛水之神，汉代人的辞赋中多有记载：《上林赋》有"若夫青琴、宓妃之徒，绝殊离俗姣冶闲都……色授魂与，心愉于侧"[8]，"逐下袟于后堂兮，迎宓妃于伊洛"[9]（刘向《九叹·愍命》）；"鞭洛水之宓妃，饷屈原与彭胥。"[10]（扬雄《羽猎赋》）；"载太华之玉女兮，召洛浦之宓妃"[11]（张衡《思玄赋》）。曹子建《洛神赋》曰："河洛之神，名曰宓妃。"[12]

---

[1] 马茂元：《楚辞选》，人民文学出版社 1958 年版，第 40 页。
[2] 周建忠：《楚辞考论》，商务印书馆 2003 年版，第 204 页。
[3] （宋）洪兴祖撰，白化文等点校：《楚辞补注》，中华书局 1983 年版，第 31 页。
[4] 同上书，第 172 页。
[5] （南朝梁）萧统编，（唐）李善注：《文选》，上海古籍出版社 1986 年版，第 895 页。
[6] 游国恩：《离骚纂义》，中华书局 1980 年版，第 302 页。
[7] 同上书，第 304 页。
[8] （南朝梁）萧统编，（唐）李善注：《文选》，上海古籍出版社 1986 年版，第 375—376 页。
[9] （宋）洪兴祖撰，白化文等点校：《楚辞补注》，中华书局 1983 年版，第 302 页。
[10] （南朝梁）萧统编，（唐）李善注：《文选》，上海古籍出版社 1986 年版，第 397 页。
[11] 同上书，第 669 页。
[12] 同上书，第 896 页。

高丘求女，显得异彩纷纭："解佩纕以结言兮，吾令蹇修以为理。"（王逸曰：蹇修，伏羲氏之臣也。）① "吾令蹇修以为理"用了有关伏羲制乐的传说。"纷总总其离合兮，忽纬繣其难迁"②，王逸曰："吾令丰隆乘云兮（丰隆，云师），求宓妃之所在（宓妃，神女，以喻隐士。言我令云师丰隆，乘云周行，求隐士清洁若宓妃者，欲与并心力也）解佩纕以结言兮（纕，佩带也），吾令蹇修以为理（蹇修，伏羲氏之臣也。理，分理也，述礼意也。言己既见宓妃，则解我佩带之玉，以结言语，使古贤蹇修而为媒理也）。纷总总其离合兮，忽纬繣其难迁（纬繣，乖戾也。迁，徙也。言蹇修既持其佩带通言，而谗人复相聚毁败，令其意一合一离，遂以乖戾而见距绝。言所居深僻，难迁徙也）。"③ 宋玉《神女赋》亦曰："既姽婳于幽静兮，又婆娑乎人间。"姽婳，通纬繣，《文选》李善注引《说文》曰："姽，婧好貌。"又引《广雅》曰："婳，好也。"④ 洪兴祖《楚辞补注》卷一《离骚经章句第一》云："跪敷衽以陈辞兮（敷，布也。衽，衣前也。陈辞于重华，道羿、浇以下也。故下句云：发轫于苍梧也。辞，一作词。〔补〕曰：跪，巨委切。《尔雅》疏云：衽，裳际也），耿吾既得此中正（耿，明也。言己上睹禹、汤、文王修德以兴，下见羿、浇、桀、纣行恶以亡、中知龙逢、比干执履忠直，身以菹醢，乃长跪布衽，俯首自念，仰诉于天，则中心晓明，得此中正之道，精合真人，神与化游。故设乘云驾龙，周历天下，以慰己情，缓幽思也。五臣云：明我得此中正之道。〔补〕曰：言己所以陈词于重华者，以吾得中正之道，耿然甚明故也。《反离骚》云：吾驰江潭之泛溢兮，将折衷乎重华。舒中情之烦或兮，恐重华之不累与。余恐重华与沉江而死，不与投阁而生也）。驷玉虬以椉鹥兮（有角曰龙，无角曰虬。鹥，凤皇别名也。《山海经》云：鹥身有五采，而文如凤。凤类也，以为车饰。虬，一作虯。椉，一作乘。鹥，一作翳。〔补〕曰：言以鹥为车，而驾以玉虬也。驷，一乘四马也。虬，龙类也，渠幽切。《说文》云：龙子有角者。相如赋云：六玉虬。谓驾六马，以玉饰其镳勒，有似玉虬也。鹥，于计、乌鸡二切。《山海经》云：九疑山有五彩之鸟，飞蔽一乡。五彩之鸟，翳鸟也。又云：蛇山有鸟，五色，

---

① （宋）洪兴祖撰，白化文等点校：《楚辞补注》，中华书局1983年版，第31页。
② 同上。
③ 同上书，第31—32页。
④ （南朝梁）萧统编，（唐）李善注：《文选》，上海古籍出版社1986年版，第888页。

飞蔽日，名鹭鸟），溘埃风余上征（溘，犹掩也。埃，尘也。言我设往行游，将乘玉虬，驾凤车，掩尘埃而上征，去离世俗，远群小也。〔补〕曰：《远游》云：掩浮云而上征。故逸云：溘，犹掩也。按溘，奄忽也，渴合切。征，行也。言忽然风起，而余上征，犹所谓忽乎吾将行耳）。朝发轫于苍梧兮（轫，胕轮木也。苍梧，舜所葬也。𣂪，一作支。〔补〕曰：轫，音刃。《战国策》云：陛下尝轫车于赵矣。轫，止车之木，将行则发之。五臣以轫为车轮，误矣。《山海经》云：苍梧山，舜葬于阳，帝丹朱葬于阴。《礼记》曰：舜葬于苍梧之野。注云：舜征有苗而死，因葬焉。苍梧于周，南越之地，今为郡。如淳曰：舜葬九嶷。九嶷在苍梧冯乘县，故或曰：舜葬苍梧也），夕余至乎县圃（县圃，神山，在昆仑之上。《淮南子》曰：昆仑县圃，维绝，乃通天。言己朝发帝舜之居，夕至县圃之上，受道圣王，而登神明之山。县，一作悬。一无"绝"字。一本乃作绝。〔补〕曰：县，音玄。《山海经》云：槐江之山，上多琅玕金玉，其阳多丹粟，阴多金银，实帷帝之平圃。南望昆仑，其光熊熊，其气魂魂。西望大泽，后稷所潜。平圃，即悬圃也。《穆天子传》云：春山之泽，清水出泉，温和无风，飞鸟百兽之所饮食，先王之所谓县圃。《水经》云：《昆仑说》曰：昆仑之山三级：下曰樊桐，一名板松。二曰玄圃，一名阆风。上曰层城，一名天庭。层，音增。《淮南子》言倾宫旋室，悬圃、阆风、樊桐，在昆仑阊阖之中。樊，音饭。又曰：昆仑之丘，或上倍之，是谓凉风之山，登之而不死。或上倍之，是谓悬圃之山，登之乃灵，能使风雨。或上倍之，乃维上天，登之乃神，是谓太帝之居。东方朔《十洲记》曰：昆仑山有三角：一角正北，上干北辰星之耀，名阆风巅。其一角正西，名曰玄圃台。其一角正东，名曰昆仑宫。玄与县，古字通。《天问》曰：昆仑县圃，其居安在）。欲少留此灵琐兮（灵以喻君。琐，门镂也，文如连琐，楚王之省阁也。一云：灵，神之所在也。琐，门有青琐也。言未得入门，故欲小住门外。琐，一作敔。五臣云：敔，门阁也。〔补〕曰：琐，先果切。上文言'夕余至乎县圃'，则灵琐，神之所在也。神之所在，以喻君也。《汉旧仪》云：黄门令日暮入对青琐、丹墀拜。《音义》云：青琐，以青画户边镂也），日忽忽其将暮（言己诚欲少留于君之省阁，以须政教，日又忽去，时将欲暮，年岁且尽，言己衰老也）。吾令羲和弭节兮（羲和，日御也。弭，按也。按节，徐步也。〔补〕曰：《山海经》：东南海外，有羲和之国，有女子名曰羲和，是生十日，常浴日于甘渊。注云：羲和，天地始生，主日月者也。故尧因是立羲和之官，以主四时。虞世南引《淮南子》云：爰止羲和，爰息六螭，是谓悬车。注云：日乘车，驾以六龙，羲和御之，日至此而薄于虞渊，羲和至此而回。弭，止也，弥耳切），望崦嵫而勿迫（崦嵫，日所入山也。下有蒙水，水中有虞渊。迫，附也。言我恐日暮年老，道德不施，欲令日御按节徐行，望日所入之山，且勿附近，冀及盛时遇贤君也。勿，一作未。〔补〕曰：崦，音淹。嵫，音兹。《山海经》曰：鸟鼠同穴山西南曰崦嵫。又云：西曰苬嵫之山。《淮南子》云：日入崦嵫，经细柳，入虞渊之氾）。路曼曼其修远兮（修，长也。《释文》曼作漫。五臣云：漫漫，远貌。〔补〕曰：曼、漫，并莫半切。《集韵》：曼曼，长也，谟官切），吾将上下而求索（言天地广大，其路曼曼，远而且长，不可卒至，吾方上下左右，以求索贤人，与己合志者也。〔补〕曰：索，所格切）。饮余马于咸池兮（咸池，日浴处也。〔补〕曰：饮，于禁切。《九歌》云：与女沐兮咸池。逸云：咸池，星名，盖天池也。《天文大象赋》云：咸池浮津而渺漫。注云：咸池三星，天潢南，鱼鸟之所托也。又《七谏》云：属天命而委之咸池。注云：咸池，天神。按下文言扶桑，则咸池乃日所浴者也），总余辔乎扶桑（总，结也。扶桑，日所拂木也。《淮南子》曰：日出汤谷，浴乎咸池，拂于扶桑，是谓晨明。登于扶桑，爰始将行，是谓朏明。言我乃往至东极之野，饮马于咸池，与日俱浴，以洁己身，结我车辔于扶桑，以留日行，幸得不老，延年寿也。〔补〕曰：《山海经》云：黑齿之北，曰汤谷，有扶木，九日居下枝，一日居上枝，皆戴乌。郭璞云：扶木，扶桑也。天有十日，迭出运照。东方朔《十洲记》云：扶桑在碧海中，叶似桑树，长数千丈，大二千围，两两同根，更相依倚，是名扶桑。《淮南子》云：扶木在阳州，日之所曊。曊，犹照也。《说文》云：榑，桑神木日所出。榑音扶。汤与旸同）。折若木以拂日兮（若木在昆仑西极，其华照下地。拂，击也。一云：蔽也。〔补〕曰：《山海经》：南海之内，黑水之间，有木名曰若木，若水出焉。又曰：灰野之山，有树青叶赤华，名曰若木，日所入处，生昆仑西，附西极也。然则若木有二，而此乃灰野之若木欤。《淮南子》曰：若木在建木西，末有十日，其华照下地。注云：若木端有十日，状如连珠。华，光也，光照其下也。一云：状如莲华。《天问》云：羲和之未扬，若华何光），聊逍遥以相羊（聊，且也。逍遥、相羊，皆游也。言己总结日辔，恐不能制，年时卒过，故复转之西极，折取若木，以拂击日，使之还去，且相羊而游，以俟君命也。或谓拂，蔽也。以若木郣蔽日，使不得过也。逍遥，一作须臾。羊，一作佯。〔补〕曰：逍遥，犹翱翔也。相羊，犹徘徊也）。前望舒使先驱兮（望舒，月御也。月体光明，以喻臣清白也。〔补〕曰：《淮南子》曰：月御曰望舒，亦曰纤阿。《史记·周本纪》云：百夫荷罕旗以先驱。颜师古云：先驱，导路也。李善云：先驱，前驱也。《周礼》：王出入，则辟左右而前驱），后飞廉使奔属（飞廉，风伯也。风为号令，以喻君命。言己使清白之臣，如望舒先驱求贤，使风伯奉君命于后，以告百姓。或曰：驾乘龙云，必假疾风之力，使奔属于后。〔补〕曰：属，音注，连也。《吕氏春秋》曰：风师曰飞廉。应劭曰：飞廉，神禽，能致风气。晋灼曰：飞廉，鹿身，头如雀，有角，而蛇尾豹文。《河图》曰：风者，天地之使，乃告号令）。鸾皇为余先戒兮（鸾，俊鸟也。皇，雌凤也。以喻仁智之士。先，一作前。五臣云：鸾皇，灵鸟。〔补〕曰：《山海经》：女床山有鸟，状如翟，而五采毕备，声似雉而尾长，名曰鸾，见则天下安宁。《瑞应图》曰：鸾者，赤神之精，凤皇之佐也。《尔雅》曰：䴌凤，其雌皇，皇或作凰。为，去声），雷师告余以未具（雷为诸侯，以兴于君。言己使仁智之士，如鸾皇，先戒百官，将往适道，而君怠堕，告我严装未具。余，一作我。〔补〕曰：《春秋·合诚图》云：轩辕主雷雨之神。一曰：雷师，丰隆也）。吾令凤鸟飞腾兮，继之以日夜（言我使凤鸟明智之士，飞行天下，以求同志，续以日夜，冀相逢遇也。《文选》云：吾令凤皇飞腾兮，又继之以日夜。〔补〕曰：《山海经》云：丹穴之山有鸟焉，其状如鸡，五彩而文，曰凤鸟。是鸟也，饮食则自歌自舞，见则天下大康宁。上言鸾皇，鸾，凤皇之佐，而皇，雌凤也。以喻贤人之同类者，故为命先戒百官。此云凤鸟，以喻贤人之全德者，故令飞腾，以求同志也）。飘风屯其相离兮（回风为飘。飘风，无常之风，以兴邪恶之众。屯其相离，言不与己和合也。〔补〕曰：《尔雅》注云：飘风，旋风。屯，徒昆切，聚也），帅云霓而来御（云霓，恶气，以喻佞人。御，迎也。言己使凤鸟往求同志之士，欲与俱共事君，反见邪恶之人，相与屯聚，谋欲离已。又遇佞人相帅来迎，欲使我变节以随之也。帅，一作率。〔补〕曰：御，读若迓。霓，五稽、五历、五结三切，通作蜺。《文选》云：云旗拂霓。又云：俯而观乎云霓。沈约《郊居赋》云：雌霓连蜷。并读作侧声。司马温公云：约赋但取声律便美，非霓不可读为平声也。《尔雅》：蜺为挈贰。《说文》：霓，屈虹，青赤或白色，阴气也。郭氏云：雄曰虹，谓明盛者。雌曰蜺，谓暗微者。虹者，阴阳交会之气，云薄漏日，日照雨滴，则虹生也）。纷緫緫其离合兮（纷，盛多貌。緫緫，犹傅傅，聚貌。五臣云：纷，乱也），斑陆离其上下（斑，乱貌。陆离，分散也。言己游观天下，但见俗人竞为谗佞，傅傅相聚，乍离乍合，上下之义，斑然散乱，而不可知也。斑，一作班。〔补〕曰：斑，驳文也。下音户）。吾令帝阍开关兮（帝，谓天帝。阍，主门者也。〔补〕曰：《说文》云：阍，常以昏闭门隶也），倚阊阖而望予（阊阖，天门也。言己求贤不得，疾谗恶佞，将上诉天帝，使阍人开关，又倚天门望而距我，使我不得入也。〔补〕曰：《天文大象赋》曰：俨阊阖以洞开。注云：宫墙两藩正南开，如门象者名阊阖门。《淮南子》曰：排阊阖，沦天门。注云：阊阖，始升天之门也。天门，上帝所居，紫微宫门也。《说文》云：阊，天门也。阖，门扇也。楚人名门曰阊阖。《文选》注云：阊阖，天门也。王者因以为门。屈原亦以阊阖喻君门也。予，音与，叶韵）。时暧暧其将罢兮（暧暧，昏昧貌。罢，极也。罢，一作疲。〔补〕曰：暧，日不明也，音爱。罢，音皮），结幽兰而延伫（言时世昏昧，无有明君，周行罢极，不遇贤士，故结芳草，长立有还意也。而，一作以。五臣云：结芳草自洁，长立而无趣向。〔补〕曰：刘次庄云：兰喻君子，言其处于深林幽涧之中，而芬芳郁烈之不可掩，故《楚词》云云）。世溷浊而不分兮（溷，乱也。浊，贪也。〔补〕曰：溷，胡困切），好蔽美而嫉妒（言时世君乱臣贪，不别善恶，好蔽美德，而嫉妒忠信也。五臣云：蔽，隐也）。朝吾将济于白水兮（济，渡也。《淮南子》言：白水出昆仑之山，饮之不死。于，一作乎。〔补〕曰：《河图》曰：昆山出五色流水，其白水入中国，名为河也。五臣云：白水，神泉），登阆风而绁马（阆风，山名，在昆仑之上。绁，系也。言己见中国溷浊，则欲渡白水，登神山，屯车系马，而留止也。白水洁净，阆风清明，言己修清白之行，不懈怠也。绁，一作绁。补曰：阆，音郎，又音浪。道书云：阆野者，阆风之府是也。昆仑上有九府，是为九宫。余说已见县圃下。绁，音薛。《左传》曰：臣负羁绁。绁，马缰也。马，满补切）。忽反顾以流涕兮，哀高丘之无女（楚有高丘之山，女以喻臣。言己虽去，意不能已，犹复顾念楚国无有贤臣，心为之悲而流涕也。或云：高丘，阆风山上也。无女，谕无与己同心也。旧说：高丘，楚地名也。五臣云：女，神女，喻忠臣。〔补〕曰：《离骚》多以女喻臣，不必指神女）。溘吾游此春宫兮（溘，奄也。春宫，东方青帝舍也。溘，一作壒。〔补〕曰：壒，尘也，无奄忽义），折琼枝以继佩（继，续也。言己行游，奄然至于青帝之舍，观万物始生，皆出于仁，复折琼枝以续佩，守仁行义，志弥固也。〔补〕曰：琼，玉之美者。传曰：南方有鸟，其名为凤，天为生树，名曰琼枝，高百二十仞，大三十围，以琳琅为实。《后汉》注云：琼枝玉树，以喻坚贞。下文云：折琼枝以为羞）。及荣华之未落兮（荣华，喻颜色。落，堕也。〔补〕曰：游春宫，折琼枝，欲及荣华之未落也），相下女之可诒（相，视也。诒，遗也。言己既修行仁义，冀得同志，愿及年德盛时，颜貌未老，视天下贤人，将持玉帛而聘遗之，与俱事君也。诒，一作贻。〔补〕曰：相，息亮切。下女，喻贤人之在下者。诒，音怡，通作贻）。吾令丰隆乘云兮（丰隆，云师，一曰雷师。下注同。乘，一作乘。〔补〕曰：《九歌·云中君》注云：云神丰隆。五臣曰：云神屏翳。按丰隆或曰云师，或曰雷师。屏翳或曰云师，或曰雨师，或曰风师。《归藏》云：丰隆，筮云气而告之，则云师也。《穆天子传》云：天子升昆仑，封丰隆之葬。郭璞云：丰隆筮师，御云得大壮卦，遂为雷师。《淮南子》曰：季春三月，丰隆乃出，以将其雨。张衡《思玄赋》云：丰隆軯其震霆，云师霆以交集。则丰隆，雷也。云师，屏翳也。《天问》曰：萍号起雨。则屏翳，雨师也。《洛神赋》云：屏翳收风。则风师也。又《周官》有飘师、雨师。《淮南子》云：雨师洒道，风伯扫尘，说者以为箕、毕二星。《列仙传》云：赤松子，神农时为雨师。《风俗通》云：玄冥为雨师。其说不同。据《楚词》，则以丰隆为云师，飞廉为风伯，屏翳为雨师耳），求宓妃之所在（宓妃，神女，以喻隐士。言我令云师丰隆乘云周行，求隐士清洁若宓妃者，欲与并心力也。宓，一作虙。五臣云：虙妃，以喻贤臣。〔补〕曰：《汉书·古今人表》有宓羲氏。宓，音伏，字本作。《颜氏家训》云：虙字从虍，宓字从宀，下俱为必。孔子弟子宓子贱，即虙羲之后。俗字以为宓，或复加山。《子贱碑》云：济南伏生，即子贱之后。是知虙之与伏，古来通用，误以为密，较可知矣。《洛神赋》注云：宓妃，伏羲氏女，溺洛水而死，遂为河神）。解佩纕以结言兮（纕，佩带也。〔补〕曰：《洛神赋》云：愿诚素之先达兮，解玉佩而要之。亦此意），吾令蹇修以为理（蹇修，伏羲氏之臣也。理，分理也，述礼意也。言己既见宓妃，则解我佩带之玉，以结言语，使古贤蹇修而为媒理也。伏羲时敦朴，故使其臣也。五臣云：令蹇修为媒，以通辞理。〔补〕曰：宓妃，伏羲氏之女，故使其臣以为理也）。纷总总其离合兮，忽纬繣其难迁（纬繣，乖戾也。迁，徙也。言謇修既持其佩带通言，而谗人复相聚毁败，令其意一合一离，遂以乖戾而见距绝。言所居深僻，难迁徙也。〔补〕曰：纬，音徽。繣，呼麦切，又音画。《博雅》作䋬幗，《广韵》作徽剌。此言隐士忽与我乖剌，其意难移也）。夕归次于穷石兮（次，舍也。再宿为信，过信为次。《淮南子》言弱水出于穷石，入于流沙也。〔补〕曰：郭璞注《山海经》云：弱水出自穷石，穷石今之西郡删丹，盖其别流之原。《淮南子》注云：穷石，山名，在张掖也。《左传》曰：后羿自鉏迁于穷石），朝濯发乎洧盘（洧盘，水名。《禹大传》曰：洧盘之水，出崦嵫之山。言宓妃体好清洁，暮即归舍穷石之室，朝沐洧盘之水，遁世隐居，而不肯仕也。盘，一作槃。〔补〕曰：洧，于轨切）。保厥美以骄傲兮（倨简曰骄，侮慢曰傲。傲，一作敖），日康娱以淫游（康，安也。言宓妃用志高远，保守美德，骄傲侮慢，日自娱乐，以游戏自恣，无有事君之意也。五臣云：淫，久也。言隐居之人，日日安乐久游，无意以匡君。〔补〕曰：《说文》云：淫，私逸也。《尔雅》：久雨谓之淫。故淫亦训久）。虽信美而无礼兮，来违弃而改求（违，去也。改，更也。言宓妃虽信有美德，骄傲无礼，不可与共事君。来复弃去，而更求贤也。弃，一作弃。〔补〕曰：此孔子所谓隐者，子路所谓洁身乱伦）。览相观于四极兮（览相，一作求览。〔补〕曰：相，去声），周流乎天余乃下（言我乃复往观视四极，周流求贤，然后乃来下也。一云：周流天乎。一无'乎'字。〔补〕曰：《尔雅》：东至于泰远，西至于邠国，南至于濮铅，北至于祝栗，谓之四极。邠，《说文》作汃。汃，西极之水也。又《淮南子》云：东方东极之山曰开明之门，南方南极之山曰暑门，西方西极之山曰凰阖之门，北方北极之山曰寒门。下，音户）。望瑶台之偃蹇兮（石次玉曰瑶。《诗》曰：报之以琼瑶。偃蹇，高貌。〔补〕曰：《说文》云：瑶，玉之美者），见有娀之佚女（有娀，国名。佚，美也。谓帝喾之妃，契母简狄也。配圣帝，生贤子，以谕贞贤也。《诗》曰：有娀方将，帝立子生商。《吕氏春秋》曰：有娀氏有美女，为之高台而饮食之。言己望见瑶台高峻，睹有娀氏美女，思得与共事君也。佚，《释文》作妷。〔补〕曰：娀，音嵩。李善引《吕氏春秋》曰：有娀氏有二佚女，为九成之台。《淮南子》曰：有娀在不周之北，长女简翟，少女建疵。注云：姊妹二人在瑶台也。佚，音逸）。吾令鸩为媒兮（鸩，运日也。羽有毒可杀人，以喻谗佞贼害人也。〔补〕曰：鸩，直禁切。《广志》云：其鸟大如鸳，紫绿色，有毒，食蛇蝮，雄名运日,雌名阴谐,以其毛历饮卮,则杀人),鸩告余以不好(言我使鸩鸟为媒,以求简狄,其性谗贼,不可信用,还诈告我言不好也。五臣云:忠贤,谗佞所疾,故云不好。〔补〕曰:好,读如好人提提之好。夫鸩之不可为媒审矣,屈原何为使之乎?《淮南》言:晖日知晏,阴谐知雨,盖类小人之有智者。君子不逆诈,不亿不信,待其不可用,然后弃之耳。尧之用鲧是也。晖与运同)。雄鸠之鸣逝兮(逝,往也。《释文》雄作鸠。〔补〕曰:《说文》云:鸠,鹘鸼也。《尔雅》云:鹘鸠,鹘鸼。注云:似山鹊而小,短尾,青黑色,多声。《月令》:鸣鸠拂其羽。即此也),余犹恶其佻巧(佻,轻也。巧,利也。言又使雄鸠衔命而往,其性轻佻巧利,多语言而无要实,复不可信用也。五臣云:雄鸠多声。言使辩捷之士,往聘忠贤,我又恶其轻巧而不信。〔补〕曰:佻,吐凋切,又土了切。《尔雅》云:佻,偷也)。心犹豫而狐疑兮(〔补〕曰:犹,由、柚二音。《颜氏家训》曰:《尸子》云:五尺犬为犹。《说文》:陇西谓犬子为犹。吾以为人将犬行,犬好豫在人前,待人不得,又来迎候,此乃豫之所以为未定也。故谓不决曰犹豫。或以《尔雅》曰:犹,如麂,善登木。犹,兽名也。既闻人声,乃豫缘木。如此上下,故称犹豫。《水经》引郭缘生《述征记》云:河津冰始合,车马不敢过,要须狐行,云此物善听,冰下无水乃过,人见狐行,方渡。按《风俗通》云:里语称狐欲渡河,无如尾何。且狐性多疑,故俗有狐疑之说,未必一如缘生之言也。然《礼记》曰:决嫌疑,定犹与。疏云:犹是玃属,豫是虎属。《说文》云:豫,象之大者。又《老子》曰:豫兮若冬涉川,犹兮若畏四邻。则犹与豫,皆未定之辞),欲自适而不可(适,往也。言己令鸩为媒,其心谗贼,以善为恶。又使雄鸠衔命而往,多言无实。故中心狐疑犹豫,意欲自往,礼又不可,女当须媒,士必待介也)。凤皇既受诒兮(诒,一作诏。五臣云:诒,遗也。言我得贤人如凤皇者,受遗玉帛,将行就聘),恐高辛之先我(高辛,帝喾有天下号也。《帝系》曰:高辛氏为帝喾。帝喾次妃有娀氏女生契。言己既得贤智之士若凤皇,受礼遗将行,恐帝喾已先我得娀简狄也。遗,一作遣。五臣云:帝喾,喻诸国贤君。〔补〕曰:皇甫谧云:高辛都亳,今河南偃师是。张晏云:高辛,所兴之地名也)。欲远集而无所止兮(集,一作进),聊浮游以逍遥(言己既求简狄,复后高辛,欲远集它方,又无所之,故且游戏观望以忘忧,用以自适也)。及少康之未家兮,留有虞之二姚(少康,夏后相之子也。有虞,国名。姚姓,舜后也。昔寒浞使浇杀夏后相，少康逃奔有虞，虞因妻以二女，而邑于纶，有田一成，有众一旅，能布其德，以收夏众，遂诛灭浇，复禹之旧绩。屈原设至远方之外，博求众贤，索宓妃则不肯见，求简狄又后高辛，幸若少康留止有虞，而得二妃，以成显功，是不欲远去之意也。〔补〕曰：二姚事见《左传》。杜预云：梁国有虞县。皇甫谧云：今河东大阳西山上有虞城。姚，音遥。《说文》云：虞舜居姚虚，因以为姓）。理弱而媒拙兮（弱，劣也。拙，钝也。五臣云：我欲留聘二姚，又恐道理弱于少康，而媒无巧辞），恐导言之不固（言己欲效少康，留而不去，又恐媒人弱钝，达言于君不能坚固，复使回移也）。世溷浊而嫉贤兮（世，一作时），好蔽美而称恶（称，举也。再言世溷浊者，怀、襄二世不明，故群下好蔽忠正之士，而举邪恶之人。美，一作善。〔补〕曰：再言世溷浊者，甚之也。屈原作此，在怀王之世耳。恶，去声。言可美者蔽之，可恶者称之）。闺中既以邃远兮（小门谓之闺。邃，深也。一无"以"字。〔补〕曰：《尔雅》：宫中之门谓之闱，其小者谓之闺。邃，虽遂切），哲王又不寤（哲，智也。寤，觉也。言君处宫殿之中，其闺深远，忠言难通，指语不达，自明智之王，尚不能觉悟善恶之情，高宗杀孝己是也。何况不智之君，而多暗蔽，固其宜也。〔补〕曰：《说文》：寐觉而有信曰寤。闺中既以邃远者，言不通群下之情。哲王又不寤者，言不知忠臣之分。怀王不明而曰哲王者，以明望之也。太史公所谓冀幸君之一悟，俗之一改也。韩愈《琴操》云：臣罪当诛兮，天王圣明。亦此意）。怀朕情而不发兮，余焉能忍与此终古（言我怀忠信之情，不得发用，安能又与此暗乱之君，终古而居乎。意欲复去也。一本"忍"下有"而"字。《释文》：古，音故。〔补〕曰：此言当世之人，蔽美称恶，不能与之久居也。《九歌》曰：长无绝兮终古。《九章》曰：去终古之所居。终古，犹永古也。《考工记》注曰：齐人之言终古，犹言常也。《集韵》：古音估者，故也。音故者，始也）。"① 从《神女赋》上下文看，幽静和人间意思相对，婆娑为蹁跹舞蹈之貌，姽婳则有娴静美好之义。洪兴祖以为宓妃比喻隐士是有见识的，这里需要进一步解释的是，她只是看透社会，不愿像屈原一样去辅佐楚王，并非对屈原有所不满。端属于《论语》中的楚狂接舆、《渔父》中的渔父一流人物。

---

① （宋）洪兴祖撰，白化文等点校：《楚辞补注》，中华书局1983年版，第25—35页。

《离骚》之高丘求女，充满着内心矛盾，对于"保厥美以骄傲兮，日康娱以淫游；虽信美而无礼兮，来违弃而改求；览相观于四极兮，周流乎天余乃下；望瑶台之偃蹇兮，见有娀之佚女"①，洪兴祖《楚辞补注》就如此解读，曰：宓妃用志高远，保守美德，骄傲侮慢，日自娱乐，以游戏自恣，无有事君之意也。因而尚需来复弃去，而更求贤，我乃复往观视四极，周流求贤，然后乃来下也②。《吕氏春秋》曰：有娀氏有美女，为之高台而饮食之，思得与共事君也。却又由于鸩羽有毒可杀人，我使鸩鸟为媒，以求简狄，其性谗贼，不可信用，还诈告我言不好也。又使雄鸠衔命而往，其性轻佻巧利，多语言而无要实，复不可信用也。故中心狐疑犹豫，意欲自往，礼又不可，女当须媒，士必待介也。既得贤智之士若凤皇，受礼遗将行，恐帝喾已先我得娀简狄也。既求简狄，复后高辛，欲远集它方，又无所之，故且游戏观望以忘忧，用以自适也。屈原设至远方之外，博求众贤，索宓妃则不肯见，求简狄又后高辛，幸若少康留止有虞，而得二妃，以成显功，是不欲远去之意也。楚国怀、襄二世不明，故群下好蔽忠正之士，而举邪恶之人。君处宫殿之中，其闱深远，忠言难通，指语不达，自明智之王，尚不能觉悟善恶之情，何况不智之君，而多暗蔽，固其宜也。我怀忠信之情，不得发用，安能又与此暗乱之君，终古而居乎？《吕氏春秋·季夏纪·音初》云："有娀氏有二佚女，为九成之台，饮食必以鼓。"③《玉篇》瓦为栓，革为面，可以击也。乐书，鼓所以检乐，为群音长。《周礼·地官·鼓人》掌教六鼓。《注》六鼓：雷鼓八面，灵鼓六面，路鼓四面，鼖鼓、皋鼓、晋鼓，皆两面。鼓声嘡嘡，自是群音之长。《山海经·中山经》云："瑶碧之山，有鸟焉，其状如雉，恒食蜚，名曰鸩"④，诗中所写正是这种鸩雉，瑶碧山属于荆山系列，诗人取材于彼，这种鸟可能就集居在古代的楚地。鸩的主要特性不是笨拙，而是淫佚放浪、奸巧多变。此处的"鸟媒"是比兴之法，是刺谗佞之类的小人。诗中所借的"史"，是与鸟类有关联的两位神话人物——简狄与高辛及其爱情传说，以抒发诗人求贤失败之复杂心情。简狄与高辛在爱情上的结合，相传是以玄鸟为媒介的，《天问》曰："简狄在台，喾何宜？玄鸟致贻，

---

① （宋）洪兴祖撰，白化文等点校：《楚辞补注》，中华书局1983年版，第32页。
② 同上。
③ 许维遹：《吕氏春秋集释》，中华书局2009年版，第141—142页。
④ 袁珂校注：《山海经校注》，上海古籍出版社1980年版，第166页。

女何喜？"① 《九章·思美人》曰："高辛之灵盛兮，遭玄鸟而致诒。"② 据《左传·鲁哀公元年》记载，因为夏后相与东夷有仍氏有婚姻关系，在寒浞之子攻灭夏后相时，少康母后缗怀孕，逃归于有仍，生下了少康。少康长大后，成为有仍氏之"牧正"，后又逃到舜后裔有虞氏处，担任"庖正"，有虞氏首领嫁二女给少康，并赐他"田一成""有众一旅"。《楚辞》中多次提到了少康与有虞氏的婚姻，如《离骚》："及少康之未家兮，留有虞之二姚。"③ 有意思者，三次求女之空间方位分别是西方、北方和东方。求女是象征求贤君，楚地位于南方，没有贤君可求，所以没有出现到南方求女的情节。同时，三次求女反映了楚地与秦、赵、齐三国之关系及屈原之态度。穷石求宓妃，地邻赤水、弱水，皆是昆仑仙境之组成部分，位于西部地区。《吕氏春秋·音初》篇将四方歌谣划分为东南西北四音：夏后氏孔甲在东阳所作的《破斧之歌》为东音之始，涂山氏所唱《候人歌》为南音之始，河亶甲在西河首作西音，有娀氏二女始创北音。居商丘而祀大火星，是在东方之地祭祀东方之星。二姚出自虞舜，其故地在商丘虞城。齐国位于楚国东方，楚怀王时齐国早已灭掉建都商丘之宋国而据有其地。朱熹《楚辞集注》对"哀高丘之无女"所作的解释最是确切："女，神女，盖以比贤君也。于此又无所遇，故下章欲游春宫、求宓妃、见佚女、留二姚，皆求贤君之意也。"④ 明人汪瑗在《楚辞集解》曰："游春宫而求宓妃，盖遐想乎羲皇之上矣；其媒高辛之佚女者，盖欲因民以致治，王道也，不得已而思其次也；其留少康之二姚者，盖欲拨乱以反正，霸道也，是又其次也。"汪瑗认为屈原三次"求女"是追求"王道""霸道""拨乱以反正"等美政。⑤ 屈子歌诗是求一好女子来帮助国君治理国家。楚怀王的妃子郑袖祸国殃民，《离骚》中举出三个贤女，隐含着诗人对楚君荒淫的谴责。游国恩《楚辞论文集·楚辞女姓中心论》说："有的说，求女比求君；有的说，求女比求贤；又有的说，求女比求隐士；更有的说，求女比求贤诸侯；或者竟又以为真是求女人。……其实，屈原之所谓求女者，不过是想求一个可以通君侧的人罢

---

① （宋）洪兴祖撰，白化文等点校：《楚辞补注》，中华书局1983年版，第105页。
② 同上书，第147页。
③ 同上书，第34页。
④ （宋）朱熹：《楚辞集注》，上海古籍出版社1979年版，第17页。
⑤ 汪瑗：《楚辞集解》，北京古籍出版社1994年版，第82页。

了。因为他自比弃妇,所以想要重返夫家,非有一个能在夫主面前说得到话的人不可。又因他自比女子,所以通话的人不能是男人,这是显然的道理。"① 林云铭则认为:"此篇自首至尾,千头万绪,看来只是一条线直贯到底,并无重复。至所谓求女一节,按《史记》:张仪至楚,厚币靳尚,设诡辩于郑袖,怀王竟听郑袖,郑后稚子子兰劝王入武关,稚子何知,其为袖宫中主之无疑,故又断其内惑于郑袖。即《卜居》篇亦有'事妇人'之句。明明当日党人与郑袖表里,贪婪求索,残害忠直,举朝皆袖私人。奈党人可以名言,而袖必不便形之笔墨。"② 这些阐释均隐含着君臣知遇及其失落之母题。

《离骚》诸多辞句与其后载籍,往往掩映生辉,如"理弱而媒拙兮,恐导言之不固;世溷浊而嫉贤兮,好蔽美而称恶;闺中既已邃远兮,哲王又不寤"③。《淮南子·俶真训》也有类似描述:"若乎真人,则动容于至虚,而游于灭亡之野。骑飞廉而从敦圄,驰于方外,休乎宇内,烛十日而使风雨,臣雷公,役夸父,妾宓妃,妻织女,天地之间,何足以留其志?"④ 又如"索藑茅以筳篿兮,命灵氛为余占之";《汉书·郊祀志下》云:"楚怀王隆祭祀,事鬼神,欲以获福助,却秦师,而兵挫地削,身辱国危。"⑤ 动用巫术思维和神话想象,及占卜决疑之礼仪语言模式,乃针对楚怀王之精神特征而落笔。姜亮夫指出:"自春秋战国以来,北方诸国,巫之职已不如史职;而南土尚重巫,故楚君臣祀神祝祭之事为特多,此其文化习性然也。"⑥ "巫"字本身是象形文字,描绘男巫、女巫歌舞娱神的欢愉场景。《说文解字》卷五"巫部"云:"巫,祝也。女能事无形,以舞降神者也。象人两褎舞形。与工同意。古者巫咸初作巫。凡巫之属皆从巫。"《国语·楚语》谓:"古者民之精爽不携二者,而又能齐肃中正,其知能上下比义,其圣能光远宣朗,其明能光照之,其聪能听彻之,如是则神明降之。在男曰觋,在女曰巫。"⑦ 朱熹《楚辞辩证》如此释读:"以阴巫下阳神,或以阳神接阴鬼。""索藑茅以筳篿兮,命灵氛为余占之""巫

---

① 游国恩:《楚辞论文集·楚辞女性中心论》,古典文学出版社1957年版。
② (清)林云铭:《楚辞灯》,华东师范大学出版社2012年版,第19页。
③ (宋)洪兴祖撰,白化文等点校:《楚辞补注》,中华书局1983年版,第34页。
④ 何宁:《淮南子集释》,中华书局1998年版,第128—129页。
⑤ (汉)班固:《汉书》,中华书局1962年版,第1260页。
⑥ 姜亮夫:《楚辞通故》第3册,齐鲁书社1986年版,第836页。
⑦ 《国语》,上海古籍出版社1978年版,第559页。

咸将夕降兮……告余以吉故"二则所述，正是屈原将先秦卜居习俗运用于解决个人去留问题。灵训为巫，王念孙因之读灵氛为巫氛。《山海经·海内经》有灵山十巫从此升降，巫咸、巫肦、巫彭等均在其列，故有人读灵氛为巫肦。占卜中的繇辞多为韵语。至于"曰：两美其必合兮，孰信修而慕之；思九州岛之博大兮，岂惟是其有女？"到其他诸侯国实现自身价值，实现自己理想，已成时尚，如齐国孙武，楚国伍子胥、范蠡、文种、范雎，卫国吴起、公孙鞅，魏国张仪，东周苏秦等，其人生价值、理想抱负均非在本国实现。但屈原先是叩阊阖求帝女，帝阍不开门，再登阆风仙山求仙女。却是"哀高丘之无女"，转而求宓妃，虽美丽却无礼，只好"来违弃而改求"。欲求有娀之佚女，求有虞之二姚，都因媒人不可靠或不能办事而未获成功。在卜师灵氛和神巫巫咸的指点下，诗人又重新振作起精神，准备到别国去求美女，终因临睨旧乡，仆悲马怀，"蜷曲顾而不行"，求女活动宣告彻底失败。

《离骚》谈论玉："户服艾以盈要兮，谓幽兰其不可佩；览察草木其犹未得兮，岂珵美之能当？"王逸《章句》释珵曰："珵，美玉也。《相玉书》言：珵大六寸，其耀自照。"① 《广韵》："珩谓之珵。"珩和珵同物异称。珩是一种佩玉，挂在身上，以玉音调节步行和动作的节奏。《玉谱类编》云："《说文》：佩上玉也，所以节行止。通作衡。《礼记·玉藻》注：衡，佩玉之衡也。"佩玉的上端称之为珩，珩悬挂玉片，稍动即叩响，形制大多半月形，两端穿孔，以系玉片，称为璜。自周至汉，士人习惯佩玉，《礼记》所讲君子无故，玉不去身。佩玉既作为身份象征，亦用以自励。《礼记·聘义》载孔子语谓："昔者君子比德于玉。"② 而玉树琼枝，则不但有芳香，如《九歌·东皇太一》所言"盍将把兮琼芳"，而且具有超时间的永恒性。在《楚辞》中，玉石与芳草意义各殊。《离骚》谓党人"览察草木其犹未得兮，岂珵美之能当？"显然将"珵美"置于"草木"之上。"苏粪壤以充帏兮，谓申椒其不芳。欲从灵氛之吉占兮，心犹豫而狐疑；巫咸将夕降兮，怀椒糈而要之。"③ 秦楚丹阳大战前一年，秦诅楚十八世，历数楚主之罪，时张仪诈楚献商於之地六里，邀楚怀王会秦武关，拘留不返。《诅楚文》诅咒楚怀王"不畏皇天上帝及不显大神巫咸之

---

① （宋）洪兴祖撰，白化文等点校：《楚辞补注》，中华书局1983年版，第36页。
② （汉）郑玄注，（唐）孔颖达疏：《礼记正义》，北京大学出版社1999年版，第1670页。
③ （宋）洪兴祖撰，白化文等点校：《楚辞补注》，中华书局1983年版，第36—37页。

光列（烈）威神"，又言秦"应受皇天上帝及丕显大神巫咸几灵德赐，克剂（制）楚师"。巫咸乃殷中宗贤臣，相传他发明鼓，乃用筮占卜之创始者，又是占星家，后世有假托他所测定之恒星图。《尚书·君奭》云："巫咸乂王家。"①《楚辞·离骚》："巫咸将夕降兮，怀椒糈而要之。"王逸注："巫咸，古神巫也，当殷中宗之世。"② 在殷商时代，巫咸又为王朝之大官。《尚书·君奭篇》记载周公对召公曰："我闻在昔，成汤既受命，时则有若伊尹（《卜辞》有'伊尹'），格于皇天。……在太戊（商代第十王）时，则有若伊陟臣扈，格于上帝，巫咸乂（治也）王家。在祖乙（商代第十四王）时，则有若巫贤。在武丁（盘庚侄，商代第二十三王）时，则有若甘盘（《卜辞》有'师般'），'率惟兹有陈，保乂有殷，故殷礼陟配天，多历年所。'"③ 这就是《史记·殷本纪》所谓"巫咸治王家有成，作《咸艾》，作《太戊》。"④ 唐韩愈《嘲鼾睡》诗："虽令巫咸招，魂爽难复在。"清钮琇《觚賸·陈三岛为毕西临作当泣草序》："巫咸申命，詹尹陈辞。"《太平御览》卷七九引《归藏》："昔黄神与炎神争斗涿鹿之野，将战，筮于巫咸。"⑤ 晋郭璞《巫咸山赋》序云："盖巫咸者，实以鸿术为帝尧医。"巫咸又是山名。在山西夏县东。《汉书·地理志上》云："安邑，巫咸山在南。"⑥ 宋乐史《太平寰宇记·陕州·夏县》："巫咸山一名覆奥山……巫咸祠在县东五里巫咸山下。"巫咸将楚辞抒情，导向原始宗教信仰领域。

"扬灵"亦屈赋之习用语，《离骚》有"百神翳其备降兮，九疑缤其并迎；皇剡剡其扬灵兮，告余以吉故"；"扬灵兮未极，女婵媛兮为余太息"。《九歌·湘君》亦有："横大江兮扬灵。"灵、巫相通，扬灵就是高扬神巫之风采，为歌诗敷上一层迷离恍惚之原始宗教颜色。

《离骚》推许任贤使能："说操筑于傅岩兮，武丁用而不疑；吕望之鼓刀兮，遭周文而得举；宁戚之讴歌兮，齐桓闻以该辅。"⑦ 傅说是筑墙

---

① （汉）孔安国注，（唐）孔颖达疏：《尚书正义》，北京大学出版社1999年版，第441页。
② （宋）洪兴祖撰，白化文等点校：《楚辞补注》，中华书局1983年版，第36页。
③ （汉）孔安国注，（唐）孔颖达疏：《尚书正义》，北京大学出版社1999年版，第441—442页。
④ （汉）司马迁：《史记》，中华书局1959年版，第100页。
⑤ （宋）李昉：《太平御览》，河北教育出版社1994年版，第676页。
⑥ （汉）班固：《汉书》，中华书局1962年版，第1550页。
⑦ （宋）洪兴祖撰，白化文等点校：《楚辞补注》，中华书局1983年版，第38页。

夫，吕望是屠夫，宁戚是商贩。以一个楚国宗族人士而作如此谋划，"修明政治""举贤授能"，力图打破世卿世禄制度，取消旧贵族爵禄特权，更坚定地跟党人群小以至壅君进行斗争，这就必然会遭到旧贵族势力的抵制和对抗。"邅吾道夫昆仑兮，路修远以周流。扬云霓之晻蔼兮，鸣玉鸾之啾啾。朝发轫於天津兮，夕余至乎西极。凤皇翼其承旂兮，高翱翔之翼翼。忽吾行此流沙兮，遵赤水而容与。麾蛟龙使梁津兮，诏西皇使涉予。"王逸注："西皇，帝少皞也。"① 洪兴祖补注："少皞以金德王，白精之君，故曰西皇。"② 很明显此乃战国晚期之"四时教令"思想。诗人游历的地点，诸如昆仑、流沙、赤水、西海等均是西王母生活的地方。《山海经·大荒西经》："西海之南，流沙之滨，赤水之后，黑水之前，有大山名曰昆仑之丘。……有人，戴胜虎齿，有豹尾，穴处，名曰西王母。"③ 洪兴祖《楚辞补注》亦云："《远游》注云：西皇所居，在西海之津。"④ 洪兴祖《楚辞补注》卷三《天问章句第三》云："穆王巧梅，夫何为周流（梅，贪也。言穆王巧于辞令，贪好攻伐，远征犬戎，得四白狼、四白鹿，自是后夷狄不至，诸侯不朝。穆王乃更巧词周流，而往说之，欲以怀来也。一云：夫何周流。梅，一作瑁。〔补〕曰：《方言》云：梅，贪也，亡改切，其字从手。贾生云：品庶每生，是也。《集韵》云：梅，母罪切，惭也。瑁，母亥切，贪也。诸本作梅。《释文》每磊切，其字从木，传写误耳。瑁，玉名，音媒，亦非也。《左传》云：穆王欲肆其心，周行天下，将必有车辙马迹焉。祭公谋父作祈招之诗，以止王心，王是以获没于祇宫。《史记》云：周穆王得骥、温骊、骅骝、騄耳之驷，西巡狩，乐而忘归。徐偃王作乱，造父为穆王御，长驱归周以救乱。巧梅，言巧于贪求也）。环理天下，夫何索求（环，旋也。言王者当修道德以来四方，何为乃周旋天下，而求索之也。《天对》曰：穆憯祈招，猖洋以游，轮行九野，惟怪之谋。〔补〕曰：穆王事见《竹书·穆天子传》。后世如秦皇、汉武，托巡守以求神仙，皆穆王启之也。志足气满，贪求无厌，适以召乱）。妖夫曳衒，何号于市（妖，怪也。号，呼也。昔周幽王前世有童谣曰：檿弧箕服，实亡周国。后有夫妇卖是器，以为妖怪，执而曳戮之于市也。〔补〕

---

① （宋）洪兴祖撰，白化文等点校：《楚辞补注》，中华书局1983年版，第43—45页。
② 同上书，第45页。
③ 袁珂校注：《山海经校注》，上海古籍出版社1980年版，第407页。
④ （宋）洪兴祖撰，白化文等点校：《楚辞补注》，中华书局1983年版，第45页。

曰：曳，牵也，引也。衒，荧绢切，行且卖也。曳衒，言夫妇相引，行卖于市也。褒姒事见《国语》)？周幽谁诛，焉得夫褒姒（褒姒，周幽王后也。昔夏后氏之衰也，有二神龙止于夏庭而言曰：余褒之二君也。夏后布币糈而告之，龙亡而漦在，椟而藏之。夏亡传殷，殷亡传周，比三代莫敢发也。至厉王之末，发而观之，漦流于庭，化为玄鼋，入王后宫。后宫处妾遇之而孕，无夫而生子，惧而弃之。时被戮夫妇夜亡，道闻后宫处妾所弃女啼声，哀而收之，遂奔褒。褒人后有罪，幽王欲诛之，褒人乃入此女以赎罪，是为褒姒。立以为后，惑而爱之，遂为犬戎所杀也。〔补〕曰：藏，一作弆，弆即藏也)。天命反侧，何罚何佑（言天道神明，降与人之命，反侧无常，善者佑之，恶者罚之)。齐桓九会，卒然身杀（言齐桓公任管仲，九合诸侯，一匡天下。任竖刁、易牙，子孙相杀，虫流出户。一人之身，一善一恶，天命无常，罚佑之不恒也。会，一作合。〔补〕曰：卒，终也。《论语》曰：桓公九合诸侯，不以兵车，管仲之力也。《国语》曰：兵车之属六，乘车之会三。孙明复《尊王发微》曰：桓公之会十有五，十三年会北杏，十四、十五年会鄄，十六、二十七年会幽，僖元年会柽，二年会贯，三年会阳谷，五年会首止，七年会宁母，八年会洮，九年会葵丘，十三年会咸，十五年会牡丘，十六年会淮是也。孔子止言其九者，盖十三年会北杏，桓始图伯，其功未见。十四年会鄄，又是伐宋诸侯。僖八年会洮，十三年会咸，十五年会牡丘，十六年会淮，皆有兵车，故止言其会之盛者九焉。《史记》曰：管仲病，桓公问曰：'易牙何如？'对曰：'杀子以适君，非人情，不可。''开方何如？'曰：'倍亲以适君，非人情，难近。''竖刁何如？'曰：'自宫以适君，非人情，难亲。'管仲死，桓公卒近用三子，三子专权。桓公卒，易牙与竖刁杀群吏而立公子无诡为君。桓公病，五公子各树党争立。及桓公卒，遂相攻，以故宫中莫敢棺。桓公尸在床上六十七日，尸虫出于户。无诡立，乃棺赴。按小白之死，诸子相攻，身不得敛，与见杀无异，故曰卒然身杀，甚之也)。彼王纣之躬，孰使乱惑（惑，妲己也)。何恶辅弼，谗谄是服（服，事也。言纣憎辅弼，不用忠直之言，而事用谄谗之人也。谄，一作谞。〔补〕曰：服，行也，用也。武王数纣曰：'贼虐谏辅，崇信奸回。'《庄子》曰：好言人之恶谓之谗，希意导言谓之谄)。比干何逆，而抑沈之（比干，圣人，纣诸父也。谏纣，纣怒，乃杀之剖其心也。〔补〕曰：抑沈，犹《九章》云情沈抑而不达也)。雷开阿顺，而赐封之（雷开，佞人也，阿顺于纣，乃赐之金玉而封之也。一云：雷开何顺，而赐封金）。何圣人之一德，卒其异方（圣人，谓文王也。卒，终也。言文王仁圣，能纯一其德，则天下异方，终皆归之也。〔补〕曰：文王顺纣而不敢逆，武王逆纣而不肯顺，故曰异方。或曰：下文云：梅伯受醢，箕子佯狂。此异方也）。梅伯受醢，箕子详狂（梅伯，纣诸侯也。言梅伯忠直，而数谏纣，纣怒，乃杀之，菹醢其身。箕子见之，则被发详狂也。详，一作佯。〔补〕曰：梅，音浼，纣诸侯号。《淮南子》曰：醢鬼侯之女，菹梅伯之骸。《史记》曰：箕子，纣亲戚也。纣为淫泆，箕子谏不听。或曰：'可以去矣。'箕子曰：'为人臣，谏不听而去，是彰君之恶，而自说于民，吾不忍为也。'乃被发详狂而为奴，遂隐而鼓琴以自悲。故传之曰《箕子操》。详，诈也，与佯同）。稷维元子，帝何竺之（元，大也。帝，谓天帝也。竺，厚也。言后稷之母姜嫄，出见大人之迹，怪而履之，遂有娠而生后稷。后稷生而仁贤，天帝独何以厚之乎？竺，一作笃。一云帝何竺，鸟何燠，并无'之'字。〔补〕曰：《尔雅》云：竺，厚也，与笃同。《诗》曰：厥初生民，时维姜嫄。生民如何，克禋克祀，以弗无子。履帝武敏歆。攸介攸止。载震载夙，载生载育，时维后稷。注云：姜嫄之生后稷，乃禋祀上帝于郊禖，而得其福。《史记》曰：周后稷名弃，其母有邰氏女，曰姜嫄，为帝喾元妃。姜原出野，见巨人迹，心忻然说，欲践之，践之而身动如孕者，居期而生子。左氏曰：微子启，帝乙之元子。说者曰：元子，首子也。姜嫄为帝喾元妃，生后稷。简狄为次妃，生契。故曰稷维元子也）。投之于冰上，鸟何燠之（投，弃也。燠，温也。言嫄以后稷无父而生，弃之于冰上，有鸟以翼覆荐温之，以为神，乃取而养之。《诗》曰：诞置之寒冰，鸟覆翼之。燠，一作懊。〔补〕曰：燠，音郁，热也，其字从火。懊，贪也，无热义。《诗》曰：不康禋祀，居然生子。诞置之隘巷，牛羊腓字之。诞置之平林，会伐平林。诞置之寒冰，鸟覆翼之。鸟乃去矣，后稷呱矣。注云：大鸟来，一翼覆之，一翼藉之。《史记》曰：初欲弃之，因名曰弃。及为成人，遂好耕农，帝尧闻之，举为农师。逸云：后稷无父而生。按稷以帝喾为父，特嫄感巨迹而生，有神灵之征耳。天命玄鸟，降而生商，亦犹是也）。何冯弓挟矢，殊能将之（冯，大也。挟，持也。言后稷长大，持大强弓，挟箭矢，桀然有殊异，将相之才。冯，一作恁。〔补〕曰：此与下文相属，冯如冯珧之冯。武王多才多艺，言冯弓挟矢，而将之以殊能者，武王也。《天对》曰：既歧既嶷，宜庸将焉。用逸说也）。既惊帝切激，何逢长之

（帝，谓纣也。言武王能奉承后稷之业，致天罚，加诛于纣，切激而数其过，何逢后世继嗣之长也。惊，一作敬。切，一作功。〔补〕曰：此言武王伐纣，震惊而切责之，不顾君臣之义。惟纣无道，故武王能逢天命以永其祚也）。伯昌号衰，秉鞭作牧（伯昌，谓文王也。秉，执也。鞭以喻政。言纣号令既衰，文王执鞭持政，为雍州之牧也。〔补〕曰：号与号同。《孔丛子》：羊客问于子思曰：'古之帝王，中分天下，而二公治之，谓之二伯。周自后稷封为王者之后，子孙据国，至太王、王季，皆为诸侯矣，焉得为西伯乎？'子思曰：'吾闻殷王帝乙之时，王季以九命作伯，受圭瓒秬鬯之赐，故文王因之，得专征伐。此以诸侯为伯，犹周、召之君为伯也。'《西伯戡黎》注云：文王为雍州之伯。《史记》：纣以西伯为三公，赐弓矢斧钺，使得专征伐。《周官》曰：牧以地得民）。何令彻彼岐社，命有殷国（彻，坏也。社，土地之主也。言武王既诛纣，令坏郊岐之社，言己受天命而有殷国，因徙以为天下之太社也。一云：命有殷之国。〔补〕曰：此言文王秉鞭作牧以事纣，而武王伐殷以有天下也。《论语》曰：三分天下有其二，以服事殷，周之德可谓至德也已矣。谓文王也。《诗》曰：乃立冢土，戎丑攸行。冢土，大社，美太王之社，遂为大社也。《记》曰：王为群姓立社，曰大社。岐在右扶风美阳中水乡，因岐山以名，太王自豳徙焉）。迁藏就岐，何能依（言太王始与百姓徙其宝藏，来就岐下，何能使其民依倚而随之也？太王，一作文王。〔补〕曰：按《诗》云：度其鲜原，居岐之阳。注云：文王谋居善原广平之地，亦在岐山之南。《说文》云：岐，周文王所封也。然太王居邠，狄人侵之，始邑于岐山之下，则迁藏就岐，盖指太王也。《天对》曰：逾梁橐囊，膻仁蚁萃）。殷有惑妇，何所讥（惑妇，谓妲己也。讥，谏也。言妲己惑误于纣，不可复讥谏也。〔补〕曰：《国语》曰：殷辛伐有苏，有苏氏以妲己女焉）。受赐兹醢，西伯上告（兹，此也。西伯，文王也。言纣醢梅伯，以赐诸侯，文王受之，以祭告语于上天也。〔补〕曰：《史记》：纣醢九侯，脯鄂侯，西伯闻之窃叹，纣囚西伯羑里）。何亲就上帝罚，殷之命以不救（上帝，谓天也。言天帝亲致纣之罪罚，故殷之命不可复救也。一云：上帝之罚。〔补〕曰：此言纣为无道，自致天讨，故不可救也。《天对》云：孰盈癸恶，兵躬殄祀）。师望在肆，昌何识（师望，谓太公也。昌，文王名也。言太公在市肆而屠，文王何以识知之乎？识，一作志。〔补〕曰：识与志同）。鼓刀扬声，后何喜（后，谓文王也。言吕望鼓刀在列肆，文王亲往问之，吕望对曰：'下屠屠牛，上屠屠国。'文王喜，载与俱归也。《天对》云：奋力屠国，以髀髋厥商）。武发杀殷，何所悒（言武王发欲诛殷纣，何所惧悒而不能久忍也。〔补〕曰：悒，音邑，忧也，不安也。《天对》云：发杀曷遑，寒民于烹）。载尸集战，何所急（尸，主也。集，会也。言武王伐纣，载文王木主，称太子发，急欲奉行天诛，为民除害也。〔补〕曰：《史记》：武王东观兵至于盟津，为文王木主，载以车中军。武王自称太子发，言奉文王以伐，不敢自专。〔补〕曰：《记》云：祭祀之有尸也，宗庙之有主也，示民有事也。主有虞主、练主。尸，神象也，以人为之。然《书序》云：康王既尸天子，则尸亦主也）。伯林雉经，维其何故（伯，长也。林，君也。谓晋太子申生为后母骊姬所谮，遂雉经而自杀。一无'何'字。〔补〕曰：《左传》：晋献公伐骊戎，骊戎男女以骊姬，归，生奚齐。骊姬嬖，欲立其子。使太子居曲沃，姬谓太子曰：'君梦齐姜，必速祭之。'太子祭于曲沃，归胙于公。姬毒而献之，泣曰：'贼由太子。'太子奔新城，十二月戊申，缢于新城。《国语》云：雉经于新城之庙。注云：雉经，头枪而悬死也）。何感天抑坠，夫谁畏惧（言骊姬谗杀申生，其冤感天，又谗逐群公子，当复谁畏惧也。墬，一作埊，一作墬。〔补〕曰：墬，墬即地字。《左传》云：狐突适下国，遇太子曰：'夷吾无礼，余得请于帝矣。'又曰：'帝许我罚有罪矣，敝于韩。'此言申生之冤感天抑地，而谁畏惧之乎）。皇天集命，惟何戒之（言皇天集禄命而与王者，王者何不常畏慎而戒惧也。〔补〕曰：《诗》云：天鉴在下，有命既集。此言何所戒慎而致天命之集也）。受礼天下，又使至代之（言王者既已修行礼义，受天命而有天下矣，又何为至使异姓代之乎？一无'又'字。代，一作伐。〔补〕曰：受礼天下，言受王者之礼于天下也。有德则兴，无德则亡，三代之王，是不一姓，可不慎乎）。初汤臣挚，后兹承辅（言汤初举伊尹，以为凡臣耳。后知其贤，乃以备辅翼承疑，用其谋也。承，一作丞。〔补〕曰：《孟子》曰：汤之于伊尹，学焉而后臣之。与此异者，此言伊尹初为媵臣，后乃以为相耳。孟子言汤尊德乐道，不以臣礼待之也）。何卒官汤，尊食宗绪（卒，终也。绪，业也。言伊尹佐汤命，终为天子，尊其先祖，以王者礼乐祭祀，绪业流于子孙。《天对》云：汤挚之合，祚以久食。〔补〕曰：官汤，犹言相汤也。尊食，庙食也）。勋阖梦生，少离散亡（勋，功也。阖，吴王阖庐也。梦，阖庐祖父寿梦也。寿梦卒，太子诸樊立。诸樊卒，传弟馀祭。馀祭卒，传弟夷末。夷末卒，太子王僚立。阖庐，诸樊之长子也。次不得为王，少离散亡放在外，乃使专设诸刺王僚，代为吴王。子孙世盛，以伍子胥为将，大有功勋也。〔补〕曰：《史记》：吴寿梦卒，有子四人：长诸樊，次馀祭，次馀昧，次季札。公子光者，诸樊之子也。以为吾父兄弟四人，当传至季子，季子即不受国，光父先立，即不传季子，光当立。遂弑王僚，代立为王，是为吴王阖庐。《天对》云：光徼梦祖，憾离以厉。彷徨激覆，而勇益德迈）。何壮武厉，能流厥严（壮，大也。言阖庐少小散亡，何能壮大厉其勇武，流其威严也。〔补〕曰：阖庐用伍子胥、孙武，破楚入郢）。彭铿斟雉，帝何飨（彭铿，彭祖也。好和滋味，善斟雉羹，能事帝尧，尧美而飨食之。〔补〕曰：斟，勺也，诸深切。铿，可衡切。飨有香音。《神仙传》云：彭祖姓篯，名铿，帝颛顼之玄孙，善养性，能调鼎，进雉羹于尧，尧封于彭城。历夏经殷至周，年七百六十七岁而不衰。篯音翦）。受寿永多，夫何久长（言彭祖进雉羹于尧，尧飨食之以寿考。彭祖至八百岁，犹自悔不寿，恨枕高而睡远也。〔补〕曰：《庄子》曰：彭祖得之，上及有虞，下及五伯。又曰：吹呴呼吸，吐故纳新，熊经鸟伸，为寿而已矣。此导引之士，养形之人，彭祖寿考者之所好也。《天对》云：铿羹于帝，圣孰嗜味。夫死自暮，而谁飨以俾寿）。中央共牧，后何怒（牧，草名也，有实。后，君也。言中央之州，有歧首之蛇，争共食牧草之实，自相啄啮。以喻夷狄相与忿争，君上何故当怒之乎。牧，唐本作牧，注同，一作枚。〔补〕曰：《尔雅》曰：中有枳首蛇焉。枳首，歧头蛇也。《韩非子》曰：虫有虺者，一身两口，争食相龁，遂相杀也。《古今字诂》云：虺，古虫⺒字。《天对》云：虺啮已毒，不以外肆）。蜂蛾微命，力何固（言蜂蛾有蜇毒之虫，受天命，负力坚固。屈原以喻蛮夷自相毒螫，固其常也。独当忧秦吴耳。一作蜂蚁。〔补〕曰：蜂音峰。《传》曰：蜂虿有毒，而况国乎。蛾，古蚁字。《记》曰'蛾子时术之'是也。蜺，音若，痛也。《天对》云：细腰群蟊，夫何足病）。惊女采薇，鹿何祐（祐，福也。言昔者有女子采薇菜，有所惊而走，因获得鹿，其家遂昌炽，乃天祐之。祐，一作佑）。北至回水，萃何喜（萃，止也。言女子惊而北走，至于回水之上，止而得鹿，遂有禧喜也）。兄有噬犬，弟何欲（兄，谓秦伯也。噬犬，啮犬也。弟，秦伯弟鍼也。言秦伯有啮犬，弟鍼欲请之。〔补〕曰：噬，音筮）。易之以百两，卒无禄（言秦伯不肯与弟鍼犬，鍼以百两金易之，又不听，因逐鍼而夺其爵禄也。〔补〕曰：《春秋》：昭元年，夏，秦伯之弟鍼出奔晋。

《传》曰：罪秦伯也。《晋语》曰：秦后子来仕，其车千乘。后子，即铖也。《天对》注云：百两，盖谓车也。逸以为百两金，误矣。两，音亮，车数也）。"① 《天问》云："穆王巧梅，夫何为周流？环理天下，夫何索求？"② 这又是一次求女！《穆天子传》天子觞西王母于瑶池之上，西王母为天子吟，以"帝女"自居："徂彼西土，爰居其野。虎豹为群，于鹊与处。嘉命不迁，我惟帝女。彼何世民，又将去子。吹笙鼓簧，中心翔翔。世民之子，唯天之望。"楚辞频频反顾昆仑之乡，乃是眷恋于生命之源头。

《离骚》云："路修远以多艰兮，腾众车使径待；路不周以左转兮，指西海以为期；屯余车其千乘兮，齐玉轪而并驰；驾八龙之蜿蜿兮，载云旗之委蛇；抑志而弭节兮，神高驰之邈邈；奏《九歌》而舞《韶》兮，聊假日以偷乐。"③《离骚》两处提到《九歌》，前与《九辩》搭配，此与"舞《韶》"，意旨自有差异。《今本竹书纪年》载，帝启十年，"舞《九韶》于大穆之野。"④《九招》又名《大招》《九韶》《箫韶》。招为本字，韶则后起字。相传《九招》为舜乐。《庄子·天下》："舜有《大韶》。"⑤《竹书纪年》谓舜"作《九韶》之乐"。《尚书》《吕览》《史记》并同。《尚书·虞书》："《箫韶》九成，凤皇来仪。"伪孔传："《韶》，舜乐也。备乐九奏，而致凤皇。"《吕氏春秋·古乐篇》："帝舜乃令质修《九招》。"⑥ 又云"因令凤鸟，天翟舞之"⑦ 陈其道《校释》说这是"化装跳舞"。《九歌》为歌乐舞一体，就音乐和歌辞言，为《九歌》，就舞容而言，是《九韶》。《左传·鲁文公七年》引《夏书》曰："戒之用休，董之用威，劝之以《九歌》，勿使坏。"⑧ "陟升皇之赫戏兮，忽临睨夫旧乡"，《离骚》中"旧乡"是指鄢郢。屈原被放汉北之后，曾到鄢郢去拜谒先王之庙，激发其返本归祖情绪之后写成，诗开头的"帝高阳之苗裔兮，朕皇考曰伯庸"两句和结尾部分"忽临睨夫旧乡"的描写都表明

---

① （宋）洪兴祖撰，白化文等点校：《楚辞补注》，中华书局1983年版，第110—117页。
② 同上书，第110页。
③ 同上书，第45—46页。
④ 方诗铭、王修龄：《古本竹书纪年辑证》，上海古籍出版社1981年版，第202页。
⑤ 陈鼓应：《庄子今注今译》，中华书局1983年版，第916页。
⑥ 许维遹：《吕氏春秋集释》，中华书局2009年版，第126页。
⑦ 同上书，第125页。
⑧ （周）左丘明传，（晋）杜预注，（唐）孔颖达疏：《春秋左传正义》，北京大学出版社1999年版，第522页。

了这一点。《左传·鲁文公十六年》（前611）："楚大饥，戎伐其西南，至于阜山，师于大林。……庸人帅群蛮以叛楚……（楚）遂灭庸。"① 阜山在今湖北房县南，大林在今湖北当阳市。戎由楚之西南向北至于楚之西，与庸（今湖北竹山县）联合。则当时楚都在鄢郢甚明："旧乡"一词，龚维英先生以为是《远游》中所说的"不死之旧乡"② 小南一郎也持类似观点，认为"旧乡本来的意义是指那些早已死去，并居于永恒时间（即永生的）中的人们的所在之地。《离骚》主人公说愿遵循'遗则'，还说'从所居'，彭咸所在之地，就是这个不死之乡"，"《离骚》的主人公周行最后到达的'旧乡'，就是居住在天帝处所的祖灵世界。"③ 后人作品之中虽然"旧乡"，常被误当作故乡："念我长生而久仙兮，不如反余之故乡！"（贾谊《惜誓》）"忽反顾兮西囿，睹轸丘兮崎倾。横垂涕兮泫流，悲余后兮失灵。"（王褒《九怀·昭世》）"攀天阶兮下视，见鄢郢兮旧宇。意逍遥兮欲归，众秽盛兮杳杳。"④（王逸《九思·遭厄》）"仆夫悲余马怀兮，蜷局顾而不行。"⑤ 刘熙载《艺概》说："屈之旨盖在'临睨夫旧乡'，不在'涉青云以泛滥游'也。"⑥ 陈子展云："设为灵氛之占劝去，巫咸之占劝留；终乃拟从灵氛之占，欲西逝而自疏。卒之，故国召唤，仆悲马怀，诗人陷入矛盾苦闷之深渊而不能自拔，绝望极已。"⑦ 置身于一方面是"初既与余成言兮，后悔遁而有他"⑧ 之"灵修之数化"，即君主昏庸暗昧、反复无常，另一方面则有"众皆竞进以贪婪兮，凭不厌乎求索"⑨、"固世俗之工巧兮，偭规矩而改错。背绳墨而追曲兮，竞周容以为度"⑩，即小人作祟的环境之中，"放逐离别，中心愁思"的屈原，产生"去楚"之想，是很自然的事，但屈原之所以为屈原，正在于他面对这一抉择时的

---

① （周）左丘明传，（晋）杜预注，（唐）孔颖达疏：《春秋左传正义》，北京大学出版社1999年版，第565—567页。
② 龚维英：《一曲太阳家族的悲歌：对〈离骚〉整体的新考察》，《求索》1987年第5期。
③ ［日］小南一郎：《关于〈离骚〉之远游，特别是第二次出游的意义（续）》，向子明译，《河北师院学报》1988年第1期。
④ （宋）洪兴祖撰，白化文等点校：《楚辞补注》，中华书局1983年版，第322页。
⑤ 同上书，第47页。
⑥ 刘熙载：《艺概》，上海古籍出版社1978年版，第89页。
⑦ 陈子展：《楚辞直解》，江苏古籍出版社1988年版，第76页。
⑧ （宋）洪兴祖撰，白化文等点校：《楚辞补注》，中华书局1983年版，第10页。
⑨ 同上书，第11页。
⑩ 同上书，第15页。

"不忍"之情,所谓"余固知謇謇之为患兮,忍而不能舍也"① 是也。"不能舍",即不能放弃对楚国、楚君謇謇之忠,亦即"不忍"离楚而去;此亦即屈原在文中反复表达的那种对楚国耿耿眷恋之情:这一点在其求卜于灵氛、巫咸以决其去留时表现得特别清楚。面对"两美其必合兮,孰信修而慕之。思九州岛之博大兮,岂惟是其有女"②、"勉远逝而无狐疑兮,孰求美而释汝。何所独无芳草兮,尔何怀乎故宇?"③ 以及"世缤纷以变易兮,又何可以淹留?"④ 的质询与劝告,屈原却是"欲从灵氛之吉占兮,心犹豫而狐疑"⑤,在甚至明确宣称了"历吉日乎吾将行",且已踏上行程后,他却于最后关头又有了"陟升皇之赫曦兮,忽临睨乎旧乡。仆夫悲余马怀兮,蜷局顾而不行"⑥ 之深切犹豫和眷恋不舍。他只能独自选择,通过选择来证明自己的本质,并独自承担选择之后果,无论这种后果是多么的沉重。他不可逃避,因为"自由是选择的自由,而不是不选择的自由。事实上,不选择就是选择了不选择"⑦。这是一种带血之自由。屈原博大的同情心与社会性性格使得他无法像许由、务光一样做一个高蹈派,隐遁于江湖,逍遥自适。他不可能忘情楚国与民众。春秋战国时期,"朝秦暮楚""楚材晋用"十分普遍,"士无常君,国无常臣",士大夫国家观念淡薄,在本国不受重用,就周游列国,寻求发迹的机会。屈原在楚国受到打击迫害,报国无门,走投无路,心中满是抑郁不平之气。如彼旷世奇才,若能弃暗投明,必将前途无量,其美政理想也能得以实现。但他对祖国和人民之热爱使他备受煎熬,不知自己何去何从。很难设想,换了另一种人,比如朝秦暮楚,唯功名利禄是图之纵横家苏秦、张仪之流,在面临屈原的处境时,会"自由"地做出与屈原不同样的选择。

乱曰,对于"乱"历来主要有两种认识。王逸一派从"乱"的意义功能角度进行辨析,以为"乱,理也。所以发理词指,总揽其要也。屈原舒肆愤懑,极意陈词,或去或留,文采纷华,然后结括一言,以明所趣之

---

① (宋)洪兴祖撰,白化文等点校:《楚辞补注》,中华书局1983年版,第9页。
② 同上书,第35页。
③ 同上。
④ 同上书,第40页。
⑤ 同上书,第36页。
⑥ 同上书,第47页。
⑦ [法]萨特:《存在与虚无》,陈宣良译,商务印书馆1987年版,第617页。

意也"①。即是说,"乱"旨在对前边的内容做一总概括,以突出作者志趣。从汉代王逸到今人学者,对"乱""总撮其要"之意义功能并无分歧。朱熹《楚辞集注》另辟蹊径,从音乐角度探讨"乱",认为它是"乐节之名"②。陈第、林云铭等继承了朱熹的见解。而今人杨荫浏的研究最为深入全面,他根据楚辞中的"乱曰",对如何从音乐角度理解"乱"的综合特征和作用做出了三则推论:(1)乱有短有长,而一般则是长于其前的各个歌节。长,便于发挥。这说明了乱的形式,在一曲中,有适于突现高潮的作用。(2)大多数的乱,比之其前的多个歌节,在句法上都有突然的改变。这说明了在音乐上必然有节奏的改变。有节奏的改变,更适于配合高潮。这是可以理解的。也有在句法上看不出什么改变痕迹的乱,例如《哀郢》的乱。我们知道:句法的改变,固然常会引起节奏的改变;但句法不变,也并不就此能说明,不改变音阶的长短,从而改变节拍的形式;因此,即使句法不改变,仍然并不排斥改变音乐上节奏效果的可能性。(3)乱若是高潮所在,则除了结构长短,节奏的变化以外,可能在旋律的运用、速度的处理、音色的安排、唱奏者表达手法的运用等方面,都会有其突出之处③。其余如《九章·涉江》、《九章·哀郢》、《九章·抽思》、《九章·怀沙》、《九章·悲回风》,皆有"乱曰"。由上可见,乱辞有长有短,所占全篇的比例有大有小;诗的结尾处作者以"吾""余"等第一人称代词或其他词句来表明旨趣。《九章·悲回风》只标"曰"无"乱"字,其功用特征与"乱"相同。屈原多首诗有"乱",《九章》中篇数居多,这与《九章》偏于明志有关。黄伯思《东观余论·校定楚辞序》曰:"盖屈宋诸骚,皆书楚语,作楚声,纪楚地,名楚物,故可谓之楚辞。若、些、只、羌、谇、蹇、纷、侘傺者,楚语也。顿挫悲壮,或韵或否者,楚声也。沅、湘、江、澧、修门、夏首者,楚地也。兰、茝、荃、药、蕙、若、蘋蘅者,楚物也。"《离骚》云:"已矣哉,国无人莫我知兮,又何怀乎故都?既莫足为美政兮,吾将从彭咸之所居。"④ 竹治贞夫对此作出释读云:"《离骚》是足以代表屈原作品的长篇鸿制,而其本文的特色,无论如何说,首先恐怕就在于它的假托的表现手法。开头的名字就使用了

---

① (宋)洪兴祖撰,白化文等点校:《楚辞补注》,中华书局1983年版,第47页。
② (宋)朱熹:《楚辞集注》,安徽教育出版社2001年版,第29页。
③ 杨荫浏:《中国古代音乐史稿》,人民音乐出版社2004年版,第66页。
④ (宋)洪兴祖撰,白化文等点校:《楚辞补注》,中华书局1983年版,第47页。

'正则'、'灵均'的假名,以下出现的人物或地名,全都是历史的、传说的、幻想的。就是君臣关系,也被假托为男女关系。……然而,在仅有四句短章的'乱'辞里,却使用了'为美政'之类露骨的表述手法。与本文的假托性相对,'乱'辞是颇为现实的"。竹治贞夫还发现了《离骚》"本文"结束处所表现的情感与"乱辞"的矛盾(这是大多注家所未曾发现的),并用"二段式结构"原理作出了自己的解释:"在本文的末尾,尽管以'忽临睨夫旧乡。仆夫悲余马怀兮,蜷局顾而不行'状态作结束,表现出不愿抛弃楚国的感情,但是,'乱'却笔锋一转而为'已矣哉!国无人莫我知兮,又何怀乎故都',表明了对故国的绝望之情。"这不是相互矛盾了吗?"《离骚》全篇是由本文和'乱'宏大地、二段式、立体地构成。"① 《离骚》本文结尾所表现的,实际上是诗人以往所经历过的不忍去国之情;而"乱"辞所表现的,则是诗人创作《离骚》时的对故都的"绝望"之情。

《离骚》树立了高尚道德标准,即所谓"彭咸遗则"。彭咸何以名"彭"?《说文解字》卷五"壴部"曰:彭,鼓声也。从壴彡声。清代段玉裁《说文解字注》云:"诗之言鼓声者惟鼓鼙逢逢。毛曰:逢逢,和也。"又《九歌·礼魂》亦云:"成礼兮会鼓,传芭兮代舞,姱女倡兮容与。春兰兮秋菊,长无绝兮终古。"② 也是以鼓声通神的。《说文解字》卷二"口部"曰:咸,皆也。悉也。从口从戌。清代段玉裁《说文解字注》:皆也。悉也。咸,皆也。见《释诂》。从口。从戌。会意。胡监切。古音在七部。戌,悉也。此从戌之故。戌为悉者,同音假借之理。《易·咸卦》彖曰:咸,感也③。《周礼·春官·大司乐》大咸。《注》大咸,咸池,尧乐也④。会意。据甲骨文。从戌,从口。戌是长柄大斧,"口"指人头,合起来表示大斧砍人头。本义:杀。《书·君奭》:咸刘厥敌。《左传》:宄则不咸。普遍小赐不咸,独恭不优。《国语》:不咸,民不归也;不优,神弗福也⑤。又古乐曲名,即咸池。如:咸英(尧乐《咸池》与帝喾乐

---

① [日]竹治贞夫:《楚辞研究》,马茂元编《楚辞研究集成·楚辞资料海外编》,湖北人民出版社1986年版。
② (宋)洪兴祖撰,白化文等点校:《楚辞补注》,中华书局1983年版,第84页。
③ 周振甫:《周易译注》,中华书局1991年版,第111页。
④ (汉)郑玄注,(唐)贾公彦疏:《周礼注疏》,北京大学出版社1999年版,第576页。
⑤ 《国语》,上海古籍出版社1978年版,第151页。

《六英》的并称)。《国语·郑语》云:"大彭、豕韦为商伯矣。"① 韦昭注:"殷衰,二国相继为商伯。"三国吴韦昭注:"大彭,陆终第三子,曰籛,为彭姓,封于大彭,谓之彭祖。"② 巫咸,殷中宗之贤臣。一作巫戊。相传他发明鼓,是用筮占卜的创始者,又是个占星家,后世有假托他所测定的恒星图。《周礼·地官》云:"鼓人以雷鼓鼓神祀,以灵鼓鼓社祭,以路鼓鼓鬼享。"③《书·君奭》云:"巫咸乂王家。"④《楚辞·离骚》:"巫咸将夕降兮,怀椒糈而要之。"王逸注:"巫咸,古神巫也,当殷中宗之世。"⑤《史记·殷本纪》又云:"巫咸治王家有成,作《咸艾》,作《太戊》。"⑥唐韩愈《嘲鼾睡》诗:"虽令巫咸招,魂爽难复在。"清钮琇《觚剩·陈三岛为毕西临作当泣草序》:"巫咸申命,詹尹陈辞。"《文选》卷三十二"骚上"屈平《离骚经》一首:"謇吾法夫前修兮,非时俗之所服。虽不周于今之人兮,愿依彭咸之遗则。……乱曰:已矣哉!国无人莫我知兮,又何怀乎故都!既莫足与为美政兮,吾将从彭咸之所居。"⑦《楚辞·九章·抽思》又云:"初吾所陈之耿著兮,岂至今其庸亡?何独乐斯之蹇蹇兮,愿荪美之可完。何独乐斯之蹇蹇兮,愿荪美之可完。望三五以为像兮,指彭咸以为仪。"⑧ 又《九章·思美人》云:"固朕形之不服兮,然容与而狐疑。广遂前画兮,未改此度也。命则处幽吾将罢兮,愿及白日之未暮也。独茕茕而南行兮,思彭咸之故也。"⑨《九章·悲回风》对此言之更是纠结:"悲回风之摇蕙兮,心冤结而内伤。物有微而陨性兮,声有隐而先倡。夫何彭咸之造思兮,暨志介而不忘!万变其情岂可盖兮,孰虚伪之可长!……怜思心之不可惩兮,证此言之不可聊。宁逝死而流亡兮,不忍为此之常愁。孤子唫而抆泪兮,放子出而不还。孰能思而不隐兮,照彭咸之所闻。……藐蔓蔓之不可量兮,缥绵绵之不可纡。愁悄悄之常悲兮,翩冥冥之不可娱。凌大波而流风兮,托彭咸之

---

① 《国语》,上海古籍出版社1978年版,第511页。
② 同上书,第513页。
③ (汉)郑玄注,(唐)贾公彦疏:《周礼注疏》,北京大学出版社1999年版,第315页。
④ (汉)孔安国注,(唐)孔颖达疏:《尚书正义》,北京大学出版社1999年版,第441页。
⑤ (宋)洪兴祖撰,白化文等点校:《楚辞补注》,中华书局1983年版,第36—37页。
⑥ (汉)司马迁:《史记》,中华书局1959年版,第100页。
⑦ (宋)洪兴祖撰,白化文等点校:《楚辞补注》,中华书局1983年版,第13—47页。
⑧ 同上书,第138页。
⑨ 同上书,第149页。

所居。"① 此可与汉人对屈原之阐释相参证，如《全上古三代秦汉三国六朝文·全汉文》卷二十五著录东方朔《七谏·哀命》云："怨灵修之浩荡兮，夫何执操之不固？悲太山之为隍兮，孰江河之可涸？愿承间而效志兮，怨犯忌而干讳。……贤良蔽而不群兮，朋曹比而党誉。邪说饰而多曲兮，正法弧而不公。直士隐而避匿兮，谗谀登乎明堂。弃彭咸之娱乐兮，灭巧倕之绳墨。箟簬杂于黀蒸兮，机蓬矢以射革。驾蹇驴而无策兮，又何路之能极？以道针而为钓兮，又何鱼之能得？"② 又《全上古三代秦汉三国六朝文·全汉文》卷三十五著录刘向《九叹·离世》："灵怀其不吾知兮，灵怀其不吾闻。就灵怀之皇祖兮，愬灵怀之鬼神。灵怀曾不吾与兮，即听夫人之谀辞。……哀仆夫之坎毒兮，屡离忧而逢患。九年之中不吾反兮，思彭咸之水游。惜师延之浮渚兮，赴汨罗之长流。"③《汉书·扬雄传第五十七上》又有《反离骚》："既亡鸾车之幽蔼兮，（焉）驾八龙之委蛇？临江濒而掩涕兮，何有《九招》与《九歌》？夫圣哲之（不）遭兮，固时命之所有；虽增欷以于邑兮，吾恐灵修之不累改。昔仲尼之去鲁兮，斐斐迟迟而周迈，终回复于旧都兮，何必湘渊与涛濑！溷渔父之餔歠兮，絜沐浴之振衣，弃由、聃之所珍兮，跖彭咸之所遗！"④ 扬雄与屈原志趣相殊，他指摘屈原何不归隐自适？

"彭咸"是楚人先祖大彭氏之杰出成员，是楚人"祖灵"，也是诗人之偶像。在《离骚》中不止一次地出现，在屈原其他作品中更是多次出现。一族祖灵，往往有一个聚居地。这就是列维-布留尔所言："每个图腾都与一个明确规定的地区或空间的一部分神秘地联系着。在这个地区中永远栖满了图腾祖先们的精灵。"⑤ 《文选》卷八"赋丁"著录扬子云（雄）《羽猎赋》一首并序云："乘巨鳞，骑京鱼。浮彭蠡，目有虞。方椎夜光之流离，剖明月之珠胎，鞭洛水之宓妃，饷屈原与彭胥。"⑥《文选》卷十四"赋庚"又著录班孟坚（固）《幽通赋》一首云："登孔昊而上下兮，纬群龙之所经。朝贞观而夕化兮，犹諠己而遗形。若胤彭而偕老兮，

---

① （宋）洪兴祖撰，白化文等点校：《楚辞补注》，中华书局 1983 年版，第 155—159 页。
② 同上书，第 252—254 页。
③ 同上书，第 285—287 页。
④ （汉）班固：《汉书》，中华书局 1962 年版，第 3521 页。
⑤ ［法］列维-布留尔：《原始思维》，丁由译，商务印书馆 1997 年版，第 84 页。
⑥ （南朝梁）萧统编，（唐）李善注：《昭明文选》，上海古籍出版社 1986 年版，第 397 页。

诉来哲而通情。"① 《文选》卷十八"赋壬"著录马季长（融）《长笛赋》一首并序云："于是放臣逐子，弃妻离友。彭胥伯奇，哀姜孝己。攒乎下风，收精注耳。雷叹颓息，掐膺擗摽。泣血泫流，交横而下。通旦忘寐，不能自御。"② 《汉书·韦贤传第四十三》著录韦孟《讽谏诗》，更是充分展示彭氏之聚族而居："肃肃我祖，国自豕韦，黼衣朱绂，四牡龙旗。彤弓斯征，抚宁遐荒，总齐群邦，以翼大商，迭彼大彭，勋绩惟光。至于有周，历世会同。王赧听谮，寔绝我邦。我邦既绝，厥政斯逸，赏罚之行，非繇王室。庶尹群后，靡扶靡卫，五服崩离，宗周以队。我祖斯微，迁于彭城。"③ 又《文选》卷十九"诗甲"有韦孟《讽谏诗》一首，曰："肃肃我祖，国自豕韦。黼衣朱黻，四牡龙旗。彤弓斯征，抚宁遐荒。摠齐群邦，以翼大商。迭彼大彭，勋绩惟光。至于有周，历世会同。王赧听谮，寔绝我邦。我邦既绝，厥政斯逸。赏罚之行，非繇王室。庶尹群后，靡扶靡卫。五服崩离，宗周以坠。我祖斯微，迁于彭城。"④ 至于儒家典籍则有《尚书·牧誓》云："时甲子昧爽，王朝至于商郊牧野，乃誓。王左杖黄钺，右秉白旄以麾。曰：'逖矣西土之人！'王曰：'嗟！我友邦冢君，御事：司徒、司马、司空，亚、旅、师氏，千夫长、百夫长，及庸、蜀、羌、髳、微、卢、彭、濮人。称尔戈，比尔干，立尔矛，予其誓。'"⑤ 《四部丛刊》本所收今本《竹书纪年》言帝辛"五十二年庚寅，周始伐殷。秋，周师次于鲜原。冬十有二月，周师有事于上帝。庸、蜀、羌、髳、微、卢、彭、濮从周师伐殷。"《国语·郑语》又有《史伯为桓公论兴衰》云："夫成天地之大功者，其子孙未尝不章，虞、夏、商、周是也。虞幕能听协风，以成乐物生者也。夏禹能单平水土，以品处庶类者也。商契能和合五教，以保于百姓者也。周弃能播殖百谷蔬，以衣食民人者也。其后皆为王公侯伯。祝融亦能昭显天地之光明，以生柔嘉材者也，其后八姓，于周未有侯伯。佐制物于前代者，昆吾为夏伯矣，大彭、豕韦为商伯矣。当周未有。己姓昆吾、苏、顾、温、董，董姓鬷夷、豢龙，则夏灭之矣。彭姓彭祖、豕韦、诸稽，则商灭之矣。秃姓舟人，则周灭之矣。妘姓

---

① （南朝梁）萧统编，（唐）李善注：《昭明文选》，上海古籍出版社1986年版，第645页。
② 同上书，第810—811页。
③ （汉）班固撰，（唐）颜师古注：《汉书》，中华书局1962年版，第3101页。
④ （南朝梁）萧统编，（唐）李善注：《昭明文选》，上海古籍出版社1986年版，第916—917页。
⑤ （汉）孔安国传，（唐）孔颖达疏：《尚书正义》，北京大学出版社1999年版，第282—284页。

邹、郐、路、偪阳，曹姓邹、莒，皆为采卫，或在王室，或在夷、狄，莫之数也。而又无令闻，必不兴矣。斟姓无后。融之兴者，其在芈姓乎？芈姓夔越，不足命也。蛮芈蛮矣，唯荆实有昭德，若周衰，其必兴矣。姜、嬴、荆、芈，实与诸姬代相干也。姜、伯夷之后也，嬴、伯翳之后也。伯夷能礼于神以佐尧者也，伯翳能议百物以佐舜者也。其后皆不失祀，而未有兴者，周衰，其将至矣。"①《大戴礼记》卷第七《帝系第六十三》也有记述："吴回（氏）产陆终。陆终（氏）娶于鬼方氏，鬼方氏之妹，谓之女隤氏，产六子，孕而不粥，三年，启其左胁，六人出焉。其一曰樊，是为昆吾；其二曰惠连，是为参胡；其三曰籛，是为彭祖；其四曰莱言，是为云郐人；其五曰安，是为曹姓；其六曰季连，是为芈姓。季连产付祖（氏），付祖（氏）产内熊，九世至于渠娄鲧出。"②《史记·楚世家第十》对这些材料也予采录云："吴回生陆终。陆终生子六人，坼剖而产焉。其长一曰昆吾；二曰参胡；三曰彭祖；四曰会人；五曰曹姓；六曰季连，芈姓，楚其后也。昆吾氏，夏之时尝为侯伯，桀之时汤灭之。彭祖氏，殷之时尝为侯伯，殷之末世灭彭祖氏。季连生附沮，附沮生穴熊。其后中微，或在中国，或在蛮夷，弗能纪其世。"③《潜夫论·志氏姓第三十五》对此也有印证，曰："祝融之孙，分为八姓：己、秃、彭、姜、妘、曹、斯、（牟）〔芈〕。己姓之嗣飂叔安，其裔子曰董父，实甚好龙，能求其嗜欲以饮食之，龙多归焉。乃学扰龙，以事帝舜。赐姓曰董，氏曰豢龙，封诸鬷川。鬷夷、彭姓豕韦，皆能驯龙者也。豢龙逢以忠谏，桀杀之。凡因祝融之子孙，己姓之班，昆吾、（藉）〔籍〕、扈、温、董。《白虎通·号》：帝喾有天下，号〔曰〕高辛。颛顼有天下，号曰高阳。黄帝有天〔下〕，号曰（自然）〔有熊〕。〔有熊〕者、独宏大道德也。高阳者、阳犹明也，道德高明也。高辛者、道德大信也。五霸者、何谓也？昆吾氏、大彭氏、豕韦氏、齐桓公、晋文公也。昔三王之道衰，而五霸存其政，率诸侯朝天子，正天下之化，兴复中国，攘除夷狄，故谓之霸也。昔昆吾氏，霸于夏者也。大彭氏、豕韦氏，霸于殷者也；齐桓、晋文，霸于周者也。"谨按：《春秋左氏传》云："夏后太康，娱于耽乐，不（循）〔修〕民事，诸侯僭差。于是昆吾氏乃为盟主，诛不从命以尊王室。及殷之衰也，大彭氏、豕

---

① 《国语》，上海古籍出版社1978年版，第511—512页。
② （清）王聘珍撰，王文锦点校：《大戴礼记解诂》，中华书局1983年版，第127—128页。
③ （汉）司马迁：《史记》，中华书局1959年版，第1690页。

韦氏复续其绪，所谓王道废而霸业兴者也。齐桓九合一匡，率成王室，责强楚之罪，复（青）〔菁〕茅之贡。晋文为践土之会，修朝聘之礼，纳襄克带，翼戴天子。"《史记·夏本纪第二》也涉及彭氏所居："淮海维扬州；彭蠡既都，阳鸟所居。"①《水经注》卷二十三"获水"，进一步从地理专书上印证彭氏所居，曰："（彭）城之东北角起层楼于其上，号曰彭祖楼。《地理志》曰：彭城县，古彭祖国也。《世本》曰：陆终之子，其三曰籛，是为彭祖。彭祖城是也，下曰彭祖冢。彭祖长年八百，绵寿永世，于此有冢，盖亦元极之化矣。其楼之侧，襟汳带泗，东北为二水之会也。耸望川原，极目清野，斯为佳处矣。"②《水经注》卷三五又云："江水：江水右会湘水，所谓江水会者也。江水又东，左得二夏浦，俗谓之西江口。又东径忌置山南，山东即隐口浦矣。江之右岸有城陵山，山有故城，东接微落山，亦曰晖落矶，江之南畔名黄金濑，濑东有黄金浦、良父口，夏浦也。又东径彭城口，水东有彭城矶，故水受其名，即玉涧水，出巴丘县东玉山玉溪，北流注于江。江水自彭城矶东径如山北，北对隐矶，二矶之间，有独石孤立大江中，山东江浦，世谓之白马口。"③《水经注》卷三一又云："㶏水：㶏水东径应城南，故应乡也，应侯之国。《诗》所谓应侯顺德者也。彭水注之，俗谓之小㶏水，水出鲁阳县南彭山蚁坞东麓，北流径彭山西，下有彭山庙，庙前有彭山碑，汉桓帝元嘉三年，杜仲长立。"④《战国策·魏一》：魏武侯与诸大夫浮于西河，吴起对曰：'河山之险，信不足保也；是伯王之业，不从此也。昔者，三苗之居，左彭蠡之波，右有洞庭之水，文山在其南，而衡山在其北。'……刘歆云：湖汉等九水入彭蠡，故言九江矣。……循水又东北注赣水，其水总纳十川，同臻一渎，俱注于彭蠡也。"⑤《水经注》卷三十九记载"庐江水：《山海经》，三天子都，一曰天子鄣。王彪之《庐山赋》叙曰：庐山，彭泽之山也，虽非五岳之数，穹隆嵯峨，崔峻极之名山也。孙放《庐山赋》曰：寻阳郡南有庐山，九江之镇也。临彭蠡之泽，接平敞之原。……《海内东经》曰：庐江出三天子都，入江彭泽西。是曰庐江之名，山水相依，互举殊

---

① （汉）司马迁：《史记》，中华书局1959年版，第58页。
② （北魏）郦道元撰，陈桥驿校证：《水经注校证》，中华书局2007年版，第562页。
③ 同上书，第803页。
④ （北魏）郦道元撰，陈桥驿校证：《水经注校证》，中华书局2007年版，第723—724页。
⑤ （汉）刘向：《战国策》，上海古籍出版社1985年版，第782页。

称，明不因匡俗始。"①《全上古三代秦汉三国六朝文·全后汉文卷八十四》有边让《章华台赋》并序，曰："楚灵王既游云梦之泽，息于荆台之上。前方淮之水，左洞庭之波，右顾彭蠡之隩，南眺巫山之阿。延目广望，骋观终日。顾谓左史倚相曰：'盛哉此乐！可以遗老而忘死也！'于是遂作章华之台，筑干溪之室，穷木土之技，殚珍府之实，举国营之，数年乃成。设长夜之淫宴，作北里之新声。于是伍举知夫陈、蔡之将生谋也，乃作新赋以讽之。胄高阳之苗胤兮，承圣祖之洪泽。建列藩于南楚兮，等威灵于二伯。超有商之大彭兮，越隆周之两虢。达皇佐之高勋兮，驰仁声之颙赫。惠风春施，神武电断，华夏肃清，五服攸乱。"②《水经注》卷六记述"涑水：涑水西南径监盐县故城，城南有盐池，上承盐水。水出东南薄山，西北流径巫咸山北。《地理志》曰：山在安邑县南。《海外西经》曰：巫咸国在女丑北，右手操青蛇，左手操赤蛇，在登葆山，群巫所从上下也。《大荒西经》云，大荒之中有灵山，巫咸、巫即、巫盼、巫彭、巫姑、巫真、巫礼、巫抵、巫谢、巫罗十巫，从此升降，百药爰在。郭景纯曰：言群巫上下灵山，采药往来也。盖神巫所游，故山得其名矣。谷口岭上，有巫咸祠。其水又径安邑故城南，又西流注于盐池。"③可见彭氏聚族而居者，以彭城为中心，扩散至于江淮之广阔地域。

对于《离骚》之经典化地位，刘向斌在《两汉时期屈原的崇高化与〈离骚〉经典化历程》一文中，作了如此描绘："根据屈原与《离骚》在汉代的地位衍变历程，认为汉代统治者的政治需求、两汉文人的崇慕与赞美，是促成屈原地位崇高化、《离骚》经典化的关键性因素。总体看，屈原与《离骚》在汉代的地位衍变经历了西汉初年、汉武之世、西汉后期和东汉时期四个阶段。在此期间，屈原由凡人而贤臣，由贤臣而圣人，而《离骚》也随之由'赋'而'经'，最终成为文学经典。从此，屈原便以'伟大的爱国主义诗人'典范而载入史册，历久未变。"④

关于屈原事迹在汉代传播的时间，根据汉初贾谊作《吊屈原赋》的时

---

① （北魏）郦道元撰，陈桥驿校证：《水经注校证》，中华书局2007年版，第923—924页。
② （清）严可均辑：《全上古三代秦汉三国六朝文》，商务印书馆1999年版，第855页。
③ （北魏）郦道元撰，陈桥驿校证：《水经注校证》，中华书局2007年版，第169页。
④ 刘向斌：《两汉时期屈原的崇高化与〈离骚〉经典化历程》，《西北大学学报》（哲学社会科学版）2008年第4期。

间推断，至少在公元前 177 年（汉文帝前元三年），屈原事迹已为贾谊所熟知。贾谊因谗被疏，于赴任长沙途中在湘水边作此赋祭吊屈原，首次将屈原当作隔代知己，藉此表达了自己的"不遇"感叹和生命忧惧。贾谊认为屈原"遭世罔极""乃殒厥身"，与他一样"逢时不祥"。他以鸾凤、贤圣、方正、莫邪、骐骥等称誉屈原，实有高自称誉的意味。贾谊批评屈原不该自杀，认为他完全可以到别国施展才能，所谓"班纷纷其离此邮兮，亦夫子之故也，历九州而相其君兮，又何必怀此都也？"尽管他尊称屈原为"先生"，但屈原并未因此而获得道德榜样的"身份"，而不过是与他一样被流放的政治失意者。

关于《离骚》在汉代流传的年代，据有关学者考证，《离骚》在汉初即传播于长安和寿春地区。1983 年考古发现的阜阳汉墓中有《离骚》汉简残片，说明在公元前 165 年（文帝前元十五年）《离骚》已广为流传。阜阳简中"发现有两片《楚辞》，一为《离骚》残句，仅存四字；一为《涉江》残句，仅存五字"。据考古学者考证，阜阳汉墓墓主为夏侯灶。夏侯灶卒于前 165 年（汉文帝十五年），故阜阳汉简的下限不会晚于这一年[1]。而贾谊《吊屈原赋》作于公元前 177 年（文帝前元三年），且化用了《离骚》中的诗句，则《离骚》在汉代流传的上限，有年代可考者当为公元前 177 年。公元前 198 年（汉高祖九年）曾迁徙"楚昭、屈、景、怀、齐田氏"[2] 于关中包括《离骚》在内的全部《楚辞》在此次迁徙中作为屈氏家族之珍宝携带至关中地区。因而在公元前 200 年左右，屈原事迹及《离骚》已在长安等地得以传播。汉代最早从政治角度评价屈原与《离骚》者应是刘安。据《汉书·淮南王传》，刘安受诏作《离骚传》，其部分内容见于《史记·屈原贾生列传》。他用"志洁""行廉"等道德词来评价屈原，高度称誉屈原志向远大，可"与日月争光"，并认为《离骚》兼有风、雅中和之美，相应地拉近了屈原及其《离骚》与主流意识形态间的距离。刘安并不好儒，而好黄老、神仙之言，这样的评价显然有趋媚当下的倾向。他于建元二年（公元前 139）首次朝见汉武帝[3]。此时，即位不久的刘彻心向"儒术"，征用儒士。因此，深谙政治秘密的刘安自然明白武帝让其作《离骚传》的真实用意，故从政治

---

[1] 参见《文物》1983 年第 2 期载《阜阳汉简简介》一文。
[2] （汉）司马迁：《史记》，中华书局 1959 年版，第 386 页。
[3] 同上书，第 3082 页。

实用的立场上进行评价，显然提高了屈原与《离骚》的政治地位和文化地位。

当然，更切实地将屈原当作忠君爱国之典型看待者，乃是司马迁。《史记》中重点介绍了屈原之政治才能，并援引刘安语，认为《离骚》有"刺世事"之风雅精神，屈原具有超前之政治洞察力和强烈政治伦理责任感。屈原既有忠君爱国思想，也有政治家必备之治世才能。当然，《史记》彰显了屈原坚贞执拗之性格与自视清高之文人秉性。比如屈原在《渔父》中以"独清""独醒"者自任；在《怀沙》中高呼"世溷浊莫吾知，人心不可谓兮。知死不可让，愿勿爱兮"。① 这说明屈原还有不屈服于邪恶之政治品格和风骨文人式之狂狷。司马迁指出，《离骚》是屈原政治失意后的"发愤"之作，具有"作辞以讽谏，连类以争义"的政治批判意识。为屈原作传，很大程度上是为《离骚》作传，《史记·屈原贾生列传》是司马迁之《离骚传》，称其志洁、行廉，即道德高尚、直言讽谏，在屈原身上有太史公之性格和命运投影。司马迁将屈原与贾谊合传有其史家用意。如果说屈原的悲剧具有历史典型性，则贾谊的悲剧具有现实典型性。他借屈原之事告诫统治者必须知人善用，否则将会重蹈楚怀王覆辙。

如果说贾谊、刘安、司马迁等奠定了《离骚》经典化的政治基础，则刘向等奠定了其文化基础。刘向曾编辑《楚辞》十六卷，重点收录屈、宋等人的楚辞作品，显然有利于《离骚》的经典化。他将辞赋分为四类，而以屈赋为首，并称屈赋为"贤人失志之赋"② 此者显然是意在强调屈原的历史文化地位。刘向对屈原的评价主要见于《新序·节士第七》，认为屈原"有博通之知，清洁之行"，明显具有道德化评价的倾向，其文曰："屈原者名平，楚之同姓大夫，有博通之知，清洁之行，怀王用之。秦欲吞灭诸侯，并兼天下。屈原为楚东使于齐，以结强党。秦国患之，使张仪之楚，货楚贵臣上官大夫、靳尚之属，上及令尹子兰、司马子椒，内赂夫人郑袖，共谮屈原。屈原遂放于外，乃作《离骚》。张仪因使楚绝齐，许谢地六百里。怀王信左右之奸谋，听张仪之邪说，遂绝强齐之大辅。楚既绝齐，而秦欺以六里。怀王大怒，举兵伐秦，大战者数，秦兵大败楚师，

---

① （宋）洪兴祖撰，白化文等点校：《楚辞补注》，中华书局1983年版，第146页。
② （汉）班固撰，（唐）颜师古注：《汉书》，中华书局1962年版，第1756页。

斩首数万级。秦使人愿以汉中地谢，怀王不听，愿得张仪而甘心焉。张仪曰：'以一仪而易汉中地，何爱。仪请行。'遂至楚，楚囚之。上官大夫之属共言之王，王归之。是时怀王悔不用屈原之策，以至于此，于是复用屈原。屈原使齐还，闻张仪已去，大为王言张仪之罪，怀王使人追之不及。后秦嫁女于楚，与怀王欢，为蓝田之会。屈原以为秦不可信，愿勿会，群臣皆以为可会。怀王遂会，果见囚拘，客死于秦，为天下笑。怀王子顷襄王亦知群臣谄误怀王，不察其罪，反听群谗之口，复放屈原。屈原疾暗王乱俗，汶汶嘿嘿，以是为非，以清为浊，不忍见污世，将自投于渊。渔父止之，屈原曰：'世皆醉，我独醒；世皆浊，我独清。吾闻之，新浴者必振衣，新沐者必弹冠。又恶能以其泠泠，更世事之嘿嘿者哉！吾宁投渊而死。'遂自投湘水汨罗之中而死。"① 刘向又作《九叹》，从中约略可知他对《离骚》的评价。他主张"垂文扬采，遗将来兮"的生命价值观（《逢纷》），认为创作在于"舒情陈诗，冀以自免"（《远逝》）。在《惜贤》中，刘向自称"览屈氏《离骚》兮，心哀哀而怫郁"②；在《忧苦》中，又云"叹《离骚》以扬意兮，犹未殚于《九章》。"

　　历史对人物事件之评判，往往是"照花前后镜"，呈现多维性。扬雄《反离骚》评价屈原与前代殊，所谓"君子得时则大行，不得时则龙蛇。遇不遇，命也，何必沈身哉！""昔仲尼之去鲁兮，斐斐迟迟而周迈，终回复於旧都兮，何必湘渊与涛濑。混渔父之铺歠兮，洁沐浴之振衣，弃由、聃之所珍兮，跖彭咸之所遗。"③ 扬雄认为屈原应随遇而安，实行战国之世"良禽择木而栖，贤臣择主而仕"之价值行为。司马迁《史记·屈原列传》之立足点是肯定屈原之忠贞贤良，故对其自杀深表同情与悲悯。朱熹认为《反离骚》就是反屈原："雄固为屈原之罪人，而此文乃《离骚》之谗贼矣。"④ 清代刘熙载《艺概·赋概》亦云："班固以屈原为露才扬己，意本扬雄《反离骚》。"⑤ 明代胡应麟《诗薮·杂编》卷一却提出相反之"爱原说"，认为"扬子云《反离骚》，盖深悼三闾之沦没，非爱原极切，不至有斯文。"又云："扬子云《反离骚》，似反

---

① （汉）刘向编著，石光瑛校释：《新序校释》，中华书局2001年版，第936—949页。
② （宋）洪兴祖撰，白化文等点校：《楚辞补注》，中华书局1983年版，第295页。
③ （汉）班固撰，（唐）颜师古注：《汉书》，中华书局1962年版，第3515页。
④ （宋）朱熹：《楚辞集注》，上海古籍出版社1979年版，第237页。
⑤ （清）刘熙载：《艺概》，上海古籍出版社1978年版，第88页。

原而实爱原。"①《古文苑》卷四引扬雄《太玄赋》云："屈子慕清,葬鱼腹兮。伯姬曜名,焚厥身兮。孤竹二子,饿首山兮。断迹属娄,何足称兮!辟斯数子,智若渊兮。我异于此,执《太玄》兮。"② "我异于此",就是说与屈原不同。扬雄《法言·吾子》又谓:屈原"如玉如莹,爰变丹青。如其智!如其智!"③卫仲璠先生考证"如其智"含义为"怎么能算得明哲啊!"④徐复观先生认为扬雄"写《反离骚》、《逐贫赋》、《解嘲》等作品时的思想底子是老子"⑤。屈原有"明于治乱"之智慧,却不擅长政治运作之权术,又拒绝朝三暮四之纵横术。屈原曾说"行不群以巅越兮";《惜往日》又云:"愿陈情以白行兮,得罪过之不意"⑥;"终危独以离异兮,曰君可思而不可恃"⑦。屈原坚执拒绝从俗合污,陷入困境是必然的。

两汉之际班彪作《悼骚赋》,表达了与扬雄等人一脉相承之观点,认为仕途穷达皆由"命"定,"达"则施展才能,"穷"则隐居避世,所谓"圣哲之有穷达,亦命之故也。惟达人进止得时,行以遂伸,否则屈而坏蠖,体龙蛇以幽潜。"可见班彪与扬雄相类,亦主张身处逆境时应明哲保身,故而不赞成屈原的自沉行为⑧。

班固对屈原及其《离骚》的评价主要见于《汉书·艺文志》《汉书·贾谊传》《离骚序》和《离骚赞序》中。他沿袭前人的看法,认为屈赋继承了《诗经》的"言志"传统,将屈原赋纳入了儒家文学的行列。班固称屈原为"楚贤臣"⑨,认为他"被谗放逐,作《离骚赋》"⑩。而在《离骚序》中,认为刘安观点"似过其真",并批评屈原不能像蘧瑗、宁武那样"全命避害,不受世患",甚至认为屈原"露才扬己",是"贬絜狂狷景行之

---

① (明)胡应麟:《诗薮》,上海古籍出版社1958年版,第241页。
② 《古文苑》景印文渊阁四库全书:1332册,(台北)台湾商务印书馆1986年版,第101页。
③ 汪荣宝:《法言义疏》,中华书局1987年版,第57页。
④ 卫仲璠:《〈扬子法言〉论屈原章析义》,《安徽师范大学学报》(人文社会科学版)1985年第2期。
⑤ 徐复观:《两汉思想史》,华东师范大学出版社2001年版,第321页。
⑥ (宋)洪兴祖撰,白化文等点校:《楚辞补注》,中华书局1983年版,第152页。
⑦ 同上书,第124页。
⑧ 刘跃进:《秦汉文学编年史》,商务印书馆2006年版,第376页。
⑨ (汉)班固撰,(唐)颜师古注:《汉书》,中华书局1962年版,第1756页。
⑩ 同上书,第2222页。

士"。对于《离骚》,班固认为尽管《离骚》"弘博丽雅",可"为辞赋宗",但"多称昆仑、冥婚、宓妃虚无之语,皆非法度之政,经义所载"①,因此屈原"虽非明智之器,可谓妙才"②。可见,班固在《汉志》和《离骚序》中对屈原的评价并不一致。前者说屈原是贤人,将其与大儒孙卿等列,后者则说是"狂狷景行之士";前者说屈赋有"讽谏"精神和"恻隐古诗之义",后者却说《离骚》多虚无语,不合"法度""经义",甚至认为刘安评价《离骚》"兼诗风雅,而与日月争光"的观点言过其实。

王逸在"顺帝时,为侍中,著《楚辞章句》行于世"③,则尽量从儒家观点张扬屈原,《楚辞章句叙》概述了屈原之前的古圣前贤之述作情况,认为屈原在"大义乖而微言绝"之时,"履忠被谗,忧悲愁思,独依诗人之义而作《离骚》,上以讽谏,下以自慰"④。他分别评价了刘安《离骚传》、刘向《楚辞》、班固《离骚章句》、贾逵《离骚章句》,认为刘安使《离骚》"大义粲然",其后各家"莫不瞻仰,撼舒妙思,缵述其词"⑤。王逸立足于人臣之义,认为屈原有"忠正"之高、"伏节"之贤。他从"忠贞""清洁"及不全命避害等方面,推崇屈原是"俊彦之英",从而全面驳斥了班固的观点,指责班固"亏其高明而损其清洁"。他指出,《离骚》"依托《五经》以立义"⑥,是"博远"之作,为后世"名儒博达之士"所"拟则"和"祖式",并深情地展望,屈原与《离骚》必将"百世无匹,名垂罔极,永不刊灭"⑦。王逸以极其崇敬的心情,给屈原以很高的评价,已突破了政治家之界限,认为《离骚》"依《诗》取兴,引类譬喻"⑧,将其纳入了儒家正统文学的范畴,置于道德之楷模、文章之祖师的地位。班固《离骚赞序》说:"屈原之后,秦果灭楚,其辞为众贤所悼悲,故传于后。"⑨王逸《离骚经章句·叙》则云:"楚人高其行义,玮其文采,以相教传。"⑩韩愈《送孟东野序》说:"楚,大国也,其亡也,

---

① (宋)洪兴祖撰,白化文等点校:《楚辞补注》,中华书局1983年版,第49—50页。
② 同上书,第50页。
③ (南朝宋)范晔:《后汉书》,中华书局1965年版,第2618页。
④ (宋)洪兴祖撰,白化文等点校:《楚辞补注》,中华书局1983年版,第48页。
⑤ 同上。
⑥ 同上书,第49页。
⑦ 同上。
⑧ 同上书,第2页。
⑨ 同上书,第51页。
⑩ 同上书,第48页。

以屈原鸣。"认为屈原锻造了"楚魂"。《史记·屈原贾生列传》云:"秦灭六国,楚最无罪。自怀王入秦不返,楚人怜之至今,故楚南公曰:'楚虽三户,亡秦必楚'也。"[1] 屈原《楚辞》成了楚三户亡秦之精神支柱,从而进入了历史发展过程。

---

[1] (汉)司马迁:《史记》,中华书局1959年版,第300页。

《天问》集论

《天问》是一部"旷世奇书",从其命题、从其首字"曰",从其172问,无处不是诡谲奇幻。王逸《楚辞章句》卷三释《天问》,透露了许多消息:"《天问》者,屈原之所作也。何不言问天?天尊不可问,故曰'天问'也。屈原放逐,忧心愁悴,彷徨山泽,经历陵陆,嗟号昊旻,仰天叹息。见楚有先王之庙及公卿祠堂,图画天地山川神灵琦玮僪佹,及古贤圣怪物行事。周流罢倦,休息其下,仰见图画,因书其壁,呵而问之,以渫愤懑,舒泻愁思。楚人哀惜屈原,因共论述,故其文义不次序云尔。"① 所透露之消息,一是"天尊不可问,故曰'天问'也",此乃以儒家天命观阐释属于另一个价值系统之楚辞;自屈原而言,偏偏要以天发问,对宇宙起源、历朝兴废提出质疑。二是"见楚有先王之庙及公卿祠堂,图画天地山川神灵琦玮僪佹,及古贤圣怪物行事"之"呵壁之作",凸显图画对歌诗产生的根本性影响,对此又有王逸之子王延寿对同属楚风之西汉前期鲁恭王宫殿所作《鲁灵光殿赋》为佐证。其中有所谓"图画天地,品类群生,杂物奇怪,山神海灵。写载其状,托之丹青,千变万化,事各缪形。随色象类,曲得其情。上纪开辟,遂古之初。五龙比翼,人皇九头。伏羲鳞身,女娲蛇躯。鸿荒朴略,厥状睢盱。焕炳可观,黄帝唐虞。下及三后,淫妃乱主。忠臣孝子,烈士贞女。恶以诫世,善以示后。"② 可作为田野调查,以印证《天问》。

《天问》之字数句式,据王逸《楚辞章句》本统计,计得1559字,374句,采用问难方式,一口气提出172个问题,形成《天问》"旷世天

---

① (宋)洪兴祖撰,白化文等点校:《楚辞补注》,中华书局1983年版,第85页。
② (南朝梁)萧统编,(唐)李善注:《文选》,上海古籍出版社1986年版,第515—516页。

书"之基本模样。在孔、孟把政治哲学伦理化之后，属于楚文化系统之庄子、屈子把哲学诗化。庄子重寓言，屈子重神话和历史，锲而不舍地对天地间一切事物和天道、天命、天理发问。《天问》之172问，上自宇宙形成、天体运行，下至四方地理、自然现象，中及人类社会历史、历代兴衰，莫不穷究其理，折射着屈原对神话与历史，对天地万象、宇宙产生发展，对社会历史、善恶是非邪正，皆持严肃怀疑主义态度，并以深刻理性思索之。这是172个震撼人心之本原问题，汇入终极思考洪流中，（1）问所不知；（2）问所不信；（3）问所不平。即本原性而诘问，其心灵撞击力倍于陈述句。如汤炳正所云："固定的答案，往往会因时间的变迁而不同；而哲理的启迪，却会给人们以探索真理的永恒力量。《天问》之所以历千古而常新，其原因殆即在此。"[1] 屈原追寻者乃是问题背后之问题，即终极性问题，寄慨远矣。明代黄文焕在《楚辞听直》云："通篇一百七十一问，以何字、胡字、焉字、几字、谁字、孰字、安字为字法之变；以一句两问、一句一问、三句一问、四句一问，为句法之变；以或于所已问者复问焉，或于正论本论中，忽然错杂他语而杂问焉，或于已问之顺序者，复而逆问焉，以此为段法之变。"对宇宙人生终极性质疑和叩问，以诗性智慧出之，令人思通苍冥。

至于《天问》为何而发，作于何时？李炳海《屈原贬谪汉北与楚辞相关名物典故的解读》一文认为，屈原从郢都前往汉北，经过了春秋时吴楚交战的战场，以及令尹子文所属若敖氏家族覆灭的地方，因此，屈原在写《天问》时，在末章提到了吴军入郢和子文名彰的问题。《史记·屈原贾生列传》曰："余读《离骚》、《天问》、《招魂》、《哀郢》，悲其志。"[2]《天问》作时应在《离骚》《招魂》之间。赵逵夫以为《天问》作于楚怀王二十四五年屈原被放汉北云梦之后，在怀王二十七年（前302）前后。诗的末尾说："悟过更改，我又何言？"[3] 由此可看出作者当时对楚王尚抱有希望。其次，最后一部分反映的楚国状况，与怀王后期之实际大体相符。"荆勋作师夫何先"一句，毛奇龄《天问补注》以为指怀王十七年"大兴师伐秦，秦击之，大破楚师于丹淅事"。此役楚大将军屈匄被俘，加上屈原被疏黜，标志着屈氏家族在楚国政坛之衰微。《天问》中兴亡无常

---

[1] 汤炳正：《楚辞类稿》，巴蜀书社1988年版，第278页。
[2] （汉）司马迁：《史记》，中华书局1959年版，第2503页。
[3] （宋）洪兴祖撰，白化文等点校：《楚辞补注》，中华书局1983年版，第117页。

之感，是与屈氏家族之兴亡感相为呼应的。戴震在"伏匿穴处爱何云"至"爰出子文"三节之后注云："……吴光尝破楚入郢，国几亡。屈原之时，楚屡困于秦。此于篇终言吴光、子文，盖叹敌国可惧，执政无人。"① 据此，"吴光争国，久余是胜"云云，当指楚连续败于秦国，而怀王二十四年又和秦之事言。

游国恩在《屈原作品介绍》一文中说："《天问》后半篇的历史鉴戒录与《离骚》陈词的用意完全相同，估计它们写作的时间亦当相去不远。"② 下面是《离骚》的陈辞："启《九辩》与《九歌》兮，夏康娱以自纵；不顾难以图后兮，五子用乎家巷；羿淫游以佚畋兮，又好射夫封狐；固乱流其鲜终兮，浞又贪夫厥家；浇身被服强圉兮，纵欲而不忍；日康娱而自忘兮，厥首用夫颠陨；夏桀之常违兮，乃遂焉而逢殃；后辛之菹醢兮，殷宗用之不长；汤禹俨而祗敬兮，周论道而莫差；举贤才而授能兮，循绳墨而不颇；皇天无私阿兮，览民德焉错辅；夫维圣哲以茂行兮，苟得用此下土，瞻前而顾后兮，相观民之计极。夫孰非义而可用兮，孰非善而可服。"③ 对有夏数百年荒淫颠倒，以及禹、汤、周之民德茂行之对比性反顾，这简直可以说是《天问》的节本。

可以看出，《天问》同《抽思》所反映的情绪有一脉相承之处。《抽思》云："初吾所陈之耿著兮，岂至今其庸亡？何独乐斯之謇謇兮，愿荪美之可光。"④ 既是屈原被放后"彷徨山泽，经历陵陆"，而见到先王之庙及公卿祠堂，则所见庙堂自然不是在郢都。屈原被放两次，第二次在江南之野，即洞庭一带。楚人开发长江以南较迟，不可能有楚先王宗庙及公卿祠堂，故当是被放汉北时所见。陈子展《〈天问〉解题》云："我以为屈原《天问》当作在怀王二十五年（公元前304）左右，那时他正被放逐在汉北的地方。"又云："《天问》自是屈原被放以后之作，不作在郢都，当作在被放汉北，展转鄢郢和丹阳一带地方。"⑤ 从《天问》同《离骚》陈辞部分的关系上看，《离骚》是屈原放于汉北云梦不久到鄢郢拜谒了楚先王之庙及公卿祠堂后所作，《天问》的完成则在一两年以后，是在怀王二

---

① （清）戴震：《屈原赋注》，中华书局1999年版，第48页。
② 游国恩：《游国恩学术论文集》，中华书局1999年版，第218页。
③ （宋）洪兴祖撰，白化文等点校：《楚辞补注》，中华书局1983年版，第21—24页。
④ 同上书，第138页。
⑤ 陈子展：《〈天问〉解题》，《复旦学报》1980年第5期。

十七年前后。

屈原掌楚王室三闾之职，三闾职责根据朱熹解释是"掌王族三姓，曰昭、屈、景。屈原序其谱属，率其贤良，以厉国事"①。"三闾大夫"实际是"掌公卿及大夫子弟""专主教诲"之"闲官"。本是"邑大夫"之职，既掌管政令，也掌管文教。又因为"三闾"地处汉水之北，"谱属"记录续写王族的历史，负责王族宗庙祭祀和相关日常事务，负责王族子弟教育而"率其贤良"，为国家培养后备人才。屈原就成了王族宗庙祠堂之高级管理者兼子弟学校高级教师。由于职务便利，才使屈原被流放江南，得以"彷徨山泽"进入当地"先王之庙，及公卿祠堂"。以苍天、圣王、历代兴亡作证，为楚国兴衰唱了一曲充满怀疑精神的挽歌。这就是《史记·屈原贾生列传》所云："人穷则反本，故劳苦倦极，未尝不呼天也；疾痛惨怛，未尝不呼父母也。"② 关于"三闾"之为邑名、地名，"三闾大夫"乃守邑之长，钱穆《屈原居汉北为三闾大夫考》一文首先发明之。他说："三闾乃邑名……以公邑称大夫，私邑称宰之例，如赵衰为原大夫，狐溱为温大夫者，凡称某某大夫者，率以邑名。楚则有县尹县公，然亦有大夫。如上官大夫谗屈原，上官即邑名也。惟三闾之邑，不见于他书。余又考楚有三户，盖三闾也。《左传》僖公二十五年《传》云：'秦、晋伐若，楚闕克、申息之师戍商密。秦人过析隈，入而系与人以围商密。'杜预注：'鄀本在商密，秦楚界上小国。其后迁于南郡鄀县。'商密今河南丹水县。析，南阳析县。《水经注》：'丹水经丹水县故城西南，县有密阳乡，古商密之地，楚申息之师所戍也。春秋之三户矣。'是鄀本在商密，后鄀既迁，而其地乃改称三户。……因知（屈）原居汉北，即为三闾大夫，在南阳之三户也。"③ 此邑既为楚人发祥之地，居此邑者原本属昭、屈、景三姓，此时亦当为楚迁都后未随王室迁郢者。

《天问》多问朝代兴废，尤其侧重创业的复杂艰辛。看来屈原写《天问》是希望楚王从历代的兴亡成败中汲取经验和教训，而不仅仅是为了泄泄愤意或表现什么人生哲学上的疑问。王夫之《楚辞通释》云："按篇内事虽杂举，而自天地山川，次及人事，追述往古，终泛以楚先，未尝无次序存焉。……原以造化变迁，人事得失，莫非天理之昭著，故举天之不测

---

① （宋）朱熹：《楚辞集注》，广陵古籍刻印社1990年版，第5页。
② （汉）司马迁：《史记》，中华书局1959年版，第2484页。
③ 钱穆：《先秦诸子系年》（上），中华书局1985年版，第382—383页。

不爽者，以问恰不畏明之庸主具臣，是为天问，而非问天。篇内言虽旁薄，而要归之旨，则以有道而兴，无道则丧，续武忌谏，耽乐淫色，疑贤信奸，为废兴存亡之本。原讽谏楚王之心，于此而至。欲使其问古以自问，而蹑三王五伯之美武，违桀纣幽厉之覆辙，原本权舆亭毒之枢机，以尽人事纲维之实用，规瑱之尽，辞于斯备矣。抑非徒泄愤舒愁而已也。"①对于这番苦心孤诣之质疑主体，清以后已有人涉及。清胡濬源《楚辞新注求确》称："《天问》题甚明，是设天以问人，非人问天也。"②殷光熹在《〈天问〉题名考辨》中说，《天问》就是"天（来）问"而不是"问天"③。笔者认为，《天问》是"借天设问"，"屈原的《天问》就是'天'在这里作为游离诸多责任纠缠的发问主体和屈原的代言人，以理性解构神话和重评历史，又以诗性智慧重组时空形式"④。《天问》的出现具有学术文化背景，从学术的时代发展上看，这种背景是战国时期的谈天思潮；从文化的源头本质上看，这种背景是人类最初就具有的寻根求索精神。

　　《天问》以质疑夏、商、周三代兴亡史为中心，对这三代历史之发问占了整整一百句，超过全诗一半以上篇幅。兴亡感成了全诗主题之焦点。楚史为三闾世掌之籍，"必本之《梼杌春秋》以为定也"。林云铭云："兹味其立言之意，以三代之兴亡作骨。其所兴，在贤臣；其所亡，在惑妇。帷其有惑妇，所以贤臣被斥，谗谄益张。全为自己抒不平之恨耳。篇中点出妺喜、妲己、褒姒，为郑袖写照；点出梅伯、箕、比，为自己写照。"⑤（《楚辞灯》卷二）蒋骥说："其意念所结，每于国家兴废、贤才去留、谗臣女戒之构祸，感激排徊，太息而不能自已。故史公读而悲其志焉。"⑥（《楚辞余论》卷上）《山海经》述地，《天问》问天，问天霑润着屈子苍凉之身世感。《史记·孟子荀卿列传》云："驺衍睹有国者益淫侈，不能尚德，若大雅整之於身，施及黎庶矣。乃深观阴阳消息而作怪迂之变，终始、大圣之篇十余万言。其语闳大不经，必先验小物，推而大之，至于无垠。先序今以上至黄帝，学者所共术，大并世盛衰，因载其礼祥度制，推而远之，至天地未生，窈冥不可考而原也。先列中国名山大川，通谷禽

---

① 王夫之：《楚辞通释》，《续修四库全书》第1302册，上海古籍出版社2002年版。
② （清）胡濬源：《楚辞新注求确》卷三，清刻本，第2页。
③ 殷光熹：《〈天问〉题名考辨》，《思想战线》2004年第1期。
④ 杨义：《〈天问〉：走出神话和反思历史的千古奇文》，《中国社会科学》1998年第1期。
⑤ （清）林云铭：《楚辞灯》，华东师范大学出版社2012年版，第75页。
⑥ （清）蒋骥：《山带阁注楚辞》，上海古籍出版社1984年版，第204页。

兽，水土所殖，物类所珍，因而推之，及海外人之所不能睹。称引天地剖判以来，五德转移，治各有宜，而符应若兹。以为儒者所谓中国者，于天下乃八十一分居其一分耳。中国名曰赤县神州。赤县神州内自有九州，禹之序九州是也，不得为州数。中国外如赤县神州者九，乃所谓九州也。于是有裨海环之，人民禽兽莫能相通者，如一区中者，乃为一州。如此者九，乃有大瀛海环其外，天地之际焉。其术皆此类也。然要其归，必止乎仁义节俭，君臣上下六亲之施，始也滥耳。王公大人初见其术，惧然顾化，其后不能行之。"① 这是先引起人主的好奇心，然后进而讽谏之。屈原几次出使齐国，时当稷下论学之风鼎盛，受到其风气影响当属可能。一是为了使人主乐意看，二是为了使谏说目的不要表现得太浅露，三是为了开阔人主的视野。姜亮夫云："当屈子之世，稷下诸子彭蒙、田骈之学盛于齐，惠施、庄周之论盛于宋、楚……屈子两使于齐，身为楚人，则齐人迂怪之说，惠、庄漫衍之词，林林总总，所闻必多。……盖屈子所陈乃齐楚所习闻，与《老》《庄》《山经》相近，与三晋之《竹书》、韩非、《吕览》等书，同为古史之一系，故不与儒墨之言应也。然观其评骘之言，则多明善恶天道之义，于迂怪之说，复多疑虑……屈子嗜好与孔丘同，则此等乱神之说，迂怪之传，所谓言不雅驯者，屈子盖有整齐百家諟正杂说之意耳。"② 人、天对话，至战国已成滚滚思潮。"战国时代讨论宇宙本体和天人关系之一系列以'天'命名的学术专章——《墨子》有《天志》，《列子》有《天瑞》，《庄子》有《天地》、《天道》、《天运》、《天下》，《鹖冠子》有《天则》、《天权》，《尉缭子》有《天官》，《荀子》有《天论》……这一大片'天'的理论森林之中，挺立着一株挂满疑问之果的参天大树——《天问》，乃是非常自然，非常符合当时的学术气候的。从春秋末到战国末，哲人们对自然之'天'的兴趣越来越浓厚，天时也，地利也，人和也，屈原什么也没有缺少。《天问》的创作动因，是屈原要以自己的声音加入到当时的'最高学问'——宇宙与人的时代大论辩里去。"③ 至于屈原采用问答体，可使思辨深入一层，自不待言。问答体或用问句为基础的文献记录，可以追溯到殷墟甲骨刻辞，很可能直接源于庙堂之中的甲骨命辞，卜筮贞问方式。也就是说，问答体本于人天对话之原始形态。古代巫师的降神占卜，往往先由卜主

---

① （汉）司马迁：《史记》，中华书局1959年版，第2344页。
② 崔富章、李大明：《楚辞集校集释》，湖北教育出版社2003年版，第1005页。
③ 罗漫：《战国宇宙本体大讨论与〈天问〉的产生》，《文学遗产》1988年第1期。

提出所询问的内容,例如殷商甲骨卜辞,就有如下的贞问之辞——戊辰卜,及今夕雨?弗及今夕雨?癸卯卜,今日雨。其自西来雨?其自东来雨?其自北来雨?其自南来雨?这种贞问方式,不仅提出问题,而且是"一问到底",正与《天问》的形式相仿。这种方式居然被屈原采用来作诗,似乎是匪夷所思。但事实是,在《离骚》《惜诵》《卜居》诸篇中,都曾为诗人所采用了。"先秦哲人讨论问题,往往采用问答的形式,故《管子》有《问》、《小问》、《主问》、《桓公问》,墨子有《鲁问》,《列子》有《汤问》,《荀子》有《尧问》,《黄帝内经》有《素问》,《鹖冠子》有《学问》,甚至《论语》中也有《宪问》,出土的《齐孙子》有《威王问》、《十问》,如此看来,《天问》也不过是战国的区区一'问'!"①

  问答在对话中催生戏剧性。西方古代和中世纪也把史诗式的作品称为"喜剧"或"悲剧",因为这些作品(包括《神曲》)确有戏剧因素。在《炼狱篇》第十歌中,但丁用戏剧体描写石壁上一组雕刻故事。《炼狱篇》第三十、三十一歌写贝亚特里采与但丁隔河相见一段情节的戏剧性颇浓,在中国古典戏曲家笔下大可编成一出精彩的歌舞"折子戏"。《神曲》的戏剧性最有力的根据是对话体,整部《神曲》可说是由对话体组成。但丁梦游三界,睁大一双惊奇的眼睛,见到什么想到什么就问,他者(维吉尔、贝亚特里采、天使、诸灵魂)一一作答。《天堂篇》是一部有答案的"天问",倘若取消了问答,也就没有《天堂篇》了。而《天问》则是没有答案的《神曲》了。

  考屈原之天命观,也存在着一条重要的脉络,不断变异、超越和深化。《橘颂》反映了屈原青年时期的天命观。有所谓"受命不迁,生南国兮",属于传统的"受命于天"的天命观而人与嘉树相许。《离骚》篇中属于屈原中年时期的天命观,有所谓:"皇天无私阿兮,览民德焉错辅。"② 这种思想还属于周代正统"天命靡常,惟德是辅"的"尚德"的天命观。但在《天问》中,屈原却说:"天命反侧,何罚何佑,齐桓九会,卒然身杀?"③ 又说:"皇天集命,惟何戒之,受礼天下,又使至代之?"④ 反映了屈原对天命的怀疑。这与《哀郢》中的"皇天之不纯命兮,

---

① 罗漫:《战国宇宙本体大讨论与〈天问〉的产生》,《文学遗产》1988年第1期。
② (宋)洪兴祖撰,白化文等点校:《楚辞补注》,中华书局1983年版,第23页。
③ 同上书,第111页。
④ 同上书,第115页。

何百姓之震愆？民离散而相失兮，方仲春而东迁"① 的思想是相互吻合的，带有浓郁的沧桑感。从相信天命到怀疑天命，反映了屈原思想的重大转变。《庄子》外篇《天运》云："天其运乎？地其处乎？日月其争于所乎？孰主张是？孰维纲是？孰居无事推而行是？意者其有机械而不得已邪？意者其运转而不能自止邪？"② 问天是推求原始，叩问终极。

若此，问天就为问史设置了一个本体论的框架。《天问》问史虽自女娲始，其问史事则自尧舜开始，历虞夏商周四代，至于楚国时事。清陈本礼《屈辞精义》曰："《天问》论古事，书法原本楚史。"蒙文通《古史甄微》自序曰："是《天问》所陈，皆楚人相传之史；《山海经》雅与符会，谅同本于楚人之相传；既大异于六经，复不同于诸子"③；"《天问》、《山经》所述，自为楚之史文；《九歌》所咏云中君、少司命之类，乃楚之神鬼耳。而《天问》所陈，雅不涉《九歌》；《九歌》所颂，复不涉及《天问》；则楚人神之与史，其辨甚明。"④《天问》语句奇谲，宏博深奥。幽奥神秘，气铄古今，文深体怪，波谲云诡，堪称千古第一奇文。把政治讽谏之旨化作猎奇吟味之诗。焦虑的心灵与破碎的世界，"无序实即大序"，为问难式的抒情奇格。对于"天人协调"与失调，唐代李贺有言："《天问》语甚奇崛，于《楚辞》中可推第一，即开辟来亦可推第一。贺极意好之，时居南园，读数过，忽得'文章何处哭西风'之句。"⑤ 然而胡适甚至彻底否定《天问》之文学价值，曰："《天问》文理不通，见解卑陋，全无文学价值。"⑥ 汤炳正认为，此乃由于"叙事的手法变化所致"。从《天问》全篇的大结构来观之，是井井有条的。即：（一）问天文；（二）问地理；（三）问历史（夏商周三代的兴亡）；（四）问杂说；（五）问楚事。大层次如此分明。至于其间叙事偶或"不次"，是由于叙事的手法所致。故曾以五种叙述形式释之，遂豁然贯通。即（一）类叙法：如天文、地理、各以类分，是也；（二）顺叙法：如夏、商、周，以时代为序，是也；（三）回述法：即言及某一朝代之事，往往回环叙述，往复追问，是也。（四）杂叙法：如全篇之末标举诸国杂事为问，是也。（五）专叙法：

---

① （宋）洪兴祖撰，白化文等点校：《楚辞补注》，中华书局1983年版，第132页。
② 陈鼓应：《庄子今注今译》，中华书局1983年版，第389页。
③ 蒙文通：《古史甄微》，巴蜀书社1999年版，第3页。
④ 同上书，第5页。
⑤ 《楚辞评论资料选》，湖北人民出版社1985年版，第417页。
⑥ 胡适：《读〈楚辞〉》，《胡适文集》第5集，人民文学出版社1998年版，第68页。

如全篇结尾，专问楚事，是也①。对于《天问》设问之奇崛不拘，探讨者不乏其人。胡浚源《楚辞新注求确》云："《天问》题甚明，是设天以问人，非人问天也。"东汉王逸《天问·后叙》云："昔屈原所作，凡二十五篇，世相教传，而莫能说《天问》，以其文义不次，又多奇怪之事。自太史公口论道之，多所不逮，至于刘向、扬雄，援引传记以解说之，亦不能详悉。"② 明人孙矿说："（《天问》）或长言，或短言，或错综，或对偶，或一事而累累反复，或数事而熔成一片，其文或峭险，或淡宕，或佶倔；或流利，诸法备尽，所谓极文章之变态。"明人黄文焕《楚辞听直》则有更精细的剖析："（《天问》）通篇一百七十一问，以何字、胡字、焉字、几字、谁字、孰字、安字，为字法之变；以一句两问、一句一问、三句一问、四句一问，为句法之变，或于所已问者复问焉，或于正论本论中，忽然错综他语而杂问焉，或于已问之顺序者，复而逆问焉，以此为段法之变……布阵至大，布势至顺。然使句句皆顺，则文字板直、意绪不惨。于是乎错综出之，忽彼忽此，以破板直之病。"对于奇文欣赏，乐此者颇有其人。清代学者贺贻孙更评价《天问》"无首无尾，无伦无次，无断无案，倏而问此，倏而问彼，倏而问可解，倏而问不可解"③。清人夏大霖说："人言奇文共欣赏，不图二千余年来，尚留《天问》篇之奇文以待赏。其创格奇，设问奇，穷幽极渺奇，不伦不类奇，不经不典奇，颠倒错综奇，载在史册之事，问过又问，说了重说更奇。一枝笔排出八门六花，堂堂井井，转使读者设寻绪处，大奇大奇。然不得其解，便是大闷事。"④ 由于《天问》不乏颠倒错综之处，学者每每提出错简问题。夏大霖于《屈骚心印·发凡》中推测，"帝降夷羿，革孽下民"以下十二句，应挪于"释舟陵行，何以迁之"之后。并特注明："愚按此十二句，应是错简。"屈复认为，《天问》故典难解，文理不顺，故需"校正"。《天问校正》之最大特点，是启疑古之端，第一次提出《天问》错简说，并动手作了若干整理。他将《天问》分为问"日月星辰，山川怪异"与问"女帝、虞、夏、商、周之历史"两大部分，在两大部分基础上又将全文

---

① 汤炳正：《渊研楼屈学存稿》，中国社会科学出版社、华龄出版社2004年版，第49页。
② （宋）洪兴祖撰，白化文等点校：《楚辞补注》，中华书局1983年版，第118页。
③ 贺贻孙：《骚筏》，参见游国恩主编《天问纂义》，中华书局1982年版，第3页。
④ 夏大霖：《屈骚心印》，齐鲁书社1997年版，《四库全书存目丛书》影印清乾隆三十九年一本堂刻本。

分为九段，当认为某几句与某段内容不相合时，便将其挪到他认为相应合适的段落中去，整理范围比夏大霖的要大得多①。然而亦有为《天问》之颠倒错综作辩护者，辩护之词比质疑之词更加深刻。黄文焕《楚辞听直》云：《天问》"布阵至大，气势至顺。然使句句皆顺，则文字板直，意绪不惨。于是乎错综出之，忽彼忽此，以破板直之病。"清贺贻孙《骚筏》云："《天问》一篇，灵均碎金也。无首无尾，无伦无次，无断无案，倏而问此，倏而问彼，倏而问可解，倏而问不可解，盖烦意已极，触目伤心，人间天上，无非疑端。既以自广，亦以自伤也。"诗不宜求整然有序，有序、无序之错综，可以通向深层之哲思。

从"楚人因共论述"所传达之信息，可知《天问》颇有知音，并不寂寞。若要解读之，自然要既本楚之民间旧闻，又参阅了《梼杌》及《三坟》《五典》《八索》《九丘》等楚国王室的历史典籍。屈原本人还两次使齐，亲自听取了稷下先生之议论，这就更使他有可能从南北方学术思想的差别中发现问题和提出问题，并将问题之探寻，推到终极境界。于此，可以参照民族志视野。流传于甘、青、川等藏区的问歌体创世史诗，有《世巴问答歌》（以下简称《世巴》）。藏语"世巴"，"意为存在，有，宇宙的意思"。《世巴问答歌》就是关于天地间存在的事物的起源、来历的问答歌。《世巴》问答内容包罗万象，"包括五谷粮食、牛羊牲畜、花草树木、鸟虫鱼石、山川湖泊、风霜雨露、天地日月星辰的来历，还有本村山神、部落重大历史故事和人生经历及赞美、叙事和格言等"，"俨然就是《天问》加《天对》"。跟"本苯子"（当地人对苯教师父的称呼）学唱过《世巴》。《世巴》和《天问》都是先讲宇宙自然之事，后讲人类历史、社会人事。

  《世巴问答歌》 《天问》
  问：   曰：
  最初斯巴形成时， 遂古之初，谁传道之？
  天地混合在一起， 上下未形，何由考之？
  请问谁把天地分？ 冥昭瞢暗，谁能极之？
  最初斯巴形成时， 冯翼惟像，何以识之？

---

① 屈复：《天问校正》，1936年陕西通志馆排印《关中丛书》本。

阴阳混合在一起，　　明明暗暗，惟时何为？
请问谁把阴阳分？　　阴阳三合，何本何化？

《世巴》的开头和《天问》有惊人的相似之处。只是《世巴》问后有答，说大鹏分开天地，太阳分开阴阳。有周以前，楚族皆托足于中原，归依夏、商两朝，文化认同自会表现在历史观上，故又何妨将夏、商史皆视为"楚旧史"，楚史由此稍见丰满。有若《竹书纪年》先讲通史，然后将晋史、魏史。创世史诗又称"根谱""原始性史诗""神话史诗""古史歌"。这正是创世史诗的文化功能所在：通过讲述历史而培养族群认同感，凝聚民族向心力。从《世巴》问答的仪式活动看，创世史诗最重要的文化功能，在于培育族群中年青一代敬畏自然、敬重历史、善恶有报、勤劳致功等道德意识，激发族群认同感，凝聚民族向心力。《天问》的作旨也应如此：讲历史，起敬畏，育道德，聚人心。① 白族"打歌"《创世记》，"是一问一答的形式对唱，无论是问是答，都是两句一节，没有严格的韵脚，可以说是语言形式比较整齐的自由体诗"②。彝族创世史诗《阿细的先基》，"整个内容是用男女对唱形式表现出来的"③。《苗族史诗》"几乎全都采用问答的样式，这与其他一些民族的古歌，用互相盘问古事的'盘歌'形式是类似的，并与楚辞的《天问》的文体相近"④。可见问答体在启迪鸿蒙上的本源性意义。

溆浦有民间山歌《盘古歌》，盘歌形式由一人提问，另一人答对。因为涉及创世开辟之内容，故称"盘古歌"。它是一问一答、逐层展开的。

盘：听你说来样样清，　　答：你要样样都问清。
我来问你上古根，　　　　太上老君化三清。
怎样才把天地分？　　　　混沌初开天地分，
怎样才能分世界？　　　　有了日月分世界，
怎样才能定乾坤？　　　　阴阳八卦定乾坤。

---

① 范卫平：《〈天问〉是楚民族问歌体创世史诗——从藏族〈世巴问答歌〉看〈天问〉的文体性质》，《中央民族大学学报》（哲学社会科学版）2012年第5期。
② 杨亮才、李缵绪：《白族民间叙事诗集》，中国民间文艺出版社1984年版，第7页。
③ 杨敏悦：《创世史诗〈阿细的先基〉初探》，《中央民族大学学报》（哲学社会科学版）1986年第4期。
④ 马学良、今旦：《苗族史诗》，中国民间文艺出版社1983年版，第6页。

哪个背石去补天？	女娲背石去补天，
哪个钻木取火烟？	燧氏钻木取火烟。
哪个最先种五谷？	神农最先种五谷，
哪个最先教养蚕？	嫘祖教人先养蚕。

《婚嫁盘歌》就婚嫁盘问，乃溆浦地方风俗之一。在男方到女方家娶亲时，由女方充当盘方，男方充当答方，进行相互盘唱。

盘：后羿妻子甚么名？	答：后羿妻子叫嫦娥，
她奔月亮为何因？	要找根源故事多。
这个根源我不懂，	她是月宫天仙女，
望你歌师来指明？	奔转月宫脱凡尘。
回到月宫多少年？	回到月宫方七日，
复身又要下凡间，	世上已过几千年。
这个根源哥清楚，	一万八百的日子，
请求歌师对我言？	复身离殿下凡尘。

《三朝盘歌》讲述人之初，也是小孩初生进行盘问，乃溆浦地方风俗之一。当小孩出生在未满月之前，女方亲属都要来男方家里送月鸡、甜酒、小孩的衣服、被褥、鞋帽首饰等礼品。溆浦人称为"打三朝"。往日，打三朝时，男女方家人也要盘歌。故称"三朝盘歌"。其词曰：

盘：自古观今宜鉴古，	答：观音老母下凡尘。
从来无古不成今，	员外主人是森音。
三朝洗儿汤饼会，	森音名字是嬴姓，
根源愿歌讲分明，	半月三朝是良辰。

盘歌贯穿人生始终，有《三朝盘歌》，也有《葬鼓盘歌》，"葬鼓盘歌"也是溆浦地方风俗之一，临葬祖，众客群聚丧堂，一人擂鼓唱歌，俗称"唱丧鼓"。溆浦人又称叫"唱夜歌"。唱夜歌中也有盘歌，但这种盘歌不是一问一答，而是一人唱完问歌后，第二人再来对答，因此答者要有很强的记忆力，由于要边唱边擂大鼓，因此叫"葬鼓盘歌"。其词曰：

盘：你不盘来我不唱，你要问来我发胀。就问天河谁人开？河边桃树谁人栽？栽了多少桃子树，多少年来才结果？几多开花不结果？好多结果不开花？好多桃树结酸果？酸果又给谁人吃？好多树来结甜的，甜果又给哪个尝？河东什么星子照，河西什么星子临？什么星子红如火，什么星子白如银？三个星子成一排，它们又叫什么星？七个星子成一堆，内有破身下地吹？六个星子成一排，它们又叫什么星？我且问你仔细听，答不出来尽声心。

答：你问天河谁人开，王母金钗划成河。王母就把桃树栽，一十八个共一堆。栽了上古八千春，三千多岁功才成。六个开花不结果，六个结果不开花。酸的留给王母吃，甜的留给张果老。河东牛郎星子照，河西织女星照临。太阳出来红似火，月亮出来白如银。三个星子一路行，名叫福禄寿三星。麻姑七星在一堆，二七四姐下凡尘。六个星子一排行，叫做南极添寿星。我把天星答分明，对答如流同行人。和气之下来交应，擂鼓悲渡送亡魂①。

如若按照民族志思路，将《天问》视为屈原为楚公室年轻人讲唱之楚民族创世史诗，为了讲唱的方便，将口耳相授的《天问》的问的部分用文字写定，形成文献形式的《天问》，类乎《旧约·约伯记》中的"上帝问"。屈原是这一历史时期形成的问歌体创世史诗的传承者、创作者、讲唱者、整理者、写定者、教习者、传播者，是群体诗学时期的楚辞作者。饶宗颐在《〈天问〉文体的源流》一文中云：《梨俱吠陀》：太初无无，亦复无有。其间无元气，其上无苍穹。何所覆之？伊谁护之？何处非水，深不可测？（"创造之歌"，第一章）孰知其真？孰穷其故？何所自生？何因而作？明神继之，合此造化；是谁知之？孰施行之？（第六段）初生之骨，谁实睹之？其无骨者，复孰致之？大地之我，命耶？血耶？何处有之？谁益智者，往而谘之？《奥义书》：由谁所驰？心思如射。由谁所勒？生气前适？由谁所策？作此言语。谁神所驱？耳目从役。②

《火教经》：谁为创造主，正义之祖？谁斡大钩，日星异路？谁藉畴力，致月盈亏？呜乎智人，我愿知之！谁分大地，下丽于天，以免其倾？

---

① 万霞：《〈天问〉与溆浦壁画和盘歌》，《文史博览（理论）》2009年1月号。
② 饶宗颐：《饶宗颐史学论著选》，上海古籍出版社1993年版，第101—105页。

水与植物,谁孽生之? 谁役风云,周道是遵? 呜乎智人,谁更启我善心?

圣经《旧约》:是谁定下地的尺度;是谁把准绳拉在其上?他的根安置何处?地的路标是谁安放的?……光明从何而至?黑暗原来位于何所?

《约伯记》被誉为世界文学中最伟大的诗篇之一,它以约伯(Job)经受上帝的考验,经历了人世的种种不幸,在信仰与动摇的精神矛盾中,痛苦地探索人生及苦难的意义的过程。《约伯记》全文共四十二章。开始的两章及四十二章七至十七节用散文写作,从三章一节至四十二章六节是用诗歌来表达。Katharine J. Dell 在最近出版的一本牛津大学博士论文中强有力地尝试证实《约伯记》这部作品,不仅以极怀疑的精神去向一些传统的信念——如上帝赏善罚恶定规的绝对可靠性——发出疑问,甚至在作品的背景,结构及内容的安排上,都全面性地表达了怀疑的态度与精神。因此整部《约伯记》应被看成是"怀疑性的文学"[①]《约伯记》的"问"主要是集中在约伯个人遭遇的探索,它似乎对历史不感兴趣。至于宇宙万物的来源以及运作的奥秘问题,约伯与三友在辩论中只是稍有涉及而已。这一类的问题主要是在以法利的言论中提出。更重要的是,这些问题竟成了上帝反问约伯的主要内容:"我立大地根基的时候,你在那里呢?"这是上帝反问约伯的开始(38:8)。也正是这些问题,逼使约伯无言以对,最终降服,谦卑地回答上帝说:"我所说的,是我不明白的。这些事太奇妙,是我不知道的。"(42:2,3)但丁《神曲》的戏剧性问答体源自《旧约·约伯记》。《约伯记》本身就是戏剧。约伯对上帝说"我听说的,是我不明白的;这些事太奇妙,是我不知道的。求你听我,我要说话,我问你,求你指示我。"这就是《神曲》问答体的哲学基础。在《神曲》中,约伯就变成了但丁,由但丁向他的两个引路人维吉尔与贝亚特里采,提出种种问题。《神曲》的戏剧性最有力的根据是对话体,整部《神曲》可说是由对话体组成。但丁梦游三界,睁大一双惊奇的眼睛,见到什么想到什么就问,他者(维吉尔、贝亚特里采、天使、诸灵魂)一一作答。《天堂篇》是一部有答案的"天问",倘若取消了问答,也就没有《天堂篇》了。

《天问》之文体形式,也可以在出土文献中发现踪迹。2007 年,马承源主编的《上海博物馆藏战国楚竹书》(七),发表了由曹锦文整理的《凡物流形》篇,该书的内容简介说:《凡物流形》篇由曹锦炎释文考释,

---

① Sceptical Literature, *The Book of Job as Sceptical Literature*, Berlin, 1991.

凡甲、乙两本，甲本存三十简，乙本存二十二简。"凡物流形"为原有篇题，书于甲本第三简简背。全篇多以"问之曰"起首，有问无答，"自天地山川"，"次及人事"，层次清晰，结构严密。其体裁与性质，与屈原名篇《天问》极为相似。其词曰：凡物流形，奚得而成？流形成体，奚得而不死？既成既生，奚寡（呱）而鸣？既本既根，奚后之奚先？阴阳之，奚得而固？水火之和，奚得而不座（挫）？闻之曰：民人流形，奚得而生？流形成体，奚失而死？又得而成，未知左右之情，天地立终立始：天降五度乎，奚衡奚纵？五气并至乎，奚异奚同？五言在人，孰为之公（颂）？……这篇文章，共提出43个问题，而且也都是问而不答，虽然只是《天问》所提172个问题的四分之一，但已经足够让人引起联想了。在《凡物流形》篇中，提问题的部分仅是开头的三章，占全篇的三分之一，后面的六章则全是叙述性文字，明显地分为两个部分。《凡物流形》篇用三分之一篇幅来提问，多及天地自然之事，后一部分则偏重于人事和治国之道，这方面应当也是和《天问》有共通之处的。《天问》是《楚辞》中的第二首长诗，以行数计算，并不亚于《离骚》，但因它是以四言为主，因而文字比以六言为主的《离骚》字数少。它的第一部分，问及天地开辟与自然方面的问题有112句，也达到将近三分之一篇幅，而且第二部分涉及人类社会历史的问题264句。这种全文比例上的接近，不知是一种安排上的巧合，还是时代风尚所及？

马王堆帛书《十问》篇，也是答问体。其词曰：黄帝问于天师曰："万物何得而行？草木何得而长？日月何得而明？"天师曰："璺（尔）察天之请（情），阴阳为正，万物失之而不继，得之而赢。"黄帝问于容成曰："民始赋淳流形，何得而生？流形成体，何失而死？何世之人也，有恶有好，有夭有寿？欲闻民气赢屈，弛张之故。"容成答曰："君若欲寿，则顺察天地之道。天气月尽、月盈，故能长生。地气岁有寒暑，险易相取，故地久而不腐。"黄帝问于曹熬曰："民何失而死？何得而生？"曹〔熬答曰〕：□□□□□而取其精，待彼合气，而微动其形。能动其形，以至五声，乃入其精。虚者可使充盈，壮者可使久荣，老者可使长。

上古哲人对宇宙万象及人类来源，充满着好奇心。《逸周书》中的《周祝解》，应该是一篇典型的巫史文献，兹例引如下："故万物之所生也，性于从；万物之所及也，性于同。故恶姑幽？恶姑明？恶姑阴阳？恶姑短长？恶姑刚柔？故海之大也，而鱼何为可得？山之深也，虎豹貔貆何为可服？人智之邃也，奚为可测？动哕息，而奚为可牧？玉石之坚也，奚可刻？阴阳之号也，孰使之？牝牡之合也，孰交之？君子不察，福不来……"①

《庄子·天下篇》中记载：南方有倚人焉，曰黄缭，问天地所以不坠不陷，风雨雷霆之故。惠施不辞而应，不虑而对，遍为万物说。② 这场讨论是在屈原楚国进行的，提问者也是楚国人。钱穆《先秦诸子系年·惠施返魏考·附南方倚人黄缭考》云："徐廷槐曰：'《战国策》载魏王使惠子于楚，楚中善辩者如黄缭辈争为请难'，是谓缭施问答在惠子使楚时也。……又《楚辞》有《天问篇》，相传为屈原作，亦未见其必然。岂亦如黄缭问施之类耶？屈原为楚怀王左徒，当在惠子使楚稍后，然则《天问》一派之思想，固可与惠施黄缭有渊源也。"③《列子·天瑞》云：杞国有人忧天地崩坠，身亡所寄，废寝食者。又有忧彼之所忧者，因往晓之，曰："天，积气耳，亡处亡气。若屈伸呼吸，终日在天中行止，奈何忧崩坠乎？"其人曰："天果积气，日月星宿，不当坠耶？"晓之者曰："日月星宿，亦积气中之有光耀者。只使坠，亦不能有所中伤。"其人曰："奈地坏何？"晓者曰："地积块耳，充塞四虚，亡处亡块。若躇步跐蹈，终日在地上行止，奈何忧其坏？"其人舍然大喜，晓之者亦舍然大喜。长庐子闻而笑曰："虹蜺也，云雾也，风雨也，四时也，此积气之成乎天者也。山岳也，河海也，金石也，火木也，此积形之成乎地者也。知积气也，知积块也，奚谓不坏。夫天地，空中之一细物，有中之最巨者。难终难穷，此固然矣。难测难识，此固然矣。忧其坏者，诚为大远。言其不坏者，亦为未是。天地不得不坏，则会归于坏。遇其坏时，奚为不忧哉！"子列子闻而笑曰："言天地坏者亦谬，言天地不坏者亦谬。坏与不坏，吾所不能知也。虽然，彼一也，此一也。故生不知死，死不知生。来不知去，去不知来。坏与不坏，吾何容心哉！"④

这种答问思维，似乎乃楚人特长。《太平御览》三十七引《吕氏春秋》曰："长庐子曰：山岳、河泽；金石、木火，此积形成乎地者也。"⑤

---

① 黄怀信等撰：《逸周书汇校集注》，上海古籍出版社1995年版，第1139—1142页。
② 陈鼓应：《庄子今注今译》，中华书局1983年版，第952页。
③ 钱穆：《先秦诸子系年》（上），中华书局1985年版，第357页。
④ 杨伯峻：《列子集释》，中华书局1979年版，第30—33页。
⑤ （宋）李昉：《太平御览》，河北教育出版社1994年版，第318页。

《史记·孟子荀卿列传》云："楚有尸子，长庐。"①《汉书·艺文志》著录《长庐子》九篇。长安市上也有来自楚国之异人。《史记·日者列传》云："司马季主者，楚人也。卜於长安东市。宋忠为中大夫，贾谊为博士，同日俱出洗沐，相从论议，诵易先王圣人之道术，究遍人情，相视而叹。贾谊曰：'吾闻古之圣人，不居朝廷，必在卜医之中。今吾已见三公九卿朝士大夫，皆可知矣。试之卜数中以观采。'二人即同舆而之市，游於卜肆中。天新雨，道少人，司马季主间坐，弟子三四人侍，方辩天地之道，日月之运，阴阳吉凶之本。二大夫再拜谒。司马季主视其状貌，如类有知者，即礼之，使弟子延之坐。坐定，司马季主复理前语，分别天地之终始，日月星辰之纪，差次仁义之际，列吉凶之符，语数千言，莫不顺理。"②《庄子·天运篇》所云，也是楚人奇思乎：天其运乎？地其处乎？日月其争于所乎？孰主张是？孰维纲是？孰居无事推而行是？意者其有机缄而不得已邪？意者其运转而不能自止邪？云者为雨乎？雨者为云乎？孰隆施是？孰居无事淫乐而劝是？风起北方，一西一东，有上彷徨，孰嘘吸是？孰居无事而披拂是？敢问何故？③《天运》主要问了天运行之奥秘，尤其是宇宙运动的最初动力。屈原《天问》也是从原始动力运思的。

更有趣者，是《天问》采取壁画思维。古时壁画，颇有记述。《孔子家语·观周篇》云："孔子至周，观乎明堂，睹四门墉有尧舜之容、桀纣之象，而各有善恶之状、兴废之诫焉。"④《汉书·成帝纪》载："元帝在太子宫生甲观画堂。"应劭注："画堂画九子母。"⑤又《汉书·叙传》载："时乘舆幄坐张画屏风，画纣醉踞妲己作长夜之乐。"⑥这与《天问》中"女岐九子""王纣之躬"可相参照。《历代名画记》云："观画者，见三皇五帝，莫不仰戴；见三季异主，莫不悲惋；见篡臣贼嗣，莫不切齿；见高节妙士，莫不忘食……"长沙陈家大山楚墓中出土的"龙凤人物画"，长沙子弹库楚墓中出土的"驭龙图"都是战国时期类似屈原《天问》中的升天图画。而稍晚的长沙马王堆汉墓中出土帛画和墓室壁画，就可以更清楚地看到以神话传说，历史故事，自然现象为题材的龙蛇九日、鸥鸟飞

---

① （汉）司马迁：《史记》，中华书局1959年版，第2349页。
② 同上书，第3215—3216页。
③ 陈鼓应：《庄子今注今译》，中华书局1983年版，第389—390页。
④ 《孔子家语》，王秀梅等译注，中华书局2011年版，第132页。
⑤ （汉）班固撰，（唐）颜师古注：《汉书》，中华书局1962年版，第301页。
⑥ 同上书，第4200—4201页。

鸣、巨人托顶、女娲蛇身、猪头赶鬼、神魔吃魃、怪人怪兽等绘画内容。这些内容与王逸所说的庙堂壁画,应该是源出一脉的实物证据。意大利美学家维柯说得好:"想象不过是展开的或复合的记忆"(《新科学》)。陈子展在《天问解题》中指出,楚之先王庙,盖有三处,一在郢都,一在楚之发祥地丹阳(今湖北秭归),一在楚昭王父子为避吴患而迁都之鄀、鄢(今湖北宜城一带)。其中的鄀、鄢,作为楚之临时都城为时不长,但建有先王庙和公卿祠堂当无可疑。1942年在长沙东郊子弹库出土的缯书帛画,中间为墨书文字,文字四周绘有各种怪异神物图象,有的一身三首,有的头长双角,有的口内衔蛇,极具浪漫气息,有若《山海经图》。1957年,在河南信阳的一座春秋楚墓中出土了一架漆绘锦瑟。锦瑟长约1米,宽约40厘米,却有着"精美绝伦的彩漆图绘",绘有"斗兽""龙蛇""山鹿""猎犬""犀牛""青蛙"以及乐人鼓吹歌舞的场面,还有"巫师"乘船、降法的神话故事图案,均画得"诡谲奇秘、惊心动魄"。在不到0.4平方米的画面上,所绘的人物禽兽形象超过了50之数(见《文物参考资料》1958年第1期)。河南信阳长台关出土的锦瑟帛画,其上绘有一人乘凤执弓,射瘥一兽面人身的巨人,此外尚有驾云乘龙人物和其他种种鬼怪神巫形象。湖北江陵天星观1号楚墓出土的双头镇墓兽,虎首鹿角,面目狰狞,屈颈弓身。这样的绘画技艺,是颇令人惊异不止的。与此相似的,是1965年湖北江陵望山一号楚墓出土的一座彩绘木雕小屏:在这座长仅51.8厘米、高15厘米、上宽3厘米、下宽12厘米的木屏上,竟雕有51个龙、蛇、鹿、凤之类的动物形象,"雕刻的动物相互争斗,画面生动,形态逼真"(见《文物》1966年第5期)。1978年在湖北随县擂鼓墩发现了战国早期的曾侯乙墓。考古学家认为曾国即随国,它是毗邻楚国中部的一个姬姓侯国,早在春秋中期就成为楚国附庸,因此当属楚文化系统。曾侯乙墓出土的漆内棺、漆衣箱及鸳鸯形漆盒等器物上,描绘了众多的神怪形象,如驱鬼逐疫的"方相氏"、引魂升天的"羽人",还有"鸾凤""禺彊""烛龙""土伯"等。其中的方相氏,作兽面人身,手执双戈,足蹈火焰;羽人为人面鸟身,头生双角,手执双戈;鸾凤作鸡头、蛇颈、龟背、龟尾,展翼张爪;禺彊作人面鸟身,头生双角,手执双戈,耳饰两蛇,足践两蛇;烛龙作人面蛇身,头顶有角;土伯作人面蛇躯,头生双角。漆衣箱上,则绘有扶桑树、太阳、鸟、兽、蛇和人持弓射鸟的形象,宛若后羿射日神话的再现(引自《中国美术通史》,山东教育出版社1987年版。)

这些实例说明，早在春秋时期，楚人在绘画、雕刻方面的造诣已达到相当的高度。长沙马王堆3号墓出土的帛书《老子》甲本，其正文后面附录了一些久已亡佚的古代文献，《伊尹·九主》是其中的一篇。《伊尹·九主》是战国时期的著作，里面有一节文字称："九主成图，请效之汤，汤乃延三公，伊尹布图陈范，以明法君、法臣。"① 九主，是指九个君主，这里帛书与《史记》刘宋裴骃《集解》所引刘向《别录》和唐司马贞《索隐》的"九主"略有不同："刘向《别录》曰：'九主者，有法君、专君、授君、劳君、等君、寄君、破君、国君、三岁社君，凡九品，图画其形。'《索隐》按：'……九主者，三皇、五帝及夏禹也。或曰，九主谓九皇也。'"② 明堂，这是周王宣布政令以及各种教化政策的地方，诸如祭祀大典、朝会庆赏、选士养老、教学大典等等，也都在明堂中举行。所以，孟子说："夫明堂者，王者之堂也。"③ 为了配合宣教和大典，在明堂的墙壁上，画满了壁画，而且配上了文字，以制造神圣庄严的气氛，加强教育效果。《淮南子·主术》就曾记载古人关于周王室明堂的说法："文王、周公观得失，遍览是非，尧舜所以昌，桀纣所以亡者，皆著于明堂。"东汉高诱解释"著"字说："著，犹图也。"④《孔子家语·观周》中就曾记载孔子参观周王室的明堂说："孔子观乎明堂，睹四门墉，有尧舜之容、桀纣之象，而各有善恶之状、兴废之诫焉。又有周公相成王，抱之负斧扆，南面以朝诸侯之图焉。孔子徘徊而望之，谓从者曰：'此周之所以盛也。'"⑤ 秦代宫殿壁画却已在咸阳第一号宫娥近址被发现，据《文物》杂志1971年第11期刊载，共发现壁画残片440多块，"壁画五彩缤纷，鲜艳夺目，规整而又多样化，风格雄健。"其后，第三号宫殿遗址，又出土了"长卷轴式"的壁画，描绘了"浩浩荡荡出行巡视的车马，前拥后呼的武士虎贲之仪仗"，还有"端庄的建筑画面""突出的麦穗图案"（见《考古与文物》1980年第2期）。陈国英指出："遗址中发现的大批壁画，这是至关重要的一大收获，它首次证实了《孔子家语》、《天问》、《韩非子·外储说》中有关战国时期宫殿、庙堂图绘壁画的记述。秦宫出土的壁

---

① 凌襄：《试论马王堆汉墓帛书〈伊尹·九主〉》，载《文物》1974年第11期。
② （汉）司马迁：《史记》，中华书局1959年版，第94页。
③ （汉）赵岐注：《孟子注疏》，北京大学出版社1999年版，第45页。
④ 高诱：《淮南子注》，上海书店1986年版，第149页。
⑤ 《孔子家语》，《四部丛刊》本，上海书店1989年版，第25页。

画图像有人物、动物、植物、建筑、神怪和边饰等等，题材丰富，手法自由纯熟，用笔简炼有力，构成秦民族独特的艺术风格。"① 崇尚法制和功利的秦国尚且如此，巫风习俗浓厚的楚国宗庙祠堂壁画更应当丰富。唐代绘画理论家张彦远叙画之源流说："曹植有言曰：'观画者见三皇五帝，莫不仰戴；见三季异主，莫不悲惋；见篡臣贼嗣，莫不切齿；见高节妙士，莫不忘食；见忠臣死难，莫不抗节；见放臣逐子，莫不叹息；见淫夫妒妇，莫不侧目；见令妃顺后，莫不嘉贵。'是知存乎鉴戒者，图画也。昔夏之衰也，桀为暴乱，太史终抱画以奔商。殷之亡也，纣为淫虐，内史挚载图而归周。燕丹请献，秦皇不疑；萧何先收，沛公乃王。图画者，有国之鸿宝，理乱之纪纲。是以汉明宫殿，赞兹粉绘之功；蜀郡学堂，义存劝戒之道。"② 楚承夏风，《左传·宣公三年》记："昔夏之方有德也，远方图物，贡金九收，铸鼎象物，百物而为之备，使民知神奸。故民入川泽山林，不逢不若。魑魅魍魉，莫能逢之。"③ 按照法国学者列维-布留尔的分析，原始时代的人们对于绘画、图象抱有极其神秘的观念，他们认为"存在物的图象自然是我们叫做客观特征的那些特征与神秘属性的混合。图象与被画的、与它相象的、被它代理了的存在物一样，也是有生命的，也能赐福或降祸"（《原始思维》）。在这样的神秘观念的支配下，逐渐发展起带有宗教巫术性质的"图腾绘画"。岑家梧的《图腾艺术史》，就为我们提供了曾经流行于世界各地原始部族的"图腾绘画"的大量实例。他指出："图腾民族仪式之举行，均有固定的场所，其地或相传为图腾祖先盘桓之地，或为图腾动物蛰居之洞穴。此种场合惯用雕刻、图画以为布置。如描写图腾于岩洞，或秘密埋藏'止令茄'于周围，以建立图腾魔术的效能，或描写图腾于地上，使成员向之模仿动物的动作。"④ 20 世纪中后期，孙作云广泛搜集图像资料，较早提出"《天问》是根据壁画，或基本上根据壁画而作的，壁画上有人像，像旁有像赞，而像赞是四言诗，所以《天问》也采用了四言诗的形式"⑤。

"《天问》曰"，以"曰"开篇，有若壁立千仞。陈本礼称："曰字一

---

① 陈国英：《秦都咸阳考古工作三十年》，载《考古与文物》1988 年第 5、6 期合辑。
② 张彦远：《历代名画记》，《丛书集成初编》本，中华书局 1985 年版，第 11—12 页。
③ （周）左丘明传，（晋）杜预注，（唐）孔颖达疏：《春秋左传正义》，北京大学出版社 1999 年版，第 602—603 页。
④ 潘啸龙：《〈天问〉的渊源与艺术》，《中国社会科学》1988 年第 6 期。
⑤ 孙作云：《孙作云文集》（楚辞卷），河南大学出版社 2003 年版，第 534 页。

呼，大有开辟愚蒙之意。"① 中国古史叙事常把"曰若稽古""曰古""曰遂古"用于句首，除了具有追述古史的功能外，还有神性的提醒意义。《殷周金文集成》16·一〇一七五《史牆盤》：曰古文王。初□龢于政。上帝降懿德大屏。匍有上下。匐受萬邦。《殷周金文集成》1·二五二《癲鐘》：曰古文王。初□龢于政。上帝降懿德大屏匍。有四方。匐受萬邦。雩武王既戈殷。1942年出土长沙东郊子弹库楚墓的"长沙楚帛书"甲种：曰故（古）黄熊包戏（伏羲），出自□震，居于睢□。

徐中舒对周原甲骨其中二片的释文及论述如下：癸巳彝文武帝乙宗。贞，王其昭成唐，将禦服二女（母）。其彝盟牡三豚三，西又正。……此言文王在文武帝乙宗，祠祭成唐及其两个配偶，杀牲为盟，在殷王祖先神明监临下与周大臣同吃血酒，共效忠诚。……彝文武宗。贞，王翌日乙酉其拜禹，丙戌武豊（缺）裂卯（缺）佐王。此言文王在周民族中举起周方伯旂，也要与西正同饮血酒，同心同德，保卫周邦，效忠殷王。徐中舒总结说："以上四例，充分说明文王时代周之事殷，处处都要通过盟誓之言，作为周不叛殷的保证。"②

从古代祭天盟誓，到屈原以天反诘，其间或有精神脉络可寻焉。寻找之方，当从"曰"字着手。

《楚辞章句》第一篇《离骚》的注释，发现有四个"曰"字，王逸对先出现的两个"曰"字，一一作了注释，而对后出现的两个"曰"字，就按照训诂的"略例"原则，不再加注释了。但这四个"曰"字，都是"说"的意思。为了说明问题，现分别引述于后：一、"女嬃之婵媛兮，申申其詈予：曰：鲧婞直以亡身兮……"对这个"曰"字，王逸就注释道："曰：女嬃词也"③。就是说，"曰"是"女嬃"所说，下面的话都是女嬃之词。二、"索藑茅以筳篿兮，命灵氛为余占之，曰：两美其必合兮，孰信修而慕之？……"对这个"曰"字，王逸注释道："灵氛言：以忠臣而就明君，两美必合……"④ 就是说，这个"曰"字和前面那个"曰"字的意思，完全一样，都是"说"的意思。三、"曰：勉远

---

① （清）陈本礼：《屈辞精义》，《续修四库全书》第1302册，上海古籍出版社2002年版，第481页。
② 徐中舒：《周原甲骨初论》，见《徐中舒历史论文选辑》（下），中华书局1998年版，第1424—1425页。
③ （宋）洪兴祖撰，白化文等点校：《楚辞补注》，中华书局1983年版，第18—19页。
④ 同上书，第35页。

逝而无孤疑兮,孰求美而释女"。王逸没注释这个"曰"字,但《文选》五臣注释道:"灵氛曰"①。就是说,这个"曰"字,也是"灵氛说"的意思。四、"曰:勉升降以上下兮,求榘镬之所同"。王逸也没注释这个"曰"字,但《文选》五臣注释道:"巫咸之言。"② 就是说,这个"曰"字,是"巫咸说"的意思。应该强调者,"曰"字开头,有总揽全篇之功能。长沙马王堆出土的帛书《天文气象杂占》之开头,也有一个统摄全书的"曰"字。研究者认为这个"曰"字,就是占卜这类书的套语,有如《尚书·尧典》开头的"曰"字,是个虚词,同聿,无义。这个"曰"字的用法,和《天问》开头这个"曰"字的用法,就完全一致了。但《天问》开头的这个"曰"字,却不是虚词,而是"说"的意思。因为《尧典》是散文,开头说:"曰若稽古帝尧……"是表示说话者的语气,并不统摄全篇。所以蔡沈《集传》解释道:"曰、粤、越通,古文作粤。曰若者,发语辞。《周书》'越若来三月',亦此例也。"《天问》之"曰"字应按照长沙马王堆出土的帛书《天间气象杂占》的注释,当做占卜文体的套话看,是当时流行的占卜文体的一种格式。(聂恩彦《释〈天问〉第一字"曰"》)创造性的思维往往最初表现为非关联思维,毕加索曾把自行车的一只车座和一个车把组合在一起,造成双重联想,于是就出现了一件艺术品——牛头造型。

上古讨论最高权威,往往推尊上帝。夏商时代,"至上神的观念是帝或上帝,帝或上帝是最高主宰,具有无上的权威。建都、筑城、战争、年成丰歉、官吏任免,都需要祈求上帝的明裁,神职人员的占卜,只是一种传达上帝意旨的方法。帝、上帝主宰人事的一切,既降馑又降福"③。直至周代虽渐渐演变成以"帝"或"上帝"所居处的"天"来指代"帝"或"上帝",名称虽有不同,但作为至上神的"天"与夏商时的"帝"在神性上依然是一致的。"天道无亲,恒与善人","皇天无亲,唯德是辅","天衿于民,民之所欲,天必从之","天视自我民视,天听自我民听"。"天之道,利而不害。"④"天网恢恢,疏而不漏",人们对"天"或"帝"只能"尊之""敬之""畏之""顺之"。《诗经·周颂》说:"敬之敬之,

---

① (宋)洪兴祖撰,白化文等点校:《楚辞补注》,中华书局1983年版,第35页。
② 同上书,第37页。
③ 张立文:《中国哲学范畴发展史》,中国人民大学出版社1989年版,第68页。
④ 任继愈:《老子新译》,上海古籍出版社1988年版,第235页。

天维显恩，命不易哉！"①

先秦哲人讨论问题，往往采用回答的形式，故《管子》有《问》《小问》《主问》《桓公问》，《墨子》有《鲁问》，《列子》有《汤问》，《荀子》有《尧问》，《黄帝内经》有《素问》，《鹖冠子》有《学问》，甚至《论语》中也有《宪问》，出土的《齐孙子》有《威王问》《十问》。问成了思想通道之通行证。

  遂古之初，谁传道之？
  上下未形，何由考之？
  冯翼惟像，何以识之？
  冥昭瞢闇，谁能极之？
  明明闇闇，惟时何为？
  阴阳三合，何本何化？

寻求"源点"进行"逻辑"反问，是"公理化"思想方式。屈原把人类历史之源头延伸至宇宙诞生及天地万物生成，虽质疑上帝或天神，却给历史起源问题安置了一个天人相通的自然主义的哲学基础。浮士德将《新约·约翰福音》首句"太初有道"译为"太初有为"，就是歌德借"经"言志。屈原在世时，孔教未行于楚，《离骚》不受五经多少影响。皮锡瑞《经学通论》诗部云："而楚辞未尝引经，亦未道及孔子。"先秦时代，主张天地分判以前宇宙处于混沌状态的哲学观点，主要见于道家，这一派的开山之祖当属老子。老子关于宇宙之始的观念蕴涵在他的"道"论中。《老子》第四十二章曰："道生一，一生二，二生三，三生万物。"②老子将"道"作为万物的本原，"道"又是什么呢？《老子》第二十五章如此解释："有物混成，先天地生。寂兮寥兮，独立而不改，周行而不殆，可以为天地母。吾不知其名，强字之曰'道'。"③历史起源于"道"。《庄子·在宥》篇继承了老子的"道"论并更加玄虚："至道之精，窈窈冥冥；至道之极，昏昏默默。无视无听，抱神以静，形将自正。心静必

---

① 高亨：《诗经今注》上海古籍出版社1984年版，第499页。
② 陈鼓应：《老子注译及评介》，中华书局1984年版，第232页。
③ 同上书，第163页。

清，无劳汝形，无摇汝精，乃可以长生。"① 马王堆帛书《经》篇的《观》章和《道原》，则将"道"的哲学玄思阐述得较为具体，侧重于探求宇宙的本原及其演化。马王堆帛书《观》曰："力黑以布制建极□□□□曰：天地已成，而民生……黄帝曰：群群□□□□□□为一囷，无晦无明，未有阴阳。阴阳未定，吾未有以名。今始判为两，分为阴阳。离为四【时】，□□□□□□□□□因以为常，其明者以为法而微道是行。行法循□□□牝牡，牝牡相求，会刚与柔。柔刚相成，□牝牡若刑（形）。下会于地，上会于天。得天□之微，时若□□□□□□□□□寺（待）地气之发也，乃梦（萌）者梦（萌）而兹（孳）者兹（孳），天因而成之。"② 马王堆帛书《道原》云："恒无之初，迵同大（太）虚。虚同为一，恒一而止。湿湿梦梦，未有明晦。……古（故）未有以，万物莫以。古（故）无有刑（形），大迵无名。"③ 郭店楚简《太一生水》篇提到"太一"："大一生水，水反辅大一，是以成天。天反辅大一，是以成地。天地〔复相辅〕也，是以成神明。神明复相辅也，是以成阴阳。阴阳复相辅也，是以成四时。……是故大一藏于水，行于时，周而又〔始，以己为〕万物母……"④ 阴阳家邹衍稍晚于孟子，他"深观阴阳消息而作怪迂之变，终始、大圣之篇十余万言"⑤，往往"先序今以上至黄帝"⑥，"推而远之，至天地未生，窈冥不可考"⑦。邹子逆向推演，将历史从当今之世一直上溯到人类的远祖黄帝甚至没有人类的天地未分之际，构筑了一个由天地之始到人类蛮荒童年再发展到当今之世的宏观历史系统。他"企图把自然界和人类社会作为一个统一体进行完整的解释"。这是前所未有的，因此可谓"我国思想发展史上的第一位历史哲学家"⑧。屈原论历史起源涉及古天文学与神话学，以及二者的相互渗透。这些材料若用正面陈述句式，无论当时如何高明严密，随之人类知识的进步，都会变得幼稚可笑，用了诘问语气，却显示了可以永久寻味的破妄求真的怀疑精神和求索智

---

① 陈鼓应：《老子注译及评介》，中华书局1984年版，第304页。
② 马王堆汉墓帛书整理小组编：《经法》，文物出版社1976年版，第49页。
③ 同上书，第101页。
④ 李零：《郭店楚简校读记（增订本）》，北京大学出版社2002年版，第32页。
⑤ （汉）司马迁：《史记》，中华书局1959年版，第2344页。
⑥ 同上。
⑦ 同上。
⑧ 尹达：《中国史学发展史》，中州古籍出版社1985年版，第58页。

慧。屈原将人类历史纳入了一个天、地、人三位一体的宏观体系之中，探索的是这个整体产生、发展的运动轨迹和变化规律。屈原问自然之天、地，意在"推天道以明人事"，即西汉司马迁所言"究天人之际"，并非关心人与天的和合关系，而是为了寻求一个根本的理，即天道的客观性与人道的客观性。所谓"天命"何尝不是自欺欺人的政治神话？需要探究者，应是深远的空间与时间之思。《尸子》曰："四方上下曰宇，往古今来曰宙"，宇宙概念囊括时空两方面。《淮南子·原道训》高诱注曰："四方上下曰宇，古往今来曰宙，以喻天地"。即宇宙是天地万物的总称，高诱注较《尸子》增"以喻天地"四字，"宇宙"一词的诗化意蕴尽显无遗，时空是用人的居所"宇宙"来比方的。《吕氏春秋·下贤》注："四方上下曰宇。以屋喻天地也。"① 《淮南子·览冥训》："而燕雀佼之，以为不能与之争于宇宙之间。"高诱注云："宇，屋檐也。宙，栋梁也。"② "宇宙"是大屋子，屋子是小宇宙，人与自然浑融一体，对天地时空作富有诗意的称名。朱熹《楚辞集注》认为，"上下未形"的"上下"是"谓天地"。《天问》此句是关乎宇宙的总问，姜亮夫说："考，读左氏传'考仲子之宫'之考，成也。言天地无形，何由成其为天地也。此屈子对宇宙现象之疑问，亦当时诸子所盛言者也"③

对于"冯冯翼翼"，《广雅·释训》以为："冯冯翼翼，元气也。"闻一多《天问释天》云："若《淮南》之'冯冯翼翼'及本篇之'冯翼'，则当训为元氛满盛之貌。《天问》以'冯翼'为'像'之形容词，则像是无形之象，明矣。王逸盖因不识'冯翼'之义，故以'像'为有形之像，因而又以天地未分为天地既分，以阴阳未判为阴阳已判，斯诚所谓'失之毫厘，谬以千里'者与？"④

道论、气论、阴阳论，是屈原以前或屈原时代所流行的三种唯物主义的宇宙发生论。先秦哲学大讨论的两大主题，是宇宙本体和天人关系，用《庄子·天下篇》的话来说，就叫"判天地之美，析万物之理，察古人之全"⑤。罗漫认为，《天问》是"战国学术大讨论系列问题诗"。战国时代讨论宇宙

---

① 许维遹：《吕氏春秋集释》，中华书局2009年版，第370页。
② 何宁：《淮南子集释》，中华书局1998年版，第469页。
③ 姜亮夫：《屈原赋校注》，人民文学出版社1957年版，第275页。
④ 闻一多：《闻一多全集楚辞编乐府诗编》，湖北人民出版社2004年版，第501页。
⑤ 陈鼓应：《庄子今注今译》，中华书局1983年版，第909页。

本体和天人关系的一系列以"天"命名的学术专章——《墨子》有《天志》，《列子》有《天瑞》，《庄子》有《天地》《天道》《天运》《天下》，《鹖冠子》有《天则》《天权》，《尉缭子》有《天官》，《荀子》有《天论》，甚至早在春秋末，孔门弟子曾参的《曾子》就已经有了一篇《天圆》。一经跳出了壁画的缠绕层次之后，展示广阔背景上的更高层次的文化视点，以及远比《天问》更为宏伟的文化参照系统，就可以使我们看到：在《天圆》《天志》《天瑞》《天地》《天道》《天运》《天下》《天则》《天权》《天官》《天论》这一大片"天"的理论森林之中，挺立着一株挂满疑问之果的参天大树——《天问》，乃是非常自然，非常符合当时的学术气候的。《天问》的创作动因，是屈原要以自己的声音加入当时的"最高学问"——宇宙与人的时代大论辩里去[1]。这既问天地之形成，又回应当时的道术思想问题。从屈原对遂古之初那种"上下未形""冥昭瞢暗"，"冯翼惟象""明明暗暗""阴阳三合"的描绘看，诗人是认为宇宙最初是一团翻滚流动的元气，鸿蒙浑沌，天地莫判，由于元气不断运动和变化，便分出了阴阳二气，形成了天地，产生了万物。这里既有道论，也有气论和阴阳论，但是，它不是三种理论的简单相加，而是由三种理论相互交融而产生的一种新的宇宙发生论。以"参验以考实"作为发问的逻辑前提。《淮南子·天文篇》云："阴阳和合而万物生。"《管子·枢言》篇云："凡万物，阴阳两生而参（三）视"[2]，"有气则生，无气则死，生者以其气。"[3]《礼记·礼统》曰："施生为本。"化之言化育也。将《天问》开篇文字中"每两句的后一句去掉，即为：曰遂古之初，上下未形，冥昭瞢暗，冯翼惟象，明明暗暗，阴阳三合"，"这是一段完整的宇宙生成论，以上的每一句我们都能从传世文献和出土文献中索解"[4]。原始人类已经形成了"原初哲学"，这种原初哲学是以神话的形式承载的。中国古代并无"神话"一词，"神话"一词是移用自日语的"神話"。《老子》二十五章曰："有物混成，先天地生。寂兮寥兮，独立不改。周行而不殆，可以为天下母。吾不知其名，字之曰'道'。……人法地，地法天，天法

---

[1] 罗漫：《战国宇宙本体大讨论与〈天问〉的产生》，《文学遗产》1988年第1期。
[2] 黎翔凤：《管子校注》，中华书局2004年版，第246页。
[3] 同上书，第241页。
[4] 徐文武：《〈天问〉：对"构成思想"的反思》，《三峡大学学报》（人文社会科学版）2005年第3期。

道，道法自然。"① 四十二章又云："道生一，一生二，二生三，三生万物。万物负阴而抱阳，冲气以为和。"② 老子延续了《周易》的哲学观念，构筑了一个很完整的生成论逻辑过程。黑格尔在自传中承认，他创造"正—反—合"的辩证逻辑定律，是得自《易经》的启发。应该看到，《老子》的"一生二，二生三"就是先哲对"正—反—合"辩证逻辑定律的形象概括。"一"是"气"，即元气；分而为"二"，是为阴、阳二气。阴、阳二气合而为第三者，即所谓"精气"。精气与元气，似是而非，屈原《天问》中"阴阳三合，何本何化"③，正是表明他对道家这一法则的深入思考。《吕氏春秋·大乐》云："太一出两仪，两仪出阴阳。阴阳变化，一上一下，合而成章。"④ 有了天地及其属性的互换交感，才有了人类。人类秉天地之气而产生，所以人类作为一个自然本体，有与天地相同的本原类质。这种感应，始于混沌。徐整《三五历记》云："天地混沌如鸡子，盘古生其中，万八千岁。天地开辟，阳清为天，阴浊为地。盘古在其中，一日九变。神于天，圣于地。天，日高一丈，地，日厚一丈，盘古日长一丈。如此，万八千岁，天数极高，地数极深，盘古极长。后乃有三皇。数起于一，立于三，成于五，盛于七，处于九。"⑤（《绎史·开辟原始》篇引，据文渊阁《四库全书》）。原始神话既是原初哲学的载体，也是原初哲学本身。又《枕中书》曰："《真书》曰：昔二仪未分，溟涬鸿蒙，未有成形。天地日月围具，状如鸡子，混沌玄黄。已有盘古真人，天地之精。自号元始天王，游乎其中。"⑥（据《四库全书》本《说郛》卷七下，《说郛》辑《枕中记》署名葛洪）

郭店楚简《太一生水》，上博简《恒先》和长沙马王堆帛书《道原》，这三篇楚地道家简帛论述道之本原的文章，对天地自然形成过程作了描述：

《恒先》篇云：

恒先无，有朴、静、虚：朴，大朴；静，大静；虚，大虚。自厌，不自忍，或作。有或焉有气，有气焉有有，有有焉有始，有始焉

---

① 陈鼓应：《老子注译及评介》，中华书局1984年版，第163页。
② 同上书，第232页。
③ （宋）洪兴祖撰，白化文等点校：《楚辞补注》，中华书局1983年版，第86页。
④ 许维遹：《吕氏春秋集释》，中华书局2009年版，第108页。
⑤ 《绎史·开辟原始》篇引，据文渊阁《四库全书》。
⑥ 据《四库全书》本《说郛》卷七下，《说郛》辑《枕中记》署名葛洪。

有往。[昔]者未有天地，未有作行，出生虚静，为一若寂，梦梦静同，而未或明，未或滋生。

《道原》篇云：

恒先之初，迥同太虚。虚同为一，恒一而止。湿湿梦梦，未有明晦。神微周盈，和精静不熙。古未有以。万物莫以。

《太一生水》云：

太一生水，水反辅太一，是以成天；天反辅太一，是以成地。天地复相辅也，是以成神明；神明复相辅也，是以成阴阳；阴阳复相辅也，是以成四时；四时复相辅也，是以成寒热；寒热复相辅也，是以成湿燥；湿燥复相辅也，成岁而止。

以上文献，都把道与混沌混同言之，作为宇宙发生之始。

> 圜则九重，孰营度之？
> 惟兹何功，孰初作之？
> 斡维焉系，天极焉加？
> 八柱何当，东南何亏？
> 九天之际，安放安属？
> 隅隈多有，谁知其数？
> 天何所沓？十二焉分？
> 日月安属？列星安陈？

对于"斡维焉系"，可以参看许慎《说文解字》谓斡为蠡柄，意谓亦即斗柄也。《管子·白心》云："天或维之，地或载之。天莫之维，则天以坠矣；地莫之载，则地以沉矣。"① 《史记·天官书》云："中宫天极星

---

① 黎翔凤：《管子校注》，中华书局2004年版，第799页。

者，其一明者，太一常居也。"① 《论衡·说日篇》引邹衍云："天极为天中。""天辑焉加"者，谓天极架于何初也。《淮南子·墬形训》云："天地之间，九州八极。"② 纬书又有"地下有八柱"。此问天事，未及地下。《淮南子·天文训》：共工与颛顼争为帝，怒而触不周之山，天倾西北，地不满东南③。

所谓"九天之际"，可参看《吕氏春秋·有始篇》："何谓九野"，答以九天。《淮南子·天文训》说同。

"十二焉分"之"十二"，为十二辰。十二辰即黄道周天之十二等分。《管子·九守·主问》中列举了一个"疑问"的简要提纲，云："一曰天之，二曰地之，三曰人之，四曰上下左右前后，荧惑之处安在？"④ 略作猜测，这很可能是稷下学士讨论问题所遵循的一个规则，这个规则要求先言天，包括天地开辟、天上日月星辰等；次言地，包括博物和地理传说等；再次言人，涉及人物故事、历史传说等；最后言及上下左右前后，即自己所处时代环境中的诸问题。荀子此公在稷下学宫中曾"三为祭酒""最是老师"，可见其学术地位、学术威望之高，其稷下学代表的资格也是不言自明的，而他在《天论》一文的讨论中所采用的正是这一程式化提纲，所谓"列星随旋，日月递照，四时代御，阴阳大化，风雨博施，万物各得其和以生，各得其养以成"⑤，"大天而思之，孰与物畜而制之？从天而颂之，孰与制天命而用之？望时而待之，孰与应时而使之？，故错人而思天，则失万物之情"⑥。《管子》书里除了以"问"名篇的《主问》之外，还有《问》《小问》《桓公问》等，《荀子》书中也有《尧问》一篇，可见当时稷下学宫中确实流行着一种以问答方式来讨论问题的风气⑦。稷下学派的提问有"日德月刑"之说。《管子·四时》载："日掌阳，月掌阴，星掌和。阳为德，阴为刑，和为事"⑧，此即"日为德，月为刑"，也

---

① （汉）司马迁：《史记》，中华书局1959年版，第1289页。
② 何宁：《淮南子集释》，中华书局1998年版，第311页。
③ 同上书，第167—168页。
④ 黎翔凤：《管子校注》，中华书局2004年版，第1043页。
⑤ （清）王先谦：《荀子集解》，中华书局1988年版，第308—309页。
⑥ 同上书，第317页。
⑦ 王长华、易卫华：《从〈天问〉看稷下学对屈原思想的影响》，《河北师范大学学报》（哲学社会科学版）2003年第5期。
⑧ 黎翔凤：《管子校注》，中华书局2004年版，第855页。

就是说太阳天天出入常新而不老,这是天施德泽的标志;而月亮方圆即缺,这是天用刑罚的标志。屈原的问题是,月亮既然已经被天"刑"死了,这死"月"又是靠什么"德"重新获得新生的呢?

> 出自汤谷,次于蒙汜。
> 自明及晦,所行几里?
> 夜光何德,死则又育?
> 厥利维何,而顾菟在腹?
> 女岐无合,夫焉取九子?
> 伯强何处?惠气安在?
> 何阖而晦?何开而明?
> 角宿未旦,曜灵安藏?

汤谷,即旸谷。次,宿也。这是太阳运行的轨迹。《孙子兵法·虚实篇》云:"月有死生。"① 《庄子·天地篇》曰:"物得以生谓韶之德。"② 《鹖冠子·夜行篇》云:"月刑也,日德也。"《尉缭子·天官》云:"黄帝有刑德,可以百战百胜";"刑以伐之,德以守之。"《韩非子·解老篇》曰:"得也者,人之所以建生也。"这些都可以作为以"德"来解释月圆又缺、死则又育的文献参照。

对于"厥利维何,而顾菟在腹?"王逸、朱熹释"菟"为兔,而释"顾"为动词,清毛奇龄《天问补注》引梁简文帝《水月诗》、隋袁庆《和炀帝月夜诗》及古谚、古诗等大量材料,证明"顾菟"就是兔。闻一多认为:"毛奇龄以顾菟为月中兔名,庶几无阂于文义,而刘盼遂云'顾菟,叠韵连绵词',亦无愧卓识。"③ 在肯定了"顾菟"为一个词后,闻一多《天问释天》引用《诗经》《说文》《尔雅》《初学记》等文献,列举十一条理由,证明"顾菟"最早是蟾蜍,"顾菟当即蟾蜍之异名","考月中阴影,古者传说不一。《天问》而外,先秦之说,无足征焉。其在两汉,则言蟾蜍考莫早于《淮南》,两言蟾蜍与兔者莫早于刘向,单言兔者莫早

---

① (春秋)孙武撰,(三国)曹操等注:《十一家注孙子校理》,中华书局1999年版,第126页。

② 陈鼓应:《庄子今注今译》,中华书局1983年版,第335页。

③ 闻一多:《天问释天》,《闻一多全集》第5册,湖北人民出版社1993年版,第511页。

于诸纬书。由上观之,传说之起,谅以蟾蜍为最先,蟾与兔次之,兔又次之。故《天问》用它就应是指蟾蜍而不是兔"①。考古学者郭德维根据曾侯乙墓、马王堆汉墓出土文物,纠正闻一多"蟾先兔后"的结论:"曾侯乙衣箱上已有兔,而马王堆一号汉墓里已有蟾蜍与兔,因此,应该是先为兔(《楚辞》里也提到'顾菟在腹'),再演变为蟾蜍,后来就变成蛤蟆与兔了。"② 其后汤炳正先生根据曾侯乙墓资料认为"曾侯乙墓箱盖图像中月中有兔是源于中原地域的神话",而这月中有兔的神话从中原流传到楚地以后,因为楚地方言称虎为於菟,菟、兔音同,于是在楚地变成了月中有虎的神话。《天问》之顾菟,即於菟,即虎。汤炳正先生根据曾侯乙衣箱并参考郭文,从音韵学角度,引用郭璞所注扬雄《方言》等材料,证明对月中阴影,古来有三种说法:兔、蟾蜍、虎,而《天问》所言"顾菟"应是虎。该墓年代属西汉前期,即公元前 2 世纪后半叶。根据这些考古材料,汤炳正认为:"曾侯乙墓箱盖图像中似虎又似兔的兽形,乃月中阴影的神话传说以语言因素为媒介而由兔变虎的过渡形象……《天问》里'厥利维何,而顾菟在腹'的'顾菟',实即《左传》宣公四年'楚人……谓虎於(wū 乌)菟'的'於菟',是指虎而言。"③ 又说:"由月中阴影所引出的古代神话,是多种多样的。而较为古老的传说,则除了兔之外,还有蟾蜍,并且还有虎。从传播的情况来讲,最多的是兔,其次是蟾蜍,再其次才是虎(於菟)。这三者,都是以同一语言因素为媒介而演化为三种不同的传说(古称'蟾蜍'为'居蠩',与'於菟'、'顾菟'同音)。而且,月中有虎(於菟)这一传说,只限于楚地。如果没有《天问》'顾菟在腹'那句话,则月中有虎的楚国神话,几乎失传。"④ 在湖北随县擂鼓墩曾侯乙墓出土的漆衣箱箱盖图像里,有象征月亮的头似虎而身尾似兔的兽形,长沙马王堆汉墓帛画、洛阳西汉墓壁画、南阳汉画像石刻均有蟾蜍和兔子并见月腹的图像,这些文物为《天问》提到的神话传说作了历史的佐证。

对于"女岐无合,夫焉取九子?"闻一多云:女岐即九子母,本星名也。《史记·天官书》引宋均曰:"属后宫场,故得兼子,子必九者,取尾有九星也。"九子星衍为九子母之神话,故《汉书·成帝纪》"元帝在

---

① 闻一多:《天问释天》,《闻一多全集》第 5 册,湖北人民出版社 1993 年版,第 513 页。
② 郭德维:《曾侯乙墓中漆上日、月和伏羲女娲图象试释》,《江汉考古》1981 年第 1 期。
③ 汤炳正:《屈赋新探·〈天问〉"顾菟在腹"别解》,齐鲁书社 1984 年版,第 263 页。
④ 同上书,第 269 页。

太子宫生甲观画堂",颜师古注引应劭曰:"画堂画九子母,或云即女岐也。"① 案九子星属后宫之场,故汉甲观画堂壁间图其神九子母之像。

　　闻一多云,伯强即隅强。《淮南子·墬形训》曰:"隅强,不周风之所生也",不周风者,西北风也。《山海经·海外北经》《大荒北经》《大荒东经》三言禺彊人面鸟身。禺彊为风神。角二星为天门,故曰"何阖""何开"。以上问天事竟。

> 不任汩鸿,师何以尚之?
> 佥曰"何忧",何不课而行之?
> 鸱龟曳衔,鲧何听焉?
> 顺欲成功,帝何刑焉?
> 永遏在羽山,夫何三年不施?
> 伯禹愎鲧,夫何以变化?
> 纂就前绪,遂成考功。
> 何续初继业,而厥谋不同?

　　此处以极大的同情检讨了治水英雄鲧和禹之事迹。鲧、禹是夏之祖,夏与楚有极密切的关系。夏民族的根据地与楚先祖之根据地实为近邻。夏最早的根据地在嵩山一带,鲧曰崇伯,崇即高,亦即嵩也,这在学术界已无歧见。夏禹之都曰阳城,阳城大概就在登封告城。登封告城出土的战国陶豆陶量上有阳城印记,可证这一点。楚之先祖祝融八姓正居住于新郑、嵩山一带,与其地望基本一致。当夏崛起之时,与楚人先祖关系密切,祝融八姓之一的已姓与夏有联姻关系,值得注意的是羿因夏民以代夏政之时,有臣曰熊髡、龙圉,被羿弃而不用,显然系夏之旧臣(见《左传·襄公四年》)。这熊髡、龙圉即可能是楚国的熊、鬻的上系。夏亡后,夏人向南逃亡。《山海经·大荒西经》曰:"有人无首,操戈盾立,名曰夏耕之尸。故成汤伐夏桀于章山,克之,斩耕厥前,耕即立无首,走厥咎,乃降于巫山。"② 可知夏耕之部下逃到了巫山一带。《夏本纪正义》引《淮南子》曰:"汤败桀于历山,与妹喜同舟浮江,奔南巢之山而死。"《括地

---

① (汉)班固撰,(唐)颜师古注:《汉书》,中华书局1962年版,第301页。
② 袁珂校注:《山海经校注》,上海古籍出版社1980年版,第411页。

志》曰：南巢即今安徽巢湖，这说明夏族一部分人向东南逃走。屈子《九歌》，是夏后启《九歌》散落于湘楚之野者。孙作云说："《天问》中还保存了蛇龟作为两个氏族而存在的古老记载……这在中国古书中，任何记载都没有的。"（孙作云：《天问研究》，中华书局1989年版。）邱仰文云："鸱龟曳衔，谓障隄绵亘，如鸥之曳尾相衔也。或有进是谋于鲧者，鲧误听之。"邱氏的解释可谓言简意赅，切中肯綮。所不足的是，邱仰文不明白鸱龟不是鸥和龟两种动物，而是指形似鸥鸟之龟。

在夏的史诗故事中，天神也是因其喜怒好恶而挑动着人间的是非。上帝始则同尧作对，降下洪水，次则因鲧窃息壤，便又助尧灭了鲧。《竹书纪年》载：帝尧六十一年，"命崇伯鲧治河"。当时，舜为"执政"，正在试用期。伯鲧受"四岳"的推荐，去治水。当尧与舜怀疑伯鲧的能力时，"四岳"提出可以试试看。尧六十九年，"黜崇伯鲧"。后，舜"放四凶"时，"杀伯鲧于羽郊"。

姜亮夫指出："儒家以为四凶之一，治水无功，被殛于羽山，然《离骚》谓'鲧婞直以亡身'。鲧湮洚水，终之见因于羽，'夭乎羽之野'，《天问》则谓其'川谷成功'（原误'顺欲成功'，依余校），'咸播秬黍'、'莆雚是营'非无征劳，又言三年不施刑，非即殛杀，盖多宽恕之词，不作为元恶大憝也。"① 《吕氏春秋·侍君览》透露了另一种秘闻："尧以天下让舜，鲧为诸侯，怒于尧曰：'得天之道者为帝，得地之道者为三公，今我得地之道，而不以我为三公！'以尧为失论，欲得三公。"② 《韩非子·外储说右上》也云："尧欲传天下于舜，鲧谏曰：'不祥哉，孰以天下而传之匹夫乎？'尧不听。"③ 鲧是政治上的反对派，自言"今我得地之道"，即《天问》所言"川谷成功"（按，今郭店楚简、上博简等川、谷与顺、欲二字通用无别，可见姜亮夫先生所言甚确），指治水中已经成功地分别了川谷，因而可知鲧治水取得了一定的成绩。《离骚》云："鲧婞直以亡身兮，终然夭乎羽之野。"④ 《九章·惜诵》云："行婞直而不豫兮，鲧功用而不就。"⑤ 在舜成为联盟共主后，便借故把鲧作为"四凶"

---

① 姜亮夫：《三楚所传古史与齐鲁三晋异同辨》，姜亮夫《楚辞学论文集》，上海古籍出版社1984年版，第99页。
② 陈奇猷：《吕氏春秋校释》，学林出版社1995年版，第1389页。
③ （清）王先谦：《韩非子集解》，中华书局1998年版，第324页。
④ （宋）洪兴祖撰，白化文等点校：《楚辞补注》，中华书局1983年版，第19页。
⑤ 同上书，第126页。

之一放逐于东夷之地——羽山。《天问》"川谷成功,帝何刑焉?永遏在羽山,夫何三年不施"① 即指此事,可见当时权力斗争之激烈。

民族学家杨堃在《关于神话与民族学的几个问题》中的说法颇有见地:"一般全认为是从鲧的肚子里生出禹来。但原注云:'腹,怀抱也。'诗曰:'出入腹我'。像这样,鲧本是一个男子,并娶有老婆有莘氏之女,他竟能怀抱他的儿子禹,这不是产翁又是什么呢?"② 他认为,"鲧腹禹"神话,"就是我国最早的产翁制的起源"。其他学者也认为:"《天问》等文献中所说的'伯禹腹鲧',即禹是其父剖腹而生,对于这一怪诞的说法,学者多以母亲生孩子、父亲坐月子的'产翁习俗'来解释,是有一定道理的。"③

《山海经·海内经》曰:"洪水滔天,鲧窃帝之息壤以堙洪水,不待帝命。帝令祝融杀鲧于羽郊。鲧复生禹,帝乃命禹卒布土以定九州。"④ 郭璞注引《开筮》曰:"鲧死三岁不腐,剖之以吴刀,化为黄龙也。"⑤《吕氏春秋·恃君览·行论》云:"尧以天下让舜。鲧为诸侯,怒于尧曰:'得天之道者为帝,得地之道者为三公。今我得地之道,而不以我为三公。'以尧为失论。欲得三公,怒其猛兽,欲以为乱。比兽之角所以为城,举其尾能以为旌,召之不来,仿徉于野。以患帝,舜于是殛之于羽山。"⑥ 鲧"永遏在羽山"事,《尚书》记为"殛鲧于羽山":"流共工于幽州,放驩兜于崇山,窜三苗于三危,殛鲧于羽山。"⑦ 古来诸多释家往往释"殛"为"诛",孔颖达疏曰:"传称流四凶族者,皆是流而谓之'殛、窜、放、流,皆诛'者,流者移其居处,若水流然,罪之正名,故先言也;放者使之自活;窜者投弃之名;殛者诛责之称,俱是流徙。异其文,述作之体也。"姜亮夫说:"南楚只谓流放,不言诛杀。屈子《离骚》亦云:'鲧婞直以亡身兮,终然殀乎羽之野'。殀即殀遏之短言,与此永遏同;殀遏、

---

① (宋)洪兴祖撰,白化文等点校:《楚辞补注》,中华书局1983年版,第90页。
② 引自张启成《贵州文史丛刊一九九七年合订本》,贵州文史编辑部,第84页。
③ 李衡眉:《中国古代婚姻史论集》,吉林文史出版社1992年版,第101页。
④ 袁珂校注:《山海经校注》,上海古籍出版社1980年版,第472页。
⑤ 同上书,第473页。
⑥ 许维遹:《吕氏春秋集释》,中华书局2009年版,第568—569页。
⑦ (汉)孔安国注,(唐)孔颖达疏:《尚书正义》,北京大学出版社1999年版,第65—66页。

永遏一声之转。永遏者,囚系之尔,似南北所传处置鲧事有异。"① 《尚书·洪范》云:"鲧则殛死,禹乃嗣兴。"② 《国语·吴语》云:"今王既变鲧禹之功。"③ 《国语·鲁语》:"禹能以德修鲧之功。"《礼记·祭法》云:"禹能修鲧之功。"④ 《山海经·海内经》云:"鲧复(腹)生禹。帝乃命禹卒布土以定九州。"⑤ 又《左传·鲁昭公七年》说到"其神化为黄熊……三代祀之"⑥ 时,孔《疏》中亦说:"鲧有治水之功。"⑦ 这些传说都认为鲧禹治水是子承父业,而且鲧也有"功"。之所以遭到不幸,是源于他的耿直坚定,"行婞直而不豫兮,鲧功用而不就","鲧婞直以亡身兮,终然夭乎羽之野"。

屈原《天问》保存着诸多前夏的神话传说,鲧禹故事占十分突出的地位。鲧死后还不改其志,剖腹生下禹,这有点刑天的劲头。"玄应《一切经音义》二引《通俗文》曰:'卵化曰孚。'……据此,则传说似谓鲧为爬虫类,卵化而成禹。此正问其事,故下曰'夫何以变化也'。"(闻一多《楚辞校补》)又说:"《海内经》曰:'帝令祝融杀鲧于羽山之郊,鲧復生禹。'復生即腹生,谓鲧化生禹也。《海内经》之'鲧復生禹'即《天问》之'伯鲧腹禹'矣。"《归藏·启筮》说:"鲧殛死,三岁不腐,副之以吴刀,是用出禹。"《春秋繁露》说"禹生发于背",《路史后记》说:"屠副而生禹"。均是说禹在鲧之腹中,剖之而出。《史记·夏本纪》云:"禹之父曰鲧,鲧之父曰帝颛顼。"⑧ 《楚世家》又云:"陆终生子六人,坼剖而产焉。"⑨ 陆终即祝融。鲧禹和夏人也是祝融之裔。《通志》记载:"(颛顼)有子四人,曰:穷蝉、伯鲧、皋陶、老童。"郭璞注引《山海经》:"颛顼产伯鲧"。鲧和吴回都是源自颛顼一脉。"伯鲧腹禹",被考证为"产翁制"。"产翁制"习俗,是世界各民族在由母权制向父权制过渡时期所共有的现象。产翁(公)制,法文作Couvade,首见法国传教士拉费投

---

① 姜亮夫:《重订屈原赋校注》,天津古籍出版社1987年版,第279页。
② (汉)孔安国注,(唐)孔颖达疏:《尚书正义》,北京大学出版社1999年版,第298页。
③ 《国语》,上海古籍出版社1978年版,第599页。
④ (汉)郑玄注,(唐)孔颖达疏:《礼记正义》,北京大学出版社1999年版,第1307页。
⑤ 袁珂校注:《山海经校注》,上海古籍出版社1980年版,第472页。
⑥ (周)左丘明传,(晋)杜预注,(唐)孔颖达正义:《春秋左传正义》,北京大学出版社1999年版,第1245页。
⑦ 同上。
⑧ (汉)司马迁:《史记》,中华书局1959年版,第49页。
⑨ 同上书,第1690页。

(1671—1746) 出版的《美洲野蛮人风俗与原始时代风俗比较》（1724）一书。后来，费勒克在所著《家族史》（1914）内如是言："产翁的习惯，是在地球上任何不同时代，不同地域的地方都是存在的（？）……我们的解释是：产翁的习惯，就是由母系家族制度到父系家族制度之一个过渡形式的表征。……拉法格（La fargue），产翁的习惯，是男子用来夺取女子的财产和她的品级之欺骗手段之一种。"因为女人生小孩子，成为在家庭中享有特权的原因。男子之所以装产，因为他要使人相信他也是生小孩的人。这种行动的方法，供给了男子做他承认父权之用，同时也表明，他对于小孩之亲权，与母亲对于小孩之亲权一样，在家族进化的方向中，做了由母权制度过渡到父权制度的阶梯。[①] 中国古代的确存在过如此奇特的制度。北宋李昉等编《太平广记》卷四八三引尉迟枢《南楚新闻》曰："南方有獠妇，生子便起，其夫卧床褥，饮食皆如乳妇，稍无卫护，其孕妇疾皆生焉。其妻反无所苦，炊爨樵苏自若越俗，其妻或诞子，经三日，便澡身于溪河。返，具糜以饷婿，婿则拥衾抱雏，坐于寝榻，称为产翁。"[②] 周去非《岭外代答》卷十亦载："獠在右江溪洞之外，俗谓之山獠……唐房千里《异物志》言，獠妇生子即出，夫惫如乳妇，不谨其妻则病，谨乃无苦。"[③] 意大利人马可波罗在元代曾到中国西南地区，在《马可波罗游记》"金齿州"一章中记述金齿风俗曰："卡丹丹（Kardandan）省金齿（即云南省的一部分）……流行一种十分奇异的习惯。妇女产子：洗后裹以褓褓。产妇立起工作，产妇之夫则抱子卧床四十日。卧床期间，受诸亲友贺。"[④] 这就是所谓"老婆养育，丈夫坐蓐"。明代，钱古训《百夷传》记百夷产翁制："凡生子……逾数日，授子于夫，仍服劳无倦。"清代袁枚《新齐谐·产公》载："广西太平府獠妇生子，经三日便澡身于溪间。其夫乃拥衾抱子，坐于床榻，卧起饮食，皆须其妇扶持之，稍不卫护，生疾，一如孕妇，名曰产公。而其妻反无所苦。"[⑤] 袁枚《子不语》卷二十一《产公》条谓："广西太平府，獠妇生子，经三日便澡身于溪河。其夫乃拥衾抱子，坐于寝榻，卧起饮食，皆须其妇扶持之。稍不卫护，生疾。

---

① 杨堃：《原始社会发展史》，北京师范大学出版社1986年版，第208—209、204页。
② （宋）李昉：《太平广记》第三册，中华书局1961年版，第3981页。
③ （宋）周去非：《岭外代答》，上海远东出版社1996年版，第258页。
④ 《马可波罗游记》，陈开俊等译，福建科技出版社1981年版，第147—148页。
⑤ （清）袁枚：《新齐谐》，人民文学出版社1996年版，第468页。

名曰'产公',其妻反无所苦。"① 这些产翁制行为,多见于西南边地,尤其是南楚。

《诗经·商颂·长发》:"洪水茫茫,禹敷下方土。"《说文解字》释"敷"为"布也"。《汉书·陈汤传》颜师古注曰:"傅,读曰敷。敷,布也。"则此处"敷"不该为疏导之意,当为堙塞。《山海经·大荒北经》也载:"禹湮洪水……禹湮之,三仞三沮。"② 郭璞注曰:"言禹以土塞之,地陷坏也。"③ 然而,《国语·周语下》曰:"其后伯禹念前之非度,厘改制量,象物天地,比类百则,仪之于民,而度之于群生,共之从孙四岳佐之,高高下下,疏川导滞,锺水丰物,封崇九山,决汨九川,陂鄣九泽,丰殖九薮,汨越九原,宅居九隩,合通四海。故天无伏阴,地无散阳,水无沈气,火无灾燀,神无间行,民无淫心,时无逆数,物无害生。"④ 鲧之湮,禹之疏,成为后人之成见。

> 洪泉极深,何以窴之?
> 地方九则,何以坟之?
> 河海应龙?何尽何历?
> 鲧何所营?禹何所成?
> 康回冯怒,坠何故以东南倾?
> 九州安错?川谷何洿?
> 东流不溢,孰知其故?
> 东西南北,其修孰多?
> 南北顺堕,其衍几何?

在上古神话传说中,禹是一位创生大地、布放九州的创世神。禹创生大地是古人类对自己生存空间来源的解释。《尚书·禹贡》云:"禹敷土,随山刊木,奠高山大川。"⑤《山海经·海内经》云:"禹鲧是始布土,均定九州。"⑥ 神话传说与历史记载,对大禹治水均有共识。《左传·襄公四

---

① (清)袁枚:《子不语全集》,河北人民出版社1981年版,第376页。
② 袁珂校注:《山海经校注》,上海古籍出版社1980年版,第428页。
③ 同上书,第429页。
④ 《国语》,上海古籍出版社1978年版,第103—104页。
⑤ 《尚书正义》,阮元刻《十三经注疏》,中华书局1980年版,第146页。
⑥ 袁珂:《山海经校注》,上海古籍出版社1980年版,第469页。

年》引《虞人之箴》曰："芒芒禹迹，画为九州，经启九道。"① "禹迹"或写为"禹绩"。《诗经》中"禹之绩"数见，清代学者马瑞辰指出："'维禹之绩'及《商颂》'设都于禹之绩'，'绩'皆当读为'迹'。《说文》：'迹，步处也。或作䢓。'绩、䢓同音，故《诗》每假'绩'为'迹'。"② 裘锡圭先生指出："古人将大地称为'禹之迹'、'禹迹'、'禹之绩'、'禹之堵'，就是以禹敷土的传说为主要背景的。"③ "禹迹"是隐喻禹创生大地神话的语汇。铜器铭文《齐侯钟》和《秦公簋》都有关于"禹迹"的记载。

对于禹的记载，《夏训》之外，还有《禹本纪》。司马迁曰："《禹本纪》、《山海经》所有怪物，余不敢言之也。"④ 司马迁作《史记》，材料选择极其慎重，如《汉书·司马迁列传》赞曰："故司马迁据《左氏》、《国语》，采《世本》、《战国策》，述《楚汉春秋》，接其后事，讫于天汉。"⑤ 司马迁庄重的视角，与楚书富有想象的视角自然有所区别和偏离。楚王族源自颛顼一脉吴回祝融部族，这一部族和夏启是同宗同盟部族，并且长期和夏王朝保持同盟关系。吴回祝融部族的芈姓季连部落后来发展成为楚王族。因而，夏王朝早期的历史传说也通过吴回祝融部族的芈姓季连部落传承至楚王族成员之中。楚王族后裔屈原将其继承发展，大量应用于《天问》的创作。《华阳国志·巴志》载："（帝禹）会诸侯于会稽，执玉帛者万国，巴、蜀往焉。"⑥ 因此，《天问》中所见的夏王朝早期历史传说可能是最原始的，而且与上古传说的原貌更为接近。《天问》中系统而完整地记载了包括鲧禹治水、太康失国、后羿代夏、寒浞杀羿、少康中兴、覆舟斟寻、桀伐蒙山、商汤伐桀等夏王朝事迹。《天问》全篇共计172问，其中记载夏王朝事迹的共有48句，占了约1/4的篇幅。《天问》所述禹的事迹分于两处。一处讲述的主要是有关鲧禹的创世神话，探讨了大地来源的问题，其中的禹是创世神；另一处描写了禹与涂山女之事，可归于夏史的开端，其中的禹类似于英雄传说中的半神英雄。《山海经·海内经》曰："洪水滔天。鲧窃帝之息壤以堙洪水，不待帝命。……帝乃命禹卒布土以

---

① 《春秋左传正义》，阮元刻《十三经注疏》，中华书局1980年版，第1933页。
② （清）马瑞辰撰：《毛诗传笺通释》，中华书局1989年版，第867页。
③ 裘锡圭：《□公盨铭文考释》，《中国历史文物》2002年第6期。
④ （汉）司马迁：《史记》，中华书局1959年版，第3179页。
⑤ （汉）班固撰，（唐）颜师古注：《汉书》，中华书局1962年版，第2737页。
⑥ （晋）常璩：《华阳国志校补图注》，上海古籍出版社1987年版，第4页。

定九州。"郭璞注曰："息壤者言土自长息无限，故可以塞洪水也。"① 顾颉刚《鲧禹的传说》云："鲧禹治水传说的本相是填塞洪水，布放土地，造成山川。"② 实际上，鲧禹神话是人类对自己生存栖息之大地来源的探讨。《诗经·商颂·长发》曰："洪水茫茫，禹敷下土方。"《小雅·信南山》曰："信彼南山，维禹甸之。"《大雅·韩奕》曰："奕奕梁山，维禹甸之。"这些都描写了"禹敷下土方"之伟业中奠造梁山、南山之事。孙诒让在解释"鲧何所营？禹何所成"句时云："营，惑也。言鲧禹同治水，何以鲧独惑乱，禹独成功乎？"③ 这纠正了自王逸以降沿袭几千年的释"营"为经营、营度的错误。古籍中"营"有"惑乱"义之例常见，如《孙膑兵法·威王问》曰："营而离之，我并卒而去之。""营"正作"惑"解。《淮南子·原道训》云："不足以营其精神，乱其志气。""营"与"乱"同义。又云："荧然能听"，荧然，正谓言虽受荧惑而仍能听。《庄子·齐物论》云："是黄帝之能听荧也，而丘以何足以知之！"④ 陆德明《经典释文》："荧，音莹磨之莹，本亦作莹，於迥反。向司马云：'听荧，疑惑也'。"（陆德明：《经典释文》，岳麓书社 2010 年版）此，营、荧、莹互通，均有惑义。

《列子·汤问》云："天地亦物也，物有不足，故昔者女娲氏炼五色石以补其阙，断鳌之足以立四极，其后共工氏与颛顼争为帝，怒而触不周之山。折天柱，绝地维，故天倾西北，日月星辰就焉；地不满东南，故百川水潦归焉。"⑤ 对于大禹治水之功绩，出土竹书述之颇详。楚竹书九《容成氏》云："舜听政三年，山陵不疏，水潦不湝，乃立禹以为司工。禹既已受命，乃卉服箁箬帽，芙菨□疋□面干粗，胫不生趾毛，开塞潜流，禹亲执畚耜，以陂明都之泽，决九河之阻，于是乎夹州、徐州始可处〔也〕。禹通淮与沂，东注之海，于是乎竞州、莒州始可处也。禹乃通蒌与易，注之海，于是乎并州始可处也。禹乃通三江五湖，东注之海，于是乎荆州、扬州始可处也。禹乃通伊、洛，并瀍、涧，东注之河，于是乎豫州始可处也。禹乃通泾与渭，北注之河，于是乎雍州始可处也。禹乃从汉以

---

① 袁珂：《山海经校注》，上海古籍出版社 1980 年版，第 472 页。
② 顾颉刚、童书业：《鲧禹的传说》，《古史辨》第七册下编，上海古籍出版社 1981 年版，第 190 页。
③ 游国恩：《天问纂义》，中华书局 1982 年版，第 109 页。
④ 陈鼓应：《庄子今注今译》，中华书局 1983 年版，第 94 页。
⑤ 杨伯峻撰：《列子集释》，中华书局 1979 年版，第 150—151 页。

南为名谷五百，从汉以北为名谷五百。天下之民居定，乃饴食，乃立后稷以为畯。"

《列子·汤问》记载一个故事：孔子东游，见两小儿辩斗。问其故，一儿曰："我以日始出时去人近，而日中时远也。"一儿以日初出远，而日中时近也。一儿曰："日初出大如车盖，及日中则如盘盂，此不为远者小而近者大乎？"一儿曰："日初出则苍苍凉凉，及日中如探汤。此不为近者热而远者凉乎？"孔子不能决也。两小儿笑曰："孰谓汝多智乎？"[1] 童言无忌，对圣人，何尝不可以与之轻轻松松探讨问题？

> 昆仑县圃，其尻安在？
> 增城九重，其高几里？
> 四方之门，其谁从焉？
> 西北辟启，何气通焉？
> 日安不到？烛龙何照？
> 羲和之未扬，若华何光？
> 何所冬暖？何所夏寒？
> 焉有石林？何兽能言？
> 焉有虬龙、负熊以游？
> 雄虺九首，儵忽焉在？
> 何所不死？长人何守？
> 靡蓱九衢，枲华安居？
> 灵蛇吞象，厥大何如？
> 黑水、玄趾，三危安在？
> 延年不死，寿何所止？
> 鲮鱼何所？鬿堆焉处？
> 羿焉彃日？乌焉解羽？

《天问》问天、问地、问昆仑，昆仑乃是楚人祖源之地。从"昆仑县圃"到"乌焉解羽"，属于昆仑神话系统。《天问》昆仑神话与《淮南子·墬形训》多可参照，可见刘安作《淮南子》对《楚辞》材料用心甚殷。

---

[1] 杨伯峻撰：《列子集释》，中华书局1979年版，第168—169页。

《天问》中的昆仑山,上有县圃和增城。增城有四方之门,西北面的门开启,以通不周之风。昆仑山北面有幽都和烛龙,是不见日光之所,山中则有若木,十日居于若木之上。昆仑山冬暖夏寒,山上有玉石树林,有能说话的开明兽、九头的雄虺、吞象的大蛇,有不死树(建木)、不死民和"长人"看守的不死药。黑水、玄趾(交趾)、三危在昆仑山附近,山下有鲮鱼、魼堆(魼雀)等奇异的动物。《淮南子·墬形训》曰:"禹乃使太章步自东极,至于西极,二亿三万三千五百里七十五步。使竖亥步自北极,至于南极,二亿三万三千五百里七十五步。凡鸿水渊薮,自三百仞以上,二亿三万三千五百五十里,有九渊。禹乃以息土填洪水以为名山,掘昆仑虚以下地,中有增城九重,其高万一千里百一十四步二尺六寸。上有木禾,其修五寻,珠树、玉树、璇树、不死树在其西,沙棠、琅玕在其东,绛树在其南,碧树、瑶树在其北。"① 又曰:"昆仑之丘,或上倍之,是谓凉风之山,登之而不死。或上倍之,是谓悬圃,登之乃灵,能使风雨。或上倍之,乃维上天,登之乃神,是谓太帝之居②。《墬形训》又曰:"旁有四百四十门,门间四里,里间九纯,纯丈五尺,旁有九井,玉横维其西北之隅,北门开以内不周之风。"其"西北曰丽风"注曰:"乾气所生也,一曰不周风。"③ 王逸注《离骚》"路不周以左转兮":"不周,山名,在昆仑西北。"④

昆仑神话牵连着日月创生运行,以及种种怪异物种。《山海经·大荒北经》云:"西北海之外,赤水之北,有章尾山。有神,人面蛇身而赤,直目正乘,其瞑乃晦,其视乃明,不食,不寝,不息,风雨是谒。是烛九阴,是谓烛龙。"⑤《海外北经》云:"钟山之神,名曰烛阴,视为昼,瞑为夜,吹为冬,呼为夏,不饮,不食,不息,息为风,身长千里。在无启之东。其为物,人面,蛇身,赤色,居钟山下。"⑥《淮南子·墬形训》云:"烛龙,在雁门北,蔽于委羽之山,不见日。其神人面龙身而无足。"⑦ 又曰:"北方

---

① 何宁:《淮南子集释》,中华书局1998年版,第321—324页。
② 同上书,第328页。
③ 同上书,第324—325页。
④ (宋)洪兴祖撰,白化文等点校:《楚辞补注》,中华书局1983年版,第45页。
⑤ 袁珂校注:《山海经校注》,上海古籍出版社1980年版,第438页。
⑥ 同上书,第230页。
⑦ 何宁:《淮南子集释》,中华书局1998年版,第362页。

曰积冰，曰委羽。"高诱注："委羽，山名，在北极之阴，不见日也。"①烛龙句承接"西北辟启，何气通焉"，可推测烛龙居于西北章尾山，或曰钟山、委羽山。《淮南子·墬形训》云："西北方曰不周之山，曰幽都之门。"② 这种神话想象，竟然对儒家经籍也有所渗润，如《尚书·尧典》曰："申命和叔，宅朔方，曰幽都。"昆仑上有若木，也就是扶桑、扶木。《山海经·海外东经》云："汤谷上有扶桑，十日所浴，在黑齿北。居水中，有大木，九日居下枝，一日居上枝。"③《大荒南经》云："有女子名曰羲和，方浴日于甘渊。羲和者，帝俊之妻，生十日。"④ 郭璞注《大荒北经》："（若木）生昆仑西，附西极，其华光赤照下地。"⑤《海内西经》云："开明北有视肉、珠树、文玉树、玗琪树、不死树"⑥；"开明兽身大类虎而九首，皆人面，东向立昆仑上。"⑦ 开明兽的职责是守门，它九首人面，故能言。《淮南子·墬形训》云："上有木禾，其修五寻，珠树、玉树、琁树、不死树在其西，沙棠、琅玕在其东，绛树在其南，碧树、瑶树在其北。"⑧ 又云："若木在建木西，末有十日，其华照下地。"⑨ 这些珠玉之树共同组成瑰丽的"石林"，能言之兽即开明兽出入其间。但《天问》此处的"羲和"已非十日之母，而是《离骚》中"吾令羲和弭节兮"之日御。《离骚》中亦提及若木、扶桑："朝发轫于苍梧兮，夕余至乎县圃。……饮余马于咸池兮，总余辔乎扶桑。折若木以拂日兮，聊逍遥以相羊。……朝吾将济于白水兮，登阆风而绁马。"⑩

雄虺亦见于《招魂》："雄虺九首，往来倏忽。"⑪ 在《招魂》一诗中雄虺是住在南方的怪兽，它的形象颇似《山海经》中的相柳（亦即相繇）。《山海经·海外北经》云："共工之臣曰相柳氏……在昆仑之北，柔

---

① 何宁：《淮南子集释》，中华书局1998年版，第335页。
② 同上书，第336页。
③ 袁珂校注：《山海经校注》，上海古籍出版社1980年版，第260页。
④ 同上书，第381页。
⑤ 同上书，第261页。
⑥ 同上书，第299页。
⑦ 同上书，第298页。
⑧ 何宁：《淮南子集释》，中华书局1998年版，第323—324页。
⑨ 同上书，第329页。
⑩ （宋）洪兴祖撰，白化文等点校：《楚辞补注》，中华书局1983年版，第26—30页。
⑪ 同上书，第199页。

利之东。相柳者,九首人面,蛇身而青。"① 《大荒北经》云:"共工之臣名曰相繇,九首蛇身,自环,食于九土。……在昆仑之北。"② 昆仑山上有不死树。《海内西经》云:"开明北有……不死树"③;"开明东有巫彭、巫抵、巫阳、巫履、巫凡、巫相,夹窫窳之尸,皆操不死之药以距之。"④《淮南子·墬形训》:"上有木禾,其修五寻……不死树在其西。"⑤ 长人,此处似指群巫。

"靡蓱九衢,枲华安居?"⑥ 所谓"靡",麻也,闻一多谓"靡麻古字通"。蓱,洪兴祖本一作"荓",草木复叶骈生谓之荓。九衢,指树的九个分叉。枲华,《尔雅》有"枲麻",枲华就是"麻"的花。靡蓱、九衢、枲华,均与建木有关。《海内经》云:"有木,青叶紫茎,玄华黄实,名曰建木,百仞无枝,有九欘,下有九枸,其实如麻,其叶如芒"⑦;"又有朱卷之国。有黑蛇,青首,食象。"⑧《海内南经》云:"巴蛇食象,三岁而出其骨。君子服之,无心腹之疾。其为蛇青黄赤黑。一曰黑蛇青首,在犀牛西。"⑨ 昆仑神话与西王母因缘甚深。《大荒西经》云:"西海之南,流沙之滨,赤水之后,黑水之前,有大山,名曰昆仑之丘。……有人,戴胜,虎齿,有豹尾,穴处,名曰西王母。"⑩ 可知黑水位于昆仑山旁,西王母居于昆仑山上。《西山经》:"三危之山,三青鸟居之。"⑪ 《海内北经》:"西王母梯几而戴胜杖,其南有三青鸟,为西王母取食。在昆仑虚北。"⑫

至于"鬿堆",鬿,同"魁",大;堆,"雀"字之误。鲮鱼、鬿雀,乃神话中奇异的动物。《海内北经》云:"陵鱼人面,手足,鱼身,在海中。"⑬ 陵鱼,即鲮鱼。鬿雀,如《东山经》所形容:"北号之山,临于北海。……有鸟焉,其状如鸡而白首,鼠足而虎爪,其名曰鬿

---

① 袁珂校注:《山海经校注》,上海古籍出版社 1980 年版,第 233 页。
② 同上书,第 428 页。
③ 同上书,第 299 页。
④ 同上书,第 301 页。
⑤ 何宁:《淮南子集释》,中华书局 1998 年版,第 323 页。
⑥ (宋)洪兴祖撰,白化文等点校:《楚辞补注》,中华书局 1983 年版,第 95 页。
⑦ 袁珂校注:《山海经校注》,上海古籍出版社 1980 年版,第 448 页。
⑧ 同上书,第 455 页。
⑨ 同上书,第 281 页。
⑩ 同上书,第 407 页。
⑪ 同上书,第 54 页。
⑫ 同上书,第 306 页。
⑬ 同上书,第 323 页。

雀，亦食人。"①

  昆仑神话和不死药有密切关系，而求取不死药，又是羿神话的一条主线。《海内西经》云："海内昆仑之虚……在八隅之岩，赤水之际，非仁羿莫能上冈之岩。"②羿上昆仑，所为何事？《山海经》没有叙述。《天问》记载："（羿）安得夫良药，不能固臧？"③《淮南子·览冥》亦记载："羿请不死之药于西王母。"④ 西王母住在昆仑山上，则羿上昆仑山即为求取不死药。《海内经》云："帝俊赐羿彤弓素矰，以扶下国，羿是始去恤下地之百艰。"⑤《海外南经》云："羿与凿齿战于寿华之野，羿射杀之。在昆仑虚东。羿持弓矢，凿齿持盾。一曰戈。"⑥《大荒南经》云："有人曰凿齿，羿杀之。"⑦《庄子·秋水》成玄英疏："羿射九日，落为沃焦。"《锦绣万花谷》前集卷一云："尧时十日并出，尧使羿射九日，落沃焦。沃焦，海水泄处也。"此皆引自《山海经》，但已不见于今本。十日是帝俊之子："羲和者，帝俊之妻，生十日"⑧。《天问》中羿与鲧、禹都具有创世诸神和部族之祖的双重身份。

    禹之力献功，降省下土四方。
    焉得彼嵞[tú]山女，而通之於台桑？
    闵妃匹合，厥身是继。
    胡为嗜不同味，而快朝饱？
    启代益作后，卒然离蠥[niè]。
    何启惟忧，而能拘是达？
    皆归射鞠，而无害厥躬。
    何后益作革，而禹播降？
    启棘宾商，《九辩》《九歌》。
    何勤子屠母，而死分竟地？

---

① 袁珂校注：《山海经校注》，上海古籍出版社 1980 年版，第 113 页。
② 同上书，第 294 页。
③ （宋）洪兴祖撰，白化文等点校：《楚辞补注》，中华书局 1983 年版，第 101 页。
④ 何宁：《淮南子集释》，中华书局 1998 年版，第 501 页。
⑤ 袁珂校注：《山海经校注》，上海古籍出版社 1980 年版，第 466 页。
⑥ 同上书，第 198 页。
⑦ 同上书，第 372 页。
⑧ 同上书，第 381 页。

有若盘古、盘瓠神话,将开辟神话与族源神话联系在一起。顾颉刚指出:"古代对于禹的观念,知道可以分作四层:最早的是《商颂·长发》的'禹敷土下方,……帝立子生商',把他看作一个开天辟地的神;其次是《鲁颂·閟宫》的'后稷……奄有下土,缵禹之绪',把他看作一个最早的人王;其次是《论语》上的'禹稷躬稼'和'禹……尽力乎沟洫',把他看作一个耕稼的人王;最后乃为《尧典》的'禹拜稽首,让于稷契',把后生的人和缵绪的人都改成了他的同寅。"①《天问》自"禹之力献功,降省下土四方,焉得彼涂山女,而通之于台桑"②至"何勤子屠母,而死分竟地"③一节,主要叙述的是禹与涂山女之事。禹与涂山女的故事,显现了禹的人格特征,其神话色彩淡化。这里的禹和英雄传说中的半神英雄相类。《离骚》云:"汤禹俨而祗敬兮,周论道而莫差。"王逸注曰:"言殷汤、夏禹、周之文王,受命之君,皆畏天敬贤,论议道德,无有过差,故能获夫神人之助,子孙蒙其福祐也。"④又"汤禹严而求合兮,挚咎繇而能调"。王逸曰:"言汤、禹至圣,犹敬承天道,求其匹合,得伊尹、咎繇,乃能调和阴阳,而安天下也。"⑤从《离骚》等篇来看,屈原对禹的先圣王形象十分熟悉,然而《天问》与《离骚》角度不同,没有从这一角度对禹进行描述,而侧重禹与涂山女的故事。这个故事在《尚书》《孟子》《吕氏春秋》《吴越春秋》等先秦两汉文献中都有记载。《尚书·益稷》云:"予创若时,娶于涂山,辛、壬、癸、甲。启呱呱而泣,予弗子,惟荒度土功。"《孔传》曰:"惩丹朱之恶,辛日娶妻,至于甲日,复往治水,不以私害公","禹治水,过门不入,闻启泣声,不暇子名之,以大治度水土之功故。"⑥《孟子·滕文公上》云:"禹八年于外,三过其门而不入,虽欲耕,得乎?"赵岐注曰:"于是水害除,故中国之地,可得耕而食也。禹勤事于外,八年之中,三过其门而不入。"⑦《吕氏春秋·音初》曰:"禹行功,见涂山之女。禹未之遇而巡省南土。涂山氏之

---

① 顾颉刚:《古史辨》第一册,上海古籍出版社1981年版,第52页。
② (宋)洪兴祖撰,白化文等点校:《楚辞补注》,中华书局1983年版,第97页。
③ 同上书,第99页。
④ 同上书,第23页。
⑤ 同上书,第37—38页。
⑥ 《尚书正义》,阮元刻《十三经注疏》,中华书局1980年版,第143页。
⑦ 《孟子正义》,阮元刻《十三经注疏》,中华书局1980年版,第2705页。

女乃令其妾候禹于涂山之阳。女乃作歌曰："候人兮猗！实始作为南音。"①《吕览》又曰："禹娶垫山氏女，不以私害公，自辛至甲四日，复往治水，故江淮之俗以辛壬癸甲为嫁娶日也。"②《云梦秦简》也说："癸丑、戊午、己〔己〕未，禹以取（娶）徐（涂）山之女日也，不弃，必以子死。"③叶文宪先生指出，分布在豫东皖西北的王油坊类型和属于淮夷的涂山氏文化遗存有着极其密切的关系④。文献记载"禹合诸侯于涂山"，《左传·鲁哀公七年》记述了此事背景。

闻一多指出："台桑者……桑即桑中之类，男女私会之所也。"⑤"台桑"或为"桑台"倒文，"台在远古时代，有时是专为男女婚嫁而设，女子出嫁之前，要处于高台之上，在台上待嫁"⑥。翟振业据民间习俗，考之以《礼记·月令》《周礼·地官》等典籍，推论禹与涂山女是邂逅而结合——禹经过涂山时，当地正举行一年一度的"春社"，两人便在桑台"野合"，这在上古是很正常的（《天问研究·〈天问〉中禹与涂山氏的婚姻新解》）。对圣贤写其欲望，史诗中的英雄本来就是充满情欲的英雄，并不是道貌岸然的伦理道德的化身。在南楚神话的神祇们身上，一面有着人间平凡人生同样的感情，甚至缺点，即使像天帝那样的主神和禹那样的大圣也不例外。

"胡为嗜不同味，而快朝饱？"孙作云说："古人常用'饥''渴'二字，比喻性的欲望。所谓'饮食、男女，人之大欲存焉'，用'饮食'来比喻'男女'也是很自然的事。"孙先生还说："《吕氏春秋·当务》篇说：'禹有淫缅之意'，又见战国时代对此事确有传述，但多片言只字，不及屈原所说的全面。"⑦

《竹书纪年》曰："益干启位，启杀之。"《战国策·燕策·燕王哙既立章》云："禹授益而以启为吏，及老而以启为不足任天下，传之益也，启与支党攻益而夺之天下。"⑧《孟子·万章篇》说："尧崩，三年之丧毕，

---

① 许维遹：《吕氏春秋集释》，中华书局2009年版，第139—140页。
② 同上书，第139—140页。
③ 睡虎地秦墓竹简整理小组：《睡虎地秦墓竹简》，文物出版社2001年版，第208页。
④ 叶文宪：《"禹娶涂山"的考古学考察》，《中原文物》2002年第4期。
⑤ 闻一多：《天问疏证》，上海古籍出版社1985年版，第47页。
⑥ 李颖：《水边与高台——〈诗经〉婚恋诗蠡测》，《文艺研究》2012年第11期。
⑦ 孙作云：《天问研究》，中华书局1989年版，第189—190页。
⑧ （汉）刘向：《战国策》，上海古籍出版社1985年版，第1059页。

舜避尧之子于南河之南，天下诸侯朝觐者不之尧之子而之舜……舜崩，三年之丧毕，禹避舜之子于阳城，天下之民从之，若尧崩之后不从尧之子而从舜也。禹荐益于天下，七年，禹崩，三年之丧毕，益避禹之子于箕山之阴，朝觐讼狱者不之益而之启。"①《史记·夏本纪》记为："帝禹东巡狩，至于会稽而崩。以天下授益。三年之丧毕，益让帝禹之子启，而辟居箕山之阳。禹子启贤，天下属意焉……诸侯皆去益而朝启，曰：'吾君帝禹之子也'。于是启遂即天子之位，是为夏后帝启。"②

益和启为争夺天子之位曾发生过激烈冲突。益曾经把启拘禁起来，后来启设法逃走，最后打败了益，登上天子之位，建立了夏王朝。此事得到出土文献的印证。《上海博物馆藏战国楚竹书·容成氏》中有"启于是乎攻益而自取"；《古本竹书纪年》载有"益干启位，启杀之"，这些与《孟子》《史记》异。《孟子·万章上》如此记载："禹荐益于天，七年。禹崩，三年之丧毕，益避禹之子于箕山之阴。朝觐、讼狱者不之益而之启，曰：'吾君之子也'。讴歌者不讴歌益而讴歌启，曰：'吾君之子也'。"③《史记·夏本纪》记为："帝禹东巡狩，至于会稽而崩。以天下授益。三年之丧毕，益让帝禹之子启。而辟居箕山之阳。禹子启贤，天下属意焉……诸侯皆去益而朝启，曰：'吾君帝禹之子也'。于是启遂即天子之位，是为夏后帝启。"④《韩非子·外储说》云："名传天下于益，而实令启自取之也。"

楚王族源自颛顼一脉吴回祝融部族。《史记·楚世家》记载："楚之先祖出自帝颛顼高阳。高阳者，黄帝之孙，昌意之子也。高阳生称，称生卷章，卷章生重黎。重黎为帝喾高辛居火正，甚有功，能光融天下，帝喾命曰祝融。共工氏作乱，帝喾使重黎诛之而不尽。帝乃以庚寅日诛重黎。而以其弟吴回为重黎后，复居火正，为祝融。吴回生陆终。陆终生子六人，坼剖而产焉。其长一曰昆吾……六曰季连。芈姓，楚其后也。"⑤

楚竹书九《容成氏》云：禹有子五人不以其子为后，见皋陶之贤也，而欲以为后。皋陶乃五让以天下之贤者，遂称疾不出而死。禹于是

---

① （汉）赵岐注：《孟子注疏》，北京大学出版社1999年版，第256—258页。
② （汉）司马迁：《史记》，中华书局1959年版，第83页。
③ （汉）赵岐注：《孟子注疏》，北京大学出版社1999年版，第258页。
④ （汉）司马迁：《史记》，中华书局1959年版，第83页。
⑤ 同上书，第1689—1690页。

乎让益，启于是乎攻益自取。"启棘宾商"的"商"字，学界公认乃"帝"字之误。朱熹《楚辞集注》中说："窃疑棘当作'梦'，商当作'天'。盖其意本谓启梦上宾于天，而得帝乐以归。"① 在《楚辞辩证》中又进一步阐述道："'启棘宾商'四字，本是'启梦宾天'……王逸所传之本，宾字幸得不误，乃以篆文'梦天'二字中间破坏，独有四外，有似棘商，遂误梦为棘，以天为商。"② 朱骏声《说文通训定声》释"商"为"帝"。高亨《〈天问〉琐记》指出：按棘当读为亟，《礼记·少仪》："亟见曰朝夕"。郑注"亟数也"③ 即屡次之意。商当作帝，因家形相似而误。启棘宾帝，九辩九歌，是说夏启数次到上帝那里做客，得到九辩九歌两个乐曲。

朱熹《楚辞集注》又云："屠母疑亦谓《淮南子》所说：'禹治水时，自化为熊，以通轩辕之道。涂山氏见之而惭，遂化为石。时方孕启，禹曰：归我子。于是石破北方而启生。其石在嵩山，见《汉书》注。'竟地'，即化石也。此皆怪妄不足论，但恐文义当如此耳。"④ 《离骚》曰："启九辩与九歌兮，夏康娱以自纵，不顾难以图后兮，五子用失乎家巷。"⑤《墨子·非乐》曰："启乃淫溢，康乐野于，饮食将将，铭莧磬以力，湛浊于酒，渝食于野，万舞翼翼，章闻于天，无用弗式。"⑥《汉书·武帝纪》颜师古注引《淮南子》佚文云："禹治洪水，通轩辕山，化为熊。谓涂山氏曰：欲饷，闻鼓声乃来。禹跳石，误中鼓，涂山氏往，见禹方作熊，惭而去。至嵩高山下，化为石，方生启。禹曰：归我子！石破北方而启生。"⑦ 这一则出自《淮南子》的佚文疑点较多，明显夹杂着加工拼凑的成分，其中受鲧、禹神话的影响比较大。禹治洪水"化为熊"的说法是鲧化熊神话的衍生，"石破北方而启生"的神话因子，取材于"禹生于石"的传说。古俗有所谓石祖崇拜。《睡虎地秦墓竹简·日书甲种》云："癸丑、戊午、己未，禹以取梌山之女日也，不弃，必以子死。"楚竹书五《子羔》：偶也欤？抑亦诚天子也欤？孔子曰：……禹之

---

① （宋）朱熹：《楚辞集注》，上海古籍出版社2001年版，第59页。
② 同上书，第189页。
③ （汉）郑玄注，（唐）孔颖达疏：《礼记正义》，北京大学出版社1999年版，第1014页。
④ （宋）朱熹：《楚辞集注》，上海古籍出版社2001年版，第59页。
⑤ （宋）洪兴祖撰，白化文等点校：《楚辞补注》，中华书局1983年版，第21页。
⑥ 吴毓江：《墨子校注》，中华书局1993年版，第383页。
⑦ （汉）班固：《汉书》，中华书局1962年版，第190页。

母有莘氏之女也，观于伊而得之，娠三年而划于背而生，生而能言，是禹也。契之母，有娀氏之女也。游于阳台之上，有燕衔卵而措诸其前，取而吞之，娠三年而画于膺，生而呼曰："钦！是契也。后稷之母，有邰氏之女也，游于玄丘之汭，终见芙干而荐之，乃见人武，履以祈祷曰：帝之武，倘使〔我有子〕，〔必报之〕。是后稷（之母）也。叁王者之作也如是。"禹从鲧的身体中出生，在某种程度上可以认为鲧禹生活的年代处于从母系到父系氏族制的过渡时期，而《淮南子》佚文所载的"石破北方而启生"故事中，禹最终获得了启的拥有权，实际表明父权制度已经确立。

    帝降夷羿，革孽夏民。
    胡射夫河伯，而妻彼雒嫔？
    冯珧利决，封狶是射。
    何献蒸肉之膏，而后帝不若？
    浞娶纯狐，眩妻爰谋。
    何羿之射革，而交吞揆之？
    阻穷西征，岩何越焉？
    化为黄熊，巫何活焉？
    咸播秬黍，莆雚是营。
    何由并投，而鲧疾修盈？
    白蜺婴茀，胡为此堂？
    安得夫良药，不能固臧？
    何少康逐犬，而颠陨厥首？
    女岐缝裳，而馆同爰止。
    何颠易厥首，而亲以逢殆？
    汤谋易旅，何以厚之？
    覆舟斟寻，何道取之？
    桀伐蒙山，何所得焉？
    妺嬉何肆，汤何殛焉？
    舜闵在家，父何以鱞？
    尧不姚告，二女何亲？

《天问》系统而完整地记载了包括鲧禹治水、太康失国、后羿代夏、寒浞杀羿、少康中兴、覆舟斟寻、桀伐蒙山、商汤伐桀等夏王朝事迹。《天问》全篇共计172问，记载夏王朝事迹者，有48问，占了约1/4的篇幅。《天问》中所见夏王朝事迹，是吴回祝融部族在长期与夏王朝唇齿相依的同盟关系中所保存下来的关于夏王朝兴亡的第一手资料。这些资料通过吴回祝融部族的巫史一代一代流传下来，后来载入楚国史书，传承至屈原时代，被屈原所采用于《天问》的创作。《史记·夏本纪》对这些史料所载甚略，谓"帝太康失国……帝中康时，羲、和湎淫，废时乱日。……中康崩，子帝相立。帝相崩，子帝少康立。"① 东夷有穷氏的首领后羿是个关键人物，其以善射闻名，率领部族成员几乎统一了整个东夷集团。如《淮南子·本经训》说："尧之时，十日并出，焦禾稼，杀草木，而民无所食。猰貐、凿齿、九婴、大风、封豨、修蛇皆为民害。尧乃使羿诛凿齿于畴华之野，杀九婴于凶水之上，缴大风于青丘之泽，上射十日而下杀猰貐，断修蛇于洞庭，禽封豨于桑林，万民皆喜。"② "凿齿、九婴、大风"等就是古氏族，这得到了考古资料的印证，如据学者考证，凿齿为活动在大汶口时期盛行拔牙习俗的东夷集团的一支。《左传·鲁襄公四年》魏绛讲《夏训》，讲了后羿灭夏至少康中兴的一小段梗概，就涉及十四个人物，六个部族，矛盾复杂，情节曲折，足证原书的内容相当丰富，是大型的史诗故事。原文曰：《夏训》有之曰："有穷后羿。"公曰："后羿何如？"对曰："昔有夏之方衰也，后羿自鉏迁于穷石，因夏民以代夏政。恃其射也，不修民事而淫于原兽。弃武罗、伯困、熊髡、龙圉而用寒浞。寒浞，伯明氏之谗子弟也。伯明后寒弃之，夷羿收之，信而使之，以为己相。浞行媚于内而施赂于外，愚弄其民而虞羿于田，树之诈慝以取其国家，外内咸服。羿犹不悛，将归自田，家众杀而亨之，以食其子。其子不忍食诸，死于穷门。靡奔有鬲氏。浞因羿室，生浇及豷，恃其谗慝诈伪而不德于民。使浇用师，灭斟灌及斟寻氏。处浇于过，处豷于戈。靡自有鬲氏，收二国之烬，以灭浞而立少康。少康灭浇于过，后杼灭豷于戈。有穷由是遂亡，失人故也。昔周辛甲之为大史也，命百官，官箴王阙。于《虞人之箴》曰：芒芒禹迹，画为九州，经启九道。民有寝庙，兽有茂草，各有攸处，

---

① （汉）司马迁：《史记》，中华书局1959年版，第85—86页。
② 何宁：《淮南子集释》，中华书局1998年版，第574—577页。

德用不扰。在帝夷羿，冒于原兽，忘其国恤，而思其麀牡。武不可重，用不恢于夏家。兽臣司原，敢告仆夫。《虞箴》如是，可不惩乎？"于是晋侯好田，故魏绛及之。公曰："然则莫如和戎乎？"对曰："和戎有五利焉：戎狄荐居，贵货易土，土可贾焉，一也。边鄙不耸，民狎其野，穑人成功，二也。戎狄事晋，四邻振动，诸侯威怀，三也。以德绥戎，师徒不勤，甲兵不顿，四也。鉴于后羿，而用德度，远至迩安，五也。君其图之。"公说，使魏绛盟诸戎，修民事，田以时①。楚庄王时"申公九教"之《训》，当包括《夏训》。夏人嫡派的祀自然也会有《夏训》，并熟知自己的英雄历史。祀被楚灭，这些书籍和传说自然也就流入了楚。

《天问》的叙事系统异于中原，不提伏羲、黄帝或轩辕而只谈河伯、洛嫔的故事，这正是南方民族传说的特征。商之先人假师河伯才战胜了有易，商汤得伊尹之助才取得天下。《天问》中关于伊尹的传说独多，而伊尹原并非商的本族人，当是伊水土著。商汤得伊尹而有天下，颇有点像文王得姜尚而有天下。在大规模的统一战争以后，后羿"因夏民以代夏政"，射杀了华夏集团河伯氏的首领河伯，娶了河伯的妻子洛嫔，即《天问》："胡射夫河伯，而妻彼洛嫔"。这样后羿才在夏王朝的中心地带站稳脚跟。后羿要西进中原，仅仅依靠武力是不行的，他在射杀夏联盟中重要人物河伯后，便迎娶了河伯的妻子洛嫔，形成新的部族联盟。清代学者刘梦鹏也看到了这一点，他说"洛即有洛氏，亦夏时诸侯，见《路史》。言羿既革夏，何故杀河伯而结姻有洛氏，即伏自戕之机乎？"②

《左传·鲁昭公二十八年》载："昔有仍氏生女，鬒黑而甚美，光可以鉴，名曰玄妻。乐正后夔取之，生伯封，实有豕心，贪婪无餍，忿类无期，谓之封豕。有穷后羿灭之，夔是以不祀。且三代之亡，共子之废，皆是物也。女何以为哉。夫有尤物，足以移人，苟非德义，则必有祸"叔向惧，不敢取。平公强使取之，生伯石。伯石始生，子容之母走谒诸姑，曰'长叔姒生男'姑视之，及堂，闻其声而还，曰'是豺狼之声也。狼子野心，非是，莫丧羊舌氏矣'遂弗视。"③此玄妻即后来与浞合谋杀羿并为

---

① （周）左丘明传，（晋）杜预注，（唐）孔颖达正义：《春秋左传正义》，北京大学出版社1999年版，第836—840页。
② 游国恩：《天问纂义》，中华书局1982年版，第216—217页。
③ （周）左丘明注，（晋）杜预注，（唐）孔颖达正义：《春秋左传正义》，北京大学出版社1999年版，第1491—1493页。

浞生浇与豷的玄妻。寒浞是后羿收养的义子，他在成为有穷部落的"相"后，与其后母洛嫔私通，《楚辞》记载此事比较详尽，如《离骚》"固乱流其鲜终兮，浞又贪夫厥家"①。《天问》"浞娶纯狐，眩妻爰谋"②。是说寒浞利用东夷族存在的"执嫂、妻后母"的婚姻习俗，设计杀害了他的养父后羿，娶洛嫔并继承了羿的权力。如《离骚》曰："羿淫游以佚畋兮，又好射夫封狐，固乱流其鲜终兮，浞又贪夫厥家。"③

羿远征昆仑取不死之药。《天问》"阻穷西征"至"安得夫良药不能固臧"，正是这部分内容。《山海经·海内西经》曰："海内昆仑之墟在西北，帝之下都……门有开明兽守之……非仁羿莫能上冈之岩。"④又曰："开明东，有巫彭、巫抵……皆操不死之药。"⑤《淮南子·览冥训》云："羿请不死药于西王母，姮娥窃以奔月。"⑥姜亮夫指出："此二句言鲧放羽山，及化熊两事……'阻穷'谓困厄于穷苦不毛之地，即指永遏羽山三年时言也。'阻穷西征'，当即《吕氏春秋·恃君览·行论》篇言鲧为乱事。"⑦《吕氏春秋·恃君览·行论》载："尧以天下让舜。鲧为诸侯，怒于尧曰：'得天之道者为帝，得地之道者为三公。今我得地之道，而不以我为三公。'以尧为失论。欲得三公，怒甚猛兽，欲以为乱。比兽之角，能以为城；举其尾，能以为旌。召之不来，仿佯于野。以患帝，舜于是殛之于羽山，副之以吴刀。"⑧至于鲧化黄熊事，又见《左传·鲁昭公七年》子产所言："昔尧殛鲧于羽山，其神化为黄熊，以入于羽渊。实为夏郊，三代祀之。"⑨有趣的是，前引楚帛书的作者首先将伏羲作为楚人之先祖，谓之为"大熊"，作为楚人的屈原，将鲧视为"熊"亦有所本，屈原怀疑的只是"巫何能使化熊之鲧反活为人，而受夏郊与三代之祀？""熊"为楚人姓氏，楚之先人除穴熊、鬻熊外，其后皆称为熊某，如鬻熊子曰熊丽，熊丽子曰熊狂，熊狂子曰熊绎。因此，有学者认为，楚王之所以称为

---

① （宋）洪兴祖撰，白化文等点校：《楚辞补注》，中华书局1983年版，第22页。
② 同上书，第100页。
③ 同上书，第21—22页。
④ 袁珂校注：《山海经校注》，上海古籍出版社1980年版，第294页。
⑤ 同上书，第301页。
⑥ 何宁：《淮南子集释》，中华书局1998年版，第501页。
⑦ 姜亮夫：《重订屈原赋校注》，天津古籍出版社1987年版，第311页。
⑧ 许维遹：《吕氏春秋集释》，中华书局2009年版，第568—569页。
⑨ （周）左丘明传，（晋）杜预注，（唐）孔颖达正义：《春秋左传正义》，北京大学出版社1999年版，第1244—1245页。

"熊某"，极有可能是因为楚人以熊地地名作为氏姓的结果；而姜亮夫却认为："楚自鬻熊以后，其君名号，皆以一'熊'字为名，此为一极可探索之问题……余以为此图腾之遗义也。"① 姜氏关于楚民族存有熊图腾崇拜之遗义的看法为不少学者所接受，楚王多以熊名的现象表明楚文化中曾存在过熊图腾崇拜。

《山海经·海内经》云："帝令祝融杀鲧于羽郊，鲧復生禹。"郭璞注引《开筮》（《启筮》）云："鲧死，三年不腐，剖之以吴刀，化为黄龙也。"② 王逸注"化为黄熊，巫何活焉？"是"言鲧死后化为黄熊，入于羽渊，岂巫医所能复生活也？"洪兴祖《补注》云："《左传》曰：'昔尧殛鲧于羽山，其神化为黄熊，以入于羽渊，实为夏郊，三代祀之'。《国语》作'黄能'。按：熊，兽名。能，奴来切，三足鳖也。"③ 全句释为：穷石山阻挡住鲧西进的道路，这些崇山峻岭他如何能通过？既然他已化为黄熊，神巫又如何使他复活？杜预注、孔颖达疏《春秋左传正义》卷四十四〔昭七年〕郑子产聘于晋。晋侯疾，韩宣子逆客，私焉。〔私语。〕曰："寡君寝疾，於今三月矣，并走群望，〔晋所望祀山川，皆走往祈祷。○祷，丁老反，又于报反。〕有加而无瘳。今梦黄熊入于寝门，其何厉鬼也？"对曰："以君之明，子为大政，其何厉之有。昔尧殛鲧于羽山，〔羽山在东海祝其县西南。○瘳，敕留反。黄熊音雄，兽名，亦作能，如字，一音奴来反，三足鳖也。解者云，兽非入水之物，故是鳖也。一曰既为神，何妨是兽。案《说文》及《字林》皆云，能，熊属，足似鹿。然则能既熊属，人为鳖类。今本作能者，胜也。东海人祭禹庙，不用熊白及鳖为膳，斯岂鲧化为二物乎。殛，纪力反，诛也。本又作极，音义同。鲧，古本反，下注同。〕其神化为黄熊，以入于羽渊。实为夏郊，三代祀之。〔鲧，禹父，夏家郊祭之，历殷、周二代，又通在群神之数，并见祀。〕晋为盟主，其或者未之祀也乎"韩子祀夏郊，晋侯有间，赐子产莒之二方鼎④。○《国语·晋语八》子产曰：侨闻之，昔者鲧违帝命，殛之于羽山，化为黄熊，以入于羽渊，实为夏郊，三代举之。《说苑·辨物》郑简

---

① 姜亮夫：《三楚所传古史与齐、鲁、三晋异同辨》，《历史学》1979年第4期。
② 袁珂校注：《山海经校注》，上海古籍出版社1980年版，第472—473页。
③ （宋）洪兴祖撰，白化文等点校：《楚辞补注》，中华书局1983年版，第100—101页。
④ （周）左丘明传，（晋）杜预注，（唐）孔颖达正义：《春秋左传正义》，北京大学出版社1999年版，第1243—1246页。

公使公孙成子来聘于晋。平公有疾，韩宣子赞，授馆客，客问君疾。对曰："君之疾久矣，上下神祇，无不遍谕也，而无除。今梦黄熊入于寝门，不知人鬼耶，亦厉鬼耶？"子产曰："君子明，子为政，其何厉之有？侨闻之：昔鲧违帝命，殛之于羽山，化为黄熊，以入于羽渊。是为夏郊，三代举之。"①

《淮南子·氾论训》云："禹劳力天下而死为社，后稷作稼穑而死为稷。"又《史记·封禅书》谓："自禹兴而修社祀，后稷稼穑故有稷祠。"禹之所以被人们奉为社神，一方面缘于祖先崇拜，另一方面受农业社会生活方式的影响，《论语·宪问》曰："禹、稷躬稼而有天下。"《墨子·尚贤中》亦曰："伯夷降典，哲民维刑，禹平水土，主名山川，稷降播种，农殖嘉谷，三后成功，维假于民。"②

"白蜺婴茀，胡为此堂？安得夫良药，不能固臧？"③ 自王逸释此为崔文子击王子侨之故事后，一直未见异议。清蒋骥方引《山海经》《淮南子》以"嫦娥奔月"古神话解之。(《山带阁注楚辞·天问》)后丁晏沿用蒋骥说，进一步将"白蜺婴茀"释为"此盛言姮娥之装饰也"。现代学者郭沫若、姜亮夫、孙作云、汤炳正均赞同此说，并作若干补正，林庚更认为《淮南子》正是据《天问》此两问而增说的，何剑薰又于前述基础上详作考证。④

> 天式从横，阳离爱死。
> 大鸟何鸣，夫焉丧厥体？
> 萍号起雨，何以兴之？
> 撰体胁鹿，何以膺之？
> 鼇戴山抃，何以安之？
> 释舟陵行，何之迁之？
> 惟浇在户，何求于嫂？
> 厥萌在初，何所意焉？
> 璜台十成，谁所极焉？

---

① （汉）刘向撰，向宗鲁校证：《说苑校证》，中华书局1987年版，第465—466页。
② 吴毓江：《墨子校注》，中华书局1993年版，第79页。
③ （宋）洪兴祖撰，白化文等点校：《楚辞补注》，中华书局1983年版，第101页。
④ 何剑薰：《楚辞新诂·天问》，巴蜀书社1994年版，第157、158页。

登立为帝，孰道尚之？

《左传·鲁哀公元年》曰：昔有过浇杀斟灌以伐斟鄩，灭夏后相。后缗方娠，逃出自窦，归于有仍，生少康焉，为仍牧正。惎浇，能戒之。浇使椒求之，逃奔有虞，为之庖正，以除其害。虞思于是妻之以二姚，而邑诸纶。有田一成，有众一旅，能布其德，而兆其谋，以收夏众，抚其官职。使女艾谍浇，使季杼诱豷，遂灭过、戈，复禹之绩。祀夏配天，不失旧物。今吴不如过，而越大于少康，或将丰之，不亦难乎？句践能亲而务施，施不失人，亲不弃劳。与我同壤而世为仇雠，于是乎克而弗取，将又存之，违天而长寇仇，后虽悔之，不可食已。姬之衰也，日可俟也。介在蛮夷，而长寇仇，以是求伯，必不行矣。弗听。退而告人曰："越十年生聚，而十年教训，二十年之外，吴其为沼乎？"三月，越及吴平。吴入越，不书，吴不告庆，越不告败也。"① 浇是个大力士，《论语·宪问》"羿善射，奡荡舟，俱不得其死然。禹、稷躬稼而有天下。"奡即浇，何晏《集解》曰"奡多力能陆地行舟"。浇十分好色，王逸《章句》曰："浇无义，淫佚其嫂，往至其户，佯有所求，因与行淫乱也。"② 故少康使女艾行间，灭了浇。《离骚》曰："浇身被服强圉兮，纵欲而不忍，日康娱而自忘兮，厥首用夫颠陨。"③ 王国维据各种资料述女艾谍浇的过程如下："初，浞娶纯狐氏，有子早死，其妇曰女岐，寡居。浇强圉，往其户，阳有所求，女岐为之缝裳，共舍而宿。汝艾夜使人袭斩其首，乃女岐也。浇即多力，又善走。艾乃败猎，放犬逐兽，因噭浇颠陨，乃斩浇以归于少康。"（王国维：《今本竹书纪年疏证》）

《天问》所问夏、商、周之事都有大体统一的规格，即先是一朝一族的起源，然后是它取得统治的经过，再后是问它末世无道之事，最后则接问新王朝的兴起。有易氏本为上古氏族，是狄人的一支，因活动在古易水流域而得名。"有易即河北保定以北，北京以南的易水流域，古易水发源于今易县，流入拒马河。而古代拒马河皆称易水。"④ 文献记载商族与有

---

① （周）左丘明传，（晋）杜预注，（唐）孔颖达正义：《春秋左传正义》，北京大学出版社1999年版，第1610—1612页。
② （宋）洪兴祖撰，白化文等点校：《楚辞补注》，中华书局1983年版，第102页。
③ 同上书，第22页。
④ 江林昌：《中国上古文明考论》，上海教育出版社2005年版，第105页。

易的婚姻关系，以及考古所见两族文化面貌的一致性，说明他们在长期交往中形成了密切的同盟关系，尤其上甲微战胜有易以后，逐步形成了以商族为中心的部落联盟。而夏商之际的"国家形态"，不过是部落联盟共主制的早期文明，商汤灭夏，乃是以商族为共主的部落联盟取代以夏族为共主的联盟。商汤借助有易氏势力灭夏，借助仍强大战斗力的有易氏军队，商汤才最终实现了"韦、顾既伐，昆吾夏桀"的目标，建立了以商为共主的部落联盟。夏桀也居斟，如古本《竹书纪年》说："太康居斟，羿亦居之，桀又居之。"商汤曾厚赂有易氏，借助其力量，取得了对夏战争的胜利。这与商汤出师伐夏前所承诺的"尔尚辅予一人，致天之罚，予其大赉汝"①（《尚书·汤誓》）是一致的。先商族和狄人是有婚姻关系的一个重要联盟，商族女始祖简狄，便出自狄人部落有娀氏，《楚辞》中有多处提到了商与有娀氏的婚姻，如《离骚》"望瑶台之偃蹇兮，见有娀之佚女"②，《天问》"简狄在台，喾何宜？玄鸟致贻，女何喜？"③ 商和有易氏也结成了亲密的婚姻关系。《天问》"胡终弊于有扈，牧夫牛羊？干协时舞，何以怀之？平胁曼肤，何以肥之？有扈牧竖，云何而逢？击床先出，其命何从？恒秉季德，焉得夫朴牛？何往营班禄，不但还来？昏微遵迹，有狄不宁。何繁鸟萃棘，负子肆情？眩弟并淫，危害厥兄。何变化以作诈，而后嗣逢长"④ 一段即是重要证据。商先公王亥与有易氏女本来是有婚姻关系的，但王恒为了独占有易女，"危害厥兄"，挑拨有易之君绵臣杀了王亥。后来王亥子上甲微"中兴"，伐有易，杀绵臣，给易氏以沉重的打击。入藏清华大学的战国楚简《保训》也记载："（上甲）微假中于河，以复有易，有易服厥罪。"⑤

《吕氏春秋·当务》篇就有人明白地指出："尧有不慈之名，舜有不孝之行，禹有淫湎之意，汤、武有放杀之事，五伯有暴乱之谋。世皆誉之，人皆讳之，惑也。"⑥

---

① （汉）孔安国注，（唐）孔颖达疏：《尚书正义》，北京大学出版社1999年版，第191页。
② （宋）洪兴祖撰，白化文等点校：《楚辞补注》，中华书局1983年版，第32页。
③ 同上书，第105页。
④ 同上书，第106—108页。
⑤ 清华大学出土文献研究与保护中心：《清华大学藏战国竹简〈保训〉释文》，《文物》2009年第6期。
⑥ 许维遹：《吕氏春秋集释》，中华书局2009年版，第250—251页。

女娲有体，孰制匠之？
舜服厥弟，终然为害。
何肆犬豕，而厥身不危败？
吴获迄古，南岳是止。
孰期去斯，得两男子？
缘鹄饰玉，后帝是飨。
何承谋夏桀，终以灭丧？
帝乃降观，下逢伊挚。
何条放致罚，而黎服大说？
简狄在台喾何宜？
玄鸟致贻，女何喜？
该秉季德，厥父是臧。
胡终弊于有扈，牧夫牛羊？
干协时舞，何以怀之？
平胁曼肤，何以肥之？
有扈牧竖，云何而逢？
击床先出，其命何从？
恒秉季德，焉得夫朴牛？
何往营班禄，不但还来？
昏微遵迹，有狄不宁。
何繁鸟萃棘，负子肆情？
眩弟并淫，危害厥兄。
何变化以作诈，而后嗣逢长？

  屈原时代已流行女娲造人的神话传说。不是接着女娲神话讲，而是逆着女娲神话讲，造人的女娲，又是谁造了她呢？《风俗通义》记载："俗说天地开辟，未有人民，女娲抟黄土作人，剧务，力不暇供，乃引绳絙于泥中，举以为人。故富贵者，黄土人也，贫贱凡庸者，絙人也。"《说文解字》也说："娲，古之神圣女，化万物者也。"《天问》在问到舜的故事之前后，所问的就正是女娲。"女娲"之名在文献中首见的记载。长沙马王堆西汉墓出土的帛画，上有一"人首蛇身"神像，郭沫若等学者认为是女娲像。在古史传说中与"女娲"关系最为密切的伏羲，在《天问》中却未置一词；于此，王逸似乎有所察觉，故在释屈原"登立为帝，孰道尚之"的疑问时，注曰："言伏羲始画八卦，修行道德，万民登以为帝，谁开导而尊尚之也。"① 今人姜亮夫认为，依据《天问》中的"文法组织"，"登立为帝，孰道尚之？女娲有体，孰制匠之？"当作"女娲有体，孰制匠之？登立为帝，孰道尚之？""则辞义皆顺遂矣"。此四句皆指女娲而言，"王逸不解此义，分'登立'二句属之伏羲"。屈原如此发问，是因"自古皆以男子帝天下，女娲独以女体，故疑而为问也"；而"女娲有体，孰制匠之"二语，姜亮夫则以为"文辞极奇僻生涩，疑有讹误……则疑文中'有'字为'育'字之讹……'制匠'亦即上句'育体'之义……盖南楚有女娲化生万物之传说，故屈子以女娲之又为孰所生为问也"。② 成书于战国中后期《山海经·大荒西经》："有神十人，名曰女娲之肠，化为神，处粟广之野，横道而处。"至于伏羲，《楚辞·大招》中有"伏戏驾辩"之语，王逸注："伏戏，古王者也，始作瑟。驾辩……曲名也，言伏戏氏作瑟，造驾辩之曲。"③ 闻一多《伏羲考》云："伏羲与女娲的名字，都是战国时才开始出现于记载之中的。伏羲见于《易·系辞下传》、《管子·封禅篇》、《轻重戊篇》、《庄子·人间世篇》……女娲见于《楚辞·天问》、《礼记·明堂位篇》、《山海经·大荒西经》……二名并称始见于《淮南子·览冥篇》，也是汉代的书。"④《庄子·外篇·胠箧》："子独不知至德之世乎？昔者……伏羲氏、神农氏，当是时也，民结绳而用之……至老死而不相往来。若此之时，则至治已。"⑤《庄子外篇·缮性》云："逮德下衰，及燧人、伏羲始为天下，是故顺而不一。"⑥《淮南子·览冥训》曰："自三代以后者，天下未尝得安其情性，而乐其习俗，保其修命，天而不夭于人虐也。所以然者，何也？诸侯力征，天下合而为一家，逮至当今之时，天子在上位，持以道德，辅以仁义，近者献其智，远者怀其德，拱揖指麾而四海宾服，春秋冬夏皆献其贡职，天下混而为一，子孙相代，此五帝之所以迎天德也……夫钳且大丙，不施辔衔，而以善御闻于天

---

① （宋）洪兴祖撰，白化文等点校：《楚辞补注》，中华书局1983年版，第104页。
② 姜亮夫：《屈原赋校注》（卷三），人民文学出版社1957年版，第330—331页。
③ （宋）洪兴祖撰，白化文等点校：《楚辞补注》，中华书局1983年版，第221页。
④ 闻一多：《伏羲考》，转引自《二十世纪中国民俗文学经典（神话卷）》，社会科学文献出版社2002年版，第160页。
⑤ 陈鼓应：《庄子今注今译》，中华书局1983年版，第286页。
⑥ 同上书，第434页。

下。伏戏、女娲，不设法度，而以至德遗于后世，何则？至虚无纯一，而不喋苛事也。"①

《淮南子·说林训》又有关于女娲的论述："黄帝生阴阳，上骈生耳目，桑林生臂手（高诱注：上骈、桑林，皆神名），此女娲所以七十化也（高诱注：女娲，王天下者也，七十变，造化也。此言造化治世，非一人之功）。"② 司马相如《大人赋》中所云："使灵娲鼓瑟而舞冯夷③（《史记·司马相如列传》。裴骃"集解"引《汉书音义》曰："灵娲，女娲也。"④）在绝大多数先秦典籍中，言伏羲者不同时言女娲，言女娲不同时言伏羲。吕微认为这只是"针对文献所作的形式分析得出的上述结论，近年来却由于出土文献研究的新进展遭到严厉的质疑。特别是长沙子弹库楚墓帛书乙篇的成功释读，向我们展示了战国中后期在楚地民间的一则可能是讲述伏羲、女娲创世的神话文本，从而将伏羲、女娲对偶神话最早记录本的上限提到了先秦时代"⑤。《汉书·古今人物表》中，将伏羲列为"上上圣人"之首，而女娲则为"上中仁人"之首，由于是时女娲尚未列入"三皇"系统，故在班氏的"九等"人物表中不可能与伏羲并肩而立；但对女娲的推崇之情显而易见，同时也其后为将女娲引入"三皇"系列开辟了通道。《汉书补注·古今人物表》"女娲"条引清人钱大昭语云："闽本'上上'，次于太昊（即伏羲）。《说文》，娲，古之神圣女，化万物者也。（王）先谦曰：《风俗通》引《运斗枢》云，伏羲、女娲、神农是三皇也。《列子》《淮南》诸书并引女娲事，故班兼采之。"⑥ 首次明确提及女娲列于"三皇"者，当属应劭的《风俗通》的《三皇篇》，而应氏所据材料，则出于纬书《春秋运斗枢》。亦依《春秋运斗枢》释女娲为"三皇"者，还有郑玄。"郑注《中侯敕省图》引《运斗枢》：'伏羲、神农、女娲为三皇'（曲礼疏）。郑注《明堂位》引《春秋纬》说同。"高诱注《吕氏春秋》卷四《孟夏纪》"三皇"合称曰："三皇，伏羲、神农、女娲也。"⑦

---

① 何宁：《淮南子集释》，中华书局1998年版，第496—497页。
② 同上书，第1186页。
③ （汉）司马迁：《史记》，中华书局1959年版，第3060页。
④ 同上书，第3061页。
⑤ 吕微：《神话何为》第七章第二节《先秦、两汉文献中伏羲、女娲的关系》，社会科学文献出版社2001年版，第323、325—328页。
⑥ 王先谦：《汉书补注》（上），中华书局1983年影印本，"女娲"条补注见第337—338页。
⑦ 许维遹：《吕氏春秋集释》，中华书局2009年版，第102页。

1942年出土于长沙东郊子弹库楚墓的"长沙楚帛书"甲种：曰故（古）黄熊包戏（伏羲），出自□，居于雎□。……梦梦墨墨，亡张弼弼。□每水□，风雨是阕，乃取□□子之子，曰女娲，是生子。四□是襄（壤），天践是格。参化法度，为禹为契，以司堵襄（壤），咎（规）天步廷，乃上下朕（腾）传（转）。山陵不疏，乃命山川四海，熏气百（魄）气，以为其疏，以陟山陵。……

屈原自称是帝颛顼之苗裔，而于帝舜则往往独称之为重华。不但在《离骚》这部重要巨作中说"就重华而陈辞"[①]，而且在《涉江》中又说"吾与重华游兮瑶之圃"[②]，在《怀沙》那篇绝笔之作中也还说："重华不可遻兮，孰知余之从容。"[③] 那么重华究竟是什么意思呢？《史记·项羽本纪》："吾闻之周生曰，舜目盖重瞳子。"[④]《尸子》："舜两眸子，是谓重瞳。"《淮南子·修务训》："舜二瞳子，是谓重明。"则传说中舜的特征乃是重瞳子，也就是说双目有异于常人的光彩。《易·离卦》又说："重明以丽乎正，乃化成天下。"[⑤] 又说："明两作离，大人以继明照于四方。"[⑥] 然则重华也就是"重明以丽乎正"的意思。

楚之政治文化多源于商。如商人称官吏之长为尹，见于文献与卜辞者有伊尹、庶尹、黄尹、右尹、梦尹、多尹、申尹、士尹等。周人则很少有此称。而楚则有令尹、县尹、左尹、右尹、工尹、连尹、秀尹、玉尹、卜尹、清尹等。商人称先王为后，生王为王，如先后、古后、神后、高后、多后等，周人则多称王，而《楚辞》中也多称先王为后，如"昔三后之纯粹兮"，"后辛之菹醢兮""启代益作后""后帝不若""后帝是飨""中央共牧后何怨"，称"前王"者仅一见，但不见有称怀王为后者。……《楚辞》述先代政治人物多先商后夏，如夏禹本当在前，商汤在后，而《楚辞》则合称作"汤禹"，凡三见。"咎繇"为禹之贤臣、挚为汤之贤臣，《离骚》则合称之为"挚咎繇"[⑦]。

《天问》问殷先公先王事，凡七章二十八句，即自"简狄在台，喾何

---

① （宋）洪兴祖撰，白化文等点校：《楚辞补注》，中华书局1983年版，第20页。
② 同上书，第128页。
③ 同上书，第144页。
④ （汉）司马迁：《史记》，中华书局1959年版，第338页。
⑤ 周振甫：《周易译注》，中华书局1991年版，第106页。
⑥ 同上。
⑦ 刘毓庆：《〈九歌〉与殷商祭典》，《山西大学学报》1985年第2期。

宜",至"何变化以作诈,而后嗣逢长",扩充了先商历史研究的文献史料。王国维在《殷卜辞中所见先公先王考》一文中指出,"《天问》自'简狄在台,喾何宜'以下二十韵皆述商事"①。《殷本纪》依据《诗经》而保存其说:"母曰简狄,有娀氏之女,为帝喾次妃。三人行浴,见玄鸟堕其卵,简狄取吞之,因孕生契。"② 就图腾感生而言,夏族有女嬉吞薏苡而生禹之说(见《世本·帝系篇》《吴越春秋·越王无余外传》)。商族有简狄吞玄鸟之卵而生契之传说。(见《诗·商颂·长发》《史记·殷本纪》等)周族有姜嫄履大人迹而生稷之事(见《诗·大雅·绵》《史记·周本纪》等)。

《天问》所述夏初数代之动乱,与《竹书纪年》《山海经》可互证,而北方儒家对此则语焉不详。姜亮夫即曾指出:"屈子所传殷之史事,与甲文相中……而三世争牧之故事,原原本本,载无遗策,且其事至朴质,有合于三代初期社会情实,而北土皆削而不载。"③ 姜亮夫还在其所著《楚辞今绎讲录》中指出:《天问》叙夏代历史的资料,有二十多条;叙商代历史的资料,有十多条;叙周代历史的资料,约有八九条,之所以关于禹夏的资料较多,因为楚是夏的后代,在屈原心目中,昆仑是楚人的老家④。王亥为殷始祖契之六世孙,殷人以时命名,即自亥始。季,即冥,亥的父亲。《天问》曰:"该秉季德,厥父是臧,胡终弊于有扈,牧夫牛羊?"⑤ "该"是什么?"厥父"是谁?"弊于有扈,牧夫牛羊"又指何事?千百年来,众说纷纭。而"该"是四句之关键,一旦"该"字释出,四句将焕然冰释。王国维以殷商卜辞作考证,参以《史记·殷本纪》及《三代世表》《汉书古今人表》等,证明"该"即为殷先祖王亥,并进一步推论:"则该与恒皆季之子。该即王亥,恒即王恒,皆见于卜辞,则卜辞之季,亦当是王亥之父冥矣。"⑥ 此释遂成学界定谳。唐柳宗元、宋洪兴祖已看出"该"为人名,只是将人物释错;清徐文靖依据《汉书·古今人表》《竹书纪年·帝杼》,定"该"为"垓",即"该也"(即"契")五世孙"冥"

---

① 王国维:《殷卜辞中所见先公先王考》,《观堂集林》,中华书局1959年版,第419页。
② (汉)司马迁:《史记》,中华书局1959年版,第91页。
③ 姜亮夫:《三楚所传古史与齐、鲁、三晋异同辨》,载《历史学》1979年第4期。
④ 姜亮夫:《楚辞今绎讲录》,北京出版社1981年版,第75页。
⑤ (宋)洪兴祖撰,白化文等点校:《楚辞补注》,中华书局1983年版,第106页。
⑥ 王国维:《观堂集林·殷卜辞中所见先公先王考》,收入《海宁王忠悫公遗书初集》卷九,海宁王氏1927年排印石印本。

之子①，已经接近正确答案；而刘梦鹏更是考出："该乃亥之误，有扈当作有易。有易有扈，并夏时诸侯，传写讹耳。"（《屈子章句·天问》）实际谜底已解出，只是徐文靖、刘梦鹏所据史料，其他学者多已见过，认为"该"未必即是"亥"。及至王国维以殷商卜辞考之，证据确凿，方确信无误。

　　这是问王亥既为奴隶，何以同有易氏的女子发生了爱情。平胁，丰满的胸部；曼肤，光泽的皮肤，皆用以指有易氏女子。肥即媲之借字，妃匹之义。干舞，即万舞。《公羊传》宣公八年云："万者何，干舞也。"②《文选·东京赋》"万舞奕奕"，薛综注："万舞，干也"③ 可证。

　　《大荒东经》："有困民国，勾姓而食。有人曰王亥，两手操鸟，方食其头。王亥托于有易、河伯仆牛。有易杀王亥，取仆牛。河念有易，有易潜出，为国于兽，方食之，名曰摇民。帝舜生戏，戏生摇民。"④ 有易氏女子为王亥的干舞所挑，由怀思而终于与之相匹配，这事大概不见容于其君，故遂欲击杀王亥于床。然而王亥不知从哪里得来的消息，竟事先逃走了。王亥既能事先逃出，可见于此次事变中并不曾丧生。疑《竹书》关于王亥被有易之君绵臣"杀而放之"的说法亦不确。且既云"杀"，何得再放？

　　这是一段极其宝贵的文字。我们之所以知道王亥与上甲微之间当有王恒一世，就是王国维以卜辞与这段文字相印证的结果。"朴牛"，王国维说即服牛，驯牛以驾车也。王亥拘留有易，依商人兄终弟及之义，王恒自当继为商王。王亥、王恒、上甲微三世之事乃是数千年来不解之谜，而由于《天问》的存在，却将商先王自冥至微这一段史实保存了下来。《天问》曰："该秉季德，厥父是臧"⑤，又曰："恒秉季德，焉得夫朴牛"⑥，是殷先公中有王亥、王恒兄弟为王之事实，其所反映的是母系社会兄终弟及之世系。此一事实，"并为诸书所未载"，《天问》之辞，遂成独家材料。而卜辞王恒的出现，又证明了《天问》记载之不诬。因此，其史料价值，尤为学林所

---

① 徐文靖：《管城硕记·楚辞集注·天问》卷十五，清乾隆九年（1744）志宁堂刻本。
② （汉）公羊寿传，（汉）何休解诂，（唐）徐彦疏：《春秋公羊传注疏》，北京大学出版社1999年版，第338页。
③ （南朝梁）萧统编，（唐）李善注：《昭明文选》，上海古籍出版社1986年版，第116页。
④ 袁珂校注：《山海经校注》，上海古籍出版社1980年版，第351页。
⑤ （宋）洪兴祖撰，白化文等点校：《楚辞补注》，中华书局1983年版，第106页。
⑥ 同上书，第107页。

推崇①。王国维以甲骨记载与《天问》等材料结合,印证了《史记》语焉不详的殷先公王季、王恒、王亥、上甲微。在论证中王国维激动地说:"要之,《天问》所说,当与《山海经》及《竹书纪年》同出一源,而《天问》就壁画发问,所记尤详。恒之一人,并为诸书所未载,卜辞之王恒与王亥同以王称,其时代自当相接,而《天问》之该与恒适与之相当,前后所陈又皆商家故事,则中间十二韵自系述王亥、王恒、上甲微三世之事。然则王亥与上甲微之间,又当有王恒一世。以《世本》、《史记》所未载,《山海经》、《竹书》所不详,而今于卜辞得之;《天问》之辞,千古不能通其说者,而今由卜辞通之,此治史学与文学者所当同声称快者也。"② 这一论证,可谓廓清混沌。郭沫若更指出:"单有这一发现也就尽足以证明《天问》一篇断不是'后人(所)杂凑起来'的。而且由这里可以发掘出的宝物还没有尽境。……此外可发现的东西还很多,但要等待辛苦的发掘,和能作那种辛苦工作的人。"③

荀卿《成相篇》曰:"契玄王,生昭明,居於砥石迁於商。十有四世,乃有天乙是成汤。天乙汤,论举当,身让卞随举牟光。"④ 自契至汤其间历史传说却已多湮没。《天问》下文又以第一手资料,填补了这个空白。清代徐文靖《管城硕记》指出,"该",为冥子该,是即该也。刘蒙鹏据《左传》《竹书》《山经》指出"该"即殷先公之"王亥","有启"为"有易"之讹,"弊于有启,牧夫牛羊"即王亥败于有易,有易"困辱之,使为牧竖"。周悦让《楚辞天问补注》根据《山海经·大荒东经》《汲郡竹书》而言"据此则该字乃亥字之增笔,即王亥也。有启启字,当作易,即有易也。朴牛即仆牛,以音同假借,盖即耗朱(《说文》,特,朴特,牛父也,仆牛宜即朴特,乃牛之牡者耳。而王注曰,朴大也,言汤出猎得大牛之瑞。非是)非人姓名之谓也"。至王国维,据甲骨卜辞进一步证成其说,断定卜辞中的王亥,亦即《山海经》之王该,《竹书纪年》之殷侯子文"季""该""微"均为商之先王。而此段历史赖《天问》始得以破解之。"宾于有易"者,前已辨其非王亥事,实则即王恒之"往营

---

① 江林昌:《楚辞中所见殷族先公考》,《历史研究》1995年第5期。
② 王国维:《殷卜辞中所见先公先王考》,《王国维论学集》,中国社会科学出版社1997年版,第15—30页。
③ 郭沫若:《屈原研究》,刘梦溪主编《中国现代学术经典·郭沫若卷》,河北教育出版社1996年版,第655—656页。
④ (清)王先谦:《荀子集解》,中华书局1988年版,第464页。

班禄"也。刘梦鹏《屈子章句》说："往营班禄，谓往使藩国班赐禄命，所谓'宾于有易'是也。"

王国维云："昏微"即上甲微，"有狄"亦即有易也……"昏微遵迹，有狄不宁"者，谓上甲微能率循其先人之迹，有易与之有杀父之仇，故为之不宁也。《天问》"昏微"似可读为"闵微"，而上甲微被称作"闵微"，与《周颂·闵予小子》中成王自呼"闵予小子"一样，当与其父王亥被有易所杀有关。《山海经·大荒东经》记载："王亥托于有易、河伯仆牛，有易杀王亥，取仆牛。"① 郭璞注引汲郡竹书曰："殷王子亥宾于有易而淫焉，有易之君绵臣杀而放之。是故殷主甲微假师于河伯以伐有易，灭之，遂杀其君绵臣也。"② 译为：悲伤的上甲微能够蹈循先人踵武，有易氏从此不得安宁。此即《竹书》帝泄十六年"殷侯微以河伯之师伐有易，杀其君绵臣"事也。

上甲微伐灭有易之事，先秦人多以飞鸟群聚为胜兵之瑞。如《天问》记载武王伐纣之事曰："苍鸟群飞，孰使萃之。"③ 武王师至，苍鸟群集，与史书所记白鱼入舟、火流为乌之事同属异象。"昏微遵迹，有狄不宁；何繁鸟萃棘，负子肆情？"④ 一节可译为：悲伤的微能够蹈循先人足迹，有易氏从此不得安宁；为何众鸟集于荆棘之上，元子遂得以快意复仇？

《天问》载有上甲微遵循亥、恒之迹而讨伐有易之善事。《山海经·大荒东经》郭璞注引《竹书纪年》以及《史记·殷本纪》并有载《天问》又记上甲微晚年淫乱儿媳之丑事，曰："繁鸟萃棘，负子肆情"，其所反映的是原始群婚之残余。此事亦不见于先秦两汉任何典籍，《天问》之辞遂成旧史逸闻⑤。世俗以"繁鸟萃棘"喻男女私处。此则屈原借以指王恒的淫行。"负"，《说文》云："恃也"。"负子肆情"即王恒恃其子上甲微之兵力而悠肆情欲，淫佚妇女也。上甲微伐有易，这是殷族早年历史上的一件大事，也是殷先人由衰败而复兴的转折点。故《国语·鲁语》云："上甲微，能帅契者也，商人报焉。"⑥《竹书》注亦云："中叶衰而上甲微复

---

① 袁珂校注：《山海经校注》，上海古籍出版社1980年版，第351页。
② 同上书，第352页。
③ （宋）洪兴祖撰，白化文等点校：《楚辞补注》，中华书局1983年版，第109页。
④ 同上书，第107页。
⑤ 江林昌：《说楚辞"皇之赫戏"和"繁鸟萃棘"》，《杭州大学学报》1994年第2期。
⑥ 《国语》，上海古籍出版社1978年版，第166页。

兴，故殷人报焉。"自此以后，殷人在殷一直居住了近百年，直至孔甲九年才复归于商邱，可见这次战争为殷人带来了一个比较长期的安定局面。屈原对这次战争当然也是赞成的，只是因为王恒"负子肆情"的行径与他的爱民之义相违，故尔提出质问。

"眩弟"既为王恒，那么从文法上看，"危害厥兄""变化以作诈"以及"后嗣逢长"的亦皆应是王恒。"眩"，当为"胲"之误。亦即王亥，是"眩弟"即王恒也。

这样以来，一个骇人听闻的事实便被揭示出来了。前面说过，王亥被有易俘虏之后，并未处死，仅罚作放牧牛羊的奴隶；待到与有易女子相匹偶之后，有易之君虽欲加害，亦能事先逃出；直至王恒赴有易时，王亥尚无恙也，故恒得与亥"并淫"有易之女。然而不幸的是，这位王亥竟死于其弟之手。其具体情节虽不得而知，但"变化以作诈"即指"危害厥兄"之事无疑。大概王恒继为商王后，出使有易，见王亥尚留人间，故遂以阴谋手段害之。此事可能与"并淫"有关，或主要原因还是为了争夺王位。差不多中国历史上的各民族，在奴隶制建立初期，都有过这种残酷的斗争。

> 成汤东巡，有莘爰极。
> 何乞彼小臣，而吉妃是得？
> 水滨之木，得彼小子。
> 夫何恶之，媵有莘之妇？
> 汤出重泉，夫何罪尤？
> 不胜心伐帝，夫谁使挑之？
> 会晁争盟，何践吾期？
> 苍鸟群飞，孰使萃之？
> 列击纣躬，叔旦不嘉。
> 何亲揆发，何周之命以咨嗟？
> 授殷天下，其位安施？
> 反成乃亡，其罪伊何？
> 争遣伐器，何以行之？
> 并驱击翼，何以将之？
> 昭后成游，南土爰底。

厥利惟何，逢彼白雉？
　　穆王巧梅，夫何周流？
　　环理天下，夫何索求？
　　妖夫曳炫，何号于市？
　　周幽谁诛？焉得夫褒姒？
　　天命反侧，何罚何佑？
　　齐桓九会，卒然身杀。
　　彼王纣之躬，孰使乱惑？
　　何恶辅，谗谄是服？
　　比干何逆，而抑沉之？
　　雷开何顺，而赐封之？
　　何圣人之一德，卒其异方：
　　梅伯受醢，箕子详狂？

　　孔子评价武王乐曲《武》时说："尽美矣，未尽善也。"《史记·周本纪》说："（武王）遂入，至纣死所。武王自射之，三发而后下车，以轻剑击之，以黄钺斩纣头，县（悬）大白之旗。已而至纣之嬖妾二女，二女皆经自杀。武王又射三发，击以剑，斩以玄钺，县其头小白之旗。"①"不嘉"指周公对周武王的行为不满。正是由于周公对"到击纣躬"并不满意，所以他在进行"制礼作乐"时去废除了这种以人为牲的礼俗。《史记·周本纪》："昭王之时，王道微缺。昭王南巡狩不返，卒于江上。其卒不赴告，讳之也。"② 由此引发楚人对周的评价之微词。

　　刘永济《屈赋通笺》云："《考异》曰：'位一作德。'按作'德'是，此言上帝授殷，必以汤有德也，其德何以移易致于灭亡？"（闻一多、姜亮夫之说同）汤炳正从语言训诂的角度详细论证后指出，穆王巧梅之"'巧梅'二字，实即《史墙盘》铭文'宇诲'二字的又一异形；亦系'訏谋'之同音借字。""宇诲"义为庞大的计划与规划，如果把《史墙盘》铭文中叙及昭、穆二王的事迹联系起来，可以看出，所谓"巧梅"与"宇诲""訏谋"，都跟伐楚密切相关。"因为《史墙盘》铭文说：穆

---

① （汉）司马迁：《史记》，中华书局1959年版，第124—125页。
② 同上书，第134页。

王'刑帅宇海（訏谋），縺宁天子'，'刑帅'即效法遵循之意；'訏谋'即指上文昭王'广笞楚荆'的庞大规划而言。……说穿了，即认为穆王能继承昭王遗志而伐楚。……我们如果用这一观点来看《天问》所涉及的昭、穆两代的事迹，也应该注意他们的联系性。即'穆王巧梅（訏谋），夫何为周流'，正上承'昭后成（盛）游，南土爰底'而来。当然，'周流'一语并不排斥周游天下的含义，但在这里，主要应包括伐楚的战役在内。"① 陕西眉县杨家村 2003 年 1 月新出逨盘，铭文说"用会昭王、穆王，盗政四方，蒻伐荆楚"。即证昭、穆王都曾伐楚，与屈原所问史实同。

到了西周末年和东周初年，人们头脑中还是认为天是主宰人间一切的。《诗经》屡言："昊天不平"，"昊天不惠"，"昊天不不庸"，"吴天疾威"，"天之方难"，"天之方蹶"，"天之方虐"。人们对老天的这一片詈骂之声，一方面固然说明人们对老天的不满和怨恨，另一方面也说明人们还是相信老天是有意志的，是主宰人间一切的。直到战国早期，墨子还在他的《天志篇》中宣扬天是有意志的，要求人们服从天的意志，听凭天的主宰。《管子·形势》载："天之所助，虽小必大；天之所违，虽成必败。顺天者有其功，逆天者怀其凶，不可复振也。"②《天问》在这一点上，和荀子"制天命而用之"的观点在本质上是非常接近的。

刘盼遂《天问校笺》引《史记·夏本纪》《汉书·元后传》颜师古注、《墨子》，认为这是原始社会杀首子习俗的遗留："古者夫妇制度未确定时，其妻生首子时，则夫往往疑其挟他种而来，媢嫉实甚，故有杀首子之风。"③ 刘氏沿袭传统的说法，认为杀首子的原因是"夫往往疑其挟他种而来，媢嫉实甚"。这一说法可能不尽正确，原始社会杀首子可能与原始先民"献新之祭"有关，即把田地上的第一批收获和头生仔畜等献给鬼神。

> 稷维元子，帝何竺之？
> 投之於冰上，鸟何燠之？

---

① 汤炳正：《试论〈天问〉所反映的周、楚民族的两次斗争》，《屈赋新探》，齐鲁书社 1984 年版，第 222—230 页。
② 黎翔凤：《管子校注》，中华书局 2004 年版，第 44 页。
③ 刘盼遂：《刘盼遂文集》，北京师范大学出版社 2002 年版，第 14 页。

何冯弓挟矢，殊能将之？
既惊帝切激，何逢长之？
伯昌号衰，秉鞭作牧。
何令彻彼岐社，命有殷国？
迁藏就岐，何能依？
殷有惑妇，何所讥？
受赐兹醢，西伯上告。
何亲就上帝罚，殷之命以不救？

《史记·周本纪》载曰："周后稷，名弃，其母有邰氏女，曰姜原。姜原为帝喾元妃。姜原出野，见巨人迹，心忻然说，欲践之，践之而身动如孕者。居期而生子，以为不祥，弃之隘巷，马牛过者皆辟不践；徙置之林中，适会山林多人，迁之；而弃渠中冰上，飞鸟以其翼覆荐之。姜原以为神，遂收养长之。初欲弃之，因名曰弃。"①司马迁对周族的祖先后稷的叙述几乎完全和《诗经·生民》一致，从而构建其君权神授、受命于天理论的合理性。

"作牧"应指文王被封西伯。上海博物馆藏战国简《容成氏》云：（纣）于是乎作为金桎三千。既为金桎，又为酒池，厚乐于酒，溥夜以为淫，不听其邦之政。于是乎九邦叛之：丰、镐、舟、□、于、鹿、耆、崇、密须氏。文王闻之，曰："虽君无道，臣敢勿事乎？虽父无道，子敢勿事乎？孰天子而可反？"纣闻之，乃出文王于夏台之下而问焉，曰："九邦者其可来乎？"文王曰："可。"文王于是乎素端襃裳以行九邦，七邦来服，丰、镐不服。文王乃起师以向丰、镐，三鼓而进之，三鼓而退之，曰："吾所知多尽，一人无道，百姓其何罪？"丰、镐之民闻之，乃降文王。文王持故时而教民时，高下肥毳之利尽知之，知天之道，知地之利，思民不疾。昔者文王之佐纣也，如是状也。②《史记·殷本纪》载"纣乃赦西伯……赐弓矢斧钺，使得征伐，为西伯"③，也正是《天问》"秉鞭（对叛逆诸侯的讨伐）作牧（受封西伯）"具体所指。"号衰"即指"素端"，二者同为白衣，又皆为凶服。素端，见《周礼·春官·司服》等

---

① （汉）司马迁：《史记》，中华书局1959年版，第111页。
② 马承源：《上海博物馆藏战国楚竹书》（二），上海古籍出版社2002年版，第285—290页。
③ （汉）司马迁：《史记》，中华书局1959年版，第106页。

书是凶事所服，其服作缟冠，白布衣，素裳，素履。兵事为凶事，故文王服之。

《墨子·非攻下》："赤鸟衔圭，降周之岐社，曰：天命周文王伐殷有国。"① 《吕氏春秋·应同》篇："及文王之时，天先见火，赤乌衔丹书集于周社。"② 上海博物馆藏竹书（五）《鬼神之明》："此以桀折于鬲山而受首于岐社。""受"，即商王纣，该句是说夏桀和商纣不行仁义，桀终败于鬲山，而商王纣（受）头颅被祭祀于岐社。"彻彼岐社"是取岐社之主而为军社。马王堆帛书《黄帝书·正乱》："（黄帝在战胜蚩尤后）腐其骨肉，投之苦醢，使天下之。上帝以禁。帝曰：毋乏吾禁，毋留（流）吾醢，毋乱吾民，毋绝吾道。止（乏）禁，留（流）醢，乱民，绝道，反义逆时，非而行之，过极失当，擅制更爽，心欲是行，其上帝未先而擅兴兵，视蚩尤、共工。屈其脊，使甘其。不生不死，悫为地。帝曰：谨守吾正名，毋失吾恒刑，以视（示）后人。"如《周礼·春官·大祝》云："大师，宜于社，造于祖，设军社，……及军归，献于社。"贾公彦疏曰："言大师者，土出六军，亲行征伐，故曰大师。云宜于社者，军将出，宜察于社。"③《礼记·大传》："牧之野，武王之大事也。既事而退，柴于上帝，祈于社，设奠于牧室。"④ 知古人赐"醢"的目的，除了威慑，便是意图结盟。

    师望在肆，昌何识？
    鼓刀扬声，后何喜？
    武发杀殷，何所悒？
    载尸集战，何所急？
    伯林雉经，维其何故？
    何感天抑坠，夫谁畏惧？
    皇天集命，惟何戒之？
    受礼天下，又使至代之？
    何卒官汤，尊食宗绪？

---

① 吴毓江：《墨子校注》，中华书局1993年版，第221页。
② 许维遹：《吕氏春秋集释》，中华书局2009年版，第284页。
③ （汉）郑玄注，（唐）贾公彦疏：《周礼注疏》，北京大学出版社1999年版，第673页。
④ 同上书，第998页。

勋阖、梦生，少离散亡。
初汤臣挚，後兹承辅。
何壮武厉，能流厥严？

　　屈原在问人事部分除了探求历史兴亡更替的变化规律、探求治国之道之外，对历来传道的历史真相也进行了前所未有的清算。譬如，鲧是否毫无功劳？禹作为万世之表真的毫无瑕疵？启是否因贤而赢得了万民的归依？益失天下究竟因为什么？舜不告而娶和封赏傲狠之弟的行为能否堪称"人伦之至"（《孟子·离娄上》）？汤武是否单靠仁义就享有国祚，使万民归心？八百诸侯真能一夜之间不期而至？这些儒家津津乐道的圣道王功，确是史实还是有意的造改？

　　刘起釪指出，《天问》所载"夏、商二代故事传说比以前远为丰富，……其有影响的是多出了夏时东夷首领和商的几位先公先王，特别有历史意义的是指明了舜是商族的始祖神。可是没有《国语》《左传》中显赫人物，如炎帝、黄帝、太昊、少昊……而这些在战国后期文献中是古史的主要人物。显然，《天问》只能远在这些传说之前"[1]。

　　《天问》卒章显志。楚庄王在《史记》中名"侣"。"侣"即"闾"。《说文》："闾，侣也，二十五家相群侣也"。《春秋》《国语》记楚庄王名"旅"。"旅"亦"闾"之借。"侣"是楚庄王的名，而勋阖正是他的字。《左传·鲁宣公十二年》（楚庄王十七年）云："楚少宰如晋师曰：'寡君少遭闾凶，不能文……'"[2] 是楚庄王小时曾遭过一些磨难。《新序》卷二写楚庄王拜劝谏他的士庆为令尹后，"中庶子闻之，跪而泣曰：'臣尚衣冠御郎十三年矣。前为豪矢，而后为藩蔽。王赐士庆相印，而不赐臣，臣死将有日矣。'王曰：'寡人居泥涂中，子所与寡人言者，内不及国家，外不及诸侯。如子者，可富而不可贵也'。"[3] 按中庶子，掌管诸侯卿大夫的庶子的教育管理，故自谦称"衣冠御郎"。

　　俞正燮《癸巳类稿》说："严本作庄，汉人避明帝讳改。"陈本礼《屈辞精义》说同。丁晏、郑廷祯、江有浩、马其昶及近人刘永济、闻一

---

[1] 刘起釪：《我国古史传说时期综论》，《古史续辨》，中国社会科学出版社1991年版。
[2] （周）左丘明传，（晋）杜预注，（唐）孔颖达疏：《春秋左传正义》，北京大学出版社1999年版，第645页。
[3] （汉）刘向编，石光瑛校释：《新序校释》，中华书局2001年版，第274—275页。

多、姜亮夫亦皆从之。从其与"亡"字叶韵看，以上各家说是。王逸据"严"字立训，解末句为"流其威严"，也与原诗文意不符。陈本礼说："严，古庄字，……谓楚庄王也。楚自武王伐随以来，残食诸姬，至庄而霸，伐陆浑之戎，观兵问鼎，大有窥伺周室之心。"丁晏也说："按严即庄字……谓楚庄王也。昔楚庄王任伍举直谏而战霸"。《韩非子·有度》："荆庄王并国二十六，开地三千里。"① 《太史公自序》："庄王之贤，乃复国陈、既赦郑伯，班师华元，……嘉庄王之义，作《楚世家》第十。"② 屈原《天问》中这四句诗是问：庄王本是梦生，其兆不祥，而且少遭凶闱，流离失位，何以能武功烈烈，永垂其"胜敌志强"，"好勇致敌"之英名？③

> 彭铿斟雉[zhì]，帝何飨[xiǎng]？
> 受寿永多，夫何久长？
> 中央共牧，后何怒？
> 蜂蛾微命，力何固？
> 惊女采薇，鹿何祐？
> 北至回水，萃何喜？
> 兄有噬犬，弟何欲？
> 易之以百两，卒无禄？

"中央共牧"至此，是一段有关秦民族艰苦创业的旧闻逸史。林庚先生《〈天问〉论笺》依据《史记·秦本纪》线索，对其本事进行了钩稽考论，从而使这一段历史大白于世。

> 薄暮雷电，归何忧？
> 厥严不奉，帝何求？
> 伏匿穴处，爰何云？
> 荆勋作师，夫何长？

---

① （清）王先谦撰，钟哲点校：《韩非子集解》，中华书局1998年版，第31页。
② （汉）司马迁：《史记》，中华书局1959年版，第3309页。
③ 赵逵夫：《一代霸主艰辛的童年——〈天问〉中反映的楚庄王事迹发微》，《青海社会科学》1988年第3期。

悟过改更，我又何言？
吴光争国，久余是胜。
何环穿自闾社丘陵，爰出子文？
吾告堵敖以不长。
何试上自予，忠名弥彰？

黄文焕以"伏匿穴处"为"承前代亡国之痛归之楚事，悲怀王之死秦，愧襄王之不能仇秦……秦之拘禁怀王致死，而杀吾父，视子胥以君杀其臣若何？"[1] 即似有《天问》作于怀王入秦之后意。

《后汉书·蔡邕传》载蔡邕《释诲》云："下获熏胥之辜，高受灭家之诛。"李贤注："《诗·小雅》曰：'若此无罪，勲胥似痡。'勲，帅也。胥，相也。痡，病也。言此无罪之人，而使有罪者相帅而病之，是其大甚。见《韩诗》。"[2] 引诗见《小雅·雨无正》，今本作"沦胥以铺"。"沦胥"在《诗经》中出现3次，《韩诗》皆当作"勲胥"。勋是勲的古文。《说文》："勋，古文从员。"段玉裁注："员，声也。《周礼》故书勲作勋。"（以下勲字皆作勋）伍子胥的名字正是截取《诗经》"勋胥"而成。……勋为楚人，故曰"荆勋"，犹下文光（吴王阖庐名）为吴人而称"吴光"。由"吴光"知"荆勋"为子胥无疑[3]。屈复《楚辞新集注》卷三说："'伏匿何处'，即既放江潭也；'爰何云'，言无可言说也。'作师'，犹兴师；荆，楚；勋，功也。《史记》怀王怒，大兴师伐秦，秦击之，大破楚师于丹浙。怀王复怒，发国中兵击秦，战于蓝田是也。"[4] 陈兆奎补王闿运《楚辞释》卷三，则明确指出了《天问》的写作时间。补曰：《天问》历叙天地灵异、帝王兴败之故，皆据时事而言，故篇中设难词以起之，大略分为三节。首陈天文以明六国强弱之势，次陈山川物产以喻怀王归国之意，末陈古事以讽顷襄仍当合纵复仇、求贤共治及己忠愤之节。原先以作《离骚》而见忌，故是篇文弥晦、意弥周，不失"变风"之义，冀言者无罪、闻者足戒也。是篇之成，当在怀王入秦以后，

---

[1] 黄文焕：《楚辞听直》，《续修四库全书》第1632册，上海古籍出版社2003年版，第567页。

[2] （宋）范晔撰，（唐）李贤注：《后汉书》，中华书局1965年版，第1986页。

[3] 杨琳：《伍子胥事迹的新发现——〈天问〉"荆勋""勋阖"破译》，《社会科学战线》2000年第4期。

[4] 屈复：《楚辞新集注》，《续四库全书》第1632册，上海古籍出版社2003年版，第345页。

再放之前……①

孙作云在《天问研究·前言》中则说得更具体：《天问》的写作年代及地点，在《屈原的生平及作品编年》中已经约略地谈到了。它写作于楚怀王三十年、秦昭王八年（公元前299）的秋天。它写作的地点是春秋末年楚昭王十二年的郢都，今湖北省宜城东南九十里，汉水西岸的古郢都……屈原赴汉北，再登舟而至汉北的。因此，在这一次赴汉北途中，上溯郢都、鄢郢，故在船停泊之时，便下来参观楚先王宗庙……②

据《左传·鲁宣公四年》记载，子文是斗伯比淫于䢵子之女而生出来的。生下后被弃之云梦泽中，老虎给他喂奶，䢵子便收养了他。因子文出生怪诞，故屈子疑而问之曰：子文是怎样生出来的？诸家皆将"何环闾穿社，以及丘陵，是淫是荡，爰出子文？"作一层理解，既不谐韵，又与上文脱节，故所不取。"吾"读为"语"。马王堆汉墓帛书《五十二病方·颓》："神女倚序听神吾。""听神吾"即听神之语告。不长，犹言"不君"，谓不守为人兄长之道。试，通弑。堵敖即杜敖，继文王位而立，后被其弟熊恽所弑。熊恽立，是为成王，而子文为成王令尹。熊恽弑兄自立，子文当参与其事，然古来盛传子文为忠臣，故屈子疑而问之曰：子文宣告堵敖不循兄长之道，何以就上夺位而忠名反而愈彰？③

辛弃疾《木兰花慢·中秋饮酒将旦，客谓前人诗赋有待月、无送月者，因用〈天问〉体赋》："可怜今夕月，向何处、去悠悠？别是有人间，那边才见，光影东头？是天外，空汗漫，但长风浩浩送中秋？飞镜无根谁系，姮娥不嫁谁留？　谓经海底问无由，恍惚使人愁。怕万里长鲸，纵横触破，玉殿琼楼。虾蟆故堪浴水，问云何玉兔解沉浮？若道都齐无恙，云何渐渐如钩？"

---

① 王闿运注，陈兆奎补：《楚辞释》，《续四库全书》第1632册，上海古籍出版社2003年版，第629页。
② 孙作云：《天问研究》，中华书局1989年版，第10、14页。
③ 杨琳：《伍子胥事迹的新发现——〈天问〉"荆勋""勋阖"破译》，《社会科学战线》2000年第4期。

《九歌》集论

　　《九歌》是屈原流放沅湘，见民间祭祀歌舞之辞俚俗简陋，遂取其音调体制，创造成精美清逸之审美精品；是屈赋中最隽秀精致、最富魅力之诗篇，属于屈原艺术创作最高成就之列，呈现出深邃、幽隐、曲折、婉丽之迷人情调。它已具备赛神歌舞剧之形态，其中采取代言体之"宾主彼我之辞"，如余、吾、君、女（汝）、佳人、公子等，均是歌舞剧唱词中之称谓。主唱者身份不外三种：一是扮神之巫觋，男巫扮阳神，女巫扮阴神；二是迎神之巫觋，男巫迎阴神，女巫迎阳神；三是助祭之巫觋。因而《九歌》结构，多以男巫女巫互相唱和之形式出现，一如清代陈本礼《屈辞精义》所言："《九歌》之乐，有男巫歌者，有女巫歌者；有巫觋并舞而歌者；有一巫唱而众巫和者。"东汉王逸《楚辞章句·九歌》对这种歌诗之发生学机制，作出最早阐释云："《九歌》者，屈原之所作也。昔楚国南郢之邑，沅湘之间，其俗信鬼而好祠。其祠，必作歌乐鼓舞，以乐诸神，屈原放逐，窜伏其域，怀忧苦毒，愁思沸郁，出见俗人祭祀之礼，歌舞之乐，其词鄙陋。因为作《九歌》之曲。上陈事神之敬，下见己之冤结，讬之以风谏。故其文意不同，章句杂错而广异义焉。"[1] 洪兴祖《楚辞补注》卷二《九歌章句第二》对此释读，曰："《九歌》者，屈原之所作也。昔楚国南郢之邑，沅湘之间，其俗信鬼而好祠（祠，一作祀。《汉书》曰：楚地信巫鬼，重淫祀。《隋志》曰：荆州尤重祠祀。屈原制《九歌》，盖由此也）。其祠必作歌乐鼓舞以乐诸神（一无歌字）。屈原放逐。窜伏其域，怀忧苦毒，愁思沸郁。出见俗人祭祀之礼，歌舞之乐，其词鄙陋。因为作《九歌》之曲（王逸注《九辩》云：九者，阳之数，道之纲

---

[1] （宋）洪兴祖撰，白化文等点校：《楚辞补注》，中华书局1983年版，第55页。

纪也。五臣云：九者，阳数之极。自谓否极，取为歌名矣。按《九歌》十一首，《九章》九首，皆以九为名者，取箫韶九成，启《九辩》《九歌》之义。《骚经》曰：奏《九歌》而舞韶兮，聊假日以媮乐。即其义也。宋玉《九辩》以下皆出于此），上陈事神之敬，下见己之冤结，托之以风谏。故其文意不同，章句杂错，而广异义焉（一云：故其文词意周章杂错）。"①朱熹《楚辞辩证》评议《九歌》云："比其类，则宜为三《颂》之属；而论其辞，则反为《国风》再变之《郑》、《卫》矣。"②又云："《九歌》者，屈原之所作也，昔楚南郢之邑，沅湘之间，其俗信鬼而好祀，其祀必使巫觋作乐，歌舞以娱神。蛮荆陋俗，词既鄙俚，而其阴阳人鬼之间，又或不能无亵漫淫荒之杂。原既放逐，见而感之，故颇为更定其词，去其泰甚，而又因彼事神之心，以寄吾忠君爱国眷恋不忘之意。"③清人刘熙载《艺概·诗概》云："《离骚》，淮南王比之《国风》、《小雅》，朱子《楚辞集注》谓'其语祀神之盛几乎《颂》'。李太白《古风》云：'正声何微茫，哀怨起骚人。'盖有《诗》亡《春秋》作之意，非抑《骚》也。"④即是说，其对中国诗史之贡献是划时代的，而且影响久远，如唐人元稹《赛神》诗云："楚俗不事事，巫风事妖神。事妖结妖社，不问疏与亲。"影响渗入雅俗诸文化层面。

《岳阳风土记》提供了一个文学地理学视角云："荆湖民俗，岁时会集或祷词，多击鼓，令男女踏歌，谓之歌场。疾病不事医药，惟灼龟打瓦，或以鸡子占卜，求祟所在，使俚巫治之，皆古俗也。"考之传统文物，长沙马王堆西汉第三号墓出土《社神图》，图正中上方画有主神，头右方有一行残缺不齐文字，其中"大一"二字，清晰可辨，此神应是"东皇太一"。⑤《社神图》（东皇）太一之左右，有一男一女二神均为鸟首人身。帛画中的（东皇）太一为一赤身露体，头作长方形，不知是否为鸟面。楚墓出土了大量卜筮祭祷简，墓主身份及所处时代与屈原大致相当。1965年江陵望山一号楚墓，墓主是楚悼王的曾孙昭固，死于楚威王时期或楚怀王前期；1977年江陵天星观一号楚墓，墓主是官至上卿的番勒，大约

---

① （宋）洪兴祖撰，白化文等点校：《楚辞补注》，中华书局1983年版，第55页。
② （宋）朱熹：《楚辞集注》，上海古籍出版社2001年版，第180页。
③ 同上书，第31页。
④ （清）刘熙载：《艺概》，上海古籍出版社1978年版，第51页。
⑤ 林河：《〈九歌〉与南方民族傩文化的比较》，《文艺研究》1990年第6期。

生活于楚宣王或楚威王时期（公元前340年前后）；1987年荆门包山二号楚墓，墓主是楚昭王后代昭佗，下葬年代为公元前316年。三号墓墓主所处时代适与屈原生活时代相仿佛。其祭祀之神祇有太、后土、司命、司祸、云君、大水、二天子、东城夫人、高丘土、危山、宫、门、社、行等，如《望山楚简》："吉，不死，又（有）祟，以其古（故）说之，举祷太佩玉一环，后土、司命各一少（小）环，大水佩玉一环。"（54号简）又《包山楚简》："赛祷太佩玉一环，后土、司命、司禄各一少环，大水佩玉一环，二天子各一少环，夕山一王丑，移雁会之祝，赛祷宫后土一羊。"（213号简）《包山楚墓》："占之，贞吉，少未已，以其古（故）敚之，于地主一豵古，宫地主一豵古，赛祷于行一白犬、西（酒）食，蒿之。"又"占之，吉。太、后土、司命、司禄、大水、二天子、夕山既皆城。期中又（有）喜"。对此，李零《包山楚简研究（占卜类）》判断"太""蚀太"即"太一"（"太"字加"一"而成主神，应是受道家的启发），亦即《九歌》中的"东皇太一"。刘信芳《包山楚简神名与〈九歌〉神祇》判断"二天子"即《九歌》中的湘君、湘夫人。① 藉此了解屈原时代的一些祭祀情况，尤其是竹简记载当时祭祀之诸神体系，与屈原《九歌》所描述之部分神祇相吻合。《史记·封禅书》留有汉高祖刘邦亲自确定之祭祀神系，曰："后四岁，天下已定……长安置祠祝官、女巫。其梁巫，祠天、地、天社、天水、房中、堂上之属；晋巫，祠五帝、东君、云中君、司命、巫社、巫祠、族人、先炊之属；秦巫，祠社主、巫保、族累之属；荆巫，祠堂下、巫先、司命、施糜之属；九天巫，祠九天；皆以岁时祠宫中。其河巫祠河于临晋，而南山巫祠南山秦中。"②《汉书·郊祀志》记载："长安置祠祀官、女巫……晋巫祠五帝、东君、云中君、巫社、巫祠、族人炊之属……荆巫祠塘下、巫先、司命、施糜之属。"③ 迨至汉武帝时，祭祀主神改成"太一"，由于"亳人谬忌奏祠太一方，曰：'天神贵者太一，太一佐曰五帝。古者天子以春秋祭太一东南郊，用太牢，七日，为坛开八通之鬼道。'於是天子令太祝立其祠长安东南郊，常奉祠如忌方。其后人有上书，言'古者天子三年壹用太牢祠神三一：天一、地一、太一'。天子许之，令太祝领祠之於忌太一坛上，如其方。后

---

① 刘信芳：《包山楚简神名与〈九歌〉神祇》，《文学遗产》1993年第5期。
② （汉）司马迁：《史记》，中华书局1959年版，第1378—1379页。
③ （汉）班固：《汉书》，中华书局1962年版，第1211页。

人复有上书，言'古者天子常以春解祠，祠黄帝用一枭破镜。冥羊用羊祠。马行用一青牡马。太一、泽山君地长用牛。武夷君用乾鱼。阴阳使者以一牛'。令祠官领之如其方，而祠於忌太一坛旁。"① 亳人谬忌是楚人，这是楚国巫风祭祀进入西汉宫廷。

对于宗教祭祀之本质，德国学者费尔巴哈认为："人的依赖感是宗教的基础，而这种依赖感的对象，这个为人所依赖、并且人也感觉到自己依赖的东西，本来无非就是自然。……这一个特定的人、这一个民族、这一个部落所依赖的并不是一般的自然，并不是一般的大地，而是这一块土地，这一个国度，并不是一般的水，而是这一处水，这一条河，这一口井。……普遍的人既然有权利把自己的普遍本质当作神来崇拜，那些古代的、狭隘的、肉体和灵魂都附着在自己的土地上的、把自己的本质并不放在人性之中而放在自己的民族特性和部落特性之中的民族，也就有充分的权利，同样的权利把自己国度中的山岳、树木、动物、河流、井泉当作神圣的东西崇拜，因为他们的整个生活，他们的全部存在确乎只是寄托在他们的国度、他们的自然的特质上面的。"②

《九歌》传说是天乐，是夏后启从天上窃得之古歌。《山海经·大荒西经》载："西南海之外，赤水之南，流沙之西，有人珥两青蛇，乘两龙，名曰夏后开。开上三嫔于天，得《九辩》与《九歌》以下。此天穆之野，高二千仞，开焉得始歌《九招》。"③（按："开"即夏后启，汉人避汉景帝刘启之讳，改"启"为"开"）《海外西经》又云："大乐之野，夏后启于此儛九代。乘两龙，云盖三层。左手操翳，右手操环，佩玉璜。在大运山北。一曰大遗之野。三身国在夏后启北，一首而三身。"④ 对此，《竹书纪年》也有印证，曰："十年帝（启）巡狩，舞《九韶》于天穆之野。十一年放王季子武观于西河。十五年武观以西河判。彭伯寿帅师征西河，武观来归。"⑤ 夏后启巡狩，于天穆之野曾举行过大规模之祭天活动。屈原《天问》云："启棘宾商，《九辩》、《九歌》"⑥；《离骚》云："启《九

---

① （汉）班固：《汉书》，中华书局1962年版，第1218页。
② ［德］费尔巴哈：《宗教的本质》，《费尔巴哈哲学著作选集》下卷，荣震华等译，生活·读书·新知三联书店1962年版，第436—438页。
③ 袁珂校注：《山海经校注》，上海古籍出版社1980年版，第414页。
④ 同上书，第209页。
⑤ 《二十二子·古本竹书纪年》，上海古籍出版社1992年版，第1056页。
⑥ （宋）洪兴祖撰，白化文等点校：《楚辞补注》，中华书局1983年版，第98页。

辩》与《九歌》兮，夏康娱以自纵。"① 古《九歌》衍变为屈原《九歌》，换上了从地上偷来之人性因素，作了脱胎换骨之天才创造，散发着精致深切的人文气质。

清代学者汪中《释三九》云："凡一、二所不能尽者，则约之以三，以见其多；三所不能尽者，则约之以九，以见其极多。"屈原作品中此类例子不为少见，如《离骚》："余既滋兰之九畹兮""虽九死其犹未悔"，《抽思》："魂一夕而九逝"，其所写到的"九"均指多数，且染有神秘意味。楚辞中以"九"为篇名者，有《九章》（屈原）、《九辩》（宋玉）、《九怀》（王褒）、《九叹》（刘向）、《九思》（王逸），均为实指，篇章实际为九。

屈原《九歌》为流放江南所作，既遥领古《九歌》遗风，又采纳沅湘间祭神娱神巫歌之新声，将其创造为新制。沅湘之五溪蛮是盘瓠之后裔，盘瓠出自高辛氏帝喾，诸多东夷部族均把喾作为祖先加以祭祀。《河伯》《二湘》与三苗存在深刻的地缘渊源，《山鬼》则深入云雨幽深之山陵林野而作的"聊斋"式的思慕。多神论或泛神论，将人之音容笑貌、思想感情赋予自然神，格调绮丽清新，玲珑剔透。屈原把神写得人间化而非神圣化，和人一样生活恋爱，具有人之丰富复杂思想情感和悲欢离合。清人戴震云："《九歌》，原于江南所作也。昭诚敬，作《东皇太一》。怀幽思，作《云中君》；盖以况事君精忠也。致怨慕，作《湘君》、《湘夫人》；以己之弃于人世，犹巫之致神，而神不愿也。正于天，作《大司命》、《少司命》，皆言神之正直，而倦倦欲亲之也，怀王入秦不返，而顷襄继世，作《东君》；未言狼狐，秦之占星也，其辞有报秦之心焉。从河伯水游，作《河伯》。与魑魅为群，作《山鬼》。闵战争之不已，作《国殇》。恐常祀之或绝，作《礼魂》。"②

（一）九歌·东皇太一

《东皇太一》《礼魂》带有场面性，其余九篇带有爱情追求和失落之心理。马王堆帛书《太一神图书》谓："太一行行，神从之，将承弓，□先行。"1993年湖北荆门郭店楚墓出土竹简，有《太一生水》，《庄子·天下篇》云："以本为精，以物为粗，以有积为不足，澹然独与神明居，古

---

① （宋）洪兴祖撰，白化文等点校：《楚辞补注》，中华书局1983年版，第21页。
② （清）戴震：《屈原赋注》，中华书局1999年版，第22页。

之道术有在于是者。关尹、老聃闻其风而悦之，建之以常无有，主之以太一，以濡弱谦下为表，以空虚不毁万物为实。"① 宋玉《高唐赋》又谓："进纯牺，祷璇室。醮诸神，礼太一。"②《史记·封禅书》谓：汉武帝七年，亳人谬忌奏祠太一方，曰："天神贵者太一，太一佐曰五帝。"③ 后人复有上书，言"古者天子常以春解祠，祠黄帝用一枭破镜。冥羊用羊祠。马行用一青牡马。太一、泽山君地长用牛。武夷君用乾鱼。阴阳使者以一牛。令祠官领之如其方，而祠於忌太一坛旁。……太一，其所用如雍一畤物，而加醴枣脯之属，杀一狸牛以为俎豆牢具。而五帝独有俎豆醴进。其下四方地，为醊食群神从者及北斗云。已祠，胙余皆燎之。其牛色白，鹿居其中，彘在鹿中，水而洎之。祭日以牛，祭月以羊彘特。太一祝宰则衣紫及绣。五帝各如其色，日赤，月白"④。《史记·乐书第二》又云："又尝得神马渥洼水中，复次以为《太一之歌》。歌曲曰：'太一贡兮天马下，沾赤汗兮沫流赭。骋容与兮跇万里，今安匹兮龙为友。'后伐大宛得千里马，马名蒲梢，次作以为歌。歌诗曰：'天马来兮从西极，经万里兮归有德。承灵威兮降外国，涉流沙兮四夷服。'"⑤ 由上可知，"太一"之语，本为道家专词，指称宇宙本根。迨至战国，燕齐方士从道家本体论中拟构出"太一神"，成为"齐地新兴之至上神"。不妨追踪宇宙本根太一之来由。《文子·自然》云："天气为魂，地气为魄，反之玄妙，各处其宅，守之勿失，上通太乙。太乙之精，通合於天。天道默默，无容无则，大不可极，深不可测。常与人化，智不能得。轮转无端，化逐如神，虚无因循，常后而不先。"⑥《文子·下德》又云："老子曰：帝者体太一，王者法阴阳，霸者则四时，君者用六律。体太一者，明于天地之情，通于道德之论，聪明照于日月，精神通于万物，动静调于阴阳，喜怒和于四时，覆露皆道，溥洽而无私，蜎飞蠕动，莫不依德而生，德流方外，名声传于后世。"⑦《鹖冠子·泰鸿第十》云："中央者，太一之位，百神仰制焉，故调以宫。"《吕氏春秋·仲夏纪第五·大乐》云："音乐之所由来者远矣。

---

① 陈鼓应：《庄子今注今译》，中华书局 1983 年版，第 935 页。
② （南朝梁）萧统编，（唐）李善注：《文选》，上海古籍出版社 1986 年版，第 881 页。
③ （汉）司马迁：《史记》，中华书局 1959 年版，第 1386 页。
④ 同上。
⑤ 同上书，第 1178 页。
⑥ 王利器：《文子疏义》，中华书局 2009 年版，第 361 页。
⑦ 同上书，第 421 页。

生於度量，本於太一。太一出两仪，两仪出阴阳。阴阳变化，一上一下，合而成章。浑浑沌沌，离则复合，合则复离，是谓天常。天地车轮，终则复始，极则复反，莫不咸当。日月星辰，或疾或徐，日月不同，以尽其行。四时代兴，或暑或寒，或短或长，或柔或刚。万物所出，造於太一，化於阴……道也者，至精也，不可为形，不可为名，强为之，谓之太一。"①《吕氏春秋·审分览第五·勿躬》又云："是故圣王之德，融乎若日之始出，极烛六合，而无所穷屈；昭乎若日之光，变化万物，而无所不行。神合乎太一，生无所屈，而意不可障；精通乎鬼神，深微玄妙，而莫见其形。"②《淮南子》涉及"太一"者更多，如《天文训》云："太微者，太一之庭也。紫宫者，太一之居也。"③《精神训》云："处大廓之宇，游无极之野，登太皇，冯太一，玩天地于掌握之中。"④《本经训》云："帝者体太一，王者法阴阳，霸者则四时，君者用六律。（秉）太一者，牢笼天地，弹压山川，含吐阴阳，伸曳四时，纪纲八极，经纬六合，覆露照导，普汜无私，蠉飞蠕动，莫不仰德而生。"⑤《主术训》云："天气为魂，地气为魄，反之玄房，各处其宅，守而勿失，上通太一。太一之精，通于天道，天道玄默，无容无则，大不可极，深不可测，尚与人化，知不能得。"⑥《诠言训》："洞同天地，浑沌为朴，未造而成物，谓之太一。同出于一，同出于一，所为各异，有鸟、有鱼、有兽，谓之分物。方以类别，物以群分，性命不同，皆形于有。隔而不通，分而为万物，莫能及宗，故动而谓之生，死而谓之穷。皆为物矣，非不物而物物者也，物物者亡乎万物之中。稽古太初，人生于无，形于有，有形而制于物。能反其所生，若未有形，谓之真人。真人者，未始分于太一者也。"⑦《淮南子·要略》又云："《原道》者，卢牟六合，混沌万物，象太一之容，测窈冥之深，以翔虚无之轸。"⑧《水经注》卷二三云："王子乔冢。冢侧有碑题云：《仙人王子乔碑》。曰：王子乔者，盖上世之真人，闻其仙不知兴何

---

① 许维遹：《吕氏春秋集释》，中华书局2009年版，第108—111页。
② 同上书，第451页。
③ 何宁：《淮南子集释》，中华书局1998年版，第200页。
④ 同上书，第551页。
⑤ 同上书，第582—583页。
⑥ 同上书，第608—609页。
⑦ 同上书，第991—992页。
⑧ 同上书，第1440页。

代也。……或弦琴以歌太一，或覃思以历丹丘，知至德之宅兆，实真人之祖先。"①（按：此碑乃蔡邕所作，《蔡中郎集》卷一即有《王子乔碑》）沅湘间巫师，有称父亲为"太一"者。宋人项安世云："按《澧阳志》：今澧之巫祝，呼其父曰太一，其子曰云宵五郎、山魅五郎，即东皇太一、云中君、山鬼之号也。"（《项氏家说》卷八，《说事篇一·九歌》）据马王堆楚帛画《太一图》可知，"太一"的最初含义亦指太阳。②（"天之神莫大于日"，"祭诸神之时，日居诸神之首"（《礼记·郊特牲》孔疏）。宋玉《高唐赋》云："进纯牺，祷琁室，醮诸神，礼太一。"③《郊祀歌》云："合好效欢虞太一，……《九歌》毕奏斐然殊。""太一，星名。天上的尊神。祭于楚东，以配东帝，故称东皇。可见楚人已将太一神化，且用于国家祭典。楚人在冬至祭祀主神是太一，太一在楚人观念中又是北极星神和至上神。《九歌·东皇太一》即是祭祀太一神之乐曲。刘禹锡《武陵抒怀》诗云："俗尚东皇祀。"《吕氏春秋·大乐》："音乐之所由来者远矣，始于度量，本于太一。"④顾颉刚论述："太一自前一二四年（按：时值汉武帝元朔五年）露脸，历十余年而取得正统的地位，凌驾五帝，统一诸天，更易上帝之名，真是宗教史上一件绝大的事情……泰一（按：即太一）之祀是极盛于汉武帝时的，他是天神，是上帝，是统属五帝和北斗、日、月的。他的地位之高，等于现在的玉皇大帝。"⑤

"吉日兮辰良，穆将愉兮上皇。"⑥屈原《九歌》唯此二句，点明祭祀属性。此二句不仅统摄《东皇太一》一篇，亦统摄《九歌》全章十一篇，等于为《九歌》定了一个基调。此篇详细而逼真地记录了整个祭祀环节之始终，以及祭祀之场面。《九歌》十一篇中各种称谓出现之次数，第一人称出现频次最繁，共计27次，居各种称谓之首。但《东皇太一》和《礼魂》却未出现一次。因而东皇太一和其余九神之神格不同而决定了在祭祀时选用了不同的祭祀规则和方式，东皇太一之"天之尊神"的地位决定了其处于祭祀中心地位，其余诸神是来助祭或陪祭的，因而在受祭场上就会

---

① （北魏）郦道元撰，陈桥驿校证：《水经注校证》，中华书局2007年版，第558—559页。
② 江林昌：《子弹库楚帛书〈四时〉篇宇宙观及有关问题新探》，《长江文化论集》，湖北教育出版社1995年版。
③ （南朝梁）萧统编，（唐）李善注：《文选》，上海古籍出版社1986年版，第881页。
④ 许维遹：《吕氏春秋集释》，中华书局2009年版，第108页。
⑤ 顾颉刚：《三皇考》，《古史辨自序》，河北教育出版社2003年版，第195页。
⑥ （宋）洪兴祖撰，白化文等点校：《楚辞补注》，中华书局1983年版，第55页。

出现两种很不相同的祭祀娱神场景。屈原《九歌》于此使民间祭祀娱神，具有皇家气质和气派。

> 抚长剑兮玉珥，璆锵鸣兮琳琅；
> 瑶席兮玉瑱，盍将把兮琼芳；
> 蕙肴蒸兮兰藉，奠桂酒兮椒浆；
> 扬枹兮拊鼓，疏缓节兮安歌；
> 陈竽瑟兮浩倡；
> 灵偃蹇兮姣服，芳菲菲兮满堂；
> 五音纷兮繁会，君欣欣兮乐康。

屈原诚然是天才诗人，经历了《离骚》之风云纷涌，又在《九歌》中呈现一派波光潋滟。王逸《楚辞章句》云："灵，巫也，楚人名巫为灵子。"王国维云："古之所谓巫，楚人谓之曰灵……《楚辞》之灵，殆以巫兼尸之用者也。其词谓巫曰灵，谓神亦曰灵。盖群巫之中，必有象神之衣服形貌动作者，而视为神之所依凭，故谓之灵保。"[①]《逸周书·谥法解》："死而志成曰灵，乱而不损曰灵，极知鬼事曰灵，不勤成名曰灵，死见鬼能曰灵，好祭鬼神曰灵。"[②] 因而在"灵偃蹇兮姣服，芳菲菲兮满堂"中，展示了庄严肃穆而又清逸逍遥之格调。

（二）九歌·云中君

云中君是云神，抑是雷神？王逸注《楚辞·九歌·云中君》云："云中君，云神丰隆也，一曰屏翳。已见《骚经》。"[③]《离骚》"吾令丰隆乘云兮"句下王逸注却云："丰隆，云师，一曰雷师。"[④]《楚辞·天问》王注又云："蓱，蓱翳，雨师名也。"丰隆是雷神，取其轰隆之声；蓱翳是云神，取其遮掩之义。雷藏在云层中，谓之"云中君"正相宜。云神、雨神、雷神诚然三身而一任焉。《汉书·郊祀志》记载："晋巫祀五帝、东君、云中君……荆巫祠堂下、巫先、司命、施糜之属。"[⑤] 而《九歌》将

---

① 王国维：《宋元戏曲考》，上海古籍出版社1998年版，第3页。
② 黄怀信：《逸周书补注译》，西北大学出版社1996年版，第296页。
③ （宋）洪兴祖撰，白化文等点校：《楚辞补注》，中华书局1983年版，第59页。
④ 同上书，第31页。
⑤ （汉）班固：《汉书》，中华书局1962年版，第1211页。

云中君置于东君之甚前。《汉书·扬雄传》颜注云："隆隆，雷声也。合言之，亦得为丰隆。"《水经·河水注》云："丰隆，雷公也。"《山海经·大荒东经》之解释更带神话性："东海中有流波山，入海七千里。其上有兽，状如牛，苍身而无角，一足，出入水则必风雨，其光如日月，其声如雷，其名曰夔。黄帝得之，以其皮为鼓，橛以雷兽之骨，声闻五百里，以威天下。"① 雷神夔，也是一条龙。《说文》云："夔，神魅也。如龙，一足。从文，象有角手人面之形。""雷泽中有雷神，龙身而人头，鼓其腹，在吴西。"②"大迹出雷泽，华胥履之，生伏牺。"(《太平御览》卷十八引《诗含神雾》) 包牺就是伏羲，他最初创制的八卦是乾、坤、震、巽、坎、离、艮、兑，分别代表天、地、雷、风、水、火、山、泽八种自然物。《周易·说卦》云："震为雷、为龙"，"动万物者莫疾乎雷"。日本学者将帛画图形与《九歌》十一篇相对照，指认帛画中央上方人面蛇身之女神是最高神"东皇太一"；而"云中君"是雷神及其妻子，即帛画中挂杖而立之老妇人；"东君"是帛画中扶桑乘坐，上半身白色下半身青色的龙，也即是太阳的御者羲和；二湘是体态为龙形之湘水配偶神云云③。钱锺书曰："《九歌》则'灵'兼巫与神二义。……之'吾'、'予'、'我'或为巫之自称，或为灵之自称，要均出于一人之口。"④《山海经·海内东经》云："雷泽中有雷神，龙身而人头，鼓其腹，在吴西。"⑤《淮南子·坠形训》云："雷泽有神，龙身人头，鼓其腹而熙。"⑥ 闻一多《神话与诗·伏羲考》认为此乃"苗族传说"中之雷公形象。宋人周去非《岭南代答》云："广右敬事雷神，谓之天神，其祭曰祭天。……其祭之也，六畜必俱，多至百牲。……其祭也，极谨，虽同里巷，亦有惧心，一或不祭，而家中偶有疾病官事，则邻里亲戚共忧之，以为天神实为之灾。"宋人项安世说："按《澧阳志》：今澧之巫祝，呼其父曰太一，其子曰云宵五郎、山魅五郎，即东皇太一、云中君、山鬼之号也"(《项氏家说》卷八《说事篇一·九歌》。) 云中君在沅湘被称为云宵五郎。乾隆《辰州府志·风俗》载："又

---

① 袁珂校注：《山海经校注》，上海古籍出版社1980年版，第361页。
② 同上书，第329页。
③ [日] 石川三佐男：《从楚地出土帛画分析〈楚辞·九歌〉的世界》，《中国楚辞学》第一辑，学苑出版社2002年版。
④ 钱锺书：《管锥编》(二)，生活·读书·新知三联书店2008年版，第913—915页。
⑤ 袁珂校注：《山海经校注》，上海古籍出版社1980年版，第329页。
⑥ 何宁：《淮南子集释》，中华书局1998年版，第363页。

岁时祈赛，……有云宵、梅山诸神之称。"光绪《古丈坪厅志》："梅山、云宵诸神，民间亦祀，而为土所重。"人类全是天上雷神之外甥，有"天上只有雷公大，地上只有舅舅大"之谚语。土家族傩仪中有《创世纪》歌舞，开始便是搬演雷公故事。相传古时候有一女子生下八男一女，其中有七个是狠得不能再狠的"狠人子"，只有八郎九妹是好人。母亲急了，便请管天管地之雷公收伏他们，谁知雷公不但不能制伏他们，反而被他们捉住了，关锁在铁柜里，要蒸煮食之，幸得八郎九妹（傩公傩娘）好心相助，雷公才逃回天庭。雷公因此大怒，要把天翻过来变成地，要把地覆过来变成天，降下洪水淹没世界，只留下好心的兄妹来传接人种。雷神云中君之地位，确乎仅次于尊神东皇太一。① 宋代刘恂《岭表录异》云："（蛙）即鼓精也。"蛙是雷婆的女儿，蛙声就是雷声，也是鼓声。人间的鼓声到天上即成雷声，天上的雷声在人间即成鼓声。

> 浴兰汤兮沐芳，华采衣兮若英；
> 灵连蜷兮既留，烂昭昭兮未央；
> 謇将憺兮寿宫，与日月兮齐光。

"謇"字于此取其游动不静之义，指云神在巫师的诱导下，离开天界，降临寿宫。王逸注："謇，词也。"② 把謇字释为语词，实是误解。謇字在这里成为表现云神动态美之词语，暗含自上而下之义。《尚书大传》载《卿云歌》曰："卿云烂兮，糺缦缦兮，日月光华，旦复旦兮！"《云中君》："烂昭昭兮未央"，"与日月兮齐光"正与此同义。壮族之雷王，是主宰一切之天神，壮族人每年必须用六畜隆重祭祀。壮族雷王鸟喙双翼，舌如蛇信，前头开岔，从嘴里一吞一吐，伸出来、缩进去，就发出串串火花，这是因为雷鸣总是伴随着闪电，如《淮南子·原道》云："电以为鞭策，雷以为车轮；上游于霄霓之野，下出于无垠之门。"③

> 龙驾兮帝服，聊翱游兮周章；
> 灵皇皇兮既降，猋远举兮云中；

---

① 林河：《〈九歌〉与南方民族傩文化的比较》，《文艺研究》1990年第6期。
② （宋）洪兴祖撰，白化文等点校：《楚辞补注》，中华书局1983年版，第58页。
③ 何宁：《淮南子集释》，中华书局1998年版，第20页。

览冀洲兮有余，横四海兮焉穷；
思夫君兮太息，极劳心兮忡忡。

为何云中君回首冀州？《左传·鲁哀公六年》引《夏书》："惟彼陶唐，率彼天常，有此冀方。"杜预注云："唐、虞及夏，同都冀州。"① 古代尧、舜、禹时代之首都都在今山西临汾、运城地区。《云中君》的关注点与《河伯》相关联。冀州与四海对举，成为以中原为中心的天下意识。清人徐文靖怀疑旧说，其《管城硕记》认为"云中君"是云梦泽之神，并解释云："按《左传》定公四年，'楚子涉雎，济江，入于云中。'杜注：'入云梦泽中。'是云中一楚之巨薮也。《云中君》犹《湘君》耳。……《尔雅》'楚有云梦'，相如《子虚赋》：'云梦者，方九百里。'湘君有祠，巨薮如云中，可无祠乎？'灵皇皇兮既降，猋远举兮云中'，亦犹《湘君》云：'横大江兮扬灵。'"② 《墨子·明鬼下》："燕之有祖，当齐之社稷，宋之有桑林，楚之有云梦也，此男女所属而观也。"③ 云中君实为云梦神君，云梦之祀与燕之有祖、齐之社稷、宋之桑林相同，皆"男女所属而观也"，此可见，云梦神君亦有先媒神职。而二"湘"亦属楚祖，篇中所言乃是郊媒之事。这是从"云中"两字推导出来，认为"云中君"是和"湘君"一样的水神，"云中"即"云梦泽"。《九歌·云中君》，自王逸以为祭云神，以后诸家如《文选》（五臣注、李善注）、洪兴祖《补注》、朱熹《集注》、蒋骥《山带阁注》都从王逸说，此为旧说。清初徐文靖《管城硕记》创新说，谓"云中君"为云梦泽之神，近代王运《楚辞释》、陈培寿《楚辞大义述》皆从徐说。但"览冀洲兮有余，横四海兮焉穷"，难以贯通。"云中"又为赵武灵王新拓边地郡名。《史记·赵世家》云：赵武灵王二十五年，"攘地北至燕、代，西至云中、九原"，《汉书·地理志》云："定襄、云中、五原，本戎狄地"④。《九歌》诸篇几乎均有神游求女之情节，而且以悲剧告终。每篇的结尾处也都有标志祭祀结果伤感之词。如《云中君》："灵皇皇兮既降，猋远举兮云中。览冀州兮有余，横

---

① （周）左丘明传，（晋）杜预注，（唐）孔颖达疏：《春秋左传正义》，北京大学出版社1999年版，第1637页。
② 引自姜亮夫《楚辞通故》，云南人民出版社1999年版，第635页。
③ 吴毓江：《墨子校注》，中华书局1993年版，第338页。
④ （汉）班固：《汉书》，中华书局1962年版，第1656页。

四海兮焉穷。思夫君兮太息，极劳心兮忡忡。"① 《大司命》："愁人兮奈何，愿若今兮无穷。固人命兮有当，孰离合兮可为。"② 于是人性人情荡漾满卷。

（三）九歌·湘君

指认"二湘"为舜及其二妃娥皇、女英者，历代不乏其人。王逸《楚辞章句》云："言湘君所在，左沅、湘，右大江，包洞庭之波……故神常安……"③ 注《湘夫人》时又言："帝子，谓尧女也。降，下也。言尧二女娥皇、女英，随舜不返，没于湘水之渚，因为湘夫人。"④ 但在《湘夫人》"九疑缤兮并迎，灵之来兮如云"句下，王逸注曰："九疑，山名，舜所葬也"，"言舜使九疑之山神，缤然来迎二女，则百神侍送，众多如云也。"⑤ 韩愈《黄陵庙碑》认为："娥皇正妃，故称君。女英自宜降称夫人也。"朱熹《楚辞集注》、洪兴祖《楚辞补注》、罗泌《路史发挥》、周嘉湘《宅心斋集》也主此说，这就变成一男神二女神之结构。时限在《山海经》所载"帝之二女"，与《史记·秦始皇本纪》"上问博士曰：'湘君何神？'博士对曰：'闻之，尧女，舜之妻，而葬此'"⑥ 之间，更多者乃原始信息。湘君因为"兴风作浪"惊吓了秦始皇，所以嬴政才皆伐湘山树，赭其山，使其失去作为山水兼风雨女神之凭依或"灵性"。较古老的《山海经》仅称"二女"而不及其夫。《山海经·中次十二经》记："又东南一百十里，曰洞庭之山。其上多黄金，其下多银铁，其木多柤、梨、橘、櫾，其草多葌、蘪芜、芍药、芎䓖。帝之二女居之，是常游于江渊。澧沅之风，交潇湘之渊，是在九江之间，出入必以飘风暴雨。是多怪神，状如人而载蛇，左右手操蛇，多怪鸟。"⑦ 此外，《海内经》又记载了几则有关舜的神话："南方苍梧之丘，苍梧之渊，其中有九嶷山，舜之所葬。在长沙零陵界中"；"湘水出舜葬东南陬，西环之，入洞庭下"⑧；"舜妻登比氏生宵明、烛光，处河大泽。二女之灵，能照此所方百里。一曰登

---

① （宋）洪兴祖撰，白化文等点校：《楚辞补注》，中华书局1983年版，第58—59页。
② 同上书，第70—71页。
③ 同上书，第59页。
④ 同上书，第64页。
⑤ 王逸：《楚辞章句》，四川成都存古书局清光绪间刻本，1942年重修。
⑥ （汉）司马迁：《史记》，中华书局1959年版，第248页。
⑦ 袁珂校注：《山海经校注》，上海古籍出版社1980年版，第176页。
⑧ 同上书，第332页。

北氏。"① 东晋文学家、训诂学家郭璞以《山海经·中山经》为据,指出"二湘"为"天帝二女"而处江为神,即《列仙传》江妃二女也。《离骚》《九歌》所谓《湘夫人》称帝子者是也②。罗泌《路史》云:"次妃癸比氏,生二女,曰宵明、曰烛光,处河大泽,灵照百里,是为湘之神。"③《尚书·尧典》谓帝尧将禅位于舜,于是"釐降二女于妫汭,嫔于虞"④,尧二女于舜以考验其治家本领。《楚辞·天问》也记载:"舜闵在家,父何以鳏?尧不姚告,二女何亲?"⑤《史记·五帝本纪》缀合此类片断故事成为完整之帝舜传说:"舜父瞽叟顽,母嚚,弟象傲,皆欲杀舜。舜顺适,不失子道,兄弟孝慈。欲杀,不可得;即求,尝在侧。舜年二十以孝闻。三十而帝尧问可用者,四岳咸荐虞舜,曰可。於是尧乃以二女妻舜以观其内,使九男与处以观其外。舜居妫汭,内行弥谨。尧二女不敢以贵骄事舜亲戚,甚有妇道。"⑥

由《水经注·江水》言及洞庭湖君山因"湘君"之"所游",故名"君山"。男性湘君属于后起,若只说帝之二女,则是篇题上的君、夫人不洽。秦博士所谓,将地方神与儒学搭界,为后世所承袭,但已经褪去屈原本色。刘向《列女传》云:"舜陟方,死于苍梧,号曰重华。二妃死于江、湘之间,俗谓之湘君。"(刘向:《古列女传》,《四部丛刊》本)王闿运《楚辞释》云:"湘君,洞庭之神",而"湘夫人,盖洞庭西湖神,所谓青草湖也,北受枝江,东通岳鄂,故以配湘,湘以出九嶷,为舜灵,号湘君。以二妃尝至君山,为湘夫人焉"⑦。

由此导致"二湘"与舜、二妃无关之说。首倡者明人汪瑗《楚辞集解》曰:"然湘君者,盖泛谓湘江之神;湘夫人者,即湘君之夫人,俱无所指其人也。或以为尧之二女死于湘,有神奇配焉。湘君谓奇相也,湘夫人,谓二女也。或以为湘君谓尧之长女娥皇,为舜正妃,故称君;湘夫人谓尧之次女女英,为舜次妃,自宜降称为夫人。或以为天帝之女,俱非是

---

① 袁珂校注:《山海经校注》,上海古籍出版社1980年版,第320页。
② (晋)郭璞注:《山海经》,《四部丛刊》本。
③ (宋)罗泌:《路史·有虞氏纪》,中华书局1920—1934年铅印本。
④ (汉)孔安国注,(唐)孔颖达疏:《尚书正义》,北京大学出版社1999年版,第46页。
⑤ (宋)洪兴祖撰,白化文等点校:《楚辞补注》,中华书局1983年版,第103页。
⑥ (汉)司马迁:《史记》,中华书局1959年版,第32—33页。
⑦ 王闿运:《楚辞释》,清光绪十二年成都尊经书院刻本。

也。"① 胡文英认为"湘君"是"湘山之神也",并说:"以余观之,有山即有神,有神既不能无配。而分为二者,土俗于二处致祭也。《湘君》歌中'横大江兮扬灵',《湘夫人》歌中'灵之来兮如云',即此二句,亦可以想味二神之分位矣。"② 洪兴祖《楚辞补注》卷二《九歌章句第二》云:"湘君:刘向《列女传》:舜陟方死于苍梧,二妃死于江、湘之间,俗谓之湘君。《礼记》:舜葬于苍梧之野,盖二妃未之从也。注:云《离骚》所歌湘夫人,舜妃也。韩退之《黄陵庙碑》云:湘旁有庙,曰黄陵。自前古立,以祠尧之二女、舜二妃者。秦博士对始皇帝云:湘君者,尧之二女,舜妃者也。刘向、郑玄亦皆以二妃为湘君。而《离骚》、《九歌》既有湘君,又有湘夫人。王逸以为湘君者,自其水神。而谓湘夫人,乃二妃也。从舜南征三苗,不及,道死沅、湘之间。《山海经》曰:洞庭之山,帝之二女居之。郭璞疑二女者,帝舜之后,不当降小水为其夫人,因以二女为天帝之女。以余考之,璞与王逸俱失也。尧之长女娥皇,为舜正妃,故曰君。其二女女英,自宜降曰夫人也。故《九歌》词谓娥皇为君,谓女英帝子,各以其盛者,推言之也。礼有小君、君母,明其正,自得称君也。"③ 苏雪林《屈原与九歌》则拉扯外国神祇云:"湘君为男神。他即是西亚的尼尼伯,在天为填星(即土星)之神,在地为黄帝。湘夫人即是西亚大女神易士塔儿,在天为太白(金星)之神,在地为白帝。"④ 苏雪林在20世纪20年代年《九歌中人神恋爱问题》一文中云:"我以为九歌完全是宗教舞歌,完全是祭礼的歌辞。……湘君湘夫人河伯之言情也不出宗教的范围。它们也歌咏恋爱,但它们所歌咏的是人与神的恋爱。"⑤ 屈原将"二湘"分男女之构设,抒写了一对潇湘情侣幽会,"人间性"背后有人文底蕴焉,展示了"岸芷汀兰""流水兮潺潺"之江南水乡独有之风光,渲染得异常清新、明丽、柔美,将《离骚》高丘求女情结发散到天地山川,尤其是水湄山坳。刘向《列女传》指认"二妃死于江湘之间,俗谓之湘君",此二段记载均将"湘君"视为女神。唐代司马贞《史记索隐》中又将"湘君"释为舜。清代顾炎武《日知录》云:"按《九歌》,

---

① (明)汪瑗:《楚辞集解》,北京古籍出版社1994年版,第115页。
② (清)胡文英:《屈骚指掌》清乾隆五十一年自刻本,北京古籍出版社1979年影印本。
③ (宋)洪兴祖撰,白化文等点校:《楚辞补注》,中华书局1983年版,第64页。
④ 苏雪林:《屈原与九歌》,文津出版社1992年版,第174页。
⑤ 转引自李诚、熊良智主编《楚辞评论集览》,湖北教育出版社2002年版,第586页。

湘君、湘夫人自是二神，江湘之有夫人，犹河滩之有宓妃也。此之为灵，与天地并，安得谓之尧女？且既谓之尧女，安得复总云湘君哉？"① 二者均以为《九歌》之二湘是本来存在的"湘水男女神"，并非传说中的舜与二妃。姜亮夫原来以为"《湘夫人》篇为湘夫人招湘君之辞，则此'帝子'自指尧二女而言"，其《楚辞今绎讲录》亦云："如《湘君》与《湘夫人》最后两句是相重的，你把东西给我，我把东西给你，他们俩是夫妇，所以有这样的感情"②。

至于二湘之主旨，论者亦人人言殊，概述之，有如下五种：1."风谏"说。王逸《楚辞章句·九歌序》提出屈原写《九歌》，目的在于"风谏"，曰："作《九歌》之曲，上陈事神之敬，下见己之冤结，托之以风谏。"③ 2."忠君爱国"说。朱熹首倡："原既放逐，见而感之，故颇为更定其词，去其泰甚，而又因彼事神之心，以寄吾忠君爱国眷恋不忘之意。"④ 在谈到《湘君》时又云："此篇盖为男主事阴神之词，故其情意曲折尤多，皆以阴寓忠爱于君之意。"⑤ 3."告语同志"说。持此观点之刘梦鹏云："原既遭放废，西浮运舟汉北，南指沅流沉湘，惓怀楚国，不忘欲返，于是托于歌咏赋比兴，以道达己志。……《湘君》告语同志，待时后图也。"⑥ 刘梦鹏认为屈原写《湘君》的目的是为了与志同道合的人达成默契，以便共同报效楚国。但从"二湘"难以看出有此寓意。4."对理想的苦苦追求"说。孙元璋《关于九歌的思想意义》一文云："《九歌》十一篇的思想线索是很清晰的：开头、结尾两篇是抒写诗人对楚国诚挚的希望和美好的祝愿，是全诗的思想基调。……《湘君》《湘夫人》写诗人对理想的苦苦追求。"⑦ 孙元璋所持观点较近屈原作品整体风貌，且与诗人创作诗歌时所处社会背景对诗人所产生之影响较为一致。5."反秦复郢斗争史诗"说。张中一云："《九歌》是屈原南征反秦复郢斗争史诗，是

---

① （清）顾炎武撰，黄汝成集释：《日知录集释》，上海古籍出版社 2006 年版，第 1403—1404 页。
② 姜亮夫：《楚辞今绎讲录》，北京出版社 1981 年版，第 105 页。
③ 洪兴祖：《楚辞补注》，白化文等点校，中华书局 1983 年版，第 55 页。
④ （宋）朱熹：《楚辞集注》，上海古籍出版社 1979 年版，第 29 页。
⑤ 同上书，第 35 页。
⑥ 刘梦鹏：《屈子章句》第 1 册，四库存目丛书·集部，齐鲁书社 1997 年版，第 526 页。
⑦ 孙元璋：《关于九歌的思想意义》，《山东师大学报》（哲学社会科学版）1982 年第 4 期。

按时间的顺序叙事的。"① 《湘君》主旨是："叙述顷襄王二十一年冬，屈原按原定计划发兵黔中郡，楚王率军溯江而上在澧浦与屈原期会，共同收复黔中郡、巫郡、郢都。然而，楚王期而不至，使这次大战惨败，失去了黔中郡和江南。屈原只得率部退至初服的楚地北渚整修，重新招兵买马，壮大反秦队伍，准备独自开展征伐秦军的大战。"② 如此夸大屈原作品的战斗性，难以获得历史材料之坚实支撑。

二湘之艺术形态属于"女乐"，"女乐"用于祭祀，是周室明令禁止之行为。"道失求诸野"，求诸民间，湘君与湘夫人本配偶，是爱神。古代山水女神又多以高禖神身份兼司风雨，二湘虽写秋日秋景，精神却与后世的上巳（所谓"三月三"）有关，水边饮宴、郊外游春。为曹魏以降上巳节修禊之滥觞。孙作云用民俗学方法分析《诗经》，发现23首恋歌奥秘，均与上巳节（三月三）祭祀高禖、祓禊之民间风俗有关。《周礼·地官·媒氏》云："仲春之月，令会男女，于是时也，奔者不禁。"③ 杜甫有《丽人行》诗："三月三日天气新，长安水边多丽人。"是为丽人节。明田汝成《西湖游览志》云："三月三日，男女皆戴荠菜花。"上巳还有一个习俗就是佩兰或杜若。《太平广记》卷二九一《神一》："周昭王二十年，东瓯贡女，一曰延娟，二曰延娱，俱辩丽词巧，能歌笑，步尘无迹，日中无影。及王游江汉，与二女俱溺。故江汉之间，至今思之，乃立祠于江上。后十年，人每见二女拥王泛舟，戏于水际。至暮春上巳之日，禊集祠间。或以时鲜甘果，采兰杜包裹之，以沉于水中。或结五色绛以包之，或以金铁系其上，乃蛟龙不侵。故祠所号招祇之祠。"④（出《拾遗记》）晋王嘉《拾遗记》原文是：周昭王"二十四年，涂修国献青凤、丹鹊，各一雌一雄。孟夏之时，凤、鹊皆脱易毛羽，聚鹊翅以为扇，缉凤羽以饰车盖也。扇一名游飘，二名条翮，三名亏光，四名仄影。时东瓯献二女，一名延娟，二名延娱。使二人更摇此扇，侍于王侧，轻风四散，泠然自凉。此二人辩口丽辞，巧善歌笑，步尘上无迹，行日中无影。及昭王沦于汉水，二女与王乘舟，夹拥王身，同溺于水。故江汉之人，到今思之，立祀于江

---

① 张中一：《屈赋——屈原南征反秦复郢斗争史诗》，（台北）文津出版社1998年版，第337页。

② 同上书，第350—351页。

③ （清）阮元校刻：《十三经注疏》，中华书局1980年版，第733页。

④ （宋）李昉等编：《太平广记》，中华书局1961年版，第2312—2313页。

湄。数十年间，人于江汉之上，犹见王与二女，乘舟戏于水际。至暮春上巳之日，禊集祠间。或以时鲜甘味，采兰杜包裹，以沉水中。或结五色纱囊盛食，或用金铁之器，并沈水中，以惊蛟龙水虫，使畏之不侵此食也。其水傍号曰招祇之祠。缀青凤之毛为二裘，一名燠质，二名暄肌，服之可以却寒。至厉王流于彘，彘人得而奇之，分裂此裘，遍于彘土。罪人大辟者，抽裘一毫以赎其死，则价值万金。"①游国恩认为《九歌》中有祭歌，还有恋歌，是合体。徐志啸亦云："《九歌》从本质上看应是楚民祈雨、祈农业生产并与性爱、生育繁衍相结合的原始祭歌的再创造。"又云："湘水神之恋爱，所表现的是楚民男女情爱的一种寄托，是它们祈祷男女结合、生子繁衍的一种曲折表达，他们借湘水神而歌咏爱情，是利用祭祀发展性爱的合乎情理的体现。"②

《九歌》之神，兼具神性与人性，飘逸而神秘。"二湘"融合神话与古史，将古史传说融合于神话，而研究者往往将神话坐实于古史，就难免顿失风采。王国维《宋元戏曲考》曾指出《九歌》为"后世戏剧之萌芽。"汪瑗在《楚辞集解·湘君题解》曰："此篇盖托为湘君以思湘夫人之词，后篇又托为湘夫人以思湘君之词。此篇曰吾曰余者，湘君自谓也；曰君、曰夫君、曰女、曰下女者，皆谓湘夫人也。后篇曰予、曰余者，湘夫人自谓也；曰帝子、曰公子、曰佳人、曰远者，皆谓湘君也。湘君则捐玦遗佩而搴杜若以遗湘夫人，夫人则捐袂遗褋而搴杜若以遗湘君，盖男女各出所有以通殷勤，而交相致其爱慕之意耳。二篇为彼此赠答之词无疑。"③汪瑗《楚辞集解》问世不久，即遭到《四库全书》所谓"以臆测之见，务为新说，以排诋诸家"之简单否定。马茂元选注《楚辞选》而注《湘君》云："本篇一开始就是女巫的独唱，通篇到底都是湘夫人思念湘君的语气。"而注《湘夫人》则言："这篇是湘君思念湘夫人的语气，由扮湘君的男巫（觋）独唱。"④金开诚《屈原辞研究》第四章《九歌研究》讲得更明晰："当然，这五篇中也有些情况需加略作说明：例如《湘君》篇是饰为湘夫人的女巫所唱的恋慕湘君之词，……由此又可推想在与其对应的《湘夫人》篇中，饰为湘君的男巫的身边也有从者。……所以

---

① （晋）王嘉：《拾遗记》，中华书局1981年版，第55—56页。
② 徐志啸：《楚辞综论》，（台北）东大图书公司1994年版，第150、154页。
③ （明）汪瑗：《楚辞集解》，北京古籍出版社1994年版，第115页。
④ 马茂元：《楚辞选》，人民文学出版社2001年版，第58—61页。

《湘君》、《湘夫人》二篇仍然是'湘夫人'与'湘君'的独唱之词。"①张京元《删注楚辞·九歌序》曰:"文人游戏,聊散怀耳。篇中皆求神语,与时事绝不相涉。"② 河南民间流传舜与二妃故事,谓舜不喜娥皇,尤爱女英,欲立为后而无由。于是就给女英一头骡子,而把一匹老牛给娥皇,告诉她们谁先赶到他那儿谁就是皇后。女英得骡,一路领先,方正得意,不料骡子中途产驹,耽搁了些时间,眼看着娥皇骑牛赶到了前头,先到舜前。舜枉费心机,未能如愿,把气都撒到骡子身上,罚它们以后不能生驹。如此想象是熟读典籍而不接触民间的知识者所难想象,看到不雅驯笔墨,应究其原委,而不可只以假托了事,有些东西是假托不出来的。

> 君不行兮夷犹,蹇谁留兮中洲;
> 美要眇兮宜修,沛吾乘兮桂舟;
> 令沅湘兮无波,使江水兮安流;
> 望夫君兮未来,吹参差兮谁思;

令、使二字,透露"帝之二女"神力,可以驱策江流。"参差"为古乐器名,一般认为是舜所作,如应劭《风俗通义》卷六云:"谨按《尚书》:(箫)舜作,箫韶九成,凤凰来仪,其形参差,像凤之翼,十管长一尺。"③《九歌》是屈原的精神游移于迷茫神灵仙界之征兆。屈原第二次被放逐于僻远辰溆等地,辰溆之地为五溪蛮所居,人迹罕至,深林杳冥、猿穴之居,山高蔽日,雨雪幽晦之所。屈原于此一居九年,没有被召回之希望,孤独愁苦和高洁志向翻滚于衷肠,"怀忧苦毒",无从超脱。"五溪蛮之地"弥漫着巫傩文化,观看祭神乐神之大型傩戏,烟雾缥缈、仙气氤氲,令人感到自己恍若隔世,被抛弃在充满原始巫风仙气之神界,于似我非我、幻乎真乎梦境中徘徊,时被孤独折磨。屈原歌诗多处流露出孤独感。如《湘君》中湘夫人乘船游荡湖泊,寻夫无望,被夫君遗弃之感觉袭上心头:"望夫君兮未来,吹参差兮谁思!"④ 只好在茫茫湖泊中吹箫排解忧愁,却无法拂去一腔哀怨。等君不来,寻君不到,希望变成失望,痛苦

---

① 金开诚:《屈原辞研究》,江苏古籍出版社1992年版,第189—190页。
② 转引自易重廉《中国楚辞学史》,湖南出版社1991年版,第422页。
③ 应劭:《风俗通义》,《四部丛刊》本。
④ (宋)洪兴祖撰,白化文等点校:《楚辞补注》,中华书局1983年版,第60页。

与愁情,谁又给予理会屈原借湘君形象自喻,自拟湘君,漂泊湖中,孤独寂寞,浑无知音。屈原之局限,在于把过多希望寄托在贤明君王身上,总是在等待着襄王废除逐命,点召他回朝,重图大业,克秦救楚。他在等待与盼望中度日,那份孤独、企盼、无望、哀伤之切肤感受,在湘君身上得到了尽情的宣泄,情感逼真,哀婉动人。

    驾飞龙兮北征,邅吾道兮洞庭。
    薜荔柏兮蕙绸,荪桡兮兰旌。
    望涔阳兮极浦,横大江兮扬灵。
    扬灵兮未极,女婵媛兮为余太息。
    横流涕兮潺湲,隐思君兮陫侧;
    桂棹兮兰枻,斫冰兮积雪;
    采薜荔兮水中,搴芙蓉兮木末;
    心不同兮媒劳,恩不甚兮轻绝。

  以喻体"冰""雪"指代"浪花"者,苏轼名句"卷起千堆雪"亦属此例。湘夫人本和湘君约好幽会,结果却盼湘君不至,迎湘君不见,寻湘君不遇,于是思绪联翩,方寸大乱,惆怅满怀,自怨自艾。"采薜荔"两句是自责之词,责怪自己太过痴傻,有若水中采薜荔,树梢摘荷花,枉费苦心,毫无所得。细心读者于字里行间能够体会到,不管是自责还是埋怨,骨子里依然是感人至深之一片痴情。妙就妙在诗中抒发的这种情感把握得非常好,将主人公的痴迷、怨望、自悔、责人、惆怅伤感而又心怀希冀的那种复杂微妙的心理,既婉曲道出,惹人伤感,又平和中正,体现了一种"中和之美",绝无呼天抢地、撕肝裂肺或痛不欲生和激愤凄厉语。空灵朦胧的审美意象和含蓄委婉的艺术象征。在平淡似水的涟漪下,荡漾着虚无的爱的潜流。

    石濑兮浅浅,飞龙兮翩翩;
    交不忠兮怨长,期不信兮告余以不闲;
    朝骋骛兮江皋,夕弭节兮北渚;
    鸟次兮屋上,水周兮堂下;
    捐余玦兮江中,遗余佩兮澧浦。

"玦"与"佩"乃春秋战国时男子用物,如《左传·鲁闵公二年》云:"(卫懿)公与石祁子玦,与宁庄子矢,使守。"另如《诗经·郑风·子衿》曰:"青青子佩,悠悠我思。"郑玄笺曰:"佩,佩玉也。士佩瓀珉而青组绶。"① 春秋战国之世,"玦"作为"有缺口之玉环。古时常用以赠人表示决断、决绝"。《礼记正义》云:"大夫则待放,三年听命于君。若与环则还,与玦便去。"②《荀子·大略》云:"聘人以珪,问士以璧,召人以瑗,绝人以玦,反绝以环。"③ 足见"袂"和"褋"是湘夫人赠给湘君之信物,"玦"和"佩"则是湘君赠给湘夫人的。她在怨恨中把对方所赠纪念品丢弃,但那苦苦思念之情却非一丢可了之的,所以随即冷静沉思,采摘杜若一束贻赠对方。

采芳洲兮杜若,将以遗兮下女;
时不可兮再得,聊逍遥兮容与。

"容与"一语,于屈原作品中除"二湘"外,共出现五次,如下:"忽吾行此流沙兮,遵赤水而容与。"④(《离骚》)"成礼兮会鼓,传芭兮代舞,姱女倡兮容与。"⑤(《九歌·礼魂》)"船容与而不进兮,淹回水而疑滞。"⑥(《九章·涉江》)"楫齐扬以容与兮,哀见君而不再得。"⑦(《九章·哀郢》)"固朕形之不服兮,然容与而狐疑。"⑧(《九章·思美人》)容与有二义:安闲自得,随心逍遥之状;徘徊犹疑,迁延不进之状。二义在屈赋中均有应用,可见屈原对心理描写词语把握之精到。

(四)九歌·湘夫人

南北文风各异,北人高雅,南人放肆。地域愈南,歌辞气息愈灵活,愈放肆,愈顽艳,直至极南端之《湘君》《湘夫人》。后者之"捐余袂兮

---

① (汉)毛亨传,(汉)郑玄笺,(唐)孔颖达疏:《毛诗正义》,中华书局1999年版,第315页。
② (汉)郑玄笺,(唐)孔颖达疏:《礼记正义》,北京大学出版社1999年版,第115页。
③ (清)王先谦:《荀子集解》,沈啸寰、王星贤点校,中华书局1988年版,第487页。
④ (宋)洪兴祖撰,白化文等点校:《楚辞补注》,中华书局1983年版,第44—45页。
⑤ 同上书,第84页。
⑥ 同上书,第129—130页。
⑦ 同上书,第133页。
⑧ 同上书,第149页。

江中，遗余褋兮醴浦"句，所谓"袂"指衣袖、袖口；所谓"褋"指单衣，扬雄《方言》曰："禅衣，江淮南楚之间谓之褋，关之东谓之禅衣。"单层之内衣裤，如此表达爱情，也足够性感矣。《湘夫人》中"杜若"乃是不忘草。王逸《楚辞章句》卷二释《九歌·云中君》"华采衣兮若英"，谓"华采，五色采也。若，杜若也。言己将修饰祭，以事云神，乃使灵巫先浴兰汤，沐香芷，衣五采，华衣饰以杜若之英，以自洁清也。"①从洁清致祭着眼，不及宋人谢翱《楚辞芳草谱》来得专业，后者云："杜若一名杜蘅，苗似山姜，花黄赤子大如棘。《九歌·湘君》曰：'采芳洲兮杜若，将以遗兮下女。'《湘夫人》云：'搴汀洲兮杜若，将以遗兮远者。'杜若之为物，令人不忘，搴采而赠之，以明其不相忘也。"《九歌》潜在着夫妇配对结构，姜亮夫《楚辞今绎讲录》云："《九歌》里的《云中君》是月神，《东君》是日神，日月配对，配成夫妇神；《大司命》和《少司命》配成夫妇神；《湘君》和《湘夫人》配成夫妇神；《山鬼》和《河伯》配成夫妇神。这样拿人间的力量把神扯到一起，体现了民歌的真正特点。"②《九歌》是一个由芳草美人构成的世界，如此多之瑶席琼芳、桂酒椒浆、春兰秋菊、绿叶素枝，还有芙蓉薜荔、石兰杜衡。从神灵所用之桂母兰楪荪蕙旌旗，到神灵之间用以传递情愫、寄托相思之杜若三秀，都散发出浓郁馨香，《湘夫人》中为湘江女神构建的水中居室，简直是一个芳馨世界。《玉篇》释"馨"：香远闻也。《书·酒诰》"黍稷非馨，明德维馨"。《诗·大雅》"尔殽既馨"。《九歌·山鬼》"折芳馨兮遗所思"，均是芬芳荡漾，带着美人体味散逸，令人迷醉哉。

    帝子降兮北渚，目眇眇兮愁予；
    袅袅兮秋风，洞庭波兮木叶下。

  此二句，乃千古写景传情之绝妙好笔，巍巍哉二句压倒整个先秦。《礼记·檀弓》云："舜葬于苍梧之野，盖三妃未之从也。"郑注："《离骚》所歌'湘夫人'，舜妃也。"③张华《博物志》卷八"史补"云："尧

---

① （宋）洪兴祖撰，白化文等点校：《楚辞补注》，中华书局1983年版，第58页。
② 姜亮夫：《姜亮夫全集》（七），云南人民出版社2002年版，第123页。
③ （汉）郑玄注，（唐）孔颖达疏：《礼记正义》，北京大学出版社1999年版，第195—196页。

之二女，舜之二妃，曰湘夫人。舜崩，二女啼，以涕挥竹，竹尽斑。"①王逸《楚辞章句》曰："帝子，谓尧女也。……因为湘夫人。"② 代表了汉儒六经体系对"帝子"汉人释读之特征。朱熹《楚辞集注》又言："帝子，谓湘夫人，尧之次女女英，舜次妃也。"③ 在充满比附意味之诠释中，可以看出宋儒以四书体系对"帝子"之诠释谋略。顾炎武《日知录》云："按《九歌》湘君、湘夫人自是二神，江、湘之有夫人，犹河、雒之有宓妃也。此之为灵，与天地并，安得谓之尧女？……原其致谬之由，由乎俱以帝女为名，名实相乱，莫矫其失，习非胜是，终古不悟，可悲矣。"④ 姜亮夫言《九歌》"兮"字用法释例，谓吾人读《九歌》，情愫宕荡，远在《离骚》之上者，此一"兮"字之功为不可没云。……《离骚》《九章》《远游》《九辩》诸篇，每两句用一兮字结句，无例外，此在古代文学作品中，已至为奇异，吾人若照以古江汉流域之渔父、樵歌等，所传之诗篇，极易推知，此为南楚特别发展之句法，为古体诗式之一，盖无可疑。屈一子盖亦深浸其习而成惯性。《九歌》表情，极为放肆，不得以规矩绳墨为之准则，其保存民习既真且多，足以说明其为楚故习之所在，无容怀疑者矣。⑤（参见《楚辞通故·释兮》）日本青木正儿在《楚辞九歌之舞曲的结构》一文中认为，《九歌》举行祭祀的时间是春、秋二季。此正是花果繁茂之季节。⑥

　　　　登白薠兮骋望，与佳期兮夕张；
　　　　鸟何萃兮蘋中，罾何为兮木上？

屈原《九歌》"二湘"中的"采辟荔兮水中，搴芙蓉兮木末"⑦，"鸟何萃兮蘋中，罾何为兮木上"⑧，"麋何食兮庭中，蛟何为兮水裔"⑨ 等诗

---

① （晋）张华撰，张宁校证：《博物志校证》，中华书局1980年版，第93页。
② （宋）洪兴祖撰，白化文等点校：《楚辞补注》，中华书局1983年版，第64页。
③ （宋）朱熹：《楚辞集注》，上海古籍出版社2001年版，第36页。
④ （清）顾炎武：《日知录》第三册，黄汝成集释，栾保群、吕宗力校点，花山文艺出版社1990年版，第1906页。
⑤ 姜亮夫：《姜亮夫全集》（八），云南人民出版社2002年版，第315页。
⑥ 罗联添：《中国文学史论文选集》（一），（台北）学生书局1986年版，第194—195页。
⑦ （宋）洪兴祖撰，白化文等点校：《楚辞补注》，中华书局1983年版，第62页。
⑧ 同上书，第65页。
⑨ 同上书，第66页。

句，运用了倒反修辞手法。这种修辞手法有意颠倒事物之间的正常关系和正确特性，具有内容上的荒诞性、逻辑上的反常性、语言上的离奇性、功能上的趣味性等特征。汉王逸《楚辞章句》说："薜荔，香草，缘木而生。芙蓉，荷华（花）也，生水中。屈原言己执忠信之行，以事于君，其志不合，犹入池涉水而求薜荔，登山缘木而采芙蓉，固不可得也。"①"夫鸟当集木巅而言草中，罾当在水中而言木上，以喻所愿不得，失其所也。"②"麋当在山林而在庭中，蛟当在深渊而在水涯，以言小人宜在山野而升朝廷，贤者当居尊官而为仆隶也。"③钱锺书在《管锥编·楚辞洪兴祖补注·九歌（三）》"反经失常诸喻"条中说："《湘君》：'采薜荔兮水中，搴芙蓉兮木末'；《注》：'言己执忠信之行，以事于君，其志不合。……盖池无薜荔，山无芙蓉，《注》云'固不可得'者是，正如韦应物《横塘行》所谓：'岸上种莲岂得生？池中种槿岂能成？'或元稹《酬乐天》中谓：'放鹤在深水，置鱼在高枝。'《湘夫人》：'鸟何萃兮蘋中？罾何为兮木上？'《注》：'夫鸟当集木巅而言草中，罾当在水中而言木上，以喻所愿不得，失其所也。'解尚未的。夫鸟当集木，罾当在水，正似薜荔生于山、芙蓉出于水也；今乃一反常经，集木者居藻，在水者挂树，咄咄怪事，故惊诘'何为？'。与下文'麋何食兮庭中？蛟何为兮水裔？'相贯。采薜搴芙之喻当尚涵自艾，谓己营求之误，此则迳叹世事反经失常，意更危苦。王注'麋'、'蛟'二句云：'麋当在山林而在庭中，蛟当在深渊而在水涯，以言小人宜在山野而升朝廷，贤者当居尊官而为仆隶；颇悟其旨，惜未通之于'鸟'、'罾'两句。《卜居》：'世溷浊而不清，蝉翼为重，千钧为轻'；《怀沙》：'变白以为黑兮，倒上以为下'；错乱颠倒之象，寓感全同。西方诗歌题材有叹'时事大非'、'世界颠倒'一门，荟萃失正背理不可能之怪事，如'人服车而马乘之'、'牛上塔顶'、'赤日变黑'、'驴骑人背'、'牲宰屠夫'之类，以讽世自伤。海涅即有一首，举以头代足行地、牛烹庖人、马乘骑士等为喻；无异屈子之慨'倒上以为下'耳。……"④

---

① （宋）洪兴祖撰，白化文等点校：《楚辞补注》，中华书局1983年版，第62页。
② 同上书，第65页。
③ 同上书，第66页。
④ 钱锺书：《管锥编》第二册，中华书局1986年版，第600—606页。

沅有芷兮澧有兰，思公子兮未敢言；
荒忽兮远望，观流水兮潺湲；
麋何食兮庭中，蛟何为兮水裔。

贺贻孙《骚筏》云："'思公子兮未敢言'，注不出，想不得，与古诗'盈盈一水间，脉脉不得语'，皆相思谱中佳话。"① 已经言矣，却偏言"未敢言"，心曲之委婉，亏她说得出，此即是屈原《九歌》妙笔生花之处。

朝驰余马兮江皋，夕济兮西澨；
闻佳人兮召予，将腾驾兮偕逝。
筑室兮水中，葺之兮荷盖；
荪壁兮紫坛，播芳椒兮成堂；
桂栋兮兰橑，辛夷楣兮药房；
罔薜荔兮为帷，擗蕙櫋兮既张；
白玉兮为镇，疏石兰兮为芳；
芷葺兮荷屋，缭之兮杜衡；
合百草兮实庭，建芳馨兮庑门。

打断骨头连着筋者，是"二湘"与舜帝而飞之因缘。萧兵云：在传说里，舜作为军务酋长征伐有苗，越来越深入南疆，直达苍梧，葬于九嶷，于是成为九嶷山大神。《湘夫人》："九嶷缤兮并迎，灵之来兮如云。"② 迎的就是九嶷山神舜。古人认为湘水发源于九嶷山，所以山神舜兼为"湘君"。马王堆汉墓出土《古地图》九嶷山处标明为"舜庙"，画着九块石碑，那分明是"大石文化"的"列石"，或为古代酋长家茔，后来附会为舜墓。

九嶷缤兮并迎，灵之来兮如云；
捐余袂兮江中，遗余褋兮澧浦；
搴汀洲兮杜若，将以遗兮远者；

---

① 贺贻孙：《骚筏》，《四库未收书辑刊·拾辑》，北京出版社2000年版，第9页。
② （宋）洪兴祖撰，白化文等点校：《楚辞补注》，中华书局1983年版，第68页。

时不可兮骤得，聊逍遥兮容与！

前已说过，扬雄《方言》云："禅衣，江淮南楚谓之，笑之东西谓之禅衣。"《左传·鲁宣公九年》云："陈灵公与孔宁，仪行父通于夏姬，皆衷其衵服以戏于朝。"①"'衵服'，是贴身穿的衣服，亦即禅衣。足见用自己的衣服送给情人，是古代女子爱情生活中一种流行的习惯。"② 萧兵《楚辞·九歌·二湘》新解云："帝舜娶于帝尧之子，谓之女匽氏。"③（《大戴礼·帝系篇》）金文匽、燕多通用，至今宴、讌仍相通假，所以女匽就是《尔雅》的鷾，也就是燕子——玄鸟。《诗·玄鸟》说玄鸟生商；《九章·思美人》说"高辛之灵盛兮，遭玄鸟而致诒"④；《离骚》却说"凤皇既受诒兮，恐高辛之先我"⑤，玄鸟忽然变成了凤凰。而《尔雅·释鸟》也说："鷾（燕），凤；其雌皇。"⑥ 这"皇"便很可能与"娥皇"之"皇"叠合，便是"凰"，正像女英或即女匽，化身为燕子一样。《礼·月令·仲春之月》"是月也，玄鸟至。至之日，以大牢祠于高禖。天子亲往。后妃帅九嫔御。"郑注："玄鸟，燕也，燕以施生时来巢人堂宇而孚乳，嫁娶之象也。媒氏之官以为候。高辛氏之出，玄鸟遗卵，简狄吞之而生契。后王以为媒官嘉祥而立其祠焉。"⑦《礼·月令》说仲秋之月"盲风至，鸿雁来，玄鸟归"⑧，就是说夏历八月燕子飞经黄河流域到南方去过冬，那么秋末到达洞庭湖一带是正常的，也是符合现代科学纪录的，所以《湘夫人》一开头就是："帝子降兮北渚，目眇眇兮愁予。袅袅兮秋风，洞庭波兮木叶下。"⑨

杜若是一种芳草，是否可作"媚药"虽未可知，但古人当它是"勿忘我"之草却可肯定。《神农本草》说它"久服益精，明目轻身。"《名医

---

① （周）左丘明传，（晋）杜预注，（唐）孔颖达正义：《春秋左传正义》，北京大学出版社1999年版，第622页。
② 马茂元选注：《楚辞选》，人民文学出版社1998年版，第63页。
③ （清）王聘珍：《大戴礼记解诂》，中华书局1983年版，第130页。
④ （宋）洪兴祖撰，白化文等点校：《楚辞补注》，中华书局1983年版，第147页。
⑤ 同上书，第34页。
⑥ （晋）郭璞注，（宋）邢昺疏：《尔雅注疏》，北京大学出版社1999年版，第309页。
⑦ （汉）郑玄注，（唐）孔颖达疏：《礼记正义》，北京大学出版社1999年版，第473—474页。
⑧ 同上书，第523页。
⑨ （宋）洪兴祖撰，白化文等点校：《楚辞补注》，中华书局1983年版，第64—65页。

别录》则说:"陈口臭气,令人不忘。"宋人罗愿《雅翼》云:"'二湘'同用杜若,杜若之为物,令人不忘,搴采而赠之,以明其不相忘也。"所以《山鬼》也说:"山中人兮杜若",以杜若为芳而久服常佩之者,正是为了让那位"怅忘归"的灵修公子永不相忘!恩格斯论及群婚残余之沙特恩(Saturn),谓"男性长者、酋长和巫师……在一定的节日和民众大集会时,必须恢复以前的共妻制,让自己的妻子去和年轻的男子们寻乐。"① 沈括《梦溪笔谈》云:"后人诗骚所赋(湘神)皆以女子待之,语多渎慢,皆礼义之罪人也。"

"初既与余成言兮,后悔遁而有他"②(《离骚》)、"昔君与我成言兮,曰'黄昏以为期'。羌中道而回畔兮,反既有此他志"③、"与余言而不信兮,盖为余而造怒"④(《九章·抽思》)。屈原多次在作品中提到"黄昏以为期",这是以男女关系来借喻君臣关系——想当初,君王与屈原就像夫妇一样有过"黄昏以为期"的约定,答应屈原实行他的主张,如《九章·惜往日》所说"惜往日之曾信兮"。然而,后来君王却改变了主意,没有履行先前的诺言,并"含怒而待臣兮"⑤(《九章·惜往日》)、"远迁臣而弗思"⑥(《九章·惜往日》)。这让屈原就像一个失恋的女子一样,对于爱人的失约、失言,既觉得无法理解,又感到无比的伤心与失望。此种情形与《湘君》和《湘夫人》两首诗中描写的情形一样,湘君和湘夫人相约见面,双方都去赴约,但不知什么原因,对方都没有出现,使得等待的一方产生了"心不同兮媒劳,恩不甚兮轻绝"⑦、"交不忠兮怨长,期不信兮告余以不闲"⑧ 的猜测、埋怨、伤心和失望,这里的"心不同""恩不甚""交不忠"和"期不信",与"昔君与我成言兮,曰'黄昏以为期'。羌中道而回畔兮,反既有此他志"⑨ 所表达的思想情感是完全一样的,表现的都是男女双方之间的误会。"二湘"以及《九歌》,既然是屈

---

① [德]恩格斯:《家庭、私有制和国家的起源》,人民出版社1972年版,第47页。
② (宋)洪兴祖撰,白化文等点校:《楚辞补注》,中华书局1983年版,第10页。
③ 同上书,第137—138页。
④ 同上书,第138页。
⑤ 同上书,第150页。
⑥ 同上。
⑦ 同上书,第62页。
⑧ 同上。
⑨ 同上书,第137—138页。

原的作品，就必然会流露出屈原的内心情感。正所谓"其情贞者其言恻，其志菀者其音悲"①。

（五）九歌·大司命

关注生老病死，是人类生存的本能。因而无论中原、荆楚，司命祭祀均列入不可须臾或缺之祭典。《周礼》卷五《春官·大宗伯》云："以吉礼事邦国之鬼神示，以禋祀祀昊天上帝，以实柴祀日、月、星、辰，以槱燎祀司中、司命、飌师、雨师，以血祭祭社稷、五祀、五岳。"②槱，古读 yǒu 或 chǎo，古同"炒"。凡三义：1. 堆积：《诗·大雅·棫朴》云："芃芃棫朴，薪之槱之。"郑玄笺曰："槱，积也。山木茂盛，万民得而薪之。贤人众多，国家得用蕃兴"；"豫斫以为薪，至祭皇天上帝及三辰，则聚积以燎之。"《说文》云："积木燎之也。"2. 木柴："桂樟柟栌，剪为槱薪"。3. 引申为烧、熏。《周礼·春官》云："以槱燎祀司中、司命。"③《史记·天官书》云："文昌六星，四曰司命。"《晋书·天文志》又云："三台六星，两两而居，有司命。"疏云："司命，宫中小神"，与星宿相对应，折射着一种宇宙精神力量之信仰。大司命见于金文，春秋时齐侯作"洹子（即田桓子）孟姜壶"，铭曰："司誓于大司命，用璧、两壶、八鼎"，因此春秋时已有大司命之称④。而《风俗通·祀典篇》也言"司命……齐地大尊重之"，似乎司命本是齐地神祇。《史记·封禅书》明言"荆巫，祠堂下，巫先，司命"⑤。《汉书·郊祀志》又云："荆巫有司命。"其最深之根基，应在荆楚，以此超越"履大人迹而生"之异生神话之神秘性和狞怪感，而趋于天人感应之人间化和内心化。程嘉哲《九歌新注》释《大司命》云：这是一首傩祭的乐歌，将屈原引向《九歌》傩祭乐歌之衍生支流。其释文云：民间把"鬼疫"称为"大司命"，傩则是驱逐大疫厉鬼之祭祀活动。南方民族对往往看到神之阴、阳二面，即善和恶二面，故有一神二相之说。从民族志角度考察，今沅水上游某些土家族地区所供奉神龛上，仍有九天司命之神位。《梯玛歌·送亡歌》唱道："司命台上点盏亮，炉内又焚一炷香。九天司命亡告讲，多给子孙降吉祥。"这是新死亡

---

① 王夫之：《楚辞通释》，上海人民出版社 1975 年版，第 25 页。
② （汉）郑玄注，（唐）贾公彦疏：《周礼注疏》，北京大学出版社 1999 年版，第 450—456 页。
③ 同上书，第 451 页。
④ 于省吾：《泽螺居楚辞新证》（上），《社会科学战线》1979 年第 3 期。
⑤ （汉）司马迁：《史记》，中华书局 1959 年版，第 1379 页。

魂请求九天司命不要再将死亡带给自己家庭，表明在土家族人观念中，九天司命是主人间生死寿夭之神①。无论如何，大司命是与人间生活关联最广、最切之神祇。

> 广开兮天门，纷吾乘兮玄云；
> 令飘风兮先驱，使涷雨兮洒尘。
> 君回翔兮以下，逾空桑兮从女；
> 纷总总兮九州，何寿夭兮在予；
> 高飞兮安翔，乘清气兮御阴阳；
> 吾与君兮齐速，导帝之兮九坑。

此所谓"九坑"，即九河，三苗民族是从黄河入海之古九河迁徙之沅湘流域，因而此篇歌诗带有三苗民族之文化基因。"飘风""冻雨"乃古习语。《淮南子·览冥训》云："降扶风，杂冻雨。"② 扶风即飘风。《老子》二十三章云："故飘风不终朝，骤雨不终日。"《韩非子·十过篇》云"风伯进扫，雨师洒道"③，其意似之。

"逾空桑兮从女"之地望若何？《山海经·北山经》云："又北二百里，曰空桑之山，无草木，冬夏有雪。冬桑之水出焉，东流注于虖沱。"④ 此空桑在冀州。《吕氏春秋·孝行览·本味》云："有侁氏女子采桑，得婴儿于空桑之中，献之其君。其君令烰人养之。察其所以然，曰：'其母居伊水之上，孕，梦有神告之曰：臼出水而东走，毋顾。明日，视臼出水，告其邻，东走十里，而顾其邑尽为水，身因化为空桑'，故命之曰伊尹。此伊尹生空桑之故也。"⑤ 此空桑在河南伊洛流域。《水经注》卷十五也将此空桑系于伊水，在河南。即《列子·天瑞》云："后稷生乎巨迹，伊尹生乎空桑。"⑥《楚辞·大招》云："代秦郑卫，鸣竽张只。伏戏《驾辩》，楚《劳商》只。讴和《扬阿》，赵箫倡只。魂乎归徕！定空桑只。二八接舞，投诗赋只。"洪兴祖注："盖空桑之瑟，本因地得名，或曰：楚

---

① 胡炳章：《〈九歌〉与沅湘土家族巫文化的血缘关系》，《民族文学研究》1995 年第 3 期。
② 何宁：《淮南子集释》，中华书局 1998 年版，第 466 页。
③ （清）王先谦撰，钟哲点校：《韩非子集解》，中华书局 1998 年版，第 65 页。
④ 袁珂校注：《山海经校注》，上海古籍出版社 1980 年版，第 94 页。
⑤ 许维遹：《吕氏春秋集释》，中华书局 2009 年版，第 310 页。
⑥ 杨伯峻：《列子集释》，中华书局 1979 年版，第 16 页。

地名。"①《周礼·春官宗伯·大司乐》："凡乐，函钟为宫，大蔟为角，姑洗为征，南吕为羽，灵鼓灵鼗，孙竹之管，空桑之琴瑟，《咸池》之舞。"②《汉书·礼乐志第二》著录《郊庙歌辞·郊祀歌》云："景星显见，信星彪列，象载昭庭，日亲以察。参侔开阖，爰推本纪。汾脽出鼎，皇祐元始。五音六律，依韦飨昭，杂变并会，雅声远姚。空桑琴瑟结信成，四兴递代八风生。殷殷钟石羽籥鸣，河龙供鲤醇牺牲。"③刘向《九叹·远游》云："遡高风以低佪兮，览周流于朔方。就颛顼而敶词兮，考玄冥于空桑。旋车逝于崇山兮，奏虞舜于苍梧。"注："空桑，山名也。玄冥，太阴之神，主刑杀也。"④《全上古三代秦汉三国六朝文·全上古三代文》卷十五收录《归藏·启筮》："蚩（水）〔尤〕出自羊水，八肱，八趾，疏首，登九淖以伐空桑，黄帝杀之于青丘。"（见《初学记》九，《路史·后纪》四。案，《路史》又云：蚩尤疏言虎腾，八肱八趾。见《归藏启筮》。)⑤这些记载均将"空桑"之地望系于伊洛或楚之北境一带。因而《大司命》之空间视野涵盖三苗民族之古九河，伊洛文化之"空桑"，融合于荆楚文化之大司命抒写其中，莽莽苍苍，气度淋漓，煞是好看焉。

灵衣兮被被，玉佩兮陆离。
一阴兮一阳，众莫知兮余所为；
折疏麻兮瑶华，将以遗兮离居。
老冉冉兮既极，不寖近兮愈疏；
乘龙兮辚辚，高驰兮冲天。
结桂枝兮延伫，羌愈思兮愁人；
愁人兮奈何，愿若今兮无亏；
固人命兮有当，孰离合兮何为？

它采撷具有长寿功能的神麻玉华，准备送给和自己离居的少司命。其

---

① （宋）洪兴祖撰，白化文等点校：《楚辞补注》，中华书局1983年版，第221页。
② （汉）郑玄注，（唐）贾公彦疏：《周礼注疏》，北京大学出版社1999年版，第586页。
③ （汉）班固撰，（唐）颜师古注：《汉书》，中华书局1962年版，第1063页。
④ （宋）洪兴祖撰，白化文等点校：《楚辞补注》，中华书局1983年版，第311页。
⑤ （清）严可均：《全上古三代秦汉三国六朝文》，商务印书馆1999年版，第194页。

实，《大司命》可能本是一曲丧葬祭祀之歌，故开篇飘风冻雨，杀气森森。至于"折疏麻兮瑶华，……不寖近兮愈疏"四句则言丧葬祭祀及人对生命的追求；最后写大司命携亡灵远逝及对人之安慰，这均与土家族丧葬巫俗基本一致。光绪《龙山县志》记载："丧，……男女皆散发披麻缕……焚纸钱送之。"其意相当于"疏麻""瑶华"之民俗事象，至于奠送亡魂与《大司命》的"遗离居"仅是叙述角度之差异而已①。

大司命与少司命职掌，分工明了而参差。少司命是掌管人间生儿育女之生育神。王夫之《楚辞通释》云："大司命统司人之生死，而少司命则司人子嗣之有无。以其所司者婴稚，故曰少；大，则统摄之辞也。"② 诗中"折疏麻兮瑶华，将以遗兮离居"的"疏麻"是一种可以致幻的植物，而"瑶华"则是一种可以激发性欲之植物，可以使人精神迷幻。"结桂枝兮延伫，羌愈思兮愁人"，所说者是求欢巫术③。湘君、湘夫人在等待对方时，也采摘了大量催情植物，如"采薜荔兮水中，搴芙蓉兮木末"④；"罔薜荔兮为帷，擗蕙櫋兮既张"⑤。薜荔为中国传统草药，性味酸平，具有壮阳固精功效，治遗精、阳痿、乳汁不通等病症。明代李时珍《本草纲目·草部第十八卷下》记载薜荔又名、木馒头、鬼馒头，"壮阳道尤胜。固精消肿，散毒止血，下乳。"《湘夫人》中更是一口气罗列了荷、荪、椒、桂、兰、辛夷、药、蕙、石兰、芷、杜衡等十多种各色各样的植物，色彩缤纷，香味浓烈，其中，"为妇人药"（《本草纲目》）的"兰"、多实的"椒"，在《九歌》中多次出现。楚地大自然色彩缤纷，花草众多。这些拥有性爱巫术魔力之植物正是《九歌》表达情意、见证情爱之信物。

大司命掌握人间生命，却难以掌握自己命运，内心充满痛苦："结桂枝兮延伫，羌愈思兮愁人。愁人兮奈何，愿若今兮无亏。"⑥ 自己身为司命之神，也要经受离别之苦的煎熬，并且还将继续下去。无可奈何之中，唯求身体没有亏损，不至于衰老下去。歌诗抒写带有反讽意味，别看老兄趾高气扬，却医治不了自己的心病，良可叹也哉。

---

① 胡炳章：《〈九歌〉与沅湘土家族巫文化的血缘关系》，《民族文学研究》1995 年第 3 期。
② （明）王夫之：《船山全书》第 14 册，岳麓书社 1996 年版，第 259 页。
③ 林河：《中国巫傩史》，花城出版社 2001 年版，第 369 页。
④ （宋）洪兴祖撰，白化文等点校：《楚辞补注》，中华书局 1983 年版，第 62 页。
⑤ 同上书，第 67 页。
⑥ 同上书，第 70 页。

（六）九歌·少司命

对于人、神、魂魄之交往，《礼记·祭义》有言："乐以迎来，哀以送往。"[①] 少司命是风流倜傥之男神，与求子妇女之间的缠绵情意，在情歌对唱之中，表达得非常直率大胆，毫无拘束扭捏之态。少司命是媒神、司生之神、"送子观音"式喜神。视其全篇，所言尽郊媒之事，叙述、抒情，最为详尽。洪兴祖《楚辞补注》卷二释读《少司命》云："秋兰兮麋芜，罗生兮堂下（言己供神之室，空闲清净，众香之草，又环其堂下，罗列而生，诚司命君所宜幸集也。秋，一作秌，下同。麋，一作蘪。〔补〕曰：《尔雅》曰：蕲茝，蘪芜。郭璞云：香草，叶小如萎状。《山海经》云：臭如蘪芜。《本草》云：芎䓖，其叶名蘪芜，似蛇床而香，骚人借以为譬，其苗四五月间生，叶作丛，而茎细，其叶倍香。或莳于园庭，则芬香满径，七八月开白花。《管子》曰：五沃之土生蘪芜。相如赋云：穹穷昌蒲，江离蘪芜。师古云：蘪芜，即穹穷苗也。下，音户）。绿叶兮素枝，芳菲菲兮袭予（袭，及也。予，我也。言芳草茂盛，吐叶垂华，芳香菲菲，上及我也。枝，一作华。五臣云：四句皆喻怀忠洁也。〔补〕曰：袭，音习。予，上声）。夫人自有兮美子（夫人，谓万民也。一云：夫人兮自有美子。〔补〕曰：夫，音扶。《考工记》曰：夫人而能为镈也。夫人，犹言凡人也），荪何以兮愁苦（荪，谓司命也。言天下万民，人人自有子孙，司命何为主握其年命，而用思愁苦也。以，一作为。五臣云：荪，香草，喻司命。言凡人各自有美爱臣子，司命何为愁苦而司主之，盖自伤也。〔补〕曰：此言爱其子者，人之常情，非司命所忧，犹恐不得其所。原于君有同姓之恩，而怀王曾莫之恤也。荪亦喻君。《骚经》曰'荃不察余之中情'是也）。秋兰兮青青，绿叶兮紫茎（言己事神崇敬，重种芳草，茎叶五色，芳香益畅也。一本'兰'下有'生'字。〔补〕曰：《诗》云：绿竹青青。青青，茂盛也，音菁）。满堂兮美人，忽独与余兮目成（言万民众多，美人并会，盈满于堂，而司命独与我睨而相视，成为亲亲也。五臣云：满堂，喻天下也。谓天下亦有善人，而司命独与我相目结成亲亲者，为我修道德尔，谓初与己善时也。）入不言兮出不辞（言神往来奄忽，入不语言，出不诀辞，其志难知。辞，一作词），乘回风兮载云旗（言司命之去，乘风载云，其形貌不可得见。五臣云：司命初与己

[①]（汉）郑玄注，（唐）孔颖达疏：《礼记正义》，北京大学出版社1999年版，第1310页。

善，后乃往来飘忽，出入不言不辞，乘风载云，以离于我，喻君之心与我相背也）。悲莫悲兮生别离（屈原思神略毕，忧愁复出，乃长叹曰：人居世间，悲哀莫痛与妻子生别离，伤己当之也。〔补〕曰：乐府有《生别离》，出于此），乐莫乐兮新相知（言天下之乐，莫大于男女始相知之时也。屈原言己无新相知之乐，而有生别离之忧也。五臣云：喻己初近君而乐，后去君而悲也）。荷衣兮蕙带，儵而来兮忽而逝（言司命被服香净，往来奄忽，难当值也。儵，一作倏。来，一作俫。五臣云：言神倏忽往来，终不可逢，以喻君。〔补〕曰：《庄子》疏曰：儵为有，忽为无）。夕宿兮帝郊（帝谓天帝），君谁须兮云之际（言司命之去，暮宿于天帝之郊，谁待于云之际乎？幸其有意而顾己。五臣云：须，待也。冀君犹待己而命之）。与女游兮九河，冲风至兮水扬波（王逸无注。古本无此二句。《文选》絜作游，女作汝，风至作飙起。五臣云：汝，谓司命。九河，天河也。冲飙，暴风也。〔补〕曰：此二句，《河伯》章中语也）。与女沐兮咸池（咸池，星名，盖天池也。一作咸之池。〔补〕曰：咸池，见《骚经》），晞女发兮阳之阿（晞，乾也。《诗》曰：匪阳不晞。阿，曲隅，日所行也。言己愿托司命，俱沐咸池，乾发阳阿，斋戒洁己，冀蒙天祐也。五臣云：愿与司命共为清洁，喻己与君俱行政教，以治于国。〔补〕曰：晞，音希。《淮南》曰：日出汤谷，浴于咸池，拂于扶桑，是谓晨明。登于扶桑，是谓朏明。至于曲阿，是谓旦明。《远游》曰：朝濯发于汤谷兮，夕晞余身兮九阳）。望美人兮未来（美人，谓司命），临风怳兮浩歌（怳，失意貌。言己思望司命，而未肯来。临疾风而大歌，冀神闻之而来至也。五臣云：以喻望君之使未至，临风怳然而大歌也。浩，大也。〔补〕曰：怳，惝怳也，许往切）。孔盖兮翠旍（言司命以孔雀之翅为车盖，翡翠之羽为旗旍，言殊饰也。旍，一作旌。一本此句上有'扬'字。〔补〕曰：相如赋云：宛雏孔鸾。孔，孔雀也。颜师古曰：鸟赤羽者曰翡，青羽者曰翠。《周礼》曰：盖之圜也，以象天。汉乐歌曰：庶旄翠旌），登九天兮抚彗星（九天，八方中央也。言司命乃升九天之上，抚持彗星，欲扫除邪恶，辅仁贤也。五臣云：飞登于天，抚扫彗星，言愿将忠正美行还于君前，剪谗贼矣。〔补〕曰：《左传》曰：天之有彗，以除秽也。《尔雅》：彗星为槆。彗，祥岁切。偏指曰彗。自此以下，皆喻君也）。竦长剑兮拥幼艾（竦，执也。幼，少也。艾，长也。言司命执持长剑，以诛绝凶恶，拥护万民长少，使各得其命也。《释文》竦，作倰。〔补〕曰：竦、倰，并息拱切。竦,立也。《国语》曰:竦善抑恶。怂,惊也。《孟子》曰:知好色,则慕少艾。说者曰:艾,美好也。《战国策》云:今为天下之工或非也,乃与幼艾。又齐王有七孺子。注云:孺子,谓幼艾美女也。《离骚》以美女喻贤臣,此言人君当遏恶扬善,佑贤辅德也。或曰:丽姬,艾封人之子也,故美女谓之艾。犹姬贵姓,因谓美妾为姬耳),荪独宜兮为民正(言司命执心公方,无所阿私,善者佑之,恶者诛之,故宜为万民之平正也。荪,一作荃。五臣云:荪,香草,谓神也,以喻君。〔补〕曰:正,音征,叶韵)。"① 需要补充的是,《少司命》曾窜入《河伯》"与女游兮九河,冲风至兮水扬波"② 两句,洪兴祖已发现此错简,于兹作了调整。

> 秋兰兮麋芜,罗生兮堂下;
> 绿叶兮素华,芳菲菲兮袭予;
> 夫人自有兮美子,荪何以兮愁苦;
> 秋兰兮青青,绿叶兮紫茎;
> 满堂兮美人,忽独与余兮目成。

秋兰属于古所谓兰草,叶茎皆香。秋天开淡紫色小花,香气更浓郁,古人以为有生子之祥。麋芜即"蘼芜",细叶芎藭,叶似芹,丛生,七、八月开白花。《尔雅翼》云:"兰为国香,人服媚之,古以为生子之祥。而蘼芜之根主妇人无子。故《少司命》引之。"③ 李时珍《本草纲目》也以专家眼光,指出兰之根茎可入药,治妇人无子。堂前丛生繁茂之性感花草,烘托出浓郁之高禖婚爱之妩媚气氛。《少司命》即以芳草"荪"来指称求子嗣之美女。清人蒋骥《山带阁注楚辞》云:"《大司命》之辞肃,《少司命》之词昵。"所谓"昵"当指男女间之亲昵关系而言。

> 入不言兮出不辞,乘回风兮载云旗;
> 悲莫悲兮生别离,乐莫乐兮新相知;
> 荷衣兮蕙带,儵而来兮忽而逝;
> 夕宿兮帝郊,君谁须兮云之际。

---

① (宋)洪兴祖撰,白化文等点校:《楚辞补注》,中华书局1983年版,第71—74页。
② 同上书,第72—73页。
③ (宋)罗愿撰,石云孙点校:《尔雅翼》,黄山书社1991年版,第21页。

　　　　与女沐兮咸池，晞女发兮阳之阿；
　　　　望美人兮未来，临风怳兮浩歌；
　　　　孔盖兮翠旍，登九天兮抚彗星；
　　　　竦长剑兮拥幼艾，荪独宜兮为民正。

　　"悲莫悲兮生别离，乐莫乐兮新相知"一句，从神人临场内心体验，成为千古名言。明末周拱辰《离骚草木史》评述云："'悲莫悲'二语，千古言情都向此中摸索。"篇终，少司命升上天空后，一手笔直地执持长剑，一手抱着儿童，不仅是送子之神，也是保护儿童之神。"荪独宜兮为民正"，事实上唱出了广大人民群众对少司命的崇敬、爱戴与期待。全篇歌诗如行云流水，"随语成韵，随韵成趣"，游心内运，放言落纸，气韵天成，情趣盎然。如刘勰《文心雕龙·声律第三十三》云："异音相从谓之和，同声相应谓之韵。"① 此歌诗之节奏在《诗经》"二二"成四言之基础上，推出"二二""三二"和"三三"等自由音尺，交互使用，仿佛"嵯峨之类聚，葳蕤之群积"，给人"倏而来兮忽而逝"之强烈动感，仿佛踏着音乐节拍悠然地旋转于灯光柔和而神秘之歌舞池中。此歌诗彰显了一往情深之知遇感。"知遇"文化渊源，源于传统知识分子用世理想，自古以来，文士无不渴求知音，《论语·里仁》云："不患无位，患所以立；不患莫己知，求为可知也。"知识分子仕宦之根本力量是凭借个人才学与器识，但若无知音赏识，则徒呼奈何矣。从孔子"知我者其天乎"浩叹，到屈原"乐莫乐兮新相知"（《少司命》）之渴求；从司马迁"士为知己者用"（《报任安书》）的交心，到房玄龄对唐太宗"亦自以遇知己，罄竭心力，知无不为"，皆寄托知音难觅之悲慨和感知。《少司命》之幽会来去匆匆，正值夜晚，或说露宿于天帝之交，或说露宿于郢都郊野，"云之际"即云梦。

　　"荪独宜兮为民正"者，是郊祀之主祭人楚王乎？"荪"在《楚辞》中也常代表楚王，如《离骚》"荃不察余之中情兮"，洪补："荃与荪同。"②《九章》"数惟荪之多怒兮"，王逸注："荪，香草也，以喻君。荪，一作荃。"③《九章》又言："荪佯聋而不闻"④，"愿荪美之

---

① （南朝梁）刘勰撰，范文澜注：《文心雕龙注》，人民文学出版社1962年版，第553页。
② （宋）洪兴祖撰，白化文等点校：《楚辞补注》，中华书局1983年版，第9页。
③ 同上书，第137页。
④ 同上书，第138页。

可完"① 皆可证。困扰后世注家的《楚辞》称谓，其实是等级制度渗入称谓，对于还多少保存原始自然人性之人群造成隔膜所致。战国楚人民间的称呼，似乎不那么讲究尊卑等级，第一人称的"我"既可以称"余""予"，也可以称"朕"，第二人称的"你"称"荪"、称"荃"，就是称"您"，或"亲爱的"。要不然，《离骚》中追求先公先王配偶的"求女"，就属于大逆不道矣。最根本者，《九歌》作于流放沅湘，"荪独宜兮为民正"之"荪"，不宜牵强附会为楚顷襄王，屈原与此楚王并无缘分，他把美好之"荪"称谓，还给寻求知音之神与人。

（七）九歌·东君

对于《东君》在全部《九歌》之位次，闻一多《楚辞校补》大胆放言，曰："诸娱神之曲，又各以一小神主之，而此诸小神又皆两两相偶，共为一类。今验诸篇第，《湘君》与《湘夫人》相次，《大司命》与《少司命》相次，《河伯》与《山鬼》相次，《国殇》与《礼魂》相次，……余谓古本《东君》次在《云中君》前。"② 《史记·封禅书》中记载之祭祀神祇，主神之后是东君，然后才是云中君、司命。姜亮夫也主张两两相配之说，不过他已经看出了日神与云神不相称，又提出了云中君为月神之说，他在《云中君》题下解曰："王逸注为云神丰隆，一曰屏翳，后世皆本之。……而王逸实亦望文生训，并不足据。若祀云师，则风雨岂能无祭。应据云中在东君之后，与东君配，亦如大司命配少司命，湘君配湘夫人，则云中君月神也。"③ 这种观点在姜氏后期著作《楚辞今绎讲录》中得到巩固："《九歌》里的《云中君》是月神，《东君》是日神，日月配对，配成夫妇神。《大司命》和《少司命》配成夫妇神，《湘君》和《湘夫人》配成夫妇神，在汉代画中有了。唐《九歌图》中，大司命为男，少司命为女。……人类有了家庭便想到天上，用人间事来推及于上天的日月：一个是晚上出来的，一个是白天出来的，一阴一阳，配成对偶。余者可以类推。"④⑤《礼记·祭义》在谈到祭祀太阳的典礼时，对夏、商、周三族有如下对比："郊之祭，大报天而主日，配以月。夏后氏祭其闇，殷

---

① （宋）洪兴祖撰，白化文等点校：《楚辞补注》，中华书局1983年版，第138页。
② 闻一多：《闻一多全集》第5册，武汉人民出版社2004年版，第149页。
③ 姜亮夫：《姜亮夫全集重订屈原赋校注》，云南人民出版社2002年版，第158页。
④ 姜亮夫：《姜亮夫全集》（七），云南人民出版社2002年版，第123页。
⑤ 姜亮夫：《楚辞今绎讲录》，云南人民出版社1999年版。

人祭其阳。周人祭日，以朝以闇。"① 这里讲的是郊祭之礼，祭祀的对象是上天，把太阳作为天神的代表，以月亮配祭。在祭祀时间的安排上，"夏后氏祭其闇"，郑玄注："夏后氏大事以昏。"② 夏人重大典礼都在黄昏举行，祭祀太阳也是如此。周人祭祀太阳，"以朝以闇"，郑玄注："谓终日有事。"③ 周人礼仪烦琐，对太阳的祭祀从早持续到晚。周人祭日于南郊，由此可以推断，它是把中午前后作为祭祀太阳之主要时间。殷人属于东夷族，它祭祀太阳的时间既不同于夏人，又有别于周人。"殷人祭其阳"，单从字面本身来看，只能笼统认定阳是白天。是说殷人祭祀太阳之时间安排在清晨，是在日出前后。阳，取其光明之义，指的是太阳升起之时。"暾将出兮东方，照吾槛兮扶桑。抚余马兮安驱，夜皎皎兮既明。"④ 这是描写太阳升起前的情景，所用是殷礼。

考之少数民族民俗学，壮傩中管天之神是雷公，而太阳则是铜鼓。苗傩中有天公地母、金婆祖母、果霄傩王等造日、造月之传说。在常德鼎城区采集到濒临失传之民间巫舞《搬郎君》，情节为请神搬兵、除邪灭病、降福免灾。所请之神既非玉皇大帝、太上老君，也非佛祖、观音菩萨，而是"东君""一郎君""二郎君""三郎君""四郎君""五郎君""贤黛夫人"，均来自桃源洞、仙山宫、洞庭湖、水仙洞、地仙宫、阳乾宫。通过请神、迎东君，搬来五大郎君，调兵遣将，使用利斧刀剑斩杀邪鬼、清除病害、保护东方和一方安宁。最后送神，送走东君和五位郎君，他们腾云驾雾，各自回归洞府。《搬郎君》一般仪程是：请神、招兵、祭兵、坛兵、搬脸子（可文可武）、扮美女、扮土地、谢神等。坛兵旨在下令鬼神战恶邪，扮舞者穿道袍，戴五佛冠，手持兵牌、司刀，腰挂牛角号，舞时锣鼓伴节奏，边唱边舞，舞蹈动作中有"红日决"（表示日神光照大地，能驱邪灭妖）、"三星决"（表示月亮星星照亮黑夜）、"虎狼决"（表示威严勇猛）、"金刀决"（表示金刀利剑斩邪鬼）等，最后谢神送神。与《九歌》相对照，两者内容接近，各种神灵也很相似。只是《搬郎君》的语言结构较零散、粗俗，带有较多随意性；而《九歌》较严谨、缜密、完整、文雅，为屈原加工的影响。两者虽有差别，杨启乾认为应是

---

① （汉）郑玄注，（唐）孔颖达疏：《礼记正义》，北京大学出版社1999年版，第1322页。
② 同上。
③ 同上。
④ （宋）洪兴祖撰，白化文等点校：《楚辞补注》，中华书局1983年版，第74页。

出自同一源头①。刘禹锡《阳山庙赛神》诗云："汉家都慰旧征蛮，血食如今配此山。曲盖幽深苍桧下，洞箫愁绝翠屏间。荆巫脉脉传神语，野老婆婆启醉颜。日落风生庙门外，几人连踏竹歌还。"阳山，一名"太阳山"，太阳山之"阳山庙"，民间又称"东王庙"，原为祀太阳之神庙。最初建庙，因在楚地，与屈原《九歌》中的"东皇太乙""东君"不无关系②。沅湘间的原始傩，源于傩图腾崇拜，其原生特征为"阳鸟"崇拜，系太阳崇拜与鸟（傩）崇拜等之复合体。沅澧之间土家族，则以六月六为太阳生日，每年六月六都要上高山去祭祀太阳，以糯米打制"太阳粑粑"，在其主供的太阳粑粑上，还要以粑粑捏一只鸟和一根牛鼻绳，以象征太阳—傩鸟与农事的关系，明显地可以看到以阳鸟为图腾特征之傩文化特征。沅湘土家族的太阳神话却有更合情理的解释：古时候，天上有十二个太阳，晒得草木枯焦，石头冒烟。青蛙为拯救万物而爬上齐天高的马桑树，一口气吞了十一个太阳。人们为救太阳，忙把马桑树打弯，结果唯一的太阳便躲进东海而不敢露面，后来是公鸡在六月六日请出了太阳，于是"就把这天定为太阳的生日，给他举行祝寿祭祀"③。由于太阳是死里逃生，故而出巡时心中总怀有一种余悸，所以才"长太息兮将上，心低回兮顾怀"。日本《楚辞》研究专家星川清孝在《楚辞研究》一书走出儒家"经世致用"之儒家理念，探讨《楚辞》之正义，曰："《九歌》、《天问》、《招魂》等篇章，则表达了楚人对超自然的世界的憧憬，换言之，即产生于其神秘的宗教感情。"④ 钱锺书《管锥编》云："作者假借神或巫之口吻，以抒一己之胸臆。忽合而一，忽分而二，合为吾我，分相彼此，而隐约间参乎神与巫之离坐离立者，又有屈子在，如玉之烟，如剑之气。胥出一口，宛若多身，叙述搬演，杂用并施。"⑤ 戴震评《九歌·东君》云："此歌备陈乐舞之事，盖举迎日典礼赋之。"⑥ 至今苗族日神"金沙"，瑶族日神"密洛陀"，侗族日神"沙天巴"，都是女神，民族志材料中折射着母系氏族遗风之残留。

---

① 杨启乾：《屈原〈九歌〉与常德民歌民俗渊源探微》，《湖南省博物馆馆刊》第4辑，岳麓书社2007年版，第470页。
② 同上书，第471页。
③ 《中国民间故事集成·湖南卷·湘西分卷》下册，第34页。
④ 转引自周仕政《巫觋人文——沈从文与巫楚文化》，岳麓书社2005年版，第12页。
⑤ 钱锺书：《管锥编》第二册，中华书局1979年版，第599页。
⑥ 戴震：《屈原赋注》，中华书局1999年版，第31页。

> 暾将出兮东方，照吾槛兮扶桑；
> 抚余马兮安驱，夜皎皎兮既明；
> 驾龙辀兮乘雷，载云旗兮委蛇；
> 长太息兮将上，心低徊兮顾怀；
> 羌声色兮娱人，观者憺兮忘归；
> 緪瑟兮交鼓，箫钟兮瑶簴；
> 鸣篪兮吹竽，思灵保兮贤姱。

扶桑指太阳栖息之所，日神之故居，因而清晨阳光遂照耀东君之栏干门槛，一派光辉灿烂。据《山海经·海外东经》所云："汤谷上有扶桑，十日所浴，在黑齿北。居水中，有大木，九日居下枝。"郭璞注："扶桑，木也。"郝懿行笺疏："扶当为榑。《说文》云：'榑桑，神木，日所出也。'"① 刘安《淮南子·天文训》云："日出于旸谷，浴于咸池，拂于扶桑，是谓晨明。登于扶桑，爰始将行，是谓朏明。至于曲阿，是谓旦明。"② 屈原《离骚》有"总余辔乎扶桑，折若木以拂日兮"③。王逸《楚辞章句》释读"照吾槛兮扶桑"云："吾，谓日也。槛，楯也。言东方有扶桑之木，其高万仞，日出，下浴於汤谷，上拂其扶桑，爰始而登，照曜四方。日以扶桑为舍槛，故曰'照吾槛兮扶桑'"也④。洪兴祖补注《楚辞补注》卷二《九歌章句第二》作了更详细的发挥，曰："暾将出兮东方（谓日始出于东方，其容暾暾而盛大也。〔补〕曰：暾，他昆切），照吾槛兮扶桑（吾，谓日也。槛，楯也。言东方有扶桑之木，其高万仞。日出，下浴方，其容暾暾而盛大也。〔补〕曰：暾，他昆切），照吾槛兮扶桑（吾，谓日也。槛，楯也。言东方有扶桑之木，其高万仞。日出，下浴于汤谷，上拂其扶桑，爰始而登，照曜四方。日以扶桑为舍槛，故曰照吾槛兮扶桑也。〔补〕曰：槛，阑也，户黤切。楯，音盾）。抚余马兮安驱（余，谓日也。〔补〕曰：《淮南》曰：日至悲泉，爰止其女，爰息其马，是谓悬车。车，日所乘也。马，驾车者也。御之者，羲和也。羲和也。女，即羲和。马，即六龙。见《骚经》注），夜皎皎兮既明（言日既升

---

① 袁珂校注：《山海经校注》，上海古籍出版社1980年版，第260页。
② 何宁：《淮南子集释》，中华书局1998年版，第233—234页。
③ （宋）洪兴祖撰，白化文等点校：《楚辞补注》，中华书局1983年版，第28页。
④ 同上书，第74页。

《九歌》集论 / 419

天，运转而西，将过太阴，徐抚其马，安驱而行。虽幽昧之夜，犹皎皎而自明也。皎，一作皦。〔补〕曰：皎字从日，与皦同。此言日之将出，羲和御之，安驱徐行，使幽昧之夜，皎皎而复明也。〔补〕曰：旧本明音亡）。驾龙辀兮乘雷（辀，车辕也。〔补〕曰：震，东方也，为雷，为龙。日出东方，故曰'驾龙，乘雷'也。《春秋命历序》曰：皇伯登扶桑，日之阳，驾六龙以上下。《淮南》曰：雷以为车轮。注云：雷，转气也。辀，张留切。《方言》曰：辕，楚、韩之间谓之辀），载云旗兮委蛇（言日以龙为车辕，乘雷而行，以云为旌旗，委蛇而长。委，一作逶。蛇，一作虵）。长太息兮将上，心低徊兮顾怀（言日将去扶桑，上而升天，则俳回太息，顾念其居也。低，一作俳，一作僮。〔补〕曰：低徊，疑不即进貌。出不忘本，行则思归，物之情也。以讽其君迷不知复也。上，上声，升也）。羌声色兮娱人（娱，乐也。一作色声），观者憺兮忘归（憺，安也。言日色光明，且耀四方，人观见之，莫不娱乐，憺然意安而忘归也。〔补〕曰：东方既明，万类皆作，有声者以声闻，有色者以色见。耳目之娱，各自适焉。以喻人君有明德，则百姓皆注其耳目也）。緪瑟兮交鼓（緪，急张弦也。交鼓，对击鼓也。緪，一作絚。〔补〕曰：緪，古登切。《长笛赋》曰：緪瑟促柱），箫钟兮瑶簴（王逸无注。箫，一作萧。〔补〕曰：《仪礼》有笙磬、笙钟。《周礼》：笙师共其钟笙之乐。注云：钟笙，与钟声相应之笙。然则箫钟，与箫声相应之钟欤。虞，其吕切。《尔雅》：木谓之𣛮，县钟磬之木也。瑶虞，以美玉为饰也），鸣篪兮吹竽（篪、竽，乐器名也。言己愿供修香美，张施琴瑟，吹鸣篪竽，列备众乐，以乐大神。篪，一作竾。〔补〕曰：篪与𪛌同，并音池。《尔雅》注云：篪，以竹为之，长尺四寸，围三寸，一孔上出，一寸三分，名翘，横吹之。小者尺二寸。《广雅》云：八孔。竽，已见上），思灵保兮贤姱（灵，谓巫也。姱，好貌。言己思得贤好之巫，使与日神相保乐也。〔补〕曰：古人云：诏灵保，召方相。说者曰：灵保，神巫也。姱，音户，叶韵。旧苦胡切。未详）。"①

对于"思灵保兮贤姱"，王逸《楚辞章句》谓"灵，谓巫也。姱，好貌也。言己思得贤好之巫，使与日神相保乐也。"② 多是望文生义之词。

---

① （宋）洪兴祖撰，白化文等点校：《楚辞补注》，中华书局1983年版，第74—75页。
② 同上书，第75页。

《后汉书·马援传》唐章怀太子李贤注沿用此说，谓"灵保，神巫也"。洪兴祖则径直称对"灵保"未详。姜亮夫考证说，"灵保"即"灵部"，保、部二字古书通用。部，是指部列、队列的意思。巫部，等于说巫队①。

> 翾飞兮翠曾，展诗兮会舞；
> 应律兮合节，灵之来兮蔽日；
> 青云衣兮白霓裳，举长矢兮射天狼。
> 操余弧兮反沦降，援北斗兮酌桂浆；
> 撰余辔兮高驰翔，杳冥冥兮以东行。

上半篇写东君潇洒光丽，普照万有；下半篇写东君英姿勃勃地锄凶降邪，日夜操劳赐以人间光明之源。王逸《楚辞章句》释"翾飞兮翠曾"，谓"曾，举也。言巫舞工巧，身体翾然若飞，似翠鸟之举也"②。蔽，应是遮蔽之意，亦可以借"蔽"为拂，古书通用。《史记·刺客列传》"太子逢迎，却行为导，跪而蔽席"，《索隐》云："蔽，犹拂也。"③《战国策·燕策》正作"跪而拂席"。《九章·怀沙》"修路幽拂"，《史记·屈原列传》引作"幽蔽"。蔽日即拂日。拂，犹说拂拭。拂日，义同《离骚》"折若木以拂日"，是为太阳拂尘。王逸《章句》释"举长矢兮射天狼"云："天狼，星名，以喻贪残。日为王者，王者受命，必诛贪残，故曰举长矢，射天狼。言君当诛恶也。"④古代除白天祭日外，还有夜祭太阳之习俗。《礼记·祭义》云："郊之祭，大报天，而主日，配以月。夏后氏祭其暗，殷人祭其阳。周人祭日，以朝及暗。"⑤《东君》所写，正与夏、周之俗合。诗末曰："青云衣兮白霓裳，举长矢兮射天狼；操余弧兮反沦降，援北斗兮酌桂浆。"⑥ 这是太阳西下、群星毕现的情景。"天狼""北斗"均为星名。"矢""弧"合为"弧矢星"，共五颗，因形似弓弧而得名。"矢"与"弧"的另一层含义指太阳光，"举长矢射天狼"意谓夕阳与星星交接，"操余弧兮反沦降"意谓太阳西下、光芒收藏。接着"撰余辔兮高驰翔，

---

① 姜亮夫：《楚辞学论文集》，上海古籍出版社1984年版，第309页。
② （宋）洪兴祖撰，白化文等点校：《楚辞补注》，中华书局1983年版，第75页。
③ （汉）司马迁：《史记》，中华书局1959年版，第2350页。
④ （宋）洪兴祖撰，白化文等点校：《楚辞补注》，中华书局1983年版，第75页。
⑤ （汉）郑玄注，（唐）孔颖达疏：《礼记正义》，北京大学出版社1999年版，第1322页。
⑥ （宋）洪兴祖撰，白化文等点校：《楚辞补注》，中华书局1983年版，第75—76页。

杳冥冥兮以东行"两句，写太阳神下山后在地底策马加鞭，匆匆东行，再接着便是诗开头所写晨光初照之场面："暾将出兮东方，照吾槛兮扶桑；抚余马兮安驱，夜皎皎兮既明。"① 戴震《屈原赋注》认为天狼星在秦之分野，故"举长矢兮射天狼"有"报秦之心"，反映出对秦国敌忾，这与沅湘民间写作之屈原风马牛不相及，却应为东君是给人类带来光明，又能除恶诛邪的英雄天神。屈原与沅湘边民一同享受光明之源日神之尊贵、雍容、威严、英武，享受阳刚之美对心灵之烛照。

（八）九歌·河伯

《九歌》中有《河伯》是屈原感受沅湘三苗民族之历史记忆所致，唯有屈原，唯有亲临沅湘，才有这份珍贵感受，这是那些"屈原否定论"者搬用西方理论所想不到的。《左传·鲁哀公六年》记载："昭王有疾。卜曰'河为祟'，王弗祭。大夫请祭诸郊，王曰：'三代命祀，祭不越望。江、汉、睢、漳，楚之望也。祸福之至，不是过也。不穀虽不德，河非所获罪也。'遂弗祭。孔子曰：'楚昭王知大道矣。其不失国也，宜哉！《夏书》曰：惟彼陶唐，帅彼天常，有此冀方。今失其行，乱其纪纲，乃灭而亡。又曰：允出兹在兹，由己率常可矣。'"② 《韩诗外传》卷三云："古者（楚国）圣王之制，祭不过望。濉、漳、江、汉，楚之望也。"③ 此非楚昭王个人之见，当时各国皆行此制。《礼记·祭法》曰："有天下者祭百神，诸侯在其地则祭之，亡其地则不祭"④，"神不歆非类，民不祀非族"⑤，"鬼神非其族类，不歆其祀"⑥。然而在楚国大江南北的民间信仰中，河伯已成为重要的崇拜对象。这从楚国占卜专家即所谓卜人认为昭王患病是由于"河为祟"即可以看出。孙作云却曰：我以为这是因为楚怀王为了向北方用兵，要和秦国（？）大战，所以他也才特别遥祭那地方的水神，以求其福佑，助却秦军。又就《九歌》中有《河伯》一篇，可以断定：九歌绝对不是湘沅之间的民歌，因为从常理上来推断，湘沅人民绝无理由去祭

---

① （宋）洪兴祖撰，白化文等点校：《楚辞补注》，中华书局1983年版，第74页。
② （周）左丘明传，（晋）杜预注，（唐）孔颖达正义：《春秋左传正义》，北京大学出版社1999年版，第1636—1637页。
③ （汉）韩婴撰，许维遹集释：《韩诗外传集释》，中华书局1980年版，第90页。
④ （汉）郑玄注，（唐）孔颖达疏：《礼记正义》，北京大学出版社1999年版，第1296页。
⑤ （周）左丘明传，（晋）杜预注，（唐）孔颖达正义：《春秋左传正义》，北京大学出版社1999年版，第363页。
⑥ 同上书，第468页。

礼北方的水神的①。胡文英在《屈骚指掌》中将其解释为楚曾问鼎中原掠地至黄河流域，周勋初在《九歌新考》中归结为屈原出使北方耳闻目睹当地的祀典。

在《九歌》排序中，北方第一大河之神"河伯"竟然居于湘水之神后。从古籍文献与考古发现，可证得楚人族属源流，其先祖最早亦活动于黄河流域，即今河南中部新郑；豫北濮阳一带，与河伯不无因缘。后来一支逐渐南徙，在南阳盆地之丹阳驻足，向南开拓荆蛮。遂创造出生气勃勃的楚文化。《左传·鲁宣公十二年》载晋、楚战于河，楚庄王获胜而"祀于河，作先君宫，告成事而还"②。郭沫若在《屈原的艺术与思想》认为：楚惠王十年灭陈后，楚国的疆土才达到黄河流域，才有可能祭祀河伯。《左传·鲁僖公二十八年》载："初，楚子玉自为琼弁玉缨，未之服也。先战，梦河神谓己曰：'畀余，余赐女孟诸之麋。'弗致也。"③然而，周勋初却认为子玉北上，是为了参加城濮之战，由于其性格刚强，对于河神的勒索毫不妥协；楚庄王北上参加邲之战，为了酬答河神不从中捣乱，而临时祀河；昭王东下，是为了援陈，因其恪守封建礼制，而不作非分之事④。倘若换个角度来看，楚昭王的"祭不越望"，其实倒可以反证祭河之俗已逐渐传染到楚国，不然河怎么会"为祟"于楚，卜祝、大夫怎么敢凭空捏造、请求祭河呢？刘永济《屈赋通笺》也说："且河伯之说，本远古相传神话，奉而祀之者，不必定为河水流域之人。况楚地当屈子时，已及河之南境，祀河伯非必不可之事。"⑤郭沫若在《屈原的艺术与思想》中也认为："《九歌》中的河伯，是祭河神的歌词。大家知道楚国的疆土，过去没有到黄河流域，迨楚惠王十年灭陈以后，疆土才达到黄河流域。楚惠王十年，即孔子死的那一年。从这个年代以后，楚国才有可能祭河伯，才能有河伯的文章。"⑥汤漳平《再论楚墓祭祀竹简与〈楚辞·九歌〉》一文认为楚人原本就是从黄河流域迁徙到江汉一带，楚人祀河也

---

① 孙作云：《论国殇及九歌的写作年代》，《河南师院学报》1956年创刊号。
② （周）左丘明传，（晋）杜预注，（唐）孔颖达正义：《春秋左传正义》，北京大学出版社1999年版，第655页。
③ 同上书，第452—453页。
④ 周勋初：《九歌新考》，上海古籍出版社1986年版，第20页。
⑤ 刘永济：《屈赋通笺》，人民文学出版社1961年版，第69页。
⑥ 郭沫若：《屈原的艺术与思想》，《郭沫若古典文学论文集》，上海古籍出版社1985年版，第281页。

是自古而然①。

　　实际上，众人眼光过分仰视国君施为，若对民间平视，就会发现，这和少数民族迁徙有关。简而言之，楚国南郢之邑、沅湘之间的民众，有被称为三苗民族后裔。其先祖本居于黄河之北，在与黄帝部落联盟交战失败后逐渐迁徙到南方，于是其先祖所居地之神灵"河伯"也就成为重要祭祀对象。《尚书·吕刑》曰："若古有训，蚩尤惟始作乱，延及于平民，罔不寇贼，鸱义，奸宄，夺攘，矫虔。苗民弗用灵，制以刑，惟作五虐之刑曰法，杀戮无辜。……上帝监民，罔有馨香德，刑发闻惟腥。皇帝哀矜庶戮之不辜，报虐以威，遏绝苗民，无世在下。"孔安国传云："九黎之君，号曰蚩尤"；"蚩尤，黄帝所灭。三苗，帝尧所诛。"②因而蚩尤乃是九黎三苗民族之君主。《山海经·大荒北经》云："颛顼生骥头，骥头生苗民。苗民厘姓。"郭璞注："三苗之民。"③厘，即黎。《大荒北经》又云："大荒之中……有牛黎之国。有人无骨，儋耳之子。"④《大荒东经》亦云："大荒东北隅中，有山名曰凶黎土丘。应龙处南极，杀蚩尤与夸父。"⑤《大荒北经》复又云："蚩尤作兵伐黄帝，黄帝乃令应龙攻之冀州之野。"⑥《海外南经》又复云："三苗国在赤水东。"郭璞注："昔尧以天下让舜，三苗之君非之，帝杀之。有苗之民叛入南海为三苗国。"⑦这是南海的三苗。《战国策》卷二二云："昔者三苗之居，左有彭蠡之波，右有洞庭之水。文山在其南，而衡山在其北。"⑧这是长江流域的三苗。上古冀州，主要指今之山西。蚩尤有被诛于山西解州之传说。金文《史黎簋》之黎字，即从黍，像收获黍谷之形。后来衍变为民族代称。《说文》履黏也。作履黏以黍米。之所以称九黎，因为其多为从事农业生产之部族。王应麟《诗地理考》卷一引黄氏语，曰："今潞州上党、黎城、壶关三县，皆古

---

① 汤漳平：《从江陵楚墓竹简看〈楚辞·九歌〉》，《中国古典文学论丛》第二辑，人民文学出版社1985年版；汤漳平：《再论楚墓祭祀竹简与〈楚辞·九歌〉》，《文学遗产》2001年第4期。
② （汉）孔安国传，（唐）孔颖达疏：《尚书正义》，北京大学出版社1999年版，第535—536页。
③ 袁珂校注：《山海经校注》，上海古籍出版社1980年版，第436—437页。
④ 同上书，第437—438页。
⑤ 同上书，第359页。
⑥ 同上书，第430页。
⑦ 同上书，第193页。
⑧ （汉）刘向：《战国策》，上海古籍出版社1985年版，第782页。

黎国地。"古籍记载蚩尤、九黎活动区域在冀州。《逸周书·尝麦篇》："蚩尤乃逐帝，争于涿鹿之河，九隅无遗。赤帝大慑，乃说于黄帝，执蚩尤杀之于中冀。"① 《路史·后纪四》载："传战执尤于中冀而诛之，爰谓之解。"《述异记》卷上云："轩辕之初立也，有蚩尤氏兄弟七十二人……秦汉间说蚩尤氏耳鬓如剑戟，头有角，与轩辕斗，以角抵人，人不能向。今冀州有乐名蚩尤戏，其民两两三三，头戴牛角而相抵。汉造角抵戏，盖其遗制也。太原村落间祭蚩尤神，不用牛头。"② 现在山西太原之东的寿阳民间仍然保留着戴牛角面具的傩舞，相传即源于蚩尤战黄帝。宋沈括《梦溪笔谈》卷三载："解州盐泽，方百二十里。久雨，四山之水悉注其中，未尝溢；大旱未尝涸。卤色正赤，在版泉之下。俚俗谓之'蚩尤血。'"③ 山西运城盐池边有蚩尤村，村人相传为蚩尤后裔。钱穆在《史记地名考》认为："黄帝战蚩尤之传说，最先当溯源于此。"有关蚩尤的地名，在山西太岳山周边地区的霍州、黎城、榆社等地都有遗存。这也可以从流传至今之苗族传说中得到证明。《蚩尤神话》中讲：十八寨苗民居住在黄河边的平原上，称黄河上游的崇山峻岭为岜茫岜冒。蚩尤与黄龙公（即黄帝）作战失败牺牲后，"余生苗民放弃了蚩尤坝，告别了可爱的阿吾八十一寨故土，来到黄河边，用老生翁送的五叶竹拐杖打水，现出了大道，于是顺利通过了黄河，继续前进"。《苗族迁徙歌》也讲："无法抵抗强敌兵，急忙朝着远方迁。来到黄河岸边不能渡……先撑黄牛过河被冲走，又赶猪儿过河也被冲，赶马过河也无指望啊，唯有水牛过河稳当当。牛背挂着条条粗绳索，强汉渡河把绳索岸边套，来人靠绳索攀登得救过了河……"④《传说蚩尤》中也讲：蚩尤失败后，对妻子龙女讲：让她把民众带往"奶哦薄"方向去。"奶哦薄"是苗语音译，即浑浊的大河的意思⑤。如此多传说都讲渡过黄河，证明以蚩尤为首领之九黎三苗本居黄河以北，长期于此休养生息。《尚书·尧典》有"窜三苗于三危"，这是西方之三苗。《九歌·河伯》产生于"南郢之邑，沅湘之间"三苗迁徙南来之聚居地。⑥

---

① 黄怀信：《逸周书校补注译》，西北大学出版社 1996 年版，第 315 页。
② （南朝梁）任昉：《述异记》，中华书局，丛书集成初编本，第 1—2 页。
③ （宋）沈括：《梦溪笔谈》，岳麓书社 1998 年版，第 18 页。
④ 引自潘定智等编《苗族古歌》，贵州人民出版社 1997 年版，第 279 页。
⑤ 潘定衡等编：《蚩尤的传说》，贵州人民出版社 1989 年版，第 96 页。
⑥ 牛贵琥：《楚辞〈九歌〉中为何有黄河之神"河伯"？》，《文史知识》2012 年第 1 期。
案：行文已作调整。

姜亮夫《屈原赋今译》说:"全部诗中除《东皇太一》与《国殇》两篇外,都是一对对的神人,东君与云中君配,河伯与山鬼配,大司命与少司命配,二湘配,天神不可配,国殇既曰殇,无配是很自然的事。"① 苏雪林考证,河伯以称冯夷者,以及黄河之神尚有不以河伯或冯夷称者,有叫"玃与谻屃"的,有叫"天吴"的,等等。由自然神崇拜而超自然。郭沫若认为本篇是描写男性的河神与女性的洛神之间的恋爱生活,而游国恩则认为是描写河伯娶妇之事(见《楚辞论文集·论九歌山川之神》)。黄河伊洛一带之土著大约就有属于上古河伯者。

再看考古材料。甲骨文有:

  寮于河五牛沈十年十月在网(《殷虚书契前编》2.9.3)
  王至于今水寮于河三小竿沈三年(《殷虚书契后编》上25.3)
  丁巳卜其寮于河牢,沈嫠(《殷虚书契后编》23.4)
  辛丑卜于河妾(《殷虚书契后编》下6.3)
  戊午卜宾贞本年于岳、河、夔(《殷虚书契前编》7.5.2)
  贞于南方,将河宗(《殷虚书契续编》1.38)

汲冢竹书《穆天子传》云:"河伯无夷之所居,是惟河宗氏。"

在殷代卜辞中,"河"既指黄河水,如"涉河""至于河"之类,又指黄河神,如"求禾于河"之类。有些卜辞如"使人于河,沉三羊";则"河"兼指河水和河神。可见河神在殷代,是山川与山川神二位一体,尚未完成人格化过程,这种状况一直延续到春秋时期,所以《左传》中河神只称"河"。迨战国以后,河神被称为"河伯"而与河水称谓相区分。

何光岳认为河伯原型应是河伯族酋长冯夷。据其《河神的崇拜及河伯族的来源和迁徙》一文研究,河伯是一个部落方国,属东夷族,其后继酋长冯夷,死后被尊为水神。他认为:"《山海经·大荒东经》载:商王的祖先'王亥托于有易、河伯、仆牛。'郭璞注:'河伯、仆牛,皆人姓名。'古本《竹书纪年》云:'河伯、仆牛,皆人姓名托寄也。'仆牛即濮族首领,濮族在今豫鲁交界黄河之南濮水一带,那么,河伯族当在今山东菏泽一带了。""古本《竹书纪年》说:夏帝芬十六年(公元前1981年),'洛伯用与河伯

---

① 姜亮夫:《屈原赋今译》,北京出版社1987年版,第50页。

冯夷斗。'《归藏》亦说，河伯准备同洛伯作战时，便举行占筮枚卜，请了昆吾氏来占卜，说是不吉，大概这场战争没有继续打下去。昆吾氏正居于昆吾之虚，今河南新郑县，洛伯当居于洛水下游，昆吾与洛同属夏的亲族，自然暗地袒护洛伯，调解了这场两族间的冲突，河伯冯夷便娶了洛伯之女洛嫔为妻。""不久，河伯又被东夷族的另一支后羿所射杀，夺去了河伯之妻洛嫔。"① 这便是《天问》中"帝降夷羿，革孽夏民。胡射夫河伯，而妻彼雒嫔"② 本事之由来。王逸《楚辞章句》注云："河伯化为白龙……天帝曰：'使汝深守神灵，羿何从得犯汝？今为虫兽，当为人所射，固其宜也，羿何罪欤？'"③ 王夫之《楚辞通释》曰："河伯，古诸侯，司河祀者。羿射杀河伯，而夺其妻有雒氏。"④ 蒋骥《山带阁注楚辞》云："盖河洛皆古诸侯国名，伯其爵，嫔其妃耳。"⑤ 林庚《天问论笺》曰："河伯，河洛一带的土著部族。'伯'同霸，说明这一部族在黄河一带很有势力。……雒嫔：即洛妃。雒，即洛字。洛妃可能原来是属于河伯的。"⑥ 王逸注当是采当时民间传说，把河伯进一步神化了；而王夫之、蒋骥、林庚的注释，则更接近史实一些。由此可见，后世神话传说中，河伯与洛水女神的姻缘应是"原始部落之间婚姻关系的一种折射"。⑦ 而后羿与河伯之间的纠葛，亦是氏族部落之间扩张争斗的缩影。

对于河伯文献，不厌其烦再作罗列。《山海经·大荒东经》云："有人曰王亥，两手操鸟，方食其头。王亥托于有易、河伯仆牛。有易杀王亥，取仆牛。河念有易，有易潜出，为国于兽，方食之，名曰摇民。"⑧ 郭璞注引《纪年》："殷王子亥宾于有易而淫焉，有易之君绵臣杀而放之。是故殷王上甲微假师于河伯，以伐有易，灭之。"⑨《山海经·海内北经》云："从极之渊，深三百仞，维冰夷恒都焉。冰夷人面，乘两龙。"⑩ 郭璞

---

① 何光岳：《东夷源流史》，江西教育出版社1990年版，第267—269页。
② （宋）洪兴祖撰，白化文等点校：《楚辞补注》，中华书局1983年版，第99页。
③ 同上。
④ （明）王夫之：《船山全书》，岳麓书社1996年版，第282页。
⑤ （清）蒋骥：《山带阁注楚辞》，上海古籍出版社1984年版，第87页。
⑥ 林庚：《天问论笺》，人民文学出版社1983年版，第36页。
⑦ 李炳海：《河伯传说与夏文化》，《晋阳学刊》1993年第6期。
⑧ 袁珂校注：《山海经校注》，上海古籍出版社1980年版，第351页。
⑨ 同上书，第352页。
⑩ 同上书，第316页。

注:"冰夷,冯夷也。《淮南》云:'冯夷得道以潜大川。'即河伯也。"①《楚辞·远游》:"令海若舞冯夷。"王逸《章句》云:"冯夷,水仙人。《淮南》言'冯夷得道,以潜于大川'也。"②《庄子·大宗师》云:"冯夷得之,以游大川。"③陆德明《释文》引司马彪云:"《清泠传》曰:'冯夷,华阴潼乡堤首人也。服八石,得水仙,是为河伯。'一云以八月庚子浴于河而溺死,一云渡河溺死。"战国《尸子》卷下云:"禹治水,观于河。见白面长人鱼身出,曰:'吾河精也。'授禹河图,而还于渊中。"汲冢竹书《穆天子传》卷一云"戊寅,天子西征,鹜行于阳纡之山,河伯无夷之所都居,是惟河宗氏。"郭璞注:"无夷,冯夷也。《山海经》云'冰夷'。"《古本竹书纪年》云:"帝芬十六年,洛伯用与河伯冯夷斗。"《淮南子·原道训》"昔者冯夷大丙之御也,乘云车,入云霓,游微雾,骛恍惚。"④《淮南子·齐俗训》:"昔者冯夷得道,以潜大川。"许慎注:"冯夷,河伯也。华阴潼乡堤首里人。服八石,得水仙。"⑤《淮南子·氾论训》又说:"河伯溺杀人,羿射其左目。"⑥ 王逸《楚辞章句》采用当时的民间传说神话故事,把河伯神化:"河伯化为白龙,游于水旁,羿见射之,眇其左目。河伯上诉天帝,曰:'为我杀羿。'天帝曰:'尔何故得见射?'河伯曰:'我时化为白龙出游。'天帝曰:'使汝深守神灵,羿何从得犯汝?今为虫兽,当为人所射,固其宜也,羿何罪欤!'"⑦《水经注·河水》引《括地图》云:"冯夷恒乘云车,驾二龙。"《抱朴子·释鬼篇》:"冯夷以八月上庚日渡河溺死,天帝署为河伯。"(《文选·谢惠连〈雪赋〉李善注引》《神异经·西荒经》云:"西海水上,有人乘白马,朱鬣,白衣白冠,从十二童子,驰马西海水上,如飞如风,名曰'河伯使者'。时或上岸,马迹所及,水至其处。所之之国,雨水滂沱,暮则还河。"⑧ 周勋初说:"《山海经》等书中描写的冯夷,还保持着古代神话的原始面貌;汉代所说的冯夷,已经渗入仙家之说;魏晋人所说的冯

---

① 袁珂校注:《山海经校注》,上海古籍出版社1980年版,第316页。
② (宋)洪兴祖撰,白化文等点校:《楚辞补注》,中华书局1983年版,第173页。
③ 陈鼓应:《庄子今注今译》,中华书局1983年版,第199页。
④ 何宁:《淮南子集释》,中华书局1998年版,第12—13页。
⑤ 同上书,第798页。
⑥ 同上书,第986页。
⑦ (宋)洪兴祖撰,白化文等点校:《楚辞补注》,中华书局1983年版,第99页。
⑧ (汉)东方朔:《神异经》,中华书局1991年版,第21页。

夷,更把人鬼当成了地祇。这样,后代人所说的河伯与古代人所说的河伯也就大不相同了。"①

河伯信仰,与蚩尤部落深有因缘。《逸周书·尝麦解》曰:"昔天之初,诞作二后,乃设建典,命赤(炎)帝分正二卿,命蚩尤宇于少昊,以临四方,司□□上天末成之庆。蚩尤乃逐帝,争于涿鹿之阿,九隅无遗。赤帝大慑,乃说于黄帝,执蚩尤,杀之于中冀,用名之曰绝辔之野。乃命少昊请司马、鸟师,以正五帝之官,故名曰质。天用大成,至于今不乱。"②《山海经·大荒北经》云:"蚩尤作兵伐黄帝,黄帝乃令应龙攻之冀州之野。应龙畜水,蚩尤请风伯雨师,从(纵)大风雨。黄帝乃下天女曰魃,雨止,遂杀蚩尤。"③《路史·后纪四·蚩尤传》云:黄帝"传(转)战,执尤于冀而诛之,爰谓之'解'",宋沈括《梦溪笔谈》云:"解州盐泽色正赤,俚俗谓之'蚩尤血'。"蚩尤属炎帝部落,以牛为图腾,故冀州人"头戴牛角"作"蚩尤戏"。《述异记》又云:"太原村落间祭蚩尤不用牛头"。尧、舜、禹时代有对三苗战争,西晋张华《博物志》卷二云:"三苗国:昔唐尧以天下让于虞,三苗之民非之。帝征之,有苗之民叛,浮入南海,为三苗国。"④《尚书·吕刑》记载:"苗民弗用灵,制以刑,惟作五虐之刑曰法。杀戮无辜……民兴胥渐,泯泯棼棼,罔中于信,以覆诅盟。虐威庶戮,方告无辜于上。上帝监民,罔有馨香德,刑发闻惟腥。皇帝哀矜庶戮之不辜,报虐以威,遏绝苗民,无世在下。"⑤沅湘之间乃是百濮、三苗、巴人交错杂居之地。《战国策》记载:"昔者,三苗之居,左彭蠡之波,右有洞庭之水,文山在其南,而衡山在其北。"⑥

河伯信仰既与三苗民族相关,也与楚族之黄河渊源有联系。陆机《要览》云:"楚怀王于国东起沉马祠。岁沉白马,名飨楚邦河神。"周勋初《楚祀河伯辨》对此则材料有过评析:"陆机上距战国之时已久,传闻的礼制,未必可信。这里提到楚邦河神一名,颇觉不伦不类。"⑦《穆天子

---

① 周勋初:《九歌新考》,上海古籍出版社1986年版,第84页。
② 黄怀信:《逸周书校补注译》,西北大学出版社1996年版,第315页。
③ 袁珂校注:《山海经校注》,上海古籍出版社1980年版,第430页。
④ (晋)张华:《博物志》,上海古籍出版社2012年版,第12页。
⑤ (汉)孔安国传,(唐)孔颖达疏:《尚书正义》,北京大学出版社1999年版,第535—536页。
⑥ (汉)刘向:《战国策》,上海古籍出版社1985年版,第782页。
⑦ 周勋初:《九歌新考》,上海古籍出版社1986年版,第84页。

传》卷之一:"癸丑,天子大朝于燕□之山、河水之阿。乃命井利、梁固,聿将六师。天子命吉日戊午。天子大服:冕(祎)〔祎〕,帗带,搢曶,夹佩,奉璧,南面立于寒下。曾祝佐之。官人陈牲全五□具。天子授河宗璧。河宗伯夭受璧,西向沉璧于河,再拜稽首。祝沉牛马豕羊。河宗□命于皇天子,河伯号之:'帝曰:穆满,女当永致用时事!'南向再拜。河宗又号之:'帝曰:穆满,示女春山之宝,诏女昆仑□舍四平泉七十,乃至于昆仑之丘,以观春山之宝。赐语晦。'天子受命,南向再拜。"① 《九歌·河伯》:"登昆仑兮四望,心飞扬兮浩荡。日将暮兮怅忘归,惟极浦兮寤怀。"② 就从楚族祖源,尤其三苗迁徙沅湘着墨。

与女游兮九河,冲风起兮水扬波;
乘水车兮荷盖,驾两龙兮骖螭;
登昆仑兮四望,心飞扬兮浩荡;
日将暮兮怅忘归,惟极浦兮寤怀。

开篇即言"与女游兮九河",是画龙点睛之笔,三苗民族原居古黄河入海之九河地域。东汉王逸《楚辞章句》曰:"九河:徒骇、太史、马颊、覆鬴、胡苏、简、絜、钩盘、鬲津也。"③ 认为九河乃黄河下游九条支流。洪兴祖《楚辞补注》曰:"九河,名见《尔雅》。《书》曰:'九河既道。'注云:'河水分为九道,在兖州界。'又曰:'又北播为九河,同为逆河,入于海。'"④ 朱熹《楚辞集注》曰:"大率谓黄河之神耳。"《九歌》所写诸神的恋爱情事,唯有河伯成功顺畅。全篇记叙了他带着心上人畅游黄河,日暮送别的场面。清代林云铭《楚辞灯》云:"余考《九歌》诸神,悉天地云日山川正神,国家之常祀。且河非江南境,必无越千里外往祭河伯之人,则非沅湘间所信之鬼神可知。其中有言迎祭者、有不言迎祭者,有言歌舞者,有不言歌舞者,则非更定其词托于巫之口可知矣。"⑤ 今人闻一多、孙作云进一步提出"楚王郊祀说"。《左传·鲁哀公六年》

---

① 王贻梁等:《穆天子传汇校集释》,华东师范大学出版社1994年版,第41—48页。
② (宋)洪兴祖撰,白化文等点校:《楚辞补注》,中华书局1983年版,第77页。
③ 同上书,第76页。
④ 同上。
⑤ (清)林云铭:《楚辞灯》,华东师范大学出版社2012年版,第31页。

有"祭不越望"记载:"初,(楚)昭王有疾。卜曰:'河为祟。'王弗祭。大夫请祭诸郊,王曰:'三代命祀,祭不越望。江、汉、睢、漳,楚之望也,福祸之至,不是过也。不穀虽不德,河非所获罪也。'遂弗祭。"① 对于此歌诗之理解,紧扣曾经居住在黄河入海之古九河地域是三苗民族,其南迁后依然保留着对族源地之历史文化记忆。歌诗开头,视野开阔,对黄河宏伟壮阔大加展示:大风起兮,波浪翻腾,河神与佳侣遨游黄河,驾起水车,车顶覆盖荷叶。驾车者是神异的飞龙,两龙为驾,螭龙为骖,是何等的威赫风光。河伯驾驭龙车,溯流而上,一直从九河飞驰到黄河发源地昆仑山。于昆仑登高一望,面对浩浩荡荡黄河,不禁心胸开张,意气昂扬。

> 鱼鳞屋兮龙堂,紫贝阙兮珠宫;
> 灵何惟兮水中;
> 乘白鼋兮逐文鱼,与女游兮河之渚。
> 流澌纷兮将来下;
> 子交手兮东行,送美人兮南浦;
> 波滔滔兮来迎,鱼鳞鳞兮媵予。

河伯居家是鱼鳞屋,大堂雕绘蛟龙,紫贝阙,宫殿珠光宝气,与河伯之身份、趣味极其相称。还是乘着白色灵物大鳖,边上跟随着有斑纹的鲤鱼,在河上畅游,看到的是浩荡的黄河之水缓缓而来,这一幕场景显得宏大而深沉。按:长沙子弹库楚墓出土帛画,有神人驾龙车,鲤鱼在旁游动之画面,或是河伯出行也染上楚国风情乎?闻一多认为河伯冯夷原型是猪,其《周易义证类纂》云:"冯翳即河伯冯夷,而冯夷实又封豨之转",并引《天问》:"帝降夷羿,革孽夏民。胡射夫河伯,而妻彼雒嫔?冯珧利决,封豨是射;何献蒸肉之膏,而后帝不若?(下按:上言河伯,下言封豨,是河伯即封豨。)"② 据此可见,闻先生认为封豨乃河伯之化身。闻先生在《楚辞校补》中认为《离骚》中"羿淫游以佚畋兮,又好射夫封

---

① (周)左丘明传,(晋)杜预注,(唐)孔颖达正义:《春秋左传正义》,北京大学出版社1999年版,第1636—1637页。
② 闻一多:《周易义证类纂》,《闻一多全集》(二),生活·读书·新知三联书店1982年版,第49页。

狐"的"封狐"当是"封豬"之讹①。如此节外生枝之考证，对于境界浩荡愉悦之歌诗来说，甚煞风景。

（九）九歌·山鬼

对于何为"鬼"？《说文》释"鬼"曰："人神曰鬼，鬼，人之归也。"《吕氏春秋·孟冬纪·异宝》云："荆人畏鬼，而越人信机。"②《淮南子·人间训》云："荆人鬼，越人机。"③意味着鬼之信仰，于楚、越尤甚。《周易·睽卦》叙述了人鬼莫辨之抢婚行列："上九：睽孤，见豕负涂，载鬼一车，先张之弧，后说之弧，匪寇，婚媾。往遇雨，则吉。"④对于鬼之界定，《礼记·祭法》云："大凡生于天地之间者，皆曰命。其万物死，皆曰折；人死，曰鬼；此五代之所不变也。……庶士、庶人无庙，死曰鬼。"⑤又云："山林川谷丘陵能出云，为风雨，见怪物，皆曰神。有天下者祭百神。诸侯在其地则祭之。亡其地则不祭。"⑥（又见于《史记·封禅书》）。《礼记·祭义》又云："众生必死，死必归土：此之谓鬼。"⑦《礼记·表记》："殷人尊神，率民以事神，先鬼而后礼。"⑧《左传·鲁宣公四年》载："楚司马子良生子越椒。子文曰：'必杀之！是子也，熊虎之状而豺狼之声；弗杀，必灭若敖氏矣。谚曰：狼子野心。是乃狼也，其可畜乎？'子良不可。子文以为大戚。及将死，聚其族，曰：'椒也知政，乃速行矣，无及于难。'且泣曰：'鬼犹求食，若敖氏之鬼不其馁而！'"⑨《文选》卷十一鲍明远《芜城赋》云："泽葵依井，荒葛罥涂。坛罗虺蜮，阶斗麏鼯。木魅山鬼，野鼠城狐。风嗥雨啸，昏见晨趋。饥鹰厉吻，寒鸱吓雏。伏虣藏虎，乳血飧肤。"⑩ 所谓"山鬼"，原始形态

---

① 闻一多：《楚辞校补》，《闻一多全集》（二），生活·读书·新知三联书店1982年版，第364页。
② 许维遹：《吕氏春秋集释》，中华书局2009年版，第230页。
③ 何宁：《淮南子集释》，中华书局1998年版，第1243页。
④ 周振甫：《周易译注》，中华书局1991年版，第135页。
⑤ （汉）郑玄注，（唐）孔颖达疏：《礼记正义》，北京大学出版社1999年版，第1298—1300页。
⑥ 同上书，第1296页。
⑦ 同上书，第1325页。
⑧ 同上书，第1485页。
⑨ （周）左丘明传，（晋）杜预注，（唐）孔颖达正义：《春秋左传正义》，北京大学出版社1999年版，第608页。
⑩ （南朝梁）萧统编，（唐）李善注：《昭明文选》，上海古籍出版社1986年版，第504—505页。

就是"木魅山鬼"。《吴朝清集》卷二《吴城赋》曰:"古树荒烟,几百千年。云是吴王所筑,越王所迁。东有铸剑残水,西有舞鹤故廛。萦具区之广泽,带姑苏之远山。仆本蓄怨,千悲亿恨。况复荆棘萧森,丛萝弥蔓。亭梧百尺,皆历地而生枝;阶筿万丈,或至杪而无叶。不见春荷夏槿,唯闻秋蝉冬蝶。木魅晨走,山鬼夜惊。不知九州岛四海,乃复有此吴城。"①(《艺文类聚》卷六十三;《初学记》二十四引)《徐陵集》卷十《陈文皇帝哀册文》:"三湘九派,沴气云昏。力折天柱,才倾地门。(丹)〔甘〕泉夜照,细柳朝屯。谷魅山鬼,横流塞源。赫赫英谟,赳赳雄断。□行天讨,无遗神箠。郁扫江淮,长驱巴汉。九夷百越,雷随风涣。"② 山鬼与木魅并提,或今之所谓野人乎?若此,则屈原是最早为神秘野人作歌者矣。《史记·秦始皇本纪》云:"三十六年,……秋,使者从关东夜过华阴平舒道,有人持璧遮使者曰:'为吾遗滈池君。'因言曰:'今年祖龙死。'使者问其故,因忽不见,置其璧去。使者奉璧具以闻。始皇默然良久,曰:'山鬼固不过知一岁事也。'退言曰:'祖龙者,人之先也。'使御府视璧,乃二十八年行渡江所沈璧也。"③《搜神记》云:"庐江大山之间,有山都,似人,裸身,见人便走。有男女,可长四五丈,能嗢相唤,常在幽昧之中,似魑魅鬼物。"④ 山中精灵是如此丑陋不堪!山鬼本是民俗信仰和傩戏中的"山魈"。山魈出汀州,独足鬼。《抱朴子·登涉篇》云:"山精,形如小儿,独足向后,夜喜犯人,名曰魈。呼其名,则不能犯也。"⑤ 传说这种山中鬼怪,乃猕猴种属,尾巴很短,脸蓝色鼻子红色,嘴上有白须,全身呈黑褐色,腹部白色;多群居;体貌丑陋,是掌握人间魂魄之厉鬼,之所以得以进祭祀神谱的位置,出于人们对山魂孤鬼的恐惧心理。

孙作云认为:《九歌·山鬼篇》就是楚国宫廷祭祀先妣或高禖之乐章。山鬼即巫山神女。他1935年发表《九歌山鬼考》一文,从12个细节比较了《楚辞·山鬼》和《高唐赋》的相同点,得出《山鬼》之山即巫山,《山鬼》之鬼即巫山神女的结论,他做闻一多的研究生时,即提出《九

---

① (清)严可均:《全上古三代秦汉三国六朝文》第七册,河北教育出版社1997年版,第610页。
② (清)严可均:《全齐文》,商务印书馆1999年版,第381页。
③ (汉)司马迁:《史记》,中华书局1959年版,第259页。
④ (晋)干宝:《搜神记》,中华书局1979年版,第155页。
⑤ (晋)葛洪撰,王明校释:《抱朴子内篇校释》,中华书局1980年版,第277页。

歌》是楚国国家祀典的乐章。又倡"孙图腾"说：蚩尤以蛇为图腾，商人以燕子（玄鸟）为图腾，周人以熊为图腾。周勋初认为，"山鬼是湘西山中的精灵"，其地理背景"应当也在湘西辰、溆一带"，半人半兽或人兽相伴。在《九歌》中，草木出现的功能基本上为这三类：首先，用作巫或灵的修饰（包括衣着、交通工具、住房的修饰），如《少司命》："'荷'衣兮'蕙'带，儵而来兮忽而逝"；《山鬼》："乘赤豹兮从文狸，'辛夷'车兮结'桂'旗。被'石兰'兮带'杜衡'"；《河伯》："乘水车兮'荷'盖，驾两龙兮骖螭。"《湘夫人》："'桂'栋兮'兰'橑，'辛夷'楣兮'药'房。罔'薜荔'兮为帷"等。其次，用来布置祭坛，见《东皇太一》："灵偃蹇兮姣服，芳菲菲兮满堂"；《礼魂》："春兰兮秋菊，长无绝兮终古。"再次，是作为祭品。如《东皇太一》："'蕙'肴兮'兰'藉，奠'桂'酒兮'椒'浆"。

民族志材料亦可提供旁证。沅湘各民族多有关于"山鬼"的传说，湘西土家族把"鬼"读为"推"，把祭祀山神称为"太推大解"；土家族认为鬼是专吃动物心肝的怪物。沅湘传说有一种叫"猖鬼"的"山鬼"，其性最淫，喜欢纠缠美貌妇女。侗族传说山间有一种小矮子鬼。这些能否成为屈原创作的原型呢？《籁纪》天籁卷之下《谷声》云："陈子闻而赋之曰：'抱纡冈以贮响兮，副有声而和旒。鸟嘤嘤其效苦兮，风凄凄而愈严。'辅沅湘城步地方的《打山魈》。山魈在沅湘方言中不是指属猴科的动物，而是指的山鬼。王夫之云："楚人称山鬼为山魈，或谓之五显神。孤臣以太息兮，偕怨女而告天。酬虚空之罄欬兮，慰山鬼之笑言。"（《楚辞通释·山鬼》）城步还有《打水魈》的曲牌，可见山魈是山鬼，水魈是水鬼。"打"在这里也不是打骂的打，而是"打口哨""打号子""打山歌"的打，本来应作"吹口哨""喊号子""唱山歌"，但沅湘不少地方均用"打"来代替。所以"打山魈"也就是"唱《山魈》"。不知什么时候，"打"字竟混入了篇名,,于是成了《打山魈》。[①]

《九歌》中的"九"字，既是神秘之数目字，又有"大鬼"之含义，"九"与"鬼"相通，文字学家早有考证，凌纯声、芮逸夫说："苗人神鬼不分，凡是在他们神圣领域中，而认为有超自然能力的，无论是魔鬼、

[①] 梁绍辉：《从〈九歌〉与沅湘巫歌的比较看〈九歌〉的作者和创作年代》，《船山学报》1987年第S1期。

祖灵或神祇都称之为鬼。苗语叫做［kucŋy］……苗人虽鬼神不分，信鬼有善恶之别。善鬼都住在天上的阴间，人住地上，即为阳间……人死魂自升天，须闻雷鸣或苗巫来找而自己方知已死。死于非命者……死后多为恶鬼，不得上天或立即投胎转生，或在人间为患于人。夜间见有黑气一道，以为鬼之出现，人当叫［pɛyts'ər］（驱逐之义）以驱之。苗人对于自然界的种种现象，亦多信有鬼在主宰，如风有风鬼，雷有雷鬼，树有树鬼，遇风暴雷雨，必烧黄蜡以敬鬼。"① 苗族信奉的鬼神还有山鬼、太阳神、天神、水神等。中国南方民族中至今还没有独立的"神"概念，只有"鬼"与大鬼的概念，人死谓鬼，大首领死后成神，便谓之为"九"，"九"就是他们对神的称谓。因此，《九歌》的意译应为《祖神之歌》，如西南一些古代民族，喜称他们的首领为"鬼主"，即"神君"之意。侗族的傩祭一名"嘎傩"，即"傩歌"之意；一名"嘎九桩"，意为《大鬼歌》，亦即《鬼神歌》，与《九歌》的含义完全一致。②

《九歌》把山鬼作为美丽痴情的女子描写，乃是对原始信仰和傩戏山魈的颠覆重塑。《九歌》中的《山鬼》，写一女鬼暗恋凡间男人，山鬼的形象是很美丽的。从山鬼的自怨自艾中看出，山鬼明知自己是个生长在卑湿阴暗处的孤魂野鬼，一旦让情人了解到这一点，定会魂飞魄散。

<blockquote>
若有人兮山之阿，被薜荔兮带女萝；
既含睇兮又宜笑，子慕予兮善窈窕。
乘赤豹兮从文狸，辛夷车兮结桂旗；
被石兰兮带杜衡，折芬馨兮遗所思。
</blockquote>

"若有人兮山之阿"，用一"若"字，状貌山鬼于山隈间忽隐忽现之身影，给人以若真若幻、缥缈神奇之感。令人眼睛一亮者是一位身披薜荔、腰束女萝、鲜翠若葱之女郎，秋波一转，风情万种，睇乃含情而视，宜笑就是笑得很美了。含情脉脉这嫣然一笑，较诸《诗经·卫风·硕人》"手如柔荑，肤如凝脂，领如蝤蛴"之类铺排，显得更觉轻灵传神。其车驾随从又是那么堂皇而鲜丽："乘赤豹兮从文狸，辛夷车兮结桂旗……"

---

① 凌纯声、芮逸夫：《湘西苗族调查报告》，商务印书馆1947年版，第127—128页。
② 林河：《〈九歌〉与南方民族傩文化的比较》，《文艺研究》1990年第6期。

火红的豹子，毛色斑斓的花狸，还有开着笔尖状花朵的辛夷、芬芳四溢的桂枝，所被所带均是芳草，还要折取更加芬馨遗赠给意中人。《山海经·西经一次》说，薜荔具有药物功能，服食之后能治疗心痛。难怪《九歌·山鬼》的这位女妖精"被薜荔兮带女萝"，她温婉多情的心在隐隐作痛！

《神曲·地狱篇》第一歌，写但丁在一座昏暗的森林中迷路遇豹、狮、母狼三兽。"豹"寓淫欲，"狮子"寓野心，"母狼"寓贪婪。三兽源出《圣经·旧约·耶利米书》。先知耶利米警告耶路撒冷背弃神的犹太人说："因此林中的狮子必害他们，晚上的豺狼必灭绝他们，豹子要在城外窥伺他们，凡出城的，必被撕碎。"《九歌·山鬼》中之赤豹、文狸没有这么多的道德说教，它们是以奇幻之美装饰着朦朦胧胧之爱情。

> 余处幽篁兮终不见天，路险难兮独后来；
> 表独立兮山之上，云容容兮而在下。
> 杳冥冥兮羌昼晦，东风飘兮神灵雨；
> 留灵修兮憺忘归，岁既晏兮孰华予。

于险难幽篁深处"寻找爱情"，成了歌诗之母题。山鬼忽而登上高山之巅俯瞰深林，但溶溶升腾的云雾，缭乱了她焦急顾盼之视野；她忽而行走在幽暗的林丛，但古木森森，昏暗如夜；那山间的飘风、飞洒的冻雨，使爱情滋味带上了甘兮苦兮之苍凉感，任凭人们咀嚼其无限滋味。为了宽慰年华不再的失落之感，她便在山间采食灵芝（"三秀"），以求延年益寿。这些描述，写的虽是巫者寻找神灵时的思虑，表达的则正是世人共有的愿望和人生惆怅。诗人还特别妙于展示巫者迎神的心理："怨公子兮怅忘归"，分明对神灵生出了哀怨；"君思我兮不得闲"，转眼却又怨意全消，反去为山鬼姑娘的不临辩解起来。"山中人兮芳杜若"，字面上与开头的"子慕予兮善窈窕"相仿，似还在自夸自赞，但放在此处，则又隐隐透露了不遇神灵的自怜和自惜。"君思我兮然疑作"，对山鬼不临既思念又疑惑的，明明是巫者自己；但开口诉说之时，却又推说是神灵。这些诗句所展示的主人公心理，均表现得复杂而又微妙。

到了此诗结尾一节，神灵的不临已成定局，诗中由此出现了哀婉啸叹的变徵之音。"雷填填兮雨冥冥"三句，将雷鸣猿啼、风声雨声交织在一起，展现了一幅极为凄凉的山林夜景。诗人在此处似乎运用了反衬手法：

他愈是渲染雷鸣啼猿之夜声，便愈加见出山鬼所处山林的幽深和静寂。正是在这凄风苦雨的无边静寂中，诗人的收笔则是一句突然迸发的哀切呼告之语："思公子兮徒离忧！"这是发自迎神女巫心头的痛切呼号——她开初曾那样喜悦地拈着花枝，乘着赤豹，沿着曲曲山隈走来；至此，却带着多少哀怨和愁思，在风雨中凄凄离去，终于隐没在一片雷鸣和猿啼声中。大抵古人"以哀音为美"，料想神灵必也喜好悲切的哀音。在祭祀中愈是表现出人生的哀思和悱恻，便愈能引得神灵的垂悯和呵护（屈原自比"山鬼"？《少司命》和《山鬼》则是在做自我说服，他感觉到了回宫无望，已经万念俱灰了。诗中的"孤独"情绪，也是远离恶浊，又不忘对楚国的无限眷恋之情，因而才造成他的极度痛苦与哀伤。正如马茂元先生在《漫谈〈九歌〉》说的："《九歌》的轻歌微吟中却透露了一种似乎很微漠的而又是不可掩抑的深长的感伤情绪。他所抽绎出来的坚贞高洁，缠绵哀怨之思，正是屈原长期放逐中的现实心情的自然流露。"①）。

> 采三秀兮于山间，石磊磊兮葛蔓蔓；
> 怨公子兮怅忘归，君思我兮不得闲。
> 山中人兮芳杜若，饮石泉兮荫松柏；
> 君思我兮然疑作。
> 雷填填兮雨冥冥，猿啾啾兮狖夜鸣；
> 风飒飒兮木萧萧，思公子兮徒离忧。

"采三秀兮于山间"一句，引发了敏感的注译者之联想。郭沫若《屈原赋今译》译此句为"巫山采灵芝"，并注云："於山即巫山。凡《楚辞》'兮'字每具有'於'字作用。如'於山'非巫山，则'於'字为累赘。"陈子展《楚辞直解·山鬼》云："窃谓初以山鬼为巫山神女者，盖自杜甫始。大历中，公居夔州，出峡至江陵，所作诸诗其第一首《虎衙行》云：巫峡阴森朔汉气，峰峦窈窕溪谷黑。杜鹃不来猿狄鸣，山鬼幽忧霜雪逼。此实初泄《山鬼》之秘。"②《文选·别赋》李善注引《高唐赋》记瑶姬之言曰："我帝之季女，名曰瑶姬，未行而亡，封巫山之台，精魂

---

① 马茂元：《晚照楼论文集》，上海古籍出版社1981年版，第5页。
② 陈子展：《楚辞直解》，江苏古籍出版社1988年版，第112页。

为草，实曰灵芝。"这段文字今本《高唐赋》无之。《山海经·中山经》："姑瑶之山，帝女死焉。其名曰女尸，化为䔄草……服之媚于人。"① 与"姑瑶之山"同列者有"姑射之山"，即《庄子》所谓"藐姑射之山"，可况诸"巫山"。姜亮夫《屈原赋校注·九歌·山鬼》注云："此诗宜为山鬼独唱之词。所言子、公子、君，皆其想象中所思之人，亦即此诗之所歌也。"② 其《山鬼》解题云："庄子曰'山有夔'，淮南子曰：'山出枭阳。'然以本篇细绎之，则山鬼乃女神。而其所言，则思念公子灵修之事。灵修者，楚人以称其大君之谓也。则山鬼岂亦襄王所梦巫山女神耶？《高唐赋》托之于梦，此则托之于祠，故高唐可极言男女匹合之事，而此则但歌相思之意，则山鬼为神女庄严，而神女为文士笔底之山鬼浪漫而矣"③。《山鬼》全篇为扮山鬼的神尸（灵巫）所独唱，也就是说，诗的抒情主人公为山鬼。其"怨公子兮怅忘归，君思我兮不得闲"一句，乃痴迷自欺之语乎？简直令人感动得凄然欲泣。

　　关于巫山神女，陆游《入蜀记》卷五"乾道六年十月二十三日"曰："过巫山凝真观，谒妙用真人祠。真人即世所谓巫山神女也。祠正对巫山，峰峦上入霄汉，山脚直插江中。……然十二峰者，不可悉见，惟神女峰最为纤丽奇峭，宜为仙真所托。祝史云：每八月十五夜月明时，有丝竹之音，往来峰顶，山猿皆鸣，达旦方渐止。庙后山半，有石坛平旷，传云夏禹见神女，授符于此。坛上观十二峰，宛如屏障。是日，天宇晴霁，四顾无纤翳，惟神女峰上有白云数片，如鸾鹤翔舞徘徊，久之不散。亦可异也。"④ 可见，至后代传说中，巫山神女仍同大禹治水关系密切。而"每八月十五"中秋时节之提醒，也颇得《山鬼》末段"猿啾啾兮又夜鸣"之诗意。杜光庭《墉城集仙录》云："云华夫人，……一名瑶姬。……尝东海游还，过江上，有巫山焉，峰岩挺拔，林壑幽丽，巨石如坛，流连久之。时大禹理水，驻山下，大风卒至，崖振谷陨，不可制，因与夫人相值，拜而求助。……助禹断石疏波，决塞导阨，以循其流。禹拜而谢焉。禹尝诣之崇巇之巅，顾盼之际，化而为石，或倏然飞腾，散为轻云，油然而止，聚为夕雨。或化游龙，或为翔鹤，千态万状，不可亲也。……其后

---

① 袁珂校注：《山海经校注》，上海古籍出版社1980年版，第142页。
② 姜亮夫：《姜亮夫全集重订屈原赋校注》，云南人民出版社2002年版，第203页。
③ 同上书，第207页。
④ 《陆游诗文鉴赏词典》，上海辞书出版社2013年版，第227页。

楚大夫宋玉以其事言于襄王，王不能访道要以求长生，筑台于高唐之馆，作阳台之宫以祀之。……隔岸有神女之石，即所化也。复有'石天尊神女坛'，侧有竹，垂之若草。……楚人世祀焉。"① 此则材料也反映了巫山神女与夏禹之关系。其中写禹访神女于崇峰之巅，所见"倏然飞腾，散为轻云，油然而止，聚为夕雨"等景象，同《高唐赋》颇相近。后人既以禹为君王，而对于最先从事治水的鲧来说，他又是"公子"。所以从传说的媒介因素来说，也还不是没有关系。

关于"采三秀兮于山间，石磊磊兮葛蔓蔓"之句，可参看段玉裁注《说文》："凡于声字，多训大。芋之为物，叶大、根实，二者皆骇人，故谓之芋。其字从艸，于声也。《小雅》：'君子攸芋。'毛传：'芋，大也。谓居中以自光大。'"段注"于"字又谓："《檀弓》：'易则易，于则于。'《论语》：'有是哉，子之于也。'于皆广大之义。"段说甚覈。《大雅·生民》："实覃实訏，厥声载路。"《毛传》皆谓"訏，大"也是证。"采三秀兮于山间"即"采三秀于大山间"也。此较之于"采三秀兮於山间"于义为长。

至于"山中人兮芳杜若，饮石泉兮荫松柏"一句，可参看《重修政和证类本草》卷七曰：杜若"久服益精，明目轻身，令人不忘"。周拱辰《离骚草木史》卷二以《九歌》中写赠杜若亦取"令人不忘"之义。山鬼自言"山中人兮芳杜若"，除了与她作为山中神灵之特征一致外，也与她难以割舍的恋情蜜意相映照。

（十）九歌·国殇

此篇彰显了中华民族爱国主义与英雄主义之精神气概。《史记·屈原贾生列传》云："怀王怒，大兴师伐秦。秦发兵击之，大破楚师于丹、浙，斩首八万，虏楚将屈匄，遂取楚之汉中地。怀王乃悉发国中兵以深入击秦，战于蓝田。魏闻之，袭楚至邓。楚兵惧，自秦归。而齐竟怒不救楚，楚大困。"② 楚国自此降为二等国，屈氏家族也随同屈原被黜而衰落。《国殇》乃是祭祀春天丹浙大战大将军屈匄及阵亡将士而作。《九歌》诸篇不必都作于一时也。孙作云说："各家考释屈原之致仕左徒在楚怀王十六年，即因张仪来相，楚国亲秦的时候。据我的考证，屈原下野以后，就作楚国

---

① 引自闻一多《神话与诗》，吉林人民出版社2013年版，第106—107页。
② （汉）司马迁：《史记》，中华书局1959年版，第2483页。

宫廷的宗教祭祀官，其职务应该是宗正、宗祝一类。王逸说屈原为三闾大夫，掌王族三姓昭、屈、景之'序其谱属'等事，我以为三闾大夫乃俗称，非官名，因其家住三闾，故谓之三闾大夫。就其掌王族谱谍，知必为宗正一类官职。宗正、宗祝是管理国家祭祀的，如今楚怀王要'隆祭祀，事鬼神，欲以获福，助却秦师'，这祭祀之责，一定要落在屈原肩上，对屈原来说，是责无旁贷。为了加重事神，为了求神帮助，应该重整鼓乐，另作新歌，屈原作《九歌》，就在其时。""就《九歌·国殇》篇也可以知道：《九歌》应该作于十七年春大战之后，即十七年秋第二次大战之前。"秦人"作祭神文的《诅楚文》邵馨，是宗祝，作祭神歌的《九歌》屈原，也必然是宗祝"①。马其昶《屈赋微》又云："案怀王既隆祭祀，事鬼神，则《九歌》之作必（屈）原承怀王命而作也。推其时当在《离骚》前。……当时为文要无出原右者。彼怀王撰词告神，舍原谁属哉！案怀王十一年为纵长，攻秦；十六年，绝齐和秦，旋以怒张仪故，复攻秦，大败于丹阳，又败于蓝田。吾意怀王事神，欲以助却秦罕，在此时矣！"又注《国殇》曰："其昶案：怀王怒而攻秦，大败于丹阳，斩甲士八万，乃悉国兵复袭秦，战于蓝田，又大败。兹祀国殇，且祝其魂魄为鬼雄，亦欲其助却秦军也。原因叙其战斗之苦，死亡之惨，聆其音者，其亦有恻然动念者乎！"② 其实，言屈原作《国殇》以祭屈匄等阵亡将士则可；由此而谓全部《九歌》皆是为楚怀王的国家祭祀而作，则令人难以信从。《包山楚墓》记载的巫祭对象更多，有太一、岁、宫后土、宫地主、大门、五山、害、殇、二天子、司禑、地主、后土、司命、大水、宫、社、行、人禹、不殆、高丘、下丘、峟山、老僮、祝融、娃酓、熊绎、武王、邵（昭）王、文坪夜君、邵公子春、司马子音、蔡公子豪等多达三十多种，从天上日月星辰，到山川河伯，再到远祖近亲及殇鬼，可以说是目前所见巫祭数量最多的一次。祭祀神数量少的如《包山楚简》198 只记载鬼攻"人愚"。楚墓竹简中有祭祀"人愚"的记载，研究者认为"人愚，愚读如禹。据《说文》，禹为虫。人禹可能指大禹，以区别于释作虫之'禹'。"③

---

① 孙作云：《秦〈诅楚文〉释要——兼论〈九歌〉的写作年代》，《河南师大学报》1982 年第 1 期。

② （清）马其昶：《屈赋微》卷上，第 13—22 页。马氏撰此书在光绪三十一年（1905），书刊成于次年，题"光绪丙午，集虚草堂校刊"。

③ 《包山楚墓》附录二三，文物出版社 1991 年版，第 562 页。

《孟子·告子篇》记载在这一年，墨家宋牼要往楚秦两国游说，劝说楚秦两国的国王罢兵息战。文曰："宋牼将之楚，孟子遇于石丘，曰：'先生将何之？'曰：'吾闻楚秦构兵，我将见楚王，说而罢之；楚王不悦，我将见秦王，说而罢之；二王我将有所遇焉！'曰：'轲也，请无问其详，愿闻其指，说之将何如？'曰：'吾将言其不利也！'曰：'先生之志则大矣，先生之号则不可……'"① 据张宗泰"孟子诸国年表说"，说宋牼这一次奔走和平，就在楚怀王十七年，为了楚秦两国大战之事。从这里可以看出：这一次战争在当时轰动全天下。

从《东皇太一》到《山鬼》之祭神，所描写者均是祀神陈设、歌舞场面、神神恋爱以及山川云雨神话，唯独《国殇》例外，内容、气氛与前九篇迥异。《国殇》篇记实成分甚浓，篇中描写了激动人心之战争场面，塑造了威武雄壮、奋勇争先的楚将士形象，自始至终充满了慷慨激昂之辞、蓬勃之浩气。屈原将《国殇》置于《九歌》之内，主要因为他热爱楚民族之英雄主义精神，视为国捐躯、为民献身的楚将士之魂如神一般高大、令人敬仰，借祭祀楚将士之礼，讴歌、赞美之。正因为如此，才唱出："诚既勇兮又以武，终刚强兮不可凌。身既死兮神以灵，魂魄毅兮为鬼雄。"② 这就是《国殇》为什么能与祀神之歌同列于《九歌》中的根本原因——人鬼与神同受祭。

"巫之一身二任"的情况：《云中君》是女巫兼巫与云中君二任，饰演两者爱情的悲欢离合；依此类推，《湘君》是女巫兼巫与湘君二任；《湘夫人》是男巫兼巫与湘夫人二任；《大司命》是女巫兼巫与大司命二任；《少司命》是女巫兼巫与少司命二任；《东君》是女巫兼巫与东君二任；《河伯》是女巫兼巫与河伯二任；《山鬼》是男巫兼巫与山鬼二任。《国殇》略有不同，它是男巫兼巫与殇鬼二任来祭祀殇鬼的。《国殇》便是楚人丧礼立足于"乐""以歌代哭"之风俗习惯的产物。

> 操吴戈兮被犀甲，车错毂兮短兵接；
> 旌蔽日兮敌若云，矢交坠兮士争先。
> 凌余阵兮躐余行，左骖殪兮右刃伤；

---

① （汉）赵岐注：《孟子注疏》，北京大学出版社1999年版，第325—326页。
② （宋）洪兴祖撰，白化文等点校：《楚辞补注》，中华书局1983年版，第83页。

霾两轮兮絷四马，援玉枹兮击鸣鼓。

全诗情感真挚炽烈，节奏铿锵繁激，抒写扬厉激切，传达着凛然悲壮、亢直阳刚之美。所祭祀之殇鬼主要指大将军屈匄。这从"援玉枹兮击鸣鼓"一句，必可推知，手持镶嵌着玉的鼓槌，击打着声音响亮的战鼓。先秦作战，主将击鼓督战，以旗鼓指挥进退。指挥作战，发号施令，全靠旗鼓传达，打鼓的人非主将不可。戴震《屈原赋注》："殇之义二：男女未冠（男二十岁）笄（女十五岁）而死者，谓之殇；在外而死者，谓之殇。殇之言伤也。国殇，死国事，则所以别于二者之殇也。"① 《东皇太一》有"扬枹兮拊鼓，疏缓节兮安歌"②。《诗经·小雅·采芑》篇赞美方叔在作战时击鼓："显允方叔，伐鼓渊渊，振旅阗阗。"《左传·庄公十年》：长勺之战，鲁庄公欲击鼓，曹刿制止他。《左传·成公二年》：齐晋"鞍之战"，晋主将郤克受伤不能击鼓，由其御解张代击。《国殇》描绘场面、渲染气氛之本领十分高强。仅用八句即将一场殊死恶战，状写得栩栩如生，极富感染力。

> 天时怼兮威灵怒，严杀尽兮弃原野；
> 出不入兮往不反，平原忽兮路超远。
> 带长剑兮挟秦弓，首身离兮心不惩；
> 诚既勇兮又以武，终刚强兮不可凌。
> 身既死兮神以灵，魂魄毅兮为鬼雄。

歌诗最后以极大的敬意，对为国牺牲将士作了热血沸腾之颂扬。既颂扬他们生前勇武刚强、凛不可犯；更颂扬他们死后威灵显赫，永为鬼雄，提升激昂慷慨、悲愤壮烈之气氛达到最高点。《国殇》是一首祭歌，更是一首血泪交并的爱国主义、英雄主义的赞歌。古代流传至今的祭诗、祭文何止千数，但写得如此激动人心、鼓舞斗志者，却绝无仅有。至若作为国家誓师再战之祭祀，不应着力渲染战争的残酷性、悲剧性，而应更多讲述我方得到天佑之正义性。显然这是战后所作，并非用于国家祭典。这从秦

---

① （清）戴震：《屈原赋注》，中华书局1999年版，第34页。
② 同上书，第56页。

《诅楚文》宣扬其战争得天之佑可得到反证。

秦《诅楚文》是秦惠文王后元十三年（即楚怀王十七年，公元前312）秋天，秦楚大战于蓝田（今陕西蓝田县），秦惠文王诅咒楚怀王的文字。因为文章的目的是诅咒楚国，是希望神灵降祸于楚师，世人通称之为《诅楚文》①。宋郑樵《通志略·金石略》云："祀巫咸大湫文，俗呼《诅楚文》，李斯篆。凤翔府。又渭州州学本，与凤翔小异。"《诅楚文》曰："又（有）秦嗣王（秦文惠王），敢用吉玉宣璧，使其宗祝邵鼛，布憨（懋）告于不显大神巫咸及大沈久湫，以厎楚王熊相（楚怀王）之多罪。昔我先君穆公，及楚成王，是缪（戮）力同心，两邦有壹。绊以婚姻，袗以齐盟曰，枼万子孙，毋相为不利，亲卬不（丕）显大神巫咸、大沈久湫而质焉。今楚王熊相，康回无道，淫失〔佚〕甚乱，宣夆竞躔（从），变输盟制，内之则虣虐不辜，刑戮孕妇，幽刺亲戚，拘围其叔父，置者（诸）冥室椟棺之中。外之则冒改厥心，不畏皇天上帝及不显大神巫咸、大沈久湫之光列威神，而兼倍十八世之诅盟，率者（诸）侯之兵以临加我，却划伐我社稷，伐灭我百姓。求蔑法（废）皇天上帝及不显大神巫咸、大沈久湫之恤，祠之以圭玉牺牲，逑取吾边城新郢，及於商，吾不敢曰可。今又悉兴其众，张矜意怒，饰甲厎兵，奋士盛师，以逼吾边竞（借为境），将欲复其犹迹。唯是秦邦之嬴众敝赋，鞈□俞栈舆，礼使介老将之，以自救医（也），亦应受皇天上帝及不显大神巫咸、大沈久湫之几，灵德赐克剂楚师，且复略我边城。敢数楚王熊相之倍盟犯诅，箸石章以盟大神之威神。"（《绛帖》，又《古文苑》有释文，小异）② 宋赵明诚《金石录》卷十三："秦《诅楚文》，《古文苑注》一引王顺伯《诅楚文跋》。"宋王应麟《困学纪闻》卷八云"秦《诅楚文》，作于惠文王之时，所诅者，楚怀王也。怀王远屈平，迩靳尚，而受商於之欺，致武关之执，非不幸也。然入秦不反，国人怜之，如悲亲戚。积怨深怒，发于陈项，而秦亡也，忽焉六国之灭，楚最无罪。反尔好还，天人之理也，南公曰：'楚虽三户，亡秦必楚。'吁，秦诅楚邪？楚诅秦邪？"③ 宋人方杓《泊宅编》卷二云："予弟甸字仁宅，博学好古，未壮而卒。平生不喜作科举文，既卒，

---

① 孙作云：《秦〈诅楚文〉释要——兼论〈九歌〉的写作年代》，《河南师大学报》（社会科学版）1982年第1期。

② （清）严可均：《全上古三代文全秦文》，商务印书馆1999年版，第188—189页。

③ （宋）王应麟：《困学纪闻》，上海古籍出版社2015年版，第280—281页。

于其箧中得二跋尾遗稿，今载于此。《秦诅楚文跋尾》曰：右秦《告巫咸神碑》，在凤翔府学。又一本《告亚駞神》者，在洛阳刘忱家。书辞皆同，唯偏旁数处小异。案：《史记·世家》，楚子连'熊'为名者二十二，独无所谓熊相者。以事考之，楚自成王之后，未尝与秦作难。及怀王熊槐十一年，苏秦为合从之计，六国始连兵攻秦，而楚为之长，秦出师败之，六国皆引而归。今碑云'熊相率诸侯之兵以加临我'者，真谓此举，盖《史记》误以熊相为熊槐耳。其后五年，怀王忿张仪之诈，复发兵攻秦，故碑又云'今又悉兴其众，以逼我边境'也。是岁秦惠王二十六年也。王遣庶长章拒楚师，明年春，大败之丹阳，遂取汉中之地六百里，碑云'克齐，楚师复略我边城'是也。然则碑之作正在此时，盖秦人既胜楚而告于诸庙之文也。秦人尝与楚同好矣，楚人背盟，秦人疾之，幸于一胜，遍告神明，著诸金石，以垂示后世，何其情之深切一至是欤。余昔固尝怪秦、楚虎狼之国，其势若不能并立于天下，然以邻壤之近，十八世之久，而未闻以弓矢相加。及得此碑，然后知二国不相为害，乃在于盟诅之美、婚姻之好而已。战国之际，忠信道丧，口血未干而兵难已寻者比比皆是，而二国独能守其区区之信，历三百有余岁而不变。不亦甚难得而可贵乎？然而《史记》及诸传记皆不及之也。碑又云'熊相背十八世之诅盟'，今《世家》所载，自成王至熊相才十七世尔。又云'楚取我边城新及长'，而《史记》止言六国败退而已。由是知简策之不足尽信，而碑刻之尤可贵也。秦惠公二十六年，周赧王之三年也。自碑之立，至今绍圣改元，实一千四百六年。（廷博案：'绍圣'原误'绍兴'，'一千四百六年'原误'一千四百四十九年'。今订正之。清人俞樾《太上感应篇缵义》道藏精华录本云："昔秦惠文王作《诅楚文》，以诅楚怀王。然六国之亡，楚最无罪。南公曰：'楚虽三户，亡秦必楚。'秦诅楚邪？楚诅秦邪？"①

（十一）九歌·礼魂

汉《郊祀歌》首尾两章——《练时日》与《赤蛟》相当于九歌的《东皇太一》与《礼魂》。谢庄又仿《练时日》与赤蛟作宋《明堂歌》的首尾二章（《宋书乐志》"迎送神歌，依汉《郊祀》三言四句一转韵"）《南风歌》："昔者舜弹五弦之琴，造《南风》之诗。其诗曰：'南风之薰兮，可以解吾民之愠兮。南风之时兮，可以阜吾民之财兮。'"《九歌》是

---

① （宋）方勺：《泊宅编》，中华书局1983年版，第7—8页。

把神世界之活动人性化，又把人世界之活动神性化。

汪瑗《楚辞集解》释《礼魂》曰："前十篇之乱辞也"；"前十篇祭神之时，歌之侑觞，而每篇歌后，当续以此歌也。"① 王夫之《楚辞通释》云："此章乃前十祀之所通用，而言终古无绝，则送神之曲也。凡前十章，皆以其所礼之神而歌之。此章乃前十章之所通用，而言终古无绝，则送神之曲也。"② 林庚说得入理："按《九歌》的次序，《礼魂》就正在《国殇》之后，《国殇》末后一句说：'魂魄毅兮为鬼雄。'这是《九歌》里唯一一处提到'魂'的，而下面紧接着就是《礼魂》，然则《礼魂》岂不就正是《国殇》的乱辞吗？"③《礼魂》词紧接着《国殇》，第一句是"成礼兮会鼓"，它不正是承着"魂魄毅兮为鬼神"的"魂"吗？倘若不是"礼""魂"，那么该"礼"什么呢？何况《礼魂》中还有"春兰兮秋菊，长无绝兮终古"，如不是对人魂的礼赞，难道祝愿神"长无绝兮终古"？！即使从祭祀看，《礼魂》紧接《国殇》之后，也是合情理的，"先颂而后以舞乐礼之"——先颂国魂，尔后以"成礼兮会鼓""礼""魂"，符合祭祀程序。

《东皇太一》和《礼魂》二篇文字比较质实，显得详备有余而婉曲不足，音调铿锵，节奏整饬而较为急促。探寻原因，则会惊奇地发现，原来这两篇中除了"兮"字以外，竟连一个其他的虚词也没有，清一色的动词、名词与形容词的搭配。但中间九篇的情形就不是这样了。这些篇目中出现了大量的虚词，有"既""与""聊""焉""夫"，见《云中君》；"蹇""宜""未""为""以""将""再""与""何为""偕""既""之""如"，见"二湘"；"以""在""与""所""既""奈何""固""可为""夫""何以""莫""而""之"见"二司命"；"将""既""羌""以"，见《东君》；"与""将""何为"，见《河伯》；"若""既""又""独""而""于""徒"，见《山鬼》；"若""既""又""终""以"，见《国殇》。九篇无一例外，都出现了大量的虚词，这就使得我们在读这九篇时，感觉节奏舒缓，情致婉曲，情节丰富而多变，韵味无穷，余音袅袅，仿佛置身其中④。闻一多还从韵脚上指出了这两类作品的最大

---

① （明）汪瑗：《楚辞集解》，北京古籍出版社1999年版，第144页。
② （明）王夫之：《船山全书》第十四册，岳麓书社1996年版，第272页。
③ 林庚：《林庚诗文集》（卷六），清华大学出版社2005年版，第139页。
④ 张二雄：《〈九歌〉的篇目结构与祭祀体制》，《湖南科技学院学报》2014年第1期。

不同，即《东皇太一》《礼魂》"不转韵"，而中间九篇都"转韵"："音节上转韵或不转韵是一个最干脆最富客观性的事实，恰巧在这一栏里，二篇与全部九篇有立于相反的地位，这是值得注意的现象。"①

    成礼兮会鼓，传芭兮代舞；
    姱女倡兮容与；
    春兰兮秋菊，长无绝兮终古。

  此文祭祀"成礼"后之送神曲，在古代祭祀中，是祭祀仪式庄重备至之最后环节。礼魂，由美丽之女巫领唱，男女青年随歌起舞，还要传花伴歌伴舞。在"成礼"的鼓声中，读者仿佛听到《东皇太一》中"扬枹兮拊鼓"、《东君》中"緪瑟兮交鼓"、《国殇》中"援玉枹兮击鸣鼓"诸种或庄肃或雍容或悲壮之鼓声之回响。面对令人眼花缭乱之传花轮舞，又会联想起《东皇太一》中"灵偃蹇兮姣服，芳菲菲兮满堂"、《云中君》中"灵连蜷兮既留，烂昭昭兮未央"、《东君》中"翾飞兮翠曾，展诗兮会舞"那流芬溢彩的神巫之舞容。"姱女"的歌唱情景，自然也有《东皇太一》中"疏缓节兮安歌，陈竽瑟兮浩倡"、《少司命》中"临风怳兮浩歌"之叠影；而那"容与"之态，风神卓绝，不也宛然可见《湘君》《湘夫人》中"聊逍遥兮容与"的湘水配偶神美妙身姿乎？"长无绝"之"春兰与秋菊"，则是对绿色植物所象征之生命力的讴歌。"蕙肴""兰藉""桂酒""椒浆""兰汤""桂舟""薜荔""蕙绸""荪桡""兰旌""桂櫂""兰枻""荷盖""荪壁""紫坛""桂栋""兰橑""辛夷楣""药房""蕙櫋""荷衣""蕙带""辛夷车""桂旗""杜若""芙蓉""白薠""蘋""茝""石兰""杜蘅""疏麻""瑶华""麋芜""女萝""幽篁""松柏"，《九歌》中神灵之日常用品与生活环境散发着芳美植物之浓郁生气，凸显对美好事物的憧憬和对生生不息的生命之礼赞。于此意义而言，"春兰兮秋菊，长无绝兮终古"回响着《九歌》祀神娱人祈福之主旋律。由花结果，花是生命之源，是人的灵魂之寄托。春天供以兰，秋天供以菊，人们多么希望美好生活能月月如此，岁岁如此。考之少数民族歌舞习俗，"花苗……孟春合男女于野，谓之跳月，择平壤为月场，以冬青树一束植于地上，缀以野

---

  ① 闻一多：《九歌的结构》，胡晓明《楚辞二十讲》，华夏出版社2009年版，第188页。

花，名曰花树。男女皆艳服，吹笙踏歌跳舞，绕树三匝，名曰跳花。跳毕，女视所欢，或巾或带与之相易，谓之换带，然后通媒妁。……"① 阴历正月初三、初九、十五、十六及二月二十的黔西县化屋苗族之"花坡节"；正月初四到十五贵州省吹聋地区苗族之"岁首串寨节"；正月二十六贵州省大方县境内苗族之"跳花坡"；正月初一到十五贵州省贵定县境内苗族之"坐花场"；正月初三到十三贵州省惠水县苗族之"跳花场"；正月初九到十三贵州省紫云县城郊之"跳花"；农历二月十一日至二十一日贵州省织金县之"二月花坡"；农历二月十一到十三贵州省大方县显母之"采花节"②，均折射着沅湘上游之壮、侗、苗等民族之神话传说之美好祈望：人之祖先都住在一座美丽的花林之中，由四位花林女神掌管，人称为"花林祖婆"。世上的人都是花林中之神花，经"花林祖婆"赐予人间男女后，夫妇才会怀孕生育，"花"孕育着婴儿之灵魂和生命。因此，人之一生中，生是因为花魂已降临人间，死是因为花魂已离开人世。③ 沅湘间也有祭祀时手持"芭茅草"和"芭蕉叶"而舞者，此情况不及持"花树"之普遍。花逢春而怒放，漫山遍野。

---

① 爱必达：《黔南识略》，贵州人民出版社1992年版，第27页。
② 董国文：《苗族民俗文化在〈九歌〉中的体现》，《贵州民族研究》2010年第5期。
③ 林河：《〈九歌·礼魂〉与沅湘民俗传花活动》，《民族论坛》1988年第2期。

《九章》集论

《九章》是屈原自传性质的抒情组诗。除《离骚》之外，无疑是可以考见诗人行事始终和心灵轨迹之最重要篇章。《九章》撰述之时间顺序与固有文献编次，存在着巨大差异。从《史记·屈原列传》透露之消息，开始可能是单篇别行，然后汇辑成"九"。许慎《说文解字叙》云：战国"分为七国，田畴异亩，车途异轨，律令异法，衣冠异制，言语异声，文字异形"①，而楚语尤甚。汉人将其隶写时，难免出现传闻异辞，篇序与时序失审。况且东汉王逸《楚辞章句》卷一对其作时之解说，统统拢在屈原在楚顷襄王世流放江南诗，曰："襄王复用谗言，迁屈原于江南，屈原放在草野，复作《九章》。援天引圣，以自证明，终不见省。不忍以清白久居浊世，遂赴汨渊，自沉而死。"②《楚辞章句》卷四之解题又云："《九章》者，屈原之所作也。屈原放于江南之壄，思君念国，忧心罔极，故复作《九章》，章者，著也，明也。言己所陈忠信之道，甚著明也。卒不见纳，委命自沈，楚人惜而哀之，世论其词，以相传焉。"③王逸《楚辞章句》的次序是：《惜诵》《涉江》《哀郢》《抽思》《怀沙》《思美人》《惜往日》《橘颂》《悲回风》。这就在屈原《九章》早期汇辑中，留下诸多需要辨析厘正之问题。

细考《九章》之真实时间顺序，与王逸所系甚为参差，宜是《橘颂》《惜诵》《抽思》《思美人》《涉江》《悲回风》《哀郢》《怀沙》《惜往日》。《九章》可作为《离骚》的外篇来读，折射着诗人支离破碎而奋进不已的人生片断。清蒋之翘《七十二家评楚辞》卷四《九章》有云："陆

---

① （东汉）许慎：《说文解字》，中华书局1963年版，第315页。
② （宋）洪兴祖撰，白化文等点校：《楚辞补注》，中华书局1983年版，第2页。
③ 同上书，第120—121页。

时雍曰：《九章》《远游》，即《离骚》之疏。"

"九章"之名不见于西汉刘向之前的著作，刘向在《九叹·忧苦》中说："叹《离骚》以扬意兮，犹未殚于《九章》。"① 这是"九章"之名第一次正式出现。所以一般认为"九章"之名是刘向辑录《楚辞》时而加上的。但也有人持不同意见，例如游国恩认为："《九章》这名称似乎是一个现成的名词，它当起于刘向以前。"② 王逸认为，《九章》中的九篇作品均作于同一时段，即屈原被流放于江南之时。洪兴祖《楚辞补注》云："《史记》云，上官大夫短屈原于顷襄王，王怒而迁之，乃作《怀沙》之赋。则九章之作在顷襄王时也。"③ 朱熹《楚辞集注》《九章》前小序中说："屈原既放，思君念国，随事感触，辄形于声。后人辑之，得其九章，合为一卷，非必出于一时之言也。今考其词，大抵多直致无润色，而《惜往日》《悲回风》又其临绝之音，以致颠倒重复，倔强疏卤，尤愤懑而极悲哀，读之使人太息流涕而不能已。"④《楚辞集注·离骚经序》中言曰："王疏屈原，屈原被谗，忧心烦乱，不知所诉，乃作《离骚》……而襄王立，复用谗言，迁屈原于江南。屈原复作《九歌》《天问》《九章》《远游》《卜居》《渔父》等篇，冀伸己志，以悟君心，而终不见省。"⑤ 清林云铭《楚辞灯·九章》总论中说："《惜诵》乃怀王见疏之后，又进言得罪，然亦未放；次则《思美人》《抽思》，乃进言得罪后，怀王置之于外，其称造都为'南行'，称朝臣为'南人'，置在汉北无疑。……《涉江》以下六篇，方是顷襄放之江南所作。"⑥ 蒋骥《山带阁注楚辞·楚辞余论》卷下云："昔人说《九章》，其误有二。一误执王叔师顷襄迁原江南作《九章》之说，而谓皆作于江南。一徒见原平生所作，多言沅湘，又其所自沉，亦于湘水，而执江南以为沅湘之野，故其说多牵强不相合。余谓《九章》杂作于怀襄之世，其迁逐故不皆在江南。即顷襄迁之江南，而往来行吟，亦非一处。诸篇词义皎然，非好为异也。近世林西仲谓《惜诵》作于怀王见疏未放之前，《思美人》《抽思》，乃怀王斥之汉北所为，《涉江》《哀郢》六篇，方是顷襄时作于江南者。颇得其概。但详考

---

① （宋）洪兴祖撰，白化文等点校：《楚辞补注》，中华书局1983年版，第300页。
② 游国恩：《楚辞论文集》，古典文学出版社1957年版，第296页。
③ （宋）洪兴祖撰，白化文等点校：《楚辞补注》，中华书局1983年版，第121页。
④ （宋）朱熹：《楚辞集注》，上海古籍出版社2001年版，第72页。
⑤ 同上书，第5—6页。
⑥ （清）林云铭：《楚辞灯》，华东师范大学出版社2012年版，第89—90页。

文义,《惜诵》当作于《离骚》之前,而林氏以为继《骚》而作。《思美人》宜在《抽思》之后,而林氏列之于前。《涉江》《哀郢》,时地各殊,而林氏比而一之。《惜往日》有毕词赴渊之言,明系原之绝笔,而林氏泥怀石自沉之义,以《怀沙》终焉。《九章》当首《惜诵》,次《抽思》,次《思美人》,次《哀郢》,次《涉江》,次《怀沙》,次《悲回风》,终《惜往日》。惟《橘颂》无可附,然约略其时,当在《怀沙》之后,以死计已决也。其详附著各篇,然亦不敢率意更定,以蹈不知而作之戒,故目次仍旧本。"① 郭沫若《屈原赋今译·九章解题》云:"《九章》中,《橘颂》一篇,体裁和情趣都不同,这可能是屈原早期的作品。这篇,前半颂橘,后半颂人,与屈原身世无直接关联。他所颂的人是很年轻的。所颂者何人?不得而知,是不是自颂?也不得而知。《橘颂》以外的八章,便都是失意以后的自述,和《离骚》是一脉相通的。其中有很多十分沉痛的话。著作的先后不易判断,大抵《惜诵》较早,可能是初受疏远时所作。《抽思》《思美人》次之,《悲回风》《涉江》又次之。《哀郢》,毫无疑问是顷襄王二十一年郢都破灭于白起时所作。《怀沙》《惜往日》,大抵就是蝉联而下的作品了。"②

再从思想发展和感情变化的线索来看《九章》诸篇,次序就更为了然。《橘颂》为青年时期所作,借橘言志,积极乐观,表现了"王甚任之"的饱满情绪;《惜诵》为遭谗被疏之初所作,感情悲愤,且惶惑不知所措,《抽思》《思美人》为退居汉北时所作,其思想主要是"冀幸君之一悟、俗之一改",还强烈地幻想再次从政;《哀郢》《悲回风》为放逐江南时所作,其思想为幻灭后的悲哀,《涉江》为与"南夷"的决绝,决心安贫乐道老死穷荒;《怀沙》《惜往日》为回顾反思,决意一死,临绝之音弥漫于字里行间。这是在《九章》诸篇中所看到的诗人思想感情发展变化的线索,具有过程性,应是合乎情理之论。

蒋骥《山带阁注楚辞》云:《惜诵》《抽思》《思美人》篇"所谓不忘欲返者,其志甚奢","所谓冀君一悟者,其望甚厚"③。《哀郢》《涉江》更多地抒写漫长的放逐岁月中诗人对故土的眷念;至《怀沙》《惜往日》则表达对昏君佞臣的绝望、要以死反抗邪恶的愤激怨怒之情。刘梦鹏

---

① (清)蒋骥:《山带阁注楚辞》,中华书局上海编辑所1958年版,第217页。
② 郭沫若:《屈原赋今译》,上海书店出版社2003年版,第200页。
③ (清)蒋骥:《山带阁注楚辞》,上海古籍出版社1958年版,第218页。

在《屈子章句》中说："《九章》皆哀郢之词也。"他看到了《九章》是屈原亡国之痛，尤其郢都被秦兵攻破是楚国灭亡之表征。因之刘梦鹏把《九章》总题为《哀郢九章》。变乱篇章次序，擅改篇名本为治楚辞者所不取，但此举足以标志他甄识出《九章》内在的统一文脉大义。汪瑗曰："屈原之大节，虽见于《史记》，而中心之委曲，行事之始终，兴趣之幽眇，人品之佚宕，其详则不可得闻矣，尚赖《楚辞》诸篇考见其一二。"①如下此言或抵及根本："总之，求楚辞于注家，不若求之于史传；求之于史传，不若求之于本辞。"②《九章》诗篇的取名，有两种形式。一种是根据叙事抒情之主旨，于诗句外另撰一题，如《橘颂》《抽思》《涉江》《哀郢》《怀沙》；另一种则是以该篇首句首词录上，如《惜诵》首句为"惜诵以致愍兮"，《思美人》首句为"思美人兮，揽而伫眙"，《悲回风》首句为"悲回风之摇蕙兮"，《惜往日》首句为"惜往日之曾信兮"。后一种显然是继承了《诗经》的取名法，但在此基础上又有创造性的发展。以情感脉络贯穿诗题，排列应是班班有序：《橘颂》《惜诵》《抽思》《思美人》《涉江》《哀郢》《悲回风》《怀沙》《惜往日》。此序列揭示诗人心路发展变化的历程：先是意气昂扬地歌颂，后则不愿多言、多诵；接后思绪纷乱，并思念某人；再后经历一段迁徙，情感逐渐变得伤感哀痛，进而变得悲哀；最后只剩下怀念，痛惜往日，迨至绝望。此乃整体性研究，或联系性研究之结果。姜亮夫《楚辞今绎讲录》说："《九章》中的每一篇作品，都有一个与事实有关的特殊含意。"③ 所谓特殊含意，乃是诗人性格发展过程的连续性、阶段性、完整性。宋人洪刍《老圃集》卷下有诗云："只应饮酒称名士，不用离骚咏九章。"宋陈振孙《书录解题》谓："朱子'以王逸、洪兴祖注或迂滞而远於事情，或迫切而害於义理，遂别为之注。其训诂文义之外，有当考者，则见於《辩证》，所以祛前注之蔽陋，而发明屈子之微意於千载之下。其於《九歌》《九章》，尤为明白痛快'。公为此注，在庆元退居之时，盖有感而讬。其篇第，视旧本益贾谊二赋，而去《谏》《叹》《怀》《思》。屈子所著二十五篇为《离骚》，而宋玉以下则曰《续离骚》。"④ 可见，《离骚》《天问》在理解屈原思想之崇高博大上分量

---

① 汪瑗：《楚辞集解》，《续修四库全书》第1301册，上海古籍出版社2002年版，第163页。
② 胡濬源：《楚辞新注求确》，清嘉庆二十五年（1820）长沙务本堂刻本。
③ 姜亮夫：《楚辞今译讲录》，云南人民出版社2002年版，第97页。
④ （宋）陈振孙：《直斋书录解题》，上海古籍出版社1987年版，第435页。

极重，而《九章》在揭示屈原身世行藏上具有更多的直接性，细加分析，收获丰赡。

《九章》诗句为贾谊《吊屈原赋》所模拟者，如《九章》"凤凰在笯兮，鸡鹜翱翔"①，《吊屈原赋》云："鸾凤伏窜兮，鸱枭翱翔。"如"已矣，国其莫我知兮，独壹郁其谁语？"《吊屈原赋》云："忧心不遂，斯言谁告兮？"从清代顾成天以来，不少《楚辞》学者对《九章》中某些作品持怀疑态度，认为《惜诵》《思美人》《惜往日》和《悲回风》不是屈原所作，而是后人伪托之作。但他们仅仅从篇章中个别语句出发，又言及风格做比较，以"或者"和"大概"之类的话论定问题，却拿不出任何有力的证据来，故使人难以信服。刘永济认为："洪兴祖已疑思美人以下四篇非屈子作，而不能定，但以'扬雄作伴牢愁，亦旁惜诵至怀沙'一语，著之渔父篇末注中以见意。"② 洪兴祖是否已开始怀疑《思美人》以下四篇为屈原所作呢？洪引扬雄一语究竟有什么用意呢？我们有必要考察洪兴祖《补注》全段内容："《艺文志》云：《屈原赋》二十五篇。然则自《骚经》至《渔父》，皆赋也。后之作者苟得其一体，可以名家矣。而梁萧统作《文选》，自《骚经》《卜居》《渔父》之外，《九歌》去其五，《九章》去其八。然司马相如《大人赋》率用《远游》之语，《史记·屈原传》独载《怀沙》之赋，扬雄作《伴牢愁》，亦旁《惜诵》至《怀沙》。统所去取，未必当也。自汉以来，靡丽之赋，劝百而讽一，无复恻隐古诗之义。故子云有曲终奏雅之讥，而统乃以屈子与后世词人同日而论，其识如此，则其文可知矣。"③ 近代桐城人吴汝纶说："《九章》自《怀沙》以下，不似屈子之辞。子云《畔牢愁》所仿，自《惜诵》至《怀沙》而止。盖《怀沙》乃投汨罗时绝笔，以后不得有作。"④ 吴汝纶自己就否定了这一点，因为他又说："《橘颂》或屈子少作，以篇末有'年岁虽少'之语。"⑤ "此篇疑屈子少作，故有'幼志'及'年岁虽少'之语，未必已被谗也。"⑥ 《汉书·扬雄传》记载："（雄）又怪屈原文过相如，至不容作《离骚》，自投江而死。悲其

---

① 汪瑗：《楚辞集解》，《续修四库全书》第 1301 册，上海古籍出版社 2002 年版，第 143 页。
② 刘永济：《屈赋通笺·笺屈余义》，中华书局 2007 年版，第 168 页。
③ （宋）洪兴祖撰，白化文等点校：《楚辞补注》，中华书局 1983 年版，第 181 页。
④ 姚鼐：《古文辞类纂》，宋晶如、章荣注释，中国书店 1986 年版，第 1108 页。
⑤ 同上。
⑥ 同上书，第 1105 页。

文，读之未尝不流涕也。以为君子得时则大行，不得则龙蛇。遇不遇，命也。何必湛身哉？乃作书往往摭《离骚》文而反之，自岷山投诸江流以吊屈原，名曰《反离骚》。又旁《离骚》作重一篇，名曰《广骚》。又旁《惜诵》以下至《怀沙》一卷，名曰《畔牢愁》。《畔牢愁》《广骚》，文多不载。"① 此种情况只能说明扬雄当时读到的屈原这一组诗，尚未有《九章》这一固定的名称，或者他只想模仿《九章》中《惜诵》至《怀沙》那几篇。汤炳正为了反驳吴、刘之说，提出原本《九章》之末是《怀沙》，《悲回风》在《哀郢》后，《抽思》前。其根据是"任石"到蔡邕、郭璞才理解为抱石自沉，《悲回风》最后两句当为错简等。② 刘永济先生不仅认为"（扬雄）所见屈赋无思美人以下"，洪兴祖因此开始怀疑《思美人》以下四篇"非屈子作""殊有理"，且又发现"刘向尝说楚辞，其作九叹，往往有叙述屈子行谊之文，殆同屈传……其忧苦篇有曰：'叹离骚以扬意兮，犹未殚于九章。'……岂向亦以屈子未毕尽九章，止得五篇邪？"③

《九章·惜诵》云：

> 惜诵以致愍兮，发愤以抒情。
> 所作忠而言之兮，指苍天以为正。
> 令五帝以折中兮，戒六神与向服。
> 俾山川以备御兮，命咎繇使听直。
> 竭忠诚以事君兮，反离群而赘肬。
> 忘儇媚以背众兮，待明君其知之。
> 言与行其可迹兮，情与貌其不变。
> 故相臣莫若君兮，所以证之不远。
> 吾谊先君而后身兮，羌众人之所仇也。
> 专惟君而无他兮，又众兆之所雠也。
> 壹心而不豫兮，羌不可保也。
> 疾亲君而无他兮，有招祸之道也。
> 思君其莫我忠兮，忽忘身之贱贫。

---

① （汉）班固：《汉书》，中华书局1962年版，第3515页。
② 汤炳正：《屈赋新探》，齐鲁书社1984年版，第127—132页。
③ 刘永济：《屈赋通笺·笺屈余义》，中华书局2007年版，第168、168—169页。

事君而不贰兮，迷不知宠之门。
忠何罪以遇罚兮，亦非余心之所志。
行不群以巅越兮，又众兆之所咍。
纷逢尤以离谤兮，謇不可释也。
情沉抑而不达兮，又蔽而莫之白也。
心郁邑余侘傺兮，又莫察余之中情。
固烦言不可结诒兮，愿陈志而无路。
退静默而莫余知兮，进号呼又莫吾闻。
申侘傺之烦惑兮，中闷瞀之忳忳。
昔余梦登天兮，魂中道而无杭。
吾使厉神占之兮，曰"有志极而无旁"。
终危独以离异兮，曰君可思而不可恃。
故众口其铄金兮，初若是而逢殃。
惩於羹者而吹齑兮，何不变此志也？
欲释阶而登天兮，犹有曩之态也。
众骇遽以离心兮，又何以为此伴也？
同极而异路兮，又何以为此援也？

《惜诵》较难理解，歧义纷出。以"诵"为例，王逸《楚辞章句》释为"论也"[1]；朱熹《楚辞集注》释为"言也"；王夫之《楚辞通释》释为"诵读古训以致谏也"；蒋骥《山带阁注楚辞》释为"公言之也"[2]；戴震《屈原赋注》释为"育言之也"。各种说法有几十种之多。诵之本义为背诵、朗读。《说文解字》云："诵，讽也。"徐锴曰："临文为诵。"《周礼·大司乐》"兴道讽诵言语"，注曰："背文曰讽，以声节之曰诵。"[3]《礼记·文王世子》云："春诵夏弦。"[4]《国语·楚语》云："宴居有师工之诵。"[5]《论语·子罕》云："子路终身诵之。"《玉台新咏·古诗为焦仲卿妻作》云："十五弹箜篌，十六诵诗书。"明初宋濂《送东阳马

---

[1] （宋）洪兴祖撰，白化文等点校：《楚辞补注》，中华书局1983年版，第121页。
[2] （清）蒋骥：《山带阁注楚辞》，上海古籍出版社1958年版，第111页。
[3] （汉）郑玄注，（唐）贾公彦疏：《周礼注疏》，北京大学出版社1999年版，第575页。
[4] （汉）郑玄注，（唐）孔颖达疏，《礼记正义》，北京大学出版社1999年版，第625页。
[5] 《国语》，上海古籍出版社1978年版，第551页。

生序》云:"坐大厦之下而诵《诗》《书》,无奔真诚之劳矣。"其次是熟读成诵;过目成诵,记诵(默记和背诵),背诵,诵经,诵笃笃(叽叽咕咕,嘟嘟噜噜),诵咏(诵读吟咏),诵诗(诵读《诗经》);诵说(诵读解说),诵数(诵读熟习经书),诵谏(诵读诗歌以作为劝戒);诵忆(背诵并记住),诵号(高声诵经)。再次是述说,发表详细内容,唐人韩愈《答陈生书》云:"聊为足下诵其所闻。"《孟子·公孙丑下》云:"王之为都者,臣知五人焉,知其罪,惟孔距心,为王诵之。"① 复次是诵与"颂"通,意为"颂扬",秦《泰山刻石》云:"本原事业,只诵功德。"《后汉书·何敞传》云:"使百姓歌诵,史官纪德。"② 汉《司隶校尉杨孟文石门颂》云:"垂流亿载,世世叹诵。"又复次是诵德(颂功,颂扬功德),诵法(称颂效法),诵烈(颂扬功业)。颂又通"讼",公开之意。《汉书·高后纪》云:"平阳侯驰语太尉周勃,勃尚恐不胜,赤敢诵言诛之。"③ 又如:诵言(公然言说);或以婉言、隐语讽谏,如诵言(讽劝自己的言语);诵训(古代掌管百工的工师所讽诵的谏言)。词性变化之后,诵成了名词,义为诗篇,如《诗经·大雅·烝民》云:"吉甫作诵,穆如清风。"而不论哪种解释,"诵"均与言有关系。且"诵"与"颂"古同音,本可互用,"歌颂"亦作"歌诵"。加之,开首两句屈原采用了交错相对手法,"惜诵"对"抒情","致愍"对"发愤","惜诵"应与下句"抒情"对应起来统一理解,应理解为不愿多言、不愿多歌功颂德之意。

既然如此,那么《橘颂》《惜诵》就都与"颂"有关。然而《汉书·艺文志》说:"不歌而诵谓之赋"④,"诵"成了"赋"的本称。《韩非子·难言》篇云:"时称诗书,道法往古,则见以为诵",注云:"诵说旧事也。"⑤ 戴震《屈原赋注》云:"诵者言前事之称。"屈原虽然被楚王疏远,但还没有离开朝廷。明汪瑗《楚辞集解》谓《惜诵》作于"谗人交构","尚未放逐"之时。清夏大霖认为:"《九章》之《惜诵》篇,独讼谗人,不及国事,乃上官行谗,王怒见疏之始作。"林云铭谓作于楚怀王朝被疏

---

① (汉)赵岐注:《孟子注疏》,北京大学出版社1999年版,第109页。
② (宋)范晔:《后汉书》,中华书局1965年版,第1482页。
③ (汉)班固:《汉书》,中华书局1962年版,第102页。
④ 同上书,第1755页。
⑤ (清)王先谦:《韩非子集解》,中华书局1998年版,第22页。

失位又进言得罪之后，屈复、蒋骥等均同此说，游国恩经详细考证更明确说："怀王十六年，谏绝齐，被谗去职，作《惜诵》。"推测它当作于怀王三十年，屈原犯颜进谏，触怒楚怀王，而被"放流"汉北、即将离郢之时。

《惜诵》的重要贡献，在于是中国文学史上第一次提出"抒情"的概念，启动抒写的思维方式，揭示"发愤"与创作之关系。此者贯穿《九章》："申旦以舒中情兮"①（《思美人》）；"焉舒情以抽信兮，恬死亡而不聊"②，"愿陈情以白行兮，得罪过之不意"③（《惜往日》）；"舒忧娱哀兮，限之以大故"④（《怀沙》）；"结微情以陈词兮，矫以遗夫美人"⑤（《抽思》）。迨及于楚辞后继者，则有《哀时命》"焉发愤而抒情"⑥；"志憾恨而不逞兮，抒中情而属诗"⑦。《九叹·远逝》"舒情陈诗，冀以自免兮"⑧。推广至史学、文学，司马迁有"发愤著书"说，韩愈有"不平则鸣"说，欧阳修有"诗穷后工"说，蒲松龄有"寄托孤愤"说等，都是对此杰出的继承。尤其是"发愤以抒情"，并非灵感火花偶然迸射出来的佳句，而是长期思索所得的结晶。按"惜"与"藉"（借）均从"昔"得声，同在"鱼"部，形亦相近，疑"惜"为"藉"（借）之假借。郭沫若亦读为"借"，极是。致愍，按《诅楚文》首言"有秦嗣王使其宗祝布愍告于巫咸大神……""致愍"与"布愍"义同，是古时祝告之习语。《尔雅》："畛，致也。"《礼记·曲礼》郑注："畛（郝懿行谓即'胗'字），致也，祝告致于鬼神之辞也。"愍（朱熹音敏），王逸注："病也。"⑨又《广雅》训为"忧也"，"伤也"，"痛也"，"乱也"。愍字与"悯"通。痛惜自己由于进谏而遭受忧患，故发愤以抒情。闻一多云："所傥对转，古本同于傥，古誓词多以所为傥。"《论语·雍也》篇云："予以否者，天厌之，天厌之。"《国语·越语》云："所不掩子之恶，扬

---

① （宋）洪兴祖撰，白化文等点校：《楚辞补注》，中华书局1983年版，第146页。
② 同上书，第150—151页。
③ 同上书，第152页。
④ 同上书，第145页。
⑤ 同上书，第137页。
⑥ 同上书，第266页。
⑦ 同上书，第259页。
⑧ 同上书，第295页。
⑨ 同上书，第147页。

子之美者，使其身无终籍没于越国。"① 《左传·鲁僖公二十四年》云："所不与舅氏同心者，有如白水。"② 《九章》中，"情"字出现有22处（《远游》1处不计），《离骚》6处，《天问》1处，《九章》15处，除《涉江》《哀郢》《橘颂》外，其余6篇都有。"哀"字15处（《远游》一处不计），《离骚》4处，《招魂》1处，其余10处分布于《涉江》《哀郢》《怀沙》《悲回风》中，遂使《九章》充满情感内涵。《惜诵》此篇多见"情""忠""信"三字，情系忠信，竟至于哀。"哀"字15处（《远游》1处不计），《离骚》4处，《招魂》1处，其余10处分布于《涉江》《哀郢》《怀沙》《悲回风》中。

考察"所作忠而言之兮，指苍天以为正"，可参证《离骚》，曰："指九天以为正兮，夫唯灵修之故也。"③ 朱熹解为："设若所言有非出于心中，而敢言之于口，则苍天平己之罪而降之罚。"④《离骚》中责备楚怀王和子兰，加速了屈原被放。因此屈原作此赋以自明。故《惜诵》末章曰："恐情质之不信兮，故重著以自明。"⑤ "重著"对初著而言，初著即指《离骚》，可见《惜诵》是《离骚》的续篇，是小《离骚》（孙作云）。忠信连用以此。屈骚中使用"信"字有22处，《离骚》5处，《九歌·湘君》1处，其余均在《九章》中：《惜诵》3处，《涉江》1处，《哀郢》2处，《抽思》2处，《思美人》1处，《惜往日》6处，《悲回风》1处，使用情况与"志"字基本一致。《论语·为政篇》："子曰：人而无信，不知其可也。大车无輗，小车无軏，其何以行之哉！"诚信是屈原行藏之标志。

颜昆阳在《论汉代文人"悲士不遇"的心灵模式》一文中，论及"士不遇"的典型经验，主要有三种类型：其一是伯夷、叔齐不遇于周，饿死于首阳山。伯夷、叔齐与周武王之间，并非君臣上下的对等关系，而是道义上的平等对待。遇或不遇是各从其志。其二是孔子、孟子周游列国不遇而归。先秦之士持"道"与"势"相抗衡，去就之间并无必然的政治伦理，遇与不遇，仍有自我抉择的空间。其三则是屈原忠而受谤，不遇

---

① 《国语》，上海古籍出版社1978年版，第658—659页。
② （周）左丘明传，（晋）杜预注，（唐）孔颖达正义：《春秋左传正义》，北京大学出版社1999年版，第414页。
③ （宋）洪兴祖撰，白化文等点校：《楚辞补注》，中华书局1983年版，第9页。
④ （宋）朱熹：《楚辞集注》，上海古籍出版社2001年版，第73页。
⑤ （宋）洪兴祖撰，白化文等点校：《楚辞补注》，中华书局1983年版，第127页。

于楚王。屈原身处于策士纵横风云变幻的战国时代,却无"游士"的文化性格,显出其"命限"色彩。①

"令五帝以折中兮,戒六神与向服",王逸注云:"五帝谓五方神也。"② 戒:《仪礼·公食大夫礼》注云:"告也。"《左传·鲁庄公九年》杜预注:"令语之也。"按犹今语"预先打个招呼",或简称"招呼"之意。六神:王逸以为六宗之神。朱熹以为日、月、星、水旱、四时、寒暑。向服:王逸注云:"复,对;服,事也。"③ 蒋骥谓:"言对质其事也。"④ 疑"服"为"复"之借字。《礼记·表大纪》注:"复或为服"。故"服"亦可为"复"。《礼记·曲礼》注:"复,白也"。《论语·学而》注:"复,验也"。对白,对验,即对质也,犹今言对证或作证。

言及"俾山川以备御兮,命咎繇使听直"⑤,就简直有点像在赌咒发誓了。俾:《尔雅·释言》:"职也"郭璞注:"使供职"⑥。山川:姜亮夫谓指名山大川之神。备御:"备"与"服"通。服,事也。又《广雅·释诂》:"备,具也",意思亦同。御:犹《国语》"百官御事以听"之"御",注:"治也"。"备御"亦即"御事",当时常语,犹今言办事。咎繇:即皋陶。《尚书·尧典》载:皋陶是尧时的"士"(掌握刑法的官,一称"理官")。又《盐铁论·相刺》有"屈原行吟泽畔曰:安得皋陶而理之。"朱季海指为屈赋"阙文",姑附于此。听直:按《尚书·大传·注》:"听,议狱也。"听直,为古代法律方面专用词语,犹今日审判、断案。以上为一解。屈原设想招来天地、日月、山川之神与古代正直法官来听取自己的控诉,并说明自己这些话皆出自内心,皆系实情。诗人"愤心事之莫白,呼天呼神共为剖雪"(黄文焕《楚辞听直》)。这应是又一篇《天问》式辞赋。

"竭忠诚以事君兮,反离群而赘肬"(《离骚》无"忠"),《九章》9次用到"忠"字,5次在《惜诵》:"所作忠而言之兮,指苍天以为正"⑦;"竭

---

① 颜昆阳:《论汉代文人"悲士不遇"的心灵模式》,见《汉代文学与思想学术研讨会论文集》,(台北)文史哲出版社1991年版,第232页。
② (宋)洪兴祖撰,白化文等点校:《楚辞补注》,中华书局1983年版,第121页。
③ 同上。
④ (清)蒋骥:《山带阁注楚辞》,上海古籍出版社1984年版,第111页。
⑤ (宋)洪兴祖撰,白化文等点校:《楚辞补注》,中华书局1983年版,第122页。
⑥ (晋)郭璞注,(宋)邢昺疏:《尔雅注疏》,北京大学出版社1999年版,第69页。
⑦ (宋)洪兴祖撰,白化文等点校:《楚辞补注》,中华书局1983年版,第121页。

忠诚以事君兮，反离群而赘肬"①；"思君其莫我忠兮，忽忘身之贱贫"②；"忠何罪以遇罚兮，亦非余心之所志"③；"吾闻作忠以造怨兮，忽谓之过言"④。可见关键词的转移，《惜诵》更直接向楚王倾诉，把"忠"作为贯穿全篇的一条主线。《礼记·礼器》："先王之立礼也，有本有文。忠信，礼之本也；义理，礼之文也。无本不立，无文不行。"⑤

至于"忘儇媚以背众兮，待明君其知之"⑥。西汉扬雄《方言》卷一云："虔、儇，慧也。秦谓之谩晋谓之㦜，宋、楚之间谓之倢，楚或谓之䜏。自关而东，赵、魏之间谓之黠，或谓之鬼。"⑦按：犹今言"鬼得很"。又《尔雅》："媚，悦也。"此谓取悦于人也。朱季海云："儇媚正谓媚耳，王云佞媚，意义近之。"⑧所谓冀君一悟，其望甚厚矣。

"吾谊先君而后身兮，羌众人之所仇也"⑨，羌是楚方言，《广雅·释言》与："乃也"。"专惟君而无他兮，又众兆之所雠也"⑩，王闿运释"众兆"为"犹今言无万数"，是也，但他又说是包括"天下古今"的人，则非。"壹心而不豫兮，羌不可保也"⑪，保：恃也。《九辩》"谅城郭之不足恃兮，虽重解其何益"⑫可证。此"不可保"即"不足恃"，亦即"其何益"之意。"疾亲君而无他兮，有招祸之道也"⑬，疾，朱熹《楚辞集注》云："疾，犹力也。"⑭君亲一语，后人见惯"天地君亲"之说，认为是名词，屈赋似不应若此，"君亲"者当"亲君"倒语，"疾亲君"与"专惟君"结构相同，义则与"先君后身"相承。这是写自己忠而被谗之事实，乃申诉之开始。

---

① （宋）洪兴祖撰，白化文等点校：《楚辞补注》，中华书局1983年版，第122页。
② 同上书，第123页。
③ 同上。
④ 同上书，第126页。
⑤ （汉）郑玄注，（唐）孔颖达疏：《礼记正义》，北京大学出版社1999年版，第717页。
⑥ （宋）洪兴祖撰，白化文等点校：《楚辞补注》，中华书局1983年版，第122页。
⑦ （汉）扬雄撰，（晋）郭璞注：《方言》，中华书局1985年版，第1页。
⑧ 朱季海：《楚辞解故》，上海古籍出版社1963年版，第133页。
⑨ 同上。
⑩ 同上书，第123页。
⑪ 同上。
⑫ 同上书，第195页。
⑬ 同上书，第123页。
⑭ （宋）朱熹：《楚辞集注》，上海古籍出版社2001年版，第74页。

"思君其莫我忠兮，忽忘身之贱贫"①，宋玉悲悯屈原失意之"贫士"，与屈子自称"忽忘身之贱贫"相吻合，或因废黜之身卑而称之。此与《离骚》张扬贵族血统甚异，许多文学杰作都是破落户子弟的精神结晶。忽：《文选·高唐赋》注云："迷貌。"这两句意谓身本贱贫，然而却要先天下之忧而忧，"忽"字表现了屈原爱国心情的强烈，因而有"事君而不贰兮，迷不知宠之门"的说法。"贰"即"忒"字，古书上"忒"字多讹为"贰"，说见《经义述闻》。其实作"贰"即可贯通，又何必刻意求深焉。

"忠何罪以遇罚兮，亦非余心之所志"②，《九章》遣词呈现出某种倾向性。如屈骚中使用"志"字共24处（《远游》存疑，1处不计），《离骚》仅2处，其余均在《九章》中，即《惜诵》5处，《抽思》2处，《怀沙》4处，《思美人》3处，《惜往日》1处，《橘颂》2处，《悲回风》5处。"志"乃形声字，从心，士声。战国文字，从心之，之亦声，意为心愿所往。本义是志气、意愿，心之所向，未表露出来的长远而大的打算。《说文解字》："志，意也。"《尚书·舜典》云："诗言志，歌永言。"③《论语·学而》云："父在观其志。"《国语·晋语》云："志，德义之府也。"《孟子》又有"夫志，气之帅也"④。《毛诗序》云："在心为志。"《春秋·说题辞》云："思虑为志。"《荀子·解蔽》云："志者，臧也。"⑤《鬼谷子·阴府》云："志者，欲之使也。"《史记·陈涉世家》云："燕雀安知鸿鹄之志哉！"⑥《后汉书·班超传》云："小子安知壮士志哉！"唐韩愈《县斋有怀》曰："身将老寂寞，志欲死闲暇。"宋司马光《训俭示康》又曰："士志于道而耻恶衣恶食者，未足与议也。"又如：志志诚诚（真心实意），志局（意志和器量），志干（意志坚强），志意（意志），志坚如钢，有志者事竟成，志分（志向与才分），志虑（志向思虑），志抱（志向和抱负），志尚（志向，理想），志况（志趣），志好（志趣好尚），志略（志气谋略），志局（志气器量），志介（志气和节操），志高气扬（志气高昂而自得），应用甚广。进一步引申，则为记事的文章，如风土志，志乘（志书）。志又指心情，《礼记·曲礼上》所谓"志不可满，乐

---

① （宋）洪兴祖撰，白化文等点校：《楚辞补注》，中华书局1983年版，第123页。
② 同上。
③ （汉）孔安国传，（唐）孔颖达疏：《尚书正义》，北京大学出版社1999年版，第79页。
④ （汉）赵岐注：《孟子注疏》，北京大学出版社1999年版，第74页。
⑤ （清）王先谦：《荀子集解》，中华书局1988年版，第395页。
⑥ （汉）司马迁：《史记》，中华书局1959年版，第1949页。

不可极"。衍生的词汇甚夥，有志情（心情），志意（志愿，思想，精神），志识（思想意识，见解），志度（气度），志思（情志，怀抱）。神志，则有《神女赋》"罔兮不乐，怅然失志"。志又通"帜"，作"旗帜"解，《史记·叔孙通传》："卫宫设兵张旗志。"①《史记·张丞相传》"沛公以周昌为职志"索隐曰："志，旗帜也。"②《华阳国志》云："不用麾志，举矛为行伍。"还衍生出皮肤上生的斑痕，后作"痣"。如《梁书》"约左目重瞳子，腰有紫志"。志变为动词，有志，立志，专心，如《论语·为政》"吾十有五而志于学"。又如志道（有志于道），志古（笃信古道）。作动词，是"记着"，《国语·晋语七》"疆志而用命"③；《新唐书·褚亮传》"一经目辄志于心"；《史记·屈原贾生列传》"博闻彊志"，意为知识广博，记诵的事多。又如永志不忘。还作"向慕"解。陆游《感秋》诗云："老生惜岁月，烈士志功名。"又有记载，记录之义，《庄子·逍遥游》云："《齐谐》者，志怪者也。"④ 释文："志，记也。"《周礼·春官·保章氏》云："掌天星，以志星辰日月之变动。"⑤《醒世恒言》云："就是张华的《博物志》，也不过志其一二。"又如志书（记事的书），志乘（记载历史的书），杂志。若作"叙述"解，则有《荀子·尧问》："汝将行，盍志而子美德乎?"⑥《字诂》云："誌，记也。"《新唐书》："亮少警敏，博见图史，一经目辄志于心。"志而不忘，即牢记心中，永远不会忘怀。作"记录"解，《列子》则有"太古之事灭矣，孰志之哉?"又如志异（记载奇异之事），志怪（记载怪异之事），志记（史书中的志和记）。也可以用作"做记号"，陶潜《桃花源记》："既出，得其船，便扶向路，处处志之。"用作"标记，记号"，见于《南齐书·韩孙伯传》："襄阳土俗，邻居种桑树于界上为志。"用作记事的文章或书籍墓志铭，志表（墓表），地方志。可见屈原多用"志"字，诚可产生多维度的思想发散。

"行不群以巅越兮，又众兆之所咍"，"巅"同于颠。颠越即颠陨，指

---

① （汉）司马迁：《史记》，中华书局 1959 年版，第 2723 页。
② 同上书，第 2676 页。
③ 《国语》，上海古籍出版社 1978 年版，第 439 页。
④ 陈鼓应：《庄子今注今译》，中华书局 1983 年版，第 6 页。
⑤ （汉）郑玄注，（唐）贾公彦疏：《周礼注疏》，北京大学出版社 1999 年版，第 704 页。
⑥ （清）王先谦：《荀子集解》，中华书局 1988 年版，第 548 页。

"遇罚"。哈（音嬉），王逸注曰："笑也，楚人谓相调笑曰哈。"①　"纷逢尤以离谤兮，謇不可释也"②，闻一多曰："謇"与"蹇"通，犹"蹇产"也。《哀郢》"思蹇产而不释"，注云："诘屈也。"③ 所见甚确。《方言》十："言蹇，吃也，楚语也。"逢尤离谤，口謇吃而不能自解。可见哈、蹇，均为楚方言。

"心郁邑余侘傺兮，又莫察余之中情"④，可参看《离骚》："忳郁邑余侘傺祭兮"。闻一多谓："心"疑为"忳"之坏字。洪兴祖、朱熹引一本亦作"忳"。侘傺，王逸注为"失意貌"⑤。"固烦言不可结诒兮，愿陈志而无路。"⑥《敦煌旧钞本〈楚辞音〉残卷》"诒"作"贻"，"贻"与"诒"古通。此即《思美人》之"言不可结而诒"之意。闻一多曰："结兰者，兰即兰佩，结犹结绳之结。……盖楚俗男女相慕则解其所佩之芳草束结为记以诒之其人。结佩以寄意，盖上世结绳以记事之遗。己所欲言，结寓结中，故谓之结言。"游国恩先生谓楚辞以男女喻君臣，此亦其例。以上着重写陈志无路之心情，即发愤以抒情也。

"昔余梦登天兮，魂中道而无杭"⑦，此乃托为"游仙"。闻一多曰："亡杭，叠韵连语，即茫沆，魂气浮动貌也。"姜亮夫先生谓即"方皇，仿徨，彷徉"。郭沫若解"无杭"为"失去航路"。今按"茫沆"为形容词，亦暗含失去航路之意，惟律以楚辞用语习惯，似仍当依闻、姜之说。"吾使厉神占之兮，曰：有志极而无旁"⑧，《礼记》云："王立七祀，有泰厉，诸侯有公厉，大夫有族厉。"注曰："厉主杀罚。"极：即下文"同极异路"之"极"。极：殿梁也（《后汉书·蔡茂传·注》）。原为建筑上的名词，指屋的最高处，引申为"中"（《易·象下传》虞注），为"至"（《尔雅·释诂》）。戴震曰："所拟至曰极。"在今言则为"目的"。旁：亦建筑名词。《尔雅·释宫》："二达谓之歧旁；三达谓之剧旁。"⑨《释名·释

---

① （宋）洪兴祖撰，白化文等点校：《楚辞补注》，中华书局1983年版，第123页。
② 同上。
③ 同上书，第162页。
④ 同上书，第124页。
⑤ 同上。
⑥ 同上。
⑦ 同上。
⑧ 同上。
⑨ （晋）郭璞注，（宋）邢昺疏：《尔雅注疏》，北京大学出版社1999年版，第132页。

道》："在边曰旁。"引申为"依"（《汉书·食货志》下·集注），为"附"（《汉书·李寻传》集注）"终危独以离异兮，曰君可思而不可恃"①，危亦独也。《庄子·缮性篇》："危然处其所"，郭注曰："危然独正之貌"，成疏曰，"危犹独也"。②《释文》引司马本作垝，云："独立貌。"

"故众口其铄金兮，初若是而逢殆"③，《国语·周语》云："谚曰：众心成城，众口铄金。"④ 又《战国策·魏策》云："臣闻积羽沉舟，群轻折轴，众口铄金。"⑤ 又《史记·张仪列传》与同书《鲁仲连邹阳列传》："众口铄金，积毁销骨。"⑥ 可见屈原不仅擅长楚音，对中原音韵也烂熟于心。"惩於羹者而吹齑兮，何不变此志也？"⑦ 此即成语"惩羹吹齑"的语源。羹指热汤，有人喝热汤，烫了嘴，后便引以为戒，吃冷食的齑菜也要先吹一下。齑乃榨菜末。作者意要屈原以前事为戒鉴，改变其志。"欲释阶而登天兮，犹有曩之态也"⑧，句同"欲登天而释阶"。《释名》云："阶梯，也。"厉神指出，屈原有目的而无道路，劝屈原放弃忠君，认为如照"曩之态"做去，即无异"欲登天而释阶"，根本不能达到救国救民的目的。"众骇遽以离心兮，又何以为此伴也？"⑨ 子兰、上官大夫在楚顷襄王面前说屈原与"国人"有勾结，故屈原反驳说："国人震动而离心，我何尝与之勾连在一起乎？"闻一多笺曰："伴，侣也，援，助也，所依倚以为援助者亦谓之援，伴援叠韵连语，故义亦相近。众人见己所行如此，皆惊骇惶遽，心怀疑贰，良以彼与我虽同欲事君，而性有忠佞之别，故不得不异道而殊趋也。若是者乃欲其与我为伴侣，资我以援臂，宁可得乎？""同极而异路兮，又何以为此援也？"⑩ 孙作云曰："这些话几乎全用'也'字落尾，'也'字等于今天的'呀'，其抢地呼天、悲恸欲艳之情亦可见。"（孙作云：《从〈离骚〉的写作年代挽到〈离骚〉、〈惜诵〉、〈抽思〉、〈九辩〉的相互关系》）

---

① （宋）洪兴祖撰，白化文等点校：《楚辞补注》，中华书局1983年版，第124页。
② 陈鼓应：《庄子今注今译》，中华书局1983年版，第438页。
③ （宋）洪兴祖撰，白化文等点校：《楚辞补注》，中华书局1983年版，第123—124页。
④ 《国语》，上海古籍出版社1978年版，第131页。
⑤ （汉）刘向：《战国策》，上海古籍出版社1985年版，第794页。
⑥ （汉）司马迁：《史记》，中华书局1959年版，第2287页。
⑦ （宋）洪兴祖撰，白化文等点校：《楚辞补注》，中华书局1983年版，第125页。
⑧ 同上。
⑨ 同上。
⑩ 同上。

晋申生之孝子兮，父信谗而不好。
行婞直而不豫兮，鲧功用而不就。
吾闻作忠以造怨兮，忽谓之过言。
九折臂而成医兮，吾至今而知其信然。
矰弋机而在上兮，罻罗张而在下。
设张辟以娱君兮，愿侧身而无所。
欲儃佪以干傺兮，恐重患而离尤。
欲高飞而远集兮，君罔谓女何之？
欲横奔而失路兮，坚志而不忍。
背膺胖以交痛兮，心郁结而纡轸。
捣木兰以矫蕙兮，凿申椒以为粮。
播江离与滋菊兮，愿春日以为糗芳。
恐情质之不信兮，故重著以自明。
矫兹媚以私处兮，愿曾思而远身。

"行婞直而不豫兮，鲧功用而不就"，按《离骚》亦云"鲧婞直以亡身"。郭沫若释为"鲧是太直辟不顾性命"。《文选·祭颜光禄文》注云："婞，犹直也。"[1] 陆侃如解为："鲧是耿介的好人。"豫：和也，善也。按：《尚书·舜典》中，鲧被说成"方命圮族"，说成"凶人"，"方命"与"凶"均有不善意。此句意谓：鲧不过耿直罢了，然而竟被说成不善的人。又戴震释"豫"为犹豫。按：释为不犹豫亦可。那就是说，鲧是一贯耿直而不动摇的人。用，因也，治水之功，因以不成也。这四句用了两个比喻，说明孝子忠臣被说成不忠、不孝，是古已有之的事。这就是"吾闻作忠以造怨兮，忽谓之过言"。

"九折臂而成医兮，吾至今而知其信然"[2]，《左传·鲁定公十三年》："冬十一月，荀跞、韩不信、魏曼多奉公以伐范氏、中行氏，弗克。二子将伐公，齐高强曰：'三折肱知为良医。唯伐君为不可，民弗与也。我以伐君在此矣。三家未睦，可尽克也。克之，君将谁与？若先伐君，是使睦

---

[1] （梁）萧统编：《文选》，上海古籍出版社1986年版，第2608页。
[2] （宋）洪兴祖撰，白化文等点校：《楚辞补注》，中华书局1983年版，第126页。

也。'弗听，遂伐公。国人助公，二子败，从而伐之。"① 《左传》引用古语："三折肱知为良医"，与"吃一堑长一智"意思相似。"矰弋机而在上兮，罻罗张而在下"②，《淮南子·俶真训》"今矰缴机而在上，网罟张而在下"，高诱注：机，发也。弋，"射鸟短矢也"③。罻罗，王逸注："捕鸟网也。"④ 至于"设张辟以娱君兮，愿侧身而无所"，王逸注云："辟，法也。娱，乐也。"⑤ 清王念孙、王引之《读书杂志馀编》卷下云："《九章》'矰弋机而在上兮，罻罗张而在下。设张辟以娱君兮，愿侧身而无所'，王注曰：'辟，法也，言谗人设张峻法以娱乐君。'⑥ 此以'张辟'连读，非以'设张'连读。张，读弧张之张。《周官·冥氏》'掌设弧张'。郑注曰：'弧张，罝罦之属，所以扃绢禽兽。'辟，读机辟之辟。《墨子·非儒篇》曰：'大寇乱盗贼将作，若机辟将发也。'⑦《庄子·逍遥游篇》曰：'中于机辟，死于罔罟。'⑧ 司马彪曰：'辟，罔也（辟，疑与繴同。《尔雅》繴谓之罿，罿，罬也。罬谓之罦，罦，覆车也。郭璞曰：今之翻车也，有两辕，中施罥以捕鸟）。'《山木篇》曰：'然且不免于罔罗机辟之患。'⑨《盐铁论·刑德篇》曰：'罻罗张而县其谷，辟陷设而当其蹊。'《楚辞·哀时命》曰：'外迫胁于机臂兮，上牵联于矰隹。'⑩ 机臂，与机辟同（王注以'机臂'为'弩身'，失之）。此承上文'矰弋罻罗'而言，则辟非法也。"⑪ 矰弋罻罗，乃是猎杀鸟兽之机关，比喻屈原生存环境中以人为兽、驱兽食人之极端险恶。《惜往日》篇云："蔽晦君之聪明兮，虚惑误又以欺"⑫，亦谓小人误君，义可互证。下文云："愿侧身而无所"，意谓君且设机关以误之，则余虽欲置身朝廷亦无立足之地了。

---

① （周）左丘明传，（晋）杜预注，（唐）孔颖达正义：《春秋左传正义》，北京大学出版社1999年版，第1598—1599页。
② （宋）洪兴祖撰，白化文等点校：《楚辞补注》，中华书局1983年版，第126页。
③ 何宁：《淮南子集释》，中华书局1998年版，第163页。
④ （宋）洪兴祖撰，白化文等点校：《楚辞补注》，中华书局1983年版，第126页。
⑤ 同上。
⑥ 同上。
⑦ 吴毓江：《墨子校注》，中华书局1993年版，第438页。
⑧ 陈鼓应：《庄子今注今译》，中华书局1983年版，第35页。
⑨ 同上书，第538页。
⑩ （宋）洪兴祖撰，白化文等点校：《楚辞补注》，中华书局1983年版，第264页。
⑪ （清）王念孙：《读书杂志》，中国书店1985年版，第61—62页。
⑫ 同上书，第150页。

娱与"虞"通。《文选·张景阳〈咏史〉诗》注:"娱与虞古字通。"①《尚书·太甲》云:"若虞机张"②,伪《孔传》云:"虞,度也;度机,机有度以准望。"又《广雅·释诂》:"望也。""准望"犹今言"瞄准",名词作动词用。这些描述,令人感到楚国朝政危机四伏,简直是运交华盖矣。"欲儃佪以干傺兮,恐重患而离尤"③,陈第曰:儃佪,"低回也"。蒋骥曰:"迟留貌。"④ 干傺:扬雄《方言》曰:傺,"逗也。谓住也,楚人名住曰傺"。王逸注《惜诵》则曰:"住也,楚人谓失志怅然柱立为侘傺。"重患:《广雅·释言》:重,"再也"。《诗经·无将大车》笺曰:"犹累也。"患:《广雅·释诂》:"苦也。"尤:王逸注:"过也。"⑤ 诸多贬黜,理由近乎"莫须有",可叹也乎!

"欲高飞而远集兮,君罔谓女何之?"⑥ 蒋骥谓:"谓远适他国。"⑦ 君罔:"罔"义同"诬",此即申生所谓"君实不察其罪,被此名也以出,人谁纳我"之意。《左传·闵公二年》云:晋侯杀其世子申生。"晋侯使大子申生伐东山皋落氏。里克(晋大夫)谏曰:'大子奉冢祀、社稷之粢盛,以朝夕视君膳者也,故曰冢子。君行则守。有守则从。从曰抚军,守曰监国,古之制也。君与国政之所图也。非大子之事也。师在制命而已,禀命则不威,专命则不孝,故君之嗣适不可以帅师。君失其官,帅师不威,将焉用之。且臣闻皋落氏将战,君其舍之。'公曰:'寡人有子,未知其谁立焉。'不对而退。见大子。大子曰:'吾其废乎?'对曰:'告之以临民(谓居曲沃),教之以军旅,不共是惧,何故废乎?且子惧不孝,无惧弗得立。脩己而不责人,则免于难。'大子帅师,公衣之偏衣,佩之金玦。狐突御戎,先友为右。梁馀子养御罕夷,先丹木为右。羊舌大夫为尉。先友曰:'衣身之偏,握兵之要,在此行也,子其勉之。偏躬无慝,兵要远灾,亲以无灾,又何患焉?'狐突叹曰:'时,事之徵也。衣,身之章也。佩,衷之旗也。故敬其事,则命以始。服其身,则衣之纯。用其衷,则佩之度。今命以时卒,闷其事也。衣之尨服,远其躬也。佩以金玦,弃其衷也。服以远之,时以闷

---

① (梁)萧统编:《文选》,上海古籍出版社1986年版,第994页。
② (汉)孔安国传,(唐)孔颖达疏:《尚书正义》,北京大学出版社1999年版,第209页。
③ (宋)洪兴祖撰,白化文等点校:《楚辞补注》,中华书局1983年版,第127页。
④ (清)蒋骥:《山带阁注楚辞》,上海古籍出版社1984年版,第114页。
⑤ (宋)洪兴祖撰,白化文等点校:《楚辞补注》,中华书局1983年版,第127页。
⑥ 同上。
⑦ (清)蒋骥:《山带阁注楚辞》,上海古籍出版社1984年版,第114页。

之。龙，凉。冬，杀。金，寒。玦，离。胡可恃也。虽欲勉之，狄可尽乎？'梁馀子养曰：'帅师者，受命于庙，受脤于社，有常服矣。不获而龙，命可知也。死而不孝，不如逃之。'罕夷曰：'龙奇无常，金玦不复。虽复何为？君有心矣。'先丹木曰：'是服也，狂夫阻之。曰：尽敌而反。敌可尽乎？虽尽敌，犹有内谗，不如违之。'狐突欲行。羊舌大夫曰：'不可。违命不孝，弃事不忠。虽知其寒，恶不可取。子其死之。'大子将战，狐突谏曰：'不可。昔辛伯谂周桓公，云：内宠并后，外宠二政，嬖子配適，大都耦国，乱之本也。周公弗从，故及于难。今乱本成矣。立可必乎？孝而安民，子其图之。与其危身以速罪也。'"① 征引骊姬夜泣，告"枕头状"之故事，印证楚顷襄王罔信了谗言，以屈原不忠，即所谓"君罔"。女，即"汝"。之，往。君主既加给你以不忠之名，你赴何处乎？即申生所言："天下岂有无父之国哉？"摆在屈原面前之人生选择，乃"屈欲横奔而失路兮，坚志而不忍"，屈原为自己设想了三条道路：一是逗留、等候；二是远适他国；三是起义革命。他认为这三点均非其力所能及。因此只能"背膺牉以交痛兮，心郁结而纡轸"了。闻一多谓："牉上当从一本补'敷'字，'背膺敷牉，以交痛者，犹言'背胸分裂如符莂之中破，因而心中交引而痛也。""敷牉"与"傅别""符别"俱声之转。《说文》："符……汉制一竹长六寸，分而相合。"《释名·释书契》："勃，别也，大书中央，中破别之也。"符、莂本名词，这里用为动词。郭沫若则谓："原文作'牉以交'，即断续之意，牉是分，交是合。"译为："我的背和胸口断续地隐痛啊！"兹从闻说，著录郭说备考。纡轸：《后汉书·冯衍传》注："犹盘曲也。"蒋骥曰："三者皆不可为，则胸背一体而中分之，其交为痛楚有不可言者矣。"② 从这些描述中，可见其时楚国不仅危机四伏，而且险象丛生，令屈子侧身无所。但他追求的依然是高洁人格，"搗木兰以矫蕙兮，凿申椒以为粮"③。木兰：一名杜兰，一名林兰，一名木莲。《离骚》云："朝饮木兰之坠露。"洪兴祖《补注》引《本草》释蕙："一名蕙草。"④ 香草，兰属。即《离骚》所言："又树蕙之百亩。"凿，义与舂同。申椒：

---

① （周）左丘明传，（晋）杜预注，（唐）孔颖达正义：《春秋左传正义》，北京大学出版社1999年版，第313—316页。
② （清）蒋骥：《山带阁注楚辞》，上海古籍出版社1984年版，第114页。
③ （宋）洪兴祖撰，白化文等点校：《楚辞补注》，中华书局1983年版，第127页。
④ 同上书，第12页。

产于申地之椒，有人说即今之瑞香。《离骚》云："杂申椒与菌桂兮"①，"播江离与滋菊兮，愿春日以为糇芳"②。播：种。滋：栽。《离骚》"扈江离与辟芷兮"③，"余既滋兰之九畹兮"④。糇，《说文》曰："熬米麦也。"杨树达谓："米之经炒而干者谓之炒米，糇即炒米也"，泛指干粮。《庄子》说："适千里者，三月聚粮。"⑤屈原想象的远游比庄子更远，故隔年之前，便种莳菊花与江蓠，以准备在春日动身时作粮食。有人谓春秋时令不合，那是"固哉，高叟之为诗也"了。以芳香草木为粮食，比喻精神的芳香高洁。"恐情质之不信兮，故重著以自明"⑥，情质犹情实。"重著"就是针对《离骚》而言。姜亮夫谓："犹言郑重申说。""矫兹媚以私处兮，愿曾思而远身"⑦，矫：《一切经音义》引作"挢"。按"矫"与"挢"均训为"举"。媚：《广雅》："好也。"按"兹媚"似为"媚兹"倒语，"兹"承上言，谓保其芳洁之操也。"曾"同"增"，"增"训远（见《经义述闻》）。闻一多曰："二句当互易。"又谓："'曾思'义不可通。疑'思'，当为'逝'，声之误也。"或谓"身"为"行"字之讹。"行"与"明"韵。戴震谓："身读如商，盖方音。"屈原面对当时的现实，考虑自己应走的道路。在危机丛生、险象四伏中，保有高洁人格，正道直行。

《九章·涉江》

蒋骥《涉江》解题曰："《涉江》《哀郢》皆顷襄放于江南所作，然《哀郢》发郢而至陵阳，皆自西徂东，《涉江》从鄂渚入溆浦，乃自东北往西南，当在陵阳既放之后。"⑧清刘熙载《艺概》卷三《赋概》云："《楚辞·涉江》《哀郢》，'江'、'郢'，迹也。'涉'、'哀'，心也。推诸题之但有迹者亦见心，但言心者亦具迹也。"⑨从内容考察，《涉江》写于《悲回风》之后，写诗人自陵阳渡江入洞庭过枉渚而至溆浦此段行程，也是在回忆中写的，由于"发轫为济江，故题曰《涉江》"。诗的最后两

---

① （宋）洪兴祖撰，白化文等点校：《楚辞补注》，中华书局1983年版，第7页。
② 同上书，第127页。
③ 同上书，第4页。
④ 同上书，第10页。
⑤ 陈鼓应：《庄子今注今译》，中华书局1983年版，第10页。
⑥ （宋）洪兴祖撰，白化文等点校：《楚辞补注》，中华书局1983年版，第127页。
⑦ 同上。
⑧ （清）蒋骥：《山带阁注楚辞》，上海古籍出版社1984年版，第117页。
⑨ （清）刘熙载：《艺概》，上海古籍出版社1978年版，第95页。

句曰："怀信侘傺，忽乎吾将行兮"①，这证明溆浦只是路过暂停，诗人还将飘忽远行，至于止泊何处，恐怕诗人也并无明确之目的，只不过往来江上仿徨山泽而已。本传所谓"行吟泽畔，颜色憔悴，形容枯槁"，似当在此时。《涉江》开头"余幼好此奇服兮，年既老而不衰"②，与《悲回风》的"岁忽忽其若颓兮，时亦冉冉而将至"③，在年龄上均已是晚年。《涉江》首句说明诗人写此诗时已到了垂暮之年，《悲回风》也有"岁忽忽其若颓兮，时亦冉冉而将至"的慨叹。诗人在疏黜窜逐中已度过了将近三十个年头，由"将至"到"既老"。"带长铗之陆离兮，冠切云之崔嵬"④，《文选注》："铗，刀身剑锋也。有长铗短铗。"

关于"长铗"之故事，最有名者莫过于冯谖弹铗。《战国策·齐策四》云："齐人有冯谖者，贫乏不能自存，使人属孟尝君，愿寄食门下。孟尝君曰：'客何好？'曰：'客无好也。'曰：'客何能？'曰：'客无能也。'孟尝君笑而受之，曰：'诺。'左右以君贱之也，食以草具。居有顷，倚柱弹其剑，歌曰：'长铗归来乎，食无鱼。'左右以告。孟尝君曰：'食之，比门下之客。'居有顷，复弹其铗，歌曰：'长铗归来乎，出无车。'左右皆笑之，以告。孟尝君：'为之驾，比门下之车客。'于是，乘其车，揭其剑，过其友曰：'孟尝君客我。'后有顷，复弹其剑铗，歌曰：'长铗归来乎，无以为家。'左右皆恶之，以为贪而不知足。孟尝君问：'冯公有亲乎？'对曰：'有老母。'孟尝君使人给其食用，无使乏。于是，冯谖不复歌。后孟尝君出记，问门下诸客：'谁习计会，能为文收责于薛乎？'冯谖署曰：'能。'孟尝君怪之，曰：'此谁也？'左右曰：'乃歌夫长铗归来者也。'孟尝君笑曰：'客果有能也，吾负之，未尝见也。'请而见之，谢曰：'文倦于事，愦于忧，而性懧愚，沉于国家之事，开罪于先生。先生不羞，乃有意欲为收责于薛乎？'冯谖曰：'愿之。'于是，约车治装载，券契而行。辞曰：'责毕收，以何市而反。'孟尝君曰：'视吾家所寡有者。'驱而之薛，使吏召诸民当偿者，悉来合券。券遍合，起，矫命以责赐诸民，因烧其券，民称万岁。长驱到齐，晨而求见。孟尝君怪其疾也，衣冠而见之，曰：'责毕收乎？来何疾也。'曰：'收毕矣。'

---

① （宋）洪兴祖撰，白化文等点校：《楚辞补注》，中华书局1983年版，第132页。
② 同上书，第128页。
③ 同上书，第158页。
④ 同上书，第128页。

'以何市而反？'冯谖曰：'君云视吾家所寡有者。臣窃计，君宫中积珍宝，狗马实外厩，美人充下陈。君家所寡有者以义耳。窃以为君市义。'孟尝君曰：'市义奈何？'曰：'今君有区区之薛，不拊爱子其民，因而贾利之。臣窃矫君命，以责赐诸民，因烧其券，民称万岁。乃臣所以为君市义也。'孟尝君不说，曰：'诺，先生休矣。'后期年，齐王谓孟尝君曰：'寡人不敢以先王之臣为臣。'孟尝君就国于薛。未至百里，民扶老携幼，迎君道中。孟尝君顾谓冯谖：'先生所为文市义者，乃今日见之。'冯谖曰：'狡兔有三窟，仅得免其死耳。今君有一窟，未得高枕而卧也。请为君复凿二窟。'孟尝君予车五十乘，金五百斤，西游于梁，谓惠王曰：'齐放其大臣孟尝君于诸侯，诸侯先迎之者富而兵强。'于是，梁王虚上位，以故相为上将军，遣使者，黄金千斤、车百乘，往聘孟尝君。冯谖先驱，诫孟尝君曰：'千金，重币也。百乘，显使也。齐其闻之矣。'梁使三反，孟尝君固辞不往也。齐王闻之，君臣恐惧，遣太傅赍黄金千斤，文车二驷，服剑一，封书谢孟尝君曰：'寡人不祥，被于宗庙之祟，沉于谄谀之臣，开罪于君，寡人不足为也，愿君顾先王之宗庙，姑反国统万人乎！'冯谖诫孟尝君曰：'愿请先王之祭器，立宗庙于薛。'庙成，还报孟尝君曰：'三窟已就，君姑高枕为乐矣。'"[1] 至于陆离：洪兴祖引许慎曰："陆离，美好也。"王念孙曰："陆离，长貌也……王逸曰'陆离犹参差'，失之。"《说苑·善说篇》："昔者荆为长剑危冠，令尹子西出焉。"[2] "被明月兮佩宝璐"[3]，《汉书·韩王信传》注："被，犹带也。"闻一多曰："被明月，即带明月之珠也"。王逸注，宝璐，"美玉也"[4]。"世溷浊而莫余知兮，吾方高驰而不顾。驾青虬兮骖白螭，吾与重华游兮瑶之圃"[5]，《离骚》云："驷玉虬以乘鹥兮。"[6] 《淮南子·览冥训》有"骖青虬"，高诱注："有角为龙，无角为虬。"[7] 《汉书·扬雄传·音义》引韦昭：白螭，"似虎而鳞"。《吕氏春秋·举难》："螭食乎清而游于浊。"注："龙之别

---

[1] （汉）刘向：《战国策》，上海古籍出版社1985年版，第395—399页。
[2] （汉）刘向撰，向宗鲁校证：《说苑校证》，中华书局1987年版，第275页。
[3] （宋）洪兴祖撰，白化文等点校：《楚辞补注》，中华书局1983年版，第128页。
[4] 同上。
[5] 同上。
[6] 同上书，第25页。
[7] 何宁：《淮南子集释》，中华书局1998年版，第483页。

也。"① 陈第曰:"神兽。"骖:《说文》:"驾三马也。"如此则可以"登昆仑兮食玉英,与天地兮同寿,与日月兮齐光"② 矣。但屈原还是惨怛于茫茫旅途,"哀南夷之莫吾知兮,且余济乎江、湘"③。《诗经·鲁颂·閟宫》:"及彼南夷,莫不率从。"毛传所谓"荆楚"。南夷:旧解纷纭不一,王逸谓"怨毒楚俗"④;章太炎曰:"'夷',本'人'字,声转得名。'夷'古音当作人脂切,'人''夷'双声,其韵为'脂''真'次对转。"(《国故论衡·语言缘起说》)。闻一多谓即南人,《墨子·兼爱中》:"以利荆楚于越与南夷之民。"⑤ 南夷盖指大江南今湖南省地。按《荀子》谓"楚分为三、四",自陈至淮北地,当时称东国(见《国策》),则江南称为南人,固其宜也。"来东"之"东",蒋天枢认"东"为地名,则"南"亦地名(惟与《诗经》之"南"不同)。"南夷"本是中原一带的人对楚国人的卑称,而现在作为楚国人而且是"王之同姓"的屈原,也称楚国人为"南夷",其情绪实在是处于悲愤得欲爆裂状态矣。若用意译解释"南夷","丑陋的楚国人"也许是很合适。此两句与《思美人》"观南人之变态"一段,当指同一事实,写屈原已衰老,勉力为济江湘之行。"乘鄂渚而反顾兮,欸秋冬之绪风",王逸注:乘,"登也";鄂渚,"地名也"⑥。《思美人》云:"开春发岁兮,白日出之悠悠。吾将荡志而愉乐兮,遵江夏以娱忧"⑦,鄂渚正在夏水入江处。疑屈原于郢破之次年开春自陵阳西至鄂渚,追秋冬又南行而济江湘。欸(陈第音:哀),王逸注:"叹也。"⑧ 王夫之曰:"叹声。""绪风"即"厉风"。此言自鄂渚出发之时间也。王逸注:"言已登鄂渚高岸,还望楚国,向秋冬北风愁而长叹之,中忧思也。"⑨《战国策·燕策二》:"乘夏水而下汉,四日而至五渚。"⑩《秦策一》:"秦与荆人战,大破荆,袭郢,取洞庭、五都、江南。荆王亡奔走,东伏于陈。"⑪《史

---

① 许维遹:《吕氏春秋集释》,中华书局2009年版,第540页。
② (宋)洪兴祖撰,白化文等点校:《楚辞补注》,中华书局1983年版,第129页。
③ 同上。
④ 同上。
⑤ 吴毓江:《墨子校注》,中华书局1993年版,第160页。
⑥ (宋)洪兴祖撰,白化文等点校:《楚辞补注》,中华书局1983年版,第129页。
⑦ 同上书,第148页。
⑧ 同上书,第129页。
⑨ 同上。
⑩ (汉)刘向:《战国策》,上海古籍出版社1985年版,第1078页。
⑪ 同上书,第101页。

记·苏秦传》集解引作五渚。《韩非子·初见秦篇》作五湖,疑五渚即鄂渚,五鄂声相近也。乘,登也,既济湘而北,遂登鄂渚,以回望湘南。欸读为哀,《后汉书·班彪传》"哀牢"注曰:"西南夷号,实发声之词"。唐人元结、柳宗元等诗俱作欸乃,字一作言矣。《汉书·韦贤传》"勤诶厥生"①,即勤哀厥生。王注"绪,余也"②。"哀秋冬之绪风",犹《哀郢》云:"悲江介之遗风"也。"步余马兮山皋,邸余车兮方林"③,山皋:《汉书·司马相如传》注:"皋,水边地也。"山皋似指山水之间,即《离骚》"步兰皋","驰椒丘"之意。邸:王注:"舍也。"④《广雅·释诂》:"方,大也。"此两句先言陆行,言由鄂至湘。"乘舲船余上沅兮,齐吴榜以击汰"⑤,舲(陈第音:零)指船,王逸注:船有窗牖者⑥。《淮南子·主术训》:"汤武圣主也,而不能与越人乘舲舟而浮放江湖"⑦;《淑真训》:"越舲蜀艇"许注:"小船也。"⑧ 吴榜:王逸注:榜,船櫂(棹)也。按"榜"为船櫂。《谢灵运·登临海峤诗》云:"鹜櫂逐惊流。"吴:大也。汰:王注:水波。"船容与而不进兮,淹回水而凝滞"⑨,容与即徘回。此句与《哀郢》"楫齐扬以容与"相同。王念孙曰:"犹豫,双声字也。或作犹与,分言之则曰犹曰豫……合言之则曰犹豫,转之则曰夷犹,曰容与……双声之字,本因声以见义。"回水即回流。疑(从闻校改)滞(江读:辙去声),王逸注:"留也。"⑩《周礼·廛人》:"货之滞于民用者。"⑪《国语·周语》:"气不沉滞。""朝发枉渚兮,夕宿辰阳"⑫,蒋骥谓:"自江而湘而沅而辰而溆,皆自东至西之路。"⑬ 辰阳、溆浦,均属楚之黔中地,此屈原被流放至蛮荒之地也。

---

① (汉)班固:《汉书》,中华书局1962年版,第3101页。
② (宋)洪兴祖撰,白化文等点校:《楚辞补注》,中华书局1983年版,第129页。
③ 同上。
④ 同上。
⑤ 同上。
⑥ 同上。
⑦ 何宁:《淮南子集释》,中华书局1998年版,第624页。
⑧ 同上书,第163页。
⑨ (宋)洪兴祖撰,白化文等点校:《楚辞补注》,中华书局1983年版,第129—130页。
⑩ 同上书,第130页。
⑪ (汉)郑玄注,(唐)贾公彦疏:《周礼注疏》,北京大学出版社1999年版,第377页。
⑫ (宋)洪兴祖撰,白化文等点校:《楚辞补注》,中华书局1983年版,第130页。
⑬ (清)蒋骥:《山带阁注楚辞》,上海古籍出版社1958年版,第116页。

> 苟余心其端直兮，虽僻远之何伤。
> 入溆浦余儃佪兮，迷不知吾所如。
> 深林杳以冥冥兮，乃猿狖之所居。
> 山峻高以蔽日兮，下幽晦以多雨。
> 霰雪纷其无垠兮，云霏霏而承宇。

儃佪：即徘徊。王逸注"承宇"："室屋沉没，与天连也。"① 此下写溆浦僻远之状，人迹罕至，知音难觅，但与猿狖为伴矣。蒋骥《山带阁注楚辞》卷四说："按《辰州志》，溆浦在万山中，云雨之气，皆山岚烟瘴所为也。是时黔粤未通中国，辰州于楚为最西南，苗瑶之境，非人所居。原之往此，岂圣人浮海居夷之意。"② 但屈原是被流放至于斯。与《论语·公冶长》篇："子曰：道不行，乘桴浮于海。从我者，其由与"，迥异其趣，因而屈原只能"哀吾生之无乐兮，幽独处乎山中。吾不能变心而从俗兮，固将愁苦而终穷"③。这种孤独忧愤才是酝酿诗的心态，并非发动民众抗秦才显示屈原价值。其余如"心婵媛而伤怀兮、眇不知其所蹠"④，"心絓结而不解兮、思蹇产而不释"⑤，"心不怡之长久兮、忧与愁其相接"⑥，"惨郁郁而不通兮，蹇侘傺而含戚"⑦（《哀郢》篇）；"心郁郁之忧思兮、独永叹乎增伤，思蹇产之不释兮"⑧，"伤余心忧忧"⑨（《抽思》篇），"伤怀永哀兮"⑩，"郁纡轸兮、离慜而长鞠"⑪，"曾伤爰哀，永叹谓兮"⑫（《怀沙》篇）；"蹇蹇之烦冤兮……志沈菀而莫达"⑬（《思美人》篇）；"惜往日之曾信兮"⑭，"何贞臣之无罪兮，被离谤

---

① （宋）洪兴祖撰，白化文等点校：《楚辞补注》，中华书局1983年版，第130页。
② （清）蒋骥：《山带阁注楚辞》，上海古籍出版社1958年版，第116页。
③ （宋）洪兴祖撰，白化文等点校：《楚辞补注》，中华书局1983年版，第131页。
④ 同上书，第134页。
⑤ 同上。
⑥ 同上书，第135页。
⑦ 同上。
⑧ 同上书，第137页。
⑨ 同上。
⑩ 同上书，第141页。
⑪ 同上书，第141—142页。
⑫ 同上书，第145页。
⑬ 同上书，第146—147页。
⑭ 同上书，第149页。

而见之"①,"得罪过之不意"②(《惜往日》篇)。均反映了屈原晚年生存境遇之无以复加之恶劣。

随之感慨曰:"接舆髡首兮,桑扈裸行。忠不必用兮,贤不必以。伍子逢殃兮,比干菹醢。与前世而皆然兮,吾又何怨乎今之人!余将董道而不豫兮,固将重昏而终身。"王逸注:"接舆,楚狂接舆也。髡,剔(即剃)也。首,头也。自刑体避世不仕也。桑扈,隐士也。去衣裸袒,效夷也。"③《老子》云:"众人皆有以",注"有为也"④。伍员本是楚国人,却辅助吴国阖闾,与楚为敌,攻入郢都,鞭打楚平王之尸以泄愤,忠君爱国的屈原怎么会歌颂他?他和伍子胥一样也是忠而见疑的,更容易引起共鸣。屈原穿透历史,环顾列国,无不如此昏暗,良可慨叹乎哉!与,当即"举"字之借字。与《渔夫》"举世皆浊"之"举"相同。屈原在内心深处对天意是怀疑的。正如司马迁所感叹者:"若伯夷、叔齐可谓善人者非邪?积仁洁行如此而饿死!且七十子之徒,仲尼独荐颜渊为好学。然回也屡空,糟糠不厌,而卒早夭。天之报施善人其何如哉!"⑤ 后人在遇到不平时或许可以用"善有善报,恶有恶报"之类浅薄说教作自我安慰,但屈原岂能?他实际上是处在了一种世人共弃、彻底孤独之境地。这赋予了他一种深沉的悲剧意识,不仅要与小人作斗争,还要跟无情的天命抗争,一切都是虚无的,但在一片虚无中,他偏偏拥有自由,要自由地做出选择,这种自由是一种多么沉重的负担!

扬雄《方言》曰:"董,固也。"固执地坚持正道。《尔雅》训"董"为"正",义亦可通。《周礼·秋官司寇·司刺》"三赦曰惷愚",郑注曰:"生而痴呆童昏者。"⑥《郑语》"童顽穷固",韦注曰:"童昏固陋也。"一作僮昏。《晋语》:"僮昏不可使谋",注曰:"僮昏,无知也。"以"无知"来宣泄举世陆沉,不可与庄语,愤激之情溢于言表矣。

乱曰:

鸾鸟凤皇,日以远兮。

---

① (宋)洪兴祖撰,白化文等点校:《楚辞补注》,中华书局1983年版,第150页。
② 同上书,第152页。
③ 同上书,第131页。
④ (魏)王弼注,楼宇烈校释:《老子道德经注校释》,中华书局2008年版,第48页。
⑤ (汉)司马迁:《史记》,中华书局1959年版,第2124—2125页。
⑥ (汉)郑玄注,(唐)贾公彦疏:《周礼注疏》,北京大学出版社1999年版,第947页。

> 燕雀乌鹊，巢堂坛兮。
> 露申辛夷，死林薄兮。
> 腥臊并御，芳不得薄兮。
> 阴阳易位，时不当兮。
> 怀信侘傺，忽乎吾将行兮。

《抽思》《思美人》中重返朝廷的幻想没有了。露申：戴震曰："即申椒，状若繁露，故名。"今按《御览》引《楚辞》（指《惜诵》）"列辛夷与椒槟"，亦以"椒"与"辛夷"并业举，可证戴说。辛夷：即迎春花。林薄：《招隐士》有"丛薄深林"。王逸曰："丛林曰林，草林交错曰薄。"① "死林薄"言死于林薄之中。御：《独断》："御者，进也。凡衣服加于身，饮食入于口，妃妾接于寝，皆曰御。"薄：《广雅·释诂》："进也。"《白虎通·性情篇》："信者诚也，专一不移也。"② 忽，忘也，将犹当也，心怀诚信，怅然住立，遂忘己之当有远行也。

《九章·哀郢》

《哀郢》是屈原放逐江南，止于陵阳九之后的一篇回忆录。"哀郢"者，既哀国之将危，亦哀己之不得一返也。心中哀叹："曼余目以流观兮，冀一反之何时？""鸟飞故乡兮，狐死必守丘。"③ 由此可知，此时的屈原已经开始考虑死亡的问题。《楚世家》："二十一年，秦将白起遂拔我郢，烧先王墓夷陵，楚襄王兵散，遂不复战，东北保于陈城。"④《六国年表·楚表》："秦拔我黔，烧夷陵，王亡走陈。"《白起传》："其明年，攻楚，拔郢，烧夷陵，遂东至竟陵。楚王亡去郢，东走徙陈。秦以郢为南郡。白起迁为武安君。"⑤ 屈原作《哀郢》记之："皇天之不纯命兮，何百姓之震愆。民离散而相失兮，方仲春而东迁。"由于楚国都的东迁，屈原被楚王贬黜而南征："去故乡而就远兮，遵江夏以流亡"⑥；"将运舟而下浮兮，上洞庭而下江"；"去终古之所居兮，今逍遥而来东"⑦。从"至今九年而

---

① （宋）洪兴祖撰，白化文等点校：《楚辞补注》，中华书局1983年版，第132页。
② （清）陈立：《白虎通疏证》，中华书局1994年版，第382页。
③ （宋）洪兴祖撰，白化文等点校：《楚辞补注》，中华书局1983年版，第136页。
④ （汉）司马迁：《史记》，中华书局1959年版，第1735页。
⑤ 同上书，第2331页。
⑥ （宋）洪兴祖撰，白化文等点校：《楚辞补注》，中华书局1983年版，第132页。
⑦ 同上书，第134页。

不复"，可推知屈原于楚襄王十二年流放江南。至于有人认为"组织民众抗秦救国"，也就太难为这位行吟泽畔的老先生，此非屈原对中华民族贡献之要点所在。

《战国策》对楚都的记载十分清楚，楚都原为"鄢郢"。《秦策三》"谓应侯"说："武安君所以为秦战胜攻取七十余城，南亡鄢郢、汉中，禽马服之军，不亡一甲……"①《秦策三》"蔡泽见逐于赵"又说："白起率数万之众，以与楚战，一战举鄢郢，再战烧夷陵……"②《秦策四》"顷襄王二十年"条说："秦白起拔楚西陵，或拔鄢郢、夷陵，烧先王之墓……"③《齐策六》说："鄢郢大夫不欲为秦，而在城南下者百数，王收而与之百万之师，使收楚故地，即武关可入矣。"④《楚策一》说："大王不从亲，秦必起两军，一军出武关，一军下黔中，若此，则鄢郢动矣。"⑤ 又说："张仪曰：'为仪谓楚王逐昭过、陈轸，请效鄢郢、汉中。'……有人谓昭过：'……仪闻之，其效鄢郢、汉中必缓矣……'"⑥《魏策四》说："秦果南攻兰田、鄢郢。"⑦《中山策》说："王乃使应侯往见武安君，责之曰：'楚地方五千里，持戟百万，君前率数万之师，入楚，拔鄢郢，焚其庙，东至竟陵……'"⑧《楚策四》说："庄辛去郢，之赵，留五月，秦果拔鄢郢、巫、上蔡、陈之地。"⑨《齐策三》说得更为明白："安邑者，魏之柱国也；晋阳者，赵之柱国也；鄢郢者，楚之柱国也。故三国欲与秦壤界，秦伐魏取安邑，伐赵取晋阳，伐楚取鄢郢矣。"⑩ 高诱注："柱国，都也。"⑪《汉书·地理志》以来，"鄢在宜城"这一说法古今学者皆无异议，据此可以推断，楚都"鄢郢"应在宜城，而不是在今江陵县纪南城。以上十处记载秦、楚、齐、魏、中山五国不同时代、不同政治倾向的各种人物，提到楚都无一不称"鄢郢"。除根据先秦典籍可靠的历史记载，还可

---

① （汉）刘向：《战国策》，上海古籍出版社1985年版，第204页。
② 同上书，第216页。
③ 同上书，第241页。
④ 同上书，第474页。
⑤ 同上书，第501页。
⑥ 同上书，第511—512页。
⑦ 同上书，第887页。
⑧ 同上书，第1187页。
⑨ 同上书，第555页。
⑩ 同上书，第391页。
⑪ 同上书，第393页。

根据近年出土的春秋时期重要文物，宜城县楚皇城遗址更有可能是楚都鄢郢故城。《哀郢》述屈原"发郢而去闾"，应该是从宜城楚皇城遗址出发。

对于屈原卒年的看法，郭沫若定为秦伐楚郢的公元前278年，游国恩定其为秦攻巫、黔的公元前277年。王逸说："此章言已虽被放，心在楚国，徘徊而不忍去，蔽于谗谄，思见君而不再得。"① 《哀郢》的发生背景，在近现代的研究中，越来越集中到汪瑗、王夫之和戴震所下的结论上：郢都被秦军攻破，顷襄王迁于陈城之际，屈原随民众一起迁徙流亡；或者顷襄王元年，秦攻楚，取析等十五城而楚都民众惊恐鸟散，对于屈原随之逃难流放，前者以郭沫若、游国恩、马茂元等为代表，后者以姜亮夫、汤炳正、聂石樵等为代表。游国恩曰："《哀郢》者，屈子再放九年，于道路之间，闻秦人入郢之所作也。"但在具体的辨析中，则与王逸的观点极为相近。"其为自叙放逐之情事明矣。……其为放逐既久，思归故土之情，又自明言之矣。……其为放逐，复何待论？"但是又说："曰细玩此文，必屈子于放时闻秦兵入郢之耗而为此词也。"则复与王夫之之论近矣。《哀郢》的历史背景不是郢城被灭或被威胁，而仅是屈原被流放出都，所以对郢思念如狂。他流放东方时，走夏水汉水而入长江之路线，停留于江夏之间时，想象自己最终会经过长江上洞庭，入沅江，被贬到辰阳、溆浦等武陵山南地区。

《哀郢》为屈原放逐江南止泊陵阳九年之后而写的一篇"回忆录"，《悲回风》亦当为此后不久所写，因为两篇的思想内容与感情状态有共同的特征。《哀郢》哀"郢路之辽远"，哀"冀一反之何时"；《悲回风》悲"孤子吟泪"，悲"放子不还"。所抒的都是怀念故国之情，且感情均极悲哀，字字写来都是泪，又分别以"哀""悲"二字命题，这亦非偶然。那么，《哀郢》为什么痛哭"不得一反"呢？这有两方面的原因：一是在陵阳九年不见召书，诗人深知政治形势的恶化，他不可能再回去了，所以在诗的开头特别描写了离郢时楚国的动乱，离郢的路上又一路涕泪，退居汉北时便不是这种感情。再一点是已预感楚之危亡，诗中"哀州土之平乐兮，悲江介之遗风"②，"曾不知夏之为丘兮，孰两东门之可芜？"③ 便道出了诗人的这种情怀。《九章》诸篇中，唯此二篇思想感情最为接近，故应

---

① （宋）洪兴祖撰，白化文等点校：《楚辞补注》，中华书局1983年版，第137页。
② 同上书，第134页。
③ 同上书，第135页。

为同一时期之作。至于时间之先后，《哀郢》可能要早一些，因为《哀郢》尚不曾言死，《悲回风》则由悲伤失望而想到死。

关于《哀郢》的创作背景和年代问题，至今众说纷纭，莫衷一是。概括起来，主要有三说。第一，哀放说。谓屈原被放逐之后因哀念故都，感叹身世遭遇而作此篇。王逸《楚辞章句》首倡此说。黄文焕《楚辞听直》认为屈原放逐是在顷襄王初年，又据《哀郢》"至今九年而不复"，则定《哀郢》作于顷襄王九年左右。蒋骥《山带阁注楚辞》亦同黄说。第二，庄蹻暴郢说。谭介甫《屈赋新编》力主此说。谭介甫认为怀王二十八年，庄蹻在郢都暴动，怀王二十九年，屈原随人民"仲春而东迁"，《哀郢》所哀正是此事。他又据《哀郢》"至今九年而不复"，推算《哀郢》作于顷襄王七年。第三，秦兵破郢说。王夫之《楚辞通释》："顷襄畏秦，弃故都而迁于陈"①，又云："赋作于九年之后，则前云仲春，甲之朝者，皆追忆始迁而言之。"② 王夫之以为《哀郢》即哀郢都之陷落，指顷襄王二十一年，秦将白起破郢，顷襄王迁都陈城之事。哀郢作于此后九年，即在顷襄王三十年。此外，戴震《屈原赋音义》则认为："屈原东迁疑当在顷襄元年，秦发兵，出武关、攻楚，大败楚军，取析十五城而去。时怀王辱于秦，兵败地丧，民离散相失，故有皇天不纯命之谓。"③ 又于《屈原赋注》云："此篇上言淼南渡之焉如，则至今九年，盖顷襄迁之江南，及是九年也。"戴震定《哀郢》作于顷襄九年。

秦拔楚郢之战，指从楚顷襄王十九年爆发秦伐楚之战开始，至二十七年楚质太子于秦，两国重复"和好"，战争状态结束的整个战争进程而言，而非单指它的某一战役。《史记·秦本纪》："（秦昭王）二十七年错（司马错）攻楚。二十八年，大良造白起攻楚，取鄢、邓。二十九年，大良造白起攻楚，取鄢为南郡，楚王走。"④《楚世家》："（顷襄王）十九年，秦伐楚，楚军败，割上庸及汉北地予秦。二十年，秦将白起拔我西陵。二十一年，秦将白起遂拔我郢，烧先王墓夷陵，楚襄王兵散，遂不复战，东北保于陈城。"⑤ 据《水经·沔水注》和《方舆纪要》载，楚顷襄王二十年

---

① （明）王夫之：《船山全书》第14册，岳麓书社1996年版，第309页。
② 同上书，第312页。
③ （清）戴震：《屈原赋注》，中华书局1999年版，第121页。
④ （汉）司马迁：《史记》，中华书局1959年版，第213页。
⑤ 同上书，第1735页。

秋，白起攻郢时，攻占邓、鄢五邑，引水灌鄢城（今宜城），淹死楚人数十万，可见当时楚国损失惨重，精锐尽丧。屈原为三闾大夫，居于郢都之郊，其实丕仔鄢郢，他是从数十万死人堆中爬出来而流亡江南者。《水经注》"夷水"条云："夷水又东注于沔，昔白起攻楚，引西山谷水，即是水也。旧碣去城一百许里，水从城西灌城东，入注于渊，今熨斗陂是也。水溃城东北角，百姓随水流死于城东者数十万，城东皆臭，因名其陂为臭池。"① 鄢即今湖北宜城市，是当时保卫郢都的最后一道防线。鄢被攻下，郢都自然难保，这才迫使顷襄王迁都于陈，才会出现"百姓震愆""民离散相失"的悲惨情景。白起拔郢后，焚毁楚"先王墓夷陵"。葬于江陵附近的楚王墓，有楚庄王、康王、昭王、穆王、平王、怀王等（参阅《太平寰宇记》《舆地纪胜·江陵府》《渚宫旧事》《江陵余志》《荆州记》）。《楚世家》："二十二年，秦复拔我巫、黔中郡。"②《秦本纪》："（昭王）三十年，蜀守若伐楚，取巫郡。及江南为黔中郡。"③

"皇天之不纯命兮，何百姓之震愆？"④ 纯尊也，一也，天不纯命，犹言天命不常。此句盖与《尚书·多方》"惟天不畀纯"⑤ 同意。孙星衍曰："纯、醇通，好也。言天不与以美报也。"此文之纯命盖即命纯也。《离骚》注云："至美曰纯"；《方言》《广雅》并云："纯，好也。"是纯为美好之义。不纯命谓不命以美好。屈原于此以满腔愤慨质疑天命，不说"命纯"而说"纯命"者，盖欲强调宾语之故。《诗·节南山》"无小人殆"，即无殆小人（俞氏《群经平议》说），与此同例。震惊也。愆读为謇，惊扰义近。一表震动也。

"民离散而相失兮，方仲春而东迁"，王逸云："德美大称皇天，以兴君也。震，动也。愆，过也。言皇天不纯一其施，则万物夭伤，人君不纯一其政，则百姓震动以触罪也。仲春，二月也，刑德合会嫁娶之时。言怀王不明，信用谗言而放逐己，正以仲春阴阳会时，徙我东行，遂与家室相失也。"⑥ "去故乡而就远兮，遵江夏以流亡"⑦，疑江夏本一水，如江汉江

---

① 王国维：《水经注校》，上海人民出版社 1984 年版，第 908 页。
② （汉）司马迁：《史记》，中华书局 1959 年版，第 1735 页。
③ 同上书，第 213 页。
④ （宋）洪兴祖撰，白化文等点校：《楚辞补注》，中华书局 1983 年版，第 132 页。
⑤ （汉）孔安国传，（唐）孔颖达疏：《尚书正义》，北京大学出版社 1999 年版，第 458 页。
⑥ （宋）洪兴祖撰，白化文等点校：《楚辞补注》，中华书局 1983 年版，第 132 页。
⑦ 同上。

湘之类，下文"江与夏之不可涉"，或衍与字。钱澄之《楚辞屈诂·九章》说："此原初发郢，由鄂渚夏口转而西溯湖湘之南也。"马其昶从之，胡文英亦然。胡文英曰："或曰屈子何以不由荆江，出荆江口，过洞庭，至岳州府，岂不甚便，而为此道远也？曰：荆江险而难行，故人多由汉江也。"① 游国恩以为是顺江东下。"是屈子以是年二月之甲日，自郢都启行，顺流东下也。……此言浮江而下，经洞庭湖入江之处也。……兼流至武昌而会于江，谓之夏口，今之汉口也，此言舟西南感至此，有怀郢都。"② 游国恩认为屈原是从郢都出发，顺江东下，经洞庭湖入江之口，而至武昌、汉口。姜亮夫、郭沫若、陆侃如等从之。汤炳正大体相似："先从郢都沿江东下，到达'泸江'，'陵阳'。"金开诚、褚斌杰、赵逵夫等从之。"流亡"在屈赋中凡四见，即《哀郢》中的"去故乡而就远兮，遵江夏以流亡"，《离骚》中的"宁溘死而流亡兮，余不忍为此态也"③，《悲回风》中的"宁溘死而流亡兮，不忍此心之常愁"④，《忆往日》中的"宁溘死而流亡兮，恐祸殃之有再"⑤。

出国门而轸怀兮，甲之晁吾以行。
发郢都而去闾兮，怊荒忽其焉极？
楫齐扬以容与兮，哀见君而不再得。
望长楸而太息兮，涕淫淫其若霰。

"去闾"即前面所云，屈原从白起引江水漫灌鄢郢死者数十万人之死人堆中爬出来而流亡。他之三闾大夫一职，也在此处画上句号，此之谓"去闾"。时间是周赧王三十六年至三十七年（前279年—前278）。这在屈原是一件大事，唯有"望长楸而太息兮，涕淫淫其若霰"，触动灵魂深处。王逸注："长楸大梓"，"言己顾望楚都，见其大道长树，悲而太息，涕下淫淫如雨霰也"⑥，王以长楸为表道树，是也。古梁府《杂离歌》"晨行梓道中，梓叶相切磨"，是古以楸梓表道之证。王注："夏首，夏水口

---

① 《屈骚指掌》卷三，乾隆五十一年富芝堂刊本。
② 游国恩：《游国恩学术论文集》，中华书局1989年版，第43页。
③ （宋）洪兴祖撰，白化文等点校：《楚辞补注》，中华书局1983年版，第15—16页。
④ 同上书，第158页。
⑤ 同上书，第153页。
⑥ 同上书，第133页。

也。"《荀子解蔽篇》"夏首之南有人焉"。王注："龙门，楚东门也。"①屈原"望长楸而太息兮，涕淫淫其若霰"，折射着对鄢郢故乡之无限深情，于心难以割舍。梓为百木之长，鼓为百声之长。梓乃形声字，从木，宰省声。本为原产中国的落叶乔木，高6—9米，叶对生，宽卵形，先端尖。大的圆锥花序，顶生，黄白色，略带紫色斑点，蒴果长丝状，种子扁平，木材可供建筑及制作木器用。《说文解字》云：梓，楸也。或作榟。《诗经·鄘风·定之方中》："树之榛栗，椅、桐、梓、漆。"《史记·货殖列传》："江南出楠梓。"② 引申为制作木器的人，《周礼·考工记》："攻木之工，轮、舆、弓、庐、匠、车、梓。"③《通志》云：梓与楸相似。《尔雅·释木》椅，梓，郭注：即楸。晋陆玑《毛诗草木鸟兽虫鱼疏》卷上云："梓者，楸之疏理，白色而生子者为梓，梓实桐皮曰椅，今人云梧桐也，则大类同而小别也。桐有青桐、白桐、赤桐，白桐宜琴瑟，今云南牂牁人绩以为布，似毛布。"④ 陆佃《埤雅》云："梓为百木长，故呼梓为木王。盖木莫良于梓，故《书》以梓材名篇，《礼》以梓人名匠，朝廷以梓宫名棺也。罗愿云：屋室有此木，则余材皆不震。其为木王可知。"⑤ 又桥梓。《尚书·大传》云：桥者，父道也。梓者，子道也。又桑梓，父之所树。《诗经·小雅·小弁》云："维桑与梓，必恭敬止。"又《梓材》为《尚书·周书》篇名。古作杍材。注云："治木器曰梓，治土器曰陶，治金器曰冶。"《周礼·冬官考工记》云："攻木之工七：轮舆弓庐匠车梓。"⑥ 又《礼·曲礼》"溉者不写"，疏云："杯盂之属。亦曰梓。"又如梓人（古代木工的一种）；梓匠（两种木工。梓，梓人，造器具；匠，匠人，主建筑）；梓师（古代梓人之长）；梓器（木工所制的器具）。雕刻印书的木版也称"梓"，张居正《答奉常陆五台书》云："闻以华严合论梓行，此希有功德也。"又如梓人（指印刷业的刻版工人）；梓行（刻版印行）；梓刻（雕版，表示书将印行）。又作故乡之代称，因为古代宅旁常栽的树，是梓和桑。刘迎《题刘德文戏彩堂》云："吾不爱锦衣，荣归夸梓里。"词性变为动词，指刻板，付印，宋应星《天工开物·序》："故归

---

① （清）王先谦：《荀子集解》，中华书局1988年版，第405页。
② （汉）司马迁：《史记》，中华书局1959年版，第3253页。
③ （汉）郑玄注，（唐）贾公彦疏：《周礼注疏》，北京大学出版社1999年版，第1063页。
④ （晋）陆玑：《毛诗草木鸟兽虫鱼疏》，中华书局1985年版，第23页。
⑤ 陆佃：《埤雅》，中华书局1985年版，第360页。
⑥ （汉）郑玄注，（唐）贾公彦疏：《周礼注疏》，北京大学出版社1999年版，第1063页。

梓删去。"又"其友涂伯聚为之梓行"。又俗谓锓文书于板曰梓。这是农业中国深深铭记之故里情结。

"过夏首而西浮兮,顾龙门而不见。心婵媛而伤怀兮,眇不知其所跖"①,《淮南子·原道篇》:"自有跖无",注曰:"跖,适也。""顺风波以从流兮,焉洋洋而为客。"王逸注云:"洋洋,无所归貌也。"②"凌阳侯之氾滥兮,忽翱翔之焉薄?"王逸注云:"凌,乘也。阳侯,大波之神。"③洪兴祖补注:"《战国策》云:塞漏舟而轻阳侯之波",④则舟覆矣。《淮南子·览冥训》曰:"武王伐纣,渡于孟津,阳侯之波,逆流而击,疾风晦冥,人马不相见。于是武王左操黄钺,右秉白旄,瞋目而撝之曰:'余任天下,谁敢害吾意者。'于是,风济而波罢。"注云:阳侯,陵阳国侯也。其国近水,溺死于水,其神龙为大波,有所伤害,因谓之阳侯之波也。应劭曰:阳侯,古之诸侯。有罪自投江,其神为大波。"⑤《世本·氏姓篇》说:"阳氏,阳侯之后。"宋忠注:"阳侯,伏羲之臣,盖大江之神者。"《初学记》卷六引《博物志》说:"昔阳国侯溺水,因为大海神。"对此,《绎史》卷三亦说:"伏羲六佐:……阳侯为江海。"屈原流放之途,面对着浩浩荡荡而不知所止的迷漫之境,不仅秋风凛冽,而且风波险恶,一个垂老诗翁如何去承担?"心絓结而不解兮,思蹇产而不释",王逸注:"蹇产,诘屈也。"⑥"将运舟而下浮兮,上洞庭而下江",蒋骥曰:"上下,谓左右。礼,东向、西向之席,俱以南方为上。今自荆达岳,东向面行,洞庭在其南,故以洞庭为上而江为下也。"⑦此时尚未到达夏浦,面对滔滔滚滚的江水,诗人开始展望前程,预测未来路线:先下汉江,然后再往洞庭走。

去终古之所居兮,今逍遥而来东。
羌灵魂之欲归兮,何须臾而忘反!
背夏浦而西思兮,哀故都之日远。

---

① (宋)洪兴祖撰,白化文等点校:《楚辞补注》,中华书局1983年版,第133—134页。
② 同上书,第134页。
③ 同上。
④ 同上。
⑤ 何宁:《淮南子集释》,中华书局1998年版,第445—446页。
⑥ (宋)洪兴祖撰,白化文等点校:《楚辞补注》,中华书局1983年版,第134页。
⑦ (清)蒋骥:《山带阁注楚辞》,上海古籍出版社1984年版,第119页。

蒋骥注曰："浦，水涯也。夏水东迳沔阳入汉，兼流至武昌而会于江，谓之夏口。"① "登大坟以远望兮，聊以舒吾忧心"，水边地高起者曰坟。哀，爱也，感也，《诗经·关雎序》云："哀窈窕"，爱窈窕也。《吕氏春秋·慎大览·报更篇》曰："故诗曰：'赳赳武夫，公侯干城''济济多士，文王以宁'，人主胡可以不务哀士。士其难知，唯博之为可。博则无所遁矣。"注云："哀，爱也。"② 《淮南子·说林篇》"各哀其所生"，注："哀，爱也。"③ 《管子·形势篇》"见哀之役"④，解作"见爱之交"⑤。《乐记》"肆直而慈爱者"，注："爱或为哀。"⑥ 爱人者，就是呼吁把人当成人来对待，楚顷襄王朝对一代诗翁连这一点人情味都没有，可叹也乎！

"哀州土之平乐兮，悲江介之遗风"，王逸注："远涉大川，风俗异也。"⑦ 朱熹注："介，间也。遗风，谓故家遗俗之善也。"⑧ 清王念孙、王引之《读书杂志馀编》卷上云："'食不敢先尝，必取其绪'，《释文》曰：'绪，次绪也。'念孙案：陆说非也。绪者，余。言食不敢先尝，而但取其余也。《让王篇》：'其绪余以为国家。'司马彪曰：'绪者，残也，谓残余也。'《楚辞·九章》'欸秋冬之绪风。'王注曰'绪，余也。'⑨ 《管子·弟子职篇》：'捧碗以为绪'，尹知章曰：'绪，然烛烬也。'⑩ 烬，亦余也（见《方言》、《广雅》）。"⑪ 今按王逸解遗风为风雨之风。又读遗为隧，谓隧风即疾风也。考寻《吕览·本味篇》遗风之乘，高诱注："行迅谓之遗风"⑫；《文选·圣主得贤臣颂》追奔电，逐遗风，李善注："遗风，风之疾者"，是遗风即疾风也。又以同声之字求之，遗与颓声同义通。《诗经·小雅·谷风》维风及颓，毛传云："颓，风之焚轮者

---

① （清）蒋骥：《山带阁注楚辞》，上海古籍出版社1984年版，第119页。
② 许维遹：《吕氏春秋集释》，中华书局2009年版，第375—376页。
③ 何宁：《淮南子集释》，中华书局1998年版，第1171页。
④ 黎翔凤：《管子校注》，中华书局2004年版，第45页。
⑤ 同上书，第46页。
⑥ （汉）郑玄注，（唐）孔颖达疏：《礼记正义》，北京大学出版社1999年版，第1147页。
⑦ （宋）洪兴祖撰，白化文等点校：《楚辞补注》，中华书局1983年版，第134页。
⑧ （宋）朱熹：《楚辞集注》，上海古籍出版社2001年版，第81页。
⑨ （宋）洪兴祖撰，白化文等点校：《楚辞补注》，中华书局1983年版，第129页。
⑩ 黎翔凤：《管子校注》，中华书局2004年版，第1155页。
⑪ （清）王念孙：《读书杂志》，中国书店1985年版，第24页。
⑫ 许维遹：《吕氏春秋集释》，中华书局2009年版，第320页。

也。"《尔雅·释天》焚轮谓之颓，孔疏引李巡曰："焚轮，暴风从上来降谓之颓。颓，下也。"① 孙炎曰："回风从上下曰颓。"也可证遗有疾义。似不须读为隧也。此言屈原流放之途风波凛冽，寒风刺骨，让一个衰老诗翁情何以堪，人性受到践踏。"当陵阳之焉至兮，淼南渡之焉如？"《汉书·地理志第八上》云："武陵郡，高帝置。莽曰建平。属荆州。户三万四千一百七十七，口十八万五千七百五十八。县十三。……沅陵，莽曰沅陆。镡成，康谷水南入海。……迁陵，莽曰迁陆。辰阳，三山谷，辰水所出，南入沅，七百五十里。……酉阳，义陵，郦梁山，序水所出，西入沅。莽曰建平。佷山，零阳，充。酉原山，酉水所出，南至沅陵入沅，行千二百里。……零陵郡，武帝元鼎六年置。莽曰九疑。属荆州。户二万一千九十二，口十三万九千三百七十八。县十：零陵，阳海山，湘水所出，北至酃入江，过郡二，行二千五百三十里。又有离水，东南至广信入郁林，行九百八十里。营道，九疑山在南。莽曰九疑亭。……路山，资水所出，东北至益阳入沅，过郡二，行千八百里。"②《后汉书·地理志》云："武陵郡（秦昭王置。名黔中郡，高帝五年更名。雒阳南二千一百里。）十二城，户四万六千六百七十二，口二十五万九百一十三。'临沅'、'汉寿'故索，阳嘉三年更名，刺史治。'孱陵'、'零阳'、'充'、'沅陵'，先有壶头山。'辰阳'、'酉阳'、'迁陵'、'镡成'、'沅南'，建武二十六年'作唐'。"③《哀郢》中的"陵阳"自然可以理解成"武陵山之阳"。宋洪兴祖《楚辞补注》云："前汉丹阳郡，有陵阳仙人。陵阳，子明所居也。"后世学者多从此说。如，北京大学中国文学史教研室选注《先秦文学史参考资料》云："陵阳，地名，在今安徽东南部青阳、石埭之间，居大江之南约百里，以当地有陵阳山而得名。"④ 游国恩在《屈原》中言："陵阳现在不可考"，并夹注："有人说即安徽青阳县南六十里的陵阳，当大江之南，庐江之北。但屈原行踪未必至此。"闻一多云：当，值也，抵也。既抵陵阳，其又将至何处？南渡淼茫，弥望无际，其将何往。《汉书·地理志》丹阳郡有陵阳县，在今安徽青阳县南六十里，其地当大江之

---

① （晋）郭璞注，（宋）邢昺疏：《尔雅注疏》，北京大学出版社1999年版，第171页。
② （汉）班固：《汉书》，中华书局1962年版，第1594—1595页。
③ （宋）范晔：《后汉书》，中华书局1965年版，第3484页。
④ 北京大学中国文学史教研室：《先秦文学是参考资料》，高等教育出版社1957年版，第546页。

南,庐江之北。南渡盖谓渡庐江,招魂所谓"路贯庐江左长薄"也。夏疑即汉江夏地,此时楚都所在。王注"丘,墟也"。曾犹从也。从不知国邑之变为废墟也。孰犹孰谓也。屈原流放之途漫漫,于此可见。"曾不知夏之为丘兮,孰两东门之可芜?"王引之《经传释词》:"《方言》:曾,何也(《广雅》同)。湘潭之源,荆之南鄙,谓何为曾,若中原言何为也。"杨树达批语云:"此今'怎'字之始。""孰"与"曾"字同义。王引之《经传释词》:"孰,犹何也。……《楚辞·九章》曰:'孰两都门之可芜?'《吕氏春秋·知接》曰:'孰之壤壤,可以为之莽莽'①,孰字并与何字同义。"准此地理名词之杂乱,可知屈原流放之途颇是昏头转向,碰到葫芦就叫瓢可矣。

> 心不怡之长久兮,忧与愁其相接。
> 惟郢路之遥远兮,江与夏之不可涉。
> 忽若去不信兮,至今九年而不复。
> 惨郁郁而不通兮,蹇侘傺而含戚。
> 外承欢之汋约兮,谌荏弱而难持。
> 忠湛湛而愿进兮,妒被离而鄣之。
> 尧、舜之抗行兮,瞭杳杳而薄天。
> 众谗人之嫉妒兮,被以不慈之伪名。
> 憎愠惀之修美兮,好夫人之忼慨。
> 踥蹀而日进兮,美超远而逾迈。

章炳麟云:蹇謇同,乃也。《汉书·扬雄传》上"闺中容竞绰约兮",注曰:"绰约,善容止也。"② 即此汋约乃承欢之义。王逸注:"谌,诚也","湛湛,厚重貌。"抗同亢,高也。薄迫同。被,加也。《庄子·盗跖篇》云:"尧不慈,舜不孝。"③《淮南子·时则训》"纯温以沦",温沦即温愠,和顺貌也。然疑此借为婉娈。忼慨,激切貌,温愠之反也。夫人,犹凡人,众人也。"至今九年而不复",可知流放时日之漫长,非把一代诗翁最后那点灯油熬干不可,这就是楚顷襄王朝的政治形态乎?

---

① 许维遹:《吕氏春秋集释》,中华书局2009年版,第504页。
② (汉)班固:《汉书》,中华书局1962年版,第3518页。
③ 陈鼓应:《庄子今注今译》,中华书局1983年版,第828页。

乱曰：

曼余目以流观兮，冀壹反之何时？
鸟飞反故乡兮，狐死必首丘。
信非吾罪而弃逐兮，何日夜而忘之？

屈原还是留恋故乡，"鸟飞反故乡兮，狐死必首丘"，禽兽还有回归故乡之自由，一代诗翁却连狐狸、飞鸟的自由也被剥夺净尽，可叹也乎，可慨也乎！闻一多云："曼读为曫。"《说文》："曫，平目也。"《系传曰》："目眼睑低也"，《字林》"曫目眢平貌"，案远望者合眢审谛之貌也。《招魂》"遗视矊些"，曫矊声义俱近。《淮南子·说林训》云："鸟飞反乡，兔走归窟，狐死首丘，寒将（螀）翔水，各哀其所生。"①《缪称训》云："夫子见禾之三变也，滔滔然曰，狐乡丘而死，我其首禾乎"，注曰："禾穗垂而向根，君子不忘本也。"②《礼记·檀弓上》云："君子曰，乐，乐其所自生；礼，不忘其本，古之人有言曰，狐死正丘首仁也。"③此所谓"仁也"的行为，所展示者乃是农业中国的归本故里之情结。

《九章·抽思》

《抽思》是屈原退居汉北时所写，时间大概在楚怀王二十六年（姜亮夫《楚辞论文集·屈原事迹续考》）。距《惜诵》之作已经十年。"重著以自明"并不能祛除楚怀王的愤怒、子兰的怨恨、党人（贵族投降派）的构陷，因此放逐依然执行。"放逐"就是驱逐出郢都，不许与闻国事。屈原被迫出都后的流浪地点，是汉北，即今湖北北部襄阳及河南西南部内乡西峡一带。这一带地方统统叫作"汉北"。屈原在道中作《抽思》，《抽思》可以说是《惜诵》的续篇。题目"抽思"，取自篇中"与美人抽思"句，关于"抽思"二字的解释，朱熹《楚辞集注》算是最得其要领，曰："抽，拔也；思、意也"，则"与美人抽思"当为：拔出自己的思想让怀王看一看，也就是向怀王倾吐自己的衷肠，所谓"结微情以陈词"，就是此意思也。与《抽思》直接相关的又一次放逐当在楚怀王"复用屈原"，屈原使齐，而稍后齐楚同盟再一次被秦国分化瓦解之后。这一次，怀王

---

① 何宁：《淮南子集释》，中华书局1998年版，第1171页。
② 同上书，第722页。
③ （汉）郑玄注，（唐）孔颖达疏：《礼记正义》，北京大学出版社1999年版，第194页。

对屈原大发脾气，并且把他打发到汉北去，其原因估计是屈原反对怀王的新定国是。关于齐楚同盟被秦国击破一事，《史记》中有两种说法，一见于《屈原列传》，略谓秦楚大战之明年即怀王十八年（前311），"秦割汉中地与楚以和，楚王曰：'不愿得地，愿得张仪而甘心焉。'张仪闻，乃曰：'以一仪而当汉中地，臣愿请往如楚。'如楚，又因厚币用事者臣靳尚，而设诡辩于怀王宠姬郑袖，怀王竟听郑袖，复释去张仪。是时屈平……使于齐，顾反，谏怀王曰：'何不杀张仪？'怀王悔，追张仪不及。"①

此说与《新序·节士》篇略同。《新序·节士第七》："屈原者名平，楚之同姓大夫，有博通之知，清洁之行，怀王用之。秦欲吞灭诸侯，并兼天下。屈原为楚东使于齐，以结强党。秦国患之，使张仪之楚，货楚贵臣上官大夫、靳尚之属，上及令尹子阑、司马子椒，内赂夫人郑袖，共谮屈原。屈原遂放于外，乃作《离骚》。张仪因使楚绝齐，许谢地六百里。怀王信左右之奸谋，听张仪之邪说，遂绝强齐之大辅。楚既绝齐，而秦欺以六里。怀王大怒，举兵伐秦，大战者数，秦兵大败楚师，斩首数万级。秦使人愿以汉中地谢，怀王不听，愿得张仪而甘心焉。张仪曰：'以一仪而易汉中地，何爱？'仪请行，遂至楚，楚囚之。上官大夫之属共言之王，王归之。是时怀王悔不用屈原之策，以至于此，于是复用屈原。屈原使齐还，闻张仪已去，大为王言张仪之罪，怀王使人追之不及。后秦嫁女于楚，与怀王欢，为蓝田之会。屈原以为秦不可信，愿勿会，群臣皆以为可会。怀王遂会，果见囚拘，客死于秦，为天下笑。怀王子顷襄王亦知群臣谄误怀王，不察其罪，反听群谗之口，复放屈原。屈原疾暗王乱俗，汶汶嘿嘿，以是为非，以清为浊，不忍见污世，将自投于渊。渔父止之，屈原曰：'世皆醉，我独醒；世皆浊，我独清。吾闻之，新浴者必振衣，新沐者必弹冠。又恶能以其泠泠，更世事之嘿嘿者哉！吾宁投渊而死。'遂自投湘水汨罗之中而死。"② 另据《史记·张仪列传》，楚怀王并没有听从屈原的进谏，而被秦国的外交攻势和张仪的阴谋完全弄昏了头，赦张仪，"厚礼之如故"，甚至还打算与秦结盟，"长为昆弟之国"；屈原提出异议，指出"前大王见欺于张仪，张仪至，臣以为大王烹之；今纵

---

① （汉）司马迁：《史记》，中华书局1959年版，第2484页。
② （汉）刘向编著，石光瑛校释：《新序校释》，中华书局2001年版，第936—949页。

弗忍杀之,又听其邪说,不可"。怀王不听。《张仪列传》记载似更可信,既然屈原的主张与怀王完全不同,屈原在朝廷上就站不住了,他被放逐到汉北,估计是在此背景前发生的。蒋骥推测云:"意者使齐之后,(屈)原复立朝,遂趋间自申,故愈撄众怒,而迁之汉北欤?"① 蒋骥又曰:"盖君恩未远,犹有拳拳自媚之意;而于所陈耿著之辞,不惮亶亶述之,则犹幸其念旧而一悟也。"② 此说如果修正为屈原使齐复回楚国后,因为反对怀王的政策,引起怀王大怒,遂被流放汉北,可能更近于历史真实。把屈原放逐到汉北去应当就在怀王十八年(前311)。屈原在汉北待了多长时间不得而知,可以知道的是,怀王二十七年(前302),因为留在秦国充当人质的楚太子杀了一个秦大夫,秦楚交恶,次年(前301),秦与齐、韩、魏共攻楚,杀楚将唐昧,取重丘,第二年(怀王二十九年,前300)秦复攻楚,杀楚将景缺,楚复与齐结盟,使太子质于齐,楚国的外交政策再次发生重大变化,屈原大约要到这时才被召回。若情形如此,屈原在汉北前后长达十二年(前311—前300)之久。《史记·屈原列传》说,秦昭王约见楚怀王,怀王欲行,屈原说:"秦虎狼之国,不可信,不如无行!"此事在怀王三十年(前229),其时屈原确已在朝。

王夫之《楚辞通释》:"原于顷襄之世,迁于江南,道路忧悲,不能自释,追思不得于君见妒于谗之始。自怀王背己而从邪佞,乃退居汉北以来,虽遭恶怒,未尝一日忘君,而谗忌益张,嗣君益惑。至于见迁南行,反己无疚,而世无可语,故作此篇以自述其情,冀以抒其愤懑焉。"③ 王夫之以为《抽思》是屈原被顷襄王再放江南之后所作,内容是抒发怀王放己汉北,顷襄王放己江南的愤懑。林云铭、蒋骥亦以为屈原曾居汉北,但只是益疏于怀王之后独自流浪在外,与后来顷襄王对他的"放逐"不同,《抽思》是屈原于怀王时期居汉北时所作,内容与顷襄王无涉。林云铭《楚辞灯》云:"(怀王迁原于汉北)比前尤加疏耳,但未尝羁其身,如顷襄之于江南也。故在江南时不陈词,在汉北时陈词。《哀郢》篇言弃逐,是篇不言弃逐,盖可知矣。"蒋骥《山带阁注楚辞》:"原于怀王,受知有

---

① (清)蒋骥:《山带阁注楚辞》,上海古籍出版社1984年版,第25页。
② 同上书,第126页。
③ (明)王夫之:《船山全书》第14册,岳麓书社1996年版,第320页。

素，其来汉北，或以谪宦于斯，非顷襄弃逐江南比。"① 一代诗翁之命运，在顷襄王之世可谓跌破了人性之底线。

> 心郁郁之忧思兮，独永叹乎增伤。
> 思蹇产之不释兮，曼遭夜之方长。
> 悲秋风之动容兮，何回极之浮浮！
> 数惟荪之多怒兮，伤余心之忧忧。
> 愿摇起而横奔兮，览民尤以自镇。
> 结微情以陈辞兮，矫以遗夫美人。
> 昔君与我成言兮，曰："黄昏以为期。"
> 羌中道而回畔兮，反既有此他志。
> 憍吾以其美好兮，览余以其修姱。
> 与余言而不信兮，盖为余而造怒。
> 悲夷犹而冀进兮，心怛伤之憺憺。
> 兹历情以陈辞兮，荪详聋而不闻。
> 固切人之不媚兮，众果以我为患。
> 初吾所陈之耿著兮，岂不至今其庸亡？
> 何独乐斯之蹇蹇兮？愿荪美之可完。
> 望三五以为像兮，指彭咸以为仪。
> 夫何极而不至兮，故远闻而难亏。
> 善不由外来兮，名不可以虚作。
> 孰无施而有报兮，孰不实而有获？

所谓"心郁郁之忧思兮，独永叹乎增伤；思蹇产之不释兮，曼遭夜之方长"，诗人忧生悯世之面容悲苦可掬。此可参照《悲回风》"终长夜之曼曼"，注"曼曼，长貌"。《文选·长门赋》"夜曼曼其若岁兮"。字一作漫，魏文帝《寡妇赋》"秋夜兮漫漫"。宁戚商歌"长夜漫漫何时旦"。曼犹漫漫也，之犹其也，言遭夜漫漫其方长也。其悲剧意识穿透了漫漫长夜，寤寐难眠。

"悲秋风之动容兮，何回极之浮浮"，王逸注曰："回，邪也。极，中

---

① （清）蒋骥：《山带阁注楚辞》，上海古籍出版社1984年版，第126页。

也。浮浮，行皃。怀王为回邪之政，不合道中，则其化流行，群下皆效也。"① 朱熹注："回极浮浮，未详所谓。或疑回极指天极回旋之枢轴，言其远转之速而不可当，亦未知其是否也。"② 按：回极，王逸解为回邪之政，不合道中。极只训中，而解为不合道中，非是。朱熹谓回极指天极回旋之枢轴，盖本于《九叹·远逝》注。《九叹》注曰："回，旋也。极，中也。谓会北辰之星于天之中也。"其说近是。《诗经·大雅·江汉》"江汉浮浮"，郑玄云："江汉之水合而东流浮浮然"，浮浮是形容水流之盛大，回极当指回急之水流，非指北极。回，转也。从口，中象回转形，见《说文》。用为名词，即谓回水，《涉江》"淹回水而凝滞"是也。《淮南子·精神训》"随其天资而安之不极"，注曰："极，急也。"用作名词，便是急流。下文"长濑湍流"，朱熹注："湍，急流也。"③ 蒋骥注："湍，急流也；长濑湍流，指由汉达江之水而言。"④ 可见当时汉水之流甚急。上文云："悲秋风之动容"，说明这是写秋天之景象。《庄子》云："秋水时至，百川灌河"，秋时水大，回急之波流浮浮然，故曰回极之浮浮。"何回极之浮浮"者，叹世事变化如回急之波浮浮然而大也。下文谓"昔君与我成言兮，曰黄昏以为期，羌中道而回畔兮，反既有此他志。憍吾以其美好兮，览余以其修姱。与余言而不信兮，盖为余而造怒"，即世情波变之一端也。注家远言天极，似不如近指汉水风光，更为切近当时之情况也。⑤

"悲秋风之动容兮"，动容犹冲涌，风气动貌也。极，天极，天极回旋，故曰回极，此盖泛指天宇，不专谓天体回旋之枢轴。《九叹·远游》"徼九神于回极"，犹言召九神于天上也。浮浮，动貌。数，屡也。惟思也。王注："忧忧，痛貌也。"

"愿摇起而横奔兮，览民尤以自镇"，摇起，疾起也。扬雄《方言二》云："摇，疾也，燕之外鄙，朝鲜洌水之间曰摇。"《古文苑·枚乘梁王兔园赋》云："羽盖繇起"；《汉书·郊祀志》云："遥兴轻举"，繇、遥并与摇通（以上摇字说本王念孙）。擥，采也，取也。尤，怨也。镇义未详。微，隐也。桥，攀也。

---

① （宋）洪兴祖撰，白化文等点校：《楚辞补注》，中华书局1983年版，第137页。
② （宋）朱熹：《楚辞集注》，上海古籍出版社2001年版，第83页。
③ 同上书，第85页。
④ （清）蒋骥：《山带阁注楚辞》，上海古籍出版社1984年版，第125页。
⑤ 参见周秉钧《九章臆解》，《古汉语研究》1991年第3期。

所谓"结微情以陈辞兮,矫以遗夫美人"。昔君与我成言兮,曰:"黄昏以为期。羌中道而回畔兮,反既有此他志",对此解释,可用新批评派的理论,此派在研究比喻性意象时还提出一个"远距"原则,认为任何比喻的喻体与本体之两造之间距离越远越好。这样看来,《九章》中的男女意象则可算是符合"远距"原则的生动比喻了:"结微情以陈词兮,矫以遗夫美人。"(《抽思》)就像情人表达真心一样,屈原愿将一腔忠贞奉献给楚王,但结果却让他十分失望:"与余言而不信兮,盖为余而造怒"(《抽思》)、"媒绝路阻兮,言不可结诒"(《思美人》)。究其原因,诗人终于找到了事情的关键:"虽有西施之美容兮,谗妒入以自代。"(《惜往日》)这里又以"谗妒"比喻"第三者",原来是楚国旧贵族代表人物从中作梗,挑拨了屈原与楚王的关系。其间喻体与本体之两造的距离,足够人们反复寻味矣。《离骚》曰:"曰黄昏以为期兮,羌中道而改路。初既与余成言兮,后悔遁而有他。"[①] 以婚姻礼俗隐喻政治行为,喻体与本体之距离足够远矣,当面表达感情,可见楚国男女爱情交往也够自由矣。

"憍吾以其美好兮,览余以其修姱",其中的"憍"字,乃骄矜也。览,示也。盖,本一作盍。《惜诵》中可以发现屈原怨恨的是奸党群小,而在《抽思》中,他开始怨怪自己曾经无限忠诚、无限信赖的怀王,这是屈原思想认识的一次提高和彻悟,所谓"三折肱而成良医"也。

所谓"初吾所陈之耿著兮,岂不至今其庸亡?"清王引之《经传释词》云:庸,"其犹乃也";《词诠》曰"庸与乃同",其庸二字义同。此文之"其庸",盖同义虚词连用,即是"乃"的意思。岂至今其庸亡,是说难道到今天就遗忘了。怀王二十五年(公元前304)黄棘之会,楚国凭空收同上庸之地六县,这就是"不实(不种植)而有获","无施而有报"。以二等国楚国受一等国秦国的巴结、割让土地,就是"善由外来""名由虚作",其间隐含着政治阴谋,不加以辨察就是昏庸。

少歌曰:

> 与美人抽怨兮,并日夜而无正。
> 憍吾以其美好兮,敖朕辞而不听。

[①] (宋)洪兴祖撰,白化文等点校:《楚辞补注》,中华书局1983年版,第10页。

楚辞中除"本文"外，尚有"乱""少歌""倡""重"之类"标目"，从训诂上探讨其含义："乱"是总辑概述深化前文意义，"少歌"表述音乐功能，标示旋律变化，属于乐歌。"重"是前意不足而重复设辞，意在强调。"倡"是更造新曲，意在进一步发挥，比"重"又进了一层。《抽思》由本文、"少歌""倡""乱"四部分构成，显示音乐构思和意义阐发均非常活跃，是屈原少壮时期的作品。其中"少歌"相当于"乱"，与"本文"构成前段；"倡"与"乱"构成后段，"相当于本文与'乱'的关系"。故全篇显示的是"乱"与"重"两种形式相重的"特异结构"。日本竹治贞夫分析屈原作品中"本文"与"乱"的意义，大抵有四种："1. 把前段的大意在后段里概括叙出。"此种情况仅见于《抽思》的"少歌"。"2. 前段运用假托性的表现，后段表示现实的立场。"此以《离骚》《抽思》较典型。"3. 前段叙述自己的经历或事件始末，后段表示现在的心境。这在《离骚》《哀郢》《涉江》《怀沙》诸篇中可见。""4. 前段描写事物的性状，后段赞颂其德，并寓含理想化的人物形象。此惟《橘颂》中可见。""屈原抒情诗好用比兴手法，这种表现方法是假托的、象征性的。这样，就有必要把作品写成两段，并在后段中以直叙法为主，让作者的某些意思明白表出。"①竹治贞夫的说法不完全准确，但具有分类学的方法论价值。

对于"与美人抽怨兮，并日夜而无正。憍吾以其美好兮，敖朕辞而不听"四句，王逸《楚辞章句》卷四注云："为君陈道，拔恨意也。君性不端，昼夜谬也。示我爵位及财贿也。慢我之言，而不采听也。"②洪兴祖《楚辞补注》卷四则云："少歌曰（小吟讴谣，以乐志也。少，一作小。〔补〕曰：少，矢照切。《荀子》曰：其小歌也。注云：此下一章，即其反辞，总论前意，反覆说之也。此章有少歌，有倡，有乱。少歌之不足，则又发其意而为倡。独倡而无与和也，则总理一赋之终，以为乱辞云尔）：与美人抽怨兮（为君陈道，拔恨意也），并日夜而无正（君性不端，昼夜谬也。并，一作弃。一云：并憾日夜无正。〔补〕曰：并，籑也。冯衍赋云：并日夜而忧思）。憍吾以其美好兮（示我爵位及财贿也。一作骄），敖朕辞而不听（慢我之言，而不采听也。敖，一作警。〔补〕曰：敖，倨

---

① 〔日〕竹治贞夫：《楚辞研究》，《楚辞研究集成·楚辞资料海外编》，湖北人民出版社1986年版。

② （宋）洪兴祖撰，白化文等点校：《楚辞补注》，中华书局1983年版，第139页。

也，与傲同）。"①

倡曰：

> 有鸟自南兮，来集汉北。
> 好姱佳丽兮，牉独处此异域。
> 既惸独而不群兮，又无良媒在其侧。
> 道卓远而日忘兮，愿自申而不得。
> 望北山而流涕兮，临流水而太息。
> 望孟夏之短夜兮，何晦明之若岁！
> 惟郢路之辽远兮，魂一夕而九逝。
> 曾不知路之曲直兮，南指月与列星。
> 愿径逝而不得兮，魂识路之营营。
> 何灵魂之信直兮，人之心不与吾心同！
> 理弱而媒不通兮，尚不知余之从容。

《抽思》形式上以"倡曰"为线分上、下两篇，上篇写"结微情以陈词兮，矫以遗美人"；下篇点明作此歌诗是在汉北，媒绝路阻不得回去的痛苦。有所谓"少歌，小声歌之，倡，大声歌之"，反复陈词，用心良苦而殷切，冀望楚王之一悟也。其心中还是抱有希望。

"有鸟自南兮，来集汉北"，楚人以鸟为图腾，自己就是从此图腾中飞出来者。《诗经·小雅·菀柳》云："有鸟高飞，亦傅于天。"清人姚鼐《古文辞类纂》提出新解云："怀王入秦，渡江而北，故托有鸟而悲伤其南望郢而不得反也。故曰虽流放，睠顾楚国，系心怀王，不忘欲反。"②清人吴汝纶（《古文辞类纂评点》）亦从姚说。"惸独"一词，可与《诗经·小雅·正月》"哿矣富人，惸独"相参。"望北山而流涕兮"，北山何所指？《汉书·地理志》在汉中郡十二县中之"旬阳"县条下，班固自注曰："北山，旬水所出，南入沔。"③而"旬阳"本是楚国疆土，《战国策·楚策一》载苏秦语曰：当时楚国，"南有洞庭、苍梧，北有汾陉之塞、

---

① 同上。
② （清）姚鼐编：《古文辞类纂》，岳麓书社1988年版，第824页。
③ （汉）班固：《汉书》，中华书局1987年版，第596页。

旬阳，地方五千里"①。《史记·苏秦列传》也载此语，只是将"旬阳"写为"郇阳"，曰："北有陉塞、郇阳。"② 前引《楚世家》所载，怀王十七年，丹阳大战，秦败楚军，夺取汉中之郡，其中当然包括"旬阳"和"北山"。由此可知，屈原"望北山而流涕"，不仅仅是为个人遭际而伤感，更在为当时国家面临的政治军事危机而痛心疾首！且"北山"紧挨"汉北"，触景感怀，国土沦陷之事就发生在眼前，对于一个抱负远大、有心振兴国家却无力挽救的政治家而言，能不痛哭流涕乎？

对于"望孟夏之短夜兮，何晦明之若岁！惟郢路之辽远兮，魂一夕而九逝。曾不知路之曲直兮，南指月与列星。愿径逝而不得兮，魂识路之营营。何灵魂之信直兮，人之心不与吾心同！理弱而媒不通兮，尚不知余之从容"，王逸《楚辞章句》卷四注云："顾念旧故，思亲戚也。四月之末，阴尽极也。忧不能寐，常倚立也。隔以江湖，幽僻侧也。精魂夜归，几满十也。忽往忽来，行亟急也。参差转运，相递代也。意欲直还，君不纳也。精灵主行，往来数也。或曰：识路，知道路也。质性忠正，不枉曲也。我志清白，众泥浊也。知友劣弱，又鄙朴也。未照我志之所欲也。"③王逸是以汉学方法为歌诗释义，但歌诗之灵性在于以何种形式表达意义，以及表达得怎么样。屈原写在辽远郢路上"魂一夕而九逝"，哪怕道路弯曲难行，也要日夜兼程，南指月与列星来辨明方向，因为灵魂认路荧荧惑惑，不能径直而逝，但是灵魂还是诚信耿直，可以信赖，只是奈何"人之心不与吾心同"，为我辩护沟通的人，"尚不知余之从容"，没有还我一个清白和明白。屈原思归朝政，内心充满矛盾，有希望，有失望，他用了"营营"二字，《诗经·小雅·青蝇》"营营青蝇"，传曰："营营，往来貌"，就是形容一种犹豫的心态。

乱曰：

> 长濑湍流，溯江潭兮。
> 狂顾南行，聊以娱心兮。
> 轸石崴嵬，蹇吾愿兮。
> 超回志度，行隐进兮。

---

① （汉）刘向：《战国策》，上海古籍出版社1985年版，第500页。
② （汉）司马迁：《史记》，中华书局1982年版，第2259页。
③ （宋）洪兴祖撰，白化文等点校：《楚辞补注》，中华书局1983年版，第139—140页。

低徊夷犹，宿北姑兮。
烦冤瞀容，实沛徂兮。
愁叹苦神，灵遥思兮。
路远处幽，又无行媒兮。
道思作颂，聊以自救兮。
忧心不遂，斯言谁告兮！

"长濑湍流"，言汉水疾流于石濑浅滩之上，石濑浅滩急流，灵魂南行备尝艰难。"碐石崴嵬，蹇吾愿兮"，《玉篇》："碐，石不平貌。"蹇，犹阻难也。怨怪急流险石给我南归意愿设置了重重障碍。"超回志度，行隐进兮"，超回谓招摇回翔。《诗经·大雅·云汉》云："倬彼云汉，昭回于天。"昭亦读为招，谓云招摇回翔于天上也。超回与昭回同。隐，微也。所进甚微，言其行迟也。

"低徊夷犹，宿北姑兮"，北姑，即北姑山。《说文》："山有草木也"，《尔雅》："多草木姑"。关于"北姑"，饶宗颐强为"新说"，曰："即齐都之薄姑"，"北姑者，齐都，原时差为齐使，《抽思》之作，在伤怀王入秦之无识，又无善媒能谏之臣在其侧，则作期当在怀王入秦之后也。"[①] 按之屈原灵魂之行踪，此北姑山应在汉北回归郢都之途中。

"烦冤瞀容，实沛徂兮"，烦冤、瞀容并叠韵连语，皆惑乱貌也。"愁叹苦神，灵遥思兮。路远处幽，又无行媒兮。道思作颂，聊以自救兮。忧心不遂，斯言谁告兮！"乱辞着重强调屈原灵魂矢志不渝之意志，加重了文中的情感分量。王逸《楚辞章句》卷四注云："愁叹苦神者，思旧乡而神劳也。灵遥思者，神远思也。路远处幽者，道远处僻也。无行媒者，无绍介也。道思者，中道作颂以舒怫郁之念，救伤怀之思也。忧心不遂，不达也。谁告者，无所告愬也。"[②] 洪兴祖《楚辞补注》卷四云："烦冤瞀容，实沛徂兮（瞀，乱也。实，是也。徂，去也。言己忧愁思念烦冤，容貌愤乱，诚欲随水沛然而流去也。〔补〕曰：瞀，音茂）。愁叹苦神，灵遥思兮瞀容，实沛徂兮（瞀，乱也。实，是也。徂，去也。言己忧愁思念烦冤，容貌愤乱，诚欲随水沛然而流去也。〔补〕曰：瞀，音茂）。愁叹

---

① 饶宗颐：《楚辞地理考》，商务印书馆1946年版，第4页。
② （宋）洪兴祖撰，白化文等点校：《楚辞补注》，中华书局1983年版，第141页。

苦神，灵遥思兮（愁叹苦神者，思旧乡而神劳也。灵遥思者，神远忧也）。路远处幽，又无行媒兮（路远处幽者，道远处僻也。无行媒者，无绍介也）。道思作颂，聊以自救兮（一无'以'字）。忧心不遂，斯言谁告兮（道思者，中道作颂，以舒怫郁之念，救伤怀之思也。忧心不遂，不达也。谁告者，无所告诉也）。"① 屈原灵魂归郢之途，是锲而不舍之意志行程。

《九章·怀沙》

至此，一代诗翁屈原已决定以死明义而殉志。长沙又名"熊湘"。南宋祝穆《方舆胜览》云："昔熊绎始封于此，故名。"唐张正言《长沙土风碑》亦云："遁甲所谓沙土之地，云阳之墟。可以长往，可以隐居……昔熊绎始在此地，番君因之。"张正言即张谓，中唐时人，官至侍郎，长沙郡守。蒋骥《山带阁注楚辞》释《怀沙》之"沙"为地名："沙，即今长沙之地，汨罗所在也"②，又云："曰怀沙者，盖欲怀其地，欲往而就死焉"③，"且熊绎始封，实在于此，原既放逐，不敢北越大江，而归死先王故居，则亦首丘之意"④。更早的解释是《史记·屈原贾生列传》，曰：屈原作《怀沙之赋》，"于是怀石遂自沉汨罗以死"⑤。王逸沿袭《史记》意见。东方朔《七谏》有"怀沙砾而自沈兮，不忍见君之蔽壅"句，王逸注曰："砾，小石也。言己所以怀沙负石，甘乐死亡，自沈於水者，不忍久见怀王壅蔽于谗佞也。"⑥ 王褒《九怀》有"屈子兮沈湘"句，王逸又释之为"怀沙负石，赴汨渊也"，似乎是他对《怀沙》之解题。唐李吉甫《元和郡县图志》卷二七"江南道三"云："汨水，东北自洪州建昌县界流入，西经玉笥山，又西经罗国故城为屈潭，即屈原怀沙自沈之所，又西流入于湘水。舜二妃冢，在县北一百六十三里青草湖上。"⑦ 《汉书·扬雄传》谓扬雄"……又旁《离骚》作重一篇，名曰《广骚》；又旁《惜诵》以下至《怀沙》一卷，名曰《畔牢愁》"⑧。有学者据此断《怀沙》为屈原绝笔，以后不得有作。此说由清末吴汝纶在《古文辞类纂评点》中首先

---

① （宋）洪兴祖撰，白化文等点校：《楚辞补注》，中华书局1983年版，第141页。
② （清）蒋骥：《山带阁注楚辞》，上海古籍出版社1984年版，第129页。
③ 同上。
④ 同上书，第130页。
⑤ （汉）司马迁：《史记》，中华书局1959年版，第2490页。
⑥ （宋）洪兴祖撰，白化文等点校：《楚辞补注》，中华书局1983年版，第242页。
⑦ （唐）李吉甫：《元和郡县图志》，中华书局1983年版，第659页。
⑧ （汉）班固：《汉书》，中华书局1962年版，第3515页。

提出，近代学者广有从者。闻一多认为，"至扬雄时，《九章》中《惜诵》《涉江》《哀郢》《抽思》《怀沙》等五篇，尚独自成一单元，不与以下相混"；"怀沙犹囊沙，囊沙赴水以自沉"①。刘永济认为："雄好拟古，而所拟独此前五篇，则其所见屈原赋无《思美人》以下可知。"② 此解释可备一说也。

> 滔滔孟夏兮，草木莽莽。
> 伤怀永哀兮，汩徂南土。
> 眴兮杳杳，孔静幽默。

王逸《楚辞章句》卷四解释"孔静幽默"云："孔，甚也。"也就是"大"的意思。孔是象形字。金文字形，如小儿食乳之形。婴儿吃奶容易过量，因以表示过甚之意。因而本义是甚，很。如《诗经·豳风·东山》云："其新孔嘉。"但有学者以《尔雅·释诂》"孔，间也"，《玉篇》"孔，窍也，空也"，如《老子》二十一章："孔德之容。"释"孔"为间隙之间，亦为间暇之间，谓此孔字训闲暇，与静幽默三字义俱近，与"眴兮杳杳"亦近。甚与间二义，应以后者解释较胜，因为天地沉默，意味着将有将有惊天动地的大事发生。

> 郁结纡轸兮，离愍而长鞠。
> 抚情效志兮，冤屈而自抑。
> 刓方以为圜兮，常度未替。
> 易初本迪兮，君子所鄙。
> 章画志墨兮，前图未改。
> 郁结纡轸兮，离愍而长鞠。
> 内厚质正兮，大人所晟。
> 巧陲不斵兮，孰察其揆正。
> 玄文处幽兮，蒙瞍谓之不章。
> 离娄微睇兮，瞽谓之不明。

---

① 闻一多：《论〈九章〉》，《社会科学战线》1981年第1期。
② 刘永济：《屈赋通笺》，人民文学出版社1961年版，第151页。

变白以为黑兮，倒上以为下。
凤皇在笯兮，鸡鹜翔舞。
同糅玉石兮，一概而相量。
夫惟党人鄙固兮，羌不知余之所臧。
任重载盛兮，陷滞而不济。
怀瑾握瑜兮，穷不知所示。
邑犬群吠兮，吠所怪也。
非俊疑杰兮，固庸态也。
文质疏内兮，众不知余之异采。
材朴委积兮，莫知余之所有。
重仁袭义兮，谨厚以为丰。
重华不可遻兮，孰知余之从容！
古固有不并兮，岂知何其故？
汤、禹久远兮，邈而不可慕。
惩连改忿兮，抑心而自强。
离闵而不迁兮，愿志之有像。
进路北次兮，日昧昧其将暮。
舒忧娱哀兮，限之以大故。

　　本篇"舒忧娱哀"当承上文"进路北次"而言，谓北行江郊以自娱也。参知《哀郢》："登大坟以望远兮，聊以舒吾忧心"①；《思美人》："遵江夏以娱忧"②，是屈原以逍遥从容心态超越满途荆棘，举世混浊。此又可参见东方朔《七谏·自悲》："凌恒山其若陋兮，聊愉娱以忘忧。"③皆以游眺郊野为乐。《庄子·知北游篇》云："山林与，皋壤与，使我欣欣然而乐与！"④《外物篇》云："大林丘山之善于人也。"⑤均是逍遥心态回归自然人生，乐趣便于心底生焉。"重华不可遻兮，孰知余之从容"；"汤、禹久远兮，邈而不可慕"，可见此逍遥心态并非取自政治生涯，只能

---

① （宋）洪兴祖撰，白化文等点校：《楚辞补注》，中华书局1983年版，第134页。
② 同上书，第148页。
③ 同上书，第249页。
④ 陈鼓应：《庄子今注今译》，中华书局1983年版，第628页。
⑤ 同上书，第767页。

来自自然人生。但时间岂有脱离政治之自然人生乎？于是拂不去微微而生之雾霾，是所谓"舒忧娱哀兮，限之以大故"。"大故"何义？《周礼·膳夫》注："大故，寇戎之事"，《大祝》注："大故，兵寇也。"应与此大故义同，言将北进，阻于兵寇而不果。王逸以大故为死亡，于义难通。因此屈原云"邑犬群吠兮，吠所怪也"，把政治对手喻为"群犬"，可见对之蔑视，尽管它们干扰了超越性的逍遥之境。

乱曰：

> 浩浩沅湘，分流汨兮。
> 修路幽蔽，道远忽兮。
> 怀质抱情，独无匹兮。
> 伯乐既没，骥焉程兮。
> 民生禀命，各有所错兮。
> 定心广志，余何畏惧兮！
> 曾伤爱哀，永叹喟兮。

洪兴祖《楚辞补注》卷四对王逸注作"补注"云："乱曰：浩浩沅湘（《史记》此句末至'明告君子'，并有'兮'字），分流汨兮（浩浩，广大貌也。汨，流也。言浩浩广大乎沅、湘之水，分汨而流，将归乎海。伤己放弃，独无所归也。分，一作汾。〔补〕曰：汨，音骨者，水声也，音鹘者，涌波也。《庄子》曰：与汨俱出。郭象云：洄伏而涌出者，汨也）。修路幽蔽，道远忽兮（修，长也。言己虽在湖泽之中，幽深蔽暗，道路甚远，且久长也。《史记》蔽作拂。自'道远忽兮'以下，有'曾吟恒悲兮，永叹慨兮，世既莫吾知兮，人心不可谓兮'四句）。怀质抱情（《史记》云：怀情抱质），独无匹兮（匹，双也。言己怀敦笃之质，抱忠信之情，不与众同，故孤茕独行，无有双匹也。匹，俗作疋）。伯乐既没，骥焉程兮（伯乐，善相马也。程，量也。言骐骥不遇伯乐，则无所程量其才力也。以言贤臣不遇明君，则无所施其智能也。《史记》没作殁。'焉'上有'将'字。〔补〕曰：《战国策》云：昔骐骥驾盐车，上吴坂，迁延负辕而不能进。遭伯乐，仰而鸣之，知伯乐之知己也。《淮南子》曰：造父不能为伯乐。注云：伯乐善相马，事秦缪公。又王逸云：孙阳，伯乐姓名。而张晏云：王良，字伯乐。非也。王良善驭，事赵简子）。万民之生，各有所错兮(错,安也。言万民禀受天命,生而各有所错,安其志。或安于忠信,或安于诈伪,其性不同也。一云:民生有命。《史记》民作人。一云:民生禀命)。定心广志,余何畏惧兮(言己既安于忠信,广我志意,当复何惧乎。威不能动,法不能恐也)。曾伤爰哀,永叹喟兮(爰,于也。喟,息也。言己所以心中重伤,于是叹息自恨,怀道不得施用也。曾,一作增。〔补〕曰:曾,音增。喟,丘愧切)。世溷浊莫吾知,人心不可谓兮(谓,犹说也。言己遭遇乱世,众人不知我贤,亦不可户告人说。一云:念不可谓兮。《史记》云:世溷不吾知,心不可谓兮。一云:世溷莫知,不可谓兮)。知死不可让,愿勿爱兮(让,辞也。言人知命将终,可以建忠伏节死义,愿勿辞让,而自爱惜之也。〔补〕曰:屈子以为知死之不可让,则舍生而取义可也。所恶有甚于死者,岂复爱七尺之躯哉)。明告君子,吾将以为类兮(告,语也。类,法也。《诗》云:永锡尔类。言己将执忠死节,故以此明白告诸君子,宜以我为法度。一本'明'下有'以'字)。"① 所谓"万民之生,各有所错兮",即言"万民禀受天命,生而各有所错,安其志。或安于忠信,或安于诈伪,其性不同也",可知屈原是关心民众生存意志和民气,相信此可左右历史发展方向,因此"定心广志,余何畏惧兮?"此乃屈原作为一个诗性思想家之深刻处,他洞见历史永恒潜流。中国文化有个传统,讲究"君为舟,民为水。水能载舟,亦能覆舟",此说与屈原洞见之历史永恒潜流相契合。源头来自《荀子·哀公第三十一》所记述孔子之言,其文曰:"鲁哀公问于孔子曰:'寡人生于深宫之中,长于妇人之手,寡人未尝知哀也,未尝知忧也,未尝知劳也,未尝知惧也,未尝知危也。'孔子曰:'君之所问,圣君之问也。丘,小人也,何足以知之。'曰:'非吾子无所闻之也。'孔子曰:'君入庙门而右,登自胙阶,仰视榱栋,俯见几筵,其器存,其人亡,君以此思哀,则哀将焉而不至矣。君昧爽而栉冠,平明而听朝,一物不应,乱之端也,君以此思忧,则忧将焉而不至矣。君平明而听朝,日昃而退,诸侯之子孙必有在君之末庭者,君以思劳,则劳将焉而不至矣。君出鲁之四门以望鲁四郊,亡国之虚则必有数盖焉,君以此思惧,则惧将焉而不至矣。且丘闻之:君者舟也,庶人者水也。水则载

---

① (宋)洪兴祖撰,白化文等点校:《楚辞补注》,中华书局1983年版,第145—146页。

舟，水则覆舟，君以此思危，则危将焉而不至矣。'"① 这条材料也见于西汉刘向校书中秘整理简帛而成之《新序·杂事第四》，因而是确实可靠的："哀公问孔子曰：'寡人生乎深宫之中，长于妇人之手，寡人未尝知哀也，未尝知忧也，未尝知劳也，未尝知惧也，未尝知危也。'孔子辟席曰：'吾君之问，乃圣君之问也。丘小人也，何足以言之。'哀公曰：'否。吾子就席。微吾子，无所闻之矣。'孔子就席曰：'君入庙门，升自阼阶，仰见榱栋，俯见几筵。其器存，其人亡。君以此思哀，则哀将安不至矣。君昧爽而栉冠，平旦而听朝，一物不应，乱之端也。君以此思忧，则忧将安不至矣。君平旦而听朝，日昃而退，诸侯之子孙，必有在君之门廷者。君以此思劳，则劳将安不至矣。君出鲁之四门，以望鲁之四郊，亡国之墟列，必有数矣。君以此思惧，则惧将安不至矣。丘闻之：君者，舟也。庶人者，水也。水则载舟，水则覆舟。君以此思危，则危将安不至矣。夫执国之柄，履民之上，凛乎如以腐索御奔马。《易》曰：履虎尾。《诗》曰：如履薄冰。不亦危乎！'哀公再拜曰：'寡人虽不敏，请事斯语矣。'"② 唐吴兢《贞观政要》卷四由于避李世民之讳，改"民"字为"人"字，出现了如此高端之君臣应对，曰："贞观十八年，太宗谓侍臣曰：'古有胎教世子，朕则不暇。但近自建立太子，遇物必有诲谕，见其临食将饭，谓曰：汝知饭乎？对曰：不知。曰：凡稼穑艰难，皆出人力，不夺其时，常有此饭。见其乘马，又谓曰：汝知马乎？对曰：不知。曰：能代人劳苦者也，以时消息，不尽其力，则可以常有马也。见其乘舟，又谓曰：汝知舟乎？对曰：不知。曰：舟所以比人君，水所以比黎庶，水能载舟，亦能覆舟。尔方为人主，可不畏惧。见其休于曲木之下，又谓曰：汝知此树乎。对曰：不知。曰：此木虽曲，得绳则正，为人君虽无道，受谏则圣。此傅说所言，可以自鉴。'"③ 直至晚期澳门维新思想家郑观应《议院》一文云："中国历代帝王继统，分有常尊。然而明良喜起，吁咈赓歌，往往略分言情，各抒所见。所以洪范稽疑，谋及庶人，盘庚迁都，咨于有众。盖上下交则为泰，不交则为否。天生民而立之君，君犹舟也，民犹水也。水能载舟，亦能覆舟。伊古以来，盛衰治乱之机，总此矣。况今日中原大局，列国通商，势难拒绝，则不得不律之以公法。

---

① （清）王先谦：《荀子集解》，中华书局1988年版，第543—544页。
② （汉）刘向撰，石光瑛校释：《新序校释》，中华书局2001年版，第581—591页。
③ （唐）吴兢：《贞观政要》，岳麓书社1991年版，第150页。

欲公法之足恃，必先立议院，达民情，而后能张国威，御外侮。孙子曰：道者，使民与上同欲，可与之死，可与之生，而不畏危也。即英国而论，蕞尔三岛，地不足常中国数省之大，民不足当中国数省之繁，而土宇日辟，威行四海，卓然为欧西首国者，岂有他哉？议院兴而民志合，民气强耳。"① 纵览两千余年这些文献记载，可以反观屈原思想之深刻性，兼以《离骚》之"长太息以掩涕兮，哀民生之多艰"；《九章·惜诵》之"伤余心之忧忧，愿摇起而横奔兮，览民尤以自镇（王逸释之为"忧，痛貌也。言己惟思君行，纪数其过，又多忿怒，无罪受罚，故我心忧忧而伤痛也。言己见君妄怒，无辜而受罚，则欲摇动而奔走。尤，过也。镇，止也。言己览观众民，多无过恶而被刑罚，非独己身，故自镇止而慰己也"）。② 洵可证得屈原结思妙想，具有中国早期真诚朴素之民本意识，这是文化史上之空谷足音矣，可不钦佩哉！

《九章·思美人》

洪兴祖《楚辞补注》曰："此章言己思念其君，不能自达。然反观初志，不可变易；益自修饬。"③ 蒋骥《思美人》解题说："此篇大旨承《抽思》立说，然《抽思》始欲'陈词美人'，终曰'其言谁告'，此篇始言'舒情莫达'，终欲以死谏君。夫乍困者气雄而渐沮，久淹者气郁而渐激，势固然也。"④ 此与《抽思》之"与美人抽思""无行媒"等略为相近，应是同一时期的作品。但二篇旨意、情调已有差池，《抽思》有无法摆脱政治苦闷的情感，《思美人》则找到了精神上的寄托与安慰。初志不忘，芳洁自慰。清夏大霖云："《思美人》作于汉北无疑，应是二十四年倍齐合秦，言事触怒，见放于汉北乃作"；"《抽思》篇有'所陈耿著，岂今庸亡'之语，晚争倍齐合秦事，乃继《思美人》作。"从季节和时令来看，这几篇也是前后承接的。《悲回风》是秋风摇落蕙草的初秋；《涉江》是霰雪无垠的冬杪；《怀沙》是滔滔孟夏；《惜往日》则到了仲夏五月。当然，陵阳—溆浦，溆浦—汨罗，岁月迁移，迢迢数千里，路程遥远，诗人"忽乎我将行"，"汨徂南土"，来去匆匆，老境磨人。他思念怀王，但寄言不成，又不愿改变初衷；而对顷襄王，他徘徊观望，

---

① 郑观应著，夏东元编：《郑观应集》上册，上海人民出版社1982年版，第312—313页。
② （宋）洪兴祖撰，白化文等点校：《楚辞补注》，中华书局1983年版，第137页。
③ 同上书，第149页。
④ （清）蒋骥：《山带阁注楚辞》，上海古籍出版社1984年版，第133页。

最终失望而至绝望，只好茕茕南行，奔向"彭咸之所居"，获取精神超越与升华。

> 思美人兮，擥涕而竚眙。
> 媒绝路阻兮，言不可结而诒。
> 蹇蹇之烦冤兮，陷滞而不发。
> 申旦以舒中情兮，志沉菀而莫达。
> 愿寄言于浮云兮，遇丰隆而不将。
> 因归鸟而致辞兮，羌迅高而难当。
> 高辛之灵晟兮，遭玄鸟而致诒。
> 欲变节以从俗兮，愧易初而屈志。
> 独历年而离愍兮，羌冯心犹未化。
> 宁隐闵而寿考兮，何变易之可为？
> 知前辙之不遂兮，未改此度。
> 车既覆而马颠兮，蹇独怀此异路。
> 勒骐骥而更驾兮，造父为我操之。
> 迁逡次而勿驱兮，聊假日以须时。
> 指嶓冢之西隈兮，与纁黄以为期。

"思美人兮，擥涕而儜眙。媒绝路阻兮，言不可结而诒"，《说文》"擥，撮持也"。《释名·释姿容》"擥，敛也，敛置手中也"。擥揽音义相通。《文选·北征赋注，三良诗注》引并作揽。擥涕犹收涕也。《说文》"眙，长眙也，一曰张目也"，别义与盯同，又"眙，直视也"。扬雄《方言》七"眙，逗也，西秦韶之眙"，注曰："谓注视也"。案眙今语转为瞪。《文选·鲁灵光殿赋注》云："愕视曰眙，即今所谓眙矣。蹇蹇犹蹇产，诘屈也。发，开也，散也。《后汉书·邓隲传》注曰："申，明白也。"旦将明也。《惜往日》"孰申旦而别之"①，并此云"申旦以舒中情"，皆有剖白之义。《九辩》"独申旦而不寐兮，哀蟋蟀之宵征"②，盖犹诗言"耿耿不寐"，亦明白一义之引申。

---

① （宋）洪兴祖撰，白化文等点校：《楚辞补注》，中华书局1983年版，第152页。
② 同上书，第184页。

"原寄言于浮云兮，遇丰隆而不将。因归鸟而致辞兮，羌迅高而难当"①，《离骚》求女段落明确地展示出抒情主人公与求婚媒介之间的关系：在向宓妃求婚过程中，作为婚姻媒介出现的丰隆、蹇脩都听从抒情主人公的调遣，只是由于宓妃傲慢无礼，求此女以失败告终。求取有娀氏之女时，出现两位飞鸟使者——鸩鸟和鸠鸟。抒情主人公对鸩鸟传达之指令遭到拒绝，同时又嫌雄鸠过于轻佻而不肯任用。此二次求女，求婚使者多听从抒情主人公调遣，尽管媒介并不称职，但毕竟在为抒情主人公服务。同是丰隆，同是飞鸟，在《离骚》中多听从抒情主人公调遣，迨至《悲回风》却全都不肯为诗人服务，采取不肯合作的态度。《离骚》的抒情主人公有多种媒介可供利用，《思美人》中却是没有听从诗人指挥的媒介，世情反复，可叹"媒绝路塞"状态日趋恶化。所谓"羌迅高而难当"，可参看《荀子·赋篇·云赋》"行远疾速，而不可托讯者与"②。魏文帝《永思赋》又云："愿托乘于浮云，嗟逝速之难当。"③ 将，犹赍也。迅有跃义，《说文》"跃，迅也"，又有飞义。《说文》"卂，疾飞也"，卂为迅之初文，从飞而羽不见。《玉篇》亦作迅。合上二义，则迅即直飞刺上之谓也。高读为矫。矫有矫捷与飞举诸义，与迅义近，故古书多二字连词。《文选·孙卓·游天台山赋》："晒夏虫之疑冰，整轻翮而思矫。"④《文选·赭白马赋》"军骕趫迅而已"⑤，趫迅犹矫迅也。曹植《九愁赋》"愿接翼于归鸿，嗟高飞而莫攀"⑥，陈琳《止欲赋》"欲语言于玄鸟，玄鸟逝以差池"。《尔雅·释兽》"兽曰釁，人曰桥"，郭注曰："自奋釁"，监本作"奋迅动作"，则读釁桥为迅桥。《广雅·释诂三》：矫，飞也。苏轼《人日猎城南》诗云："放弓一长啸，目送孤鸿矫。"此曰"迅矫而难当"，谓鸟高飞刺上而难遇也。

"高辛之灵晟兮，遭玄鸟而致诒。欲变节以从俗兮，愧易初而屈志。独历年而离愍兮，羌冯心犹未化"，何为"冯心"？可参看扬雄《方言》卷二："冯、龂、苛，怒也。楚曰冯。"注曰：冯，恚盛貌。《左传·鲁昭公五年》云："今君奋焉，震冯怒。"钱绎笺疏："冯，通行本作冯，宋本

---

① （宋）洪兴祖撰，白化文等点校：《楚辞补注》，中华书局1983年版，第147页。
② （清）王先谦：《荀子集解》，中华书局1988年版，第476页。
③ （清）严可均辑：《全上古三代秦汉三国六朝文》，商务印书馆1999年版，第37页。
④ （南朝梁）萧统编，（唐）李善注：《文选》，上海古籍出版社1986年版，第495页。
⑤ 同上书，第621页。
⑥ （清）严可均辑：《全上古三代秦汉三国六朝文》，商务印书馆1999年版，第132页。

作憑。憑、冯，古今字。《广雅》：'冯，怒也。'"① 冯犹愤也。《列子·汤问》有"帝冯怒"之语。《离骚》"喟憑心而历兹"，注曰"喟然舒愤憑之心"②。本篇下文"扬厥冯而不竢"，注曰："思舒愤憑。"③《哀时命》"愿舒志而抽冯兮"，注曰："思舒志意，援引愤憑"④，并此文注曰"愤憑守节"，皆以愤憑释冯字，正读冯为愤。《天问》"康回冯怒"，即愤怒也。化犹改也。隐闵犹愤憑也。《哀时命》"然隐悯而不达兮"（悯本一作闵），即愤憑而不达也。"宁隐闵而寿考兮"，何为"寿考"？寿考犹言终身。"何变易之可为"，犹言何能变易之。寿考犹高寿。《诗经·大雅·棫朴》："周王寿考，遐不作人。"《花月痕》第五十二回："宇宙清平，人民寿考。"寿考又谓生存的期限。《文选·古诗十九首·回车驾言迈》："人生非金石，岂能长寿考？"⑤《红楼梦》第九十四回："应是北堂增寿考，一阳旋复占先梅。"

"宁隐闵而寿考兮，何变易之可为？知前辙之不遂兮，未改此度。车既覆而马颠兮，蹇独怀此异路。勒骐骥而更驾兮，造父为我操之。迁逡次而勿驱兮，聊假日以须时。指嶓冢之西隈兮，与纁黄以为期"，"嶓冢"所指何处？蒋骥注："嶓冢，山名，汉水发源之处。原居汉北，举汉水所出以立言也。"关于"嶓冢"，古人认知模糊，只云"山名，见《禹贡》"。殊不知，古代地理学家们围绕"嶓冢"此山，曾经有过一场长达两千年的大争论。山名嶓冢，一指在陕西省宁羌县北，东汉水的发源地。或称为"嶓山"；二指甘肃省天水市西南，西汉水的发源地。或称为"兑山"，战国属于秦地。胡文英明确指出："嶓冢……秦地也。"⑥ 从而为深入探讨《思美人》的思想内容打开了一条新思路。周秉高：《〈九章〉地理与作品分析略例》指出："嶓冢，即今宝鸡市南郊秦岭——太白。"⑦ 此山当时在秦国疆域之内，离秦国首都咸阳很近。怀王三十年，因不听屈原等忠贞之臣的劝告，误从子兰谬论，轻率入秦被扣作人质，自然也就在"嶓冢"附近（咸阳之西），《思美人》"指嶓冢之西隈兮，与曛黄以为期"两句，明

---

① 钱绎：《方言笺疏》，上海古籍出版社1984年版，第149页。
② （宋）洪兴祖撰，白化文等点校：《楚辞补注》，中华书局1983年版，第20页。
③ 同上书，第148页。
④ 同上书，第262页。
⑤ （南朝梁）萧统编，（唐）李善注：《文选》，上海古籍出版社1986年版，第1347页。
⑥ 胡文英：《屈骚指掌》卷三，北京古籍出版社1979年版，第23页。
⑦ 周秉高：《〈九章〉地理与作品分析略例》，包头《职大学报》2008年第3期。

确表达了屈原对怀王深深的期望及思念之情。①"与纁黄以为期"之"期"字作何解释?《说文》:"旗,熊旗五游,以象罚星,士卒以为期。"《史记·高祖本纪》索隐引《字林》云:"熊旗五游,谓与士卒为期其下,故曰旗也。"《周礼·大司马》:司马以旗致民注:"以旗者,立旗期民于其下也。"②《释名·释兵》:"熊虎为旗,旗,期也。言与众期于下。"皆谓旗有期会士众之作用。纁黄指黄昏。本篇《思美人》云:"指嶓冢之西隈兮,与纁黄以为期。"南朝梁江淹《伤爱子赋》云:"悲薄暮而增甚,思纁黄而不禁。"由此引申纁黄为绛黄色旗子,与"期"字义可对应也。从《思美人》和《哀郢》可以看出,诗人这时再也不提"汉北"了,原因很简单,从楚怀王十七年丹阳大战、秦败楚军、汉中沦陷,怀王二十五年"秦复与楚上庸",但"旬阳"等"汉中之郡"的其他大片领土仍在秦人手中,故"汉北"已成前线,朝中官吏被逐也好,被疏也好,都再也不可能前往彼处。"汉北"和"江夏"两个地名的更替,正好证明了屈原疏黜地点之转移。

> 开春发岁兮,白日出之悠悠。
> 吾将荡志而愉乐兮,遵江、夏以娱忧。
> 揽大薄之芳茞兮,搴长洲之宿莽。
> 惜吾不及古人兮,吾谁与玩此芳草。
> 解扁薄与杂菜兮,备以为交佩。
> 佩缤纷以缭转兮,遂萎绝而离异。
> 吾且儃佪以娱忧兮,观南人之变态。
> 窃快在其中心兮,扬厥凭而不俟。
> 芳与泽其杂糅兮,羌芳华自中出。
> 纷郁郁其远蒸兮,满内而外扬。
> 情与质信可保兮,羌居蔽而闻章。
> 令薜荔以为理兮,惮举趾而缘木。
> 因芙蓉而为媒兮,惮褰裳而濡足。
> 登高吾不说兮,入下吾不能。

---

① 周秉高:《〈九章〉地理与作品分析略例》,包头《职大学报》2008年第3期。
② (汉)郑玄注,(唐)贾公彦疏:《周礼注疏》,北京大学出版社1999年版,第765—766页。

固朕形之不服兮，然容与而狐疑。
广遂前画兮，未改此度也。
命则处幽吾将罢兮，原及白日之未暮也。
独茕茕而南行兮，思彭咸之故也。

"开春发岁兮，白日出之悠悠"，初春时节，阳光明媚。这个景色描写，马茂元以为是暗喻顷襄王初即位时屈原的心境，有其合理性。① 伤心人出以开心语，历史于此散射着鲜丽奇幻的光彩。"吾将荡志而愉乐兮，遵江、夏以娱忧"，屈原他要在匆匆行程中娱忧得庆。其后行程是乘舟沿着夏水前行，抵达夏浦（今之汉口），所以，洪兴祖在"遵江夏以流亡"句下只注"夏水"。郦道元《水经注》曰："江津豫章口，东会中夏口，是夏水之首，江之沱也。所谓'过夏首而西浮，顾龙门而不见'也。"（《水经注》卷三二）《诗经·召南·江有汜》毛传云："决复入为汜。"笺云："喻江水大，汜水小，然而并流。"② 考夏水从江陵县东南分江向东流，经监利县北，折向东北，至沔阳县附近注入汉水，最后又返回长江。简而言之，夏水从江水分出，后复注入江，且全程与长江并行东流，故郦道元称之为"江之沱"③。

"揽大薄之芳茝兮，搴长洲之宿莽。惜吾不及古人兮，吾谁与玩此芳草。解扁薄与杂菜兮，备以为交佩。佩缤纷以缭转兮，遂萎绝而离异"，"扁薄"是何物？洪兴祖注曰："萹薄，谓萹蓄之成丛者。按萹蓄、杂菜，皆非芳草。此言解去萹菜而备芳茝、宿莽以为交佩也。缭，音了，缭绕也。"④ 至于"佩缤纷以缭转兮"，朱熹《楚辞集注》云："缤纷、缭转，言佩之美。"⑤ 蒋骥注："解，拔取之意……萹薄四语，承谁与玩此芳草言，即下所云南人变态也。"⑥ 按此四句当依蒋氏之注以南人之变态解之为是。盖拔取萹薄和杂菜备以为交佩者，南人也。遂，终也。终萎绝而离异者，亦南人也。先取而后弃，即南人之变态也。先取不香之草以为交

---

① 马茂元：《楚辞选》，人民文学出版社1962年版，第157页。
② （汉）毛亨传，（汉）郑玄笺，（唐）孔颖达疏：《毛诗正义》，《十三经注疏》，中华书局1980年版，第292页。
③ 周秉高：《〈九章〉地理与作品分析略例》，包头《职大学报》2008年第3期。
④ （宋）洪兴祖撰，白化文等点校：《楚辞补注》，中华书局1983年版，第148页。
⑤ （宋）朱熹：《楚辞集注》，上海古籍出版社2001年版，第91页。
⑥ （清）蒋骥：《山带阁注楚辞》，上海古籍出版社1984年版，第132页。

佩，终必弃之，此屈子预料事物发展之必然趋势，意谓上官、靳尚辈必将为朝廷所弃也。小人见弃，则忠贞之臣可以进用，所以下文说："窃快在中心兮，扬厥凭而不俟。"扬，发舒。思，盛满，此谓壮心。俟，待也。言小人弃绝之后，则余可以发舒兴国之心而不须等待了。缭转者，朱氏训为佩之美，而未明其故。按缭转，鲜好也。近义复合词。缭读为燎，好也。见《广雅》。《诗·月出》毛传：僚，好貌。"①转当读为搏。搏黍，黄鸟名。《诗经·周南·黄鸟于飞》疏："幽州人谓之黄莺，齐人谓之搏黍。"②《周礼·地官·羽人》"十羽为审，百羽为搏"③，故而可以引申为白鲜色。故《说文》云："搏，白鲜色也。从系，專声。"在政局艰危中，屈原总没有丧失期待，这有其前瞻意识，也有其天真无邪，他以此支撑着艰难前行。"吾且僮徊娱忧兮，观南人之变态"，"观南人之变态"，应与《涉江》中"哀南夷之莫吾知兮"相参证，二者作时相近。"窃快在其中心兮，扬厥凭而不俟"，扬，谓发扬，扬冯犹发愤。欸疑当为唉，即欸叹也。《离骚》"喟憑心而历兹"，发泄愤懑者，动以叹喟，此则因快在心中，故不假喟叹而愤心已发扬播散也。欸叹着奋然前行，这就是屈原之政治姿态。"芳与泽其杂糅兮，羌芳华自中出。纷郁郁其远蒸兮，满内而外扬。情与质信可保兮，羌居蔽而闻章"，古今注家对这几句诗解释时，均将之视为诗人之自我刻画。此几句诗是按照香花属性功能赞美自己，句句是在描写香花，句句又都是在刻画诗人本身。人与花，花与人，在这里已经浑然不分，融为一体。"令薜荔以为理兮，惮举趾而缘木。因芙蓉而为媒兮，惮褰裳而濡足。登高吾不说兮，入下吾不能"，诗人明白昭示，并不是没有媒介可供利用，而是诗人不敢利用，也不想利用。薜荔攀附在树上，荷花生于水中，诗人既不愿意缘木登高，又不想入水濡足，只好听任媒介派不上用场，把它们闲置起来。《抽思》也写道："既茕独而不群兮，又无良媒在其侧"，还是慨叹没有知心媒介可供利用，相比于《离骚》所说的"理弱而媒拙"，显得更加可悲。"固朕形之不服兮，然容与而狐疑。广遂前画兮，未改此度也。命则处幽吾将罢兮，原及白日之未暮也。独茕茕而南行兮，思彭咸之故也"，屈原曾多次流露过"远身"

---

① （汉）毛亨传，（汉）郑玄笺，（唐）孔颖达疏：《毛诗正义》，北京大学出版社1999年版，第451页。

② 同上书，第31页。

③ （汉）郑玄注，（唐）贾公彦疏：《周礼注疏》，北京大学出版社1999年版，第421页。

（《惜诵》）、"流亡"（《惜往日》）和"周流"（《悲回风》）之类打算。此外，"彭咸"是诗人提得最多的历史理想人物，此意象在《抽思》《思美人》《悲回风》中多次出现。彭咸无疑是屈原心目中之道德精神楷模，他要像彭咸一样忠君爱国，就是死也要像彭咸一样"赴渊"。屈原生有其艰难之求索奋进，死有其师法之道义人格楷模，无论生生死死，都足以彪炳史册。

《九章·惜往日》

此乃屈原之绝笔，全面深度揭露怀、襄二王之罪恶，态度异常激烈，让后世铭记之、鉴戒之，评说千秋功罪。朱熹《楚辞辩证》："屈子初放，犹未尝有奋然自绝之意，故《九歌》《天问》《远游》《卜居》，及此卷《惜诵》《涉江》《哀郢》诸篇，皆无一语以及自沉之事。……《离骚》《渔父》《怀沙》，虽有彭咸、江鱼、死不可让之说。然犹未有决然之计也。是以其词虽切而犹未异于其常态。《抽思》以下，死期渐迫，至《惜往日》《悲回风》，则其身已临沅湘之渊，而命在晷刻矣。……固宜有不暇择其辞之精粗，而悉吐之者矣。"蒋骥《山带阁注楚辞》云："《惜往日》，其灵均绝笔欤。夫欲生悟其君不得，卒以死悟之。此世所谓孤注也。默默而死，不如其已，故大声疾呼，直指谗臣蔽君之罪，深著背法败亡之祸，危辞撼之，庶几无弗悟也。苟可以悟其主者，死轻于鸿毛，故略子推之死而详文君之悟，不胜死后余望焉。"[1] 又曰："《九章》惟此篇词最浅易，非徒垂死之言，不假雕饰，亦欲庸君入目而易晓也。"[2] 闻一多认为："本篇全系法家思想。法家洞见人性之恶，态度异常激烈。垂死者之言，更有何顾忌可言哉？"

> 惜往日之曾信兮，受命诏以昭诗。
> 奉先功以照下兮，明法度之嫌疑。
> 国富强而法立兮，属贞臣而日娭。
> 秘密事之载心兮，虽过失犹弗治。
> 心纯厖而不泄兮，遭谗人而嫉之。
> 君含怒而待臣兮，不清澂其然否。

---

[1] （清）蒋骥：《山带阁注楚辞》，上海古籍出版社1984年版，第137页。
[2] 同上。

蔽晦君之聪明兮，虚惑误又以欺。
弗参验以考实兮，远迁臣而弗思。
信谗谀之溷浊兮，晟气志而过之。
何贞臣之无罪兮，被离谤而见尤。
惭光景之诚信兮，身幽隐而备之。
临沅、湘之玄渊兮，遂自忍而沉流。
卒没身而绝名兮，惜壅君之不昭。
君无度而弗察兮，使芳草为薮幽。
焉舒情而抽信兮，恬死亡而不聊。
独鄣壅而蔽隐兮，使贞臣为无由。

　　解释"惜往日之曾信兮，受命诏以昭诗"，应该明白，"昭诗"即"昭时"，昭明时政，施行"美政"。曾信，犹崇信也。命诏犹诏令也。昭是形声字，从日，召声。本义乃明亮。《说文》曰："昭，日明也。"《诗经·大雅·云汉》云："倬彼云汉，昭回于天。"① 《楚辞·大招》云："青春受谢，白日昭只。"② 《庄子·徐无鬼》篇有"昭世之士兴朝"句，招世即昭时，昭，晓也，谓晓谕时世也。照，烛察也。《韩非子·奸劫弑臣》篇："上不能说人主，使之明法术度数之理。"③ 《有度》篇："故审得失有法度之制者，以加群臣之上，则主不可欺以诈伪，审得失有权衡之称者，以听远事，则主不可欺以天下之轻重。"④ 《亡徵》篇："主多能而不以法度从事者，可亡也。"⑤ 《安危》篇："安术有七……三曰死生随法度。"⑥ 《外储说左上》篇："韩昭侯谓申子曰，法度甚不易行也。"⑦ 《显学》篇："明吾法度，必吾赏罚者，亦国之脂泽粉黛也。"⑧ 《五蠹》篇：

---

① （汉）毛亨传，（汉）郑玄笺，（唐）孔颖达疏：《毛诗正义》，北京大学出版社1999年版，第1193页。
② （宋）洪兴祖撰，白化文等点校：《楚辞补注》，中华书局1983年版，第216页。
③ （清）王先谦：《韩非子集解》，中华书局1998年版，第106页。
④ 同上书，第32—33页。
⑤ 同上书，第113页。
⑥ 同上书，第198页。
⑦ 同上书，第285页。
⑧ 同上书，第462页。

"明其法禁，必其赏罚。"①《主道》篇："有功则君有共贤，有过则臣任其罪。"②《问田》篇："今先生立法术，设度数。"③《史记》本传："怀王使屈原造为宪令"，宪令即法令，《韩非子·定法》篇："法者宪令著于官府，刑罚必于民心。"④《问辩》篇："坚白无厚之词章而宪令之法息。"⑤《八说》篇："息文学而明法度。"⑥ 那么，何为屈原"美政"？美政就是以民为本，任贤使能，清明政纲，改革法制，励精图治。韩非子曰："楚不用吴起而削乱，秦行商君而富强。"⑦（《韩非子·问田》）一直到战国晚期，楚国仍然世卿当权，因循守旧，"大臣父兄，好伤贤以为资，厚赋敛诸臣百姓"⑧（《战国策·楚策三》）。这在列国角逐中减损了竞争力，虽为庞然大国，但总是被动挨打，因而屈原大声疾呼："奉先功以照下兮，明法度之嫌疑。"

"国富强而法立兮，属贞臣而日娭"，何为"贞臣"？贞乃会意字。从卜，从贝（甲骨文作"鼎"，后省改为"贝"）。鼎本是食器，这里表火具而卜。本义是占卜。《说文》云："贞，卜问也。从卜，贝以为贽。会意。京房说，鼎省声。"《周礼·春官·天府》："季冬，陈玉，以贞来岁之恶。"郑玄注："问事之正曰贞。"⑨《周礼·春官宗伯·大卜》："凡国大贞，卜立君，卜大封。"⑩ 因而有贞龟（占卜。古人灼龟甲以卜）、贞吝（卜问不吉，其事难行）、贞卜（占卜；卜问）等词。又假借为"正"、为"定"，即端方正直，如《易经·乾卦》："元、亨、利、贞。"⑪《尚书·太甲下》："一人元良，万邦以贞。"⑫《论语·卫灵公》篇："君子贞而不谅。"《礼记·文王世子》："万国以贞。"⑬ 引申为意志或操守之坚定不移。《贾子道术》："言行抱一谓之贞。"诸葛亮《出师表》："贞良死节之臣。"

---

① （清）王先谦：《韩非子集解》，中华书局1998年版，第454页。
② 同上书，第27页。
③ 同上书，第396页。
④ 同上书，第397页。
⑤ 同上书，第394页。
⑥ 同上书，第425页。
⑦ 同上书，第396页。
⑧ （汉）刘向：《战国策》，上海古籍出版社1985年版，第537页。
⑨ （汉）郑玄注，（唐）贾公彦疏：《周礼注疏》，北京大学出版社1999年版，第531页。
⑩ 同上书，第641页。
⑪ 周振甫：《周易译注》，中华书局1991年版，第1页。
⑫ （汉）孔安国传，（唐）孔颖达疏：《尚书正义》，北京大学出版社1999年版，第214页。
⑬ （汉）郑玄注，（唐）孔颖达疏：《礼记正义》，北京大学出版社1999年版，第637页。

再演变为忠贞、真诚，如张衡《思玄赋》："慕古人之贞节。"注曰："诚也。"《韩非子·难三》："不贰者，则是贞于君也。"① 但有学者认为："不管是战国末年还是秦汉之时，'贞'和'贞臣'一词的概念说明屈原不会用它来自称，而只能出自汉人。"② 然而《荀子·子道》云："昔万乘之国，有争臣四人，则封疆不削。……故子从父，奚子孝？臣从君，奚臣贞？审其所以从之之谓孝、之谓贞也。"③《韩非子·难三》也云："且寺人之言也直饰。君令而不贰者，则贞于君也。死君后生臣不愧，而后为贞。今惠公朝卒而暮事文公，寺人之不贰何如？"④《说苑》有"贞臣"，《新序》有"贞士"，陆贾《新语》有"贞臣"。陆贾楚人，"贞臣"为屈原首创，陆贾沿用。

"心纯厖而不泄兮，遭谗人而嫉之"，纯厖，古之成语，犹敦厚也。《说文解字》云："石大貌。从厂，龙声。一曰厚也。"《玉篇》云："大也。"《尔雅·释诂》云："有也。"疏云《左传》"民生敦厖"，言人生聚丰厚大有也。

"君含怒而待臣兮，不清澂其然否。蔽晦君之聪明兮，虚惑误又以欺"⑤，此说与《史记·屈原列传》记载相参："上官大夫与之同列争宠，而心害其能。怀王使屈原造为宪令，屈平属草稿未定，上官大夫见而欲夺之，屈平不与，因谗之曰：王使屈平为令，众莫不知也；每一令出，平伐其功，曰以为非我莫能为也。王怒而疏屈平。"⑥

"弗参验以考实兮，远迁臣而弗思。信谗谀之溷浊兮，晟气志而过之。何贞臣之无罪兮，被谶谤而见尤！惭光景之诚信兮，身幽隐而备之。临沅、湘之玄渊兮，遂自忍而沉流"，此处抓住政治生涯疏黜沉落之关键点，对楚国政治状态之溷浊痛加指斥。避谓避光景，有惭于光景，故欲隐身于玄渊之中以避之。《史记·贾生列传》有《吊屈原文》曰："袭九渊之神龙兮，渺深潜以自珍，弥融爚以隐处兮，夫岂从螘与蛭螾。"⑦《正义》引顾野王曰："弥，远也；融，明也；爚，光也，没深藏以自珍，弥远光明

---

① （清）王先谦：《韩非子集解》，中华书局1998年版，第372页。
② 雷庆翼：《楚辞正解》，学林出版社1994年版，第400页。
③ （清）王先谦：《荀子集解》，中华书局1988年版，第530页。
④ 同上书，第372页。
⑤ （宋）洪兴祖撰，白化文等点校：《楚辞补注》，中华书局1983年版，第150页。
⑥ （汉）司马迁：《史记》，中华书局1959年版，第2481页。
⑦ 同上书，第2494页。

以隐处也。"玄渊，深渊也，应场《愍骥赋》："赴玄谷之渐涂兮，陟高冈之峻崖。"《荀子·解蔽篇》"水埶玄也。"注曰："玄，幽深也。"① 《晋语六》："以忍去过"，注曰："忍，以义断"。案凡坚而能止曰忍，坚而能行亦曰忍，（朱骏声说）此及《晋语》忍字皆坚而能行之谓。

"卒没身而绝名兮，惜雝君之不昭。君无度而弗察兮，使芳草为薮幽"②，没，灭也。《韩非子·二柄篇》："故劫杀擁蔽之主。"③《孤愤篇》："然而人主壅蔽。"④ 雝君谓被壅之君犹暗君也。与下文"惜雝君之不识"同。昭，同照，烛也，知也。焉，乃也。情，诚也。恬，安也。聊通憭。憭是明白、明了的意思。《说文解字》云："憭，慧也。"段注："方言：愈或谓之慧，或谓之憭。郭云，慧憭皆意粗明。按广韵，了者，慧也。盖今字假了为憭，故郭注方言已云慧了。他书皆云了了。"韦昭《国语解叙》"其所发明，大义略举，为已憭矣"是其例。《九辩》："憭慄兮若在远行。"《招隐士》："憭兮栗，虎豹穴。"《文选·七发》："聊兮慄兮"，注曰："聊慄，恐惧之貌"，字作聊。朱熹《民安道中》诗云："憭栗起寒襟。"而屈原言："恬死亡而不聊"，安然、泰然、坦然地面对死亡而不惧也。《说文解字》："安也。从心，甜省声。"《尚书·梓材》云："引养引恬。"⑤ 又静也。《庄子·缮性篇》云："以恬养知。"⑥ 都可为其参照。

"君无度而弗察兮，使芳草为薮幽。焉舒情而抽信兮，恬死亡而不聊。独鄣雝而蔽隐兮，使贞臣为无由"，王逸注："远放隔塞，在裔土也。欲竭忠节，靡其道也。"⑦ 蒋骥注："言君之不明，而贤人见斥，无可告诉，甘就死亡。皆由谗人壅蔽其君，无由进达之故也。"⑧ 按独障壅而蔽隐句，当是反问句。独，仅仅。言仅仅是障壅和蔽隐而已吗？其影响所及，还会使所有贞正之臣欲进身而无路。旧注所释，未能阐明屈子之深忧。

---

① （清）王先谦：《荀子集解》，中华书局1988年版，第405页。
② （宋）洪兴祖撰，白化文等点校：《楚辞补注》，中华书局1983年版，第150页。
③ （清）王先谦：《韩非子集解》，中华书局1998年版，第40页。
④ 同上书，第82页。
⑤ （汉）孔安国传，（唐）孔颖达疏：《尚书正义》，北京大学出版社1999年版，第386页。
⑥ 陈鼓应：《庄子今注今译》，中华书局1983年版，第432页。
⑦ （宋）洪兴祖撰，白化文等点校：《楚辞补注》，中华书局1983年版，第151页。
⑧ （清）蒋骥：《山带阁注楚辞》，上海古籍出版社1984年版，第135页。

闻百里之为虏兮，伊尹烹于庖厨。
吕望屠于朝歌兮，甯戚歌而饭牛。
不逢汤、武与桓、缪兮，世孰云而知之！
吴信谗而弗味兮，子胥死而后忧。
介子忠而立枯兮，文君寤而追求；
封介山而为之禁兮，报大德之优游。
思久故之亲身兮，因缟素而哭之。
或忠信而死节兮，或訑谩而不疑。
弗省察而按实兮，听谗人之虚辞。
芳与泽其杂糅兮，孰申旦而别之。
何芳草之早殀兮，微霜降而下戒。
谅聪不明而蔽壅兮，使谗谀而日得。
自前世之嫉贤兮，谓蕙若其不可佩。
妒佳冶之芬芳兮，嫫母姣而自好。
虽有西施之美容兮，谗妒入以自代。
愿陈情以白行兮，得罪过之不意。
情冤见之日明兮，如列宿之错置。
乘骐骥而驰骋兮，无辔衔而自载。
乘氾泭以下流兮，无舟楫而自备。
背法度而心治兮，辟与此其无异。
宁溘死而流亡兮，恐祸殃之有再。
不毕辞而赴渊兮，惜壅君之不识。

"吴信谗而弗味兮，子胥死而后忧"，何为"味"？《说文解字》云："滋味也。"《玉篇》云："五味，金辛、木酸、水咸、火苦、土甘。"《礼记·王制》："五味异和。"又《老子》："味无味。"《列子·天瑞篇》："有味者，有味味者。"《后汉·郎顗传》："含味经籍。"洪兴祖注本句云："《淮南》云：古人味而不贪，今人贪而不味。此言贪嗜谗谈，不知忠直之味也。"[1] 蒋骥注曰："弗玩味子胥之忠谏也。"[2] 按弗、味二字古韵同在

---

[1] （宋）洪兴祖撰，白化文等点校：《楚辞补注》，中华书局1983年版，第151页。
[2] （清）蒋骥：《山带阁注楚辞》，上海古籍出版社1984年版，第135页。

没部，是叠韵字，犹言昏暗也。弗当读为昒，《说文》云："昒，目不明也。"昧与昒声同义通，《白虎通·礼乐》云："西夷之乐曰昧，昧之为言昧也。"《说文解字》云："昧，一曰暗也。"吴信谗而弗昧，言吴王听信谗言而又昏暗也。宋人李壁："子胥挟吴败楚，几墟其国。三闾同姓之卿，义笃君亲，决不称胥自况也。"① 近世学者刘永济："子胥于吴诚忠矣，然教吴伐楚，残破郢都，鞭平王尸，自此以后，吴楚构兵不休，贻害楚国甚大，实乃楚之逆臣，屈子决无以忠许之之理。……安肯许叛国之人为忠。"② 近人解说，违忤古人之社会正义认定，墨、庄、荀、韩皆以为伍子胥是忠君直谏、远见善谋的贤臣。乐毅说："昔者，伍子胥说听乎阖闾，故吴王远迹至于郢。夫差弗是也，赐之鸱夷而浮之江。故吴王夫差不悟先论之可以立功，故沉子胥而不悔。子胥不蚤见主之不同量，故入江而不改。"③

"介子忠而立枯兮，文君寤而追求；封介山而为之禁兮，报大德之优游。思久故之亲身兮，因缟素而哭之"，刘向《新序·节士第七》云："晋文公反国，酌士大夫酒，召咎犯而将之，召艾陵而相之，授田百万。介子推无爵，齿而就位，觞三行，介子推奉觞而起曰：'有龙矫矫，将失其所。有蛇从之，周流天下。龙入深渊，得其安所。蛇脂尽干，独不得甘雨。此何谓也。'文公曰：'嘻！是寡人之过也。吾为子爵与。待旦之朝也，吾为子田与，河东阳之间。'介子推曰：'君子之道，谒而得位，道士不居也。争而得财，廉士不受也。'文公曰：'使我得反国者子也，吾将以成子之名。'介子推曰：'推闻君子之道，为人子而不能承其父者，则不敢当其后。为人臣而不见察于其君者，则不敢立于其朝。然推亦无索于天下矣。'遂去而之介山之上，文公使人求之不得，为之避寝三月，号呼期年。《诗》曰：'逝将去汝，适彼乐郊，谁之永号'，此之谓也。文公待之，不肯出，求之，不能得，以谓焚其山宜出，及焚其山，遂不出而焚死。"④ 由此衍生出一个寒食节，如宋金盈之《醉翁谈录》卷三《京城风俗记》所云："寒食节。冬至后一百五日，即有疾风甚雨，谓之寒食。民闭以一百四十日始禁火，谓之大寒。一月寒食者，今姑不讲矣。今云断火三日

---

① 李壁：《王荆公诗注》，上海古籍出版社1993年版，第323页。
② 刘永济：《屈赋通笺》，人民文学出版社1961年版，第169页。
③ （汉）刘向：《战国策》，岳麓书社1988年版，第304页。
④ （汉）刘向撰，石光瑛校释：《新序校释》，中华书局2001年版，第957—962页。

者，谓冬至后一百四日、一百五日、一百六日也。唐杜甫《小寒食》诗云：'佳辰强饮食犹寒。'乃知'食犹寒'，则是一百六日也。一百四日为大寒食，一百六日为小寒食，明矣。或以一百五日为官寒食，一百四日为私寒食，又云一百三日为炊熟，以为后三日禁火为烹炮燀汤之具（燀音蓝，汤，土当反）。庆历中，京师人家庖厨灭火三日。是节合都士庶之家多蓄食品，故京师谚语有'寒食十八顿'之说。又谚云'馋妇思寒食〔馋，土咸切，不廉也〕，懒妇思正月'，正月女工多禁忌故也。又谓寒食为一月节者，自一百四日人家出修墓祭祀，如是经月不绝。故俗传有一月节之语。是日，世传妇人死于产蓐者，其鬼唯于一百五日得自湔濯，故人前一日皆畜水。是日不上井，以避之。又以枣面为饼，如北地枣菰而小，谓之子推，穿以杨枝，插之户间，而不知何得此名也。或者以谓昔人以此祭介子推，如端午角黍祭屈原之义。都民不论贫富，隔岁以豕肉先糟熟，挂灶侧，名曰'腊月肉'。至是日，特取净洗而食之，盖预备禁火之意也。今人皆不知其义。"因而《庄子·盗跖篇》云："介子推至忠也，自割其股以食文公，文公后背之，子推怒而去，抱木而燔死。"① 此中君臣之遇感动千古，以节日仪式深入人心。

"或忠信而死节兮，或訑谩而不疑"，久故即旧故，犹言往昔。亲谓亲爱，身，我也。亲身盖指割肉事。訑谩，欺诈也。《淮南子·说山篇》："媒但（诞）者非学谩他但成而生不信。"② 谩他与子谩同。不疑，谓不见疑也。"弗省察而按实兮，听谗人之虚辞"，其时楚国政治生态已成"死态"，如秦将白起攻陷楚国郢都后，总结战争胜负原因，有云："是时楚国恃其国大，不恤其政，而群臣相妒以功，谄媚用事，良臣斥疏，百姓离心，城池不修——既无良臣，又无守备，故起得引兵深入。"而屈原遭遇上官夺稿、子兰进谗一类不公之政治把戏，实在是对国谟人格之莫大侮辱。"芳与泽其杂糅兮，孰申旦而别之？何芳草之早夭兮，微霜降而下戒。谅聪不明而蔽痈兮，使谗谀而日得。自前世之嫉贤兮，谓蕙若其不可佩。"政治已经失去了运作之正义性依据。整个正邪美丑失去了标准："妒佳冶之芬芳兮，嫫母姣而自好。虽有西施之美容兮，谗妒入以自代。"丑者"姣而自好"，扬雄《方言》一："凡好而轻者，自关而东，河济之间，或

---

① 陈鼓应：《庄子今注今译》，中华书局1983年版，第828页。
② 何宁：《淮南子集释》，中华书局1998年版，第1157页。

谓之姣。"《广雅·释言》:"姣,侮也。"如《左传·襄公九年》:"弃位而姣不可为贞。"《韩非子·说林上篇》:"美者自美,吾不知其美也。"①

"原陈情以白行兮,得罪过之不意。情冤见之日明兮,如列宿之错置。乘骐骥而驰骋兮,无辔衔而自载。乘氾泭以下流兮,无舟楫而自备。背法度而心治兮,辟与此其无异",违背法律制度准则,全凭人的喜怒好恶来处理政务人事,国家治理就会陷入一团糟,如《韩非子·用人》云:"释法术而叙述心治,尧不能正一国;去规矩而妄意度,奚仲不能成一轮。"②《淮南子·修务训》云:"夫无规矩,虽奚仲不能以定方圆;无准绳,虽鲁班不能以定曲直。"③ 对于楚国政治生态陷入"死态",屈原已经绝望,最终之选择是"宁溘死而流亡兮,恐祸殃之有再。不毕辞而赴渊兮,惜雍君之不识"。屈原对沉水归宿之选择是现实智性和神话智性相交融的结果。《续齐谐记》曰:"屈原五月五日投汨罗而死,楚人哀之,每至此日,竹筒贮米投水祭之。汉建武中,长沙欧回,见人自称三闾大夫,谓回曰:'尝见祭甚善,但常患蛟龙所窃。今若有惠,可以楝树叶塞其上,以五彩丝约之,此二物蛟龙所惮也。'回依言,后乃复见感之。今人五日作粽子,带五色丝及楝叶,皆是汨罗之遗风也。"《隋书·地理志》又载:"屈原以五月望日赴汨罗,土人追至洞庭,不见。湖大船小,莫得济者。乃歌曰:'何由得渡湖!'因而鼓棹争归,竞会亭上,习以相传,为'竞渡'之戏,而南郡尤甚。"

《九章·橘颂》

《橘颂》无疑是屈原最早的写作,为其冠礼自陈心志。采取中原常见之雅言四字句,精纯凝重,在中国诗歌史上开咏物诗之先河。陈本礼《屈辞精义·略例》曰:"《橘颂》乃三闾早年咏物之什,以橘自喻。"其《橘颂·策》曰:"原之颂桔似在郢都作也。黄维章次于《悲回风》之前,蒋骥次于《怀沙》之后,余细观其辞……其曰'嗟尔幼志','年岁虽少',明明自道,早年童冠时也。"王夫之谓《橘颂》"因比物类志为之颂,以自旌焉"。冠礼乃古代男子成年仪式。古代男子未成年前束发而不戴帽,至二十岁成年时才由长辈为其梳发,戴上新帽。此一纪念仪式即称为"冠礼",古谓冠为"元服"。据经籍记载,冠礼始行于周代。按周制,男子二十岁行冠礼,然天子诸侯为早日执掌国政,多提早行礼。传说周文王十

---

① (清)王先谦:《韩非子集解》,中华书局1998年版,第182页。
② 同上书,第205页。
③ 何宁:《淮南子集释》,中华书局1998年版,第1355页。

二岁而冠，成王十五岁而冠。冠礼在宗庙内举行，日期为二月，冠前十天内，受冠者要先卜筮吉日，十日内无吉日，则筮选下一旬吉日。然后将吉日告知亲友。及冠礼前三日，又用筮法选择主持冠礼之大宾，并选一位"赞冠"者协助冠礼仪式。行礼时，主人（一般是受冠者之父）、大宾及受冠者均穿礼服。先加缁布冠，次授以皮弁，最后授以爵弁。加冠毕，皆由大宾对受冠者读祝词。祝词大意为：在此美好吉祥日子，给你加上成年人服饰；请放弃你少年儿童之志趋，造就成年人之情操；保持威仪，培养美德；祝你万寿无疆，大福大禄。然后，受礼者拜见其母。再由大宾为他取字，周代通常取字称为"伯某甫"（伯、仲、叔、季，视排行而定）。然后主人送大宾至庙门外，敬酒，同时以束帛俪皮（帛五匹、鹿皮两张）作报酬，另外再馈赠牲肉。受冠者则改服礼帽礼服去拜见君，又执礼贽（野雉等）拜见乡大夫等。若父亲已殁，受冠者则需向父亲神主祭祀，表示在父亲前完成冠礼。祭后拜见伯、叔，然后缟食。由此完成加冠、取字、拜见君长之庄重仪式。以《橘颂》作为冠礼述心志之仪式，乃是屈原的天才创造。《诗经》有周颂、鲁颂、商颂之"颂"，目的在于赞颂祖先的伟业、并希求佑护，"美盛德之形容"。《九章·哀郢》"道思作颂、聊以自救兮"中"颂"的目的以及《橘颂》篇橘"颂"的目的也可以被认为是与此同趣。《古诗源》中收录汉代《古诗三首》其一云："橘柚垂华实，乃在深山侧。闻君好我甘，窃独自雕饰。委身玉盘中，历年冀见食。芳菲不相投，青黄忽改色。人倘欲我知，因君为羽翼。"诗中独白橘柚为了尊者（君）而想成为羽翼。长沙砂子塘一号西汉墓外棺侧板彩绘漆画，主题是死者魂魄升仙，"轻清者魄从魂升"，漆画中凤凰口衔小粒球和垂在凤凰冠上、乐器磬上、算盘球状之珠球，写有"黄甘橘"木封泥匣和可以视为"黄甘橘"之物的"广柑的皮"及它的"核"。于此可知橘是楚地方特产及吉祥之树。楚地每逢葬人时有将橘作为坟墓之树来种植之习惯，陆佃《埤雅》云："旧说，橘宜见尸则多子。故类从以为，橘睹尸而实繁，留得骸而叶茂也。"

> 后皇嘉树，橘徕服兮。
> 受命不迁，生南国兮。
> 深固难徙，更壹志兮。
> 绿叶素荣，纷其可喜兮。

曾枝剡棘，圆果抟兮。
青黄杂糅，文章烂兮。
精色内白，类任道兮。
纷缊宜修，姱而不丑兮。

《橘颂》之冠礼陈志，应看作屈原精神之出发点，其强调"受命不迁，生南国兮。深固难徙，更壹志兮"，把中原雅言融入南楚风物，阐发意志之坚定性。有借用对橘树橘果"绿叶素荣，纷其可喜兮。曾枝剡棘，圆果抟兮。青黄杂糅，文章烂兮。精色内白，类任道兮"之描绘，彰显内质之精纯和外修之繁茂，突出了"曾枝剡棘"之历史理性的批判精神，这就引发了"刘勰作《辨骚》，以谓班固谓屈原为露才扬己"之历史公案。朱熹《楚辞集注》卷四《离骚九章·橘颂》："后皇，指楚王也。嘉，喜好也。言楚王喜好草木之树，而橘生其土也。《汉书》：'江陵千树橘。'楚地正产橘也。"① 《史记·货殖传》"江陵千树橘。"汉武帝时郊祀歌后皇篇开头有"后皇嘉坛、立玄黄服"一句，成为祭祀的对象。橘为楚之社树，为楚国、楚民族的象征，它受命生于南国，生性不迁，没有必要把屈原冠礼自述心志与楚王相比附，以破坏其青春气息和欢快、乐观之基调。《汉书·礼乐志》"郊祀歌"十四曰后皇，礼后土祠毕，济汾河作，后皇即后士。徕来同，服用也，来而效共用也。《周礼·考工记总目》："橘踰淮而北为枳。"② 《晏子春秋·杂下篇》："橘生淮南则为橘，生于淮北则为枳，叶徒相似，其实味不同。"③ 《韩诗外传》十："王不见夫江南之树乎，名橘，树之江北，则化为枳。"《淮南子·原道篇》："橘树之江北，则化而为枳。"④ 所以橘之原乡在楚。

"受命不迁，生南国兮。深固难徙，更壹志兮"，唐代张九龄《感遇》诗云："江南有丹橘，经冬犹绿林。岂其地气暖，自有岁寒心。"《孟子》："志壹则动气，气壹则动志。"⑤

"绿叶素荣，纷其可喜兮。曾枝剡棘，圆果抟兮"，曾同层，重叠。或

---

① （宋）朱熹：《楚辞集注》，上海古籍出版社2001年版，第95页。
② （汉）郑玄注，（唐）贾公彦疏：《周礼注疏》，北京大学出版社1999年版，第1060页。
③ 吴则虞：《晏子春秋集释》，中华书局1998年版，第392页。
④ 何宁：《淮南子集释》，中华书局1998年版，第40页。
⑤ （汉）赵岐注：《孟子注疏》，北京大学出版社1999年版，第74页。

作增，众多。剡，《说文》云："剡，锐利也。从刀，炎声。"重叠的枝条上长着根根利刺。"青黄杂糅，文章烂兮。精色内白，类任道兮"，《周礼·冬官考工记》云："画缋之事，青与赤谓之文，赤与白谓之章。"① 文章指橘之色彩。烂，《广韵》："明也。"明洁、华美鲜明之貌。"精色内白，类任道兮"，精，大赤也，见《左传·鲁定公四年》杜预注。"类"，应释为《诗经·大雅·皇矣》之"克明克类"之"类"，《笺》云："类，善也，勤施无私曰类。"任，《正韵》曰："诚笃也。"《诗经·邶风·燕燕》："仲氏任只"，《郑笺》："以恩相信曰任。"② 又《周礼·地官》："大司徒之职以乡三物教万民而宾兴之二曰六行孝友睦姻任恤。"《注》："任，信于友道。"③ 此句之意是说橘树勤施无私，诚笃信实。

"纷缊宜修，姱而不丑兮"，纷缊，即纷纷，与上文"纷其"同义，即美茂的样子。或云纷缊即氛氲，指橘的香味。宜修，指打扮得当，修饰恰到好处，亦是美好之意。姱，美好。丑，众也。《诗经·小雅·采芑》"执讯获丑，戎车啴啴"，《笺》云："丑，众也。"④《左传·鲁定公四年》："将其丑类。"《注》曰："丑，众也。"不丑，不同凡俗，超群出众。《广雅·释诂四》《方言·三》并云："丑，同也。"此文之丑当训为同。姱而不丑，谓好而不同于他树也。

    嗟尔幼志，有以异兮。
    独立不迁，岂不可喜兮？
    深固难徙，廓其无求兮。
    苏世独立，横而不流兮。
    闭心自慎，不终失过兮。
    秉德无私，参天地兮。
    愿岁并谢，与长友兮。
    淑离不淫，梗其有理兮。
    年岁虽少，可师长兮。

---

① （汉）郑玄注，（唐）贾公彦疏：《周礼注疏》，北京大学出版社1999年版，第1115页。
② （汉）毛亨撰，（汉）郑玄注，（唐）孔颖达疏：《毛诗正义》，北京大学出版社1999年版，第123页。
③ （汉）郑玄注，（唐）贾公彦疏：《周礼注疏》，北京大学出版社1999年版，第266页。
④ （汉）毛亨撰，（汉）郑玄注，（唐）孔颖达疏：《毛诗正义》，北京大学出版社1999年版，第646页。

行比伯夷，置以为像兮。

"独立不迁，岂不可喜兮？深固难徙，廓其无求兮"，《哀时命》："廓抱景而独倚兮。"谓孤寂抱影而独处也。廓一曰廓落。《哀时命》又曰："廓落寂而无友兮。"廓落寂亦即孤寂。其实，廓之义乃大、广大、空阔，如韩愈《送李愿归盘谷序》云："窈而深，廓其有容。"又形容胸怀豁达、开朗通达。当然也有空寂、孤独之义，如班固《汉书》之"廓然独居"。但豁达开阔之义，于斯更为可取。

"苏世独立，横而不流兮"，《说文解字》云："苏，桂荏也。"《本草》："紫苏。"注曰："苏，从稣，舒畅也。"苏性舒畅，行气和血，故谓之苏。苏乃荏类，而味辛如桂，故《尔雅》谓之桂荏。苏也与"疏"通假。疏世，离世俗之气，不与世俗苟同，意同绝世。汉李延年诗曰："北方有佳人，绝世而独立。一顾倾人城，再顾倾人国。宁不知倾城与倾国，佳人难再得。"或曰，苏，醒也。苏世独立，即清醒地独立于世，取《渔父》"举世皆浊我独清，众人皆醉我独醒"之义。横，林云铭《楚辞灯》云："流而不直曰横。"意为洁身自好，不随波逐流。王逸注："苏，寤也。言屈原自知为谗佞所害，心中觉寤，然不可变节，犹行忠直，横立自持，不随俗人也。"洪兴祖注："死而更生曰苏。"[1] 按苏字注家训释纷歧，俞樾谓苏当训悟，即今忤字，悟世即与世相许之意；郭沫若又谓苏当读为疏，即离世独立之意。流者，《尚书·太誓》郑注："流，犹变也。"横而不流，谓其志专一，遭横逆而不变也。

"闭心自慎，终不失过兮。秉德无私，参天地兮。愿岁并谢，与长友兮。淑离不淫，梗其有理兮"，淑，善，指内美。离，通丽，指外美。不淫，不失度，不过分，不妖艳妩媚。"淑离不淫"即内美与外美适度，不妖艳妩媚。梗，通"耿"，以橘树之梗与性格耿介之梗互相置用，一语双关。《尔雅·释诂》："梗，正直也。"其，而。有理，有法度（规矩）。

"年岁虽少，可师长兮。行比伯夷，置以为像兮"，像，法也。洪兴祖补曰："韩愈曰：伯夷者特立独行，亘万世而不顾者也。"[2]（《伯夷颂》）《橘颂》咏物寓志，赞美橘树，以橘树自比，人树合一，寄寓了诗人的高

---

[1] （宋）洪兴祖撰，白化文等点校：《楚辞补注》，中华书局1983年版，第154页。
[2] 同上书，第155页。

尚人格和美好情操。诗中句句不离写橘，却事事不离写人，为后世的咏物诗开辟了一条广阔的道路。

闻一多将《九章》九篇分类，《橘颂》内容形式独异，单独成类。其余八篇分为二组：（甲）惜诵，涉江，哀郢，抽思，怀沙。（乙）思美人，惜往日，悲回风。以形式论，（甲）组题名皆两字，（仅《惜诵》二字摘自篇首），篇末曾有乱辞。（乙）组题名三字，均摘自篇首，篇末皆无乱辞，此其大别也。乱辞之有无，可以见其距离音乐之远近，而文辞离音乐之远近，又可以推其时代之早晚。据此，就一般原则论，（甲）组有乱辞，当早于（乙）组。九章中《思美人》《惜往日》《悲回风》三篇，疑自汉初始编入楚辞，其篇名与《招隐士》《哀时命》诸汉人作品之题名同风，盖亦汉人所沾。

《九章·悲回风》

《悲回风》的创作时间，朱熹断为"临绝之音"。其《楚辞辩证》云："屈子初放，犹未尝有奋然自绝之意，故《九歌》《天问》《远游》《卜居》以及此卷《惜诵》《涉江》《哀郢》诸篇，皆无一语以及自沉之事，而其词气雍容整暇。……《抽思》以下，死期渐迫，至《惜往日》《悲回风》，则身已临沉湘之渊，而命在晷刻矣。顾恐小人蔽君之罪，闇而不章，不得以为后世深切著明之戒，故忍死以毕其词焉。计出于督乱烦惑之际，而其倾输磬尽，又不欲使吾长逝之后冥漠之中，胸次介然有毫发之不尽，则固宜有不暇择其辞之精粗，而悉吐之者矣。"陈本礼《屈辞精义》曰："'悲'一篇之眼。"汪瑗说："此篇议论幽渺，骤而读之，虽若稠桑可厌，而熟读详玩之余，则旨意实各有攸归。条理脉络，灿然明白，真作手也。"蒋骥亦言："《楚辞·悲回风》篇，旧是难处，诸解纰缪百出，不可胜辨。即朱子亦论其重复，盖未得其条理所在也。今观其辞，脉络井然。"[①] 林云铭曰："篇中层层曲折，步步相生，一丝不乱，无奈旧注强解传讹，辩之不可胜辩，以致明眼如晦庵，亦誉其颠倒重复疏卤，旧注之惑人如此。"（《楚辞灯》）《悲回风》应写于《哀郢》之后《涉江》之前。清夏大霖："六年谋与秦平，七年迎妇于秦，此谓之'回风'，谓之'施黄棘之枉策'，哀生惨发于行间，不欲生矣。乃相继作《惜往日》，作《哀郢》，作

---

① （清）蒋骥：《山带阁注楚辞》，上海古籍出版社1984年版，第229页。

《招魂》，以《怀沙》终焉。"① 王夫之《楚辞通释》言："（此诗）无所复怨于谗人，无所兴嗟于国事。既悠然以安死，抑恋君而不忘。述己志之孤清，想不亡之灵爽。合幽明于一致，韬哀怨与独知。"② 细味诗文，虽无多少"恋君不忘"之意，但王氏对诗人不再怨君斥奸念国忧生，而只是描绘暗合心境的幽渺境界，以抒己哀怨之情的把握甚契诗意。《哀郢》哀"故都之日远"，哀"冀一返之何时"，《悲回风》悲"放臣孤子""出而不还"，思想十分接近，且感情均极悲哀。故《悲回风》应是继《哀郢》之后所作，亦当为屈原在陵阳所写。

悲回风之摇蕙兮，心冤结而内伤。
物有微而陨性兮，声有隐而先倡。
夫何彭咸之造思兮，暨志介而不忘。
万变其情岂可盖兮，孰虚伪之可长。
鸟兽鸣以号群兮，草苴比而不芳。
鱼葺鳞以自别兮，蛟龙隐其文章。
故荼荠不同亩兮，兰茝幽而独芳。
惟佳人之永都兮，更统世而自贶。
眇远志之所及兮，怜浮云之相羊。
介眇志之所惑兮，窃赋诗之所明。
惟佳人之独怀兮，折若椒以自处。
曾歔欷之嗟嗟兮，独隐伏而思虑。
涕泣交而凄凄兮，思不眠以至曙。
终长夜之曼曼兮，掩此哀而不去。
寤从容以周流兮，聊逍遥以自恃。
伤太息之愍怜兮，气於邑而不可止。
纠思心以为纕兮，编愁苦以为膺。
折若木以蔽光兮，随飘风之所仍。
存仿佛而不见兮，心踊跃其若汤。
抚珮衽以案志兮，超惘惘而遂行。

---

① 见《屈骚心印·九章》，清乾隆九年（1744）一本堂刊本。
② （清）王夫之：《楚辞通释》，上海人民出版社1975年版。

"惟佳人之独怀兮，折若椒以自处"；"折若木以蔽光兮，随飘风之所仍"，此二句呈现了屈原内外兼修之功夫。若椒乃芸香科植物，香气浓郁，唐杜牧《阿房宫赋》云："焚椒兰也。"若木乃传说中长在日落处之树木。《山海经·大荒北经》载："大荒之中，有衡石山、九阴山、洞野之山，上有赤树，青叶，赤华，名曰若木。"①扬雄《甘泉赋》云："吸清云之流瑕兮，饮若木之露英。"屈原以若椒自处，内蕴贞洁；又以若木外铄，追随太阳光辉。"悲回风之摇蕙兮，心冤结而内伤"，回的古字是囘；囬、迴同回；廻为迴的俗字。此乃象形字。甲骨文像渊水回旋之形。本义是回旋、旋转。《说文解字》曰："从口，中象回转之形。"徐锴曰："浑天之气，天地相承。天周地外，阴阳五行，回转其中也。"回风乃旋风。《文选·古诗十九首·东城高且长》云："回风动地起，秋草萋已绿。"黄文焕谓《悲回风》此诗云："前后两截，文阵工于互绕，就中言愁，复语百出，而愈复愈清；处处擒应，一线到底，不处尔意。"②本诗除开篇"秋风"外，无一处实景，全从灵魂飘游中展开虚景。作为《九章》末篇，100句842字，在九篇中篇幅最长。姜亮夫将《悲回风》题为"《九章》大尾"。③

"物有微而陨性兮，声有隐而先倡"，性生古同字，生犹今言生命也。陨犹绝也。"夫何彭咸之造思兮，暨志介而不忘！"王逸注："暨，与也。《尚书》曰：让于稷契暨皋陶。介，节也。言己见谗人倡君为恶，则思念古世彭咸，欲与齐志节而不能忘。"④按：暨乃形声字，从旦，既声。本义是太阳初升略现。《说文解字》云："暨，日颇见也。"段玉裁注："颇，头偏也。头偏则不能全见其面，故谓事之略然者曰颇，日颇见者，见而不全也。"暨又可训及训至，动词。《小尔雅·广言》"暨，及也。"《国语·周语中》"上求不暨"，韦昭注："暨，至也。"⑤《史记·秦始皇本纪》："东至海，暨朝鲜"，《西京赋》："左暨河华"，并是及至之义。今言达到。暨志介，谓达到其志节。"造思"，犹追怀。《思美人》："思彭咸之故也。"暨读为气。《说文》气重文作槩，汉隶气或作炁。《惜往日》：

---

① 袁珂校注：《山海经校注》，上海古籍出版社1980年版，第437页。
② 《续修四库全书》，上海古籍出版社2003年版。
③ 姜亮夫：《屈原赋今译》，北京出版社1987年版。
④ （宋）洪兴祖撰，白化文等点校：《楚辞补注》，中华书局1983年版，第156页。
⑤ 《国语》，上海古籍出版社1978年版，第51页。

"盛气志而过之。"《淮南子·精神训》曰："气志者五藏之使候也。"①《韩诗外传》十："喻诚信，明气志。"介，坚也。盖掩也。《管子·小称篇》："务为（伪）不久，盖虚不长。"②《韩非子·难一篇》："务（原作矜，从俞樾改）伪不长盖虚不久。"③《韩诗外传》四："伪诈不可长。空虚不可守。"《抽思》："'望三五以为像兮，指彭咸以为仪，夫何极而不至兮，固远闻而难亏，善不由外来兮，名不可以虚作，孰无施而有报兮，孰不实而有获。"与此四句意相同。

"万变其情岂可盖兮，孰虚伪之可长。鸟兽鸣以号群兮，草苴比而不芳。鱼葺鳞以自别兮，蛟龙隐其文章"，所谓"葺"，《玉篇》云：修补也。《博雅》云：覆也。《通俗文》云：苫也。《左传·鲁襄公三十一年》"缮完葺墙"，注曰：谓草覆墙也。鸟兽各以类聚，麟凤不与众鸟兽为群也。《乐记释文》：比，杂也，百草异类相杂而生，则各失其芬芳。《乡饮酒礼》郑注："葺，盖屋也，鱼鳞相次，状如盖物，故曰葺鳞。"别，明也。别与隐对。鱼炫耀其鳞甲，蛟龙则务韬晦其文。

"故荼荠不同亩兮，兰茝幽而独芳。惟佳人之永都兮，更统世而自贶"，朱熹注："佳人，原自谓也。都，美也。更，历也。统世，谓先世之传统传世也。自贶，谓已得续其官职也。"④蒋骥注："佳人，指彭咸。永都，言其美始终一致也。统，系也……贶，况同，比也。"⑤按佳人，当依蒋氏说指彭咸。佳人永都，谓彭咸的品德永远美好。贶，当读为皇，《诗·采芑》传："皇，犹煌煌也。"《书·无逸》"无皇曰今日耽乐"，汉石经残碑皇作兄；《尚书·无逸》"皇自敬德"，孔疏引王肃本皇作况；《尚书·秦誓》"我皇多有之"，《公羊传·文公十二年》皇作况。均况与皇相通之证。"更统世以自贶"，谓彭咸更历世代而名自辉煌也。对于"故荼荠不同亩兮"，《诗经·邶风》："谁谓荼苦，其甘如荠。"传曰：荼，苦菜也。《大雅》周原膴膴，堇荼如饴。《尔雅·释草》：荼，苦菜。疏曰：一名荼草，一名选，一名游冬。叶似苦苣而细，断之白汁，花黄似菊。闻一多曰：甘苦异味，荠荼不同亩而生。兰茝幽藏，各保其芳。佳人

---

① 何宁：《淮南子集释》，中华书局1998年版，第512页。
② 黎翔凤：《管子校注》，中华书局2004年版，第608页。
③ （清）王先谦：《韩非子集解》，中华书局1998年版，第351页。
④ （宋）朱熹：《楚辞集注》，上海古籍出版社2001年版，第97—98页。
⑤ （清）蒋骥：《山带阁注楚辞》，上海古籍出版社1984年版，第139页。

谓彭咸。都，藏也，(《广雅·释诂》四)。《书钞》一四八引扬雄《都酒赋》：更，历也。《论衡·堲时篇》："千五百三十九岁为一统。"按统之言充也，充，大也，《淮南子·说山训》注："统世犹言大数之世。"又《说文》："充，长也。"统世亦犹长世。又疑统读终，终世犹言永世。贶乃形声字，从贝，兄声。本义是赐、赏赐。《说文解字》云：贶，赐也。《广韵》云：与也。《诗·小雅·彤弓》："中心贶之。"鲍照《拟古》诗云："羞当白壁贶。"贶又可释为益也。思念佳人之长年姣好，历世久远而自然愈甚。

"眇远志之所及兮，怜浮云之相羊"，王逸注："言己常眇然高志，执行忠直，冀上及先贤也。相羊，无所据依也。言己放弃，若浮云之气，东西无所据依也。"① 蒋骥注："其志之高远，如浮云相逐于天也。"② 按此二句也是申说彭咸。言彭咸的眇然高志，可怜被人看作浮云之往来于天，不为人所重视。《论语·述而》："不义而富且贵，于我如浮云。"浮云之义，盖本于此乎？

"介眇志之所惑兮，窃赋诗之所明"，洪兴祖注："古诗之所明者，与今所遇同，故屈原赋之。"③ 蒋骥注："赋诗，指《离骚》与《抽思》《思美人》言，三篇皆作于怀王时，以彭咸自命者也。"④ 按：旧注颇欠分明。介乃象形字，甲骨文字形，象人身上穿着铠甲形。中间是人，两边的四点象联在一起的铠甲片。本义是铠甲，一种用来防身的武器。《诗经·郑风·清人》："驷介旁旁。"《诗经·大雅·瞻卬》："舍尔介狄。"《淮南子·脩务训》："其虫介。"《史记·老子韩非列传》："急则用介胄之士。"介也可释为因也。训见《左传》杜预注。王逸训为节，未协文意。眇志，犹言微志，谦词。诗言志，诗之所明者，志也。赋诗之所明，即抒写己志。此言凭"我"微志之所疑惑，"我"就抒写了自己的想法。屈子所赋，即指本篇。下文四段，首言放逐不还，想死；次言谏而不用，又想死；次言枉策可惧，也想死；末言心存君国，又不忍遵死。死与不死之矛盾没有解决，此即"微志之所惑"也。

"惟佳人之独怀兮，折若椒以自处（若，杜若，椒，申椒）。曾歔欷

---

① （宋）洪兴祖撰，白化文等点校：《楚辞补注》，中华书局1983年版，第157页。
② （清）蒋骥：《山带阁注楚辞》，上海古籍出版社1984年版，第140页。
③ （宋）洪兴祖撰，白化文等点校：《楚辞补注》，中华书局1983年版，第157页。
④ （清）蒋骥：《山带阁注楚辞》，上海古籍出版社1984年版，第140页。

之嗟嗟兮，独隐伏而思虑。涕泣交而凄凄兮，思不眠以至曙。终长夜之曼曼兮，掩此哀而不去。寤从容以周流兮，聊逍遥以自恃。伤太息之愍怜兮，气於邑而不可止。纠思心以为纕兮，编愁苦以为膺。折若木以蔽光兮，随飘风之所仍"，所谓"纠思心以为纕兮"，纠，或作糺。《楚辞·招隐士》："树轮相纠兮"，注曰：纠，一作糺。又《后汉·隗嚣传》："援旗纠族"，注曰：纠，收也。又《楚辞·九章》本篇："纠思心以为纕兮"，注曰：纠，戾也。纠有收拢之意。何为"纕"？《说文解字》：纕，援臂也。《玉篇》：带也。屈原《离骚》"既替余以蕙纕兮"，注曰：佩带也。又《广韵》马腹带。《国语·晋语》："怀挟缨纕"，纕是佩带。心亦思也。《吕氏春秋·审应览·精谕篇》云："胜书能以不言说，而周公旦能以不言听，纣虽多心，弗能知矣。"① 言纣虽多思虑，不能知周之伐已也。徐广《史记·五帝本纪音义》引墨子"年逾五十，则聪明心虑不徇通矣。"《尔雅·释言》："谋，心也。"心亦思也。此以思心与愁苦对文，思心犹思虑也。下文"怜思心之不可惩"，同。《释名·释衣服》："膺，心衣抱腹而施钩肩，钩肩之间施一裆以掩心也。"扔，引也，（《广雅·释诂》一）。

"存仿佛而不见兮，心踊跃其若汤。抚珮衽以案志兮，超惘惘而遂行"，存乃存想。《礼记·祭义》"致爱则存，致悫则著。"注曰："存著则谓其思念也。"② 按，抑也。怊，失意貌，《庄子·徐无鬼篇》："武侯超然不对。"③《庄子·天地篇》："怊乎若婴儿之失其母也。"④《韩诗外传》九："超然自知不及远矣。"《七谏·自悲》："超慌忽其焉如。"⑤ 字并作超。

"岁曶曶其若颓兮，时亦冉冉而将至。薠蘅槁而节离兮，芳以歇而不比。怜思心之不可惩兮，证此言之不可聊。宁溘死而流亡兮，不忍此心之常愁"，面对"岁曶曶其若颓兮，时亦冉冉而将至"云云，感到《悲回风》最突出特点是联绵词和叠字之大量运用。《离骚》诸篇虽也有联绵词和叠字，如芳菲菲、时暧暧、路曼曼、风飒飒、木萧萧等，但毕竟是少量的，《悲回风》则是系列的，一连十几句都有联绵词和叠字，比如"愁郁郁之无快兮，居戚戚而不可解。心鞿羁而不开兮，气缭转而自缔。……邈

---

① 许维遹：《吕氏春秋集释》，中华书局 2009 年版，第 482 页。
② （汉）郑玄注，（唐）孔颖达疏：《礼记正义》，北京大学出版社 1999 年版，第 1312 页。
③ 陈鼓应：《庄子今注今译》，中华书局 1983 年版，第 669 页。
④ 同上书，第 350 页。
⑤ （宋）洪兴祖撰，白化文等点校：《楚辞补注》，中华书局 1983 年版，第 250 页。

漫漫之不可量兮，缥绵绵之不可纡。愁悄悄之常悲兮，翩冥冥之不可娱"，还有"纷容容""罔芒芒""轧洋洋""漂翻翻""翼遥遥""氾潏潏"等，音节美妙回环，极生动地表现了诗人悲伤愁苦的心境。姜亮夫认为，《悲回风》"是屈子作品《离骚》这一大类里面的最高峰"①。闻一多则因其"文章技巧""太好"而怀疑为屈原所作。②

孤子吟而抆泪兮，放子出而不还。
孰能思而不隐兮，照彭咸之所闻。
登石峦以远望兮，路眇眇之默默。
入景响之无应兮，闻省想而不可得。
愁郁郁之无快兮，居戚戚而不可解。
心鞿羁而不开兮，气缭转而自缔。
穆眇眇之无垠兮，莽芒芒之无仪。
声有隐而相感兮，物有纯而不可为。
邈蔓蔓之不可量兮，缥绵绵之不可纡。
愁悄悄之常悲兮，翩冥冥之不可娱。
凌大波而流风兮，讬彭咸之所居。
上高岩之峭岸兮，处雌蜺之标颠。
据青冥而摅虹兮，遂儵忽而扪天。
吸湛露之浮凉兮，漱凝霜之雰雰。
依风穴以自息兮，忽倾寤以婵媛。
冯昆仑以瞰雾兮，隐岷山以清江。
惮涌湍之礚礚兮，听波声之汹汹。
纷容容之无经兮，罔芒芒之无纪。
轧洋洋之无从兮，驰委移之焉止。
漂翻翻其上下兮，翼遥遥其左右。
氾潏潏其前后兮，伴张驰之信期。
观炎气之相仍兮，窥烟液之所积。
悲霜雪之俱下兮，听潮水之相击。

---

① 姜亮夫：《姜亮夫全集》（七），云南人民出版社 2002 年版，第 106 页。
② 闻一多：《论九章》，《社会科学战线》1981 年第 1 期。

借光景以往来兮，施黄棘之枉策。
求介子之所存兮，见伯夷之放迹。
心调度而弗去兮，刻著志之无适。
曰：吾怨往昔之所冀兮，悼来者之悐悐。
浮江、淮而入海兮，从子胥而自适。
望大河之洲渚兮，悲申徒之抗迹。
骤谏君而不听兮，重任石之何益！
心絓结而不解兮，思蹇产而不释。

屈原于此高扬意气，将巨大身影投射到苍茫天地之间："上高岩之峭岸兮，处雌蜺之标颠。据青冥而攄虹兮，遂儵忽而扪天。"对于"孤子吟而抆泪兮，放子出而不还。孰能思而不隐兮，照彭咸之所闻。登石峦以远望兮，路眇眇之默默。入景响之无应兮，闻省想而不可得。愁郁郁之无快兮，居戚戚而不可解。心鞿羁而不开兮，气缭转而自缔。穆眇眇之无垠兮，莽芒芒之无仪。声有隐而相感兮，物有纯而不可为"，洪兴祖注曰："此言天地之大，眇眇茫茫，然声有隐而相感者，己独不能感君何哉？物有纯而不可为者，己之志节亦非勉强而为之也。"①按：不能说洪说未尽洽。无垠，谓无形迹；无仪，谓无仪法。无垠无仪，形容屈原对天地变幻之磅礴的心灵震撼，也可能有强敌在前，楚国君臣昏庸苟且不思振作无所作为之政治状态于其间焉。纯，专也，此谓专固。为，当读为伪，变也。声有隐而相感两句，言声音有隐微而相感者，然而事物却有专固而不可改变者。专固而不可改变，指楚国君臣，非屈子自指。此四句之意明白，而后此段之中屈子忧国之心和思托彭咸之所居的原因，也从而明白了。

"邈蔓蔓之不可量兮，缥绵绵之不可纡"，何为"纡"？纡乃形声字，从糸，于声。本义是屈曲、曲折。《说文解字》云："纡，绌也，一曰萦也。"《周礼冬官考工记·矢人》"中弱则纡"，注曰："曲也。"②《淮南子·本经训》："盘纡刻俨。"③ 宋玉《高唐赋》："水澹澹而盘纡兮。"《史记·屈原传》"冤结纡轸兮"，注曰："纡，屈也。"④ 张衡《东京赋》："水澹澹而

---

① （宋）洪兴祖撰，白化文等点校：《楚辞补注》，中华书局1983年版，第159页。
② （汉）郑玄注，（唐）贾公彦疏：《周礼注疏》，北京大学出版社1999年版，第1132页。
③ 何宁：《淮南子集释》，中华书局1998年版，第589页。
④ （汉）司马迁：《史记》，中华书局1959年版，第2487页。

盘纡兮，洪波淫淫之溶瀿。"意为萦绕回旋。又《广雅·释诂》三："纡，索也。"绳索之索谓之纡，求索之索亦谓之纡。

"愁悄悄之常悲兮，翩冥冥之不可娱。凌大波而流风兮，托彭咸之所居"，何为"凌"？凌乃形声字，从仌（冰），夌声。本义是冰。如孟郊《寒江吟》："涉江莫涉凌，得意须得朋。"《诗经·豳风》："三之日纳于凌阴。"张衡《思玄赋》："鱼矜鳞而并凌兮，鸟登木而失条。"凌训为积冰。《史记·秦始皇本纪》："陵水经地"，注曰："陵作凌，犹历也。"由此引申，凌，乘也。游，浮游也。《吕览·论威篇》："虽有江河之险则凌之。"①《史记·秦始皇本纪》："凌水经地。"正义作凌。

"上高岩之峭岸兮，处雌蜺之标颠"，标，杪也。杪乃形声字，从木，少声。本义是树枝的细梢。《说文解字》云："杪，木标末也。"《通俗文》："树峰曰杪。"扬雄《方言》："杪，小也。木细枝谓之杪。"司马相如《上林赋》及《汉书·司马相如传》云："偃蹇杪颠。"标巅即杪颠（巅）。又引申为岁末亦曰杪。《礼记·王制》："冢宰制国用，必于岁之杪。"又秋杪，《宋玉·九辩》："靓杪秋之遥夜兮。"

"据青冥而摅虹兮，遂儵忽而扪天"，摅，挐持也。意为抒发、表达。《广雅》云："摅，张也。"《史记·司马相如列传》："摅之无穷"，李隐曰："摅，张舒也。"《淮南子·脩务训》："摅书明指以示之"，注曰："摅，抒也。"②班固《西都赋》："摅怀旧之蓄念，发思古之幽情。"班固《答宾戏》："独摅意乎宇宙之外。"摅，都有抒发、舒张之义。扪天之"扪"作何解？扪乃形声字，从手，门声。本义是执持。《说文解字》云："扪，抚持也。"《诗经·大雅·抑》："莫扪朕舌"，注曰："扪，持也。"③扪舌就是握住舌头，使不能说话；扪虱就是捉住虱子；扪月就是捉月。

"冯昆仑以瞰雾兮，隐岷山以清江"，汤炳正说："这里的'昆仑'，也跟《离骚》等篇中的神话境界不同，而是跟'岷山'一样，均系蜀中实地。……此盖屈原身居楚之西南国境，故驰骋遐思以抒怀。可见《悲回风》之作，应仍在溆浦一带，而非作湘水流域。"④自昆仑下视，汶山清

---

① 许维遹：《吕氏春秋集释》，中华书局 2009 年版，第 181 页。
② 何宁：《淮南子集释》，中华书局 1998 年版，第 1363 页。
③ （汉）毛亨撰，（汉）郑玄注，（唐）孔颖达疏：《毛诗正义》，北京大学出版社 1999 年版，第 1168 页。
④ 汤炳正：《屈赋新探》，齐鲁书社 1984 年版，第 79—80 页。

江替隐于雾中。岷峨,乃岷山和峨嵋山之并称。

"惮涌湍之盖盖兮,听波声之汹汹。纷容容之无经兮,罔芒芒之无纪",其中之"容容",乃水盛貌。《说文解字》云:"溶,水盛也。"扬雄《甘泉赋》"溶方皇于西清",注曰:"溶然,闲暇之貌。一曰盛貌。"至于"无经""无纪"二词,《礼记·月令》:"毋失经纪。"经纪犹法度条理也。此处借用形容水波之纷乱。"轧洋洋之无从兮,驰委移之焉止。漂翻翻其上下兮,翼遥遥其左右。氾潏潏其前后兮,伴张驰之信期。观炎气之相仍兮,窥烟液之所积。悲霜雪之俱下兮,听潮水之相击。借光景以往来兮,施黄棘之枉策",考"黄棘枉策",即楚屈敌亲秦的政策。指楚怀王二十五年,楚君与秦昭王相会于黄棘,秦复予楚上庸地,楚迎秦妇归,是为楚亲秦政策的开始。自此,楚国陷入秦国之政治操作不能自拔之困,国势迅速衰落。王逸注:"黄棘,棘刺也。枉,曲也。言己愿借神光电景,飞注往来,施黄棘之刺,以为马策。言其利用急疾也。"① 洪兴祖注:"言己所以假延日月,往来天地之间,无以自处者,以其君施黄棘之枉策也。初,怀王二十五年,入与秦昭王盟约于黄棘,其后为秦所欺,卒客死于秦。今顷襄信任奸回,将至亡国,是复施行黄棘之枉策也。棘,地名。"② 按黄棘之义,后来注家多采王逸之说,认为洪氏所释与上下文意不相连贯,于义未安。实际上,当依洪氏之说。施字盖读为惕,惧也。惕乃形声字,从心,易声。本义是害怕、放心不下。《说文解字》云:"惕,敬也。"《玉篇》云:"惕,惧也。"《周易·乾卦》"夕惕若厉",郑注云:"惧也。"《国语·楚语》"岂不使诸侯之心惕惕焉",注曰:"惧也。"③《尚书·盘庚》"不惕予一人。"④ 惕字《白虎通》作施,是二字相通之证。此言我欲借光景以往来天地之间,又惧怕黄棘结盟之错误政策。下文说:"求介子之所存兮,见伯夷之放迹",求生不得,又欲求死,文意相承,自然连贯。《惜诵》曰:"欲值回以干际兮,恐重患而离尤",与此二句文义相类。《惜诵》用恐字,亦可证此文施字当读为惕也。闻一多云:《中山经》:"苦山……其上有木焉,名曰黄棘。"⑤ 一曰王棘。《士丧礼》:

---

① (宋)洪兴祖撰,白化文等点校:《楚辞补注》,中华书局1983年版,第161页。
② 同上。
③ 《国语》,上海古籍出版社1978年版,第550页。
④ (汉)孔安国传,(唐)孔颖达疏:《尚书正义》,北京大学出版社1999年版,第229页。
⑤ 袁珂校注:《山海经校注》,上海古籍出版社1980年版,第143页。

"决用正王棘若翚棘。"注"王棘与翚棘,善理坚刃者皆可以为决。"孙诒让谓王棘即黄棘,犹《神农本草经》:黄连,一名王连也,又名黄荆。《通鉴·齐纪》十:"东昏侯乃救虎贲不得进大荆。"胡注曰:"大荆,牡荆也,俗谓之黄荆,以为欺杖。"案策之言刺也,古鞭策以有芒刺之木为之,故曰:"黄棘之枉策。"王注:"施黄棘之刺以为马策,言其利用急疾也。"① 得之。存犹在也。

"屈求介子之所存兮,见伯夷之放迹。心调度而弗去兮,刻著志之无适",《后汉书·第五伦传》注云:"刻著五臧,谓铭之于心也。"刻著连文,盖铭刻之意。刻著志者,谓铭刻于心也。无适,犹言不快。

"曰:吾怨往昔之所冀兮,悼来者之愁愁。浮江、淮而入海兮,从子胥而自适",《惜往日》中说:"吴信谗而弗味(体察)兮,子胥死而后忧。……或忠信而死节兮,或谩(欺诈)而不疑。"以子胥为忠信死节之士。《悲回风》云:"浮江淮而入海兮,从子胥而自适。"以子胥为楷模。南宋李壁早就发现了此问题,在《王荆公诗注》卷二《闻望之解舟》诗之注语中指出:"子胥挟吴败楚,几墟其国,三闾同姓之卿,义笃君亲,决不称胥以自况也。……吴之忧,楚之喜也,置先王积怨深怒而忧仇敌之忧,原岂为此哉?"魏了翁说:"子胥挟吴败楚,几墟其国。三闾同姓之卿,义笃君亲,决不称胥以自况也……《九章·涉江》言:'贤不必用兮,忠不必以;伍子逢殃兮,比干菹醢'。此正引奢、尚而言。王逸陋儒,顾以为胥,又谬矣。《悲回风》章云:'吴信谗而弗味兮,子胥死而后忧。'吴之忧,楚之喜也。置先王之积怨深怒而忧仇敌之忧,原岂为此哉?又言:'遂自忍而沉流。''遂',已然之词,原安得先沉流而后为文?此足明后人哀原而吊之之作,无疑也。"②(《鹤山渠阳经外杂抄》二)今世学者大都以为此说出南宋魏了翁《鹤山渠阳经外杂抄》卷二,故以下引文中有"魏氏"云云,实则质疑者首为李壁,魏氏只是转录李说而已。③ 明许学夷《诗源辨体》认为,《惜往日》《悲回风》中有些诗句不似屈原本人口吻,"盖必唐勒、景差之徒为原而作,一时失其名,遂附入屈原耳"。陆侃如独提出异议:"历来研究屈原的人差不多没有一个人不说是再放的作品,但我们试看这几句:'浮江、淮而入海兮,从子胥而自适;望大河

---

① (宋)洪兴祖撰,白化文等点校:《楚辞补注》,中华书局1983年版,第161页。
② (宋)王安石撰,(宋)李壁注:《王荆公诗注补笺》,巴蜀书社2002年版,第30页。
③ 熊良智:《〈楚辞·九章〉真伪疑案的一段文献清理》,《文献》1999年第2期。

之洲渚兮，悲申徒之抗迹。'屈原作品中说及淮与河的只有这次。我们知道他初放的地点是在汉北，恰在淮河发源处，而与黄河距离也近。因此，我以为《悲回风》一定是在汉北作的。"楚、秦比邻而为仇敌，犹如吴、越；怀王亲近靳尚而善秦，犹如夫差亲近宰嚭而信越；屈原曾为楚使齐，子胥曾为吴使齐。其实，春秋战国之世忠君观念与宋以后大异，屈原富有历史理性批判精神，并非绝对忠君主义者，不会以绝对忠君思想为标准来衡量伍子胥，不会视之为楚国的"叛臣"，相反，忠臣被害的遭遇倒是引起屈原之共鸣。在决定吴、楚两国生死存亡的斗争中，伍子胥、吴王夫差、太宰嚭和屈原、楚怀王、靳尚等人的关系是多么相似！因而屈原赞许伍子胥，不但不能证明《九章》后几篇为伪作，恰恰相反，倒是深入认识屈原思想和作品的一个关键。

"望大河之洲渚兮，悲申徒之抗迹"，对于申徒狄，在长台关出土的战国中期竹简《墨子》佚篇中记载了周公与申徒狄的对话。刘向《新序·节士第七》云："申徒狄非其世，将自投于河。崔嘉闻而止之，曰：'吾闻圣人仁士之于天地之间，民之父母也。今为濡足之故，不救溺人，可也。'申徒狄曰：'不然。昔者，桀杀关龙逢，纣杀王子比干而亡天下。吴杀子胥，陈杀泄治而亡其国。故亡国残家，无圣智也，不用故也。'遂负石沈于河。君子闻之曰：'廉矣。如仁与智，吾未见也。'《诗》曰：'天实为之，谓之何哉？'此之谓也。"[1]《新序·杂事第三》也有"申徒狄蹈流之河"之语。西汉韩婴《韩诗外传》卷一之记载，与《新序》几乎一致，曰："申徒狄非其世，将自投于河。崔嘉闻而止之，曰：'吾闻圣人仁士之於天地之间也，民之父母也。今为儒邪之故，不求溺人，可乎？'申徒狄曰：'不然。桀杀关龙逢，纣杀王子比干，而亡天下。吴杀子胥，陈杀泄治，而灭其国。故亡国残家，非无圣智也，不用故也。'遂抱石而沉於河。君子闻之，曰：'廉矣。如仁欤，则吾未之见也。'《诗》曰：'天实为之，谓之何哉！'"申徒狄事又见于《庄子·外物》"申徒狄因以掊河"，是让国而死的道家人物。《庄子·刻意篇》："刻意尚行，离世异俗，高论怨诽，为亢而已矣，此山谷之士，非世之人，枯槁赴渊者之所好也。"[2] 司马注："赴渊若申徒狄。"所谓"悲申徒之抗迹"之语来源于

---

[1] （汉）刘向撰，石光瑛校释：《新序校释》，中华书局2001年版，第963—967页。
[2] 陈鼓应：《庄子今注今译》，中华书局1983年版，第423页。

《淮南子·说山训》"申徒狄负石自沉于渊，而溺者不可以为抗"，注曰："抗，高也，迹，行也。"① 蒋骥说："见子胥、申徒，皆其同类，而忽感二子之死，不能救商与吴之亡。故踌躇徘徊，卒不忍遵死，而具愁思益萦回而不能解释也。"②

"骤谏君而不听兮，重任石之何益？"王逸注："骤，数也。"③ 任犹抱也。骤乃形声字，从马，聚声，本义是马奔驰。《说文解字》云："骤，马疾步也。"《玉篇》云："奔也。"《诗经·小雅·四牡》："驾彼四骆，载骤骎骎。"骤也有"屡次"之义，如《左传·鲁宣公二年》："宣子骤谏。"《左传·鲁襄公十一年》："晋能骤来"，注曰："晋以诸之师，更番而出，故能数来。"既然"骤谏君而不听兮"，那么就如蔡邕《吊屈原文》所言："卒坏覆而不振，顾抱石其何补。"

"心絓结而不解兮，思蹇产而不释"，此句又见于《哀郢》。《抽思》亦言："思蹇产之不释兮，曼遭夜之方长。"絓的意思是"茧滓丝"。《说文解字》云："絓，茧滓絓头也。从糸，圭声。"《广雅》云："絓，紬也。"《急就篇》"绛缇絓紬丝絮绵"，颜注曰："紬之尤粗者曰絓。茧滓所抽也。"又《九章·涉江》"心结絓而不解"，注曰："絓，悬也。"④ 蹇产的意思是屈折。《九章·哀郢》："思蹇产之不释兮，曼遭夜之方长。"王逸《楚辞章句》释为"心中诘屈，如连环也"⑤。絓结、蹇产一类词语联翩而至，可知屈原透过长夜晦色，对国家命运、社会积弊和人民生存产生了何等沉重的焦虑感。他于此只能是"悲霜雪之俱下兮，听潮水之相击"了！

---

① 何宁：《淮南子集释》，中华书局1998年版，第1120页。
② （清）蒋骥：《山带阁注楚辞》，上海古籍出版社1984年版，第144页。
③ （宋）洪兴祖撰，白化文等点校：《楚辞补注》，中华书局1983年版，第161页。
④ 同上。
⑤ （宋）洪兴祖撰，白化文等点校：《楚辞补注》，中华书局1983年版，第137页。

《远游》集论

　　《远游》是长赋，全文1141字，共178句，以六言为主体（139句），杂以三、四、五、七、八言（共39句），而《离骚》《九章》也以六言为主。联绵字"偃蹇""容与""逶蛇""仿佛""仿佯""逍遥""要眇""汋约""婾娱""太息""荒忽"，均常见于《离骚》《九章》《九歌》。绝大多数句子倒数第三字是一个虚词（末尾"兮"字不计）。这种形式全同《离骚》。《离骚》共373句（不包括衍文"曰黄昏以为期兮，羌中道而改路"两句），以六言为主体（278句），杂以三、四、五、七、八、九言（共95句），绝大多数句子倒数第三字也是一个虚词。而司马相如仿《远游》所作之《大人赋》共100句，尽管有的句子倒数第三字亦有虚词，却以杂言为主（57句），六言只有少数（43句），这与《远游》体式作比，显然是不同的。洪兴祖《楚辞补注》卷一《离骚经章句第一》："今若屈原，膺忠贞之质，体清洁之性，直若砥矢，言若丹青，进不隐其谋，退不顾其命，此诚绝世之行，俊彦之英也。而班固（一作班、贾）谓之'露才扬己'，'竞于群小之中，怨恨怀王，讥刺椒、兰，苟欲求进，强（巨姜切）非其人，不见容纳，忿恚自沈'，是亏其高明，而损其清洁者也。昔伯夷、叔齐让国守分（一作志），不食周粟，遂饿而死，岂可复谓有求于世而怨望哉（一作恨怨）？且诗人怨主刺（一作谏）上曰：'呜呼！小子，未知臧否，匪面命之，言提其耳。'风谏之语，于斯为切。然仲尼论之，以为大雅。引此比彼，屈原之词，优游婉顺，宁以其君（一有'为'字）不智之故，欲提携其耳乎？而论者以为'露才扬己'、'怨刺其上'、'强非其人'，殆失厥中矣。夫《离骚》之文，依托《五经》以立义焉。'帝高阳之苗裔'，则'厥初生民，时惟姜嫄'也。'纫秋兰以为佩'，则'将翱将翔，佩玉琼琚'也。'夕揽洲之宿莽'，则《易》'潜龙勿用'

也。'驷玉虬而乘鹥',则'时乘六龙以御天'也。'就重华而陈词',则《尚书》咎繇之谋谟也。'登昆仑而涉流沙',则《禹贡》之敷土也。故智弥盛者其言博,才益多者其识远(多,一作劭)。屈原之词,诚博远矣。自(一有孔丘字)终没以来,名儒博达之士著造词赋,莫不拟则其仪表,祖式其模范,取其要妙,窃其华藻,所谓金相玉质,百世无匹(世,一作岁),名垂罔极,永不刊灭者矣。班孟坚序云:'昔在孝武,博览古文。淮南王安叙《离骚传》,以《国风》好色而不淫,《小雅》怨悱而不乱,若《离骚》者,可谓兼之。蝉蜕浊秽之中,浮游尘埃之外,皭然泥而不滓,推此志,虽与日月争光可也。'斯论似过其真。又说:五子以失家巷,谓伍子胥也。及至羿、浇、少康、二姚、有娀佚女,皆各以所识有所增损,然犹未得其正也。故博采经书传记本文以为之解。且君子道穷,命矣。故潜龙不见是而无闷,《关雎》哀周道而不伤。蘧瑗持可怀之智,宁武保如愚之性,咸以全命避害,不受世患。故《大雅》曰:既明且哲,以保其身。斯为贵矣。今若屈原,露才扬己,竞乎危国群小之间,以离谗贼。然责数怀王,怨恶椒、兰,愁神苦思,强非其人,忿怼不容,沈江而死,亦贬絜狂狷景行之士。多称昆仑、冥婚、宓妃虚无之语,皆非法度之政,经义所载。谓之兼《诗》风雅,而与日月争光,过矣。然其文弘博丽雅,为辞赋宗。后世莫不斟酌其英华,则象其从容。自宋玉、唐勒、景差之徒,汉兴,枚乘、司马相如、刘向、扬雄,骋极文辞,好而悲之,自谓不能及也。虽非明智之器,可谓妙才者也。政,与正同。颜之推云:自古文人常陷轻薄。屈原露才扬己,显暴君过。刘子玄云:怀、襄不道,其恶存于楚赋。读者不以为过,盖不隐恶故也。愚尝折衷其说而论之曰:或问:古人有言:杀其身有益于君则为之。屈原虽死,何益于怀、襄。曰:忠臣之用心,自尽其爱君之诚耳。死生、毁誉,所不顾也。故比干以谏见戮,屈原以放自沉。比干,纣诸父也。屈原,楚同姓也。为人臣者,三谏不从则去之。同姓无可去之义,有死而已。《离骚》曰:阽余身而危死兮,览余初其犹未悔。则原之自处审矣。或曰:原用智于无道之邦,亏明哲保身之义,可乎!曰:愚如武子,全身远害可也。有官守言责,斯用智矣。山甫明哲,固保身之道,然不曰夙夜匪解,以事一人乎?士见危致命,况同姓,兼恩与义,而可以不死乎?且比干之死,微子之去,皆是也。屈原其不可去乎?有比干以任责,微子去之可也。楚无人焉,原去则国从而亡。故虽身被放逐,犹徘徊而不忍去。生不得力争而强谏,死犹冀其感发而改行，使百世之下，闻其风者，虽流放废斥，犹知爱其君，眷眷而不忘，臣子之义尽矣。非死为难，处死为难。屈原虽死，犹不死也。后之读其文，知其人，如贾生者亦鲜矣。然为赋以吊之，不过哀其不遇而已。余观自古忠臣义士，慨然发愤，不顾其死，特立独行，自信而不回者，其英烈之气，岂与身俱亡哉！仍羽人于丹丘，留不死之旧乡，超无为以至清，与太初而为邻，此《远游》之所以作，而难为浅见寡闻者道也。仲尼曰：乐天知命，故不忧。又曰：乐天知命，有忧之大者。屈原之忧，忧国也。其乐，乐天也。《离骚》二十五篇，多忧世之语。独《远游》曰：道可受兮，不可传，其小无内兮，其大无垠。无滑而魂兮，彼将自然。壹气孔神兮，于中夜存。虚以待之兮，无为之先。此老、庄、孟子所以大过人者，而原独知之。司马相如作《大人赋》，宏放高妙，读者有凌云之意，然其语多出于此。至其妙处，相如莫能识也。太史公作传，以为其文约，其辞微，其志洁，其行廉，其称文小而其指极大，举类迩而见义远。其志洁，故其称物芳。其行廉，故死而不容自疏。濯淖污泥之中，以浮游尘埃之外，推此志也，虽与日月争光可也。斯可谓深知己者。扬子云作《反离骚》，以为君子得时则大行，不得时则龙蛇。遇不遇，命也，何必沈身哉。屈子之事，盖圣贤之变者。使遇孔子，当与三仁同称雄，未足以此。班孟坚、颜之推所云，无异妾妇儿童之见。余故具论之。"① 《楚辞》式的远游尤其是屈原的《离骚》《九章》《九歌》并不能完全等同于仙游，它所借用者，是昆仑神话和宗教祭祀活动，尚无仙人和神仙思想。而真正描写神仙和游仙幻境者，当推《远游》。此篇主旨不在于长生不死，而在于苏世独立，强化突现了诗人的主体人格和情感力量，而其文化背景也不属于仙话——方术体系，而属于神话——巫术体系。并且它们以"游"为核心构架篇章的创作类型和表现形式对后世游仙诗提供了一个恢宏博大的艺术范式。《离骚》中诗人心头郁结的思念故国旧乡之情，一刻也没有忘怀，因此终于一腔忠魂熔铸成了震撼千古的浩歌，体现了生命不息，追求不止，洁身抗俗，绝不与世浮沉的凛然正气。《九章·涉江》虽然表示愿同重华游兮瑶之圃，与天地同寿，与日月齐光，但是仍然执着地在鄂褚淑浦间奔走，尽管回水凝滞，霰雪无垠，孤舟容与难进，环境幽晦不明，但是诗人仍然一再倔强地诉述着自己的心迹："吾不能变心而从俗兮，固将愁

---

① （宋）洪兴祖撰，白化文等点校：《楚辞补注》，中华书局1983年版，第48—51页。

苦而终穷"①，"吾将董道而不豫兮，固将重昏而终身"②。《远游》中主人公便追随往世登仙之真人，修炼真玄，从游仙境，而达到"超无为以至清兮，与泰初而为邻"的境地。诗中虽然出现了不少悲时俗迫阨，愿轻举远游，遭沉浊污秽，独郁结谁语，夜耿耿不寐，魂营营至曙，怊惝怳永怀，意荒忽流荡，心愁悽增悲，神倏忽不反等美化诗人人格、理想、情操的诗句，也大段描写了颇能体现楚地审美传统的神话传说，但是诗中重点描写的却是羡赤松之清尘，贵真人之休德，从王乔而娱戏。诗人最终追求的只是摆脱现实的苦难，摆脱心灵的羁绊，免除各种灾难的打击，使世人莫知其所如。他一再哀叹，天地无穷，人生长勤，往者弗及，来者不闻，痛感希望已完全断绝，祈求超越尘寰达到至德之境，因此他虽往乎南疑，却能逍遥自得地"经营四荒"，"周流六漠"，"上至列缺"，"降望大壑"，"超无为"而登"至清"之界，与"泰初为邻"而表示"终不返其故都"。他也十分强调内修外炼，但是却不像《离骚》那样把保持固有美德，坚持耿介理想作为自己的最高宗旨，而是追求一种清虚淡漠、无欲无为的精神境界："内惟省以端操兮，求正气之所由。漠虚静以恬愉兮，澹无为而自得"③，因此把方士神仙家传说中的王乔、赤松、真人作为自己理想中的楷模。他的修炼方式、修炼道路、修炼结果并未像《离骚》那样通过"朝搴毗之木兰兮，夕揽洲之宿莽"④ 而达到集"缤纷繁饰"于一身，求得"芳菲菲其弥章"的高洁情操，而是神仙家、方士式的服食导引、吐故纳新："餐六气而饮沆瀣兮，漱正阳而含朝霞。保神明之清澄兮，精气入而粗秽除。"⑤ 所企望者，乃"载营魄而登霞，掩浮云而上征"，热衷吐故纳新、服食导引之法，走一条摆脱尘寰、永登仙界之路，与《离骚》为实现美政而积极探索迥然不同。其兴叹只是急风暴雨过后留下来的微波余澜。这种意趣，在宋玉《九辩》中已见端倪，如其诗最后说："愿赐不肖之躯而别离兮，放游志乎云中。乘精气之搏搏兮，骛诸神之湛湛。骏白霓之习习兮，历群灵之丰丰。"⑥ 至《远游》，则形成了一个完整的游仙体系。如姜亮夫所云："《远游》称虚静、无为、自然、壹气、虚待、无为

---

① （宋）洪兴祖撰，白化文等点校：《楚辞补注》，中华书局1983年版，第131页。
② 同上。
③ 同上书，第164页。
④ 同上书，第6页。
⑤ 同上书，第166页。
⑥ 同上书，第196页。

之先，纯为五千言中语；而餐六气、含朝霞、保神明之清澄、入精气而出粗秽，即庄子道引之士，彭祖考寿者之所好；吹呴呼吸，吐故纳新之说。前者道家论道之精意，后者隐遁仙去之奇说。"① 《远游》荆蛮东楚为基地深深扎下根来，终于在汉初刘安手内形成了更完整、更庞大的学说体系，任其《淮南子》反复诠释。《离骚》与《远游》，文句多有重复，兹列如下：

《离骚》	《远游》
日月忽其不淹兮，春与秋其代序。	春秋忽其不淹兮，奚久留此故居。
路漫漫其修远兮，吾将上下而求索。	路漫漫其修远兮，徐饵节而高厉。
夕归次于穷石兮，朝濯发乎洧盘。	朝濯发于汤谷兮，夕晞余身乎九阳。
溘埃风余上征。	载营魄而登霞兮，掩浮云而上征。
吾令帝阍开关兮，倚阊阖而望予。	命天阍其开关兮，排阊阖而望予。
前望舒使先驱兮，后飞廉使奔属。	召丰隆使先导兮，问太微之所居。
朝发轫于苍梧兮，夕余至乎县圃。	朝发轫于太仪兮，夕使临乎微闾。
屯余车之千乘兮，齐玉轪而并驰。	屯余车之万乘兮，纷溶与而并驰。
驾八龙之婉婉兮，载云旗之委蛇。	驾八龙之婉婉兮，载云旗之逶蛇。
凤凰翼其承旂兮，高翱翔之翼翼。	凤凰翼其承旂兮，遇蓐收乎西皇。
斑陆离其上下。	叛陆离其上下。
时暧曃其将罢兮，召飞廉使奔属。	时暧曃其曭莽兮，召玄武而奔属。
忽临睨夫旧乡，仆夫悲余马怀兮，蜷局顾而不行。	忽临睨夫旧乡，仆夫怀余心悲兮，边马顾而不行。

不妨认为，《远游》是《离骚》末段"将远逝以自疏"之思想文字的放大。许多袭用的语句，可以看作屈子对早年诗篇的旧词重温，甚尔戏拟。刘永济云："惟就远游本文观之，其中因袭离骚辞文句，共有十八处之多……庶一览便可知其为后人所拟矣。屈子复用自己之文句，在真屈赋各篇中，亦非绝无。此篇则袭用之迹甚显，不可作复用观也。"②

许多研究者正是看到屈原积极入世的态度，认为他不可能产生道家消极遁世的想法，认为，屈原完全是受到北方儒家思想的影响，而儒家思想与道家思想是格格不入的，因而屈原不可能写出像《远游》这样具有道家思想的作品。这是否把人看扁了？今传《鹖子》一书，当为后人掇拾旧闻

---

① 姜亮夫：《重订屈原赋校注》，天津古籍出版社1987年版，第553页。
② 刘永济：《屈赋通笺》，人民文学出版社1961年版，第212页。

辑录而成,《汉书·艺文志》已载录其书,并与《伊尹》《辛甲》《太公》并列而为最早之四部道家代表作。作为传说阶段的道家之言,《鬻子》讨论了选贤兴国之策及以柔胜刚的道理,其后者应即是将其归入道家的原因。道家守柔,讲求柔弱胜刚强的道理。当然,道家学派正式形成于春秋时代的《老子》一书产生之后。因此,刘勰在《文心雕龙·诸子》中说:"篇述者,盖上古遗语而战代所记者也。至鬻熊知道,而文王咨询,余文遗事,录为《鬻子》。子目肇始,莫先于兹。"[1] 早期道家思想与儒家自有区别。孟子的"仁政"也就是施行王道,他曾设计了"五亩之宅,树之以桑"的理想社会,而屈原的"美政"理想则是"举贤受能兮,循绳墨而不颇"(《离骚》),"明法度之嫌疑,国富强而法立"(《惜往日》)。当齐宣王向孟子询问"齐桓、晋文"之事时,孟子明确加以拒绝,说"仲尼之徒,无道桓文之事者"。但我们看屈骚作品中,许多篇都写到了齐桓、晋文之事。如《离骚》:"吕望之鼓刀兮,遭周文而得举。宁戚之讴歌兮,齐桓闻以该辅。"又如《天问》:"天命反侧,何罚何佑?齐桓九会,卒然身杀。"再如《惜往日》:"介子忠而立枯兮,文君寤而追求";"吕望屠于朝歌兮,宁戚歌而饭牛。不逢汤武与桓缪兮,世孰云而知之?"等等。

郭店楚简出土有字竹简 730 枚,主要为道家和儒家的著作。其中道家著作有《老子》的甲、乙、丙三组竹简以及《太乙生水》一篇,是解说和引申道家思想内容的;儒家的著作有《缁衣》《五行》《成之闻之》《鲁穆公问子思》《穷达以时》《唐虞之道》《忠信之道》《性自命出》《六德》《尊德义》以及《语丛》一、二、三等。1973 年 12 月,长沙马王堆西汉墓葬出土帛书 29 件 12 万字,其中包括《老子》甲、乙本及佚书 8 种近 3 万字,《周易》及卷后佚书 5 种 2 万余字,还有《春秋事语》《战国纵横家书》《刑德》《五星占》《相马经》《五十二病方》及佚书 4 种,《导引图》及佚书两种,地图两幅等。其中,《老子》乙本之卷前佚书 4 种:《经法》《十大经》《称》《道原》更引起研究者普遍关注,被认为即《汉书·艺文志》所载之《黄帝四经》,对于研究黄老学派的思想,其意义不可估量。尤其值得关注的是,有这么多道家著作的出现,不仅有最早的《老子》简本,还有帛书,以及如《太一生水》和《黄帝四经》的出现,说明楚国确为道家思想浓厚的国家。如此看来,屈原作品如《远游》中多

---

[1] (南朝梁)刘勰撰,范文澜注:《文心雕龙注》,人民文学出版社 1962 年版,第 308 页。

用道家语，不是非常自然的吗？

冯友兰《中国哲学史新编》第一册云："稷下唯物派的关于'精'、'气'的思想在战国时期有很大影响，在《吕氏春秋》《楚辞》和《庄子》中都有关于'精'、'气'的思想。这可见稷下唯物论的思想以齐国为中心，其传播向西方一直到秦国，向南方一直到楚国。"①"《远游》篇也谈到，《远游》最后目的是'与泰初而为邻'。庄子学派也谈到'物之初'和'万物之祖'。它们目的是相同的。但是它们所说的'泰初'和'物之初'的内容不同，因此它们达到目的的方法也不同。《远游》篇所说的方法，是靠聚集精气，使'灵魂'能够上升。庄子学派所用方法，是靠否定知识；知识否定以后，就可以得到心理上的混沌状态。据庄子看，这个状态和'物之初'的状态是一致的。"②冯友兰又言："内丹的理论基础就是精气说，屈原著作中的精气说，也可以说是为道教的形成提供了思想资料。"③屈原辞赋有多篇写到了神仙之事，如《天问》中就问及不死之国，所谓"延年不死，寿何所止？""何所不死，长人何守？""昆仑县圃，其尻安在？增城九重，其高几里？"这些神话中也就涉及神仙。《涉江》的"驾青虬兮骖白螭，吾与重华游兮瑶之圃。登昆仑兮食玉英，与天地兮比寿，与日月兮齐光"。这里写到的是昆仑神话系统中的神仙。而《离骚》长诗中的主人公周流天地、相观四极，游神山，求佚女，麾蛟龙，乘鸾凤，行流沙，指西海的神游，如果没有神仙想象中的神性，又如何能够实现？

"服食""行气""导引"之术是《远游》篇中涉及的三个方面，这三个方面的内容在《楚辞》其他作品中均有反映。先说"服食"。前举《九章·涉江》的"登昆仑兮食玉英"，即为服食成仙的药物。晋葛洪《抱朴子·仙药》篇引《玉经》曰："服金者寿如金，服玉者寿如玉。"④《神农本草经》也记载服食"玉泉"（用玉屑制成的饮料）成仙，"主五脏百病，柔筋强骨，安魂魄，长肌肉，益气。久服耐寒暑，不饥渴，不老神仙"。河南洛阳烧沟汉墓 M1023 出土的铜镜上有铭文："上有仙人不知老，渴饮玉泉饥食枣。"其次，关于"行气""导引"。长沙马王堆出土了帛书

---

① 冯友兰：《中国哲学史新编》第一册，人民文学出版社 1963 年版，第 297—298 页。
② 同上书，第 374 页。
③ 同上。
④ 王明：《抱朴子内篇校释》，中华书局 1985 年版，第 204 页。

《却谷食气》，虽有部分残缺，但其内容还是基本清楚的。篇中首言"辟谷"之法，而后言行气之法。它包括行气时间、频率、四时所避所食之气等。如关于四时所避所食之气："春食一去浊阳，和以鋊光，朝暇（霞），昏清可。夏食一去汤风，得朝暇（霞）、行（沆）暨（瀣），昏［清可。秋食一去］□□、霜霾（雾）、霜霰（雾）和以输阳、鋊，昏清可。冬食一去凌阴，［和以端］阳、鋊光、输阳、输阴，［昏清可］。"

战国之世楚地盛行灵魂升天、羽人游天的思想观念。湖南长沙子弹库1973年5月出土楚墓帛画，画的正中是位侧身而立的中年男子，危冠束发，腰佩长剑，身着长袍，身材修长，形态自若，气度从容，手持缰绳，御一飞龙；人的上方有华盖一重，龙的前腹下有游鱼一尾，龙奋首卷尾，犹如在水上疾行的龙舟；龙尾上有一只立鹤，正昂首长唳；其华盖下垂的飘带随风飘拂，男子的服饰衣袂也飘飘拂动，确实使人感觉恍如灵均再世。湖南长沙陈家湾1949年2月也出土一幅龙凤仙女图。图正中的下半部有一贵妇侧身而立，高髻斜耸，长袍细腰，双手合掌作祈祷状，神态十分虔诚；仕女头顶左上方，有只振翅奋飞的凤鸟；凤的前端，是一条扶摇直上的螭龙。两幅画均为随墓入葬的旌铭。关于画中蕴含的内容，研究者一般认为应为祈求灵魂升天的主题。李学勤认为："长沙两幅帛画所表现的升仙，当是楚地神仙思想流行的反映。"[①] 而1972年出土于长沙马王堆一号墓和1974年出土于马王堆三号墓的两幅旌幡，也是描绘祈祷墓主灵魂升天的内容。旌幡分为天庭、人间和地府三个部分。天庭有红日与新月交相辉映，仙禽与神兽、飞龙活灵活现在其中飞舞、跃动；中间为主人的日常生活场景；阴界中则有各种神怪。这幅画完整地反映了楚人对生死阴阳、天地各界的想象情景。

《远游》诗云：

> 悲时俗之迫厄兮，愿轻举而远游。
> 质菲薄而无因兮，焉托乘而上浮？
> 遭沉浊而污秽兮，独郁结其谁语！
> 夜耿耿而不寐兮，魂茕茕而至曙。
> 惟天地之无穷兮，哀人生之长勤。

---

① 李学勤：《东周与秦代文明》，文物出版社1984年版，第29页。

往者余弗及兮，来者吾不闻。
步徒倚而遥思兮，怊惝怳而乖怀。
意荒忽而流荡兮，心愁凄而增悲。
神儵忽而不反兮，形枯槁而独留。
漠虚静以恬愉兮，澹无为而自得。
内惟省以操端兮，求正气之所由。
闻赤松之清尘兮，愿承风乎遗则。
贵真人之休德兮，美往世之登仙。
与化去而不见兮，名声着而日延。
奇傅说之托辰星兮，羡韩众之得一。
形穆穆以浸远兮，离人群而遁逸。
因气变而遂曾举兮，忽神奔而鬼怪。
时仿佛以遥见兮，精皎皎以往来。
超氛埃而淑邮兮，终不反其故都。
免众患而不惧兮，世莫知其所如。
恐天时之代序兮，耀灵晔而西征。
微霜降而下沦兮，悼芳草之先蘦。
聊仿佯而逍遥兮，永历年而无成！
谁可与玩斯遗芳兮？长乡风而舒情。
高阳邈以远兮，余将焉所程？

《远游》开宗明义第一句就明言："悲时俗之迫厄兮。"霹雳一声，满腔被小人集团排挤打击、遭腐败政治摧残迫害的悲愤，喷口而出，此不就是对《离骚》"荃不察余之中情兮，反信谗而齌怒""众女嫉余之蛾眉兮，谣诼谓余以善淫"；"世混浊而不分兮，好蔽美而嫉妒"；"世混浊而嫉贤兮，好蔽美而称恶"等"谈时事"的诗句高度概括吗？一个"悲"字该饱含多少"时事"辛酸之泪！汪瑗认为，"二句乃一篇之纲领，而首句又为次句之根柢也。知此则屈子之极言远游之乐者，非真有意于远游，而实悲世俗之迫厄，亦欲去之而不能，特假设之词，聊舒其愤懑耳！"①

郭抹若指出：《远游》"开首的'质菲薄而无因'与'遭沉浊而污秽'

---

① （明）汪瑗：《楚辞集解》，北京古籍出版社1994年版，第254—255页。

的话，屈原自己是绝对不会说的。"① 屈赋各篇所深斥者，如"贪婪""昌披""工巧""娱乐""淫佚""骄傲""慢滔""鄙固"等词，皆现实世界中之恶德，绝非如道家末流所谓尘垢凡俗之类也。

　　历来注家对《楚辞·远游》"夜耿耿而不寐兮，魂茕茕而至曙"句中的"耿耿"一词有不同的解释，概括起来主要有三种看法：一是以王逸为代表，释"耿耿，犹儆儆，不寐貌也"。认为"耿耿"是"儆儆"的通假字，即不安、睡不着的样子。二是将"耿耿"释为"眼睁睁"。② 大概是认为文中省略"目"字，"耿耿"修饰"目"，即目光炯炯之义。三是直接释"耿耿"为"心烦不安的样子"。③ 通过对《楚辞》中"耿"和"耿耿"的特定使用情况考查以及结合古人的用语习惯分析，此句诗中的"耿耿"当是"明亮"之义，在诗句中是形容夜微明的样子。"夜耿耿"和"魂茕茕"相对，结构一致，叠字修饰前面的名词，如"路曼曼""时暧暧"等。《楚辞》中"耿"字共八见：1. 耿吾既得此中正（《离骚》耿：明晓）2. 初吾所陈之耿著兮（《九章·抽思》耿著：明白）3. 进雄鸠之耿耿兮（《九叹·惜贤》耿耿：光明正直）4. 夜耿耿而不寐兮（《远游》耿耿：明亮）5. 彼尧舜之耿介兮（《离骚》耿介：光明正大）6. 独耿介而不随兮（《九辩》耿介：光明正直）7. 负左右之耿介（《九辩》耿介：光明正直）8. 恶耿介之直行兮（《七谏·哀命》耿介：光明正直的人）。"夜"可以用表示明亮义的一类词语修饰，形容天色初明时的样子。《楚辞·九歌·东君》："抚余马兮安驱，夜皎皎兮既明。""皎皎"本作"皎皎"。陈第《屈宋古音义·卷二》云："皎皎然，继明不息也。"《文苑英华·卷二十三·大傩赋》："夜耿耿而将尽（一本作昼），鼓喧喧而竟送。"《太平广记·卷四百八十六·长恨传》："迟迟钟漏初长夜，耿耿星河欲曙天。"《红楼梦·第四十五回》："秋花惨淡秋草黄，耿耿秋灯秋夜长。"《文选》谢朓《暂使下都夜发新林至京邑赠西府同僚》诗云："秋河曙耿耿，寒渚夜苍苍。"耿耿、皎皎，都光芒四射。由此而"哀人生之长勤"，即《离骚》"哀民生之多艰"，艰与勤均属堇部之字，含义相若。此即后世文人常慨叹的"时运不济，命途多舛"也。

　　庄子也慨叹生命之短促："人生天地之间，若白驹之过隙，忽然而

---

① 郭沫若：《今昔蒲剑》，新文艺出版社1955年版，第159页。
② 陈子展：《楚辞直解》，江苏古籍出版社1988年版，第250页。
③ 黄凤显：《楚辞》，华夏出版社1998年版，第203页。

已。"但他又超越生命有限性，追求"忘己之人，是谓之入于天"。王逸释《远游》，却将视角转向儒家，曰："惟天地之无穷兮（乾坤体固，居常宁也），哀人生之长勤（伤己命禄，多忧患也）。往者余弗及兮（三皇五帝，不可逮也），来者吾不闻（后虽有圣，我身不见也）。"① 历来诠释者，多是出入于儒、道二界。王夫之《楚辞通释》云："幽静之中，思无所寄，因念天地之悠悠无涯，前有古人，后有来者，皆非我之所得见，寓形宇内，为时凡几，斯既生人之大哀矣。况素怀不展，与时乖违，愁心苦志，神将去形，枯鱼衔索，亦奚以为，故展转念之，不如观化颐生，求世外之乐也。"② 清蒋骥《山带阁注楚辞》又云："不闻，言时之促也。……其实二句第言人生为日无几，以明长勤至死之可哀耳。"③ 清胡文英《屈骚指掌》复云："后虽有至治，又不能留此身以有待，故遥思永怀以变计也。"姜亮夫释为："未来的人，为圣为贤我也不得而闻。"④

对于屈原之"正气"说，王逸注曰："内惟省以端操兮（捐弃我情，虑专一也），求正气之所由（栖神藏情，治心术也）。漠虚静以恬愉兮（恬然自守，内乐佚也），澹无为而自得（涤除嗜欲，获道实也）。栖神藏情（治心术也）。"⑤ 朱熹《集注》谓："能反自循省，而求其本初也。"⑥ 刘梦鹏《屈子章句》则云："正气，即孟子所谓浩然者。求正气之所繇，保真遂初，求仁而得仁者也。"姜亮夫释为："用以求得正气所由之道。"⑦《远游》"正气"实即《黄帝内经灵枢·九针十二原》"正气因之，真邪俱往"之"正气"，也就是每个人体内与生俱来的、与宇宙相通的纯真能量。王夫之《楚辞通释》云："正气，人之所受于天之元气也。元气之所由，生于至虚之中，为万有之始。涵于至静之中，为万动之基。冲和澹泊，乃我生之所自得，此玄家所谓先天气也。守此则长生久视之道存矣。"⑧ 此前汪瑗亦曾特别指出："正气谓吾真元之气，下文漠然虚静，澹然无为，保清澄而除粗秽吐纳等说，此屈子之所谓正气，而欲求其所由，

---

① （宋）洪兴祖撰，白化文等点校：《楚辞补注》，中华书局1983年版，第163—164页。
② （明）王夫之：《船山全书》第十四册，岳麓书社1996年版，第350页。
③ （清）蒋骥：《山带阁注楚辞》，上海古籍出版社1984年版，第145页。
④ 姜亮夫：《姜亮夫全集》（七），云南人民出版社2002年版，第457页。
⑤ （宋）洪兴祖撰，白化文等点校：《楚辞补注》，中华书局1983年版，第164页。
⑥ （宋）朱熹：《楚辞集注》，上海古籍出版社2001年版，第104页。
⑦ 姜亮夫：《姜亮夫全集》（七），云南人民出版社2002年版，第458页。
⑧ （明）王夫之：《船山全书》第十四册，岳麓书社1996年版，第350页。

以事修炼者也。修养家皆祖其说，而其原则曰方于老子，是非儒家之所谓正气，而孟子之所谓浩然者也，学者亦不可不辨。"① 姜亮夫《楚辞通故》进一步发挥之："以气字说人之精神现象，为战国诸子所最喜道者。屈子正气之说，似与《孟子》浩然之气相近。然充量言之，则浩气有发扬蹈厉之恣，而屈子正气则有守死不枉之慨。"② 历代学者孜孜矻矻探求着体内正气的根柢源头，其求索精神可谓丰沛矣。

"虚静""无为"本是道家之哲学命题。"虚静"是道家追求的理想境界。"致虚极，守静笃。万物并作，吾以观复。夫物芸芸，各复归其根。归根曰静，静曰复命。"③ "无为"指顺乎自然的变化，而不有意作为。"故圣人云：我无为，而民自化；我好静，而民自正；我无事，而民自富；我无欲，而民自朴。"④

东晋干宝《搜神记》卷一云："赤松子者，神农时雨师也。服冰玉散，以教神农，能入火不烧。至昆仑山，常入西王母石室中，随风雨上下。炎帝少女追之，亦得仙，俱去。至高辛时，复为雨师，游人间。今之雨师本是焉。"⑤

遵循着与"正气"相往来，《庄子·大宗师》又推衍至"真人"，曰："古之真人，不知悦生，不知恶死……不以心损道，不以人助天，是谓真人。"⑥《庄子·天下》云："常宽容于物，不削于人，可谓至极。关尹、老聃乎古之博大真人哉。"⑦ 清徐焕龙《屈辞洗髓》云："赤松虚静无为，所谓真人之休德，良可贵也。《黄帝内经素问·上古天真论》云：'余闻上古有真人者，提挈天地，把握阴阳，呼吸精气，故能寿蔽天地，无有终时。'"此处"真人"应为古道家、古医家传说中与天地同寿的"上古真人"。《上古天真论》"呼吸精气"即《远游》后文所谓"精皎皎以往来"，"餐六气而饮沆瀣"。此时屈原正以"寿蔽天地，无有终时"的境界为其终极追求。汉蔡邕《协和婚赋》云："受精灵之造化，固神明之所使……惟

---

① （明）汪瑗：《楚辞集解》，北京古籍出版社1994年版，第257—258页。
② 姜亮夫：《姜亮夫全集》（二），云南人民出版社2002年版，第447—448页。
③ 陈鼓应：《老子今注今译》，中华书局1984年版，第121页。
④ 同上书，第275页。
⑤ （汉）刘向：《列仙传》第1058册，（台北）商务印书馆1985年影印文渊阁四库全书本，第489页。
⑥ 陈鼓应：《庄子今注今译》，中华书局1983年版，第186页。
⑦ 同上书，第936页。

休和之盛代，男女得乎年齿。"以休和连言。《黄帝内经素问·五常政大论》云："备化之纪，气协天休，德流四政，五化齐修。"此"休"亦训和。"休德"即《远游》后文"和德"。此句可译作：珍视上古仙真那中和的美德。《远游》使用了许多道家与道教常用的名词，如"虚静""无为""真人""登仙""惭六气""漱正阳""精气""羽人""不死之乡""驾六龙""载云旗"等；诗中歌颂了为后世道教所崇拜的一些人物，如"韩众""轩辕""蓐收""海若""冯夷"（来自《庄子》）等，充满了浓郁的道教色彩，尤其突出了传统游仙诗中至关重要的两位人物：赤松子与王乔，他们二人向来被视为道教长生不死之化身，在后世游仙诗里频繁出现。

所谓"化"，乃古道家的主要思想命题之一。《庄子》所谓："若人之形者，万化而未始有极。"① 天地万物无时无刻不在各种形态之间互相变化。"与化去"在这里是指形体从有形向无形，从尘世向仙境的转化、变化。此句可译作：已去往无形的仙境，世人不复得见。《庄子·大宗师》云："傅说得之，以相武丁，奄有天下，乘东维，骑箕尾，而比于列星。"②《淮南子·览冥训》："此傅说之所以骑辰尾也。"③ 亦不作"辰星"。《淮南子·天文训》："北方，水也，其帝颛顼，其佐玄冥，执权而治冬。其神为辰星，其兽玄武。"④《史记·天官书》云："察日辰之会，以治辰星之位。"司马贞索隐引纬书《元命包》曰："北方辰星水，生物布其纪，故辰星理四时。"⑤ 角亢氏房心尾箕是东方苍龙的七宿，第六尾星宿有星九颗，呈蜷曲尾巴形。第七箕星宿挨近尾星宿，有星四颗，呈奓口簸箕形。"韩众"又见东方朔《七谏·自悲》："见韩众而宿之兮，问天道之所在。"王逸注："韩众，仙人也。天道，长生之道也。众。一作终。"⑥《史记·秦始皇本纪》云："因使韩终、侯公、石生求仙人不死之药。"⑦ 洪兴祖补注："《列仙传》：齐人韩终为王采药，王不肯服，终自服之，遂得仙

---

① 陈鼓应：《庄子今注今译》，中华书局1983年版，第196页。
② 同上书，第199页。
③ 何宁：《淮南子集释》，中华书局1998年版，第456页。
④ 同上书，第188页。
⑤ （汉）司马迁：《史记》，中华书局1959年版，第1327页。
⑥ （宋）洪兴祖撰，白化文等点校：《楚辞补注》，中华书局1983年版，第250页。
⑦ （汉）司马迁：《史记》，中华书局1959年版，第252页。

也。"① 今本《列仙传》无此文，洪氏所引当有误，今之注者用以为据，作为屈原以前古代仙人之证。晋葛洪《神仙传·刘根》云："刘根字君安，长安人也，少时明五经，以汉孝成皇帝绥和二年举孝廉，除郎中，后弃世道，遁入嵩高山石室中"②，"后入华阴山，见一人乘白鹿，从千余人，玉女左右四人执彩旄之节，年皆十五六。余再拜顿首，求乞一言。神人乃住，告余曰：'汝闻昔有韩众否乎？'答曰：'尝闻有之。'神人曰：'即我是也。'"③ 从秦始皇三十二年到汉成帝绥和二年以后的几年，即公元前 215 年到公元前 5 年，约 210 年，再按韩终当时已有三十多岁计算，刘根遇见的韩终约 250 岁，有这种可能性；如果韩终是屈原以前的人，活了约 400 岁，这就匪夷所思了。韩众应是《史记·秦始皇本纪》中的韩终。游国恩说："我的朋友陆侃如因《远游》谈到韩众（秦始皇时方士），断定他不是屈原的作品（见《屈原评传》）。我首先赞成。"并说："《远游》一篇至早也是西汉人伪托的。"④ 后来大概受到洪兴祖引《列仙传》的影响，又否定自己从前的观点："韩众是古仙人，即韩终，见《列仙传》，并不是秦始皇时的那位方士。"⑤

《老子》三十九章云："昔之得一者：天得一以清，地得一以宁，神得一以灵，谷得一以盈，万物得一以生，侯王得一以为天下正……"⑥ 安徽阜阳双古堆西汉汝阴侯夏侯灶墓中不仅出土有《离骚》与《涉江》残简，还有其他辞赋残简，也有若干残片，如'囗橐旖（兮）北辰游'，目前无法讨论。"⑦ 此残简虽仅存六个字，但似与《远游》中的诗句相关。《远游》诗句中有"奇傅说之托辰星兮，羡韩众之得一"；"召丰隆使先导兮，问太微之所居；集重阳入帝宫兮，造旬始而观清都"。这里都写到诗人想象中神游天庭在星际间飘荡的情景。残片中的"北辰游"，当属此类。

汤炳正《楚辞今注》云："其实，屈原本楚之宗族，官为左徒，博闻强记，两次出使齐国，正值稷下学风大盛之时。谈天雕龙，迂怪机祥，尤

---

① （宋）洪兴祖撰，白化文等点校：《楚辞补注》，中华书局 1983 年版，第 164—165 页。
② （晋）葛洪撰，胡守为校释：《神仙传校释》，中华书局 2010 年版，第 298 页。
③ 同上书，第 299 页。
④ 游国恩：《楚辞概论》第三辑，商务印书馆 1933 年版，第 211 页。
⑤ 游国恩：《楚辞论文集》，古典文学出版社 1957 年版，第 28 页。
⑥ 陈鼓应：《老子今注今译》，中华书局 1984 年版，第 212 页。
⑦ 李零：《简帛古书与学术源流》第十讲《简帛古书导读四：诗赋类》，生活·读书·新知三联书店 2004 年版，第 337 页。

其是黄老之术、精气之说对屈原当有影响，故《管子·内业》篇之说多与《远游》相表里。在屈原的政治生涯中，初时为之信任，草创宪令，表现了'来吾导夫先路'的强烈的政治改革愿望。当政治失意之际，则又言'漠虚静以恬愉兮，澹无为而自得'。这种前后思想的变化，在历史人物中比比皆是。汉之张良、贾谊，都黄老、刑名备于一身；积极用世与消极避世之思想，亦往往兼而有之。太史公著《史记》，合屈原、贾谊为一传，可谓明其渊源。至于《大人赋》词句多同《远游》，此乃汉人抄袭屈赋之风所致。所谓《远游》乃仿《大人赋》而作，实本末颠倒之论。"① 对比《离骚》首句"帝高阳之苗裔兮"，此称"邈以远兮"，可知长期流放，使屈原宗室认知已是迷离恍惚，所余者唯有在精神上曲曲折折地追慕颛顼了。《远游》先安顿自己的灵魂，然后《惜往日》安顿自己身体。这就是屈原的"另一个自我"，或"另一个屈原"。他是一个生命哲学的深刻思考者。《远游》虽套用《离骚》，于"忽临睨夫旧乡"之时，亦有"仆夫怀余心悲兮，边马顾而不行"之语，但主人公在掩涕太息之后，终究又"氾容与而遐举"去了。最后是达到了"超无为以至清兮，与泰初而为邻"的"后天不老、而凋三光"（朱熹语）的不死境界。虽然在屈原的其他诗作中，有"神"、有"怪"，但又何妨再引入"仙"，像"赤松""王乔"这类仙人？屈原后期的生命哲学较《离骚》阶段有明显的发展变化，《远游》是这一阶段的代表性作品，表达了屈原晚年对超验的自由生命境界的追寻。《远游》诗中的"来者吾不闻""求正气之所由""贵真人之休德""与化去而不见""审壹气之合德""与泰初而为邻"等词句，表达了其生命哲学深受稷下道家影响的一个侧面，历来歧说较多，需要结合屈原晚期生命哲学的特征重新理解。《离骚》与《远游》"两相合璧，共构一个'志士—智者'双重智慧的诗人"。屈原两次出使齐国，正值稷下学宫兴盛之时，故而对其生命哲学多有了悟。"轻举而远游"便是稷下道家持奉的修炼之术。稷下道家主张"道"就是"精气"，"精气"是一种精灵细微的物质，它"下生五谷，上为列星；流于天地之间，谓之圣人"。修炼精气就能"得道"，"得道"的人称为"真人"。《远游》主旨实乃屈原渐入老境之后静修冥思所得的神秘体验。恰如冯友兰先生所言："《远游》

---

① 汤炳正：《楚辞今注》，上海古籍出版社1996年版，第179—180页。

所说的，是靠聚集精气，使'神'能够上升。"① 有所谓与《离骚》重在抒其"骚"愤之情，"离"为"骚"因，与"骚"之表现不同，《远游》所写，其重心主要是在"游"字上，是主人公面对"迫厄"现实社会，如何超脱远去，进而超越"长勤"有限的人生而达于一种永恒之境，但不能由此就得出两种情绪不会在同一位诗人的不同时期、不同的精神侧面中存在。精神侧面的多维的、立体的，不同时期的人生是充满曲线的，不然就不可能是活生生的有精神深度的人。统合《离骚》与《远游》，可以感受到屈原那博大而复杂的生命境界。对此可以令人联想到庄子的"以天下为沉浊，不可与庄语……独与天地精神相往来"（《庄子·天下》）。《庄子·逍遥游》和《远游》都提出了一个"游无穷"的问题。屈原精神之"远逝""远游"，是基于相信"神"能够舍"形"而独存，并以升腾到最高远的所在，回复宇宙之始源为其终极追求。

　　清人胡濬源《楚辞新注求确》对《远游》著作权提出质疑："屈子一书，虽及周流四荒，乘云上天，皆设想寓言，并无一句说神仙事。虽《天问》博引荒唐，亦不及之，'白蜺婴茀'，后人虽援引《列仙传》以注，于本文实不明确。何《远游》一篇，杂引王乔、赤松，且及秦始皇时之方士韩众，则明系汉人所作。可知旧列为原作，非是。"他把屈原的精神世界看得过于单一了。晚清吴汝纶《古文辞类纂评点·远游》亦云："此篇殆后人仿《大人赋》托为之。"失意人有所寄托而求超越，这才有屈原《远游》。《远游》的动机和宗旨，王逸在《楚辞章句》中说得很清楚："《远游》者，屈原之所作也。屈原履方直之行，不容于世。上为谗佞所谮毁，下为俗人所困极，章皇山泽，无所告诉。乃深惟元一，修执恬漠。思欲济世，则意中愤然，文采铺发，遂叙妙思，托配仙人，与俱游戏，周历天地，无所不到。然犹怀念楚国，思慕旧故，忠信之笃，仁义之厚也。是以君子珍重其志，而玮其辞焉。"② 朱熹在《楚辞集注·远游》中说："屈原既放，悲叹之余，眇观宇宙，陋世俗之卑狭，悼年寿之不长，于是作为此篇。思欲制炼形魂，排空御气，浮游八极，后天而终，以尽反复无穷之世变。虽曰寓言，然其所设王子之词，苟能充之，实长生久视之要诀也。"③

---

① 冯友兰：《中国哲学史新编》第二册，人民出版社 1984 年版，第 247 页。
② （宋）洪兴祖撰，白化文等点校：《楚辞补注》，中华书局 1983 年版，第 163 页。
③ （宋）朱熹：《楚辞集注》，上海古籍出版社 2001 年版，第 103 页。

对于仙人韩众，《史记·秦始皇本纪》云："始皇闻亡，乃大怒曰：'吾前收天下书不中用者尽去之。悉召文学方术士甚众，欲以兴太平，方士欲练以求奇药。今闻韩众去不报，徐市等费以巨万计，终不得药，徒奸利相告日闻。卢生等吾尊赐之甚厚，今乃诽谤我，以重吾不德也。诸生在咸阳者，吾使人廉问，或为訞言以乱黔首。'于是使御史悉案问诸生，诸生传相告引，乃自除。犯禁者四百六十馀人，皆阬之咸阳。"① 但《全上古三代秦汉三国六朝文·全后汉文卷二十三》班彪《览海赋》："松乔坐于东序，王母处于西箱。命韩众与岐伯，讲神篇而校灵章。愿结旅而自托，因离世而高游。""四时教令"思想，源于《吕氏春秋》中的"十二纪"。从学术传承上看，《吕氏春秋》中的"十二纪"乃"邹衍学说的遗说流裔"，是邹衍后学所为。邹衍是战国末期齐国人，据钱穆先生考证，其生卒时间约公元前305年至前240年。《韩愈集》卷八《远游联句》注云："《远游》名篇，祖屈原也。相如《大人赋》，由《远游》发也。自后刘向《九叹》，曹子建《乐府》，皆有《远游》篇，然屈原、相如则兼四方上下而言之。"②

关于《远游》的作者，历来存在争议，一说是出自屈原之手，代表学者主要有王逸、朱熹、姜亮夫等。姜亮夫认为："《离骚》是中年前后的《远游》；而《远游》则都是垂老将死时的《离骚》。"③ 一说《远游》篇非屈原所作，清代胡浚源《楚辞新注求确》云："《远游》一篇杂引王乔、赤松及秦始皇时之方士韩众，则明系汉人所作。可知旧列为原作，非是。"廖平认为《远游》非屈原所作，而是秦始皇时期有博士所作的《仙真人诗》。《楚辞》是秦始皇时由其博士所作的《仙真人诗》："《楚辞》乃灵魂学专门名家，详述此学，其根源与道家同，故《远游》之类，多用道家语"；"《秦本纪》，始皇三十六年，使博士为《仙真人诗》，即《楚辞》也"；"始皇有博士七十人，命题之后，各自呈撰，年湮代远，遗佚姓氏。及史公立传，后人附会改敓，多不可通"；"著书讳名，文人恒事。使为屈子一人拟撰，自当整齐故事，扫涤陈言，不至旨意重复，词语参差若此"。④ 郭沫若在《屈原赋今译·后记》中提出："《远游》一篇结构与司

---

① （汉）司马迁：《史记》，中华书局1959年版，第258页。
② 启功等主编：《唐宋八大家全集·韩愈集》，国际文化出版社1997年版，第184页。
③ 姜亮夫：《楚辞学论文集》，上海古籍出版社1984年版，第543页。
④ 廖平：《楚辞讲义序》，《楚辞直解》，江苏古籍出版社1988年版，第623页。

马相如《大人赋》极相似，其中精粹语句甚至完全相同，基本上是一种神仙家言，与屈原思想不合。这一篇，近代学者多认为不是屈原作品。据我的推测，可能即是《大人赋》的初稿。司马相如献《大人赋》的时候，曾对汉武帝说，他属草稿未定。未定稿被保存下来，以其风格类似屈原，故被人误会了。这一误会，不消说，是出于汉人，而且可能就是出于王逸。因为屈原的《九章》本是汉人所采集的九篇风格相类似的屈原作品。如果《远游》早被认为是屈原作品，那么会被认为十章，而非单独成篇了。即此已可证明《远游》被认为屈原所作是在《九章》辑成之后。"①"我疑心就是《大人赋》的初稿。《史记·相如列传》说：'臣尝为《大人赋》，未就，请具而奏之'，据此看来，分明是有未就的稿本与具奏的定本两种。……稿本被后人寻得，因首韵有'远游'二字遂摘以为篇名，又因多整袭《离骚》的地方，遂被收入《楚辞》而误认为屈原新作。"②（《屈原研究》，《沫若文集》卷十二）陈子展在《楚辞直解》中论及《远游》作者溯源时提到郭沫若的影响，他这样说："郭沫若先生似有取于其乡先辈廖老先生之说，据其推测，《远游》可能为《大人赋》之初稿遗存，王逸误以之入《楚辞》者。一时研究《楚辞》诸家，大都以为《远游》非屈原所作，或直以为《远游》是模拟《大人赋》之伪作。"③谭介甫认为《远游》之作者为两汉之际的班嗣。但《大人赋》所表现出的虚无享乐的主题与《远游》所体现的求仙以自慰的主题是截然相反的，而如果《远游》是《大人赋》的初稿，那么同篇章中是不可能出现两种截然不同的主题的。哪有从草稿到定稿写出两个完全相反的主题，表现截然不同的思想情感的滑稽事儿呢？因此，《远游》一篇还应该是出自屈原之手。《大人赋》中的"大人"同样也是感叹现实生活的苦闷，于是决定"悲世俗之迫隘兮，揭轻举而远游"。《远游》是最早利用阴阳五行学说来安排游览路线的。按照中、东、西、北的路线来进行"游仙"，先访中国仙人之居，进入天宫之门，游览天帝宫殿，而后又向东方游览，在河伯、雨师和雷神的护送下，拜会东方太皞天帝，进而向西方和北方游历，又向下周览天地，最后至于微闾之下。主人公在游历时所遇见的神灵几乎与五行学说中的东、西、南、北四方一致。而《大人赋》继承了《远游》对五行思

---

① 《郭沫若文集》第五卷，人民文学出版社1984年版，第380页。
② 郭沫若：《郭沫若古典文学论文集》，上海古籍出版社1985年版，第154页。
③ 陈子展：《楚辞直解》，江苏古籍出版社1988年版，第271—284页。

想的借鉴，在具体设置"大人"的游仙路线时，也依据了五行理论，"游仙"路线是斜渡东极而登上北极，然后自横厉飞泉自东方而下，在句芒的引领下"吾欲往乎南矣"，最后"西望昆仑之轧"以与昆仑之墟西王母相见为结，分为东、西、南、北四段进行求仙。《大人赋》则是讲究排场与威严的帝王之游，赋中所描写能"在乎中州""宅弥万里"，"大人"其实就是汉武帝的投影。司马迁曾说："相如以为列仙之传居山泽间，形容甚耀，此非帝王之仙意思也，遂作《大人赋》。"① 《史记索隐》引张华："相如作远游之体，以大人赋之也。"

陆侃如认为："《远游》有模仿司马相如《大人赋》的嫌疑。不但在结构方面完全相同，词句上也有整段抄的。如《远游》的'悲时俗之迫阨兮，愿轻举而远游；质菲薄而无因兮，焉托乘而上浮'，抄自《大人赋》的'悲世俗之迫阨兮，朅轻举而远游；乘绛幡之素霓兮，载云气而上浮'，又如《远游》的'下峥嵘而无地兮，上寥廓而无天；视倏忽而无见兮，听惝恍而亡闻'，抄自《大人赋》的'下峥嵘而无地兮，上寥廓而无天；视眩泯而亡见兮，听惝恍而亡闻'，此外零碎的抄袭也很多。我们知道司马相如是个天才的辞赋家，自以为《大人赋》胜于《子虚》《上林》，且要献给爱读辞赋且长于辞赋的武帝，绝不会抄前人之作。故我们认为《远游》在《大人赋》之后，而以《大人赋》为范本的。"② 他在《屈原评传》中又说："韩终其人为屈原时所无，这便是《远游》非屈原所作的铁证。"《远游》仿《大人赋》说，倡自吴汝纶。其理由为："此篇殆后人仿《大人赋》托为之，其文体格平缓，不类屈子。世乃谓相如袭此为之，非也。辞赋家展转沿袭，盖始于子云、孟坚。若太史公所录相如篇数，皆其所创为。武帝读《大人赋》，飘飘有凌云之意。若屈子已有其词，则武帝闻之熟矣。此篇多取老、庄、吕览以为材，而词亦涉于《离骚》《九章》者。屈子所见书博矣，《天问》《九章》所称神怪，虽闳识不能究知。若夫神仙修炼之说、服丹度世之旨，起于燕齐方士，而盛于汉武之代，屈子何由预闻之？虽《庄子》所载广成告黄帝之言，吾亦以为后掺入也。"（《古文辞类其评点·远游》）此说与清代古文大家姚鼐所说大异，姚鼐说："此赋（《大人赋》）多取于《远游》，《远游》先访仙人之居，乃至

---

① （汉）司马迁：《史记》，中华书局1959年版，第3056页。
② 陆侃如：《中国诗史》，百花文艺出版社1999年版，第110页。

天帝之宫，又下周览天地之间，自于微间以下，分东西南北四段。此赋自横厉飞泉以正东以下，分东西南北四段，而求仙人之居意即载其间。末六句与《远游》语同，然屈子意在去世之沉浊，故云至清而与太初为邻，长卿则谓帝若果能为仙人，即居此无见无闻无友之地，亦胡乐乎此邪？与屈子语同而意别矣。"①（《古文辞类纂》）姚鼐说近乎朱熹。朱熹《楚辞集注》不仅肯定了《远游》是屈原的作品，而且在《远游》篇末注云："司马相如作《大人赋》多袭其语，然其屈子所到，非相如所能窥其万一也。"② 其后，陆侃如亦有是论："这赋是要献给武帝的，而武帝却是一个爱读辞赋而又长于辞赋的人，相如也不敢如此死抄。故我们可断定这篇是后人仿《大人赋》而作的，绝不可挤入屈原集中。"③

何其芳也认为，《远游》追求道家思想，恐是后人模拟之作："《远游》里面的思想，比如'无为'、'至人'、'登仙'、'道可受兮不可传，其小无内兮其大无垠'等等，和屈原的思想根本不同。如果屈原的思想是这样，大概就不会自杀了。"④

谭介甫更是明确指出《远游》篇是班嗣所作。谭氏《屈赋新编》下集《远游》第八引吴汝纶、廖平、郭沫若、詹安泰和何其芳五家关于《远游》作者之看法，并以吴氏之"若夫神仙修练之说，服丹度世之恉，起于燕齐方士，而盛于汉武之代，屈子何由预闻之"为出发点而云："这个有道家思想写《远游》的人究竟是谁呢？因为汉朝有道家思想的人很多，然总有一个最适合于写《远游》作品的人；而最适合的人，我认为殆莫过于班嗣。"《汉书·叙传》言班嗣："家有赐书……虽修儒学，然贵老、严之术。桓生欲借其书，嗣报曰：'若夫严子者，绝圣弃智，修生保真，清虚澹泊，归之自然，独师友造化而不为世俗所役者也。渔钓于一壑，则万物不奸其志，栖迟于一丘，则天下不易其乐。不絓圣人之网，不嗅骄君之饵，荡然肆志，谈者不得而名焉，故可贵也。今吾子已贯仁义之羁绊，系名声之缰锁，伏周、孔之轨躅，驰颜、闵之极挚，既系恋于世教矣；何用大道为自眩曜？……故不进。'嗣之行已持论如此。"⑤ 班嗣的持

---

① （清）姚鼐编：《古文辞类纂》，岳麓书社1988年版，第870页。
② （宋）朱熹：《楚辞集注》，上海古籍出版社2001年版，第111页。
③ 陆侃如：《屈原评传》，《陆侃如古典文学论文集》，上海古籍出版社1987年版，第295页。
④ 何其芳：《屈原和他的作品》，《人民文学》1953年第6期。
⑤ 谭介甫：《屈赋新编》，中华书局1978年版，第618页。

论和《远游》所说有很多相同之处，不过此为七章长文，彼为报友短札，里面所引掌故，所用辞藻，颇有些差异罢了。宋玉《九辩》末章之"愿赐不肖之躯而别离兮，放游志乎云中"至"载云旗之委蛇兮，扈屯骑之容容"一段，王夫之《楚辞通释》云："盖因《远游》之旨而申言之。"①甚是。今人游国恩、陈子展、汤炳正等先生亦或认为是概括《远游》而来，或说是抄自《远游》（游氏说，见其《楚辞论文集·〈楚辞·九辩〉的作者》；陈氏说，见《楚辞直解·〈远游〉解题》；汤氏说，见《屈赋新探》）。贾谊《惜誓》云："惜余年老而日衰兮，岁忽忽而不反。登苍天而高举兮，历众山而日远。观江河之纡曲兮，离四海之霑濡。攀北极而一息兮，吸沆瀣以充虚。飞朱鸟使先驱兮，驾太乙之象舆。苍龙蚴虬于左骖兮，白虎骋而为右騑。建日月以为盖兮，载玉女于后车。驰骛于杳冥之中兮，休息乎昆仑之墟。乐穷极而不厌兮，愿从容乎神明。涉丹水而驰骋兮，右大夏之遗风。黄鹄之一举兮，知山川之纡曲。再举兮，睹天地之圜方。临中国之众人兮，托回飚乎尚羊。乃至少原之野兮，赤松、王乔皆在旁。二子拥瑟而调均兮，予因称乎清、商。澹然而自乐兮，吸众气而翱翔。念我长生而久仙兮，不如反予之故乡。黄鹄后时而寄处兮，鸱枭群而制之。神龙失水而陆居兮，为蝼蚁之所裁。夫黄鹄神龙犹如此兮，况贤者之逢乱世哉。寿冉冉而日衰兮，固儃回而不息。俗流从而不止兮，众枉聚而矫直。或偷合而苟进兮，或隐居而深藏。苦称量之不审兮，同权概而就衡。或推移而苟容兮，或直言之谔谔。伤诚是之不察兮，并纫茅丝以为索。方世俗之幽昏兮，眩白黑之美恶。放山渊之龟玉兮，相与贵夫砾石。梅伯数谏而至醢兮，来、革顺志而用国。悲仁人之尽节兮，反为小人之所贼。比干忠谏而剖心兮，箕子被发而佯狂。水背流而源竭兮，木去根而不长。非重躯以虑难兮，惜伤身之无功。已矣哉！独不见夫鸾凤之高翔兮，乃集大皇之野。循四极而回周兮，见盛德而后下。彼圣人之神德兮，远浊世而自藏。使麒麟可得羁而系兮，又何以异乎犬羊。"② 东方朔《七谏·自悲》云："苦众人之皆然兮，乘回风而远游。凌恒山其若陋兮，聊愉娱以忘忧。非度言之无实兮，苦众口之铄金。过故乡而一顾兮，泣歔欷而沾衿。……见韩众而宿之兮，问天道之所在。借浮云以送予兮，载雌霓而为

---

① （明）王夫之：《船山全书》，岳麓书社1996年版，第397页。
② （宋）洪兴祖撰，白化文等点校：《楚辞补注》，中华书局1983年版，第227—231页。

让。驾青龙以驰骛兮,班衍衍之冥冥。忽容容其安之兮,超慌忽其焉如。苦众人之难信兮,愿离群而远举。登峦山而远望兮,好桂树之冬果。观天火之炎阳兮,听大壑之波声。引八维以自道兮,含沆瀣以长生。"① 从宋玉开始,贾谊、东方朔、严忌、淮南小山、刘向等,均认为《远游》为屈原作品,故他们在各自之代屈原设言作品中,以之作为自己"扮演"屈原时之话语。

司马迁以刘安《离骚传》语称颂:"屈平之作《离骚》,盖自怨生也。《国风》好色而不淫,《小雅》怨诽而不乱。若《离骚》者,可谓兼之矣。上称帝喾,下道齐桓,中述汤、武,以刺世事。明道德之广崇,治乱之条贯,靡不毕见。其文约,其辞微,其志洁,其行廉。其称文小而其指极大,举类迩而见义远。其志洁,故其称物芳。其行廉,故死而不容。自疏濯淖汙泥之中,蝉蜕于浊秽,以浮游尘埃之外,不获世之滋垢,皭然泥而不滓者也。推此志也,虽与日月争光可也。"②《史记·屈原列传》这段评议,似乎涵盖了《远游》。庄子在《逍遥游》中对这种自由的、无拘无束的遨游作了生动的描述:"乘天地之正,而御六气之辩,以游无穷者。"③又云:"藐姑射之山,有神人居焉,肌肤若冰雪,绰约若处子。不食五谷,吸风饮露。乘云气、御飞龙,而游于四海之外。其神凝,使物不疵疠而年谷熟。"④《齐物论》复云:"至人神矣!大泽焚而不能热,河汉冱而不能寒,疾雷破山,飘风振海而不能惊。若然者,乘云气,骑日月,而游乎四海之外,死生无变于己,而况利害之端乎!"⑤庄子的心游比起后世的游仙,其目的和动机更多显示出一种终极性的价值意义,他既不像屈原那样明显地由于"悲时俗之迫厄"而游,又不同于曹植因为嫌"九州不足步"或"四海一何局"而游,同时,庄子的游不像后世游仙诗那样注重追求肉体的长生。庄子强调的"游"的自由性这一特点在《远游》里得到了进一步的发展。《远游》对《逍遥游》的重大发展有二:一是把庄子的"心游"发展为屈原的"身游";二是把庄子的为追求自由而游发展为"悲时俗之迫厄兮,愿轻举而远游"的有寄托、为逃避而游。通过"羡韩众"

---

① (宋)洪兴祖撰,白化文等点校:《楚辞补注》,中华书局1983年版,第249—250页。
② (汉)司马迁:《史记》,中华书局1959年版,第2482页。
③ 陈鼓应:《庄子今注今译》,中华书局1983年版,第18页。
④ 同上书,第25页。
⑤ 同上书,第90页。

"从王乔""召丰隆""召玄武""右雷公""使湘灵"等描写，将自己置身于和仙人同游的境界中。他不像庄子那样淡化或泛化"游"的主体，更强调人、仙同游。"游"和"仙"在屈原的诗歌里第一次完美地融合在一起。如王夫之在《楚辞通释》中所说："盖其愤世疾邪，厌时俗之迫厄，而思游仙者。"在战国齐威王、齐宣王时，齐燕一带出现了一批方士，他们"为方仙道，形解销化，依于鬼神之事"（《史记·封禅书》）。神仙思想的勃兴，是与对殷周以来上帝崇拜和信仰的动摇相伴随的。神仙家宣称：人人皆可求得长生不死、飞升成仙；神仙的最大快乐是乘气驾云，自由遨游于太空，而且可与上帝为友，亦能役使鬼神。这种神界自由的思想，不但否定了上帝的至上权威，也无视了神界的森严等级，正当战国的齐燕之君在做着求仙长生的美梦时，神仙思想在南方也已广泛流传，并给南方文化带来了许多神异的浪漫色彩。《庄子》和《楚辞》是战国时期楚文化的代表，都因受到神仙思想的启迪，而展开了恣肆无羁的想象：风云开阖，鬼神变幻，仙人飞升等，不一而足。其内容的恢诡怪异，想象的丰富奇特，显示出与质朴的北方文化完全不同的风格。

西方思潮，有从"上帝怎么了"到"上帝死了"的思潮递进，递进中的思潮风生水起。姜亮夫为徐汉澍《〈远游〉真伪辩》作附言曰："《离骚》是中年前后的《远游》；而《远游》则是垂老将死时的《离骚》。"[1]《远游》把道论引入文中，作为文本的灵魂而存在。首先是将精气说引入道论，纳入《远游》哲学体系，又将阴阳五行学说附属于道论，处于道论的包容之中。作品最后以进入道境结束，实际是作品主人公生存状态、人生境界的升华，也是对阴阳五行学说的超越。《远游》的仙游是按中、东、西、南、北的路线顺序进行的。五方的思想很明确，这是《离骚》乃至《九辩》所不见的。这种仙游路线的出现，恐是神仙家与五行说合流之后的产物。至于和阴阳五行说相关联的，则是一系列物类事象，是具体可感的形象、场面。道论生发成作品的境界，阴阳五行学说则引出具体的物类事象，这是两种哲学框架在《远游》中的不同功用。五方配以五帝、五神，始见于《吕氏春秋·十二纪》和《礼记·月令》，都是秦统一前后的产物。《远游》除中央帝、神没有明说外，其余四方之帝、神与《吕氏春秋》《礼记》基本相同。从五方与五帝、五神的配合情况看，《远游》的

---

[1] 姜亮夫：《楚辞学论文集》，上海古籍出版社1984年版，第543页。

时代，当与《吕氏春秋》《礼记》相近。梁宗岱说："《远游》说不定是他（指屈原）最后一篇作品，是屈原'在思想底天空放射最后一次的光芒'。"① 神仙真人思想既流行于战国时代，只不过燕齐之间以求仙方延年益寿为主，而南楚却以"养气""隐逸"为重，屈原近在咫尺，也一定会受到这类思想的影响。稷下学派不是燕齐方士，却也不能与燕齐方士绝缘。近代人习惯于按新的"人物分类法"把屈原放在"某家"之下，有人说他是儒家，有人说他是儒家兼采道家，有人说他是阴阳家，甚而也有人称之为法家……一家之说说不清时，于是又有人用混合家、兼采的方法以解决他的作品中非一家的异端学说。

《史记·秦始皇本纪》记载："黔首或刻其石曰：'始皇帝死而地分'。……始皇不乐，使博士为《仙真人诗》，及所行游天下，传令乐人歌弦之。"②《仙真人诗》现在虽已不传，但从秦始皇对神仙的渴求和令博士创作《仙真人诗》的动机与目的来看，它的内容应是借访仙求药以延长寿命，期冀能长生不死，进而永远保有现世的一切。《仙真人诗》与《远游》所体现的游仙精神已有很大的不同，二者各有侧重，《远游》开启的是"失意人"的游仙，借游仙以逃世；而《仙真人诗》表现的则是对"高士"般的长生不死的精神欲求，他们游仙是为了保世，追求生命永恒，永远享有现世的一切荣华富贵。《说郛》卷六引《读子随时·庚桑子》："'高士'注释云：吸日精炼丹而仙曰高士。"如葛洪《抱朴子·对俗》所言："求长生者，正惜今日之所欲耳，本不汲汲于昇虚，以飞腾为胜于地上也。若幸可止家而不死者，亦何必求于速登天乎？"③

朱乾在《乐府正义》中说："屈子《远游》乃后世游仙之祖。"正式以"游仙"为题进行诗歌创作，始于曹植，但游仙诗的创作可以上溯至先秦时期。《庄子》、楚辞与道教的神话幻想系统是产生游仙诗的三大重要因素之一，《逍遥游》《远游》与《仙真人诗》是代表性的作品，尽管"游"的特点有所不同，但其中所蕴含的游仙精神都为游仙诗提供了生发的土壤。洪兴祖补注《远游》时，多次引用了《庄子》。这证明：《远游》作者接受过《庄子》的影响。汉代司马相如的《大人赋》继承了《远游》中的"游仙"模式。以司马相如的抱负，不会模仿汉人之作；以刘向与相

---

① 梁宗岱：《诗与真》，中央编译出版社2006年版，第102—103页。
② （汉）司马迁：《史记》，中华书局1959年版，第259页。
③ 王明：《抱朴子内篇校释》，中华书局1986年版，第53页。

如同时,也不会误指他模仿之作。刘熙载的《艺概·赋论》曾经指出:"长卿《大人赋》出于《远游》,《长门赋》出于《山鬼》。"[1]

重曰:

> 春秋忽其不淹兮,奚久留此故居?
> 轩辕不可攀援兮,吾将从王乔而娱戏!
> 餐六气而饮沆瀣兮,漱正阳而含朝霞。
> 保神明之清澄兮,精气入而粗秽除。
> 顺凯风以从游兮,至南巢而壹息。
> 见王子而宿之兮,审壹气之和德。

五宫星空区划与《远游》的天空游历路线,展开了天庭及东、西、南、北的五方空间格局,是以古人对星空做出的五宫区划之知识为场景的。《史记·天官书》将星空划为五个部分,即五宫——中宫、东宫、西宫、南宫与北宫。北斗七星及其附近的北天区,以及位于黄道和赤道附近的二十八宿以平均各七宿形成的四大星空区域,古人以"四象"即东方苍龙、南方朱雀、西方白虎、北方玄武(龟蛇合体)来代指。河南濮阳西水坡仰韶文化遗址,出土距今六千多年前蚌壳摆塑的东方苍龙、西方白虎与北斗的图像;湖北随州发掘的战国初期的曾侯乙墓,墓中一衣箱盖上,中央有一篆体"斗"字,围绕"斗"字分布二十八星宿名,箱盖右侧绘有青龙图像,左侧绘有白虎图像,都说明了五宫星空区划产生甚早。《远游》中出现的四方帝与四方神如下:东方太皞与句芒,西方西皇与蓐收,南方炎神与祝融,北方颛顼与玄冥,还出现了四象之一的北宫玄武。《远游》中四方帝、四方神与《吕氏春秋》十二纪中的五方(中、东、西、南、北)中的四方帝、四方神大同小异,而《吕氏春秋》五方帝神与《礼记·月令》相互继承。《吕氏春秋》十二纪有五方帝及五方神,但中间黄帝与其神后土,没有相对应的季节,只是附在季夏后:孟春之月……其帝太皞,其神句芒……盛德在木。孟夏之月……其帝炎帝,其神祝融……盛德在火。中央土……其帝黄帝,其神后土。孟秋之月……其帝少皞,其神蓐收……盛德在金。孟冬之月……其帝颛顼,其神玄冥……盛德在水。

---

[1] (清)刘熙载:《艺概》,上海古籍出版社1978年版,第90页。

《远游》虽记有主人公在天庭中的壮游，却没有提到黄帝与后土。这可能是因为主人公虽到了天庭但没有见到中央大帝，也可能与前文所述的"轩辕不可攀援兮"有关。《左传·鲁昭公十七年》记载郯子所言少皞氏时代的官制，言："我高祖少皞挚之立也，凤鸟适至，故纪於鸟，为鸟师而鸟名。凤鸟氏，历正也。玄鸟氏，司分者也。伯赵氏，司至者也。青鸟氏，司启者也。丹鸟氏，司闭者也。祝鸠氏，司徒也。鴡鸠氏，司马也。鸤鸠氏，司空也。爽鸠氏，司寇也。鹘鸠氏，司事也。五鸠，鸠民者也。五雉，为五工正。"孔颖达《正义》曰："诸书皆言君有圣德，凤皇乃来，是凤皇知天时也。历正，主治历数，正天时之官，故名其官为凤鸟氏也。"① 分、至、启、闭是指春分、秋分、冬至、夏至、立春、立夏、立秋、立冬与四季相关的八大节气，而少皞分别以四鸟分掌，以凤鸟统为历法之正。故连劭名先生说："郯子叙述古代少皞氏所立职官，有五鸟、五鸿、五工正等，都与五行的观念有关。"在《左传·鲁昭公二十九年》中可以看到有与《吕氏春秋》五方神名相同的"五行"之官："故有五行之官，是谓五官。实列受氏姓，封为上公，祀为贵神。社稷五祀，是尊是奉。木正曰句芒，火正曰祝融，金正曰蓐收，水正曰玄冥，土正曰后土。"② 可以看到，五方神本是来自五行之官的，与天文关联甚密。这种叙事结构反映了四方帝与四方神具有沟通天界与地界的神力。"四象"具有天文神与动物神的双重身份，也具有沟通天界与地界的神力。《远游》中一些与天空相连的语词以及天空星辰的天文语词，诸如上征、太微、重阳、帝宫、旬始、清都、天池、彗星、斗柄、玄武、文昌、临睨、间维等，起到了很好的天空游历的标识作用。

"轩辕不可攀援兮"，以否定式表述，表明诗人已受稷下黄老之术的浸染。王子乔者，周灵王太子晋也。好吹笙作凤鸣，游伊洛之间。道士浮丘公接以上嵩高山。三十余年后，求之于山上，见柏良曰："告我家，七月七日待我于缑氏山巅。"至时果乘白鹤驻山头，望之不得到。举手谢时人，数日而去。后立祠于缑氏山下及嵩高首焉。③

---

① （周）左丘明传，（晋）杜预注，（唐）孔颖达正义：《春秋左传正义》，北京大学出版社1999年版，第1361—1364页。
② 同上书，第1506—1507页。
③ （汉）刘向：《列仙传》第1058册，（台北）商务印书馆1985年影印文渊阁四库全书本，第495页。

六气指天地四时之气。王逸注引《陵阳子明经》言："春食朝霞。朝霞者，日始欲出赤黄气也。秋食沧阴。沧阴者，日没以后赤黄气也。冬饮沆瀣。沆瀣者，北方夜半气也。夏食正阳。正阳者，南方日中气也。并天地玄黄之气，是为六气也。"① 作为气功之术的食气，如吸纳沆瀣、正阳、朝霞、元气等。朝霞，日始出之气；正阳，日中之气；沆瀣，夜半之气。从思维方式上看，与服食草木、玉石等同源，也可归为服食。《远游》"餐六气而饮沆瀣兮，漱正阳而含朝霞。保神明之清澄兮，精气入而粗秽除"。通过呼吸采气，吐故纳新，炼养精气神。贾谊《惜誓》"吸众气而翱翔"；东方朔《七谏·自悲》"含沆瀣以长生"；王逸《九思·守志》"食元气兮长存"等，皆可为例。《庄子·逍遥游》中的至人、神人、圣人是"乘天地之正，而御六气之辩"。六气，在中国是一个古老的概念，有其确定的含义。《左传·鲁昭公元年》称："六气曰阴阳风雨晦明也"，所言甚明，六气指的是自然界气候的各种变化。《左传·鲁昭公二十五年》又称："民有好恶喜怒哀乐，生于六气。"这是把人的六种情感和天之六气相沟通，认为人的情感来自自然界的种种变化。

精气指前面的六种精英之气。汪瑗认为这是"修养家所谓吐故纳新之术也。"② 王夫之云："精气，先天之气，胎息之本也；粗秽，后天之气，妄念、狂为之所自生，凝精以除秽，所谓铸剑也。"③ 所称"铸剑"者喻保清澄之神明，如剑一样斩除粗秽。神明清澄喻目光内视，如《丹经》曰："两支慧剑埋真土，扫荡妖魔出幻躯。"在先秦典籍中，论述精气的文献主要有三处，一是《易经·系辞》的"精气为物，游魂为变"④之语，二是《管子·内业》的一段话："凡物之精，此则为生。下生五谷，上为列星。流于天地之间，谓之鬼神。藏于胸中，谓之圣人。"⑤ 三是《吕氏春秋·尽数》篇的论述："精气之集也，必有入也。集于羽鸟，与为飞扬。集于走兽，与为流行。集于珠玉，与为精朗。集于树木，与为茂长。集于圣人，与为琼明。"⑥《系辞》言精气突出它的川流不息、变化多端。《管子·内业》和《吕氏春秋·尽数》则把精气视为万物的灵魂，是万物生

---

① （宋）洪兴祖撰，白化文等点校：《楚辞补注》，中华书局1983年版，第166页。
② （明）汪瑗：《楚辞集解》，北京古籍出版社1994年版，第262页。
③ （明）王夫之：《楚辞通释》，岳麓书社1996年版，第352页。
④ 周振甫：《周易译注》，中华书局1991年版，第233页。
⑤ 黎翔凤：《管子校注》，中华书局2004年版，第931页。
⑥ 许维遹：《吕氏春秋集释》，中华书局2009年版，第66页。

命之所在。《远游》在把精气纳入文本时，主要是取其纯洁，同时兼顾它的流动性。

"南巢"是《远游》主人公远游的第一站，因为附近有王乔所在。王乔，《集注》云："周灵王太子晋也。《列仙传》曰：'好吹笙，作凤鸣，遇浮丘公，接之仙去。'""九江府瑞昌县有王乔洞。"①《正义》引《括地志》："卢州巢县有巢湖，即《尚书》成汤伐桀放于南巢也。"南巢即今安徽省巢县，在楚之东域，是王乔活动的区域。喻精气神在运转中凝化的过程，魂魄精气神凝结，称为三家相见，成为先天一炁，又称婴儿。统于一炁之后，即为"德"，合德即成道之意。冯友兰先生释此"一"字为精气，亦即指成丹而言。

壹气，乃是构成天地万物的同一种精微物质。应亦通作"一气"。《黄帝内经灵枢·决气》云："余闻人有精气津液血脉，余意以为一气耳。"《庄子·知北游》云："通天下一气耳。"构成天地的精气透过先天孕育或后天修行而注入形躯，又成为构成人体的精气。据《远游》之辞，壹气而有孔神之妙，存于中夜，恒在其身，则是古道家、神仙家摄取天地精气的修炼法。一指天人内外之一贯，非指"精纯不杂"。和德，应即前述"休德"。此句可译作：（向仙人王子乔）请教摄取天地精气注入形躯的法窍。考《淮南子·齐俗训》云，"今夫王乔、赤松子，吹呕呼吸，吐故内新，遗形去智，抱素反真，以游玄眇，上通云天。"② 又考《淮南子·泰族训》："王乔、赤松去尘埃之间，离群嫕之纷，吸阴阳之和，食天地之精，呼而出故，吸而入新，清虚轻举，乘云游雾，可谓养性矣，而未可谓孝子也。"③ 从这段文字可以知道，王子升仙之法为"服食"，即《淮南子》所云，"食天地之精"，和"吐故纳新"，"吹呕呼吸"，"吸阴阳之和"，"呼而出故，吸而入新"，最后"清虚轻举，乘云游雾"而成仙。神仙思想渗润了《远游》，使之清风拂拂。

《远游》曰：

"曰"所引起之文字均为王子乔所言。朱熹注曰："曰者，王子之言也。"④

---

① 胡文英：《屈骚指掌·远游》，北京古籍出版社1979年版。
② 何宁：《淮南子集释》，中华书局1998年版，第797页。
③ 同上书，第1395页。
④ （宋）朱熹：《楚辞集注》，上海古籍出版社2001年版，第106页。

汪瑗注曰："曰，设为王子之言也。"① 此说可用以解释《天问》开头之"曰"。

> 道可受兮，不可传；
> 其小无内兮，其大无垠；
> 毋滑而魂兮，彼将自然；
> 壹气孔神兮，于中夜存；
> 虚以待之兮，无为之先；
> 庶类以成兮，此德之门。
> 闻至贵而遂徂兮，忽乎吾将行。
> 仍羽人于丹丘兮，留不死之旧乡。
> 朝濯发于汤谷兮，夕晞余身兮九阳。
> 吸飞泉之微液兮，怀琬琰之华英。
> 玉色頩以脕颜兮，精醇粹而始壮。
> 质销铄以汋约兮，神要眇以淫放。
> 嘉南州之炎德兮，丽桂树之冬荣。
> 山萧条而无兽兮，野寂漠而无人。
> 载营魄而登霞兮，掩浮云而上征。
> 命天阍其开关兮，排阊阖而望予。
> 召丰隆使先导兮，问大微之所居。
> 集重阳入帝宫兮，造旬始而观清都。
> 朝发轫于太仪兮，夕始临乎于微闾。

洪兴祖补注曰："谓可受以心，不可传以言语也。"② 又汪瑗注曰："受，心受也。传，言传也。"③ 考《老子》一书，开篇即云："道可道，非常道。"王弼注云："可道之道，可名之名，指事造形，非其常也，故不可道，不可名也。"又考《庄子·大宗师》云："夫道，有情有信，无为无形；可传而不可受，可得而不可见。"可见，所设王子之言有着鲜明的道家思想印记。

---

① （明）汪瑗：《楚辞集解》，北京古籍出版社1994年版，第263页。
② （宋）洪兴祖撰，白化文等点校：《楚辞补注》，中华书局1983年版，第167页。
③ （明）汪瑗：《楚辞集解》，北京古籍出版社1994年版，第263页。

对于"滑",洪兴祖、朱熹、汪瑗都认为,"滑,乱也"。对于"而",朱熹、王夫之、汪瑗都认为,"而,汝也"。"魂",汪瑗注曰:"魂,谓人之精神也。"① 王逸注之为:"无乱尔精也。"② 对于"彼将自然",王夫之注曰:"彼,谓魂也"。汪瑗注曰:"彼,即指魂也"③,"言不滑乱其精神,则无为而自得,有天然之妙也"。考《庄子·刻意》篇,其云:"纯粹而不杂,静一而不变,淡而无为,动而以天行,此养神之道也。"④ 庄子的"养生之道"是"纯粹而不杂,静一而不变",即保持精魂纯粹而不杂乱,保持安静,不能随意改变。

王子言"壹气孔神",王逸注:"专己心也。"⑤ 壹气,即《老子》"专气致柔,能婴儿?"的专气。考《庄子·刻意》篇,有"纯素之道,唯神是守。守而勿失,与神为一"⑥。庄子非常直接地指明,要保持"道"的"纯素",就要守"神",并且"神"要专一。王子之言与其如出一辙。又考《庄子·在宥》篇云:"我守其一,以处其和。故我修身千二百岁矣,吾形未常衰。"⑦ 庄子认为人能长寿关键是要"守其一",也就是保证精魂专一而不使之杂乱,可见王子之言与庄子之言曲异而工同。道家本认为中夜(即夜半之时)最能得元气之真。冯友兰说:"黄老之学,到了汉末,终于成为道教,道教所修炼的有内丹和外丹,外丹是长生不老药;内丹是炼精气神的。所谓:炼精化气、炼气化神、炼神还虚。内丹的理论基础就是精气说,屈原的著作中的精气说,也可说是为道教的形成提供了思想资料。"⑧ "壹气者,敛魂归气而气盛;孔神者摄神归魄而不驰于意,则神之存者全也。"

引文是《远游》主人公借王子乔之口说出的,与《庄子·天下篇》"至大无外,谓之大一;至小无内,谓之小一"⑨,及《庄子·大宗师》"夫道,有情有信,无为无形;可传而不可受,可得而不可见;自本自根,

---

① (明)汪瑗:《楚辞集解》,北京古籍出版社1994年版,第263页。
② (宋)洪兴祖撰,白化文等点校:《楚辞补注》,中华书局1983年版,第167页。
③ (明)汪瑗:《楚辞集解》,北京古籍出版社1994年版,第263页。
④ 陈鼓应:《庄子今注今译》,中华书局1983年版,第429—430页。
⑤ (宋)洪兴祖撰,白化文等点校:《楚辞补注》,中华书局1983年版,第167页。
⑥ 陈鼓应:《庄子今注今译》,中华书局1983年版,第430页。
⑦ 同上书,第305页。
⑧ 中国社会科学院哲学研究所中国哲学史研究室编:《再论楚辞中的哲学思想》,《中国哲学史论》,山西人民出版社1981年版,第180页。
⑨ 陈鼓应:《庄子今注今译》,中华书局1983年版,第942页。

未有天地，自古以固存；神鬼神帝，生天生地；在太极之先而不为高，在六极之下而不为深，先天地生而不为久，长于上古而不为老"① 之意思相近。王子乔之言与先秦道家的经典著作《老子》和《庄子》有着明显的渊源关系。老庄讲"无为"，《远游》最终归结到"超无为"。为炼精化炁、炼炁化神、炼神合道，第一步炼精化炁功夫："吸飞泉之微液兮，怀琬琰之华英，玉色頩以脕颜兮，精醇粹而始壮。"元精、元气、元神在此处会合为一。

这里写到的"羽人"，在商代出土的文物中已经出现。江西新干大洋洲出土了一件玉佩饰，刻着便是身长毛羽的玉羽人；而洛阳东郊出土的汉代鎏金羽人铜饰也是如此（见李零《中国方术考》的彩色图版六之1、2）。所以李零认为："战国秦汉的方士常常把仙人想象成如同飞鸟一样，身上长有毛羽。……一个人如果体生长毛，或者健步如飞，在他们看来便大有'欲仙'之意。所以轻身益力，疾行善趋和'飞行'的概念是有直接关系的。"此外，长沙出土有一面铜镜，纹刻着三个有翅赤身的飞仙羽人；江陵凤凰山出土的一面战国漆盾，正面也画有一幅骑龙升天图。赵辉认为："楚人的神仙思想不光是培育了楚人的浪漫精神和幻想情调，而且给楚辞创作以许多直接的影响。"②

羽人国、丹丘、汤谷、九阳都指东方之地。《山海经·海外南经》记载："羽民国在其东南，其为人长头，身生羽。一曰在比翼鸟东南，其为人长颊。"③《山海经·南山经》："又东五百里，曰丹穴之山，其上多金、玉。丹水出焉，而南流注于渤海。"④《尔雅·释地》提到丹丘："距齐州以南，戴日为丹穴。"⑤ 丹穴即丹丘，丘有空虚之义，故丹丘、丹穴可相互替代，丹丘可能位于齐地以南，是古人想象的太阳在头上垂直照射之地。汤谷，王逸注为"在东方少阳之位"⑥。九阳，洪兴祖注《九思》："九阳，日出处也。"⑦ 可见，上述四地都与东方有联系。

另一种修炼之术，即服食法，食气也称服气，或辟谷。《远游》曰：

---

① 陈鼓应：《庄子今注今译》，中华书局1983年版，第199页。
② 赵辉：《楚辞文化背景研究》，湖北教育出版社1995年版，第84—85页。
③ 袁珂校注：《山海经校注》，上海古籍出版社1980年版，第187页。
④ 同上书，第16页。
⑤ （晋）郭璞注，（宋）邢昺疏：《尔雅注疏》，北京大学出版社1999年版，第199页。
⑥ 同上书，第167页。
⑦ （宋）洪兴祖撰，白化文等点校：《楚辞补注》，中华书局1983年版，第321页。

"吸飞泉之微液兮,怀琬琰之华英。"飞泉指六气,琬琰指美玉,总之主人公喝的是飞泉细微的汁液,吃的是美玉的精英,而不再是世俗之人吃的五谷杂粮。讲究导引的人,首先要学辟谷,想辟谷,一定要学会餐风饮露;能够餐风饮露,便可以轻举,以至长生不死;长生不死,便是快乐逍遥的活神仙。

《涉江》中的"深林杳以冥冥兮,猿狖之所居","山峻高以蔽日兮,下幽晦以多雨,霰雪纷其无垠兮,云霏霏而承宇"。不经其境,难有此笔。

西汉扬雄《方言》卷三云:"掩、丑、掍〔衮衣〕、綷〔作愦反〕,同也。江、淮、南楚之间曰掩,宋卫之间曰綷,或曰掍,东齐曰丑。"[1]

《远游》曰:

> 屯余车之万乘兮,纷溶与而并驰。
> 驾八龙之婉婉兮,载云旗之逶蛇。
> 建雄虹之采旄兮,五色杂而炫耀。
> 服偃蹇以低昂兮,骖连蜷以骄骜。
> 骑胶葛以杂乱兮,斑漫衍而方行;
> 撰余辔而正策兮,吾将过乎句芒。
> 历太皓以右转兮,前飞廉以启路。
> 阳杲杲其未光兮,凌天地以径度。
> 风伯为余先驱兮,氛埃辟而清凉。
> 凤凰翼其承旗兮,遇蓐收乎西皇。
> 揽彗星以为旍兮,举斗柄以为麾。
> 叛陆离其上下兮,游惊雾之流波。
> 时暧曃其曭莽兮,召玄武而奔属。
> 后文昌使掌行兮,选署众神以并毂。
> 路曼曼其修远兮,徐弭节而高厉。
> 左雨师使径待兮,右雷公以为卫。
> 欲度世以忘归兮,意恣睢以担挢。
> 内欣欣而自美兮,聊偷娱以淫乐。

---

[1] (汉)扬雄撰,(晋)郭璞注:《方言》,中华书局1985年版,第28页。

> 涉青云以泛滥游兮，忽临睨夫旧乡。

《远游》对西方没有进行正面描写，甚至有些闪烁其词，故意回避这个方位。在叙述作品主人公游历时，提到西方的只有"遇蓐收乎西皇"一句。作品前半部分写道："恐天时之代序兮，耀灵晔而西征；微霜降而下沦兮，悼芳草之先零。"

《远游》有若《离骚》，可以驱使鬼神，《离骚》云："前望舒使先驱兮，后飞廉使奔属。鸾皇为余先戒兮，雷师告余以未具。吾令凤鸟飞腾兮，继之以日夜。飘风屯其相离兮，帅云霓而来御！"①《远游》云："风伯为余先驱兮，氛埃辟而清凉。凤凰翼其承旗兮，遇蓐收乎西皇。揽彗星以为旍兮，举斗柄以为麾。"这也可以参看贾谊《惜誓》："飞朱鸟使先驱兮，驾太一之象舆。苍龙蚴虬于左骖兮，白虎骋而为右騑。"②

《吴子·治兵》有"玄武"一词。《礼记·曲礼上》："行：前朱鸟而后玄武。"③《淮南子·兵略》："所谓天数者，左青龙，右白虎，前朱雀，后玄武。"④ 玄武乃北方的神，即今道教所奉祀的真武大帝，宋代因避讳改玄为真。又因其居北方，北方属水，故一说为水神。又是星座名。由位于北方的斗、牛、女、虚、危、室、壁等七宿组成。即今西洋的人马、宝瓶、摩羯等星座。《史记·天官书》："斗魁戴框六星曰文昌宫：一曰上将，二曰次将，三曰贵相，四曰司命，五曰司中，六曰司禄。"⑤

《远游》曰：

> 仆夫怀余心悲兮，边马顾而不行。
> 思旧故以想象兮，长太息而掩涕。
> 汜容与而遐举兮，聊抑志而自弭。
> 指炎神而直驰兮，吾将往乎南疑。
> 览方外之荒忽兮，沛罔瀁而自浮。
> 祝融戒而跸御兮，腾告鸾鸟迎宓妃。

---

① （宋）洪兴祖撰，白化文等点校：《楚辞补注》，中华书局1983年版，第29页。
② 同上书，第228页。
③ （汉）郑玄注，（唐）孔颖达疏：《礼记正义》，北京大学出版社1999年版，第81页。
④ 何宁：《淮南子集释》，中华书局1998年版，第1084页。
⑤ （汉）司马迁：《史记》，中华书局1959年版，第1293页。

张《咸池》奏《承云》兮，二女御《九韶》歌。
使湘灵鼓瑟兮，令海若舞冯夷。
玄螭虫象并出进兮，形蟉虬而逶蛇。
雌蜺便娟以增挠兮，鸾鸟轩翥而翔飞。
音乐博衍无终极兮，焉乃逝以徘徊。
舒并节以驰骛兮，逴绝垠乎寒门。
轶迅风于清源兮，从颛顼乎增冰。
历玄冥以邪径兮，乘闲维以反顾。
召黔嬴而见之兮，为余先乎平路。
经营四荒兮，周流六漠：
上至列缺兮，降望大壑。
下峥嵘而无地兮，上寥廓而无天。
视倏忽而无见兮，听惝怳而无闻。
超无为以至清兮，与泰初而为邻。

这里出现了有意味的重复，宣示思想的换轨。清末吴汝纶《古文辞类纂评点·远游》提出了疑问："忽临睨三句，此《离骚》归宿之言也。他句或可自用，此数句屈子必不再袭矣。"有人说：如果屈原真将《离骚》那扣人心弦的结尾再次照搬在另一篇中，也就不是能写出《离骚》那样杰作的屈原了。那段文字本身，也就同祥林嫂的"我真傻"一样，失去第一次那样感人的力量了。《鹏鸟赋》表现出的便是贾谊思想的一部分。不过，我们拿它与贾谊的《治安策》《过秦论》等刘向所谓"虽古之伊、管未能远过"的言"治乱"而"通达国体"的文章相比，就思想倾向而言，几可以说是截然不同的。汤炳正说得好，"既然承认贾谊写过《鹏鸟赋》这一历史事实，就不能排斥屈原也写过《远游》的可能性。因为，他们的这种思想状态，都是在道家思想的基础上、在特定的生活条件下合乎逻辑的发展与体现"。[①]

《远游》一文中去四方娱游时，在南方的诸如"去南巢""嘉南州""睨旧乡""往南疑"，再"反顾"的内涵与细节，表现出与屈赋其他作品统一的对南方的赞美和寄意，就可以觉察这一切都是屈原意识思绪的产

---

① 汤炳正：论《〈史记〉屈、贾合传》，《屈赋新探》，齐鲁书社1984年版，第165页。

物，这有利于帮助人们识别作品的真假。在游南疑的这段描写中，竟用了八十二字，而游东、北两处只用寥寥数语来略述，这种程度大不相同的描绘与《离骚》《九章》诸篇是一致的，可以由此推见屈原的内心世界之向度。有如陈本礼所说："祝融愤楚之乱，悯原之忠，故张乐奏技，以乐其志，而解其放逐之宽也。"

南宫朱雀七宿，即井、鬼、柳、星、张、翼、轸。朱雀乃星座名，是二十八星宿中南方七宿的总称。《尚书·尧典》云："日中星鸟。"孙星衍疏曰："经言星鸟者，鸟谓朱雀，南方之宿……如郑康成之意，南方七宿，总为鸟星。亦称为'朱鸟'。"① 朱雀又是传说中的南方之神。王延寿《鲁灵光殿赋》云："朱鸟舒翼。"唐李周翰注曰："朱鸟、朱雀，南方神也。"朱雀又是神话传说中的祥瑞动物。《三辅黄图》卷三"未央宫"："苍龙、白虎、朱雀、玄武，天之四灵，以正四方，王者制宫阙殿阁取法焉。"《开元占经》卷六三《南方七宿占四》载："石氏（《石氏星经》）曰：'翼，天乐府也。'"②《吕氏春秋》十二纪独于南方相对应的夏令集中论乐，《四库全书总目提要》言《吕氏春秋》："惟夏令多言乐，秋令多言兵，似乎有义，其余绝不可晓，先儒无说，莫之详矣。"余嘉锡针对《提要》所说的"其余绝不可晓"，分析十二纪内容并引《春秋繁露》为证，认为十二纪的内容表现了"春生夏长秋杀冬藏也，其因四时之序而配以人事，则古者天人之学也"。③《吕氏春秋》在"仲夏纪"部分集中论乐，也将音乐与道、儒思想糅合起来，建立起源于道又立足于儒的音乐观，如《大乐》把音乐提到本于太一即道的高度，因而对"大乐"特别推崇。从天文看，"大乐"乃是合于天地阴阳化转之正气；从人文看，《吕氏春秋·音初》又认为风正乐定，是"大圣至理之世"才会出现的。与现实中"楚之衰也，作为巫音"构成了反比寓意。王嘉《拾遗记·洞庭山》描述的是楚怀王"每四仲之节，王常绕山以游宴"的故事。其中有两点值得我们注意：一是言"楚怀王之时，举群才赋诗于水湄，故云潇湘洞庭之乐，听者令人难老，虽《咸池》《九韶》，不得比焉"，意味弃天乐而赏新曲，而所弃天乐正是《远游》南宫欣闻的《咸池》《九韶》与《承云》；二是楚怀王"每四仲之节"，"常绕山以游宴，各举四仲之气以为乐章。仲春律中

---

① （清）孙星衍撰：《尚书今古文注疏》，中华书局1986年版，第15—16页。
② 瞿昙悉达：《开元占经》，常秉义点校，中央编译出版社2006年版，第437页。
③ 余嘉锡：《四库提要辨证》，中华书局1980年版，第818—822页。

夹钟,乃作《轻风》《流水》之诗,宴于山南;律中蕤宾,乃作《皓露》《秋霜》之曲"。①

《庄子·天运》言黄帝奏《咸池》于"洞庭之野",成玄英疏曰:"洞庭之野,天地之间,非太湖之洞庭也。"②《庄子·天运》篇有黄帝张咸池之乐于洞庭之野的记载,而九韶是南楚的歌舞。海若是北海之神,冯夷是河神,但却萃集南方表演歌舞。描写的天乐演奏的场面,不仅有与水有关的传说人物,诸如宓妃、二女、湘灵、海若、冯夷参与奏舞,而且还有水中神怪"玄螭虫象"。"玄螭虫象并出进兮,形蟉虬而逶蛇",写出水中神怪应乐而起,出没水中而舞,蠕动盘曲,形态蜿蜒可爱的情状跃然。与天乐《咸池》巧合的是,星空中有星象"咸池"。《史记·天官书》言"西宫咸池",张守节《正义》曰:"咸池三星,在五车中,天潢南,鱼鸟之所托也。"③ 咸池乃神话传说中太阳沐浴的地方。屈原《离骚》云:"饮余马于咸池兮,总余辔乎扶桑。"《淮南子·天文训》云:"日出于旸谷,浴于咸池,拂于扶桑,是谓晨明。"④ 咸池又是星座名,共有三颗。张守节《正义》曰:"咸池三星,在五车中,天潢南,鱼鸟之所托也。"⑤ 咸池还是乐曲名。相传为尧所作,一说为黄帝作,尧增修。《周礼·春官·大司乐》云:"舞咸池,以祭地示。"⑥ 亦称为"大咸"。屈原正是利用天乐"咸池"与星象"咸池"的相同名称,借用星空咸池乃"鱼鸟之所托"的特征,并融合传说中古乐制作及演奏时与鸟兽的关联,巧妙书写音乐演奏的场面。

"鸾鸟轩翥而翔飞",犹如"凤皇来仪",并与"玄螭虫象并出进兮,形蟉虬而逶蛇"一起,所表现的就是《尚书·益稷》所说的"箫韶九成,凤皇来仪""击石拊石,百兽率舞"的效果与寓意。

北方颛顼帝在《远游》的空间书写中具有重要的多重话语的指涉作用与内涵。高阳,乃颛顼有天下之号,《远游》中以高阳和颛顼的称谓在诗中前后各出现一次,即"重曰"前一部分的结束句:"高阳邈以远兮,余将焉所程。"还有一处即是向北宫飞行时所言的"从颛顼乎增冰"。前所谓"沆瀣"者,北方夜半气也。姜亮夫引《庄子·大宗师》"颛顼得之,

---

① (晋)王嘉:《拾遗记》,中华书局1981年版,第235页。
② 陈鼓应:《庄子今注今译》,中华书局1983年版,第397页。
③ (汉)司马迁:《史记》,中华书局1959年版,第1304页。
④ 何宁:《淮南子集释》,中华书局1998年版,第233—234页。
⑤ (汉)司马迁:《史记》,中华书局1959年版,第1304页。
⑥ (汉)郑玄注,(唐)贾公彦疏:《周礼注疏》,北京大学出版社1999年版,第581页。

以处玄宫"与《墨子》中相关记载，言"增冰"即"玄宫"，即后世所称之广寒宫，并与颛顼建北维之天宫结合起来，认为增冰、玄宫具有天庭与王庭、天文与人事的双重指向[1]。这就指向诗人游至北宫体会阴阳盈缩化转之道的用意，与《远游》"重曰"前的结束句"高阳邈以远兮"呼应，是对得道帝王也是祖先的追怀。以北宫游历的天文角度看，则是对"颛顼之虚"包含的阴阳转化大道的体认；从现实人事层面上看，则是指向遵从阴阳转化大道、守正以应万变的治国与为人准则。这应是诗人"从颛顼乎增冰"的要义所在。

为什么屈原不在故乡南方而要从故乡南方赶到北方去见其祖先颛顼呢？原来颛顼为黄帝之孙，生于弱水，二十登位，都卫，后徙高阳，称高阳氏，其生地及帝都都在北方（参阅《通鉴外纪》卷一）。其后裔熊绎，因祖上有功，于周成王时封于楚，居丹阳，在今湖北秭归县境内（参阅《史记·楚世家》及正义引《括地志》《舆地志》）。后颛顼又成为北海之神（见洪兴祖补注引《太公金匮》），故《远游》曰："从颛顼乎增冰（积冰）。"

据《晋书·天文志》，宣夜说对天体的认识不同于盖天说与浑天说，主要表现在两个方面：一是认为天体是无限的，宇宙是无垠的。汉代郗萌记诵其师宣夜说对天体的认识，所描述的"天了无质，仰而瞻之，高远无极""俯察千仞之深谷而窈黑"的天体感受，与屈原处于天空"上至列缺兮，降望大壑。下峥嵘而无地兮，上寥廓而无天。视倏忽而无见兮，听惝怳而无闻"的视听感受十分接近。二是认为天体虽是无限的，但充满着气，日月众星皆靠气，"自然浮生虚空之中，其行其止皆须气焉"。《远游》最后两句"超无为以至清兮，与泰初而为邻"，也有天体为气的意蕴。如"至清"，《列子天瑞》言"天，积气耳"，所谓"一者，形变之始也，清轻者上为天，浊重者下为地"，所以称为"清"者，与天地形成之际的预设有关。故至清，意指身心至于气态充盈的天空。"泰初"，《列子·天瑞》曰："太初者，气之始也。"[2]《庄子·天地》言："泰初有无，无有无名。"成玄英疏曰："泰，太；初，始也。元气始萌，谓之太初。"[3]《易·系辞上》"是故易有太极"，孔颖达疏说得更明白通俗，谓"天地未分之

---

[1] 姜亮夫：《楚辞通故》第一辑，齐鲁书社1985年版，第190—192页。
[2] 杨伯峻：《列子集释》，中华书局1979年版，第6页。
[3] 陈鼓应：《庄子今注今译》，中华书局1983年版，第335页。

前，元气混而为一，即泰初"。对于"与泰初而为邻"这句话，王逸《楚辞章句》注为"与道并也"①，可谓言简意赅。屈原《天问》开头所问"遂古之初"，"上下未形"，"冥昭瞢暗"，"冯翼惟象"，就是问的泰初之境。反观《远游》之尾，借用《天问》之首。可以说，《远游》最后两句的"至清"与"泰初"，与前面虚空的天空感受相连，皆指向气态充盈的天空。这也是《远游》"游止"的双重空间形态，从实相言，是游止于浩渺的天空；从虚相看，气态虚空的天空正是道的体现。屈原借助这种虚实相生的双重空间，表达了体道得道的境界，也抽象概括了诗人的"游止"与"游旨"。钟嵘《诗品》评郭璞《游仙诗》曰："坎壈咏怀，非列仙之趣也。"对《远游》亦当作如是观。

《吕氏春秋·仲夏季·大乐》对此种道境作过较为细致的描述："道也者，视之不见，听之不闻，不可为状。有知不见之见、不闻之闻、无状之状者，则几于知之矣。道也者，至精也，不可为形，不可为名，强为之谓之太一。"②《庄子·在宥》有一个黄帝见广成子的故事，广成子是体性悟道之人，他在向黄帝传授治身之道时说："至道之精，窈窈冥冥；至道之极，昏昏默默。无视无听，抱神以静，形将自正。必静必清，无劳女形，无摇汝精，乃可以长生。目无所见，耳无所闻，心无所知，女神将守形，形乃长生。慎女内，闭女外，多知为败。我为女遂于大明之上矣，至彼至阳之原也。"③ 在道家看来，人只要视听不外闻，保持天性的宁静，就可以长生久视，进入"窈窈冥冥""昏昏默默""无视无听"的大明境界。《悲回风》中"穆眇眇之无垠兮，莽芒芒之无仪，声有隐而相感兮，物有纯不可为"，此之谓也。

《庄子·逍遥游》谓："乘云气，驭飞龙，而游乎四海之外。""《庄子》中关于'神人'、'至人'、'真人'的描述，也是寓言性质的，体现一种无任何负累的、逍遥自在的精神境界。"④ 据《庄子》"太初"用例，两例皆以"太初"与"宇宙"相反相对。因为"太初"是事物的本源状态，而"宇宙"是事物的现实状态。太初乃是天地元气之始。《列子·天

---

① （宋）洪兴祖撰，白化文等点校：《楚辞补注》，中华书局1983年版，第175页。
② 许维遹：《吕氏春秋集释》，中华书局2009年版，第111页。
③ 陈鼓应：《庄子今注今译》，中华书局1983年版，第304页。
④ 崔大华：《庄学研究——中国哲学一个观念渊源的历史考察》，人民出版社1992年版，第481页。

瑞》云："太初者，气之始也。"曹植《魏德论》云："在昔太初，玄黄混并，浑沌蒙鸿，兆朕未形。"太初又是道家所指的天道、自然的本源。《庄子·列御寇》云："若是者，迷惑于宇宙形累，不知太初。"① 太初又指上古时代，如"太初之民，茹毛饮血"。《庄子·天地》篇《疏》："泰，太，初，始也。元气始萌，谓之太初，言其气广大，能为万物之始本，故名太初。"德国心理学家伯特·海灵格曾描述"原初宗教"（Original religious）的境界："和众神或者上帝一起来感受这种虚无，感受这种'空'。"② 黄老思想通过气将道与天相连，也通过气将道与人相接，因而，黄老道家气态虚空的天体观往往是虚实相生、道宅其间的精神空间。如黄老思想代表《管子》一书，以气释道，把气或精气提至本体高度，其《内业》篇认为，"夫道者，所以充形也"，又说："凡物之精，此则为生。下生五谷，上为列星。流于天地之间，谓之鬼神；藏于胸中，谓之圣人。是故民气，杲乎如登于天，杳乎如入于渊，淖乎如在于海，卒乎如在于己。"③《管子》一书能够在本体论上将老子先天地生的道转向天、道同体，又将气与道并论，故而能在老子哲学基础上，对天空形态做出类似于老子对道的描绘，却又属于天空形态的构想。道作为气，无处不在，作为宇宙万物的生命之源，不仅具有充盈宇宙的客观空间形态，同时还具备生命的精神空间形态。《管子》又把气具体看作阴阳二气，并由此演绎出一系列的天地自然法则，如《四时》云："阴阳者天地之大理也，四时者阴阳之大经也。"《管子》一书从日至、水、天无私覆、地无私载、日月常行等自然之道，提炼出个体修为与社会运作的准则。《管子》中的与道"并处"的圣人，具有气充形美、得阴阳中正之道、参与天地的人格与精神气象。上文提及《远游》"从颛顼乎增冰"所包含的对阴阳二气转化之道的遵从，《管子》一书也充分表现出对阴阳之道的遵循，那么，我们由《管子》的空间形态观引发的与道并处的"圣人"的精神气象，则可作为《远游》"与道为邻"空间形态的精神指向的一个注脚。《管子》认为精气不仅是道的体现，同时也是生命之本源。就个体的修为而言，《管子》强调个体存固精气、回归道元时要虚心、执一，心形双修，指出精气存心，能使人的形与神产生很大的改变。陈鼓应指出："稷下道家认为心志专一和静定，可以

---

① 陈鼓应：《庄子今注今译》，中华书局1983年版，第889页。
② 许金声：《唤醒大我》，中国工人出版社2007年版，第116页。
③ 黎翔凤：《管子校注》，中华书局2004年版，第931页。

使人得'道',可以使人复性、定性,还可'照知万物'、'使万物得度'。这些主张又和其所说的养生论紧密地联系在一起。"① 可以说,《远游》以"悲时俗之迫厄兮"开头,以"与泰初而为邻"结束,表现了诗人因外在原因而导致身心俱疲情形下"失气—养气—存气—与道为邻"的修为过程。最后,还可以对《远游》中"超无为"思想与《管子》一书中表现的执守中道的"有为"思想的比较,来看《远游》最终营造的"与道为邻"的精神指向与黄老思想的关联。再就《远游》中具体的"有为"层面来看,则表现在诗人于时俗迫厄之际,运用吸食吐纳、存气养精之法,通过修为而达到"与道为邻"的境界。而吸食吐纳、存气养精之法属于方技,战国黄老道家对此类技艺也颇为看重。《远游》中涉及的天文与养生升仙知识,属《汉书艺文志》"数术略"与"方技略"中的重要内容。就生命主体而言,《远游》主旨表现的既非求仙亦非道我合一式的无为,而是与道为邻状态下的"超无为",其精神指向是天道蕴含的阴阳运转的中正之道,并以此作为对自我理想与精神的持护。就诗人的宗国情感而言,诗人于南宫的音乐书写,包含的对宗国的深切关注与《天问》对物质自然之天、人格命运之天的质疑后,最终落在对楚国国运的担忧的宗国情怀上。②

附:

《大人赋》又称《大人之颂》,是西汉辞赋家司马相如的作品,蕴涵丰富的道家思想。《史记》本传记载:"天子既美子虚之事,相如见上好仙道,因曰:'上林之事未足美也,尚有靡者。臣尝为《大人赋》,未就,请具而奏之。'相如以列仙之傅居山泽间,形容甚臞(而《远游》曰:'神倏忽而不反兮,形枯槁而独留。'),此非帝王之仙意也。乃遂就《大人赋》。"③《史记索隐》引张华云:"相如作《远游》之体,以大人赋之也。""大人"隐喻天子,赋中描写"大人"遨游天庭,以此来讽劝武帝好神仙之道。此赋想象丰富,文字靡丽。《大人赋》曰:"世有大人兮,在于中州。宅弥万里兮,曾不足以少留。悲世俗之迫隘兮,揭轻举而远游。垂绛幡之素霓兮,载云气而上浮。建格泽之长竿兮,总光耀之采旄。垂旬始以为慘兮,抴彗星而为髾。掉指桥以偃蹇兮,又旖旎以招摇。揽欃枪以为旌兮,靡屈虹而为绸。红杳渺以眩湣兮,猋风涌而云浮。驾应龙象

---

① 陈鼓应:《管子四篇诠释》,商务印书馆 2006 年版,第 51 页。
② 王德华:《屈原〈远游〉的空间书写与精神指向》,《文学遗产》2014 年第 2 期。
③ (汉)司马迁:《史记》,中华书局 1959 年版,第 3056 页。

舆之蠖略逶丽兮，骖赤螭青虬之□幽螺蜿蜒。低卬夭蟜据以骄骜兮，诎折隆穷蹇以连卷。沛艾赳螑仡以怡拟兮，放散畔岸骧以孱颜。蛭踱輵辖容以逶丽兮，绸缪偃蹇怵奂以梁倚。纠蓼叫奡蹋以艐路兮，蔑蒙踊跃而狂趡。莅飒卉翕熛至电过兮，焕然雾除，霍然云消。"① 司马相如把汉武帝置于屈原之上，而进一步出发。但"故都情结"是《大人赋》中所阙如者，而《远游》乃故都情结之产物，不论正语反语（后者表其无奈）。故作者虽说"终不反其故都""奚久留此故居？"然而"涉青云以泛滥游兮，忽临睨夫故乡。仆夫怀余心悲兮，边马顾而不行。思故旧以想象兮，长太息而掩涕"。此诗其后蜕化为秦始皇巡游四海、汉武帝游仙版本。洪兴祖在补注里提出了一个问题，说此篇与汉司马相如《大人赋》非常接近，他说："长卿作《大人赋》，其语多出此。至其妙处，相如莫能识也。"朱熹也说："司马相如作《大人赋》多袭其语，然屈子所到，非相如所能窥万一也。"②《大人赋》毕竟多有发挥：其一，《大人赋》中的仙人数量远超过《远游》中的仙人数量，如陵阳子明、征伯侨、玉女等。其二，《大人赋》中所描写的仙境较《远游》中的更为宽泛和恢宏，"大人"驾龙驭凤，与真人为伍，餐朝霞、咀芝英、跨越山川、遨游宇宙。汉武帝时期，上至皇帝贵族，下到方士百姓，都积极参与求仙活动，《史记》中就曾记载武帝曾热衷访仙求术："于是天子始亲祠灶，而遣方士入海求蓬莱安期生之属，而事化丹沙诸药齐为黄金。"《大人赋》中的仙境多恢宏壮阔之感，这也与汉代文化宏阔的精神密不可分，汉代经济高度繁荣，国力强盛，表现在文化上则是追求一种宏阔大的气势，刻意求仙访术为目的的帝王之游必然形成这种"苞括宇宙，总览人物"（刘歆语）的宏大气势。姚鼐《古文辞类纂》卷六六评介《大人赋》云："莫六句与《远游》同，然屈子意在远去世之沉浊，故云至清而与太初为邻。长卿则谓帝若果能为仙人，即居此无间无见无友之地，亦胡乐乎此邪？与屈子语同而意别矣。"③

《史记·封禅书》云："上（指汉武帝）遂东巡海上，行礼祠八神。齐人之上疏言神怪奇方者以万数，然无验者。乃益发船，令言海中神山者数千人求蓬莱神人。公孙卿持节常先行候名山，至东莱，言夜见大人，长

---

① （汉）司马迁：《史记》，中华书局 1959 年版，第 3056—3057 页。
② （宋）朱熹：《楚辞集注》，上海古籍出版社 2001 年版，第 111 页。
③ （清）姚鼐编：《古文辞类纂》，岳麓书社 1988 年版，第 870 页。

数丈，就之则不见，见其迹甚大，类禽兽云……天子既已封泰山……其来年冬，郊雍五帝。还，拜祝祠太一……其春，公孙卿言见神人东莱山，若云'欲见天子'。天子于是幸缑氏城，拜卿为中大夫。遂至东莱，宿留之数日，无所见，见大人迹云。"①《史记索隐》载张辑云："'大人'喻天子。"苏轼《东坡志林》云："司马相如谄事武帝，开西南夷之隙，及病且死，犹草《封禅书》，此所谓死而不已者耶？列仙之隐居山泽间，形容甚臞，此殆'四果'人也。而相如鄙之，作《大人赋》，不过欲以侈言广武帝意耳。夫所谓大人者，相如孺子，何足以知之！若贾生《鹏鸟赋》，真大人者也。庚辰八年二月二十二日，东坡书。"②《西京杂记》里说："相如将献赋，未知所为。梦一黄衣翁谓之曰，可为《大人赋》。遂为《大人赋》，言神仙之事以献之。赐锦四匹。"③ 这就算是《远游》"抄《大人赋》"一说的由来罢？因为《远游》不曾传说是神来之笔呀！《汉书·扬雄传》说："雄以为赋者将以风之，必推类而言，极丽靡之辞，闳侈巨衍，竞于使人不能加也。既乃归之于正，然览者已过矣。往时武帝好神仙，相如上《大人赋》欲以风，帝反缥缥有凌云之志。繇是言之，赋劝而不止，明矣。又颇似俳优淳于髡优孟之徒，非法度所存，贤人君子诗赋之正也。于是辍不复为。"④

《说文解字叙》说："《尉律》，学僮十七已上始试，讽籀书九千字，乃得为史。"⑤《汉书·艺文志》也说："试学童，讽书九千字以上，乃得为史。"⑥ 这是说，汉律，考试学童，能够背诵和释义九千字以上，就能够做郡县文书小吏。这种识字教育，以及识字的书，都叫小学。当时辞赋家往往就是编纂字书的小学家，从司马相如、扬雄到后来的班固、蔡邕都是。在辞赋里使用许多古文奇字，这在小学上是有它的用处的。这种堆砌奇字，卖弄雕虫小技的特色，是马扬辞赋里所必有，而是屈原作品里所没有的。冯友兰先生说："有人说：司马相如的《大人赋》同《远游》有类似的意思和字句，因此推断说《远游》不是屈原作的，是汉朝的人模拟司马相如的《大人赋》而托名屈原。这个说法没有什么史料的根据，仅是一

---

① （汉）司马迁：《史记》，中华书局1959年版，第1397—1399页。
② （宋）苏轼：《臞仙帖》，《东坡志林》，中华书局1981年版，第45页。
③ （晋）葛洪：《西京杂记》，中华书局1985年版，第21页。
④ （汉）班固：《汉书》，中华书局1962年版，第3575页。
⑤ （东汉）许慎：《说文解字》，中华书局1963年版，第315页。
⑥ 同上书，第1721页。

种推测，两者只是意思和字句有相同之处，但没有别的证据，仅靠这一点，说司马相如模拟屈原，那不更顺理成章吗？汉朝以后的人用儒家思想解释屈原的作品，造成一个屈原是儒家的假象，以这种假象为前提，于是就说：儒家的人怎么会讲起黄老的话呢？因此就说《远游》原来不是屈原的作品。据历史的先后，只能说司马相如模拟屈原，不能是《远游》模拟《大人赋》。"①

《大人赋》译文，可供参考：

世上有位大人啊，居住在中国。住宅满布万里啊，竟不足以使他稍微停留。哀伤世俗的胁迫困厄，便离世轻飞，向着远方漫游。乘着赤幡为饰的副虹，载着云气而上浮。竖起状如烟火的云气长竿，拴结起光炎闪耀的五彩旌旗。垂挂着旬始星作为旌旗的飘带，拖着彗星作为旌旗垂羽。旌旗随风披靡，逶迤婉转，婀娜多姿地摇摆着。揽取欃枪作旌旗，旗杆上缠绕着弯曲的彩虹作为绸。天空赤红深远而又暗淡无光，狂飙奔涌，云气飘浮。驾着应龙、象车屈曲有度地前行，以赤螭、青虬为骖马蜿蜒行进。有时龙身屈曲起伏，昂首腾飞，恣意奔驰，有时又屈折隆起，盘绕蜷曲。时而摇头伸颈，起伏前进，时而举首不前；时而放任散漫，自我放纵，时而昂首不齐。有时忽进忽退、摇目吐舌，如趋走飞翔之鸟，左右相随；有时龙头摇动，屈曲婉转，像惊兔奔跑，如屋梁相互倚靠。或缠绕喧嚣踏到路上，或飞扬跳跃，奔腾狂进。或迅捷飞翔，相互追逐，疾如闪电，突然明亮，雾气消除，云气散尽。

斜渡东极而登上北极啊，与仙人们相互交游。走过错综曲折深远广大之处再向右转啊，横渡飞泉向着正东。把众仙全都招来加以挑选啊，在瑶光之上部署众神。让五帝做向导啊，使太一返回，让陵阳子明做侍从。左边是玄冥右边是含雷啊，前有陆离后有潏湟。让王子侨当小厮，令羡门高做差役，使岐伯掌管药方。火神祝融担任警戒，清道防卫啊，消除恶气，然后前进。集合我的车子有万辆之多啊，混合彩云做成的车盖，树起华丽的旗帜。让句芒率领随从啊，我要前往南方去游戏经过崇山见到唐尧啊，拜访虞舜在九嶷。车骑纷繁纵横交错啊，重累杂乱并驰向前。骚扰撞而混乱啊，大水无垠洒洒洋洋。群山簇聚罗列，万物丛集茂盛啊，到处散布，

---

① 中国社会科学院哲学研究所中国哲学史研究室编：《再论楚辞中的哲学思想》，《中国哲学史论》，山西人民出版社1981年版，第176页。

繁盛参差。径直驰入雷声隆隆的雷室啊，穿过崎岖不平的鬼谷。遍览八纮而远望四荒啊，渡过九江又越过五河。往来于炎火之山，浮过弱水河啊，方舟横渡浮渚，涉过流沙河。忽然休息在葱岭山，在泛滥的河水中游戏啊，使女娲奏瑟，让冯夷跳起舞来。天色昏暗不明啊，召来雷师屏翳，诛责风神而刑罚雨师。西望昆仑恍恍惚惚啊，径直奔驰三危山。推开天门闯进帝宫啊，载着玉女与她同归。登上阆风山而高兴地停下歇息啊，就像鸟鸟高飞而稍事休息。在阴山上徘徊，婉曲飞翔啊，到今天我才目睹满头白发的西王母。她头戴玉胜住在洞穴中啊，幸而有三足鸟供她驱使。一定要像这样的长生不死啊，纵然能活万世也不值得高兴回转车头归来啊，走到不周路断绝，会餐在幽都。呼吸沆瀣而餐食朝霞啊，咀嚼灵芝花，稍食玉树花朵。抬头仰望而身体渐渐高纵啊，纷然腾跃疾飞上天。穿过闪电的倒影啊，涉过丰隆兴云制作的滂沛雨水。驰骋游车和导车自长空而降啊，抛开云雾而疾驰远去。迫于人世社会的狭隘啊，缓缓走出北极的边际。把屯骑遗留在北极之山啊，在天北门超越先驱。下界深远而不见大地啊，上方空阔而看不到天边。视线模糊看不清，听觉恍惚无所闻。腾空而上到达远处啊，超越无有而独自长存。

《卜居》《渔父》集论

卜居集论

《卜居》对于《离骚》《九歌》而言，可谓文体丕变，另开新局，已是开创散文体，或诗化散文体，甚至可以径称"散文诗"了。其辞曰：

屈原既放，三年不得复见，竭知尽忠，而蔽鄣于谗，心烦虑乱，不知所从。乃往见太卜郑詹尹曰："余有所疑，愿因先生决之。"詹尹乃端策拂龟曰："君将何以教之？"

屈原曰：

吾宁悃悃款款，朴以忠乎；将送往劳来，斯无穷乎？宁诛锄草茅，以力耕乎；将游大人，以成名乎？
宁正言不讳，以危身乎；将从俗富贵，以媮生乎？宁超然高举，以保真乎；将哫訾栗斯，喔咿嚅唲，以事妇人乎？
宁廉洁正直，以自清乎；将突梯滑稽，如脂如韦，以洁楹乎？宁昂昂若千里之驹乎；将氾氾若水中之凫，与波上下，偷以全吾躯乎？
宁与骐骥亢轭乎；将随驽马之迹乎？宁与黄鹄比翼乎；将与鸡鹜争食乎？此孰吉孰凶。何去何从。世溷浊而不清：蝉翼为重，千钧为轻。黄钟毁弃，瓦釜雷鸣。谗人高张，贤士无名。吁嗟默默兮，谁知吾之廉贞？

詹尹乃释策而谢曰："夫尺有所短，寸有所长。物有所不足，智有所不明，数有所不逮，神有所不通。用君之心，行君之意。龟策诚不能知事!"

倘若有兴趣对"卜居"仪式追根溯源,可以发现:以龟策卜居,乃是王朝大典。其著者,如《史记·周本纪》太史公曰:"学者皆称周伐纣,居洛邑,综其实不然。武王营之,成王使召公卜居,居九鼎焉,而周复都丰、镐。至犬戎败幽王,周乃东徙于洛邑。"① 然而应该补充说:其时,周公居洛邑,发布国策政令,召见诸侯,成周洛阳之地位举足轻重。为何要卜居?《左传·鲁桓公十一年》给了一个答案云:"卜以决疑,不疑何卜",占卜心理动因是决疑。

《卜居》问句部分也是问体形式。《卜居》和卜辞具有天然的联系,这种联系可以透过"卜"径直建立,均与巫风神圣化有关。王逸《渔父小序》曰:"《渔父》者,屈原之所作也。屈原放逐在江、湘之间,忧愁叹吟,仪容变易。而渔父避世隐身,钓鱼江滨,欣然自乐。时遇屈原川泽之域,怪而问之,遂相应答。楚人思念屈原,因叙其辞以相传焉。"② 这段文字给读者三种信息:1.《渔父》的作者是谁?2. 这诗篇是怎样写成的?3. 这诗篇是如何流传于世的?由此看来,王逸的文字并无矛盾。不能把"叙其辞"当作"作其辞"来讲。唯一是将《渔父》事系于江湘则缪。王逸将屈原与渔父之间的相遇与问答看作实有其事,这似与第三人称的叙述语气相矛盾,故洪兴祖加以辨证云:"《卜居》《渔父》,皆假设问答以寄意耳。而太史公《屈原传》、刘向《新序》、嵇康《高士传》或采《楚辞》《庄子》渔父之言以为实录,非也。"③ 至于作者,洪兴祖《补注》言:"《艺文志》云:《屈原赋》二十五篇。然则自《骚经》至《渔父》,皆赋也。后之作者苟得其一体,可以名家矣。"④ 蒋骥《山带阁注楚辞》曾经有言: "居,谓所以自处之方。"⑤ 王夫之《楚辞通释》曰:"《卜居》者,屈原设为之辞,以章己之独志也。居,处也。君子之所以处躬信诸心而与天下异趋。"⑥ 孙鑛曰:"《卜居》虽设为质疑,然确是誉

---

① (汉)司马迁:《史记》,中华书局1959年版,第170页。
② (宋)洪兴祖撰,白化文等点校:《楚辞补注》,中华书局1983年版,第179页。
③ 同上。
④ 同上书,第181页。
⑤ (清)蒋骥:《山带阁注楚辞》,上海古籍出版社1984年版,第153页。
⑥ 王夫之:《楚辞通释》,续修四库全书第1302册,上海古籍出版社2002年版,第249页。

己嗤众，以明决不可为，彼意细玩造语自见。"① 《橘颂》称："苏世独立，横而不流兮"，此言深得《卜居》问句的意味。

清人崔述在《考古续说·观书余论》中却对《卜居》《渔父》为屈原所作产生怀疑，言"假托成文，乃辞人之常事"，故云："周庾信为《枯树赋》，称殷仲文为东阳太守，其篇末云：'桓大将军闻而叹曰……'云云。仲文为东阳时，桓温之死久矣，然则是作赋者托古人以畅其言，固不计其年世之符否也。谢惠连之赋雪也，托之相如；谢庄之赋月也，托之曹植，是知假托成文，乃词人之常事。然则《卜居》《渔父》亦必非屈原之所自作，《神女》《登徒》亦必非宋玉之所自作，明矣。但惠连、庄、信其时近，其作者之名传，则人皆知之；《卜居》《神女》之赋其世远，其作者之名不传，则遂以为屈原、宋玉之所作耳。"② 崔氏此说为胡适、陆侃如、游国恩等人所继承。游国恩在《楚辞概论》中说："我们试从文体上来看，也可以证明这两篇（《卜居》和《渔父》）是假古董。屈原作品除了《天问》一篇尚保存着《诗经》的形式外，其余的全是所谓'骚体'诗。他们对于'三百篇'虽然是比较的解放了，但比较汉以后辞赋却仍是很束缚的。因为他们的句法都已经确定了一定的长短和韵式。而《卜居》《渔父》则不然，他们全是一种散文诗，句法既极其参差，用韵又很随便。比较'骚体'诗自然更解放的多，同时也可以说是艺术上的进步。我想，从屈原到司马相如——从楚骚到汉赋——中间总有些过渡的作品，不然辞赋进步的历程便寻不出。《卜居》《渔父》两篇也许就是那过渡时代的作品之幸而流传的。屈原那时候绝不会产生这种文字。今观贾谊《鵩赋》以人鸟为问答，其后东方朔作《答客难》，枚乘作《七发》，展转模仿，遂开问答一体。《卜居》《渔父》的体裁，既与贾谊诸人相同，我们虽不能确定他们的时代孰先孰后，但以那时的作风看来，决为秦代或西汉初年的产品为无疑。"③ 姜亮夫、陈子展、蒋天枢诸人俱对此有所驳正。郭沫若在 1941 年说："（两篇）恐怕是屈原的后辈宋玉、唐勒、景差之徒做的。"④ 迨至 1953 年写成《〈屈原赋〉今译·后记》，郭氏改变了先前看法，谓："《卜居》和《渔父》两篇，很多人怀疑不是屈原的作品。特别

---

① 钟兴永：《屈原学集成》，中央编译出版社 2006 年版，第 878 页。
② 马茂元：《楚辞选·卜居》题解引，人民文学出版社 1998 年版，第 215 页。
③ 游国恩：《楚辞概论》，商务印书馆 1934 年版，第 199—200 页。
④ 郭沫若：《屈原的艺术与思想》，《郭沫若古典文学论文集》，上海古籍出版社 1985 年版。

是《渔父》那一篇应该是后人的著作。但作者祇是把屈原作为题材而从事创作，并无存心假托。它们之被认为屈原作品，是收辑《屈原赋》者的误会。这两篇由于所用的还是先秦古韵，应该是楚人的作品。作者离屈原必不甚远，而且是深知屈原生活和思想的人。"① 陈子展《楚辞直解》却云："屈宋以前，《左传》是记事又记言的，所记问答奇文，姑且不说。《论语》记子路和长沮、桀溺的问答，《孝经》记孔子和曾参的问答，就是假设主客、寓名问答的散文的开端。到了屈宋时代，散文多种多样，其间产生了大量问答体的散文，即所谓'战国文体'；并且已经发展到了一个高峰，好辩自雄的《孟子》、洸洋自恣的《庄子》，就是见证。"②

《论语》中的对问体，为孔子后学所记，似乎某种程度上成了王逸在论及《渔父》时所说的"楚人思念屈原，因叙其辞以相传焉"的补充性证据。孙晶说："问对体散文的源头则应上溯到殷墟甲骨卜辞。最早最简单的问对题作品就产生在这些甲骨卜辞中。只不过由于'卜辞是卜问吉凶时的命龟之辞，既非史书更非文学'，也看不出什么哲理意味，人们很少提到它。但从这种形式的最初运用情况看，却可以看出问对体主要是用于决疑，包含着想了解事情原委并预测未来的心理。发展到后来的诸子散文，则明显体现出在论辩中寻求理性的特点。"③ 因此，实际上我们应该认为对问体散文在形式上是朝着两个方向发展的，一种是形式上继承殷墟甲骨卜辞的决疑与预测，虽然其中具体表述的内容已经可能是理性化思考，但无疑传达出的实际是一种两难选择的困境。另一种则只是双方在对话中的一种陈述，而这种陈述可能是政治的，也可能是包含着理性思辨色彩。《管子》卷五一《小问》篇，就是以问诘谋篇者。齐桓公和管仲问来答往。文章开头写道："桓公问管子曰：'治而不乱，明而不蔽，若何？'管子对曰：'明分任职，则治而不乱，明而不蔽矣。'公曰：'请问富国奈何？'管子对曰：'力地而动于时，则国必富矣。'……"④ 明赵用贤刻《管子》，评《小问》道："此篇文法累变而不穷，真天下之奇也！"

《史记·日者列传》记载，贾谊和宋忠同在长安为官，一日"相从议论，诵易先王圣人之道术，究遍人情，相视而叹。贾谊曰：'吾闻古之圣

---

① 《郭沫若全集》（第五卷），人民文学出版社1984年版，第383—384页。
② 陈子展：《楚辞直解》，江苏古籍出版社1988年版，第675页。
③ 孙晶：《汉代辞赋研究》，齐鲁书社2007年版，第95页。
④ 黎翔凤：《管子校注》，中华书局2004年版，第955页。

人，不居朝廷，必在卜医之中。'"两人乃访"司马季主者，楚人也，卜于长安东市"。司马季主与弟子"方辩天地之道，日月之运，阴阳吉凶之本"，见两人则引老子、庄子之说而阐明"君子处卑隐以辟众，自匿以辟伦，微见德顺以除群害，以明天性，助上养下，多其功利，不求尊誉"的道家处世原则。由两篇中描叙客之形象及言辞，可以推测其作者就是在楚国民间或卜或渔的"处卑隐以辟众"、顺自然以应德的道家人物。《楚辞札记》云："《卜居》《渔父》二篇，或曰非屈原作，以其文体与其他篇绝不相类。英案以文体之类不类为言，此不谙文体者之陋言也。世俗略能以文章名家者，所工即不仅一体，而谓屈原以千古词章之祖，文体不二乎？且宋玉《对楚王问》，文体亦不类宋玉他作。则此二篇，又何嫌乎文体之不类也？且问答之词，本赋之异体，战代之文，类此尤多。此盖屈原与人问答之词，其徒记之而成篇者也。故两篇首句皆云'屈原既放'。亦犹庄子墨翟之书，或出门人辑录而成者也。必谓屈原之所自譔，固迂；必谓后人之所伪作，则又妄矣。"章学诚《校雠通义》论及赋作，以为："古之赋家，原本《诗》《骚》，出入战国诸子，假设问对……"章学诚《校雠通义内篇三·汉志诗赋第十五》云："古之赋家者流，原本《诗》《骚》，出入战国诸子；假设问对。"① 由此可知，"假设问对"是赋体文学的特色之一。然而《诗经》的对话，只是作为日常对话的出现，如《女曰鸡鸣》："女曰：'鸡鸣。'士曰：'昧旦。''子兴视夜，明星有烂。''将翱将翔，弋凫与雁。'……"或《皇矣》："帝谓文王：'予怀明德，不大声以色，不长夏以革……'"或《閟宫》："王曰：'叔父，建尔元子，俾侯于鲁。大启尔宇，为周室辅。'乃命鲁公……"《孟子》开篇就是通过孟子与梁惠王的对话来表述观点。《庄子》中也有很多篇章运用了对话的形式，如《逍遥游》中尧与许由的对话；《养生主》中文惠君与庖丁的对话等。《战国策》更是大量使用了对话、问答的形式，纵横家巧舌如簧。这些均可表明对话体的形式在先秦时期甚是普遍，无论史传、散文还是辞赋都使用对话、问答体的形式。由此可知，问答体辞赋不应推迟到西汉才开始兴起，早在先秦时期就已经大量存在了，屈原《渔父》《卜居》正是大量对话体作品中的代表。

山东临沂银雀山汉墓发现唐勒赋残篇，即与宋玉赋和《卜居》《渔

---

① 章学诚：《文史通义》，（台北）华世出版社1980年版，第604页。

父》体制相近，证明战国后期楚国是存在宋玉、唐勒赋这样一种文学作品的，司马迁把"辞""赋"分开讲是有道理的。刘勰《文心雕龙·杂文》推宋玉的《对楚王问》为对问体杂文的开山作，其实，问世年代可能更早的《卜居》《渔父》，已经是辞赋体杂文，启后世对话体赋"述主客以首引"的先例。如宋玉《风赋》，司马相如《子虚赋》《上林赋》，枚乘《七发》，扬雄《长扬赋》，班固《两都赋》，左思《三都赋》等都是以对话为主体的赋作。洪迈《容斋随笔》曰："自屈原假为渔父问答之后，后人竞相摹仿：司马相如《子虚》《上林》赋以子虚、乌有先生、亡是公；扬子云《长杨赋》以翰林主人、子墨客卿；班孟坚《两都赋》以西都宾、东都主人；张平子《两都赋》以凭虚公子、安处先生，左太冲《三都赋》以西蜀公子、东吴王孙、魏国先生，皆改名换字，蹈袭一律。"①

屈原之悲痛，乃是所有不遇文人的共同经验，成就屈子精神的永恒性。嵇康有《卜疑》一文，从内容到形式都是模仿屈原《卜居》的。《卜疑》叙写：有一位弘达先生，怀玉被褐，交不苟合，忠信笃敬，直道而行。然而大盗既隐，智巧滋繁，动者多累，静者少患。因思山中的隐士，乐川上之执钓。于是前往太史贞父之家问卜，以决仕隐。说："吾有所疑，愿子卜之。"贞父危坐操蓍，拂几除龟，问："尹将何以命之？"弘达先生说："吾宁发愤陈诚，谠言帝廷，不屈王公乎？将卑儒委随，承旨倚靡，为命从乎？岂恺悌弘覆，施而不德乎？将进趣世利，苟容偷合乎？……"就这样共提了三十个问题，比《卜居》多。最后太史贞父的回答是："夫如是，吕梁可以游，旸谷可以浴，方将观大鹏于南冥，又何忧于人间之委曲？"和太卜郑詹尹"龟策诚不能知事"的话不同，太史贞父对弘达先生的"疑"，作了明确的回答，是同中有异。郭预衡指出："秦汉以后的文章里，名为'感士不遇'、'悲士不遇'的作品层出不穷，其渊源所自，都在《卜居》。"②

诗人、文学翻译家梁宗岱1934年就说过："《卜居》和《渔父辞》则显然是屈原作来自解自慰的，所谓'借人家杯酒，浇自己块垒'。渔父和卜居都不过是屈原自我底化身（exteriorisation du moi），用一句现代语说，中国古代文学史中善用'自我底化身'的，屈原而外，有庄子和陶渊明。"

---

① 饶宗颐：《天问文体的源流》引洪迈说，收入《文辙——文学史论集》（上），（台北）学生书局1981年版，第170页。

② 郭预衡：《中国散文史》，上海古籍出版社2000年版，第49页。

"有人以为我这解法近于'自我作古',因为两重人格或自我底化身在近代文学中才出现。……我们只要想到庄子《齐物论》底'今者吾丧我'便不攻自破。"① 如果说《离骚》《九章》是骚体赋的代表,那么《卜居》《渔父》则是散体赋的先驱。以客主问答构成的散体韵文,"句法既极其参差,用韵又很随便";"它是介乎诗歌与散文之间的一种新的体裁,是'不歌而诵'的汉赋的先导,是从《楚辞》演化为汉赋的过渡期间的产物"。由于公认的屈原作品,大都是以第一人称抒情陈辞。此两篇则是以第三人称叙事对话,质疑也就随之而至,谓"显然是旁人的记载","只是第三者设想屈原处境,对屈原心理一般的揣测与综合的表现"。这一场文学与宗教的对话,是隐喻的情结,既赋写了屈原"以情悟道"的心灵图像,更启示后世对话体赋的写作。

关于《卜居》作年。洪兴祖于《哀郢》"至今九年而不复"句下补注云:"《卜居》言:屈原既放,三年不得复见。此云:至今九年而不复。……屈平在怀王之世,被绌复用。至顷襄即位,遂放于江南耳。其云既放三年,谓被放之初,又云九年而不复,盖作此时放已九年也。"② 洪氏认为屈原只有在顷襄朝被放,故其将《卜居》定于顷襄朝被放之初第三年。但王夫之、蒋骥均不同意此说,认为《卜居》作于怀王朝被放汉北之时。如王夫之云:"大夫不用,自次于郊以待命。君不赐环,谓之曰放。此盖怀王时原去位居汉北事。"③ 蒋骥云:"此三年未知何时,详其词意,疑在怀王斥居汉北之日也。"④ 王夫之、蒋骥将《卜居》定于怀王时斥居汉北时所作,较之洪兴祖定于顷襄时作显得恰当。司马迁的《史记·屈原列传》录载《渔父》全文,紧接其后的是屈原的绝笔《怀沙》。从《渔父》篇所抒情感及其中"宁赴江湘"之语,再按屈子纵身汨罗之实,《渔父》篇盖作于顷襄朝、绝笔篇《怀沙》前不久。其实是把交代屈原行藏的文字,误认为作品系年了。

关于屈原之名字称谓,游国恩据《史记·屈原贾生列传》"屈原者,名平"的记载,从古人自称多名而不字的角度出发,认为《卜居》《渔

---

① 梁宗岱:《诗与真·诗与真二集》,外国文学出版社1984年版,第100—101页。
② (宋)洪兴祖撰,白化文等点校:《楚辞补注》,中华书局1983年版,第135页。
③ (明)王夫之:《楚辞通释》,上海人民出版社1975年版,第115页。
④ (清)蒋骥:《山带阁注楚辞》,上海古籍出版社1984年版,第153页。

父》通篇都称屈原,从而否定了屈原的著作权。① 游国恩《楚辞概论》申说:"《史记·屈原列传》称屈原名平,则原为字可知。凡古人自称,多名而不字……不但自称应该如是,即如上官大夫当在怀王面前谗他,也说'平伐其功',而并不说'原伐其功',可见古人称呼名字是很有分寸的。《卜居》《渔父》通篇都称屈原,显系后人习见屈原的名而随便乱用,他哪里注意到这个大破绽。"所以游国恩说,《卜居》《渔父》"绝为秦代或两汉初年的产品无疑"。② 然而,从南朝的《文选》和唐代的五臣注《文选》所保留的信息可证明,《史记·屈原贾生列传》中屈原名"原"字"平"被颠倒为名"平"字"原",乃是《史记》在流传过程中被后人窜改而成,关于此说,复旦大学黄毅、章培恒已有详细论述。③ 萧统编《文选》,所录皆前代名篇佳作,为尊重作者,题下皆标其字,如"班孟坚两都赋二首","张平子西京赋一首","司马长卿上林赋一首","扬子云羽猎赋一首"等。《离骚》《九歌》等屈原之作前标"屈平",而不是标"屈原"。《文选》中只有个别当时失其字者标名。屈原的名与字俱见于《史记》,不可能标名而不标字。故唐代张铣在"屈平"下注:"《史记》屈原字平。"比洪兴祖略早的宋代马永卿在其《懒真子》一书中已说:"且屈原字平,而正则、灵均亦其小字小名也。"这样看来,《卜居》《渔父》之作"屈原"乃是自称其名,并不背于当时习俗。郭沫若《屈原赋今译》在《卜居》注中说:"原文以'移'、'波'、'酸'、'为'为韵,尚是先秦古韵。"④ 既放,三年不得复见。屈原在怀王朝被流放的时间,以《新序·节士》篇为依据,认为是在怀王十六年。陆侃如即主此说,认为:"怀王朝的放逐有两个可能的时期:一是十六年,一是二十四年,因为这两个都是亲秦政策实行时期。依《新序》,他的放逐是在张仪至楚时。张仪至楚是在十六年。这十六年本是两个可能时期中的一个。故我们若定这年为屈原初放的时期,是一些阻碍也遇不到的。"⑤ 另一派以怀王二十四年楚复背齐合秦为依据,认为是在怀王二十四年。游国恩是这派的代表,其言曰:"按屈子初放时,当在怀王二十四年,此可以从约之离合推

---

① 游国恩:《游国恩楚辞论著集》卷三,中华书局2008年版,第138页。
② 游国恩:《楚辞概论》,北新书局1926年版,第247页。
③ 黄毅、章培恒:《"屈原名平"说正误》,《学术月刊》2008年第8期。
④ 《郭沫若全集》(第五卷),人民文学出版社1984年版,第379页。
⑤ 陆侃如:《陆侃如古典文学论文集》,上海古籍出版社1987年版,第250页。

而知也。"①

关于《卜居》创作的时间及地点，王夫之《楚辞通释》注"三年不得复见"一句云："大夫不用，自次于郊以待命，君不赐还，谓之曰放。此盖怀王时去位居汉北事。"② 其说甚是。怀王二十四、二十五年屈原被放汉北，为三闾大夫，或任掌梦之职。联系《离骚》中两写卜疑的情节看，应是反映了同样的心态与经历，则《卜居》应是屈原被放汉北期间所作。明周拱辰《离骚草木疏》云："古人登庙而卜，归其智于祖也。"胡文英《屈骚指掌》也以为作于楚怀王时。蒋骥《山带阁注楚辞》云："详其词意，疑在怀王斥居汉北之日也。"③ 还从内容上进行分析，认为"盖居蔽须时，与为彭咸之志，尚相参也。然则《卜居》之作，殆与《思美人》相近欤？"④ 皆为精到之论。因顷襄王朝被放江南之野，那里不可能有太卜。而汉北云梦之地，楚故都鄢郢在其西北，会有占卜之官。那么，本篇根据其开头"三年不得复见"之语，应作于怀王二十七年前后。从屈原作于汉北各篇分析，应作于《渔父》《抽思》《思美人》《招魂》《惜诵》之后，《离骚》之前。王逸《楚辞章句》卷七《卜居章句》，冠以《小序》云："《卜居》者，屈原之所作也。屈原体忠贞之性，而见嫉妒。念谗佞之臣，承君顺非，而蒙富贵；己执忠贞，而身放弃。心迷意惑，不知所为。乃往至太卜之家，稽问神明，决之蓍龟。卜己居世，何所宜行，冀闻异策，以定嫌疑，故曰《卜居》也。"⑤ 朱熹云："屈原哀悯当世之人，习安邪佞，违背正直，故阳为不知二者之是非可否，而将假蓍龟以决之，遂为此词，发其取舍之端，以警世俗。说者乃谓原实未能无疑于此，而始将假问诸卜人，则亦误矣。"⑥ 朱熹认为，屈原作《卜居》是假托寄意以警世俗，固可以为说，但承认《卜居》反映了屈子因"竭智尽忠，而蔽障于谗"而产生"心烦意乱，不知所从"的心理困惑似更真实。太卜列于《周官·春官》，掌龟卜、蓍筮、梦占之法。问卜地应在郢都。"太卜"本为商代官名，西周因之为卜官之首。查传世文献和出土文献，楚国只见设"卜尹"一职。"郑詹尹"其人，究竟是"郑之詹氏尹于楚

---

① 游国恩：《楚辞论文集》，古典文学出版社1957年版，第65页。
② （明）王夫之：《船山全书》第14册，岳麓书社1996年版，第366页。
③ （清）蒋骥：《山带阁注楚辞》，上海古籍出版社1984年版，第153页。
④ 同上书，第155页。
⑤ （宋）洪兴祖撰，白化文等点校：《楚辞补注》，中华书局1983年版，第176页。
⑥ （宋）朱熹：《楚辞集注》，上海古籍出版社2001年版，第111页。

者",还是"其在楚为太卜,尝在郑为詹(占)尹",令人疑惑。即使"太卜郑詹尹"实有其人其官,其人则在楚国居于高位而侍奉楚王身边,那么屈原又怎能在流放三年后往见他呢,是返回故都相见的么?太卜乃国之掌卜者,理应处国都,侍君侧。《周礼·春官·小宗伯》:"若国大贞,则奉玉帛以诏号",郑司农注:"大贞,谓卜立君,卜大封",郑玄又说:"太卜职大贞之属。"① 又《周礼·春官·太卜》:"凡国大贞,卜立君,卜大封,则高作龟。"郑玄云:"卜立君,君无冢适。"贾公彦疏云:"冢适,谓后夫人所生长子"②,卜可立者。卜大封,谓境界侵削,卜以兵征之。可知太卜的主要职责一是君无长子时,卜众公子中可立为君者;二是敌国入侵时,卜是否要征伐敌国及其吉凶情况。太卜的这些职责,就决定了其必须处在国都,侍于君侧,而不当在外地。文献中记载太卜侍于君侧的例子也不少,如《晏子春秋》中景公问太卜曰:"汝之道何能?"《战国策·赵取周之祭地》:"及王病,使卜之。太卜谴之曰:'周之祭地为祟。'"③ 王夫之《楚辞通释》云:"太卜为国掌卜筮之官,自应不离国中官守。原放在外,何以得见?(后一个"国"指国都,古人常省称国都为'国')。"④

《卜居》中"屈原既放三年"之"放"不应理解为"流放",而应理解为"待放"。古有"待放"之礼,如《毛诗序》:"《羔裘》,大夫以道去其君也……君不用道……故作是诗也。以道去其君者,三谏不从,待放于郊。"《白虎通·谏诤·三谏待放之义》对此记述颇详:"诸侯之臣诤不从得去……去曰……言愚不任用,请退避贤。如是君待之以礼,臣待放;如不以礼待,遂去。君待之以礼……则遣大夫送至于郊。必三谏者何?以为得君臣之义。必待放于郊者……冀君觉悟能用之。所以必三年者……以复君恩……所以言放者,臣为君讳,若言有罪放之也……凡待放者,冀君用其言耳……臣待放于郊,君不绝其禄……赐之环则反,赐之玦则去……亲属谏不得放者,骨肉无相去离之义也。《春秋传》曰:司马子反曰:'君请处乎此,臣请归。'子反者,楚公子也,时不得放。"⑤ 所谓"待

---

① (汉)郑玄注,(唐)贾公彦疏:《周礼注疏》,北京大学出版社1999年版,第491—492页。
② (汉)郑玄注,(唐)贾公彦疏:《周礼注疏》,北京大学出版社1999年版,第641页。
③ (汉)刘向:《战国策》,上海古籍出版社1985年版,第32页。
④ (明)王夫之:《船山全书》第14册,岳麓书社1996年版,第367页。
⑤ 陈立:《白虎通疏证》,中华书局1994年版,第228—232页。

放"，是臣三谏君而君不从时，主动请求隐退的行为，是臣无罪而自我放逐。"待放"的时间是三年，地点是"郊"，即国都之郊，如宣公二年《谷梁传》称"赵盾谏灵公，公不听。出亡，至于郊"，赵盾谏灵公不成，出至郊而舍，明大夫"待放"在郊也。之所以"待放"于国都之郊，是"冀君觉悟能用之"。三年满，君赐环则臣返；赐玦则去，即范宁《谷梁》注云之"君赐之环则还，赐之则往"。《白虎通·五行·人事取法五行》云："亲属臣谏不相去，何法？法木枝叶不相离也。"言"亲属臣谏不相去"，可知前面之"放"实为"去"义。

屈原乃是楚室公族。《史记·屈原列传》云："屈原者，名平，楚之同姓也"①，屈原也自称"帝高阳之苗裔"，与楚王室认祖归宗。《左传·鲁文公七年》云："公族，公室之枝叶也。若去之，则本根无所庇荫矣。"②又《白虎通》云"亲属臣谏不相去"是"法木枝叶不相离"，那么屈原作为公族，作为"公室之枝叶"，自然在"亲属臣谏不相去"之列。王逸《楚辞章句·七谏序》也明言："人臣三谏不从，退而待放。屈原与楚同姓，无相去之义。"③至此可以对《卜居》的作地等背景作解说了：三年前屈原因上官大夫夺稿进谗而被疏，三谏怀王无效自知所谏无望，遂自"待放"于郢郊。屈原此举正如《毛诗序》解《桧风·羔裘》所云："谓桧之大夫，见君有不可之行，乃尽忠以谏。谏而不从，即待放于郊。"④屈原"待放"的地点是郢都之郊，所以他才能往见处国都的太卜，这就解释了为何屈原"既放"却又能见到太卜这一看似棘手的问题。

《卜居》是作于"待放"郢郊三年之后，屈子在"既放三年"而不是两年、四年时"往见太卜"。因为通常来说三年是臣子待放的期限，而此时屈原又不见怀王赐环，所以才会"心烦虑乱"，才会去向太卜求教。据《新序·节士》篇，时在怀王十六年。屈原向郑詹尹问卜曰："余有所疑，愿因先生决之。"屈原之问卜，实为寻求解人，寻一知音。屈原与卜者两人的对话，颇有李白"我情既不浅，君意方亦深。相知两相得，一顾轻千金。且向山客笑，与君论素心"（《酬岑勋见寻，就元丹丘对酒相待，以

---

① （汉）司马迁：《史记》，中华书局1959年版，第2481页。
② （周）左丘明传，（晋）杜预注，（唐）孔颖达正义：《春秋左传正义》，北京大学出版社1999年版，第518页。
③ （宋）洪兴祖撰，白化文等点校：《楚辞补注》，中华书局1983年版，第236页。
④ （汉）毛亨传，（汉）郑玄笺，（唐）孔颖达疏：《毛诗正义》，北京大学出版社1999年版，第459页。

诗相招》)。詹尹乃端策拂龟,曰:"君将何以教之?"《卜居》中之郑詹尹应是郑国贵族后裔,是以卜筮为隐居谋生手段之贤人。早在公元前423—前375年发生了历时半个世纪之韩灭郑战事,于公元前375年韩哀侯攻克了郑国首都,并将都城迁至新郑,有如《战国策·韩策一》云:"三晋已破智氏,将分其地。段规谓韩王曰:'分地必取成皋。'韩王曰:'成皋,石溜之地也,寡人无所用之。'段贵曰:'不然,臣闻一里之厚而动千里之权者,地利也。万人之众而破三军者,不意也。王用臣言,则韩必取郑矣。'王曰:'善。'果取成皋。至韩之取郑也,果从成皋始。"① 此役离郑詹尹为屈原卜居郢郊,已是百年。

屈原曰:"吾宁悃悃款款,朴以忠乎;将送往劳来,斯无穷乎?宁诛锄草茅以力耕乎;将游大人以成名乎?"王逸注谓:"大人"乃"贵戚也",五臣云:"大人,谓君之贵幸者。"② 屈原又问:"宁正言不讳以危身乎;将从俗富贵以偷生乎?宁超然高举以保真乎;将哫訾栗斯,喔咿儒儿,以事妇人乎?"此处之"妇人",注家多谓系楚怀王之宠姬郑袖。郑袖谗害屈原,劣迹昭彰。楚怀王时,尚有另一得宠擅权之女性,即南后,因其事迹多隐晦,常被忽略。《卜居》中之"妇人"为郑袖,则"大人"非南后莫属。南后称"后",位在宠姬郑袖之上,故《卜居》记屈原之言,先"大人"而后"妇人"。《战国策·楚策三》云:"张仪之楚,贫。舍人怒而归。张仪曰:'子必以衣冠之敝,故欲归。子待我为子见楚王。'当是之时,南后、郑袖贵于楚。张子见楚王,楚王不说。张子曰:'王无所用臣,褎臣请北见晋君。'楚王曰:'诺。'张子曰:'王无求于晋国乎?'王曰:'黄金、珠玑、犀象出于楚,寡人无求于晋国。'张子曰:'王徒不好色耳?'王曰:'何也?'张子曰:'彼郑、周之女,粉白墨黑,立于衢间,非知而见之者以为神。'楚王曰:'楚,僻陋之国也,未尝见中国之女如此其美也,寡人之独何为不好色也。'乃资之以珠玉。南后、郑袖闻之大恐,令人谓张子曰:'妾闻将军之晋国,偶有金千斤,进之左右,以供刍秣。'郑袖亦以金五百斤。张子辞楚王曰:'天下关闭不通,未知见日也,愿王赐之觞。'王曰:'诺。'乃觞之。张子中饮,再拜而请曰:'非有他人于此也,愿王召所便习而觞之。'王曰:'诺。'乃召南后、郑

---

① (汉)刘向:《战国策》,上海古籍出版社1985年版,第927页。
② (宋)洪兴祖撰,白化文等点校:《楚辞补注》,中华书局1983年版,第177页。

袖而觭之。张子再拜而请曰:'仪有死罪于大王。'王曰'何也?'曰:'仪行天下遍矣,未尝见人如此其美也。而仪言得美人,是欺王也。'王曰:'子释之。吾固以为天下莫若是两人也。'"① 此项资料表明,南后、郑袖为姿色俏丽之二妇人。郑袖肆虐特甚,又极其慧谲,故千载而下,独擅恶名,南后虽位居郑袖之上,不过以色事人,常怀色衰爱弛之恐惧,劣迹鲜有所闻。故《卜居》记屈子之言,对"大人"(南后)、"妇人"(郑袖)的用语,亦很有分寸。"大人"虽语含讽嘲,不过微谑,"游大人以成名"固所不屑,对于"妇人"则贬恶之也甚矣,以楚地方言"呢訾栗斯,喔咿儒儿以事妇人",忿恶之情,溢于言表。"事妇人"之党人靳尚之徒,几不齿于人类。关于南后郑袖是一是二问题,曾引起过一场小争论,郭沫若著历史剧《屈原》附录《瓦石札记·南后郑袖》。郭沫若主张南后郑袖为一人,对《战国策·楚策三》"张仪之楚贫"节作了添字训释,使合己见。郭沫若说:"各种资料中屡次都仅见郑袖,此处(指《战国策·楚策三》)忽然又出现第二个人,且其权势在郑袖之上,似乎也说不过去";"假使此外尚有别种根据可以证明确是二人,那我也并不固执,我是乐于改正我的错误的。"屈原遭遇不幸,楚怀王"内惑于郑袖,外欺于张仪"实是一个重要原因。郑袖者,怀王之宠姬,为时人目为"幸夫人"(《战国策·楚策二》)。但屈原绝不肯走"裙带路线"(像上官、靳尚和子兰那样)去谋求功名利禄。

"此孰吉孰凶?何去何从?"《白虎通·五行·人事取法五行》云:"亲属臣谏不相去,何法?法水木枝叶不相离也。"言"亲属臣谏不相去",可知前面之"放"实为"去"义。但如果"待放"者为君王亲属,而三年满,君又不愿其返,君王又该怎么办呢?对此《白虎通》没有明载,不过以理度之,君既不愿其返,按礼又不能使其"去",君王就只能睁一只眼闭一只眼,让其无限期"待放",当然也就不必赐什么表示无限期"待放"的信物。大概屈原在待放时作《离骚》称与国同姓,不受理睬,即作《惜诵》以叹贫贱。

《卜居》计有8问,八组"宁……将……"的选择句式,如连弩续发,排比句式造成思想与情感的一泻而下。"宁"字句表现诗人信奉的理想与坚守的精神;"将"字句表现俗世的行为与现状。这简直是一篇诘问

---

① (汉)刘向:《战国策》,上海古籍出版社1985年版,第539—541页。

神明的小《天问》，采取两疑方式，对立双方之境界及形象呈泾清渭浊、水火不相容之势，一面是群芳谱，一面是百丑图。其掩映多姿地将忠贞与奸佞、真善美与假恶丑、"君子固穷"与"谗谀得志"、高尚者的墓志铭与卑鄙者的通行证同台展览，把社会与人生的黑白两极同时曝光，极大地加强了两种境界的深度及两极形象的鲜明性、生动性。洪兴祖言："上句皆原所从也，下句皆原所去也，卜以决疑，不疑何卜。而以问詹尹何哉？时之人，去其所当从，从其所当去，其所谓吉，乃吾所谓凶也。此《卜居》所以作也。"[①] 此所表现的正是儒家的积极入世与道家的全性保真的两种文化因素。若就屈骚精神的实质来看，这上句与下句的二元对立以及屈原理想中的二元文化因子，深刻地反映出屈骚精神的基点——对自我与社会的双重固持，以及这一基点自身所无法超越困惑的特性。汪瑗说："此上八条相反之语，若天地之四方而不可易，若黑白之易明而无可疑者也。又何吉凶从违之不可决乎？欲必就詹尹以卜之乎？呜呼！屈子非真有所疑于此而不能决也。有所激而言之耳。盖悲愤之中假此戏剧之文以自慰也欤？"[②] 屈原是无疑而问，但正是这无疑而问揭示了诗人的精神困境！倒是胡文英能体会出屈子此处"何去何从"的良苦用心："若以善为吉而宜从乎，则我之竭智尽忠者如是；若以恶为凶而宜去乎，则小人未见得蔽贤之罪，究将如何哉？"

《卜居》中假托屈原向郑詹尹提出八项立身处世的选择，每个问题都包括正反两个方面。第一、三、五题，正面是直道正行、忠于君国，反面是随处周旋、从俗富贵。第二题，正面是隐退，反面是出国。第四题，正面是超然保真，反面是谄事妇人。第六、七、八题，正面是比于圣贤，独行其是，反面是同于流俗，与世沉浮。如果《卜居》是屈原于顷襄王时放后三年所作，不当如此构成问题的正反面。"妇人"当指怀王宠姬郑袖。怀王既死，顷襄执政，郑袖的权势必已削弱或不复存在。屈原面对新的当权派，无须再提此人。据《卜居》而推知屈原在怀王时曾遭放逐。八问毋宁是屈原生命意态的折射，是他生命的表白，突出他的悲剧性格，一再强调超越世俗与追求理想的自觉意念，矛盾与冲突的问题背后，是自觉与超越的心灵主体。对话的内容，更表现"自觉"与"超越"的哲学理念。

---

① （宋）洪兴祖撰，白化文等点校：《楚辞补注》，中华书局1983年版，第177页。
② （明）汪瑗：《楚辞集解》，北京古籍出版社1994年版，第282—283页。

《卜居》里所呈现的诗人情性，是现实遭际逢困，情不能堪之下所发出的调笑之声，卜问以曲隐为尚，是一种"直白的曲笔"。实际上，屈原的痛苦、焦虑、彷徨，乃至他的整个人生悲剧，与其说是来自他的主体人格与周围世界的冲突，或者说是来自主体精神世界内在的冲突，不如说是来自主体欲逃避选择、逃避自由，却又无法逃避选择、逃避自由的处境，由此走上了一条政治的不归路。《卜居》主体面对自由处境的彷徨与犹疑。内心深处仿佛有两个自我在持续地交战，一个强大的自我在锲而不舍地对屈原说："你应该变心以从俗。"另一个自我则一次次用更强大的声音把这个选择否决了。与其将《卜居》看作与世俗抗争的宣言书，不如看作屈原内心深处两个自我持续交战的真实自白。

《卜居》又作了人生哲学之概括："世溷浊而不清：蝉翼为重，千钧为轻；黄钟毁弃，瓦釜雷鸣；谗人高张，贤士无名。吁嗟默默兮，谁知吾之廉贞！"对话极尽省思，表现最深沉的人生哲学。思想者永远是孤独和苦闷的。令人联想到孔子所发出的"莫知我夫""知我者其天乎"之叹，唐代诗人陈子昂《登幽州台歌》有"前不见古人，后不见来者"的怆然之泪，黄遵宪《夜起》诗有"斗室苍茫吾独立，万家酣梦几人醒"的孤寂夜思。前赴后继、义无反顾地承载着东方文明的重轭艰难前行。

郑詹尹乃释策而谢曰："夫尺有所短，寸有所长。"按：《史记·白起王翦列传》太史公曰："鄙语云：尺有所短，寸有所长"，是说事物具有相对性。可知詹尹是郑人矣。郑詹尹又言："物有所不足，智有所不明；数有所不逮，神有所不通。用君之心，行君之意。龟策诚不能知此事。"对屈原所问表现出不可知性与不可预测性，困惑者反而是郑詹尹乎？王夫之云："蓍龟虽神物，而既不能止浊世之乱，抑不能屈贤者之操。"[1] 可见太卜之所以释策而谢，主要在于屈子所要解决的是如何在浊世之中保持贤者之操，实现贤者之志。《礼记·表记》说："殷人尊神，率民以事神，先鬼而后礼。"到了周代，发生了文化转型，"周人尊礼尚施，事鬼敬神而远之"[2]。因此，在中原地区巫祝文化退出了主流文化而代之以礼乐文化，实现了以神为主向以人为主的转变。但是荆楚在战国时代仍被中原人目为"蛮夷"，故楚人仍"信巫鬼，重淫祀"[3]，楚人思想不受羁勒，敢同礼乐

---

[1] （明）王夫之：《船山全书》第14册，岳麓书社1996年版，第369页。
[2] 《礼记·表记》，《十三经注疏》，中华书局1980年版，第1642页。
[3] （汉）班固：《汉书》，中华书局1983年版，第1666页。

文化分庭抗礼。《庄子·外物》云："神龟能见梦于元君，不能避余且之网。智有所困，神有所不及也。"明初人方孝孺《深虑论》曾有"良医之子多死于病，良巫之子多死于鬼"的经验之谈及"拙于谋天"的理论思考。

《卜居》采取三段式架构，可能跟当年现实生活中大量存在的卜筮程序和卜筮记录的构式有某种联系。战国楚墓出土竹简中，有不少是卜筮记录简，简文格式一般是：前辞为简文的起首部分，包括举行卜筮的时间、贞人名、卜筮用具名称、请求贞问者的姓名，等等；其次是命辞，贞问事由，即求贞人提出的问题；占辞，贞人根据卜筮的结果所作的判断，一般是先指出长期之休咎，然后再指出近期之休咎。《卜居》三段式架构，跟卜筮记录简文的"前辞""命辞""占辞"正相对应。[①] 与屈原同时的左尹邵𰯼，身为楚国中央政府主管司法的长官，令尹的重要助手之一，几乎是"每事卜"。他的生平事迹，《左传》《国语》《国策》等失载。他的墓葬（湖北荆门十里铺王场村包山大冢 2 号墓）于 1986 年底由荆沙铁路考古队发掘，出土器物千余件，有竹简 444 枚，其中字简 282 枚，15000 余字，内容为卜筮祭祷记录、司法文书和遣策等。包山墓地竹简整理小组把卜筮祭祷记录简初步整理为二十余组，内容都是为召𰯼贞问吉凶祸福诸事，如某日出入侍王是否顺利，何时获得爵位，疾病吉凶，等等。邵𰯼既主管司法，当不大会是糊涂官、蠢愚浅薄之辈，仕途也还顺利，他尚且动辄卜筮，视占卜为常事，又何况诗人屈原，连续遭受重大打击，处于心烦虑乱的状态之中呢？

渔父集论

屈原既放，游于江潭，行吟泽畔，颜色憔悴，形容枯槁。渔父见而问之曰："子非三闾大夫与？何故至于斯。"屈原曰："举世皆浊我独清，众人皆醉我独醒，是以见放。"

渔父曰："圣人不凝滞于物，而能与世推移。世人皆浊，何不淈其泥而扬其波；众人皆醉，何不哺其糟而歠其醨？何故深思高举，自令放为？"

屈原曰："吾闻之，新沐者必弹冠，新浴者必振衣。安能以身之察察，

---

① 详参湖北省荆沙铁路考古队包山墓地整理小组《荆门市包山楚墓发掘简报》《包山 2 号墓竹简概述》，《文物》1988 年第 5 期。

受物之汶汶者乎？宁赴湘流，葬于江鱼之腹中。安能以皓皓之白，而蒙世俗之尘埃乎？"

渔父莞尔而笑，鼓枻而去，乃歌曰："沧浪之水清兮，可以濯吾缨；沧浪之水浊兮，可以濯吾足。"

遂去不复与言。

对于《渔父》之解读，还有必要回到西汉刘向校书中秘所见之简帛，其以类相从而成之《新序·节士第七》云："屈原者名平，楚之同姓大夫，有博通之知，清洁之行，怀王用之。秦欲吞灭诸侯，并兼天下。屈原为楚东使于齐，以结强党。秦国患之，使张仪之楚，货楚贵臣上官大夫、靳尚之属，上及令尹子阑、司马子椒，内赂夫人郑袖，共谮屈原。屈原遂放于外，乃作《离骚》。张仪因使楚绝齐，许谢地六百里。怀王信左右之奸谋，听张仪之邪说，遂绝强齐之大辅。楚既绝齐，而秦欺以六里。怀王大怒，举兵伐秦，大战者数，秦兵大败楚师，斩首数万级。秦使人愿以汉中地谢，怀王不听，愿得张仪而甘心焉。张仪曰：'以一仪而易汉中地，何爱？仪请行。'遂至楚，楚囚之。上官大夫之属共言之王，王归之。是时怀王悔不用屈原之策，以至于此，于是复用屈原。屈原使齐还，闻张仪已去，大为王言张仪之罪，怀王使人追之不及。后秦嫁女于楚，与怀王欢，为蓝田之会。屈原以为秦不可信，愿勿会，群臣皆以为可会。怀王遂会，果见囚拘，客死于秦，为天下笑。怀王子顷襄王亦知群臣谄误怀王，不察其罪，反听群谗之口，复放屈原。屈原疾暗王乱俗，汶汶嘿嘿，以是为非，以清为浊，不忍见污世，将自投于渊。渔父止之，屈原曰：'世皆醉，我独醒；世皆浊，我独清。吾闻之，新浴者必振衣，新沐者必弹冠。又恶能以其泠泠，更世事之嘿嘿者哉！吾宁投渊而死。'遂自投湘水汨罗之中而死。"[①] 这则源自秘府简帛之材料，不仅可以驳倒"屈原否定说"，而且可以证明《渔父》乃屈原所作，在屈原行藏进退上占据重要位置。

与屈原《渔父》相关，渔父成为古代逍遥自适之人格类型。《庄子·渔父》甚至请这种水上仙翁与孔子对话，其文曰："孔子游乎缁帷之林，休坐乎杏坛之上。弟子读书，孔子弦歌鼓琴。奏曲未半，有渔父者，下船而来，须眉交白，被发揄袂，行原以上，距陆而止，左手据膝，右手持颐

---

① （汉）刘向编著，石光瑛校释：《新序校释》，中华书局2001年版，第936—949页。

以听。曲终而招子贡、子路二人俱对。客指孔子曰：'彼何为者也？'子路对曰：'鲁之君子也。'客问其族。子路对曰：'族孔氏。'客曰：'孔氏者何治也？'子路未应，子贡对曰：'孔氏者，性服忠信，身行仁义，饰礼乐，选人伦，上以忠于世主，下以化于齐民，将以利天下。此孔氏之所治也。'又问曰：'有土之君与？'子贡曰：'非也。''侯王之佐与？'子贡曰：'非也。'客乃笑而还，行言曰：'仁则仁矣，恐不免其身。苦心劳形以危其真。呜呼！远哉其分于道也。'子贡还，报孔子，孔子推琴而起曰：'其圣人与？'乃下求之，至于泽畔，方将杖拏而引其船，顾见孔子，还乡而立。孔子反走，再拜而进。客曰：'子将何求？'孔子曰：'曩者先生有绪言而去，丘不肖，未知所谓，窃待于下风，幸闻咳唾之音，以卒相丘也。'客曰：'嘻！甚矣夫子之好学也。'孔子再拜而起曰：'丘少而修学，以至于今，六十九岁矣，无所得闻至教，敢不虚心？'客曰：'同类相从，同声相应，固天之理也。吾请释吾之所有而经子之所以。子之所以者，人事也。天子诸侯大夫庶人，此四者自正，治之美也，四者离位而乱莫大焉。官治其职，人忧其事，乃无所陵。故田荒室露，衣食不足，征赋不属，妻妾不和，长少无序，庶人之忧也。能不胜任，官事不治，行不清白，群下荒怠，功美不有，爵禄不持，大夫之忧也。廷无忠臣，国家昏乱，工技不巧，贡职不美，春秋后伦，不顺天子，诸侯之忧也。阴阳不和，寒暑不时，以伤庶物，诸侯暴乱，擅相攘伐，以残民人，礼乐不节，财用穷匮，人伦不饬，百姓淫乱，天子有司之忧也。今子既上无君侯有司之势而下无大臣职事之官，而擅饰礼乐，选人伦，以化齐民，不泰多事乎？且人有八疵，事有四患，不可不察也。非其事而事之，谓之摠。莫之顾而进之，谓之佞。希意道言，谓之谄。不择是非而言，谓之谀。好言人之恶，谓之谗。析交离亲，谓之贼。称誉诈伪以败恶人，谓之慝。不择善否，两容颊适，偷拔其所欲，谓之险。此八疵者，外以乱人，内以伤身，君子不友，明君不臣。所谓四患者：好经大事，变更易常，以挂功名，谓之叨。专知擅事，侵人自用，谓之贪。见过不更，闻谏愈甚，谓之很。人同于己则可，不同于己，虽善不善，谓之矜。此四患也。能去八疵，无行四患，而始可教已。'孔子愀然而叹，再拜而起曰：'丘再逐于鲁，削迹于卫，伐树于宋，围于陈蔡。丘不知所失，而离此四谤者何也？'客凄然变容曰：'甚矣子之难悟也。人有畏影恶迹而去之走者，举足愈数而迹愈多，走愈疾而影不离身，自以为尚迟，疾走不休，绝力而死。不知处阴以休影，处静以息迹，愚之甚矣。子审仁义之间，察同异之际，观动静之变，适受与之度，理好恶之情，和喜怒之节，而几于不免矣。谨修而身，慎守其真，还以物与人，则无所累矣。今不修之身而求之人，不亦外乎？'孔子愀然曰：'请问何谓真？'客曰：'真者，精诚之至也。不精不诚，不能动人。故强哭者虽悲不哀，强怒者虽严不威，强亲者虽笑不和。真悲无声而哀，真怒未发而威，真亲未笑而和。真在内者，神动于外，是所以贵真也。其用于人理也，事亲则慈孝，事君则忠贞，饮酒则欢乐，处丧则悲哀。忠贞以功为主，饮酒以乐为主，处丧以哀为主，事亲以适为主，功成之美，无一其迹矣。事亲以适，不论所以矣。饮酒以乐，不选其具矣。处丧以哀，无问其礼矣。礼者，世俗之所为也。真者，所以受于天也，自然不可易也。故圣人法天贵真，不拘于俗。愚者反此。不能法天而恤于人，不知贵真，禄禄而受变于俗，故不足。惜哉！子之蚤湛于人伪而晚闻大道也。'孔子又再拜而起曰：'今者丘得遇也，若天幸然。先生不羞而比之股役，而身教之。敢问舍所在，请因受业而卒学大道。'客曰：'吾闻之，可与往者与之，至于妙道。不可与往者，不知其道，慎勿与之，身乃无咎。子勉之。吾去子矣，吾去子矣。'乃刺船而去，延缘苇间。颜渊还车，子路授绥，孔子不顾，待水波定，不闻拏音而后敢乘。"[①] 儒、道论衡，展示了文化人格之抉择，在古中国留下了深刻轨迹。

此轨迹碾过了士大夫文人，如黄庭坚所录徐俯《浣溪沙》词曰："新妇矶边秋月明。女儿浦口晚潮平。沙头鹭宿戏鱼惊。青箬笠前明此事，绿蓑衣底度平生。斜风细雨小舟轻。"

此轨迹也碾过了少数民族诗人，如明人蒋一葵《尧山堂外纪》卷七一云："元，贯酸斋尝过梁山泺，见渔父织芦花为被，尚其清，欲易之以绸，渔父曰：'君欲吾被，当赋一诗。'遂援笔云：'采得芦花不洗尘，翠蓑聊复藉为茵。西风刮梦秋无际，夜月生香雪满身。毛骨已随天地老，声名不让古今贫。青绫莫为鸳鸯妒，欸乃声中别有春。'诗成，竟持被去。人间喧传《芦花被》诗。公至钱唐，因自号芦花道人。"[②]

此轨迹又碾过了闲云野鹤之水上人生，如张志和《渔父》五首云："西塞山边白鹭飞。桃花流水鳜鱼肥。青箬笠，绿蓑衣。斜风细雨不须

---

① 陈鼓应：《庄子今注今译》，中华书局1983年版，第866—875页。
② （明）蒋一葵：《尧山堂外纪》，上海古籍出版社1996年版，第1235页。

归。"又:"钓台渔父褐为裘。两两三三舴艋舟。能纵棹,惯乘流。长江白浪不曾忧。"又:"云溪湾里钓鱼翁。舴艋为家西复东。江上雪,浦边风。笑著荷衣不叹穷。"又:"松江蟹舍主人欢。菰饭莼羹亦共餐。枫叶落,荻花干。醉宿渔舟不觉寒。"又:"青草湖中月正圆。巴陵渔父棹歌连。钓车子,橛头船。乐在风波不用仙。"张志和又有《渔歌子(嵯峨天皇)》曰:"江水渡头柳乱丝。渔翁上船烟景迷。乘春兴,无厌时。求鱼不得带风吹。""渔人不记岁月流。淹泊沿洄老棹舟。心自效,常狎鸥。桃花春水带浪游。""青春林下度江桥。湖水翩翩入云霄。烟波客,钓舟遥。往来无定带落潮。""溪边垂钓奈乐何。世上无家水宿多。闲钓醉,独棹歌。洪荡飘翩带沧波。""寒江春晓片云晴。两岸花飞夜更明。鲈鱼脍,莼菜羹。餐罢酣歌带月行。"

此轨迹甚至碾过了西域来华高士,如五代后蜀何光远《鉴诫录》卷四记载:"宾贡李珣,字德润,本蜀中土生波斯也。少小苦心,屡称宾贡。所吟诗句,往往动人。尹校书鹗者,锦城烟月之士也,与李生常为善友。遽因戏遇嘲之,李生文章,扫地而尽。诗曰:'异域从来不乱常,李波斯强学文章。假饶折得东堂桂,胡臭薰来也不香。'"[①] 李珣作有《渔父》词十八首,如:"水接衡门十里余。信船归去卧看书。轻爵禄,慕玄虚。莫道渔人只为鱼。"又:"避世垂纶不记年。官高争得似君闲。倾白酒,对青山。笑指柴门待月还。"又:"棹惊鸥飞水溅袍。影随潭面柳垂绦。终日醉,绝尘劳。曾见钱塘八月涛。"《南乡子》:"携笼去,采菱归。碧波风起雨霏霏。趁岸小船齐棹急。罗衣湿。出向桄榔树下立。"又:"云髻重,葛衣轻。见人微笑亦多情。拾翠采珠能几许。来还去。争及村居织机女。"又:"登画舸,泛清波。采莲时唱采莲歌。拦棹声齐罗袖敛。池光匼。惊起沙鸥八九点。"又:"双髻坠,小眉弯。笑随女伴下春山。玉纤遥指花深处。争回顾。孔雀双双迎日舞。"又:"红豆蔻,紫玫瑰。谢娘家傍越王台。一曲乡歌齐抚掌。堪游赏。酒酌螺杯流水上。"又:"山果熟,水花香。家家风景有池塘。木兰舟上珠帘卷。歌声远。椰子酒倾鹦鹉盏。"又:"新月上,远烟开。惯随潮水采珠来。棹穿花过归溪口。沽春酒。小艇缆牵垂岸柳。"等等。

至于屈原《渔父》之文体创造,宋洪迈《容斋五笔》云:"自屈原词

---

① (五代)何光远撰:《鉴诫录》,中华书局1985年版,第24页。

赋假为渔父、日者问答之后，后人作者悉相规仿。司马相如《子虚》《上林赋》，以子虚、乌有先生、亡是公，杨子云《长杨赋》以翰林主人、子墨客卿，班孟坚《两都赋》以西都宾、东都主人，张平子《两都赋》以凭虚公子、安处先生，左太冲《三都赋》以西蜀公子、东吴王孙、魏国先生，皆改名换字，蹈袭一律，无复超然新意，稍出于法度规矩者。晋人成公绥《啸赋》，无所宾主，必假逸群父子乃能遣词。枚乘《七发》，本只以楚太子、吴客为言，而曹子建《七启》，遂有玄微子、镜机子。张景阳《七命》有冲漠公子、殉华大夫之名。言话非不工也，而此习根著未之或改。若东坡公作《后杞菊赋》，破题直云：'吁嗟先生，谁使汝坐堂上称太守。'殆如飞龙搏鹏，邰翔扶摇于烟霄九万里之外，不可搏诘，岂区区巢林翾羽者所能窥探其涯涘哉！于诗亦然。乐天云：'醉貌如霜叶，虽红不是春。'坡则曰：'儿童误喜朱颜在，一笑那知是酒红。'杜老云：'休将短发还吹帽，笑倩傍人为正冠。'坡则曰：'酒力渐消风力软，飕飕，破帽多情却恋头。'郑谷《十日菊》云：'自缘今日人心别，未必秋香一夜衰。'坡则曰：'相逢不用忙归去，明日黄花蝶也愁。'又曰：'万事到头都是梦，休休，明日黄花蝶也愁。'正采旧公案，而机杼一新，前无古人，于是为至。与夫用'见他桃李树，思忆后园春'之意，以为'长因送人处，忆得别家时'，为一僧所嗤者有间矣。"[1]

顾炎武《日知录》卷一三云："老氏之学所以异乎孔子者，和其光，同其尘，此所谓似是而非也。《卜君》《渔父》二篇尽之矣，非不知其言之可从也，而义有所不当为也，子云而知此义也，《反离骚》其可不作矣。寻其大指，生斯世也，为斯世也，善斯可矣。此其所以为莽大夫与？《卜居》《渔父》，法语之言也。《离骚》《九歌》，放言也。"[2]《卜居》《渔父》是屈原贬谪汉北所作。屈原本是提倡美政以德，反对贵族专制、主张举贤授能，楚王废黜其为培养贵族子弟之三闾大夫。

在创作时间与情感抒发上，《渔父》可视作《卜居》的续篇。《卜居》展现屈骚精神之现实困境，《渔父》则进一步展示了屈子在困境中对自我精神生死以之救赎和恪守。二篇共同体现了屈骚精神与儒、道两家文化最为本质的渗透与拒绝。《卜居》名为问卜，实际上表现出来者，却是决然

---

[1] （宋）洪迈：《容斋随笔》，上海古籍出版社1978年版，第888—889页。
[2] （清）顾炎武撰，黄汝成集释：《日知录集释》，上海古籍出版社2006年版，第780—781页。

自信，矢志不渝，成了一篇别具一格的《反卜居》。《渔父》看似话语中斩钉截铁，其实却是作者对现实无可奈何之自嘲。

难以压抑的愤懑，非"竭知尽忠而蔽障于谗"的来历者是写不来的。《渔父》最后一句"遂去不复与言"之同情既在渔父而不在屈原，而司马迁《史记·屈原贾生列传》引其全文，借以诠释屈原生命之妙绝。

屈原既放，游于江潭，行吟泽畔，颜色憔悴，形容枯槁。渔父见而问之曰："子非三闾大夫与？何故至于斯！"《渔父》作于楚怀王二十四、五年被放汉北不久之时。渔父已闻三闾大夫屈原被放汉北之事，而未识其人，故初见而从其服饰、气度疑其即是屈原，故问曰："子非三闾大夫与？"其"何故至于斯"一句，是问因何原因而被放？王逸《楚辞章句》卷一《离骚经》小序云："《离骚经》者，屈原之所作也。屈原与楚王同姓，仕于怀王，为三闾大夫。三闾之职，掌王族三姓，曰昭、屈、景。屈原序其谱属，率其贤良，以厉国士。入则与王图议政事，决定嫌疑。出则监察群下，应对诸侯。谋行职修，王甚珍之。"① 三闾大夫相当于"公族大夫"一类职务，掌管与《帝系》、《世本》一类有关"谱属"的书籍。王逸《楚辞章句》又云："《渔父》者，屈原之所作也。屈原放逐，在江、湘之间，忧愁叹吟，仪容变易。而渔父避世隐身，钓鱼江滨，欣然自乐。时遇屈原川泽之域，怪而问之，遂相应答。楚人思念屈原，因叙其辞以相传焉。"②

至于"沧浪之水"何在？清人顾祖禹《读史方舆纪要》卷一二四云："嶓冢导漾，东流为汉。又东为沧浪之水，过三澨，至于大别，南入于江，东汇泽为彭蠡，东为北江，入于海。蔡氏曰：此导南条北境之汉水也。嶓冢山，在陕西汉中府宁羌州东北三十里（详见陕西名山嶓冢）。汉水出焉，亦曰漾水（阚骃曰：漾水出昆仑西北隅，至氐道重源显发而为漾，其说似诞。《华阳国志》：漾水东源出武都氐道漾山，因名曰漾。漾山，或曰即嶓冢之别名。言东源者，别于西汉水也。西汉水，亦详见大川汉水）。一名沮水，以其初出沮洳然也（《水经注》：以沮水为汉之别源）。一名沔水。孔安国曰：泉始出为漾，东南流为沔，至汉中东行为汉。如淳曰：北人谓汉为沔，汉、沔通称也。今由汉中府而东，则曰汉水。自襄阳而下，亦曰

---

① （宋）洪兴祖撰，白化文等点校：《楚辞补注》，中华书局1983年版，第1—2页。
② 同上书，第179页。

沔水，亦曰夏水，其实即汉水矣。沧浪水，在今湖广襄阳府均州。《北地志》云：汉水中有洲曰沧浪洲，汉水亦名沧浪水（俗讹为千龄洲，在今均州城北四十里，又《水经注》：荆山相邻有康狼山，或谓之沧浪。荆山，即襄阳府南漳县之荆山）。《禹贡》曰：东为沧浪，明非别水也。三澨，在今安陆府沔阳州。孔氏曰：三澨，今景陵县三参水是也（参，去声。今京山县有澨水，出县西七十里磨石山，南流径景陵县西南三十里，又东入蒿台湖，曰三汊口，亦曰三汊水。或以为三澨，或以为三参）。又许慎曰：澨者，增埤水边土人所止也。楚中多以澨名者。《左传》文公十六年，楚师次于句澨，以伐诸庸（此澨水当在今郧阳府境，与上庸近）。宣公四年，楚令尹子越将攻王师于漳澨（今安陆府荆门州当阳市北有漳水，杜佑以为即春秋时之漳澨）。昭公二十三年，楚司马薳越追吴师不及，缢于薳澨（或曰：在京山县）。定公四年，吴败楚师于雍澨。五战及郢，既而楚左司马戌败吴师于雍澨，三战皆伤，死之（今京山县西南之澨水，刘氏以为即春秋之雍澨。或云：京山县有汉澨、漳澨、薳澨，此《禹贡》之三澨也）。盖汉水之旁以澨名者，非一处矣。《书》疏（此即明茅瑞征所辑《禹贡汇疏》）：三澨，一在沔阳，一在景陵，一在京山。自南而北，皆有澨水，与汉水相距又甚近也。大别山，在今汉阳府城东北百步（详湖广名山大别）。汉水自西北来，经其东而南入于江，所谓汉口也（详湖广重险夏口）。江汉合流而东，水势益盛，至浔阳之境，则章贡诸川之水，复北流来会焉。弥漫汹涌，于是回薄而为彭蠡之泽（章贡水，详见江西大川赣水。彭蠡，详见江西大川鄱阳湖）。又东为北江，以趋于海。朱子曰：彭蠡之为泽也，在大江之南，其源东自饶、徽、信州、建昌军（信州，今广信府。建昌军，今建昌府），南自赣州、南安军，西自袁、筠以至隆兴、分宁诸邑（筠，今瑞州府。隆兴，即南昌府。分宁，即宁州），方数千里之水，皆会而归焉。北过南康杨澜、左里（杨澜、左里，俱见南康府都昌县），则西岸渐迫山麓，而湖面稍狭，遂东北流以趣湖口而入于江。然以地势北高南下，故其入于江也，反为江水所遏而不得，遂因却而自潴以为彭蠡，初非有资于江汉之汇而后成也。不惟无所仰于江汉，而众流之积日遏日高，势亦不容江汉之来入矣。又况汉水自大别山下南流入江，则与江为一，已七百余里，谓其至此而一先一后以入于彭蠡。既汇之后，又复循次而出以为二江。则其入也，何以识其为昔日之汉水而先行，何以识其为昔日之江水而后会？其出也，何以识其为昔日之汉水而今分之以北，何以识其为昔日之江水而今分之以居中耶？且以方言之，则应曰南汇而不应曰东汇。以实计之，则湖口之东但见其为一江而不见其分流也。湖口横渡之处，但见舟北为大江之浊流，舟南为彭蠡之清涨而已。盖彭蠡之水虽限于江而不得泄，亦因其可行之隙，而未尝不相持以东也，恶睹所为北江、中江之别乎？吴氏（澄）曰：汉既入江，与江为一，而又曰东为北江，似别为一水者，何也？盖汉水源远流大，与江相匹，与他小水入大水之例不同，故汉得分江之名而为北江也。纪其入海者，著其为渎也。明邵氏（宝）曰：江汉水涨，彭蠡郁不流，逆为巨浸，无仰其入而有赖其遏，彼不遏则此不积，所谓汇者如此。汇言其外，蠡言其内也。曰北江者，江水浚发，最在上流。其次则汉自北入，其南则彭蠡自南入。三水并峙而东，则中为中江，汉为北江，彭蠡所入为南江，可知矣。非判然异流也。且江汉之合，茫然一水，惟见其为江，不见其为汉，故曰中江，曰北江，非经误也。"① 因而谓渔父在"江、湘之间"吟《沧浪歌》，乃王逸之误判。

《孟子·离娄上》云："孟子曰：不仁者可与言哉！安其危而利其菑，乐其所以亡者。不仁而可与言，则何亡国败家之有？有《孺子歌》曰：'沧浪之水清兮，可以濯我缨；沧浪之水浊兮，可以濯我足。'孔子曰：'小子听之。清斯濯缨，浊斯濯足矣，自取之也。夫人必自侮，然后人侮之；家必自毁，而后人毁之；国必自伐，而后人伐之。《太甲》曰：天作孽，犹可违。自作孽，不可活。此之谓也。'"② 孔子周游列国仅及楚国北境，《孺子歌》当闻于楚国北境也。

屈原曰："举世皆浊我独清，众人皆醉我独醒，是以见放！"徐焕龙云："贪位慕禄，浊也；洁己爱君，清也。"汪瑗曰："醒比己之明，而醉比人之昏也。清浊不同流，醉醒不同趣，邪正不并立，忠佞不相容。以屈子之独操，而仕壅君，处乱朝，安得而不见放乎？"③ 这应是《卜居》中"用君之心，行君之意"的必然结局。过珙又云："通篇借渔父问答，发泄一腔忠愤。'浊'、'醉'两字，明画出当日仕楚诸臣真面目。然原清醒之身体，磨不磷，涅不缁，宁葬江鱼腹中，不肯与时为俯仰，又何其烈也！"④（过珙《古文评注》卷二）

---

① （清）顾祖禹：《读史方舆纪要》第三册，中华书局2005年版，第5368—5371页。
② （汉）赵岐注：《孟子注疏》，北京大学出版社1999年版，第196页。
③ （明）汪瑗：《楚辞集解》，北京古籍出版社1994年版，第286页。
④ （清）过商侯选编：《古文评注读本》第二册，广益书局1936年版，第7页。

渔父曰："圣人不凝滞于物,而能与世推移。"圣人不凝滞于物,而能与世推移"正是"天下有道,圣人成焉;天下无道,圣人生焉"的意思。世人皆浊,何不淈(gǔ,搅浑)其泥而扬其波?众人皆醉,何不哺其糟而歠其醨?何故深思高举,自令放为?"《说文解字》云:"淈,浊也。一曰滑泥。"《楚辞·渔父》:"淈其泥而扬其波。"又乱也,《张衡·应闲》:"涉冬则淈泥,而潜蟠避害。"又尽也,《荀子·宥坐篇》:"其洸洸乎不淈尽似道。"又与汩同,《尔雅·释诂》:"淈,治也。"注曰:"淈,书序作汩。"又《广雅》:"淈淈,决流也。"《司马相如·上林赋》:"潏潏淈淈。"又《苍颉篇》:"淈,水通貌。"《郭璞·江赋》:"潜演之所汩淈。浊也。一曰滑泥。"因而蒋骥云:"深思,则怵于危亡,所以独醒;高举,则超于利禄,所以独清。"①

屈原曰："吾闻之,新沐者必弹冠,新浴者必振衣;安能以身之察察,受物之汶汶者乎!"《老子》二十章云:"俗人察察,我独闷闷。"闷,通汶。《荀子·不苟篇》则强调同声相应同气相求,曰:"君子絜其辩而同焉者合矣,善其言而类焉者应矣。故马鸣而马应之,非知也,其埶然也。故新浴者振其衣,新沐者弹其冠,人之情也。其谁能以己之潐潐,受人之掝掝者哉!"② 西汉韩婴《韩诗外传》卷一则突出孔子对群氓之针砭,曰:"传曰:君子洁其身而同者合焉,善其音而类者应焉。马鸣而马应之,牛鸣而牛应之。非知也,其势然也。故新沐者必弹冠,新浴者必振衣。莫能以己之皭皭,容人之混污然。《诗》曰:'我心匪鉴,不可以茹。'荆伐陈,陈西门坏,因其降民使修之。孔子过而不式。子贡执辔而问曰:'礼,过三人则下,二人则式。今陈之修门者众矣,夫子不为式,何也?'孔子曰:'国亡而弗知,不智也。知而不争,非忠也。亡而不死,非勇也。修门者虽众,不能行一于此,吾故弗式也。'《诗》曰:'忧心悄悄,愠于群小。'小人成群,何足礼哉!"③

关于《渔父》的作时与作地,王逸《楚辞章句》谓放逐于江湘之间所作,大约是因为有"游于江潭"和"宁赴湘流,葬于江鱼之腹中"之语。但所谓"江"实际上是泛称,而"湘流",《史记》作"常流"。郭沫若《屈原赋今译》云:"《楚辞》'宁赴湘流',《史记》作'宁赴常

---

① (清)蒋骥:《山带阁注楚辞》,上海古籍出版社1984年版,第156页。
② (清)王先谦:《荀子集解》,中华书局1988年版,第45页。
③ (汉)韩婴撰,许维遹校释:《韩诗外传集释》,中华书局1980年版,第14页。

'，案以《史记》为是，当是后人所妄改。"① 朱季海对此有所考证，曰："《史记·屈原贾生列传》'宁赴常流'，《索隐》曰：'常流，犹长流也。'《索隐》举《史记》异文甚悉，此独不云《楚辞》作'湘流'者，知唐本不尔。今谓《史记》所录，最为可信。篇中正言江，不言湘。上云'游于江潭'，下云'江鱼腹中'，渔父之歌曰'沧浪之水'与湘流故渺不相及也。《涉江》曰：'旦余济乎江湘'，江湘故是二水，灵均初不指江为湘也。则方云'湘流'，而又'江鱼'，于文亦谬，屈赋何尝有是？"② 渔父所持的观点并非文中所说"与世推移"，此乃渔父试探屈原的话："安能以皓皓之白，而蒙世俗之尘埃乎！"渔父所持观点，是其本身形象所代表之生活方式：卓然世外，飘逸不群，清者自清，浊者自浊。此渔父形象，与《离骚》中之女嬃可以参照："汝何博謇而好修兮，纷独有此姱节？薋菉葹以盈室兮，判独离而不服？"即是"世人皆浊，何不淈其泥而扬其波？众人皆醉，何不哺其糟而啜其醨？何故深思高举，自令放为？"之翻版。可见渔父与女嬃皆是屈原内心世界虚构之人物，与其对答即是屈原内心世界的问答。"宁赴湘流，葬身于江鱼之腹中，安能以皓皓之白，而蒙世俗之尘埃乎？"最后仅存的一点性灵，愿以此身捍卫内心深处的信念，痴也好，迂也罢，即是如此了。《红楼梦》中提到的"痴"之性情，屈原亦可谓千古一痴人乎？

儒家从《孺子歌》中领会到的是人修养与立身之重要性。而同是一首歌，由代表道家思想的渔父唱出，则显出另样文化意味。汪瑗云："渔父独歌《沧浪》之曲者何也？瑗按：《沧浪之歌》详见《孟子·离娄上》篇，其来远矣，其旨明矣。盖讽屈子见放，实自取之也。其所以讽其自取者，非讽其自取见放也。讽其既见放矣，道既不行矣，则容与山林可也，浮游江湖可也，又何必抑郁无聊之甚，以至憔悴枯槁其身哉？此则渔父之意也。"③ 汪瑗所言渔父歌《沧浪歌》的用意，在于嘲讽屈子既放之后而不知与世推移，全性保真。案：《寰宇记》引隋《图经》，汉水径琵琶谷至沧浪洲，即渔父擢歌处，歌辞与《离骚·渔父篇》同。《水经注·夏水注》引郑玄云："沧浪之水，言今谓夏水，来同，故世变名焉，即汉河之别流也。"《史记·夏本纪》集解引马融说同。孙星衍《尚书今古文注疏》

---

① 郭沫若：《屈原赋今译》，人民文学出版社1981年版，第181页。
② 朱季海：《楚辞解诂》，上海古籍出版社1980年版，第164—165页。
③ （明）汪瑗：《楚辞集解》，北京古籍出版社1994年版，第289页。

云："以沧浪为夏水者，《水经注·夏水注》引刘澄之《永初山水记》云："夏水，古文为沧浪，渔父所歌也。"王夫之《楚辞通释》云："按汉水为沧浪之水，在今均州武当山东南，渔父触其兴。则此篇为怀王时退居汉北所作可知。《孟子》亦载此歌，盖亦孔予自叶、邓适楚时所闻汉上之风谣也。"① 朱季海《楚辞解故》云："《抽思》之《倡》曰：'来集汉北'，其《乱》曰：'溯江潭兮'，盖屈原既放，实溯夏沔以集汉北，此称'游于江潭'，正其道出沧浪时也。及赋《抽思》，则独处汉北，故云郢路辽远，而欲'溯江潭'以归郢也。夫去则溯汉，来则溯江，时地自明，然则《渔父》，故当在《抽思》前矣。"儒家之清斯浊斯之喻主要在于立身处世所选原则的重要性；而道家则在于和光同尘，与时推移。一着重于得咎之前，一着重于得咎之后。而屈子"深思高举"，从儒学角度而言并不应有"见放"之咎，而屈子恰恰"以是见放"，这无疑是对儒学的一种嘲讽。这也许就形成了道家对《沧浪歌》的另一种解释。在屈原的精神世界中可以说包含了儒道两家文化的部分因子，即他包含了道家保持自我个性之独立精神，又有儒家积极入世之社会责任心。但是儒道两家经过屈子的奇妙结合，却表现出独特的精神蕴涵——对自我与社会之双重固持。他既要在社会中保持自己的独立人格，又不因自我理想在社会中受阻、为保持自我的独立而逃离社会，他所希冀的就是自我与社会的价值在现世的双重实现。汪瑗云："渔父因上章屈子之言而知独行之志绝不肯变，故不复再言，于是笑歌而去，自适其适也。屈子之意，亦自谓各行其志云耳，复何言哉？"② 宋葛立方《韵语阳秋》说："余观渔父告屈原之语曰：圣人不凝滞于物，而能与世推移。又云：众人皆浊，何不淈其泥而扬其波；众人皆醉，何不哺其糟而啜其醨？此与孔子和而不同之言何异？使屈原能听其说，安时处顺，置得丧于度外，安知不在圣贤之域？而仕不得志，狷急褊躁，甘葬江渔之腹，知命者肯如是乎？故班固谓露才扬己，忿怼沉江；刘勰谓依彭咸之遗则者，狷狭之志也；扬雄谓遇不遇命也，何必沉身哉？孟郊云：'三黜有愠色，即非圣哲模。'孙郃云：'道废固命也，何事葬江鱼？'皆贬之也。"③ 屈骚精神与儒道两家文化的本质不同之处，即在于屈骚精神之独特品性是对自我与社会的固持，至于后世儒道两家文化奇妙互

---

① （明）王夫之：《船山全书》，岳麓书社 1996 年版，第 371 页。
② （明）汪瑗：《楚辞集解》，北京古籍出版社 1994 年版，第 289 页。
③ （宋）葛立方：《韵语阳秋》，中华书局 1985 年版，第 65 页。

补，屈骚精神之强烈自我个性的消解，也就造成了屈骚精神在后世精神与实践行为上的某种失落。

《论语·微子篇》云："长沮、桀溺耦而耕，孔子过之，使子路问津焉。长沮曰：'夫执舆者为谁？'子路曰：'为孔丘。'曰：'是鲁孔丘与？'曰：'是也。'曰：'是知津矣。'问于桀溺。桀溺曰：'子为谁？'曰：'为仲由。'曰：'是鲁孔丘之徒与？'对曰：'然。'曰：'滔滔者，天下皆是也，而谁以易之？且而与其从辟人之士也，岂若从辟世之士哉！'耰而不辍。子路行以告。夫子怃然曰：'鸟兽不可与同群，吾非斯人之徒与而谁与？天下有道，丘不与易也。'"① 这则记载既是针对长沮桀溺而发，也可以说是对上一章楚狂接舆"凤歌"的回应，事情虽不发生在同时，记录却安排在一处，不妨看作儒者之一种自嘲，对自己执着不返的自嘲，对不见容于世，又贻笑于山林野贤的自嘲。

《卜居》《渔父》的对话体在屈赋中别具一格，暗合着屈原对卜筮文化的超越。即是说，《卜居》所表现者，是诗人内心精神与俗世的较量。而《渔父》中渔父则是道家文化代表，渔父与屈原对话，是两种思想文化的碰撞与交战，折射着诗人对自我理想与人格至死不渝的坚守。从《卜居》到《渔父》，诗人经历了精神与俗世的较量，与道家文化的交战，在诗人的精神历程中，始终以其对自我与社会双重固持之精神品性，来抨击俗世的丑恶，抒泄处于浊世中的困惑，表达宁死守志的人生抉择。因而，不仅从文体上，而且从情感的抒发与精神的承继上，《渔父》皆可视作《卜居》的续篇，"是生活在'末世'的清醒者"。

唐刘知幾《史通·杂说下》云："自战国以下词人属文，皆伪立客主，假相酬答。至于屈原《离骚》辞，称遇渔父于江渚。宋玉《高唐赋》，云梦神女于阳台。夫言并文章，句结音韵。以兹叙事，足验凭虚。而司马迁、习凿齿之徒，皆采为逸事，编诸史籍，疑误后学，不其甚邪？必如是，则马卿游梁，枚乘谮其好色。曹植至洛，宓妃睹于岩畔。撰汉、魏史者，亦宜编为实录矣。"② 唐刘知幾指斥这种文体的流毒，宋洪迈《容斋随笔》却推许这种文体的开辟之功，曰："自屈原词赋假为渔父、日者问答之后，后人作者悉相规仿。司马相如《子虚》《上林赋》，以子

---

① （魏）何晏注，（宋）邢昺疏：《论语注疏》，北京大学出版社1999年版，第249—250页。
② （唐）刘知幾撰，（清）浦起龙释：《史记通释》，上海古籍出版社1978年版，第521页。

虚、乌有先生、亡是公，扬子云《长杨赋》以翰林主人、子墨客卿，班孟坚《两都赋》以西都宾、东都主人；张平子《两都赋》以凭虚公子、安处先生，左太冲《三都赋》以西蜀公子、东吴王孙、魏国先生，皆改名换字，蹈袭一律，无复超然新意，稍出于法度规矩者。"[1] 可见《卜居》《渔父》在文体创制上，开辟了对话体赋之先河。

---

[1] （宋）洪迈：《容斋随笔》，上海古籍出版社1978年版，第888页。

澳门大学人文学院讲座教授古典学专案；
中国社会科学院创新工程首席专家项目

屈子楚辞还原

（下册）

杨义 ◎ 著

中国社会科学出版社

目 录

（下册）

屈子楚辞还原年谱插编

屈原年谱资料长编……………………………………………（609）

屈子楚辞还原诗学编

楚辞诗学还原导言……………………………………………（751）
第一章　《离骚》的心灵史诗形态 …………………………（780）
第二章　《九歌》："人情—神话"双构性诗学体制…………（827）
第三章　《天问》：走出神话和反思历史的千古奇诗…………（868）
第四章　《九章》的抒情诗学世界 ……………………………（903）
第五章　《远游》：文化智者的精神超越 ……………………（980）
第六章　《卜居》《渔父》的文体创制 ………………………（1007）
第七章　《招魂》与《大招》的诗学比较 ……………………（1024）
第八章　《九辩》对"秋天—人生"的双重吟味 ……………（1068）
第九章　《文选》所载宋玉赋的诗学价值 ……………………（1103）

屈子楚辞还原
年谱插编

屈原年谱资料长编

说明：本资料长编，主要资料来源：第一，《史记·屈原贾生列传》；第二，《史记·楚世家》；第三，《史记》所记其他与屈原有关的《楚辞》资料；第四，王逸《楚辞章句》；第五，屈原辞赋，尤其是《九章》诸篇提供屈原生平之内证；第六，新出土文献。

屈原生年，清人陈玚《屈子生卒年月考》推为楚宣王二十七年，即公元前343年正月二十一或二十二日（邹汉勋《屈原生卒年月考》说同陈玚）；刘师培《古历管窥》推为公元前343年正月二十一日（姜亮夫《屈子年表》、天文历法专家张汝舟《谈屈原的生卒》说同刘师培）；钱穆《先秦诸子系年》亦取屈原生年在前343年说；游国恩认为在前343至前340年之间（游国恩《楚辞概论·屈原传略》考定屈原生于楚宣王二十七年的正月寅日，后在《屈原》一书中修改了原来的意见，改为楚宣王三十年的正月寅日）。陆侃如《屈原年表》定在楚宣王二十七年的夏历正月庚寅日。

郭沫若《屈原研究》推为公元前340年正月初七日；其他还有前340年夏历十二月初二之说。

浦江清《屈原生年月日的推算问题》推为楚威王元年，即公元前339年的壬午夏历正月十四日庚寅日。

林庚《屈原生卒年考》和《民族诗人屈原传》及其附表中，根据战国秦汉长历考证，认为在楚宣王、楚威王两代里，只有公元前335年，即楚威王五年的正月初七是庚寅日，因此，他认为屈原生于公元前335年的丙戌夏历正月初七庚寅日。

胡念贻《屈原生年新考》推为公元前353年正月二十三日（任国瑞《屈原年谱》说同胡念贻）。

汤炳正认为在楚宣王二十八年（前342）夏历正月二十六日（《历史文物的新出土与屈原生年月日的再探讨》），还有公元前342年夏历十月初一说（郭元兴《屈原生年新考》）。

天文历法专家陈久金《屈原生年考》认为在公元前341年正月庚寅，潘啸龙《论"岁星纪年"及屈原生年之研究》考虑"周正"置闰的特点，将屈原生辰按"周正"定为公元前341年正月初二，即"夏正"上一年的（公元前342）十二月初二。

其他还有楚宣王甲寅三年（前367）、楚宣王乙卯年（前366）夏历正月说（清代刘梦鹏《屈子纪略》）、公元前362年正月初一说（李延陵《屈原的生辰与离骚的著作时期》）、楚宣王十四年丙寅（前355）夏历正月说（即清代刘耀湘《屈子编年》）、公元前352年农历正月二十七日庚寅说（高正《屈原生卒年考证》）、公元前351年正月初五说（周文康《"摄提""孟陬""庚寅"考辨》）、公元前336年正月朔日庚寅（阳历2月7日）说（谢元震《战国楚历推算屈原的生年》），等等。

屈原生年，从最早的公元前367年说，至最晚的公元前336年说，中间相差三十余年。这种误差，说明在屈原生年确切年份的推定上，可能存在很大的技术困难。但综合以上各说，最有代表性且最为集中的说法，还是介于公元前343年至公元前339年之间，中间只相差五年时间。这说明，学术界公认的屈原生年，应该在此期间。本书主要编纂屈原事迹资料，为免其生活期间的历史资料有所遗漏，故将屈原生年取其上限的公元前343年，即周显王二十六年，楚宣王二十七年。这个说法，不仅从者较众，也是一些研究专家从天文角度考察得出的结论，有其合理之处。

屈原卒年，说法亦不一，如郭沫若认为在楚顷襄王二十一年（前278）（王夫之《楚辞通释》以为在楚顷襄王二十一年之后），游国恩《屈原年表》认为在楚顷襄王二十二年（前277），姜亮夫《屈子年表》、赵逵夫《先秦文学编年史》认为在楚顷襄王十六年（前283），林庚认为在楚顷襄王三年（前296），钱穆认为在楚怀王三十年（前299），陆侃如认为在楚顷襄王十年以前（即前289年以前，前290年前后），等等。综合各说，本书取郭沫若说，将屈原卒年定于楚顷襄王二十一年（前278）。

综括和整齐诸家之说，本书将屈原生年定于楚宣王二十七年（前343），卒年定于楚顷襄王二十一年（前278）。这个时间段，大致涵盖了屈原生活的历史时代，可以展现出屈原政治社会生活之历史现场，及其活动之大语境。

本书体例是，除了重点胪列与屈原有关的文学事件，为了便于考察屈原的生活经历与思想来源，还有必要将当时的政治、历史、军事、文化事件一并附录。从而呈现一个人与一个时代的风云变幻。

公元前343年，周显王二十六年，楚宣王二十七年，屈原生。

具体的生辰，说法不一，此从清人陈玚、邹汉勋、刘师培、姜亮夫、张汝舟、钱穆、陆侃如等人之说，将屈原生年系于本年。

本年，屈原生于楚国秭归之乐平里（今湖北秭归县乐平里）。秭归，古称"归"，古夔国地。周天子致送给秦孝公方伯称号。

《史记·周本纪》："二十六年，周致伯于秦孝公。"

《资治通鉴》卷二："王致伯于秦，诸侯皆贺秦。秦孝公使公子少官帅师会诸侯于逢泽以朝王。"

关于屈原世系，说法如下：

张守节《史记正义》：屈、景、昭，皆楚之族。王逸云：楚王始都是，生子瑕，受屈为卿，因以为氏。

《新序》卷七《节士》：屈原者，名平，楚之同姓大夫。

李锴《尚史》卷五六：屈瑕，屈氏之先，楚之同姓也，事武王为莫敖（楚官名）……四十二年（桓公十三年），瑕伐罗，使徇于师曰："谏者有刑。"及鄢，乱次以济。遂无次，且不设备。及罗，罗与卢戎（南蛮）两军之。大败之。瑕缢于荒谷……瑕死，屈重继瑕为莫敖。五十一年（庄公四年），武王伐随，薨于樠木之下。

屈完事成王为大夫（《左传》）。

屈荡者，屈建之祖父（《世本》）。

荡事庄王，庄王十七年（宣十二年），邲之役也，王为乘广三十乘，分为左右。

荡子到，到字子夕，事康王为莫敖。到子建，建字子木，亦事康王。康王九年（襄二十二年），使建为莫敖……按建父到已事康王为莫敖，则康王由建言而立，恐未必然。

建子生，生事灵王，与屈到、屈建同官者。又别有屈荡。康王二年（襄公十五年），以到为莫敖，荡为连尹。十二年（襄公二十五年），以建为令尹，以荡为莫敖。（楚官，县尹次莫敖，莫敖次令尹，知此屈荡别是一人。然与屈建同官，而同其祖名，传或误）荡子申，申亦为莫敖，事灵王。灵王三年（昭公四年），王伐吴，使申围朱方，克之，执齐庆封，尽灭其族。明年，王以申为贰于吴，杀之，以屈生为莫敖。（《左传》）

屈原者，名平。周显王二十六年，楚宣王二十七年，一岁。
按：《离骚》开篇自报家门："帝高阳之苗裔兮，朕皇考曰伯庸。"伯庸乃楚武王之长子，其子即屈瑕，为屈氏家族之始祖。屈氏家族由夔子国得氏，夔之促声（入声）为屈。司马迁《史记·楚世家》云："熊渠生三子。当周夷王之时，王室微，诸侯或不朝，相伐。熊渠甚得江汉间民和，乃兴兵伐庸、杨粤，至于鄂。熊渠曰：'我蛮夷也，不与中国之号谥。'乃立其长子康为句亶王，中子红为鄂王，少子执疵为越章王，皆在江上楚蛮之地。及周厉王时，暴虐，熊渠畏其伐楚，亦去其王。"司马贞《索隐》云："《系本》'康'作'庸'，'亶'作'袒'。"考《世本》（即《系本》）云："（熊渠）有子三人，其孟之名为庸，为句袒王。其中之名为红，为鄂王。其季之名为疵，为越章王。"孟即伯，中即仲，孟仲叔季也就是伯仲叔季。因此，句亶王孟庸也就是"伯庸"。句亶王伯庸的受封之地是靠近庸的甲水边上的句亶，"屈氏由句亶王而来，句亶王的封号又与甲水有关，故屈氏即甲氏"。

公元前342年，周显王二十七年，楚宣王二十八年，屈原二岁。
秦孝公二十年，齐宣王辟疆元年。诸侯贺秦。中山君相魏。
《史记·六国年表》："中山君为相。"《史记》颜师古注："魏文侯之弟。魏文侯灭中山，命其弟统辖。"《史记索隐》："案：魏文侯灭中山，其弟守之，后寻复国，至是始令相魏，其中山后又为赵所灭。"
吕祖谦《大事记解题》卷三系此事于周显王二十六年："中山是时服属于魏，若诸侯入仕于王国也。"吕祖谦《大事记·大事记解题》卷三："周显王二十七年，诸侯西贺秦。《解题》曰：'以去年天子致伯而贺也。'"

公元前341年，周显王二十八年，楚宣王二十九年，屈原三岁。
魏庞涓伐韩，齐孙膑伐魏救韩。马陵战败，庞涓自杀。
《史记·六国年表》："（梁惠王三十年）齐虏我太子申，杀将军庞涓。"

吕祖谦《大事记解题》卷三："周显王二十八年，魏庞涓伐韩，齐田忌、孙膑伐魏以救韩。"

公元前340年，周显王二十九年，楚宣王三十年，屈原四岁。

楚宣王熊商卒。商鞅侵楚、伐魏，号商君。魏献河西之地于秦，徙都大梁。

《史记·楚世家》："三十年，秦封卫鞅于商，南侵楚。是年，宣王卒，子威王熊商立。"

《史记·商君列传》："其明年，齐败魏兵于马陵，虏其太子申，杀将军庞涓。其明年……卫鞅伏甲士而袭虏魏公子卬，因攻其军，尽破之以归秦。魏惠王兵数破于齐秦，国内空，日以削，恐，乃使使割河西之地献于秦以和。而魏遂去安邑，徙都大梁……卫鞅既破魏还，秦封之於、商十五邑，号为商君。"

《大事记解题》卷三："周显王二十九年，秦公孙鞅袭虏魏将公子卬，魏献河西之地于秦以和。"又："《汲冢纪年》曰：'梁惠成王九年四月甲寅，徙都大梁。'所谓惠成王，即惠王也。年与史记所载不同，当考。"

公元前339年，周显王三十年，楚威王元年，屈原五岁。

熊商立。楚威王聘庄子为相。

《大事记解题》卷三："周显王三十年，楚聘庄周为相。《解题》曰：'周，蒙人（蒙县属宋国），尝为蒙漆园吏，与梁惠王、齐宣王同时，其学无所不窥，然其要本归于老子之言。楚威王使使厚币迎之，许以为相。庄周笑谓楚使者曰："千金，重利；卿相，尊位也。子独不见郊祭之牺牛乎？养食之数岁，衣以文绣，以入太庙，当是之时，虽欲为孤豚，岂可得乎？子亟去，无污我，我宁游戏污渎之中自快，无为有国者所羁，终身不仕，以快吾志焉。'史失其年，今载于威王元年。"楚威王拟聘庄周为相时，庄周年近三十岁，因而年长屈原二十余岁。

公元前338年，周显王三十一年，楚威王二年，屈原六岁。

秦孝公薨。商鞅反，欲亡魏，不纳，死彤地。苏秦说秦连横。

《资治通鉴》卷二："秦孝公薨，子惠文王立，公子虔之徒告商君欲反，发吏捕之。商君亡之魏。魏人不受，复内之秦。商君乃与其徒之商、於，发兵北击郑。秦人攻商君，杀之，车裂以徇，尽灭其家。"

《大事记解题》卷三："连关中之谓横，合关东之谓从。按《战国策》《史记》，苏秦始将连横说秦惠王。时方诛商鞅，疾辩士，弗用。资用乏，绝去秦而归。乃夜发书，陈箧数十，得《太公阴符》之谋，伏而诵之，简练以为揣摩。读书欲睡，引锥自刺其股，血流至足，曰：'安有说人主不能出其金玉锦绣，取卿相之尊者乎？'其用意如此。"

按：连横、合纵政策，涉及屈原后期重要的政治生活，其一生致力于联齐抗秦之方略，故附录苏秦连横事于此。

公元前337年，周显王三十二年，楚威王三年，屈原七岁。

楚与韩、赵、蜀朝秦。韩申不害卒，有《申子》二篇。

《史记·六国年表》："秦惠文王元年，楚、韩、赵、蜀人来。"《大事记解题》卷三："周显王三十二年，楚、韩、赵、蜀朝秦。《解题》曰：'以惠王新立而朝之也。'"又曰："韩申不害卒。"

公元前336年，周显王三十三年，楚威王四年，屈原八岁。

秦惠文王二年，初行钱。齐与魏会于平阿南。

公元前335年，周显王三十四年，楚威王五年，屈原九岁。

秦拔韩宜阳。齐与魏会于甄。

魏惠王三十六年改元。

清钟渊映《历代建元考》卷三："《竹书》显王三十四年，魏惠成王三十六年，改元称一年。"

公元前334年，周显王三十五年，楚威王六年，屈原十岁。

魏惠王后元元年。

楚大败越。苏秦说燕与赵合纵。齐王、魏王会于徐州以相王，促成此举之惠施自本年起为魏王相。庄周、惠施为同龄人，均长屈原二十余岁。本年，周天子致文武胙。

《史记·越王句践世家》："王无彊时，越兴师北伐齐，西伐楚，与中国争彊。当楚威王之时，越北伐齐，齐威王使人说越王曰：'越不伐楚，大不王，小不伯。图越之所为不伐楚者，为不得晋也。韩、魏固不攻楚。

韩之攻楚，覆其军，杀其将，则叶、阳翟危；魏亦覆其军，杀其将，则陈、上蔡不安。故二晋之事越也，不至于覆军杀将，马汗之力不效。所重于得晋者何也？'越王曰：'所求于晋者，不至顿刃接兵，而况于攻城围邑乎？原魏以聚大梁之下，原齐之试兵南阳莒地，以聚常、郯之境，则方城之外不南，淮、泗之间不东，商、於、析、郦、宗胡之地，夏路以左，不足以备秦，江南、泗上不足以待越矣。则齐、秦、韩、魏得志于楚也，是二晋不战分地，不耕而获之。不此之为，而顿刃于河山之间以为齐秦用，所待者如此其失计，奈何其以此王也！'齐使者曰：'幸也越之不亡也！吾不贵其用智之如目，见毫毛而不见其睫也。今王知晋之失计，而不自知越之过，是目论也。王所待于晋者，非有马汗之力也，又非可与合军连和也，将待之以分楚众也。今楚众已分，何待于晋？'越王曰：'奈何？'曰：'楚三大夫张九军，北围曲沃、於中，以至无假之关者三千七百里，景翠之军北聚鲁、齐、南阳，分有大此者乎？且王之所求者，斗晋楚也；晋楚不斗，越兵不起，是知二五而不知十也。此时不攻楚，臣以是知越大不王，小不伯。复雠、庞、长沙，楚之粟也；竟泽陵，楚之材也。越窥兵通无假之关，此四邑者不上贡事于郢矣。臣闻之，图王不王，其敝可以伯。然而不伯者，王道失也。故原大王之转攻楚也。'于是越遂释齐而伐楚。楚威王兴兵而伐之，大败越，杀王无彊，尽取故吴地至浙江，北破齐于徐州。而越以此散，诸族子争立，或为王，或为君，滨于江南海上，服朝于楚。"

《资治通鉴》卷二："越王无彊伐齐。齐王使人说之以伐齐不如伐楚之利，越王遂伐楚。楚人大败之，乘胜尽取吴故地，东至于浙江。越以此散，诸公族争立，或为王，或为君，滨于海上，朝服于楚。"

《大事记解题》卷三："越，姒姓，夏后帝少康之子，封于会稽，以奉守禹之祀。"

《史记·六国年表》："（周显王三十五年）苏秦说燕。"

按：曹尧德《屈原年谱》称屈原十岁时："屈原自幼嗜书成癖，读书多而杂，'石洞读书'与'巴山野老授经'当在这一年的前后。"此说有野史性质。

公元前333年，周显王三十六年，楚威王七年，屈原十一岁。
齐败燕于权。赵肃侯攻魏黄城不下，以漳水、滏水为基筑南长城御齐、魏。韩昭侯死，在位三十年，子宣惠王（威侯）立。燕文公死，在位二十九年，子易王立。

楚王伐齐，围徐州。

《史记·楚世家》："七年，齐孟尝君父田婴欺楚，楚威王伐齐，败之于徐州，而令齐必逐田婴。田婴恐，张丑伪谓楚王曰：'王所以战胜于徐州者，田盼子不用也。盼子者，有功于国，而百姓为之用。婴子弗善而用申纪。申纪者，大臣不附，百姓不为用，故王胜之也。今王逐婴子，婴子逐，盼子必用矣。复搏其士卒以与王遇，必不便于王矣。'楚王因弗逐也。"

徐广云："时楚已灭越而伐齐也。齐说越令攻楚，故云'齐欺楚'。"

苏秦说楚威王、赵肃侯等六国合纵。

《战国策·楚策一·苏秦为赵合纵说楚威王》："苏秦为赵合从，说楚威王曰：'楚，天下之强国也；大王，天下之贤王也。楚地西有黔中、巫郡，东有夏州、海阳，南有洞庭、苍梧，北有汾陉之塞、郇阳，地方五千里，带甲百万，车千乘，骑万匹，粟支十年，此霸王之资也。夫以楚之强与大王之贤，天下莫能当也。今乃欲西面而事秦，诸侯莫不南面而朝于章台之下矣。秦之所害于天下莫如楚，楚强则秦弱，楚弱则秦强，此其势不两立。故为王至计，莫如从亲以孤秦。大王不从亲，秦必起两军：一军出武关，一军下黔中。若此，则鄢郢动矣。臣闻"治之其未乱，为之其未有"也。患至而后忧之，则无及已。故愿大王之早计之。大王诚能听臣，臣请令山东之国奉四时之献，以承大王之明制，委社稷宗庙，练士厉兵，在大王之所用之。大王诚能听臣之愚计，则韩、魏、齐、燕、赵、卫之妙音美人必充后宫矣。赵、代良马橐驼必实于外厩。故从合则楚王，横成则秦帝。今释霸王之业，而有事人之名，臣窃为大王不取也。夫秦，虎狼之国也，有吞天下之心。秦，天下之仇雠也，横人皆欲割诸侯之地以事秦，此所谓养仇而奉雠者也。夫为人臣而割其主之地，以外交强虎狼之秦以侵天下，卒有秦患，不顾其祸。夫外挟强秦之威，以内劫其主，以求割地，大逆不忠，无过此者。故从亲则诸侯割地以事楚；横合则楚割地以事秦。此两策者，相去远矣，有亿兆之数。两者大王何居焉？故弊邑赵王使臣效愚计，奉明约，在大王命之。'楚王曰：'寡人之国，西与秦接境，秦有举巴、蜀，并汉中之心。秦，虎狼之国，不可亲也。而韩、魏迫于秦患，不可与深谋，恐反人以入于秦，故谋未发而国已危矣。寡人自料，以楚当秦，未见胜焉。内与群臣谋，不足恃也。寡人卧不安席，食不甘味，心摇摇如悬旌,而无所终薄。今君欲一天下,安诸侯,存危国,寡人谨奉社稷以从。'"

《资治通鉴》卷二:"初,洛阳人苏秦说秦王以兼天下之术,秦王不用其言。苏秦乃去,说燕文公曰:'燕之所以不犯寇被甲兵者,以赵之为蔽其南也。且秦之攻燕也,战于千里之外;赵之攻燕也,战于百里之内。夫不忧百里之患而重千里之外,计无过于此者。愿大王与赵从亲,天下为一,则燕国必无患矣。'文公从之,资苏秦车马,以说赵肃侯曰:'当今之时,山东之建国莫强于赵,秦之所害亦莫如赵。然而秦不敢举兵伐赵者,畏韩、魏之议其后也。秦之攻韩、魏也,无有名山大川之限,稍蚕食之,傅国都而止。韩、魏不能支秦,必入臣于秦。秦无韩、魏之规则祸中于赵矣。臣以天下地图案之,诸侯之地五倍于秦,料度诸侯之卒十倍于秦。六国为一,并力西乡而攻秦,秦必破矣。夫衡人者皆欲割诸侯之地以与秦,秦成则其身富荣,国被秦患而不与其忧,是以衡人日夜务以秦权恐愒诸侯,以求割地。故愿大王熟计之也!窃为大王计,莫如一韩、魏、齐、楚、燕、赵为从亲以畔秦,令天下之将相会于洹水上,通质结盟,约曰:'秦攻一国,五国各出锐师,或桡秦,或救之。有不如约者,五国共伐之!'诸侯从亲以摈秦,秦甲必不敢出于函谷以害山东矣。'肃侯大说,厚待苏秦,尊宠赐赉之,以约于诸侯。会秦使犀首伐魏,大败其师四万余人,禽将龙贾,取雕阴,且欲东兵。苏秦恐秦兵至赵而败从约,念莫可使用于秦者,乃激怒张仪,入之于秦。

张仪者,魏人,与苏秦俱事鬼谷先生,学纵横之术,苏秦自以为不及也。仪游诸侯无所遇,困于楚,苏秦故召而辱之。仪怒,念诸侯独秦能苦赵,遂入秦。苏秦阴遣其舍人赍金币资仪,仪得见秦王。秦王说之,以为客卿。舍人辞去,曰:'苏君忧秦伐赵败从约,以为非君莫能得秦柄,故激怒君,使臣阴奉给君资,尽苏君之计谋也。'张仪曰:'嗟乎!此在吾术中而不悟,吾不及苏君明矣。为吾谢苏君,苏君之时,仪何敢言!'于是苏秦说韩宣惠王曰:'韩地方九百余里,带甲数十万,天下之强弓、劲弩、利剑皆从韩出。韩卒超足而射,百发不暇止。以韩卒之勇,被坚甲,跖劲弩,带利剑,一人当百,不足言也。大王事秦,秦必求宜阳、成皋。今兹效之,明年又复求割地。与则无地以给之,不与则弃前功,受后祸。且大王之地有尽而秦之求无已,以有尽之地逆无已之求,此所谓市怨结祸者也。不战而地已削矣!鄙谚曰:'宁为鸡口,无为牛后。'夫以大王之贤,挟强韩之兵，而有牛后之名，臣窃为大王羞之。'韩王从其言。苏秦说魏王曰：'大王之地方千里，地名虽小，然而田舍、庐庑之数，曾无所刍牧。人民之众，车马之多，日夜行不绝，輷輷殷殷，若有三军之众。臣窃量大王之国不下楚。今窃闻大王之卒，武士二十万，苍头二十万，奋击二十万，厮徒十万；车六百乘，骑五千匹，乃听于群臣之说，而欲臣事秦。愿大王熟察之。故敝邑赵王使臣效愚计，奉明约，以大王之诏诏之。'魏王听之。苏秦说齐王曰：'齐四塞之国，地方二千余里，带甲数十万，粟如丘山。三军之良，五家之兵，进如锋矢，战如雷霆，解如风雨。即有军役，未尝倍泰山，绝清河，涉渤海也。临菑之中七万户，臣窃度之，不下户三男子，不待发于远县，而临菑之卒固已二十一万矣。临菑甚富而实，其民无不斗鸡、走狗、六博、蹋鞠。临菑之涂，车毂击，人肩摩，连衽成帷，挥汗成雨。夫韩、魏之所以重畏秦者，为与秦接境壤也。兵出而相当，不十日而战胜存亡之机决矣。韩、魏战而胜秦，则兵半折，四境不守；战而不胜，则国已危亡随其后。是故韩、魏之所以重与秦战而轻为之臣也。今秦之攻齐则不然。倍韩、魏之地，过卫阳晋之道，经乎亢父之险，车不得方轨，骑不得比行。百人守险，千人不敢过也。秦虽欲深入则狼顾，恐韩、魏之议其后也。是故恫疑、虚喝、骄矜而不敢进，则秦之不能害齐亦明矣。夫不深料秦之无奈齐何，而欲西面而事之，是群臣之计过也。今无臣事秦之名而有强国之宝，臣是故愿大王少留意计之。'齐王许之。乃西南说楚威王曰：'楚，天下之强国也，地方六千余里，带甲百万，车千乘，骑万匹，粟支十年，此霸王之资也。秦之所害莫如楚，楚强则秦弱，秦强则楚弱，其势不两立。故为大王计，莫如从亲以孤秦。臣请令山东之国奉四时之献，以承大王之明诏。委社稷，奉宗庙，练士厉兵，在大王之所用之。故从亲则诸侯割地以事楚，衡合则楚割地以事秦。此两策者相去远矣，大王何居焉？'楚王亦许之。于是苏秦为从约长，并相六国，北报赵，车骑辎重拟于王者。"

案：苏秦先说燕，最后说楚，当在本年，故系于此。此时屈原十余岁，当知苏秦说楚王事。后有屈原劝楚王杀张仪事，故知二人年岁相差不会太大。或竟是相差三十岁左右。

公元前332年，周显王三十七年，楚威王八年，屈原十二岁。
齐、魏伐赵，从约遂解。

《史记·苏秦列传》:"其后秦使犀首欺齐、魏,与共伐赵,欲败从约。齐、魏伐赵,赵王让苏秦。苏秦恐,请使燕,必报齐。苏秦去赵而从约皆解。"《大事记解题》:"徐广曰:'自初说燕至此三年。'《史记》谓'秦兵不敢出函谷关十五年',非也,当以徐广之说为正。"

齐伐燕。

《史记·苏秦列传》:"秦惠王以其女为燕太子妇。是岁,文侯卒,太子立,是为燕易王。易王初立,齐宣王因燕丧伐燕,取十城。易王谓苏秦曰:'往日先生至燕,而先王资先生见赵,遂约六国从。今齐先伐赵,次至燕,以先生之故为天下笑,先生能为燕得侵地乎?'苏秦大惭,曰:'请为王取之。'"

秦惠文王六年,魏惠王后元三年。魏献秦阳晋,秦称宁秦。

公元前331年,周显王三十八年,楚威王九年,屈原十三岁。

秦惠文王七年,庶长操平定义渠内乱。

《大事记解题》:"义渠,西戎之属。于秦者也,不乘其乱而灭其国,乃为出师讨定之,犹有大国之义焉。"

公元前330年,周显王三十九年,楚威王十年,屈原十四岁。

魏以河西地少梁与秦。

公元前329年,周显王四十年,楚威王十一年,屈原十五岁。

魏人张仪入秦,公孙衍自秦赴魏。

秦惠文王九年攻魏,取河东之汾阳、皮氏及焦、曲沃。

楚威王卒,在位十一年,子怀王熊槐立。魏惠王后元六年,闻楚丧,攻楚取陉山。

《史记·楚世家》:"十一年,威王卒,子怀王熊槐立。魏闻楚丧,伐楚,取我陉山。"《史记正义》:"《括地志》云:'陉山,在郑州新郑县西南三十里。'"

《战国策·秦策四·楚魏战于陉山》:"楚、魏战于陉山,魏许秦以上洛,以绝秦于楚。魏战胜,楚败于南阳。秦责赂于魏,魏不与。营浅谓秦王曰:'王何不谓楚王曰:"魏许寡人以地,今战胜,魏王倍寡人也,王何不与寡人遇。魏畏秦、楚之合,必与秦地矣。是魏胜楚而亡地于秦也。是王以魏地德寡人，秦之楚者多资矣。魏弱，若不出地，则王攻其南，寡人绝其西，魏必危。"'秦王曰：'善。'以是告楚。楚王扬言与秦遇。魏王闻之，恐，效上洛于秦。"

《战国策·赵策四·魏败楚于陉山》："魏败楚于陉山，禽唐明，楚王惧，令昭应奉太子以委和于薛公。主父欲败之，乃结秦连楚、宋之交，令仇郝相宋，楼缓相秦。楚王禽赵、宋，魏之和卒败。"

案：唐明，宋鲍彪注疑即唐眛："楚威十一年，魏败我陉山，时武灵未立。怀二十八年，秦、齐、韩、魏攻楚，杀唐眛，此二十五年。明岂眛之字邪？"（宋鲍彪《战国策校注》，元吴师道补）

何新《屈原年表及大事》（见其《历史学与国民意识》）以为，唐蒙、唐明、唐眛实一人："唐蒙即唐眛、唐明。威王、怀王时楚之名将，于楚怀王二十八年与秦战败被杀。故徐中舒、杨宽俱采纳《后汉书》、《南中志》注，认为楚之开滇，在庄襄（顷襄）王时。不可信。威、庄、严三字古文字中音近义通，隶变后常相讹乱。《汉书·古今人表》有'楚唐蔑'，梁玉绳曰：'唐蔑始见《商子·弱民》、《荀子·议兵》、《吕氏·处方》，又作唐眛（《楚策》《史·秦纪》《六国表》、楚韩《世家》《屈原传》。眛、蔑古通。）又作唐明（赵象），亦曰唐子（《韩诗外传》四），兵败见杀。'"

楚庄蹻自王于滇。

《史记·西南夷列传》："始楚威王时，使将军庄蹻将兵循江上，略巴、黔中以西。庄蹻者，故楚庄王苗裔也。蹻至滇池，方三百里，旁平地，肥饶数千里，以兵威定属楚。欲归报，会秦击夺楚巴、黔中郡，道塞不通，因还，以其众王滇，变服，从其俗，以长之。秦时常頞略通五尺道，诸此国颇置吏焉。十余岁，秦灭。及汉兴，皆弃此国而开蜀故徼。巴蜀民或窃出商贾，取其笮马、僰僮、髦牛，以此巴蜀殷富。"

《大事记解题》："按《西南夷传》：楚威王时，使将军庄蹻将兵循江上，略巴、蜀黔中以西。庄蹻者，故楚庄王苗裔也。蹻至滇池，地方三百里，旁平地，肥饶数千里，以兵威定属楚。欲归报，会秦击夺楚巴、黔中郡（注：秦夺楚巴黔中去威王薨五十年，恐误）道塞不通，因还，以其众王滇，变服，从其俗，以长之。汉元封二年，滇王举国降。"

公元前 328 年，周显王四十一年，楚怀王元年，屈原十六岁。

张仪为秦相。

《史记·楚世家》:"怀王元年,张仪始相秦惠王。"

秦陈轸奔楚。

《史记·张仪列传》:"陈轸者,游说之士。与张仪俱事秦惠王,皆贵重,争宠。张仪恶陈轸于秦王曰:'轸重币轻使秦楚之间,将为国交也。今楚不加善于秦而善轸者,轸自为厚而为王薄也。且轸欲去秦而之楚,王胡不听乎?'王谓陈轸曰:'吾闻子欲去秦之楚,有之乎?'轸曰:'然。'王曰:'仪之言果信矣。'轸曰:'非独仪知之也,行道之士尽知之矣。昔子胥忠于其君而天下争以为臣,曾参孝于其亲而天下愿以为子。故卖仆妾不出闾巷而售者,良仆妾也;出妇嫁于乡曲者,良妇也。今轸不忠其君,楚亦何以轸为忠乎?忠且见弃,轸不之楚何归乎?'王以其言为然,遂善待之。居秦期年,秦惠王终相张仪,而陈轸奔楚。楚未之重也,而使陈轸使于秦。"

陈轸奔魏,楚怀王复用陈轸。

《战国策·楚策三·陈轸告楚之魏》:"陈轸告楚之魏。张仪恶之于魏王,曰:'轸犹善楚,为求地甚力。'左爽谓陈轸曰:'仪善于魏王,魏王甚信之,公虽百说之,犹不听也。公不如以仪之言为资,而得复楚。'陈轸曰:'善。'因使人以仪之言闻于楚。楚王喜,欲复之。"

公元前 327 年,周显王四十二年,楚怀王二年,屈原十七岁。

秦县义渠,以其君为臣。秦归焦、曲沃于魏。

公元前 326 年,周显王四十三年,楚怀王三年,屈原十八岁。

赵肃侯麂,子武灵王立。楚与秦、燕、齐、魏,各出锐师万人会赵葬。

《史记·赵世家》:"二十四年,肃侯卒。秦、楚、燕、齐、魏出锐师各万人来会葬。"《资治通鉴》:"赵肃侯麂,子武灵王立。置博闻师三人,左、右司过三人,先问先君贵臣肥义,加其秩。"

《大事记解题》:"《左传》:诸侯之大夫会晋平公葬,郑子皮将以币行。子产曰:'用币必百两,百两必千人。'既葬,诸侯之大夫欲因见新君,叔向辞之。诸侯大夫皆欲见新君,必皆以币行,其徒必不减千人也。以千人会葬,既号侈矣,今五国会赵葬,至于各出锐师万人,视《春秋》又十倍焉。送死淫靡如此,民不堪命可知矣。"

公元前325年，周显王四十四年，楚怀王四年，屈原十九岁。

秦惠王初称王。韩韩举、赵赵护帅师与魏师战，韩、赵败。齐宣王十八年，齐聚学士于稷下。

《史记·田敬仲完世家》："十八年，秦惠王称王。宣王喜文学游说之士，自如驺衍、淳于髡、田骈、接予、慎到、环渊之徒七十六人，皆赐列第，为上大夫，不治而议论。是以齐稷下学士复盛，且数百千人。"

公元前324年，周显王四十五年，楚怀王五年，屈原二十岁。

屈原行冠礼。屈原作《橘颂》，为其冠礼述志之作。冠礼，属于华夏民族之嘉礼，是古代中国汉族男性之成年礼。古代冠礼在宗庙内举行，日期为二月，冠前十天内，受冠者要先卜筮吉日，十日内无吉日，则筮选下一旬的吉日。然后将吉日告知亲友。及冠礼前三日，又用筮法选择主持冠礼之大宾，并选一位"赞冠"者协助冠礼仪式。行礼时，主人（一般是受冠者之父）、大宾及受冠者均着礼服。先加缁布冠，次授以皮弁，最后授以爵弁。每次加冠毕，均由大宾对受冠者读祝辞。祝辞大意谓：在此美好吉祥日子，给你加上成年人服饰；请放弃你少年儿童的志趣，造就成年人的情操；保持威仪，培养美德；祝你万寿无疆，大福大禄。然后，受礼者拜见其母。再由大宾为他取字，周代通常取字称为"伯某甫"（伯、仲、叔、季，视排行而定）。然后主人送大宾至庙门外，敬酒，同时以束帛俪皮（帛五匹、鹿皮两张）作报酬，另外再馈赠牲肉。受冠者则改服礼帽礼服去拜见君，又执礼赞（野雉等）拜见乡大夫等。若父亲已殁，受冠者则需向父亲神主祭祀，表示在父亲前完成冠礼。祭后拜见伯、叔，然后飨食。此加冠、取字、拜见君长之礼，后世因时因地而有变化，民间自十五岁至二十岁举行，各地不一。清中期以后，多移至娶妇前数日或前一日举行。

屈原《橘颂》云：

> 后皇嘉树，橘徕服兮。
> 受命不迁，生南国兮。
> 深固难徙，更壹志兮。
> 绿叶素荣，纷其可喜兮。
> 曾枝剡棘，圆果抟兮。

青黄杂糅，文章烂兮。
精色内白，类可任兮。
纷缊宜修，姱而不丑兮。
嗟尔幼志，有以异兮。
独立不迁，岂不可喜兮？
深固难徙，廓其无求兮。
苏世独立，横而不流兮。
闭心自慎，为终失过兮。
秉德无私，参天地兮。
愿岁并谢，与长友兮。
淑离不淫，梗其有理兮。
年岁虽少，可师长兮。
行比伯夷，置以为像兮。

按：关于《橘颂》的写作年代，向有争议，一般的认识，皆认为属于屈原早年的作品。王逸、林铭云、蒋骥、游国恩等以为是放逐江南之作，赵逵夫认为是屈原二十岁加冠时所作。《橘颂》中有"嗟尔幼志，有以异兮"，"年岁虽少，可师长兮"。有以橘树自况之义，故清代陈本礼《屈辞精义》云："余细玩其词，虽然不能定其作于何时，其曰'受命不迁'，是言秉受天赋之命，非被放之命也。其曰'嗟尔幼志'、'年岁虽少'，明明自道，盖早年童冠时作也。"晚清吴汝纶认为是"少作"，郭沫若也认为"《橘颂》作得最早"。由此看来，《橘颂》作于屈原早年，没有问题。陈本礼称"童冠"之年，有其道理。《释名》称十五曰"童"、二十曰"冠"，可知陈本礼认为《橘颂》当作于十五岁至二十岁之间。又据《橘颂》皆四言看，似乎是屈原少年时期模仿《诗经》之作，故此作可以系于屈原二十岁之时。

《橘颂》："行比伯夷，置以为像兮。"疑屈原《橘颂》意有所指。《史记·伯夷列传》："西伯卒，武王载木主，号为文王，东伐纣。伯夷、叔齐叩马而谏曰：'父死不葬，爰及干戈，可谓孝乎？以臣弑君，可谓仁乎？'"本年，楚威王薨，楚怀王初立而有兵戎之事，或屈原效伯夷而作《橘颂》以劝。

又：或以为《大招》为屈原之作，且作于本年（如赵逵夫即持此说)。王逸:"《大招》者,屈原之所作也。或曰景差,疑不能明也。"洪兴祖:"屈原赋二十五篇,《渔父》以上是也。《大招》恐非屈原作。"朱熹《楚辞集注》以为景差之作。后人或以为是汉人之作。东汉王逸虽不能明,但其时必以此篇为先秦楚人作品,没有问题。此处从王逸之说,将此作系为屈原作品,且为楚威王招魂之辞。该作品形式上接近于楚地流传的原始招魂词(详见赵逵夫《先秦文学编年史》,商务印书馆2010年版,第1053页)。

按:《大招》乃景差为客死于秦的楚怀王归葬而作的招魂词,不得混为屈原的作品。它是景差写的官样文章,采用中原音韵"只"。《说文解字》云:"语已词也。从口,象气下引之形。凡只之属皆从只。"只乃指事字,小篆字形,上为"口",下面两点表示气向下。本义是句末语气词。《诗经·周南·樛木》用于句中:"乐只君子,福履绥之。"《诗经·王风·君子阳阳》用于句末:"其乐只且",笺曰:"言其自乐此而已"。《诗经·小雅·樛木》:"乐只君子",笺曰:"只之言是也。"只用于句末,表示终结或感叹,《诗经·鄘风·柏舟》:"母也天只,不谅人只!"只通作职,如《庄子·大宗师》:"而奚来为轵。"只用于句末,表示限止。相当于"耳",如《左传·鲁襄公二十七年》:"诸侯归晋之德只,非归其尸盟也。"而屈原《招魂》句尾以"些"为语气词,以致后人以"楚些"泛称"楚辞"或楚地乐调。如:"魂兮归来!去君之恒干,何为乎四方些?舍君之乐处,而离彼不祥些。魂兮归来,东方不可以托些!长人千仞,惟魂是索些。十日代出,流金铄石些。彼皆习之,魂往必释些。归来归来,不可以托些!"言为心声,不可不察也。只要一察,就察出了景差与屈原心声迥异。

本年,秦张仪伐魏取陕塞。

苏秦由燕至齐。

《资治通鉴》:"苏秦通于燕文公之夫人,易王知之。苏秦恐,乃说易王曰:'臣居燕不能使燕重,而在齐则燕重。'易王许之。乃伪得罪于燕而奔齐,齐宣王以为客卿。苏秦说齐王高宫室,大苑囿,以明得意,欲以敝齐而为燕。"

秦惠文君改元。

《史记·六国年表》:"初更元年。"

清钟渊映《历代建元考》卷三:"愚按《秦本纪》,惠文君十四年更为元年,史家书为改元之始。然秦之改元,在周显王四十五年,而魏惠成王三十六年,则显王之三十四年也,魏实先秦改元矣。说者谓改元始于汉文,夏时正于孝武,乃周室之东,曲沃庄伯已用夏正,而秦、魏二国俱尝改元,固不待新垣平之诈与倪宽辈之议也。"

或谓屈原供职兰台,当是其后之事,不应系于本年。

《文心雕龙·时序》云:"方是时也,韩魏力政,燕赵任权;五蠹六虱,严于秦令;唯齐、楚两国,颇有文学。齐开庄衢之第,楚广兰台之宫,孟轲宾馆,荀卿宰邑,故稷下扇其清风,兰陵郁其茂俗,邹子以谈天飞誉,驺奭以雕龙驰响,屈平联藻于日月,宋玉交彩于风云。"

晋王嘉《拾遗记》:"洞庭之山浮于水上,其下有金堂数百间,帝女居之。四时闻金石丝竹之音,彻于山顶。楚怀王时,举群才赋诗于水湄,故云潇湘洞庭之乐,听者令人难去,虽《咸池》、《箫韶》,不能比焉。每四仲之节,王常绕山以游宴,各举四仲之气以为乐章。推仲夏律中夹钟,乃作轻风流水之诗,宴于山南。时中蕤宾,乃作皓露秋霜之曲。"

按:由《文心雕龙》"楚广兰台之宫……屈平联藻于日月,宋玉交彩于风云",可知屈原曾供职于兰台;由《拾遗记》,可知楚怀王好文学;再由《文心雕龙》"唯齐、楚两国,颇有文学",可知齐、楚皆有文学之事,而楚怀王四年,齐召学士于稷下,楚怀王好文学当与齐稷下事相前后。本年,屈原行冠礼,而其供职兰台当是多年后之事,不宜系于本年。

公元前323年,周显王四十六年,楚怀王六年,屈原二十一岁。

韩、燕、中山皆称王。赵称君。

《资治通鉴》云:"韩、燕皆称王,赵武灵王独不肯,曰:'无其实,敢处其名乎?'令国人谓己曰君。"

楚上柱国昭阳败魏于襄陵,欲伐齐,陈轸说"画蛇添足",止楚伐齐。《史记·楚世家》:"六年,楚使柱国昭阳将兵而攻魏,破之于襄陵,得八邑。又移兵而攻齐,齐王患之。陈轸适为秦使齐,齐王曰:'为之奈何?'陈轸曰:'王勿忧,请令罢之。'即往见昭阳军中,曰:'原闻楚国之法,破军杀将者何以贵之?'昭阳曰:'其官为上柱国,封上爵执珪。'陈轸曰:'其有贵于此者乎?'昭阳曰:'令尹。'陈轸曰:'今君已为令尹矣,此国冠之上。臣请得譬之。人有遗其舍人一卮酒者,舍人相谓曰:"数人饮此，不足以遍，请遂画地为蛇，蛇先成者独饮之。"一人曰："吾蛇先成。"举酒而起，曰："吾能为之足。"及其为之足，而后成人夺之酒而饮之，曰："蛇固无足，今为之足，是非蛇也。"今君相楚而攻魏，破军杀将，功莫大焉，冠之上不可以加矣。今又移兵而攻齐，攻齐胜之，官爵不加于此；攻之不胜，身死爵夺，有毁于楚：此为蛇为足之说也。不若引兵而去以德齐，此持满之术也。'昭阳曰：'善。'引兵而去。"

《战国策·齐策二·昭阳为楚伐魏》："昭阳为楚伐魏，覆军杀将，得八城，移兵而攻齐。陈轸为齐王使，见昭阳，再拜贺战胜，起而问：'楚之法，覆军杀将，其官爵何也？'昭阳曰：'官为上柱国，爵为上执珪。'陈轸曰：'异贵于此者何也？'曰：'唯令尹耳。'陈轸曰：'令尹贵矣，王非置两令尹也。臣窃为公譬可也？楚有祠者，赐其舍人卮酒。舍人相谓曰："数人饮之不足，一人饮之有余。请画地为蛇，先成者饮酒。"一人蛇先成，引酒且饮之，乃左手持卮，右手画蛇，曰："吾能为之足。"未成，人之蛇成，夺其卮曰："蛇固无足，子安能为之足？"遂饮其酒。为蛇足者，终亡其酒。今君相楚而攻魏，破军杀将得八城，不弱兵，欲攻齐。齐畏公甚，公以是为名居足矣。官之上非可重也。战无不胜，而不知止者，身且死，爵且后归，犹为蛇足也。'昭阳以为然，解军而去。"

按：据《战国策》说，"画蛇添足"乃楚祠者之舍人事。

另《楚策》与《齐策》对昭阳的官职说法有别，《楚策》中陈轸曰"今君已为令尹矣"，为《齐策》所无。赵逵夫据此认为昭阳本年为上柱国，但并非为令尹。根据就是陈轸所言"令尹贵矣，王非置两令尹也"，其说可从。他认为昭阳任令尹在怀王八年或九年。怀王十六年与屈原一同去职，根据是《楚世家》怀王十六年"乃置相玺于张仪"（赵逵夫：《屈原与他的时代》，人民文学出版社1996年版，第241页）。

张仪与楚、齐、魏大臣会于啮桑。《史记·楚世家》："燕、韩君初称王。秦使张仪与楚、齐、魏相会，盟啮桑。"

公元前322年，周显王四十七年，楚怀王七年，屈原二十二岁。

韩、魏太子朝秦。

秦张仪免相，魏不事秦，以公孙衍代仪相秦，伐魏，取曲沃、平周。张仪相魏。

《史记·张仪列传》："张仪为秦之魏，魏王相张仪。犀首弗利，故令人谓韩公叔曰：'张仪已合秦魏矣，其言曰"魏攻南阳，秦攻三川"。魏王所以贵张子者，欲得韩地也。且韩之南阳已举矣，子何不少委焉以为衍功，则秦魏之交可错矣。然则魏必图秦而弃仪，收韩而相衍。'公叔以为便，因委之犀首以为功。果相魏。张仪去。"

《资治通鉴》："秦张仪自啮桑还而免相，相魏。欲令魏先事秦而诸侯效之，魏王不听。秦王伐魏，取曲沃、平周。复阴厚张仪益甚。"

惠施欲以魏合纵楚、齐以抗秦。《战国策·魏策一·张仪欲以魏合于秦韩》："张仪欲以魏合于秦、韩而攻齐、楚。惠施欲以魏合于齐、楚以案兵。人多为张子于王所。惠子谓王曰：'小事也，谓可者谓不可者正半，况大事乎？以魏合于秦、韩而攻齐、楚，大事也，而王之群臣皆以为可。不知是其可也，如是其明耶？而群臣之知术也，如是其同耶？是其可也，未若是其明也；而群臣之知术也，又非皆同也。是有其半塞也。所谓劫主者失其半者也。'"

按：惠施与张仪论争，当在张仪为魏相时，故系于此。惠施，宋国人，与庄子为友，战国名家著名代表人物，主要活动地域在魏国。

惠施来楚。《战国策·魏策二·魏王令惠施之楚》：魏王令惠施之楚，令犀首之齐。钧二子者，乘数钧，将测交也。楚王闻之施因令人先之楚，言曰："魏令犀首之齐，惠施之楚，钧二子者，将测交也。"楚王闻之，因郊迎惠施。

案：惠施去魏来楚，当在张仪为相、二人相争之后。

《汉书·郊祀志》：晋巫祠五帝、东君、云中君、巫社、巫祠、族人炊之属。……荆巫祠堂下、巫先、司命、施糜之属。

朱熹《楚辞集注》：今按此日神也。《礼》曰："天子朝日于东门之外。"又曰："王宫祭日也。"《汉志》亦有东君。

晋、楚祠东君，此可以参照屈原所作之《东君》。

屈原《九歌·东君》云：

暾将出兮东方，照吾槛兮扶桑。
抚余马兮安驱，夜皎皎兮既明。
驾龙辀兮乘雷，载云旗兮委蛇。
长太息兮将上，心低徊兮顾怀。
羌声色兮娱人，观者憺兮忘归。

> 縆瑟兮交鼓，萧钟兮瑶簴。
> 鸣篪兮吹竽，思灵保兮贤姱。
> 翾飞兮翠曾，展诗兮会舞。
> 应律兮合节，灵之来兮敝日。
> 青云衣兮白霓裳，举长矢兮射天狼。
> 操余弧兮反沦降，援北斗兮酌桂浆。
> 撰余辔兮高驰翔，杳冥冥兮以东行。

按：东君为三晋所祀神，楚俗或亦有传，其传入当在魏、楚交往频繁时。

公元前321年，周显王四十八年，楚怀王八年，屈原二十三岁。

齐封田婴于薛，号靖郭君，始专权于齐。《资治通鉴》云：齐王封田婴于薛，号曰靖郭君。靖郭君言于齐王曰："五官之计，不可不日听而数览也。"王从之。已而厌之，悉以委靖郭君。靖郭君由是得专齐之权。靖郭君欲城薛，客谓靖郭君曰："君不闻海大鱼乎？网不能止，钩不能牵，荡而失水，则蝼蚁制焉。今夫齐，亦君之水也。君长有齐，奚以薛为！苟为失齐，虽隆薛之城到于天，庸足恃乎？"乃不果城。靖郭君有子四十余人，其贱妾之子曰文。文通倜饶智略，说靖郭君以散财养士。靖郭君使文主家待宾客，宾客争誉其美，皆请靖郭君以文为嗣。靖郭君卒，文嗣为薛公，号曰孟尝君。孟尝君招致诸侯游士及有罪亡人，皆舍业厚遇之，存救其亲戚。食客常数千人，各自以为孟尝君亲己。由是孟尝君之名重天下。

公元前320年，周慎靓王元年，楚怀王九年，屈原二十四岁。

魏后元十五年，孟子见梁惠王。

梁涛《孟子行年考》："孟子见梁惠王，时约五十二岁。孟子在滕国推行仁政失败后，听到魏惠王在招贤纳士，于是便率领自己的门徒'后车数十乘，从者数百人'，浩浩荡荡地来到魏国。梁惠王见到孟子，劈头就问：'叟！不远千里而来，亦将有以利吾国乎？'而孟子则说王应该多谈仁义，何必一定要谈利？随后又讲了言利的危害性，两人一见面谈话就不投机。以后孟子与梁惠王又进行了几次谈话，涉及仁义道德观、民本思想、仁政的具体措施等一系列内容，孟子的思想得到进一步的发展……魏惠王在位共五十一年，其中在位三十五年后，于周显王三十五年即公元前334

年，与齐威王相会于徐州，尊威王为王，威王亦承认惠王为王，史称'会徐州相王'。魏惠王改是年为元年，十六年后而卒。今《孟子》首章，孟子面称惠王为'王'，故可知孟子至魏当在惠王改元称王之后，即公元前334年之后。又，梁惠王对孟子说'东败于齐，长子死焉，西丧地于秦七百里，南辱于楚，寡人耻之'。其中'东败于齐'，是指齐魏马陵之战，发生于公元前342年。'西丧地于秦七百里'是指秦将公孙鞅打败魏国，迫使魏国割让河西郡全部和上郡十五县，几次著名的战役分别发生在公元前340年、前330年、前329年和前328年。'南辱于楚'是指公元前323年楚魏襄陵之战，此役魏国战败，被迫割让大片土地。据此，孟子至魏则当在公元前323年（襄陵之战）至公元前319年（魏惠王卒年）之间，《六国年表》列于魏惠王三十五年（公元前335），误。崔述《孟子事实考》说：'孟子之至梁，不在惠王三十五年，而在后元十二年襄陵既败之后。孟子与齐宣王问答甚多，而与梁惠王殊少，在梁亦无他事，则孟子居梁盖不久。然犹及见襄王而后去，则孟子之至梁，当在惠王之卒前一二年。于《年表》则周慎靓王之元年二年也。'江永《群经补义》、狄子奇《孟子编年》则明确说是周慎靓王元年（公元前320），今从之。"

公元前319年，周慎靓王二年，楚怀王十年，屈原二十五岁。

楚城广陵（今江苏省扬州市西北）。

秦伐韩取鄢。

魏惠王后元十六年，逐张仪回秦。公孙衍受齐、楚、燕、赵、韩支持为魏相。惠施返魏。魏惠王死，子襄王嗣立。

孟轲见魏襄王，论"天下定于一"。《资治通鉴》云："魏惠王薨，子襄王立。孟子入见而出，语人曰：'望之不似人君，就之而不见所畏焉。卒然问曰："天下恶乎定？"吾对曰："定于一。""孰能一之？"对曰："不嗜杀人者能一之。""孰能与之？"对曰："天下莫不与也。王知夫苗乎？七八月之间旱，则苗槁矣。天油然作云，沛然下雨，则苗浡然兴之矣。其如是，孰能御之？"'"

屈原任楚怀王左徒。《史记·屈原列传》："屈原为楚怀王左徒，博闻强志，明于治乱，娴于辞令。入则与王图议国事，以出号令；出则接遇宾客，应对诸侯。王甚任之。"

按：按照汤炳正、裘锡圭、赵逵夫等的考证，"左徒"即登徒、升徒，犹如《周礼·秋官》所称"大行人","右徒"即"小行人"(此赵逵夫说,见其《屈原与他的时代》,人民文学出版社1996年版,第125页)。

屈原任左徒之年,有楚怀王十年、十一年之说,赵逵夫认为当在十年:"因为六国联盟从怀王十年已开始,至十一年有五国攻秦事。楚国在怀王六年尚派昭阳攻齐败魏,至魏惠王后元十三年(前322,即楚怀王七年)秦取魏曲沃、平周之地。魏宣惠王十四年(即楚怀王十年),秦败韩取鄢,又有屈原、陈轸、苏秦、公孙衍等的沟通联络,六国联盟遂成。因此有五国伐秦之事。也就是说:楚国之能参加六国联盟,同屈原是有一定关系的。所以,屈原之担任左徒这个直接负责外交的官职,应是在楚怀王十年。"(赵逵夫:《屈原与他的时代》,人民文学出版社1996年版,第127页)赵逵夫认为,屈原任左徒与昭阳的提拔不无关系(赵逵夫:《屈原与他的时代》,人民文学出版社1996年版,第241页)。

《战国策·齐策三》云:孟尝君出行国,至楚,献象床。郢之登徒直使送之,不欲行。见孟尝君门人公孙戍曰:"臣,郢之登徒也,直送象床。象床之直千金,伤此若发漂,卖妻子不足偿之。足下能使仆无行,先人有宝剑,愿得献之。"公孙曰"诺。"入见孟尝君曰:"君岂受楚象床哉?"孟尝君曰:"然。"公孙戍曰:"臣愿君勿受。"孟尝君曰:"何哉?"公孙戍曰:"小国所以皆致相印于君者,闻君于齐能振达贫穷,有存亡继绝之义。小国英桀之士,皆以国事累君,诚说君之义,慕君之廉也。今到楚而受象床,所未至之国将何以待君。臣戍愿君勿受。"孟尝君曰:"诺。"公孙戍趋而去。未出,至中闺,君召而返之,曰:"子教文无受象床,甚善。今何举足之高,志之扬也?"公孙戍曰:"臣有大喜三,重之宝剑一。"孟尝君曰:"何谓也?"公孙戍曰:"门下百数,莫敢入谏,臣独入谏,臣一喜。谏而得听,臣二喜。谏而止君之过,臣三喜。输象床,郢之登徒不欲行,许戍以先人之宝剑。"孟尝君曰:"善。受之乎?"公孙戍曰:"未敢。"曰:"急受之。"因书门版曰:"有能扬文之名、止文之过,私得宝于外者,疾入谏。"这是先秦典籍中唯一记述屈原处理政治外交事务而取得显著成效的记述,虽然未出屈原之名,但其言谈应对之风采,甚是动人。

关于左徒,说法如下:

《史记正义》:盖今在左、右拾遗之类。按:此类比附,未免离谱。

《史记·楚世家》:(楚顷襄王)二十七年,使三万人助三晋伐燕。复与秦平，而入太子为质于秦。楚使左徒侍太子于秦。三十六年，顷襄王病，太子亡归。秋，顷襄王卒，太子熊元代立，是为考烈王。考烈王以左徒为令尹，封以吴，号春申君。值得辨析者，"左徒"在《史记》中仅屈原、黄歇二见，后人每好将之比附。其实，楚怀王中期的政治形态与春申君作为太子傅，在楚顷襄王卒后出现最高权力真空，简直是天差地别，考烈王元年，以黄歇为相，封为春申君，赐淮北地十二县。因而春申君相楚二十余年，"虽名相国，实楚王也"。把屈原左徒的遭遇与春申君左徒的遭遇谬为比附，是不知历史往往具有不可重复性。

　　明董说《七国考》"左徒"条：《史记》顷襄王二十七年，使左徒侍太子于秦。考烈王立，以左徒为令尹，封于吴，盖黄歇初为左徒官也。又屈原为怀王左徒，《正义》曰："盖今左、右拾遗之类。"

　　宋鲍彪注《战国策》"登徒"条：楚官也。《好色赋》登徒子，注以为姓，非。（元吴师道补正）正曰：屈平为左徒，考烈王以左徒为令尹，鲍见此，故以登徒为官名，未见所据。然彼云大夫登徒子，则非官名。

　　关于"左徒"的职官身份，今人考证莫衷一是。

　　1. 莫敖。姜亮夫《史记屈原列传疏证》："余疑即春秋以来之所谓'莫敖'也。"一是"按襄十五年及二十三年左氏叙楚命官之次，莫敖仅亚令尹"；二是春秋有莫敖之职时期，是屈原所任左徒之时期，而且在春秋时皆屈氏所任，所以屈原所任的左徒即莫敖之职；三是莫敖与左徒都与楚之宗姓有关。莫敖的职掌，姜亮夫说："莫敖是管天文、郊祀的官，懂得许多历史。屈原也是管天文的。"（姜亮夫：《楚辞学论文集》，上海古籍出版社1984年版）

　　2. 左史。民国王汝弼《左徒考——屈赋发微之一》说："左徒之职，当即《礼记·玉藻》《汉书·艺文志》之所谓'左史'。何以知其然也？《玉藻》云：'天子玄端而居，动则左史书之，言则右史书之。'《艺文志》云：'古之王者，世有史官，所以慎言行昭法式也。左史记言，右史记事，事为《春秋》，言为《尚书》，帝王靡不同之。'"王汝弼同时认为"徒字当为史字的楚译"。他在此不仅述及左徒为左史的来源，而且解释了左史的职掌。（《国立西北师范学院学术季刊》1942年第2期）

　　3. 行人。赵逵夫《屈原与他的时代》中有《左徒·征尹·行人·辞赋》一文，认为"徒""尹"二字是双声假借。并举《离骚》"济沅湘以南征"，《九歌》"驾飞龙兮北征"，又引《尔雅·释者》："征，行也。"

说"征尹"之取义,同于中原国家所谓"行人",是指负责外交的官员。(赵逵夫:《屈原与他的时代》,人民文学出版社1996年版)

4. 巫官。张中一在《屈原新传·屈原是个神奇的大巫学家》一文中说:"屈原左徒官职是巫官。"他首先认为司马迁《屈原列传》所述"左徒"的职掌与王逸《离骚经序》所述"三闾大夫"的职掌"基本一致",又说:"只不过王逸所述的'三闾'职责比较具体而已。叙述了'三闾'不但要兼掌内政、外交,而且还要负责王族的教化,为楚王主祭,解决疑难问题。""屈原之所以能亲近楚王,参预政事,是因为楚王所有的重大问题都必须请左徒屈原占卜,才能决策行动,决定嫌疑。推知左徒本是巫职官员。"(张中一:《屈原新考》,贵州出版社1993年版)

5. 左、右拾遗之类的官。唐张守节《史记正义·屈原列传》说:"左徒盖今左、右拾遗之类。"

6. 太傅之类的官。林庚《民族诗人屈原传·说左徒》:"左徒所以说是宫廷的亲信,因为是亲信,所以侍从太子,其情形大约如贾谊之为'长沙王傅',秦因此也称黄歇为'太子之傅'。"(林庚:《诗人屈原及其作品研究》,上海古籍出版社1981年版)

7. 令尹的副职。游国恩《屈原》:"考烈王以左徒为令尹,封以吴,号春申君。"因此认为左徒之职似乎仅次于地位最高的令尹,也许就是令尹的副职。(游国恩:《屈原》,中华书局1980年版)

8. 左登徒。汤炳正在《屈赋新探·左徒与登徒》中认为,曾侯乙墓出土的竹简上记载的官职有"左徒""右徒","登"字是古代典籍中"升"字的通假字,"升"字古音跟"登"字完全相同,并且互相通假,因此,"左徒"是"左登徒"的省称,在楚国朝廷上属于大夫级别。同时,汤炳正认为"左徒"虽兼管内政、外交,但从《屈原列传》,尤其是《春申君列传》的记述来看,他们的主要活动都在外交方面。(汤炳正:《屈赋新探》,齐鲁书社1984年版)

9. 仅次于宰相的官。聂石樵《屈原论稿》:"令尹就是宰相,可见左徒是仅次于宰相的官。"(聂石樵:《屈原论稿》,人民文学出版社1982年版)

10. 太仆之类的官。姚小鸥《〈离骚〉"先路"与屈原早期经历的再认识》:"《周礼》中'太仆'一职为下大夫,其爵位并不高,但职掌甚为重要。""左徒之职约与《周礼》中的'太仆'相当。"(《中州学刊》2001年第5期)

公元前318年，周慎靓王三年，楚怀王十一年，屈原二十六岁。

义渠袭秦大败秦人于李帛。

楚怀王为纵长，六国攻秦。《史记·楚世家》："十一年，苏秦约从山东六国共攻秦，楚怀王为从长。至函谷关，秦出兵击六国，六国兵皆引而归，齐独后。"

《资治通鉴》："楚、赵、魏、韩、燕同伐秦，攻函谷关。秦人出兵逆之，五国之师皆败走。"

按：《战国策》之《秦策二》《魏策二》《楚策三》和《史记·六国年表》《史记·秦本纪》等皆云"五国伐秦"。罗运环《〈史记·楚世家〉怀王十一年史事考证》（《楚史论丛》，湖北人民出版社1984年版），对此作了详尽考证，认为"六国伐秦"较切合史实。据《秦诅楚文》："楚王熊相（槐）……倍（背）十八世之诅盟，率诸侯之兵以临加我。""率诸侯之兵以临加我"，可知楚怀王确曾为纵长伐秦，《史记·楚世家》的记载与秦史记载相合。

公元前317年，周慎靓王四年，楚怀王十二年，屈原二十七岁。

秦惠文王更元八年，庶长樗里疾破魏、赵、韩军于修鱼（今河南原阳西南）。齐宣王三年，联宋攻魏，破魏军于观泽（今河南清丰南）。

屈原制订各种法令。《史记·屈原列传》："怀王使屈原造为宪令。"《九章·惜往日》："惜往日之曾信兮，受命诏以昭诗。奉先功以照下兮，明法度之嫌疑。"

按：屈原"造为宪令"，当在其任左徒与五国攻秦失败之后，故系于此。《惜往日》很多说法与《史记》记载相合，完全可以作为真实的历史文献使用。

屈原发布宪令，实行变法改革。

按：《史记·屈原列传》："王使屈平为令，众莫不知，每一令出，平伐其功曰：以为非我莫能为也。王怒而疏屈平。"《九章·惜往日》："国富强而法立兮，属贞臣而日娭"，据此处"每一令出"与"法立"之说，可知屈原当时确实有变法之举，并且发布了具体的改革法令。

本年，秦复相张仪。《资治通鉴》云："张仪说魏襄王曰：'梁地方不至千里，卒不过三十万，地四平，无名山大川之限，卒戍楚、韩、齐、赵之境，宁亭、障者不下十万，梁之地势固战场也。夫诸侯之约从，盟洹水之上，结为兄弟以相坚也。今亲兄弟同父母，尚有争钱财相杀伤，而欲恃反覆苏秦之余谋，其不可成亦明矣。大王不事秦，秦下兵攻河外，据卷衍、酸枣，劫卫，取阳晋，则赵不南，赵不南而梁不北，梁不北则从道绝，从道绝则大王之国欲毋危，不可得也。故愿大王审定计议，且赐骸骨。'魏王乃倍从约，而因仪以请成于秦。张仪归，复相秦。"

公元前316年，周慎靓王五年，楚怀王十三年，屈原二十八岁。

秦惠文王更元九年，遣张仪、司马错等攻蜀，破蜀军于葭萌（今四川剑阁东北），灭蜀。贬蜀王为侯，命陈庄相之。秦又灭苴（今四川昭化东南）、巴（都今重庆嘉陵江北岸）。攻赵，取中都（今山西平遥西南）、西阳（一作中阳，今山西中阳）。

《华阳国志·巴志》："秦惠文王与巴、蜀为好，蜀王弟苴侯私亲于巴，巴、蜀世战争。周慎靓王五年，蜀王伐苴侯，苴侯奔巴。巴为求救于秦，秦惠文王遣张仪、司马错救苴、巴，遂伐蜀，灭之。仪贪巴、苴之富，执王以归。置巴蜀及汉中郡，分其地为四十一县。仪城江州，司马错自巴涪水，取楚商、於地，为黔中郡。"

齐以孟轲为卿。《孟子·公孙丑下》云："孟子为卿于齐，出吊于滕，王使盖大夫王驩为辅行。王驩朝暮见，反齐滕之路，未尝与之言行事也。公孙丑曰：'齐卿之位，不为小矣；齐滕之路，不为近矣，反之而未尝与言行事，何也？'曰：'夫既或治之，予何言哉？'"

《大事记解题》："史失其年。孟子自谓'久于齐，非我志。'又载自齐葬于鲁，反于齐，则丧母之时方为齐卿也。至于燕人畔齐之后，乃致为臣而归，是时盖免丧久矣。然则居齐岁月虽不可考，必涉数年也。今附载于燕哙让国之前。"

苏代与燕相子之为姻，代说燕王哙以国让子之，王从之。

《史记·六国年表》："君让其臣子之国，顾为臣。"

按：《资治通鉴》《大事记解题》系于本年。

屈原继续进行变法改革。

公元前315年，周慎靓王六年，楚怀王十四年，屈原二十九岁。

周慎靓王崩，太子延立，是为赧王。徙都西周。

公元前314年，周赧王元年，楚怀王十五年，屈原三十岁。

秦侵义渠取二十五城。秦樗里疾伐魏，取焦及曲沃，又大破韩师及魏公孙衍于岸门。韩太子仓入质于秦以和。秦封公子通于蜀，置巴郡，以张若为蜀国守。

燕子之为王三年，国内大乱。将军市被与太子平谋攻子之。齐国伐燕。

按：梁涛《孟子行年考》："齐人伐燕，《孟子》及《战国策》均说是齐宣王时，而《史记·燕召公世家》记为齐湣王时，误。伐燕的时间，据《六国年表》为燕王哙七年，齐宣王六年，即公元前314年。金文《陈璋壶铭》云：'隹王五年，奠□陈得再立事岁，孟冬戊辰，大臧□孔璋内伐匽（燕）亳邦之获。'此为齐宣王五年孟冬，齐大将陈璋（或称章子、田章、匡章）攻入燕都，铭功之器。自此器出，齐宣王五年伐燕可作定论。"

孟轲为齐卿，劝齐宣王行仁政。

屈原被疏，罢左徒，任三闾大夫之职。《史记·屈原列传》："上官大夫与之同列，争宠而心害其能。怀王使屈原造为宪令，屈平属草未定。上官大夫见而欲夺之，屈平不与，因谗之曰：'王使屈平为令，众莫不知，每一令出，平伐其功，以为"非我莫能为"也。'王怒而疏屈平。"

《楚辞·渔父》："屈原既放，游于江潭，行吟泽畔，颜色憔悴，形容枯槁。渔父见而问之曰：'子非三闾大夫与？何故至于斯！'屈原曰：'举世皆浊我独清，众人皆醉我独醒，是以见放！'"

王逸《离骚序》："屈原与楚王同姓，仕于怀王，为三闾大夫。三闾之职，掌王族三姓，曰：昭、屈、景。屈原序其谱属，率其贤良，以厉国士。入则与王图议政事，决定嫌疑；出则监察群下，应对诸侯，谋行职修。王甚珍之。"

按：怀王十六年，秦使张仪说楚绝齐亲秦，许赂以商、於地。仪归，背楚赂，楚使屈匄帅师伐秦。《史记·屈原列传》将此事系于"屈平既绌"之后，知彼时屈原已经被疏黜。赵逵夫认为屈原被疏在怀王十六年。

三闾，钱穆认为是邑名，即春秋之三户，屈原即在那里做邑大夫。赵逵夫认为当同楚王族最早的三王（即《楚世家》所言句亶王熊伯庸、鄂王熊红、越章王熊执疵）有关。屈原的职掌就是"掌王族三姓，曰：昭、屈、景。序其谱属，率其贤良，以厉国士"，三闾大夫即公族大夫。就地名而言，三闾位于今湖北秭归县三闾乐平里。

《史记·屈原列传》："上官大夫与之同列，争宠而心害其能。怀王使屈原造为宪令，屈平属草未定。上官大夫见而欲夺之，屈平不与，因谗之曰：'王使屈平为令，众莫不知，每一令出，平伐其功，以为"非我莫能为"也。'王怒而疏屈平。屈平疾王听之不聪也，谗谄之蔽明也，邪曲之害公也，方正之不容也，故忧愁幽思而作《离骚》。离骚者，犹离忧也。夫天者，人之始也；父母者，人之本也。人穷则反本，故劳苦倦极，未尝不呼天也；疾痛惨怛，未尝不呼父母也。屈平正道直行，竭忠尽智以事其君，谗人间之，可谓穷矣。信而见疑，忠而被谤，能无怨乎？屈平之作离骚，盖自怨生也。国风好色而不淫，小雅怨诽而不乱。若离骚者，可谓兼之矣。上称帝喾，下道齐桓，中述汤武，以刺世事。明道德之广崇，治乱之条贯，靡不毕见。其文约，其辞微，其志絜，其行廉，其称文小而其指极大，举类迩而见义远。其志絜，故其称物芳。其行廉，故死而不容自疏。濯淖汙泥之中，蝉蜕于浊秽，以浮游尘埃之外，不获世之滋垢，皭然泥而不滓者也。推此志也，虽与日月争光可也。屈平既绌，其后秦欲伐齐，齐与楚从亲，惠王患之，乃令张仪详去秦，厚币委质事楚。"

王逸《楚辞章句》："大夫上官靳尚妒害其能，共谮毁之，王乃疏屈原。屈原执履忠贞而被谗衺，忧心烦乱不知所愬，乃作《离骚》。"

蒋骥《山带阁注楚辞》："近世林西仲谓《惜诵》作于怀王见疏未放之前，《思美人》、《抽思》乃怀王斥之汉北所为，《涉江》、《哀郢》六篇方是顷襄时作于江南者，颇得其概。但详考文义，《惜诵》当作于《离骚》之前，而林氏以为继骚而作；《思美人》宜在《抽思》之后，而林氏列之于前。《涉江》、《哀郢》，时地各殊，而林氏比而一之。《惜往日》有毕词赴渊之言，明系原之绝笔，而林氏泥怀石自沉之义，以《怀沙》终焉，皆说之刺谬者。《九章》当首《惜诵》，次《抽思》，次《思美人》，次《哀郢》，次《涉江》，次《怀沙》，次《悲回风》，终《惜往日》。惟《橘颂》无可附，然约略其时，当在《怀沙》之后，以死计已决也。"

公元前313年，周赧王二年，楚怀王十六年，屈原三十一岁。

楚怀王、魏襄王如赵。

屈原在三闾大夫任上，"掌王族三姓"，"序其谱属"。

屈原待罪三年，心有郁结，便从韩哀侯灭郑过程中流落楚国的第三代太卜郑詹尹，卜问人生何去何从，于是作《卜居》。

《卜居》云：

屈原既放,三年不得复见。竭知尽忠,而蔽障于谗。心烦虑乱,不知所从。乃往见太卜郑詹尹曰:"余有所疑,愿因先生决之。"詹尹乃端策拂龟,曰:"君将何以教之?"

屈原曰:"吾宁悃悃款款朴以忠乎,将送往劳来斯无穷乎?宁诛锄草茅以力耕乎,将游大人以成名乎?宁正言不讳以危身乎,将从俗富贵以偷生乎?宁超然高举以保真乎,将哫訾栗斯,喔咿儒儿以事妇人乎?宁廉洁正直以自清乎,将突梯滑稽,如脂如韦,以洁楹乎?

"宁昂昂若千里之驹乎,将泛泛若水中之凫,与波上下,偷以全吾躯乎?宁与骐骥亢轭乎,将随驽马之迹乎?宁与黄鹄比翼乎,将与鸡鹜争食乎?

"此孰吉孰凶?何去何从?

"世溷浊而不清:蝉翼为重,千钧为轻;黄钟毁弃,瓦釜雷鸣;谗人高张,贤士无名。吁嗟默默兮,谁知吾之廉贞!"

詹尹乃释策而谢,曰:"夫尺有所短,寸有所长;物有所不足,智有所不明;数有所不逮,神有所不通。用君之心,行君之意。龟策诚不能知此事。"

孟轲自齐之宋,自宋适滕,劝滕文公修井法,不果行。

秦惠王会魏襄王于临晋,立魏公子政为太子。

秦庶长樗里疾伐赵,虏赵将庄豹,拔蔺。

齐田婴卒,子文立,是为孟尝君,招诸侯游士及亡人有罪者为食客,凡数千人。是后,魏公子无忌、赵公子胜、楚黄歇皆效之。

张仪说楚绝齐。

《史记·楚世家》:"十六年,秦欲伐齐,而楚与齐从亲,秦惠王患之,乃宣言张仪免相,使张仪南见楚王,谓楚王曰:'敝邑之王所甚说者无先大王,虽仪之所甚愿为门阑之厮者亦无先大王。敝邑之王所甚憎者无先齐王,虽仪之所甚憎者亦无先齐王。而大王和之,是以敝邑之王不得事王,而令仪亦不得为门阑之厮也。王为仪闭关而绝齐,今使使者从仪西取故秦所分楚商、於之地方六百里,如是则齐弱矣。是北弱齐,西德于秦,私商、於以为富,此一计而三利俱至也。'怀王大悦,乃置相玺于张仪,日与置酒,宣言'吾复得吾商、於之地'。群臣皆贺,而陈轸独吊。怀王曰:'何故?'陈轸对曰:'秦之所为重王者,以王之有齐也。今地未可得而齐交先绝，是楚孤也。夫秦又何重孤国哉，必轻楚矣。且先出地而后绝齐，则秦计不为。先绝齐而后责地，则必见欺于张仪。见欺于张仪，则王必怨之。怨之，是西起秦患，北绝齐交。西起秦患，北绝齐交，则两国之兵必至。臣故吊。'楚王弗听，因使一将军西受封地。张仪至秦，详醉堕车，称病不出三月，地不可得。楚王曰：'仪以吾绝齐为尚薄邪？'乃使勇士宋遗北辱齐王。齐王大怒，折楚符而合于秦。秦齐交合，张仪乃起朝，谓楚将军曰：'子何不受地？从某至某，广袤六里。'楚将军曰：'臣之所以见命者六百里，不闻六里。'即以归报怀王。怀王大怒，兴师将伐秦。陈轸又曰：'伐秦非计也。不如因赂之一名都，与之伐齐，是我亡于秦，取偿于齐也，吾国尚可全。今王已绝于齐而责欺于秦，是吾合秦齐之交而来天下之兵也，国必大伤矣。'楚王不听，遂绝和于秦，发兵西攻秦。秦亦发兵击之。"

《史记·屈原列传》："屈平既绌，其后秦欲伐齐，齐与楚从亲，惠王患之，乃令张仪详去秦，厚币委质事楚，曰：'秦甚憎齐，齐与楚从亲，楚诚能绝齐，秦原献商、於之地六百里。'楚怀王贪而信张仪，遂绝齐。"

按：《屈原列传》将张仪说楚在"屈平既绌"之后，故系于此。

公元前312年，周赧王三年，楚怀王十七年，屈原三十二岁。

屈原在三闾大夫任上。

楚景翠围韩雍氏。

《史记·六国年表》："（韩襄王元年，即楚怀王十七年）我助秦攻楚，围景座。"

《战国策·韩策二·楚围雍氏韩令冷向借救于秦》："楚围雍氏，韩令冷向借救于秦，秦为发使公孙昧入韩。公仲曰：'子以秦为将救韩乎？其不乎？'对曰：'秦王之言曰，请道于南郑、蓝田以入攻楚，出兵于三川以待公，殆不合军于南郑矣。'公仲曰：'奈何？'对曰：'秦王必祖张仪之故谋。楚威王攻梁，张仪谓秦王曰："与楚攻梁，魏折而入于楚。韩固其与国也，是秦孤也。故不如出兵以劲魏。"于是攻皮氏。魏氏劲，威王怒，楚与魏大战，秦取西河之外以归。今也其将扬言救韩，而阴善楚，公恃秦而劲，必轻与楚战。楚阴得秦之不用也，必易与公相支也。公战胜楚，遂与公乘楚，易三川而归。公战不胜楚，塞三川而守之，公不能救也。臣甚恶其事。司马康三反之郢矣，甘茂与昭献遇于境，其言曰收玺，其实犹有约也。'公仲恐曰：'然则奈何？'对曰：'公必先韩而后秦，先身而后张仪。以公不如亟以国合于齐、楚，秦必委国于公以解伐。是公之所以外者仪而已，其实犹之不失秦也。'"

《大事记解题》："雍氏在赧王时楚尝两围焉。按《后汉志》在颍川阳翟。徐广曰：'《秦本纪》惠王后十三年书楚围雍氏，纪年于此亦说楚景翠围雍氏。韩宣王卒，秦助韩共败楚屈匄。'"

按：景座，或作景痤，《战国策校注》吴师道补正："又按《大事记》云：《韩年表》书秦助我攻楚围景。名与《纪年》不同。盖《纪年》云屈匄也。愚按韩、楚《世家》并云败楚将屈匄丹阳。夫丹阳之与雍氏，相去远矣。景痤恐即景翠，声转而讹。景痤之败，雍氏之战也。屈匄之败，丹阳之战也。丹阳之役，其雍氏之后欤？《大事记》首书丹阳之役，后书景翠围韩。且丹阳大败之余，楚力未苏，何暇于围韩哉？""丹阳之役，其雍氏之后欤"，原作"丹阳之后，其雍氏之役欤"，据赵逵夫《屈原与他的时代》改，其说可从。景翠与昭阳皆抗秦派主要代表。

《汉书·郊祀志》："楚怀王隆祭祀，事鬼神，欲以获福助，却秦师，而兵挫地削，身辱国危。"

宋项安世《项氏家说》卷八"《九歌》"条："按《澧阳志》：五通神出屈原《九歌》，今澧之巫祝呼其父曰太一，其子曰云霄五郎、山魈五郎，即东皇太一、云中君、山鬼之号也。刘禹锡论武陵之俗，亦曰好事鬼神，与此正合。且《九歌》多言澧阳、澧浦，则其说盖可信矣。汉谷永言：'楚怀王隆祭祀，事鬼神，欲以获福助，却秦师，而兵破地削，身辱国危。'则原之《九歌》，盖为是作欤？"

秦、楚丹阳大战，秦虏楚将屈匄。楚割汉中地和于秦。

《史记·楚世家》："十七年春，与秦战丹阳，秦大败我军，斩甲士八万，虏我大将军屈匄、裨将军逢侯丑等七十余人，遂取汉中之郡。楚怀王大怒，乃悉国兵复袭秦，战于蓝田，大败楚军。韩、魏闻楚之困，乃南袭楚，至于邓。楚闻，乃引兵归。"

按：屈匄乃屈原之父辈，他的阵亡，与屈原被疏黜，乃屈氏家族走向衰落之转捩点。屈原为此《国殇》，彰显屈匄及将士之"生当作人杰，死亦为鬼雄"的不朽意志和精神。

《九歌·国殇》云：

操吴戈兮被犀甲，车错毂兮短兵接。
旌蔽日兮敌若云，矢交坠兮士争先。
凌余阵兮躐余行，左骖殪兮右刃伤。
霾两轮兮絷四马，援玉枹兮击鸣鼓。
天时坠兮威灵怒，严杀尽兮弃原野。
出不入兮往不反，平原忽兮路超远。
带长剑兮挟秦弓，首身离兮心不惩。
诚既勇兮又以武，终刚强兮不可凌。
身既死兮神以灵，魂魄毅兮为鬼雄。

《史记·屈原列传》："楚怀王贪而信张仪，遂绝齐，使使如秦受地。张仪诈之曰：'仪与王约六里，不闻六百里。'楚使怒去，归告怀王。怀王怒，大兴师伐秦。秦发兵击之，大破楚师于丹、浙，斩首八万，虏楚将屈匄，遂取楚之汉中地。怀王乃悉发国中兵以深入击秦，战于蓝田。魏闻之，袭楚至邓。楚兵惧，自秦归。而齐竟怒不救楚，楚大困。"

《史记·张仪列传》："张仪至秦，详失绥堕车，不朝三月。楚王闻之，曰：'仪以寡人绝齐未甚邪？'乃使勇士至宋，借宋之符，北骂齐王。齐王大怒，折节而下秦。秦齐之交合，张仪乃朝，谓楚使者曰：'臣有奉邑六里，愿以献大王左右。'楚使者曰：'臣受令于王，以商、於之地六百里，不闻六里。'还报楚王，楚王大怒，发兵而攻秦。陈轸曰：'轸可发口言乎？攻之不如割地反以赂秦，与之并兵而攻齐，是我出地于秦，取偿于齐也，王国尚可存。'楚王不听，卒发兵而使将军屈匄击秦。秦齐共攻楚，斩首八万，杀屈匄，遂取丹阳、汉中之地。楚又复益发兵而袭秦，至蓝田，大战，楚大败，于是楚割两城以与秦平。"

张仪劝昭雎说楚王逐昭滑、陈轸。屈原谏昭滑。

《战国策·楚策一·张仪相秦》："张仪相秦，谓昭雎曰：'楚无鄢郢、汉中，有所更得乎？'曰：'无有。'曰：'无昭雎（雎，实"滑"之讹——笔者注）、陈轸，有所更得乎？'曰：'无所更得。'张仪曰：'为仪谓楚王：逐昭雎（滑）、陈轸，请复鄢郢、汉中。'昭雎归报楚王，楚王说之。

有人谓昭雎（滑）曰：'甚矣，楚王不察于争名者也。韩求相工陈籍而周不听，魏求相綦母恢而周不听，何以也？周："是列县畜我也。"今楚，万乘之强国也；大王，天下之贤主也。今仪曰：逐君与陈轸，而王听之，是楚自行不如周，而仪重于韩、魏之王也。且仪之所行，有功名者秦也，所欲贵富者魏也。欲为攻于魏，必南伐楚。故攻有道，外绝其交，内逐其谋臣。陈轸夏人也，习于三晋之事，故逐之，则楚无谋臣矣。今君能用楚之众，故亦逐之，则楚众不用矣。此所谓内攻之者也，而王不知察。今君何不见臣于王，请为王使齐交不绝。齐交不绝，仪闻之，其效鄢郢、汉中必缓矣。是昭睢之言不信也，王必薄之。'"

　　按：据赵逵夫考证，此处的"有人"就是屈原。此处屈原要求昭滑"今君何不见臣于王，请为王使齐交不绝"，即要求昭滑将自己引荐给怀王使齐。

　　刘向《新序·节士》："张仪因使楚绝齐，许谢地六百里。怀王信左右之奸谋，听张仪之邪说，遂绝强齐之大辅。楚既绝齐，而秦欺以六里，怀王大怒，举兵伐秦，大战者数。秦兵大败楚师，斩首数万级。秦使人愿以汉中地谢，怀王不听，愿得张仪而甘心焉。张仪曰：'以一仪而易汉中地，何爱仪？'请行，遂至楚。楚囚之。上官大夫之属共言之王，王归之。是时怀王悔不用屈原之策，以至于此，于是复用屈原。"

　　按：刘向记事时间跨度较大，实际情况是：昭滑引荐屈原于怀王后，怀王复用屈原；屈原使齐期间，怀王方纵张仪。由屈原使齐看，其职官很有可能还是行人之职。屈原被起用，当在丹阳大战后，屈原使齐。

　　按：楚怀王十八年，屈原使齐返楚，见于《史记·楚世家》"张仪已去，屈原使从齐来"以及《史记·屈原列传》"是时屈平既疏，不复在位，使于齐，顾反"之记载。齐、楚二都，相距甚远，屈原十八年由齐返楚，故将其动身使齐之时系于本年。本年，张仪说楚、齐绝，而秦、齐攻楚，故屈原使齐，当在丹阳大战之后。屈匄乃屈原父辈人物，此战中被杀，屈原使齐时忍辱负重的心情可以想见。又：张仪赴楚被囚、靳尚与郑袖劝楚怀王释张仪、张仪纵去，其中有一个时间间隔，故知屈原使齐，当与张仪赴楚先后不远。

　　屈原呼吸着汉江清风，萌生作《渔父》的意趣。于是有《渔父》问世：

　　屈原既放，游于江潭，行吟泽畔，颜色憔悴，形容枯槁。渔父见而问之曰："子非三闾大夫与？何故至于斯？"屈原曰："举世皆浊我独清，众人皆醉我独醒，是以见放。"

　　渔父曰："圣人不凝滞于物，而能与世推移。世人皆浊，何不淈其泥而汤其波？众人皆醉，何不哺其糟而啜其醨？何故深思高举，自令放为？"

屈原曰："吾闻之，新沐者必弹冠，新浴者必振衣。安能以身之察察，受物之汶汶者乎？宁赴湘流，葬于江鱼之腹中。安能以皓皓之白，而蒙世俗之尘埃乎？"

渔父莞尔而笑，鼓枻而去，乃歌曰："沧浪之水清兮，可以濯吾缨；沧浪之水浊兮，可以濯吾足。"遂去，不复与言。

公元前311年，周赧王四年，楚怀王十八年，屈原三十三岁。

楚怀王听郑袖之言释张仪。屈原使齐返楚，劝怀王杀张仪。

《史记·楚世家》："十八年，秦使使约复与楚亲，分汉中之半以和楚。楚王曰：'愿得张仪，不愿得地。'张仪闻之，请之楚。秦王曰：'楚且甘心于子，奈何？'张仪曰：'臣善其左右靳尚，靳尚又能得事于楚王幸姬郑袖，袖所言无不从者。且仪以前使负楚以商、於之约，今秦楚大战，有恶，臣非面自谢楚不解。且大王在，楚不宜敢取仪。诚杀仪以便国，臣之愿也。'仪遂使楚。至，怀王不见，因而囚张仪，欲杀之。仪私于靳尚，靳尚为请怀王曰：'拘张仪，秦王必怒。天下见楚无秦，必轻王矣。'又谓夫人郑袖曰：'秦王甚爱张仪，而王欲杀之，今将以上庸之地六县赂楚，以美人聘楚王，以宫中善歌者为之媵。楚王重地，秦女必贵，而夫人必斥矣。夫人不若言而出之。'郑袖卒言张仪于王而出之。仪出，怀王因善遇仪，仪因说楚王以叛从约而与秦合亲，约婚姻。张仪已去，屈原使从齐来，谏王曰：'何不诛张仪？'怀王悔，使人追仪，弗及。是岁，秦惠王卒。"

《史记·屈原列传》："明年（即本年，怀王十八年——笔者注），秦割汉中地与楚以和。楚王曰：'不愿得地，愿得张仪而甘心焉。'张仪闻，乃曰：'以一仪而当汉中地，臣请往如楚。'如楚，又因厚币用事者臣靳尚，而设诡辩于怀王之宠姬郑袖。怀王竟听郑袖，复释去张仪。是时屈平既疏，不复在位，使于齐，顾反，谏怀王曰：'何不杀张仪？'怀王悔，追张仪不及。"

《史记·张仪列传》："秦要楚欲得黔中地，欲以武关外易之。楚王曰：'不愿易地，愿得张仪而献黔中地。'秦王欲遣之，口弗忍言。张仪乃请行。惠王曰：'彼楚王怒子之负以商、於之地，是且甘心于子。'张仪曰：'秦强楚弱，臣善靳尚，尚得事楚夫人郑袖，袖所言皆从。且臣奉王之节使楚，楚何敢加诛？假令诛臣而为秦得黔中之地，臣之上愿。'遂使楚。楚怀王至则囚张仪，将杀之。靳尚谓郑袖曰：'子亦知子之贱于王乎？'郑袖曰：'何也？'靳尚曰：'秦王甚爱张仪而不欲出之，今将以上庸之地六县赂楚，美人聘楚，以宫中善歌讴者为媵。楚王重地尊秦，秦女必贵而夫人斥矣。不若为言而出之。'于是郑袖日夜言怀王曰：'人臣各为其主用。今地未入秦，秦使张仪来，至重王。王未有礼而杀张仪，秦必大怒攻楚。妾请子母俱迁江南，毋为秦所鱼肉也。'怀王后悔，赦张仪，厚礼之如故。"

按：由《楚世家》与《屈原列传》记载，知屈原事迹楚史旧有资料，当属可靠。由靳尚亲张仪、屈原被疏尚能使齐看，靳尚为"连横"派，屈原信从"合纵"说。屈原使齐，知其与齐关系较为亲密。靳尚背后则有张仪与强秦的支持，屈原被疏，主要与当时的政治形势有关。另：张仪赴楚劝与秦亲，或者与屈原使齐有关。

《史记·屈原列传》："怀王以不知忠臣之分，故内惑于郑袖，外欺于张仪，疏屈平而信上官大夫、令尹子兰。兵挫地削，亡其六郡，身客死于秦，为天下笑。"

按：《屈原列传》中的"兵挫地削，亡其六郡，身客死于秦，为天下笑"，当属汉人议论混入正书。此记载与谷永之言相近。任国瑞认为当作于怀王十七年："《九歌》之名，古亦有之。王逸认为：'《九歌》者，屈原之所作也。'王逸以后向无异词，但王逸将《九歌》说成是放逐江南时的作品，却遭到了汉代另一位著名学者谷永的反对。谷永说：'楚怀王隆祀祭，事鬼神，欲以获福，助却秦师，而兵挫地削，身辱国危，则原之《九歌》盖为作焉。''却秦师'，事在本年。"

《九歌》非作于一时一地，谷永说未必准确。据《屈原列传》"亡其六郡"考虑，《国殇》可能与丹阳大战和秦杀屈匄有关。"带长剑兮挟秦弓，首身离兮心不惩。诚既勇兮又以武，终刚强兮不可凌。身既死兮神以灵，子魂魄兮为鬼雄。"较为符合屈匄的被杀事件。屈匄，或作屈丐、屈盖，姜亮夫《史记屈原列传疏证》以为是屈原父辈，死时当在五十岁以上。屈原编《九歌》，与此历史事件有关。而对丹阳将士与屈匄的怀念，当在屈原使齐返楚之后。

秦惠王薨，子武王立。六国连横之约皆解。《资治通鉴》："武王自为太子时，不说张仪，及即位，群臣多毁短之。诸侯闻仪与秦王有隙，皆畔衡，复合从。"

公元前310年，周赧王五年，楚怀王十九年，屈原三十四岁。

秦武王元年。张仪离秦赴魏。秦武王、魏襄王会于临晋。

楚昭鱼为令尹。

《史记·魏世家》："九年，与秦王会临晋。张仪、魏章皆归于魏。魏相田需死，楚害张仪、犀首、薛公。楚相昭鱼谓苏代曰：'田需死，吾恐张仪、犀首、薛公有一人相魏者也。'"

按：据《魏世家》"楚相昭鱼"云云，知昭鱼已为令尹。

楚王收昭雎。

《战国策·楚策三·楚王令昭雎之秦重张仪》："楚王令昭雎之秦重张仪。未至，惠王死。武王逐张仪。楚王因收昭雎以取齐。桓臧为雎谓楚王曰：'横亲之不合也，仪贵惠王而善雎也。今惠王死，武王立，仪走，公孙郝、甘茂贵。甘茂善魏，公孙郝善韩。二人固不善雎也，必以秦合韩、魏。韩、魏之重仪，仪有秦而雎以楚重之。今仪困秦而雎收楚，韩、魏欲得秦，必善二人者。将收韩、魏轻仪而伐楚，方城必危。王不如复雎，而重仪于韩、魏。仪据楚势，挟魏重，以与秦争。魏不合秦，韩亦不从，则方城无患。'"

按：昭雎是亲秦派与连横派，与张仪关系紧密。楚惠王死，楚武王逐张仪，怀王十八年连横约解，楚连横派失势，故昭雎见收。

屈原在朝。

鹖冠子约生于本年（详参赵逵夫主编《先秦文学编年史》，商务印书馆2010年版，第1138页）。

秦蜀相壮反，秦使甘茂定蜀诛壮。秦伐义渠、丹犁。

赵立吴娃为后，生子何。

公元前309年，周赧王六年，楚怀王二十年，屈原三十五岁。

宋玉约生于本年。《史记·屈原贾生列传》："屈原既死之后，楚有宋玉、唐勒、景差之徒者，皆好辞而以赋见称。"《襄阳耆旧传》："宋玉者，楚之鄢人也。"

按：详参赵逵夫主编《先秦文学编年史》（商务印书馆2010年版，第1147页）。

秦初置丞相，以樗里疾为右丞相，甘茂为左丞相。
张仪卒于魏。
赵筑野台。
《大事记解题》："按《赵世家》：'王出九门为野台（徐广曰：在常山），以望齐中山之境。'"

公元前308年，周赧王七年，楚怀王二十一年，屈原三十六岁。
秦樗里疾免相，相韩。秦武王、魏襄王会于应。
秋，秦丞相甘茂庶长封伐韩宜阳。
秦渭水赤三日。

公元前307年，周赧王八年，楚怀王二十二年，屈原三十七岁。
正月，赵武灵王大朝信宫，召肥义与议天下，五日而毕。赵初胡服。赵王伐中山，取丹丘、爽阳、鸿之塞，又取鄗、石邑、封龙、东垣。中山献四邑以和。
《史记·赵世家》："（赵武灵王）十九年春正月，大朝信宫。召肥义与议天下，五日而毕。王北略中山之地，至于房子，遂之代，北至无穷，西至河，登黄华之上。"
《史记·六国年表》："（赵武灵王十九年）初胡服。"
按：赵武灵王议胡服事，《水经注》引《竹书纪年》在魏襄王十七年（即楚怀王二十七年），与《史记》记载不同。
楚景翠救韩。
秦拔韩宜阳，斩首六万，又取武遂城之。韩使公孙侈入谢。
秦逐公孙衍，其后为魏所杀。
魏太子朝于秦。
八月，秦武王举鼎绝膑而薨。武王好勇，力士任鄙、乌获、孟说皆至大官。无子，异母弟稷立，是为昭王。昭王母楚人，号宣太后。秦立芈八子为太后听政。
《资治通鉴》："秦宣太后异父弟曰穰侯魏冉，同父弟曰华阳君芈戎；王之同母弟曰高陵君、泾阳君。魏冉最贤，自惠王、武王时，任职用事。武王薨，诸弟争立，唯魏冉力能立昭王。昭王即位，以冉为将军，卫咸阳。是岁，庶长壮及大臣、诸公子谋作乱，魏冉诛之；及惠文后皆不得良死，悼武王后出归于魏，王兄弟不善者，魏冉皆灭之。王少，宣太后自治事，任魏冉为政，威震秦国。"

屈原作《惜诵》。

《九章·惜诵》云：

> 惜诵以致愍兮，发愤以抒情。
> 所作忠而言之兮，指苍天以为正。
> 令五帝使析中兮，戒六神与向服。
> 俾山川以备御兮，命咎繇使听直。
> 竭忠诚以事君兮，反离群而赘肬。
> 忘儇媚以背众兮，待明君其知之。
> 言与行其可迹兮，情与貌其不变。
> 故相臣莫若君兮，所以证之不远。
> 吾谊先君而后身兮，羌众人之所仇。
> 专惟君而无他兮，又众兆之所雠。
> 壹心而不豫兮，羌不可保也。
> 疾亲君而无他兮，有招祸之道也。
> 思君其莫我忠兮，忽忘身之贱贫。
> 事君而不贰兮，迷不知宠之门。
> 忠何罪以遇罚兮，亦非余之所志。
> 行不群以巅越兮，又众兆之所咍。
> 纷逢尤以离谤兮，謇不可释。
> 情沉抑而不达兮，又蔽而莫之白。
> 心郁邑余侘傺兮，又莫察余之中情。
> 固烦言不可结诒兮，愿陈志而无路。
> 退静默而莫余知兮，进号呼又莫吾闻。
> 申侘傺之烦惑兮，中闷瞀之忳忳。
> 昔余梦登天兮，魂中道而无杭。
> 吾使厉神占之兮，曰有志极而无旁。
> 终危独以离异兮，曰君可思而不可恃。
> 故众口其铄金兮，初若是而逢殆。
> 惩于羹者而吹齑兮，何不变此志也？

欲释阶而登天兮，犹有曩之态也。
众骇遽以离心兮，又何以为此伴也？
同极而异路兮，又何以为此援也？
晋申生之孝子兮，父信谗而不好。
行婞直而不豫兮，鲧功用而不就。
吾闻作忠以造怨兮，忽谓之过言。
九折臂而成医兮，吾至今而知其信然。
矰弋机而在上兮，罻罗张而在下。
设张辟以娱君兮，愿侧身而无所。
欲儃佪以干傺兮，恐重患而离尤。
欲高飞而远集兮，君罔谓汝何之？
欲横奔而失路兮，坚志而不忍。
背膺牉以交痛兮，心郁结而纡轸。
捣木兰以矫蕙兮，凿申椒以为粮。
播江离与滋菊兮，愿春日以为糗芳。
恐情质之不信兮，故重著以自明。
矫兹媚以私处兮，愿曾思而远身。

按：任国瑞认为："《惜诵》一篇，大多认为作于怀王朝初谗见疏之后。王夫之定为迁谪江南后。郭沫若定在顷襄王六、七年以后。蒋骥定在谗人交构、楚王造怒之际，即本年。夏大霖、游国恩、林云铭定为怀王十七年。陆侃如定在怀王二十四年。"赵逵夫认为是怀王二十六年（前303）前后的作品。

由《惜诵》中"惜诵以致愍兮，发愤以抒情。所作忠而言之兮，指苍天以为正"之言，可知屈原还在为被疏愤愤不平；"竭忠诚以事君兮，反离群而赘肬。忘儇媚以背众兮，待明君其知之"，一方面还竭力为国事奔走，一方面还对怀王起用自己充满信心，所以屈原会说："言与行其可迹兮，情与貌其不变。故相臣莫若君兮，所以证之不远。"《惜诵》叙述符合屈原此时的心情，故将此篇系于本年。

公元前306年，周赧王九年，楚怀王二十三年，屈原三十八岁。
楚与齐、韩合纵。

《史记·楚世家》:"二十年,齐湣王欲为从长,恶楚之与秦合,乃使使遗楚王书曰:'寡人患楚之不察于尊名也。今秦惠王死,武王立,张仪走魏,樗里疾、公孙衍用,而楚事秦。夫樗里疾善乎韩,而公孙衍善乎魏;楚必事秦,韩、魏恐,必因二人求合于秦,则燕、赵亦宜事秦。四国争事秦,则楚为郡县矣。王何不与寡人并力收韩、魏、燕、赵,与为从而尊周室,以案兵息民,令于天下?莫敢不乐听,则王名成矣。王率诸侯并伐,破秦必矣。王取武关、蜀、汉之地,私吴、越之富而擅江海之利,韩、魏割上党,西薄函谷,则楚之强百万也。且王欺于张仪,亡地汉中,兵锉蓝田,天下莫不代王怀怒。今乃欲先事秦!愿大王孰计之。'

楚王业已欲和于秦,见齐王书,犹豫不决,下其议群臣。群臣或言和秦,或曰听齐。昭雎曰:'王虽东取地于越,不足以刷耻;必且取地于秦,而后足以刷耻于诸侯。王不如深善齐、韩以重樗里疾,如是则王得韩、齐之重以求地矣。秦破韩宜阳,而韩犹复事秦者,以先王墓在平阳,而秦之武遂去之七十里,以故尤畏秦。不然,秦攻三川,赵攻上党,楚攻河外,韩必亡。楚之救韩,不能使韩不亡,然存韩者楚也。韩已得武遂于秦,以河山为塞,所报德莫如楚厚,臣以为其事王必疾。齐之所信于韩者,以韩公子眛为齐相也。韩已得武遂于秦,王甚善之,使之以齐、韩重樗里疾,疾得齐、韩之重,其主弗敢弃疾也。今又益之以楚之重,樗里子必言秦,复与楚之侵地矣。'于是怀王许之,竟不合秦,而合齐以善韩。"

《资治通鉴》:"(怀王二十三年)楚王与齐、韩合从。"

《大事记解题》:"《世家》载此事于怀王二十年,是时宜阳未拔,武遂未归也。大抵战国之事,多经辩士润色,故多差舛,今从《通鉴》载于怀王二十三年。"

按:楚怀王听从昭雎意见联齐成功的主要原因有二:第一,主张连横的张仪已死;第二,屈原使齐效果初显。此时屈原被起用,参与朝政,故联齐策略得以成功。有人怀疑昭雎之言极可能是屈原的主张,但昭雎是亲秦派,与屈原意见向来不合,故《楚世家》之昭雎,很可能亦是"昭滑"之误。

秦昭王元年,楚攻韩,秦甘茂救韩,楚兵退去。秦以武遂还韩。

甘茂奔齐。秦以樗里疾为丞相,与魏议和而退。

《史记·秦本纪》:"昭襄王元年,严君疾为相。甘茂出之魏。"

《大事记解题》:"按《本纪》昭王元年,严君疾为相,甘茂出之魏。

严君，樗里疾所封也。本传、《战国策》皆言甘茂亡秦之齐，盖时方伐魏，自魏而奔齐也。"

赵武灵王二十年，攻中山至宁葭（今河北石家庄西北），攻略胡地至榆中（今河套东北部）。

公元前305年，周赧王十年，楚怀王二十四年，屈原三十九岁。
彗星见。

初夏，屈原被放逐于汉北云梦，任掌梦之职。

按：汉北，即楚人所言江陵以东、汉水东流一段的北岸（即今湖北钟祥、京山、天门、应城、汉川等县市）。屈原被放逐汉北，林云铭、夏大霖、赵逵夫认为在本年；游国恩、孙作云、金开诚、戴志均等认为在本年与次年之间。赵逵夫认为《抽思》"望孟夏之短夜兮"，即写屈原被放逐初到汉北之心情。又《招魂》："帝告巫阳曰：'有人在下，我欲辅之。魂魄离散，汝筮予之。'巫阳对曰：'掌梦！上帝：其难从；若必筮予之，恐后之谢，不能复用。'"赵逵夫据此推断屈原被放逐汉北后，任掌梦，负责云梦山林泽薮及君王、大臣在云梦的游猎事宜。详见《先秦文学编年史》（商务印书馆2010年版，第1154—1157页）。

屈原先任左徒，后被贬为三闾大夫，今又被放逐。结合本年楚背齐合秦看，屈原被放逐，有可能与屈原"合纵"联齐的政治主张有关，故屈原被放逐在本年的可能性较大，甚至可以说在楚背齐合秦之前。

楚背齐合秦。《楚世家》："二十四年，倍齐而合秦。秦昭王初立，乃厚赂于楚。楚往迎妇。"

秋，屈原作《抽思》。

《九章·抽思》云：

> 心郁郁之忧思兮，独永叹乎增伤。
> 思蹇产之不释兮，曼遭夜之方长。
> 悲秋风之动容兮，何回极之浮浮。
> 数惟荪之多怒兮，伤余心之忧忧。
> 愿摇起而横奔兮，览民尤以自镇。
> 结微情以陈词兮，矫以遗夫美人。
> 昔君与我诚言兮，曰黄昏以为期。

羌中道而回畔兮，反既有此他志。
憍吾以其美好兮，览余以其修姱。
与余言而不信兮，盖为余而造怒。
愿承闲而自察兮，心震悼而不敢。
悲夷犹而冀进兮，心怛伤之憺憺。
兹历情以陈辞兮，荪详聋而不闻。
固切人之不媚兮，众果以我为患。
初吾所陈之耿著兮，岂至今其庸亡？
何独乐斯之謇謇兮？愿荪美之可光。
望三王以为像兮，指彭咸以为仪。
夫何极而不至兮，故远闻而难亏。
善不由外来兮，名不可以虚作。
孰无施而有报兮，孰不实而有获？
少歌曰：
与美人抽怨兮，并日夜而无正。
憍吾以其美好兮，敖朕辞而不听。
倡曰：
有鸟自南兮，来集汉北。
好姱佳丽兮，牉独处此异域。
既惸独而不群兮，又无良媒在其侧。
道卓远而日忘兮，愿自申而不得。
望北山而流涕兮，临流水而太息。
望孟夏之短夜兮，何晦明之若岁！
惟郢路之辽远兮，魂一夕而九逝。
曾不知路之曲直兮，南指月与列星。
愿径逝而未得兮，魂识路之营营。
何灵魂之信直兮，人之心不与吾心同！
理弱而媒不通兮，尚不知余之从容。
乱曰：
长濑湍流，溯江潭兮。
狂顾南行，聊以娱心兮。
轸石崴嵬，蹇吾愿兮。

超回志度，行隐进兮。
低徊夷犹，宿北姑兮。
烦冤瞀容，实沛徂兮。
愁叹苦神，灵遥思兮。
路远处幽，又无行媒兮。
道思作颂，聊以自救兮。
忧心不遂，斯言谁告兮！

蒋骥《山带阁注楚辞》："其作文次第，年代幽远，无可参核。窃尝以意推之，首《惜诵》，次《离骚》，次《抽思》，次《思美人》，次《卜居》，次《大招》，次《哀郢》，次《涉江》，次《渔父》，次《怀沙》，次《招魂》，次《悲回风》，次《惜往日》终焉。初失位，志在洁身，作《惜诵》。已而决计为彭咸，作《离骚》。十八年后，放居汉北，秋作《抽思》。逾年春，作《思美人》。其三年，作《卜居》。此皆怀王时也。怀王末年，召还郢，顷襄即位，自郢放陵阳。三年，怀王归葬，作《大招》。居陵阳九年，作《哀郢》。已而自陵阳入辰溆，作《涉江》。又自辰溆出武陵，作《渔父》。适长沙，作《怀沙》、《招魂》。其秋，作《悲回风》。逾年五月沉湘，作《惜往日》。盖察其辞意，稽其道里有可征者，故列疏于诸篇，而目次则仍其旧，以存疑也。若《九歌》、《天问》、《橘颂》、《远游》，文辞浑然，莫可推诘，固弗敢强为之说云。"

按：据《九章·抽思》"心郁郁之忧思兮，独永叹乎增伤。思蹇产之不释兮，曼遭夜之方长。悲秋风之动容兮，何回极之浮浮"，知当时为秋季。据"有鸟自南兮，来集汉北"，知屈原在汉北时作。多数研究者认为屈原在怀王朝汉北时作《抽思》。蒋骥定为怀王十八年，游国恩、夏大霖定为怀王二十四年，林云铭、屈复、姜亮夫定为怀王二十六年，汪瑗定为顷襄王二十一年，郭沫若定为顷襄王二十年，饶宗颐定为怀王入秦以后，赵逵夫等定于本年。

《抽思》有"昔君与我成言兮，曰黄昏以为期。羌中道而回畔兮，反既有此他志"，学者对此句推测较多，结合本年楚背齐合秦看，很可能与楚怀王先合纵齐、韩，后背齐合秦的反复无常有关。而"与余言而不信兮，盖为余而造怒"，也说明了这一点。另据其中"道思作颂，聊以自救兮"，《抽思》应该为屈原赴汉北道中作。

公元前304年，周赧王十一年，楚怀王二十五年，屈原四十岁。

秦昭王、楚怀王盟于黄棘，秦复与楚上庸。《史记·楚世家》："二十五年，怀王入与秦昭王盟，约于黄棘。秦复与楚上庸。"

《大事记解题》："上庸，本庸国地，属汉中（今为房州竹山县），楚庄王始灭之，屈匄之败，为秦所取。（甘茂数张仪之功曰："南取上庸。"盖上庸汉中之要地也。）至是，怀王入与秦昭王盟，约于黄棘，故秦复归之也。（《史记正义》曰："黄棘，盖在房襄二州。"）"

春，屈原作《思美人》。

《九章·思美人》云：

> 思美人兮，揽涕而伫眙。
> 媒绝路阻兮，言不可结而诒。
> 蹇蹇之烦冤兮，陷滞而不发。
> 申旦以舒中情兮，志沉菀而莫达。
> 愿寄言于浮云兮，遇丰隆而不将。
> 因归鸟而致辞兮，羌宿高而难当。
> 高辛之灵盛兮，遭玄鸟而致诒。
> 欲变节以从俗兮，媿易初而屈志。
> 独历年而离愍兮，羌凭心犹未化。
> 宁隐闵而寿考兮，何变易之可为！
> 知前辙之不遂兮，未改此度。
> 车既覆而马颠兮，蹇独怀此异路。
> 勒骐骥而更驾兮，造父为我操之，
> 迁逡次而勿驱兮，聊假日以须时。
> 指嶓冢之西隈兮，与纁黄以为期。
> 开春发岁兮，白日出之悠悠。
> 吾将荡志而愉乐兮，遵江夏以娱忧。
> 揽大薄之芳茝兮，搴长洲之宿莽。
> 惜吾不及古人兮，吾谁与玩此芳草？
> 解萹薄与杂菜兮，备以为交佩。
> 佩缤纷以缭转兮，遂萎绝而离异。
> 吾且儃佪以娱忧兮，观南人之变态。

窃快在中心兮，扬厥凭而不竢。
芳与泽其杂糅兮，羌芳华自中出。
纷郁郁其远蒸兮，满内而外扬。
情与质信可保兮，羌居蔽而闻章。
令薜荔以为理兮，惮举趾而缘木。
因芙蓉而为媒兮，惮褰裳而濡足。
登高吾不说兮，入下吾不能。
固朕形之不服兮，然容与而狐疑。
广遂前画兮，未改此度也。
命则处幽吾将罢兮，愿及白日之未暮也。
独茕茕而南行兮，思彭咸之故也。

蒋骥《山带阁注楚辞》："此亦怀王时斥居汉北之辞，盖继《抽思》而作者也。美人，即《抽思》所欲陈词之美人，谓君也。"

任国瑞《屈原年谱》：蒋骥定本篇作于怀王十九年。夏大霖定为怀王二十四年。林云铭定为怀王二十五年。王夫之定为顷襄王时，王说现代学者颇响应。陆侃如定为顷襄王三年。游国恩定为顷襄王七、八年左右。郭沫若定为顷襄王二十年。汪瑗定为顷襄王二十一年以后。姜亮夫定为本年。本篇与屈原遭谗见放，怀王反复无常，而屈原与怀王受知有素等史实吻合。且屈原曾有为左徒代令尹之时，对怀王觉悟的等待是自然的。若对顷襄王就无所谓"聊假日以须时"了。

按：赵逵夫《先秦文学编年史》亦系《思美人》于本年。据"开春发岁兮，白日出之悠悠"，知当作于春季；据"吾将荡志而愉乐兮，遵江夏以娱忧"，可知当作于汉北。从其中"知前辙之不遂兮，未改此度。车既覆而马颠兮，蹇独怀此异路"，符合屈原联齐政策被怀王合楚政策替代、屈原被放逐汉北的史实。

公元前 303 年，周赧王十二年，楚怀王二十六年，屈原四十一岁。
彗星见。
秦取魏蒲阪、晋阳、封陵，取韩武遂。赵攻中山。
齐、韩、魏伐楚。
《史记·楚世家》："二十六年，齐、韩、魏为楚负其从亲而合于秦，三国共伐楚。楚使太子入质于秦而请救。秦乃遣客卿通将兵救楚,三国引兵去。"

宋钘本年前后卒。

于本年前后,屈原作《惜诵》,被视为受疏黜后辩解自身忠贞之前《离骚》,或小《离骚》。

《惜诵》乃屈原受疏黜初期自述心迹,可当作《小离骚》来寻味,作于大《离骚》之前。"指苍天以为正。令五帝以折中兮,戒六神与向服",其人穷返本,呼吁天地之愤懑情绪,可以令人心灵发颤。

经过一些时日的反思、沉淀、提升、淬炼,于是大《离骚》横空出世了,为人类文化史上高举独标、壮丽雄奇之心灵史诗。《离骚》全诗凡372句2461字,风生水起,洋洋洒洒。

诗云:

> 帝高阳之苗裔兮,朕皇考曰伯庸。
> 摄提贞于孟陬兮,惟庚寅吾以降。
> 皇览揆余初度兮,肇锡余以嘉名:
> 名余曰正则兮,字余曰灵均。
> 纷吾既有此内美兮,又重之以修能。
> 扈江离与辟芷兮,纫秋兰以为佩。
> 汨余若将不及兮,恐年岁之不吾与。
> 朝搴阰之木兰兮,夕揽洲之宿莽。
> 日月忽其不淹兮,春与秋其代序。
> 惟草木之零落兮,恐美人之迟暮。
> 不抚壮而弃秽兮,何不改乎此度?
> 乘骐骥以驰骋兮,来吾道夫先路!
> 昔三后之纯粹兮,固众芳之所在。
> 杂申椒与菌桂兮,岂惟纫夫蕙茝!
> 彼尧、舜之耿介兮,既遵道而得路。
> 何桀纣之猖披兮,夫唯捷径以窘步。
> 惟夫党人之偷乐兮,路幽昧以险隘。
> 岂余身之殚殃兮,恐皇舆之败绩!
> 忽奔走以先后兮,及前王之踵武。

荃不察余之中情兮，反信谗而齌怒。
余固知謇謇之为患兮，忍而不能舍也。
指九天以为正兮，夫唯灵修之故也。
曰黄昏以为期兮，羌中道而改路！
初既与余成言兮，后悔遁而有他。
余既不难夫离别兮，伤灵修之数化。
余既滋兰之九畹兮，又树蕙之百亩。
畦留夷与揭车兮，杂杜衡与芳芷。
冀枝叶之峻茂兮，愿俟时乎吾将刈。
虽萎绝其亦何伤兮，哀众芳之芜秽。
众皆竞进以贪婪兮，凭不厌乎求索。
羌内恕己以量人兮，各兴心而嫉妒。
忽驰骛以追逐兮，非余心之所急。
老冉冉其将至兮，恐修名之不立。
朝饮木兰之坠露兮，夕餐秋菊之落英。
苟余情其信姱以练要兮，长顑颔亦何伤。
擥木根以结茝兮，贯薜荔之落蕊。
矫菌桂以纫蕙兮，索胡绳之纚纚。
謇吾法夫前修兮，非世俗之所服。
虽不周于今之人兮，愿依彭咸之遗则。
长太息以掩涕兮，哀民生之多艰。
余虽好修姱以鞿羁兮，謇朝谇而夕替。
既替余以蕙纕兮，又申之以揽茝。
亦余心之所善兮，虽九死其犹未悔。
怨灵修之浩荡兮，终不察夫民心。
众女嫉余之蛾眉兮，谣诼谓余以善淫。
固时俗之工巧兮，偭规矩而改错。
背绳墨以追曲兮，竞周容以为度。
忳郁邑余侘傺兮，吾独穷困乎此时也。
宁溘死以流亡兮，余不忍为此态也。
鸷鸟之不群兮，自前世而固然。
何方圜之能周兮，夫孰异道而相安？

屈心而抑志兮，忍尤而攘诟。
伏清白以死直兮，固前圣之所厚。
悔相道之不察兮，延伫乎吾将反。
回朕车以复路兮，及行迷之未远。
步余马于兰皋兮，驰椒丘且焉止息。
进不入以离尤兮，退将复修吾初服。
制芰荷以为衣兮，集芙蓉以为裳。
不吾知其亦已兮，苟余情其信芳。
高余冠之岌岌兮，长余佩之陆离。
芳与泽其杂糅兮，唯昭质其犹未亏。
忽反顾以游目兮，将往观乎四荒。
佩缤纷其繁饰兮，芳菲菲其弥章。
民生各有所乐兮，余独好修以为常。
虽体解吾犹未变兮，岂余心之可惩。
女媭之婵媛兮，申申其詈予。
曰：鲧婞直以亡身兮，终然殀乎羽之野。
汝何博謇而好修兮，纷独有此姱节？
薋菉葹以盈室兮，判独离而不服。
众不可户说兮，孰云察余之中情？
世并举而好朋兮，夫何茕独而不予听？
依前圣以节中兮，喟凭心而历兹。
济沅、湘以南征兮，就重华而陈词：
启《九辩》与《九歌》兮，夏康娱以自纵。
不顾难以图后兮，五子用失乎家巷。
羿淫游以佚畋兮，又好射夫封狐。
固乱流其鲜终兮，浞又贪夫厥家。
浇身被服强圉兮，纵欲而不忍。
日康娱而自忘兮，厥首用夫颠陨。
夏桀之常违兮，乃遂焉而逢殃。
后辛之菹醢兮，殷宗用而不长。
汤、禹俨而祗敬兮，周论道而莫差。
举贤才而授能兮，循绳墨而不颇。

皇天无私阿兮，览民德焉错辅。
夫维圣哲以茂行兮，苟得用此下土。
瞻前而顾后兮，相观民之计极。
夫孰非义而可用兮？孰非善而可服？
阽余身而危死兮，览余初其犹未悔。
不量凿而正枘兮，固前修以菹醢。
曾歔欷余郁邑兮，哀朕时之不当。
揽茹蕙以掩涕兮，沾余襟之浪浪。
跪敷衽以陈辞兮，耿吾既得此中正。
驷玉虬以桀鹥兮，溘埃风余上征。
朝发轫于苍梧兮，夕余至乎县圃。
欲少留此灵琐兮，日忽忽其将暮。
吾令羲和弭节兮，望崦嵫而勿迫。
路漫漫其修远兮，吾将上下而求索。
饮余马于咸池兮，总余辔乎扶桑。
折若木以拂日兮，聊逍遥以相羊。
前望舒使先驱兮，后飞廉使奔属。
鸾皇为余先戒兮，雷师告余以未具。
吾令凤鸟飞腾兮，继之以日夜。
飘风屯其相离兮，帅云霓而来御。
纷总总其离合兮，斑陆离其上下。
吾令帝阍开关兮，倚阊阖而望予。
时暧暧其将罢兮，结幽兰而延伫。
世溷浊而不分兮，好蔽美而嫉妒。
朝吾将济于白水兮，登阆风而绁马。
忽反顾以流涕兮，哀高丘之无女。
溘吾游此春宫兮，折琼枝以继佩。
及荣华之未落兮，相下女之可诒。
吾令丰隆乘云兮，求宓妃之所在。
解佩纕以结言兮，吾令謇修以为理。
纷总总其离合兮，忽纬繣其难迁。
夕归次于穷石兮，朝濯发乎洧盘。

保厥美以骄傲兮，日康娱以淫游。
虽信美而无礼兮，来违弃而改求。
览相观于四极兮，周流乎天余乃下。
望瑶台之偃蹇兮，见有娀之佚女。
吾令鸩为媒兮，鸩告余以不好。
雄鸠之鸣逝兮，余犹恶其佻巧。
心犹豫而狐疑兮，欲自适而不可。
凤皇既受诒兮，恐高辛之先我。
欲远集而无所止兮，聊浮游以逍遥。
及少康之未家兮，留有虞之二姚。
理弱而媒拙兮，恐导言之不固。
世溷浊而嫉贤兮，好蔽美而称恶。
闺中既以邃远兮，哲王又不寤。
怀朕情而不发兮，余焉能忍而与此终古？
索琼茅以筳篿兮，命灵氛为余占之。
曰：两美其必合兮，孰信修而慕之？
思九州之博大兮，岂惟是其有女？
曰：勉远逝而无狐疑兮，孰求美而释女？
何所独无芳草兮，尔何怀乎故宇？
世幽昧以眩曜兮，孰云察余之善恶？
民好恶其不同兮，惟此党人其独异！
户服艾以盈要兮，谓幽兰其不可佩。
览察草木其犹未得兮，岂珵美之能当？
苏粪壤以充帏兮，谓申椒其不芳。
欲从灵氛之吉占兮，心犹豫而狐疑。
巫咸将夕降兮，怀椒糈而要之。
百神翳其备降兮，九疑缤其并迎。
皇剡剡其扬灵兮，告余以吉故。
曰：勉升降以上下兮，求矩矱之所同。
汤、禹俨而求合兮，挚、咎繇而能调。
苟中情其好修兮，又何必用夫行媒？
说操筑于傅岩兮，武丁用而不疑。

吕望之鼓刀兮，遭周文而得举。
宁戚之讴歌兮，齐桓闻以该辅。
及年岁之未晏兮，时亦犹其未央。
恐鹈鴂之先鸣兮，使夫百草为之不芳。
何琼佩之偃蹇兮，众薆然而蔽之。
惟此党人之不谅兮，恐嫉妒而折之。
时缤纷其变易兮，又何可以淹留？
兰芷变而不芳兮，荃蕙化而为茅。
何昔日之芳草兮，今直为此萧艾也？
岂其有他故兮，莫好修之害也！
余以兰为可恃兮，羌无实而容长。
委厥美以从俗兮，苟得列乎众芳。
椒专佞以慢慆兮，樧又欲充夫佩帏。
既干进而务入兮，又何芳之能祗？
固时俗之流从兮，又孰能无变化？
览椒兰其若兹兮，又况揭车与江离？
惟兹佩之可贵兮，委厥美而历兹。
芳菲菲而难亏兮，芬至今犹未沬。
和调度以自娱兮，聊浮游而求女。
及余饰之方壮兮，周流观乎上下。
灵氛既告余以吉占兮，历吉日乎吾将行。
折琼枝以为羞兮，精琼爢以为粻。
为余驾飞龙兮，杂瑶象以为车。
何离心之可同兮？吾将远逝以自疏。
邅吾道夫昆仑兮，路修远以周流。
扬云霓之晻蔼兮，鸣玉鸾之啾啾。
朝发轫于天津兮，夕余至乎西极。
凤皇翼其承旗兮，高翱翔之翼翼。
忽吾行此流沙兮，遵赤水而容与。
麾蛟龙使梁津兮，诏西皇使涉予。
路修远以多艰兮，腾众车使径待。
路不周以左转兮，指西海以为期。

> 屯余车其千乘兮，齐玉轪而并驰。
> 驾八龙之婉婉兮，载云旗之委蛇。
> 抑志而弭节兮，神高驰之邈邈。
> 奏《九歌》而舞《韶》兮，聊假日以偷乐。
> 陟升皇之赫戏兮，忽临睨夫旧乡。
> 仆夫悲余马怀兮，蜷局顾而不行。
> 乱曰：
> 已矣哉！
> 国无人莫我知兮，又何怀乎故都！
> 既莫足与为美政兮，吾将从彭咸之所居！

按：《史记·屈原列传》此段叙述为司马迁评论之语。根据司马迁的认识，《离骚》应该作于屈原第一次被放逐之时。王逸、蒋骥认识同司马迁。但现代学者根据《离骚》的记载，大多主张作于被放逐汉北时。金开诚《屈原辞研究·离骚的创作年代》以为，《离骚》作年上限在楚怀王十八年（前311），下限在怀王二十七年（前302），但从《抽思》中的陈辞看，应作于怀王二十五年至二十七年之间。任国瑞、赵逵夫《先秦文学编年史》系于怀王二十七年。任国瑞《屈原年谱》认为："旧说多以为《离骚》作于怀王朝屈原被疏或被放以后，但均未详明。洪兴祖《楚辞补注》及钱穆《通表三》定为本年。陆侃如定为怀王十三年。郭沫若定为顷襄王二十一年。游国恩定为顷襄王三至五年以后。刘德重定为怀王二十八至三十年间。从感情忧愤而深广看，当在政治上失意之时，即在上官夺稿，王疏屈原之后。然怀王客死于秦的史事只字未提，应当在此之前。作品气势之雄伟，当在精力充沛之时，'老冉冉其将至兮'，可证并非年轻；'及年岁之未晏兮，时亦其犹未央'，说明并未老。此一年龄阶段与本年年岁正好吻合。"

《史记》记载司马迁称屈原作《离骚》之年，在屈原被疏、张仪说楚绝齐之间，虽然属于司马迁插入评论之语，但未必无据。《离骚》中虽然有些地名、人名与汉北有关，但这不能成为屈原作《离骚》于汉北之确证。为稳妥计，仍以司马迁记载为准。

公元前302年，周赧王十三年，楚怀王二十七年，屈原四十二岁。
魏襄王、韩太子婴朝秦，秦昭王会之于临晋，以蒲阪归魏。

楚太子横自秦亡归。

《史记·楚世家》："二十七年，秦大夫有私与楚太子斗，楚太子杀之而亡归。"

公元前301年，周赧王十四年，楚怀王二十八年，屈原四十三岁。

日食。秦昼晦。

秦蜀郡守辉反，司马错定蜀诛之。秦伐韩取穰。

秦泾阳君为质于齐。

按：《六国年表》与《资治通鉴》皆系于怀王二十九年，《大事记》系于本年。泾阳君，秦昭王之弟，名市，封于泾阳（今陕西泾阳西北）。本年，秦率齐诸国攻楚，次年楚怀王以太子为质于齐，故知秦泾阳君为质于齐，当在本年方合乎常理。

秦、齐、韩、魏攻楚，杀楚将唐眛，斩首二万。

《史记·楚世家》："二十八年，秦乃与齐、韩、魏共攻楚，杀楚将唐眛，取我重丘而去。"

吴玉搢《别雅》卷四："唐篾，唐眛也。《荀子·议兵》篇'唐篾死'注：'《史记》："楚怀王二十八年，秦与齐韩魏共攻楚，杀楚将唐眛。"眛与篾同。'按《唐韵古音》，篾音莫计切。《宋书·武帝纪》：'临朐有巨篾水。'《水经注》袁宏谓之巨眛水，眛乃篾之去声，读篾字微高则如眛，读眛字微重则如篾。古人书多口传，南北语音不齐，故所传或异。学者当心解其所以致异之故，勿但以传写之讹抹煞一切也。"

按：唐眛，赵逵夫认为与司马子椒为同一人。唐眛，即唐蔑。

秦蜀郡守李冰凿离堆，避沫水之害，穿二江成都中。魏史起引漳水溉邺。

秦将白起攻陷鄢郢，引夷水漫灌，溺死军民数十万，使鄢郢成为"臭池"；又焚烧夷陵，毁楚国宗庙。屈原无限悲愤，作《天问》。

《天问》云：

曰：遂古之初，谁传道之？
上下未形，何由考之？
冥昭瞢暗，谁能极之？
冯翼惟象，何以识之？

明明暗暗，惟时何为？
阴阳三合，何本何化？
圜则九重，孰营度之？
惟兹何功，孰初作之？
斡维焉系，天极焉加？
八柱何当，东南何亏？
九天之际，安放安属？
隅隈多有，谁知其数？
天何所沓？十二焉分？
日月安属？列星安陈？
出自汤谷，次于蒙汜。
自明及晦，所行几里？
夜光何德，死则又育？
厥利维何，而顾菟在腹？
女岐无合，夫焉取九子？
伯强何处？惠气安在？
何阖而晦？何开而明？
角宿未旦，曜灵安藏？
不任汨鸿，师何以尚之？
佥曰"何忧，何不课而行之？"
鸱龟曳衔，鲧何听焉？
顺欲成功，帝何刑焉？
永遏在羽山，夫何三年不施？
伯禹愎鲧，夫何以变化？
纂就前绪，遂成考功。
何续初继业，而厥谋不同？
洪泉极深，何以窴之？
地方九则，何以坟之？
河海应龙？何尽何历？
鲧何所营？禹何所成？
康回冯怒，墬何故以东南倾？
九州安错？川谷何洿？

东流不溢，孰知其故？
东西南北，其修孰多？
南北顺椭，其衍几何？
昆仑县圃，其尻安在？
增城九重，其高几里？
四方之门，其谁从焉？
西北辟启，何气通焉？
日安不到？烛龙何照？
羲和之未扬，若华何光？
何所冬暖？何所夏寒？
焉有石林？何兽能言？
焉有虬龙，负熊以游？
雄虺九首，儵忽焉在？
何所不死？长人何守？
靡蓱九衢，枲华安居？
灵蛇吞象，厥大何如？
黑水玄趾，三危安在？
延年不死，寿何所止？
鲮鱼何所？鬿堆焉处？
羿焉彃日？乌焉解羽？
禹之力献功，降省下土四方。
焉得彼涂山女，而通之于台桑？
闵妃匹合，厥身是继。
胡维嗜不同味，而快鼌饱？
启代益作后，卒然离蠥。
何启惟忧，而能拘是达？
皆归射鞠，而无害厥躬。
何后益作革，而禹播降？
启棘宾商，《九辩》《九歌》。
何勤子屠母，而死分竟地？
帝降夷羿，革孽夏民。
胡射夫河伯，而妻彼雒嫔？

冯珧利决，封豨是射。
何献蒸肉之膏，而后帝不若？
浞娶纯狐，眩妻爱谋。
何羿之射革，而交吞揆之？
阻穷西征，岩何越焉？
化而为黄熊，巫何活焉？
咸播秬黍，莆藿是营。
何由并投，而鲧疾修盈？
白蜺婴茀，胡为此堂？
安得夫良药，不能固臧？
天式从横，阳离爰死。
大鸟何鸣，夫焉丧厥体？
蓱号起雨，何以兴之？
撰体协胁，鹿何膺之？
鳌戴山抃，何以安之？
释舟陵行，何之迁之？
惟浇在户，何求于嫂？
何少康逐犬，而颠陨厥首？
女歧缝裳，而馆同爰止。
何颠易厥首，而亲以逢殆？
汤谋易旅，何以厚之？
覆舟斟寻，何道取之？
桀伐蒙山，何所得焉？
妹嬉何肆，汤何殛焉？
舜闵在家，父何以鱃？
尧不姚告，二女何亲？
厥萌在初，何所亿焉？
璜台十成，谁所极焉？
登立为帝，孰道尚之？
女娲有体，孰制匠之？
舜服厥弟，终然为害。
何肆犬豕，而厥身不危败？

吴获迄古，南岳是止。
孰期去斯，得两男子？
缘鹄饰玉，后帝是飨。
何承谋夏桀，终以灭丧？
帝乃降观，下逢伊挚。
何条放致罚，而黎服大说？
简狄在台，喾何宜？
玄鸟致贻，女何喜？
该秉季德，厥父是臧。
胡终弊于有扈，牧夫牛羊？
干协时舞，何以怀之？
平胁曼肤，何以肥之？
有扈牧竖，云何而逢？
击床先出，其命何从？
恒秉季德，焉得夫朴牛？
何往营班禄，不但还来？
昏微循迹，有狄不宁。
何繁鸟萃棘，负子肆情？
眩弟并淫，危害厥兄。
何变化以作诈，而后嗣逢长？
成汤东巡，有莘爰极。
何乞彼小臣，而吉妃是得？
水滨之木，得彼小子。
夫何恶之，媵有莘之妇？
汤出重泉，夫何辠尤？
不胜心伐帝，夫谁使挑之？
会朝争盟，何践吾期？
苍鸟群飞，孰使萃之？
到击纣躬，叔旦不嘉。
何亲揆发足，周之命以咨嗟？
授殷天下，其位安施？
反成乃亡，其罪伊何？

争遣伐器，何以行之？
并驱击翼，何以将之？
昭后成游，南土爰底。
厥利惟何，逢彼白雉？
穆王巧梅，夫何为周流？
环理天下，夫何索求？
妖夫曳炫，何号于市？
周幽谁诛？焉得夫褒姒？
天命反侧，何罚何佑？
齐桓九会，卒然身杀。
彼王纣之躬，孰使乱惑？
何恶辅弼，谗谄是服？
比干何逆，而抑沉之？
雷开阿顺，而赐封之？
何圣人之一德，卒其异方？
梅伯受醢，箕子详狂？
稷维元子，帝何竺之？
投之于冰上，鸟何燠之？
何冯弓挟矢，殊能将之？
既惊帝切激，何逢长之？
伯昌号衰，秉鞭作牧。
何令彻彼岐社，命有殷国？
迁藏就岐，何能依？
殷有惑妇，何所讥？
受赐兹醢，西伯上告。
何亲就上帝罚，殷之命以不救？
师望在肆，昌何识？
鼓刀扬声，后何喜？
武发杀殷，何所悒？
载尸集战，何所急？
伯林雉经，维其何故？
何感天抑墜，夫谁畏惧？

皇天集命，惟何戒之？
受礼天下，又使至代之？
初汤臣挚，后兹承辅。
何卒官汤，尊食宗绪？
勋阖梦生，少离散亡。
何壮武厉，能流厥严？
彭铿斟雉，帝何飨？
受寿永多，夫何久长？
中央共牧，后何怒？
蜂蛾微命，力何固？
惊女采薇，鹿何佑？
北至回水，萃何喜？
兄有噬犬，弟何欲？
易之以百两，卒无禄？
薄暮雷电，归何忧？
厥严不奉，帝何求？
伏匿穴处，爰何云？
荆勋作师，夫何长？
悟过改更，我又何言？
吴光争国，久余是胜。
何环穿自闾社丘陵，爰出子文？
吾告堵敖以不长。
何试上自予，忠名弥彰？

《天问》乃是旷世奇文，开篇一个"曰"字，石破天惊，与文题缀合，是"天问曰"，以天问人，随手拈来各种时空中的政治社会人生，参差拷问，用理性怀疑精神消解了传统的神话观和历史观。其思维形态，又采取宗庙壁画的方式，错乱时空，比起西方意识流从近代心理学角度错乱时空，早了两千年。这就是必须承认的中国诗学的原创性。如王逸《楚辞章句》云："《天问》者，屈原之所作也。屈原忧心愁悴，彷徨山泽，经历陵陆，嗟号旻昊，仰天叹息，见楚有先王之庙及公卿祠堂，图画天地山川神灵琦玮及古圣贤怪物行事，周流罢倦，休息其下，仰见图画，因书其壁，呵而问之，以泄愤懑，舒写愁思。楚人哀惜屈原，因共论述，故其文义不次序云尔。"

任国瑞《屈原年谱》认为《天问》作于顷襄王二十一年："王逸定《天问》作于放逐江南时。柳宗元定为怀襄之间。游国恩定为放江南时（从后来改变说）。陈子展定为怀王二十五年。郭沫若定为顷襄王七年以后。陆侃如定为本年。刘梦鹏定为顷襄王十二年。陈玚定为顷襄王时。"

按：据王逸，《天问》乃屈原"见楚有先王之庙及公卿祠堂""仰见图画，因书其壁，呵而问之，以泄愤懑，舒写愁思"，"楚人哀惜屈原，因共论述"之作。此处可以给我们几点信息：第一，楚先王庙在长江以北，故《天问》当作于放逐汉北时；第二，《天问》乃"呵壁"之作；第三，其目的是"以泄愤懑，舒写愁思"，此时屈原心情复杂，"愤懑"与"愁思"皆有；第四，屈原《天问》写定后，又经后人编次。如果王逸的说法可靠，屈原"愤懑"之情，盖源于楚怀王绥靖政策的破产，其合秦政策，终不能止秦攻伐之举，反而使得原来的联齐策略亦功败垂成；其"愁思"心情，盖为"见楚有先王之庙及公卿祠堂"而思，一者不能恢复先王建功立业之壮举，二者不能重新获得怀王信任和起用。但无论如何，《天问》最初写定于汉北，并且在怀王时。结合史实，将《天问》作年系于本年为宜。怀王之后，屈原不复有被重新起用之幻想。

赵逵夫先以为《天问》作于怀王二十七年（《〈天问〉的作时、主题与创作动机》，《西北师大学报》2000年第1期），后修正为怀王二十八年（《先秦文学编年史》，第1171页）。

按：屈原作《离骚》之后，紧接着又作《天问》，均为宏篇杰构，可见其创造性精力之超等旺盛，非常人可比也。

公元前300年，周赧王十五年，楚怀王二十九年，屈原四十四岁。
秦樗里疾卒，以赵人楼缓为丞相。
楚怀王召回屈原。怀王使太子为质于齐。屈原使齐。
《史记·楚世家》："二十九年，秦复攻楚，大破楚，楚军死者二万，杀我将军景缺。怀王恐，乃使太子为质于齐以求平。"

蒋骥《山带阁注楚辞》："二十九年，秦复攻楚，大破楚军，死者二万，杀将军景缺。王恐，乃复使太子质齐以求平。按：此武关之衅所由启也。是时，秦所惮者，独有一齐，故楚怀始与齐亲。而张仪设诈以绝之，既合于齐，而秦复厚赂以要之，今之设质求平，盖有以深中秦之忌矣。原始为楚东结齐援，诚良策也。十八年使齐之行，殆以原素睦于齐，欲令谢过以复旧好，不幸又为张仪连横之说所愚。自后倏合倏离，反复无定，至于诸国交攻，丧师无日。使原立朝，岂容默默而已哉？益知谏释张仪之后，当复以谗见放也。兹因秦伐而求平于齐，岂悔心之萌而原所以复还也欤？"

按：屈原从汉北回朝时间，学界多认为在本年。屈原是联齐的主要支持者，故让屈原陪太子使齐，是有可能的。蒋骥的说法有其道理。

公元前299年，周赧王十六年，楚怀王三十年，屈原四十五岁。

秦昭王与楚怀王书，约其会于武关。

《史记·楚世家》："三十年，秦复伐楚，取八城。秦昭王遗楚王书曰：'始寡人与王约为弟兄，盟于黄棘，太子为质，至欢也。太子陵杀寡人之重臣，不谢而亡去，寡人诚不胜怒，使兵侵君王之边。今闻君王乃令太子质于齐以求平。寡人与楚接境壤界，故为婚姻，所从相亲久矣。而今秦楚不欢，则无以令诸侯。寡人愿与君王会武关，面相约，结盟而去，寡人之愿也。敢以闻下执事。'楚怀王见秦王书，患之。欲往，恐见欺；无往，恐秦怒。"

屈原、昭雎等人劝楚怀王拒秦昭王之会。怀王不听被囚，楚大臣共立公子横为王，是为顷襄王。

《史记·楚世家》："昭雎曰：'王毋行，而发兵自守耳。秦虎狼，不可信，有并诸侯之心。'怀王子子兰劝王行，曰：'奈何绝秦之欢心！'于是往会秦昭王。昭王诈令一将军伏兵武关，号为秦王。楚王至，则闭武关，遂与西至咸阳，朝章台，如蕃臣，不与亢礼。楚怀王大怒，悔不用昭子言。秦因留楚王，要以割巫、黔中之郡。楚王欲盟，秦欲先得地。楚王怒曰：'秦诈我而又强要我以地！'不复许秦。秦因留之。"

《史记·屈原贾生列传》："时秦昭王与楚婚，欲与怀王会。怀王欲行，屈平曰：'秦虎狼之国，不可信，不如毋行。'怀王稚子子兰劝王行：'奈何绝秦欢！'怀王卒行。入武关，秦伏兵绝其后，因留怀王，以求割地。怀王怒，不听。"

按：《史记·楚世家》"昭雎"劝怀王，赵逵夫认为当是"昭滑"之误。比较屈原与昭雎之言，屈原之言，似乎是对昭雎之言的简略化。如果抛开二人有一误的理解，二人可能是在不同场合说类似的话，并且意见不谋而合。《山带阁注楚辞》："屈原谏不载，盖互文耳。"

公元前298年，周赧王十七年，楚顷襄王元年，屈原四十六岁。

赵楼缓入秦为相。孟尝君逃回齐国。齐、魏、韩攻秦至函谷关。赵惠文王元年，以弟公子胜为相，封平原君。胜好客，与齐孟尝、魏信陵、楚春申四君，号战国四公子，各有门客三千人。

秦伐楚，大破楚军。《史记·楚世家》："顷襄王横元年，秦要怀王不可得地，楚立王以应秦，秦昭王怒，发兵出武关攻楚，大败楚军，斩首五万，取析十五城而去。"

二月，屈原被放于江南之野，至陵阳。《史记·屈原列传》："长子顷襄王立，以其弟子兰为令尹。楚人既咎子兰以劝怀王入秦而不反也……令尹子兰闻之大怒，卒使上官大夫短屈原于顷襄王，顷襄王怒而迁之。"

对于屈原之行藏，《九章·哀郢》极其值得寻味，读懂此篇，可得屈原之三昧矣：

　　皇天之不纯命兮，何百姓之震愆。
　　民离散而相失兮，方仲春而东迁。
　　去故乡而就远兮，遵江、夏以流亡。
　　出国门而轸怀兮，甲之晁吾以行。
　　发郢都而去闾兮，怊荒忽其焉极。
　　楫齐扬以容与兮，哀见君而不再得。
　　望长楸而太息兮，涕淫淫其若霰。
　　过夏首而西浮兮，顾龙门而不见。
　　心婵媛而伤怀兮，眇不知其所蹠。
　　顺风波以从流兮，焉洋洋而为客。
　　凌阳侯之泛滥兮，忽翱翔之焉薄。
　　心絓结而不解兮，思蹇产而不释。
　　将运舟而下浮兮，上洞庭而下江。
　　去终古之所居兮，今逍遥而来东。
　　羌灵魂之欲归兮，何须臾而忘反。
　　背夏浦而西思兮，哀故都之日远。

登大坟以远望兮,聊以舒吾忧心。
哀州土之平乐兮,悲江介之遗风。
当陵阳之焉至兮,淼南渡之焉如。
曾不知夏之为丘兮,孰两东门之可芜。
心不怡之长久兮,忧与愁其相接。
惟郢路之遥远兮,江与夏之不可涉。
忽若去不信兮,至今九年而不复。
惨郁郁而不通兮,蹇侘傺而含戚。
外承欢之汋约兮,谌荏弱而难持。
忠湛湛而愿进兮,妒被离而鄣之。
尧、舜之抗行兮,瞭杳杳而薄天。
众踥人之嫉妒兮,被以不慈之伪名。
憎愠惀之修美兮,好夫人之忼慨。
众踥蹀而日进兮,美超远而逾迈。
乱曰:
曼余目以流观兮,冀壹反之何时?
鸟飞反故乡兮,狐死必首丘。
信非吾罪而弃逐兮,何日夜而忘之。

按:鄢郢此别,"至今九年而不复",屈原流放江南矣。"发郢都而去闾兮",屈原任三闾大夫之职二十余年,如今要"去闾",至此也画上了句号。屈原由此终结了一个过去,也拓展了一个未来。

《史记·楚世家》:"顷襄王横元年,秦要怀王不可得地,楚立王以应秦,秦昭王怒,发兵出武关攻楚,大败楚军,斩首五万,取析十五城而去。"

蒋骥《山带阁注楚辞》:"元年,秦攻楚,大败楚军,斩首五万,取析十五城。屈子迁于江南陵阳,当在是年仲春。"

戴震《屈原赋注·屈原赋音义下》"东迁"条:"屈原东迁,疑即当顷襄王元年。秦发兵,出武关攻楚,大破楚军,时怀王辱于秦,兵败地丧,民散相失,故有'皇天不纯命'之语。"(清光绪辛卯年广雅书局刻本)

按:吕祖谦《大事记解题》以为在楚顷襄王三年。其《大事记》:

"（周赧王十九年）楚以王子兰为令尹，放屈平于江南。以《列传》修。"《大事记解题》："王子兰，劝怀王入秦者也，而以为令尹。屈平，谏怀王入秦者也，而放之江南，顷襄王可谓不君矣。"由于没有更明确的证据，姑且将屈原被放系于本年，也是有其合理性的。

秋，屈原往返于沅湘一带。

冬，屈原作《涉江》。

《九章·涉江》云：

> 余幼好此奇服兮，年既老而不衰。
> 带长铗之陆离兮，冠切云之崔嵬，被明月兮佩宝璐。
> 世混浊而莫余知兮，吾方高驰而不顾。
> 驾青虬兮骖白螭，吾与重华游兮瑶之圃。
> 登昆仑兮食玉英，与天地兮同寿，与日月兮同光。
> 哀南夷之莫吾知兮，旦余济乎江湘。
> 乘鄂渚而反顾兮，欸秋冬之绪风。
> 步余马兮山皋，邸余车兮方林。
> 乘舲船余上沅兮，齐吴榜以击汰。
> 船容与而不进兮，淹回水而疑滞。
> 朝发枉渚兮，夕宿辰阳。
> 苟余心其端直兮，虽僻远之何伤？
> 入溆浦余儃徊兮，迷不知吾所如。
> 深林杳以冥冥兮，乃猿狖之所居。
> 山峻高以蔽日兮，下幽晦以多雨。
> 霰雪纷其无垠兮，云霏霏而承宇。
> 哀吾生之无乐兮，幽独处乎山中。
> 吾不能变心而从俗兮，固将愁苦而终穷。
> 接舆髡首兮，桑扈裸行。
> 忠不必用兮，贤不必以。
> 伍子逢殃兮，比干菹醢。
> 与前世而皆然兮，吾又何怨乎今之人！
> 余将董道而不豫兮，固将重昏而终身！
> 乱曰：

鸾鸟凤皇，日以远兮。
燕雀乌鹊，巢堂坛兮。
露申辛夷，死林薄兮。
腥臊并御，芳不得薄兮。
阴阳易位，时不当兮。
怀信佗傺，忽乎吾将行兮！

按：蒋骥《楚辞余论》、游国恩《屈原作品介绍》、陆侃如《屈原评传》，皆系《涉江》于《哀郢》之后。据《涉江》"阴阳易位，时不当兮"，显然是就令尹子兰等流放屈原而言。且其中多有"吾与重华游兮瑶之圃，登昆仑兮食玉英"等游仙思想，并无亡国之恨。《涉江》作于本年的可能性最大。赵逵夫《先秦文学编年史》系于本年。又有作于楚顷襄王九年、十二年等说。

公元前297年，周赧王十八年，楚顷襄王二年，屈原四十七岁。

楚怀王自秦走赵，赵人不受，秦追及之以归。《史记·楚世家》："二年，楚怀王亡逃归，秦觉之，遮楚道，怀王恐，乃从间道走赵以求归。赵主父在代，其子惠王初立，行王事，恐，不敢入楚王。楚王欲走魏，秦追至，遂与秦使复之秦。怀王遂发病。"

《史记·六国年表》："（秦昭襄王十年）楚怀王亡之赵，赵弗内。""（赵惠文王二年）楚怀王亡来，弗内。"

公元前296年，周赧王十九年，楚顷襄王三年，屈原四十八岁。

怀王死于秦，秦归其丧于楚。楚与秦绝。《史记·楚世家》云："顷襄王三年，怀王卒于秦，秦归其丧于楚。楚人皆怜之，如悲亲戚。诸侯由是不直秦。秦楚绝。"

《大事记解题》："楚之视秦，盖不共戴天之雠，绝之正也。明年已受秦粟，又三年而迎妇于秦，可胜诛哉？"

齐湣王五年，齐、魏、韩军破秦函谷关。秦以河外及武遂还韩，以河外及封陵还魏。

魏伐楚。

《大事记解题》："按《战国策》，或谓魏王曰：'中山恃齐、魏以轻赵，齐、魏伐楚而赵亡中山。'国所以亡者，皆有所恃也。以《史记》考之，赵主父与齐、燕共灭中山，则齐非中山之与国。今削去齐字。苏厉说赵王亦曰：'物固有势异而患同者。昔者楚人久伐而中山亡。'盖为楚与魏久连兵，中山失其助而亡也。"

韩襄王死，在位十六年。子釐王咎立。

魏襄王死，在位二十三年。子昭王遫立。

赵惠文王三年，主父灭中山，迁其王于扶施（今陕西榆林南）。赵在此数年中又灭林胡、楼烦，建云中（今内蒙古大青山以南，黄河南岸及长城以北地区）、雁门（今山西北部神池、五寨、宁武等县以北及内蒙古一部分地区）二郡。

楚怀王被拘，客死于秦，归葬于楚，景差作《大招》，袭用中原音韵"只"，官样文章，冠冕堂皇。屈原已经没有充当文学侍从之臣的资格，却以楚地音韵"些"，作情感丰沛之《招魂》。

《招魂》云：

> 朕幼清以廉洁兮，身服义而未沫。
> 主此盛德兮，牵于俗而芜秽。
> 上无所考此盛德兮，长离殃而愁苦。
> 帝告巫阳曰："有人在下，我欲辅之。
> 魂魄离散，汝筮予之。"
> 巫阳对曰："掌梦！上帝其难从。
> 若必筮予之，恐后之谢不能复用。"
> 巫阳焉乃下招曰：
> 魂兮归来！
> 去君之恒干，何为四方些？
> 舍君之乐处，而离彼不祥些！
> 魂兮归来！东方不可以讬些。
> 长人千仞，惟魂是索些。
> 十日代出，流金铄石些。
> 彼皆习之，魂往必释些。
> 归来兮！不可以讬些。
> 魂兮归来！南方不可以止些。

雕题黑齿，得人肉以祀，以其骨为醢些。
蝮蛇蓁蓁，封狐千里些。
雄虺九首，往来倏忽，吞人以益其心些。
归来兮！不可久淫些。
魂兮归来！西方之害，流沙千里些。
旋入雷渊，爢散而不可止些。
幸而得脱，其外旷宇些。
赤蚁若象，玄蜂若壶些。
五谷不生，丛菅是食些。
其土烂人，求水无所得些。
彷徉无所倚，广大无所极些。
归来兮！恐自遗贼些。
魂兮归来！北方不可以止些。
增冰峨峨，飞雪千里些。
归来兮！不可以久些。
魂兮归来！君无上天些。
虎豹九关，啄害下人些。
一夫九首，拔木九千些。
豺狼从目，往来侁侁些。
悬人以嬉，投之深渊些。
致命于帝，然后得瞑些。
归来！往恐危身些。
魂兮归来！君无下此幽都些。
土伯九约，其角鬐鬐些。
敦脄血拇，逐人伂駓駓些。
参目虎首，其身若牛些。
此皆甘人，归来！恐自遗灾些。
魂兮归来！入修门些。
工祝招君，背行先些。
秦篝齐缕，郑绵络些。
招具该备，永啸呼些。
魂兮归来！反故居些。

天地四方，多贼奸些。
像设君室，静闲安些。
高堂邃宇，槛层轩些。
层台累榭，临高山些。
网户朱缀，刻方连些。
冬有突厦，夏室寒些。
川谷径复，流潺湲些。
光风转蕙，泛崇兰些。
经堂入奥，朱尘筵些。
砥室翠翘，挂曲琼些。
翡翠珠被，烂齐光些。
蒻阿拂壁，罗帱张些。
纂组绮缟，结琦璜些。
室中之观，多珍怪些。
兰膏明烛，华容备些。
二八侍宿，射递代些。
九侯淑女，多迅众些。
盛鬋不同制，实满宫些。
容态好比，顺弥代些。
弱颜固植，謇其有意些。
姱容修态，絙洞房些。
蛾眉曼睩，目腾光些。
靡颜腻理，遗视矊些。
离榭修幕，侍君之闲些。
翡帷翠帐，饰高堂些。
红壁沙版，玄玉梁些。
仰观刻桷，画龙蛇些。
坐堂伏槛，临曲池些。
芙蓉始发，杂芰荷些。
紫茎屏风，文缘波些。
文异豹饰，侍陂陁些。
轩辌既低，步骑罗些。

兰薄户树，琼木篱些。
魂兮归来！何远为些？
室家遂宗，食多方些。
稻粢穱麦，挐黄粱些。
大苦醎酸，辛甘行些。
肥牛之腱，臑若芳些。
和酸若苦，陈吴羹些。
胹鳖炮羔，有柘浆些。
鹄酸臇凫，煎鸿鸧些。
露鸡臛蠵，厉而不爽些。
粔籹蜜饵，有餦餭些。
瑶浆蜜勺，实羽觞些。
挫糟冻饮，酎清凉些。
华酌既陈，有琼浆些。
归来反故室，敬而无妨些。
肴羞未通，女乐罗些。
陈钟按鼓，造新歌些。
《涉江》、《采菱》，发《扬荷》些。
美人既醉，朱颜酡些。
嬉光眇视，目曾波些。
被文服纤，丽而不奇些。
长发曼鬋，艳陆离些。
二八齐容，起郑舞些。
衽若交竿，抚案下些。
竽瑟狂会，搷鸣鼓些。
宫庭震惊，发《激楚》些。
吴歈蔡讴，奏大吕些。
士女杂坐，乱而不分些。
放陈组缨，班其相纷些。
郑卫妖玩，来杂陈些。
《激楚》之结，独秀先些。
菎蔽象棋，有六簙些。

分曹并进，遒相迫些。
成枭而牟，呼五白些。
晋制犀比，费白日些。
铿钟摇簴，揳梓瑟些。
娱酒不废，沉日夜些。
兰膏明烛，华灯错些。
结撰至思，兰芳假些。
人有所极，同心赋些。
酎饮尽欢，乐先故些。
魂兮归来！反故居些。
乱曰：
献岁发春兮汨吾南征，菉蘋齐叶兮白芷生。
路贯庐江兮左长薄，倚沼畦瀛兮遥望博。
青骊结驷兮齐千乘，悬火延起兮玄颜烝。
步及骤处兮诱骋先，抑骛若通兮引车右还。
与王趋梦兮课后先，君王亲发兮惮青兕。
朱明承夜兮时不可以淹，皋兰被径兮，斯路渐。
湛湛江水兮上有枫，目极千里兮伤春心。
魂兮归来哀江南！

"楚些"而不是"楚只"，成了楚音的代名词。如宋人苏辙《和子瞻雪浪斋》诗云："谪居杜老尝东屯，波涛绕屋知龙尊。门前石岩立精铁，潮汐洗尽莓苔昏。野人相望夹水住，扁舟时过江西村。窗中缟练舒眼界，枕上雷霆惊耳门。不堪水怪妄欺客，欲借楚些时招魂。人生出处固难料，流萍著水初无根。旌旗旋逐金鼓发，蓑笠尚带风雨痕。高斋雪浪卷苍石，北叟未见疑戏论。激泉飞水行亦冻，穷边腊雪如翻盆。一杯径醉万事足，江城气味犹应存。"朱熹《朱子语类》卷一百三十九云："楚些，沈存中以'些'为咒语，如今释子念'娑婆诃'三合声，而巫人之祷亦有此声。此却说得好。盖今人只求之于雅，而不求之于俗，故下一半都晓不得。"金人元好问（字裕之）赴试并州，道逢捕雁者，捕得二雁，一死，一脱网去。其脱网者，空中盘旋，哀鸣良久，亦投地死。元遂以金赎得二雁，瘗汾水傍，垒石为识，号曰雁丘。因赋《摸鱼儿》词云："问世间，情为何物？直教生死相许。天南地北双飞客，老翅几回寒暑。欢乐趣，离别苦，就中更有痴儿女。君应有语，渺万里层云，千山暮雪，只影向谁去？　　横汾路，寂寞当年箫鼓。荒烟依旧平楚。招魂楚些何嗟及，山鬼暗啼风雨。天也妒，未信与莺儿燕子俱黄土。千秋万古，为留待骚人，狂歌痛饮，来访雁丘处。"清人龚自珍诗云："前辈即背谬，厥谬亦沉沉。弱龄羡高隐，端居媚幽独。晨诵《白驹》诗，相思在空谷。稍长诵楚些，《招魂》招且读。陈为乐之方，巫阳语何缛。嘉遁苦太清，行乐苦太浊。愿言移歌钟，来就伊人躅。天涯富兰蕙，吾心富丘壑。蹉跎复蹉跎，芳流两寂寞。忽忽生遐心，终朝闭金玉。"宋人虞俦《除夜书怀》诗云："吴楚乡风异，悲欢物态多。岁华惊晚暮，吾道恐蹉跎。莫唱黄鸡曲，宁为白石歌。明年六十一，不醉待如何。"又有《叶大猷挽诗》云："月旦评犹在，题舆事已非。田园宁作计，鸥鹭本忘机。此地期相款，终天愿忽违。西风送丹旐，老泪不禁挥。非意俱飘瓦，高怀只杜门。谁云九地底，犹抱十年冤。未尽沧浪兴，难招楚些魂。伤心追往事，愁极却无言。疏抗廷臣右，经传弟子行。江淮归德政，蛮貊诵文章。世路风波恶，仙家日月长。西林曾有约，楚挽莫凄凉。西帅予曾忝，无何马首东。计台初不远，交篆竟成空。夜壑移舟半，淮山落木中。堂堂宁复见，丹旐猎霜风。"明万历诗人高濂《沁园春·美人声》云："解语名花，临风启齿，种种生怜。喜牵情此际，频呼小玉，泥人数刻，强问双钿。似燕伤春，疑莺恋母，换羽移宫字字妍。冰绡内，却倩谁扶枕，一笑云偏。　　芳心拖逗当年。悄低诉、愁衷暮雨前。痛花痕红浅，吟悲楚些，蝶魂香杳，唤醒愁缘。酒后盟言，梦回尔汝，毕竟情教细语传。仍何事，还挑灯絮数，不尽缠绵。"

关于《招魂》作者问题。共有以下几种说法：

1. 屈原作。《史记·屈原贾生列传》太史公曰："余读《离骚》、《天问》、《招魂》、《哀郢》，悲其志。"可知司马迁将《招魂》视作屈原作品。

2. 宋玉作。王逸《楚辞章句》："《招魂》者，宋玉之所作也。招者，召也，以手曰招，以言曰召。魂者，身之精也。宋玉怜哀屈原，忠而斥弃，愁懑山泽，魂魄放佚，厥命将落，故作《招魂》，欲以复其精神，延其年寿，外陈四方之恶，内崇楚国之美，以讽谏怀王，冀其觉悟而还之也。"朱熹《楚辞集注》："宋玉哀闵屈原无罪放逐，恐其魂魄离散而不复还，遂因国俗，托帝命，假巫语以招之。"（《楚辞集注》，上海古籍出版社1979年版，第133页）

一般的认识，还是认为《招魂》乃屈原之作。

关于《招魂》所招对象问题。共有以下几种说法：

关于《招魂》魂主，历来说法很多。

1. 招屈原魂。王逸认为是宋玉作，以招屈原魂。明黄文焕《楚辞听直》、清林云铭《楚辞灯》认为是屈原作，自招生魂。

2. 招怀王魂。清吴汝纶《古文辞类纂评点》认为屈原招怀王生魂；赵逵夫据其中"与王趋梦兮课后先，君王亲发兮惮青兕"，认为是怀王在云梦狩猎射兕受惊，屈原作以招怀王生魂，且作于楚怀王二十六年前后。

清方东树认为《招魂》"所陈荒淫之乐，皆人主之礼体，非人臣所得有也"（方东树：《昭昧詹言》，人民文学出版社2006年版，第346页）。姜亮夫先生认为："《招魂》的礼制，不是用于一般人的，而是诸侯以上的礼制，是王者之制，只能用于楚王。""说《招魂》为屈原招怀王，不仅礼制上说得通，如陈列的物品是王者气象，吃的东西，住的宫殿，歌舞队的人数等都是王者之制；而且，长沙马王堆汉墓中出土的帛画也可以说明。"（姜亮夫：《楚辞今绎讲录》，北京出版社1983年版，第98页）

3. 招楚考烈王。刘刚《宋玉作〈招魂〉作新证》（《鞍山师范大学学报》2001年第4期）。

其他还有招顷襄王说等。

综合上述各说，《招魂》出于屈原之手，且所招为怀王魂，较为合理。再比较《大招》和《招魂》的文辞与内容，大致相似，故很可能是怀王死后所招之辞，不可能是招生魂，因为招生魂不可能如此复杂如《大招》。现代人的招生魂方式，一般比较简单，没有烦琐的程序。故《招魂》最可能是怀王死后，屈原作以招怀王亡魂。

公元前295年，周赧王二十年，楚顷襄王四年，屈原四十九岁。

秦丞相楼缓免，以穰侯魏冉为丞相。秦予楚粟。秦楚通。《史记·秦本纪》："十二年，楼缓免，穰侯魏冉为相。予楚粟五万石。"

吕祖谦《大事记解题》："楚饥而归之粟也，是时秦楚已通矣。"

燕昭王以乐毅为亚卿。

公元前294年，周赧王二十一年，楚顷襄王五年，屈原五十岁。

秦左庶长白起击韩新城。秦败魏师于解。

任鄙为汉中守以备楚。

《大事记解题》曰："以备楚也。按《白起传》，穰侯相秦，举任鄙为汉中守。鄙与乌获、孟说，以力事秦武王，至大官。孟说之族，必尝中废，至是穰侯复举之也。秦人谚曰：'力则任鄙。智则樗里。'《秦本纪》及《年表》后六年，皆书任鄙卒，盖鄙之守边，秦之所倚也。"

关于齐相薛文出走，苏轼《东坡志林》卷三云："春秋之末，至于战国，诸侯卿相皆争养士。自谋夫说客、谈天雕龙、坚白同异之流，下至击剑扛鼎、鸡鸣狗盗之徒，莫不宾礼，靡衣玉食以馆于上者，何可胜数？越王句践有君子六千人。魏无忌、齐田文、赵胜、黄歇、吕不韦，皆有客三千人。而田文招致任侠奸人六万家于薛，齐稷下谈者亦千人。魏文侯、燕昭王、太子丹，皆致客无数。下至秦、汉之间，张耳、陈余号多士，宾客厮养皆天下豪杰，而田横亦有士五百人。其略见于传记者如此，度其余，当倍官吏而半农夫也。此皆奸民蠹国者，民何以支而国何以堪乎？苏子曰：此先王之所不能免也。国之有奸也，犹鸟兽之有鸷猛，昆虫之有毒螫也。区处条理，使各安其处，则有之矣。锄而尽去之，则无是道也。吾考之世变，知六国之所以久存而秦之所以速亡者，盖出于此，不可以不察也。夫智、勇、辨、力，此四者皆天民之秀杰者也，类不能恶衣食以养人，皆役人以自养者也，故先王分天下之贵富与此四者共之。此四者不失职，则民靖矣。四者虽异，先王因俗设法，使出于一：三代以上出于学，战国至秦出于客，汉以后出于郡县吏，魏、晋以来出于九品中正，隋、唐至今出于科举，虽不尽然，取其多者论之。六国之君虐用其民，不减始皇、二世，然当是时百姓无一人叛者，以凡民之秀杰者多以客养之，不失职也。其力耕以奉上，皆椎鲁无能为者，虽欲怨叛，而莫为之先，此其所以少安而不即亡也。始皇初欲逐客，因李斯之言而止。既并天下，则以客为无用，于是任法而不任人，谓民可以恃法而治，谓吏不必才取，能守吾法而已。故堕名城，杀豪杰，民之秀异者散而归田亩。向之食于四公子、吕不韦之徒者，皆安归哉！不知其能槁项黄馘以老死于布褐乎？抑将辍耕太息以俟时也。秦之乱虽成于二世，然使始皇知畏此四人者，有以处之，使不失职，秦之亡不至若是速也。纵百万虎狼于山林而饥渴之，不知其将噬人，世以始皇为智，吾不信也。楚、汉之祸，生民尽矣，豪杰宜无几，而代相陈豨从车千乘，萧、曹为政，莫之禁也。至文、景、武之世，法令至密，然吴王濞、淮南、梁王、魏其、武安之流，皆争致宾客，世主不问也。岂惩秦之祸,以为爵禄不能尽縻天下士,故少宽之,使得或出于此也耶?若夫先王之政则不然,曰:'君子学道则爱人,小人学道则易使也。'呜呼,此岂秦、汉之所及也哉!"王安石的见解与苏轼相左,其《读孟尝君传》云:"世皆称孟尝君能得士,士以故归之,而卒赖其力以脱于虎豹之秦。嗟乎!孟尝君特鸡鸣狗盗之雄耳,岂足以言得士。不然,擅齐之强,得一士焉,宜可以南面而制秦,尚何取鸡鸣狗盗之力哉?夫鸡鸣狗盗之出其门,此士之所以不至也。"

公元前293年,周赧王二十二年,楚顷襄王六年,屈原五十一岁。
白起败韩魏联军。秦王以白起为国尉。楚谋与秦和。
《史记·楚世家》:"六年,秦使白起伐韩于伊阙,大胜,斩首二十四万。秦乃遗楚王书曰:'楚倍秦,秦且率诸侯伐楚,争一旦之命。愿王之饬士卒,得一乐战。'楚顷襄王患之,乃谋复与秦平。"

公元前292年,周赧王二十三年,楚顷襄王七年,屈原五十二岁。
秦、楚和。
《史记·楚世家》:"七年,楚迎妇于秦,秦、楚复平。"
大良造白起攻魏,取垣(今山西垣曲东南)。魏冉因病辞相,以客卿寿烛为相。

公元前291年,周赧王二十四年,楚顷襄王八年,屈原五十三岁。
秦白起攻韩,取宛(今河南南阳);司马错攻魏取轵(今河南济源东南),攻韩取邓(今河南孟州市西)。
按:宛(古称丹阳),先属楚,后属韩,乃楚先祖发祥地,与邓皆为冶铁中心。楚顷襄王七年,秦、楚和,本年始,秦用兵于韩、魏,至楚顷襄王十八年(前288),秦方又大举伐楚,其间楚国获得了十余年的和平。由此看来,此前的屈原,不可能作包含亡国之痛的《哀郢》之作。

公元前290年,周赧王二十五年,楚顷襄王九年,屈原五十四岁。
东周君朝秦。
《大事记解题》曰:"两周之君,自别为国,各事大国以自固,非王赧所能制也。"

秦丞相应侯魏冉伐魏，魏与秦河东地四百里。韩与秦武遂地二百里。

魏芒卯始以诈见重。《战国策·秦策四》："秦昭王谓左右曰：'今日韩、魏孰与始强？'对曰：'弗如也。'王曰：'今之如耳、魏齐孰与孟尝、芒卯之贤？'对曰：'弗如也。'王曰：'以孟尝、芒卯之贤，帅强韩、魏之兵以伐秦，犹无奈寡人何也，今以无能如耳？魏齐帅弱韩、魏以攻秦，其无奈寡人何，亦明矣。'左右皆曰：'甚然。'"

公元前289年，周赧王二十六年，楚顷襄王十年，屈原五十五岁。

秦大良造白起、客卿司马错伐魏，取城大小六十一。

《大事记解题》："按《穰侯传》，穰侯为将，拔魏之河内，取城大小六十余。轵者，河内之属邑也。"

孟子卒。梁涛《孟子行年考》：孟子生年，司马迁《史记·孟轲荀卿列传》、东汉赵岐《孟子章句》等均无记载。至元代张须作《孟母墓碑记》，始引《孟氏谱》，认为孟子生于周定王三十七年己酉四月二日，卒于周赧王二十六年壬申正月十五日，共活了八十四岁。《孟氏谱》的作者不详，宋时未见有人引用，其说法也有与史实不符之处。周朝有两位定王，一是春秋时的定王姬瑜（公元前606—前586在位）；一是战国时的贞定王姬介（前468—前441在位）。孟子生于战国，故只能是定王姬介。但姬介在位只有二十八年，没有三十七年。《孟氏谱》说法并不可靠。

《孟氏谱》的记载虽不可靠，后人却在此基础上推衍出两种新的说法。一是将《孟氏谱》中生年的"定"字改为"安"字，又去掉三十七前的"三"；把卒年中的二十六去掉"六"字，又把二十改为"十二"，便为生于周安王十七年（前385），卒于周赧王十二年（前303）或十三年（前302）。持此说者有明代陈镐（《阙里志》）、清代周广业（《孟子四考》）等。二是据《孟氏谱》的卒年上推八十四年，为生于周烈王四年（公元前372），卒于周赧王二十六年（前289）。持此说者有元代程复心（《孟子年谱》）、清代陈宝泉（《孟子时事考征》）、狄子奇（《孟子编年》）等。

以上第二说虽由《孟氏谱》而来，但据学者研究，它与孟子的活动大体相符，为多数学者所采用。后来虽有种种新说，但均是推算的约数，意义不大。钱穆说："知人论世，贵能求其并世之事业，不务详其生卒之年寿。今谓孟子生于烈王四年，或谓生于安王十七年，前后相去不过十五年，此不过孟子一人享寿之高下，与并世大局无关也。苟既详考孟子游仕所至，并世情势，及列国君卿大夫往来交接诸学士，则孟子一人在当时之关系已毕现，可无论其年寿之或为七十或为八十矣。无征不信，必欲穿凿，则徒自陷于劳而且拙之讥，由何为者？"（《孟子生年考》，《先秦诸子系年》，商务印书馆2001年版，第188页）今从旧说，列于本年。

按：董洪利、赵逵夫以为孟子卒于楚怀王二十七年。今从梁涛《孟子行年考》，以孟子生于公元前372年，卒于本年。

公元前288年，周赧王二十七年，楚顷襄王十一年，屈原五十六岁。

十月，秦昭王自称西帝，遣魏冉立齐愍王为东帝。苏秦劝齐王去帝号，合纵反秦。齐愍王称帝二日，复称王。

十一月秦昭王亦去帝，复称王。《史记·楚世家》："十一年，齐、秦各自称为帝；月余，复归帝为王。"

按：《楚世家》记载此事，可见楚国亦关注秦、齐称帝。

秦攻赵，拔梗阳。

公元前287年，周赧王二十八年，楚顷襄王十二年，屈原五十七岁。

秦攻魏，拔新垣、曲阳。

赵伐齐。

公元前286年，周赧王二十九年，楚顷襄王十三年，屈原五十八岁。

秦司马错击魏河内。魏献安邑以和，秦出其人归之魏。

秦败韩师于夏山。

宋灭滕。

《大事记解题》："杜氏《世族谱》云：'滕，姬姓，文王子错叔绣之后，武王封之居滕，沛郡公丘县是也。'自叔至宣公十七世，乃见《春秋》。隐公以下，春秋后六世而齐灭之。观《孟子》所载滕定公、文公，则杜氏之说误矣。《战国策》记宋王偃灭滕，其说是也。公丘县，今为徐州滕县。"

苏秦离间楚、宋。《战国策》："宋与楚为兄弟。齐攻宋，楚王言救宋，宋因卖楚重以求讲于齐，齐不听。苏秦为宋谓齐相曰：'不如与之，以明宋之卖楚重于齐也。楚怒，必绝于宋而事齐，齐、楚合，则攻宋易矣。'"

宋伐楚，取地三百里。《资治通鉴》云："宋有雀生鹯于城之陬。史占之，曰：'吉。小而生巨，必霸天下。'宋康王喜，起兵灭滕；伐薛；东败齐，取五城；南败楚，取地三百里，西败魏军。"

楚随齐、赵、韩、魏伐秦，无功而返。

《大事记解题》卷五："按《战国策》，齐欲攻宋，秦令起贾禁之，齐乃收赵以伐宋。秦王怒，属怨于赵，李兑约五国（楚、齐、赵、韩、魏也）以伐秦。无功，留天下之兵于成皋，而阴讲于秦。又欲与秦攻魏，以解其怨而取封焉……此大事也，见于《战国策》者，前后非一章。《史记》乃遗略不载，今载于齐灭宋之前。"

齐灭宋，取楚淮北。《史记·田敬仲完世家》："齐南割楚之淮北，西侵三晋，欲以并周室，为天子。泗上诸侯邹鲁之君皆称臣，诸侯恐惧。"

公元前285年，周赧王三十年，楚顷襄王十四年，屈原五十九岁。

齐愍王杀司马穰苴、狐咺、陈举。

《大事记解题》："按《战国策》，齐负郭之民有狐咺者，正议，愍王斮之檀衢，百姓不附。齐孙室子陈举直言，杀之东闾，宗族离心。司马穰苴执政者也，杀之，大臣不亲。"（按：司马穰苴为春秋时人，此说有待考证）

秦、楚和。《史记·楚世家》云："十四年，楚顷襄王与秦昭王好会于宛，结和亲。"

秦蒙武伐齐，取河东九县。

秦王诛蜀侯绾，置蜀守。

《华阳国志》卷三《蜀志》说："（周赧王）三十年，疑蜀侯绾反。（秦）王复诛之，但置蜀守，张若因取笮及其江南也。"《蜀中广记》卷三十五："《蜀记》周赧王三十年，诛蜀侯绾，置守。蜀守张若，因取笮及其江南地。"

公元前284年，周赧王三十一年，楚顷襄王十五年，屈原六十岁。

齐车裂苏秦。

按：《资治通鉴》《大事记解题》以为在楚怀王十二年（前317），如《资治通鉴》："齐大夫与苏秦争宠，使人刺秦，杀之。"《大事记解题》卷四："张仪说魏王背从约之辞曰：'亲昆弟同父母，尚有争钱财而欲恃诈伪反复苏秦之余谋，不可成亦明矣.'则秦之死，盖在今年也。"徐中舒《论〈战国策〉的编写及有关苏秦诸问题》、赵逵夫《先秦文学编年史》则认为在本年。

楚与秦、三晋、燕共伐齐。楚取齐淮北地。《史记·楚世家》："十五年，楚王与秦、三晋、燕共伐齐，取淮北。"《战国策·楚策一》：五国约以伐齐。昭阳谓楚王曰："五国以破齐，秦必南图。"楚王曰："然则奈何？"对曰："韩氏辅国也，好利而恶难。好利，可营也；恶难，可惧也。我厚赂之以利，其心必营；我悉兵以临之，其心必惧我。彼惧吾兵而营我利，五国之事必可败也。约绝之后，虽勿与地，可。"楚王曰："善。"

乐毅破齐济西、临菑、昌国。

《史记·秦本纪》：二十三年，尉斯离与三晋、燕伐齐，破之济西。王与魏王会宜阳，与韩王会新城。

按：赵逵夫《先秦文学编年史》云："秦与魏、赵、韩、燕合纵攻齐，《六国年表》等均有记载。昭阳答楚王问，或许在此背景下进行。"（《先秦文学编年史》，第1217页）

公元前283年，周赧王三十二年，楚顷襄王十六年，屈原六十一岁。

秦昭王与楚顷襄王会。《史记·楚世家》：十六年，与秦昭王好会于鄢。其秋，复与秦王会穰。

赵以廉颇为上卿、蔺相如为上大夫。廉颇取昔阳。蔺相如完璧归赵。

燕昭王使方士入海，求三神山。

《大事记解题》：此后世人主求仙之始也。按《前汉志》："宋母忌、正伯侨、元尚、羡门高最后皆燕人，为方仙道，形解销化，依于鬼神之事。燕齐海上之方士传其术不能通，然则怪迂阿谀苟合之徒自此兴，不可胜数也。"自齐威、宣、燕昭使人入海求蓬莱、方丈、瀛洲，此三神山者，传在渤海中，世主莫不甘心焉。燕昭之未破齐，励志复仇，必未溺心于此也。今附于克齐之次年。

燕齐方士之术也感染了楚俗，此类楚俗可参看屈原所作《大司命》《少司命》。

《九歌·大司命》云：

广开兮天门，纷吾乘兮玄云。

> 令飘风兮先驱，使涷雨兮洒尘。
> 君回翔兮以下，逾空桑兮从女。
> 纷总总兮九州，何寿夭兮在予！
> 高飞兮安翔，乘清气兮御阴阳。
> 吾与君兮齐速，导帝之兮九坑。
> 灵衣兮被被，玉佩兮陆离。
> 一阴兮一阳，众莫知兮余所为。
> 折疏麻兮瑶华，将以遗兮离居。
> 老冉冉兮既极，不寖近兮愈疏。
> 乘龙兮辚辚，高驰兮冲天。
> 结桂枝兮延伫，羌愈思兮愁人。
> 愁人兮奈何，愿若今兮无亏。
> 固人命兮有当，孰离合兮何为？

《九歌·少司命》又云：

> 秋兰兮麋芜，罗生兮堂下。
> 绿叶兮素华，芳菲菲兮袭予。
> 夫人兮自有美子，荪何以兮愁苦！
> 秋兰兮青青，绿叶兮紫茎。
> 满堂兮美人，忽独与余兮目成。
> 入不言兮出不辞，乘回风兮载云旗。
> 悲莫愁兮生别离，乐莫乐兮新相知。
> 荷衣兮蕙带，儵而来兮忽而逝。
> 夕宿兮帝郊，君谁须兮云之际？
> 与女游兮九河，冲风至兮水扬波。
> 与女沐兮咸池，晞女发兮阳之阿。
> 望美人兮未来，临风恍兮浩歌。
> 孔盖兮翠旍，登九天兮抚彗星。
> 竦长剑兮拥幼艾，荪独宜兮为民正。

屈原《九歌》作于流放沅、湘之时，汲取了民间野趣，颇为赏心悦目，其著者有《东皇太一》《云中君》《山鬼》。

《九歌·东皇太一》云：

> 吉日兮辰良，穆将愉兮上皇。
> 抚长剑兮玉珥，璆锵鸣兮琳琅。
> 瑶席兮玉瑱，盍将把兮琼芳。
> 蕙肴蒸兮兰藉，奠桂酒兮椒浆。
> 扬枹兮拊鼓，疏缓节兮安歌，陈竽瑟兮浩倡。
> 灵偃蹇兮姣服，芳菲菲兮满堂。
> 五音纷兮繁会，君欣欣兮乐康。

《九歌·云中君》又云：

> 浴兰汤兮沐芳，华采衣兮若英。
> 灵连蜷兮既留，烂昭昭兮未央。
> 謇将憺兮寿宫，与日月兮齐光。
> 龙驾兮帝服，聊翱游兮周章。
> 灵皇皇兮既降，猋远举兮云中。
> 览冀洲兮有余，横四海兮焉穷。
> 思夫君兮太息，极劳心兮忡忡。

《九歌·山鬼》写得更是出彩，情意缠绵，令人心头发颤，洵属旷世神品：

> 若有人兮山之阿，被薜荔兮带女萝。
> 既含睇兮又宜笑，子慕予兮善窈窕。
> 乘赤豹兮从文狸，辛夷车兮结桂旗。
> 被石兰兮带杜衡，折芳馨兮遗所思。
> 余处幽篁兮终不见天，路险难兮独后来。
> 表独立兮山之上，云容容兮而在下。
> 杳冥冥兮羌昼晦，东风飘兮神灵雨。
> 留灵修兮憺忘归，岁既晏兮孰华予？

采三秀兮于山间，石磊磊兮葛蔓蔓。
怨公子兮怅忘归，君思我兮不得闲。
山中人兮芳杜若，饮石泉兮荫松柏，君思我兮然疑作。
雷填填兮雨冥冥，猿啾啾兮狖夜鸣。
风飒飒兮木萧萧，思公子兮徒离忧。

王逸《楚辞章句》云："九歌者，屈原之所作也。昔楚国南郢之邑，沅湘之间，其俗信鬼而好祠；其祠必作歌乐鼓舞以乐诸神。屈原放逐，窜伏其域，怀忧苦毒，愁思沸郁。出见俗人祭祀之礼，歌舞之乐，其词鄙陋，因为作九歌之曲，上陈事神之敬，下见己之冤结，托之以风谏；故其文意不同，章句错杂，而广义焉。"

朱熹《楚辞集注》也云："九歌者，屈原之所作也。昔楚南郢之邑，沅湘之间，其俗信鬼而好祀，其祀必使巫觋作乐歌舞以娱神。蛮荆陋俗，词既鄙俚，而其阴阳人鬼之间，又或不能无亵慢淫荒之杂。原既放逐，见而感之，故颇为更定其词，去其泰甚，而又因彼事神之心，以寄忠君爱国眷恋不忘之意，是以其言虽若不能无嫌于燕昵，而君子反有取焉。"

王夫之《楚辞通释》云："大司命、少司命，皆楚俗为之名而祀之。"

按：据王逸、朱熹、王夫之之说，将此二作系于屈原在沅、湘时。沅、湘是屈原《九歌》之文化母体，《九歌》胎息于斯，发育于斯。

公元前282年，周赧王三十三年，楚顷襄王十七年，屈原六十二岁。
秦伐赵、拔两城。
秦、韩会新城。

公元前281年，周赧王三十四年，楚顷襄王十八年，屈原六十三岁。
秦伐赵，拔石城。赵伐魏。秦穰侯复为丞相。
楚约从将伐秦。

《史记·楚世家》云：（顷襄王）十八年，楚人有好以弱弓微缴加归雁之上者，顷襄王闻，召而问之。对曰："小臣之好射鶀雁、罗鹴，小矢之发也，何足为大王道也。且称楚之大，因大王之贤，所弋非直此也。昔者三王以弋道德，五霸以弋战国。故秦、魏、燕、赵者，鶀雁也；齐、鲁、韩、卫者，青首也；驺、费、郯、邳者，罗鹴也。外其余则不足射者。见鸟六双,以王何取?王何不以圣人为弓,以勇士为缴,时张而射之?此六双者,可得而囊载也。其乐非特朝昔之乐也,其获非特凫雁之实也。王朝张弓而射魏之大梁之南,加其右臂而径属之于韩,则中国之路绝而上蔡之郡坏矣。还射圉之东,解魏左肘而外击定陶,则魏之东外弃而大宋、方与二郡者举矣。且魏断二臂,颠越矣;膺击郯国,大梁可得而有也。王缱缴兰台,饮马西河,定魏大梁,此一发之乐也。若王之于弋诚好而不厌,则出宝弓,碆新缴,射噣鸟于东海,还盖长城以为防,朝射东莒,夕发浿丘,夜加即墨,顾据午道,则长城之东收而太山之北举矣。西结境于赵而北达于燕,三国布嬛,则从不待约而可成也。北游目于燕之辽东而南登望于越之会稽,此再发之乐也。若夫泗上十二诸侯,左萦而右拂之,可一旦而尽也。今秦破韩以为长忧,得列城而不敢守也;伐魏而无功,击赵而顾病,则秦魏之勇力屈矣,楚之故地汉中、析、郦可得而复有也。王出宝弓,碆新缴,涉鄹塞,而待秦之倦也,山东、河内可得而一也。劳民休众,南面称王矣。故曰秦为大鸟,负海内而处,东面而立,左臂据赵之西南,右臂傅楚鄢郢,膺击韩魏,垂头中国,处既形便,势有地利,奋翼鼓嬛,方三千里,则秦未可得独招而夜射也。"欲以激怒襄王,故对以此言。襄王因召与语,遂言曰:"夫先王为秦所欺而客死于外,怨莫大焉。今以匹夫有怨,尚有报万乘,白公、子胥是也。今楚之地方五千里,带甲百万,犹足以踊跃中野也,而坐受困,臣窃为大王弗取也。"于是顷襄王遣使于诸侯,复为从,欲以伐秦。秦闻之,发兵来伐楚。

楚欲图周。《史记·楚世家》云:楚欲与齐韩连和伐秦,因欲图周。周王赧使武公谓楚相昭子曰:"三国以兵割周郊地以便输,而南器以尊楚,臣以为不然。夫弑共主,臣世君,大国不亲;以众胁寡,小国不附。大国不亲,小国不附,不可以致名实。名实不得,不足以伤民。夫有图周之声,非所以为号也。"昭子曰:"乃图周则无之。虽然,周何故不可图也?"对曰:"军不五不攻,城不十不围。夫一周为二十晋,公之所知也。韩尝以二十万之众辱于晋之城下,锐士死,中士伤,而晋不拔。公之无百韩以图周,此天下之所知也。夫怨结两周以塞驺鲁之心,交绝于齐,声失天下,其为事危矣。夫危两周以厚三川,方城之外必为韩弱矣。何以知其然也?西周之地,绝长补短,不过百里。名为天下共主,裂其地不足以肥国,得其众不足以劲兵。虽无攻之,名为弑君。然而好事之君,喜攻之臣,发号用兵,未尝不以周为终始。是何也?见祭器在焉,欲器之至而忘弑君之乱。今韩以器之在楚，臣恐天下以器雠楚也。臣请譬之。夫虎肉臊，其兵利身，人犹攻之也。若使泽中之麋蒙虎之皮，人之攻之必万于虎矣。裂楚之地，足以肥国；诎楚之名，足以尊主。今子将以欲诛残天下之共主，居三代之传器，吞三翮六翼，以高世主，非贪而何？周书曰'欲起无先'，故器南则兵至矣。"于是楚计辍不行。

唐勒作《奏土论》《论义御》。《水经注》卷二一：唐勒《奏土论》曰："我是楚人也，世霸南土，自越以至叶垂，弘境万里，故号曰万城也。"

1972年山东临沂银雀山出土汉简《论义御》（保留原田野编号，其中〔〕内文字补充自《淮南子》，此处文字参赵逵夫《历代赋评注·先秦卷》）：

0184 唐勒与宋玉言御襄王前。唐勒先称曰："人谓造父登车揽辔，马协敛整齐，调均不挚，步趋……0190 马心愈也，而安劳，轻车乐进，骋若飞龙，免若归风，反骝逆骝，夜走夕日而入日〔蒙氾〕3656〔世皆以为巧，然未见其贵者也。若夫钳且大丙之御〕，去衔辔，撤 4283 笪策，马〔莫使而〕4741 自驾，车莫〔动而自举〕0204 月行而日动，星跃而玄运，子神奔而鬼走，进退屈伸，莫见其尘埃。均□0493〔嗜欲形〕胸中，精神喻六马，不叱喏，不挠指，步趋□……〔过归雁于碣石，轶鹍鸡于姑余，骋若飞〕，〔鹜〕若〔绝〕……，……0971 千里。今之人则不然，白（造字：上竹下易）坚……1717……不能及造父，趋步□御者，诎 4233□弁脊……

3588 御有三，而王良造〔父〕……0403 袭□，缓急若意。□若飞，免若绝，反骝逆□，夜走夕日而入日蒙氾，此□1739□□□□驾下，作千〔里之遨游〕。3150 入日上皇，故□……3141〔此〕圣贤御……3720〔颠〕覆不反，□……〔此末世御〕。

2630 行雷，雷舆□□□□

4138 实，大虚通道

3005……君丽义民……

3828□女所□威滑□

1628 知之，此不如望子（造字）大行者

3561 论义御

4244 反趋逆

2853 虑发□□竟反趋

4239□若□

3454 竟久疾数

2790□不伸，发敝

此可参看《淮南子·览冥训》：昔者王良、造父之御也，上车摄辔，马为整齐而敛谐，投足调均，劳逸若一，心怡气和，体便轻毕，安劳乐进，驰骛若灭，左右若鞭，周旋若环，世皆以为巧，然未见其贵者也。若夫钳且、大丙之御，除辔衔，去鞭弃策，车莫动而自举，马莫使而自走也，日行月动，星耀而玄运，电奔而鬼腾，进退屈伸，不见朕垠，故不招指，不咄叱，过归雁于碣石，轶鹍鸡于姑余，骋若飞，骛若绝，纵矢蹑风，追猋归忽，朝发榑桑，日入落棠，此假弗用而能以成其用也。非虑思之察，手爪之巧也，嗜欲形于胸中，而精神逾于六马，此以弗御御之者也。

按：赵逵夫以《论义御》与屈原《远游》文字、神仙思想相同而断《远游》为唐勒作。据文字雷同与思想一致判断作者与作时，不太可靠。唐勒《论义御》反而证明，屈原《远游》中的神仙思想，在先秦确实存在。

秋，屈原作《九歌·湘君》《九歌·湘夫人》。《九歌》最后编辑成帙。"二湘"言情，堪称一绝，是《九歌》中最引人注目的亮点。

《九歌·湘君》云：

君不行兮夷犹，蹇谁留兮中洲？
美要眇兮宜修，沛吾乘兮桂舟。
令沅、湘兮无波，使江水兮安流！
望夫君兮未来，吹参差兮谁思！
驾飞龙兮北征，邅吾道兮洞庭。
薜荔柏兮蕙绸，荪桡兮兰旌。
望涔阳兮极浦，横大江兮扬灵。
扬灵兮未极，女婵媛兮为余太息。
横流涕兮潺湲，隐思君兮陫侧。
桂棹兮兰枻，斫冰兮积雪。
采薜荔兮水中，搴芙蓉兮木末。

心不同兮媒劳，恩不甚兮轻绝。
石濑兮浅浅，飞龙兮翩翩。
交不忠兮怨长，期不信兮告余以不闲。
朝骋骛兮江皋，夕弭节兮北渚。
鸟次兮屋上，水周兮堂下。
捐余玦兮江中，遗余佩兮醴浦。
采芳洲兮杜若，将以遗兮下女。
时不可兮再得，聊逍遥兮容与。

《九歌·湘夫人》云：

帝子降兮北渚，目眇眇兮愁予。
袅袅兮秋风，洞庭波兮木叶下。
登白薠兮骋望，与佳期兮夕张。
鸟何萃兮蘋中，罾何为兮木上？
沅有茝兮醴有兰，思公子兮未敢言。
荒忽兮远望，观流水兮潺湲。
麋何食兮庭中？蛟何为兮水裔？
朝驰余马兮江皋，夕济兮西澨。
闻佳人兮召予，将腾驾兮偕逝。
筑室兮水中，葺之兮荷盖。
荪壁兮紫坛，播芳椒兮成堂。
桂栋兮兰橑，辛夷楣兮药房。
罔薜荔兮为帷，擗蕙櫋兮既张。
白玉兮为镇，疏石兰兮为芳。
芷葺兮荷屋，缭之兮杜衡。
合百草兮实庭，建芳馨兮庑门。
九嶷缤兮并迎，灵之来兮如云。
捐余袂兮江中，遗余褋兮醴浦。
搴汀洲兮杜若，将以遗兮远者。
时不可兮骤得，聊逍遥兮容与。

按：湘水位于郢都之南，二作当作于屈原流放南行之时。本年，屈原尚在沅湘一带，二作当成于本年前后。有的年谱认为这两篇作品当作于楚顷襄王二年。

赵逵夫《先秦文学编年史》即认为作于本年："屈原在沅湘一带看民间祭祀活动中的歌舞表演，根据其表演程式、歌词题材内容和有关民间传说，创作有祭祀歌舞词，收在《楚辞·九歌》中的《湘君》《湘夫人》即是。这些歌舞词同屈原在兰台供职时所作《九歌》9篇合在一起，共11篇。"（《先秦文学编年史》，第1187页）

湘君、湘夫人的身份，说法较多：

1. 秦汉人以湘君舜女，唐人以湘君为舜、湘夫人为尧女，似为湘山神。《史记·秦始皇本纪》："始皇还，过彭城，斋戒祷祠，欲出周鼎泗水。使千人没水求之，弗得。乃西南渡淮水，之衡山、南郡。浮江，至湘山祠。逢大风，几不得渡。上问博士曰：'湘君神？'博士对曰：'闻之，尧女，舜之妻而葬此。'于是始皇大怒，使刑徒三千人皆伐湘山树，赭其山。上自南郡由武关归。"《史记索隐》："《列女传》亦以湘君为尧女。按《楚词·九歌》有湘君、湘夫人，夫人是尧女，则湘君当是舜。今此文以湘君为尧女，是总而言之。"

2. 湘君为水神，湘夫人为尧女。《湘君》"君不行兮夷犹"，王逸云："言湘君所在，左沅湘，右大江，苞洞庭之波，言数百里，群鸟所集，鱼鳖所聚，土地肥饶，又有险阻，故其神常安，不肯游荡，既设祭祀，使巫请呼之，尚复犹豫也。"《湘夫人》"帝子降兮北渚"，王逸："帝子，谓尧女也。降，下也。言尧二女娥皇、女英，随舜不反，没于湘水之渚，因为湘夫人。"

3. 湘君、湘夫人皆为水神，湘夫人为天帝二女。《山海经》"洞庭山"条"帝之二女居之"郭璞注："天帝之二女而处江为神，即《列仙传》江妃二女也，《离骚·九歌》所谓湘夫人称帝子者是也。而《河图玉版》曰：湘夫人者，帝尧女也。秦始皇浮江至湘山，逢大风而问博士：'湘君何神？'博士曰：'闻之尧二女舜妃也，死而葬此。'《列女传》曰：'二女死于江湘之间，俗谓为湘君。'郑司农亦以舜妃为湘君说者，皆以舜陟方而死，二妃从之，俱溺死，而湘江遂号为湘夫人。按《九歌》，湘君、湘夫人自是二神。江湘之有夫人，犹河洛之有宓妃也。此之为灵与天地并矣，安得谓之尧女？且既谓之尧女，安得复总云湘君哉？何以考之？《礼记》曰：'舜葬苍梧，二妃不从。'明二妃生不从征，死不从葬，义可知矣。即令从之，二女灵达，鉴通无方，尚能以鸟工龙裳救井廪之难，岂当不能自免于风波而有双沦之患乎？假复如此，《传》曰：生为上公，死为贵神；礼：五岳比三公，四渎比诸侯，令湘川不及四渎，无秩于命祀，而二女帝者之后，配灵神祇，无缘当复下降小水而为夫人也。参互其义，义既混错，错综其理，理无可据，斯不然矣。原其致谬之由，由乎俱以帝女为名，名实相乱，莫矫其失，习非胜是，终古不悟，可悲矣。"

4. 湘君为娥皇、湘夫人为女英说；湘夫人为其他神说。吴任臣《山海经广注》："高似孙《纬略》曰：刘向《列女传》：'帝尧之二女，长曰娥皇，次曰女英，尧以妻舜于沩汭，舜既为天子，娥皇为后，女英为妃，舜死于苍梧，二妃死于江湘之间，俗谓之湘君。'罗含《湘中记》：'舜二妃，死为湘水神，故曰湘妃。'韩愈《黄陵碑》：'秦博士对始皇帝云：湘君者，尧之二女舜妃者也。刘向、康成皆以二妃为湘君，而《离骚·九歌》既有湘君，又有湘夫人，王逸注以湘君为正妃之称，则次妃自宜降曰夫人也。故《九歌》谓娥皇为君，女英为帝子，而《山海经》亦言帝之二女者，其称谓审矣。'陈氏《江汉丛谭》曰：'沈存中云，舜陟方时二妃皆百余岁，岂得俱存犹称二女？其说诚是，但未考黄陵舜妃墓及潇湘二女之故。惟《路史·发挥》则以黄陵为癸比之墓，潇湘二女乃帝舜女也。癸比氏，帝舜第三妃，而二女皆癸比氏所生，一曰宵明，一曰烛光。《帝王世纪》云：舜三妃，娥皇无子，女英生商均，今女英墓在商州。盖舜崩之后，女英随子均徙于封所，故其卒葬在焉，而癸比氏则亦从二女徙于潇湘之间，故其卒葬在此耳。'《山海经》所谓'洞庭之山，帝之二女居之'是也。若《九歌》之湘君、湘夫人，则又洞庭山神，岂谓帝女之灵耶？《博物志》云：'洞庭君山，帝一女居之，曰湘夫人。'《荆州图经》又曰：'洞庭，湘君所游，故曰君山。'则更合为一矣。"

其他还有：湘君、湘夫人为湘水神的后与夫人（顾炎武《日知录》卷二五），湘君、湘夫人为楚湘山神夫妇（赵翼《陔余丛考》卷一九），湘君为湘水神、湘夫人为其配偶（王夫之《楚辞通释》），等等。

综上，秦汉人皆将湘君视作尧女，或为山神，或为水神。郭璞认为二者皆为水神，且湘夫人为天帝女的说法，符合《山海经》记载。

根据《湘君》"心不同兮媒劳，恩不甚兮轻绝。石濑兮浅浅，飞龙兮翩翩。交不忠兮怨长，期不信兮告余以不闲"记载，似乎也有一丝政治怨言在其中。楚怀王死,楚与秦绝;本年,楚受秦粟,又与秦通。楚王这种是非不明、认敌为友的做法,对于屈原来说,实在是一种沉重打击。在《湘君》中,屈原说:"捐余玦兮江中,遗余佩兮醴浦。采芳洲兮杜若,将以遗兮下女。时不可兮再得,聊逍遥兮容与。"在《湘夫人》中,屈原又有相似的做法与想法:"捐余袂兮江中,遗余褋兮醴浦。搴汀洲兮杜若,将以遗兮远者。时不可兮骤得,聊逍遥兮容与。"这种反复的抛却"玦""佩""袂""褋"的动作,似乎说明了屈原与过去、与楚王的彻底决绝。这种思想感情,可能与秦、楚外交的矛盾活动有关系,姑将二作成篇时间定于楚、秦绝而复通之本年。又据诗中"袅袅兮秋风,洞庭波兮木叶下"(《湘夫人》),可知当作于本年秋天。

公元前280年,周赧王三十五年,楚顷襄王十九年,屈原六十四岁。
秦赦罪人,迁之南阳以备楚。

《大事记解题》:"以备楚也。《史记正义》曰:'南阳,今邓州。'"

秦白起伐赵,斩首二万,取代光狼城。赵赵奢与魏魏伯阳攻齐麦丘,取之。

秦攻楚,割楚汉北、上庸。《史记·楚世家》云:十九年,秦伐楚,楚军败,割上庸、汉北地予秦。

《资治通鉴》:秦白起败赵军,斩首二万,取代光狼城。又使司马错发陇西兵,因蜀攻楚黔中,拔之。楚献汉北及上庸地。

《大事记解题》:黄棘之盟,秦以上庸归楚,楚至是复割与秦也。《史记正义》曰:"上庸、汉北,谓割房金均三州及汉水之北。"

韩非本年前后生于韩。李斯少韩非二十岁,生于楚之上蔡。

公元前279年,周赧王三十六年,楚顷襄王二十年,屈原六十五岁。
白起伐楚,取鄢、邓、西陵。

《大事记解题》:鄢,楚之别都也,在今襄州之宜城县南丰。曾氏巩曰:"荆及康狼,楚之西山也,水出二山之间,东南而流。春秋之世曰鄢水。左丘明《传》,鲁桓公十有三年,楚屈瑕伐罗及鄢,乱次以济,是也。秦昭王二十八年,使白起将攻楚,去鄢百里立堨,壅是水为渠以灌鄢,遂拔之。"白起引夷水漫灌鄢郢,溺死军民数十万人,使鄢郢成为"臭池"。秦既得鄢郢,以为县。汉惠帝三年,改曰宜城。西陵属江夏郡,在西汉为郡，治有云梦宫，今之安州云梦县也。

秦赵会渑池。

齐稷下学宫以荀卿为列大夫祭酒。

楚庄辛去之赵。

秋，作《悲回风》。

《九歌·悲回风》云：

悲回风之摇蕙兮，心冤结而内伤。
物有微而陨性兮，声有隐而先倡。
夫何彭咸之造思兮，暨志介而不忘！
万变其情岂可盖兮，孰虚伪之可长？
鸟兽鸣以号群兮，草苴比而不芳。
鱼葺鳞以自别兮，蛟龙隐其文章。
故荼荠不同亩兮，兰茝幽而独芳。
惟佳人之永都兮，更统世而自贶。
眇远志之所及兮，怜浮云之相羊。
介眇志之所惑兮，窃赋诗之所明。
惟佳人之独怀兮，折若椒以自处。
曾歔欷之嗟嗟兮，独隐伏而思虑。
涕泣交而凄凄兮，思不眠以至曙。
终长夜之曼曼兮，掩此哀而不去。
寤从容以周流兮，聊逍遥以自恃。
伤太息之愍怜兮，气于邑而不可止。
糺思心以为𩨳兮，编愁苦以为膺。
折若木以弊光兮，随飘风之所仍。
存彷佛而不见兮，心踊跃其若汤。
抚珮衽以案志兮，超惘惘而遂行。
岁曶曶其若颓兮，时亦冉冉而将至。
薠蘅槁而节离兮，芳以歇而不比。
怜思心之不可惩兮，证此言之不可聊。
宁溘死而流亡兮，不忍此心之常愁。
孤子吟而抆泪兮，放子出而不还。

孰能思而不隐兮，照彭咸之所闻。
登石峦以远望兮，路眇眇之默默。
入景响之无应兮，闻省想而不可得。
愁郁郁之无快兮，居戚戚而不可解。
心鞿羁而不开兮，气缭转而自缔。
穆眇眇之无垠兮，莽芒芒之无仪。
声有隐而相感兮，物有纯而不可为。
邈漫漫之不可量兮，缥绵绵之不可纡。
愁悄悄之常悲兮，翩冥冥之不可娱。
凌大波而流风兮，讬彭咸之所居。
上高岩之峭岸兮，处雌蜺之标颠。
据青冥而攄虹兮，遂儵忽而扪天。
吸湛露之浮源兮，漱凝霜之雰雰。
依风穴以自息兮，忽倾寤以婵媛。
冯昆仑以澂雾兮，隐岷山以清江。
惮涌湍之磕磕兮，听波声之汹汹。
纷容容之无经兮，罔芒芒之无纪。
轧洋洋之无从兮，驰委移之焉止？
漂翻翻其上下兮，翼遥遥其左右。
氾潏潏其前后兮，伴张驰之信期。
观炎气之相仍兮，窥烟液之所积。
悲霜雪之俱下兮，听潮水之相击。
借光景以往来兮，施黄棘之枉策。
求介子之所存兮，见伯夷之放迹。
心调度而弗去兮，刻著志之无适。
曰：吾怨往昔之所冀兮，悼来者之悐悐。
浮江淮而入海兮，从子胥而自适。
望大河之洲渚兮，悲申徒之抗迹。
骤谏君而不听兮，重任石之何益？
心絓结而不解兮，思蹇产而不释。

按：曹尧德《屈子传》附录《屈原年谱》系于本年，其引任国瑞语称:"陆侃如将本篇定为怀王十六年。林云铭、夏大霖定为顷襄王七年。郭沫若定为顷襄王六、七年。王夫之、王闿运定为绝笔。蒋骥定为自沉汨罗江的前一年秋天。蒋说较合理。诗中那垂死的哀音,表明它必距沉汨罗江不远。况屈原死于阴历五月,并不是秋天,便断非绝笔之作。'物有征而陨性兮,声有隐而先倡'也说明着是死前的预告。'悲回风之摇蕙,心冤结而内伤'恰是本年秋天所作的内证。"

公元前278年,周赧王三十七年,楚顷襄王二十一年,屈原六十六岁,卒。

白起攻楚,取郢,楚顷襄王徙都陈。

《楚世家》:二十一年,秦将白起遂拔我郢,烧先王墓夷陵。楚襄王兵散,遂不复战,东北保于陈城。

屈原《哀郢》作用鄢郢失陷之时,其言至为沉痛。

《九歌·哀郢》云:

皇天之不纯命兮,何百姓之震愆?
民离散而相失兮,方仲春而东迁。
去故乡而就远兮,遵江、夏以流亡。
出国门而轸怀兮,甲之鼌吾以行。
发郢都而去闾兮,怊荒忽其焉极?
楫齐扬以容与兮,哀见君而不再得。
望长楸而太息兮,涕淫淫其若霰。
过夏首而西浮兮,顾龙门而不见。
心婵媛而伤怀兮,眇不知其所蹠。
顺风波以从流兮,焉洋洋而为客。
凌阳侯之泛滥兮,忽翱翔之焉薄。
心絓结而不解兮,思蹇产而不释。
将运舟而下浮兮,上洞庭而下江。
去终古之所居兮,今逍遥而来东。
羌灵魂之欲归兮,何须臾而忘反。
背夏浦而西思兮,哀故都之日远。
登大坟以远望兮,聊以舒吾忧心。

哀州土之平乐兮，悲江介之遗风。
当陵阳之焉至兮，淼南渡之焉如？
曾不知夏之为丘兮，孰两东门之可芜？
心不怡之长久兮，忧与愁其相接。
惟郢路之辽远兮，江与夏之不可涉。
忽若不信兮，至今九年而不复。
惨郁郁而不通兮，蹇侘傺而含慼。
外承欢之汋约兮，谌荏弱而难持。
忠湛湛而愿进兮，妒被离而鄣之。
尧舜之抗行兮，瞭杳杳而薄天。
众谗人之嫉妒兮，被以不慈之伪名。
憎愠惀之修美兮，好夫人之忼慨。
众踥蹀而日进兮，美超远而逾迈。
乱曰：
曼余目以流观兮，冀一反之何时？
鸟飞反故乡兮，狐死必首丘。
信非吾罪而弃逐兮，何日夜而忘之？

《史记·屈原贾生列传》太史公曰："余读《离骚》、《天问》、《招魂》、《哀郢》，悲其志。适长沙，观屈原所自沉渊，未尝不垂涕，想见其为人。及见贾生吊之，又怪屈原以彼其材，游诸侯，何国不容，而自令若是。读《鵩鸟赋》，同死生，轻去就，又爽然自失矣。"

按：曹尧德《屈子传》附录《屈原年谱》引任国瑞，谓本篇作本年。王逸以为在怀王朝，屈原因谗被放时期。马其昶定为怀王三十年陷秦时。戴震定在顷襄王元年。谭介甫定在顷襄王七年。黄文焕定在顷襄王九年前后。汪瑗定在本年。王夫之定在顷襄王三十年，吴汝纶怀疑屈原不可能活这么久，但屈原在《涉江》就称"年既老"了，且与白起拔郢史实相符。

作《远游》。

《远游》云：

悲时俗之迫阨兮，愿轻举而远游。
质菲薄而无因兮，焉托乘而上浮？

遭沉浊而污秽兮，独郁结其谁语！
夜耿耿而不寐兮，魂茕茕而至曙。
惟天地之无穷兮，哀人生之长勤。
往者余弗及兮，来者吾不闻。
步徙倚而遥思兮，怊惝怳而乖怀。
意荒忽而流荡兮，心愁悽而增悲。
神倏忽而不反兮，形枯槁而独留。
内惟省以端操兮，求正气之所由。
漠虚静以恬愉兮，澹无为而自得。
闻赤松之清尘兮，愿承风乎遗则。
贵真人之休德兮，美往世之登仙。
与化去而不见兮，名声著而日延。
奇傅说之托辰星兮，羡韩众之得一。
形穆穆以浸远兮，离人群而遁逸。
因气变而遂曾举兮，忽神奔而鬼怪。
时仿佛以遥见兮，精晈晈以往来。
超氛埃而淑邮兮，终不反其故都。
免众患而不惧兮，世莫知其所如。
恐天时之代序兮，耀灵晔而西征。
微霜降而下沦兮，悼芳草之先蘦。
聊仿佯而逍遥兮，永历年而无成。
谁可与玩斯遗芳兮？长向风而舒情。
高阳邈以远兮，余将焉所程？
重曰：
春秋忽其不淹兮，奚久留此故居。
轩辕不可攀援兮，吾将从王乔而娱戏。
餐六气而饮沆瀣兮，漱正阳而含朝霞。
保神明之清澄兮，精气入而粗秽除。
顺凯风以从游兮，至南巢而壹息。
见王子而宿之兮，审壹气之和德。
曰："道可受兮，不可传；
其小无内兮，其大无垠。

毋滑而魂兮，彼将自然；
壹气孔神兮，于中夜存。
虚以待之存，无为之先；
庶类以成兮，此德之门。"
闻至贵而遂徂兮，忽乎吾将行。
仍羽人于丹丘兮，留不死之旧乡。
朝濯发于汤谷兮，夕晞余身兮九阳。
吸飞泉之微液兮，怀琬琰之华英。
玉色頩以脕颜兮，精醇粹而始壮。
质销铄以汋约兮，神要眇以淫放。
嘉南州之炎德兮，丽桂树之冬荣。
山萧条而无兽兮，野寂漠其无人。
载营魄而登霞兮，掩浮云而上征。
命天阍其开关兮，排阊阖而望予。
召丰隆使先导兮，问太微之所居。
集重阳入帝宫兮，造旬始而观清都。
朝发轫于太仪兮，夕始临乎于微闾。
屯余车之万乘兮，纷容与而并驰。
驾八龙之婉婉兮，载云旗之逶蛇。
建雄虹之采旄兮，五色杂而炫耀。
服偃蹇以低昂兮，骖连蜷以骄骜。
骑胶葛以杂乱兮，斑漫衍而方行。
撰余辔而正策兮，吾将过乎句芒。
历太皓以右转兮，前飞廉以启路。
阳杲杲其未光兮，凌天地以径度。
风伯为余先驱兮，氛埃辟而清凉。
凤皇翼其承旗兮，遇蓐收乎西皇。
揽彗星以为旍兮，举斗柄以为麾。
叛陆离其上下兮，游惊雾之流波。
时暧曃其曭莽兮，召玄武而奔属。
后文昌使掌行兮，选署众神以并毂。
路曼曼其修远兮，徐弭节而高厉。

左雨师使径侍兮，右雷公以为卫。
欲度世以忘归兮，意姿睢以担挢。
内欣欣而自美兮，聊媮娱以淫乐。
涉青云以泛滥游兮，忽临睨夫旧乡。
仆夫怀余心悲兮，边马顾而不行。
思旧故以想象兮，长太息而掩涕。
泛容与而遐举兮，聊抑志而自弭。
指炎神而直驰兮，吾将往乎南疑。
览方外之荒忽兮，沛罔象而自浮。
祝融戒而跸御兮，腾告鸾鸟迎宓妃。
张《咸池》奏《承云》兮，二女御《九韶》歌。
使湘灵鼓瑟兮，令海若舞冯夷。
玄螭虫象并出进兮，形蟉虬而逶蛇。
雌蜺便娟以增挠兮，鸾鸟轩翥而翔飞。
音乐博衍无终极兮，焉乃逝以徘徊。
舒并节以驰骛兮，逴绝垠乎寒门。
轶迅风于清源兮，从颛顼乎增冰。
历玄冥以邪径兮，乘间维以反顾。
召黔嬴而见之兮，为余先乎平路。
经营四方兮，周流六漠。
上至列缺兮，降望大壑。
下峥嵘而无地兮，上寥廓而无天。
视倏忽而无见兮，听惝恍而无闻。
超无为以至清兮，与泰初而为邻。

按：《远游》，东汉王逸《楚辞章句》以为"屈原之所作也"，题解云："屈原履方直之行，不容于世。上为谗佞所谮毁，下为俗人所困极，章皇山泽，无所告诉。乃深惟元一，修执恬漠。思欲济世，则意中愤然，文采铺发，遂叙妙思，托配仙人，与俱游戏，周历天地，无所不到。然犹怀念楚国，思慕旧故，忠信之笃，仁义之厚也。是以君子珍重其志，而玮其辞焉。"其后，历代学者均无异议。直到近代，今文经学家廖平首先发难，其《楚辞讲义》云："《远游篇》之与《大人赋》，如出一手，大同小异。"现代学者,陆侃如早年所著《屈原》、游国恩早年所著《楚辞概论》,都认为《远游》非屈原所作(游氏晚年观点有所改变)。郭沫若《屈原赋今译》、刘永济《屈赋通笺》也持同样的观点。姜亮夫《屈原赋校注》、陈子展《楚辞直解》等则坚决认为《远游》为屈原所作。

说《远游》非屈原所作,大致有三点理由:第一是结构、词句与西汉司马相如《大人赋》雷同;第二是其中充满神仙真人思想;第三是词句多袭《离骚》《九章》。但这些论据并非直接证据,究属推测。

姜亮夫《屈原赋校注》、陈子展《楚辞直解》、汤炳正《渊研楼屈学存稿》都认为《远游》结构语句与《大人赋》的相同之处,并不能证明《远游》一定抄袭《大人赋》,只能说明《大人赋》有抄袭《远游》的可能。神仙思想、个人语词重复,不能成为《远游》非屈原作的直接证据。姜亮夫认为:"从整个屈子作品综合论之,《远游》一篇正是不能缺少的篇章","《远游》是垂老将死的《离骚》"。汤漳平《出土文献释〈远游〉》(见汤漳平等著《出土文献与中国文学史研究》,河南人民出版社2011年版,第314—324页)、王德华《屈原〈远游〉的空间书写及精神指向》(《文学遗产》2014年第2期)均认为《远游》出自屈原之手。为稳妥计,还是将此文暂归屈原为好,此无他,而是尊重历史事实。

《远游》称"悲时俗之迫阸兮,愿轻举而远游",《史记·屈原贾生列传》称:"屈平既嫉之,虽放流,眷顾楚国,系心怀王,不忘欲反,冀幸君之一悟,俗之一改也。"此处之"悲时俗"与"俗之一改"同意,皆屈原当时内心感受,说明屈原尚在被放南行之时。《远游》多道法神仙、游仙、巡天等事,与其精神游历有关,说明屈原此时的思想状态与《涉江》相同,故将此文创作时间定于《涉江》之后、楚与秦绝之前。

《九章·怀沙》云:

滔滔孟夏兮,草木莽莽。
伤怀永哀兮,汩徂南土。
眴兮杳杳,孔静幽默。
郁结纡轸兮,离慜而长鞠。
抚情效志兮,冤屈而自抑。
刓方以为圜兮,常度未替。
易初本迪兮,君子所鄙。

章画志墨兮，前图未改。
内厚质正兮，大人所盛。
巧倕不斲兮，孰察其拨正？
玄文处幽兮，朦瞍谓之不章。
离娄微睇兮，瞽以为无明。
变白以为黑兮，倒上以为下。
凤皇在笯兮，鸡鹜翔舞。
同糅玉石兮，一概而相量。
夫惟党人鄙固兮，羌不知余之所臧。
任重载盛兮，陷滞而不济。
怀瑾握瑜兮，穷不知所示。
邑犬之群吠兮，吠所怪也。
非俊疑杰兮，固庸态也。
文质疏内兮，众不知余之异采。
材朴委积兮，莫知余之所有。
重仁袭义兮，谨厚以为丰。
重华不可遌兮，孰知余之从容！
古固有不并兮，岂知其何故也？
汤禹久远兮，邈而不可慕。
惩违改忿兮，抑心而自强。
离慜而不迁兮，愿志之有像。
进路北次兮，日昧昧其将暮。
舒忧娱哀兮，限之以大故。
乱曰：
浩浩沅湘，分流汨兮。
修路幽蔽，道远忽兮。
怀质抱情，独无匹兮。
伯乐既没，骥焉程兮。
民生禀命，各有所错兮。
定心广志，余何所畏惧兮？
曾伤爰哀，永叹喟兮。
世浑浊莫吾知，人心不可谓兮。

>知死不可让，愿勿爱兮。
>明告君子，吾将以为类兮。

《史记·屈原贾生列传》：屈原至于江滨，被发行吟泽畔。颜色憔悴，形容枯槁。渔父见而问之曰："子非三闾大夫欤？何故而至此？"屈原曰："举世混浊而我独清，众人皆醉而我独醒，是以见放。"渔父曰："夫圣人者，不凝滞于物而能与世推移。举世混浊，何不随其流而扬其波？众人皆醉，何不哺其糟而啜其醨？何故怀瑾握瑜而自令见放为？"屈原曰："吾闻之，新沐者必弹冠，新浴者必振衣，人又谁能以身之察察，受物之汶汶者乎！宁赴常流而葬乎江鱼腹中耳，又安能以皓皓之白而蒙世俗之温蠖乎！"乃作怀沙之赋。

按：曹尧德《屈子传》附录《屈原年谱》引任国瑞，谓本篇过去一般认为是绝命词。盖因太史公《屈原贾生列传》"乃作《怀沙》之赋，遂自沉汨罗以死"所云。此说以洪兴祖、朱熹为代表。其实《屈原列传》用的是跳跃的写法，时限并没有紧密连接。即使东方朔《七谏·沉江》"怀沙砾以自沉兮，不忍见君之蔽塞"等语，亦不能作《怀沙》的注脚。明代汪瑗及清代李陈玉、钱澄之和蒋骥等否定了洪、朱之说，训"沙"为长沙。其实，《山海经》《战国策·楚策》《史记》等典籍已证明战国时已有长沙之名，而且还是熊绎的始封地。蒋氏云："曰怀沙者，盖寓怀其地，欲往而就死焉耳。"另外，今人谭介甫等释题为怀念垂沙战败之事（怀王二十八年），然缺乏内证，难成立。

按：据《史记·屈原贾生列传》，《渔父》与《怀沙》作于同时，故将二作系于此。《渔父》或以为非屈原作，但《史记》明文有载，故仍以此作归屈原。赵逵夫《先秦文学编年史》将《哀郢》系于楚顷襄王十年（前289）。

《惜往日》应是屈原绝命辞，绝命之际，心头往往浮起一生最是得意的精彩瞬间，此乃其精神所系，打断骨头连着筋。

《九章·惜往日》云：

>惜往日之曾信兮，受命诏以昭时。
>奉先功以照下兮，明法度之嫌疑。
>国富强而法立兮，属贞臣而日娭。

秘密事之载心兮，虽过失犹弗治。
心纯厖而不泄兮，遭谗人而嫉之。
君含怒而待臣兮，不清澈其然否。
蔽晦君之聪明兮，虚惑误又以欺。
弗参验以考实兮，远迁臣而弗思。
信谗谀之浑浊兮，盛气志而过之。
何贞臣之无罪兮，被离谤而见尤。
惭光景之诚信兮，身幽隐而备之。
临沅、湘之玄渊兮，遂自忍而沉流。
卒没身而绝名兮，惜壅君之不昭。
君无度而弗察兮，使芳草为薮幽。
焉舒情而抽信兮，恬死亡而不聊。
独障壅而蔽隐兮，使贞臣为无由。
闻百里之为虏兮，伊尹烹于庖厨。
吕望屠于朝歌兮，宁戚歌而饭牛。
不逢汤武与桓缪兮，世孰云而知之。
吴信谗而弗味兮，子胥死而后忧。
介子忠而立枯兮，文君寤而追求。
封介山而为之禁兮，报大德之优游。
思久故之亲身兮，因缟素而哭之。
或忠信而死节兮，或訑谩而不疑。
弗省察而按实兮，听谗人之虚辞。
芳与泽其杂糅兮，孰申旦而别之？
何芳草之早殀兮，微霜降而下戒。
谅聪不明而蔽壅兮，使谗谀而日得。
自前世之嫉贤兮，谓蕙若其不可佩。
妒佳冶之芬芳兮，嫫母姣而自好。
虽有西施之美容兮，谗妒入以自代。
愿陈情以白行兮，得罪过之不意。
情冤见之日明兮，如列宿之错置。
乘骐骥而驰骋兮，无辔衔而自载。
乘泛泭以下流兮，无舟楫而自备。

背法度而心治兮，辟与此其无异。
宁溘死而流亡兮，恐祸殃之有再。
不毕辞而赴渊兮，惜壅君之不识。

朱熹《楚辞章句》对此作了交代："《九章》者，屈原之所作也。屈原既放，思君念国，随事感触，辄形于声。后人辑之，得其九章，合为一卷，非必出于一时之言也。今考其词，大抵多直致无润色，而《惜往日》、《悲回风》又其临绝之音，以故颠倒重复，倔强疏卤，尤愤懑而极悲哀，读之使人太息流涕而不能已。董子有言：'为人君者，不可以不知《春秋》，前有谗而不见，后有贼而不知。'呜呼，岂独《春秋》也哉！"

蒋骥《山带阁注楚辞》："《惜往日》有毕词赴渊之言，明系原之绝笔，而林氏泥怀石自沉之义，以《怀沙》终焉，皆说之刺谬者。《九章》当首《惜诵》，次《抽思》，次《思美人》，次《哀郢》，次《涉江》，次《怀沙》，次《悲回风》，终《惜往日》。惟《橘颂》无可附，然约略其时，当在《怀沙》之后，以死计已决也。"

蒋骥《山带阁注楚辞》进一步将屈原作品编年细化，除了个别地方需要推敲之外，大抵可以取信。其文曰："其作文次第，年代幽远，无可参核。窃尝以意推之，首《惜诵》，次《离骚》，次《抽思》，次《思美人》，次《卜居》，次《大招》（按：此乃景差所作之官样文章，不应列为屈原作品），次《哀郢》，次《涉江》，次《渔父》，次《怀沙》，次《招魂》，次《悲回风》，次《惜往日》终焉。初失位，志在洁身，作《惜诵》。已而决计为彭咸，作《离骚》。十八年后，放居汉北，秋作《抽思》。逾年春，作《思美人》。其三年，作《卜居》。此皆怀王时也。怀王末年，召还郢，顷襄即位，自郢放陵阳。三年，怀王归葬，作《大招》。居陵阳九年，作《哀郢》。已而自陵阳入辰溆，作《涉江》。又自辰溆出武陵，作《渔父》。适长沙，作《怀沙》、《招魂》。其秋，作《悲回风》。逾年五月沉湘，作《惜往日》。盖察其辞意，稽其道里有可征者，故列疏于诸篇，而目次则仍其旧，以存疑也。若《九歌》、《天问》、《橘颂》、《远游》，文辞浑然，莫可推诘，固弗敢强为之说云。"

按：曹尧德《屈子传》附录《屈原年谱》引任国瑞，谓本篇自南宋魏了翁以降，持伪作之说者颇多，以为非绝笔者亦不少。其理由有四：一是无标题、乱辞；二是太浅显；三曰有本篇即无须为《怀沙》；四曰自称贞臣，指王为壅君，文思紊乱。但如果我们设身处地地想一想，不毕辞而赴渊，当时还有心思去套章法吗？人到临死之时，还去要求他措意标题、乱辞，是不可思议的。而定《怀沙》为绝笔者本身就另有思量，并非将沙石混而为一，殊不知怀沙、哀郢标题式样相同，乃怀长沙。其余概可以蒋骥《山带阁注楚辞》来作解释。蒋氏云："夫欲生悟其君不得，卒以死悟之，此世所谓孤注也。默默而死，不如甚已；故大声疾呼，直指谗臣蔽君之罪，深著背法败亡之祸，危辞以撼之，庶几无弗悟也。苟可以悟其主者，死轻于鸿毛。故略子推之死，而详文君之悟；不胜死后余望焉。《九章》惟此篇词最浅易，非徒垂死之言，不暇雕饰，亦欲庸君入目而易晓也。"

按：王逸《楚辞章句》释"受命诏以昭时"，为"君告屈原明典文也。"是以《惜往日》为屈原作。朱熹以为绝笔之作。

五月五日，屈原怀石自沉于汨罗江。《史记·屈原贾生列传》云：（屈原）于是怀石遂自汨罗以死。屈原既死之后，楚有宋玉、唐勒、景差之徒者，皆好辞而以赋见称；然皆祖屈原之从容辞令，终莫敢直谏。其后楚日以削，数十年竟为秦所灭。

按：《史记·楚世家》云："五年，秦将王翦、蒙武遂破楚国，虏楚王负刍，灭楚名为郡云。"《资治通鉴》："二十四年戊寅（前223），王翦、蒙武虏楚王负刍，以其地置楚郡。"从屈原卒年（前278）至秦灭楚置郡之年（前223），凡55年，与《史记·屈原列传》所言"其后楚日以削，数十年竟为秦所灭"合。

关于屈原作品，《汉书·艺文志》作"屈原赋二十五篇"，前人说法如下：

《山带阁注楚辞》："宋洪庆善、朱晦庵考定，原赋止于《渔父》篇，余采黄维章、林西仲语，并载《招魂》、《大招》，以正《汉志》二十五篇之数，说见《招魂余论》。"

《山带阁注楚辞·楚辞余论》云："自王叔师以《招魂》为宋玉所作，千余年来，未有易者。《大招》，则王以为作于屈原，又曰景差，盖已不能定其人矣。晁无咎谓《大招》古奥，非原莫能作。洪氏又曰：'《汉志》原赋二十五篇，《渔父》以上是也。'《大招》恐非原作，朱子谓以宋玉大小言赋考之差语，皆平淡醇古，知《大招》为差作无疑。自后学者争传其说，至明黄维章始以为非，而取二《招》归之于原。然言多迂滞，未足以发其义。林西仲本黄氏之说，又从而条列之。而后二《招》之属于原，殆有确乎不易者。今约其辞，曰古人招魂之礼为死者而行嗣，亦有施之生人者，原以魂魄离散，而招尚在未死也。"

严可均《全三代文编》云："《楚辞》王逸序曰：'《大招》，屈原之所作也。或曰景差，疑不能明也。'洪兴祖以为非屈原作。今案《汉志》'屈原赋二十五篇'，谓《离骚》一篇，《九歌》十一篇，《天问》一篇，《九章》九篇，《远游》、《卜居》、《渔父》各一篇，凡二十五篇，洪说是也。"

附录《楚辞》其他作品，可见汉人为屈原作传用力之勤，其他人均无如此光荣也。

把屈原"坎廪兮贫士失职而志不平"的坎坷身世融入"悲秋"之体验，莫有过于宋玉《九辩》者。

宋玉《九辩》云：

> 悲哉，秋之为气也！
> 萧瑟兮草木摇落而变衰。
> 憭栗兮若在远行，登山临水兮送将归。
> 泬寥兮天高而气清，寂寥兮收潦而水清。
> 憯悽增欷兮，薄寒之中人，
> 怆怳懭悢兮，去故而就新。
> 坎廪兮贫士失职而志不平，廓落兮羁旅而无友生。
> 惆怅兮而私自怜！
> 燕翩翩其辞归兮，蝉寂漠而无声。
> 雁廱廱而南游兮，鹍鸡啁哳而悲鸣。
> 独申旦而不寐兮，哀蟋蟀之宵征。
> 时亹亹而过中兮，蹇淹留而无成。
> 悲忧穷戚兮独处廓，有美一人兮心不绎。
> 去乡离家兮来远客，超逍遥兮今焉薄！
> 专思君兮不可化，君不知兮可奈何！
> 蓄怨兮积思，心烦憺兮忘食事。
> 愿一见兮道余意，君之心兮与余异。
> 车既驾兮揭而归，不得见兮心伤悲。
> 倚结軨兮长太息，涕潺湲兮下沾轼。

忼慨绝兮不得，中瞀乱兮迷惑。
私自怜兮何极？心怦怦兮谅直。
皇天平分四时兮，窃独悲此凛秋。
白露既下百草兮，奄离披此梧楸。
去白日之昭昭兮，袭长夜之悠悠。
离芳蔼之方壮兮，余萎约而悲愁。
秋既先戒以白露兮，冬又申之以严霜。
收恢台之孟夏兮，然欿傺而沉藏。
叶菸邑而无色兮，枝烦挐而交横。
颜淫溢而将罢兮，柯仿佛而萎黄。
萷櫹槮之可哀兮，形销铄而瘀伤。
惟其纷糅而将落兮，恨其失时而无当。
揽骐辔而下节兮，聊逍遥以相伴。
岁忽忽而遒尽兮，恐余寿之弗将。
悼余生之不时兮，逢此世之俇攘。
澹容与而独倚兮，蟋蟀鸣此西堂。
心怵惕而震荡兮，何所忧之多方！
卬明月而太息兮，步列星而极明。
窃悲夫蕙华之曾敷兮，纷旖旎乎都房。
何曾华之无实兮，从风雨而飞飏！
以为君独服此蕙兮，羌无以异于众芳。
闵奇思之不通兮，将去君而高翔。
心闵怜之惨悽兮，愿一见而有明。
重无怨而生离兮，中结轸而增伤。
岂不郁陶而思君兮？君之门以九重！
猛犬狺狺而迎吠兮，关梁闭而不通。
皇天淫溢而秋霖兮，后土何时而得漧？
块独守此无泽兮，仰浮云而永叹！
何时俗之工巧兮？背绳墨而改错！
郤骐骥而不乘兮，策驽骀而取路。
当世岂无骐骥兮，诚莫之能善御。
见执辔者非其人兮，故骐跳而远去。

凫雁皆唼夫梁藻兮，凤愈飘翔而高举。
圜凿而方枘兮，吾固知其鉏铻而难入。
众鸟皆有所登栖兮，凤独惶惶而无所集。
愿衔枚而无言兮，尝被君之渥洽。
太公九十乃显荣兮，诚未遇其匹合。
谓骐骥兮安归？谓凤皇兮安栖？
变古易俗兮世衰，今之相者兮举肥。
骐骥伏匿而不见兮，凤皇高飞而不下。
鸟兽犹知怀德兮，何云贤士之不处？
骥不骤进而求服兮，凤亦不贪馁而妄食。
君弃远而不察兮，虽愿忠其焉得？
欲寂漠而绝端兮，窃不敢忘初之厚德。
独悲愁其伤人兮，冯郁郁其何极？
霜露惨悽而交下兮，心尚幸其弗济。
霰雪雰糅其增加兮，乃知遭命之将至。
愿徼幸而有待兮，泊莽莽与野草同死。
愿自往而径游兮，路壅绝而不通。
欲循道而平驱兮，又未知其所从。
然中路而迷惑兮，自压桉而学诵。
性愚陋以褊浅兮，信未达乎从容。
窃美申包胥之气盛兮，恐时世之不固。
何时俗之工巧兮，灭规矩而改凿！
独耿介而不随兮，愿慕先圣之遗教。
处浊世而显荣兮，非余心之所乐。
与其无义而有名兮，宁穷处而守高。
食不媮而为饱兮，衣不苟而为温。
窃慕诗人之遗风兮，愿托志乎素餐。
蹇充倔而无端兮，泊莽莽而无垠。
无衣裘以御冬兮，恐溘死不得见乎阳春。
靓杪秋之遥夜兮，心缭悷而有哀。
春秋逴逴而日高兮，然惆怅而自悲。
四时递来而卒岁兮，阴阳不可与俪偕。

白日晼晚其将入兮，明月销铄而减毁。
岁忽忽而遒尽兮，老冉冉而愈弛。
心摇悦而日幸兮，然怊怅而无冀。
中憯恻之悽怆兮，长太息而增欷。
年洋洋以日往兮，老嵺廓而无处。
事亹亹而觊进兮，蹇淹留而踌躇。
何泛滥之浮云兮？猋壅蔽此明月。
忠昭昭而愿见兮，然霠曀而莫达。
愿皓日之显行兮，云蒙蒙而蔽之。
窃不自聊而愿忠兮，或黕点而汙之。
尧舜之抗行兮，瞭冥冥而薄天。
何险巇之嫉妒兮？被以不慈之伪名。
彼日月之照明兮，尚黯黮而有瑕。
何况一国之事兮，亦多端而胶加。
被荷裯之晏晏兮，然潢洋而不可带。
既骄美而伐武兮，负左右之耿介。
憎愠惀之修美兮，好夫人之慷慨。
众踥蹀而日进兮，美超远而逾迈。
农夫辍耕而容与兮，恐田野之芜秽。
事绵绵而多私兮，窃悼后之危败。
世雷同而炫曜兮，何毁誉之昧昧！
今修饰而窥镜兮，后尚可以𫖳藏。
愿寄言夫流星兮，羌倏忽而难当。
卒壅蔽此浮云兮，下暗漠而无光。
尧舜皆有所举任兮，故高枕而自适。
谅无怨于天下兮，心焉取此怵惕？
乘骐骥之浏浏兮，驭安用夫强策？
谅城郭之不足恃兮，虽重介之何益？
邅翼翼而无终兮，忳惛惛而愁约。
生天地之若过兮，功不成而无效。
愿沉滞而不见兮，尚欲布名乎天下。
然潢洋而不遇兮，直怐愗而自苦。

莽洋洋而无极兮，忽翱翔之焉薄？
国有骥而不知乘兮，焉皇皇而更索？
宁戚讴于车下兮，桓公闻而知之。
无伯乐之相善兮，今谁使乎誉之？
罔流涕以聊虑兮，惟著意而得之。
纷纯纯之愿忠兮，妒被离而鄣之。
原赐不肖之躯而别离兮，放游志乎云中。
乘精气之抟抟兮，骛诸神之湛湛。
骖白霓之习习兮，历群灵之丰丰。
左朱雀之茇茇兮，右苍龙之躣躣。
属雷师之阗阗兮，通飞廉之衙衙。
前轻辌之锵锵兮，后辎乘之从从。
载云旗之委蛇兮，扈屯骑之容容。
计专专之不可化兮，原遂推而为臧。
赖皇天之厚德兮，还及君之无恙！

宋玉《九辩》当作于屈原沉江之后不久，思见其人，感慨不已。连楚顷襄王也感觉到宋玉"似屈原"。可以说，宋玉以"悲秋"情结，开通了一股言说屈原的潮流，这股潮流在有汉一世磅磅礴薄，一泻千里。

其后又有贾谊作《惜誓》以接其余绪。贾谊《惜誓》云：

惜余年老而日衰兮，岁忽忽而不反。
登苍天而高举兮，历众山而日远。
观江河之纡曲兮，离四海之沾濡。
攀北极而一息兮，吸沆瀣以充虚。
飞朱鸟使先驱兮，驾太一之象舆。
苍龙蚴虬于左骖兮，白虎骋而为右騑。
建日月以为盖兮，载玉女于后车。
驰骛于杳冥之中兮，休息乎昆仑之墟。
乐穷极而不厌兮，愿从容乎神明。
涉丹水而驰骋兮，右大夏之遗风。
黄鹄之一举兮，知山川之纡曲。

再举兮，睹天地之圜方。
临中国之众人兮，讬回飙乎尚羊。
乃至少原之野兮，赤松、王乔皆在旁。
二子拥瑟而调均兮，余因称乎清商。
澹然而自乐兮，吸众气而翱翔。
念我长生而久仙兮，不如反余之故乡。
黄鹄后时而寄处兮，鸱枭群而制之。
神龙失水而陆居兮，为蝼蚁之所裁。
夫黄鹄、神龙犹如此兮，况贤者之逢乱世哉！
寿冉冉而日衰兮，固儃回而不息。
俗流从而不止兮，众枉聚而矫直。
或偷合而苟进兮，或隐居而深藏。
苦称量之不审兮，同权概而就衡。
或推移而苟容兮，或直言之谔谔。
伤诚是之不察兮，并纫茅丝以为索。
方世俗之幽昏兮，眩白黑之美恶。
放山渊之龟玉兮，相与贵夫砾石。
梅伯数谏而至醢兮，来革顺志而用国。
悲仁人之尽节兮，反为小人之所贼。
比干忠谏而剖心兮，箕子被发而佯狂。
水背流而源竭兮，木去根而不长。
非重躯以虑难兮，惜伤身之无功。
已矣哉！
独不见夫鸾凤之高翔兮，乃集大皇之野。
循四极而回周兮，见盛德而后下。
彼圣人之神德兮，远浊世而自藏。
使麒麟可得羁而係兮，又何以异乎犬羊？

宋玉"悲秋"之后，又有淮南小山《招隐士》继之。《招隐士》云：

桂树丛生兮山之幽，偃蹇连蜷兮枝相缭。
山气巄嵷兮石嵯峨，溪谷崭岩兮水曾波。

猿狖群啸兮虎豹嗥，攀援桂枝兮聊淹留。
王孙游兮不归，春草生兮萋萋。
岁暮兮不自聊，蟪蛄鸣兮啾啾。
坱兮轧，山曲岪，心淹留兮恫慌忽。
罔兮沕，憭兮栗，虎豹穴。
丛薄深林兮，人上栗。
嶔岑碕礒兮，硱磳磈硊。
树轮相纠兮，林木茷骫。
青莎杂树兮薠草靃靡，白鹿麑䴥兮或腾或倚。
状貌崟崟兮峨峨，凄凄兮漇漇。
猕猴兮熊罴，慕类兮以悲。
攀援桂枝兮聊淹留，虎豹斗兮熊罴咆，
禽兽骇兮亡其曹。
王孙兮归来，山中兮不可以久留。

其后又有东方朔《七谏》，对屈原高洁而坎坷的人生，作了淋漓尽致的敷陈。《七谏》云：

《初放》
平生于国兮，长于原野。
言语讷谬兮，又无强辅。
浅智褊能兮，闻见又寡。
数言便事兮，见怨门下。
王不察其长利兮，卒见弃乎原野。
伏念思过兮，无可改者。
群众成朋兮，上浸以惑。
巧佞在前兮，贤者灭息。
尧、舜圣已没兮，孰为忠直？
高山崔巍兮，水流汤汤。
死日将至兮，与麋鹿同坑。
块兮鞠，当道宿，
举世皆然兮，余将谁告？

斥逐鸿鹄兮，近习鸱枭。
斩伐橘柚兮，列树苦桃。
便娟之修竹兮，寄生乎江潭。
上葳蕤而防露兮，下泠泠而来风。
孰知其不合兮，若竹柏之异心。
往者不可及兮，来者不可待。
悠悠苍天兮，莫我振理。
窃怨君之不寤兮，吾独死而后已。

《沉江》
惟往古之得失兮，览私微之所伤。
尧、舜圣而慈仁兮，后世称而弗忘。
齐桓失于专任兮，夷吾忠而名彰。
晋献惑于孋姬兮，申生孝而被殃。
偃王行其仁义兮，荆文寤而徐亡。
纣暴虐以失位兮，周得佐乎吕望。
修往古以行恩兮，封比干之丘垄。
贤俊慕而自附兮，日浸淫而合同。
明法令而修理兮，兰芷幽而有芳。
苦众人之妒予兮，箕子寤而佯狂。
不顾地以贪名兮，心怫郁而内伤。
联蕙芷以为佩兮，过鲍肆而失香。
正臣端其操行兮，反离谤而见攘。
世俗更而变化兮，伯夷饿于首阳。
独廉洁而不容兮，叔齐久而逾明。
浮云陈而蔽晦兮，使日月乎无光。
忠臣贞而欲谏兮，谗谀毁而在旁。
秋草荣其将实兮，微霜下而夜降。
商风肃而害生兮，百草育而不长。
众并谐以妒贤兮，孤圣特而易伤。
怀计谋而不见用兮，岩穴处而隐藏。
成功隳而不卒兮，子胥死而不葬。

世从俗而变化兮，随风靡而成行。
信直退而毁败兮，虚伪进而得当。
追悔过之无及兮，岂尽忠而有功？
废制度而不用兮，务行私而去公。
终不变而死节兮，惜年齿之未央。
将方舟而下流兮，冀幸君之发矇。
痛忠言之逆耳兮，恨申子之沉江。
愿悉心之所闻兮，遭值君之不聪。
不开瘠而难道兮，不别横之与纵。
听奸臣之浮说兮，绝国家之久长。
灭规矩而不用兮，背绳墨之正方。
离忧患而乃寤兮，若纵火于秋蓬。
业失之而不救兮，尚何论乎祸凶？
彼离畔而朋党兮，独行之士其何望？
日渐染而不自知兮，秋毫微哉而变容。
众轻积而折轴兮，原咎杂而累重。
赴湘、沅之流澌兮，恐逐波而复东。
怀沙砾而自沉兮，不忍见君之蔽壅。

《怨世》
世沉淖而难论兮，俗岭峨而嵾嵯。
清泠泠而歼灭兮，溷湛湛而日多。
枭鸮既以成群兮，玄鹤弭翼而屏移。
蓬艾亲入御于床笫兮，马兰踸踔而日加。
弃捐药芷与杜衡兮，余奈世之不知芳何？
何周道之平易兮，然芜秽而险戏。
高阳无故而委尘兮，唐虞点灼而毁议。
谁使正其真是兮，虽有八师而不可为。
皇天保其高兮，后土持其久。
服清白以逍遥兮，偏与乎玄英异色。
西施媞媞而不得见兮，嫫母勃屑而日侍。
桂蠹不知所淹留兮，蓼虫不知徙乎葵菜。

处溷溷之浊世兮，今安所达乎吾志？
意有所载而远逝兮，固非众人之所识。
骥踌躇于弊輂兮，遇孙阳而得代。
吕望穷困而不聊生兮，遭周文而舒志。
宁戚饭牛而商歌兮，桓公闻而弗置。
路室女之方桑兮，孔子过之以自侍。
吾独乖剌而无当兮，心悼怵而耄思。
思比干之恻恻兮，哀子胥之慎事。
悲楚人之和氏兮，献宝玉以为石。
遇厉、武之不察兮，羌两足以毕斮。
小人之居势兮，视忠正之何若？
改前圣之法度兮，喜啜嚅而妄作。
亲谗谀而疏贤圣兮，讼谓闾娵为丑恶。
愉近习而蔽远兮，孰知察其黑白？
卒不得效其心容兮，安眇眇而无所归薄。
专精爽以自明兮，晦冥冥而壅蔽。
年既已过太半兮，然埳轲而留滞。
欲高飞而远集兮，恐离罔而灭败。
独冤抑而无极兮，伤精神而寿夭。
皇天既不纯命兮，余生终无所依。
愿自沉于江流兮，绝横流而径逝。
宁为江海之泥涂兮，安能久见此浊世？

《怨思》
贤士穷而隐处兮，廉方正而不容。
子胥谏而靡躯兮，比干忠而剖心。
子推自割而饫君兮，德日忘而怨深。
行明白而曰黑兮，荆棘聚而成林。
江离弃于穷巷兮，蒺藜蔓乎东厢。
贤者蔽而不见兮，谗谀进而相朋。
枭鸮并进而俱鸣兮，凤皇飞而高翔。
愿一往而径逝兮，道壅绝而不通。

《自悲》
居愁苦其谁告兮，独永思而忧悲。
内自省而不惭兮，操愈坚而不衰。
隐三年而无决兮，岁忽忽其若颓。
怜余身不足以卒意兮，冀一见而复归。
哀人事之不幸兮，属天命而委之咸池。
身被疾而不闲兮，心沸热其若汤。
冰炭不可以相并兮，吾固知乎命之不长。
哀独苦死之无乐兮，惜予年之未央。
悲不反余之所居兮，恨离予之故乡。
鸟兽惊而失群兮，犹高飞而哀鸣。
狐死必首丘兮，夫人孰能不反其真情？
故人疏而日忘兮，新人近而俞好。
莫能行于杳冥兮，孰能施于无报？
苦众人之皆然兮，乘回风而远游。
凌恒山其若陋兮，聊愉娱以忘忧。
悲虚言之无实兮，苦众口之铄金。
过故乡而一顾兮，泣歔欷而沾衿。
厌白玉以为面兮，怀琬琰以为心。
邪气入而感内兮，施玉色而外淫。
何青云之流澜兮，微霜降之蒙蒙。
徐风至而徘徊兮，疾风过之汤汤。
闻南藩乐而欲往兮，至会稽而且止。
见韩众而宿之兮，问天道之所在。
借浮云以送予兮，载雌霓而为旌。
驾青龙以驰骛兮，班衍衍之冥冥。
忽容容其安之兮，超慌忽其焉如？
苦众人之难信兮，愿离群而远举。
登峦山而远望兮，好桂树之冬荣。
观天火之炎炀兮，听大壑之波声。
引八维以自道兮，含沆瀣以长生。
居不乐以时思兮，食草木之秋实。

饮菌若之朝露兮，构桂木而为室。
杂橘柚以为囿兮，列新夷与椒桢。
鹍鹤孤而夜号兮，哀居者之诚贞。

《哀命》
哀时命之不合兮，伤楚国之多忧。
内怀情之洁白兮，遭乱世而离尤。
恶耿介之直行兮，世溷浊而不知。
何君臣之相失兮，上沅、湘而分离？
测汨罗之湘水兮，知时固而不反。
伤离散之交乱兮，遂侧身而既远。
处玄舍之幽门兮，穴岩石而窟伏。
从水蛟而为徒兮，与神龙乎休息。
何山石之崭岩兮，灵魂屈而偃蹇。
含素水而蒙深兮，日眇眇而既远。
哀形体之离解兮，神罔两而无舍。
惟椒兰之不反兮，魂迷惑而不知路。
愿无过之设行兮，虽灭没之自乐。
痛楚国之流亡兮，哀灵修之过到。
固时俗之溷浊兮，志昏迷而不知路。
念私门之正匠兮，遥涉江而远去。
念女嬃之婵媛兮，涕泣流乎于悒。
我决死而不生兮，虽重追吾何及？
戏疾濑之素水兮，望高山之蹇产。
哀高丘之赤岸兮，遂没身而不反。

《谬谏》
怨灵修之浩荡兮，夫何执操之不固？
悲太山之为隍兮，孰江河之可涸？
愿承闲而效志兮，恐犯忌而干讳。
卒抚情以寂寞兮，然怊怅而自悲。
玉与石其同匮兮，贯鱼眼与珠玑。

驽骏杂而不分兮，服罢牛而骖骥。
年滔滔而自远兮，寿冉冉而愈衰。
心悇憛而烦冤兮，蹇超摇而无冀。
固时俗之工巧兮，灭规矩而改错。
却骐骥而不乘兮，策驽骀而取路。
当世岂无骐骥兮，诚无王良之善驭。
见执辔者非其人兮，故驹跳而远去。
不量凿而正枘兮，恐矩矱之不同。
不论世而高举兮，恐操行之不调。
弧弓弛而不张兮，孰云知其所至？
无倾危之患难兮，焉知贤士之所死？
俗推佞而进富兮，节行张而不著。
贤良蔽而不群兮，朋曹比而党誉。
邪说饰而多曲兮，正法弧而不公。
直士隐而避匿兮，谗谀登乎明堂。
弃彭咸之娱乐兮，灭巧倕之绳墨。
菎蕗杂于䵅蒸兮，机蓬矢以射革。
驾蹇驴而无策兮，又何路之能极？
以直鍼而为钓兮，又何鱼之能得？
伯牙之绝弦兮，无钟子期而听之。
和抱璞而泣血兮，安得良工而剖之？
同音者相和兮，同类者相似。
飞鸟号其群兮，鹿鸣求其友。
故叩宫而宫应兮，弹角而角动。
虎啸而谷风至兮，龙举而景云往。
音声之相和兮，言物类之相感也。
夫方圜之异形兮，势不可以相错。
列子隐身而穷处兮，世莫可以寄讬。
众鸟皆有行列兮，凤独翔翔而无所薄。
经浊世而不得志兮，愿侧身岩穴而自讬。
欲阖口而无言兮，尝被君之厚德。
独便悁而怀毒兮，愁郁郁之焉极？

念三年之积思兮，愿一见而陈辞。
不及君而骋说兮，世孰可为明之？
身寝疾而日愁兮，情沉抑而不扬。
众人莫可与论道兮，悲精神之不通。
乱曰：
鸾皇孔凤日以远兮，畜凫驾鹅。
鸡鹜满堂坛兮，鼅鼄游乎华池。
要袅奔亡兮，腾驾橐驼。
铅刀进御兮，遥弃太阿。
拔搴玄芝兮，列树芋荷。
橘柚萎枯兮，苦李旖旎。
甂瓯登于明堂兮，周鼎潜潜乎深渊。
自古而固然兮，吾又何怨乎今之人！

继之又有庄忌《哀时命》，而且以"夫何予生之不遘时"自称，与屈原融合为一体，以体验风云漫卷之人生。歌诗云：

哀时命之不及古人兮，夫何予生之不遘时！
往者不可扳援兮，来者不可与期。
志憾恨而不逞兮，杼中情而属诗。
夜炯炯而不寐兮，怀隐忧而历兹。
心郁郁而无告兮，众孰可与深谋！
欿愁悴而委惰兮，老冉冉而逮之。
居处愁以隐约兮，志沉抑而不扬。
道壅塞而不通兮，江河广而无梁。
愿至昆仑之悬圃兮，采钟山之玉英。
揽瑶木之橝枝兮，望闾风之板桐。
弱水汩其为难兮，路中断而不通。
势不能凌波以径度兮，又无羽翼而高翔。
然隐悯而不达兮，独徙倚而彷徉。
怅惝罔以永思兮，心纡轸而增伤。
倚踌躇以淹留兮，日饥馑而绝粮。

廓抱景而独倚兮，超永思乎故乡。
廓落寂而无友兮，谁可与玩此遗芳？
白日晼晚其将入兮，哀余寿之弗将。
车既弊而马罢兮，蹇邅徊而不能行。
身既不容于浊世兮，不知进退之宜当。
冠崔嵬而切云兮，剑淋离而从横。
衣摄叶以储与兮，左袪挂于榑桑。
右衽拂于不周兮，六合不足以肆行。
上同凿枘于伏羲兮，下合矩矱于虞、唐。
愿尊节而式高兮，志犹卑夫禹、汤。
虽知困其不改操兮，终不以邪枉害方。
世并举而好朋兮，一斗斛而相量。
众比周以肩迫兮，贤者远而隐藏。
为凤皇作鹑笼兮，虽翕翅其不容。
灵皇其不寤知兮，焉陈词而效忠？
俗嫉妒而蔽贤兮，孰知余之从容？
愿舒志而抽冯兮，庸讵知其吉凶？
璋珪杂于甑窐兮，陇廉与孟娵同宫。
举世以为恒俗兮，固将愁苦而终穷。
幽独转而不寐兮，惟烦懣而盈匈。
魂眇眇而驰骋兮，心烦冤之忡忡。
志欲憾而不憺兮，路幽昧而甚难。
块独守此曲隅兮，然欲切而永叹。
愁修夜而宛转兮，气涫沸其若波。
握剞劂而不用兮，操规矩而无所施。
骋骐骥于中庭兮，焉能极夫远道？
置援狄于棂槛兮，夫何以责其捷巧？
驷跛鳖而上山兮，吾固知其不能升。
释管晏而任臧获兮，何权衡之能称？
箟簬杂于廲蒸兮，机蓬矢以射革。
负檐荷以丈尺兮，欲伸要而不可得。
外迫胁于机臂兮，上牵联于缯隹。

肩倾侧而不容兮，固陿腹而不得息。
务光自投于深渊兮，不获世之尘垢。
孰魁摧之可久兮，愿退身而穷处。
凿山楹而为室兮，下被衣于水渚。
雾露濛濛其晨降兮，云依斐而承宇。
虹霓纷其朝霞兮，夕淫淫而淋雨。
怊茫茫而无归兮，怅远望此旷野。
下垂钓于溪谷兮，上要求于仙者。
与赤松而结友兮，比王侨而为耦。
使枭杨先导兮，白虎为之前后。
浮云雾而入冥兮，骑白鹿而容与。
魂眐眐以寄独兮，汨徂往而不归。
处卓卓而日远兮，志浩荡而伤怀。
鸾凤翔于苍云兮，故矰缴而不能加。
蛟龙潜于旋渊兮，身不挂于罔罗。
知贪饵而近死兮，不如下游乎清波。
宁幽隐以远祸兮，孰侵辱之可为？
子胥死而成义兮，屈原沉于汨罗。
虽体解其不变兮，岂忠信之可化？
志怦怦而内直兮，履绳墨而不颇。
执权衡而无私兮，称轻重而不差。
摡尘垢之枉攘兮，除秽累而反真。
形体白而质素兮，中皎洁而淑清。
时猒饫而不用兮，且隐伏而远身。
聊窜端而匿迹兮，嘆寂默而无声。
独便悁而烦毒兮，焉发愤而抒情。
时曖曖其将罢兮，遂闷叹而无名。
伯夷死于首阳兮，卒夭隐而不荣。
太公不遇文王兮，身至死而不得逞。
怀瑶象而佩琼兮，愿陈列而无正。
生天坠之若过兮，忽烂漫而无成。
邪气袭余之形体兮，疾憯怛而萌生。

愿一见阳春之白日兮，恐不终乎永年。

王褒《九怀》"余深愍兮惨怛"，似乎要与屈原融为一体，却不曾想又说"伍胥兮浮江，屈子兮沉湘"，把屈子当作审视对象，似乎又推开一定的心理距离。这种一推一挽的抒写策略，煞是好看。《九怀》歌诗云：

极运兮不中，来将屈兮困穷。
余深愍兮惨怛，愿一列兮无从。
乘日月兮上征，顾游心兮鄗丰。
弥览兮九隅，彷徨兮兰宫。
芷闾兮药房，奋摇兮众芳。
菌阁兮蕙楼，观道兮从横。
宝金兮委积，美玉兮盈堂。
桂水兮潺湲，扬流兮洋洋。
蓍蔡兮踊跃，孔鹤兮回翔。
抚槛兮远望，念君兮不忘。
怫郁兮莫陈，永怀兮内伤。

《通路》
天门兮墬户，孰由兮贤者？
无正兮溷厕，怀德兮何睹？
假寐兮愍斯，谁可与兮寤语？
痛凤兮远逝，畜鴳兮近处。
鲸鱏兮幽潜，从虾兮游渚。
乘虬兮登阳，载象兮上行。
朝发兮葱岭，夕至兮明光。
北饮兮飞泉，南采兮芝英。
宣游兮列宿，顺极兮彷徉。
红采兮骍衣，翠缥兮为裳。
舒佩兮綝缅，竦余剑兮干将。
腾蛇兮后从，飞駏兮步旁。
微观兮玄圃，览察兮瑶光。

启匮兮探筴，悲命兮相当。
纫蕙兮永辞，将离兮所思。
浮云兮容与，道余兮何之？
远望兮仟眠，闻雷兮阗阗。
阴忧兮感余，惆怅兮自怜。

《危俊》
林不容兮鸣蜩，余何留兮中州？
陶嘉月兮总驾，搴玉英兮自修。
结荣茝兮逶逝，将去烝兮远游。
径岱土兮魏阙，历九曲兮牵牛。
聊假日兮相伴，遗光燿兮周流。
望太一兮淹息，纡余辔兮自休。
睎白日兮皎皎，弥远路兮悠悠。
顾列孛兮缥缥，观幽云兮陈浮。
钜宝迁兮砩磶，雉咸雊兮相求。
泱莽莽兮究志，惧吾心兮懧懧。
步余马兮飞柱，览可与兮匹俦。
卒莫有兮纤介，永余思兮怞怞。

《昭世》
世溷兮冥昏，违君兮归真。
乘龙兮偃蹇，高回翔兮上臻。
袭英衣兮缇绻，披华裳兮芳芬。
登羊角兮扶舆，浮云漠兮自娱。
握神精兮雍容，与神人兮相胥。
流星坠兮成雨，进瞵盼兮上丘墟。
览旧邦兮滃郁，余安能兮久居！
志怀逝兮心懰栗，纡余辔兮踟蹰。
闻素女兮微歌，听王后兮吹竽。
魂悽怆兮感哀，肠回回兮盘纡。
抚余佩兮缤纷，高太息兮自怜。

使祝融兮先行，令昭明兮开门。
驰六蛟兮上征，竦余驾兮入冥。
历九州兮索合，谁可与兮终生？
忽反顾兮西圃，睹轸丘兮崎倾。
横垂涕兮泫流，悲余后兮失灵。

《尊嘉》
季春兮阳阳，列草兮成行。
余悲兮兰生，委积兮从横。
江离兮遗捐，辛夷兮挤臧。
伊思兮往古，亦多兮遭殃。
伍胥兮浮江，屈子兮沉湘。
运余兮念兹，心内兮怀伤。
望淮兮沛沛，滨流兮则逝。
榜舫兮下流，东注兮磕磕。
蛟龙兮导引，文鱼兮上濑。
抽蒲兮陈坐，援芙蕖兮为盖。
水跃兮余旌，继以兮微蔡。
云旗兮电骛，倏忽兮容裔。
河伯兮开门，迎余兮欢欣。
顾念兮旧都，怀恨兮艰难。
窃哀兮浮萍，泛淫兮无根。

《蓄英》
秋风兮萧萧，舒芳兮振条。
微霜兮眇眇，病殀兮鸣蜩。
玄鸟兮辞归，飞翔兮灵丘。
望溪兮瀁郁，熊罴兮呴嗥。
唐、虞兮不存，何故兮久留？
临渊兮汪洋，顾林兮忽荒。
修余兮袿衣，骑霓兮南上。
乘云兮回回，亹亹兮自强。

将息兮兰皋，失志兮悠悠。
荔蕴兮霉黧，思君兮无聊。
身去兮意存，怆恨兮怀愁。

《思忠》
登九灵兮游神，静女歌兮微晨。
悲皇丘兮积葛，众体错兮交纷。
贞枝抑兮枯槁，枉车登兮庆云。
感余志兮惨慄，心怆怆兮自怜。
驾玄螭兮北征，蹑吾路兮葱岭。
连五宿兮建旄，扬氛气兮为旌。
历广漠兮驰骛，览中国兮冥冥。
玄武步兮水母，与吾期兮南荣。
登华盖兮乘阳，聊逍遥兮播光。
抽库娄兮酌醴，援瓟瓜兮接粮。
毕休息兮远逝，发玉轫兮西行。
惟时俗兮疾正，弗可久兮此方。
瘖辟摽兮永思，心怫郁兮内伤。

《陶壅》
览杳杳兮世惟，余惆怅兮何归？
伤时俗兮溷乱，将奋翼兮高飞。
驾八龙兮连蜷，建虹旌兮威夷。
观中宇兮浩浩，纷翼翼兮上跻。
浮溺水兮舒光，淹低佪兮京沶。
屯余车兮索友，睹皇公兮问师。
道莫贵兮归真，羡余术兮可夷。
吾乃逝兮南娭，道幽路兮九疑。
越炎火兮万里，过万首兮嶷嶷。
济江海兮蝉蜕，绝北梁兮永辞。
浮云郁兮昼昏，霾土忽兮塺塺。
息阳城兮广夏，衰色罔兮中怠。

意晓阳兮燎瘴，乃自誃兮在兹。
思尧、舜兮袭兴，幸咎繇兮获谋。
悲九州兮靡君，抚轼叹兮作诗。

《株昭》
悲哉于嗟兮，心内切磋。
款冬而生兮，凋彼叶柯。
瓦砾进宝兮，捐弃随和。
铅刀厉御兮，顿弃太阿。
骥垂两耳兮，中坂蹉跎。
蹇驴服驾兮，无用日多。
修洁处幽兮，贵宠沙劘。
凤皇不翔兮，鹑鹕飞扬。
乘虹骖蜺兮，载云变化。
焦明开路兮，后属青蛇。
步骤桂林兮，超骧卷阿。
丘陵翔儛兮，溪谷悲歌。
神章灵篇兮，赴曲相和。
余私娱兹兮，孰哉复加。
还顾世俗兮，坏败罔罗。
卷佩将逝兮，涕流滂沱。
乱曰：
皇门开兮照下土，株秽除兮兰芷睹。
四佞放兮后得禹，圣舜摄兮昭尧绪，
孰能若兮愿为辅？

  刘向《九叹》毕竟心地更为透明，开篇"伊伯庸之末胄兮，谅皇直之屈原"，就直奔屈原《离骚》"帝高阳之苗裔兮，朕皇考曰伯庸"，这就在本源上与屈原融为一体。《九叹》歌诗云：

《逢纷》
伊伯庸之末胄兮，谅皇直之屈原。

云余肇祖于高阳兮，惟楚怀之婵连。
原生受命于贞节兮，鸿永路有嘉名。
齐名字于天地兮，并光明于列星。
吸精粹而吐氛浊兮，横邪世而不取容。
行叩诚而不阿兮，遂见排而逢谗。
后听虚而黜实兮，不吾理而顺情。
肠愤悁而含怒兮，志迁蹇而左倾。
心懬慌其不我与兮，躬速速其不吾亲。
辞灵修而陨志兮，吟泽畔之江滨。
椒桂罗以颠覆兮，有竭信而归诚。
谗夫蔼蔼而漫著兮，曷其不舒予情？
始结言于庙堂兮，信中涂而叛之。
怀兰蕙与衡芷兮，行中野而散之。
声哀哀而怀高丘兮，心愁愁而思旧邦。
愿承闲而自恃兮，径淫曀而道壅。
颜霉黧以沮败兮，精越裂而衰耄。
裳襜襜而含风兮，衣纳纳而掩露。
赴江、湘之湍流兮，顺波凑而下降。
徐徘徊于山阿兮，飘风来之汹汹。
驰余车兮玄石，步余马兮洞庭。
平明发兮苍梧，夕投宿兮石城。
芙蓉盖而菱华车兮，紫贝阙而玉堂。
薜荔饰而陆离荐兮，鱼鳞衣而白蜺裳。
登逢龙而下陨兮，违故都之漫漫。
思南郢之旧俗兮，肠一夕而九运。
扬流波之潢潢兮，体溶溶而东回。
心怊怅以永思兮，意晻晻而日颓。
白露纷以涂涂兮，秋风浏以萧萧。
身永流而不还兮，魂长逝而常愁。
叹曰：
譬彼流水纷扬磕兮，波逢汹涌濆滂兮。
揄扬涤荡，飘流陨往，触崟石兮。

龙邛脟圈，缭戾宛转，阻相薄兮。
遭纷逢凶，蹇离尤兮。
垂文扬采，遗将来兮。

《离世》
灵怀其不吾知兮，灵怀其不吾闻。
就灵怀之皇祖兮，诉灵怀之鬼神。
灵怀曾不吾与兮，即听夫人之谀辞。
余辞上参于天坠兮，旁引之于四时。
指日月使延照兮，抚招摇以质正。
立师旷俾端词兮，命咎繇使并听。
兆出名曰正则兮，卦发字曰灵均。
余幼既有此鸿节兮，长愈固而弥纯。
不从俗而诐行兮，直躬指而信志。
不枉绳以追曲兮，屈情素以从事。
端余行其如玉兮，述皇舆之踵迹。
群阿容以晦光兮，皇舆覆以幽辟。
舆中涂以回畔兮，驷马惊而横奔。
执组者不能制兮，必折轭而摧辕。
断镳衔以驰骛兮，暮去次而敢止。
路荡荡其无人兮，遂不御乎千里。
身衡陷而下沉兮，不可获而复登。
不顾身之卑贱兮，惜皇舆之不兴。
出国门而端指兮，冀壹寤而锡还。
哀仆夫之坎毒兮，屡离忧而逢患。
九年之中不吾反兮，思彭咸之水游。
惜师延之浮渚兮，赴汨罗之长流。
遵江曲之逶移兮，触石碕而衡游。
波澧澧而扬浇兮，顺长濑之浊流。
凌黄沱而下低兮，思还流而复反。
玄舆驰而并集兮，身容与而日远。
棹舟杭以横濿兮，济湘流而南极。

立江界而长吟兮，愁哀哀而累息。
情慌忽以忘归兮，神浮游以高历。
心蛩蛩而怀顾兮，魂眷眷而独逝。
叹曰：
余思旧邦，心依违兮。
日暮黄昏，羌幽悲兮。
去郢东迁，余谁慕兮？
逸夫党旅，其以兹故兮。
河水淫淫，情所愿兮。
顾瞻郢路，终不返兮。

《怨思》
惟郁郁之忧毒兮，志坎壈而不违。
身憔悴而考旦兮，日黄昏而长悲。
闵空宇之孤子兮，哀枯杨之冤雏。
孤雌吟于高墉兮，鸣鸠栖于桑榆。
玄蝯失于潜林兮，独偏弃而远放。
征夫劳于周行兮，处妇愤而长望。
申诚信而罔违兮，情素洁于纽帛。
光明齐于日月兮，文采耀于玉石。
伤压次而不发兮，思沉抑而不扬。
芳懿懿而终败兮，名靡散而不彰。
背玉门以奔骛兮，蹇离尤而干诟。
若龙逄之沉首兮，王子比干之逢醢。
念社稷之几危兮，反为雠而见怨。
思国家之离沮兮，躬获愆而结难。
若青蝇之伪质兮，晋骊姬之反情。
恐登阶之逢殆兮，故退伏于末庭。
孽臣之号咷兮，本朝芜而不治。
犯颜色而触谏兮，反蒙辜而被疑。
菀蘼芜与菌若兮，渐藁本于洿渎。
淹芳芷于腐井兮，弃鸡骇于筐簏。

执棠豁以刺蓬兮，秉干将以割肉。
筐泽泻以豹鞟兮，破荆和以继筑。
时溷浊犹未清兮，世穀乱犹未察。
欲容与以俟时兮，惧年岁之既晏。
顾屈节以从流兮，心巩巩而不夷。
宁浮沉而驰骋兮，下江湘以遭回。
叹曰：
山中槛槛，余伤怀兮。
征夫皇皇，其孰依兮？
经营原野，杳冥冥兮。
乘骐骋骥，舒吾情兮。
归骸旧邦，莫谁语兮。
长辞远逝，乘湘去兮。

《远逝》
志隐隐而郁怫兮，愁独哀而冤结。
肠纷纭以缭转兮，涕渐渐其若屑。
情慨慨而长怀兮，信上皇而质正。
合五岳与八灵兮，讯九魖与六神。
指列宿以白情兮，诉五帝以置词。
北斗为我折中兮，太一为余听之。
云服阴阳之正道兮，御后土之中和。
佩苍龙之蚴虬兮，带隐虹之逶蛇。
曳彗星之皓旰兮，抚朱爵与骏蚁。
游清灵之飒戾兮，服云衣之披披。
杖玉策与朱旗兮，垂明月之玄珠。
举霓旌之墆翳兮，建黄缡之总旄。
躬纯粹而罔愆兮，承皇考之妙仪。
惜往事之不合兮，横汨罗而下沥。
乘隆波而南渡兮，逐江、湘之顺流。
赴阳侯之潢洋兮，下石濑而登洲。
陆魁堆以蔽视兮，云冥冥而闇前。

山峻高以无垠兮，遂曾闳而迫身。
雪雰雰而薄木兮，云霏霏而陨集。
阜隘狭而幽险兮，石嶜嵯以翳日。
悲故乡而发忿兮，去余邦之弥久。
背龙门而入河兮，登大坟而望夏首。
横舟航而济湘兮，耳聊啾而懗慌。
波淫淫而周流兮，鸿溶溢而滔荡。
路曼曼其无端兮，周容容而无识。
引日月以指极兮，少须臾而释思。
水波远以冥冥兮，眇不睹其东西。
顺风波以南北兮，雾宵晦以纷纷。
日杳杳以西颓兮，路长远而窘迫。
欲酌醴以娱忧兮，蹇骚骚而不释。
叹曰：
飘风蓬龙，埃坲坲兮。
草木摇落，时槁悴兮。
遭倾遇祸，不可救兮。
长吟永欷，涕究究兮。
舒情陈诗，冀以自免兮。
颓流下陨，身日远兮。

《惜贤》
览屈氏之《离骚》兮，心哀哀而怫郁。
声嗷嗷以寂寥兮，顾仆夫之憔悴。
拨谄谀而匡邪兮，切淟涊之流俗。
荡渨㴎之奸咎兮，夷蠢蠢之溷浊。
怀芬香而挟蕙兮，佩江蓠之斐斐。
握申椒与杜若兮，冠浮云之峨峨。
登长陵而四望兮，览芷圃之蠡蠡。
游兰皋与蕙林兮，睨玉石之嵾嵯。
扬精华以炫耀兮，芳郁渥而纯美。
结桂树之旖旎兮，纫荃蕙与辛夷。

芳若兹而不御兮，捐林薄而菀死。
驱子侨之奔走兮，申徒狄之赴渊。
若由夷之纯美兮，介子推之隐山。
晋申生之离殃兮，荆和氏之泣血。
吴申胥之抉眼兮，王子比干之横废。
欲卑身而下体兮，心隐恻而不置。
方圜殊而不合兮，钩绳用而异态。
欲俟时于须臾兮，日阴曀其将暮。
时迟迟其日进兮，年忽忽而日度。
妄周容而入世兮，内距闭而不开。
俟时风之清激兮，愈氛雾其如塺。
进雄鸠之耿耿兮，谗介介而蔽之。
默顺风以偃仰兮，尚由由而进之。
心懭悢以冤结兮，情舛错以曼忧。
搴薜荔于山野兮，采撚支于中洲。
望高丘而叹涕兮，悲吸吸而长怀。
孰契契而委栋兮，日晻晻而下颓。
叹曰：
江湘油油，长流汩兮。
挑揄扬汰，荡迅疾兮。
忧心展转，愁怫郁兮。
冤结未舒，长隐忿兮。
丁时逢殃，可奈何兮。
劳心悁悁，涕滂沱兮。

《忧苦》
悲余心之悁悁兮，哀故邦之逢殃。
辞九年而不复兮，独茕茕而南行。
思余俗之流风兮，心纷错而不受。
遵野莽以呼风兮，步从容于山廋。
巡陆夷之曲衍兮，幽空虚以寂寞。
倚石岩以流涕兮，忧憔悴而无乐。

登巑岏以长企兮，望南郢而闚之。
山修远其辽辽兮，涂漫漫其无时。
听玄鹤之晨鸣兮，于高冈之峨峨。
独愤积而哀娱兮，翔江洲而安歌。
三鸟飞以自南兮，览其志而欲北。
愿寄言于三鸟兮，去飘疾而不可得。
欲迁志而改操兮，心纷结其未离。
外彷徨而游览兮，内恻隐而含哀。
聊须臾以时忘兮，心渐渐其烦错。
原假簧以舒忧兮，志纡郁其难释。
叹《离骚》以扬意兮，犹未殚于《九章》。
长嘘吸以于悒兮，涕横集而成行。
伤明珠之赴泥兮，鱼眼玑之坚藏。
同驽骡与乘驵兮，杂斑驳与阘茸。
葛藟虆于桂树兮，鸱鸮集于木兰。
偓促谈于廊庙兮，律魁放乎山间。
恶虞氏之箫《韶》兮，好遗风之《激楚》。
潜周鼎于江淮兮，爨土鬻于中宇。
且人心之持旧兮，而不可保长。
邅彼南道兮，征夫宵行。
思念郢路兮，还顾睠睠。
涕流交集兮，泣下涟涟。
叹曰：
登山长望，中心悲兮。
菀彼青青，泣如颓兮。
留思北顾，涕渐渐兮。
折锐摧矜，凝泛滥兮。
念我茕茕，魂谁求兮？
仆夫慌悴，散若流兮。

《愍命》
昔皇考之嘉志兮，喜登能而亮贤。

情纯洁而罔薉兮,姿盛质而无愆。
放佞人与谄谀兮,斥谗夫与便嬖。
亲忠正之悃诚兮,招贞良与明智。
心溶溶其不可量兮,情澹澹其若渊。
回邪辟而不能入兮,诚愿藏而不可迁。
逐下袟于后堂兮,迎虙妃于伊雒。
刺谗贼于中廇兮,选吕管于榛薄。
丛林之下无怨士兮,江河之畔无隐夫。
三苗之徒以放逐兮,伊皋之伦以充庐。
今反表以为里兮,颠裳以为衣。
戚宋万于两楹兮,废周、邵于遐夷。
却骐骥以转运兮,腾驴骡以驰逐。
蔡女黜而出帷兮,戎妇入而彩绣服。
庆忌囚于阱室兮,陈不占战而赴围。
破伯牙之号钟兮,挟人筝而弹纬。
藏瑉石于金匮兮,捐赤瑾于中庭。
韩信蒙于介胄兮,行夫将而攻城。
莞芎弃于泽洲兮,瓟蠡蠹于笥簏。
麒麟奔于九皋兮,熊罴群而逸囿。
折芳枝与琼华兮,树枳棘与薪柴。
掘荃蕙与射干兮,耘藜藿与蘘荷。
惜今世其何殊兮,远近思而不同。
或沉沦其无所达兮,或清激其无所通。
哀余生之不当兮,独蒙毒而逢尤。
虽謇謇以申志兮,君乖差而屏之。
诚惜芳之菲菲兮,反以兹为腐也。
怀椒聊之蔎蔎兮,乃逢纷以罹诟也。
叹曰:
嘉皇既殁,终不返兮。
山中幽险,郢路远兮。
谗人諓諓,孰可诉兮?
征夫罔极,谁可语兮?

行吟累欷,声喟喟兮。
怀忧含戚,何侘傺兮。

《思古》
冥冥深林兮,树木郁郁。
山参差以崭岩兮,阜杳杳以蔽日。
悲余心之悁悁兮,目眇眇而遗泣。
风骚屑以摇木兮,云吸吸以湫戾。
悲余生之无欢兮,愁倥偬于山陆。
旦徘徊于长阪兮,夕彷徨而独宿。
发披披以鬤鬤兮,躬劬劳而瘏悴。
魂俇俇而南行兮,泣沾襟而濡袂。
心婵媛而无告兮,口噤闭而不言。
违郢都之旧闾兮,回湘、沅而远迁。
念余邦之横陷兮,宗鬼神之无次。
闵先嗣之中绝兮,心惶惑而自悲。
聊浮游于山陿兮,步周流于江畔。
临深水而长啸兮,且倘佯而泛观。
兴《离骚》之微文兮,冀灵修之一悟。
还余车于南郢兮,复往轨于初古。
道修远其难迁兮,伤余心之不能已。
背三五之典刑兮,绝《洪范》之辟纪。
播规矩以背度兮,错权衡而任意。
操绳墨而放弃兮,倾容幸而侍侧。
甘棠枯于丰草兮,藜棘树于中庭。
西施斥于北宫兮,仳倠倚于弥楹。
乌获戚而骖乘兮,燕公操于马囷。
蒯瞆登于清府兮,咎繇弃而在野。
盖见兹以永叹兮,欲登阶而狐疑。
乘白水而高骛兮,因徙驰而长词。
叹曰:
倘佯垆阪,沼水深兮。

容与汉渚，涕淫淫兮。
钟牙已死，谁为声兮？
纤阿不御，焉舒情兮？
曾哀悽欷，心离离兮。
还顾高丘，泣如洒兮。

《远游》
悲余性之不可改兮，屡惩艾而不移。
服觉皓以殊俗兮，貌揭揭以巍巍。
譬若王侨之乘云兮，载赤霄而凌太清。
欲与天地参寿兮，与日月而比荣。
登昆仑而北首兮，悉灵圉而来谒。
选鬼神于太阴兮，登阊阖于玄阙。
回朕车俾西引兮，褰虹旗于玉门。
驰六龙于三危兮，朝西灵于九滨。
结余轸于西山兮，横飞谷以南征。
绝都广以直指兮，历祝融于朱冥。
枉玉衡于炎火兮，委两馆于咸唐。
贯颒濛以东揭兮，维六龙于扶桑。
周流览于四海兮，志升降以高驰。
征九神于回极兮，建虹采以招指。
驾鸾凤以上游兮，从玄鹤与鹝明。
孔鸟飞而送迎兮，腾群鹤于瑶光。
排帝宫与罗圃兮，升县圃以眩灭。
结琼枝以杂佩兮，立长庚以继日。
凌惊雷以轶骇电兮，缀鬼谷于北辰。
鞭风伯使先驱兮，囚灵玄于虞渊。
遡高风以低佪兮，览周流于朔方。
就颛顼而敶辞兮，考玄冥于空桑。
旋车逝于崇山兮，奏虞舜于苍梧。
济杨舟于会稽兮，就申胥于五湖。
见南郢之流风兮，殒余躬于沅、湘。

望旧邦之黯黮兮，时溷浊其犹未央。
怀兰茝之芬芳兮，妒被离而折之。
张绛帷以襜襜兮，风邑邑而蔽之。
日曀曀其西舍兮，阳焱焱而复顾。
聊假日以须臾兮，何骚骚而自故。
叹曰：
譬彼蛟龙，乘云浮兮。
泛淫澒溶，纷若雾兮。
潺湲轇轕，雷动电发，馺高举兮。
升虚凌冥，沛浊浮清，入帝宫兮。
摇翘奋羽，驰风骋雨，游无穷兮。

　　王逸曾作《楚辞章句》，对屈原《楚辞》之领会力期精审。其《九思》开篇，却始于哀愁："悲兮愁，哀兮忧！"他重视政治考量，有云"吕傅举兮殷周兴，忌嚣专兮郢吴虚"。他也是推开一定的心理距离，"悼屈子兮遭厄，沉玉躬兮湘汨"。而且他能够直奔屈原的心坎，"攀天阶兮下视，见鄢郢兮旧宇"。《九思》歌诗云：

《逢尤》
悲兮愁，哀兮忧！
天生我兮当闇时，被谗谮兮虚获尤。
心烦愦兮意无聊，严载驾兮出戏游。
周八极兮历九州，求轩辕兮索重华。
世既卓兮远眇眇，握佩玖兮中路躇。
羡咎繇兮建典谟，懿风后兮受瑞图。
愍余命兮遭六极，委玉质兮于泥涂。
遽傽遑兮驱林泽，步屏营兮行丘阿。
车轧折兮马虺颓，蹇怅立兮涕滂沱。
思丁、文兮圣明哲，哀平、差兮迷谬愚。
吕、傅举兮殷、周兴，忌、嚣专兮郢、吴虚。
仰长叹兮气喧结，悒殟绝兮咶复苏。
虎兕争兮于廷中，豺狼斗兮我之隅。

云雾会兮日冥晦，飘风起兮扬尘埃。
走鬯罔兮乍东西，欲窜伏兮其焉如？
念灵闺兮隩重深，原竭节兮隔无由。
望旧邦兮路逶随，忧心悄兮志勤劬。
魂茕茕兮不遑寐，目眽眽兮寤终朝。

《怨上》
令尹兮謷謷，群司兮譨譨。
哀哉兮湮湮，上下兮同流。
菽藟兮蔓衍，芳蘼兮挫枯。
朱紫兮杂乱，曾莫兮别诸。
倚此兮岩穴，永思兮窈悠。
嗟怀兮眩惑，用志兮不昭。
将丧兮玉斗，遗失兮钮枢。
我心兮煎熬，惟是兮用忧。
进恶兮九旬，复顾兮彭务。
拟斯兮二踪，未知兮所投。
谣吟兮中野，上察兮璇玑。
大火兮西睨，摄提兮运低。
雷霆兮硠礚，雹霰兮霏霏。
奔电兮光晃，凉风兮怆悽。
鸟兽兮惊骇，相从兮宿栖。
鸳鸯兮噰噰，狐狸兮徽徽。
哀吾兮介特，独处兮罔依。
蜻蛄兮鸣东，蟊螫兮号西。
蚑缘兮我裳，蠋入兮我怀。
虫豸兮夹余，悃怅兮自悲。
伫立兮忉怛，心结缙兮折摧。

《疾世》
周徘徊兮汉渚，求水神兮灵女。
嗟此国兮无良，媒女诎兮謰謱。

鹖雀列兮譁讙，鸲鹆鸣兮聒余。
抱昭华兮宝璋，欲衔鬻兮莫取。
言旋迈兮北徂，叫我友兮配耦。
日阴曀兮未光，阒睄窕兮靡睹。
纷载驱兮高驰，将谘询兮皇羲。
遵河皋兮周流，路变易兮时乖。
濿沧海兮东游，沐盥浴兮天池。
访太昊兮道要，云靡贵兮仁义。
志欣乐兮反征，就周文兮郊、歧。
秉玉英兮结誓，日欲暮兮心悲。
惟天禄兮不再，背我信兮自违。
逾陇堆兮渡漠，过桂车兮合黎。
赴昆山兮曩駹，从邛遨兮栖迟。
吮玉液兮止渴，齰芝华兮疗饥。
居嵺廓兮尟畴，远梁昌兮几迷。
望江汉兮濩淊，心紧縈兮伤怀。
时昢昢兮且旦，尘莫莫兮未晞。
忧不暇兮寝食，吒增叹兮如雷。

《悯上》
哀世兮睩睩，諓諓兮嗌喔。
众多兮阿媚，骫靡兮成俗。
贪枉兮党比，贞良兮茕独。
鹄窜兮枳棘，鹈集兮帷幄。
罽蒵兮青葱，槁本兮萎落。
睹斯兮伪惑，心为兮隔错。
逡巡兮圃薮，率彼兮畛陌。
川谷兮渊渊，山阜兮峇峇。
丛林兮崟崟，株榛兮岳岳。
霜雪兮瀌澄，冰冻兮洛泽。
东西兮南北，罔所兮归薄。
庇廕兮枯树，匍匐兮岩石。

蜷跼兮寒局数，独处兮志不申。
年齿尽兮命迫促，魁垒挤摧兮常困辱。
含忧强老兮愁无乐，须发苎悴兮颡鬓白。
思灵泽兮一膏沐，怀兰英兮把琼若，
待天明兮立踯躅。
云蒙蒙兮电倏烁，孤雌惊兮鸣呴呴。
思怫郁兮肝切剥，怨悁悒兮孰诉告。

《遭厄》
悼屈子兮遭厄，沉玉躬兮湘、汨。
何楚国兮难化，迄于今兮不易。
士莫志兮羔裘，竞佞谀兮谗阋。
指正义兮为曲，诎玉璧兮为石。
殇雕游兮华屋，駿驥栖兮柴蔟。
起奋迅兮奔走，违群小兮謨詢。
载青云兮上升，适昭明兮所处。
蹑天衢兮长驱，踵九阳兮戏荡。
越云汉兮南济，秣余马兮河鼓。
云霓纷兮晻翳，参辰回兮颠倒。
逢流星兮问路，顾我指兮从左。
俓娵觜兮直驰，御者迷兮失轨。
遂踢达兮邪造，与日月兮殊道。
志闷绝兮安如，哀所求兮不耦。
攀天阶兮下视，见鄢郢兮旧宇。
意逍遥兮欲归，众秽盛兮杳杳。
思哽噎兮诘诎，涕流澜兮如雨。

《悼乱》
嗟嗟兮悲夫，敠乱兮纷挐。
茅丝兮同综，冠屦兮共絇。
督、万兮侍宴，周、邵兮负刍。
白龙兮见射，灵龟兮执拘。

仲尼兮困厄，邹衍兮幽囚。
伊余兮念兹，奔遁兮隐居。
将升兮高山，上有兮猴猿。
欲入兮深谷，下有兮虺蛇。
左见兮鸣鹍，右睹兮呼枭。
惶悸兮失气，踊跃兮距跳。
便旋兮中原，仰天兮增叹。
菅蒯兮野莽，雚苇兮仟眠。
鹿蹊兮躖躖，貓貉兮蟬蟬。
鹳鹢兮轩轩，鹑鹌兮甄甄。
哀我兮寡独，靡有兮齐伦。
意欲兮沉吟，迫日兮黄昏。
玄鹤兮高飞，曾逝兮青冥。
鸽鹉兮喈喈，山鹊兮嘤嘤。
鸿鸧兮振翅，归雁兮于征。
吾志兮觉悟，怀我兮圣京。
垂屣兮将起，跓俟兮硕明。

《伤时》
惟昊天兮昭灵，阳气发兮清明。
风习习兮和暖，百草萌兮华荣。
堇荼茂兮扶疏，蘅芷彫兮莹嫇。
愍贞良兮遇害，将夭折兮碎糜。
时混混兮浇饡，哀当世兮莫知。
览往昔兮俊彦，亦诎辱兮系累。
管束缚兮桎梏，百贸易兮传卖。
遭桓、缪兮识举，才德用兮列施。
且从容兮自慰，玩琴书兮游戏。
迫中国兮迮陿，吾欲之兮九夷。
超五岭兮嵯峨，观浮石兮崔嵬。
陟丹山兮炎野，屯余车兮黄支。
就祝融兮稽疑，嘉己行兮无为。

乃回揭兮北逝，遇神孀兮宴娭。
欲静居兮自娱，心愁感兮不能。
放余辔兮策驷，忽飙腾兮浮云。
蹠飞杭兮越海，从安期兮蓬莱。
缘天梯兮北上，登太一兮玉台。
使素女兮鼓簧，乘戈和兮讴谣。
声嗷誂兮清和，音晏衍兮要婬。
咸欣欣兮酣乐，余眷眷兮独悲。
顾章华兮太息，志恋恋兮依依。

《哀岁》
旻天兮清凉，玄气兮高朗。
北风兮潦冽，草木兮苍唐。
蚴蚗兮噍噍，蜘蛆兮穰穰。
岁忽忽兮惟暮，余感时兮悽怆。
伤俗兮泥浊，矇蔽兮不章。
宝彼兮沙砾，捐此兮夜光。
椒瑛兮涅汙，葈耳兮充房。
摄衣兮缓带，操我兮墨阳。
升车兮命仆，将驰兮四荒。
下堂兮见虿，出门兮触蠭。
巷有兮蚰蜒，邑多兮螳螂。
睹斯兮嫉贼，心为兮切伤。
俯念兮子胥，仰怜兮比干。
投剑兮脱冕，龙屈兮蜿蟮。
潜藏兮山泽，匍匐兮丛攒。
窥见兮溪涧，流水兮沄沄。
鼋鼍兮欣欣，鳣鲇兮延延。
群行兮上下，骈罗兮列陈。
自恨兮无友，特处兮茕茕。
冬夜兮陶陶，雨雪兮冥冥。
神光兮颎颎，鬼火兮荧荧。

修德兮困控，愁不聊兮遑生。
忧纡兮郁郁，恶所兮写情。

《守志》
陟玉峦兮逍遥，览高冈兮峣峣。
桂树列兮纷敷，吐紫华兮布条。
实孔鸾兮所居，今其集兮惟鸮。
乌鹊惊兮哑哑，余顾瞻兮怊怊。
彼日月兮闇昧，障覆天兮祲氛。
伊我后兮不聪，焉陈诚兮效忠。
撫羽翮兮超俗，游陶遨兮养神。
乘六蛟兮蜿蝉，遂驰骋兮升云。
扬彗光兮为旗，秉电策兮为鞭。
朝晨发兮鄢郢，食时至兮增泉。
绕曲阿兮北次，造我车兮南端。
谒玄黄兮纳贽，崇忠贞兮弥坚。
历九宫兮遍观，睹秘藏兮宝珍。
就傅说兮骑龙，与织女兮合婚。
举天罼兮掩邪，彀天弧兮射奸。
随真人兮翱翔，食元气兮长存。
望太微兮穆穆，睨三阶兮炳分。
相辅政兮成化，建烈业兮垂勋。
目瞥瞥兮西没，道遐迥兮阻叹。
志稸积兮未通，怅敞罔兮自怜。
乱曰：
天庭明兮云霓藏，三光朗兮镜万方。
斥蜥蜴兮进龟龙，策谋从兮翼机衡。
配稷契兮恢唐功，嗟英俊兮未为双。

屈子楚辞还原
诗学编

楚辞诗学还原导言

楚辞诗学研究之"文化—生命"思路与方法论

一 楚辞与长江文明母体

楚辞是长江文明的产物。当代楚辞研究之根本宗旨，在于探讨楚辞如何以长江文明之独特姿态与声音，同黄河文明一道共构中国精神文化之特质和形式以及博大而奇丽诡异之风采；进而以其所代表的长江文明丰沛的生命力和深邃的精神探索，面对世界人类智慧而发出自己魅力独具的声音，从而丰富和拓展人类精神史、诗歌史、文化史视野。经过认真的研究，笔者深切地感受到，楚辞完全具备这种资格。同时也深切地感受到，应该重温梁启超半个多世纪前，在《要籍解题及其读法》中讲过的一段话："吾以为凡为中国人者，须获有欣赏楚辞之能力，乃为不虚生此国。"[①] 诚哉斯言，对楚辞诗学魅力之了解，应该成为中国人所追求的一种高层次素质。

楚辞诗学之根基，须从春秋战国时代长江文明特征和长江民族性格中去寻找。《文心雕龙·辨骚篇》对屈原《楚辞》接续《诗经》风雅而另辟格局，揄扬备至，曰："自风雅寝声，莫或抽绪，奇文郁起，其《离骚》哉！……故《骚经》《九章》，朗丽以哀志。《九歌》《九辩》，绮靡以伤情。《远游》《天问》，瑰诡而慧巧。《大招》《招隐》，耀艳而深华。《卜居》标放言之致，《渔父》寄独往之才。故能气往轹古，辞来切今，惊采绝艳，难与并能矣。……赞曰：不有屈原，岂见《离骚》。惊才风逸，壮

---

① 《梁启超全集》（卷十六），北京出版社1999年版，第4663页。

志烟高。山川无极,情理实劳,金相玉式,艳溢锱毫。"① 屈原《楚辞》作为屈氏家族之传家瑰宝,早期率先传播关中,如《史记·高祖本纪》云:汉高祖九年,"是岁,徙贵族楚昭、屈、景、怀、齐田氏关中"。② 屈原《楚辞》是屈氏家族被征召充实关中时必定携带的镇家之宝。贾谊从屈氏家族手中得见屈原《楚辞》简帛,这才有他在《吊屈原赋》所云:"共承嘉惠兮,俟罪长沙。侧闻屈原兮,自沉汨罗。造讬湘流兮,敬吊先生。遭世罔极兮,乃陨厥身。呜呼哀哉!逢时不祥。"③ 另一条传播线索如《汉书·地理志第八下》所云:"寿春、合肥受南北湖皮革、鲍、木之输,亦一都会也。始楚贤臣屈原被谗放流,作《离骚》诸赋以自伤悼。后有宋玉、唐勒之属慕而述之,皆以显名。汉兴,高祖王兄子濞于吴,招致天下之娱游子弟,枚乘、邹阳、严夫子之徒兴于文、景之际。而淮南王安亦都寿春,招宾客著书。而吴有严助、朱买臣,贵显汉朝,文辞并发,故世传《楚辞》。"④ 宋玉、唐勒及其后学于楚顷襄王失陷郢都,退保于陈,辗转至寿春,使寿春成了保存屈原《楚辞》之老巢。于是关中、寿春南北二渠道,使屈原《楚辞》流布有序,形态完整。

楚辞呈现了与中原《诗经》的风雅之声大为不同的"奇文"风貌,呈现于一种充满神话和原始宗教之炽热情感和幽丽想象,一种以生命为代价之人格理想和政治理想信念,一种高扬形式创造和语言多义性之审美智慧。所有这些,均是一个蓬勃发展的民族顿受挫折,一个才华非凡的诗人久受困厄之时的精神爆发所致。很难再找到第二个民族和第二个诗人,如此沥血陈词地把诗与生命浑融为一体。在中原诗歌热情凝缩和转移之时,以荆楚为代表的长江民族奋然发出诗歌之奇光异彩。"风骚"并称,而"骚"更富于生命之热力和感觉。以楚辞为标志的长江文明,可以说是当时东方大地上最为开放、最有创造力和最富奇幻的审美意味的一种文明。自世界范围观之,这种长江文明堪以毫无愧色地与古希腊文明交相辉映,各有千秋,并称为东西古文明之双璧。

作为创造长江文明之骨干力量的楚人,本属祝融部族。据《史记·楚

---

① (南朝梁)刘勰撰,范文澜注:《文心雕龙注》,人民文学出版社1962年版,第45—48页。
② (汉)司马迁:《史记》,中华书局1959年版,第386页。
③ 同上书,第2493页。
④ (汉)班固:《汉书·地理志》,中华书局1962年版,第1668页。

世家》记载,"其后中微,或在中国,或在蛮夷,弗能纪其世"①,也就是说,他们在夏商之世,长期处在全国性政治行为之边缘,汲取生机勃勃的"边缘活力"。周人灭商,大概曾得到楚人的支持,因此《史记·周本纪》提到周文王"礼下贤者,日中不暇食以待士,士以此多归之"的时候,列举了"太颠、闳天、散宜生、鬻子、辛甲大夫之徒皆往归之"。其中的鬻子,便是楚人之祖鬻熊。大概楚人此时的势力还微不足道,在周成王之时,鬻熊的后人熊绎被封于楚蛮,仅得子男之田50里。《国语·晋语八》记载这位熊绎只配在中原诸侯会盟时,充当祭天仪式中守火燎的巫师:"昔成王盟诸侯于岐阳,楚为荆蛮,置茅蕝,设望表,与鲜卑守燎,故不与盟。"② 清人王引之《经义述闻》卷二十一《国语下》云:"昔成王盟诸侯于岐阳,楚为荆蛮,置茅蕝,设望表,与鲜牟守燎,故不与盟。韦注曰,置,立也,蕝谓束茅而立之,所以缩酒。望表谓望祭山川,立木以为表,表其位也。《史记·叔孙通传索隐》引贾逵注曰,束茅以表位为蕝(《说文》曰,茝,朝会束茅表位曰茝。引《春秋》《国语》曰,致茅茝。盖本此)。引之谨案,会盟无缩酒之文,韦注非也,当以贾说为长。窃谓置茅蕝者,未盟之先,摈相者,习仪也,习仪则必为位,故以茅蕝表之。《汉书·叔孙通传》说朝仪曰,为绵蕞野外习之,如淳注曰,谓以茅剪树地,为纂位尊卑之次也,引《春秋传》曰,置茅蕝,颜师古曰,蕞与蕝同。然则,置茅蕝之义当与绵蕞相似,盖为习仪而设也。《周官·小宗伯》,凡王之会同军旅甸役之祷祠,肄仪为位,是其比类也。望表,盟之日所以表位者也,望而知其所立之处,故曰望表。《淮南·说林》篇曰,植表而望则不惑,是也。设望表者,豫为王及诸侯之位,以木表之,若觐礼,上介皆奉其君之旐置于宫,公、侯、伯、子、男皆就其旐而立也。昭十一年《左传》,朝有箸定,会有表,会朝之言,必闻于表箸之位,杜注曰,野会设表以为位,是其明证矣。韦以为望祭山川,亦非。上云盟诸侯,下云守燎,所言者皆会盟之事,不得杂以祭神也。"③ 这里讲了楚人在西周初年与中原民族会盟之渊源,说明楚人是带着中原文化基因进入和拓展荆楚之地的。

迨至300余年后的春秋之世,楚人乘中原政局变幻和战事频繁,拓地

---

① (汉)司马迁:《史记》,中华书局1959年版,第1690页。
② 《国语》,上海古籍出版社1978年版,第466页。
③ 《续修四库全书》第175册,上海古籍出版社1996年版,第92页。

千里，成为汉水流域姬姓、姜姓诸小国都非常畏惧的庞然大物。国力的迅速崛起，从本质上刺激了楚人超越中原礼制的文化自尊心，他们开始向周王室索取政治上的尊位以及文化上的师权。楚武王宣称"我有敝甲，欲以观中国之政，请王室尊吾号"。受到周室拒绝后，楚武王大怒道："吾先鬻熊，文王之师也，蚤终。成王举我先公，乃以子男田令居楚，蛮夷皆率服，而王不加位，我自尊耳。"他不仅率先自立为王，在名分上凌驾于中原列国诸侯之上，而且为自己的僭越行为制造理论根据而创造了"鬻熊乃周文王之师"的神话。把鬻熊装扮成一代智者的《鬻子》，当是顺着楚武王这条思路在春秋时代制造出来的。《汉书·艺文志》在《鬻子》二十二篇下有注："名熊，为周师，自文王以下问焉，周封为楚祖。"[①] 这些话可能是沿用了伪托者的造书宗旨。《鬻子》虽为贾谊《新书》和《列子》一再引用，但其中鬻熊教导周文王的口吻，为后世儒者难以接受，可能成为它散佚的一个文化心理原因。

《鬻子》在春秋战国诸子书中并不怎么重要，但它的出现本身，却成为了解楚人文化心态的关键所在。《鬻子》多谈论政治哲学，认为"天下治在于用贤"；明主选吏，须"察吏于民"；"和与道，帝王之器"；又认为政治形势发展中存在着辩证法："积于柔必刚，积于弱必强。"这些见解比较开明，但在诸子学说中并不高深。最值得注意的，乃是《鬻子》的形式意义大于内容意义。一旦创造出"鬻熊为周文王之师"这个形式，尽管楚君一再宣称"我蛮夷也"，但在其潜意识中却存在着一个楚文化为周文化之师的信仰性幻影。楚人借楚祖的名义造书，实际上是为本国造文化精神信仰。既然"文王师"先于"周公礼"，那么他们就可以保持非常自尊自信的文化心态，多少有点齐人之祖吕尚为"文、武师"而不让于鲁的味道。这不仅为楚君在政治上称王找到历史根据，而且为楚人汲取中原文化而超越周礼，始终保持长江文明自身的特色与高度的创造精神，找到了理论上和精神信仰上的根据。

春秋战国时代的长江文明，就其主要方面而言，是楚人在开疆拓土的过程中采取"球形"方式建立起来的一种混合形态的文明。这种滚雪球的效应，使楚国逐渐成为当时东方大地上的超级大国，楚文化逐渐累积成为充满自然情调和原始气息的独特文化。楚人雄心勃勃，在春秋前中期到战

---

① （汉）班固：《汉书》，中华书局1962年版，第1729页。

国中期的三四百年间，向北并吞汉阳诸姬、威逼中原诸侯，向西席卷巴、濮、黔中，向南征取沅湘百越，向东灭亡江淮吴越。其国力之盛，甚至在春秋晚期，楚庄王便观兵周郊，问鼎中原，并宣称楚国折下戟钩口的铜屑，就可以铸成九鼎。在一系列的兼并战争中，楚人也兼并了长江流域的土著文化。所谓"楚人重巫"，除了自身的信仰状态之外，还在于他们汲取了兼并地域和民族中的神话传说、原始宗教及其占卜祭祀仪式和神怪思维。也就是说，楚人可资精神探索和创造的文化要素，比中原任何一国都更为丰富、驳杂、奇丽以及存在更多的重塑可能性。

应该强调的是，荆楚文化既是"滚雪球"，又是"雪球滚"，其文化形态既是混合型的，其文化性格又是动态性的，积极奋进，而非安于蒙昧、抱残守缺。唯其如此，那些散发着原始气息和自然情调的文化要素，就充满着动态的生命感，在与中原文化发生撞击和融合中，不是退缩为丑陋，而是升华出奇丽。楚人极注意自己的民族性格的铸造，这里可以举两个相当具有象征意味的事例为证。其一是对开拓性的历史精神的确认。楚人建国与中原诸侯不同，并非凭父兄的功劳和血统、甚至远祖的遗泽而分土封侯，而是靠一代代楚人一步一个脚印、一战一滩血迹地开拓自己的基业。因此《左传·鲁昭公十二年》记载，子革对楚灵王说："昔我先王熊绎辟在荆山，筚路蓝缕以处草莽，跋涉山林以事天子，唯是桃弧、棘矢以共御王事。"[①] 这一点似乎成了楚人进行历史精神培训的主题，连中原大夫也有所闻。如《左传·鲁宣公十二年》记载晋国栾书之言："楚自克庸以来，其君无日不讨国人而训之于民生之不易、祸至之无日、戒惧之不可以怠；在军，无日不讨军实而申儆之于胜之不可保、纣之百克而卒无后，训之以若敖、蚡冒筚路蓝缕以启山林。"[②] 上升期的楚国之所以上升，就在于长期以这种历史开拓者的精神来铸造自己的文化性格，并没有被新拓土地的文化驳杂性泯灭自己的主体性和进取性。

其二是锤炼一种斗士型的冒险精神。楚人以边鄙的子男之邦崛起于春秋战国之世，面临着民族生存竞争的严峻环境。其国君往往临阵督战，令尹、莫敖、司马一类主要将领若贻误战机，往往循例自尽以谢罪。这就使整个民族从原始野性活力中升华出尚武精神和刚烈作风，发展成"地方

---

① （周）左丘明传，（晋）杜预注，（唐）孔颖达疏：《春秋左传正义》，北京大学出版社1999年版，第1305页。

② 同上书，第643页。

五千里，带甲百万"的泱泱大国的英雄主义。《战国策·楚策一》云："楚王游于云梦，结驷千乘，旌旗蔽日，野火之起也若云蜺，兕虎嗥之声若雷霆，有狂兕牂车依轮而至，王亲引弓而射，壹发而殪。王抽旃旄而抑兕首，仰天而笑曰：'乐矣，今日之游也。寡人万岁千秋之后，谁与乐此矣！'"[①] 这幅结驷千乘、野火若云的"狩猎图"，简直可以视为楚国威国力的极好象征；楚君不避危险、亲杀猛兽，并以此为乐，也淋漓尽致地写出了一种意气风发的斗士型的冒险精神。这种云梦狩猎对楚民族性格的深刻的浸染作用，大概可与赵武灵王的"胡服骑射"南北并举。尽管楚国衰落期的顷襄王"驰骋乎云梦之中，而不以天下国家为事"（《战国策·楚策四》庄辛说楚襄王语），使这种风气变质，但是屈原的《招魂》还是把结驷千乘、悬火狩猎、君王亲射青兕的这一幕，视为楚民族威武刚毅的性格的范例。

　　长江文明之博大坚毅的文化结构和文化性格推动着一种雄伟绮丽的极富创造性的文化现象，在公元前8世纪至前3世纪的春秋战国之世在荆楚大地上崛起。既然他们信仰"楚祖乃周文王之师"的文化神话，他们在文化创造中就不会满足于"小家子气"，就有足够的信仰力量突破和超越周公礼制以及其他中原文化的固有规范。他们逐渐积累和膨胀起来的、可以问鼎中原的国威国力，又济之以"筚路蓝缕以启山林"的开拓者锐气以及结驷千乘、驰猎云梦的大原野魄力，使其民族性格不致陷入"暴发户"的虚浮，而充实以创业者的精锐。所有这些，都使楚人在神话传说、原始宗教思维、巫风歌舞形态以及中原诸子理性智慧和风雅诗学传统的交汇融合、撞击重组之中，开辟出一个新颖奇异、悲壮幽深、魅力惊世的文化局面。他们独具一格地展开了一场原始与文明的大对话，创造了一系列沟通天上人间、充满诗学激情和生命骚动的文化艺术形式，在哲学诗学、青铜工艺、丝织刺绣、漆器木雕、帛画以及舞蹈音乐诸多领域，都留下了不少足以显示人类创造能力的艺术精品，其中的一些甚至可以称为千古绝品。随着大批楚文物奇迹般的出土，世人深切地感受到长江文明在楚人手中已经达到了足以同黄河文明并驾齐驱的智慧高度，二者之间华实互补，刚柔相济，奇彩掩映，共构着春秋战国文明的灿烂辉煌的景观。在重新认识一个完整的中国古代文明的迫切感的驱动下，楚学继甲骨学、敦煌学之后，

---

① （西汉）刘向：《战国策》，上海古籍出版社1985年版，第490页。

成为20世纪中国的另一门显学。

老庄之学那种充满智性美、思辨色彩和审美魅力的哲理风采，在这里就不细述了。只要略窥楚文物中所表现出来的神思妙想，它们那种奇幻诡谲的独创性和匪夷所思的文化意蕴，便会心悦诚服地相信《楚辞》和诗人屈原的出现，具有深刻的文化史、文明史的必然性。能够体现楚人神异的独创智慧的文物精品不胜枚举，于此仅述数种以见一斑。江陵李家台4号战国楚墓出土的"虎座立凤"木雕，造型异常奇特，虎座之上站立着一只气宇轩昂的凤，举翼欲飞，背生嵯岈鹿角，昂首长鸣，令人联想到楚庄王时代那个"三年不飞，飞将冲天；三年不鸣，鸣将惊人"的寓言。又有出土于江陵望山1号战国楚墓的"虎座凤架鼓"，双卧虎之上挺立着一双引吭空歌的彩凤，背向昂首，凤冠上引出丝绳系住大鼓，典雅、稳重、平衡，于祭礼的实用性中辅以瑞禽猛兽的奇异组合，深含着沟通天人之际的文化隐义。

楚人崇凤，这一点不仅可以解释《离骚》中"吾令凤凰飞腾兮，继之以日夜""凤皇翼其承旃兮，高翱翔之翼翼"一类升天行为，而且深而究之，还可以发现楚人以凤为本种族的图腾，把它安置在巴人的虎图腾之上，令人联想到他们在拓土千里中刚健有为的民族精神。

楚人艺术创造的心态相当自由，即便是蕴含着原始信仰的凤图腾，也没有依样画葫芦的模式化的尴尬，而在不同的艺术样式中几乎是一凤一个创造性的模样，一度变形又令人感受到一度生命的惊喜。江陵战国楚墓出土的一件绣罗单衣上的刺绣纹样，由一凤斗二龙一虎组成一个主题单元。主宰画面的凤，花冠华美而大于躯干，一足后蹬，似在腾跃；另足前伸，攫住一龙之颈，此龙作痛苦逃窜状；双翅前伸，其一下击一虎之腰，使虎仰首张口哀号；其一上击一龙之腰，使龙曲颈作哀号状。线条流畅、夸张而有所变形，于盘曲交错之间充满着生命的信息与文化的隐喻，组成了一幅华丽飘逸而意蕴深沉的"凤龙虎会战图"。另一幅江陵战国楚墓出土的绣绢绵袍上的图样，则是花束盘曲缠绕，拱卫着艳丽怪异的三头凤，一头正面环目，二头长于翅端而侧面勾喙，令人感受到《山海经》中异体组合的怪禽的神秘气息。这种把本族图腾怪诞化的想象，不可谓不大胆。其富有装饰感的线条中，蕴含着令人拍案惊奇的超现实精神。凤而多头，是否意味着对其智慧的推崇；凤居花丛中，是否对楚先王"筚路蓝缕以处草莽"的历程加以审美化。总之它带着某种"古老的新鲜"，令你精神飞越,又百思莫解,奇丽而神秘。

楚文物呈现的艺术精神,除了奇幻诡谲的独创性以及谜一样的自由创造心态的多样性之外,还存在于对多种文化的兼融性和超越性。楚辞中不避吴戈、秦弓,兼及郑舞、吴歈、蔡讴、赵箫。兼融乃是一种文化对话,消化了方能产生高明的超越。长沙陈家大山战国楚墓出土的《人物龙凤帛画》,女墓主侧面而立,合掌祝祷,上有凤鸟展翅翱翔,前上方有一夔龙蜿蜒升腾,引导着灵魂升天。此情此景,可以同《离骚》中"驷玉虬以乘翳(凤凰别名)兮,溘埃风余上征"的诗句相参照。翳鸟乃五彩神鸟,相传飞行时其翼可蔽一乡。《说文解字》曰:"翳,华盖也。"《广韵》:"羽葆也";《急就篇》注:"翳,谓凡鸟羽之可隐翳者也。舞者所持羽翿,以自隐翳,因名为翳。一曰华盖,今之雉尾扇,是其遗象。"又《玉篇》:"翳,鸟名也,似凤。"《山海经·大荒东经》云:"有五采之鸟,相乡弃沙。惟帝俊下友。帝下两坛,采鸟是司。"注曰:"凤属也。"[①] 难得者,楚墓帛画线条简明、夸张而富有动感,把人物、龙、凤描绘得婀娜多姿,形成了一种令人神志飞扬的线条的舞蹈和构图的诗。长沙子弹库楚墓出土的另一幅《人物御龙帛画》,文化态度与之略异。作为图腾崇拜之残余的凤鸟占据画面主体的情形发生了蜕变,蜕变为神仙家的仙鹤在一侧昂首长唳。人物身体略往后仰,加强了奔驰的力度。上有华盖,下有游鱼,都采自多种文化思潮。尤其是那条取自异族图腾的龙,奋首卷尾,犹如"乙"字形的龙舟状,已成为整个画面的主旋律了。这种帛画主题的变奏,显示了楚人在兼融多元文化要素中的超越性。自然,超越性还保持着——甚至强化了主体性,这种主体性体现于画面中央的楚风人物。郭沫若从人物的衣冠装束中,依稀辨认到屈原的影子,题词曰:"仿佛三闾再世,企翘孤鹤相从。陆离长剑握拳中,切云之冠高耸。"

这种兼融性和超越性的文化艺术精神发扬到极致,便产生了出土于随州擂鼓墩战国墓,而被举世惊为奇观的曾侯乙编钟。编钟一套64件,正中悬挂楚惠王所赠镈钟一件,象征着姬姓曾侯之国已成楚国附庸。编钟以长江文明与黄河文明相结合的形态,达到了青铜铸造工艺与先秦乐律学博大而精微融合的高峰。其青铜成分配比,切合《周礼·冬官考工记·凫氏》所载的"六分其金而锡居其一,谓之钟鼎之齐",保持了钟体音色之精良。

[①] 袁珂校注:《山海经校注》,上海古籍出版社1980年版,第355—356页。

钟的横截面采取合瓦形的中原旧制，而进行了一器双音，铣边设棱，使钟声衰减变快的创新。编钟分三层悬挂，显示了长江文明雄伟的魄力，各钟的大小、厚薄异常精确，展现了宽广而精微的音程，可以气势恢宏地演奏出各类采用和声、复调和转调手法的乐曲。而且钟身铸有铭文，记录了曾国和楚、齐、晋、周、申诸国的各种律名、阶名、变化音名之间的对应关系，"从乐学的角度看来：曾侯乙钟磬铭文好比曾国宫廷中为乐工们演奏各诸侯国之乐而准备的有关'乐理'知识的一份'备忘录'。其中涉及的音阶、调式、律名、阶名、变化音名、旋宫法、固定名标音体系、音域术语等方面，相当全面地反映了先秦乐学的高度发展水平"。长江文明是一种先进的文明，面对先行的黄河文明必须采取兼融而超越之的文化战略，方能加速达到高峰的文明进程。

长江文明与荆楚艺术，是楚辞的母体。正如《离骚》开宗明义就探讨"人之初"，就探讨自己的种族根源"帝高阳之苗裔兮，朕皇考曰伯庸"一样，我们有必要探讨作为楚辞母体的长江文明的文化形态、文化性格、艺术精神及其达到的成就水准。了解了这些，我们便有充分信心认识到，楚辞，尤其是作为其主体的屈原辞赋那种奇诡雄丽的思维方式，那种多姿多彩的形式创制，那种兼融多元文化智慧的艺术意蕴，那种原始与文明对话的审美风貌，都与长江文明的母体遗传有着深刻的联系。屈原赋及其所代表的楚辞诗派，虽为中国文学史，甚至人类诗史上的一个奇迹，但它们绝非什么天外来客，而是得楚地风物"江山之助"。如《文心雕龙·物色篇》所云："屈平所以能洞监《风》《骚》之情者，抑亦江山之助乎？"[①] 自然，诗人屈原以及楚辞，诞生于公元前4世纪至公元前3世纪楚国政治史的衰败期，加之以个人生存史的悲剧状态，其诗篇在汲取长江文明母体的魄力以及兼融包括黄河文明在内的多元文化资源之时，也投入了令历代读者心弦颤动的返本呼天的生命意识。也就是说，楚辞乃是长江文明与特殊的生命个体相结合的伟大的诗辞创造。

二 文化诗学与生命诗学

从文化母体到诗歌作品之间，存在着诗人，而且是有个性、有感情、有追求、有命运感的诗人。人存在于历史中，以其复杂生动的主体性精神

[①] （南朝梁）刘勰撰，范文澜注：《文心雕龙注》，人民文学出版社1962年版，第695页。

结构，独特而内在地联系着文化与作品。富有历史感的楚辞研究，既不能把楚辞推回到《诗经》的民间歌谣和祭礼歌辞的状态，脱离个体生命而探讨其风俗文化，又不能把楚辞等同于汉魏六朝以后的文人诗，游离风俗文化而探讨个体生命。历史的关键点在于楚辞以丰富的原始和文明的文化资源，把屈原推上中国文人诗史的第一人的位置。第一人的特殊性是别人无以代替和重复的，他终结了一个诗歌时代，又开创了一个诗歌时代，从巫风歌辞中开拓了一条通向高文化素质的精神探索与心灵探索的诗歌途径。屈原辞赋处在一个历史的转折点和开端点上，于社会盛衰转移和身世荣辱失据中感受着一部富有启示录意味的楚史，感受着神话、巫风、诸子思潮的激荡，感受着个人悲愤深思的内心世界。其间存在着民间率性歌谣或文人即兴抒情都难以比拟的史诗怀抱以及生命活力。可以说，楚辞创造了文化诗学的新高度，也创造了生命诗学的新高度。

　　古代有所谓"知人论世"之说，实际上也是体认生命诗学的基本功夫。然而当我们走近楚辞的主要作家屈原和宋玉，想深切地体认屈、宋的生命形态的时候，却不能不惋惜历史提供的材料未免有些音影模糊。较早、较可靠的材料，莫过于《史记·屈原列传》。它记载屈原是楚之同姓，当过楚怀王的左徒，"博闻强志，明于治乱，娴于辞令。入则与王图议国事，以出号令；出则接遇宾客，应对诸侯"①，有过一段受怀王信任而春风得意的时光。他是从得意陷入困顿，在生命受戏弄中借诗歌来体验生命的尊严价值的。由上官大夫夺稿事件引发的蒙谗受疏，成为他的生命史上的转折点，其后他联齐抗秦的政治外交方略受到漠视，又因劝阻怀王入秦会盟，被身居令尹高位的政敌子兰施以阴谋，流放江南。他是真正懂得生命之滋味的人，以诗为生命申诉，以生命换取诗的辉煌。他的诗篇字里行间浸透着沉甸甸的人生挫折感、时间压迫感和命运悲剧感。最后他披发行吟泽畔，不愿苟合于混浊的世俗，又震惊于国事之不可为，遂沉江殉难，以死亡来证明"可与日月争光"的生命价值。

　　可以说，屈子诗学是一种具有难以比拟的分量和深度的生命诗学。不从庄严而又充满悲剧感的生命意识加以解读，就如同不从激荡着原始与文明相互对话的文化意识上加以解读一样，是无法把握其诗学的精华所在的。然而，我们在这里却遇到了一个悖论：一种须从生命角度探讨的诗

---

① （汉）司马迁：《史记》，中华书局1959年版，第2481页。

学，却面临生命史料的相对匮乏。就连屈原的生卒年众说纷纭而大体推断为公元前331—前277年，也是根据《离骚》《九章》进行推算的；他曾任三闾大夫并在流放江南之前曾经自疏汉北，又是根据《渔父》（还有王逸《楚辞章句》）以及《九章·抽思》加以补充的，正史中毫无记载。至于他的作品系年，更是言人人殊，只能根据语意和情调来窥见其生命史的投影。这种诗人生命史料相对不足的情形，大概在司马迁作《史记·屈原列传》之时已经感受到了，因此他援引淮南王刘安的《离骚传序》和转录《渔父》的材料以充篇幅。但是屈原作为真实的历史人物，这位严肃的历史学家是深信不疑的，更何况在他之前，贾谊在贬谪长沙途经湘水时，曾作赋以吊屈原。在史料相对不足的情形下还专门为屈原立传，可见《史记》作者的眼光不俗，较之《清史稿》在"文苑传"中述及《楝亭诗文词钞》的作者曹寅之时，只字不提著《红楼梦》的曹雪芹，其间的史识差异简直不可同日而语。《史记》不俗的眼光，业已获得整个民族的认同。一个诗人拥有一个节日，在中国历史上唯有屈原。尽管可以考证出端午龙舟竞渡，系古代持龙图腾崇拜之民族的祭祖仪式，或者传闻为对涛神伍子胥的纪念，但至迟到了六朝，这个节日便移赠给屈原。

南朝梁宗懔《荆楚岁时记》说："五月五日竞渡，俗为屈原投汨罗日，伤其死，故并命舟楫以拯之。舸舟取其轻利，谓之飞凫，一自以为水军，一自以为水马。州将及土人悉临水而观之。"[1] 同时代的吴均在《续齐谐记》中也说："屈原五月五日投汨罗水，楚人哀之，至此日以竹筒贮米，投水以祭之。……今五月五日作粽，并带楝叶五花丝，遗风也。"[2]《太平御览·时序部十六》也采录《荆楚岁时记》云："五月五日竞渡，俗为屈原投汨罗日，伤其死所，并命舟楫以拯之，舸舟取其轻利，谓之飞凫。一自以为水军，一自以为水马。州将及土人悉临水而观之。"[3] 屈原不是达官显贵，没有多少驰骋政坛的业绩，他为此甚至未能进入当时列国史家和诸子论道的视野。反之也可以说，如果他是官运亨通的风云人物，频繁进入列国史家，按当时的价值体系建立起来的历史视野，他也许无暇如此深刻、痛苦和执着地关注自己的内心和生命的本质，写出如此多的脍炙人口和动人心弦的诗篇。挑剔屈原事迹未为先秦史官著录，在某种意

---

[1] （梁）宗懔撰，宋金龙校注：《荆楚岁时记》，山西人民出版社1987年版，第107页。
[2] 《景印文渊阁四库全书》，台湾商务印书馆1983年，第1042册，第558页。
[3] （宋）李昉：《太平御览》，河北教育出版社2000年版，第269页。

上乃是对一位以生命为诗之本质的诗人的隔膜或不理解。西汉刘向根据校书中秘所得简帛，以类相从而成《新序》，其《节士第七》云："屈原者名平，楚之同姓大夫，有博通之知，清洁之行，怀王用之。秦欲吞灭诸侯，并兼天下。屈原为楚东使于齐，以结强党。秦国患之，使张仪之楚，货楚贵臣上官大夫、靳尚之属，上及令尹子阑、司马子椒，内赂夫人郑袖，共谮屈原。屈原遂放于外，乃作《离骚》。张仪因使楚绝齐，许谢地六百里。怀王信左右之奸谋，听张仪之邪说，遂绝强齐之大辅。楚既绝齐，而秦欺以六里。怀王大怒，举兵伐秦，大战者数，秦兵大败楚师，斩首数万级。秦使人愿以汉中地谢，怀王不听，愿得张仪而甘心焉。张仪曰：'以一仪而易汉中地，何爱？仪请行。'遂至楚，楚囚之。上官大夫之属共言之王，王归之。是时怀王悔不用屈原之策，以至于此，于是复用屈原。屈原使齐还，闻张仪已去，大为王言张仪之罪，怀王使人追之不及。后秦嫁女于楚，与怀王欢，为蓝田之会。屈原以为秦不可信，愿勿会，群臣皆以为可会。怀王遂会，果见囚拘，客死于秦，为天下笑。怀王子顷襄王亦知群臣谄误怀王，不察其罪，反听群谗之口，复放屈原。屈原疾暗王乱俗，汶汶嘿嘿，以是为非，以清为浊，不忍见污世，将自投于渊。渔父止之，屈原曰：'世皆醉，我独醒；世皆浊，我独清。吾闻之，新浴者必振衣，新沐者必弹冠。又恶能以其泠泠，更世事之嘿嘿者哉！吾宁投渊而死。'遂自投湘水汨罗之中而死。"[①] 这些源自简帛的文献，足以击破种种过度疑古的"屈原否定说"，还屈原以中国士庶千古景仰之口碑。中国民间不是以势利的眼光要求屈原的，只从他的诗篇中理解这个承担着历史和个人悲剧命运的庄严而高尚的生命之无比珍贵，便以岁时风俗的方式使一个诗人之为诗人的生命，与日月运转同在地进入民族的生活中了。这里存在着的是通过诗而进行的生命交流，诗与民族的因缘之深，于此可见一斑。

生命交流乃是一种诗的感觉，严羽《沧浪诗话·诗辨》对此说得有点玄虚："诗有别材，非关书也；诗有别趣，非关理也。而古人未尝不读书、不穷理。所谓不涉理路，不落言筌者，上也。诗者，吟咏情性也。"[②] 又说："大抵禅道惟在妙悟，诗道亦在妙悟。……惟悟乃为当行，乃为本

---

① （汉）刘向编著，石光瑛校释：《新序校释》，中华书局2001年版，第936—949页。
② （宋）严羽撰，郭绍虞校释：《沧浪诗话校释》，人民文学出版社1961年版，第26页。

色。"① 实证史料的增多，虽然有助于人们从更丰富的层面和形态上把握《楚辞》所体现的屈原诸人的生命本质和形式，但是要真切地接触生命本质和形式的微妙之处，还须有深明诗之为诗的感觉与悟性。近代经学家廖平对《楚辞》的评议，便是否定其间有屈原的生命意识存在的，尽管他也在引经据典。廖平认为"屈原并没有这个人"，他在《楚辞讲义序》中说："《秦（案：应加'始皇'二字）本纪》始皇三十六年，使博士为《仙真人诗》，即《楚辞》也"，"始皇有博士七十人，命题之后，各自呈撰，年湮代远，遗佚姓氏。及史公立传，后人附会改撰，多不可通。"这简直是对诗中的生命本质浑无感觉之言。70 位博士受题赋诗，竟然都在秦廷上用楚语、楚音与楚方物、楚事，又竟然体现出别人无以重复、相互间又具有内在的统一性的生命意识，这简直是比屈原创造《楚辞》的奇迹更为不可思议的"奇迹"。实际上它把屈原诸人的庄严的生命创造，戏说成一幕滑稽剧了。

　　近世楚辞研究中的疑古思潮，似乎比廖平辈更讲究"科学的方法"，不是随意从史书中找出一条风马牛不相及的材料加以比附，而是排比屈、宋史料的缺陷、漏洞以及相互矛盾之处。这对于拓展思路、解放思想，是不无好处的，同时对于传统的楚辞研究的格局也会产生强大的冲击。但是疑古思潮的先天不足的一种弊端在于，除了安于装扮一个清道夫的角色之外，对诗中的生命躁动感觉平平。胡适是疑古学派的精神领袖，他在《红楼梦考证》中，尚知从清人的诗话、杂传、方志钩沉探微，以证明这部伟大的小说中包含有曹雪芹的生命体验，从而开创了"新红学"学派。但他却未能把这种方法贯串于楚辞研究，未能从楚辞中深刻地感觉到屈子生命的存在。换言之，胡适作为"五四"文学革命的巨子，他的历史实证的才能超过了诗歌鉴赏的才能。他的才华的本质，属于白话文的倡导者，而非属于诗。他在《读〈楚辞〉》这篇印象式的讲演中，如此谈论道："传说中的屈原，若真有其人，必不会生在秦、汉以前"，"'屈原'明明是一个理想的忠臣，但这种忠臣在汉以前是不会发生的，因为战国时代不会有这种奇怪的君臣观念"。对于屈原的作品，他又评议道："屈原是一种复合物，是一种'箭垛式'的人物，与黄帝、周公同类，与希腊的荷马同类。怎样叫做'箭垛式'的人物呢？古代有许多东西是一班无名的小百姓发明

---

① （宋）严羽撰，郭绍虞校释：《沧浪诗话校释》，人民文学出版社 1961 年版，第 12 页。

的，但后人感恩图报，或是为便利起见，往往把许多发明都记到一两个有名的人物的功德簿上去。"① 把一些历史传说人物，称为"箭垛式"人物，乃是疑古学派、或古史辨学派认为"古史是层累地造成"的一项发明。按照这条思路，胡适认为屈原赋二十五篇"绝不是一个人做的"，从而对之进行下列约分解：

> 这二十五篇之中，《天问》文理不通，见解卑陋，全无文学价值，我们可断定此篇为后人杂凑起来的。《卜居》《渔父》为有主名的著作，见解与技术都可代表一个《楚辞》进步已高的时期。《招魂》用"些"，《大招》用"只"，皆是变体。《大招》似是模仿《招魂》的。《招魂》若是宋玉作的，《大招》决非屈原作的。《九歌》与屈原的传说绝无关系，细看内容，这九篇大概是最古之作，是当时湘江民族的宗教舞歌。……②

应该承认，疑古思潮是一剂泻药，可以疏通郁结，消除痞块，然而久用滥用，或不看症状地为泻而泻，也会消耗或损伤元气。胡适的疑古之论，确实看出了汉以后历代注家把《楚辞》当作"一部忠臣教科书"，竭力把"'君臣大义'读到《楚辞》里去"的积弊。比如东汉王逸《楚辞章句》为《九章》解题："屈原放于江南之野，思君念国，忧心罔极，故复作《九章》。章者，著也，明也。言己所陈忠信之道，甚著明也。"③ 又为《远游》解题说："屈原履方直之行，不容于世。上为谗佞所谮毁，下为俗人所困极，章皇山泽，无所告诉。……然犹怀念楚国，思慕旧故，忠义之笃，仁义之厚也。"④《九章》显然是后人编辑在一起的，屈子写于不同时期的九篇作品的总题目，却偏要解释为"著明"忠信之道；《远游》是在长期流放中汲取稷下黄老之学以及道家神仙家的思想资源，以超越精神困境，进行心理调适的作品，却偏要从中发现"忠义之笃"。也就是说，注家在接受"独尊儒术"的价值系统之后便作茧自缚，不知"君臣大义"之外更有何种标准可以衡量一首诗的崇高价值和审美魅力。这种思维方式

---

① 欧阳哲生编：《胡适文存二集》，北京大学出版社1998年版，第74页。
② 同上书，第75—76页。
③ （宋）洪兴祖撰，白化文等点校：《楚辞补注》，中华书局1983年版，第120—121页。
④ 同上书，第163页。

发展到极端，便是看不清一首诗的生命所在，而牛唇马嘴地把它与儒家五经相比附。如王逸《楚辞章句·离骚经序》云：

> 夫《离骚》之文，依托五经以立义焉："帝高阳之苗裔"，则"厥初生民，时维姜嫄也"；"纫秋兰以为佩"，则"将翱将翔，佩玉琼琚"也；"夕揽洲之宿莽"，则《易》"潜龙勿用"也；"驷玉虬而乘翳"，则"时乘六龙以御君"也："就重华而陈词"，则《尚书》咎繇之谋谟也；"登昆仑而涉流沙"，则《禹贡》之敷土也。[1]

不可否认，王逸等注家把《楚辞》比附五经，比附风雅，使这种多语"怪、力、乱、神"，不合温柔敦厚规范的诗体，在儒家正统文化中争得一席地位，对于保存《楚辞》文献曾经发挥过实质性的历史作用。同样不可否认，用儒家政治伦理观和艺术观来解读《离骚》，难免产生严重的错位和误读，难以在真正的意义上理解《离骚》丰富而深刻的文化内涵和独创而精美的诗学智慧，难以把握蕴含于其间的诗人生命的本质和形式。胡适对旧楚辞学的质疑和批判，对于走出传统的"以经解骚"的误区，显示了一个文学革命者的胆识和锐气。令人遗憾的是，他在批判旧注家的误读之时，并未考证出什么新的证据，就相当草率地把离屈原的时代不远的数代学者指认为屈原的作品，从屈原的名下删除了。

历史的、尤其是精神史和文艺史的辩证法，并非走着一条直线的、一刀切的进化路线。其发展过程是一个千头万绪的系统，充满着曲折与迂回、量变与质变、进化与蜕化，参差错综，不能忽视其不平衡性和多因果性。从实际情形看来，很难简单地说后起的文学作品就一定比原先的作品更有魅力，精神文化史在总体的发展中，存在着难以枚举的不可重复性、突发性、甚至难以企及的地方。胡适之所谓《九歌》"大概是最古之作，是当时湘江民族的宗教舞歌"，《卜居》《渔父》"见解与技术都可代表一个《楚辞》进步已高的时期"，这实际上是采取直线的、一刀切的文学进化观念，未做其他实证，便主观地分解了屈原赋的复杂存在。

考虑到战国时代民间文化的沉积和士人阶层的文化思潮的复杂性以及各种文体的定制和探索的纷繁情景，难道不可以承认对历史文化和诸子学

---

[1] （宋）洪兴祖撰，白化文等点校：《楚辞补注》，中华书局1983年版，第49页。

术知识博洽、又长期流放于疏野偏僻之民间的屈原，既有条件借鉴民间巫风歌舞的形式，打开一条从原始思维到文人创作的幽丽的通道；又有条件借用诸子，尤其是纵横家的主客论辩的形式，开拓宋玉赋和汉赋的先河吗？任何历史进程都不应看作单一的可能性的径情直遂，而是繁多的可能性的合力推移。《九歌》源于原始宗教，有"原始版"和"屈原版"之分。据《山海经》《离骚》《天问》的记载，原始《九歌》是夏后启从天帝那里获得的，意味着它是沟通人神的巫歌。如《山海经·大荒西经》所云："西南海之外，赤水之南，流沙之西，有人珥两青蛇，乘两龙，名曰夏后开。开上三嫔于天，得《九辩》与《九歌》以下。此天穆之野，高二千仞，开焉得始歌《九招》。"① 屈子《九歌》借鉴了原始《九歌》，但他更直接的创作灵感，来自沅湘民间的祭祀娱神歌舞，进而把娱神歌舞人性人情化，五彩缤纷地描绘了迎神送神仪式和人神之恋的母题，散发着诗人探究人类的原欲和情思，追求和失落，感伤和刚烈的俊逸才情。巫风舞歌流传至今尚不乏其例，哪一组（首）能够以其具有经典风范的清辞丽句和深邃的精神探索而流芳千古？那种把屈子《九歌》等同于原始《九歌》或民俗《九歌》的说法，只不过是文明人对自己失落已久的原始情调的无端崇拜而已。至为可信的，还是王逸《楚辞章句》解释屈子《九歌》的创作动因和过程时所说的"因为作"三字，既对原始宗教舞歌有所相因，又更具实质意义地有屈子的生命体验和非凡才华之投入的所"为"所"作"。

　　至于说《天问》"文理不通，见解卑陋，全无文学价值"，是由于以"明白清楚"作为论诗第一标准所致，说明论者对诗的感觉实在过于平庸，不足与论也。这与把《天问》简单地视为"错简"，可谓殊途同归，都是对这篇奇诗的诗学表达方式大惑不解。这种大惑不解在某种意义上，倒是和屈子面对民族国家的天崩地坼的危机和个人蒙冤流放的生存困境，因而心灵无比焦虑困惑有其对应之处。如何为这种焦灼、惶惑、悲愤、紊乱的心理状态寻找一种独特而适当的表现方式？王逸认为，"屈原放逐，忧心愁悴，彷徨山泽，经历陵陆，嗟号昊旻，仰天叹息，见楚有先王之庙及公卿祠堂，图画天地山川神灵琦玮僪佹，及古贤圣怪物行事。周流罢倦，休息其下，仰见图画，因书其壁，呵而问之，以渫愤懑，舒写愁思。楚人哀

---

① 袁珂校注：《山海经校注》，上海古籍出版社1980年版，第414页。

惜屈原，因共论述，故其文义不次序云尔"①。王逸是东汉楚人，这些意见也许来自楚地传闻，虽然未可尽信《天问》便是呵壁之作，但也并非事出无因。考诸金石学，今存的大量汉画像石中就不乏神人杂处、时空错综的作品，比如山东武梁祠西壁的东汉石刻，便集神仙灵异、古帝孝子、刺客以及世俗车骑于一墙，构图主要不是采取时间顺序，而是采取仙凡尊卑的等级顺序。王逸之子王延寿曾作《鲁灵光殿赋》，记述西汉鲁恭王宫殿壁画，"图画天地，品类群生，杂物奇怪，山神海灵。写载其状，托之丹青，千变万化，事各缪形。随色象类，曲得其情。上纪开辟，遂古之初；五龙比翼，人皇九头；伏羲鳞身，女娲蛇躯，鸿荒朴略，厥状睢盱。焕炳可观，黄帝、唐、虞，轩冕以庸，衣裳有殊。下及三后，淫妃乱主。忠臣孝子，烈士贞女。贤愚成败，靡不载叙。恶以诫世，善以示后"②之类，简直成了乃父《天问》解题的极好注脚，均是对西汉前期崇尚楚风的田野调查所得的现实见证。

更有不胜枚举的金石书画材料可以从旁作证，《天问》是从中国古老的诗画相通的思路，进入时空错乱的艺术表现形态的。这一点使它比起西方意识流作家，采取现代心理学的思路进入时空错乱的表现形态，早了两千年。中国神话传说较之于西方史诗性神话传说，本来就具有片断性、非情节性和多义性的特征，或"碎金"形态，这使得对之进行时空操作之时，易于错综组合。因此《天问》在对宇宙起源、天地结构和日月神话进行质疑的时候，可以突然插入人类起源、鲧禹治水、共工怒触不周山、羿射十日的神话片断。它在问及夏前期历史的时候，可以夹杂着雷神雨师、大鳌戴山一类传说，随之接以大幅度的时空跳跃和逆转，写到成汤伐桀，舜娶二妃，如此等等，都以片断的有序组合为成片的无序，以表层的无序蕴含着深层的有序，于有序无序之间形成了时空错综的哲思寓意结构。那么，这种时空错乱之技，又呼应着何种时空错乱之道？本诗的题目"天问"，不能简单地颠倒为"问天"，提问的主体是天，是屈子借天质疑神话传说从何而来，历史变动出自何因，历朝兴废咎由何取。开头一字是无主语的"曰"字，连着题目读，便是"天问曰"。以天来质问人世关于"天"（包括天道、天理、天命）的种种涉及神话传说、夏商周列朝历史

---

① （宋）洪兴祖撰，白化文等点校：《楚辞补注》，中华书局1983年版，第85页。
② （梁）萧统编，（唐）李善注：《文选》，上海古籍出版社1986年版，第515—516页。

的解释和记载,这种诗学方式在人类诗史上无疑也是一大创造。在时空无限的天的面前,人间有限的时空顺序也就微不足道了。因此,研究《天问》的主要用力处,不是把它当作"错简"来分类排列,把一篇千古奇诗变成平庸的散文,而是要从时空错乱中感觉到屈子的生命意识,从表面的"文理不通"中探讨其文理的创造性超前,从乍看的"见解卑陋"中探讨其深刻的对天道福善祸淫一类信仰的理性主义的怀疑精神。

三 诗学阐释的方法论

前面关于楚辞诗学的若干解释,实际上已经涉及进行诗学阐释的方法论问题。这种方法论的根本思路,存在于对象的原始性与研究者的当代性的对话之中。在原始与当代之间,潜伏着人类古今相通的智慧,潜伏着一个民族的诗学独立于世界民族之林的根脉与特色。实际上,古代与前人的楚辞研究已取得丰硕的成绩,形成一门高深的学问,尤其在考订字义、阐明故实、印证民俗、疏通文理以及汇集群注诸方面。这些学养深厚的研究,都为新的楚辞学提供了坚实的出发点,提供了丰富的文献资源和思想触媒。然而不无遗憾的是,传统的楚辞学相当普遍地存在着两个弱点:(一)缺乏与当代世界进行深层对话的比较充分的现代意识;(二)缺乏把楚辞文本作为一个整体进行透彻的形式分析的诗学体系建构。或有个别学者把楚辞与西方神话、宗教材料进行比较,但存在着"屈中从西"的非平等的心理倾斜,未能从根本上建立中国诗学的具有主体意识的学术支撑点。如果我们安于用"爱国主义""浪漫主义""想象力丰富"这类虽然崇高,却难免空泛的一般化的术语,去评述屈子的诗学贡献,又如何能够使这位旷古奇才在人类诗史上占有一席无以代替甚至难以企及的富有理论说服力的位置? 也就是说,我们应该给楚辞颁发一张盖有现代中国的理论思维高度和深度之徽章的"身份证",让他理直气壮、魅力独具地向现代世界人类的智慧,发出自己的声音。这就需要以楚辞为根据,建构一种具有中国特色的,又可与现代世界进行深度对话的诗学评价体系和思维观念体系。实际上,这也是已经积累得非常丰厚的"楚辞学"本身的内在的历史性要求。

新的楚辞学方法论,首先要求返回楚辞的本原,从历史—文化的综合角度对之进行本体性的分析,揭示其思维方式、诗学结构、意象形态的具有深刻历史文化内涵的来源以及创作心理的潜在的历史文化动因。没有这种以丰富的历史文献资源为支持的探本求源之学，是不可能为具有中国特色的诗学打下结实的根基的。很明显的例子是《离骚》的首句"帝高阳之苗裔兮"，人们很容易便根据《史记·五帝本纪》所谓"帝颛顼高阳者，黄帝之孙而昌意之子也"，而判断高阳就是古帝颛顼。或望文生义，认为"高阳，即是高明的太阳"，牵扯到一系列太阳神话的片断。这是表层的弄清典故或疏通文义。那么它深层的文化和审美的思维方式又有什么本原性的特征？这起码可以从三个方面进行阐释：（一）它折射着中国文化的返本情结，一开头就从民族始祖的角度，关注"我从何来"，不同于古希腊史诗开头就直接关注英雄的精神状态和生存状态。（二）这种返本情结也有一个历史变异的过程。楚人在春秋之世，是祭祀部族始祖祝融和开国始祖鬻熊的，但是到了《离骚》，却把部族始祖由祝融上推到帝颛顼高阳，与整个中华民族的五帝世系接轨。这与《史记·楚世家》记载"楚之先祖出自帝颛顼高阳"，《秦本纪》记载"秦之先，帝颛顼之苗裔"一样，反映了战国列强以始祖上推到上古帝系的方式，隐含着他们的争正统意识和"大一统"意识。（三）由于存在着这么一种文化返本情结，便影响及《离骚》的篇章结构。它不同于古希腊史诗"从故事的中间开始"，而是采取从"开端以前的遥远开端"开始的时空处理方式。由于运用历史—文化的综合视角，多维度地对诗学结构中的关键点作深层的透视，我们便可能使零散或琐屑的文献材料与考据方法，服务于对楚辞的诗学思维方式（或模式）及其深层意蕴的带本体价值的把握。

  任何一首诗歌都是小文本，而它的历史文化背景则是大文本。只有考察清楚小文本在大文本中的具体位置与特殊形态，才有可能对其诗学的本质与形式见微知著，洞察原委。《九歌》研究的一个难点，是如何认识与"九"字相关的诗学体制及其神谱序列。从《东皇太一》到《礼魂》，《九歌》竟然包含十一篇。于是古今学人或把二《湘》合一，再把大、小《司命》合一，以凑合九数；或称《东皇太一》为迎神曲，《礼魂》为送神曲，免冠卸履以对应"九"字。其实，从原始《九歌》到屈子《九歌》，中间有千余年的变化过程，时代流转，地域播迁，祭祀的对象难免有所变易增删。但是《九歌》既已定名、定制，也就成了一种"名牌"，即便屈子增加到十一篇，也不会擅改名号。打个带点俗气的比喻，有若"全聚德烤鸭"，即便采取电脑程序烤制，也不会轻易地摘掉"全聚德"的老招牌。王夫之《周易外传》卷五云："夫太极之生元气，阴阳者，元气之阖辟也。直而展之，极乎数之盛而为九，九者数之极，十则仍归乎一矣。"因而《九歌》之"九"字，乃是一个神圣而神秘的数字，从而成为组诗之结构形式的定制。

至于《九歌》祭祀的神谱，自夏后启到战国晚期的楚国，其变化之巨不说自明。历史文化的大文本之巨变，不可能不深刻地影响着屈子《九歌》的小文本。《汉书·地理志》称楚俗"信巫鬼，重淫祀"，这个"淫"字说明它祭祀的对象存在不少滥设而不合中原礼制规范之处。一个"淫"字，道尽了楚地民俗祭祀、歌舞娱神的本质性特征。淫是形声字，从水，会声，本义指浸淫、浸渍。《说文解字》云："淫，浸淫随理也"，徐锴注曰："随其脉理而浸渍也。"《周礼·冬官考工记·匠人》："善防者水淫之。"《太平御览》卷七十八《皇王部三》引《淮南子》曰："往古之时，四极废，九州裂，天不兼覆，地不周载，火滥焱而不灭，水浩洋而不息，猛兽食精民（高诱注曰：精，善也），鸷鸟攫老弱。于是女娲炼五色石以补苍天（女娲阴氏，佐伏牺治者也），断鳌足以立四极（黑龙水精也。故力牧太山稽杀之以止雨也。极犹干也。冀州，九州中，谓合四海之内），积芦灰以止淫水（芦，苇也。苇生于水，故积聚其灰以止其淫水，平地出水为淫水），民生背方州，抱周天（方州，地也），和春、阳夏、杀秋、约冬，枕方寝绳（方，矩四寸也。寝绳，直身而卧也）。"①"淫水"就是浩浩荡荡的大水。淫又有放纵、恣肆之义，《尚书·无逸》"其无淫于观"，疏引郑玄云："淫，放恣也。"又有贪欲、淫心、惑乱之义，如《孟子·滕文公下》："富贵不能淫，贫贱不能移。"淫又通"游"、遨游，《管子·明法》云："不淫意于法之外"，孙星衍云："《韩非子·有度篇》淫作游。"《楚辞·招魂》："归来兮，不可以久淫些"，洪兴祖补注："淫，游也。"淫滥是过度、无节制。《尚书·大禹谟》："罔淫于乐"，传曰："淫，过也。"《毛诗·关雎序》："不淫其色"，疏曰："淫者，过也，过其度量谓之为淫。"《左传·鲁隐公三年》"骄奢淫泆"，疏曰："淫，谓耆欲过度。"淫之义，或犹大，指规模广、程度深、力量强，如《诗经·周颂·有客》："既有淫威，降福孔夷。"淫又形容乱杂、邪乱，如《左传·鲁襄公二九年》："迁而不淫，复而不厌。"楚地民俗祭祀、歌舞娱神的本质性特征在"淫"，放纵也，恣肆也，过度也，乱杂也，大力度也，浸淫、

---

① （宋）李昉：《太平御览》，河北教育出版社2000年版，第672页。

浸渍于人类之精神世界也。

　　《九歌》主神"东皇太一"存在着一个演变的过程，由《庄子》等道家著作之"泰一"，在神仙家手中凝聚为人格神所致。唯《史记·封禅书》谓"亳人谬忌奏祠太一"。亳地在春秋以前属陈国，楚灭陈后并入于楚，楚顷襄王失郢之后迁都于陈，即在亳地附近。谬忌所奏，可能是根据楚俗，他说"古者天子以春秋祭太一东南郊"，也可能是把楚俗神圣化的说法。前人对屈子《九歌》把云中君置于日神"东君"之前大感不解，尤其是他们接受中原的或西方的神谱观念，觉得日神应该远远地高于云神。其不知南方人崇拜威力巨大的雷神，雷乃象形字，甲骨文中间像闪电，圆圈和小点表示雷声，整个字形像雷声和闪电相伴而作。小篆变成了会意字，从雨，下像雷声相连之形，表示打雷下雨。其本义指云层放电时发出的巨响。《说文解字》云："靐，阴阳薄动，靁雨生物者也。"纬书《春秋·玄命苞》："阴阳合为雷。"《白虎通》："雷者，阴中之阳也。"《礼记·月令》："仲春，雷乃发声；仲秋，雷始收声。"《周易·说卦》："雷以动之，风以散之，雨以润之。"《淮南子·墬形训》："阴阳相薄为雷。"《荀子·儒效篇》："天下应之如雷霆。"《诗经·大雅·常武》："如雷如霆，徐方震惊。"《周礼·地官·鼓人》："以雷鼓鼓神祀"，注曰："雷鼓，八面鼓也。"雷的籀文靐为云的卷纹居其中，云中君的名称也许是从这里来的。从屈子《九歌》的描写来看，云中君还存在某些云神与雷电之神合体的印痕。

　　由此可知，屈子《九歌》不是按照天神、地祇、人鬼的中原惯例来排列诸神顺序的，而是按照楚人心目中的天地、尊卑、远近、正野一类二元对应的原则进行排列的。因此，云中君在东君之前，湘君、湘夫人在河伯之前。而且考虑到屈子时代，君的封号几乎成了孟尝、平原、信陵、春申四位"翩翩浊世佳公子"的专称，那么称神为"君"，就可能是潇洒亲切的文人趣味对俚俗巫风的某种改造了。《九歌·河伯》云："与女游兮九河，冲风起兮横波。乘水车兮荷盖，驾两龙兮骖螭。登昆仑兮四望，心飞扬兮浩荡。日将暮兮怅忘归，惟极浦兮寤怀。"洪兴祖《楚辞补注》如此释读："与女游兮九河（河为四渎长，其位视大夫。屈原仕楚大夫，欲以官相友，故言女也。九河：徒骇、太史、马颊、覆釜、胡苏、简、絜、钩盘、鬲津也。〔补〕曰：女读作汝，下同。九河，名见《尔雅》。《书》曰：九河既道。注云：河水分为九道，在兖州界。又曰：又北播为九河，同为逆河，入于海。注云：分为九河，以杀其溢。汉许商上书云：古记九河之名，有徒骇、胡苏、鬲津，今见在成平东光鬲县界中。自鬲津以北至徒骇，其间相去二百余里。是知九河所在，徒骇最北，鬲津最南，盖徒骇是河之本道，东出分为八枝也）。冲风起兮横波（冲，隧也。屈原设意与河伯为友，俱游九河之中，想蒙神祐，反遇隧风，大波涌起，所托无所也。一本'横'上有'水'字。五臣云：冲风，暴风也。〔补〕曰：《诗》云：大风有隧）。乘水车兮荷盖，驾两龙兮骖螭（言河伯以水为车，骖驾螭龙而戏游也。一本'螭'上有'白'字。〔补〕曰：《括地图》云：冯夷常乘云车，驾二龙。《史记》曰：水神不可见，以大鱼蛟龙为候。《博物志》曰：水神乘鱼龙。骖，苍含切。在旁曰骖。骖，两騑也。螭，丑知切。《说文》云：如龙而黄。北方谓之地蝼。一说无角曰螭。一音离。《集韵》螴螭，龙无角）。登昆仑兮四望（昆仑山，河源所从出。〔补〕曰：《援神契》云：河者，水之伯，上应天河。《山海经》云：昆仑山有青河、白河、赤河、黑河，环其墟。其白水出其东北陬，屈向东南流，为中国河。《尔雅》曰：河出昆仑虚，色白，所渠并千七百一川。色黄，百里一小曲，千里一曲直。《淮南》曰：河出昆仑，贯渤海，入禹所导积石山也），心飞扬兮浩荡（浩荡，志放貌。言己设与河伯俱游西北，登昆仑万里之山，周望四方，心意飞扬，志欲升天，思念浩荡，而无所据也）。日将暮兮怅忘归（言昆仑之中，多奇怪珠玉之树，观而视之，不知日暮。言己心乐志说，忽忘还归也。〔补〕曰：此言登昆仑以望四方，无所适从，惆怅叹息，而忘归也。怅，失志也），惟极浦兮寤怀（寤，觉也。怀，思也。言己复徐惟念河之极浦，江之远埼，则中心觉寤，而复愁思也。〔补〕曰：惟，思也。极浦，所谓"望涔阳兮极浦"是也）。鱼鳞屋兮龙堂，紫贝阙兮朱宫（言河伯所居，以鱼鳞盖屋，堂画蛟龙之文，紫贝作阙，朱丹其宫，形容异制，甚鲜好也。《文苑》作珠宫。〔补〕曰：河伯，水神也。故托鱼龙之类，以为宫室。阙，门观也）。灵何为兮水中（言河伯之屋，殊好如是，何为居水中而沉没也。〔补〕曰：此喻贤人处非其所也），乘白鼋兮逐文鱼（大鳖为鼋，鱼属也。逐，从也。言河伯游戏，远出乘龙，近出乘鼋，又从鲤鱼也。一无'文'字。〔补〕曰：鼋，音元。《纪年》曰：穆王三十七年，征伐起师，至九江，叱鼋鼍以为梁。陶隐居云：鲤鱼形既可爱，又能神变，乃至飞越山湖，所以琴高乘之。按《山海经》：雎水东注江，其中多文鱼。注云：有班采也。又《文选》云：腾文鱼以警乘。注云：文鱼有翅，能飞。逸以文鱼为鲤，岂亦有所据乎？）与女游兮河之渚，流澌纷兮将来下（流澌，解冰也。言屈原愿与河伯游河之渚，而流澌纷然相随来下，水为污浊，故欲去也。或曰：流澌，解散。屈原自比流澌者，欲与河伯离别也。〔补〕曰：渚，洲也。澌，音斯。从秅者，流冰也。从水者，水尽也。此当从秅。下，音户）。子交手兮东行（子，谓河伯也。言屈原与河伯别，子宜东行，还于九河之居，我亦欲归也。一本'子'上有'与'字。〔补〕曰：《庄子》曰：河伯顺流而东行），送美人兮南浦（美人，屈原自谓也。愿河伯送己南至江之涯，归楚国也。〔补〕曰：江淹《别赋》云：送君南浦，伤如之何？盖用此语）。波滔滔兮来迎，鱼鳞鳞兮媵予（媵，送也。言江神闻己将归，亦使波流滔滔来迎，河伯遣鱼鳞鳞侍从，而送我也。鳞，一作鳞。〔补〕曰：滔，土刀切，水流貌。《诗》曰：滔滔江汉。媵，以证切。予，音与。屈原托江海之神送迎己者，言时人遇己之不然也。杜子美诗云：岸花飞送客，樯燕语留人。亦此意）。河伯（《山海经》曰：中极之渊，深三百仞，唯冰夷都焉。冰夷，人面而乘龙。《穆天子传》云：天子西征，至于阳纡之山，河伯、无夷之所都居。冰夷、无夷，即冯夷也。《淮南》又作冯迟。《抱朴子·释鬼篇》曰：冯夷以八月上庚日渡河溺死，天帝署为河伯。《清泠传》曰：冯夷，华阴潼乡堤首人也。服八石，得水仙，是为河伯。《博物志》云：昔夏禹观河，见长人鱼身出曰：吾河精。岂河伯也？冯夷得道成仙，化为河伯，道岂同哉！）"[1]《尚书·禹贡》："九河既道。"《尔雅·释水》："徒骇、太史、马颊、覆鬴、胡苏、简、洁、钩盘、鬲津，乃是九河。[2] 洪兴祖《补注》引证甚博，却尚未探寻到"古九河说"之深层文化密码。《河伯》篇是《九歌》之最是欢快的一篇，古九河本是蚩尤部族所居，在与炎黄部族战争中被迫向南迁徙到荆蛮之地为九黎三苗，因而《九歌·河伯》承载着三苗民族对祖宗发源地之群体记忆，作为文化基因已经深刻地植入其灵魂血脉中，这就是屈原在荆蛮大地听到的历史回响。

　　在一定的意义上说，文学史也是一种心灵史。新的楚辞学方法论的另一个关键，是采取文学史—心灵史的综合视角，对楚辞进行现象分析，以透视诗人的心灵状态和生命形态。理由很明显，历史文化的大文本若不通

---

[1]　（宋）洪兴祖撰，白化文等点校：《楚辞补注》，中华书局1983年版，第72—78页。
[2]　（晋）郭璞注，（宋）邢昺疏：《尔雅注疏》，北京大学出版社1999年版，第227—228页。

过诗人的心灵折射和生命过滤，是不可能进入楚辞的小文本的。因此历史文化视角与文学心灵视角，对于楚辞研究，有如车之两轮、鸟之双翼；我们把楚辞研究的范围略作扩充，对《文选》所载宋玉散文赋进行分析，因为《汉书·艺文志》把《客主赋》列为"杂赋"之首，宋玉的这些客主答问的散文赋，当可作为楚辞的"杂赋"来对待。最大的障碍是这些宋玉赋一开头就称"楚襄王如何如何"，这符合楚国文学侍从之臣投射自己心灵的惯例吗？前辈学者的这项质疑，确实值得认真对待。这里存在一个汉人整理先秦古籍时的文字转录以及版本变迁的问题。许慎《说文解字叙》说，战国各国"言语异声，文字异形"，刘向、刘歆辈整理宋玉赋之时，不能不把当时已成专家之学的楚文字，转录为汉代通行的隶字。而且春秋战国之时，周、魏、韩、楚、齐、秦、赵诸国称"襄王"者竟有7人，汉臣有必要在宋玉原来只称"王"的地方，注上或径改为"楚襄王"以方便阅读。这一点倒符合汉人整理先秦旧籍的惯例。比较一下长沙马王堆三号汉墓出土的帛书《战国纵横家书》与刘向以"辨章学术，考镜源流"的方法整理过的《战国策》，便不难发现，整理者除了改正一些错字、异体字，增加若干虚词以改善文字的柔韧性之外，最重要的是在每则行文的开头增添数语，交代国别与人名，使其在战国时代复杂纷纭的人事纠缠中有所归属。另外，汉魏六朝尚无印刷术，汉人整理过的书籍在代代传抄中还会多少有些变异。《汉书·艺文志》记载"《宋玉赋》十六篇"，到了《隋书·经籍志》变成"《楚大夫宋玉集》三卷"，这是书籍形制由简册变成帛卷或纸卷的不同表述办法。变化过程中，连书题都被加上"楚大夫"三字，难道就不会把行文中宋玉写的"王"字改作"楚襄王"乎？因此，宋玉赋开头的"楚襄王如何如何"，不应简单地判断为后人伪托的标志，而是后人整理和传抄所致，这并不影响我们借这些作品来透视宋玉的心灵。

　　文学作品是携带着作者的生命信息的。回到生命信息，就返回作品之原本。尽管历史记载的宋玉生平史料比屈原更少，令人无法为宋玉赋系年。但我们依然可以从他的辞赋所提供的某些年龄心理学的信息，推测这些作品在他生命史上的大体年代。庄子由楚入宋，宋玉由宋入楚，二者的思想情感互有滋润。宋玉《登徒子好色赋》和《对楚王问》，当是宋玉青年时代的作品。其间为自己的道德行为辩护不遗余力，抨击论敌不留情面，甚至自居于曲高和寡，自诩为鸟中凤、鱼中鲲。这是一种少年气盛之作,论文章是第一流的,但作为一种政治行为,大概并不能增加楚襄王对他的好感。这种年龄心理学的信息,这种少年气盛而目空一切的作风,似乎金圣叹也感觉到了。他在评点《对楚王问》时说:"凡古人文字,最重随事变笔。如此文,固必当以傲睨闲畅出之。"① 与这两篇作品相比较,《风赋》多用隐喻,讲究应对技巧,而且借风之雌雄来透视人间苦乐不均,阅世亦深,可能是人到中年的作品。我把《高唐赋》《神女赋》推断为宋玉晚年的作品,不仅由于开头有"昔者楚襄王如何如何",中间又有"当年邀游,更唱迭和,赴曲随流",都带有晚年回忆年轻时事情的口吻,而且在描写巫山景观时,杂有"孤子寡妇,寒心酸鼻。长吏官,贤士失志。愁思无已,叹息垂泪。登高远望,使人心瘁"一类感伤情调,大概是人在暮年失意时的满腹牢骚的表露。然而清人王念孙、王引之《读书杂志馀编》卷下另有解说,曰:"'王雎鹂黄,正冥楚鸠。姊归思妇,垂鸡高巢。其鸣喈喈,当年邀游',李善曰:一本云'子当千年,万世邀游',未详。引之曰:年,当为羊。草书之误也。当羊,即尚羊(尚读如常)。古字假借耳。《楚辞·惜誓》'托回飙乎尚羊'。王注曰'尚羊,游戏也',正与邀游同义。或作常羊,或作徜徉,并字异而义同。其一本作'子当千年,万世邀游',词理甚为纰谬。且赋文两句一韵,多一句,则儳互不齐,盖后人妄改之也。"② 清代乾嘉俊彦发明以音求义,破解了古书中诸多谜团,但他们往往忽视文本自身之生命意识,如淮南王刘安作《离骚传》,称《离骚》为经,正史有载,言之凿凿,却强说《离骚传》乃《离骚赋》,从而节外生枝,使文本意义支离破碎。其将"昨年"释为"尚羊",也应作如此观,聊备一格而已。关键在于如何才能真正切入文本所蕴含之原本生命。进而言之,《高唐赋》结尾,无端地用了一句"延年益寿千万岁",似乎是凶事吉说,意味着楚襄王已死,兼且写他出猎,情调悲哀,仿佛出殡;弓弩不发,便收获满车猎物,未免有点彼岸世界的神秘感。二赋在写两代楚君的神女梦之间,绕了一个圈子极力写巫山的博大、丰饶,"高矣显矣,临望远矣;广矣普矣,万物祖矣",似乎在以过分尊崇的文字抒写对一片失去的土地的怀念,故人情中渗透着乡土情。史载楚怀王被拘于秦,拒绝秦人垂涎巫郡、黔中郡的要挟;顷襄王却在失郢的次年,失去巫

---

① 吴孟复、蒋立甫主编:《古文辞类纂评注》(下),安徽教育出版社 2004 年版,第 20 页。
② (清)王念孙:《读书杂志》下册,中国书店 1985 年版,第 94 页。

郡、黔中郡。二赋写怀王幸御巫山神女，而顷襄王失之咫尺，是否有意于借人神之恋写楚国历史的寓言？而且写两代楚王的隐私，恐怕只能是两代楚王已经作古之时。总之，顷襄王与宋玉谈论幽会神女之梦，这对一个文学侍从之臣，当是值得回忆的宠幸之事，但要把国君的隐私公之于世，按理应在对方死无对证的时候了。

　　方法论的第三点，乃是以诗学整体把握和文本细读的综合视角，对楚辞进行形式分析。楚辞的诗学创造，涉及语言形式、意象隐喻、句式组合以及结构形态诸多方面，不作细读，难以剖示其内在脉络，但忽略了整体把握，也难以展示其有机的生命，阐明其文学史、文化史、文明史的价值。《离骚》的诗学是心灵史诗的诗学，既有精神探索的深度，又有史诗的魄力。它在广阔的时空以及出入于神话和历史、巫风和士风的雄奇绮丽的想象中，自由驱遣着芳草喻、两性喻一类隐喻手段，在怨詈、陈词、占卜、降神一类戏剧化场面中寄托自我的分裂，又在天国游的壮丽景观中深化了精神的求索，神奇与深邃、繁丽与精美这些属于诗学两极的因素都被它气势淋漓地组合在一起了。《九章》是屈子即时性抒情篇什，几乎一篇有一篇的形式。比如其中的《抽思》，既借鉴了民间情歌的形式，又输入了深沉的政治内涵，形成语义相关的巧妙体制。全篇聚合了正歌、少歌、倡辞、乱辞多种抒情单元，产生回环呼应的回声效应，出现了抒情诗史上堪称一绝的立体交响抒情的景观。宋代范致明《岳阳风土记》说："荆湖民俗，岁时会集或祷祠，多击鼓，令男女踏歌，谓之歌场。"把个人抒情"歌场化"或立体交响化，洵属屈子一大发明。

　　在文献相对匮乏的情形下，把楚辞文本当作"第一文献"进行细读，再辅以其他旁证，是可以得出一些新的结论以弥补楚辞研究中的盲点的。甚至对于考订作者的著作权，也像文化基因分析一样，不无好处。《招魂》根据《史记·屈原列传》的"太史公曰"，判为屈赋，大体已成当今楚辞界的共识。但是与之同属一种文体的《大招》是否亦为屈著，抑或是后人模仿之作，便众说纷纭，莫衷一是。求解的方法，与其舍近求远，不如探本求真。细读《招魂》与《大招》便可以发现，《招魂》语气灵活，情感真挚，并且把招魂仪式如"巫阳下招""工祝背行"之类写入文中，写了仪式程序就不能在现实仪式过程中使用，因而不应是楚宫廷为怀王自秦归葬的正式仪式上的文件。而且它的开头、结尾直抒屈原与怀王的交情，可能是屈原失去为正式仪式撰辞的资格，而又情不能已的私家著述。《大招》

语气典重，措辞刻板，纯粹为招魂巫师的口吻而不及仪式，因而可能是文学侍从之臣受命为楚顷襄三年怀王归葬仪式所写，由于葬礼仪式另有安排而不述仪式，以免越俎代庖。二《招》的区别，一者是借招魂辞的形式，进行富有个人色彩的抒情，因而充满对民族国家的忧患意识；一者则是受命为宫廷招魂仪式而作的官样文章，因而多有为今王歌功颂德之词。既然曾经被疏黜流放的屈原没有资格为正式仪式撰辞，那么这位受命写《大招》的文学侍从之臣只能从景差、唐勒、宋玉辈中寻找，而自年龄辈分言，景差的可能性最大。由于用在宫廷仪式，就不以通用的"招魂"二字为题而冠以《大招》，撰辞者只不过是工具，奉命作文，官样文章，没有署名权，名字遂掩而不彰了。

这种推断在进一步细读二《招》本文时，变得更为深切。比如它们都"外陈四方之恶，内崇楚国之美"，但"崇美"的顺序不同。《招魂》为：深宫内室—美女—离宫别馆—酒食—歌舞游戏；《大招》为：美食—歌舞—美女—离宫苑囿。不要小看这种结构顺序的差异，它们实际上意味着深层意义上的差异。本质性的差异在于：《招魂》率先把楚怀王的灵魂引入深宫内室，享受"九侯淑女"一类贵族女子，把他视为楚宫的真正主人。他到离宫别馆，只不过是国事之余的消遣，他的美食有酒，可以毫无顾忌地在宫内纵酒歌舞狂欢。言外之意，怀王是楚宫真正主君，在怀王被拘于秦时即位的顷襄王的君王身份之合理性存疑。受命而作的《大招》则别有用意，率先让怀王灵魂接受美食歌舞，似乎是在祠庙奉祭，那些美女也没有交代贵族身份，只能是祭祀场面的巫女。更带本质性的是它最终也没有让怀王灵魂进入深宫内室，就打发他到离宫苑囿，说那里可以看看檐溜滴水，可以驯养牲畜和打猎，也可以观赏苑中珍禽。这就意味着，它是把怀王当作"太（上）王"对待的，免得他在正殿深宫中妨碍今王。《招魂》与《大招》的文学形式的差异，蕴含着深刻的政治态度的差异，不细读文本而比较之，是难以发现这种文字之外的深层意义的。细读并不是拘泥于文字的枝枝节节，而是以穿透性的眼光出入于文字的所指和能指，出入于结构的显层和隐层，在洞幽察微中把握整体的有机性的诗学意义。

在楚辞流传的二千余年间，历代学人和读者对之进行了兴致不衰的阅读、领悟和接受。值得注意的接受方式有两种：一是数以百计的学人为之笺注释义；二是不少画家为之作图。从宋代李公麟，元代的赵孟頫、张渥，到明代的杜堇、文征明、陈洪绶、萧云从，清代的门应兆，分别对

《九歌》《天问》《离骚》或其他屈、宋辞赋作过画卷或插图。郑振铎在50年代编印过《楚辞图》，对古人图画搜罗甚丰，计有119幅，虽不能说完备，却已洋洋大观。这些图画多是根据《楚辞》的王逸、洪兴祖、朱熹注解而绘制的，当然还要考虑到画家对注家的理解及其绘画风格。于是在古人的接受中，便出现了三个视野：《楚辞》原意（第一视野）、注家解释（第二视野）、画家的表现（第三视野）。之所以在阐述方法论之时，引进楚辞图，原因在于，楚辞的阅读与研究，应该是一件怡情悦志的事，既能从中得到智慧的升华，又能从中得到审美的怡悦。若从方法论上说，这也可以叫做悟性阅读与图文映照的综合视角，以此体验楚辞的诗学趣味就更加欣然吧。当然，那些画卷与插图，存在着灵性的启示，也存在着理解的参差，甚至互相矛盾。尤其是蔚为大观的新出土的楚文物为古代画家们未经见，他们对楚文化风俗的了解也相当有限，因此图画的语言和我们的理论语言之间存在着明显的距离，也就不足为怪。但是这些画家均好楚辞，对之多有探究和吟味，线条构图之间渗透着对神话和人生的体验，甚而是民族和个人的忧患之感。把它们与楚辞的具体行文相对阅读，当可以唤起读者的趣味和悟感。因此对于从古籍和一些重印本中采集到的图画，我们改变了郑振铎《楚辞图》按画家分本排列的方式，而是以楚辞诗意为中心，采取随文插图，以图系文，图图对比，图文互映的排列。其中增加了元代赵孟頫、明代杜堇的《九歌图卷》，明代程君房《程氏墨苑》中有关的图幅以及今人徐悲鸿、傅抱石、范曾、朱乃正的少量精品。这样便形成了一个小型的楚辞画史，而在楚辞具体抒情单元中造成古今对话、众声喧哗、眼光互异、个性互映的效果。比如同是画《山鬼》，宋人李公麟笔下山鬼作贵族女性状，四豹驾车，前后有鬼物仪仗，游行于深山间也颇不寂寞。元人赵孟頫、张渥笔下，山鬼为男性骑豹，手执灵芝，神态互异。明人杜堇、陈洪绶、萧云从笔下的山鬼，也男女有别，媸妍互异，妙趣横生。今人傅抱石的山鬼，是风雨迷濛的山野间，身着绿衣素裳，披薜荔面带藤萝的寂寞少女；徐悲鸿的山鬼则大胆地画为裸体美女，骑赤豹穿行山林间，唯头部、肩背部披有薜荔藤萝。这种情形从一个特殊的角度表明，对楚辞的阐释存在着丰富的可能性，它的魅力之一就在于常解常新，奥妙无穷。为了解其奥妙，加深对楚辞的历史文化氛围及其诗学思维方式的了解，我还选用了一些楚文物图、汉画像石、清末民初吴友如的风俗画以及少许屈原故里的照片。本书共收图268幅。

楚辞是中国古代伟大而瑰丽的精神遗产，对它的研究应抱着充分的文化热情和科学理性，重新点燃蕴藏于其间的可与现代人相沟通的智慧和生命。为此，需要改变那种无端疑古的思维方式，改变那种把一部楚辞随意撕扯得支离破碎，过分地陷入争论不休的著作权迷阵而对旷世珍品不作深入分析的研究模式。值得提倡的是胸怀民族的自信自尊和实事求是的精神，以现代的第一流智慧才华与古代的第一流智慧才华进行富有文化意义的深层对话，以便给中国文学和文化的旷世奇才发一张具有现代中国理论和话语特色的身份证，参与世界人类精神智慧发展的工程。这是本人的愿望与期待，谨以此书抛砖引玉，请教于高明。

　　　　1997年10月11日写毕；2015年11月28日修订

第一章 《离骚》的心灵史诗形态

一 心灵史诗与《离骚》解题

就一首诗的文化和审美的巨大含量及其对后世的深远影响而言，《离骚》称得上是"中国第一诗"。第一诗就是经典中的经典，它以精深的文化内涵、审美方式、精神气质影响百世。古代建构文学创作理论体系者如刘勰，专辟一章以"辨骚"，置于"明诗"之前，居文体诸章之首。他为《离骚》的出现而惊叹"奇文郁起""楚人之多才"，在推崇它是"词赋之英杰"之时，谈论它"虽取镕经意，亦自铸伟辞""故能气往轹古，辞来切今，惊采绝艳，难与并能矣"。现代清理中国文学史之纲目者如鲁迅，也称誉"屈原起于楚，被谗放逐，乃作《离骚》。逸响伟辞，卓绝一世。后人惊其文采，相率仿效，以原楚产，故称'楚辞'。较之于《诗》，则其言甚长，其思甚幻，其文甚丽，其旨甚明，凭心而言：不遵矩度。故后儒之服膺诗教者或訾而绌之；然其影响于后来之文章，乃甚或在三百篇以上"[1]。《离骚》是古老中国文人文化和民间文化独具魅力的结合点，它既显示了民间文化深厚的资源与活性，又表现了文人创造的超越性和经典性。它作为难以比拟的伟大的抒情丰碑，矗立在中国诗史的遥远的地平线上。如果把眼光扩展到世界文学史上，《离骚》作为早期人类心灵史诗之杰构，也是远古诗学领域无以代替的典型，最终将改变人们对上古诗歌史的结构性进程，尤其是史诗类型发展的认识。不谈论《离骚》在史诗史上的价值，对人类史诗形态的论述当是存在着明显的缺陷的。

世界文学史谈论作为文学源头的史诗之时，首先想到的是古希腊行吟

---

[1] 《鲁迅全集》（卷九），人民文学出版社2005年版，第382页。

盲诗人荷马的两大史诗：《伊利昂纪》和《奥德修纪》。这两部史诗以行数逾万的浩繁卷帙和六音步的语言形式，吟咏着战争传奇和英雄历险，吟咏着阿喀琉斯的愤怒和奥德修斯的机智，自然是人类早期诗史的奇迹。若要在中国寻找形态相类的作品，当在一二千年以后，也就是出现于公元10—15世纪的藏族英雄史诗《格萨尔王传》、蒙古族英雄史诗《江格尔》和柯尔克孜族英雄史诗《玛纳斯》，三者均长达近十卷或数十卷、逾十万行，篇幅上是远超过荷马二史诗的。尤其是《格萨尔王传》几近百万诗行，雄伟绮丽，以百科全书式的卷帙雄踞人类史诗之首。

然而屈原《离骚》的存在，使我们不能不承认，在荷马式和《格萨尔王传》式的英雄史诗之外，还存在着另一种史诗形态——"心灵史诗"。而且它作为文人创作而产生的年代，是与荷马史诗记录润色写成定本相前后的公元前4世纪和3世纪之交，即战国晚期。中国上古神话的片断性、非情节性和多义性功能形态，使早期诗人不善于长篇的虚构叙事，却把神话的多义性和感应性转化为比喻性和感兴性的诗学智慧，从而创造出蔚为奇观的抒情诗世界。这种从神话到诗的智慧转换方式，在人类文化史上是独树一帜的，是在西方世界之外开辟了另一个诗学世界。而屈原正处在这种"神话—诗"的智慧转换点上，在以后的分析中将可以看到，他的《离骚》是如何借驭龙凤上征，组合着多义性的神话意象；如何借周流求女，收拾着片断性的神话传说碎片。他把自己的诗学智慧与"神话—诗"的智慧转换过程融合为一体。

《离骚》把握住了中国文化史上一个不可重复的智慧转换契机。而诗人屈原则是携带着自己独特的家世和人生经历，去进行这番把握的。他以一个浸透着人间辛酸的忧郁而痛苦的心灵，去感受着历史的兴废存绝和楚国现实政治的恶化式微，感受着神话和巫术仪式、自然和时间，从而在中国文学开创期提供了一个非常开阔复杂、奇诡绚丽的精神世界，人格典型和诗学形态。其语言具有多层的指涉性，透过神话的隐喻和香草美人的曲笔，在较为浅近的层面上可以窥见屈原忧郁而彷徨、坚贞而憔悴的身影，但在更为深刻的层面上却可以领略到屈原以自己的人格和生命献上可以苍天作证的政治祭坛，从而升华出一种爱故土、求美政、哀民生、修美德而九死不悔的民族魂。这就使一部带自传性的抒情长诗，充溢着史诗的品格和悲剧的力度。可以毫不夸张地说，如果荷马史诗可以成为西方民族必读的典籍，那么屈原的《离骚》也应该成为中国人必读的民族典籍，而且它带有更浓郁的中国人恋系乡土、推重人格修养的色彩。

把《离骚》作为具有史诗价值的必读的民族典籍，在中国古人那里早已采用独特的方式加以确认了。自今存的第一本楚辞总集——王逸的《楚辞章句》以后，包括重要的楚辞注本如朱熹的《楚辞集注》以及现存最早的文学总集《昭明文选》，无不在儒家经籍之外特别地给《离骚》加上"经"的名号，名曰《离骚经》。何为"经"？经之古字为"巠"，乃形声字，从糸，表示与线丝有关，巠声。本义是织物的纵线，与"纬"相对。《说文解字》云："经，织也。"案：从丝为经，衡丝为纬，凡织，经静而纬动。《玉篇》："经，经纬以成缯帛也。"《礼记·月令》："毋失经纪。"刘勰《文心雕龙》："经正而后纬成。"经布，即来回穿梭织布。引申为南北纵贯的道路或土地，也称为"经"，如《大戴礼记·易本命》："凡地东西为纬，南北为经。"《周礼考工记·匠人》："国中九经九纬。"经进一步衍化为"常道"，指常行的义理、准则、法制。如《广雅》："经，常也。"《周易·颐卦》："拂经。"《左传·鲁宣公十二年》："武之美经也。"《左传·鲁昭公十五年》："王之大经也"，疏曰："经者，纲纪之言也。"柳宗元《断刑论》："经也者，常也；权也者，达经也。"进而凝聚成"经典"，如《白虎通·五经》云："五经何谓？谓易、尚书、诗、礼、春秋也。"李白《嘲鲁儒》诗云："鲁叟谈五经，白发死章句。"文天祥《过零丁洋》诗云："辛苦遭逢起一经。"《资治通鉴·汉纪》："治经为博士。"其著作如《十三经》《道德经》；宗教典籍如《佛经》《圣经》《古兰经》，其余如经纸（写佛经的黄纸），经偈（佛经和偈子），引经据典，博古通今。又指某一学科的专门著作，尤其是权威著作如《山海经》《水经》《茶经》。《庄子·养生主》云："技经肯綮。"中医称经脉，乃是人体气血运行的通路，如经穴、经络之类。再衍生出中国古代图书目录经、史、子、集四部分类法，而经居其首以及解经之小学：文字、音韵、训诂。经又通"径"，如《荀子·劝学篇》所云："学之经莫速乎好其人，隆礼次之。"《韩非子·解老》云："邪心胜则事经绝，事经绝则祸难生。"由于词性变化，遂出现"治理"之义，如《史记·秦始皇本纪》："经理宇内"；曹丕《典论论文》："经国之大业"；梁启超《谭嗣同传》："经世之条理。"遂有经邦治国，经国济民之语，复有量度、筹划之义，如《诗经·大雅·灵台》："经始灵台，经之营之。"《盐铁论·相刺》："古者经井田。"《释名·释典艺》云："经，径也，常典也，如径无所不通，可常用也。"《文心雕龙·宗经篇》云："经也者，恒久之至道，不刊之鸿教也。"《玉海》卷四十一引郑玄《孝经》注云："经者，不易之称。"自东汉中期、即公元2世纪以降，中国有识之士已经把《离骚》当作与至道相通的民族经典了。

那么《离骚》采取何种美学机制或表现形式，以拓展它的精神文化的容量和心灵史诗的可能性呢？对此，首先必须诠释《离骚》的题目。司马迁《史记·屈原列传》说："离骚者，犹离忧也。"[①] 他似乎重点在解释"骚"字，和他隔了一两个世纪的班固、王逸对"骚"字的解释不存疑义，却在"离"字上产生了相反的意见。班固《离骚赞序》说："离，犹遭也；骚，忧也。明己遭忧作辞也。"[②] 王逸《离骚经章句序》说："离，别也；骚，愁也；经，径也。言己放逐离别，中心愁思，犹依道径，以风谏君也。"[③] 一"遭"一"别"，语义方向相反，相同的是他们都把这个篇目理解为"动名"结构。近人游国恩却另立新解，把这种双词性结构混合为一，一方面他认为《离骚》是古楚乐曲："《楚辞·大招》有'伏羲《驾辩》，楚《劳商》只'之文，王逸注云：'《驾辩》《劳商》，皆曲名也。'""'劳商'与'离骚'为双声字，古音劳在'宵'部，商在'阳'部，离在'歌'部，骚在'幽'部，'宵''歌''阳''幽'，并以旁纽通转，故'劳'即'离'，'商'即'骚'，然则'劳商'与'离骚'原来是一物异名了。"[④] 另一方面，他又认为《离骚》有牢骚不平的语义："《汉书·扬雄传》载扬雄旁《惜诵》以至《怀沙》而作《畔牢愁》。'牢愁'古叠韵字，同在'幽'部；韦昭训为'牢骚'。后人常语谓发泄不平的气为'发牢骚'，盖本于此。'牢愁'、'牢骚'与'离骚'，古并以双声叠韵通转，然则'离骚'者，殆有不平的义。"[⑤] 这些见解确实发前人所未发，但对于深入探讨《离骚》的史诗价值没有多少推进。

清代乾嘉诸老发明"声义同原，以声为义，可以窥上古之语言"的训诂原则，对于读懂读通先秦经籍，确实发挥过重要的历史作用。游国恩走的大体是这条路子。但是中国语文的辩证法还有另外一面，由于中国文字音同音近者甚多，古人另创新字，以便同音异义者在字形上分流。中国文

[①] （汉）司马迁：《史记》，中华书局1959年版，第2482页。
[②] （宋）洪兴祖撰，白化文等点校：《楚辞补注》，中华书局1983年版，第2页。
[③] 同上。
[④] 游国恩：《游国恩学术论文集》，中华书局1999年版，第213页。
[⑤] 同上。

字辩证法的完整性,应该存在于它的形、音、义三者离合参照的体系之中。既然"离骚"有"劳商"的乐曲之源,又有"牢愁"的情感之义,那么屈原何以不套用现成,而另作新创?文学史进程表明,屈原是率先打破《诗三百篇》以首句摘字命题的方式,而根据诗篇内容创设题目的第一人,虽然其中还存在着套用旧曲名的参差。这番新创的深刻的秘密,正在于"离骚"二字具有可资与诗篇内容相参照的多义性,既因"离"与"罹"相通,包含着班固所说的"遭忧"的意思;又因"离"有"别"义,可以作出王逸所说的"别愁"的解释。如果要在《离骚》本文中寻找内证,那么"进不入以离尤兮"的"离"字就解作"遭";而"余既不难夫离别兮""飘风屯其相离兮""纷总总其离合兮""何离心之可同兮"诸句,就把"离"字当作"别"解了。正是"离骚"的双义性悖论,造成一种内在的骚动不安的审美活力,倾泄着诗人遭遇现实困境而想抛离忧愁,却在抛离忧愁的求索中遭遇到更加痛苦的精神困境。在这种"遭与离"的复杂的语义结构中,《离骚》以情感反复动荡的大波大澜,形成了沉郁而奔放的美学格调和"痛苦的崇高"的美学机制,异彩纷呈的比喻句句沉重,奇诡神异的想象依然语语带血。这样的美学机制,就是充满着力度与深度的心灵史诗的美学机制。

二 "人之初"的精神原点

自篇章学的角度考察,一首诗的最初章节,往往是诗人的第一关注点所在。第一关注点,就是发生学上原始精神的生长点,至关要紧。《离骚》不同于荷马史诗,后者是"从故事的中间开始"的。伊里昂战争已进行十年了,但《伊里昂纪》把这些都搁置于倒叙之中,首先叙写骁将阿喀琉斯因主帅夺其所爱而愤怒内讧,它的第一关注是英雄、美人与战争的大恩大怨。奥德修斯也在海上漂流历险十年了,但《奥德修记》又把这一切搁置在倒叙之中,首先叙写这位漂泊智者的家庭生活的变异和他的怀乡情思,它的第一关注是人生漂泊与人伦家园。荷马的英雄史诗是以倒叙的方式折叠着历史时间,以表达它们的第一关注的。与此形成对照,屈原的心灵史诗以空间散射的方式,发散着和错综着心理时间,以凸显它的第一关注所在。

《离骚》的时空处理不是"从故事的中间开始"的,而是一起笔就追溯着特定时间的"开端以前的遥远开端":"帝高阳之苗裔兮,朕皇考曰伯庸。"一部《离骚》375句、2503字，是从这么两句开始的，看似平淡无奇，却蕴含着深刻的东方文化密码。帝颛顼高阳是中华始祖黄帝之孙，自身也是著名的中华古帝，在《史记·五帝本纪》中是名列黄帝之次的第二帝。作为中国历史开端的五帝，其民族认同的信仰性象征，是大于历史实证性的存在的。战国诸侯王往往在血统上攀缘黄帝、颛顼、帝喾，在史籍记载不足之处论证其种族的正宗性，折射着百流归宗的国家统一的潜在认同感。《史记》成于大一统时代，它采集诸国史料时，也在《楚世家》中记录"楚之先祖出自帝颛顼高阳"，如同在《秦本纪》中记录"秦之先，帝颛顼之苗裔"一样。细考楚史，楚民原始信仰中的远祖是火正祝融，而更为切实的血缘祖先是周文王时的鬻熊，因为他以熊氏传其血脉，三传而至熊绎，成为周成王时被"封于楚蛮，封以子男之田"的开国始祖。春秋中期楚成王"灭夔，夔不祀祝融、鬻熊故也"，就是基于这种宗法种族观念。但这是春秋楚人的观念，战国楚人随着华夏化的程度加深，已逐渐地将其种族始祖由祝融上推到颛顼。《离骚》接受了战国楚人的这份精神遗产，把个人的身世抒写推向遥远的"开端前的开端"，自认为"帝高阳之苗裔"，其间既包含着他对楚宗族的认同感，也包含着他对整个中华民族的认同感。

  唐代刘知几《史通·序传》是从史学体例来考察《离骚》的起笔的："盖作者自叙，其流出于中古乎？案屈原《离骚经》，其首章上陈氏族，下列祖考；先述厥生，次显名字。自叙发迹，实基于此。"[1]《史通》用"祖考"二字，转代《离骚》第二句的"先考"，这就与王逸说"屈原言我父伯庸"有所不同，而是泛指屈原的祖先，刘氏认为"首章上陈氏族，下列祖考"，这就是《离骚》的"基"之所在。当然中国人一般尊称亡父为"先考"，如《礼记·曲礼》所谓："祭王父曰皇祖考，王母曰皇祖妣，父曰皇考，母曰皇妣。"[2]但是在汉以前，对"皇考"一词却另有解释。如《礼记正义·祭法》郑玄笺注曰："天下有王，分地建国，置都立邑，设庙、祧、坛、墠而祭之，乃为亲疏多少之数。是故王立七庙，一坛一墠，曰考庙，曰王考庙，曰皇考庙，曰显考庙，曰祖考庙，皆月祭之。远庙为祧，有二祧，享尝乃止。去祧为坛，去坛为墠，坛、墠有祷焉，祭

---

[1] （唐）刘知几撰：《史通》，上海古籍出版社1978年版，第256页。
[2] （汉）郑玄注，（唐）孔颖达疏：《礼记正义》，北京大学出版社1999年版，第160页。

之。无祷，乃止。去墠曰鬼。诸侯立五庙，一坛一墠，曰考庙，曰王考庙，曰皇考庙，皆月祭之。显考庙，祖考庙，享尝乃止。去祖为坛，去坛为墠，坛、墠有祷焉，祭之。无祷，乃止。去墠为鬼。大夫立三庙二坛，曰考庙，曰王考庙，曰皇考庙，享尝乃止。显考、祖考无庙，有祷焉，为坛祭之。去坛为鬼。适士二庙一坛，曰考庙，曰王考庙，享尝乃止。显考无庙，有祷焉，为坛祭之。去坛为鬼。官师一庙，曰考庙，王考无庙而祭之，去王考为鬼。庶士、庶人无庙，死曰鬼。（建国，封诸侯也。置都立邑，为卿大夫之采地及赐士有功者之地。庙之言貌也，宗庙者，先祖之尊貌也。祧之言超也，超上去意也。封土曰坛，除地曰墠。《书》曰'三坛同墠'，王、皇，皆君也。显，明也。祖，始也。名先人以君明始者，所以尊本之意也。天子迁庙之主，以昭穆合藏于二祧之中。诸侯无祧，藏于祖考之庙中。《聘礼》曰'不腆先君之祧'，是谓始祖庙也。享尝，谓时之祭，天子、诸侯为坛、墠，所祷谓后迁在祧者也。既事则反其主于祧，鬼亦在祧，顾远之于无事，祫乃祭之尔。《春秋》文二年秋'大事于大庙'，传曰'毁庙之主，陈于大祖，未毁庙之主，皆升合食于大祖'是也。鲁跻公者，伯禽之子也，至昭公、定公，久已为鬼，而季氏祷之，而立其宫，则鬼之主在祧明矣。唯天子、诸侯有主禘、祫，大夫有祖考者，亦鬼其百世，不禘、祫无王尔。其无祖考者，庶士以下鬼其考、王考，官师鬼其皇考，大夫、适士鬼其显考而已。大夫祖考，谓别子也。凡鬼者，荐而不祭。《王制》曰：'大夫、士有田则祭，无田则荐。'适士，上士也。官师，中士、下士。庶士，府史之属。此适士云'显考无庙'，非也。当为'皇考'，字之误。庙，本亦作庿，古字。墠音善。祷，丁老反，一音丁报反。适，丁历反，篇内同。显考无庙，显音皇，出注。采，七代反。昭，上遥反。腆，他典反。祫音洽。跻，徂让反，徐音伤）。"① 这种说法在《诗经·周颂·雝》中获得某种印证。此诗的"毛序"认为是"谛（祭）太祖"的，对于其中"皇考"，郑笺认为指"周文王"，"烈考"指周武王，乃是周公辅成王对其大祖的祭祀，这就把皇考的词义释为"辉煌祖先"加以泛化了。

　　解释《离骚》之"皇考"，与其选择特指义（亡父），不如选择泛化

---

① （汉）郑玄注，（唐）孔颖达疏：《礼记正义》，北京大学出版社1999年版，第1300—1301页。

义（辉煌祖先）更合情理。因为帝颛顼过于渺远，亡父过于切近而又默默无闻，无法证明屈原认同楚宗族的高贵血统。乱世之君以及一些文人要证明血统高贵，都要指认某个切实可靠的著名的历史人物，作为自己的"辉煌祖先"，如曹操指认汉相国曹参，刘备指认汉中山靖王刘胜，孙权指认孙武，而班固则指认楚令尹子文，因为"子文初生，弃于梦中，而虎乳之""楚人谓虎'班'，其子以为号。秦之灭楚，迁晋、代之间，因氏焉"。按照这种习惯心理推测，被《离骚》称作"朕皇考"的伯庸，当是从楚王族分支出来的屈氏始祖。因此《世本》中的这段话也就格外受到有眼光者（如今人赵逵夫）的青睐："（熊渠）有子三人，其孟之名为庸，为句祖王；其中之名为红，为鄂王；其季之名为疵，为就章王。"这里排列兄弟次序的孟中季，也就是伯仲季，孟庸也可以称为"伯庸"。《史记·楚世家》说："熊渠生子三人。当周夷工之时，王室微，诸侯或不朝，相伐。熊渠甚得江汉间民和，乃兴兵伐庸、杨粤，至于鄂。熊渠曰：'我蛮夷也，不与中国之号谥。'乃立其长子康（"庸"字形近之误）为句亶王，中子红为鄂王，少子执疵为越章工，皆在江汉楚蛮之地。"① 其后中子继位，长子庸虽早死，却是楚室的长房，可知《离骚》称其为"朕皇考"的长房血缘认同价值了。

经过遥远的血缘时间追踪之后，诗行才进入个人的生命时间和人间称号的开端："摄提贞于孟陬兮，惟庚寅吾以降。皇览揆余初度兮，肇锡余以嘉名。名余曰正则兮，字余曰灵均。"斯人生于寅年正月寅日，据推算，屈原生于楚威王元年（公元前339）正月十四日，这种生命时间是与中国人对天体运行的观察以及甲子纪日联系在一起的，名字是在原始宗教仪式中获得的。既然把伯庸认证为屈原的远祖，这个"皇（考）"就不能对他进行直接的世俗礼仪式的锡名，而必然如汉代刘向在《九叹·离世》中说的："兆出名曰正则兮，卦发字曰灵均。"这就把"肇锡余"的"肇"字解释成"兆"字了。或如闻一多所说："（屈）原之名字得于卦兆，则是卜于皇考之庙，皇考之灵因赐以此名此字也。（刘）向意不以伯庸为屈原之父，于此益明。"②《册府元龟》卷八二四《总录部·名字》对古人取名的方式有所论列："古称孩而名之，冠而字之。……至有兆兴天赋，叶应

---

① （汉）司马迁：《史记》，中华书局1959年版，第1692页。
② 闻一多：《古典新义·离骚解诂》，古籍出版社1956年版，第294页。

梦受，命卜筮以考休吉，稽事类以择淑令。或避嫌变易，或受赐旌别，咸有伦理，率用论次。传曰：人治之大也，可不慎欤？"① 至于卦卜得名的方式，《左传》闵公二年也有记载："成季之将生也，桓公使卜楚丘之父卜之，曰：'男也，其名曰友……'又筮之；遇'大有'之'乾'，曰：'同复于父，敬如君所。'及生，有文在其手曰'友'，遂以命之。"② 由此可知，卜筮取名的仪式是以原始宗教思维方式，沟通天人之道的。

　　名字是古人用来郑重其事地表德观志的记号，王逸《楚辞章句》认为"正平可法则者，莫过于天，养物均调者，莫神于地"，因此"名我为平以法天，字我为原以法地"。③ 朱熹《楚辞集注》则说："高平曰原，故名平而字原也。正则、灵均各释其义，以为美称耳。"④ 认为这里兆赐的佳名与屈原的名字相通，是没有问题的，正、均、原、平的语义本来就有可以对应互释之处。然而新组成的词语又有一些本质上的差异。"正"字后面加上"则"，则者，法则也，准则也，如《管子·形势》："天不变其常，地不易其则"；又如《诗经·大雅·抑》："敬慎威仪，为民之则"，均含有天地之道和人伦榜样的意思。而在"均"字前面加上"灵"，令人联想到《大戴礼·曾子天圆》所说："阳之精气曰神，阴之精气曰灵"；又联想到《诗经·商颂·殷武》："赫赫厥声，濯濯厥灵"，从而使原来比较平实的名字带上几分神异或灵气，并与后面五彩缤纷的神话思维畅通无碍了。换言之，"则"字加深了品德的内在蕴涵，"灵"字拓展了思维的外观奇幻，这就导致《离骚》的卦兆取名，既与诗人的本名相呼应，又超越了诗人的本名而另有升华。正是在这种呼应、连通与超越、升华之间，《离骚》创造了一种诗性思维的机制，一头联系着诗人的身世之感，一头联系着心灵史诗的探索。

　　巍巍乎大哉！一篇《离骚》的第一关注，乃是关注着文化密码丛集的"人之初"。它与《天问》的第一关注在于天地之初相映成趣，反映着中国人探本求源以究天人之际的思维方式。它从遥远的"前开端"即"开端之开端"，开始了自己的精神历程，追问着和确认着"我是谁"的人生

---

① （北宋）王钦若等：《册府元龟》（卷八二四），中华书局1960年版，第3058页。
② （周）左丘明传，（晋）杜预注，（唐）孔颖达疏：《春秋左传正义》，北京大学出版社1999年版，第309—310页。
③ （宋）洪兴祖撰，白化文等点校：《楚辞补注》，中华书局1983年版，第4页。
④ （宋）朱熹：《楚辞集注》，上海古籍出版社2001年版，第7页。

第一谜底。它的思维指向是放射性、多维度地指向人生三种缘分：一是与民族、种姓相联系的血缘；二是与天地运转相联系的生辰缘；三是与德行志趣相联系的名号缘。这几乎是一种无法逃避的"文化遗传"，虽有人生选择，却也是在文化遗传的前提下的人生选择。它规范着这样一个人的精神特质（"内美"），又支撑着他在种种生存处境——尤其是生存困境中的精神方式（"修能"）。因此，"纷吾既有此内美兮，又重之以修能"，既是行文体制中承前启后的句式，承接前述的生命原点，开启后面的精神历程，同时也是诗人对生命的承诺以及他不折不挠地接受着和升华着的命运。

三　芳草情操与时间体验

当这样一个具有内在美质，又具有多种天地精华和历史文化之缘分的人开始他的世界行程的时候，他是这样践履着生命承诺和体验着生命价值的：

> 扈江离与辟芷兮，纫秋兰以为佩。
> 汩余若将不及兮，恐年岁之不吾与。
> 朝搴阰之木兰兮，夕揽洲之宿莽。
> 日月忽其不淹兮，春与秋其代序。
> 惟草木之零落兮，恐美人之迟暮。

诗人是以第一人称来抒写自己的生命和精神历程的，这在中国诗史上已属创格。然而过度地使用"朕""吾""余"一类称谓，使抒情主体陷入了某种两难的选择：他既要为人生立则，就必须褒扬美德；但大幅度地褒扬自己的美德，又显得不够谦逊。身为楚人，他自然有可能突破中原儒者"温良恭俭让"的品德规范的某些限制，但总不能做一些令人摇头的自吹自擂，使自己陷入"王婆卖瓜"的尴尬。后来班固在《离骚序》中就指责过："昔在孝武，博览古文，淮南王安《叙离骚传》，以'《国风》好色而不淫，《小雅》怨诽而不乱，若《离骚》者，可谓兼之。蝉蜕浊秽之中，浮游尘埃之外，皭然泥而不滓，推此志，与日月争光可也。'斯论似过其真。又说五子以失家巷，谓五子胥也。及至羿、浇、少康、贰姚、有娀佚女，皆各以所识，有所增损，然犹未得其正也。故博采经书传记本文,以为之解。且君子道穷,命矣,故潜龙不见,是而无闷。《关雎》哀周道而不伤,蘧瑗持可怀之智,宁武保如愚之性,咸以全命避害,不受世患,故《大雅》曰"既明且哲,以保其身",斯为贵矣。今若屈原,露才扬己,竞乎危国群小之间,以离谗贼。然责数怀王,怨恶椒兰,愁神苦思,非其人,忿怼不容,沈江而死,亦贬絜狂狷景行之士。多称昆仑冥婚宓妃虚无之语,皆非法度之政。经义所载,谓之兼《诗·风》《雅》,而与日月争光,过矣。然其文弘博丽雅,为辞赋宗,后世莫不斟酌其英华,则象其从容。自宋玉、唐勒、景差之徒,汉兴,枚乘、司马相如、刘向、扬雄,骋极文辞,好而悲之,自谓不能及也。虽非明智之器,可谓妙才者也。"①诗人在褒扬美德的写作之时,自然不能不考虑到这类以谦德律人的潜在读者。他必须创造一种诗学机制,不事直说,多含暗示,使美德的褒扬处于半显现、半隐蔽之间,令人不觉过分张扬刺耳,须仔细寻味才得到深切的理解和同情。这种诗学机制,就是流传千古的"芳草喻":"身披着芬芳的江蓠和白芷,又将秋兰联缀成串作为佩饰""清晨上山冈攀折木兰花枝,黄昏下沙洲采摘宿莽香草。"你说我在张扬自己的美德修养吗?其实我带你去享受大自然的美好和清新。我既然不倾慕黄金和锦袍,在旷野中接受大自然的馈赠,乃是崇尚一种未被权势社会异化的自然人性。诗人并未明言他在使用比喻,却把自然芳草和人生美德这几乎是毫不相干的二者,关联在一种所指和能指互相生发的特殊情境中,以其一点相通("芬芳")而联想到全部,把难以言说的人的本质物化为自然生物现象,以感为思,别具一番韵味。他乍看是在写野夫村姑采花、缀花、披花、佩花的日常行为,带着点儿童的天真烂漫,带着点少女的娇美痴情,似乎并非一个历尽政海风波、心力憔悴者的雅趣,却把人间美德和自然界的春天气息,通过隐喻的方式富有魅力地浑融为一体了。

应该说,"芳草喻"是荆楚诗人创造出来的一种诗学机制,它把原始宗教以花酬神的仪式、荆楚大地清美的自然风光和充满灵性的诗性感悟,带入了中国诗史。《说文解字·艸部》说:"荆,楚。木也。"《木部》说:"楚,丛木。一名荆也。"这是一片以草木命名的国土,它的开国史也是与"筚路蓝缕,以处草莽,跋涉山林"相联系的。对此,人们到了汉代还留有强烈的印象。司马相如作《子虚赋》,虚构了一位楚国使者子虚先生,

---

① (宋)洪兴祖撰,白化文等点校:《楚辞补注》,中华书局1983年版,第49—50页。

极力夸耀楚地的富有：

> 臣闻楚有七泽，尝见其一，未睹其馀也。臣之所见，盖特其小小者耳，名曰云梦。云梦者，方九百里，其中有山焉。其山则盘纡弗郁，隆崇嵂崒，岑崟参差，日月蔽亏。交错纠纷，上干青云。罢池陂陀，下属江河。其土则丹青赭垩，雌黄白附，锡碧金银，众色炫耀，照烂龙鳞。其石则赤玉玫瑰，琳瑉昆吾，瑊玏玄厉，碝石碔砆。其东则有蕙圃。衡兰芷若，芎䓖菖蒲，茳蓠蘪芜，诸柘巴苴。其南则有平原广泽。登隆陁靡，案衍坛曼，缘以大江，限以巫山。其高燥则生葳薪苞荔，薛莎青薠。其埤湿则生藏莨蒹葭，东蔷雕胡，莲藕菰芦，庵闾轩于：众物居之，不可胜图。其西则有涌泉清池。激水推移，外发芙蓉菱华，内隐巨石白沙。其中则有神龟蛟鼍，玳瑁鳖鼋。其北则有阴林巨树：梗楠豫章，桂椒木兰，檗离朱杨，樝梨楟栗，橘柚芬芳。其上则有鹓雏孔鸾，腾远射干。其下则有白虎玄豹，蟃蜒貙犴。于是乎乃使专诸之伦，手格此兽。楚王乃驾驯驳之驷，乘雕玉之舆，靡鱼须之桡旃，曳明月之珠旗，建干将之雄戟，左乌号之雕弓，右夏服之劲箭。阳子骖乘，纤阿为御，案节未舒，即陵狡兽，蹵蛩蛩。轔距虚，轶野马，惠駒騱，乘遗风，射游骐。倏眒倩浰，雷动猋至，星流霆击，弓不虚发，中必决眦，洞胸达腋，绝乎心系。获若雨兽，揜草蔽地。于是楚王乃弭节徘徊，翱翔容与，览乎阴林，观壮士之暴怒，与猛兽之恐惧，徼郤受诎，殚睹众物之变态。于是郑女曼姬，被阿锡，揄纻缟，杂纤罗，垂雾縠，襞襀褰绉，纡徐委曲，郁桡溪谷。衯衯裶裶，扬袘戌削，蜚襳垂髾。扶舆猗靡，翕呷萃蔡。下摩兰蕙，上拂羽盖。错翡翠之葳蕤，缪绕玉绥。眇眇忽忽，若神仙之仿佛。于是乃相与獠于蕙圃，媻姗勃窣，上乎金堤。掩翡翠，射鵔鸃，微矰出，孅缴施。弋白鹄，连驾鹅，双鸧下，玄鹤加。怠而后发，游于清池。浮文鹢，扬旌栧，张翠帷，建羽盖。罔玳瑁，钩紫贝。摐金鼓，吹鸣籁。榜人歌，声流喝。水虫骇，波鸿沸，涌泉起，奔扬会礴石相击，硠硠礚礚，若雷霆之声，闻乎数百里之外。将息獠者，击灵鼓，起烽燧，车按行，骑就队，缅乎淫淫，般乎裔裔。于是楚王乃登云阳之台，怕乎无为，憺乎自持，勺药之和具，而后御之。不若大王终日驰骋，曾不下舆，脔割轮淬，自以为娱。臣窃观之，齐殆不如。于是齐

王无以应仆也。①

　　《子虚赋》的芳草名目，不排除对《楚辞》的借用，但如此草木蒙茸犹如一个植物园的自然景观，绝非干旱严寒的中原诸国所能见。楚人与繁茂的芳草日夕相对，赏心悦目，美化生活，自能触发灵感多多。而且《离骚》描述的十几种芳草，大半重见于《九歌》，可知触发芳草喻的灵感与巫祭的仪式有关。

　　饶有意味者，是诗人在吟颂芳草的美好之时，总不能拂去随时序代谢而发生的草木凋零的阴影。这里的芳草妙喻是与时间意识相交织的，草木凋零感乃是具象化的时间体验。《离骚》精心地安排了句式机制，一是它不静止地描绘芳草的形状、颜色和气味，而是把芳草置于人的披、纫、攀、揽的动作体系之中，形成一种"动—宾"句式，一种流动画面。二是"比"和"赋"两种句式交替使用，芳草比喻之后继以敷陈感慨的句子，二者相互间隔和推移，形成了"比—赋—比—赋"的句式组合。这种形式在《离骚》中数见，虚实相衬，文质互补，避免了日后汉赋堆砌物种事类的呆板，于略微跳跃中激发了句子衔接间的活力和弹性。比如，刚刚以兰芷一类香草为披挂、为佩饰来设譬，语气似乎相当从容，却立即叹息年岁不留人，如汩汩逝水，恐怕不可追及，语气便转换为相当急迫；刚刚以攀折木兰、采摘宿莽来设譬，情调似乎明快，却立即叹息日月匆匆不会久留，春去秋来依次更替，情调便转换为沉郁。这种句式交替和情调转换，产生了相互制约和生发的功能，使芳草比喻避免浮艳而归于沉实，时间体验不致一览无余而有所回旋，于奇思妙喻之间充实着时间体验的内涵，令人读来一咏三叹。

　　进而言之，"比—赋—比—赋"的句式组合，乃是以诗行的形式体现了一种深刻的"生命的矛盾"。当抒情的主体从生命的原点带着"内美"来到这个人世进行修炼的时候，他便被放逐出了"天国乐园"，以个人的肉体失去了操纵时间从一个"开端"走向另一个"遥远的开端"的自由。当他把芳草情操当作生命本质的时候，便面临着这种生命本质必须容纳在川流不息的时间形式之中的困惑。即所谓"惟草木之零落兮，恐美人之迟暮"，芳草美人的生命本质美则美矣，奈何它必须容纳在日趋"零落"和

---

① （梁）萧统编，（唐）李善注：《文选》，上海古籍出版社1986年版，第349—355页。

"迟暮"的时间形式之中,开头的那个"惟"字表示被容纳的不可逃避性,那个"恐"字表达被容纳的恐惧感。对于时间体验的首句"汩余若将不及兮"的首字"汩",王逸注为"汩,去貌,疾若水流也"。这令人联想到孔夫子的时间体验:"子在川上曰:逝者如斯夫!不舍昼夜。"随之的一句"恐年岁之不吾与",早就有人提到它与《论语》中触动孔夫子及时从政的一句话相通:"日月逝矣,岁不我与。"可以说,《离骚》这种时间体验有与儒学相通之处,是入世的。一方面是时间的"不淹(留)",另一方面是人生的恐"不及",在"不淹—不及"之间,充满着个体生命有限与国家民族事业无限的矛盾。因此诗篇呼吁在上者"抚壮弃秽",激励自己"乘骥导路",都是在以积极的态度解决上述的有限与无限的矛盾的。从字里行间,我们仿佛窥见诗人在掰着指头清点着各种时间刻度:朝、夕、日、月、春、秋,散发着炽热的生命焦灼感。由此可知,《离骚》对生命本质及其时间形式的感悟,带有人类普遍性,而它超越这种本质和形式间的矛盾困境的方式,则属于积极的入世者。

四 历史意识与现实忧患

抒情主体的生存和发展的困境,不仅存在于个人生命时间的有限性之中,而且存在于这有限的生命时间又屡受现实政治生活的磨难之中。这就是《离骚》反复痛切陈述的"党人偷安进谗,路途幽昧险隘"。通过道路和车马一类比喻性的思考,诗人对楚国朝三暮四、鼠目寸光、信谗疏贤的现实政治行为所产生的忧患意识和危机意识,跃然纸上。"路"字在这里频繁地使用了四次:"来吾道夫先路",讲自己的政治抱负;"既遵道而得路",讲历史上的开明政治;"路幽昧以险隘",讲政治小人的伎俩;"羌中道而改路",讲楚王缺乏政治远见。这条"路"是连接四方,沟通古今的,诗人便是以这条"路"作为思维通道,把个人的恩怨感受升华为对历史和现实的深邃的反思。路乃是形声字,从足,各声,本义是道路。《说文解字》云:"路,道也。"《尔雅》云:"路,途也。"《周礼·地官》"百夫有洫,洫上有途;千夫有浍,浍上有道;万夫有川,川上有路",注曰:"途容乘车一轨,道容二轨,路容三轨。"[①] 屈原《离骚》:"路漫漫其修远兮,吾将上下而求索。"《诗经·郑风·遵大路》:"遵彼大路兮。"

[①] (汉)郑玄注,(唐)贾公彦疏:《周礼注疏》,北京大学出版社1999年版,第392页。

《周易·说卦》："艮为径路。"陶潜《桃花源记》："遂迷，不复得路。"又如"路奠"，出殡时，亲友在灵柩经过的路上设供桌祭奠；"路遥知马力，日久见人心"，要走远路，才知道马力的强弱；结交朋友长久，才知人心的善恶。引申为思想或行动的途径，如诸葛亮《出师表》："忠谏之路。"《史记·魏公子列传》："顾未有路。"路又通"辂"，如《左传·宣公十二年》："筚路蓝缕，以启山林。"《荀子·正论》："乘大路趋越席以养安。"古代诸侯乘坐的车子，为"路车"；君王居住的地方，为"路门"（古代天子宫中最内的门）。又为路线，如《三国演义》："甘宁等三路战船，纵横水面。"又比喻权位，《孟子·公孙丑》："夫子当路于齐。"进而引申为种类、类型、路数。分化为"经过"，《楚辞·离骚》："路不周以左转兮，指西海以为期。"路又延伸为"大"，《尔雅·释诂》："路，大也。"《诗经·大雅》："厥声载路"，笺曰："是时声音则已大矣。"路弓乃大弓；路台乃高大的台。因而寻路者，是思想文化之不懈的探索者，屈原处于探索的前沿。他在反思中，生命的价值依存于历史的成败远远超过了依存于个人得失，即所谓"岂余身之惮殃兮，恐皇舆之败绩"。这种生命价值观是与中国古代所谓"三不朽"的观念相通的："大上有立德，其次有立功，其次有立言。虽久不废，此之谓不朽。……禄之大者，不可谓不朽。"[1] 生命价值观和历史反思意识相结合，是《离骚》式思维的一个特点，这使它的思路往返出入于古今：

> 昔三后之纯粹兮，固众芳之所在。
> 杂申椒与菌桂兮，岂维纫夫蕙茝？
> 彼尧舜之耿介兮，既遵道而得路，
> 何桀纣之猖披兮，夫惟捷径以窘步。

前四句当是反思楚国的历史。尽管王逸认为"三后"指禹、汤、文王，但明代汪瑗《楚辞集解》已提出异说："三后谓楚之先君，特不知其何所的指也。"[2] 又补充说："以理揆之当指祝融、鬻熊、熊绎。"王夫之、戴震、马其昶诸人从其思路而变动说法，如戴震《屈原赋注》认为：

---

[1] （周）左丘明传，（晋）杜预注，（唐）孔颖达疏：《春秋左传正义》，北京大学出版社1999年版，第1003—1004页。

[2] （明）汪瑗：《楚辞集解》，北京古籍出版社1994年版，第40页。

"三后谓楚之先君而贤昭显者,故径直其辞,以国人共知之也。今未闻在楚言楚,其熊绎、若敖、蚡冒三君乎?"① 针砭楚国现实政治,先从楚国古代卓有勋业的贤明君主说起,较为得体,而避免开口就禹、汤、文王那么大而无当。这些楚先君的贤明政治,也以具有楚国风土特色的芳草嘉木喻之,读来亲切而有余味。不仅屈原所推重的香蕙、白芷一类芳草被采用了,而且连申椒、菌桂一类香木也一概欢迎。既说"众芳",又加上"杂"和"岂维"等字眼,可见这些楚先君思贤若渴,兼搜博采,不拘一格。

《离骚》以历史作为现实政治的镜子,并非随意拈来,而是精心设计的。要针砭和打动今日楚君,最好是引证其贤明的祖先,正面陈说。但若要建立历史价值判断的坐标,就不能以楚先君为正面和反面的典型,以免有亵渎之嫌,授人以陷害的话柄。因此,诗人进一步拓展历史反思的时空领域,不是以楚史、而是以整个中华史上大圣大贤的尧舜以及大恶大邪的亡国之君桀纣,作为坐标上的两极,以建构其历史价值体系。由现实—楚史—中华文明史—现实的时空推移,既表现了一位诗人对中华民族的认同感,又表现了一位政治思想家以史为鉴、规劝国君的谋略与艺术。考究而言之,生命价值观与历史意识的结合,是与中原以《春秋》垂教的文化传统相通的,或者说,是受了后者的影响。《国语·楚语》记载楚国贤大夫申叔时谈太子教育事项:"教之《春秋》,而为之耸善而抑恶焉;以戒劝其心;教之《世》,而为之昭明德而废幽昏焉,以休惧其动;教之《诗》,而为之导广显德,以耀明其志;教之《礼》,使知上下之则;教之《乐》,以疏其秽而镇其浮;教之《令》,使访物官;教之《语》,使明其德,而知先王之务用明德于民也;教之《故志》,使知废兴者而戒惧焉;教之《训典》,使知族类,行比义焉。"② 所谓"申公九教",诗、礼、乐是储君必备的文明教育,而中原的《春秋》与楚人的《世》《故志》《训典》互为表里,均属于历史教育,使之掌握历史脉络和治乱教训的。《礼记·王制》说:"乐正崇四术、立四教。顺先王诗、书、礼、乐以造士,春秋教以礼乐,冬夏教以诗书。"③ 如果把"乐正四教"和楚国"申公九教"相比较,可以明显地感觉到后者对历史教育、对教以《春秋》的推崇。"申

---

① (清)戴震:《屈原赋注》,中华书局1999年版,第8页。
② 《国语》,上海古籍出版社1978年版,第528页。
③ (汉)郑玄注,(唐)孔颖达疏:《礼记正义》,北京大学出版社1999年版,第404页。

公九教"是屈原以前二、三百年的楚庄王时代的事情，经过数代承续，到了以"博闻强志，明于治乱"著称的屈原身上，就沉积为异常浓郁而透彻的历史意识，并且对历史文化资料驱遣自如了。

历史意识是属于理性的、刚性的东西，当诗人带着他的历史意识返回现实世界的时候，必须使之与情感的、柔性的东西相搭配，相融合，以期创造一种刚柔相济、情理互通的美学机制。于是出现了《离骚》中的"两性喻"：

> 忽奔走以先后兮，及前王之踵武。
> 荃不察余之中情兮，反信谗而齌怒。
> 余固知謇謇之为患兮，忍而不能舍也。
> 指九天以为正兮，夫惟灵修之故也。
> 初既与余成言兮，后悔遁而有他。
> 余既不难夫离别兮，伤灵修之数化。

"灵修"一词于此处两见，值得注意。朱熹《楚辞集注》卷一说："灵修，言其有明智而善修饰，盖妇悦其夫之称，亦托词以寓意于君也。"①《楚辞辩证》上又说："《离骚》以灵修、美人目君，盖托为男女之辞而寓意于君，非以是直指而名之也。灵修，言其秀慧而修饰，以妇悦夫之名也。美人，直谓美好之人，以男悦女之号也。"② 有意思的是，这位"灵修"与字为"灵均"的抒情主体是同一辈分，既把国君喻为同辈恋人，他就可埋怨对方不体谅自己的心，反而相信谗言，大发雷霆，自个儿忠贞致祸，隐忍不愿分手，还要指着苍天信誓旦旦。"黄昏为期"，也就是后来之所谓"月上柳梢头，人约黄昏后"。这两句前人疑为从《九章》窜入者，但它与后两句相映成趣，使"既与余成言"带有古代婚礼中媒妁为男女双方约定成言的意思。于是他就可以指责对方悔约而有他者（第三者），甚至说要分手也不难，只是为对方几番的变来变去而伤透了心而已。

"两性喻"是置换人物关系的比喻，它以男女两性爱情关系置换君臣、或朋友之类的人际关系。置换的结果产生了某种带审美意味的微妙的双关

---

① （宋）朱熹：《楚辞集注》，上海古籍出版社2001年版，第10页。
② 同上书，第172页。

性，以彼写此，曲中见直，真幻交错，虚实互补，令读者在两种关系和感情的错位中揣摩着、体验着隐秘的情绪变化。它把某些一说便俗、便落形迹的心理行为，转化为似说未说、未说已说的清雅。君臣关系的恶化，往往在冠冕堂皇的外表下隐藏着尔虞我诈的权势倾轧，直说就会变成故事、变成戏剧、或者变成索然无味的暴露和指责，这乃是抒情诗的大忌。《离骚》以男女拟君臣，拟即"假扮"，在男女间深情和招怒、隐忍和信誓、成言和毁约之间，"假扮"出君臣之间的隔膜、失宠和离心的复杂的感情纠葛，令人在假扮与真相之间遐想连篇，在透过比喻而捕捉历史形迹之时捕捉到诗。

顺便谈及，"两性喻"以其语意双关、谈言微中和化俗为雅的审美功能，对我国诗史产生了深远的影响。唐人应科举考试，有一种事先递上文章拜托名人举荐的规矩，举子朱庆馀临考前担心诗文难获考官青睐，就给他拜托的名人张籍写了一首《近试上张水部》："洞房昨夜停红烛，待晓堂前拜舅姑。妆罢低声问夫婿：画眉深浅入时无？"这就把托情的俗事，置换成新妇见公婆，借问新郎对自己装扮的印象的微妙心理活动了。张籍回了一首《酬朱庆馀》："越女新妆出镜心，自知明艳更沉吟。齐纨未是时人贵，一曲菱歌敌万金。"这也借用越女明艳的新妆和动人的菱歌足以压倒齐地的绸缎，来嘉许对方的诗才了。这种唱酬应对之所以能够把世俗事务，转换为千年流传的诗坛佳话，实在得益于屈赋所发掘出的"两性喻"的特殊功能。王逸《离骚经序》说："《离骚》之文，依诗取兴，引类譬喻。故善鸟香草以配忠贞，恶禽臭物以比谗佞，灵修美人以媲于君，宓妃佚女以譬贤臣，虬龙鸾凤以托君子，飘风云霓以为小人。其辞温而雅，其义皎而朗，凡百君子，莫不慕其清高，嘉其文采。"[1] 对《离骚》取兴引譬的罗列，不尽确当，然而"香草美人"之说无疑揭示了《离骚》存在着"香草喻"和"两性喻"两大象征性体系，一者以自然物隐喻较为抽象的人之本质，一者以男女爱情置换较多俗态的人际关系。而且这二者又常常相互渗透，比如"荃不察余之中情""折琼枝以遗下女"一类诗句，就把香草喻渗透于两性喻之中，从而产生更为丰富的言外意、味外味的审美功能。

---

[1] （宋）洪兴祖撰，白化文等点校：《楚辞补注》，中华书局1983年版，第2—3页。

五　人生挫折与精神升华

刘勰《文心雕龙·辨骚》赞曰："不有屈原，岂见《离骚》？"① 这里的屈原，乃是以其悲剧人生熬炼出心灵史诗的屈原，诗史上的辉煌陪伴着人生史和社会史的灾难。据《史记·屈原列传》，这位诗人经历过"甚任"—"怒而疏"—"绌"—"放流"—"行吟"—"自沉"如此曲折复杂的悲剧人生过程，这种灾难性的经历从另一种意义上说，乃是别人难以代替的精神拥有。当这样一个才华卓绝的诗人从政治社会的中心，被无规则可言的力量弹射到政治社会的遥远的边缘，他投诉无门而"人穷则反本，故劳苦倦极，未尝不呼天也"，从而把他唯一的精神拥有———一颗滴着血的心，献上诗的祭坛。当他遭疏受绌而离开政治社会中心，却尚处于不甚遥远的边缘地带之时，他曾经开展过一个不无雄心的"滋兰树蕙工程"，培养自己政治路线的人才基础：

> 余既滋兰之九畹兮，又树蕙之百亩。
> 畦留夷与揭车兮，杂杜衡与芳芷。
> 冀枝叶之峻茂兮，愿俟时乎吾将刈。
> 虽萎绝其亦何伤兮，哀众芳之芜秽。

从他作为三闾大夫，灌溉兰花、种植蕙草的面积竟达到九畹（每畹十二亩）、百亩来看，他胸怀抱负诚不可谓小，甚至可以用上"广植人才"四字。畦种了芍药、揭车一类香草之外，还要"杂"（间种）以杜衡（马蹄香）和白芷。这里"杂"字和"众芳"二字的采用，是饶有深意的，它以用字的相同，表明是继承前述的楚先君（"三后"）的事业的。屈原的滋兰树蕙，看似是雅趣悠然的花农经营，但从用字的呼应而言，他实际上想重振春秋到战国前期（即楚国上升期）的人才规模和发展势头。他对此番事业是充满期待的，一个"冀"字和一个"愿"字的对应使用，足以印证此情。然而不是自己的能力不够，导致众芳的"萎绝"，而是国家的人才导向的偏差，造成众芳的内在变质和"芜秽"。这里的"秽"字是与前面劝楚王"抚壮弃秽"相呼应的，人才的异化变质，与统治者不听劝

---

① （南朝梁）刘勰撰，范文澜注：《文心雕龙注》，人民文学出版社1962年版，第48页。

告而宠"秽"相关联,上有所好,下必甚焉,社会导向至为要紧。

精心筹措的人才计划崩溃,从根本上破坏了屈原东山再起的历史环境,使他陷入了与环境相对抗的孤独的"伤"与"哀"。其伤其哀之浩大,竟然改变了"香草喻"的句式组合结构。在前述的"比—赋—比—赋"组合中,基本上是两句一转的,其结构形态也就是"比(2)—赋(2)—比(2)—赋(2)"。到了这里,句式结合陡然一变,变成八句一转,成为"比(8)—赋(8)"的组合。在前面八句"滋兰树蕙"的香草喻之后,随之八句直抒胸臆:

众皆竞进以贪婪兮,冯不厌乎求索。
羌内恕己以量人兮,各兴心而嫉妒。
忽驰骛以追逐兮,非余心之所急。
老冉冉其将至兮,恐修名之不立。

所谓"众",即与"党人"同流合污的芜秽化了的"众芳"。他们已经从内到外被异化了,对于自身,他们出于贪婪竞进的动机,采取百般索取的手段;对于他人,他们采取"恕己量人"的思维方式,把嫉妒这种病态心理行为渗透到政治行为之中。如果说遭谗受疏,使诗人在政治上被放逐;那么"众芳之芜秽",就是诗人在精神上被放逐了。精神放逐比起政治放逐,更深重地使诗人陷入难以解脱的孤独感和失落感。诗人虽然自我解嘲,强装着"非余心之所急"的冷眼旁观者态度,但他已经无法平静地旁观下去,严重地感受到时间的压迫,感受到"老之将至"和"修名不立"的深刻矛盾。

育才事业的崩溃及其导致的精神危机,形成了动荡不已的感情激流,冲击着和重构着《离骚》的美学机制。前面既已把"比(2)—赋(2)"的句式组合变成"比(8)—赋(8)",这就变得极其自由奔放,一发难以收拾。随之而来的是"比(2)—赋(2)—比(4)—赋(4)"的不统一规范的句式组合:

朝饮木兰之坠露兮,夕餐秋菊之落英。(比2)
苟余情其信姱以练要兮,长顑颔亦何伤。(赋2)
擥木根以结茞兮,贯薜荔之落蕊。

矫菌桂以纫蕙兮，索胡绳之纚纚。（比4）
謇吾法夫前修兮，非世俗之所服。
虽不周于今之人兮，愿依彭咸之遗则。（赋4）

在这组句子中，历来为谈诗艺者聚讼的是第一、二句："朝饮木兰之坠露兮，夕餐秋菊之落英。"因为秋天菊花不落，或有品种落花者又因花萎谢而不可餐，因此有人把"落"解释为摘落，或始生。由于语言的歧义和菊花的特性，"王介甫（安石）《武夷诗》（按当作《残菊诗》）云："黄昏风雨打园林，残菊飘零满地金。"欧阳永叔（修）见之，戏介甫曰："秋花不落春花落，为报诗人仔细看。"介甫闻之，笑曰："欧阳九不学之过也，岂不见《楚辞》云：夕餐秋菊之落英？"这桩公案又牵连到苏轼，因此《警世通言》卷三《王安石三难苏学士》引为笑谈。不管他们如何相互揶揄，都是把"落"字解释为陨落，这是符合《离骚》本文的内证的。"惟草木之零落兮"，"贯薜荔之落蕊"，"及荣华之未落兮"，都把"落"字当作"陨落"解。

对于这句屈诗，宋代王楙的《野客丛书》最能探其奥秘："士有不遇，则托文见志，往往反物理以为言，以见造化之不可测也。屈原《离骚》曰：朝饮木兰之坠露兮，夕餐秋菊之落英。原盖借此以自喻，谓木兰仰上而生，本无坠露而有坠露，秋菊就枝而殒，本无落英而有落英。物理之变则然，吾憔悴放浪于楚之间，固其宜也。异时贾谊过湘，作赋吊（屈）原，有'镆铘为钝'之语，张严子《思玄赋》有'珍萧艾于重笥兮，谓蕙芷之不香'。此意正与二公同，皆所以自伤也。"[①] 诗句既变异了生物原理，又错综了时间次序，似乎衬托着诗人信守美好情操而不顾饥饿憔悴的行为，连上仰的木兰花也倾下露珠，附在枝头的菊花也掉下花朵，而且不顾"春兰秋菊不同时"的时序，在一个朝夕之间既坠露又落花。诗人别开生面地创造了自然现象连同时间次序也人情化、或人文化的艺术手法，草木解情，随人开谢，其哀伤之处已足以感动天地了。出格的艺术手法出现在出格的句式组合之间，形成了诡异奇崛的审美陌生化效应。

句式组合的变动和艺术手法的创新，深化了精神悲剧意义的发掘。随之的诗句中，连续出现了三个"死"字："亦余心之所善兮，虽九死其犹

[①] （宋）王楙：《野客丛书》，上海古籍出版社1991年版，第2—3页。

未悔""宁溘死以流亡兮,余不忍为此态也""伏清白以死直兮,固前圣之所厚"。"死"字在这里成为理解诗人的精神现象的关键词。死的阴影浮闪的情景有三种:一是自己如香蕙、白芷般的高洁情操无端地被君王废斥;二是自己不愿苟同于作伪取巧、谄媚投机的世俗;三是自己如"鸷鸟不群"的独立人格和殉道精神,乃古代圣贤所提倡者。死亡由此而成为了面对腐败污浊的整个现实,不屈不挠地坚持与古代圣贤一脉相承的高尚人格的意志之结晶。《离骚》对死亡意识作出了新的诠释,它选择死亡作为一个极点,来证明生命的价值,包括证明生命之清白、高洁以及追求之不同凡响。生命之可贵为死亡所证明,死亡意识也就成了悲剧形态的生命意识。

应该看到,这种死亡意识不仅为了证明具有独立品格的个体生命,而且蕴含着为民请命的深刻意义。诗中一再提到:"长太息以掩涕兮,哀民生之多艰""怨灵修之浩荡兮,终不察夫民心。"这些"民"字,常被一些注家解释为"人"字,那又如何解释后面的"皇天无私阿兮,览民德焉错辅。……瞻前而顾后兮,相观民之计极"呢?其间的思想明显地与《尚书》中一再提到的"古先哲王用康保民"(《康诰》),"天亦哀于四方民"(《召诰》)以及"乃悉命汝,作汝民极"(《君奭》)一类敬德保民的思想,有其一脉相通之处。而且民本思想在楚国早已萌芽,《国语·楚语》记载屈原以前二百年的楚灵王时期,有贤大夫如此劝谏和针砭国君:"夫君国者,将民之与处;民实瘠矣,君安得肥?""民,天之生也。知天,必知民矣。"《离骚》对"民生""民心""民德"的重视,在先秦民本思想中应占有重要的位置,而且其民本思想是以生命作为抵质,从而赋予死亡意识以深刻的社会内涵的。从某种意义上说,死亡意识"解放"了诗人的思想,从而也使他的香草喻进入了更加从容自若的境界,而且是带有"精神家园"意味的境界:

    步余马于兰皋兮,驰椒丘且焉止息。
    进不入以离尤兮,退将复修吾初服。
    制芰荷以为衣兮,集芙蓉以为裳。
    不吾知其亦已兮,苟余情其信芳。
    高余冠之岌岌兮,长余佩之陆离。
    芳与泽其杂糅兮,唯昭质其犹未亏。

死亡意识的洗礼，使诗人获得了精神上的解脱，或某种精神再生。虽受政治上的疏黜，他依然感到迷途未远，想把属于个人的那辆"车子"回转到"后路"。所谓"后路"，是与前面"乘骐骥以驰骋兮，来吾道夫先路"相对而言的，是与政治上导君王"先路"相对的通向自己"精神家园"的道路。他选择了污浊政治之外的一片净土，在长满香花嘉木的水边山头，慢慢地走马，疾驰一番之后又随意休息，精神上是相当自由自在的。他在进身不纳反而无辜获罪之余，"退将复修吾初服"，借重整旧衣比喻恢复自我，返璞归真。精神上的解放，使香草喻的句式组合经过一番变动之后，又返回"比（2）—赋（2）—比（2）—赋（2）—比（2）—赋（2）"的正常状态；以句式转换的正常有度来表现精神上的从容不迫，逍遥自适。芳草喻往往是随着前置的动词的变化，而产生内涵和方式的变化的。当诗人未经忧患而注重品德修养时，他使用的动词是扈（披）、纫、搴（攀）、揽，带有向外采纳的性质，采纳以滋养自己的品德。已受挫折转而培育贤才时，他使用的动词是滋、树、畦、杂，带有由内施予的性质，施予所育的才士以自己同样的芬芳。如今他备受磨难而追求返回自我之本性的时候，使用的是制、集、高、长一类动词："制芰荷以为衣兮，集芙蓉以为裳"，"高余冠之岌岌兮，长余佩之陆离"。剪裁荷叶为上衣，缀集莲花为下裳，增高华冠成巍峨状，延长佩带参差披散，这些动词的使用已经使香草喻和诗人自我浑然一体了。因此他相信自己情操高洁芬芳，明洁的本质未尝亏损，既然是花香玉润相交融，又当在乎别人说长道短？诗人在自己的精神家园中，已获得了短暂的精神上的"诗意栖居"，这种精神自足感使之重上征程有了充实的内在元气。

六　自我裂变与戏剧性诗学机制

前述内容占《离骚》126 六句，自成起讫，堪称《离骚》上章。它从"人之初"写到诗人以芬芳情操和坚定意志，追求民族国家的复兴事业，在屡受挫折和磨难中，以死亡意识证明生命价值，从而把自己推进精神家园。有注家如此评论："篇首至此当一气讲下，而所谓'离骚'之意已略尽矣。下文不过设为女媭之詈，重华之陈，灵氛巫咸之占，而反复推衍其好修之美、远游之兴耳。"[①] "文势至此，为第一段大结束，而全文已包

[①] 游国恩：《屈原纂义》，中华书局 1980 年版，第 180 页。

举。后两大段虽另辟神境，实即第一段之意而反复申言之，所谓言之不足，又嗟叹之也。其中起伏断续，变化离奇，令人莫测。"①

难道仅仅是"反复推衍""反复申言"，而不能理直气壮地称为"另辟神境"吗？其实，作为第一大段结尾的精神家园的精神自足性是非常脆弱的，是建立在深重的危机感之上的。"虽体解吾犹未变兮，岂余心之可惩。"这种短暂的精神自足性，究竟还需死亡意识作终极的保障。在追踪诗人的"后精神家园"的心灵历程之时，我们发现，这种精神自足性很快就瓦解了，自我产生分裂。所谓女媭之詈、重华之陈、灵氛巫咸之占，都是以戏剧的、或神话的形式进行心灵代言，使分裂出来的两个"自我"互相质疑。自我分裂，成为诗人向更深层面进行精神探索和诘究的形式，成为他经过死亡意识洗礼之后独特形态的再生。"女媭之婵媛兮，申申其詈予。"旧注女媭为屈原姊，郦道元《水经注》说："江水又东过秭归县之南。袁山松曰，屈原有贤姊，闻原放逐，亦来归，喻令自宽全。乡人冀其见从，因名曰秭归。即《离骚》所谓女媭以詈余也。县北一百六十里，有屈原故宅，宅之东北六十里，有女媭庙，捣衣石犹存。"② 人们给诗人首次的自我分裂，附上一个美丽的传说。女媭翻来覆去地责怪诗人：你不是熟知历史吗，大禹的父亲鲧秉性刚直而忘却自身，结果招来羽山之野的杀身之祸。你为何过分喜好修炼洁行，独个儿保有这么多的好节操，大伙儿都把平凡的菉葹、卷耳塞满屋子了，你却佩带兰草、香蕙独行其是。案：《尔雅·释草》："菉，王刍"，注曰："菉，蓐也，今呼鸱脚莎。"③ 疏曰："即鹿蓐也。屈原《离骚》薋菉葹以盈室兮。《谢朓诗》霜剪江南菉。"此乃对其中名物的交代。从矛盾属性而言，女媭的责怪，隐喻着家庭责任对政治情操的质疑，是家、国二律背反的两难主题。这实际上是在幻想中"借体代言"，进行两个分裂了的"自我"的对话，以揭示诗人潜在意识中家庭责任与政治追求难以两全的矛盾。接下来的诗行曰："众不可户说兮，孰云察余之中情？世并举而好朋兮，夫何茕独而不予听？"有人注为诗人答语，有人注为女媭追问语。其实它既属于诗人，也属于女媭，是诗人借女媭代言，推心置腹地以众人门户来反衬自己门户的孤独。女媭的责怪连用三个"独"字："纷独有此姱节"，"判独离而不服""夫何茕独而

---

① 引自游国恩《离骚纂义》，中华书局1982年版，第181页。
② （北魏）郦道元撰，陈桥驿校正：《水经注校证》，上海古籍出版社2007年版，第791页。
③ （晋）郭璞注，（宋）邢昺疏：《尔雅注疏》，北京大学出版社1999年版，第231页。

不予听"。既是对诗人独立人格的揭示，也是对诗人不顾身家的独行其是的反省。女媭的责怪不作回答，而一切深意都在不答之答中了。

《离骚》对戏剧性托体代言，采取了互不雷同的处理方式："女媭之詈"发言的只是对方，"重华陈词"发言的只是我方，前者之答在不答之中，后者却给前者一个不答后之答。因为向女媭说明政治追求高于个人的家庭生活，是多余的；他只能寻找前代圣王来谈论政治原则、政治理想以及本人政治行为的是非。帝舜名曰重华，据《山海经·海内经》记载："南方苍梧之丘，苍梧之渊，其中有九嶷山，舜之所葬。在长沙零陵界中。"① 正如越国把传说葬于会稽的大禹，视若自己边远之地政治教化的象征一样，楚国大概也把传说葬于九嶷的帝舜，视若自己边远之地政治教化的象征。《说苑·修文篇》载孔子语："昔舜造《南风》之声，其兴也勃焉。至今王公述而不释。纣为北鄙之声，其废也忽焉，至今王公以为笑。"② 这里以舜与纣对举，视之为南方礼乐教化的象征。诗人把自己的心灵历程导向远哉悠悠的帝舜，已是一番穿越历史时空了。他向帝舜陈述的，竟是帝舜生前不及见的夏启以后的历史，又一番错乱了时空。时空在心灵历程中成为出入无碍，可以随心所欲地安排的东西，这也是《离骚》的一大发明。当诗人跪下陈词的时候，他是虔诚的，是忠实于自己的感觉的。他感觉到的世界竟然是夏前期的政治紊乱以及夏末和商末的王朝瓦解。因此他长篇大段地讲述着夏启开了安逸放纵的风气，影响到他的后继者发生内讧；夏诸侯羿篡夺了王位，由于过度淫乐和打猎，不得善终而被宰相贪占了美妻；宰相的儿子自恃强梁，无节制地逸乐纵欲，直闹到自己头颅落地。这是经过诗人的主观感觉筛选了的历史，他如何感觉着现实，他就如何感觉着历史，其间折射着他对现实政治中荒唐无耻、争权夺势的愤慨。为了强调这种腐败政治的结果，其筛选历史出现了巨大的时间跳跃："夏桀之常违兮，乃遂焉而逢殃。后辛之菹醢兮，殷宗用而不长。"即所谓殷鉴不远，像夏桀那样违反政治常理，像商纣那样把贤臣剁成肉酱，又如何能够不遭殃，如何能够保持国脉绵长呢？这简直是振聋发聩的警世危言。

这番政治陈词似乎要向帝舜讨个明示，其实它对政治价值的判断已经

---

① 袁珂校注：《山海经校注》，上海古籍出版社1980年版，第459页。
② （汉）刘向撰，向宗鲁校证：《说苑校证》，中华书局1987年版，第509页。

建立在历史判断的基础上了。陈词是多层次的,因为诗人引这位古代圣主为政治知音,有说不完的话。他从历史的反面说到历史的正面,再上升到形而上的政治原理,然后落实到自己要寻找的政治位置。反面历史包含着现实感触,说得较多;正面历史只举了大禹、商汤和周朝开国君主能够选择政治正道,敬肃执礼,举贤任能,不逾规矩绳墨,谈这些足矣,因为在圣君面前不必多谈其他贤君。诗中对陈词的详略,都能根据特定的情境,把握缜密的分寸。重要的是从反反正正的历史教训中,升华出可以遵循的政治哲学:"皇天无私阿兮,览民德焉错辅。夫维圣哲以茂行兮,苟得用此下土。瞻前而顾后兮,相观民之计极。夫孰非义而可用兮,孰非善而可服。"其间的政治原理有两条:一是民德所在者得天助,而拥有国土;二是以民为标准,前后衡量,判别出义与非义、善与非善。这是一种敬天重民、行义施善的政治原理。由这种原理之高明,诗人思念到在现实中施行的异常艰难,作为一个遭疏黜的臣民,他所能做到的只是身临危死,也不改悔初志,绝不投机取巧,哪怕像前代贤臣那样被剁成肉酱。这是在帝舜面前发誓,实际上也对女媭的责怪作出决绝的非答之答了。受女媭之詈和向重华陈词,似乎是互不相干的两出戏,但在深层次上它们之间却蕴藏着双峰并峙、互生回响、循环对答的美学机制。

从篇章学的角度立论,由女媭说到诗人向帝舜陈词之间,存在着绵密的内在联系。古籍记载,鲧窃取天帝的息壤堵塞洪水无效,被舜诛杀于羽山。《吕氏春秋·恃君览·行论》却另有高论:"尧以天下让舜。鲧为诸侯,怒于尧曰:'得天之道者为帝,得帝之道者为三公。今我得地之道,而不以我为三公。'以尧为失论,欲得三公。怒甚猛兽,欲以为乱。比兽之角,能以为城;举其尾,能以为旌。召之不来,仿佯于野以患帝。舜于是殛之于羽山,副之以吴刀。禹不敢怨,而反事之。官为司空,以通水潦。颜色黎黑,步不相过,窍气不通,以中帝心。"[①] 这种说法,仿佛类乎女媭之所谓"鲧婞直以亡身"。由要开头的责怪,到舜那里去请教,顺理成章,文心甚密。诗人向帝舜陈词之后,驾龙乘凤上天,说是"朝发轫于苍梧",也就是从舜墓、舜庙所在地出发。其后巫咸降神之时,又有"百神翳其备兮,九疑缤其并迎",提及帝舜葬所、祀所的神祇。最后诗人驾龙远逝,转道于昆仑周围的时候,还"奏《九歌》而舞《韶》兮,聊

---

① 许维遹:《吕氏春秋集释》,中华书局2009年版,第568—569页。

假日以媮乐",又提及帝舜"尽美矣,又尽善也"的舞乐之名。这些闲笔不闲,随意点染之处,使全诗潜伏着前后贯通的脉络,互相呼应的机制。帝舜的历史性、神话性和地域性的崇高地位,形成了全诗的精神集结点,又散布为全诗脉络的呼应机制。《离骚》不时写到龙,如此胸有全局,在似不经心处疏落有致地经营着全诗的完整性美学机制,诚有"诗如神龙,见其首不见其尾,或云中露一爪一鳞而已"的妙趣。

七 神话隐喻性心理逻辑

就帝舜陈词的时空错综和精神恍惚中,诗人启动了通古今之变,进而究天人之际的心理逻辑通道。中国历史的邃古开端,就是与神话相对接、相混合的,即便帝舜、鲧、禹,也处在半是神话、半是历史的迷离状态。这就给中国诗史开端期的诗人提供了莫大方便,使之出入于历史和神话而无碍。朱熹《楚辞集注》说:"跪而敷衽,以陈如上之词于舜,而耿然自觉,吾心已得此中正之道,上与天通,无所间隔,所以埃风忽起,而余遂乘龙跨凤以上征也。"《离骚》于此把心灵历程转换为绚丽夺目、异彩纷呈的神话游行历程,堪称诗学绝笔。这种神话性心理逻辑的生成,乃是神话之风未息,而心理抒写技术臻至高明的时代产物。

既然诗人揽蕙掩涕,哀伤不遇明时,那么这种神话心理逻辑就推动他超越自己的生存境遇,以"上征"的形式追求精神的自由:

> 跪敷衽以陈辞兮,耿吾既得此中正。
> 驷玉虬以乘鹥兮,溘埃风余上征。
> 朝发轫于苍梧兮,夕余至乎县圃。
> 欲少留此灵琐兮,日忽忽其将暮。
> 吾令羲和弭节兮,望崦嵫而勿迫。
> 路漫漫其修远兮,吾将上下而求索。

如果说,诗人的自然形态的精神家园存在于兰皋椒丘、荷衣莲裳之中,那么他的神话形态的精神家园,则存在于昆仑神话系统。《山海经·海内西经》记载:"海内昆仑之虚,在西北,帝之下都。昆仑之虚,方八百里,高万仞。上有木禾,长五寻,大五围。面有九井,以玉为槛。面有九门,门有开明兽守之,百神之所在。……河水出东北隅,……入禹所导积石山。"①《淮南子·墬形训》又说:"禹乃以息土填洪水以为名山,掘昆仑虚以下地,中有增城九重,其高万一千里百一十四步二尺六寸。上有木禾,其修五寻,珠树、玉树、璇树、不死树在其西,沙棠、琅玕在其东,绛树在其南,碧树、瑶树在其北。旁有四百四十门,门间四里,里间九纯,纯丈五尺。旁有九井玉横,维其西北之隅,北门开以内不周之风,倾宫、旋室、县圃、凉风、樊桐在昆仑阊阖之中,是其疏圃。疏圃之池,浸之黄水,黄水三周复其原,是谓丹水,饮之不死。河水出昆仑东北陬,贯渤海,入禹所导积石山,赤水出其东南陬,西南注南海丹泽之东。赤水之东,弱水出自穷石,至于合黎,余波入于流沙,绝流沙南至南海。洋水出其西北陬,入于南海羽民之南。凡四水者,帝之神泉,以和百药,以润万物。昆仑之丘,或上倍之,是谓凉风之山,登之而不死。或上倍之,是谓悬圃,登之乃灵,能使风雨。或上倍之,乃维上天,登之乃神,是谓太帝之居。扶木在阳州,日之所曊。建木在都广,众帝所自上下,日中无景,呼而无响,盖天地之中也。若木在建木西,末有十日,其华照下地。"② 总之,昆仑神话是洋溢着中华民族寻根意识的神话系统,它具有天地相通的双重性,既是帝之下都、百神所在,又是黄河之源,与大禹治水相关联。诗人朝发苍梧,夕至昆仑上的悬圃,走的是一条由帝舜到天帝,由历史到神话的寻根路程。昆仑的层次感乃是诗人的精神层次感,他已经到达悬圃,具有驱使风雨的灵通了,但尚未到达帝之所居,获得精神极点的大神通。从悬圃到帝居,存在着"路漫漫其修远兮"的精神历程,他至今还停留在"灵琐"、即帝宫大门镂刻的花纹图案之前。

诗人是以不避艰辛的精神求索自任的,他继续着绚丽多彩的神话隐喻性的精神求索历程:

　　饮余马于咸池兮,总余辔于扶桑。
　　折若木以拂日兮,聊逍遥以相羊。
　　前望舒使先驱兮,后飞廉使奔属。
　　鸾皇为余先戒兮,雷师告余以未具。
　　吾令凤鸟飞腾兮,继之以日夜。

---

① 袁珂校注:《山海经校注》,上海古籍出版社1980年版,第294—297页。
② 何宁:《淮南子集释》,中华书局1998年版,第322—329页。

>　　飘风屯其相离兮，帅云霓而来御。
>　　纷总总其离合兮，斑陆离其上下。
>　　吾令帝阍开关兮，倚阊阖而望予。
>　　时暧暧其将罢兮，结幽兰而延伫。
>　　世溷浊而不分兮，好蔽美而嫉妒。

　　各种神话素材在天马行空式的精神求索历程中，重新组合成新的神话。可以在太阳沐浴的咸池饮马，可以在太阳上升的扶桑树上系结马缰绳，在黄昏之时，又不妨在昆仑西极处折下若木拂拭着太阳运行一日的仆仆风尘。诗人构思了一个太阳与人的新神话，既不是"夸父逐日"，也不是前面命令太阳御者羲和按节徐行，在时间意识的驱迫下，对急急下山的太阳难免有些隔膜，而是乘着神骏，与太阳结伴同行，在它沐浴和逗留之处，饮马，总辔，为之拂尘，逍遥自在，情同手足，充满着《山海经》记载帝俊之妻羲和"生十日"，又记载"帝俊有子八人于是始为歌舞"的太阳与人之间的人伦亲情感。

　　新神话还在继续，但诗人与月神御者、风雷之神和鸾凤的关系，已不如太阳那样情同手足，而带点主人与扈从的意味了；月神御者望舒先行开路，大概在日夜兼程吧；风神飞廉在后面奔走相随，是否要乘风而行，加快速度？鸾凤充当前卫，雷神准备行装，这番出行也够隆重了。何况又有旋风相聚相离，率领云霓来迎接呢。这番出行的"纷总总其离合兮，斑陆离其上下"的盛况，简直是天地间难得一遇的奇观。这种意兴淋漓的想象，造成了宏大声势与卑微结局的悖论，哪怕您叱咤风云，终不及平庸的帝阍倚天门一望。天路的闭塞和精神探索的受挫使诗人在神话世界中窥见人间世界的阴影，一样蔽美嫉妒，混浊不堪。

　　也许和"道失求诸野"这个道理有些相通吧，诗人受帝阍冷遇，不启天门，便从天国返回地面，开始了折琼枝、以求"下女"的精神历程。神话隐喻具有多义性，对其指涉不可刻舟求剑。前人多把这种精神历程比附楚国政治现实，或把昆仑悬圃之行说是求知于楚君，下女之求说是寻找可通君侧之人。其实，何尝不可以把前者说成是追求精神上的终极关怀，探索天地之道，后者是寻找理智情感上的相通相悦者？甚至约而言之，前者重在求真，后者重在求美。总之，神话隐喻的多义性所在，正是《离骚》经得起反复的再阅读的魅力之所在。

求女是前面已论述过的"两性喻",但内涵已有根本性变异,不是指涉君臣关系,而是指涉与诗人相通相悦的美好心灵。它是诗人的心灵历程,在求高朋之后的求沟通。"朝吾将济于白水兮,登阆风而绁马。忽反顾以流涕兮,哀高丘之无女。"阆风是昆仑上山名,白水是昆仑下水名,先登然后"将济",这是告别昆仑下行的历程。下行时还要流泪反顾,感叹山上没有人能理解自己的美好心灵。高丘之女是与下女相对而言的,因而这既是昆仑行的终结,又是求下女之行的起点。寻找美好心灵最要紧的是以心换心,因此在春宫"折琼枝以继佩",用比香草更高贵的琼枝隐喻自己异常高洁的心,准备鲜活水灵、荣华未落之时赠给值得赠给的"下女",即另一个美好的心灵。

　　所追寻的三次求女或属于神话传说,或属于历史,处于不同的时间空间,显然是以神话性心理逻辑对时空进行错综重组了。宓妃是洛水女神,"夕归次于穷石兮,朝濯发乎洧盘",在山野水滨自由自在,没有人间伦理的约束,但她恃美傲人、游乐无度,只好因她不知人间礼数而放弃了。知不知礼,是神与人之间的隔膜所在,不得已降低一个层次,寻求半神话、半历史的美女简狄。简狄是五帝之一的帝喾之妃,曾有"吞玄鸟卵生契"、即生殷人祖先的神话传说。派去做媒的自然应该是鸟类,但是鸩鸟居心叵测,斑鸠又轻佻多嘴,待找到凤凰做媒人的时候,恐怕帝喾已经捷足先登了。不得已再降低一个层次,追求历史上的"有虞之二姚"。二姚是夏王少康的妃子,这就需要改动一下历史,把时间提前半拍,趁少康还未成家的时候派出自己的媒人。但是人间礼法重重,媒人理屈词穷,靠他来传达心事是靠不住的。神话性心理逻辑穿透和重组了时空,把美女区分为神话的、半神话、半历史的以及历史的三种类型。诗人的追求虽然一再退而求其次,但都因礼法或疏或密,派出的媒人在品行、能力和环境方面不足以传达心曲,统统失败了。那枝从春宫折下的琼枝荣华未落,足以代表诗人的美好心灵,却献赠无门,只好任其枯萎。这就难怪诗人几乎重复了受帝阍冷遇、上天无门时的那种叹息:"世溷浊而嫉贤兮,好蔽美而称恶"了。

　　如果说,昆仑行是诗人借奇丽的神话想象作一番精神逍遥游,那么求女行就是诗人把潜在的被压抑的性意识,转化为寻求精神上的知音者了。鲁迅的感觉很敏锐,他认为如此写求女行为是南北文化中礼制疏密不同所致:"惟欲婚简狄,留二姚,或为北方人民所不敢道,若其怨愤责数之言,则三百篇中甚于此者多矣。"① 帝喾、夏少康是古帝先王，从中原礼制眼光看来，留婚其妃子，乃是僭越蔑礼的行为。但在荆楚为代表的南方风俗文化看来，这些虽为大胆，却并无非分。人们甚至可以认为，写宓妃早晨在洧盘洗头发，是用局部代替全部的手法，折射了《尚书大传》之所谓"吴、越同俗，男女同川而浴"。至于男女交往，直到《后汉书》还记载，属于南蛮的"骆越之民无嫁娶礼法；各因淫奸，无适对匹，不识父子之性，夫妇之道"。楚国华夏化的程度可能深些，其风俗当在中原—骆越之间。朱熹《诗集传》注《汉广》一诗道："江汉之俗，其女好游，汉魏以后犹然。"可知楚地两性交往，较少礼教气味。《汉书·地理志》记载淮南王刘安所在国的性风俗，也相当自由："淮南王安亦都寿春，招宾客著书。而吴有严助、朱买臣，贵显汉朝，文辞并发，故世传《楚辞》。其失巧而少信。初淮南王异国中民家有女者，以待游士而妻之，故至今多女而少男。本吴、粤与楚接比，数相并兼，故民俗略同。"② 《世说新语·任诞篇》说："痛饮酒，熟读《离骚》，便可称名士。"③ 刘安以民女待游士，习气近乎名士，是否因读了《离骚》求下女之什，而别有会心，并与"民俗略同"的楚、吴、越风气混同用之？

以上是从地域文化角度考察《离骚》求下女的性意识，若从历代风俗变迁考之，这种求下女也是事出有因。《礼记·檀弓上》郑玄注：孔夫子之子"伯鱼卒，其妻嫁于卫"。连圣人之媳尚可改嫁，何论其余？又《左传·鲁成公十一年》，鲁宣公的侄子"声伯嫁其外妹于施孝叔（鲁惠公五世孙），（晋国）郤犨来聘，求妇于声伯。声伯夺施氏妇以与之，……生二子于郤氏。郤氏亡，晋人归之施氏。施氏逆诸河，沉其二子。妇人怒曰：'己不能庇其伉俪而亡之，又不能字人之孤而杀之，将何以终？'遂誓于施氏（约誓不复为之妇也）。"④ 作为周孔礼制发祥国的鲁国贵族，尚可夺婚另配，生子后又可归还本夫，若不是本夫沉其二子，当是可以破镜重圆的。春秋鲁国贵族尚可如此处置婚姻，把历史年代前推一二千年的帝喾和夏前期，欲婚简狄和留二姚一类事情，岂不也是可以设想的？如果我们

---

① 《鲁迅全集》（第九卷），人民文学出版社1991年版，第372页。
② （汉）班固：《汉书》，中华书局1962年版，第1668页。
③ 余嘉锡：《世说新语笺疏》，中华书局1983年版，第764页。
④ （周）左丘明传，（晋）杜预注，（唐）孔颖达疏：《春秋左传正义》，北京大学出版社1999年版，第746—747页。

不对神话隐喻作狭隘理解,那就可以理解《离骚》求女幻想的丰富内涵,在于追求精神上的知音。顺着神话性心理逻辑的余势,楚国诗人利用历史空间存在的可能性,借神话与历史间的著名美女,导泄被压抑的性意识,从而匪夷所思地创造了寻找相知相悦的美好心灵的隐喻形式。其间的精神饥渴,有如《孟子·梁惠王上》所言:"旱则苗槁矣。天油然作云,沛然下雨,则苗浡然兴之矣。民皆引领而望之矣。"①

八 两难选择的精神困境

《离骚》的诗学机制,具有非常精美的内在旋律感。受詈于女媭,陈词于帝舜之后,心理逻辑由壅塞趋向疏通,须有日驰万里的昆仑行加以发散;而浮游求女屡受挫折之后,心理逻辑由奔放趋向敛抑,不能不在灵氛占卜、巫咸降神中疏导迷惑。这就形成了由女媭、帝舜的借体代言的戏剧性,转换为昆仑行、求女行的游行性,再重新转换为灵氛、巫咸的借体代言的戏剧性这种波澜曲折、峰回路转的诗学旋律。原始戏剧性是植根于巫术仪式的,女媭、帝舜以及灵氛、巫咸的四个抒情单元,由于均从巫术仪式点化而来,结构较为类似,不宜纠集在一起,形成堆砌,陷入汉大赋不知《离骚》诗学旋律的敷陈堆砌之大忌。诗人之为诗人,在于不是原封不动地套用巫术仪式,而是以高度的诗性智慧,寻找仪式与自己心灵旋律之间的结合点。诗是一种有旋律的生命,一旦以高山巨川间视野开阔的游行化解堆砌,造成疏密有致的抒情曲线之后,新的戏剧性借体代言就有可能在大转换、大开阖中切入新的精神探索的深度。

当人生求索与精神求索屡经挫折,浮游求女遇上"闺中既以邃远兮"的结局,昆仑见帝早陷入"哲王又不寤"的境遇的时候,人生的和精神的双重危机使诗人的生命似有不堪负荷之感,发出了"余焉能忍与此终古"的呻吟。因此采用原始宗教行为,以灵氛取灵草、竹片占卜吉凶的方式来借体代言,成为诗人在绝境中探寻生路的一种精神方式:

    曰两美其必合兮,孰信修而慕之?
    思九州之博大兮,岂惟是其有女?
    曰勉远逝而无狐疑兮,孰求美而释女?

---

① (汉)赵岐注:《孟子注疏》,北京大学出版社1999年版,第17页。

何所独无芳草兮，尔何怀乎故宇？

灵氛占得的吉卦是"两美必合"，即君臣、人我之间双方美好的心灵（以美人为譬）必然遇合。而实现两美必合的途径，是在超出楚国的九州的博大土地上，去"远逝求美"，理由是天涯何处无芳草，你为何只眷恋着故国土地？这里连用了四个问号，反映着对诗人原先佩兰揽芷以振兴楚先王之事业的严峻的怀疑主义，包含着一种狂澜难挽、事不可为的悲哀。有意思者，是神话和原始宗教的思维方式，不仅可以使时间错乱，而且可以使空间变形，显示出这种思维方式的骚动性，并在骚动中强化隐喻功能。比如以前所写的昆仑行和浮游求女，按古地理学的考察已经涉及《禹贡》九州的雍州（一些靠近昆仑的地名）、豫州（如洛水）、冀州（如有娀氏、有虞氏），而并非如苍梧诸地一样可归入楚国所在的荆州。然而在神话和原始宗教思维中，这些在一般性精神探索中所涉及的地名只不过是隐喻抒写的需要，可以看作诗人未脱离宗国的行为，非荆楚的地名也可能发生若在荆楚的变形。唯有如此理解，方能明白巫者灵氛提出的"九州之博大"与"故宇"的对比，劝勉诗人离开楚国以"远逝求美"。

其实灵氛"远逝求美"的占词，也可以看作战国晚期楚国元气消磨殆尽时际，诗人的另一个分裂的"自我"借体代言，从而提出人生探索和精神探索的新命题。甚至在一个半世纪以后，深知战国士风的司马迁还重提这个命题的可能性："太史公曰：余读《离骚》《天问》《招魂》《哀郢》，悲其志。适长沙，观屈原所自沉渊，未尝不垂涕，想见其为人。及见贾生吊之，又怪屈原以彼其材游诸侯，何国不容，而自令若是。读《鵩鸟赋》，同生死，轻去就，又爽然自失矣。"[①] 战国之世，群雄相争，"士无定主"，人才流动，抱王佐之才而在本国不得志者，改换门庭而大加施展的现象已成潮流。刘向《战国策叙录》说：战国之世"捐礼让而贵战争，弃仁义而用诈谲"，"游说权谋之徒，见贵于俗"。这里讲的是纵横游说之徒，流品不足道。但是儒学巨子如孟子者，也继承孔子所谓"危邦不入，乱邦不居。天下有道则见，无道则隐"的主张，提出去留具体国度的"所就三，所去三"的原则，认为"君闻之曰吾大者不能行其道，又不能从其言也。使饥饿于我土地，吾耻之。周之亦可受也。是为饮食而仕也。必如是，是

---

① （汉）司马迁：《史记》，中华书局1959年版，第2503页。

不免于鬻先王之道以售其身也，古之君子之仕也殆不如此"。这种以"道"和"诚"作为去留标准的儒士流品，自非纵横家所能同日而语。

我们的诗人屈原自然也是讲究去留标准和人格流品的，从他坚持内美外修、美政济民和联齐抗秦的政治原则，就足以证明。他对于结党营私之辈价值颠倒、以丑充美的行为深恶痛绝："户服艾以盈要（腰）兮，谓幽兰其不可佩。苏粪壤以充帏（香囊）兮，谓申椒其不芳。"这大概是诗人听完灵氛吉占之后的内心活动，它以楚国结党营私辈的卑鄙行为，印证求美必须远逝的必然性和合理性。但是离国远逝就一定能求到"美"吗？"故宇"之外就一定能找到对自己美质以及美政原则的认同吗？战国之世尚力不尚德，以诈谋为时尚的风气，是离开楚国就可以解决得了的吗？这乃是诗人对灵氛吉占"心犹豫而狐疑"的关键所在。诗人在楚国是孤独的，他怀疑自己在"九州之博大"也难以逃避孤独。因此，"世幽昧以眩曜兮，孰云察余之善恶"；"览察草木其犹未得兮，岂珵美之能当？"这就不仅是对楚国党人不足与谋的迷惑，而且是对楚国以外其谁与谋的更深的迷惑。这是在精神困境中对灵氛吉占之所谓"两美必合"的理想主义的质疑和否定，也为下面的巫咸降神准备了充分的心理期待。

巫咸降神的仪式远比灵氛占卜更隆重，选择黄昏时际，百神齐降，九嶷山神祇也纷纷出迎，一方是灵光闪闪，一方是备齐享神的香椒精米至诚迎候。古时曾有"筮短龟长，不如从长"的记载，认为用蓍草占吉凶不如用龟板卜吉凶更可信从。原始宗教仪式是可以区分灵验等级的，从灵氛占卜和巫咸降神仪式的简单、隆重的差异，可以推测楚人信降神超过信占卜。这也隐喻着诗人是用递升的形式，来看待这两次原始宗教仪式的重要性，及其达到的心理深度的。

巫咸毕竟能传达神灵意图，他谈论问题有着与灵氛不同的视角，不是提倡离国远逝，从空间上增加求美的可能性，而是劝勉诗人升降以通天人之道，上下以参古今君臣遇合之理，从而追求更深精神层次和规矩法度上的亲同。他列举了历史上能够成就王基霸业的五对君臣遇合的典型，其中商汤王求合于伊尹，禹求合于皋陶，关键在于诚敬相求，齐心协调。由诚敬之心产生信任之感，傅说手持木杵在傅岩服劳役，尽管出身卑微，殷高宗武丁也用之不疑。诚敬信任确实可贵，但还要有善于识别贤才的慧眼。吕望在市场上鼓刀屠牛，周文王亲自探访他，听到他说"下屠屠牛，上屠屠国"，知其志向非小，举为国师。慧眼识别之后，还要有任贤举能，破格提拔的魄力。穷困的小商人宁戚敲着牛角唱了《商歌》二首："南山矸，白石烂，生不遭尧与舜禅。短布单衣适至骭。从昏饭牛薄夜半，长夜漫漫何时旦！""沧浪之水白石粲，中有鲤鱼长尺半。弊布单衣裁至骭，清朝饭牛至夜半。黄犊上坂且休息，吾将舍汝相齐国。"所谓"商"，乃中国古代五声音阶之一，相当于简谱中的"2"，如商调为乐曲七调之一，其音凄怆哀怨，商歌是悲凉的歌。齐桓公听了宁戚所唱的商歌，提拔他当辅佐大臣。巫咸所传达的神意，若用借体代言的艺术手法解释之，实际隐喻着诗人对历史上几乎带点命运感的君臣遇合盛事的理解。这种盛事的命运感况味，关键在于它主要取决于君王的诚敬、信任、慧眼和魄力，而所有这一切离诗人的政治环境都非常遥远，堪思、堪慕而不可求。以历史上贤明君臣相遇合的盛事来衡量，为臣者只需内在素质修洁美好，像"浮游求女"到处托付媒人的那一套纯属多余。巫咸降神以历史命运感，否定了灵氛吉占中"两美必合"的乐观性和"远逝求美"的侥幸心理，前者是采取无为而无不为的态度的，不同于后者的知其不可为而为之。然而在一个遭贬绌之臣面前，谈论如此多的明君相遇合的盛事，岂非如同在一个饥馑者面前摆上一席盛筵？它具有反讽意味，加深了诗人的失落感。

在可望而不可即的古代明君贤臣遇合盛事的参照下，诗人就任其自然、无为以待时机的处世态度，进行了深刻的自我驳难。自我驳难是在时间意识中开展的，因为在无情的时间流逝面前，无为乃是生命的荒废："及年岁之未晏兮，时亦犹其未央。恐鹈鴂（杜鹃）之先鸣兮，使夫百草为之不芳。"又有云：鴂与䳌同。《孟子》："南蛮䳌舌之人"，赵岐注曰："䳌，博（伯劳）鸟也。"更有甚者，时间还改变着生命存在的环境，使环境在等待时机中日渐荒芜："时缤纷其变易兮，又何可以淹留？兰芷变而不芳兮，荃蕙化而为茅。何昔日之芳草兮，今直为此萧艾也？岂其有他故兮，莫好修之害也。"在环境恶化已成大气候、大趋势的情形下，无所作为、从流变化是一种极其有害的态度，它将摧毁明君贤臣遇合的基础。因为这里已经存在着误入歧途的社会导向，一些曾经像兰花一般芬芳的可以造就的人才，势必抛弃实德而徒有外表，以认同世俗去保留"列乎众芳"的虚名。一些像香椒一般气芳性烈的人才，又可能傲慢恣肆地把才华用于争权夺利，以便占据高位，作威作福。诗人痛心疾首地描绘的"兰椒变质现象"，乃是古代明君贤臣遇合盛事在当代楚国现实的漫画版。灵氛吉卜所提示的"远逝求美"既非诗人所愿为，巫咸降神所劝勉的"升降求同"又非诗人所能为,在原始宗教仪式中反复进行的、充满悖论的心灵驳难,并没有找到一条合乎道、适乎己、切乎行的出路,诗人由此陷入更深沉的精神困境了。诗人于此饱尝了上下四方无不碰壁的悲剧性遭遇,这是楚国的悲剧。

九　精神突围的无终点化以及重回"人之初"的怀抱

精神困境可以使常人沉沦,又可以刺激非常人反抗沉沦、超越困境,执着地开始新的精神突围。就看你的精神之坚强程度,坚强就能担当沉重的困境,所谓"铁肩担道义"是也。《离骚》的精神探索深度,就存在于这种命运般无以摆脱的精神困境以及史诗般不可遏止的精神突围之中。精神突围的原点,在于精神本质自身:"芳菲菲而难亏兮,芬至今犹未沫。"正是这种在百般摧磨中难以亏损的芬芳心灵,成为充溢着意志力度的突围原点和起点。但是面对着两难选择,此行何去?诗人没有简单地听从灵氛吉占,也没有简单地听从巫咸降神。而是采取综合的思维方式,兼融了吉占中"远逝求女"和降神中上下参证古代圣贤:"和调度以自娱兮,聊浮游而求女。及余饰之方壮兮,周流观乎上下。"既然浮游求女,周流观察,这就把诗人兼融而综合的思维模式交代得很清楚了。

思维模式的兼融性或综合性,导致了这番精神突围的曲线性和无终点化。首先,兼顾了灵氛吉占:

　　及余饰之方壮兮,周流观乎上下。
　　灵氛既告余以吉占兮,历吉日乎吾将行。
　　折琼枝以为羞兮,精琼爢以为粻。
　　为余驾飞龙兮,杂瑶象以为车。
　　何离心之可同兮,吾将远逝以自疏。

清人朱冀《离骚辩》说,此番出游"凡糇粮之精,车马之盛,旌旗导从之雍容,名山大川,恣我游览,蛟龙鸾凤,惟吾指麾,奏《九歌》,舞《韶舞》,以怡性情而悦耳目,一切皆行文之渲染,犹画家之着色也。极凄凉中偏写得极热闹,极穷愁中偏写得极富丽,笔舌之妙,千古无两"。即是说,这次精神突围依然激发了诗人前番昆仑行中繁富绚丽的神话想象力,意志未颓,笔力未衰,反而以神话意兴表达了自己在生存困顿中精神上的富有。值得注意的是这里也写到"折琼枝",但已不同于前番春宫中"折琼枝以继佩",准备用作遗赠下女的信物,而是折下琼枝作菜肴,捣碎美玉作干粮,用来充实自己的美质,用来资助自己漫长的行程。《说文解字》云:"粮,食米也。"《尔雅·释言》:"粮,粮也",注曰:"今江东通言粮。"《诗经·大雅·崧高》:"以峙其粮。"《礼记·王制》:"五十异粮"。粮就是干粮,捣碎琼枝作干粮,已有神仙家的况味。《尚书·洪范》"惟辟玉食",《释文》引《汉书》云:"玉食,珍食也。"由于"折琼枝以为羞兮,精琼爢以为粻",这次自疏以远逝的行程有了新的精神追求,意味着精神突围的目的地内移和无终点化。

其次,诗人又兼顾了巫咸降神时关于"升降上下以求同"的劝勉:

> 遭吾道夫昆仑兮,路修远以周流。
> 扬云霓之晻蔼兮,鸣玉鸾之啾啾。
> 朝发轫于天津兮,夕余至乎西极。
> 凤皇翼其承旂兮,高翱翔之翼翼。
> 忽吾行此流沙兮,遵赤水而容与。
> 麾蛟龙使梁津兮,诏西皇使涉予。

这里的地名依然和昆仑神话系统相关。但是,转吾道于昆仑,昆仑只是转道处,并非终点。前番昆仑行,有句道"朝发轫于苍梧兮,夕余至乎县圃",从帝舜葬地苍梧出发,到达昆仑县圃,然后上下求索,直抵天帝所居的阊阖,路线和终点都是较清晰的。这里也用了"朝……夕……"句式,但是早晨从天河渡口出发,黄昏到达西方极端,西行的方向没有模糊,而天津、西极并非具体地名,只是指天宇的某个方位,因而也不同程度地无终点化了。巫咸降神时所说到的"升降上下",转化为这次出行的方式。所谓"凤皇翼其承旂兮,高翱翔之翼翼",是上升到天;所谓"忽吾行此流沙兮,遵赤水而容与",是下降到地,因为流沙、赤水都是神话地理学、或古地理学中的昆仑附近的地名。指挥蛟龙搭成桥梁,命令西皇将我渡过河去,只有从天上降到地上,才需要这种渡河须搭桥的旅行方式。

那么,取道不周山向左转,"指西海以为期"的"西海",是否此行的终点?"为期"者,乃相约会合之处,由于诗人没有特意说明,也很难阐释出西海有何深刻的隐义，是不能以此作为西行的归宿点的。相反诗人在以后的行程中，超越了灵氛吉占中的"远逝求女"和巫咸降神中的"升降上下以求同"，不是把具体地域作为自己的归宿点，而是在音乐化的境界中追求精神的极点：

> 屯余车其千乘兮，齐玉轪而并驰。
> 驾八龙之婉婉兮，载云旗之委蛇。
> 抑志而弭节兮，神高驰之邈邈。
> 奏《九歌》而舞《韶》兮，聊假日以媮乐。

精神的极点难以用语言表达，唯有经典的音乐以其超语言性，能够作出与心灵世界微妙处相对应的不落痕迹的模拟。《九歌》《九韶》是天乐，或圣乐。《山海经·大荒西经》说："开（即夏后启）上三嫔于天，得《九辩》与《九歌》以下。此天穆之野，高二千仞，开焉得始歌《九招（韶）》。"[①] 王逸《楚辞章句》又说："《韶》，《九韶》，舜乐也。"[②] 韶乃是虞舜时代的乐曲名。《说文解字》云："韶，虞舜乐也。"《尚书·虞书》："箫韶九成。"《周礼·春官宗伯·大司乐》："九德之歌，九韶之舞。"《荀子·乐论》："舞《韶》歌《武》，使人之心庄。"字书、诸子、经籍都证明，《韶》乃舜乐。诗人屈原既不需要假手夏后启，又与陈词于帝舜相呼应，在经过"路修远以多艰兮"的精神突围之后，达到了以奏天乐、舞天舞为娱乐的奇妙的精神境界。这种精神境界是在气势磅礴的奔驰后出现的，诗人聚集了千辆以玉为轮的车子，整齐驰驱，车前是八龙蜿蜒飞腾，车上是云旗委蛇飘拂。在展现这番神话奇观之后，诗人于动中见静，掩旗停车，让精神向邈远处高高飞驰。在飞动和虚静之间，精神奇迹般到达以天乐圣舞为隐喻的极点。

然而，也许是应了"物极必反"的原理，精神向极点飞进而出现大光明境界之时，深藏于诗人心底的与生命原点相联系的潜意识，即旧乡情结浮现出来了：

---

① 袁珂校注：《山海经校注》，上海古籍出版社1980年版，第414页。
② （宋）洪兴祖撰，白化文等点校：《楚辞补注》，中华书局1983年版，第46页。

> 陟升皇之赫戏兮，忽临睨夫旧乡。
> 仆夫悲余马怀兮，蜷局顾而不行。

这四句是《离骚》之"诗眼"，眼睛所在，光芒四射，尽管四射的是忧郁的光芒，蓝色的光芒。古代注《离骚》者，如明代汪瑗说："陟亦升也，陟升重言之也。"汉代王逸说："皇，皇天也。赫戏，光明貌。"① 这就是说，诗人上升再上升地飞驰到皇天般高远的精神极点，那里是一派大光明的景象。然而偏偏下意识地俯瞰故国乡土，那是诗人一再申斥其"溷浊"的地方。至光明与至溷浊之两极突然碰撞，使灵魂受到猛烈的震撼，说明了飞升到底不能抛弃根基，根基的溷浊处到底还隐藏着神圣。这就是中华民族具有巨大凝聚力的爱国主义情结，被这部心灵史诗震撼人心地写出来了。

对于诗人个人的心灵历程而言，这是一个"离愁"反而"遭愁"为本诗标题目的多义性所示的悖论。诚如钱锺书所说："'骚'而欲'离'不能也。弃置而复依恋，无可忍而又不忍，欲去还留，难留而亦不易去。即身离故都而去矣，一息尚存，此心安放？……西方古今诗家，或曰：'驱骑疾逃，愁踞马尻'，或又叹醇酒妇人等'一切避愁之路莫非迎愁之径'。皆心同此理，辄唤奈何。宁流浪而犹流连，其唯以死亡为逃亡乎！……读之如睹其郁结塞产，念念不忘，重言曾歔，危涕坠心。旷百世而相感，诚哉其为'哀怨起骚人'（李白《古风》第一首）也。"② 正是在"离愁"而"遭愁"的诗学机制的张力中，绚丽清妙的神话想象避免空浮虚幻，而归于坚实深沉，别开生面地揭示了和铸造着中国人的精神原型。

对于临睨旧乡产生的眷恋伤感情绪，诗中采用转移法抒写。不言己悲而言仆夫悲，不言己怀思而言马怀思，不言者在言外，而言外之言更深于直言。又把悲怀的心理状态转换成视觉行为，这种转移感情的表现方式，避免了直写的浅露，婉曲处使悲伤情绪弥漫于周围。清人王邦采《离骚汇订》说："'马怀'字奇，马之怀，人何由知之？蜷局回顾而不行，即马之怀也。仆生之悲，见马而生悲也。马怀仆悲，其何以为情哉！"这就勾勒出主仆、人马之间一条潜在的感情链，令人拍案称奇者，就在于如此落

---

① （宋）洪兴祖撰，白化文等点校：《楚辞补注》，中华书局1983年版，第47页。
② 钱锺书：《管锥编》第二册，中华书局1979年版，第584—585页。

笔与神话思维的语境融洽无间了。值得注意的是，既然我们称这次精神突围是无终点的突围，而地域上的无终点化却为精神腾出了一条通道，返回它的原点。这个原点就是人生的和精神的"旧乡"，是存在着"帝高阳之苗裔兮，朕皇考曰伯庸"以及降生占卜受名等往事的"人之初"。从"人之初"始，以"人之初"终，一种无比奇丽纷繁的精神历程的轨迹，竟然是一个书写在天地之间的大圆。如此大圆作何解读？《说文解字》云："圆，圜全也。"《周易·系辞上》云："是故圣人以通天下之志，以定天下之业，以断天下之疑。是故蓍之德圆而神，卦之德方以知。"《墨子·法仪》复云："百工为方以矩，为圆以规。"《墨子·天志》复云："中吾规者谓之圆。"《大戴礼记·曾子天圆》又云："天道曰圆，地道曰方。"可见《离骚》书写在天地之间的大圆，是连通天之道的。

十　诗学机制余论

前面已逐章逐节地分析了《离骚》的诗学机制，但由于要追踪诗人的精神历程，此类论述往往夹带言之，尚有意犹未尽之处。《离骚》在中国诗史中属于"南音"系统，是长江文明孕育成的史诗，其规模也汲取了长江的茫茫九派、气象万千的气魄。既属南音，在论及它与中国诗史之因缘时，颇有人把它与《诗经》的《周南》《召南》相联系。刘师培认为："惟《诗》篇三百，则区判北南：《雅》《颂》之诗，起于岐、丰，而《国风》十五，太师所采，亦得之河、济之间。故讽咏遗篇，大抵治世之诗，从容揄扬；衰世之诗，悲哀刚劲；记事之什，雅近典谟：北方之文，莫之或先矣。惟周、召之地，在南阳、南郡之间，故二《南》之诗，感物兴怀，引辞表旨，譬物连类，比兴二体，厥制亦繁；构造虚词，不标实迹，与二《雅》迥殊。至于哀窈窕而思贤才，咏汉广而思游女，屈、宋之作，于此起源。《鼓钟》篇曰：'以雅以南'。非诗分南北之证与？……屈平之文，音涉哀思，矢耿介，慕灵修，芳草美人，托词喻物，志洁行芳，符于二《南》之比兴。而叙事纪游，遗尘超物，荒唐谲怪，复与庄、列相同。"① 程千帆也认为："二南之诗，则《诗》《骚》之骑驿，亦楚辞之先驱也。"②

---

① 张仁福：《中国南北文化的反差》，中国社会科学出版社2009年版，第161页。
② 参见杨义《读书的启示——杨义学术演讲录》，生活·读书·新知三联书店2007年版，第329页。

这些诗史源流的勾勒，自有其中道理在。《诗经·小雅·鼓钟》："以雅以南，以籥不僭。"毛传曰："南夷之乐曰南。"① 这一点刘师培已指出了。又有《礼记·文王世子》："胥鼓南。"郑玄注曰："南，南夷之乐也。"② 也可以证明《周南》《召南》之"南"，乃是古代南方民族音乐名。从二《南》的一些诗题就可以看出，它们往往以草木禽虫，比如雎鸠、阜螽（蝗虫）、卷耳、芣苢（车前草）、桃花、梅实，作为意象来"托物寓情"，或"先咏他物以引起所咏之词"，也就是采取古人所说的"比兴手法"。这种自然风物意兴，与《离骚》频繁使用的"香草喻"有某些形式上相通之处，但《离骚》的"香草喻"更为博大繁富而应视为原创。《离骚》的"两性喻"，与《关雎》之"窈窕淑女，君子好逑"，《汉广》之"汉有游女，不可求思"，《摽有梅》之"求我庶士，迨其吉兮"，《野有死麇》之"有女怀春，吉士诱之"，均可参照。但《离骚》的"两性喻"，波澜壮阔，浪花千叠，敞开了新的审美格局。成为《离骚》一大特色的语气助词"兮"，在二《南》中也时有采用，而且使其已成成规的四言诗式发生变形。如《螽斯》多用"兮"，变成六、七言相间诗式；《麟之趾》插入"兮"，变成三、四、四言诗式。而且使用"兮"的诗行，情感浓度陡增。如《野有死麇》写吉士引诱怀春少女，最后三句换成少女语气："舒而脱脱兮，无撼我帨兮，无使尨也吠。"使用了"兮"字，竟成一番甜腻腻的偷情：走得轻缓一些啊，不要触摸我腰带上的佩巾啊，不要惹得那长毛狗也吠起来。这些都使人联想到《离骚》诗式的自由和求女的大胆。但《离骚》用"兮"字，如风云漫卷，惊涛扑岸，风生水起，非《诗三百》所可比拟者。

究其原因，包括二《南》在内的《诗经》在文士乐师收集整理过程中，已经依照中原固有的书面语言形态，不同程度地加以雅言化了。《论语·述而篇》讲得很明白："子所雅言，《诗》《书》、执礼，皆雅言也。"③ 郑玄训"雅"为"正"，朱熹《集注》训"雅"为"常"，雅言也就是当时中原流行的书面标准语。如此雅言化不要紧，它在使南音变得规范和纯正的过程中，多少收敛了原始野性。《离骚》则使南音向另一个方

---

① （汉）毛亨传，（汉）郑玄注，（唐）孔颖达疏：《毛诗正义》，北京大学出版社 1999 年版，第 806—807 页。
② （汉）郑玄注，（唐）孔颖达疏：《礼记正义》，北京大学出版社 1999 年版，第 625 页。
③ （魏）何晏注，（宋）邢昺疏：《论语注疏》，北京大学出版社 1999 年版，第 91 页。

向发展，原始野性作为诗学机制的内在活力，因诗人才华而进一步强化。它保留了不少楚语楚音，包括频繁使用和巧妙配置许多"兮"字和其他虚词，使诗句兼备野性、活性、弹性和柔韧性，诗式杂用着七言、六言，间见五言、八言、三言、九言，无拘无束，于不规整处生发出一种奔放的力度。《离骚》使人们知道四言之外还有诗，而且还有诗学表现方式上更大的潜力和可能。这种示范作用不容低估，它在中国诗史的源头上就以《诗》与《骚》两种诗式对峙而互补，成为诗歌文体定式化与变式化的两大驱动力。

  句式是诗学机制的基本单位。句式变化意味着诗学思维方式的变化，它以诗句的长短伸缩和正反顺逆的联结，虚实相间、隐显互异、奇正不同地操纵着意象、情感、意义的配置、排列和交织的方式。比如有的诗行，虚词几占了一半："夏桀之常违兮，乃遂焉而逢殃。"只不过讲了"夏桀常违遂逢殃"，却以虚词的缠绕给一个王朝的崩溃输入不少感慨，仿佛在历史深处发出一声声浩叹和呻吟。句式的自由，可以自由地使用互文、重言等丰富多彩的修辞手法。比如："览相观于四极兮，周流乎天余乃下。"就是重叠使用动词，把览、相、观的主体，也是周流乎天和从天而下的主体"余"挤到后面去，造成句式的倒装。明代汪瑗《楚辞集解》说："览，视之速也；相，视之审也；观，视之遍也。重言之也。周流，遍游也。天谓天上也；下谓世间也。"[①] 十四字诗行，竟重叠展现了五种不同的动作，形相毕现地表达了诗人在求宓妃而受到怠慢拒绝之后，东西南北地彷徨观望以及川流不息、上天下地地重新开始寻求的心理情态和行为形态。

  在《离骚》的倒装句式中，动词和状语的提前最为常见，尤其是后者，极大地增加了诗篇的情感浓度和描绘的绚丽程度。因为状语置于最前列，它就成了全句给人第一印象的情调和色彩。先设色，后勾线条，成为此类诗句提供画面的操作程序。"纷吾既有此内美兮"，先渲染内在美德的纷繁茂盛，然后才推出拥有者和拥有物。"汩余若将不及兮"，先交代时间如流水涌动疾去的情调，然后才说明谁在感受，感受何事。诸如此类的诗句甚多，如"忳郁邑余侘傺兮""纷总总其离合兮""皇剡剡其扬灵兮""芳菲菲而难亏兮"，都把双声叠韵之词配置于状语之后，极渲染张扬之能

[①] （明）汪瑗：《楚辞集解》，北京古籍出版社1994年版，第79页。

事，而把主语"余""其"挤到后面，甚至干脆取消主语。时或以名词或动词打头，但也把穷极渲染的联绵词放在"句眼"的位置以示强调："路漫漫其修远兮""时暧暧其将罢兮""佩缤纷其繁饰兮，芳菲菲其弥章"，如此等等，都把路途、时间、佩饰这些虚虚实实的事物，烘托渲染得色彩浓重，情调深长。整部《离骚》色彩绚丽夺目，感情沉郁丰沛，是与诗学机制中重视句式配置，积小成为大成密切相关的。大机制靠小机制充实其血肉气脉，小机制靠大机制统合其整体生命，这就是《离骚》诗学机制的辩证法。

句式上的野性活力，必须以句式组合上的精心设计，篇章穿插上的周密经营加以控制，从而做到野而清新，肆而不荡。这种控制与反控制之间的张力，使得野而不陋，活而不乱，滋味内蕴，是诗操作的要点所在。对于《离骚》中"比—赋"相间的句式组合及其对应于心灵历程的变化，对于篇章上借体代言的戏剧性和神话游览性的间隔调节和绵密呼应，前面已有论述，此处不赘言。应该着重补充的是，《离骚》魄力宏大、开阖自如地规划和实现了多类型的表现单元的转折和承接以及同类型的表现单元的"重复中的反重复"，达到了"一"与"多"对立统一的诗学机制的完整性。

如果把《离骚》心灵历程划分为若干单元，每个单元集中使用的艺术手法又区分出一些基本类型，并用符号标示为香草喻（□）、两性喻（★）、历史反思（※）、戏剧性（△）和神话游（○），那么就可以列出"《离骚》表现单元类型表"如下：

（1）内美与修能（□）　　　（2）荃不察余中情（※★）
（3）树兰蕙而芜秽（□★）　（4）步马兰皋（□）
（5）女媭詈予（△）　　　　（6）就重华陈词（△※）
（7）昆仑悬圃神游（○）　　（8）周流求女（★）
（9）灵氛为占（△）　　　　（10）巫咸降神（△※）
（11）神游临睨旧乡（○）　（12）乱曰（※）

当然这不过是一个略表，因为每个表现单元采取的艺术手法不限于一、二种，往往多种杂用。但是略其小节而存其大端，可以看到相邻的两个表现单元采用的基本艺术手法往往不同或不尽相同，这就严峻地考验了诗人在单元与单元间过渡和承接、转折和协调的能力。没有用香草喻、两性喻对自己痛苦的人生历程和精神历程作象征化的处理，而只是平实描摹，那么其后出现的神话性和原始宗教性的抒写，就会显出突兀、离谱而龃龉不安。没有批判性和哲理性的历史反思，尤其是亦正亦反的历史现象的价值评判，那么反反复复地使用的香草喻、两性喻和神话想象，就会空幻、虚浮而缺乏史诗的沉重忧患感。而这多种表现单元和艺术手法类型交替使用，就产生了奇迹性的综合效应，从丰富的层面探索了困扰人类的生存处境、精神道德和政治改革的问题，并且以曲折多姿的人生和心灵历程，凸现了一个具有崇高感和悲剧力度的人格主体。

"重复中的反重复"，是《离骚》反复采用某一艺术方法类型，而又能开拓出新的精神深度的一项重要原则。关于香草喻在三个单元中比较集中的使用，并根据心灵历程而变动句式组合以及置换动词而达到新的心理深度；关于神话游在两个单元中妙想联翩的使用，及其形式、目标和结局的差异，这些都属于"重复中的反重复"的典型例证，在前面已有较多论述。这里想着重讲一讲间隔出现于三个单元的历史反思。历史是一个已逝去、难割断的存在，它连着人之根、国之脉，是现实的见证者，如幽灵飘荡于诗行之间。每代人都对历史作出新的解释，每种生存状况中人都可能自选一部历史存于胸中，作为自己的价值标准和精神源泉，尤其是拥有丰厚的历史资源的中国人。诗人在愿为王前驱、又叹息荃不察余中情的境遇中，首先想到的是维系着国脉的楚国古代的"三后"以及他们重用"众芳"的清明政治。这也关联着诗人由帝高阳到朕皇考伯庸的深长的根系。这番历史反思的重点，在于褒扬国与家的根脉上的善美，其后对圣君尧、舜和暴君桀、纣的正反对比，都是在探讨应如何使国家根脉之善美得以重振，而不至于倾覆的。

再看以后两次历史反思如何实施"重复中的反重复"。诗人在政治生涯受到严重挫折而表示九死不悔的初志之时，他想到的是到前面提及的圣君舜（重华）那里倾吐内心苦闷。他切入历史的角度有了明显的转移，重在抨击丑恶而非褒扬善美。他选择了夏前期奸诈篡夺、王冠屡屡落地的历史，对帝王贵族的荒唐专横、贪婪纵欲和置国政于不顾的歌舞打猎的痛陈，显然是针对现实的楚国政治而用以警世的。至于后面讲到夏桀违常、商纣残忍，汤、禹、周文王恭敬论道，均属正反两面的泛论，是为了引导出政治哲学和自己的人生选择。第一次历史反思是心灵自语，第二次是向古帝陈词，第三次是采取原始宗教仪式的巫咸降神，形式上已有巨大差异，切入历史的层面也相去甚远。既然第二次已提到汤、禹，第三次也就以汤、禹开头，谈论他们与伊尹、皋陶的君臣和谐诚信，协调共治。顺势而下，谈论殷武丁信任傅说，周文王发现吕望，齐桓公重用宁戚，都是诗人在政治现实中不可复见的异代他国的君臣遇合盛事。如果说第一次谈论楚先君的善政，还存在着期待，那么到第三次收拾异代他国的盛事，已是梦幻泡影，蕴含着深刻的幻灭感。期待—痛陈—幻灭，这就是《离骚》历史反思的"重复中的反重复"的三部曲。远古时代有一个巫史不分的时期，或如《周易·巽卦》爻辞所说的"史巫纷若"，以巫咸降神来谈论历史，实际上是真实的历史通过原始宗教思维而沟通天人之道了。

在沟通天人之道的时候，毕竟还存在一个音影模糊的人物：彭咸。此人于《离骚》中两见。在滋兰树蕙而芜秽之后，诗人叹息道："謇吾法夫前修兮，非世俗之所服。虽不周于今之人兮，愿依彭咸之遗则。"又，作为全诗尾声的"乱曰"："已矣哉！国无人莫我知兮，又何怀乎故都？既莫足与为美政兮，吾将从彭咸之所居。"王逸《楚辞章句》解释："彭咸，殷贤大夫，谏其君不听，自投水而死。"[①] 这是用屈原事迹反推彭咸，缺乏历史根据。查《汉书·古今人物表》，殷代有老彭、大彭，均居"上下品"，是品级随圣人、仁人之后的智人。因之，有人把彭咸比为《论语·述而篇》孔子所推崇的一个人物："子曰：述而不作，信而好古，窃比于我老彭。"又有人因彭咸的"咸"字没有着落，在老彭之外，增加巫咸变成二人。但巫咸降神，并不见诗人把他混同彭咸，均不可信。与其在文献不足征信时捕风捉影，不如退而查考《楚辞·九章》中彭咸出现的情形。《抽思》写诗人因楚君违约信谗而疏己，以誓言的方式表示："望三五以为像兮，指彭咸以为仪。"《思美人》用两性喻和芳草喻，写诗人与美人媒路断绝，不愿变节从俗，而以造父为御去采摘芳草，自叹："独茕茕而南行，思彭咸之故也。"《悲回风》中彭咸出现次数最多，蕙草虽遭旋风摇撼，乃坚持"夫何彭咸之造思，暨志介而不忘"，诗人宁可速死而流亡，想到"孰能思而不隐兮？昭彭咸之所闻"。至于登山远望，愁思难遣之时，联想及"凌大波而流风兮，托彭咸之故居"，随之又登上山顶，嘘气为虹，吸露漱霜。综合上述彭咸七见的情形，可知他是诗人的理想人

[①] （宋）洪兴祖撰，白化文等点校：《楚辞补注》，中华书局1983年版，第13页。

格的象征，正如帝舜是诗人的理想政治文化的象征一样。作为人格榜样，他可以和古帝先贤相提并论，却宁死也不改变高洁志向，哪怕为世俗不容，独居山川湖海之间，也要以人格原则为世垂范。《通志·氏族略》记载："彭氏即大彭之国，在商时为诸侯伯。古祝融氏之后，有陆终氏，六子，第三子彭祖建国于彭，子孙以国为氏。"彭氏属于祝融部族系统，与楚人甚有因缘，以彭咸为理想人格的象征，便带有几分人伦回归感和亲切感了。《离骚》多用象征，把彭咸视为人格象征，岂非多了一点诗的朦胧意味？

　　《离骚》迥异于《诗经》的同时也是其诗学机制上最棘手的一个问题，是处理神话性与人间性的关系。一方面它以香草美人的隐喻和原始宗教的仪式，使人间行为的抒写带上或浓或淡的象征性，甚至神秘感；另一方面它又以卓具才情的奇思妙想，使神话想象带上或多或少的人间味或人间情理。这种对向的思维运动，使神话性和人间性的两极相互协调，浑融一体。其实，神话本是一种超人间化的"人话"，即便在其超越人间之时，也难以截然割断与人间的潜在联系。《离骚》新神话的一大发明，就是"神话中有人话"，将人性、人情融合在神性话语之中，既神圣，又神秘。尽管你驾龙乘凤、驱月役雷，终奈何不得一个天庭看门人闭关不纳。哪怕你八龙驾车、千乘并驰，到头来旧乡一瞬，只落得仆悲马怀。这表明，神话中也有人间的势利，也有人间的思念。"折若木以拂日"，用了人间折木扫尘的动作，"总余辔乎扶桑"，遵循着人间系马于树的习惯。尤其是在一派天马行空的奇诡瑰丽的描写中，渡过流沙赤水时竟然还要"麾蛟龙使梁津"，重现了人间遇水搭桥的规矩。钱锺书引用后世神魔小说与之参证："《西游记》第二二回唐僧抵'流沙河'，阻道不能过，八戒谓行者既有'筋斗云'之术，'把师父背着，只消点点头，躬躬腰，跳过去罢了'，行者答谓'遣泰山轻如芥子，携凡夫难脱红尘''若将容易得，便作等闲看'；以明唐僧取经必'就地而行'，不可'空中而去'。行者之言正作者自圆之补笔也。"[1] 诗歌难以花费多少补笔去自圆其说，但钱氏依然从中体悟到："盖无稽而未尝不经，乱道亦自有道，未可鸿文无范，函盖不称也。"[2] "神话中的人话"，正是它的诗趣所在，味道所在。从句式到篇章，

---

[1] 钱锺书：《管锥编》，中华书局1986年版，第584—585页。
[2] 同上书，第593—595页。

从神话性到人间性,《离骚》形成了一个博大雄奇而又深沉精妙的诗学机制,以此而上接神话和原始宗教的传统,下启文人诗创作的潮流,即便在人类诗史上也是创造"心灵史诗"的文体形态。

  1997年1—2月写毕;2015年12月1日修订

第二章 《九歌》:"人情—神话"双构性诗学体制

一 "因为作"说与精神家园的开拓

在屈子的诗学精神世界中,《离骚》多有放逐感,《天问》洋溢着质疑性,都表现了一个志洁才高的灵魂在溷浊的社会中陷入遭谗受疏而又上下求索的惶惑状态,或精神流浪状态。《九歌》则是屈子诗学精神世界中的绿洲,它以精美的小品组诗的形式,隽俏玲珑的文体,建造了一个散发着沅湘民俗的清新感和神秘感的精神家园。《离骚》多政治诗的素质,《天问》多哲理诗的启悟,而《九歌》则源于祭祀歌乐而超越之,洋溢着纯诗的神采。它是人类走上文明阶梯的早期最有魅力的诗歌妙品,而且在文明初阶上,就探讨着人类的精神家园。《九歌》是屈原辞赋中风光明媚的一片心灵绿洲。绿洲是浩瀚沙漠中在河流或小泉水井以及有冰雪融水灌溉的山麓地带的片片沃土,有如美丽的珍珠镶嵌在沙漠里,闪烁着神奇的色彩。绿洲植被群落中生长有胡杨林、灰杨林、白榆林、沙枣林、棕榈林、白柳、黑杨、衰毛杨等;自然灌木有怪柳、铃铛刺、苏枸杞、右柴柳、野蔷薇、兔儿条、大叶小蘖、盐穗木等;自然植被主要有骆驼刺、罗布麻、甘草、苦豆子、花花柴、拂子茅、芦苇、偃麦草、白车轴草、赖草、芝麻蒿。树木葱茏,不拘一格,随意自然,人工栽种的树木主要以白杨为主。屈原《九歌》作为精美的小品组诗,乃是写过《离骚》《天问》等上天入地、风云漫卷的大歌诗之诗人开垦出来的心灵绿洲。

身在文明初阶而魂系精神家园的特殊思维形态,使它提供了一种富有生命力的艺术史原理。对此,王逸在《楚辞章句》中说:

《九歌》者，屈原之所作也。昔楚国南郢之邑，沅湘之间，其俗信鬼而好祠。其祠，必作歌乐鼓舞以乐诸神。屈原放逐，窜伏其域，怀忧苦毒，愁思沸郁。出见俗人祭祀之礼，歌舞之乐，其词鄙陋。因为作《九歌》之曲。上陈事神之敬，下见己之冤结，托之以风谏。故其文意不同，章句杂错，而广异义焉。①

　　这里提出了艺术史上非常值得珍视的"因为作"说，如实地揭示了《九歌》渊源于沅湘巫歌，而又超越巫歌、进而融合文人的才学灵感的精神创造的诗歌史独立过程。无"因"而作，不汲取初民社会和夏、商、周三代巫风歌舞中蕴含的审美智慧，再有才华的诗人也难以创造出如此新鲜的诗歌体制和富有表现力的形式。"因"而不作，不发挥属于高文化层次的诗人才学修养和精致的审美感觉，诗歌也不能脱离原始粗糙的巫歌形态，开拓艺术之所以为艺术的独立发展的道路。因而为作，因作互动，才能对原始巫歌实施脱胎换骨的改造，既在精神上出现"广异义焉"的飞跃，又在形式上扬弃"鄙陋其词"而创造"章句杂错"的诗学体制。这就是《九歌》在诗歌文体发生学上的特殊价值。那种简单地否定屈子的存在，简单地把《九歌》等同于"当时湘江民族的宗教舞歌"的疑古学风，实际上否定了诗歌文体发生学上的一个关键环节。

　　原始《九歌》向有天乐之称。最有名的传说见于《山海经·大荒西经》："西南海之外，赤水之南，流沙之西，有人珥两青蛇，乘两龙，名曰夏后开（即夏后启，汉人避景帝刘启之讳而改）。开上三嫔于天，得《九辩》与《九歌》以下。"郭璞注："嫔，妇也，言献美女于天帝。②（《九辩》与《九歌》）皆天帝乐名也。开登天而窃以下用之也。"所谓"天帝乐"，其实乃是巫歌舞乐，在原始宗教信仰风气甚浓之时，巫者假托"窃自天帝"以增强其神圣感和神秘感。值得注意的是，献三个美女于天帝，这里的美女即是可以沟通神、人的女巫。《说文解字》说："巫，祝也。女能事无形，以舞降神者也。"巫是象形字，据甲骨文，像古代女巫所用的道具；小篆则像女巫两袖舞形，其本义指称能以舞降神的人。《世本》云："巫咸始作巫。"《国语·楚语》云："古者民之精爽不携二者，而又

------

① （宋）洪兴祖撰，白化文等点校：《楚辞补注》，中华书局1983年版，第55页。
② 袁珂校注：《山海经校注》，上海古籍出版社1980年版，第414页。

能齐肃中正,其知能上下比义,其圣能光远宣朗,其明能光照之,其聪能听彻之,如是则神明降之。在男曰觋,在女曰巫。"① 《周礼·春官·神仕》疏复云:"男子阳有两称,曰巫,曰觋。女子阴不变,直名巫,无觋称。"② 《汉书·郊祀志》又复云:"晋巫祀巫社巫祠,秦巫祀巫保,荆巫祀巫先。注:皆古巫之神也。巫先,巫之最先者。"③ 女巫降神娱神的形式,往往是歌、乐、舞兼备的,或如《尚书·伊训篇》所说:"恒舞于宫,酣歌于室,时(是)谓巫风。"夏、商沿袭下来的这种巫风,到了晚周,已成楚、越盛于中原之势。王逸在《九歌》序中所透露的文化消息,也得到《汉书·地理志》的印证:"楚地家信巫觋,重淫祀。"重巫楚俗的后来居上的特征,使它有可能进一步发展名为天乐、实为巫歌的《九歌》体制,既推进了它与夏后启相联系的王室巫歌的神谱系统,又推进了与天帝相联系的经典巫歌的完整性和完美性。《九歌》的原始形态也许是以"九"作为其乐曲单元的数目,但它一旦形成祭祀娱神的歌、乐、舞的体制,即便由于时代、地域的不同导致神谱的变化,在乐章体制上突破了"九"数,也不会轻易改变已带有神圣感的《九歌》名称。这就是屈子《九歌》何以有十一章的缘由。

原始《九歌》在南播而楚化的过程中,必然受到当地的民俗趣味和语言形式的浸润。这种民俗趣味和语言形式就是所谓"南风"或"南音",其渊源相当悠长。且不说作为孔府之学的《孔子家语》,在《辨乐篇》中便记载"昔者舜弹五弦之琴",造南风之诗。其诗曰:"南风之薰兮,可以解吾民之愠兮!南风之时兮,可以阜吾民之财兮!"就说《吕氏春秋·音初篇》,作"南音"与"北音"之辨时也记载:"禹行功,见涂山之女。禹未之遇,而巡省南土。涂山氏之女乃令其妾候禹于涂山之阳,女乃作歌,歌曰:'候人兮猗!'实始作为南音。"④ 这里的南音多用兮、猗一类语助词,而且已直率地表达了男女之情。也就是说,南音对于突破以《诗经》为代表的北音四言句式,从而以灵活的句式自由奔放地抒发两性情感,在中国诗歌发生学和发展史上发挥着潜在的作用。

审美意味更浓的"南音",当推《说苑·善说篇》所记载的《越

---

① 《国语》,上海古籍出版社1978年版,第559页。
② (汉)郑玄注,(唐)贾公彦疏:《周礼注疏》,北京大学出版社1999年版,第740页。
③ (汉)班固:《汉书》,中华书局1962年版,第1211页。
④ 许维遹:《吕氏春秋集释》,中华书局2009年版,第139—140页。

人歌》：

> 襄成君始封之日，衣翠衣，带玉璲剑，履缟舄，立于流水之上。大夫拥钟锤，县令执桴号令，呼谁能渡王者。于是也，楚大夫庄辛过而说之，遂造托而拜谒起立曰："臣愿把君之手，其可乎？"襄成君忿然作色而不言。庄辛迁延盥手而称曰："君独不闻夫鄂君子晳之泛舟于新波之中也。乘青翰之舟，极芷苊，张翠盖，而擒犀尾，班丽袿衽，会钟鼓之音毕，榜枻越人拥楫而歌，歌辞曰：'滥兮抃草滥予昌枑泽予昌州州鐉州焉乎秦胥胥缦予乎昭澶秦逾渗惿随河湖。'鄂君子晳曰：'吾不知越歌，子试为我楚说之。'于是乃召越译，乃楚说之曰：'今夕何夕兮搴舟中流，今日何日兮得与王子同舟。蒙羞被好兮不訾诟耻，心几顽而不绝兮得知王子，山有木兮木有枝，心说君兮君不知。'于是鄂君子晳乃揄修袂，行而拥之，举绣被而覆之。鄂君子晳亲楚王母弟也，官为令尹，爵为执圭，一榜枻越人犹得交欢尽意焉。今君何以盱于鄂君子晳。臣独何以不若榜枻之人。愿把君之手，其不可何也。"襄成君乃奉手而进之曰："吾少之时，亦尝以色称于长者矣，未尝遇僇如此之卒也。自今以后，愿以壮少之礼谨受命。"[①]

这首《越人歌》的楚译，已是节奏灵动而音韵悠扬，相当出色地寄深情于流水，传达了与王子同舟的幸运感和悦人人不知的怅惘之情，令人闻到了几分类乎屈子《九歌》的气味。但它已是意译，至今尚能读懂古越语的学者把文中的三十二个越音直译过来，便是："（今）日兮，我遇何日？舱中何人？王府王到。王知遇，我谢恩。何日乎？大王！同我（再次）游逛，弟魂（心）乐乎！"不难看出，《越人歌》的原词相当直露，其楚译已经融入了译者增添的楚人抒情智慧。楚人抒情智慧，是当时最有神采的东方诗性智慧。

二 《东皇太一》与《云中君》

《九歌》超越巫风的混沌状态而走向诗歌文体的独立，借助于综合的

[①] （汉）刘向撰，向宗鲁校证：《说苑校证》，中华书局1987年版，第277—279页。

文化智慧，融合生发，独出机杼。它以东皇太一为主神，就是化用这种综合的文化智慧的极妙体现。王逸说："太一，星名，天之尊神。祠在楚东，以配东帝，故云'东皇'。"① 然而《九歌》以外的先秦典籍，不载"东皇太一"的名目。出现较多的词语是"太一"或"泰一"，本来是道家关于宇宙起源论的哲学术语。如《庄子·天下篇》论关尹、老聃之道，曰："建之以常无有，主之以太一。"《礼记·礼运篇》云："是故夫礼，必本于大一，分而为天地，转而为阴阳，变而为四时，列而为鬼神。"郑玄注曰："大，音泰。"孔颖达疏云："大一者，谓天地未分混沌之元气也。极大曰天，未分曰一，其气既极大而未分，故曰大一也。"② 《吕氏春秋·仲夏纪·大乐篇》也云："万物所出，造于太一，化于阴阳。"③ 并且把这个道理引入音乐领域，认为："音乐之所由来者远矣。生于度量，本于太一。太一出两仪，两仪出阴阳。阴阳变化，一上一下，合而成章。"④ 其后衍化为至高神仙，即天帝。《史记·封禅书》记述："天神贵者太一，太一佐曰五帝。"宋玉《高唐赋》云："进纯牺，祷璇室，醮诸神，礼太一。"

当然，"太一"一词是多义的，除了哲学意义之外，还有天文和宗教方面的意义。《史记·天官书》虽然混有早期天文学中难以排除的天人感应说，到底还令人感觉到太一与星辰有关："中宫天极星，其一明者，太一常居也。"《淮南子·天文训》也讲天文，却带有浓郁的神学色彩："太微者，太一之庭也。（高诱注：太微，星名也；太一，天神也。）紫宫者，太一之居也。"⑤ 顾炎武《日知录》卷三十对"太一"产生的缘由作了一番清理，谓："太一之名不知始于何时，《史记·天官书》'中宫天极星，其一明者为太一常居'；《封禅书》'毫人谬忌奏祠太一方曰：天神贵者太一，太一佐曰五帝。古者天子以春秋祭太一东南郊，用太牢，七日，为坛，开八通之鬼道，于是天子令太祝，立其祠长安东南郊，常奉祠如忌方。其后人有上书，言：古者天子三年一用太牢，祠神三：一天、一地、一太一。天子许之。令太祝领祠之如其方，于忌太一坛旁。'此太一之祠所自起。《易乾凿度》曰：'太一，取其数以行九宫'，郑玄注曰：'太一

---

① （宋）洪兴祖撰，白化文等点校：《楚辞补注》，中华书局1983年版，第57页。
② （汉）郑玄注，（唐）孔颖达疏：《礼记正义》，中华书局1999年版，第706—707页。
③ 许维遹：《吕氏春秋集释》，中华书局2009年版，第109页。
④ 同上书，第108页。
⑤ 何宁：《淮南子集释》，中华书局1998年版，第200页。

者，北辰神名也，下行八卦之宫，每四乃还于中央。中央者，地神之所居，故谓之九宫。天数以阳出，以阴入。阳起于子，阴起于午。是以太一下行九宫，从坎宫始，自此而坤宫，又自此而震宫，既又自此而巽宫，所行者半矣。还息于中央之宫。既又自此而乾宫，自此而兑宫，自此而艮宫，自此而离宫，行则周矣。上游息于太一之宫，而反紫宫。行起从坎宫，终于离宫也。'《南齐书·高帝纪》案《太一九宫占历》推自汉高帝五年至宋顺帝异明元年，太一所在。《易乾凿度》曰：'太一取其数，以行九宫。九宫者，一为天蓬，以制冀州之野；二为天内，以制荆州之野；三为天冲，其应在青；四为天辅，其应在徐；五为天禽，其应在豫；六为天心，七为天柱，八为天任，九为天英，其应在雍、在梁、在兖、在扬。天冲者，木也。天辅者，亦木也。故木行太过不及，其青在青、在徐。天柱，金也，天心亦金也。故金行太过不及，其告在梁、在雍。惟水无应宫也。此谓以九宫制九分野也。'《山堂考索》：'汉立太一祠，即甘泉泰畤也。唐谓之太清紫极宫。宋谓之太一宫，宋朝尤重太一之祠，以太一飞在九宫，每四十余年而一徙，所临之地则兵疫不兴，水旱不作。在太平兴国中，太宗立祠于东南郊而把之，则谓之东太一。在天圣中，仁宗立祠于西南郊而祀之，则谓之西太一。在熙宁中，神宗建集福宫而祀之，则谓之中太一。'"[1] 如此丰富的典籍和民俗资源，一经点化，就光彩炫目。

屈原《九歌》以"太一"命名其至尊之神的一半，反映了当时哲学、天文和原始宗教相混融的状态，而且也汲取了楚国的民俗信仰。问题在于至尊之神的另一半名字："东皇。"《史记·封禅书》记载："亳人谬忌奏祠太一方，曰：'天神贵者太一，太一佐曰五帝。古者天子以春秋祭太一东南郊……'于是天子（汉武帝）令太祝立其祠长安东南郊。"[2] 立祠于长安东南郊，似乎使天神太一沾了一点"东皇"的边儿；但是作为"太一佐"的五帝，按五行学说已有东方苍帝，太一不得自任为东皇。因此东皇还得从当时南方民俗中寻找。《吴越春秋》卷九写越王勾践实行"文种九术"以兴越灭吴。其第一术是"尊天事鬼神"，"立东郊以祭阳，名曰东皇公。立西郊以祭阴，名曰西王母。祭陵山于会稽，祀水泽于江州"。[3]

---

[1] （清）顾炎武著，（清）黄汝成集释：《日知录集释》，岳麓书社1994年版，第1070—1071页。

[2] （汉）司马迁：《史记》，中华书局1959年版，第1386页。

[3] 周生春：《吴越春秋辑校汇考》，上海古籍出版社1997年版，第143页。

这里的东皇公已占据主神位置。楚国毗邻或占有百越之地,《吕氏春秋·孟冬纪·异宝》云:"孙叔敖疾,将死,戒其子曰:'……荆人畏鬼,而越人信礼。'"① 礼就是迷信鬼神,向鬼神求福,《列子·说符篇》:"楚人鬼而越人礼。"此说流播甚广,又见于《史记·滑稽列传》正义,《后汉书·郭丹传》注,亦见于《淮南子·人间训》。在屈原少年时代,楚威王破越而拥有越地版图,因此《九歌》汲取东皇公的因素,而形成自己的主神东皇太一,是完全有可能的。由此可知,东皇太一是一位综合性的主神,汲取了原始宗教、哲学、天文以及楚越民俗的多元文化智慧,从而别具一格张扬了其神格和神性。

因此,东皇太一的祭典在《九歌》诸神祭典中,显得格外虔诚、庄重、肃穆,散发着华贵之美:"吉日兮辰良,穆将愉兮上皇。抚长剑兮玉珥,璆锵鸣兮琳琅。瑶席兮玉瑱,盍将把兮琼芳。蕙肴蒸兮兰藉,奠桂酒兮椒浆。"这是以主祭巫师的口吻抒写的,选择吉日良辰和抚按玉饰剑鼻的长剑上场,在《九歌》诸祭典中为仅见,其庄重感令人肃然。杜佑《通典·礼十七》说:"长冠〔刘氏冠、斋冠。汉、晋、梁〕:汉高帝采楚制,长冠形如板,以竹为里,亦名斋冠,后以竹皮为之,高七寸,广三寸。以高帝所制,曰刘氏冠,故为享庙之服,敬之至也。(鄙人或谓之鹊尾冠。)晋依之,去竹用漆纚,救日蚀诸祀则冠之。梁天监中,祠部郎中沈宏议:'竹叶冠是汉祖微时所服,不可为祭服,宜改用爵弁。'司马褧云:'若必遵三王,则所废非一。'武帝竟不改矣。"② 《通典》此条或据《后汉书·舆服志》,后者对此冠的祭祀功能多用辨析。有意味的是,《九歌》并未描写专门的祭祀冠服,或者说,巫师的服饰并非法衣神帽,而带有几分屈原式佩饰的特点。由其玉饰长剑和琳琅作响的玉佩上,人们甚至可以联想到《离骚》中"高余冠之岌岌兮,长余佩之陆离"以及《涉江》中"余幼好此奇服兮,年既老而不衰。带长铗之陆离兮,冠切云之崔嵬。被明月兮珮宝璐"的那位诗人。诗人是让巫师穿戴着有几分与自己类似的服饰,来进行人与主神的对话,仅凭这一点也应该承认,《九歌》为屈原所创作。

不仅如此,诗人还以其平生所好的美玉芳草,把祭奠的场面修饰得异

---

① 许维遹:《吕氏春秋集释》,中华书局2009年版,第229—230页。
② (唐)杜佑撰,王文锦等点校:《通典》(全五册),中华书局1992年版,第1609页。

常精美、华贵，玉镇压着瑶席，这是由于玉是仁、义、智、勇、廉的"五德"的象征，如《说文解字》释玉云："石之美。有五德：润泽以温，仁之方也；理自外，可以知中，义之方也；其声舒扬，専以远闻，智之方也；不桡而折，勇之方也；锐廉而不技，絜之方也。象三玉之连。其贯也。凡玉之属皆从玉。"① 玉为古人祭祀的珍贵礼器所不可缺者，或如《周礼·春官宗伯·天府》所言："天府掌祖庙之守藏，与其禁令，凡国之玉镇、大宝器藏焉。若有大祭、大丧，则出而陈之。既事，藏之。"② 至于主祭巫师合手把持琼枝香花的行为，也令人联想到《离骚》中诗人曾幻想遨游春宫，"折琼枝以继佩"。供奉也不以太牢、少牢为尚，而是精致地把蕙草薰成的肉块置于兰草垫子上，而且用来祭奠的也是桂酒椒浆了。这也是可以和屈子的种蕙纫兰的行为以及《惜诵》中"捣木兰以矫蕙兮，糳申椒以为粮。播江离与滋菊兮，愿春日以为糗芳"的饮食方式相参照的。总之，屈原以自己的嗜好和趣味，以自己独有的隐喻方式，把一个庄严的巫风祭典加以诗化地改造了。对于这场巫风祭典，屈原并没有在场，但他已经以主观情感的投入，创造了异乎流俗巫风而明显诗化了的祭典方式，实现了自己的"不在场的在场"。

随之，祭典展示由祭堂陈设转为乐、歌、舞的表演，节律由静而动，情调由庄严而热闹。先用三句一韵混合着写乐、歌，再用两句一韵专门写舞姿，语式参差变化，带来活跃和生气。挥槌击鼓，按着稀疏缓慢的节奏安详地唱；伴随着吹竽弹瑟的合奏，歌声也由"安歌"变成"浩唱"。在鼓乐节奏和歌声强弱的变化中，隐现了仪式的展开和时间的流动。巫女的舞蹈重点写其娇艳的服饰和蜿蜒的姿势，渲染着"芳菲菲兮满堂"的浓郁气氛。最后对歌、舞、乐以娱神总结一笔，以呼应开头的"穆将愉兮上皇"，形成一个完整的循环结构："五音纷兮繁会，君欣欣兮乐康。"全诗以阳韵一韵到底，显得悦耳而流畅，而这位东皇太一也接受酒馔、声乐和美色之娱，表现出欣欣然欢乐安康的意态，到底也是富有人情人欲之味的。

郑振铎《插图本中国文学史》和闻一多《什么是九歌》，都把《东皇太一》当作"迎神曲"，与当作"送神曲"的《礼魂》相对应，从而把中

---

① （汉）许慎撰，（清）段玉裁注：《说文解字注》，上海古籍出版社1981年版，第37—38页。
② （汉）郑玄注，（唐）贾公彦疏：《周礼注疏》，北京大学出版社1999年版，第529—530页。

间的九篇分离出来，以便使《九歌》之"九"字有个着落。实际上东皇太一作为类乎天帝的主神，与《九歌》其余九神处于不同的神格层面，应了古语之所谓"天地之至数，始于一，终于九焉"（《素问·三部九候论》）。而且以"太一"为神名，也使神格带点哲学味。太一是道，是混沌的无，处于由无生有之间；其余九神是器，是有，处于由无生有之后。"道可道，非常道"，东皇太一的风采威仪是不可言说的，因此全部祭典中他不在场。或者说，是一种神不在场的在场，形式上不在场，实质上在场。全诗把最高神当作无，聚焦于无，从而在原始信仰的驱动下，把诗歌形式哲理化了。《东皇太一》创造了一种"有意味的形式"，一种与神格形态相适应的"聚焦于无"的诗学结构。这就是诗形式中的神话哲学，或神话哲学中的诗形式，论者不明于此，把这种有意味的形式等同于迎神曲了。

《云中君》的神格属于有。无是一，有是多，多就出现了区分和个性。同样属于多，云中君处在高高在上的层面，有别于与土地山川相联系的湘君、湘夫人，更无论山鬼和国殇了。王逸《楚辞章句》解释云中君："云神丰隆也。一曰屏翳。"丰隆、屏翳又有雷神、雨师的神格。那么，为何不径称丰隆、屏翳，而非常文雅地称之为君？名字的变换作为一种符号信息，意味着神性的诗化和人情化，这乃是文人的趣味和能事。君的称号较之神与师的称号，更有人情味和亲切感。虽然《仪礼·丧服》说："君，至尊也。"但郑玄注已把至尊的标准放宽："天子、诸侯及卿大夫有地者，皆曰君。"屈子的时代，君的封号几乎成了"战国四公子"的专称，齐之孟尝君、赵之平原君、魏之信陵君、楚之春申君，名冠诸侯，其"翩翩浊世佳公子"的风采是颇令人倾慕的。称云中君（还有后面的湘君、东君）为"君"，既不违背尊崇神灵的旧制，又可以沾上"战国四公子"的光，给人以庄重而亲切、典雅而潇洒的双重感觉。《史记·封禅书》和《汉书·郊祀志》记述各地巫祭中有云中君，大概也属于巫风对文人趣味的认可。既然名号的设定，使云中君带有更多的亲切感，那么祭典中人与神交往的心理距离也明显地有所缩短：

浴兰汤兮沐芳，华采衣兮若英。
灵连蜷兮既留，烂昭昭兮未央。
蹇将憺兮寿宫，与日月兮齐光。

> 龙驾兮帝服，聊翱游兮周章。

沅湘地区巫女的迎神仪式上神志恍惚的迷幻状态，给诗歌的抒情角度提供了极大的启迪。巫女以兰汤浴身，香芷洗头，穿起五彩华丽的衣裳，宛若花朵一般鲜艳。如此鲜艳芳洁的身子，是准备好躯壳，请神灵来附体、来居住的。这就出现了巫女和神灵之间，你中有我，我中有你，时而分、时而合的"迷幻视角"。对于"灵连蜷兮既留"一句，王逸注曰："灵，巫也，楚人名巫为灵子。连蜷，巫迎神导引貌也。"① 其实，一旦理解迷幻视角，这个"灵"就既是灵巫，也是神灵，既是巫女表演盘旋的舞姿，也是神灵翻卷云霞之态。因为"既留"是神灵附体的完成，神与巫之间已经合而为一了。由此巫女就可以代表神灵发言，宣称自己恬适地居住在天上的寿宫。不过，从神灵"烂昭昭"的神采，以他自许为"与日月兮齐光"来看，这位云中君不仅是云神，而且兼有雷电之神的某些特征。

云神也许是由雷神、雨师交叉变化而来的，但是以云神为中心设祭，就由巫术的功利性转化为诗歌的审美性了。《诗经·小雅·甫田》提到祈雨，多有世俗的功利心理："琴瑟击鼓，以御田祖，以祈甘雨，以介我稷黍，以谷我士女。"五句诗中连用四个"以"字，可见功利目的之迫切。巫术功利性发展到极端，出现了焚巫求雨的行为，比如甲骨文有"烄"字，就是焚巫求雨仪式的象形和会意字。"今日，从雨。"（《殷虚书契续编》4，18，1）"其高，又雨。十牢，王受又。"（《殷契粹编》657）这些都可以和《左传》僖公二十一年的焚巫止旱，《礼记·檀弓下》的暴巫求雨相参照。祈雨的这份急切和残酷，在《云中君》的祭云神仪式中被化解，转化为潇洒飘逸了：

> 灵皇皇兮既降，远举兮云中。
> 览冀州兮有馀，横四海兮焉穷？
> 思夫君兮太息，极劳心兮忡忡。

迷幻视角离而有合，合而复离。巫女在迷幻状态中，感觉到神灵

---

① （宋）洪兴祖撰，白化文等点校：《楚辞补注》，中华书局1983年版，第58页。

煌煌有光地降临，又倏忽远飞到云中。他高踞云端，遍览中国而犹有余力，横行四海又岂有止境？诗之为诗的妙处，在于它以举重若轻之笔创造了一个亦神亦人、亦云亦电的自然神形象，他驾龙车、穿帝服，有神的威仪；而连蜷、翱游、周章、远举，又有云的舒卷从容、飘忽不定之态，昭昭煌煌、与日月争光而又倏忽千里，则带有闪电的光亮和速度的特征了。《山海经》写自然神，多为人兽异类合体，于怪异中显示狞猛之美，比如《海内东经》说："雷泽中有雷神，龙身而人头，鼓其腹。"① 鼓腹而产生隆隆雷声，因此王逸注《离骚》"丰隆乘云"句，既说丰隆是云师，又说他是雷师。雷、电、雨、云是互有关联的天气现象，在早期神话中，其神是不甚分家的。这种不分家现象在《云中君》中犹有遗痕，但它不是采取人兽异类合体的外在方式来表现，而是把飞云闪电的某些特征，内在地转化为神的行为方式和精神气质。如此写神就比《山海经》更雅化，更具人情。这就难怪处于迷幻状态的巫女在云中君高飞远逝的时候，还要思念神君而长声叹息，叹息自己劳心费神迎接神君而怔忡心跳了。

三　《湘君》与《湘夫人》

湘江为《九歌》的母亲河。当《九歌》的诗学历程从"猋远举兮云中"的天空，回到楚国大地和苍山流水之时，它把自己最有魅力的两章献给湘江。这种一之不足而增之以二的行为，说明《九歌》以湘水为自己生命的乳汁。为一江而设君与夫人二神，这在全部《楚辞》中也是特异的，"二湘"写出了神人最是深切的思恋之情。

湘君与湘夫人是配偶神，这是君、夫人的名目就标示清楚的，毋庸曲立异说。屈子作《九歌》大概是汲取湘地民俗传说，为湘江设立男女二位自然神。但民俗传说本是混杂多义的，自然神话中也混有历史传说，并不排除有帝舜与二妃的传奇故事因素混杂于其间。《史记·秦始皇本纪》记述始皇南巡，"浮江，至湘山祠，逢大风，几不得渡。上问博士曰：'湘君何神？'博士对曰：'闻之，尧女舜之妻而葬此。'"② 刘向《列女传》卷一也记载："有虞二妃者，帝尧之二女也。长娥皇，次女英。……舜陟方

---

① 袁珂校注：《山海经校注》，上海古籍出版社1980年版，第329页。
② （汉）司马迁：《史记》，中华书局1959年版，第248页。

死于苍梧，号曰重华。二妃死于江湘之间，俗谓之湘君。"① 请注意，这里用了"闻之""俗谓"的字样，说明湘地民俗传说中的湘水神已混入舜二妃的因素，甚至二者已重叠到了难分难解的程度。《山海经·中山经》记洞庭之山，"帝之二女居之，是常游于江渊。澧沅之风，交潇湘之渊，是在九江之间，出入必以飘风暴雨"。② 虽然郭璞把"帝"注为天帝而非帝尧，但人们根据湘俗传说，还是联想到尧女舜妃。

诚然，中国神话的多义性就在这里，舜妃为尧二女，而湘水二神则男女各一，其间缺乏对应关系，难免聚讼纷纭。韩愈《黄陵庙碑》企图对其扞格处加以整理，认为"尧之长女娥皇为舜正妃，故曰君；其二女女英自宜降曰夫人也。……《礼》有小君、君母，明其正自得称君也"③。韩愈以后世礼制解释几属化外之地的民俗传说，把湘水男女二神变成有嫡庶名分的二女性，这种弄巧成拙的做法是不知中国神话多义性而强行梳理者每每面临的尴尬。

屈原所写之二湘，是遨游于江渚水中与芳草鱼龙为伍的自然神，但在博采湘地民俗传说之时，不回避舜与二妃的故事，反而觉得这种故事有助于爱情描写的文化浓度和审美魅力。比如指海本《博物志》卷一〇说："洞庭之山，帝之二女，尧之二女也，曰湘夫人。舜崩，二女啼，以涕挥竹，竹尽斑。"④《述异记》卷上也说："湘水去岸三十里许，有相思宫、望帝台。昔舜南巡而葬于苍梧之野，尧之二女娥皇、女英追之不及，相与恸哭，泪下沾竹，竹上文为之斑斑然。"⑤ 斑竹传奇的故事，屈子没有采入《九歌》，但那悲剧性纯情已渗透于二《湘》诗行。比如《湘君》有道："望夫君兮未来，吹参差兮谁思？"洪兴祖《楚辞补注》就解释说："《风俗通》云：舜作箫，其形参差，象凤翼参差不齐之貌。……此言因吹箫而思舜也。"⑥ 又如《湘夫人》有道："九嶷缤兮并迎，灵之来兮如云。"此句类乎《离骚》之"百神翳其备降兮，九嶷缤其并迎"，其与帝舜的因缘，可参看《山海经·海内经》："南方苍梧之丘，苍梧之渊，其中有九嶷山，舜之所葬，在长沙零陵界中。"也就是说，二《湘》创造了

---

① （汉）刘向：《列女传译注》，山东大学出版社 1990 年版，第 3—4 页。
② 袁珂校注：《山海经校注》，上海古籍出版社 1980 年版，第 176 页。
③ 周绍良编：《全唐文新编》（第三部第二册），吉林文史出版社 2000 年版，第 6454 页。
④ （晋）张华撰，范宁校正：《博物志校正》，中华书局 1980 年版，第 93 页。
⑤ 王云五编：《丛书集成初编》第 2704 册，中华书局 1985 年版，第 4 页。
⑥ （宋）洪兴祖撰，白化文等点校：《楚辞补注》，中华书局 1983 年版，第 60 页。

一男一女的湘水自然神,一个非舜亦舜的湘君,一个非二妃亦二妃的湘夫人,正是利用了似是而非的神话多义性和民俗传说的含混性,它舒展了抒写的自由度,并增强了人性人情的魅力。

屈原所汲取的民俗包括沅湘男女情歌对唱的方式,这种对歌方式与巫术迷幻的视角相配合,使《湘君》一开头就模拟巫女歌词,进入角色而展示神之恋人的内心独白:

君不行兮夷犹,蹇谁留兮中洲?
美要眇兮宜修,沛吾乘兮桂舟。
令沅湘兮无波,使江水兮安流。
望夫君兮未来,吹参差兮谁思?

巫女大概在迷幻状态中扮演湘夫人吧,她不是以敬神的态度,而是以平等的恋人态度对湘君发泄着思念过切的怨怼。她既责怪湘君犹犹豫豫不出行,是迷上水中洲头的哪一位?又倾诉自己在湘君未来之时吹箫寄情,为的是哪一般?她叹息着自己修饰得恰到好处的窈窕身材,急急忙忙地乘坐桂舟去寻找恋人,难道是多余的自作多情么?大概是联想到帝之二女"出入必以飘风暴雨"吧,她命令沅湘之水风平浪静、安然缓流,祝福自己一帆风顺,遂心如愿。

"迷幻 + 对歌"的视角,具有奇异的功能,奇就奇在神与巫,我就是你,你就是我。随之的诗行既可以看作湘君的答歌,又可以看作巫女在迷幻状态中化身为湘君的行为。湘君驾着飞龙之舟北行,在洞庭湖回转路向。舟上薜荔当帘子蕙草为帐,旗杆曲柄上装饰着兰草的小旗,望着远处的涔阳浦,渡过大江去显灵。显灵还没有完呢,就听见那个女子在为我叹息。以下的视角转换和衔接,有点类乎今天电影中的蒙太奇,它由幻觉中湘君怜悯扮演湘夫人的巫女之叹息,转回到真实的巫女"横流涕兮潺湲,隐思君兮陫侧。……采薜荔兮水中,搴芙蓉兮木末。心不同兮媒劳,恩不甚兮轻绝"的那份伤心。她还乘坐着去寻找湘君的那只桂舟,挥动着桂木长桨、兰木短楫,凿起的水珠有如雪浪花。这番拼命的折腾并不能转移她心头的焦虑:难道这又是徒劳无功,就像在水中采集陆生的薜荔藤,上树梢去攀折水中的荷花?于是她只好暗自诅咒那个狠心的男子:两心不同啊媒人徒劳,恩爱不深啊轻易决绝!怨兮嗟兮,魂牵梦绕。

通过迷幻视角的错综转移，《湘君》展示了爱情坚贞而感觉纤敏的女性异常复杂的心理结构，在文人诗歌的发端期也把心理抒写推至一个令人叹为观止的深细度。巫女继续着她的幻觉，幻觉到湘君的飞龙之舟在石滩浅水中翩翩而行。她为对方的翩翩得意感到愤愤不平，叹息"交不忠兮怨长，期不信兮告余以不闲"，她想借助早上奔驰江边、晚上停留在北渚的繁忙跋涉，来驱除频仍的幻觉，想不到幻觉驱除了，而眼前的感觉却更加凄凉：鸟栖宿在屋上，水环流在堂下，心中的人儿又在哪里？如此执着地追求知遇——却得不到对方的理解——因而在焦虑中产生或哀伤或怨怼的种种幻觉——最终在恩尽情绝中陷入期待之失落的悲哀。这种正负并存、互相推移的心理结构，无论在爱情上还是在政治上都有一定的普遍性。因此王逸《楚辞章句》常常由此联想到屈原的政治命运，认为"君，谓怀王也。……言己虽见放弃，隐伏山野，犹从侧陋之中，思念君也"；"言君尝与己期，欲共为治，后以谗言之故，更告我不闲暇，遂以疏远己也"。虽然可以设想，这是屈子把自己在政治生活中的情感结构加以提升，"移植"和"借用"到巫女（扮演湘夫人）和湘君爱情生活的情感结构之上，但毕竟还是事出有因，查无实据。"二湘"是屈原于楚顷襄王之世流放沅湘所作，他的心中不会留下楚君污浊的阴影。此处创造的是一种新的心理结构模式，一种心灵绿洲式的精神状态，不同于以往的忠君言政的结构模式，可以供人们在神话、人性、巫风诸多不同角度寻找出类似性，也足以说明它的宏博、从容和深刻了。

　　巫女所扮演的湘夫人在期待之失落的凄寂情境中，采取富有象征性的行为来表达自己的失望以及对失望的疏导："捐余玦兮江中，遗余佩兮澧浦。采芳洲兮杜若，将以遗兮下女。时不可兮再得，聊逍遥兮容与。"玉玦、玉佩都是男神赠给女神的定情物，如今都抛弃在江中、水边，而女神采集来回赠男神的芳草，却只好转赠给身边的侍女了。生命在失望中受到挑战，生命也在超越失望中获得解脱，因而湘夫人在感觉到时机不可再得之时，便以逍遥从容的态度拯救自我了。追求—失落—拯救，全诗完成了一个充满波折和深度的爱情心理周期。

　　《湘夫人》的心理周期和《湘君》的心理周期，是两个相切的圆。圆在相切中，迸射出情感的璀璨火花。两个奇妙的圆以相对应又互变化的情感结构和诗学结构，形成《九歌》中爱情心理抒写的双璧。首先是《湘夫人》的"迷幻＋对歌"的视角与《湘君》相对应，大概此诗是由男巫扮演湘君，一开头就倾诉对湘夫人的思念：

> 帝子降兮北渚，目眇眇兮愁予。
> 嫋嫋兮秋风，洞庭波兮木叶下。

帝子暗示湘夫人是帝尧之女，她降临北边水中沙洲，眼睛眯缝着令我愁杀。后人以秋波、秋水比喻眼神，此处却偏用秋风来比喻。眯缝的眼睛带点幽怨悲凉之意，恍如秋风嫋嫋，吹拂得洞庭生波、木叶飘落，飘落的树叶确实令人心情晃晃荡荡，随风而逝。二千余年后美国有部小说名曰"飘"，大概也是感染了这种心情吧。这是全诗的诗眼所在，以一目尽传美人精神。清人刘熙载《艺概》卷三说："叙物以言情谓之赋，余谓《楚辞·九歌》最得此诀。如'嫋嫋兮秋风，洞庭波兮木叶下'，正是写出'目眇眇兮愁予'来；'荒忽兮远望，观流水兮潺湲'，正是写出'思公子兮未敢言'来，俱有'目击道存，不可容声'之意。"① 这类诗行的妙处，在于情感浸润性的体验，情感浸润着时令景物，形成情感意象化的审美法则。因而钱锺书也认为：《湘夫人》此句与《九章》一些诗行，"皆开后世诗文写景法门，先秦绝无仅有。……即如《湘夫人》数语，谢庄本之成'洞庭始波，木叶微脱'，为《月赋》中'清质澄辉'之烘托；实则付诸六法，便是绝好一幅《秋风图》。"② 秋风湖水，荡漾着无限的柔情和哀怨，令人心弦颤抖。

情感浸润性的体验，弥漫于男巫扮演湘君的全部抒情，触目伤怀，内外互渗，情感成为意象之间流动着的苍凉的生命信息：

> 登白薠兮骋望，与佳期兮夕张。
> 鸟何萃兮蘋中，罾何为兮木上？
> 沅有芷兮澧有兰，思公子兮未敢言。
> 荒忽兮远望，观流水兮潺湲。
> 麋何食兮庭中，蛟何为兮水裔？
> 朝驰余马兮江皋，夕济兮西澨。

---

① （清）刘熙载：《艺概》，上海古籍出版社1978年版，第89页。
② 钱锺书：《管锥编》，中华书局1979年版，第613页。

其间的生命信息充满疑惑恍惚之感。诗行敏锐地寻觅山水外景与主体精神内在性的契合点，不是静止地或工笔地描山摹水，而是把山水精魂转化为内在精神世界的瞬间感受，洋溢着写意性，意在江皋水裔间。男性神毕竟不与女性神一般见识，湘君的胸襟要澄静一些，不像湘夫人那样幻觉绵延，满腔怨怼和诅咒。他纵目展望一片秋生的白薠草，大概是焦急地等待女神来赴佳期之约吧，他已经开始为佳期张罗着晚宴。但他心中到底不无疑惑：是否会像山中鸟聚宿在水中薠草里，像捕鱼的网张挂在树梢上，到头来缘木求鱼，可怜无补费精神？他浮想联翩：湘夫人行踪所至的沅水、澧水长有香芷芳兰，我思念着这位高贵的公主啊未敢明言。未敢明言又怎么办？只能恍恍惚惚地翘首远望，任凭浮想联翩的思绪随着流水潺潺地远去。远去的思绪又不能没有疑惑：麋鹿应该在山林觅食，为何找到庭中？蛟龙应该在深渊嬉游，为何乱窜到水滨？——我是否走错了地方？于是我只好早晨驰马上江堤，晚上摆渡到江岸西，在旷野中清醒清醒这些剪不断、理还乱的思绪了。

　　值得注意的，是这段诗中重复使用着一种反常的、变形的句式，一种螺旋扭转的句式。它们是一种比喻，一种以反为正的比喻，因而也可以称为"螺旋喻"。"鸟何萃兮蘋中？罾何为兮木上？""麋何食兮庭中？蛟何为兮水裔？"它们的特点都是鸟兽和人类的行为被安排在一个错误的或违反常规的位置上，以错误的或违反常规的位置来描摹情感的无着落，来增加情感生发的力度。比如对于前一句，王逸注道："夫鸟当集木巅，而言草中；罾当在水中，而言木上。以喻所愿不得，失其所也。"[1] 朱熹《楚辞集注》解释后一句："麋当在山林，而在庭中；蛟当在深渊，而在水裔。以比神不可见，而望之者失其所当也。"[2] 这种螺旋喻，也见于《湘君》："采薜荔兮水中，搴芙蓉兮木末。"可知"螺旋喻"乃是屈子非常得意的一种发明。它故意地制造某种事物行为和方位方式的错位、扭转和颠倒的状态，有如把一捆钢丝作了螺旋式扭转的处理而成绳状，使其内部存在着由变形而产生的应力。这种螺旋喻的应力功能，就在于它以行为和目的之间对错了号，造成阅读心理在迷惑间的中断和歧出，在反常中造成陌生感，别具一格地隐喻着人物的特殊心理状态。

---

[1]（宋）洪兴祖撰，白化文等点校：《楚辞补注》，中华书局1983年版，第65页。
[2]（宋）朱熹：《楚辞集注》，上海古籍出版社2001年版，第37页。

然而，梦耶？真耶？湘君在迷惑怅惘之际，却听到佳人召请自己，即时驱动车子同载而往，筑宫室于水中，用荷叶修盖屋顶。据说神的形象和生活都是人类比照自身的存在幻想出来的，人如何生活，就设想神也这样生活，只不过更豪华灿烂，令人神往而已。古希腊的克塞诺芬尼就说过："埃塞俄比亚人说他们的神皮肤是黑的，鼻子是扁的；色雷斯人说他们的神是蓝眼睛、红头发的。"楚诗人心目中的湘水神的生活，是水居荷屋、椒房藤帐，点缀着楚地的香草，一派水乡泽国的旖旎风光。二湘同居的水中宫室，以荪草饰壁，紫贝砌坛，满堂播种着香气氤氲的花椒。用桂木做栋梁，木兰做椽子，连白芷装饰的房间的木楣也是辛夷花木制作的。连室内装修也是既清新，又华贵的，用薜荔藤织网充当帐幕，剖开蕙草作的隔扇也已经张开。白玉用来作压席的镇子，石兰花疏疏落落地发出芬芳。在荷叶屋中筑起白芷墙，还不能尽兴，又用香草杜衡把它缭绕起来，满庭院汇集了成百种花草，还要在两边厢房结扎香花为门洞。洞房建筑风格是湘水神的神格趣味的象征，既带楚地风情，又与屈原审美趣味相通。如此洞房的婚礼，难免要风风光光地热闹一番，于是九嶷山神纷纷同来欢迎，来祝贺的神灵多如天上云霞。写爱情之珍贵无从着墨，却去写洞房之华丽；写婚礼之隆盛无从着墨，却去写宾客之如云。这就是此诗不写之写，以彼写此的有意味的间接描写策略，以间接描写敞开风光无限的视野。

那么，如此喜庆之婚礼到底是真耶？梦耶？从《湘夫人》与《湘君》相对应的结尾中，可以看出它还是一场梦幻，而且由于喜庆的期待值越高，反衬出失落的悲剧感越沉重："捐余袂兮江中，遗余褋兮澧浦。搴汀洲兮杜若，将以遗兮远者。时不可兮骤得，聊逍遥兮容与。"湘君虽然把湘夫人馈赠的定情物捐弃在江中水边，但是他还是从平洲上采摘杜若香草，打算留赠给远方的心上人。这位男神毕竟比女神想得开，他觉得时机是不可骤然得到的，聊且逍遥从容地等待吧。自然，等待是具有多种可能性的，如此结尾是开放型的结尾，如此爱情悲剧也是开放型、而非封闭型的。《湘夫人》结尾六句与《湘君》结尾六句，形式相近，属于古诗中重章叠句的结构形态，但它们所承接的情境有凄寂和喜庆的差异，演唱者又有巫扮的湘夫人和湘君的不同，因此在形式上近乎重复之处显示了精神实质上的微妙的反重复。这正是《九歌》为文人创作，比《诗经》的重章叠句更为精致的地方。有了二《湘》，我们完全有理由说，屈子《九歌》已把我国远古诗歌的心理体验艺术，推进至一个非常高明精微的高度了。

四 《大司命》与《少司命》

与二《湘》形成对照的，是二《司命》。二二相承，形成了《九歌》十一篇中间偏前的双焦点。二《湘》的分别在于男女性别，二《司命》的分别则在于年龄和职掌。对大司命、少司命的解释也显示了中国神话的多义性，后人以谶纬神学把他们与天上星宿相对应，多有歧义，莫衷一是。倒是王夫之《楚辞通释》解释得较为实在，较为符合诗歌文本："旧说谓文昌第四星为司命，出郑康成《周礼注》，乃谶纬家之言也。篇内乘清气，御阴阳，以造化生物之神言之，岂一星之谓乎？大司命统司人之生死，而少司命则司人子嗣之有无，以其所司者婴稚，故曰少；大则统摄之辞也。古者臣子为君亲祈永命，遍祷之群祀，无司命之适主；而弗（袚）无子者，祀。大司命、少司命，皆楚俗为之名而祀之。"① 二司命分管着人间长幼、寿夭和子嗣，是统摄人生的过去、现在、未来的命运之神。关于人的寿命增减，东晋干宝《搜神记》卷三记载了一个喜剧性故事，意谓"管辂至平原，见颜超貌主夭亡。颜父乃求辂延命。辂曰：'子归，觅清酒鹿脯一斤，卯日，刈麦地南大桑树下，有二人围棋，次但酌酒置脯，饮尽更斟，以尽为度。若问汝，汝但拜之，勿言。必合有人救汝。'颜依言而往，果见二人围棋，频置脯，斟酒于前。其人贪戏，但饮酒食脯。不顾数巡，北边坐者忽见颜在，叱曰：'何故在此？'颜惟拜之。南面坐者语曰：'适来饮他酒脯，宁无情乎？'北坐者曰：'文书已定。'南坐者曰：'借文书看之。'见超寿止可十九岁，乃取笔挑上语曰：'救汝至九十年活。'颜拜而回。管语颜曰：'大助子，且喜得增寿。北边坐人是北斗，南边坐人是南斗。南斗主生，北斗主死。凡人受胎，皆从南斗过北斗；所有祈求，皆向北斗。'"② 这个故事很有趣，神仙也讲人情。可以说，神话或神仙信仰的出现，在相当大的程度上体现了初民对自身无法把握的寿命的关切和焦虑。由此也可以明白二《司命》成为《九歌》焦点的缘故了。

《大司命》写的毕竟是主宰人间命运的大神，他一上场就显示了非凡的魄力：

---

① （明）王夫之：《船山全书》第十四册，岳麓书社1996年版，第259页。
② （晋）干宝：《搜神记》，中华书局2009年版，第57页。

广开兮天门！纷吾来兮玄云。
令飘风兮先驱，使涷雨兮洒尘。

　　大司命乘着纷涌的玄云，大概是以玄色象征他的铁面无私吧。玄云之"玄"字，承载着丰富的文化内涵。玄乃是象形字，小篆下端像单绞的丝，上端是丝绞上的系带，表示作染丝用的丝结，本义指赤黑色，黑中带红。《说文解字》云："黑而有赤色者为玄。"《周礼·天官冢宰·染人》："夏纁玄"，注曰："玄纁者，天地之色。"① 《周易·坤卦》："天玄而地黄。"② 《诗经·豳风·七月》："八月载绩，载玄载黄。"《诗经·召南·卷耳》："我马玄黄。"《诗经·小雅·何草不黄》："何草不玄，何人不矜。"玄又泛指黑色，玄色由此指代天，《释言》云："玄，天也。"《太玄·玄告》云："天以不见为玄，地以不形为玄，人以心腹为玄。"又《小尔雅》云："玄，黑也。"《尚书·禹贡》："（徐州）厥篚玄纤缟"，孔传曰："玄，黑缯。"③ 《韩非子·十过》："一奏，而有玄云从西北方起。"④ 引申为黑暗，浓厚幽深，《楚辞·九章·惜往日》："临沅、湘之玄渊兮，遂自忍而沉流。"进而有了玄虚神妙深奥之义，如《老子》第一章："玄之又玄，众妙之门。"《西游记》："难！难！难！道最玄。"假借为"悠远幽深"，《说文解字》云："玄，幽远也。象幽而入覆之也。"《庄子·外篇·天地》："玄古之君天下，无为也，天德而已矣"，高注曰："淮南子曰：天也。圣经不言玄妙，至伪尚书有玄德升闻之语。"道家学说或道教，也就有了玄学之名，《文心雕龙·时序》云："自中朝贵玄，江左称盛，因谈馀气，流成文体。是以世极迍邅，而辞意夷泰，诗必柱下之旨归，赋乃漆园之义疏。"⑤ 大司命乘坐之玄云，以天的颜色为颜色，簇拥着如此繁富复杂的文化内涵，不愧其所为"大"矣。

　　从大司命出场辞中，可以感受到他在神谱位置的微妙变化。《周礼·大宗伯》说："以燎祀司中、司命、风师、雨师。"风师、雨师虽排在司命之后，毕竟是同列之神，在这里却变为主从了。而且大司命驱遣

---

① （汉）郑玄注，（唐）贾公彦疏：《周礼注疏》，北京大学出版社1999年版，第210页。
② 周振甫译注：《周易译注》，中华书局1991年版，第17页。
③ （汉）孔安国传，（唐）孔颖达疏：《尚书正义》，北京大学出版社1999年版，第144页。
④ （清）王先谦：《韩非子集解》，中华书局1998年版，第65页。
⑤ （南朝梁）刘勰撰，范文澜注：《文心雕龙注》，人民文学出版社1962年版，第675页。

的是旋风暴雨，王逸《楚辞章句》说："回风为飘风，暴雨为冻雨。言司命爵位尊高，出则风伯、雨师先驱为轼路也。"① 可知人们对他的尊崇感和恐惧感。他那声"广开天门"的喝令，简直有点惊天动地，响彻云霄，震慑人心。

巫术迷幻和沅湘情歌对唱，深刻地影响了本诗视角的频繁转换，使之具有相当浓郁的戏剧表演色彩。巫者在这里充当了双重角色：一为巫扮男神，一为巫是女巫。这就是钱锺书所说的"一口多身"的表演技巧："作者假神或巫之口吻，以抒一己之胸臆。忽合而一，忽分而二，合为吾我，分为尔彼，而隐约参乎神与巫之离坐离立者，又有屈子在，如玉之烟，如剑之气。胥出一口，宛若多身（monopolylogue），叙述搬演，杂用并施，其法当类后世之'说话'、'说书'。"② 比如前述大司命上场，采取巫扮男神角色。接着，"君回翔兮以下，逾空桑兮从女（汝）"，把大司命称为君，要追随他越过神话中的空桑之山，这就转换为"巫是女巫"的角度了。再接下来，神君俯瞰"纷总总兮九州"，认为人间生命长短自有一定道理，"何寿夭兮在予？"神君自称"予"，自然又成了"巫扮男神"的视角了。二句一换视角之后，随之是四句一换视角。首先"巫是女巫"，赞叹着神君"高飞兮安翔，乘清气兮御阴阳"，并且表示要追随着他敬谨奔走，引导上帝大神前往九州之山。其次又变成"巫扮男神"，自我欣赏地称说，"灵衣兮被被，玉佩兮陆离。壹阴兮壹阳，众莫知兮余所为"。这些不用间接叙述的直接引语之对接更替，是《九歌》的发明之所在，也是《九歌》的迷惑之所在。它以吾、予、余、君一类五彩缤纷的第一、第二人称代词，令人感到某种朦胧的亲切，恍若你中有我、我中有你，神亦是人、人亦是神。因此朱熹《楚辞辩证》感叹："《九歌》诸篇，宾主彼我之辞，最为难辨。"③ 但这种难辨宾主彼我之处，却奇妙地缩短了人、神之间的心理距离，增加其间的感情纠葛。比如以下的诗行，就被人怀疑女巫在诱惑大司命了：折下神麻啊花似瑶华，要把它啊赠给那离群索居的神君；你的老境渐渐已到，不稍稍亲近啊会更加生疏。你乘着龙车啊车声辚辚，高驰而去啊直冲天空；用桂枝挽成同心结啊久久等待你，愈思念你啊愈愁人！巫扮男神大司命的回答却另有一番风光，一种看似无情之有情：

---

① （宋）洪兴祖撰，白化文等点校：《楚辞补注》，中华书局 1983 年版，第 68 页。
② 钱锺书：《管锥编》，中华书局 1979 年版，第 599 页。
③ （宋）朱熹：《楚辞集注》，上海古籍出版社 2001 年版，第 182 页。

第二章 《九歌》:"人情—神话"双构性诗学体制 / 847

愁人啊可奈何,但愿像今日啊平安无损。本来人的命运啊自有安排,谁离谁合啊岂能随意施为?这位乘龙冲天、呼风唤雨、驾御阴阳的命运神,竟然对女巫的诱惑不置可否,顾左右而言他,似乎连自己的命运也只好诉诸无奈了。

然而并不是说视角的转换、人称的错综就是一切,情歌对唱也可以采用平庸卑俗之辞,巫术迷幻大量存在的还是荒唐的谵语。关键在于借助视角转换的灵便,创造出生气勃勃而又深沉蕴藉的诗情意味,包括使用奇丽的想象、精湛的隐喻以及刚柔兼备的节律安排,形成一个完整而别致的诗学结构。

《少司命》一开头,就采用了浑然若天成,不易为人觉察的隐喻:

秋兰兮麋芜,罗生兮堂下。
绿叶兮素枝,芳菲菲兮袭予。
夫人自有兮美子,荪何以兮愁苦?
秋兰兮青青,绿叶兮紫茎。

据闻一多考证,麋芜又作蘼芜,即芎䓖。《本草经》说:"芎䓖味辛温,主……妇人血闭无子。"《尔雅翼》卷二说:"兰有国香,人服媚之,古以为生子之祥,而蘼芜之根主妇人无子,故《少司命》引之。少司命主人子孙者也。"① 也就是,在祭祀神堂下罗列陈设着的绿叶素枝的秋兰和蘼芜,看似平平常常,却隐喻少司命掌握着人家有无子嗣的权力,正如大司命乘玄云驱使着旋风暴雨,隐喻着他具有左右人间寿夭祸福的威猛。这里是巫扮男神少司命的视角,他赞叹秋兰、蘼芜芬芳扑鼻,又安慰求子的妇人自会有如意的儿子,您又何必愁眉苦脸?他待人的态度不是震慑,而是抚慰,别具一副柔肠。

其后的视角转移到"巫是女巫",但还携带着秋兰"国色媚人"以及"生子之祥"的隐喻意蕴:"秋兰兮青青,绿叶兮紫茎。满堂兮美人,忽独与予兮目成。"女巫说少司命与她眉目传情,是确有其事,还是一种自作多情的感觉?读者自可从全诗的肌理中作出不同的揣摩。但在祭祀场合中,委婉含蓄的"目成"这个细微的动作就足矣,再夸张就会有亵渎之

---

① (宋)罗愿撰,石云孙点校:《尔雅翼》,黄山书社1991年版,第21页。

嫌，就会失去分寸感或火候了。然后女巫可以暗自埋怨神君："入不言兮出不辞，乘回风兮载云旗。悲莫悲兮生别离，乐莫乐兮新相知"。埋怨也有分寸感，怨而不乱，出语带有精警的哲理性。周拱辰《离骚草木史》卷二说："悲乐二语，侧重别离二言，然二语合看，才见言情之苦。以为已别离矣，而昨日之相知尚新；以为相知伊始耳，而生离随继。夫相知而别离，不如不相知之愈也，而况新相知乎？一日之内，忽新忽故，忽聚忽散，无限啼笑无凭之感，所谓'今宵剩把银缸照，犹恐相逢是梦中'也，含情写恨，叹声压云。"①《少司命》之情感揣摩是相当细腻的。

埋怨归埋怨，关切还是要关切的，这就在心理的转折和深化中增加其复杂性。在楚巫的眼中，少司命是荷叶为衣、蕙草为带，是以楚地美丽芬芳的花草打扮起来的。女巫关切着他倏然而来、忽然而逝，到底是何存心？关切之极，自然想入非非：你晚间歇宿在天帝之郊，在那白云之际到底等待谁？女巫期待着神君的光顾，却寻思着神君邀请自己。她在迷幻中似乎听到神君在说："与女（汝）游兮九河，冲风至兮水扬波。与女沐兮咸池，晞女发兮阳之阿。"关于"游九河"二句，由于王逸无注，洪兴祖《楚辞补注》认为"《河伯》章中语也"。其实女巫幻觉神君既邀她游九河，又邀她沐于咸池，从幻觉中邀约之勤可以反衬出女巫期待之切。大概"与沐咸池"有点"男女同川共浴"之嫌吧，女巫设想自己对此矜持不往，好让少司命也尝尝"悲莫悲兮生别离"的痛苦，叹息"望美人兮未来，临风兮浩歌"！一些在视角转移中带有戏剧意味的歌辞，通过富有情感程序和心理深度的对接组合，呈现了埋怨、焦虑、关切以及幻觉中的欢乐和报复中的精神补偿等丰富的情感状态，呈现了人、神之恋的心灵历程的曲折性和心理结构的复杂性。语言的呈现性及其背后的暗示性，在这里达到了极其微妙的程度，在先秦文学中或在纪元前人类文学中，罕见如此精心结撰的心灵曲线。

在幻觉的报复中得到精神补偿之后，女巫到底还是倾心于少司命，她改口称颂起少司命的威仪和严正："孔盖兮翠旍，登九天兮抚彗星；竦长剑兮拥幼艾，荪独宜兮为民正。"这里依然采用隐喻，"抚彗星"暗示以扫帚星扫除儿童世界的邪秽和灾难。至于挺出长剑保护婴儿，令人联想到《涉江》屈子自述喜好的"带长铗之陆离"的奇服，是屈原把自己的服

---

① 《续修四库全书》第1302册，第98页。

饰、也把自己呵护儿童的一片心，托付给少司命了。此诗一头一尾都提及少司命主持人间子嗣、呵护儿童的职掌，采取的是前后呼应的结构技术。但是开头述职掌，用以引导神君与女巫的"目成"；结尾述职掌，用以消解女巫与神君的情感纠葛。它们都成了全诗爱情心理曲线的有机部分，成了它的别有意味的前奏与尾声。清人蒋骥《山带阁注楚辞》说："《大司命》之辞肃，《少司命》之辞昵。"① 大概指的是后者的人、神之恋的心理曲线，比起前者更加精细入微、委婉有致。

五 《东君》与《河伯》

日神与黄河神都是全国性的神，按照中原祀神礼制自古相传的观念，日神应高于云神，黄河神应高于湘水神。《九歌》对东君、河伯如此疏而贬之的结构安排，长期以来令人迷惑不解。因而解开这个迷惑，乃是把握《九歌》神谱结构深层意义的关键所在。中国人祭日神，最早见于文字记载者，为殷墟甲骨文："乙巳卜，王宾日。弗宾日。"（《殷契佚存》872）"丁巳卜，又出日。丁巳卜，又入日。"（同上407）"出入日，岁三牛。"（《殷契粹编》17）如此等等。同一日中有"出日""入日"之礼，不同日中又有"宾"与"岁"之祭，可见祭日神之勤以及仪式之多样性。日出入以祭祀之，这种习俗在历代王室相沿甚久。《国语·周语上》说："古者先王既有天下，又崇立上帝明神（旧注：明神，日月也）而敬事之，于是乎有朝日夕月。"② 此类祭典似乎逐渐制度化，如《礼记·祭义》说："祭日于东，祭月于西，以别内外，以端其位。"③ 又追溯源流说："郊之祭，大报天而主日，配以月。夏后氏祭其暗，殷人祭其阳，周人祭日以朝及暗。"④ 然而在战国楚神话系统，日神崇拜似乎已有所淡化。战国盛行"十日"说，日由一变为十，实质上瓦解了其"独尊"的神格。十日说有两个分支，一者如《山海经·大荒南经》所载："东南海之外，甘水之间，有羲和之国。有女子名曰羲和，方日浴于甘渊。羲和者，帝俊之妻，生十日。"⑤ 这个浴日的场所或说是汤谷、扶桑。羲和是太阳的母

---

① （清）蒋骥：《山带阁注楚辞》，上海古籍出版社1984年版，第60页。
② 《国语》，上海古籍出版社1978年版，第37页。
③ （汉）郑玄注，（唐）孔颖达疏：《礼记正义》，北京大学出版社1999年版，第1323页。
④ 同上书，第1322页。
⑤ 袁珂校注：《山海经校注》，上海古籍出版社1980年版，第381页。

亲神，此类传说散发着血缘性和伦理亲和感。另一类传说充满畏惧感，如《艺文类聚》卷一引《淮南子》："尧时十日并出，草木焦枯。尧命羿仰射十日，中其九。鸟皆死，堕羽翼。"① 这个分支的传说中，人畏惧于日，日也畏惧于人。《天问》曾沿用羿射日的故事，《招魂》中"十日代出，流金铄石些"，当也是由此分离出来的神话碎片，因此，这一传说已盛行于战国。人与日的亲和感为楚诗人所汲取，《离骚》可以命令日神御者按节徐行，也可以折若木以拂日，可见人与日神之间是亲和大于畏惧的。《九歌》称日神为东君，但是既然已有东皇太一占了一个"东"字，他这个"东"字就不能不打点折扣。又以"君"称之，也就更多手足情深，应该注意，如此亲和感是可以刺激诗人借用神话进行审美创造的自由心态的。

且看《东君》如何表现出诗创造的自由心态：

　　暾将出兮东方，照吾槛兮扶桑。
　　抚余马兮安驱，夜皎皎兮既明。
　　驾龙辀兮乘雷，载云旗兮委蛇。
　　长太息兮将上，心低佪兮顾怀。
　　羌声色兮娱人，观者憺兮忘归。

暾为红日喷薄欲出的样子，《玉篇·日部》云："暾，日欲出。"王逸《楚辞章句》说："谓日始出东方，其容暾暾而盛大也。"② 这里发生了一个问题：既然是日神，为何还会有喷薄欲出的红日照耀"我的"以扶桑神木做成的栏杆？因此有人说，这不是日神之光，乃是东皇太一的光辉；又有人说，东君不是太阳本身，而是日神御者羲和。其实这是由人与日神的亲和感产生的自由心态之表达，由此采取一种新的艺术表现谋略。既然汤谷中那株"九日居下枝，一日居上枝"的扶桑神木都可以用来制造日神宫室的栏杆，那么日神的躯体与功能，或者说"象"，与"神"也就不妨加以分离。只有从他的神性中分离出神象来，他才具有可钦可喜的人性人情。因此说，神与象的分离，乃是使日神人情化的诗性艺术谋略。这样才能看到日神躯体

---

① （唐）欧阳询：《艺文类聚》，上海古籍出版社1982年版，第5页。
② （宋）洪兴祖撰，白化文等点校：《楚辞补注》，中华书局1983年版，第74页。

轻拍着他的马匹安详地驱驰,才能使他的躯体可以看到自己的神性功能:夜色皎皎然,天已明亮了。

　　神象与神性分离后,艺术表现的余地大为拓展,艺术表现的可能性也大为丰富了,日神不再是光芒四射的圆滚滚的一团,他成了倚在车辕上,驾着龙车如雷滚滚前进的神将。日出时四周的彩霞,也成了插在他龙车上迎风舒卷的云旗。他不仅是风流倜傥的神将,而且是情感细腻的常人。日出上升的时候,他还连连叹息,徘徊流连怀思着扶桑故乡。一见到祭祀的娱乐场面,他又成为观众,贪恋声色直至忘归。应该说,这里的神象和神性是离中有合,合中有离的。离则可以展示其七情六欲的丰富性,合则还有皎明、云旗等特征,因而从不同角度展示了日神的丰富的外在世界和内在世界。

　　日神先是赞叹祭神仪式上的"声色娱人,观者忘归",这属于"感受提前"的写法。它既符合日神闻声而来的行为顺序,又提前强调了鼓乐歌舞的丰盛迷人。随之写迎神场面:弹着绷紧的清瑟啊交互着击鼓,猛烈敲钟啊连它的座柱也摇晃。吹响篪啊又吹响竽,女巫聪明漂亮啊令人思慕!她的舞姿轻盈啊如翠鸟般飞跃,展开诗来唱啊会合着跳舞。应着旋律啊合着节拍,引得神灵降临啊遮天蔽日!以上两个感叹号把这六句诗分成两部分,前者写鼓乐,后者写歌舞。值得注意的是,这两部分的诗句都采取"三加一"的体制,都是前三句写景,后一句写情。因而整个场面不是静止的,而是在热烈喧腾中充满着神与人的情感交流。"灵之来兮蔽日",难道神灵也把自己挡住了吗?这里使用的依然是"神"与"象"分离的手法。蔽日而来,思慕女巫,日神初出发之时还眷恋的扶桑故土,已被忘得一干二净,此时大概有点乐而忘返了。

　　当然,日神毕竟是日神,他不能一味地儿女情长。神与象的分离虽然意味着他性格的复杂性和某种程度的形神分裂,但最终还是保持着体现阳刚之美的神性的一面:

　　　　青云衣兮白霓裳,举长矢兮射天狼。
　　　　操余弧兮反沦降,援北斗兮酌桂浆。
　　　　撰余辔兮高驰翔,杳冥冥兮以东行。

　　云衣霓裳的日神是风采翩翩的,他举长矢以射天狼星,朱熹《楚辞集注》引《晋书·天文志》说:"狼一星,在东井南,为野将,主侵掠。弧九星,在狼东南,天弓也,主备盗贼。"① 戴震《屈原赋注》则进一步引申,以天狼星影射"虎狼之秦":"秦之疆也,占于狼弧。此章有报秦之心,故举秦分野之星言之。"② 这里所采用隐喻,"射天狼"的隐喻义既有特指性,指抗御西北强敌秦国;又有泛指性,指诛灭一切恶星,因而理解上无须狭隘。日神操起木弓,反身把天狼星射得纷纷散坠,随之拿起北斗星当酒斗,舀酒浆以庆功,其行为是干脆利落、风度翩翩的。羿射十日的故事,在这里转化为日神射天狼,善射者主体的这种转化是很有意味的,它暗示着人与日神的钦佩感、亲和感。最后日神拢紧马缰绳向高处飞翔,在深幽暗淡的夜色中返回东方的扶桑。从这里提到狼星、弧星和北斗,说明已是日入之时,在古人心目中,日入之后便从另一世界返回东方,或如王逸《楚辞章句》所说:"日过太阴,不见其光,出杳杳,入冥冥,直东行而复出。"③ 全诗选择了两个关键的时间点:日出与日入。这种时间选择,是可以和殷周以来的祭祀"出日""入日"的礼制相参照的。

相对于日神,河神在中国古代,神格不甚尊贵。《史记·封禅书》说:"天子祭天下名山大川,五岳视三公,四渎视诸侯,诸侯祭其疆内名山大川。四渎者,江、河、淮、济也。"④ 同类说法也见于《礼记·王制》《尔雅·释水》,总之河神只是四大川神之一,而且是否设祭还要看它是否在"诸侯疆内"。渎乃形声字,从水,卖声,本义指水沟、水渠。《说文解字》云:"渎,沟也。一曰邑中沟。"《尔雅·释水》注:"浍曰渎。又江河淮济为四渎。"《释名》:"渎,独也。各独出其水而入海也。"四渎,就是长江、黄河、淮水、济水。《白虎通·巡狩篇》:"渎者,浊也。中国垢浊,发源东注海,其功著大,故称渎。"《风俗通·山泽篇》:"渎者,通也,所以通中国垢浊。"《周易·渎卦》:"坎为沟渎。"《周礼·雍氏》:"掌沟渎浍池之禁。"《荀子·修身》:"开其渎。"《韩非子·五蠹》:"有决渎于殷周之世者,必为汤武笑矣。"中国人关注河神,却并不将他看作多么高贵的神灵。

殷人腹地临河,备受水患,《史记·殷本纪》记载:"帝盘庚之时,

---

① (宋)朱熹:《楚辞集注》,上海古籍出版社2001年版,第43页。
② (清)戴震著,戴震研究会等编:《戴震全集》第二册,清华大学1992年版,第957页。
③ (宋)洪兴祖撰,白化文等点校:《楚辞补注》,中华书局1983年版,第76页。
④ (汉)司马迁:《史记》,中华书局1959年版,第1357页。

殷已都河北,盘庚渡河南,复居成汤之故居,乃五迁,无定处。"① 殷墟卜辞多记祭河神、洹神,河、洹地望均近殷都,乃是一种带有恐惧感和无常感的命运设祭。楚国腹地远离黄河,对河神的恐惧感和尊崇感,也就疏淡。《左传·鲁哀公六年》记楚昭王有疾,卜其原因是河神作祟,大夫请祭河神。楚昭王说:"三代命祀,祭不越望。江、汉、睢、漳,楚之望也。……不谷虽不德,河非所获罪也。"② 他拒祭河神的行为,被孔夫子称为:"楚昭王知大道矣!"随着楚国疆域的扩张以及对中原信仰的逐渐认同,楚地祭河当也是意料之事。但由于地远情疏,到底保留着不少自由心态。王逸注《天问》之夷羿射河伯、妻洛嫔:"传曰:河伯化为白龙游于水旁,羿见射之,眇其左目。河伯上诉天帝,曰:为我杀羿。天帝曰:尔何故得见射? 河伯曰:我时化为白龙出游。天帝曰:使汝深守神灵,羿何从得犯? 汝今为虫兽,当为人所射,固其宜也,羿何罪欤?"③ 所谓"传曰",当是其时楚地传说,那种对河伯受伤的幸灾乐祸的幽默感,散发着浓郁的自由心态的气息。

自由感有时可以化为亲昵感,《河伯》一开头就写神灵与女巫(扮女水神)的浪漫游,其亲昵感超过其余诸神:

  与女游兮九河,冲风起兮横波。
  乘水车兮荷盖,驾两龙兮骖螭。
  登昆仑兮四望,心飞扬兮浩荡。
  日将暮兮怅忘归,惟极浦兮寤怀。

河神也有龙象,这里河神的水车用两条龙、加上三条无角龙牵引,多少也有神与象分离的意味。他的水车是以荷叶为车盖,带有楚地风物的特征。对于与女(汝)游览的"九河",东汉王逸《楚辞章句》卷二云:"河为四渎长,其位视大夫,屈原亦楚大夫,欲以官相友,故言女也。九河:徒骇、太史、马颊、覆釜、胡苏、简、絜、钩盘、鬲津也。"④ 这种

---

① (汉)司马迁:《史记》,中华书局1959年版,第102页。
② (周)左丘明传,(晋)杜预注,(唐)孔颖达疏:《春秋左传正义》,北京大学出版社1999年版,第1636—1637页。
③ (宋)洪兴祖撰,白化文等点校:《楚辞补注》,中华书局1983年版,第99页。
④ 同上书,第76页。

解释源于《尔雅·释水》:"徒骇、太史、马颊、覆鬴、胡苏、简、絜、钩盘、鬲津。——九河。"《孟子·滕文公上》也言及九河:"当尧之时,天下犹未平,洪水横流,泛滥于天下,草木畅茂,禽兽繁殖,五谷不登,禽兽逼人,兽蹄鸟迹之道交于中国。尧独忧之,举舜而敷治焉。舜使益掌火,益烈山泽而焚之,禽兽逃匿。禹疏九河,瀹济、漯而注诸海,决汝、汉,排淮、泗而注之江,然后中国可得而食也。当是时也,禹八年于外,三过其门而不入,虽欲耕,得乎?后稷教民稼穑,树艺五谷,五谷熟而民人育。"[①] 问题在于流放沅湘民间的屈原为何关注九河?又为何把与九河关联的《河伯》祭典置于湘水神的后面?其实,九河蕴含着屈原在沅湘民间接触到的三苗民族的群体记忆。蚩尤族原居九河,与炎黄民族联盟决战失败被诛,其部众九黎三苗长途迁徙到沅湘流域,他们祭奠河伯,蕴含着对祖源地的群体记忆,但是对于沅湘民众而言,河伯的祭奠只能屈居于"二湘"之次。在神谱上只能如此,补救的方法只好诉诸《河伯》的行文。

这一点,《河伯》行文是意兴淋漓地做到了。河伯驾着具有楚地特征的水车,载着女巫迎着暴风横渡大波,遍游黄河,实在有点风云得意,可以看作是楚人(包括三苗民族)与黄河神在自由心态中的一次兴致勃勃的对话。然后他们相携登上古代相传是黄河源头的昆仑山,放眼四望,意气飞扬,心胸浩荡。《淮南子·原道训》说:"昔日冯夷(河伯名)……乘云车,入云,游微雾,骛忽,历远弥高以极往……经纪山川,蹈腾昆仑。"[②] 这种说法大概源三苗民族的精神情结,从而把游兴高扬的河伯和女巫一同送上昆仑山了。游兴淋漓又不能不暗生怅惘,欢乐苦日短,在日将暮的时候,他顿然想起远处水边的出发地了。

少见有诗歌把爱情生活置于游九河、登昆仑如此苍茫而浩渺的世界。也少见有诗歌把爱情生活置于居龙宫、逐文鱼如此华贵而清新的世界,《河伯》于此真可谓二美兼备:

  鱼鳞屋兮龙堂,紫贝阙兮朱宫。
  灵何为兮水中?乘白鼋兮逐文鱼。

[①] (汉)赵岐注:《孟子注疏》,北京大学出版社1999年版,第145—146页。
[②] 何宁撰:《淮南子集释》,中华书局1998年版,第12—16页。

与女游兮河之渚，流澌纷兮将来下。

河伯的宫室是鱼鳞盖屋，堂上绘以蛟龙之文，紫贝砌成门阙，宫墙涂以朱丹。那么神灵在宫室中做些什么？他不去兴风作浪，只是乘着白色大鳖，做着追逐浑身斑彩、有翅能飞的文鱼的游戏。游戏倦了，又同女巫同游黄河沙渚，观看解冻的冰块纷纷顺流而下的景观。此类抒写已经把河伯高度审美化或诗化，丝毫看不出河伯兴浪成灾的恐惧感阴影。河伯的居处虽华贵，却也取自自然；嬉游虽奇幻，却也与自然浑融无间。诗篇已经排除了北方社会中流行的"河伯溺杀人""君主妻河""河伯娶妇"一类残酷现象和恶劣习俗，而还原河伯以一派生机盎然的自然情趣，从而建构了一个超越人间深重礼俗的爱情生活的自然空间。在此类自然空间中，屈子寻找着自己精神的家园，生命的绿洲。

然而这种自然形态的爱情生活绝非恒久，而是带有瞬息感的，即所谓"千里搭长棚，未有不散的席"。又到了河伯与他的美人分手的时候了："子交手兮东行，送美人兮南浦。波滔滔兮来迎，鱼鳞鳞兮媵予。"这里又多用宾主尔我之类的人称代词，采取男女对歌轮唱的方式。美人对河伯说："和你携手东行。"河伯对美人说："且送你送到南浦。"美人对游九河、逐文鱼的快乐还念念不忘："波浪滔滔是迎我回去吗？"河伯语意双关地说："鱼儿成群结队陪送我们。"他们对相聚和分手采用旷达的、随意自然的态度，因而此诗提供了与《少司命》中"悲莫悲兮生别离，乐莫乐兮新相知"不同的感情形式，他们是聚得痛快，分得潇洒。全诗洋溢着明快的格调，显示了《九歌》诗性思维的丰富性以及把握多种情感形式的精微匠心。

六 《山鬼》与《国殇》

《山鬼》与《国殇》写的是异格神，或者不入神谱的野神，散发着浓郁的国魂祭奠的政治性和民俗传说的自然野性。洪兴祖《楚辞补注》说："《庄子》曰：山有夔。《淮南》曰：山出嚻阳。楚人所祠，岂此类乎？"[1] 他虽然引经据典地证明山鬼为鬼怪，却保留存疑态度。王逸《楚辞章句》

---

[1] （宋）洪兴祖撰，白化文等点校：《楚辞补注》，中华书局1983年版，第82页。

注《哀时命》中"使枭杨先导"句："枭杨，山神名，即狒狒也。"①那么这种山鬼也是山神，是一种类人而食人的山精。此类解释与《山鬼》本文对不上号，也可以说它写的是另一种形态的"山鬼"，反映了中国神话异闻的多义性和多元性，诗人已经排除恶性山鬼，对其进行诗化和审美化的升华。

如此解释尚嫌简单，它实际上蕴含着诗人一种特殊的神鬼意念。《吕氏春秋·孟冬纪·异宝篇》说："荆人畏鬼，而越人信礽。"高诱注："言荆人畏鬼神，越人信吉凶之礽祥。"②《淮南子·人间训》和《列子·说符篇》则删去畏、信二字，变成"荆人鬼，越人礽"，或者"楚人鬼而越人礽"，变成一种不特别标明畏惧感的信仰了。《汉书·地理志》则说楚俗"信巫鬼，重淫祀"，标明的是信重。这类细微的变化说明，楚俗的"鬼"概念包罗广泛，善恶兼有，神鬼界限模糊。其中恶鬼数量巨大，如云梦睡虎地秦墓出土的《日书》记有凶鬼厉鬼数十种之多，但也不排除有不幸的幽灵游魂，甚至某些神祇。这就给《山鬼》的神话想象和后人的阅读联想，留下了广阔的精神空间。通览《九歌》，对诸神并不称神，除上皇、帝子、公子、佳人、山中人之外，通称灵或君，反而在《山鬼》中称"鬼"，在《国殇》中称"鬼雄"。这就意味着诗人真正看重的，与其说是诸神威慑人间的神圣感，不如说是缠绵悱恻的人情味以及清新直率的民俗野性活力。如此写神写鬼的诗，本质上是一种人之诗，鬼成了超越社会礼制约束的"人鬼"。

不过，《山鬼》既然以"鬼"名篇，它必然散发着一点幽深沉郁的"鬼气"，从而显示了一位大诗人之为大诗人所拥有的另一种才华类型。行文的开头就携带着人气息、夹杂着鬼气息：

若有人兮山之阿，被薜荔兮带女萝。
既含睇兮又宜笑，子慕予兮善窈窕。
乘赤豹兮从文狸，辛夷车兮结桂旗。
被石兰兮带杜衡，折芳馨兮遗所思。
余处幽篁兮终不见天，路险难兮独后来。

---

① （宋）洪兴祖撰，白化文等点校：《楚辞补注》，中华书局1983年版，第265页。
② 许维遹：《吕氏春秋集释》，中华书局2009年版，第230页。

这是以女巫降神的方式转换过来的诗歌表现方式，巫与神（山鬼）之间二而一、一而二，分而合、合而分，实现诗歌视角的错综组合与推移。"若有人"三字用得妙，女巫在迷幻状态中看见一个似人、似鬼、似神的影像从山坳深处出现，身体半裸，披着薜荔，以女萝带。逐渐看清她含情睐眼、嫣然一笑的面目，于是女巫与山鬼合而为一，进入神灵附体的状态，带点诱惑性地说：你爱慕我吗，看我多秀气妖艳？随之她在二而合一的状态中自恋自唱：乘着赤豹啊跟着花狸，辛夷香木做车啊编结桂花为旗。车上披着石兰啊以杜衡作带子，摘下香花啊赠给相思人。她的随从和打扮，契合山鬼的身份，充满山林旷野的原始气息。但在原始气息中她也有苦恼：我住在竹林深处啊总不见天，道路险阻，只能孤孤单单的，姗姗来迟。苦恼也成了一种美，成为漂亮的山鬼渴望着和引诱着精神慰藉者的酵素。山鬼之苦恼，有如西施之颦，特殊的"美人之缺陷"可以加深美人之滋味。

她的这一腔苦恼，只好向山中云雨倾诉了："表独立兮山之上，云容容兮而在下。杳冥冥兮羌昼晦，东风飘兮神灵雨。留灵修兮憺忘归，岁既晏兮孰华予？"古传山神能兴云作雨，如《春秋公羊传》僖公三十一年载："山川有能润于百里者……触石而出，肤寸而合，不崇朝而遍雨乎天下者，唯泰山尔。"[①] 泰山能遍雨天下，他山岂不能雨及一隅？因此写神灵雨，也暗示着山鬼的神性了。然而这里把神性、人情和自然景物交融在一起，内外浸润，渲染山鬼的情感浓度。她风姿独标地高立在山头，山下面溶溶流动的湿云就是她心头的云，杳冥黯淡的天气就是她的心理情调，东风飘下雨点也是她的心灵在流泪。山中云雨对她心中云雨进行了对应性的外模拟，因为她耽留着等待心上人，可是年岁不饶人，谁又能唤回她的豆蔻年华？

为了转移心境，逃避风雨扰人，她只好徘徊于山石之间，可是那里的路途也不平坦：

采三秀兮於山间，石磊磊兮葛蔓蔓。
怨公子兮怅忘归，君思我兮不得闲？

---

① （汉）公羊寿传，（汉）何休解诂，（唐）徐彦疏，十三经注疏整理委员会：《春秋公羊传注疏》，北京大学出版社1999年版，第268—269页。

这里于有意无意间透露了一点有关"山鬼是谁"的消息。郭沫若在以白话译《九歌》时，加了一个注："原文作'采三秀兮於山间'，於山即巫山。凡《楚辞》'兮'字每具有'於'字作用，如於山非巫山，则'於'字为累赘。"对此还可做点补充，王逸注"三秀，谓芝草也"；而《文选》李善注江文通《别赋》说："宋玉《高唐赋》曰：我帝之季女，名曰瑶姬，未行而亡，封于巫山之台。精魂为草，实曰灵芝。"① 古人以芝为瑞草，故称灵芝。这位美丽的女鬼在巫山采灵芝大概隐喻着她的身世出处，是可以看作与宋玉《高唐赋》的巫山神女来源于共同的或相似的楚地传说的。但她采灵芝的山路，却是石磊磊、葛蔓蔓，坎坷不平。承接着前面写湿云、写天色用了联绵词，这里写山石、写葛藤又用联绵词，可见女鬼的心情何其悲郁沉重。她只好埋怨一声自己的恋人：公子啊，我怅然忘归，你思念我，难道总找不出空闲来相会？这声埋怨是冲破重重叠叠的心灵压抑而释放出来的，格外显得包含着一份沉重的真挚。前述巫山神女"未行而亡"，可能是"未字而亡"的误书，其间也许包含着一个爱情的悲剧故事。

其后的诗行进入了更深一层的心理层面，不仅女巫和山鬼合而为一，而且浮现出山鬼对意中人的幻觉。那意中人对山鬼反问道：山中人啊你像杜若一样芳香，饮的是石泉啊遮阴的是松柏。你的芳洁够人倾心了，你想我啊还会有然然否否的疑惑？这种思极生幻，产生了"环中环"的诗歌视角，它实际上是女巫扮山鬼的迷幻状态中的自问和自慰。

然而山鬼的自问自慰，却被雷鸣猿啼所惊醒："雷填填兮雨冥冥，猨啾啾兮又夜鸣。风飒飒兮木萧萧，思公子兮徒离忧！"雷雨惊破幻觉，夜色四合，风摇木鸣，猿啼啾啾，其心灵所受的震撼远远超过了独立山顶时的云雨苍茫。这就不能不令山鬼失望地叹息：思念那公子啊恐怕白受凄苦了！失望归失望，称对方为"公子"似乎犹存未了情，这就是山鬼的痴情处了。全诗以奇特的幻思推进心理抒写的深度和精微程度，以浓重的色彩渲染随从诡异和苦雨密篁的情感氛围，便在幽深郁结处透出满纸凄苦苍凉。它显示了别具一格的险怪凄艳的诗才，成为中国诗史上李贺式鬼才的灵感源泉。

《国殇》的诗才类型明显地处在《山鬼》的另一极，几不写景，直赋

---

① （梁）萧统编，（唐）李善注：《文选》，上海古籍出版社1986年版，第754页。

第二章 《九歌》:"人情—神话"双构性诗学体制 / 859

战争场面,鞺鞺鞳鞳,如鼓如鼙,令人如临沙场,如闻战歌,洋溢着阳刚之美。在浴血苦战的紧要关头,谁又有余裕之心去欣赏自然美色?因此全诗堆积着、交错着动作,充满紧张的弓弦欲断的动作性:

操吴戈兮被犀甲,车错毂兮短兵接。
旌蔽日兮敌若云,矢交坠兮士争先。
凌余阵兮躐余行,左骖殪兮右刃伤。
霾两轮兮絷四马,援玉枹兮击鸣鼓。

这里有多种坚利的兵器在强烈的动作中交错撞击着,以敌、余(我)二字指示兵器动作的方向,以挥玉槌击战鼓来助其声势,烘托着一个不知名、无以名的勇猛的参战主体。所以不知名、无以名,因为所谓"国殇"乃是为国捐躯的战魂,是楚国"尚武"精神的场面化和动作化。这里战场的重心是兵车。楚国自春秋中期健全兵车制度之后,驰骋淮汉,觊觎中原,倾覆吴越,显示了锐气淋漓的战场冲击力。明代董说《七国考》卷十一《楚兵制》说:"《春秋感精符》云:'齐晋并争,吴楚更谋,不守诸侯之节,竞行天子之事。作冲车,励武将,轮有刃有剑以相振惧。'宋均曰:'冲,陷敌之车也。'《淮南》云:'……大冲车,高重京……'许慎注:'冲车,大铁著其辕端,马被甲,车被兵,所以冲于敌城也。'"[①] 此类兵车的轮上有刃有剑,上面立乘着的武士身披犀甲,手执吴地名戈,当其车毂相撞,短兵相接之时,其杀伤力可想而知。尽管敌军众多如云,旌旗遮天蔽日,双方射出的箭镞密集得在空中对撞而掉下,我战士还是奋勇争先,显示出一往无前的战斗意志。

可以说本诗的主题,在于把尚武精神作为一种民族意志进行深度的开发。其开发的深度不仅见于临阵时的奋勇争先,而且见于身处逆境之时那种不知退缩的困兽犹斗的气概。正写之不足,进而反写之,从而以正反互彰的诗学辩证法使尚武的民族意志升华出异常悲壮的色彩。敌军冲击我方战阵,躐入我方队列,使战况处于你中有我、我中有你的胶着状态,甚至我之战车的左骖马死亡、右马负伤,双轮陷下,拉车的四马都被绊倒,却依然挺身支撑危局,不作鸣金收兵之想,唯存击鼓冲杀之念。在这种坚强

---

① (明)董说:《七国考》,中华书局1956年版,第312—313页。

信念的反照下，那种弃车而逃或屈膝投降的行为，都变得卑劣而只有负面价值了。在依稀犹存个人生命选择的机会之际，将士出诸民族的荣誉作出无须选择的选择，体现了一往无前的意志、不可转移的专一感和不可侮辱的尊严感。

如果说《山鬼》一类作品把情感的开发推向极致，那么《国殇》就把意志的开发推向了极致，从而成了后世"生当作人杰，死亦为鬼雄""有断头将军无降将军""人生自古谁无死，留取丹心照汗青"一类殉国精神的滥觞。在正反两层开发了尚武民族意志之后，诗歌又进行第三层的开发，即把意志引入"死亡意识"而加以锤炼：

> 天时怼兮威灵怒，严杀尽兮弃原野。
> 出不入兮往不反，平原忽兮路超远。
> 带长剑兮挟秦弓，首身离兮心不惩。
> 诚既勇兮又以武，终刚强兮不可凌。
> 身既死兮神以灵，魂魄毅兮为鬼雄。

奇特的是，诗行是以阵亡将士的魂魄来反省死亡意识。死亡对于他们，是已然的存在，他们却以英雄主义的意志从死亡中超生，或者成为一种"超生命"。其时天似乎塌下来了，威灵的神发了怒，双方将士残酷地杀伐，全部弃尸原野。我方将士本来抱着"出不入，往不反"的决心赴战的，如今精魂从尸丛中飘忽出来，感到平原恍恍惚惚，返乡的路途非常遥远。精魂还是带着出发时的长剑和从敌军夺来的秦弓，他即便看见自己身首分离，也毫无悔恨之心。人死不能再有感觉，弃尸原野后的那些心理和行为应当属于他的精魂。借精魂反观自己横卧沙场的尸体，反省其生前的从战行为，并从"死亡意识"中肯定生命的价值，乃是《国殇》诗学手段的一项发明。这一点令人联想到《山海经·海外西经》所述之"刑天"："形天与帝至此争神，帝断其首，葬之常羊之山，乃以乳为目，以脐为口，操干戚以舞。"[1] 这种以灵魂反观尸身的艺术手法，后来在鲁迅散文诗集《野草》中常被应用，但鲁迅多出诸反讽情调，《国殇》则带有沉重的悲剧性。

---

[1] 袁珂校注：《山海经校注》，上海古籍出版社1980年版，第214页。

"出不入兮往不反"的精魂，乃是楚人尚武精神的结晶，是一种具有悲壮感的英雄主义。楚国上升期的一些将士，甚至某些有作为的君王都把以身许国作为具有莫大荣誉感的归宿。《左传·鲁庄公四年》记载，楚武王暮年伐随，临行觉得心律不齐，夫人邓曼激励他："王薨于行，国之福也。"遂死于行军途中的樠木之下，凯旋渡过汉水后才发丧。《左传·鲁哀公六年》又记载，楚昭王率师救陈，卜得出师不吉，他却与命运抗衡："然则死也。再败楚师，不如死；弃盟、逃仇，亦不如死；死一也，其死仇乎？"遂病死于战役中。这种死亡意识是与《国殇》相通的。至于将官临阵失误而自杀，几乎可视为楚人成例。如晋楚鄢陵之战中的司马子反因醉酒而导致兵败，引剑自尽；令尹子囊攻吴失利，也伏剑而死。此类事例的一再重复，说明上升期的楚国将士中存在着一种宁死不辱国威的道德意志和行为规范。

　　应该说，《国殇》的创作，虽或受了楚怀王时期屡败于秦师的现实刺激，但它所弘扬的乃是上自楚国上升期震铄数世的尚武精神，下及楚国衰落期驰名一时的"楚虽三户，亡秦必楚"的危世民心。从一场失败的战争中掬取尚可弘扬的民心士气，是屈原超越战争具体性，而看取历史精神之永恒性的深刻之处。具体而言，《国殇》是祭奠楚秦丹析之战中包括主帅屈匄在内的楚国阵亡将士的。《史记·楚世家》如此记述这场战争："（楚怀王）十七年春，与秦战丹阳，秦大败我军，斩甲士八万，虏我大将军屈匄、裨将军逢侯丑等七十余人，遂取汉中之郡。楚怀王大怒，乃悉国兵复袭秦，战于蓝田，大败楚军。韩、魏闻楚之困，乃南袭楚，至于邓。楚闻，乃引兵归。"① 屈匄属于屈原的父辈，他的阵亡与屈原被绌，是屈氏家族陡然衰落的灭顶之灾。祭国殇源于屈氏家族，却可以不囿于一时，不限于一人，从其专门描写楚国强盛期足以傲视一世的战车作战方式，就可以引申为楚人的奋勇图强精神，甚至中华民族的威武雄强精神的深情讴歌。诗歌结尾退出吴戈秦弓的沙场拼杀场面，采取巫者从旁祝赞的方式，借歌颂沙场精魂来歌颂国族历史文化精神："诚既勇兮又以武，终刚强兮不可凌！身既死兮神以灵，子魂魄兮为鬼雄。"它以精粹的语言，提出了尚武精神中的诚、勇、武、刚、强"五德"，诚为立场态度，勇为斗志，武为武艺，刚为意志性格，强为力量，它们从诸多维度涉及一种历史精神

---

① （汉）司马迁：《史记》，中华书局1959年版，第1724页。

的本质。"尚武五德"具备了，便有不可欺凌的尊严感和神圣感，它足以使身躯虽死而精神犹有灵性，因此沙场殉国者的魂魄啊就化为"鬼雄"。鬼雄是中国式的武神，不同于西方战神之专司战争，而是把战争与民族大义结合在一起。若论文化精神系列，尽管此"尚武五德"名不见经传，却在诚勇武刚强五德中把义与战相联系，成为后来的武神关壮缪、岳武穆的先驱。

七 《礼魂》及《九歌》的诗学结构

《礼魂》属于结构性篇章，以《楚辞》之体例不妨被称为"乱辞"，近世称为"送神曲"。这种结构性秘密，被明代汪瑗道破之后，逐渐成为定论。汪瑗《楚辞集解》说："前十篇祭神之时，歌以侑觞，而每篇歌后，当续以此歌也。后世不知此篇为《九歌》之乱辞。故释题义者多不明也。"① 由于是送神曲，诗行多仪式性和祝愿性：

> 成礼兮会鼓，传芭兮代舞，
> 女倡兮容与。
> 春兰兮秋菊，长无绝兮终古。

祭礼告成啊一齐击鼓，传递着鲜花啊轮流着跳舞，美丽的巫女领唱啊有从容的风度。解释这种击鼓传花、亦歌亦舞的仪式，关键在于"芭"字的隐喻。芭的原义是芭蕉，又释为香草。王逸注"传芭兮代舞"云："芭，巫所持香草名也。代，更也。言祠祀作乐，而歌巫持芭而舞，迄以复传与他人更用之。"但《大戴礼记·夏小正》有"拂桐芭"句，洪震煊疏义："芭，古文'葩'省。《说文》云：'葩，华也。'"华是古代"花"字的雅文，《广雅·释草》："花，华也。"王念孙疏证为一则颇有意思的文字，不嫌累赘引述如下：

> 顾炎武《唐韵正》云："考花字自南北朝以上：不见于书。……唯《后魏书·李谐传》载其《述身赋》曰：'树先春而动色，草迎岁而发花。'又曰：'肆雕章之腴旨，咀文苑（艺）之英华。'花字与华并

---

① （明）汪瑗：《楚辞集解》，北京古籍出版社1994年版，第144页。

第二章 《九歌》："人情—神话"双构性诗学体制 / 863

用。而五经、楚辞、诸子，先秦、两汉之书，皆古本相传，凡华字未有改为花者。"……引之案：《广雅》释花为华，《字诂》又云："古花字。"则魏时已行此字，不始于后魏矣。①

花有象征生命的隐喻，因而有年华、华诞（称人生日）一类词语，以及人生如花开花落一类比喻，另一重意义是华美、繁华。华与花同。《尔雅·释草》云："华，荂也。"扬雄《方言》云："齐楚之间或谓之华，或谓之荂。《佩觿集》华有尸瓜，呼瓜二翻，俗别为花。"《礼记·檀弓上》"华而睆"，疏曰："凡绘画，五色必有光华，故曰华画也。"花—年华—生命，形成一条意义链。因此，会鼓传花的仪式，蕴含着在祭礼仪式完成之时借繁密的鼓点传递生命信息和华美祝福的深层意义，也是《九歌》祭神行为的归结点。仪式中所用的花，为春季用兰花，秋季用菊花，每年二祭，祝愿长久不绝，以致千秋万代。这是对神的许愿，却以审美性对功利性进行高度的升华了。由于花所隐喻的生命信息和华美祝福具有高度的普适性，《礼魂》作为送神曲，也就可以用于多种神的祭典。

由《礼魂》为结构性篇章，可以进一步分析全部《九歌》的诗学结构，及其所对应的楚地民俗心理逻辑的结构。《礼魂》以一篇具有普适性的"乱辞"承接十神祀典；《东皇太一》以一位至尊性的主神笼罩其余九神，使全部《九歌》组成一个有机的结构整体，从而以清新隽逸的诗才之笔叙写着南中国大地上一个"集体的梦幻世界"。问题存在于作为一个完整有机结构的《九歌》中各篇章的位置以及位置所附加的文化意义。

对于固有的《九歌》篇章的位置顺序，前人在迷惑不解之余，往往以错简为理由对之作出重新安排。清人刘梦鹏《屈子章句》和近人闻一多《楚辞校补》，都把《九歌》次序加以调整，把《东君》由排行第七提前为排行第二，置于《云中君》之前。闻氏《楚辞校补》论证较为详密，兹录如下：

《东君》与《云中君》皆天神之属，宜同隶一组，其歌辞宜亦相次。顾今本二章部居县绝，无义可寻。其为错简，殆无可疑。余谓古本《东君》次在《云中君》前。《史记·封禅书》《汉书·郊祀志》

---

① （清）王念孙：《广雅疏证》，中华书局1983年版，第336页。

并云："晋巫祠五帝、东君、云中君。"《索隐》引王逸亦云："东君、云中君。"（见《归藏易》，今本注无此文）咸以二神连称，明楚俗致祭、诗人造歌，亦当以二神相将。且惟《东君》在《云中君》前，《少司命》乃得与《河伯》首尾相衔，而《河伯》首二句乃得阑入《少司命》中耳。①

此见可备一说，却没有充分考虑到处于多部族融合中的南中国神话的多义性和多元性特征。理应看到，楚地神话的神名创设和神谱顺序，异于中原，更异于西方，不能以中原的、西方的或今人的认知结构先入为主地去整顿古代楚地民俗的神话心理逻辑。它们属于不同的或有差异的文化编码系统，正是在编码顺序的抵牾之处显示了各自文化意义和价值标准的特殊性。王逸释云中君为"云神丰隆也，一曰屏翳"，透露了楚地的云神与雷神、雨师相通，或有后二神的神性的渗透和遗留，这从诗中"与日月兮齐光"一类句子也可以体会得到。按诸《说文解字》："云，山川气也。从雨，云象云回转形。古文省雨。亦古文云。"而雷的古文为靁，云气的回转形居其中，"云中君"的得名或与此有关。雷的籀文为䨻，则是云、雨、雷三位一体。其下部形似车轮，又为大鼓。《毛诗正义》卷十九《诗经·周颂·有瞽》云："有瞽有瞽，在周之庭。设业设虡，崇牙树羽。应田县鼓，鞀磬柷圉。"郑玄笺曰："瞽，乐官也。业，大板也，所以饰栒为县也。捷业如锯齿，或曰画之。植者为虡，衡者为栒。崇牙上饰卷然，可以县也。树羽，置羽也。应，小鞞也。田，大鼓也。县鼓，周鼓也。鞀，鞀鼓也。柷，木椌也。圉，楬也。笺云：瞽、矇，以为乐官者，目无所见，于音声审也。《周礼》：'上瞽四十人，中瞽百人，下瞽百六十人。'有视了者相之，又设县鼓。田当作'朄'。朄，小鼓，在大鼓旁，应鞞之属也，声转字误，变而作田。虡音巨。应，应对之应。注同。田，毛如字，郑作'朄'，音胤。县音玄。注皆同。鞀，字亦作'鼗'，音桃。"②以此构成的"䨻"字，乃形容雷声轰隆。楚地多雷雨，雷神位置之崇高，非中原之可比拟。沅湘之地多有雷神庙，至今犹有"天上只有雷公大，地上只有舅公大"的民谚，因而有雷神之某些渗透和残余之云中君的地位甚

---

① 闻一多：《楚辞校补》，巴蜀书社2002年版，第33页。
② （汉）毛亨撰，（汉）郑玄笺，（唐）孔颖达疏：《毛诗正义》，北京大学出版社1999年版，第1327—1328页。

崇，是不难想象的。

至于日神崇拜，楚地受东夷部族和中原的影响，其风虽炽，却不格外尊崇。他们奉祀的祖宗神为火神祝融，虽有论者拟之为日神，实际上他与东皇太一一样分散了楚人对日神的尊崇感和神力的注意。又有论者从《离骚》中寻找日神崇拜的根据："高阳即日。……《离骚》举高阳，或概括了诸日神。"实际上《离骚》之称"帝高阳之苗裔"，乃是战国楚人对中原颛顼世系的认同，属于当时逐渐抬头的大一统思潮，不得与初民的日神信仰相混同。同诗还有"折若木以拂日"句，如果这里的祖宗高阳就是日神，岂不是拿起树枝拂拭而和他开了个玩笑？雷师崇拜之热烈和日神崇拜之相对稀松，乃是隐藏在《九歌》结构中云中君列于东君之前几位的内在的民俗心理逻辑。这一点与湘君、湘夫人位居河伯之前，有着相似的道理。

因此，《九歌》诸神的结构顺序，不是按照天神（东皇太一、东君、云中君、大司命、少司命）、地祇（湘君、湘夫人、河伯、山鬼）和人鬼（国殇）的次序排列的。而是按照天地、尊卑、远近、正野一类二元对应的文化心理逻辑，新颖灵活而错落有致地组成了一种看似无序的有机结构。因而可以坐标展示为图表如下：

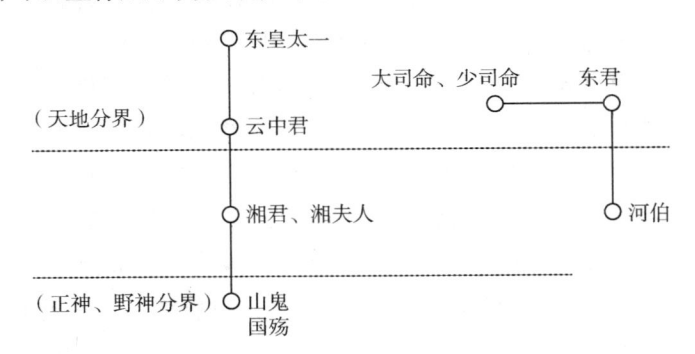

```
                    ○ 东皇太一
                                大司命、少司命    东君
（天地分界）         ○ 云中君        ○─────────○
─────────────────────────────────────────────────
                                                 │
                    ○ 湘君、湘夫人                │
                                                 ○ 河伯
─────────────────────────────────────────────────
（正神、野神分界） ○ 山鬼
                    国殇
```

图表的纵轴为天地尊卑轴，横轴为楚俗的亲疏轴。因此《九歌》从东皇太一写起，按照与东皇太一这个中心点的远近，依次叙写云中君、湘君、湘夫人、大司命、少司命、东君、河伯、山鬼、国殇。若以立体图像加以表达，则它是以楚地风俗为中心，呈现出自上而下，由归心而离心，由离心而归心的陀螺式旋转结构。也就是说，《九歌》诗学结构的有机性，体现在它以二元对应的原则为逐次推移的驱动力，而内在地贯穿着一条富有变化和动感的陀螺式文化心理逻辑的曲线。这是何等新颖别致而充满魅力的结构形态，它具有自由度，具有本土多元性，人们没有必要按照中原固有体制的笨重定式对其次序重作整理，以致把这条奇妙的曲线理直。

　　剩下的问题是《九歌》的写作年代。到底屈子在何许年代创作了这部结构形态富有陀螺曲线之美的杰作？自东汉王逸以下的历代注家和论者，多有认为《九歌》乃屈子流放沅湘期间，受当地巫风歌舞的刺激和启迪所作。一些持异之说否定《九歌》为屈子之作，是无法解释其整体结构的有机性，可以置之不论。值得注意的是郭沫若的看法："《九歌》应该还是屈原的作品，当作于他早年得志的时分，而不是在放逐之后。要这样看，对于屈原的整个发展才能理解。一个伟大的诗人不能说在晚年失意的时候突然产出了一批长篇大作的悲哀诗，而在早年得志的时候却不曾有些愉快的小品。并且《九歌》的艺术异常的美妙，由内容看来，爱用美人香草，爱写超现实的境界，在遣词用意上和《离骚》等篇均有一脉相承的痕迹，那其间的历程，是毫没有理由要嵌上一两百年进去的。"① 这些意见可以分为两个部分，后半部分判断《九歌》与《离骚》有艺术旨趣上相通之处，甚为通达。前半部分判断《九歌》为屈子早年得志之作，未免绝对化。一位杰出的诗人被放逐到蛮荒之地，心情难免愁思沸郁，写出《九章》《九歌》一类作品自在情理之中。流放岁月经久，他当然追求对愁思沸郁的心情能有所超越，自得逍遥。当屈原在沅湘民俗歌舞中发现自己生命的绿洲、精神的家园之时，为之一振，甚至在某种程度上恢复青春气息也应在情理之中。青春时，有青春得意之引吭高歌，岁暮时又何尝不在怀忧愁思、久历忧患之余，追慕"诗意栖居"乎？屈原《九歌》不必作于一时，如我们已经论证过，《国殇》作于丹析战后，但大部分篇章作于流放沅湘则是无疑，他从沅湘民间汲取可供"诗意栖居"的文化精华要素，而加以萃取、提升、创造。今存最早的《楚辞》解释者王逸就认为："《九歌》者，屈原之所作也。昔楚国南郢之邑，沅湘之间，其俗信鬼而好祠。其祠，必作歌乐鼓舞，以乐诸神，屈原放逐，窜伏其域，怀忧苦毒，愁思沸郁，出见俗人祭祀之礼，歌舞之乐，其词鄙陋。因为作《九歌》之曲。上陈事神之敬，下见己之冤结，托之以风谏。故其文意不同，

---

① 郭沫若：《郭沫若全集》（历史编卷四），人民文学出版社1982年版，第28页。

章句杂错而广异义焉。"① 屈子流放而作《九歌》，与陶渊明弃官而作《归去来兮辞》、苏东坡谪迁黄州而作前后《赤壁赋》一样，岂不更可以显示其精神世界的丰富多彩和博大精深？这是大诗人的大手笔之必然。

1997 年 4 月 2 日写毕；2015 年 12 月 8 日修订

---

① （宋）洪兴祖撰，白化文等点校：《楚辞补注》，中华书局 1983 年版，第 55 页。

第三章 《天问》:走出神话和反思历史的千古奇诗

一 《天问》解题与祠庙壁画思维方式

屈原的《天问》是一部本质意义上的"天书",是屈原借天抒怀、天人对语的旷古奇篇。屈原创造了一个奇迹,他使天开口发问,以天问人,破解了以人为中心的许多观念迷误。明鉴在天,人应如何反省自身的成见? 由于在战国时代,天既是神话的源泉,又是历史的主宰,它承担了至高无上的权力和过分沉重的责任。天若能言,它不能不对人间的这份崇敬、迷恋和期待发生疑问。据近人冯友兰研究,"在中国文字中,所谓天有五义:曰物质之天,即与地相对之天。曰主宰之天,即所谓皇天上帝,有人格的天,帝。曰运命之天,乃指人生中吾人所无奈何者,如孟子所谓'若夫成功则天也'之天是也。曰自然之天,乃指自然之运行,如《荀子·天论篇》所说之天是也。曰义理之天,乃谓宇宙之最高原理,如《中庸》所说'天命之为性'之天是也。《诗》《书》《左传》《国语》中所谓之天,除指物质之天外,似皆指主宰之天。《论语》中孔子所说之天,亦皆主宰之天也。"[①] 如此一身兼五任的天,作为主词而设问,乃是先秦时代对于神话、历史和哲学的一次包罗万象的总提问,堪称中国文学史上、也是世界文学史上的"一绝"。屈原以《天问》,卓绝千古地为天创造一卷奇诗。

"天问"就是天问,不能轻巧地颠倒为"问天"。因为主词不同,设问的主客位置不同,意味着提出问题的角度、幅度和方式都全然改观。王

---

① 冯友兰:《中国哲学史》,华东师范大学出版社2000年版,第35页。

逸《楚辞章句》说:"何不言问天？天尊不可问，故曰天问也。"事情并不像汉人解释得那么迂拙，我们不能以俗人的眼光看文化诗学巨人。屈原改"问天"为"天问"，恰恰是不拘泥于天人之间的尊卑观念，而是超越这种尊卑观念，代天立言，借天抒怀，从而以高屋建瓴的姿态，把自己所关注、所思考的天地起源和历史兴废的荦荦大端和盘托出而与世俗成见进行深度的争辩。这是一场终极之辩，以天为主题发问，直接抵达人类本原文化之终极。与屈原时代相前后，也有问天者，如《庄子·天下篇》介绍惠施学派:"南方有倚人焉，曰黄缭，问天地所以不坠不陷，风雨雷霆之故。惠施不辞而应，不虑而对，遍为万物说；说而不休，多而无已，犹以为寡，益之以怪。"由人问天，转换为以天问人，这是思想史和文学史上带有独创价值的思维方式的转变。天作为游离诸多责任之纠缠的发问主体而存在，以理性怀疑主义解构神话和重评历史，又以诗性智慧重组时空形式，展现了人类诗史上理性和诗性交融组合的奇观。

《天问》374 句，158 问，1564 言。它独特的诗学思维方式和时空结构方式，东问西问，前问后问，左问右问，不拘格套，不守程序，令人目不暇接，也令后世迷惑不已，褒贬不一，众说纷纭。最早对其思维方式和结构方式提出解释者，是东汉王逸的《楚辞章句》:

> 屈原放逐，忧心愁悴，彷徨山泽经历陵陆，嗟号昊旻，仰天叹息。见楚有先王之庙及公卿祠堂，图画天地山川神灵，琦玮谲诡，及古贤圣怪物行事。周流罢倦，休息其下，仰见图画，因书其壁，呵而问之，以泄愤懑，舒写愁思。楚人哀惜屈原，因共论述，故其文义不次序云尔。[1]

"见图呵壁"这种独特的诗歌发生学形式，自然会产生卓绝的诗歌创造形态。王逸这段解释实际上存在着三种可能性：其一是按照本文的意思，交代屈原创作的过程。他放逐过程中看见庙宇祠堂壁画，愤懑呵壁而成诗。其二是屈原的诗不一定在庙宇祠堂中一气呵成，但庙宇祠堂壁画绘写神话和历史的错综复杂的超时空形态，触发他的灵感，从而创造出在俗眼看来"文义不次序"的诗歌形式。其三是王逸对此诗打破一切惯

---

[1] （宋）洪兴祖撰，白化文等点校:《楚辞补注》，中华书局 1983 年版，第 85 页。

例的错综时空的结构百思不得其解,就揣摩自先秦至汉代的庙宇祠堂壁画与之有形式相通之处,借以为解。无论如何,王逸是楚地人,他根据自己的见闻感受以及当时的传说或今已散佚的记载,给这篇天书式的奇诗提供了一种合理的解释。其中慧眼独见之处,在于他看到了《天问》的思维方式和表现形式,是与上古时代庙宇祠堂壁画的结构形态相对应、相沟通的。屈原从诗画相通的角度,首创时空错乱的诗学思维方式,这比西方意识流作家从近代心理学角度创造时空错乱的表现方式,早了两千年。这就使得一部完整的人类上古诗学史,必须补上属于屈原《天问》的独特思维方式的一页。

这种诗学思维方式,可以从中国神话中找到它的原型。我已多次阐释过,中国神话具有与西方史诗性、故事性和英雄主义的神话迥异的特征,它采取放散思维方式,具有片断性、非情节性和多义性。在中华民族早期融合的过程中,各部族给同一神话意象带来各不相同的信息,造成歧义纷出、谱系交杂、时空错综的情形。简言之,中国神话形态是一种"碎金"形态,其中蕴含着中国人思维模式之原型。这影响到中国上古最有原创力的诗人,创造出"碎金"形态的诗篇来,也就不足为怪了。清朝贺贻孙《骚筏》说:

> 《天问》一篇,灵均碎金也。无首无尾,无伦无次,无断无案,倏而问此,倏而问彼,倏而问可解,倏而问不可解。盖烦懑已极,触目伤心,人间天上,无非疑端。既以自广,实自伤也。其词与意,虽不如诸篇之曲折变化,然自是宇宙间一种奇文。

中国神话的碎金形态和放散思维,作为一种思维原型,内在地影响了中国绘画视角的流动性和放散性。宋代沈括《梦溪笔谈》认为视角的流动性和放散性,乃是"以大观小"的结果:"大都山水之法,盖以大观小,如人观假山耳。若同真山之法,以下望上,只合见一重山,岂可重重悉见,兼不应见其溪谷间事。又如屋舍,亦不应见中庭及巷中事。若人在东立,则山西便合是远境。人在西立,则山东却合是远境。似此如何成画?"[①] 中国绘画以大观小,采取流动视角尽收山川百物于胸中,然后

---

① (宋)沈括:《梦溪笔谈全译》,上海古籍出版社2013年版,第157—158页。

第三章 《天问》：走出神话和反思历史的千古奇诗 / 871

错落安排为画境。屈原采取"天问"的角度，在天的面前，所谓神话传说和历史陈迹，更应视之为"小"，可以错落安排，超越时空顺序的约束而自由驱遣之。

前面讲的山水画，只涉及空间调遣，倘若讲到先秦至汉代的神话、历史壁画，由于时间的参与，就更为纷纭复杂。东汉王延寿乃王逸之子，他到鲁地作了一场实地的田野调查，写下《鲁灵光殿赋》，记述西汉景帝之子鲁恭王刘馀在距离屈原仅百余年所建之神殿的壁画：

> 尔乃悬栋结阿，天窗绮疏。圆渊方井，反植荷蕖。发秀吐荣，菡萏披敷。绿房紫药，窋吒垂珠。云楶藻棁，龙桷雕镂。飞禽走兽，因木生姿。奔虎攫拿以梁倚，仡奋䯗而轩鬐。虬龙腾骧以蜿蟺，颔若动而躨跜。朱鸟舒翼以峙衡，腾蛇蟉虬而绕榱。白鹿孑霓于欂栌，蟠螭宛转而承楣，狡兔跧伏于柎侧，猿狖攀椽而相追。玄熊舑䑙以龂龂，却负戴而蹲跠。齐首目以瞪眄，徒脉脉以标标。胡人遥集于上楹，俨雅跽而相对。仡欺䫄以雕眈，颐颖颔而睚睢。状若悲愁于危处，僭吷瘆而含悴。神仙岳岳于栋间，玉女窥窗而下视。忽瞟眇以响像，若鬼神之仿佛。图画天地，品类群生。杂物奇怪，山神海灵。写载其状，托之丹青。千变万化，事各缪形。随色象类，曲得其情。上纪开辟，遂古之初。五龙比翼，人皇九头。伏羲鳞身，女娲蛇躯。鸿荒朴略，厥状睢盱。焕炳可观，黄帝、唐、虞。轩冕以庸，衣裳有殊。下及三后，淫妃乱主。忠臣孝子，烈士贞女。贤愚成败，靡不载叙。恶以诫世，善以示后。①

王延寿作为王逸之子，这篇赋仿佛在为乃父解释的《天问》缘起作注脚，所涉及的壁画内容也与《天问》大致相当。但他概述神话、历史人物事件的时候，显然是按时间顺序整理过了。王延寿对神殿壁画的评议是"鸿荒朴略，厥状睢盱，焕炳可观"。"睢盱"一词有三义：一是喜悦之状。《易经·豫卦》六三爻辞"盱豫悔"，孔颖达疏云："盱谓睢盱。睢盱者，喜说之貌。"宋苏轼《浣溪沙·照日深红暖见鱼》词云："连村绿暗晚藏乌，黄童白叟聚睢盱。"二是质朴，实际上是原始不受羁勒异化。例

---

① （梁）萧统编，（唐）李善注：《文选》，上海古籍出版社1986年版，第515—516页。

证就是王延寿这篇《鲁灵光殿赋》"鸿荒朴略，厥状睢盱"。由于"睢盱"与"朴略"对应，也就顺手解为质朴了。三是仰目而视。张衡《西京赋》云："缇衣韎韐，睢盱拔扈。"唐韩愈《谒衡岳庙遂宿岳寺题门楼》诗云："庙令老人识神意，睢盱侦伺能鞠躬。"喜悦、原始质朴、仰目而视，自然也就不排除以大观小，时空流动而错乱。

出土文物也反复印证了中国图画构思往往画面跳跃，错乱时空。地望离鲁灵光殿不算太远的武梁祠西壁的东汉石刻，画面分为五层，顶层西王母居中，旁有羽人、玉兔、蟾蜍及各种灵异，聚集主神与日、月之精于山墙上。第二层自右至左依次为伏羲、女娲、祝诵、神农、黄帝、颛顼、帝喾、帝尧、夏禹、夏桀等古帝图像，女神下方是人间古帝王，与对面东王公壁画男神下方的古列女传故事相映成趣。第三层刻有曾母投杼、闵子骞御车、老莱子娱亲、丁兰刻木等故事。第四层为曹子劫桓、专诸刺王僚、荆轲刺秦王等刺客故事。第五层则是一列车骑彰显日常生活。如此画面已是以尊卑为类加以整理，时间空间上却依然难免有所参差杂出了。

再看嘉祥纸坊镇一处墓室的汉画像石，于墓室的顶、壁、底部杂乱设置。其中一石分三层，顶层为戴山形冠、足间垂尾的神人，左右拥抱伏羲、女娲；中层为孔子见老子图，中立小人为项橐；底层为泗水起鼎图。相邻的另一石也分三层，顶层为《山海经》所记载的九头人面的"开明兽"，头上立一凤凰。中层为周公辅成王，左持黄罗伞者为周公，右拄拐杖者为召公。底层斜倚四戟，一武士张口弓步拔剑，似乎讲的曹沫、毛遂一类人物的故事。当你交替看见这二石时，难免为这种超越时空的灵怪和历史故事的错综，感到一种匪夷所思的心理冲击力。这些汉画像石见于宗祠和墓室，它们具有的原始宗教思维的意趣和形式，体现了一种天人对话的怪异性和神秘感，当与传闻屈原所见者相近。何况王逸说屈原"见楚有先王之庙及公卿祠堂"，所见壁画不止一处，而且又具楚风，其繁富怪异以及可供错综交叉的可能性，也就更加不可以一处所见者能限量了。

为了更深切地了解古代石刻画像的文化含量和幻想形式，不妨再考察一下离屈原略远的南北朝北魏时期（公元五世纪）的《佛传故事图》。佛教来华，对异域胡教的解读，也不可避免地带上中华视角的眼光。图分七层，顶层为九龙灌顶，释迦手指天地声称"天上地下，唯我独尊"，以及菩提树下思维悟道。这在全图中属于总序性质，并未遵从时间顺序。第二层为骑象入胎，仙人占相和太子诞生。第三层为诸天劝说太子（即成佛后的释迦)离家修道,太子听从。第四层又打破时间顺序,画释迦前生为儒童,买女瞿夷的莲花献给燃灯佛,佛授记儒童将来成正果。第五层为儒童买花以及在阴司看到铁锅煮人。到了第六层,才在时间顺序上重新接上第三层,释迦在般茶婆修道,收目犍连、舍利弗为弟子,修成正果。但是到了第七层又与佛本生故事不相关,刻画勇猛跏趺坐四佛像,与顶层的释迦至尊像组合成"寓意结构"。这方堪称杰构的画像石,是受了佛教故事和幻想形式的影响的,但它又是以汉画像石的结构形态包容了佛教幻想。这种结构形态是双构性的:在每层之中大体有时间顺序可寻,以保证其一定程度的可解读性;在层与层之间则采取了时间忽前忽后跳跃的"寓意结构",极大地拓展了此界与彼界、今生与前生、至尊与护持之间意义非常丰富的审美含量。

《天问》的诗学机制和结构形态的最重要特征,或者说它对人类诗学思维最超前和突出的贡献,乃在于它汲取了楚祠庙壁画的表现形式的养分,在以"天"为主词对神话和历史的质疑中,创造了一种处于有序与无序之间的双构性诗学结构形态。在具体诗行和片断中,它不乏时间顺序可寻,因而也有相当程度的解读可能性之处;但在片断和片断之间组合时,它又往往搅乱时间衔接的顺序,以寓意结构增强其文化意义相互碰撞的含量;最终在总体布局中,它又大体遵循自宇宙起源、天地结构、神话传说、夏商周三代历史更替,以至于楚史和诗人感慨这么一个综合了时间顺序和寓意结构,而与天人之道组成相互沟通的宏观结构。我不全然否认《天问》有若干错简、脱误之可能,这是古代典籍流传中不能避免的事情。但在没有可靠证据的前提下一味地"正简",而不去深入探究《天问》本来的、也是人类诗歌史上独特的美学机制,便无异于买椟还珠,只能捡得一些皮相之论而失其精华。近二千年的《天问》研究史告诫人们:千万不要把独特的诗章"整理"为平庸的类书,千万不要把诗性思维等同于编年史思维。《天问》的卓越之处,正在于他采取有序无序的双构性结构,错综为诗,自由出入,灵活自如,出神入化地表达了一个借天立言的伟大命题。

二 走出神话和对宇宙起源的质疑

《天问》在后世,往往与《山海经》并举,被视为先秦神话的渊薮。不可否认,它们牵涉着初民神话和巫术思维,有材料共源之处,可资互相参证。但《山海经》是原始记述，《天问》是天才创造，在文本发生上是不可混同的。《天问》以错综复杂的结构和简约凝练的语言，引导人们以似懂不懂的梦幻状态，穿行于神话丛林和历史丛林之间，每句诗、每个提问背后都隐藏着丰富复杂的神话和历史信息，没有《山海经》一类典籍的提示，几乎难以走出这个浩瀚、朦胧、奇异而深邃的迷津。然而《天问》毕竟是文人诗，它和语怪录的《山海经》存在着文体上和文化思想层面上的明显区别。首先，《天问》的结构是心灵性的，不同于《山海经》结构的地域性，后者以山、海、大荒的不同层位和方位的地域维系神话片断，竟曾经被《隋书·经籍志》列入史部地理类。其次，《山海经》是对神话的肯定性记录，《天问》则质疑神话传说。也就是说，《天问》在《山海经》展示神话之时，以理性怀疑主义走出神话。这是中国从神话到诗的文体分化和转换过程中，一项具有突出的历史意义的思想成果。

开端发问词用一个"曰"字，甚为独特，陈本礼《屈辞精义》说："曰字一呼，大有开辟愚蒙之意。"那么谁在"曰"呢？屈子写诗，当然是屈子曰了。但屈子写诗多矣，何以此篇特别？和篇题相承，当是"天问曰"，是屈子借天代言。从永恒的天之角度，发出这样的疑问：

> 遂古之初，谁传道之？
> 上下未形，何由考之？
> 冥昭瞢暗，谁能极之？
> 冯翼惟像，何以识之？
> 明明暗暗，惟时何为？
> 阴阳三合，何本何化？

这是终极之问，所问者不是《山海经》神话，而是道家的宇宙起源论及南方民族盘古创世神话的宇宙生成状态。《春秋谷梁传》说："独阴不生，独阳不生，独天不生，三合然后生。"① 天与阴、阳合，谓之"三合"，由于发问者是天，故只说"阴阳三合"。人类神话时代关心的问题有其相通之处，《旧约·创世纪》写主神创造天地，第一日造了光，第二

---

① （晋）范宁集解，（唐）杨士勋疏：《春秋谷梁传注疏》，北京大学出版社1999年版，第78页。

日造了空气,第三日造了陆地植物,第四日造出日月、昼夜、节令、年岁,第五日造出鱼鸟动物,第六日造出牲畜、昆虫、野兽,最重要的是造出人。天地万物造齐,第七日就是安息日了。《天问》神话也涉及这一系列的天地、日月、陆地和生命的创造工程,开头这十句主要讲天地日夜的创造。但它在本质上是没有创世主的创世神话,而且是以上下、明暗、阴阳这些对立的范畴和力量效应,从混沌状态推演出宇宙的起源。这就从本原上,显示了中国神话和《圣经》神话的异质性。而且天是超越人类的存在而设问的,它在无可传闻之处问谁来传闻,在无可考究之处问何以考究,在无可穷极之处问谁能穷极,在无可认识之处问何以认识。总之,它在认识主体和认识方法论上,以实证精神把神话幻设解构了。

以天问天,本身就是一种莫大的悖论。古语有所谓"脏腑如能言,医师面如土",由天来质问人间幻想的天体结构,是具有浓郁的反讽意味的。首先问天体的质的形态:你说是圆形的九重,那是谁设计、量度和制造出来的?其次问力的平衡:天体旋转的纲维系在哪里,南北两极又架设在哪里?八根擎天柱安放在哪里,何以东南一柱有所亏短?再次,问数的整合:九天的边际如何放置和连属,它的边角很多,谁又知道它的数目?天地何处会合,如何划分十二星座?这些问题颇具层次地涉及天体结构的质、力、数诸方面,自然是可以从《淮南子》《史记·天官书》和《河图括地象》等典籍中找到某些答案的。但天是不会满足这些答案的,它提出的是比答案更深一层的问题,它要求回答的是答案何以来的答案。一些看似平淡可解,甚至明知故问的问题,却由于提问主体的变化,而变得深刻复杂,甚至无言可对。它是人类应该永远探索的终极之极,从本原问起,目光如炬。

天体结构属于空间,空间的旋转运行,便是时间了。于是便出现对日月神话的质疑:"日月安属?列星安陈?出自汤谷,次于蒙汜,自明及晦,所行几里?夜光何德,死则又育?厥利维何,而顾菟在腹?"问题涉及日运行的方位、里程,月形状的变化、异相。古民以汤谷、蒙汜作为日出、日入之所以及晨昏标志,如此遥远的里程有谁能够实地跟踪而定出地名?宋代洪兴祖《楚辞补注》引《淮南子·天文训》,列举日行的十六所,计有五亿万七千三百九里,还附注《论衡》所说的"昼行千里,夜行千里"。这些都是幻想臆测之辞,实际是不足为答案的答案。至于月的残缺死亡而又循环往复地生育圆满以及月中阴影如兔，乃是肉眼幻觉而产生的神话联想。把它们与德性、利益一类宇宙目的论的猜测联系起来，则是作为发问主体的天不能不深致迷惑了。关心日月运行变异的幻想应该留给神话，在缺乏科学认知的情形下，是不必混同于人间的出行和生老病死的。《天问》以其怀疑主义，暗示了神话之外存在着另一个知识空间。

至此我们遇到了《天问》思维逻辑的第一个障碍。因为前面对宇宙起源和创世神话的质疑，大抵遵循着由远及近、由大及小的逻辑路线，有些地方简单朴实到了若不设想为乃天作问，便有肤浅之嫌。但是问到日月之后，却出现了逻辑路线的中断和跳跃，从天上潜至人间，突然问起"女歧无合，夫焉取九子？"清代丁晏《楚辞天问笺》说："女歧或称歧母，或称九子母。……《汉书·成帝纪》：元帝在太子宫，生甲观画堂。颜（师古）注引应劭曰：堂画九子母。"《天问》本依图画而作，意古人壁上多画此像，涉及人从何而来，甚至涉及原始人类只知有母、不辨有父。西汉去古未远，犹沿袭太子宫悬挂《九子母图》之古制，应劭之说是也。内典亦有九子母。盖古有是说，释氏更从而傅会耳。《荆楚岁时记》云："四月八日长沙寺阁下九子母神，是日无子者，供养薄饼以乞子，往往有验。"[①]看来名为女歧的九子母，属于荆楚系统的人类起源神话。《天问》没有采用后世见于文字记载的"女娲抟黄土造人"及女娲"置婚姻，合夫妇"（《太平御览》卷七八，以及《路史后纪》卷二引应劭《风俗通》）的神话传说，保留了楚文化的特色。它由日月神话跳跃到人类起源神话，大概是由于讲到月腹怀兔，意识便不由自主地滑到与月同属阴性的女歧怀九子。既然月腹怀兔已是不明不白，女歧没有与男性结合而生子，也不能不令人迷惑了。接下来的问题是"瘟神伯强的戾气何在？天地间的祥和之气何在"？人生多忧患，人一旦作为物类出现，就受到天地间正邪二气的捉弄，女歧生之而伯强病之，那么女歧生九子和月腹怀兔既死而复育的捉弄一样，又有何种好处？《天问》一谈到人的起源，就牵连到忧患的起源，而且忧患是与日月同在的，其焦虑又何其深切。

《天问》思维逻辑的这番跳跃和意识滑动，乃是人类诗歌表现方式的一种重要的变异和创造。它由抒情次序的错综，产生出可供广阔联想的意

[①]（宋）宗懔：《荆楚岁时记》，山西人民出版社1987年版，第102页。

义。随之它又跳跃和滑动回到天地日月神话:"何阖而晦？何开而明？角宿未旦，曜灵安藏？"为什么天的开阖，就意味着天明天黑？角星未报晓的时候，阳光又躲到何处去了？这是纯然讲的天地日月神话么？实在有点似是而非。因为经过一番逻辑跳跃和意识滑动，信息系统在宇宙起源神话的侧面增添了人类起源的因子，所以进一步解释为开阖明晦对应于天地间的正邪二气，饱受忧患的人类虽然处在"角宿未旦"时际，却依然可以期待曙光的出现。如此引申，也许并非毫无根据吧，尤其是《天问》行文处在某种非逻辑或超逻辑之状态之时。《天问》由月宫圆缺引导到人类生于忧患，深刻地触及天地人间的无可回避的秘密。

三 洪水神话与人类生存环境

《天问》以天问地，是从洪水神话问起的。在一种大河文明的发端期，洪水实在是人类生存环境的第一危害。所谓"水平地成"，乃是人对土地的最初关怀和第一认识，它从这里开始寻找自身生存的立足点。《旧约·创世纪》也有洪水神话，那是上帝施以洗涤世间罪恶的。他启示义人诺亚带上妻、子、媳，以及经过选择的禽兽躲入方舟，经过四十日暴雨、一百五十日浩大水势之后，由鸽子叼回橄榄枝报告水退消息，终于在一周年后重返地面繁衍生息。这是一个按照上帝的意志、"理性"和超凡的力量精心安排的洪水神话。

中国神话中的洪水为害，旷日持久，这是由于地域广袤、地形复杂、山川纠结的缘故。大有大的难处，中国先民在创造神话之时就立足于自己国情，不知套用他国的模式。洪水的来因不明，并非某种"理性"安排，而治理洪水的事业则在神话中强调了人功。《天问》对鲧治水神话提出疑问的角度非常独特：鲧不能胜任防治洪水，众人何以推重他？都说没有什么忧虑，又为何不经考验而任用他？这里讲的是治水人材的选任问题，接着又谈论治水方法：怪鸱大龟曳衔牵引，鲧为何听之任之？顺其愿望假若成功，"帝"凭什么对他加刑？这里的"帝"后来是被历史化为帝舜了，按传说本来的意思他是半似天帝、半似人帝的人物。随之的质疑是针对这个"帝"的：你把鲧长期禁闭在羽山，为何三年还不放松？由此可知，作为提问者主体的天，已是解除作为主宰者天帝之权限的诗化意象。鲧始治水的神话是参照华夏神话系统的，但它疑及帝的选人和用刑政策，又带有楚人的大胆和异端色彩。

在神话时代，中国先民似乎并不过分迷恋德性才智的遗传，并不过分看重血统论。禹为鲧子，舜为瞽叟子，均可作证。《天问》道：禹是由鲧腹所生，他的性行为何发生变化？这是一个父生神话，与九子母神话互异，显示中国异生神话的多义性，已经原始社会由母系走向父系的跫跫足音。既然有了这份父子间奇异的血缘关系，父亲失败了，竟让儿子完成他的事业；儿子继承前业，竟又变化出不同的治水谋略。若以血统论成败功过，这岂不是大可疑惑的事？《天问》以鲧事质疑天帝，又称禹事为"续初继业"，因此它似乎把鲧事禹续作为一个完整的治水过程的两个阶段，从而改造了原来神话传说中以禹事截然排斥和否定事的思路。这番改造包含着深刻的思想意蕴，它暗示了"失败乃成功之母"的哲学，在一项前无古人的浩大治水事业中，既允许存在那样的试验过程，又提倡像禹那样在继承和变革的合力中争取成功。"天问"之问看似平淡，却能在古老的神话中问出或升华出新的精神原型。

　　治水神话的另一层意义，乃是关于中国土地的体制性安排的神话。大禹以疏导水流入海的方式治水的过程，也是划定行政区域的九州体制以及按照土壤的九个等级确定贡赋等级的过程。这就是《尚书·禹贡序》之所谓"禹别九州，随山浚川，任土作贡"。因此《天问》既问了"洪泉极深，何以填之"的治水事体，便问起九州土地的九个等级是如何区分的。随之又问到与鲧采用鸱龟曳衔的堵塞洪水（即所谓"堙"）不同，命令有翼的应龙用尾巴划通江河，导水入海，到底是怎么一回事？中国洪水神话关心的是作为治理结果的土地等级和导川入海，它关注着民族的生存环境，异于《圣经》洪水神话关注着上帝的意志。

　　对洪水神话的质疑，大体上是按照由鲧及禹的正常的时间顺序，它涉及的也是人的生存环境由异态转换为常态的过程。但生存环境的常态中，也隐伏着或丛生着异态。当《天问》的眼光由洪水神话的异态归常，尔后又揭示常中有异的时候，它出现了时间顺序的中断和跳跃，以时间顺序的反常性去表现人类生存环境的反常性。首先发生时间向更早的时间跳跃，其次发生时间向空间的跳跃。大概是由于应龙用尾巴划出江河，需要有一个地势的倾斜度才能泄流入海吧，它联想到一个关于中国地形为何西北高、东南低的神话："康回冯怒，地何故以东南倾？"王逸认为，康回是共工的名字，《淮南子·天文训》说："昔者共工与颛顼争为帝，怒而触不周之山，天柱折，地维绝。天倾西北，故日月星辰移焉；地不满东南，故水潦尘埃归焉。"①《列子·汤问》篇也有近似的记载，颛顼、共工争帝位的时代当然比鲧治水的时代早。但同一部《淮南子·本经训》却说共工是洪水的祸魁，时代比大禹治水略早而相接："舜之时，共工振滔洪水，以薄空桑，龙门未开，吕梁未发，江、淮通流，四海溟涬，民皆上丘陵，赴树木。舜乃使禹疏三江五湖，辟伊阙，导瀍涧，平通沟陆，流注东海，鸿水漏，九州干，万民皆宁其性。"② 这就是中国神话的载闻异词、时代参差以及多义性的特征了。既然地势向东南倾斜，那么九州如何安排，向东流注的河水为何总不能使大海满溢？这些问题当然从一些古籍中找到某些解释，但更为有趣的是这两问："东西南北，其修孰多？南北顺椭，其衍几何？"这是问地面四方的长度，而且大概是由于中国地形，东阻于海，西阻于山，南北两翼较多拓展余地，就认为南北略长而有衍余。从"顺椭"二字推测，似乎《天问》对天地结构的想象还不是后世广为流行的天圆地方，而是颇为别致的天圆地椭了。

　　既然问及东西南北，已从时间跃至空间，就不能不问及作为大地空间神圣制高点的昆仑。在神话时代先民心目中，昆仑既是千山之宗、百川之源，又是帝之下都，人与天相通的阶梯。《淮南子·地形训》说："掘昆仑虚以下地，中有增城九重，其高万一千里一十四步二尺六寸……旁有四百四十门，门间四里……旁有九井玉横，维其西北之隅，北门开以内不周之风。……昆仑之丘，或上倍之，是谓凉风之山，登之而不死。或上倍之，是谓悬圃，登之乃灵，能使风雨。或上倍之，乃维上天，登之乃神，是谓太帝之居。"③《天问》所问，正是这么一座昆仑："昆仑县圃，其居安在？增城九重，其高几里？四方之门，其谁从焉？西北辟启，何气通焉？"应该说，《天问》之问，是已知答案而后问。这种明知故问，是不能简单地以《淮南子》《山海经》一类神话记载来回答的，那就与科场答卷一样乏味了。它的问发自更深的层次，它本身包含着对神话异闻的通盘质疑。比如它明知昆仑四方之门有四百四十座，难道有那么多的神人进进出出？如果有，昆仑便是闹市；如果无，设门便如聋子耳朵，徒作摆设了。柳宗元作《天对》说："积高于乾，昆仑攸居。蓬首虎齿，爰处爰都。增城之高，万有三千。清温燠寒，迭出于时。时之丕革，由是而门。

---

① 何宁：《淮南子集释》，中华书局1998年版，第167—168页。
② 同上书，第578—579页。
③ 同上书，第322—328页。

辟启以通，兹气之元。"① 博则博矣，却与《天问》的怀疑主义理性相左。而且"蓬首虎齿"的西王母虽与昆仑神话存在着深刻因缘，变异之后又成了汉代画像石的热门题材，却没有进入《天问》视野。神话热点和盲点的这种错综，值得深思。

　　西王母神话虽然没有进入《天问》视野，但是与《山海经》同源、或颇有因缘的相当一批神话材料，已为《天问》采用。只不过它采用的态度，是异于《山海经》，甚至是反《山海经》的。《天问》与《山海经》，代表着战国时代面对神话资源的两种思维路线。首先，它以反问语式，瓦解了《山海经》神话的现实合理性。《大荒北经》记载："有神，人面蛇身而赤，直目正乘，其瞑乃晦，其视乃明，不食不寝不息，风雨是谒。是烛九阴，是谓烛龙。"②《海外北经》记述略异："钟山之神，名曰烛阴，视为昼，瞑为夜，吹为冬，呼为夏，不饮不食不息，息为风，身长千里。"③《山海经》记述异闻，是以肯定语式而存其异说的；《天问》则反问道："日安不到，烛龙何照？"似乎烛龙"瞑乃晦，视乃明"的照明方式值得怀疑，而司照明的太阳不去照明，也有失职之嫌了。又比如《海内南经》说："巴蛇食象，三岁而出其骨。"④《天问》反问："一蛇吞象，厥大何如？"对此蛇的巨大感到不可思议。神话想象的超常态性，在这里受到质疑。迷恋神话，是不可能走上人类文明之新阶的。

　　另一类超越《山海经》神话思维的方式，在于变异、异型和歧说。据《山海经》记载，"羲和者，帝俊之妻，生十日"⑤；"大荒之中……上有赤树，青叶赤华，名曰若木"⑥。《天问》反问："羲和之未扬，若华何光？"它把羲和变异为男性的日神御者，而且认为若木赤花是日照发光的。《天问》又问："羿焉彃日？乌焉解羽？"射日神话与《山海经》日月神话，属于不同的神话类型。既然帝俊之妻生十日，帝俊又有八子代表东方八个部族，那么《山海经》神话散发着人与日之间浓厚的伦理亲情之感。而射日则反映了人与自然的对抗关系，是属于《山海经》以外的神话系统的，如《艺文类聚》卷一引《淮南子》："尧时十日并出，草木焦枯。尧命羿

---

① （唐）柳宗元：《柳宗元集》，中华书局1979年版，第372页。
② 袁珂校注：《山海经校注》，上海古籍出版社1980年版，第438页。
③ 同上书，第230页。
④ 同上书，第281页。
⑤ 同上书，第381页。
⑥ 同上书，第437页。

仰射十日，中其九。乌皆死，堕羽翼。"当然，中国神话资源异常丰富，散佚于野，并非《山海经》《淮南子》等有限的典籍所能搜罗净尽，日后出现的《三五历纪》《搜神记》《述异记》一类书还有新的神话片断收入，可以反证收集和遗漏并存的情形。同时典籍散佚所导致的神话资源流失，当也不在少数。因此，如《天问》所问的"焉有石林？何兽能言？焉有虺龙，负熊以游？雄虺九首，倏忽焉在？何所不死？长人何守？靡蓱九衢，枲华安居？"以及"鲮鱼何所？鬿堆焉处？"虽有历代注家的旁征博引，到底莫衷一是，难得确解。倒是诗人的怀疑主义精神是明确的，同时也可以领悟到先民在关注其生存环境时，充满着原始洪荒的怪异感和危机感。当《天问》诗行由时间的有序跳跃到空间的无序之时，它使昆仑神话、日月神话和异物神话相混杂，展示了中国大地的色彩斑斓和骚动不安，也折射了诗人的怀疑主义深层潜伏着难以排遣的焦灼和忧患。忧患意识成为内在动力，伴随着人类向文明新阶进发。

四　神话时空框架中的历史兴废

　　中国历史的发端期与世界上许多民族相似，都笼罩着一层浓密的神话烟雾。神话传说中不排除埋伏着某些历史线索，早期的历史记载中又难免带有一些神话传说的缘饰，这是王国维等人的上古史研究实践早已证明了的。《天问》既然借天设问，它首先质疑的自然是历史中所掺杂的神话成分，当然它也关注王朝兴衰存亡之道，这就是借天设问之所谓"借"。

　　上古史的第一疑案，莫过于夏禹变尧、舜禅让为传子，从而在政治体制上把公天下变为家天下了。因此《天问》走出神话反省历史之时，首先关注的是夏禹家族的形成：

> 禹之力献功，降省下土四方，
> 焉得彼涂山女，而通之于台桑？
> 闵妃匹合，厥身是继，
> 胡维嗜不同味，而快朝饱？

　　夏禹是半属神话、半属历史的人物，《天问》对他继鲧治水，备极颂扬；对他传位于启，不无微词。也就是说它不像后世儒者那样认为贤者纯贤，而是具有两重性。它对夏禹勤力献功、视察四方之时，匆匆忙忙地得到涂山女，与之通于台桑，不惜使用了"得"字、"通"字，颇带有一点嘲讽意味。如此匆匆忙忙，据说是担心配偶结合，关系到身后事继承问题。那么这个"继"字是继天下，还是继什么？因此诗中嘲讽他的口味与人不同，只图快意饱啖一顿早饭就行了。夏禹娶涂山氏，据说遇见九尾白狐而有王者之征，他居家四日复往治水，也没有以私害公。但诗篇却对"厥身是继"的家天下行为提出质疑，剥除神话传说给夏禹婚姻增饰的灵光，还它一个平常人的平淡面目，并渗入嘲讽的意味了。

禹之子启和助禹治水有功的伯益之间的王权之争，乃是禅让转为家天下的疑案之关键。这段历史已为正史和儒家典籍所掩饰，惟《战国策·燕策一》透露了一点消息："禹授益而以启为吏，及老，而以启为不足任天下，传之益也。启与支党委公益而夺之天下，是禹名传天下于益，其实令启自取之。"① 汲冢出土的《竹书纪年》又说："益干启位，启杀之。"《天问》所质疑者，乃是禅让变为传子所引起的社会动荡。它问：夏后启取代伯益为君，猝然遭到囚禁的灾祸，他又是怎样逢凶化吉，从拘禁中脱身？都说行事曲尽勤谨，就不会害及身家性命，为何伯益被革除了，大禹却播下自己的种子？据说夏后启急忙访问天帝，得到天乐《九辩》和《九歌》，为何这样受天帝厚爱的人在出生之时，要屠母而出，使化成石头的母亲碎裂满地？这是对家天下政治变局的至为义正词严的质疑。禹、启的出生，都非常奇异，禹在鲧腹中三年，剖以吴刀才出生的。《绎史》卷十二引《随巢子》则如此记载启的出生："禹娶涂山，治鸿水，通轘辕山，化为熊。涂山氏见之，惭而去，至嵩高山下化为石。禹曰：'归我子！'石破北方而生启。"在家天下的政治体制中，神话传说中不是隐含着西方人所说的"恋母情结"，反而出现了某种屠母求嗣的偏执。《天问》对这种偏执是不以为然的，它甚至怀疑这种屠母而生者之得天下、得天乐，是否符合天意。

在审视以天下为私物的政治形态之时，也许投入了诗人政治生涯的体验吧，《天问》尤其关注政治与女人的命题。夏后启传太康、中康以后，王朝政治腐朽，动乱连绵，出现了夷羿弑夏后相以自立的政治变局。占妻与谋夫，成了政治变局中荒唐与阴谋的象征。《天问》道：天帝降生了超级射手夷羿，要解除夏民的灾难，那他为何射瞎河伯，霸占河伯之妻洛

---

① （汉）刘向：《战国策》，上海古籍出版社1985年版，第1059页。

嫔，堕入了荒淫？既然夷羿已经堕落，他以强弓利箭射杀大野猪，献祭肉膏，天帝也不愿接受了。据《左传·鲁襄公四年》记载，有穷后羿取代夏政，恃其射艺，淫于田猎，不修民事，以寒浞为相。寒浞媚惑羿的妻妾，唆使羿的家众杀羿而烹之，"浞因羿室，生浇及豷"。这就是夏前期政变中占妻谋夫的阴谋事件。《天问》问道：寒浞娶羿之妻纯狐，他曾经媚惑纯狐而施展阴谋，为何羿拥有贯穿厚甲的射力，却被阴谋勾结所吞灭？羿的堕落与霸占洛嫔相联系，羿的覆灭又起因于重臣和内室的合谋，可见以天下为私器的政治体制，是如何刺激着君臣家庭间的贪欲、腐败和阴谋。夏前期的启、益之变和羿、浞之变，成了《天问》质疑和解剖由禅让到家天下的政治疑案的极好材料。

　　《天问》对夏史的关注，超过了商、周两代，折射了楚人与华夏族的特殊渊源。以上对夏前期政治的质疑，从禹、益、启、羿、浞顺势而下，是按时间顺序依次提问的。通过剖析典型事件而把握家天下的政治实质，把握它助长贪欲、阴谋和社会动乱的历史效应之后，《天问》便以这种实质和效应作为思维的出发点，错乱时空，从而形成某种寓意结构。在借天代言的这个"天"面前，似乎寓意才有恒久的价值，而熙来攘往的政治现象的时间顺序反而居于次要地位，不必过分认真了。它心神恍惚地倒转时序，问起夷羿从鉏地西征到穷石，那么高的山岩是如何跨越的，为何连自己家门坎都跨不过了？夏的先祖鲧死后化为黄熊，巫师是如何使他复活的，却不能使自己后裔出现复活的奇迹？都在那里播种各样黍子和蒲荻，颇有点良莠并投，为何对鲧的疾恨更为满盈？

　　据王逸的注解，《天问》由此联想到一则充满贪欲和死亡的仙话：崔文子学仙于王子侨，子侨化为白蜺飘拂到堂上，持药与崔文子。崔文子惊怪，引戈击蜺，堕其尸而取其药。真是天法纵横，离失了阳气就会死，那么王子侨的尸体为何能够化作大鸟飞鸣而去，却不能把良药收藏牢靠，以避免挥戈一击？这里似乎包含有《老子》所谓"国之利器不可以示人"的思想，尤其是在贪欲横流的时代。在无序联想中，诗篇又出入于种种怪异现象之间：雨师萍翳是如何呼号降雨？神鹿软弱的身躯如何承受得了八足两头？大龟负载仙山击手而舞，如何能够安定？它们假若离开水而在山陵上行走，又如何能搬得动仙山？这里列举异闻，足资人们广泛地寻味它们的隐义：是否以降雨隐喻事态的偶然性，是否以鹿体隐喻弱君难以驾驭强臣，是否以大龟负山隐喻安定并非来自得意忘形，举措还须依凭具体条件。总之，它以紊乱的联想强化了诗行的隐喻性，在颠三倒四中寻找着某种深刻的意义。

随之提出的问题为夏少康中兴，时间顺序是上承夷羿杀夏后相以及寒浞杀夷羿的。《天问》便是在这种有序与无序中，形成独特的审美张力。值得注意的是，写夏少康中兴之事，却从寒浞之子浇乱伦丧生的角度发问。它问道：无礼无义的浇走到嫂子的房间，他对嫂子有何需求？为何少康借逐犬打猎的机会，轻易地砍下他的脑袋？早些日子女歧嫂子为浇缝下衣，顺便就同房共宿了。那时少康砍错了女歧的头，为何浇最后也遇上同样下场？《天问》由此进一步发问，答案已在不答之中：少康图谋争取敌军，曾给敌军什么厚遇？少康之父夏后相在斟寻倾覆，少康又有什么法子争取到这个地方？究其答案，并非少康有何特殊本事，都是由于浇乱伦废政，咎由自取。

同样的荒唐，少康可以乘之而复国，他的后裔夏桀却重复之而亡国。《天问》说：夏桀讨伐蒙山，他得到了什么样的美人？妹喜是何等放荡，成汤又怎样扑灭他们？诗篇以女色与政治的命题，考察了有夏一代的动乱和衰敝，认识到在以天下为私器的政治体制中，可以供当权者荒淫的另一私物女色的分量，足以成为衡量一朝一代政治的清明或腐朽的特殊尺度。尤其是大权过分集中于君主一人手中的时候，他的品质行为几乎足以影响一个朝代的存亡。这种思考与屈原所处的楚怀王之世郑袖乱政，存在着鉴戒功能。

话又返回到根本上，政治与女色的命题，关键在于政治体制；家天下关键不在于有家庭的存在，而在于以天下为一家一姓的私器。诗人也许感觉到，以自己对楚国女色干政的特殊感受去解释历史，难以概观历史之全盘。因此《天问》再度搅乱时间顺序，以无序的寓意结构从正正反反诸方面泛论女色与政治的命题。它问道：舜在家可怜巴巴，父亲为何让他打光棍？尧不告知舜的父母，怎么把二女配给舜？时间在这里倒溯到禅让时代，一种看似不合礼仪的婚姻，却使一位贤帝得到两位贤内助。随之时间又跳跃到另一个朝代的末年：萌芽初起，怎能臆测其结果？商纣王为妲己筑成十层璜台，谁又能穷极其后果？女色在这里成了淫奢的导因，成了王朝政治危机的因素。然而《天问》思想不乏开明，它问及女娲登立为帝，是根据何处道理推她为尊？女娲人首蛇身，又是谁制造出来的？这似乎涉及女性也可为帝，并非在政治上无能。家庭关系也并非总是危害清明政治，政治人物也并非对家族冷酷无情。《天问》提到，帝舜友爱其弟，尽管总是受到其弟谋害，凭着帝舜这份仁慈，不难解释那位像猎狗般放肆的弟弟，为何不致身败名裂？即便到了家天下的时代，吴泰伯获知古公要传位给老三的心思，就和二弟仲雍逃避到南岳采药，谁料他们离开西周，却使吴人开国得到两个好男子。对上古政治的反思中，诗人钦慕禅让，又无以超越家天下的框架。在政治境界上，他推崇帝舜，《离骚》已有所体现，在这里的寓意结构又借家庭问题重复两次。既然无以超越家天下框架，他又主张在政治方式上增添吴泰伯式的让贤和另创新的事业。政治的开拓，需要敞开可供开拓的新空间。

五　君臣遇合与历史哲学

关于禅让到传子的政治体制变迁以及政治与女色的命题之探讨，《天问》所用材料以夏代为多。而反省历史中更为关切的问题，即君臣遇合，所用材料便以商、周两朝为多了。上古史中贤明的君臣遇合而对一个朝代进行革命，第一大盛事当是夏商之际的成汤得贤臣伊尹的辅助。春秋战国人伪托楚先祖鬻熊所作的《鬻子》探讨历史教训和政治哲学，认为"禹之治天下也"，得皋陶辈"七大夫以佐其身，而天下治"；"汤之治天下也"，得伊尹辈"七大夫佐以治天下，而天下治"。因此《鬻子》认为真正有作为的君王是思贤若渴、善识人才的："圣人在上，贤士百里而有一人，则犹无有也。王道衰微，暴乱在上，贤士千里而有一人，则犹比肩也。"请注意，这里讲的"贤士"乃是介于贵族与庶人之间的低级贵族，没有卿大夫的显赫身世和地位，却以其能够"辨然否，通古今之道"而不愧为"贤"。《天问》列举的贤者多为出处寒微而明道多能，正是所谓"贤士"，它借上古史料而隐括战国时代的人才观。

《天问》如此提出成汤、伊尹之遇合：伊尹用饰玉之鼎烹好鹄羹，进献给成汤去品尝，为何这就商量好谋取夏桀的计策，终于灭亡了夏王朝？君臣合谋出以烹饪进食的形态，似乎有点难登大雅之堂，但它创造了极能概括古中国政治术的一个成语：调和鼎鼐。不仅此也，《天问》还进一步追问伊尹比一般的士还要低贱的身份：商王成汤下观民情，在下层遇到伊尹，为何出自卑微者的计谋，竟能把贵为君王的夏桀驱逐到鸣条之地受罚，而黎民百姓都欢欣鼓舞？这种发问，通过伊尹遇成汤的传奇色彩，揭示了贤士政治的难以估量的历史潜力。

时间顺序的操作于此又发挥了意义深刻的功能，顺逆、倒溯、挪移均变得从容自如。在追溯了伊尹的寒微出身之后，《天问》进行了幅度更巨大的时间倒溯，倒溯至"简狄吞玄鸟卵而生契"以降的商先公先王的历史。这就在时序异常中寓有深意，等于说明了成汤开国的显赫事业应该归功于伊尹的才略，而并非依恃殷人的血统高贵和先辈遗泽。《天问》道：简狄在瑶台上，帝喾怎么知她"宜尔室家"？玄鸟送来一枚卵，这个女子怎么吞下就有喜？这就把殷始祖的出处问得有点莫明其妙，看不出有什么神圣感和神秘感了。

　　幸得王国维由殷墟甲骨文字，考证和补正了殷先公先王世系，使《天问》几成千古之谜的以下提问，终于出现了解读的可能。解读的结果是：殷先祖王亥秉承其父季的德性——其父是为善的，但王亥本人为何终于被有易氏杀害，在他放牧牛羊的岁月？近人根据《竹书纪年》有"王子亥宾于有易而淫焉"的记载，又疏通以下的诗句：王亥用盾牌配合武舞，为何有易氏女就爱上他？她是平肩嫩皮的女人，怎能给他带来肥美的好事？有易氏的放牧奴子，到底如何碰上他和那女人苟且，打击床沿让他先出来，他的性命还有什么着落？对于这一连串的疑问，古代注家多把它们与寒浞之子浇被夏少康剿灭之事混淆起来。可见受殷人祭祀颇盛的王亥，德行并不光彩，命运充满悲哀，他对殷人的崛起谈不上有何等贡献。

　　在《天问》严正的质疑下，王亥以后的殷人也不见得有更好的德行和命运。比如王亥之弟王恒，他也秉承父亲季的德性吧，他又怎么得到他阿哥失去的大牛？他为何去营求有易氏颁赐的爵禄，却不能回来享受？至于王恒之子上甲微，也昏庸地遵循其父旧迹，使有易氏不得安宁。为何在群鸟聚集的丛林间，他竟负心地与人家女儿肆意调情？由于殷建国前史料的欠缺，其间具体的史实已不甚了然，但是细按其间的问题和语气，对王亥、王恒、上甲微等殷先祖不甚恭敬的态度，则是可以领略到的。以下的问题就更难以索解：糊涂的弟弟并淫其嫂，危害其兄，为何变化着诡诈的手段，其后代反而能够长久延续？由于此事有点类似前面提到的象害舜的故事，从王逸开始的注家就附会到象的身上。但是"并淫"其嫂，应是两个弟弟，只一个象，那个"并"字就没有着落。清朝蒋骥《山带阁注楚辞》说："按《公羊传》（庄公二十七年），鲁公子庆父、公子牙，通于哀姜以胁公，与此绝相类。盖二子皆庄公母弟，而有后于鲁者。"① 这个乱

---

① （清）蒋骥：《山带阁注楚辞》，上海古籍出版社1984年版，第97页。

伦故事无论是指象，还是指公子庆父、公子牙，都属于时间顺序的错乱。但是把它与殷先世的事并列在一起，起码暗示着对殷先世德行的不恭，暗示着殷先世没有积累多少德行和事业，作为成汤开国的基础。在这一点上，殷既不及夏，也不及周。

因此，《天问》在时间倒溯中作了一番有序和无序的发挥之后，重新回到成汤与伊尹遇合上，足以体现它对这番遇合的历史意义的格外推重：

> 成汤东巡，有莘爰极。
> 何乞彼小臣，而吉妃是得？
> 水滨之木，得彼小子。
> 夫何恶之，媵有莘之妇？
> 汤出重泉，夫何罪尤？
> 不胜心伐帝，夫谁使挑之？

伊尹身世的卑贱和不同一般，在这里得到进一层的强调。他出生在水边的空桑木中，《吕氏春秋·本味篇》等多种典籍记载他的出生是带有神话色彩的"异生"，实际上也许是无父无母的弃儿。成汤东巡到有莘氏之地，想求取他出来为自己办事竟不可得，只好娶有莘氏之女子，让他充当陪嫁奴隶转让过来了。成汤之所以急于求贤、器重伊尹，是与他受辱而产生的复仇心理有关系。正如《天问》所说：成汤从被囚的重泉走出来，心想我到底有何罪过？他按捺不住讨伐桀王的心思，谁让你挑起我的复仇心理？《天问》往往以倒叙之笔，说明某一事件的原因。正是出诸这种发愤图强的心理，他求贤若渴，破格地把伊尹从一个弃儿、一个陪嫁奴隶提拔为辅佐重臣。

成汤自从得到伊尹辅佐之后，诸侯多叛夏而归汤，汤遂率兵以伐夏桀。其时风扫残云之势，颇与周武王伐纣之役类似。因此《天问》的时间顺序实行了大跨度的跳跃，跃至武王伐纣战役：在盟津会合诸侯的早晨，为何各方争相履行约期？就像苍鸟成群奋飞，是谁把它们集合在一起？武王挥戈攻击纣王身体，周公旦不以为喜，为何他亲自点拨武王姬发，到了完成兴周的使命反而叹息？从夏商之际到商周之际的这次大跨度的时间跳跃，实在意味深长，而且具有浓郁的反讽意味。它从商朝开国跳到商朝亡国，充满着令人低徊不已的历史兴亡感。《天问》反问天帝授殷天下，如何安置它的王位？到了纣王之时，"反成乃亡，其罪伊何"？这时候继殷商而崛起的周王朝，真可谓风云得意，诸侯趋之若鹜，正如《天问》所问：诸侯争相拿出武器，是如何动员起来的？他们并驱进击殷师的两翼，又如何统率他们？然而，前面提到周公旦之叹息，正是在周王朝这种风云得意的气氛中发出来的。这真是著名的"周公之叹"，他在叹息"殷鉴不远"。于这声叹息的前后，商王朝与周王朝的兴亡互相参照，并通过诗篇的超时序操作，交织在一起了。

在商、周二王朝兴亡史的互参互补之间，对商王朝重在讲其开国前史，而成汤以后列王的史迹较少涉及，因而重点是揭示弱可变强的历史辩证法，变的关键在于任贤。对周王朝却大量讲其开国后史，对武王以后列王的史迹多所述及，因而重点是揭示盛极而衰的历史辩证法。那么，衰变的关键何在？且看《天问》的交代：周昭王存心出巡，于是抵达南国，这有什么好处，难道去迎接人家愿献的白雉？周穆王的马鞭挥动得巧妙，为何不远万里周游天下？在环行中管理天下，到底有何索求？这是西周中期两位不经心治理国家的君王，这种享受型君王的出现，乃是父子相传的政治体制之必然。虽然不排除有个别尚能振作、号为中兴的人物，但作为总体趋势，这些子辈君王不知开国之艰，他们一生下来几乎就命定地占据至高位置，最好的文化教育条件终不能改变他们只知享受阿谀奉承，不知阅历开拓者磨难的精神方式，因而只能以他们手中的权力消磨王朝政治的元气。昭王以为迎接白雉，是迎接国泰民安，在一种阿谀性骗术中送掉性命；穆王把巡游天下的游戏性排场，作为张扬国威的举措，在贪大喜功、得意忘形中耗费青春。与其说这是父子相传的政治体制的变态，不如说是它的常态。谁能改变这些驾驭天下者的精神方式呢？也许《天问》作者未能清晰地了解这一点，但他借天代言，天已经给他暗示了这一点。

这种萎靡不振的享受型精神方式发展到极致，就是信谗忌贤，以谣言作为立国的根据，以"枕边政治"来毁坏整个王朝。周宣王听信"桑弓和箕草箭袋，实亡周国"的童谣，就捕捉并准备杀戮市面上叫卖这两种兵器的夫妇，这对夫妇捡得宫中遗弃的女婴，投奔褒国。这个女婴就是后来得宠于周幽王的褒姒，她以"枕边政治"废除王后、太子，破坏烽火征兵的制度，导致朝臣与犬戎勾结，杀幽王而颠覆西周王朝。这就是《天问》所问："周幽谁诛？焉得夫褒姒？"褒姒得宠于幽王，只是政治变得荒唐的一个标志，杀幽王的真正罪魁祸首是谁呢？正是寻根究底的这一问，重新引导出《天问》错乱时空的寓意结构，竟然借天而问起天命："天命反侧，何罚何佑？"竟至于连作为春秋五霸之首的齐桓公，尽管拥有"九合诸侯，一匡天下"的巨大功勋，也逃不开佞臣与五公子树党争立，饥渴自尽而不葬，直至尸虫出户的可悲下场。这种以商周事互相映衬，以春秋五霸事作结的寓意结构，于有序无序之间超越了一般的历史叙事，而升华出诗化了的历史哲学。它探询着父子相传的政治、贤士政治与枕边政治等五花八门的政治体制之运作形态，在借天以问天命的悖论中，浸透着历史兴废无常的苍凉感。

六 暴君弃贤及历史哲学的重审

走出神话以后的《天问》，审视的焦点在于历史哲学。因而不惜反复言之，从正正反反诸层面剖析之，借夏、商、周三代历史转折点和关键点参差质询之。前面初探历史哲学，是从成汤与伊尹之间贤明君臣遇合谈起的，到了重审历史哲学之时，它换了另一个视角，从商纣王暴君弃贤谈起，着重剖析政治品德问题。上古三代，暴君弃贤的最大惨案发生在商纣王年间。因为夏桀虽然荒唐，他囚禁成汤不久就释放了。周朝分封诸侯，逐渐造成尾大不掉的局面，末代君王想施暴于贤臣，也无能为力了。所以对商朝末年暴君弃贤的旷世惨案，《天问》是不能不问的：

> 彼王纣之躬，孰使乱惑？
> 何恶辅弼，谗谄是服？
> 比干何逆，而抑沈之？
> 雷开阿顺，而赐封之？
> 何圣人之一德，卒其异方？
> 梅伯受醢，箕子佯狂。

在以天下为一家一姓之私器的专制主义政治体制中，除了少数开明或尚知振作者之外，由于历史条件和个人品质的差异，既可以产生享受型的君王，也可以产生残暴型的君王。《史记·殷本纪》说："帝纣资辨捷疾，闻见甚敏，材力过人，手格猛兽；知足以拒谏，言足以饰非；矜人臣以能，高天下以声，以为皆出己之下。"[①] 这种资质在至高无上不受约束和

---

① （汉）司马迁：《史记》，中华书局1959年版，第105页。

制衡的情形下，就会把威猛用于压制贤臣，把才智用于制造式样翻新的酷刑。他首先对付那些可能妨碍其为所欲为的人，把王族的诸父一辈的比干摧抑下去，最终施以剖心之刑，逼得同属王族诸父辈的箕子只好佯狂来避其锋芒了。对于握有地方权力的诸侯梅伯，他则施以醢刑、即把他剁成肉酱了。于是朝廷方镇都留不下拂逆他意志的人，任其胡作乱为，只有雷开一类阿谀奉承之徒能够赐金封爵了。《天问》道："何圣人之一德，卒其异方？"比干、箕子、梅伯都有"圣人"之德，可惜他们都不能以自己的德行去辅佐朝廷，却要变换着处世方法去获死或避祸。这种对政治品德不得其用的提问的反讽意味，也够浓的了。暴君纣王便是如此制造了惨案，在血腥中高扬个人的名声和权威的。

  《天问》的时间跳跃，有同类跳跃，也有反类跳跃。时空跳跃依据的是意义逻辑，意义的内在牵引使时空发生错乱。为恶的商纣王为从善的周部族的崛起创造了时机，因而这里的时间跳跃，是由恶政转换到善政的反类跳跃。史载帝喾元妃履巨人脚迹而怀孕生出周人的先祖稷，又载帝喾次妃简狄吞玄鸟卵而怀孕生出殷人的先祖契，这两个异生神话配比成对，于是殷、周二部族的先祖乃是同父异母的兄弟。我怀疑这两个神话的配对，是周人造出来的。因为周公旦制礼，立宗法制而把王位命定地传给嫡长子，稷为元妃长子，血统上自然要比次妃所出的契要高贵一筹了。《天问》说：稷是元妃长子，帝喾为何忌恨他？丢弃在冰面上，鸟为何用翅膀温暖他？他为何持弓挟箭，特会统兵打仗？异生的情景吓得帝喾暴躁，是何种机遇使他长大成才？谈论周继商而兴起，不按照时序从与商纣王有瓜葛的周文王、武王说起，偏要错动时序从稷说起，其间有深意存焉。它看重的似乎并不是"稷维元子"，因为帝喾并没有传位给他，反而嫌恶他。它看重的是稷能够在不利的环境中成长成才，这和那些一生下来就命中注定地要继位为王，不知创业艰辛，只知享受和残暴的君王，是具有本质区别的。

  对于后稷到太王这段跨越夏、商两朝的周人世系，《天问》不作过多纠缠，却以巨大的时间跳跃，直趋文、武开国。即便对于周朝开国史，它也不拘泥于时序严整，而是在周太王、文王、武王和商纣王，即商、周二敌国以及周之四代三王之间，往返穿梭，错综用墨。其笔势如云间游龙，断断续续之处左盘右旋，前盘后旋，身姿矫健，文脉跌宕，使人物事件和意象于有序无序之间撞击，迸发出令人心摇目眩的思想火花。它先问及周文王：西伯姬昌号令于衰世，秉持着鞭子做起牧伯。他如何使周人的岐周神社通达起来，命中注定地占有殷国大半个天下？这种提问的答案，其实已从反面存在于前面所述的商纣王暴政失德之中了。

如果对政治道德关乎种族荣衰的历史哲学思考还不明白，那么在随之而出现的错乱时空的寓意结构中，这一点就暗示得更为强烈。它故作疑惑：周文王姬昌的祖父太王迁移财富来到岐山，人民怎么会依从他？周文王姬昌的对立面殷纣王有迷人的妃子妲己，人民又怎么样讥评他？这里也没有提供什么直接的答案，答案已在不言中。对《天问》寓意结构的解读，不是要你简单地提供某些史实，而是要你进入更深的层面，看取这些问题共同指涉的某种内在的意义。太王迁岐，殷纣王有惑妇，这都是商周之际的历史常识，它故作疑惑要你领悟的乃是这些问题从正反两方面指涉的政治道德之得民心或失民心。《尚书·康诰》总结商周朝代更迭的教训，提出"用康保民"的思想，《召诰》在谈论"不可不监于有夏，亦不可不监于有殷"之时，提出"惟不敬厥德，乃早坠厥命"的告诫。《天问》参差错落地问姬昌、太王、殷纣事，其所暗示的历史哲学与这种敬德安民思想有相通之处。

明白了《天问》寓意结构的这种意之所寓，对于《天问》以下诸问就会豁然开朗。殷纣王把西伯姬昌之子伯邑考烹成肉羹，姬昌受羹之后祭告上天，他本想亲受上帝惩罚，为何反而是殷商的国运不可救药？正是敬德安民的政治道德，使姬昌思贤若渴，这就可以解释：吕望在市场当屠夫，姬昌如何慧眼识英雄？吕望鼓刀扬声说"下屠屠牛，上屠屠国"，姬昌听了后有什么可高兴的？同样写君臣遇合，前面讲成汤发现伊尹，强调的是举贤士于寒微；这里讲姬昌发现吕望，强调的是寻贤士以安民，它们所指涉的历史哲学层面是存在差异的。由此也可以解释如下的问题：周武王姬发杀了殷纣王，为何心情忧悒？他载着文王木主去会战，为何如此性急？性急者是为了拯民于水火之中，忧郁者则可能是由于"周公之叹"思考到殷鉴即在眼前，殷纣王的阴魂不是一杀就可以驱除的。

无论是神话还是历史，《天问》都存在一些不可尽作解读之处，甚至存在一些众注家异说纷纭的千古之谜。这是《天问》的遗憾，也是《天问》的吸引力所在。比如随之提出的问题："伯林雉经，维其何故？何感天抑坠，夫谁畏惧？"伯林是一个人，还是一片树林，就由于行文过简和典籍失考，而难有确论。王逸说伯林即长君，也就是晋献公太子申生；清人俞樾"疑伯林乃申生之字",但史籍无证。早一些的清人徐文靖《管城硕记》则认为伯林是北林,上吊的不是申生,而是管叔。徐氏之说也是推测,他注重行文的时间顺序,因为前面写武王伐纣,接着写管叔、蔡叔与武庚作乱,事败自杀,似乎是顺理成章了。王逸《楚辞章句》解释为"晋太子申生为后母骊姬所谮,遂雉经而自杀。言骊姬谗杀申生,其冤感天,又谮逐群公子,当复谁畏惧也"。[①] 王氏注意的是骊姬之谗和前面的"殷有惑妇"相呼应,可以组合成有关女色与政治的寓意结构。如果王逸章句之说能够成立,那么骊姬以告枕头状和投毒于祭肉的方式,谗杀申生,逼使重耳诸公子出逃,这一事件是与春秋五霸之一晋文公之事联系在一起的。前面研究《天问》初探历史哲学,采用的寓意结构是在商周事互相映衬之后,突然跳跃到春秋五霸之首齐桓公;这里重审历史哲学,采用的寓意结构是在商周事互相映衬之后,突然跳跃到春秋五霸之次晋文公之长兄申生。这两处的寓意结构,是存在着某种内在的默契的。当然二者审视的角度是不同的,前者写齐桓公之死,他重用佞臣而招致杀身之祸;后者写晋文公逃生的背景,女色所败坏的政治道德逼使他到原野上寻找了。

与齐桓公死之前,采取借天而问"天命反侧"的悖论方法相呼应,在这里申生雉经之后,《天问》再次借天问天命:"皇天集命,惟何戒之?受礼天下,又使至代之?"皇天集禄命与君王,这是不足以长治久安的,还须君王审慎戒惧,敬德保民,不然就有新的能够敬德保民者取而代之。其间对天命的怀疑主义,导致对历史哲学的更深层面的思考,并以此来檃括夏、商、周三代兴废更替的历史教训。正如清人贺宽《饮骚》所分析的:"皇天云云者,言天既以天下授之,何不告戒之以不亡之道?而奈何旋以天下礼之,不久又使人代之耶?此四语所以结三代之局。"《天问》考察夏、商、周三代政治兴衰的运转轴心,在于敬德安民,这种民本思想在先秦时代算得上空谷足音。

七 政治理想与现实忧患

走出神话、反思历史之后,《天问》一步步由历史远处向近处走来,终于走到问诗人身边的境遇,问诗人心中的理想。它在这里完全采用寓意结构,时空错乱的复杂程度超过了以前。对于理想,共有三问。首问重复

[①] (宋)洪兴祖撰,白化文等点校:《楚辞补注》,中华书局1983年版,第115页。

了成汤、伊尹事：成汤最初以伊尹为普通臣子，后来提拔他为辅弼重臣，他似乎有点功高震主了，但为何能够始终在成汤朝廷中居官不替，并且以王者礼乐尊崇祭祀他的祖先，绪业流传于后世？这一问就使成汤、伊尹事于重复中出现不重复的角度，它使用了"初""后""卒"一类时间性词语，关注的是贤明君臣遇合以诚信，经得起时间考验，有始有终，诗人是切身地感受到这是非常难能可贵的。

第二问是：功勋卓著的吴王阖庐是寿梦之孙，他自少遭受离散流亡之苦，为何到壮年能够威武勇猛，使其庄严的事业广为流布？吴王阖庐是楚人不共戴天的仇敌，他任用伍子胥、孙武大破楚师而占领郢都，几乎使楚国覆灭。因此他的画像似乎不应见于"楚先王之庙及公卿祠堂"，只能作为特例存在于诗人心灵之中。特例之特，就在于诗人排除本族性的歧见，以阖庐为典型在更深的层面上思考如何发愤图强，以一种"贫贱忧戚，玉汝于成"的坚强意志，重振已是一蹶不振的邦国。能够向敌人学习长处，乃是一个国家的胸怀和生命力的体现，也是诗人的政治理想之所在。

第三问：彭祖籛铿善于烹调雉羹，天帝为何乐于享受口福？使他享有八百岁长寿，为何这样久长？据《史记·楚世家》，彭祖乃是楚人已经认同的祖先帝颛顼（高阳）的后代陆终所生六子之一，是楚国先人芈季连的三阿哥。楚国诗人以彭祖作为理想人物，和以仇敌阖庐作为理想人物，当别有一番滋味，是带有亲切感的。他的斟雉飨帝，和伊尹以烹饪术去说服成汤有些类似，在古人心目中似乎并非世俗之态，倒是对上天赐给自己的福分保持审慎戒惧的态度的一种象征。这种审慎戒惧的态度，与《离骚》中"怨灵修之浩荡兮，终不察夫民心"的"浩荡"心态是不同的，王逸《楚辞章句》说："浩犹浩浩、荡犹荡荡，无思虑貌也"，即所谓"饱食终日，无所用心"，放任自流。《天问》在讲完吴王阖庐威武勇猛之后，大概有鉴于阖庐伐越，受越死士袭击而负伤死亡的粗疏，因而提倡一种综合了阖庐的刚猛以及彭祖的审慎的政治态度。所谓彭祖八百岁，也可以理解为以人寿象征国祚的绵长。综上三问，诗人追求的政治理想，既有成汤、伊尹间善始善终的君臣合作，又有兼备阖庐之英武、彭祖之审慎的刚柔相济，如此方能振弱图强，尚贤去佞，保持长久的政美民安的局面。

随之的提问，又引起了历代注家的困惑，歧见纷纭，难得共识。比如"中央共牧"，有释为周厉王出奔，共和行政者："惊女采薇"，有释为伯夷、叔齐采薇，受妇人讥之者；"兄有噬犬"，有释为秦景公兄弟事者。然而都证据薄弱，只能聊备一说，不能贯通无碍。汉画像石多有装饰性的不能确认为何朝何人事的即兴画面，《天问》这几问，似乎也可援引汉画像石的即兴画为例，不必过分刻板地认定为哪几位具体的历史人物的事迹。在郑重其事地暗示自己的政治理想之后，再来一点闲笔不闲的即兴小品，也是诗人使行文摇曳多姿的本领。在天下中央共同管理人民，当权者为何喜怒无常？要知道蜂蚁的生命虽然微末，齐心协力又何等固不可摧？这里似乎暗示着为政要敬德安民，不可任凭统治者的好恶一意孤行。采薇的少女受惊，鹿儿为何保护她？奔到北面水弯处，为何突然高兴起来？这里似乎讲事件的突发性和机遇的偶然性，却融入了旷野上一派天真烂漫的风光。兄长养了一只猛犬，弟弟为何打它的主意？就是用一百辆车子把它换来，最终还是没有福气享用它。这个兄弟间钩心斗角的故事，似乎蕴藏着某种因小失大的荒谬感。总之，这是不可解之解了，它们似乎在暗示着某种和谐的境界：上下和则安，兄弟和则福，人与自然和则喜。《天问》是在周围艰险的环境中谈论和谐的，它于不和谐中执着于和谐，也可以说是全诗忧郁疑惑情调的一种调剂。

　　经过一段语意朦胧的即兴抒情，作为从理想到现实的小过渡之后，《天问》进入了诗人与天地相浑融相震荡的激情状态，充满忧患感和危机感地倾诉着楚国的光荣与耻辱、行程与命运，质询着楚国从何处来，将向何处去。在冗长而曲折的借天问人事中，诗人被长久压抑的主观情绪层层厚积，到了急需一吐为快的临界点，转化为从人的角度上问苍天，上问薄暮雷电了。在此雷霆震怒的黄昏时分，为何忧虑着自己的归宿？国家的尊严已经得不到尊重，对于天帝还有什么可以祈求？这种提问的格调的苍凉悲远，足可以上联夏、商、周三代的兴衰，下接祖宗之邦楚国的荣辱。苍凉情调很能够令人联想到楚灵王在颍水、淮水流域打猎，遇上雨雪之时，右尹子革说的一段话："昔我先王熊绎辟在荆山，筚路蓝缕以处草莽，跋涉山林以事天子。唯是桃弧、棘矢以共御王事。"《天问》所谓"伏匿穴处"，指的就是楚先王筚路蓝缕以辟草莱的国家起源的历史。对于这段历史还有什么好说呢？人们早已把艰苦奋斗的传统忘掉了，忘掉了艰苦创业，就忘掉了楚人的精魂，成为失魂落魄之楚。

　　《说文解字》说："勋，能成王功者也。"段玉裁注："《周礼·夏官·司勋》曰：'王功曰勋。'郑（玄）云：'辅成王业，若周公。'"

《天问》所谓"荆勋作师",不一定指具体哪一代的楚先王,而是指以军事力量振兴楚国,"能成王功"的多代楚王。楚国自熊绎以后一个半世纪,传至熊渠而崛起于江汉之间;又一个多世纪传至武王熊通,建立兵车制度,灭权、伐随、挫濮,欲以观中国之政,中原诸侯"始惧楚也"。文王熊赀继位,迁都于郢,伐申过邓,伐蔡灭息,以致《史记·楚世家》以"齐桓公始霸"和"楚亦始大"并举。所谓"荆勋作师",应该包括公元前9世纪至公元前7世纪这二百年间楚国列代首领兼并周边、拓展疆土、壮大实力的历史。正因为如此,《天问》才问:为何如此漫长?

经过长期的经营,楚国已发展成为春秋列国中疆土和实力首屈一指者。尽管楚国历史还有曲折,甚至面临过灭顶之灾,比如由于楚平王的荒唐,导致吴王阖庐和伍子胥大破楚师,攻陷郢都,而年少的楚昭王继位,却能知错必改,复兴楚国。这就是《天问》所说:"悟过改更,我又何言?"吴光(即阖庐)与我们楚人争国,但时间一久,胜利还属于我们。这里隐喻着一个非常重要的哲理:一时的失败并不可怕,可怕的是失败后不知改过,不知把握变失败为成功的历史契机。历史往往是祸福互伏的,吴王阖庐攻占郢都之时,当时邻国的一位冷眼旁观者便说:"国之兴也以福,其亡也以祸。今吴未有福,楚未有祸。……国之兴也,视民如伤,是其福也;其亡也,以民为土芥,是其祸也。楚虽无德,亦不艾杀其民。吴日敝于兵,暴骨如莽,而未见德焉。天其或正训楚也,祸之适吴,其何日之有?(按:即不久即至)"[①] 这是《左传·鲁哀公元年》记载的陈国大夫逢滑掂量吴、楚二大国政治走势之智慧预言。《天问》之问,同于此见,可叹的是诗人同代的楚君已不知"悟过改更",不知把握历史转化的契机了。

《天问》至此,又出现了时空错乱的寓意结构。它呼唤着能够振兴楚国的贤者出现,而呼唤的是吴王阖庐陷郢以前百余年的楚成王时期的一代名臣令尹子文。据《国语·楚语》记载,子文的政治主张是:"夫从政者,以庇民也。"他曾经"自毁其家,以纾楚国之难"。在他担任令尹的二十余年间,楚国以方城为城,以汉水为池,与中原争霸,席卷淮水流域

[①] (周)左丘明传,(晋)杜预注,(唐)孔颖达疏:《春秋左传正义》,北京大学出版社1999年版,第1613页。

诸小国,《史记》称之为"楚地千里"。子文原名斗谷於菟,他的出生是一个传奇。《左传》宣公四年记载:其父斗伯比"从其母畜于郧,淫于郧子之女,生子文焉。郧夫人使弃诸梦(泽)中。虎乳之。郧子田,见之,惧而归。夫人以告,遂使收之。楚人谓乳谷,故命之曰斗谷于菟。以其女妻伯比。实为令尹子文"①。因此,《天问》问道:斗伯比环绕穿行于闾社、丘陵之间,与郧女又淫乱又放荡,为何却生出贤相子文?这看似对子文有点不恭,实际上主张举贤才于野,不必拘于一格。

然而,贤相子文已不可得,诗人时代的楚国多的是谗佞忌贤、结党营私的奸邪之辈。联想楚成王熊恽的兄长堵敖熊囏,大概是听信佞臣挑拨,想杀其弟以固位,熊恽逃到随国,借兵袭杀堵敖。因此诗人只好叹息一声:我要告诉堵敖,这种做法是不能久长的?退而言之,堵敖尽管横死而不寿,毕竟还算楚先君,如此向其阴灵进言,多少嫌其直率而不恭。于是诗人自言自语:我何必上谏先君而表现自己,使自己忠直的空名愈加彰扬?如果我们设想,《天问》如王逸所说,是诗人"见楚先王之庙及公卿祠堂"壁上图画而作,或者借鉴壁上图画的方式而构思,那么"薄暮雷电"以下的这一连串对楚国历史的质问,所问的就不限于壁上图画,而是绘有图画的楚先王庙和公卿祠堂的主人。王逸注"薄暮雷电"说:"言屈原书壁,所问略讫,日暮欲去,时天大雨雷电,思念复至。"似有这层复问庙堂主人的意思,但没有从问事的角度转换上展开论证。到了《天问》的结尾,诗人不仅已经走出祠庙,而且走出那个借以提问的天,返回自我,返回到一个悲怆不已、徒有忠名的自我了。

八 余论

从"遂古之初"到"堵敖不长",《天问》经历了复杂曲折的大怀疑的心灵历程,进行了大时空、多层面终极之问,其问始于无限而终于有限,始于永恒而终于短暂。当然,无限须在有限中获得它的形象,永恒须在短暂中证明它的价值。这就是《天问》为何问完宇宙起源之后,还要问夏商周三代,一般地问及夏商周三代还不满足,特别地问及楚国的历史。自有诗歌以来,罕见有哪一篇能够像《天问》一样展示如此广阔浩渺的思

---

① (周)左丘明传,(晋)杜预注,(唐)孔颖达疏:《春秋左传正义》,北京大学出版社1999年版,第610页。

维空间。在这个思维空间中，蕴含着异常珍贵、也相当独特的"屈子哲学"，这种哲学以质疑的形态，浸透着忧患的感情。与《离骚》《九歌》相比，《天问》多用四言，句式、辞采略逊。但它以特异的结构方式、时空操作和哲理思考，弥补了这种欠缺。钱锺书超越朝代而从文体风格上论"诗分唐宋"，认为："唐诗、宋诗，亦非仅朝代之别，乃体格性分之殊。天下有两种人，斯分两种诗。唐朝多以丰神情韵擅长，宋诗多以筋骨思理见胜。……夫人禀性，各有偏至。发为声诗，高明者近唐，沈潜者近宋，有不期而然者。"[①] 据此见解，若不嫌牵强附会，则似乎可以说，《离骚》《九歌》乃屈原的"唐音"，《天问》却是他的"宋调"了。《天问》乃是屈子沈潜于历史哲学的扛鼎之作。

只要认识到《天问》中的"屈子哲学"是出以质疑形态、浸透忧患感情，就不能把这种哲学局限于文字的表面，而必须体悟至文字之外，从它提出疑问的角度和语气以及不同问题的相互组合中，探寻其隐含的意义。它的哲学层面非常丰富，包括神话哲学和历史哲学、政治哲学和人生哲学，讨论过天命与人事、失败与成功、兴邦与得贤、政治与女色等广泛的命题，几乎都不曾以逻辑语言去直说，而是控制在诗歌语言的隐显之间。隐之于神话、历史的片段，显之于质疑探询的语气，成之于不同的问题之间的参照和联想。比如，女色与政治是一个非常复杂的包含着历史哲学和政治哲学的命题。但《天问》对它不是一处说完、一语点透，而是通过多次提问造成相互参照的综合效应。商纣惑于女色而制造剖醢贤臣的惨案，成汤喜得吉妃而遇合贤臣，舜娶帝尧二女而避免顽傲之弟的谋害，桀得放肆的妹喜却招致怨恨的臣子的讨伐。在君王一人的喜怒左右着整个政治行为的专制主义体制中，女色的作用不可忽视，它既是政治腐败或清明的一个特殊标志，又可以成为君臣相得的纽带或君臣反目的祸根。此外，如寒浞的眩妻谋杀，浇的宿嫂丧生以及斗伯比的野合生下贤子，都可以成为政治与女色命题的正反远近或偶然或必然的例证。《天问》如此反反复复地涉及这个命题，折射着诗人由现实政治遭遇造成的精神创伤或思维情结，同时也揭示了专制体制中存在着君、臣、女色之间三角形的张力。可叹哉！庙堂之中也有三角关系，而能否妥善处理之，足以产生不同的力量导向，甚至导致王朝政治的盛衰和君臣个人的荣辱。《天问》不时也关注

---

① 钱锺书：《谈艺录》，中华书局1984年版，第2—3页。

它，表明在一定程度上已视之为政治运转的某种模式。

《天问》是楚人神思与中原学养相融合的产物。战国之岁，楚地巫风甚于中原，《吕氏春秋·仲夏纪·侈乐篇》以风俗观政治命运，称"楚之衰也，作为巫音。侈则侈矣，自有道者观之，则失乐之情。失乐之情，其乐不乐。乐不乐者，其民必怨，其生必伤。其生之与乐也，若冰之于炎日，反以自兵。此生乎不知乐之情，而以侈为务故也"①。《汉书·地理志》比较各地风俗的特征，结论是"楚地……信巫鬼，重淫祀"。《天问》有如此多的神话传说和历史片断，可以和古今语怪之祖《山海经》相参证，说明《山海经》成书与战国楚巫有着深刻的关系。《天问》无疑是汲取了与《山海经》同源的一些神话传说材料，甚至汲取了《山海经》式的原始宗教思维方式。这番汲取对于拓展《天问》奇诡幽丽、不受传统模式束缚的思维空间，具有重要的意义。同时，《天问》又是以一系列的对神话传说的质疑方式写成的，它走出神话的同时也走出巫风。它属于突破巫风笼罩的文人诗歌的里程碑。

这种突破巫风的努力，是得到中原学问的支援的。中原史学的发达以及逐渐罕语怪力乱神、转而探究宇宙结构模式和历史兴衰规律的学术思潮，提升了诗人的学问层次，并转移了他的文化趣味，使他对乡邦的巫风思维产生了怀疑。可以说，《天问》乃是以诗与哲学相交融的方式，进行了一次楚人与中原文化的大规模的对话。其中有解不开的疑惑，有说不完的话题。比如，中原传闻是共工与颛顼争为帝，怒而触断天柱，使天倾西北，地不满东南。楚人却偏要说这是康回所为，这就有点像古罗马人把古希腊主神宙斯改为尤皮特，战神阿瑞斯改为玛尔斯，爱神埃罗斯改为丘比特一样，名字的变换中包含着不同神话系统或支脉的对话。又比如，鲧治水失败，在中原被视为不可饶恕，乃至《尚书·舜典》把他归入"四凶"之列："流共工于幽州，放驩兜于崇山，窜三苗于三危，殛鲧于羽山，四罪而天下咸服。"②但是《天问》对"鲧疾修盈"与四凶并投的理由，提出质疑。它并不隐瞒鲧治水失败，却认为尧、舜二帝负有领导责任，而且又允许失败，认为大禹治水是子承父业，变化策略，"遂成考功"。对鲧禹治水神话的不同解释，既体现了不同神话系统的对话，也包含着对中原神

---

① 许维遹：《吕氏春秋集释》，中华书局2009年版，第112—113页。
② （汉）孔安国撰，（唐）孔颖达疏：《尚书正义》，北京大学出版社1999年版，第65—66页。

话历史化过程的大怀疑精神。至于《天问》中的夏、商、周三代史料，诸如禹、启家传，汤、武革命，桀、纣淫暴之类，多为中原典籍所述。而由此引发的一连串质疑，也闪烁着楚国诗人与中原文化对话时的特异感觉和批判锋芒。

在楚国诗人与中原文化的大对话中，《天问》以宏大无比的思维空间和奇异无比的表现方式，从根本上把固有的诗学法则打破了，甚至在二千年间成为"绝响"。这种绝响性诗学法则的突破，如天书惊世，引起历代注释者和解读者的困惑不解，名之曰"错简"。谁也不否认可能有若干错简，问题在于错简概率有多大。何以把《离骚》《九歌》等作品的错简看得那么微不足道，唯独把《天问》的错简断为一塌糊涂？应该看到，成功的文体变式中存在着天才，抹杀了变式，就等于抹杀了天才。"错简说"实质上是对《天问》的不理解所导致。《天问》不是给你讲一个完整的古老的故事，而是在故事的片断、缝隙之中和投影之外，讲一种独特的哲学。如果按照平常的表述方式，把《天问》诗行分门别类地归纳为天文、地理、神话、夏商周三代历史以及楚史、乱辞诸门类，那它只不过是一部没有多少文采的平平之作，这反而是糟蹋了无比深刻的《天问》。《天问》在人类诗歌史上不可代替的真正价值和贡献，正在乎它破天荒地创造了高度错乱时空顺序以深化哲学联想的诗歌表现形态，它创造了以时空漫无头绪的对撞以激发语言的意义活力的奇迹。

且看这种奇迹般的"对撞效应"。时间顺序的中断和跳跃，刺激着阅读心理由惊异进入深思。才关注到成汤起用贤臣伊尹而消灭夏桀，就使时间急遽倒转，跳跃到成汤的远祖，追问起简狄吞玄鸟卵而生契，王亥牧牛羊而遇害，这就不能不引起读者的诧异和思考如此组合的意义何在。成汤的崛起是得益于祖宗的阴德，还是祖德不可续，全凭人力续之兴之？进一步深思还可以解读出，这里暗示的历史哲学属于天命论，还是人力论？如果不用时空错乱的手法而只是平铺直叙，那是无法产生如此的思维效应的。时空错乱和连接的方式也是丰富多彩的，有远接与近接、顺接与逆接、正接与反接等种种不同。而且连接并不是那么榫卯相称的，而是存在着可供多种解释的"有意味的错位"。比如才提到"荆勋作师"，也就是楚国有作为的先王们艰苦奋斗、开疆拓土的漫长的光荣历程，便跳跃到"吴光争国"，也就是吴王阖庐几乎颠覆楚国的屈辱史，这就兼融了时间上的远接和文意上的逆接。远接兼逆接的结构方式，撇开了楚国历史上的许多细枝末节，大刀阔斧地选择了正反两个典型事件组合起来，让读者在出乎意料思考其间深刻的情理，从而感慨不已地寻味着弱可变强、祸也伏福的历史辩证法。《天问》以貌似错简的时空错乱之技，蕴藏着表达它借天以问神话、问历史人事的大怀疑大忧患之道，它似乎在乱翻"三坟五典"、奇书信史，使你在有序无序之间惊异于某种事件何其相似，似乎历史在循环；又惊异于事态变动何其巨大，似乎天命无常。正是在一乱翻、二惊异、三困惑中，它言而未尽言、未尽言而已言地贡献出它的哲学。而且在这些哲学之外还有它的艺术哲学：在浩瀚无垠的天之所问面前，有限的时间空间又何妨作一些别有意味的错乱？老天爷，您屈尊了，您在《天问》中现身说法，教给世人何其深刻的哲学思维方式。

1997 年 2 月 28 日写毕；2015 年 12 月 10 日修订

附录　说《天问》

屈原的《天问》是一篇旷古奇诗，它在两千多年前出现，也是人类文化史的一大奇迹。它在人类从神话、巫风，走向文人独立创作的黎明期，找到了人与天对话的独特而深有意味的形式。其中类乎意识流的时空错乱的形式，西方世界直到两千年后，才有爱尔兰作家乔伊斯的《尤利西斯》和法国作家普鲁斯特的《追忆逝水年华》一类作品，在现代小说领域另开新潮。至于其他的独特形式，则似乎至今尚未有重复。

历代《楚辞》注家和研究者，对于疏通《天问》的章句，解读其间的语义和典故，花费了大量的心力。但他们缺乏现代世界视野，出诸对《天问》形式的迷惑不解，往往简单地断定它是"错简"。先秦书籍以竹简、木版编连成册，年久编绝，错简现象时有发生，也是难以避免的事情。但是屈原的作品，《离骚》《九歌》在前，《九章》在后，中间夹着一篇《天问》，为何前后都无严重的错简现象，唯独《天问》错乱得一塌糊涂？合乎情理的解释只能是，《天问》的形式太独特、太超前了，错就错在研究者的思维逻辑与《天问》的诗学逻辑（或称"超逻辑"）没有对上号，从而使人类诗歌发生史上最有原创精神的一种表现形态从自己眼皮底下一闪而逝。

关键在于把研究思路返回到屈原之所以为屈原的本来状态，而不是以研究者习以为常的思路强迫屈原的天才以就范。这种"还原研究"，乃是建立具有中国特色的诗学体系的逻辑起点之所在。面对《天问》的奇异形式，东汉王逸认为屈原采取了祠庙壁画的思维方式。他说屈原在流放期间，忧心愁悴，仰天叹息，看见楚先王庙和公卿祠堂画着天地山川神灵和古代圣贤怪物行事，因而在壁上题诗，"呵而问之"，以发泄满腔的愤懑。这就是流传千古的"屈子呵壁"的佳话。

《天问》的形式灵感，与祠庙壁画的构图方式相通，这是非常重要的发现。王逸的儿子王延寿曾经写过《鲁灵光殿赋》，记述西汉前期，也就是离屈原仅一百多年的一座宫殿的壁画。其中描绘从天地开辟以来的神话、传说和历史故事，山灵海怪，千姿百态，是极其富丽而奇诡的，可以作为乃父对《天问》的解释的注脚。如果我们留意一下至今犹存数以千计的汉画像石，对《天问》的时空错乱的诗学逻辑，就会豁然了然。比如山东武梁祠西壁的石刻，画面分为五层，既有西王母等神仙灵异，又有伏羲、女娲一类神话人物以及神农、黄帝、夏禹、夏桀等传说中和历史上的帝王；还兼杂着曾母投杼、老莱子娱亲等道德故事以及曹沫劫齐桓公、荆轲刺秦王等历史故事，并辅以车马出行一类世俗画面。这些图画的视角，都是富有流动性和跳跃感的。至于其他汉画像石，虽然画面不及上面所述那么丰富，却颇有一些充满设想怪异、时空跳跃和错乱的画面，对观者当能产生一种匪夷所思的心理冲击力。

屈原的天才正在于体悟到诗与画可以相通，从而把祠庙壁画的结构方式，转化为诗学的超逻辑，从而在人类文化思维史上首创类乎意识流的时间错乱的表现形式。它不是从现代心理学的角度，而是从诗画互通这个古老的命题上实现这种创造的。中国人应该挺直腰杆承认这一点，无须以一种不平等的态度觉得西方人在两千年后的创造才算创造。《天问》可以在谈论着天地生成的时候，突然跳到人类起源；在谈论夏前期动乱的时候，跳到成汤灭夏，又跳回舜帝的婚事。诸如此类的时空跳跃，有顺跳、逆跳、正接、反接，在相互连接与错位之间产生了耐人寻味的意义，从而形成了一个处于有序与无序之间的"寓意结构"。假若借"错简"为名，把其中的资料按历史顺序排列一遍，那么清楚明了是清楚明了了，却失去了诗之为诗的精华所在，把天才的诗降格为平庸的历史类书了。

同样意味深长的一点，是"天问"不同于"问天"，发问的主体是天，是屈原借天发问。《天问》的开头是一个"曰"字，谁在"曰"？和诗题联系起来，就是"天问曰"。在笼罩万象而恒久长存的天的面前，人间的时空顺序是微不足道的，错乱一下又有何妨？而且以天来质疑人间的神话传说，有点类乎"肺腑如能言，医师面如土"，从而在人类思维史上最早地以理性怀疑主义走出神话的混沌了。

（原载 1997 年 7 月 26 日天津《今晚报》）

第四章 《九章》的抒情诗学世界

一 引言

在屈原辞赋的世界中,《九章》是最富有个人性、即时性和多样性的组诗,对于考察屈原的行藏和精神状态具有许多直接性,因而值得予以特殊的重视。它虽然题目有"九",却并非《九歌》《九辩》那类古老的歌乐定制。其中的诗歌是屈子在复杂曲折的人生各个关头,并非依据某种歌乐定制,而是依据个人的即时性内心要求先后写出来的。《说文解字》说:"章,乐竟为一章。从音十,十,数之终也。"引申为诗、文的一篇为一章。所谓"九章",也就是诗九篇。屈子先后写诗九篇,记录了他的生命痕迹和心灵痕迹。我已经反复论证过屈原《楚辞》在西汉初年依凭楚国屈、景、昭公族充实关中,且经淮南王刘安所都之寿春,为宋玉、唐勒、景差之老巢,经南北二渠道,得以流传有序,保存完整,并未散佚。唯有汉人在将楚国原文隶定为汉代通行文字时,难免出现若干传闻异辞,而《九章》在原始状态是单篇别行的,殆至刘向校书中秘,才将屈原之散章汇辑成"九"。刘向《九叹》云:"(屈)原假簧以舒忧兮,志纡郁其难释。叹《离骚》以扬意兮,犹未殚于《九章》。长嘘吸以于悒兮,涕横集而成行。"这是刘向说得明明白白的自供,无须怀疑。

对于《九章》在屈原行藏和精神状态上的个人性和即时性之价值,予以权威见证者,当推《史记·屈原列传》。它在记述屈原至于江滨,被发行吟泽畔之后,又记述:"乃作《怀沙》之赋。"可见后世列入《九章》的《怀沙》,是屈子即时性抒写生命体验(包括死亡体验)和心灵体验的作品,是独立成篇的。该传结尾的"太史公曰"又说:"余读《离骚》

《天问》《招魂》《哀郢》，悲其志。"可见《哀郢》也独立成篇，而与其他长篇的屈赋并列，屈子并没有题上《九章》的总题目。不过，《九章》的名称大概在西汉中晚期就有了，西汉末年刘向《九叹·忧苦》写道："叹《离骚》以扬意兮，犹未殚于《九章》。"推测起来，《九章》的归类性题目，可能出于淮南王刘安召集文学侍从之士编辑《离骚经章句》之手，或者就出于刘向典校经籍，集成《楚辞》十六卷，分《九章》为一卷之时。总之，这个总题目并非诗人创作时所遵从，而为编辑者面对这些诗篇长短不一、单独不足以成卷时所必须。

然而中国古代的一些学者似乎有一种模式化的思维定式，企图以模式化来探讨经籍、诗文中的微言大义，于可通或不可通之处去沟通"天人之道"。这种模式化思维方式，在王逸《楚辞章句》中已露端倪："《九章》者，屈原之所作也。屈原放于江南之野，思君念国，忧心罔极，故复作《九章》。章者，著也，明也。言己所陈忠信之道，甚著明也。卒不见纳，委命自沉。楚人惜而哀之，世论其词以相传焉。"① 他利用了"章"字语义的多元性，不释之为编辑者归类分卷的篇章之章，而释之为属于诗人创作宗旨的"著明"之章，并且避开了分篇创作的即时性，而认为它们集中写成于屈子流放的江南之野。这就等于暗示了《九章》乃是屈子按照一定的创作宗旨而集中创作的诗歌定制。

王逸没有解释"九"字。但是一旦把《九章》作为诗歌定制，"九"字在中国古代数字中的神秘色彩就呼之欲出了。何况它与《九歌》《九辩》并列，别具一番诱惑力。把这种神秘的定制推向极致的，是明人周拱辰的《离骚拾细》："《九歌》《九辩》，俱古乐章名。《天问》'启梦宾天，《九辩》《九歌》'是也。《九章》亦武功之乐名，其义见于管氏。管氏曰：三宫不缪，五教不乱，九章著明。何谓九章？一曰日章，二曰月章，三曰龙章，四曰虎章，五曰鸟章，六曰蛇章，七曰鹊章，八曰狼章，九曰韦章，乃旌属。屈原取此，亦自以旌厥志云尔，故曰九章著明。"这是转述《管子·兵法篇》中的话而加以附会的。《管子》讲的是用兵之法，所谓"章"乃是有标记的旌旗，如《国语·晋语一》云："变非声章，弗能移也。"② 韦昭注："章，旌旗也。"③ 又，《说苑·指武》云："分为五选，

---

① （宋）洪兴祖撰，白化文等点校：《楚辞补注》，中华书局1983年版，第120—121页。
② 《国语》，上海古籍出版社1978年版，第271—272页。
③ 同上书，第273页。

异其旗章，勿使冒乱。"① 此为旗、章连用。《管子》所谓"九章"，乃是九种徽章的旌旗，升起"日章"，意味着白天行兵；升起"月章"意味着夜间行兵；升起"龙章"，意味着水上行兵；升起"虎章"，意味着林中行兵，依此类推。这里的"九章"与歌乐定制风马牛不相及。周氏这番解释，倒是透露了王逸释"章"为"著明"，是附会《管子》而来的，并非他已考证出何种古代歌乐定制。

相对而言，还是宋代朱熹《楚辞集注》的见解较为通达："《九章》者，屈原之所作也。屈原既放，思君念国，随事感触，辄形于声。后人辑之，得其九章，合为一卷，非必出于一时之言也。今考其词，大抵多直致无润色，而《惜往日》《悲回风》又其临绝之音，以故颠倒重复，倔强疏卤，尤愤懑而极悲哀，读之使人太息流涕而不能已。董子有言：'为人君者，不可以不知《春秋》，前有谗而不见，后有贼而不知。'呜呼，岂独《春秋》也哉！"② 应该说，朱子对《九章》诸篇的审美感受尚嫌粗疏，论其创作宗旨也仅及政治方面，尚未透彻。但其贡献在于以"既放"（不限于"放于江南之野"）二字拓展了这九篇诗的写作时间和空间；以"随事感慨"来揭示其写作的即时性；又以"后人辑之，得其九章，合为一卷"，来说明"九章"并非歌乐定制，而是编辑分卷的处理策略。这些见解，无疑是符合《九章》的个人性、即时性和多样性的创作特征的。

非定制的即时性创作，最佳的编辑方案是编年，也就是让每首诗各得其所地去与具体的时间刻度相即相属。然而，这是一个难得圆满结果的难题。由于屈子在当时爵位功业不显，于政治、军事、外交等众所瞩目的领域只是昙花一现，因此其生死浮沉几不为先秦史官所录。他独立高驰的人格以及长期流放幽处的经历，使他缺乏朋党与学术派系，因此其言论行踪不为先秦诸子所述。屈原所著诗歌多玄想和虚设，不如孔、墨、孟、荀的语录和散文叙述那样多少带有实录成分。因此近二百年后司马迁为他立传，可据的史料已不够充实，不得已而借用淮南王刘安的《离骚传序》以充篇幅了。东汉王逸编定《楚辞章句》时，既视《九章》为定制，又难考屈子行年，便接受前人成果，排列出一个杂乱无章的《九章》次序：一、《惜诵》，二、《涉江》，三、《哀郢》，四、《抽思》，五、《怀沙》，

---

① （汉）刘向撰，向宗鲁校证：《说苑校证》，中华书局 1987 年版，第 373 页。
② （宋）朱熹：《楚辞集注》，上海古籍出版社 2001 年版，第 72 页。

六、《思美人》，七、《惜往日》，八、《橘颂》，九、《悲回风》。由于版本较早，又长期流行，后世注家虽然渐晓其杂乱之弊，却难以改变"一仍其旧"的成规。

然而，成规是创造性深入研究的障碍。一旦认定《九章》的写作并非遵从歌乐定制，而是遵从诗人不断变动着的内心要求，那么对之重作编年尝试，便成了一切认真的、深刻的研究的先行课题。诗歌总是特定的社会文化语境，透过诗人的个性体验的产物。尤其是那些即时性的篇简，诗人的创作动机和意图，都在社会文化语境和个性体验的综合作用下，以各种形式折射和投影在诗歌文本之中。以《九章》为例，起码有四个方面的折射和投影值得注意：（一）诗行间涉及的时间、地点、事件和诗人的生存状态；（二）诗人在政海波折中对楚君的靠拢与背离、期待与失望的程度；（三）诗人借历史对现实和自我进行比况时，他所选择的历史人物系统及其解释；（四）诗人对生命、死亡和人生波折进行体验的情感状态和意义思考。这四投影所综合成的光谱，使我们大体可以指认出某首诗与诗人某一阶段的生命光亮度相重合，可以不同程度地推测出诗中所涉及的中国语言修辞学者的所谓"六何"，即"何时、何地、何人、何事、何故、何如"。

根据"四投射"的综合光谱以及对"六何"的推测，《九章》诸篇的写作年代的顺序当是：一、《橘颂》。它咏物言志，未及仕途荣辱，当为少冠之作。二、《惜诵》。因谏致忧，却对君王存在殷切的期待，当为楚怀王之世初次受疏之作。三、《抽思》。楚怀王之世流放汉北之作。四、《思美人》。流放汉北已是"历年"时作。五、《涉江》。楚顷襄王之世流放江南之作。六、《哀郢》。流放江南九年，闻郢都失陷时作。七、《悲回风》。郢都失陷当年，因秋风而思考生命与死亡之作，自此以下已带绝命辞色彩。八、《怀沙》。郢都失陷次年孟夏，在水边对"知死不可让"进行哲理思考之作。九、《惜往日》。"不毕辞而赴渊"的绝笔之章。

不难看出，这九首诗创作的时间跨度极大，由少冠言志到暮年沉渊，历时四十余年。因此《九章》可以当作屈子生命史的审美结晶来读，从其生命体验和宣泄的角度而言，又可以当作《离骚》外篇或补篇来读。除了《橘颂》较为单纯之外，这些诗都是肝胆血泪之音，诗与生命浑然打成一片。在漫长岁月中抒情言志的密度并不均衡，青春得意的任左徒年代不见诗人身影，而在面对人生危机和生命悲剧的时候，屈子为诗的密度明显增大。初疏和流放汉北,是屈子生命史上带有关键意义的转折点,初受挫折,感觉敏锐,悲叹不已,为诗密度也大。流放江南九年,多少有点知天达命,参透世情,只有"涉江"和"哀郢"如此重大的事件才足以引起心灵的强烈震撼。抒情言志的最大密度,出现在诗人临渊自沉的前夕,他在生与死的临界点体验着生命与死亡的意义,从而形而上地思考永恒以及形而下地进行自祭。如此写成的抒情诗如果要归类的话,乃是不折不扣的"生命抒情"。

诗歌写作在某种意义上乃是一种选择,选择和创造适当而不俗的语言形式,来表达诗人对社会、人生、自然的体验和幻想。《九章》作为一种出自内心要求的即时性诗创作,这种审美选择和创造的自由度也就更大。一方面由于不受诗体定制的局限,另一方面由于篇与篇之间时空情境差距甚远,《九章》诸篇充满艺术形式的探索性,几乎一篇有一篇的形式。也许有时它们形式的探索性大于成熟性,但它们的价值是在文人抒情诗的最初的发生期,开拓了一个非常辽阔的开放性的诗歌形式探索的空间。《橘颂》借诗人冠礼自勉之机,开咏物体的先河。《惜诵》为"抒情"艺术命名,开拓了借神话和梦占进行间接抒情的形式。《抽思》采用了正歌、少歌、倡辞、乱辞的多叠乐章,创造了立体交响的诗歌效果。《思美人》借幻美追求的意象,展示了相当复杂的心理结构。《涉江》在主结构之外另营多重结构,显得运思不俗,散发着奇气。《哀郢》创造了双重时空维度,使国忧身愁浑融一体,相互阐发。《悲回风》《怀沙》《惜往日》三篇皆属绝命之辞,如此坚执而深刻地体验着死亡对于生命的意义,为诗史上所仅见。而且三篇分别据有形而上、或形而下的思维层次,风姿各具,而以《悲回风》所追求的永恒境界中的"天·地·人"三学堪称一绝。

屈子的诗学世界是非常博大的。如果说《离骚》之长在于魄力宏大而想象神奇,《九歌》之长在于清新绮丽而情意深长,《天问》之长在于以天问人而时空错乱,那么《九章》之长就在于词情峻切而探索多端了。因此,《九章》不仅可以当作屈子生命史的审美纪录来读,而且可以和《离骚》诸篇一道,当作早期文人抒情诗艺的法典来读。

二 《橘颂》的隐喻法

《橘颂》向被视为咏物诗的鼻祖,却借用了《诗经》文体中"颂"的名目。这是一首托物言志的咏物诗,形式上颂扬橘树,实际是诗人借冠礼赋诗述志。全诗分两部分，前16句描述橘树俊逸动人的外美，缘情咏物，与后20句缘物抒情，转入以抒情为主，对橘树内在精神加以热情讴歌，在比而后赋的手法上存在着差异。刘勰《文心雕龙·颂赞篇》云："三闾橘颂，情采芬芳，比类寓意，又覃及细物矣。"① 清人林云铭《楚辞灯》更是深入此诗之意趣，谓"看来两段中句句是颂橘，句句不是颂橘，但见（屈）原与橘分不得是一是二，彼此互映，有镜花水月之妙"②。

于此分析一下中原之"颂"与楚人之"颂"的差异，倒是饶有兴味的。《毛诗序》说："颂者，美盛德之形容，以其成功告于神明者也。"③ 也就是说，《诗经》中的《周颂》《鲁颂》《商颂》是王公祭祀或大典时专用的宗庙乐歌。这种文体功能规定了它的语言风格，必然是典雅庄重的，或如《文心雕龙·颂赞》所说："原夫颂惟典雅，辞必清铄，敷写似赋，而不入华侈之区；敬慎如铭，而异乎规戒之域。"因此《诗经》三颂，不作"兮"声，把语气助词降到最低限度，屈子《橘颂》以"兮"声入颂，实际上已经受"南风"的影响，以风、雅两文体的声情之词，对颂文体作了一次破格的处理和改造。由以后的分析可以知道，《橘颂》是屈子青年时代的作品，他这番破格的处理和改造，已给一种苍老的文体输入了充沛的青春气息。《诗经》中以"兮"声入诗者，见于风、雅二文体，而在风、雅之中，《周南》《召南》多于其余十三国风，国风多于小雅，而到了大雅就减少到几近于零。朱熹《诗集传》说："风者，民俗歌谣之诗也。"比如《郑风·野有蔓草》一诗："野有蔓草，零露漙兮，有美一人，清扬婉兮。邂逅相遇，适我愿兮。"它采用的句式是"4＋（3＋兮）"，与《橘颂》句式相吻合。不过，它已是一首写青年男女在野外相遇相合的情歌，散发着乡间男女大胆越轨的野性。连《诗集传》也说："郑卫之乐，皆为淫声。然以诗考之，卫诗三十有九，而淫奔之诗才四之一；郑诗二十有一，而淫奔之诗已不翅七之五。卫犹为男悦女之词，而郑皆女惑男之语。卫人犹多刺讥惩罚之意，而郑人几于荡然无复羞愧悔悟之萌。是则郑声之淫，有甚于卫矣。"④ 朱熹的分析深入人文地理与民间歌

---

① （南朝梁）刘勰撰，范文澜注：《文心雕龙注》，人民文学出版社1962年版，第157页。
② （清）林云铭：《楚辞灯》，华东师范大学出版社2012年版，第111页。
③ （汉）毛亨撰，（汉）郑玄笺，（唐）孔颖达疏：《毛诗正义》，北京大学出版社1999年版，第18页。
④ （宋）朱熹注，赵长征点校：《诗集传》，中华书局2011年版，第72页。

诗的风气转移，是很有启发意义的。

这种言情之音没有为《橘颂》所重复，而且《橘颂》名为"颂"也没有重复《诗经》之"颂"的体式规范，即《诗经》三颂中对先公先王的功德业绩和今王今公的德行盛事的颂扬。《橘颂》在以风、雅句式入颂的同时，借对自然物的隐喻性颂扬、来表达抒情主体的志行品质，从而对颂这种文体进行了主题上的破格的处理和改造，创造了一种新体的"咏物颂"。应该看到，这里吟咏的是楚国风物，是青少年时代的屈原对橘树有所观察，有所喜爱，有所移情，有所体验的结果。《尚书·禹贡》说，淮海扬州的贡物，有"厥包橘柚"，可见在上古时代橘为长江一带的特产，并不局限于《说文解字·木部》所判断的"橘，果，出江南"，因而也不须屈原流放江南之后才有对橘树的体验。对此，《晏子春秋·内篇杂下》说得明白，晏子使楚，应对楚王说："橘生淮南则为橘，生于淮北则为枳。"[①] 这里的橘树生长区域，是以淮河为极北界限的。《周礼·冬官考工记》也持此说："橘逾淮而北为枳……此地气然也。"《战国策·赵策二》记苏秦以合纵说赵王曰："大王诚能听臣，燕必致毡、裘、狗、马之地，齐必致海隅鱼盐之地，楚必致橘柚云梦之地，韩、魏皆可使致封地汤沐之邑。"[②] 这已把橘作为楚国物产的标志了。洪兴祖《楚辞补注》又补充一条材料："《汉书》：江陵千树橘与千户侯等。"朱熹《楚辞集注》重复了同一条材料："《汉书》：'江陵千树橘'，楚地正产橘也。"也就是说，橘树是屈原早期活动的楚国腹地的重要经济果木，《橘颂》在使颂文体脱离宗庙祭祀乐歌的母体而风雅化、个人化的同时，带上了浓郁的楚地域色彩。而且以橘述志，取材于一种广为种植的楚地经济果木，而非松柏枫楠，也足以见屈子的高洁志行之中，蕴含着一颗平常心。

进而言之，《橘颂》在诗学机制上又创造了象征的或隐喻的表现体系：

> 后皇嘉树，橘徕服兮。
> 受命不迁，生南国兮。
> 深固难徙，更壹志兮。
> 绿叶素荣，纷其可喜兮。

[①] 吴则虞：《晏子春秋集释》，中华书局1998年版，第392页。
[②] （汉）刘向：《战国策》，上海古籍出版社1985年版，第636页。

>　　曾枝剡棘，圆果抟兮。
>　　青黄杂糅，文章烂兮。
>　　精色内白，类可任兮。
>　　纷缊宜修，姱而不丑兮。

　　这里的隐喻先从天地根本讲起，初步显示了屈赋的探原求本的意识和深远幽邃的特征。橘树乃是后土之神的嘉木，它受神命来服习楚国的水土风气，以"橘逾淮而北为枳"的物种形态变异作为自己生命本质的见证。其中借助于原始信仰中的物灵论思维方式，体验着橘树的根本品性，它的根系深长牢固，万难迁徙，表现出以后土之神的授命为自己终生命运的专一志行。可以说，这种忠诚于荆楚乡邦的生命承诺，见诸屈子的青年时代，却铸就了《离骚》和《九章》其余诸篇的潜在母题，铸就了屈子日后遭受命运的拨弄，依然九死不悔地抱持高洁志向和坚定信念的精神根基。

　　开笔"后皇嘉树，橘徕服兮"等六句就不同凡响。一树坚挺的绿橘，突然矗立在广袤的天地之间，它深深扎根于"南国"之土，任凭什么力量也无法使之迁徙。那凌空而立的意气，"受命不迁"的坚毅神采，顿令读者升起无限敬意。橘树是可敬的，同时又俊美可亲。诗人接着以精工的笔致，勾勒它充满生机的纷披"绿叶"，晕染它雪花般蓬勃开放的"素荣"；它的层层枝叶间虽也长有"剡棘"，但那只是为了防范外来的侵害，它所贡献给世人的，却有"精色内白"，光彩照人的无数"圆果"。屈原笔下的南国之橘，正是如此"纷缊宜修"，如此堪托大任。这节虽以描绘为主，但从字里行间，人们却可强烈地感受到，诗人对祖国"嘉树"的一派自豪、赞美之情。它年岁虽少，即已抱定了"独立不迁"的坚定志向；它长成以后，更是"横而不流""淑离不淫"，表现出梗然坚挺的高风亮节；纵然面临百花"并谢"的岁暮，它也依然郁郁葱葱，决不肯向凛寒屈服。诗中的"愿岁并谢，与长友兮"一句，乃是沟通"物我"的神来之笔，它在颂橘中突然揽入诗人自己，并愿与橘树为友，面对严峻的岁月，这使傲霜斗雪的橘树形象，与遭谗被废、不改操守的屈原自己叠印在了一起。

　　橘树在这里已经被高度生命化和人格化了，但诗行并没有使橘树化为幽灵，而是调动了使写实与象征相互渗透、浑融一体的语义相关的审美机制。碧绿的叶子、素白的花，这是对橘树外在形态的写实，以此来赞美它纷繁茂盛的喜人姿态。但是在语义相关的审美机制的作用下，又隐隐地透露出一个风华正茂的美少年的动人风采。这种动人的风采不是轻浮的，而是具有综合了坚定性与灵活性、人格美与文章美的坚实感。落实到橘树上，就是重叠的枝杈长着锋利的棘刺，缀满果实，团团圆圆；在橘实将熟未熟之际，青色、黄色交相辉映，令人感到实在是文采斐然。这类描写都带有写实的味道以及由实感引发的赞叹，而王逸的《楚辞章句》则由实入虚，加以引申："言橘枝重累，又有利棘，以象武也。其实圆搏，又象文也。以喻已有文武，能方圆也。"又说："以言己敏达道德，亦烂然有文章也。"① 这里所涉及的已是象征义，它把橘树作为人格理想的审美对应物，言在此而意在彼，见仁见智，可以拓展一个广阔的联想空间。

随之的诗行，又进入了形而上的思维层面：橘实的表皮色泽鲜艳，内瓤洁白，类乎可以委以重任之人；香气氤氲浓郁，是适宜地修炼而成，实在是美好而不丑陋啊。对橘树与人格的双关性或对应性体验，始于根本而终于果实，旁涉外貌而结穴于内蕴。这一点非常关键，屈子的人格理想是主张内外兼修，而重在内质的，这显示了它的深刻性所在。

从篇章学上着眼，《橘颂》可以分为前、后两半章，前半章是人颂橘，后半章是橘励人。这种人橘对话的视角转换，显示了青年屈原把握篇章体制的出手不凡的天才：

> 嗟尔幼志，有以异兮？
> 独立不迁，岂不可喜兮？
> 深固难徙，廓其无求兮。
> 苏世独立，横而不流兮。
> 闭心自慎，不终失过兮。
> 秉德无私，参天地兮。
> 愿岁并谢，与长友兮。
> 淑离不淫，梗其有理兮。
> 年岁虽少，可师长兮。
> 行比伯夷，置以为像兮。

---

① （宋）洪兴祖撰，白化文等点校：《楚辞补注》，中华书局1983年版，第154页。

清人林云铭《楚辞灯》说:"一篇小小物赞,说出许多大道理,且以为有志有像,可友可师。而尊之以颂,可谓备极称扬,不遗余力矣。在(屈)原当日,见国事不可为,而又有宗国无可去之义,故把橘之不能逾淮做个题目,不觉滔滔汩汩,写过又写。其上段言其履常本领,下段言其处变节概,皆是自己意中之事。因当世无一相似之人,亦无一相知之人,忽于放废之所,得一良友明师,乃伤心中之快心,虽欲不备极称扬,不可得也。看来两段中,句句是颂橘,句句不是颂橘,但见原与橘分不得是一是二,彼此互映,有镜花水月之妙。吾里黄维章先辈谓旧注不得其解,乃以为前半论橘,后半属原自言,遂令奇语化作腐谈。且梗其有理,年少置像诸句,皆刺谬难通。驳得最确切不易。"[1] 虽然林氏视《橘颂》为屈子晚年之作,不可苟同,但其中人橘互映、镜花水月之说,颇得诗趣。而且从其所引前辈的话来看,前人已开始揣摩《橘颂》前后段的视角问题了。

从后半章的首句"嗟尔幼志"的人称用"尔"以及临结尾处有"年岁虽少,可师长兮"之句来看,此诗可判断为屈子少年之作,也可以说是今存屈赋之最早者。但后半章的口吻不是屈子"自言",而是把橘树更深一层地拟人化,以致橘树成了某种生命存在,开口发言,称青年屈子为"尔",并称屈子为友为师,引为知音。这种视角转换,在早期诗史中堪称才华惊世之笔,因为《橘颂》前半章之"拟人",只不过是屈子的人格对橘树的品格的渗透,而后半章之"拟人"已是屈子的生命移入橘树的生命,橘树反过来对屈子进行人格的激励,这也就达到了更深一层的人橘交融的境界。

已具生命的橘树,是把屈子的颂橘引为知音的。橘树说:啊!你的幼年志气,和我又有什么差异?独立不迁,岂不非常可喜?根深蒂固难以迁徙,称得上胸襟开阔无所欲求。醒世独立,卓绝于世而不随波逐流。橘树的这番赞叹,是对前半章屈子颂橘"受命不迁"和"深固难徙",连字面上也有所重复的回应,意思是我中有你,你中有我,引为知音了。这篇少年之作流露出用语的拘谨,却闪烁着少年才华的新鲜与活泼。接着的诗行与前半章中的"纷缊宜修"相呼应,谈论品行的修炼:闭心自慎,排除外在邪恶的干扰,进而秉持道德本性,摒弃私欲,使自己至终不犯过失,逐渐与天地精神相参合。这种修养方式,与儒家的率性戒慎、寡欲养心和尽

---

[1] (清)林云铭:《楚辞灯》,华东师范大学出版社2012年版,第110—111页。

心知性以知天的修养方式有其相通之处。

最后八句诗以"愿"字开头,表明对少年俊才的真诚祝愿和期待。橘树说:愿在岁月流逝之时,与你长久为友,善美之心不可惑乱,就像我梗里的纹理一样清清楚楚。这样,你的年纪虽然少小,也可以做人的师长,志行好比积仁蓄行的"圣之清者"伯夷,足以树立为人间的榜样。伯夷为孤竹君之长子,因与叔齐推让君位逃到西周,叩马谏阻武王伐纣,最后义不食周粟而逃至首阳山采薇,饿死山中。以这样一个"求仁得仁"的悲剧人物为典范,似乎与前面"精色内白,类可任兮"相矛盾。这正好说明本诗不是屈子谋求官职的功利主义作品,而是他青年时代借物言志、以德行自励的作品,在他看来,任事乃是任贤的结果,应该胜任以德。而且德是高于事,先于事的,违背道德而钻营官位是不足取的,他宁可像伯夷那样去高位而取高德,这就是他的矛盾之中的不矛盾之处了。

既然《橘颂》是非功利主义之作,那么又作之何为?清人陈本礼《屈辞精义》中的话值得注意。他既从文体上立论:"《橘颂》乃三闾大夫早年咏物之什,以橘自喻,且体涉于颂,与《九章》文不类,应附于末。旧次未分,且有谓《橘颂》乃屈原放逐于江南时作者,未可为据。"又进一步探讨此诗的写作时间:"嗟尔幼志,年岁虽少,明明白道。盖早年童冠时作也。"童冠也就是年将及冠的童子,时间上有一定的伸缩余地。今人赵逵夫则断为屈原二十岁"行冠礼时所作"。

先秦时代非常重视冠礼,即成年仪式。《礼记正义·冠义第四十三》郑玄注曰:"'冠者,礼之始也。'是故古者圣王重冠。古者冠礼,筮日、筮宾,所以敬冠事。敬冠事所以重礼,重礼所以为国本也。(国以礼为本。筮,布至反,蓍曰筮。重,直用反,后同。)故冠于阼,以著代也。醮于客位,三加弥尊,加有成也。(阼,谓主人之北也。适子冠于阼。若不醴,则醮用酒于客位,敬而成之也。户西为客位。庶子冠于房户外,又因醮焉,不代父也。冠者,初加缁布冠,次加皮弁,次加爵弁。每加益尊,所以益成也。阼,才故反。著,张虑反。醮,子笑反。弥音迷。适音嫡。醴音礼。)已冠而字之,成人之道也。(字,所以相尊也。)见于母,母拜之,见于兄弟,兄弟拜之,成人而与为礼也。玄冠、玄端,奠挚于君,遂以挚见于乡大夫、乡先生,以成人见也。(乡先生,同乡老而致仕者。服玄冠、玄端,异于朝也。……)成人之者,将责成人礼焉也。责成人礼焉者,将责为人子、为人弟、为人臣、为人少者之礼行焉。将责四者之行于人，其礼可不重与？（言责人以大礼者，己接之不可以苟。……）故孝弟忠顺之行立，而后可以为人，可以为人，而后可以治人也。故圣王重礼。故曰'冠者，礼之始也，嘉事之重者也'。是故古者重冠。重冠，故行之于庙。行之于庙者，所以尊重事。尊重事而不敢擅重事，不敢擅重事，所以自卑而尊先祖也。（嘉事，嘉礼也。宗伯掌五礼：有吉礼，有凶礼，有宾礼，有军礼，有嘉礼。而冠属嘉礼，《周礼》曰'以玄冠之礼，亲成男女也'。……）"①

至于行冠礼的岁数，诸家说法各有异同。《仪礼·士冠礼疏》引郑玄的话："童子任职居士位，年二十而冠。"但是《左传·鲁襄公九年》记载："国君十五而生子，冠而生子，礼也。"② 宋郑樵《通志·礼略第三》又说："周制，文王年十二而冠，成王十五而冠。"③ 这里只涉及国君，但黄侃似乎觉得这种制度也可以影响他人，在《礼学略说》中也只提了冠礼年龄的上限："夫冠、昏、笄、嫁，男女之节。冠以二十为限，而无春秋之期。"④ 考虑到《橘颂》中以"幼""少"来标示屈子的年岁，因此不必简单地断定他二十岁行冠礼较有余地。

比较一下《橘颂》与中原冠礼的祝辞，也许是不无趣味的。据《仪礼·士冠礼》记载，礼辞是主人聘请来主持仪式的"宾"念诵的，其辞如下：

　　始加祝曰：令月吉日，始加元服。弃尔幼志，顺尔成德。寿考惟祺，介尔景福。

　　再加曰：吉月令辰，乃申尔服。敬尔威仪，淑慎尔德。眉寿万年，永寿胡福。

　　三加曰：以岁之正，以月之，咸加尔服。兄弟具在，以成厥德。黄无疆，受天之庆。

　　醴辞曰：甘醴惟厚，嘉荐令芳。拜受祭之，以定尔祥。承天之休，寿考不忘。……（中略"醮辞"三则）

---

① （汉）郑玄注，（唐）孔颖达疏：《礼记正义》，北京大学出版社1999年版，第1615页。
② （周）左丘明传，（晋）杜预注，（唐）孔颖达疏：《春秋左传正义》，北京大学出版社1999年版，第876页。
③ （宋）郑樵撰：《通志二十略》，中华书局1992年版，第699页。
④ 黄侃：《黄侃论学杂著》，中华书局1964年版，第463页。

字辞曰：礼仪既备，令月吉日。昭告尔字，爰字孔嘉。髦士攸宜，宜之于假，永受保之。曰伯某甫仲叔季，唯其所当。①

从中原《冠礼祝辞》的"弃尔幼志""淑慎尔德"一类句子，与《橘颂》诗行相出入，不妨推测博闻强志的屈原知道有此类祝辞，甚至他的冠礼中采用过此类祝辞也未可知。进而言之，《橘颂》把橘树生命化，让橘树称屈子为"尔"的视角设置，也许是受了冠礼仪式中"宾"称受冠者为"尔"的启发。然而《橘颂》的文体情调，已同《冠礼祝辞》有着本质的区别。它不仅以"兮"字句式，把程式化典重得流于板滞的祝辞变得辞采飞扬；而且把"弃尔幼志"改为"嗟尔幼志"，把"受天之庆""承天之休"改为"后皇嘉树，受命不迁，深固难徙"，已从根本上改造了祝辞的主题。也许是屈子在自己的冠礼前后，受到呆板而俗套的《冠礼祝辞》的刺激，产生子逆反心理，另作咏物言志的颂词以求精神上的补偿和提升。他离开了敬礼如仪的宗庙，融入了嘉橘成林的大自然，呼吸着旷野上的新鲜空气，寻找着自己所崇尚的人格精神的审美对应物，使之与天地精神相沟通。于是橘树成了屈子，屈子成了橘树，在尔我相称、师友相许中，把冠礼上祈福祝寿的套数，转化为人格理想的升华。因此从创作心理学上立论，认为《橘颂》是屈子在冠礼前后，以赋诗言志作为自己跨入成人门槛的纪念性标志，是有充分道理的。比较确切地说，《橘颂》并非屈子正式的"冠礼祝辞"，而是"冠礼外章"或"冠礼自励诗"。如此算来，此诗作于他二十岁前后，是他四十年辞赋写作的原发点。

三 《惜诵》的抒情学

《惜诵》是屈原步入仕途之后，蒙谗被疏初期的作品，这一点已是《楚辞》研究界的共识。诗人被疏离到楚国政治的边缘，内心充满着失落、忧伤、愤懑和期待的复杂情绪，他在这里第一次探索着抒发复杂的内心情绪的诗学方式。诗题的采用，便可见这种诗学尝试的良苦用心。表面看来，《惜诵》取全诗首句的头二字的命名方式，脱胎于中原文章简册制度，如《诗经》《论语》取首二字名诗命篇的方式。但是正如《橘颂》改造了中原的"颂"文体一样，《惜诵》也对中原首二字命题的方式作了值得注

---

① （汉）郑玄注，（唐）贾公彦疏：《仪礼注疏》，北京大学出版社1999年版，第49—51页。

意的深化。"诵"字有进谏的意思，清人林云铭《楚辞灯》已注意到："言痛己因进谏而遇罚，自致其忧也。"① 这里的"惜"字有二义：一为爱惜，如《广雅·释诂一》："惜，爱也。"《韩非子·难二》："夫惜草茅者耗禾穗，惠盗贼者伤良民。"二为痛惜，如《说文·心部》："惜，痛也。"古诗十九首《西北有高楼》："不惜歌者苦，但伤知音稀。"李善《文选注》引贾逵《国语注》："惜，痛也。"前人解释《惜诵》对此二义各执一端，互为辩驳，其实屈子选用"惜"字，大概正是由于它兼备二义，对自己向楚王的进谏行为，既爱惜它是自己忠贞的表现，又痛惜它不为楚王所理解，反为自己带来忧患。诗题的这种情感复合性，使之尽管取自首句的头二字，却能囊括全诗的宗旨和表现形式。

情感复合性使本诗淡化了《橘颂》的青春气息，增浓了阅历风波的中年人的忧患情怀。诗篇的开头，就展示了这一点：

> 惜诵以致愍兮，发愤以抒情。
> 所作忠而言之兮，指苍天以为正。

这是中国诗史上最早使用"抒情"一词。"抒"字作何解？"抒"乃是形声字，从手，予声，本义是舀出。《说文解字》云："挹也。从手予声。"段玉裁注曰："（抒）挹也。凡挹彼注兹曰抒。"《增韵》："引而泄之也。"《苍颉篇》："取出也。"《通俗文》："汲出谓之抒。"《诗·大雅·生民》云："或舂或揄。"毛传曰："揄，抒臼也。"疏曰："抒米以出臼也。"《汉书·王褒传》云："略愚而抒情素。"注曰："抒，犹泄也。"又《广韵》："抒，除也。"《左传·鲁文公六年》云："有此四德者，难必抒矣。"又扬雄《方言》云："抒，解也。"引申为表达、发泄，如《墨子·小取》云："以辞抒意。"本篇《九章·惜诵》："发愤以抒情。"又《汉书·刘向传》："一抒愚意。"进而言之，"抒"与"纾"相通，有解除、排除或免除、减轻之意。如《左传·鲁文公六年》云："有此四德者，难必抒矣。"谢偃《听歌赋》云："闻之者意悦而情抒。"这就引导为抒伸、解闷、舒畅。抒又作"杼"，《管子·禁藏》说："钻燧易火，杼井易水，所以去兹毒也"，也是舀出、汲出的意思。《说文解字》释杼为"机之持

---

① （清）林云铭：《楚辞灯》，华东师范大学出版社2012年版，第91页。

纬者",机杼持经线、纬线交织为布,以此比喻抒情乃是把感情的丝缕织成文章的锦缎。

值得注意的是,屈原中国诗史上第一次使用抒情一词,就突出了情感的复杂性和真挚性,从内在素质上接触到诗歌情感的特殊存在方式。复杂性在于,这种情感是惜(爱惜、痛惜)、愍(悲苦)、愤(愤懑)的混合体。它又是非常真挚的,"所作忠而言之兮",讲的完全是一片真心话,而且这种真心话是可以苍天作证的。这就接触到屈子的"呼天情结",《史记·屈原列传》说:"夫天者,人之始也,……人穷则反本。"屈子抒情之始,即采取以苍天设誓的仪式,这既反映了他对人间是非标准的失望,如清代屈复《楚辞新注》所说:"质之天地鬼神,言外(之意)见国人莫我知也。"这又透露了诗人与天地鬼神对话,辩解自己清白的迫切心情,在于人间无从置辩。

《惜诵》不仅对诗歌的抒情功能进行命名,而且对诗歌的抒情方式进行别具一格的探索。诗歌的情感不能一味地直说,一泻无余,它必须寻找审美载体。情感的诗化,实际上是对情感进行化装,加以幻象化或意象化,采取一种处于显现和隐蔽之间的曲曲折折的间接表现方式。所谓"诗者,持也",它必须有依凭、把握的意象或幻象,才能使寄托其间的情感耐人寻味。屈子使自己因谏致忧的复杂情感加以间接化或诗化的最初策略,是采取类乎神话剧的形式:

>令五帝以折中兮,戒六神与向服。
>俾山川以备御兮,命咎繇使听直。
>竭忠诚以事君兮,反离群而赘肬。
>忘儇媚以背众兮,待明君其知之。
>言与行其可迹兮,情与貌其不变。
>故相臣莫若君兮,所以证之不远。
>吾谊先君而后身兮,羌众人之所仇也。
>专惟君而无他兮,又众兆之所雠也。
>壹心而不豫兮,羌不可保也。
>疾亲君而无他兮,有招祸之道也。

这里安排了天地山川、古史贤臣的神圣法庭。法庭上有五方之帝折中是非，有上下四方的六宗之神对质事理，有山川之神陪审，有舜帝举荐的大法官咎繇（皋陶）听讼。其中使用了令、戒、俾、命这类命令式的动词，似乎是诗人在颐指气使，实际上是以苍天设誓，让苍天来安排。在神圣法庭中，情感被戏剧化、幻象化了，人返回天地之本原，进入了天人相通、人神对话的境界。这场对质事理、折中是非的诉讼对象是谁呢？似乎是楚王。自己竭尽忠诚去奉事君王，反而遭受群臣的排斥而成为多余的肉瘤。只不过忘记以谄媚悦世而违背了众人俗态，其间是非就有待英明的君王加以理解和裁判了。我的言行有迹可寻，内情、外貌都不曾改变，所以观察臣子莫若君王，要取得验证也无须远求。被起诉者是君王，期求验证者也是君王，神圣法庭上此类讼词陷入了起诉与验证互为条件、互相矛盾的悖论之中。这种神圣的悖论，正是诗人对楚王怨责和期待双重心理的戏剧化。神圣法庭的句式组合，骈散相间，煞费苦心。令、戒、俾、命四句，讲神圣法庭的人（神）事安排，全用骈体，以显示其尊严典重。以下的讼词则一骈一散，再骈再散，在句式交叉变化中隐藏着心理节律的一张一弛。骈体为张，以陈明事理；散体为弛，以期待君王的明察和理解。比如"竭忠诚以事君兮，反离群而赘疣"，句式近骈，陈明事因的时候情绪相对亢奋、紧张。随之"忘儳媚以背众兮，待明君其知之"，用散体句式，以"明"字形容"君"，在期待君王理解之时情绪转向平稳与松弛。以诗行句式的节律，对应于抒情主体的心理节律，这便深知诗艺的三昧了。

由于神圣法庭的讼词陷入起诉与期待的悖论，其后的诉说中就采用反讽手法，自我解嘲，以宣泄内心的郁积。"吾谊先君而后身兮，羌众人之所仇""壹心而不豫兮，羌不可保也"。王逸注："羌，然辞也。"《玉篇·羊部》："羌，反也。"就是说，"羌"是相当于"竟""反而"一类的转折连词。我本意是先顾君而后顾身啊，竟被众人所仇视；对此我一心一意而没有犹豫啊，竟然弄得自身不保。在"羌"字的转折所包含的反讽意味中，蕴含着诗人内心的深刻疑惑以及无可奈何的自嘲自讽。这就导致诗人充满辛酸和悲苦地叹息道：急切地亲近君而没有他心啊，实在有了招祸之道也！悖论之余的反讽，使神圣法庭的立誓和对质，充满着感情的波澜和旋涡。综观神圣法庭的这一幕，与《离骚》"指九天以为正兮，夫惟灵修之故也"，可以互相参证，因此在某种意义上说，《惜诵》是前《离骚》之作，或可称为《离骚》前篇。

抒情之妙在于波澜起伏，峰回路转，善于转折。《惜诵》在神圣法庭

的戏剧化对质之后,转入诗人内心自省的心理化抒写:

> 思君其莫我忠兮,勿忘身之贱贫。
> 事君而不贰兮,迷不知宠之门。
> 忠何罪以遭罚兮,亦非余心之所志。
> 行不群以巅越兮,又兆众之所咍。
> 纷逢尤以离谤兮,謇不可释;
> 情沉抑而不达兮,又蔽而莫之白。
> 心郁邑而不达兮,又莫察余之中情。
> 固烦言不可结而诒兮,愿陈志而无路。
> 退静默而莫余知兮,进号呼又莫吾闻。
> 申侘傺之烦惑兮,中闷瞀之忳忳。

在神圣法庭中叹息亲君无他,"有招祸之道也"之后,这里借内心自省,反思自己招祸的原因结果,以及想解脱灾祸、却无法解脱灾祸的困顿处境。首先用于"思君""事君"的两行排偶句,探究自己亲君招祸的思想上和行为上的原因。思念君王简直是忠贞到无人能及的程度,却在思想上忘记了自己出身贫贱,已是楚王室疏远的宗支;服侍君王也到了从无二心的程度,却在行为上执迷不悟,不知得宠窍门。血统是不可选择的,窍门是可选择而不愿选择的,因此在血统关系和邀宠窍门成为受信任重用的标准,而不以德才为擢用标准的社会体制中,忠贞为何获罪遭罚,也就不是诗人所能了解的因果迷阵了。这种因果迷阵给诗人带来的狼狈结果,是可想而知的。行不合群而屡遭巅踬,又被众人所嗤笑,纷纷遭受上头的责难和下头的毁谤,简直是百口莫辩,只能在夹缝里艰难求生矣。这种内心自省,是以内写外的,是以内心迷惑的抒发,批判了社会上是非颠倒的价值标准和人才环境。

在因果迷阵和生存困境中,诗人并非不思辩白,辩白是多余的,一辩就俗。然而心情沉抑不能上达,"又"被壅蔽而无法表白;内心郁悒而精神恍惚,"又"没人明察我的心情。这里用两行排偶句式,并且用两个"又"字使主语空位,联系到《离骚》有"荃不察余之中情兮"之句,"又"字所替代的主语是楚王。这种主语空位的方式,实际上是对楚王怨责而又留有余地,也就是说此时对楚王的期待比《离骚》时期还要强一些。但是这种期待到底也是虚妄的，即使愿意陈明心迹也没有途径。因此诗人陷入了两难的处境，退守静默吧又没人了解你；进而奔走呼号吧又没人愿意听。无论是进是退，都徒然增添失意的烦恼和迷惑，更使内心的苦闷迷乱变得精神恍惚了。

恍惚迷离是过渡到梦境的精神状态，可见《惜诵》抒情策略转换之绵密。设誓、神话剧与梦占，都与原始宗教信仰相关，屈原在规划抒情诗艺时，把原始宗教习俗加以审美地点化了：

> 昔余梦登天兮，魂中道而无杭。
> 吾使厉神占之兮，曰："有志极而无旁"。
> "终危独以离异兮？"曰："君可思而不可恃。
> 故众口其铄金兮，初若是而逢殆。
> 惩于羹而吹齑兮，何不变此志也？
> 欲释阶而登天兮，犹有曩之态也。
> 众骇遽以离心兮，又何以为此伴也？
> 同极而异路兮，又何以为此援也？
> 晋申生之孝子兮，父信谗而不好。
> 行婞直而不豫兮，鲧功用而不就。"

梦占与神圣法庭的诉讼前后呼应，都属抒情的幻象化。但又有所不同，诉讼的主角是"我"，梦占的主角是厉神。王逸注："厉神，盖殇鬼也。"《左传》曰："晋侯梦大厉，搏膺而踊也。"洪兴祖补注："《记》：王立七祀有泰厉，诸侯有公厉，大夫有族厉。注云：厉主杀伐。"[①] 梦占以厉神为主角，与神圣法庭上以天地山川之神和皋陶主持裁决相对照，它切入人物命运的角度是不同的，使讼词多少带点吉利的期待，而占词已纯然是凶险的预言了。此段开头用了"昔"字，是倒叙语气，说明自己的挫折已有梦兆在先，从而增强了抒情的命运感。梦见自己魂魄登天，走到中途而没有航梯可上，这种梦像是富有象征意味的。从"昔余梦登天兮"至"鲧功用而不就"，为占梦者对屈原的劝告，与《离骚》女媭之詈一节，大意略同。只不过"昔余梦"四句托为游仙，引入下文。"终危独"句为

---

① （宋）洪兴祖撰，白化文等点校：《楚辞补注》，中华书局1983年版，第124页。

屈原问语:"我又问:是否要遭受疏远?"从"曰:君可思而不可恃"至"眩功用而不就"为厉神的答语。"君不思"至"犹有曩之态也"为第一层意思,厉神指出屈原有目的而无道路,劝屈原放弃忠君,认为如果照"曩之态"无疑是"欲登天而释阶",根本不可能达到目的。接着"众骇遽"四句言楚王发怒后,本来同道的那些人都已离心背德,弃之而去。最后"晋申生"四句采用了二个比喻,说明孝子忠臣被说成不忠、不孝,是古已有之的事情。尽管诗人品德之忠贞耿介和意志之坚定不移,可以无愧地面对历史,但历史何尝为此改道扬镳?

占梦的厉神非我,却又是潜意识中的"另一个我",他透露了"我"心中的迷惑,讲出了"我"想讲而不敢讲的话。他解释梦象,认为它象征着志如天高,却没有依凭。被问到是否意味着危险孤独而与君王离异,他竟然说出"君王是可以思念,却不可以依靠"的,这是诗人隐隐感觉到、却不敢直说的话,借厉神毫无遮拦之口一吐为快了。而且他还以一个"故"字,说明君王之不可靠,是毁谤者众口铄金,遭灾者从来就如此遭灾的根源。其后厉神又连续用四个"也"字结尾的问句,对诗人忠贞耿介的人生态度进行质疑。四句分为二组,两句是针对忠贞于君王的态度的:被滚汤烫过的人有了教训,连吃冷菜也要吹一吹啊,你为何不改变这种志向呀?想丢下梯子去登天啊,你还有早年那种老样子呀?另两句则是针对独异于群臣的耿介态度的:众人奔走钻营,相互顾忌,离心离德啊,你又何以和他们搭伴呀?同样急急忙忙而路线不同啊,你又何以把他们当作帮手呀?厉神占梦,在一种浓重的命运感中提供了两种信息:一是楚王之不足以信赖,二是应该重新设计人生道路。这种间接抒情是相当高明的,它在一种乃我非我的幻想境界中暗示了诗人在逆境中人格分裂的可能性,又以这种分裂可能性反衬了诗人在逆境中意志的坚定性。

诗人忠贞耿介的品德和意志的坚定性,是可以无愧地面对历史的。当他从占梦的命运预言中返回历史的时候,他从前代的高尚人物中感受到自己的精神类型和命运类型:

> 晋申生之孝子兮,父信谗而不好。
> 行直而不豫兮,鲧功用而不就。
> 吾闻作忠以造怨兮,忽谓之过言。
> 九折臂而成医兮,吾至今而知其信然。

反思历史是为了回应厉神占梦之词。这里可见运思的细密，晋太子申生尽管父亲晋献公听信骊姬谗言而不再喜爱他，但他依然不变孝子之心。这是回应厉神所说的君王可思不可恃的，即便不可恃也不变其忠贞之心。鲧行为刚直，尽管他的治水事业因此无所成就，也不对自己刚直的人生态度有什么犹豫。这是回应厉神劝说诗人对自己耿介的人生态度改弦更张的，即便像鲧那样遭受放逐，也不愿媚俗邀宠。应该看到，由梦占到历史存在着巨大的距离，它们间的绵密呼应，乃是出诸诗艺中"疏者密之，密者疏之"的辩证法的内在要求。有了这种疏密呼应之后，诗人感慨多端的叹息也就成了自然而然。所谓我听说行为忠贞会招致怨恨，曾经粗心地认为这种说法未免过分——此句讲的是过去对厉神梦占的认识。但是九次断臂而成了外科良医，我至今才知道这种说法诚然可信——此句讲的是梦占应合了自己痛切的体验。如此抒写，回环照应，颇得丝丝入扣之妙。

不妨反溯一下对于"惜诵"二字之历代言人人殊的解释。王逸《楚辞章句》说："惜，贪也；诵，论也"，"言己贪忠信之道，可以安君，论之于心，诵之于口，至于身以疲病，而不能忘"。洪兴祖《楚辞补注》说："惜诵者，惜其君而诵之也。"① 朱熹《楚辞集注》说："惜者，爱而有忍之意。诵，言也"②，"言始者爱惜其言，忍而不发，以致极有忧悭之心。"③ 王夫之《楚辞通释》说："惜，爱也。诵，诵读古训以致谏也。"林云铭《楚辞灯》说："惜，痛也，即《惜往日》之惜。不在位而犹进谏，比之矇诵，故曰诵"，"言痛己因进谏而遇罚，自致其忧也"。④ 蒋骥《山带阁注楚辞》说："惜，痛也。诵，公言之也"，"盖（屈）原于怀王见疏之后，复乘间自陈，而益被谗致困，故深自痛惜，而发愤为此篇以白其情也"⑤。戴震《屈原赋注》说："诵者，言前事之称。惜诵，悼惜而诵言之也。"姜亮夫《屈原赋校注》赞同林云铭的说法。游国恩《楚辞论文集》则认为"《惜诵》是喜欢谏诤的意思"，释"惜"为爱好，以"诵"为谏诤。

按：自王逸以降各家说法，都有一定合理成分，但哪一种解释更加接

---

① （宋）洪兴祖撰，白化文等点校：《楚辞补注》，中华书局1983年版，第121页。
② （宋）朱熹：《楚辞集注》，上海古籍出版社2001年版，第72页。
③ 同上书，第73页。
④ （清）林云铭：《楚辞灯》，华东师范大学出版社2012年版，第91页。
⑤ （清）蒋骥：《山带阁注楚辞》，上海古籍出版社1984年版，第111页。

近屈原原来的意思呢？若此篇与《离骚》意旨相近，当是受谗被疏之后的作品。因此，篇名之"惜"字以戴震的"悼惜"之解释为近，而"诵"字，则以林云铭所言"不在位而犹进谏，比之蒙诵，故曰诵"较为通达，合而言之，"惜诵"就是以"悼惜"的心情，来称述自己"不在位而犹进谏，比之蒙诵，故曰诵"之尴尬处境和人生形态。

在历史、现实和梦占相互参照，屈原对自己的遭际和命运大彻大悟之后，回到了现实，思虑着自己的生存环境和生存方式：

> 矰弋机而在上兮，罻罗张而在下。
> 设张辟以娱居兮，侧身而无所。
> 欲儃佪以干傺兮，恐重患而离尤。
> 欲高飞而远集兮，君罔谓"汝何之？"
> 欲横奔而失路兮，坚志而不忍。
> 背膺牉以交痛兮，心郁结而纡轸。
> 梼木兰以矫蕙兮，申椒以为粮。
> 播江离与滋菊兮，愿春日以为糗芳。
> 恐情质之不信兮，故重著以自明。
> 矫兹媚以私处兮，愿曾思而远身。

返回自身的处境和出路，大概可以直抒胸臆了吧，但是诗人还是采取间接抒写方式。他没有明说，却把自己隐喻为看到了"矰弋机而在上兮，罻罗张而在下"的危险处境的鸟，"欲高飞而远集兮"。这里没有《离骚》中"鸷鸟不群"的高举，另有一种惊弓之鸟的惶恐不安。诗人以鸟自喻，大概与楚人崇凤的图腾遗风有关。隐喻为鸟后，他发现周围布满危机与阴谋：射鸟的短矢安装在上方，捕鸟的罗网张设在下方。安设这些机关来取悦君王，使你想厕身其间都找不到安全之所。那么，这只惊弓之"鸟"的出路何在？想低徊盘旋找个落脚处吧，却害怕重遇忧患，遭受祸殃。想高飞而远远地栖止吧，却会不明不白地被君问起"你去何方"？想横奔而迷失路向吧，又因意志坚定而不忍心如此。这里排比连用三个"欲"字句，隐喻诗人对延留待机、高飞去国和变节易操的三种人生方式的设想，但都因不可行或不愿行而处在进退维谷的艰难状态。因此他徒唤奈何，陷入胸背分裂交痛、忧心郁结缠绵作痛的精神困境之中。

既然有知的社会不可恃，唯有无知的草木可以亲近，亲近草木是荆楚民俗的特点，却何尝不是对溷浊现实之反拨？在打破进退维谷之僵局的选择中，出现了人与自然之融合：捣碎木兰搅拌上蕙草，还把大花椒当作食粮；播种江蓠又培植菊花，但愿到春日使干粮发出芬芳。联系到《离骚》种植和采摘芳草的隐义，这里作为其后有大发展的芳草喻的萌芽，也暗示着诗人的人生选择，包含着修炼高洁的品质和广植有用之人才的意愿。只不过《惜诵》为进谏受谗而辩诬，未及对此多作展开而已。结尾处便是本诗辩诬的宗旨，以呼应开头的指天设誓：担心真情本质不能伸张啊，故重复著述以表明自我；高举这些美德以好自为之啊，愿进一层思考而从远处立身。

诗人遭遇挫折和冤屈，发愤抒情，不平则鸣，往往是抒情诗艺发展的极好的契机。在中国古代文人抒情诗起步和命名的初期，屈子便以其敏慧的天才出色地把握了复杂情感抒发的审美间接性以及情感转换的节律性。尽管某些抒写尚不及《离骚》那么舒展自如、出入无碍，但《惜诵》点化楚人的神话思维和梦占仪式入诗，曲折写来，精彩微妙。

> 吾闻作忠以造怨兮，忽谓之过言。
> 九折臂而成医兮，吾至今而知其信然。
> 矰弋机而在上兮，罻罗张而在下。……
> 恐情质之不信兮，故重著以自明。
> 矫兹媚以私处兮，愿曾思而远身。

于此不妨考察一下《惜诵》的写作时日。关于此篇的写作时期，历来有两种意见：或认为作于怀王时期，或认为作于顷襄王时期。多数学者认同第一种意见，而王夫之《楚辞通释》、郭沫若《屈原研究》持第二种意见。从作品内容看，此篇不如《离骚》那么沉痛，也看不出已遭放逐的迹象，汪瑗《楚辞集解》认为"大抵此篇作于谗人交构，楚王造怒之际，故多危惧之词，然尚未放逐也"。[①] 此说较为妥帖。至于写作的具体时间，蒋骥《山带阁注楚辞》认为作于屈原"初失位"时，即楚怀王十六年（公元前313年）左右。夏大霖《屈骚心印》、游国恩《楚辞概论》等均

---

① （明）汪瑗：《楚辞集解》，北京古籍出版社1994年版，第146页。

认同此说，林云铭则认为作于楚怀王十七年（公元前312年），陆侃如《屈原评传》认为作于楚怀王二十四年（公元前305年）；姜亮夫《屈原赋校注》认为"其三十岁初放时之作"。从当时的时代背景来分析，楚怀王十六年（公元前313年）是楚国政治的转折点，从这一年后，楚国开始走下坡路，屈原也遭谗被疏，所以，此篇作于公元前313年、公元前314年可能性极大。这才造成《惜诵》作为《九章》首篇，叙写自身在政治上遭受打击的始末，和自己对待现实的态度，基本内容与《离骚》前半篇大致相似，故有"小离骚"之称。

此篇既为"抒情"命名，又为"抒情"示则，示人以规范。诗人采取间接抒写方式，建构戏剧性场面，展示了一个实际上并不存在也不可能存在的虚幻的神圣法庭，由五方天帝、山川诸神、古代执法如山的好法官共同来作裁判。请他们来听取自己极度苦闷的倾诉，又虚构了一个厉神，让他在占梦时作答，如同女媭一样，给屈原以指责和劝解。同时又以敏锐细腻的笔墨描摹了抒情主人公的意志活动和感情冲突。诗歌从对天发誓，写到进退维谷、百口莫辩的困境，登天占梦的幻境以及"梼木兰""播江蓠"的精神境界，处处都写得波澜起伏，回旋曲折，扣人心弦，令人深切地感受到诗歌抒情主人公所叙述的不幸遭遇，绝不仅仅关系到他个人，而是与国家的前途和命运密切相连的。诗篇直抒胸臆，朴素自然，遣词真挚简捷，便有"众口铄金""九折臂而成医"等众多民间谚语奔赴笔底，令人感到通俗浅显，耳目一新。

四 《抽思》的文体创格

《史记·屈原列传》未记屈子受疏后，有流徙汉北的经历。本诗"有鸟自南兮，来集汉北"句，楚辞研究界认为可补史料之阙，并判断这首作于汉北的诗，可能是前《离骚》的作品，或与《离骚》相前后的作品。"抽思"是抽绎思绪、剖露心迹的意思，含义与抒情相近。思之可以抽，就把思比喻为丝了，正如抒情又作"杼情"，以织布机上持纬线的杼，把情感比喻为丝。只不过英语单词"lyric"被译为抒情诗，人们对抒情较为熟悉，对"抽思"反而较为陌生，其实"抽思"与《惜诵》的"抒情"都是我国古代文人抒情诗起步期的"命名"尝试。"抽"乃是形声字，从手，由声，本义是拔出、抽出。《广雅》曰："抽，拔也。"《左传·鲁宣公十二年》云："每射，抽矢菆。"《庄子·天地》"挈水若抽，其名为槔"，李注曰："抽，引也。"陆机《文赋》云："思轧轧其若抽。"《诗经·郑风·清人》："左旋右抽。"李白《宣州谢朓楼饯别校书叔云》诗云："抽刀断水水更流。"均从抽是拔出、抽出之义。又从全部里抽取一部分，如《诗经·小雅·楚茨》："言抽其棘。"《仪礼·丧服传》："抽其半。"由此又有抽引、抽导、抽丝剥茧、抽条长枝。进入情感层面就是抒发，抽思就是抒发情思，由具象衍化为抽象。因此，中国对抒情的解释，较之西方的 lyric 文化意蕴更为深厚，应该承认这种原创性。

对于《抽思》文体的创造性，历代楚辞学者多有关注。对"抽思"的解释，王逸《楚辞章句》谓："为君陈道，拔恨意也。"朱熹《楚辞集注》云："抽，拔也。思，意也。"王夫之《楚辞通释》云："抽，绎也。思，情也。"① 蒋骥《山带阁注楚辞》又云："抽，拔也。抽思，犹言剖露其心思，即指上陈之耿著言。"② 明代李陈玉《楚辞笺注》复云："抽思者，思绪万端，抽之而愈长也。其意多在告君，而托之于男女情欲。陶隐君（即陶弘景）云：荪，香草，似石菖蒲而叶无脊，生溪涧中。古时男女相悦，以此相称谓。篇中曰：数惟荪之多怒。曰：荪释怒而不闻。曰：愿荪美之可完。皆呼君也。"如此说来，香草荪，就是古代象征爱情的玫瑰花了。《抽思》的文体创格，首先在于把楚民间的男女情歌加以点化，移以抒发君臣间恩恩怨怨的情思了。

诗之开头就摆出一副失恋者"求之不得，寤寐思服，辗转反侧"的情境状态：

> 心郁郁之忧思兮，独永叹乎增伤。
> 思蹇产之不释兮，曼遭夜之方长。
> 悲秋风之动容兮，何回极之浮浮？
> 数惟荪之多怒兮，伤余心之忧忧。
> 愿遥赴而横奔兮，览民尤以自镇。
> 结微情以陈辞兮，矫以遗夫美人。

这里"蹇产之不释兮"一句，意为愁思盘曲纠缠成疙瘩而解不开，是

---

① （明）王夫之：《船山全书》第十四册，岳麓书社1996年版，第320页。
② （清）蒋骥：《山带阁注楚辞》，上海古籍出版社1984年版，第124页。

深深嵌入心灵底层的。抒情诗是以"心"作为主语的文体,而且往往以忧伤作为最佳的切入角度。伤心人总是感到夜长,独自长叹,徒增忧伤,这种抒情起点提供的是一种心理状态、气氛和悬念感。这种心理状态、气氛和悬念感不仅纠结于心,而且感通于天地,这就是以屈子为始创者而衍生出的悲秋情结:悲叹秋风改变了万物的色调啊,为何回旋天极使心与物浮浮不定?这种悲秋情结可以同《九歌·湘夫人》中"袅袅兮秋风,洞庭波兮木叶下"相参证。又,明代董说《七国考》卷七《楚音乐》引《古琴录》云:"楚王子无亏有琴曰'青翻',后质于秦,不得归,因抚琴歌曰:'洞庭兮木秋,浐阳兮草衰。去千里之家国,作咸阳之布衣。'"[①] 借秋风写愁思之神韵,已经把愁思情调化,化到了可感受、却难以尽为言说的境地。

楚俗以香草称心上人儿,这里以"荪"称楚君,与《离骚》以"荃"相近,对比《惜诵》中"又莫察余之中情",以"又"字使主语空位来,显然《抽思》在比喻方式上向《离骚》走近了一步。以芳草喻、两性喻来对应君臣关系,在抒情的间接性中多了一层语义双关的意味,这也是《抽思》的抒情比《惜诵》更微妙之处。屡次想起心上人儿(荪)多怒啊,伤害得我的心惶惑不宁。情愿远远地奔向横路啊,瞧着人家受罪就镇定了自己。结撰起微末的心意化作言辞啊,高举着这些心意送给那美人。这种悱恻缠绵的两性情感抒写,其实另有所指。所谓"荪之多怒",实际是指《史记·屈原列传》所说的楚王"怒而疏"屈原。"览民尤以自镇","民"与"人"相通,既可以在表层意义上解释为"人家(恋人之称对方)",又可以在深层意义上蕴含着屈原"哀民生之多艰"的政治态度。当屈原创立把民间情歌移为政治抒情诗的体制之时,他独出心裁地开发了抒情诗艺的语言双关性。

诗艺高明来自双关性,双关性指的是语言的双重意义指涉,言此意彼,若即若离,巧妙地联络着两个不同的心理行为系统。人情之冷暖悲欢带有普泛性,因此爱情行为系统和政治行为系统可以相关相应。但两种情感的类型不同,民间爱情多温情、多直率,而楚国政治多冷酷、多假扮,这又规定它们是否值得相关,如何相关?情歌是流行于民间的文体,当诗人把它的抒情经验移用于君臣关系之时,在某种意义上也是以情歌的多情

---

① (明)董说:《七国考》,中华书局1956年版,第234页。

反衬了政治的绝情。在以下诗行中，这种反衬效应可谓是丝丝入扣：

> 昔君与我成言兮，曰"黄昏以为期"。
> 羌中道而回畔兮，反既有此他志。
> 羌中道而回畔兮，反既有此他志。
> 憍吾以其美好兮，览余以其修姱。
> 与余言而不信兮，盖为余而造怒。
> 愿承间而自察兮，心震悼而不敢。
> 悲夷犹而冀进兮，心怛伤之憺憺。
> 历兹情以陈辞兮，荪详聋而不闻。
> 固切人之不媚兮，众果以我为患。
> 初吾所陈之耿著兮，岂至今其庸亡？
> 何独乐斯之謇謇兮？愿荪美之可完。

　　这些诗行的潜在意思，在于责怪楚王的信谗失态、寡恩薄情以及诗人自己的忠贞不贰、蒙冤莫白，檃括了屈原初任左徒，参与枢要，应对诸侯，甚受信任，终为楚王信谗夺宠，怒而疏之的一段政治生涯。在专制主义的政治环境中，对当前政治作直接的怨责和表白，当会引致雷霆震怒，甚至危及身家性命。以爱情婚姻类感情相关言之，包含着所谓"曲笔无罪"的苦心，既符合抒情诗艺的间接性，又可以疏解诗人心中的郁结，君王倘存一丝开明，当能在歧义体验中有所反省。

　　"成言"即"诚言"，乃是古代婚礼中媒妁说合的程序。"昏"字与"婚"相通，《说文解字》云："礼，娶妇以昏时。妇人阴也，故曰婚。"因此这里出现了两个相关行为系统，婚姻爱情变异的显系统，影射着政治变异的隐系统：早先你和我说定了啊，约好的时间在黄昏。竟然中途而反悔啊，转身就已有了这般异心。不仅悔弃成言，更有甚者，就是反过来污辱感情和人格：以你的美好傲慢于我啊，向我炫耀你的美色。和我说定的话不算数啊，多半是对我发了火。从这里可以隐约窥见，楚王喜怒无常，给诗人造成的耻辱感和惶惑感。更有甚者，是造成一种诚惶诚恐的心理变态：愿找机会去自我表白啊，心旌摇撼悲伤莫名。为之犹犹豫豫感到悲哀而希望进用啊，内心痛苦而忧心如焚。这个屈辱的心灵依然抱忠贞、识大体而忍辱负重：如今数说心情而陈辞啊，心中人儿却装聋作哑而不愿置闻。恳切的人固然不会装出媚态啊,众人果然把我当成祸害。当初我陈说得明明白白啊,难道至今就忘得干干净净?我为何独个儿对忠贞之情乐此不疲?但愿心上人儿可以发出一点光。爱情变异的心理维度在这里对应着君臣关系变异的心理维度,于不容责怪处责怪,于无可辩白处辩白,委婉微妙地抒写着一个隐忍难言的情感世界。

民间情歌被输入了不少政治寓言的信息,在进一步抒写中,诗人超越了情歌体制而作政治哲理的探究和升华:

> 望三五以为像兮,指彭咸以为仪。
> 夫何极而不至兮,故远闻而难亏。
> 善不由外来兮,名不可以虚作。
> 孰无施而有报兮,孰不实而有获?

由此首先列举历史人物典范,在君为三王(夏禹、商汤、周文王)、五霸(春秋时期齐桓公、晋文公系列),在臣为贤大夫彭咸。以这样的典范作为行为准则,取法乎上,有什么极点不可到达?如此就英名远播,俯仰无愧。这就建立了一种立身扬名的人生哲理:为善不由外来,全靠自己,美名不能作假,全凭真诚。谁人不施予而得到回报,谁人不付出就有收获?这种立德建功的哲理是相当通达的,连朱熹的《楚辞集注》也说:"善不由外来兮,名不可以虚作;孰无施而有报兮,孰不实而有获?""此四语者,明白亲切,不烦解说,虽前圣格言不过如此,不可但以词赋读之也。"①

《抽思》之文体创格,不仅体现于点化民间情歌,输入深藏的政治信息,形成巧妙的语义双关体制,而且体现于它聚合正歌、少歌、倡辞、乱辞多种抒情单元,形成回环呼应的回声效应,出现了抒情诗史上堪称一绝的立体交响抒情的景观。既有少歌,则把前面抒情主体部分视为正歌;既有倡辞,则它隐藏着唱和效应;既有乱辞,则在结尾处专设了回声结构。宋代范致明《岳阳风土记》云:"荆湖民俗,岁时会集或祷祠,多击鼓,令男女踏歌,谓之歌场。"② 乐史的《太平寰宇记》又说:"扬歌,郢中日

---

① (宋)朱熹:《楚辞集注》,上海古籍出版社2001年版,第84页。
② (宋)范致明:《岳阳风土记》,见影印文渊阁《四库全书》第589册,上海古籍出版社1986年版,第119页。

歌也。其别为三声子、五声子。一曰噍声，通谓之扬歌。一人唱，和者以百数。音节极悲，水调歌或即是类。"荆楚之地于宗教或劳作之时，多有歌舞唱和的场面，这一点在宋玉《对楚王问》关于"客有歌于郢中者""下里巴人""阳春白雪""属而和者"众寡十一的夸饰之辞中，也透露了某些消息。屈子的立体交响抒情创格，渊源于巴楚俗众相唱和的"歌场"，他汲取民间智慧而使抒情诗立体地"场"化了。

先看"少歌曰"：

> 与美人抽怨兮，并日夜而无正。
> 憍吾以其美好兮，敖朕辞而不听。

少歌其实可以看作正歌的回声，它对正歌中最强烈的音响进行回应：与美人（以情人喻楚王）细细地抽绎着怨怼心思啊，彻日彻夜都难上正道。反而骄横地对待我的美好心意啊，傲慢地把我的言辞搁置不听。少歌是对正歌感情要点，作出强调和回应，从而产生余音萦绕之效果。

"倡"即唱和之"唱"，只唱不和，隐藏着孤独感。把"和"空缺而留给谁呢？也颇有余味。既然要唱，它便展示了正歌、少歌之外的另一番行为与情感：

> 倡曰：
> 有鸟自南兮，来集汉北。
> 好姱佳丽兮，牉独处此异域。
> 既惸独而不群兮，又无良媒在其侧。
> 道卓远而日忘兮，愿自申而不得。
> 望北山而流涕兮，临流水而太息。

楚人崇凤，图腾意识的遗留使诗人以鸟自喻。有鸟自南方飞来，栖止于汉水之北。真个妩媚佳丽啊，却离乡别井，独个儿处在异地。这里用了"牉"字，牉是将某物一分为二，意味着分裂，《九章·惜诵》就有"背膺牉以交痛兮，心郁结而纡轸"之句。《玉篇》云："牉，半也，分也。"《仪礼·丧服传》："夫妇牉合也。"《集韵》曰："牉合，合其半，以成夫妇也。"这里传达的是半而无合的孤独感。值得注意的是，此处用了后世所谓入声韵,屈原以其声韵上的敏感,用险仄的韵脚使诗句语调趋于紧迫,令人如长夜闻柝,衬托着形影的孤独和心灵的寂寞。既已是孤身只影不见人群啊,又没有高明的媒介随身沟通消息。道路遥远而日渐被人忘却啊,可惜自己申诉一番也得不到时机。对于欲有作为的政治思想家和敏感的诗人,这种心灵被封闭的寂寞状态是极为痛苦的难以忍受的折磨。因此他只好望着郢都方向的北山流下涕泪,面对流水而深长叹息了。

寂寞人的魂魄怔忪恍惚,白日的枯槁生涯在夜间的梦境中寻找补偿。这种痛苦的内心体验,使灵魂在星月迷茫中自由出行:

> 望孟夏之短夜兮,何晦明之若岁?
> 惟郢路之辽远兮,魂一夕而九逝。
> 曾不知路之曲直兮,南指月与列星。
> 愿径逝而不得兮,魂识路之营营。
> 何灵魂之信直兮?人之心不与吾心同。
> 理弱而媒不通兮,尚不知余之从容。

此处涉及时令为孟夏四月,与前面"正歌"中的悲秋形成对照,当是用倒叙方式记录初被流放汉北的时间和心情。夏夜本短,但在蒙难者感觉中,由彻夜难眠,度短夜如度长年。短与长的辩证转换,把时间人文化或感觉化了。郢都是楚国政治中心,是民族国家的象征,一个被放逐到政治边缘的人思念故国的迫切心情,竟然在既短又长的一个夏夜中导致梦魂九遍往返郢都,竟然不避道路的曲直,指着南方月亮和群星的方向就急忙起程。诗人举重若轻,还对百忙的梦魂幽了一个默。古时有"梦为魂游"的说法,这种写法尚不算奇异,堪称奇笔的是随之而写人和自己灵魂的对话:灵魂啊你为何如此信守直道?人家的心思和咱的心不同。和人家通音信的媒人能力太弱而门路不通,人家怎么知道咱已从容上路了呢?如此对自己的灵魂进行嘲讽,幽默中带有几分苦涩。"倡辞"已经拓展了与正歌、少歌不同的境界,它的特点是给自己的灵魂一个颇有情趣的特写镜头。由自己的行为、情感到出行的灵魂,如此抒情已经颇具立体感了。

最后有必要考察"乱辞"在全诗结构中的有机性:

> 乱曰:

>　　长濑湍流，溯江潭兮。
>　　狂顾南行，聊以娱心兮。
>　　轸石崴嵬，蹇吾愿兮。
>　　超回志度，行隐进兮。
>　　低佪夷犹，宿北姑兮。
>　　烦冤瞀容，实沛徂兮。
>　　愁叹苦神，灵遥思兮。
>　　路远处幽，又无行媒兮。
>　　道思作颂，聊以自救兮。
>　　忧心不遂，斯言谁告兮？

　　"乱辞"照应了诗题，也呼应了开篇。既然"倡辞"不见和者，"乱辞"即尾声作为全诗的回应，又依然是诗人蹭蹬于汉北与郢都的坎坷长途中，与人与灵魂凄然相对。这里把感叹词"兮"从两句诗的中间移至结尾，强化了咏叹调的旋律。长滩急流，溯流而上江潭啊；疯狂回顾向南而行，聊且用来欢娱我的心啊；乱石高耸，阻塞我回归的志愿啊；越过邪路，认清正道，不知不觉地前进啊；徘徊犹豫，歇宿在北姑啊。心烦面垢，真想像水流一样奔腾而去啊。这里写的不能简单地看作诗人的行踪，而是诗人追寻着其"一夕九逝"的灵魂的行踪，尽管山川险恶，也不能阻遏灵魂越险而行。因此诗人在"倡辞"中调侃了灵魂之后，于此陪伴着灵魂一道叹息：发愁叹息害苦了精神，灵魂在思念远方啊。路途遥远而居处又偏僻，又加上无人去通个音信啊。当诗人与灵魂融合在一起之时，他交代了作诗的宗旨，又对这个宗旨表示疑惑：言志作诗，聊以救救自我啊。忧心不能通达，写出的这些话又告诉谁啊？梦幻毕竟是梦幻，现实终究是现实，进退维谷，诗人发出"道思作颂，聊以自救兮"，他之颂诗，是为了自我拯救。在经历了一番艰难的、孤独的心灵历程之后，诗人该回归到平平常常的自我，以平常心，平常语，掩卷明义，他甚至怀疑"斯言谁告"，设想自己的诗是聊以自救，难遇知音的。《老子》所谓"大音希声，大象无形"，此之谓也。立体交响抒情终于绝响之处，文体创制也于此达到一种极致。

　　自全篇体式上而言，与他篇不尽合一殊异者在于结构之独特，篇末之"乱辞"为《九章》多数篇什所具备，但它增加了"少歌"与"倡曰"

两种形式，此为他篇（如《离骚》《九歌》及《九章》其他篇等）所未见。所谓"少歌"，朱熹《楚辞集注》认为乃类同于"小歌"，是诗章前部分内容的小结；所谓"倡曰"，即是"唱曰"，是诗章第二部分内容的发端。联系此篇整体内容，这别具一格的"少歌"与"倡曰"至少起了两个作用：其一，内容结构上的转换，由前半部分刻画与君不合、劝谏无望而生的忧思之情，转向了独处汉北时孤独地咀嚼自我的悲欢。"少歌"与"倡曰"于此发挥了承上启下的功能，使诗篇章目活跃；其二，诗篇的结构体式出现多元，令人耳目一新，避免了单一化抒写的单调呆板，产生了回旋曲折、风生水起的审美效应。

最后，有必要考察者，是"倡曰：有鸟自南兮，来集汉北。好姱佳丽兮，牉独处此异域"。屈原以鸟自喻，与楚人崇凤的图腾崇拜存在着深刻的联系，"自南""来集"的用语，说明他汉北之行并非被迫流放，而带有相当的主动性。东汉王逸《楚辞章句》卷一释读《离骚经》云："《离骚经》者，屈原之所作也。屈原与楚王同姓，仕于怀王，为三闾大夫。三闾之职，掌王族三姓，曰昭、屈、景。屈原序其谱属，率其贤良，以厉国士。入则与王图议政事，决定嫌疑。出则监察群下，应对诸侯。谋行职修，王甚珍之。同列大夫上官、靳尚妒害其能，共谮毁之。王乃疏屈原。屈原执履忠贞而被谗邪，忧心烦乱，不知所诉，乃作《离骚经》。"① 这就是说，屈原失去左徒职位，不再在朝后，依然是三闾大夫，鄢郢之战是指周赧王三十六年至三十七年（前279年—前278年），秦国名将白起率军深入楚国腹地，攻下楚国鄢郢（今湖北宜城东南楚王城），并决西山长谷之夷水灌城，溺死数十万军民，据《水经注》所载：鄢郢之战中，秦将白起见久攻不下，决定引水灌鄢。水从城西灌到城东，城中被溺死的尸体腐烂，臭气冲天，以致人们称这里为"臭池"。屈原为三闾大夫的处所，应在离楚国郢都不远的鄢郢，他是从数十万死人堆中爬出来，开始"九年不复"的流亡之途的。《九章·哀郢》对此作了记述："皇天之不纯命兮，何百姓之震愆。民离散而相失兮，方仲春而东迁。去故乡而就远兮，遵江夏以流亡。出国门而轸怀兮，甲之鼌吾以行。发郢都而去闾兮，荒忽其焉极。楫齐扬以容与兮，哀见君而不再得。"② 所谓"去闾"，就是屈原失去

---

① （宋）洪兴祖撰，白化文等点校：《楚辞补注》，中华书局1983年版，第1—2页。
② 同上书，第132—133页。

三闾大夫之职，其时是楚顷襄王二十年（公元前279），屈原的三闾大夫画上句号，开始流亡江南。至于《九章·抽思》所谓"有鸟自南兮，来集汉北"，则是楚怀王时期三闾大夫任上，屈原主动作了一次"远逝以自疏"。为何要到汉北？据《史记·楚世家》："熊绎当周成王之时，举文、武勤劳之后嗣，而封熊绎于楚蛮，封以子男之田，姓芈氏，居丹阳。"①子男属于低阶，政治军事设置都有严格限制，于是筚路蓝缕，从丹阳沿着汉水开拓荆蛮，屈原汉北自疏，就是企图捡回楚人上升时期的开拓精神。而在春秋之世的开拓过程中，屈氏家族沿袭莫敖世职，在丹析之战屈匄被俘而屈氏家族陡然衰落，屈原也就只能到汉北捡拾这个曾经鼎盛的家族残破的梦。王逸《楚辞章句》卷一又云："为余驾飞龙兮，杂瑶象以为车（象，象牙也。言我驾飞龙，乘明智之兽，象玉之车，文章杂错，以言己德似龙玉，而世莫之识也）。何离心之可同兮，吾将远逝以自疏。（言贤愚异心，何可合同？知君与己殊志，故将远去自疏而流遁于世也）。"②值得注意者，这里提出"远逝以自疏"之说。屈原自疏，旨在双重拾梦：楚上升开拓的梦，家族繁盛推进楚国发展的梦。他在《九章·惜诵》中说："惜诵以致愍兮，发愤以抒情。……思君其莫我忠兮，勿忘身之贱贫。"自己被贬黜和家族衰落，使他开始正视"身之贱贫"，因此屈原的双重拾梦，既意气风发，又心境悲凉，他重新审视着个人与国家的命运。

五 《思美人》的幻美追求

由于屈赋喜欢用男女爱情关系比喻君臣关系，尤其是《抽思》等作品以"美人"喻楚君，前代《楚辞》评注者依照思维定式，一见本篇题目，就指认所思者是楚王。王逸《楚辞章句》释读《九章·惜诵》便说："结微情以陈词兮，矫以遗夫美人"，就是"结续妙思，作辞赋也。举与怀王，使览照也。"而本篇《思美人》之"思美人兮"，也被说成"言己忧思，念怀王也"。其实这是用汉以后的忠君观念解诗，把光昌流丽的诗情狭隘化了，未必尽合诗之为诗的特殊思维方式。

"思美人"作为本诗的题目和中心意象，它已经不同于其他作品的枝枝节节的相关性使用，而更富玄思色彩，更为形而上了。应该说，楚王作

---

① （汉）司马迁：《史记》，中华书局1959年版，第1691—1692页。
② （宋）洪兴祖撰，白化文等点校：《楚辞补注》，中华书局1983年版，第42—43页。

为"美人"的形象,经过《惜诵》借厉神之口说"君可思而不可恃",《抽思》乱辞谓言志作颂,"斯言谁告",可能已在一种怀疑情绪中不同程度地崩毁了。诗人从自身政治生涯与社会人生体验出发,以"美人"隐喻着生命深层的一种原始欲望,隐喻着他朝思暮想的政治理想,或人生与人格理想。对于这么一个意象,不必像历史学那么坐实确指,而应该保留一点作为诗学魅力的多义性的模糊和朦胧。这种多义性意象可以联系着《抽思》中的"三五为像",可以联系着《离骚》中的"重华情结",也可以联系着本诗中的高辛与彭咸,总之义非一端,人非一身,带有相当程度的幻美的魅力。

　　大概诗人迁居汉北日久,心境由焦虑渐趋虚廓,《惜诵》《抽思》中那种初迁时的紧迫感有所缓解,痛定思痛,进入了对人生作某种玄思的精神深层。诗行中展示的便是这么一种心理的和诗学的姿态:

> 思美人兮,揽涕而伫眙。
> 媒绝路阻兮,言不可结而诒。
> 蹇蹇之烦冤兮,陷滞而不发。
> 申旦以舒中情兮,志沉菀而莫达。
> 愿寄言于浮云兮,遇丰隆而不将。
> 因归鸟而致辞兮,羌迅高而难当。
> 高辛之灵晟兮,遭玄鸟而致诒。
> 欲变节以从俗兮,愧易初而屈志。
> 独历年而离愍兮,羌冯心犹未化。
> 宁隐闵而寿考兮,何变易之可为?

　　思念美人啊!揩干涕泪而久立呆视。这已是一种痛定思痛,心理上出现凝神遐想的姿态,不再像《惜诵》中急不可耐地"指苍天以为正",也不再像《抽思》中忧兮兮地于长夜中长吁短叹,独对灵魂在星月山水之间气急败坏地奔忙。屈原已经对命运看得更透了,他在诗的开头,就明白了写诗的命运:媒绝路阻,话已经不可结撰出来,赠送出去,写诗也显得有点多余了。

　　即便多余还要写,这是诗人面对命运的态度。他已经能够分析自己的心理状态:困扰在心中的烦闷冤苦,陷滞着难以抒发;日复一日想疏通内情,情思却沉积着不能通达。这是呼应前面的"揽涕"二字的,泪痕也许易于揩干,但要抚平心中的皱褶又是谈何容易了。下面呼应"伫眙"两字,把心思向外在的时空抒发:愿寄语给天上浮云,遇着云师丰隆却不予理睬;又想借助归鸟去传话,它竟又快又高地飞走而碰不上。面对尝试的挫折和处境的尴尬,诗人叹息未遇到历史上的机遇,又不愿在现实中见机行事:位列五帝的帝喾高辛氏实在是神灵旺相啊,遇到玄鸟给他传递聘礼;我虽然有些倒霉,但要我变节从俗,我是会愧对这种改变初衷而屈辱志气的行为的。从行文中使用"历年"二字,可知诗人被疏远和流放已经颇有些年头了。但他的意志却没有被消磨:独自历年而遭受祸患啊,竟然满腔愤懑未尝化解;宁愿隐忍着忧患以此终老啊,谈什么改变心志的事是可为的?难得的不仅在于诗人思念他的"美人",追求理想的政治、人生和人格典范,而且在于他在思念和追求中"冯心未化"地保持着高风亮节的追求方式的选择。明人李陈玉《楚辞笺注》说:"篇中羌冯心犹未化,楚人谓满肚愤懑为冯,全篇都说个冯心未化道理耳。"这种愤懑难消的执着追求虽然失败了,但诗人正是在逆境中、而不是在顺境中真切地感受到生命的意义。

有意思的是,诗中反复使用同音之"眙""诒"二字。眙的意思,《说文解字》释为"直视也",视不移也。《史记·滑稽列传》云:"目眙不禁。"又扬雄《方言》:"眙,逗也。西秦谓之逗。"注曰:"逗即今住字,谓住视也。"又《字林》谓"眙,惊视貌。"班固《西都赋》云:"虽轻迅与僄狡,犹愕眙而不能阶。"又《广韵》:"丈证切,澄去声。直视貌。一作瞪。"

诒的意思,《说文解字》释为:"相欺诒也。一曰遗也。"这就是说,诒字有二义,一是赠予,一是欺骗,段玉裁注:"(诒)相欺诒也。《金縢》:'公乃为诗以诒王。名之曰鸱鸮。'郑曰:诒、说也。周公恐其属党将死。恐其滥,又破其家,而不敢正言。故作鸱鸮之诗以诒王。"① 《诗经·邶风·雄雉》:"自诒伊阻",传曰:"遗也。"《左传·鲁昭六年》:"叔向使诒子产书",注曰:"遗也。"《广韵》云:"诒,赠言也。"《庄子·达生篇》:"诶诒为病数日",注曰:"懈倦貌。一曰失魂魄貌。又通作贻。"《尚书·五子之歌》"贻厥子孙",传曰:"贻,遗也。"《诗经·

---

① (汉)许慎撰,(清)段玉裁注:《说文解字注》,上海古籍出版社1981年版,第193页。

大雅·下武》"诒厥孙谋",笺曰:"诒,犹传也。"《正义》:"诒训遗,即流传之义。又通作饴。"《诗经·周颂·思文》:"贻我来牟。"郑玄笺曰:"贻,遗。"《释文》贻,又作诒。《汉书·刘向传》引《诗》作饴。颜师古注:"饴,遗也。与贻同。又通作嗣。"《诗经·郑风·子衿》"子宁不嗣音",传曰:"习也";笺曰:"续也。韩诗作诒。诒,寄也。曾不寄问也。"《左传·鲁文公十六年》:"年自七十以上,无不馈诒也。"疏曰:"馈、诒皆与人物之名,与贻通,有平、去二音。"又《集韵》:"诒,他代切,音态。义同。又欺也。"《类篇》:"江南呼欺曰诒。"《增韵》:"欺诒,诳诈也。"《列子·黄帝篇》:"狎侮欺诒。"《徐干·考伪篇》:"骨肉相诒,朋友相诈。"《史记·项羽本纪》:"项王迷失道,田父绐之曰:左,乃陷大泽中。"颜师古注曰:"绐,诳也。概而言之,眙从目,意思是直视、惊视;诒从言,有二义,一是赠予,一是欺骗。两个同音字的错综使用,涉及心灵与行为,这也是《思美人》的诗学之维。

对于执着的幻美追求和屡经失败中的生命体验,诗人以车马之喻,作了特写式的强调。《离骚》也有"乘骐骥以驰骋兮,来吾道夫先路"的诗句,但那是以千里马设喻,要引导政治上轨道的。这里却把车马喻的意义加以泛化,以之暗示一种失败的追求中的人格力量和生命体验。因此,《思美人》可能是后《离骚》的作品,这是可以从诗情体验方式的变化中窥见几分消息的:

> 知前辙之不遂兮,未改此度。
> 车既覆而马颠兮,蹇独怀此异路。
> 勒骐骥而更驾兮,造父为我操之。
> 迁逡次而勿驱兮,聊假日以须时。
> 指嶓冢之西隈兮,与纁黄以为期。

这些抒写,渲染着诗人百折不挠的坚强意志,既为道义所在,或者说既为诗人所思念的"美人"之所在,他便不避艰险,知其不可为而为之。明知前面车路不通,未尝改变要强行度过。既翻了车又跌倒了马,硬是独独抱着这异路一条。何为"异路"?"異"是会意字,"異"的甲骨文字形,像一个有手、脚、头的人形。从廾从畀。畀,予也。本义是奇特、奇异、奇怪。《玉篇》云:"异,怪也。"《广韵》云:"异,奇也。"《列子·杨朱篇》："何以异哉。"左思《魏都赋》："异乎交益之士。"《战国策·赵策四》："妇人异甚。"柳宗元《捕蛇者说》："产异蛇。"柳宗元《三戒》："觉无异能。"王安石《伤仲永》："父异焉。"《礼记·乐记》："礼者为异",注曰："谓别贵贱也。"《礼记·王制》："事为异别。"刘向《列女传》："执心各异。"范仲淹《岳阳楼记》："得无异乎？"意为觉得奇怪、诧异。陶潜《桃花源记》："渔人甚异之。""异"通"翼"，意为恭敬，《逸周书》："极明与与，有畏劝汝，何异非汝，何畏非世。"异既通"翼"，又有辅助之义，《逸周书》："令行禁止王始也……出三日无适异；出四日无适与。"又指怪异不祥之灾异，《公羊传》："己巳，日有食之。何以书？记异也。"也指特殊本领、才能，《聊斋志异·促织》："举天下所贡蝴蝶……一切异状遍试之，无出其右者。"异字本义与引申如此繁多，人生的自由选择就可以视野开阔，因而"走异路"就成了开拓人生的新道路，是开拓者姿态，有如鲁迅《呐喊·自序》说："有谁从小康人家而坠入困顿的么，我以为在这途路中，大概可以看见世人的真面目；我要到 N 进 K 学堂去了，仿佛是想走异路，逃异地，去寻求别样的人们。"

屈原对于独异的理想人生之路行进虽然屡经挫败，却又屡仆屡起，不愿善罢甘休，这正是精神的力度所在，生命的分量所在。诗人幻想着勒住千里马而更新车驾，请古代以善于驾车而驰名的造父来为我操持。据《史记·赵世家》和《秦本纪》记载，造父是赵国之先，与秦人共祖，为周穆王日驰千里的御者。竟然连这样的超级御者都知难不进，迁延逗留而不让千里马驰驱起来，姑且假借日子来等待时机。那么我只好指着汉水源头的嶓冢山的西边，约好与"美人"相会的日期了。

缥黄即黄昏，"与缥黄以为期"与《抽思》中"昔君与我诚言兮，曰黄昏以为期"的后半句的句式相近。但它们处在不同的语境中，含义因之迥异。诗人面对良御骏马，指嶓冢为期，那么嶓冢是何种地望？《尚书·禹贡》说："导漾，东流为汉""导嶓冢至于荆山"。嶓冢山在古时被视为楚人的母亲河汉水的发源地，后世又发现陇西郡即天水市附近有嶓冢山，入嘉陵江之西汉水发源于此，乃秦国初封地。总之，嶓冢山与秦、楚二国渊源甚深。又据《史记·楚世家》及《屈原列传》，屈原被疏远、流放之后，楚军屡被秦军大败于丹淅、汉中、蓝田一带，都在嶓冢山沿汉水而下的地方，也是屈原被流放的汉北的西北方。这就是说，诗人对"美人"的思念，对理想政治和人生的追求和期许，是与对民族命运的关注联系在一起的。

然而期许与现实是两码事,没有机遇转化为现实的期许,只不过是生命体验中一朵幻美的花。"美人"可思不可即,使思念者退而葆养人格的美质,强颜欢笑,以嘲讽装扮成旷达:

> 开春发岁兮,白日出之悠悠。
> 吾将荡志而愉乐兮,遵江夏以娱忧。
> 揽大薄之芳茝兮,搴长洲之宿莽。
> 惜吾不及古人兮,吾谁与玩此芳草?
> 解萹薄与杂菜兮,备以为交佩。
> 佩缤纷以缭转兮,遂萎绝而离异。
> 吾且儃佪以娱忧兮,观南人之变态。

关于季节,《抽思》有悲秋风之动容,苦夏夜之若岁;《惜诵》有"播江离与滋菊兮,愿春日以为糗芳"。两相比较,春日对于诗人是非现实的,而属于理想。在开春发岁的时候,白日悠悠然升起,诗人在这里以明净的情调捕捉时间、天气与心理的契合点。其中以一个"将"字抒写着期待,诗人设想着自己已经漫步于楚国腹地:我将放怀而快乐啊,沿着长江、夏水游荡。诗人消融在大自然中,采摘大片林丛中的香茝,拔来大沙洲上的宿莽。然而明快的期待深处,毕竟还潜藏着排遣不掉的忧郁,诗中以一个"惜"字把忧郁点出来了:可惜我不及见到古人啊,我可跟谁来玩赏这些芳草?对现实的失望,使诗人设想可与同赏芳草的"美人",只存在于古代,而世俗的人只懂得采集丛生的扁竹和杂菜,准备好作他们交相炫耀的佩饰。他们佩饰得缤纷缠绕,只可怜那些芳草任其枯萎不用,尔后抛弃。这种世俗行为,就是诗人所说的"南人之变态",因为楚国在中原之南,郢都在汉北之南,便以此称楚国在朝人士的变态的心理行为。他们弃绝芳草,而芳草却在窃笑:我暂且低徊而消解忧愁啊,旁观着"南人"的变态;窃自快意在心头啊,扬弃那些愤懑而不须等待。诗人对于芳草被捐弃萎绝,本是深恶痛绝、悲伤不已的,这里却闪现了谜一般的窃笑,其态度不能说没有旷达的超越。忧郁人生中这种莫名之愉快的一闪,说明诗人对生命意义的体验,是人格内质之美好重于政治生涯之得失的。

从前面分析可知，诗人有一种潜在的心理结构：他自许有芳草般美好的人格，这种芳草人格是与他思念的"美人"、即理想的政治方式和人生方式可以相通共赏的。但是处于自我与"美人"之间的媒介（媒、理、白云、归鸟）不可依靠，过于薄弱低能，造成媒绝路阻的局面；而俗众又耽于佩戴恶草，漠视香草的价值，造成"美人"与自我之间的梗塞壅蔽。因而他也只好抗拒外在的恶浊，退而涵养内在的人格，并从中体验生命的意义所在。这种幻美追求的心理结构，可以用平行四边形表示：

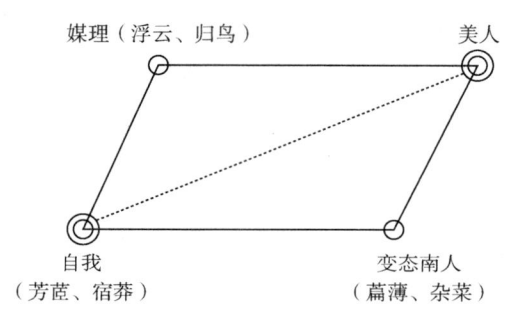

```
    媒理（浮云、归鸟）           美人
         ○────────────────────○
          ╲                    ╱
           ╲                  ╱
            ╲                ╱
             ╲              ╱
              ○────────────○
            自我          变态南人
         （芳芷、宿莽）   （薃薄、杂菜）
```

平行四边形是一种不稳定的结构，它会在正反顺逆各种外力的牵引、挤压下变形。唯一可恃者是它的自我基点的牢固与充实，因此诗篇最后写道：

　　芳与泽其杂糅兮，羌芳华自中出。
　　纷郁郁其远蒸兮，满内而外扬。
　　情与质信可保兮，羌居蔽而闻章。
　　令薜荔以为理兮，惮举趾而缘木。
　　因芙蓉而为媒兮，惮褰裳而濡足。
　　登高吾不说兮，入下吾不能。
　　固朕形之不服兮，然容与而狐疑。
　　广遂前画兮，未改此度也。
　　命则处幽吾将罢兮，愿及白日之未暮也。
　　独茕茕而南行兮，思彭咸之故也。

在"思美人"而不可得的情形中，诗人依然充满人格自信。芳香与污秽混杂啊，芬芳的花朵竟能从中卓然而立。芳香郁郁地向远处蒸腾啊，内质充实了自然会向外发扬。真情和本质可以保持啊，居处蔽塞反而名声昭彰。平行四边形的自我点，在这里得到充分的肯定，人格之美不因环境中芳污混杂，也不因个人遭遇中被流放而贬值，反有可能因此增值。但人格不是静止的，它是一个过程，它不仅应该在自我保养中有所待，而且应该在向外发扬中有所试。那就寻找引进者去尝试吧，且吩咐薜荔藤做信使啊，却又担心像薜荔藤那样举手投足都去攀援树木，失去了自我独立的人格；还是依靠荷花做媒人啊，却又担心像荷花那样撩起裤子又打湿了脚，失去了自我高洁的人格。这就是说，那个奇妙的平行四边形由于媒理对自我的不理解，就可能导致在媒理的牵引下，使自我发生移位、倾斜和变形，并因此离自我思念之"美人"愈远。如此人格过程是一个不足取的过程，诗人也只好叹息：像薜荔藤那样失去独立性而登高枝，是我所不喜欢的；像荷花那样失去高洁性而下污池，也是我所不能做的。或如王逸《楚辞章句》注解"登高吾不说兮"这两句时说："事上得位，我不好也。随俗显荣，非所乐也。"① 诗人的"思美人"情结是充满洁癖的，其极致之处颇有点"不全宁无"之概，因此他觉得，那些卑污的行为本来为自身所不能服膺，也就只好迟疑不前、犹豫不决了。

这就是屈子"思美人情结"的基本特征：不全宁无，他决心用生命的全部代价去追求人格的大高洁。这也就是《史记·屈原列传》所转述刘安《离骚传》之序文所说："其志洁，故其称物芳；其行廉，故死而不容自疏。濯淖污泥之中，蝉蜕于浊秽，以浮游尘埃之外，不获世之滋垢，然泥而不滓者也。推此志也，虽与日月争光可也。"② 这也就是班固《离骚序》中所微讽的：屈原"露才扬己"，乃"狂狷景行之士"。这种不全宁无、泥而不滓的人格追求，使诗人一方面宣布要广为实现以前的计划，一方面又迫不及待地强调未尝改变自己坚持的法度。他由此而浸润于命运感之中：命运使我处于困境，我将疲惫了啊，但愿还赶得上这日头还未下山的时候。独自孤零零的向南行进啊，这是思念古贤人彭咸的缘故。一个孤独、高洁而执着的幽灵，面对命运对生命的意义的嘲弄，徘徊于白日与暮色的明暗分割之间。他孤独南行而思念的彭咸，到底是谁？从王逸以来多少人指认他是"赴水而死"的化身，但似乎此时的屈子想到死还为时过早，他也许更多想到自己人格的"芳华自出"。如此

---

① （宋）洪兴祖撰，白化文等点校：《楚辞补注》，中华书局1983年版，第149页。
② （汉）司马迁：《史记》，中华书局1959年版，第2482页。

说来，彭咸也许是一个理想人格的带点神秘感的象征了。以"思美人"始，以"思彭咸"终，由向外的理想政治和理想人生的幻美追求，最终转至向内的理想人格的葆养和阐扬，这大概就是《思美人》的诗学旨趣之所蕴吧。

六 《涉江》的诗学结构

《涉江》篇名较平实，记述屈子涉长江而南去，浮沉水至溆浦，终于幽处深山的旅程。当作于楚顷襄王之世，屈子重放远窜江南之岁月。但平实的篇名似乎浸润着长江沉水之襟怀，诗学结构上流荡着一股奇气，它借流放旅途把结构当作一个动态的过程，使诗行脉络之间蕴藏着一整套匠心独运的动力学法则。既然在《思美人》中"美人"已可思不可即，诗人就退而期待自身人格的"芳华自出"。反观自我之时，诗人猛然觉察：余亦一伟岸男子也。这种人格主体的自许自恋，也就是说，由"思美人情结"转换为"人格自恋情结"，这便出现了《涉江》一诗开篇突兀而奇伟：

> 余幼好此奇服兮，年既老而不衰。
> 带长铗之陆离兮，冠切云之崔嵬。
> 被明月兮珮宝璐，世溷浊而莫余知兮。
> 吾方高驰而不顾。
> 驾青虬兮骖白螭，吾与重华游兮瑶之圃。
> 登昆仑兮食玉英，
> 与天地兮同寿，与日月兮齐光。
> 哀南夷之莫吾知兮，旦余济乎江湘。

从首句用了"幼""老"这种标志年龄的词语，可知此诗作于屈子年纪较长的岁月。它以奇异的服饰，象征自己卓尔不群的高尚德行，象征自己的"人格自恋情结"：我自幼爱好这套奇伟的服饰啊，年纪已老而依然兴致不衰。带起长剑随身晃荡啊，戴着切云冠高耸有如山峰。还披戴着明月珠啊又佩戴着宝璐美玉。确实是一派奇伟而潇洒，鲜丽而莹洁的风度。其中用"明月"置换"明珠"，开了古代诗词中意象替代的常见手法的先河，给意象描写增加不少奇幻的效果。如李商隐"沧海月明珠有泪，蓝田日暖玉生烟"句,便因意象替代而产生的奇幻效果而为千古传唱,其源盖出于《涉江》此句。冠可切云,珠名明月,这类意象是用来沟通天地之精神的,难以为俗世所理解,因此诗人在慨叹中充满自信:世间混浊而不能知晓我啊,我方才高高飞驰而不去回顾。驾着有角青龙啊还要配上无角白龙,我和帝舜(重华)啊同游瑶圃。登上昆仑山吃玉的精华,追求与天地啊同寿,与日月啊同光。这里与《离骚》相呼应,又一次展示诗人的昆仑幻想和"重华情结",它借战国时代逐渐流行的游仙幻想,抒写着一种远离尘俗而与天地精神相通的高洁追求和高蹈行为。

　　本诗不是要写"涉江"吗,它为何要离题去写这么一番"高驰"?这就是它的篇章结构学的妙处之所在了。诗学重"起笔",起笔所在,便是全诗动力系统的原动点所在。可以在全诗时空结构的中间点起笔,然后往返穿插,层层皴染,把焦点聚集于这个中间点,这是聚焦型的结构。本诗则在时空结构之外起笔,它选择了一个居高临下的外时空结构,使之积蓄了足够的势能,对全诗的中心部分产生"飞流直下三千尺,疑是银河落九天"的冲击力和推动力,这是一种"飞流型"的结构。《涉江》在开端之前,设置了一个奇特的"前开端",时间跨度由幼及老,空间跨度自俗世到昆仑,其宏伟的外时空结构与"涉江"的主体部分之间,形成了简直有若昆仑与江、湘、沅之间的巨大落差,积蓄了难以估量的巨大势能。一个可以伴同帝舜登昆仑的奇才,却被流放涉江去陪伴烟瘴,这种强烈反差所产生的历史荒谬感,便是"飞流型"结构所带来的审美效应。它以奇服高驰者的"天学"审视着涉江行为中的"人学",由此建构了《涉江》的独特的"天人之学"。因而当诗人哀叹南夷(南方未开化者)不理解自己,使我一早就要渡过长江、湘水,踏上流放的路途的时候,这里所用的"哀"字,所用的与前面"莫余知"相呼应的"莫吾知"三字,就显得格外沉重。昆仑与江湘之间的"隆起——下陷效应",使上下两个抒情单元形成反接关系,为以后的抒写输入了巨大的道义和情感力量。

　　意义存在于关系之中,各个结构单元是在相互关联中获得意义的。前结构为主结构提供意义的参照,主结构为前结构提供意义的深入说明。当读者与诗人一道走上涉江的路程之时,他总不能忘记那位奇服高驰者的身影:

　　　　乘鄂渚而反顾兮,欸秋冬之绪风。

>步余马兮山皋，邸余车兮方林。
>乘舲船余上沅兮，齐吴榜以击汰。
>船容与而不进兮，淹回水而凝滞。
>朝发枉陼兮，夕宿辰阳。
>苟余心其端直兮，虽僻远之何伤？

涉江的出发点是武昌西南的鄂渚。登上这处沙洲而依恋地反顾啊，唉，供我眷恋的只有秋冬季吹不断的寒风。在山边让我的马遛腿，在方林让我的车停下。这种人疲马乏的景象，是何等凄清悲凉。必须弃车马而乘船了，乘坐的是有窗小船上溯沅水，逆水行艰，只好齐力摇橹击打水波。即便怎么齐力，船就是慢吞吞不肯前进啊，淹留在涡中停滞不动。似乎人的忧愁也是有重量的，舟行迟滞，载不动许多愁，船的姿态与人的心情交融在一起了。这令人联想到李清照《武陵春》后半阕所言"闻说双溪春尚好，也拟泛轻舟。只恐双溪舴艋舟，载不动、许多愁"之又凄婉，又劲直。遗憾的是屈原以前幻想中驾龙高驰的得意，至此已是车马疲乏，小舟迟缓，一派落魄景象了。终于熬到了湘西沅水的腹地。在《离骚》中有"朝发轫于苍梧兮，夕余至乎悬圃"这种形容驰行神速的句式，此处用同样句式写"朝发枉陼兮，夕宿辰阳"，却用来形容舟行的缓慢，因为枉渚只不过是沅水在辰阳（今湖南辰溪县）附近拐过的一个小湾。从鄂渚到辰阳的这番艰难的旅途，以反向连接的方式，已经把以奇服高驰为开头的"飞流型"结构的势能发泄和消耗了不少，随之诗篇使用了反拨式语句，对前文的下坠趋势产生抗衡和逆转的力量。诗人对流放的行程采取蔑视的态度：假若我的心端正方直啊，虽然被流放到僻远的地方又有何妨？从结构的动力系统来看，这种抗衡和逆转的力量又是与奇服高驰的原动点上的高尚人格和高蹈行为相呼应的。

然而原动点积蓄的势能尚未发泄和消耗净尽。作为承受前结构的冲击力和推动力的主体结构，包括两个部分，其一是前面论及的流放旅程，其二是即将论及的流放终点。前者写动，后者写静；前者写水，后者写山，组成了主体结构中相互推移、又相互对称的两个单元。小舟迟滞，载不动的许多愁，在这里化作山林中的云雾雨雪，愁满苍山：

>入溆浦余儃佪兮，迷不知吾所如。

> 深林杳以冥冥兮，乃猿狖之所居。
> 山峻高以蔽日兮，下幽晦以多雨。
> 霰雪纷其无垠兮，云霏霏而承宇。
> 哀吾生之无乐兮，幽独处乎山中。
> 吾不能变心而从俗兮，固将愁苦而终穷。

溆浦是这次涉江流放的终点，距离沅水上中游的辰阳不远。诗人进入溆浦后心无着落地徘徊着，一路上无心欣赏的山光水色，到这里总可以从容地欣赏了吧，但诗人心神迷乱，连自己"要向何处去"都不知道了。在诗学世界里，自然界不是独立自足的存在，山容水态只不过是人的心灵的映照。迷乱的心灵，绘出的只能是迷乱的水墨画。深林幽深而一片阴沉沉啊，这是猿猴群居的地方。山头峻峭遮住太阳啊，山下昏暗而多雨。出发时是秋冬的凉风送行，到达时是无边无际的雪珠、雪花纷纷扬扬来迎接，云层浓重涌动而把天地搅成一团。诗人把自己沉重的感情渗透到山林的姿态、色调和云雾雨雪的气候变化之中，一笔兼写景物与人心，成为后世山水诗中"有我之境"的鼻祖。仔细体验还可以发现，这段景物描写依然受到前结构势能的压力。曾经幻想过游瑶圃、餐玉英而与日月同光的诗人，这里却面对着山高蔽日、猿猴群居的情景。瑶圃与猿居、同光与蔽日的巨大反差所造成的语境压力，反衬出流放者生存环境的极其恶劣，使这种抒写释放出极其丰富的潜能和意义。强大的语境压力甚至使诗人也不堪负荷，从而哀叹我活得毫无乐趣啊，幽深地独居在山中；我不能变心去追随流俗啊，必然会愁苦而终身穷困。略作比较就可以知道，主体结构两个单元的结尾，都由诗人直接发表感慨，但感慨的运力方向不同：前单元用了假设语句（"苟"字开头），对流放途中情感的下坠趋势进行逆向的抗衡与反拨，使之蹶而复振；后单元则用于感叹语句以"哀"字开头，对流放终点的沉重气氛进行顺向的推波助澜，使之沉重到诗人难以负荷，需要寻找新的时空结构作为支撑点的地步。

这个作为支撑点的时空结构，便是历史。也只有历史以及它所携带的深厚的命运感，才能最终承受住那个奇服高驰的带几分神话色彩的前结构的巨大冲击力和推动力。因此历史成为诗人在现实中找不到归宿时的理智性归宿：

> 接舆髡首兮，桑扈臝行。
> 忠不必用兮，贤不必以。
> 伍子逢殃兮，比干菹醢。
> 与前世而皆然兮，吾又何怨乎今之人？
> 余将董道而不豫兮，固将重昏而终身。

如果说奇服高驰是前结构，流放涉江而到达溆浦是主结构，那么这里的历史反思便是后结构了。后结构十句诗的句式相当独特，六短四长，短句列举和评点历史人物行为，语气比较紧迫；长句抒发诗人的感慨，语气比较弛缓。短长张弛的节奏律动，相互调节，意味深长。此时屈子面对不可理喻的荒唐政治，心中弥漫着浓郁的季世之感。既然忠贞者不一定进用，贤明者常常被闲置，那么楚国高士接舆也就只好剃发佯狂，以应合他关于"德衰政殆"之叹（参看《论语·微子篇》），以实行他关于"鸟高飞以避弋之害，鼷鼠深穴乎神丘之下，以避熏凿之患"的避世哲学（参看《庄子·应帝王篇》）。桑扈也要裸体而行，哪怕如朱熹《楚辞集注》引《孔子家语》所说："不衣冠而处，夫子讥其欲同人道于牛马。"更有甚者，由于政治荒唐，连伍子胥这样的大能人都遭遇了家破人亡的祸殃，连比干这样的大忠臣都被剁成了肉酱。诗人从历史上寻找自己人格和命运的范型，却寻找到了伍子胥、比干式的灾难处境，接舆、桑扈式的狂狷人生，可见他已经丧失了被疏和流放汉北时期那种对楚君醒悟和楚政复苏的期待，已经体验到在全盘政治无可挽回地荒唐下去的时候，自己代表着一部民族史在受难。因此他以舒缓的语句，半是嘲讽、半是下决心地说：联想前世就是这么样了，我又为何要抱怨当今的人？我打算守持正道而不犹豫，必然会更加晦气而了此一生。他在代表着一部历史，古今参照，只有深长叹息的份儿了。

"乱辞"作为尾声，是一种附加结构。前、主、后、附四结构齐备，表明了全诗结构的完整性、复杂性和立体性。乱辞的设置与古乐曲的体制相关，乐之卒章曰乱。《论语·泰伯篇》云："师挚之始，《关雎》之乱，洋洋乎盈耳哉！"朱熹注："乱，乐之卒章也。"又古赋末皆有乱，总一赋之终，发其要旨也。乱辞的功能，可分总结要点、强调重点、宣发感慨和提升哲理诸种。本诗的乱辞承接前面的人生和历史的深刻体验，进行哲理的概括和升华，并最终发表感慨，其功能特征是有重点的综合性：

乱曰:
鸾鸟凤皇,日以远兮。
燕雀乌鹊,巢堂坛兮。
露申辛夷,死林薄兮。
腥臊并御,芳不得薄兮。
阴阳易位,时不当兮。
怀信侘傺,忽乎吾将行兮。

哲理的诗歌表达方式,必须具有理趣,形成一种哲理与诗歌趣味的融合体。这里采取的是禽鸟香草的比喻方式。鸾鸟凤凰一天天远离啊,留下燕雀乌鹊在堂坛上筑巢。露申、辛夷这些香草香木,枯死在林野树丛中啊,腥臊之物一齐使用,芳香自然就无法靠近。这里采用吉鸟与凶鸟、芳草与恶草二元对立的形态,隐喻了朝政昏乱和价值颠倒。诗人是以鸾凤、香草自许的,在尖锐的社会批判中隐藏着一种人格自尊自重的潜意识。这种外批判而内自重的双重性,既是后结构中历史反思的升华,又是主结构中流放遭遇的透视,同时还与前结构中奇服高驰、同寿同光的人格自许相呼应。"飞流型"结构的动力系统、在前结构中宏伟地隆起,在主结构中深远地奔泻,在后结构中稳重地承接,获得了一种猛烈冲击与反复发散、承接之间的力量平衡,并在附加结构中对平衡进行升华和超越。最后真是一咏三叹,诗人又直接站出来发感慨了:阴阳变易了位置,时运不顺当啊!怀抱忠信而怅然失意,我神志恍惚将要远行啊!这是一种开放性的结尾,这位身处阴阳失位的昏乱时世的忠贞之士,又要远行了。他要奇服高驰,还是涉水远骞?一切留待读者去思考。

值得注意的是,是本诗作为第一人称的抒情诗章,七次用"余",八次用"吾",交换使用,以细微的语感变化调节着情绪的波动。正如朱熹《楚辞集注》所说:"此篇多以余、吾并称,详其文意,余平而吾倨也。"①案:在上古时代,"吾"和"我"在语法上有别,吾不用于动词后作宾语。如《庄子·齐物论》云:"今者吾丧我。"《说文解字》释"吾":"我自称也。"《尔雅·释诂》云:"吾,我也。"《左传·鲁桓公六年》:"我张吾三军,而被吾甲兵。"在全诗结尾处,诗人又要带着那个桀骜倔强

---

① (宋)朱熹:《楚辞集注》,上海古籍出版社 2001 年版,第 79 页。

的"吾"字远行的时候,综观全篇可以发现,这条余、吾并称的线索,乃是全诗结构动力学中充满情感波折的中心线索。

七 《哀郢》的双重时空维度

《哀郢》是屈原在秦将白起于楚顷襄王二十年(公元前278)攻陷鄢郢,引夷水漫灌城池,溺死数十万军民,而从死人堆中爬出来,开始流放江南所作。次年,《史记·楚世家》载:"(楚顷襄王)二十一年,秦将白起遂拔我郢,烧先王墓夷陵。楚襄王兵散,遂不复战,东北保于陈城。"[①] 这都是一国历史中天崩地陷的特级大事件。记录此类事件的诗歌,向被誉为"诗史",而屈子则是用心史的方式来写诗史的。历代一些楚辞研究者不知诗歌的时空表述方式与编年史的时空表述方式的差别,总以为屈子须在郢才能哀郢,因而对本诗的写作时间和地点,言人人殊,造成解读上的许多混乱和难通之处。其实,正由于屈子流放幽处之地与郢都不是一地以及他具有楚人与诗人的复合身份,神思妙想,从而创造出中国诗史上堪称空谷足音的双重时空维度的诗学机制,别具一格地把国都的沦陷和自身的流放这两个相去甚远的事件,组合成一个你中有我、我中有你、荣辱与共、息息相通的艺术整体。

应该看到,不是鄢郢和郢都的陷落,是难以在久经磨难的诗人心中造成如此强烈的、呼天抢地的精神震撼的:

> 皇天之不纯命兮,何百姓之震愆?
> 民离散而相失兮,方仲春而东迁。
> 去故乡而就远兮,遵江夏以流亡。
> 出国门而轸怀兮,甲之鼂吾以行。

在《惜诵》中诗人受谗蒙冤,他还相信皇天,还要"指苍天以为正",至此国都沦陷,皇天崩塌,也就对天命产生了深刻的质疑。皇天降下的命运杂乱无常啊,为何使百姓震惊受罪?人民离散而家庭亲友相失啊,正当仲春二月而向东迁徙。离开故乡而投靠远地啊,沿着江夏水路去流亡。走出国门就心肝扭痛啊,甲日的早晨吾人上路。这全然是一幅陷城

[①] (汉)司马迁:《史记》,中华书局1959年版,第1735页。

流民图。

　　值得注意者,是诗人以百姓受难质问皇天之后,频频使用倒装句式。它要写城陷于仲春二月,把人民离散的结构提到前面;它要写沿江夏流亡的路线,把离乡别井的凄惶先行点明;它要写出发的时辰,把出发时痛苦欲绝的心情早作渲染。这便是以心史写诗史的方式,将郢都失陷和人民离散的时间地点,包容在哀鸿遍野的灾难感受之中,借倒装句式把情感气氛提前,以强化陷都之痛的情感力度。

　　这里突出的解读障碍,是那个"吾"字。照一般的解释:"吾"是屈子自称,那么他应该是亲躬郢都之陷,身在难民之中了。考虑到后面有屈子九年未回过郢都的交代、未免与此相矛盾。因此戴震《屈原赋注·音义》另作解释:"屈原东迁,疑即当顷襄王元年,秦发兵武关攻楚,大败楚军,取析十五城而去时。怀王辱于秦,兵败地丧,民散相失,故有皇天不纯命之语。"① 但秦楚边地之战事,离郢甚遥,或可用《战国策·燕策》中暴秦正告楚人之语加以辩解:"蜀地(已为秦占)之甲,轻舟浮于汶(汶江水出岷山),乘夏水而下江,五日而至郢;汉中之甲,乘舟出于巴,乘夏水而下汉,四日而至五渚(洞庭五渚,或说汉水下游)。"② 这种军事威胁,或可惊扰郢人,但九年后回头一看,原是一场虚惊,何必郑重作赋以祭郢?

　　另一种解释见于明代汪瑗《楚辞集解》,他倒是相信此诗与楚顷襄王二十一年郢都陷落相关:"此郢乃指江陵之郢,顷襄王时事也。按《秦世家》(当作《史记·秦本纪》)秦昭王时,比年攻伐列国,赦罪人而迁之。……当顷襄王二十一年,又攻楚而拔之,遂取郢。……秦又赦楚罪人而迁之东方,屈原亦在罪人赦迁之中。悲故都之云亡,伤主上之败辱,而感己去终古之所居,遭谗妒之永废,此《哀郢》之所为作也。"③ 把屈子置于秦赦楚罪人之列,是毫无历史根据的臆测之词,《哀郢》叹"郢路之辽远",可见屈子此时身在远离郢都的流放所。这里的"甲之晁吾以行"用了"吾"字,应该当作抒情诗学的表述策略来看待。抒情诗学往往把在场者以非在场的方式处置之,非在场者以在场的方式处置之,以造成一种扑朔迷离的诗化效果。读者应以诗的眼光读诗,诗、史互证是

---

① (清)戴震:《屈原赋注》,中华书局1999年版,第121页。
② (汉)刘向:《战国策》,上海古籍出版社1985年版,第1077—1078页。
③ (明)汪瑗:《楚辞集解》,北京古籍出版社1994年版,第172页。

有条件的，曲诗从史或曲史就诗，都会造成解读中的隔膜。《悲回风》一诗，屈子是在场的，却以"惟佳人之永都兮""惟佳人之独怀兮"中的"佳人"，作了不在场的处置。读者若于屈子之外，另找与"佳人"对应的人物，便是不知诗艺而有胶柱鼓瑟之嫌。同样道理，《哀郢》此处之"吾"，是对在场者作了在场的处置。鄢郢陷落之日，屈子开始流落江南流放所，作为一个有血性的楚人，他义不容辞地与故都父老共同承担陷城之痛和流离之哀。他心系难民，而在诗性幻觉中以难民自居，乃是其时的创作心理使诗人不得以旁观者态度对待国家的奇耻大辱之所致。

诗人出于沉重的历史责任感，在诗性幻觉中不仅与难民一道出发，而且与难民一道备尝流亡途中的情感滋味。他由此创造了一种共同承担历史灾难的"在场"的心理时空维度：

> 发郢都而去闾兮，怊荒忽其焉极？
> 楫齐扬以容与兮，哀见君而不再得。
> 望长楸而太息兮，涕淫淫其若霰。
> 过夏首而西浮兮，顾龙门而不见。
> 心婵媛而伤怀兮，眇不知其所蹠。
> 顺风波以从流兮，焉洋洋而为客。
> 凌阳侯之氾滥兮，忽翱翔之焉薄？
> 心絓结而不解兮，思蹇产而不释。
> 将运舟而下浮兮，上洞庭而下江。
> 去终古之所居兮，今逍遥而来东。

通篇是人与失去了的故乡的无从对话的对话。既是"无从"，又要对话，因而心理和行为发生裂变，向着相反的方向推移和牵引，在企图缀合已经撕碎了的心理和行为之中剖露着无法缀合的深切的痛苦。从郢都出发而抛离故土里巷的大门啊，心情惆怅精神恍惚何处是终极？船桨齐挥却依然徘徊不进啊，哀怜想见见君王而不可再得。举目望见故国之乔木长楸树而长声叹息啊，涕泪淫淫就像雪珠般飘落。船过夏首而向西漂浮，回头看郢都东关的龙门已看不见。心中牵挂不舍而伤透了情怀啊，远处迷茫而不知何处歇脚。去闾阖、望长楸，过夏首、顾龙门，身愈远而心不舍，在身与心的反向运动和裂变中，呈现出流离人不堪的情感深处的叹息与泪水,连无情的航船也变得有情,徘徊不进以珍重流离人心中那份难舍难分的情感。

抒情可以在"有"处着笔,也可以在"无"处着笔。"有"处着笔,须在有中升华出无,才见空灵;"无"处着笔,须使无在有中获得意义,才见深沉。以下的抒写,在无郢之处写出思郢的空茫,连望长楸、顾龙门的情感慰藉也失去了:顺随着风波去追从着流水啊,于是泛泛漂泊成了流离客。凌驾着水神阳侯的泛滥波涛啊,匆匆忙忙像鸟儿翱翔到何处停泊。心如乱丝缠结而解不开啊,思绪团成疙瘩而无法消释。打算行驶船儿向下漂浮啊,上洞庭湖又下行大江。离开自古祖宗居住的地方啊,如今逍逍遥遥来到东方。比起初离郢都的抒写,这已是笔外之笔。前面是人与郢都的对话,此处已是人与流水的对话了。与流水对话的弦外之音,文字外的意义,依然是潜在的与郢都对话。风波虽顺,可怜身已为客;水神可凌,却不知栖身何所;江湖逍遥,难疗失根之痛。舟行的每一程,尽管未见郢都的字样,却都以郢都失陷、山河破碎为精神代价。

前面还是人与郢都、与流水的对话,以下则是灵魂与故都、与故土的对话了:

> 羌灵魂之欲归兮,何须臾而忘反。
> 背夏浦而西思兮,哀故都之日远。
> 登大坟以望远兮,聊以舒吾忧心。
> 哀州土之平乐兮,悲江介之遗风。
> 当陵阳之焉至兮,淼南渡之焉如?
> 曾不知夏之为丘兮,孰两东门之可芜?

古代有灵魂归乡的信仰,一旦抛离"终古之所居",抛离祖庙祖坟,就可能成为游魂野鬼,因此灵魂思归的欲望也就更为迫切。可叹灵魂想要归去啊,它何尝一时一刻忘记返乡?背着夏浦而思念西方啊,哀怜故都日复一日地远离。大概是担心连灵魂也不能认识返乡之路吧,因此,登上大堤去远望啊,聊且用来舒散我的忧心。所看到的乃是江山已非,有乡归不得的荒凉景象,只能哀怜那平坦安乐的荆州之土啊,在江边的疾风中悲叹。

下文出现"当陵阳"的字样,各家解说,矛盾纷纭。戴震认为是水神名的变异，而非地名："上文云陵阳侯之泛滥，此云当陵阳，省文也。"① 又有学者认为"陵阳"是地名，考虑到屈子流放的路程，大体划定为湘赣之地。如果考虑到本诗的双重时空维度，考虑到这是屈子用"不在场之在场"的方式所写的难民流徙的方向，而不是屈子流放路线所及，那么陵阳即便远在今日之皖境也无妨碍。因此清人蒋骥《楚辞馀论》的考证可参，只要不为他的"哀郢路图"所惑："今案陵阳县，西汉属丹阳郡，唐宋为宣州泾县。《水经注》云：'陵阳山，窦子明升仙之所也。县取名焉。'《志》云：'今陵阳故城，在池州府青阳县南六十里。陵阳山有三峰，二属池州石埭，一属宁国府之太子。'其地南据庐江，北据大江，且在郢之直东。"② 当屈子设身处地地写郢都难民：面对着吴越故地的陵阳要到哪里啊？淼淼茫茫地南渡要去何方？由于吴越故地，非楚人故土，其茫然无所归宿的心情也就更加沉重。又何况秦军陷郢，大肆焚烧城阙宫殿，想不到大厦已成废墟，谁又说得清楚郢都的两个东门可是荒芜？这里提到大厦成废墟，两东门荒芜，若不是秦军陷郢，而只是楚顷襄王元年那场虚惊，是不可能产生这样的联想的。前是渺茫的陵阳和南渡，后是化为废墟的郢都，屈子以诗性幻想化身为"吾"，陪同故都难民历尽艰辛，走到情感的终极点。

诗篇的后半部，展示了屈子在江南流放所的另一个时空维度。两个时空维度的前后映照，相互阐发，既增加了对个人身世的感受，又加深了对楚国命运的理解。以下的抒写显然换了一种语气，一种在另一个时空维度中的语气：

> 心不怡之长久兮，忧与愁其相接。
> 惟郢路之遥远兮，江与夏之不可涉。
> 忽若去不信兮，至今九年而不复。
> 惨郁郁而不通兮，蹇侘傺而含戚。

内心长久不愉快，到底为了哪般？就是因为在江南流放所中反刍郢郢和郢都失陷的情境，这种长久的不愉快引发了诗人仿佛与郢都难民一同逃

---

① （清）戴震：《屈原赋注》，中华书局1999年版，第55页。
② （清）蒋骥：《山带阁注楚辞》，上海古籍出版社1984年版，第220页。

难的连绵不绝的幻觉。所谓"忧与愁其相接",所忧者为国难,所愁者为个人处境,国忧与身愁交织在一起。所忧所愁是屈子在江南流放所品尝到的内心滋味,这才会想到郢都的路程离这里非常辽远,长江与夏水不可跋涉。这么一想,便猛然产生惊讶感:恍惚间简直不敢相信啊,流放至今已经九年没有回过郢都!人生有几个九年呢?而在这九年中国家和个人又发生了什么,又走到了什么地步呢?一想起如此漫长的流放生涯,自然感到凄惨抑郁,内心不通气,失意倒霉而含忍着悲戚。道理相当明白,这种长久地忧思抑郁的心理状态,并非仓皇逃难、风尘仆仆者所能有,而是久居偏僻的流放所而被折磨得身心交瘁者,猛然受到国难消息的刺激,于震惊、幻觉之余所发生的。

  如彼国忧、如此身愁,根子何在?诗人再也不能停留在震惊、幻觉、哀伤的心理状态上,他有必要在遥祭郢都之时深思一下历史的因果律。于是在两个时空维度的交接点上,诗人作出了具有历史理性深度的综合性反思:

> 外承欢之汋约兮,谌荏弱而难持。
> 忠湛湛而愿进兮,妒被离而鄣之。
> 尧舜之抗行兮,瞭杳杳而薄天。
> 众谗人之嫉妒兮,被以不慈之伪名。
> 憎愠怆之修美兮,好夫人之忼慨。
> 众踥蹀而日进兮,美超远而逾迈。

  这里还是用女性喻楚君,但这个女性的身价已经大跌,再不是可资日夜思念的"美人",而是一个轻佻的、爱慕虚荣的、听信谗言而不知利害深浅的女子。对外承欢讨好而媚态百出啊,实际上内质软弱而难以支持。忠贞厚重之士情愿进身备用啊,嫉妒吃醋的人从中壅蔽之。以下的语气略有变化,诗人似乎觉得用两性比喻难以说得透彻,从而在用语上增加政治化的色彩。古帝尧舜那样高尚的品行啊,明亮高远而直逼青天。众多谗佞之徒心怀嫉妒啊,给他们加上不慈的伪名。在如此是非颠倒的情态中,就要看那个外媚内弱的女子(喻楚君)的决断和导向了。原来她是不知大局而只凭个人的好恶和感觉来处置人事的昏庸之辈:憎恶忠谨而深忧远虑者的美好素质啊,偏好那伙谗佞者的虚荣骄纵、夸夸其谈。这伙卑庸之辈奔走竞进而日日晋升啊,美好素质者受到疏远而愈发远离。

在诗人看来,这种价值颠倒、进奸远忠、离心离德的社会政治运行体制,是造成严重的、不可挽回的国忧和身愁的深刻根源。对此,攻陷郢都的秦将白起也有相似的感受和分析。《战国策·中山策》记述秦昭襄王称赞白起攻拔楚都,"以寡击众,取胜如神",白起则如此剖析楚军败亡的原因:"是时楚王恃其国大,不恤其政。而群臣相妒以功,谄谀用事,良臣斥疏,百姓心离,城池不修,既无良臣,又无守备。故起所以得引兵深入,多倍城邑,发梁焚舟以专民,以掠于郊野,以足军食。当此之时,秦中士卒,以军中为家,将帅为父母,不约而亲,不谋而信,一心同功,死不旋踵。楚人自战其地,咸顾其家,各有散心,莫有斗志。是以能有功也。"① 一个破楚名将和一个楚国的放子逐臣,分别从战略分析和切身感受中揭示楚国折师陷郢的原因,竟然有如此多的不谋而合之处,可见楚政窳败已是路人皆知,不可收拾了。

于不可收拾处,诗人对自己的处境和命运作了坚贞的而又无可奈何的反省和收拾。他在"乱辞"中以自己生命的最终向往,对失陷了的郢都作了最后的遥祭:

乱曰:
曼余目以流观兮,冀壹反之何时?
鸟飞反故乡兮,狐死必首丘。
信非吾罪而弃逐兮,何日夜而忘之?

其中用了"何时""何日夜"两个疑问词,表达了郢都失陷之后自己作为放逐者难申是非、无所归宿的命运的疑惑。远远地张开我的眼睛而极目四望啊,已是九年不复,如今希望一次返回又在何时?确信了并非我有罪过而受弃逐啊,何曾有一日一夜忘记这回乡的念头?即便鄢郢和郢都故乡已经沦陷,但是诗人的灵魂归宿地的选择没有改变,这种返乡情结历经千锤百炼,终于凝结成精警的隐喻式名言:"鸟远走高飞也要返回故乡啊,狐离开山头死时也要头对着故丘。"这种魂归乡土的信仰,与《离骚》中"临睨旧乡"的苦恋一脉相承,虽然已没有了"神高驰之邈邈"的壮年意

---

① (汉)刘向:《战国策》,上海古籍出版社1985年版,第1188页。

气,却以迟暮残年对生命归宿点的执意认定,重新迸发出璀璨的光辉。因此,《哀郢》独具匠心地采用双重时空维度的抒情结构,既在遥祭郢都,又在近祭诗人自我。

八 《悲回风》对永恒的探寻

绝命之辞在屈子《九章》中,九居其三,即《悲回风》《怀沙》和《惜往日》。可见他对死亡的无比珍重以及无可奈何而又一往情深的倾心,他是人类诗史上从死亡中寻找出诗的魅力和崇高价值的第一人。人固有一死,死却有在劫难逃的双重性,它既是生命的对立面,又是生命的最终证明。《汉书·司马迁传》引司马迁《报任安书》云:"事未易一二为俗人言也。仆之先人,非有剖符丹书之功,文史、星历,近乎卜祝之间,固主上所戏弄,倡优畜之,流俗之所轻也。假令仆伏法受诛,若九牛亡一毛,与蝼蚁何异?而世又不与能死节者比,特以为智穷罪极,不能自免,卒就死耳。何也?素所自树立使然。人固有一死,死有重于泰山,或轻于鸿毛,用之所趋异也。太上不辱先,其次不辱身,其次不辱理色,其次不辱辞令,其次诎体受辱,其次易服受辱,其次关木索被箠楚受辱,其次剔毛发婴金铁受辱,其次毁肌肤断支体受辱,最下腐刑,极矣。传曰'刑不上大夫',此言士节不可不厉。"[①] 司马迁此番对屈原生死哲学的阐述,可谓司马迁是屈子之异代知音。这篇《悲回风》的特点便在于,诗人既已意识到死之难免,反而消除了对死亡的恐惧感而获得精神的自由,进而站在生命有限性的最终界限上,诗情如潮地超越有限而探寻永恒。屈子以其人格意志和诗学才华证明,生命的价值不仅存在于生,而且存在于死,那种富有历史主动精神的死亡选择,往往是生命意义的最集中的爆发点。

尽管诗人对死亡的到来无所畏惧,但他对生命的逝去却不能无所悲悯。他的博大胸襟足可容纳生与死的两端,因而以回风摇蕙的意象作为他悲天悯人的情怀的象征:

悲回风之摇蕙兮,心冤结而内伤。
物有微而陨性兮,声有隐而先倡。
夫何彭咸之造思兮,暨志介而不忘?

[①] (汉)班固:《汉书》,中华书局1962年版,第2732页。

> 万变其情岂可盖兮，孰虚伪之可长？
> 鸟兽鸣以号群兮，草苴比而不芳。
> 鱼葺鳞以自别兮，蛟龙隐其文章。
> 故荼荠不同亩兮，兰茝幽而独芳。
> 惟佳人之永都兮，更统世而自贶。
> 眇远志之所及兮，怜浮云之相羊。
> 介眇志之所惑兮，窃赋诗之所明。

在屈子《离骚》等一系列作品所营造的综合语境中，芬芳的蕙草乃是人格美、生命美的象征。看到这美好的生命为秋天的旋风摇撼，诗人无比悲悯，心情冤苦郁结，哀伤到把脏腑都损伤了。悲悯之生，在于感受到此物微弱而易于陨落，风声却是强大的，隐晦无形而能占先猖狂。"回风摇蕙"已经成了一种多义的意象结构，诗人从其悲凉气氛中，体验到生命的脆弱和环境的恶劣，对"天地不仁"产生了深刻的疑惑。这种疑惑使诗人思考着短暂与永恒，短暂的人寿是可以包含永恒的人格的：为何古贤人彭咸的生命已不存在，还能无端地光临今人的思念？志行高尚自然不会被人淡忘。情态万变岂可掩盖，谁个虚伪又可以长久？在诗人看来，永恒存在于不可掩盖的真情之中，存在于不能随寿命而中止的理想人格之中。他借喻于"回风摇蕙"的意象结构，思维出入于自然与人生、古往与今来，站在生命有限性的门槛上思索着超越有限性的永恒之所在。

永恒不是存在于一时的喧闹、炫耀和鱼目混珠之中。鸟啼兽鸣以呼唤同群，这也许够喧闹了吧，但是生草、枯草热热闹闹地挤在一起，毕竟不能发出芬芳。鱼群修整鳞片以自示特别，这也算够会炫耀了吧，但是蛟龙为此潜入深渊，隐藏身上文章，避之唯恐不及。《诗经·邶风·谷风》说："谁谓荼苦，其甘如荠。"荼为苦菜，荠为甘菜，容不得鱼目混珠，它们不能同在一块地上生长，这就是"物以类聚，人以群分"的道理，芬芳的泽兰白芷只能深幽自处，独个儿释放其芬芳。在社会混浊、人莫余知的生存环境中，诗人对永恒的体验带有浓郁的反社会色彩。在他的心目中，那些趋炎附势、呼朋引类和奔走钻营者虽然横行一时，但论及生命价值的永恒性，实在不能与兰芷独芳所隐喻的独立和尊严的人格同日而语。因此诗人说：思念起"佳人"的永恒的优美漂亮啊，经历了累代也能自许自命。企及了深微远大的志向啊，可怜身世如浮云飘荡。坚守深微的志向带来疑惑啊，只好私自赋诗讲个明白。诗人有过"思美人情结"，曾经作同题诗篇抒发对理想政治和高洁人生的不懈的追求。在"思美人"而不可得之后，这里重申的已是"惟佳人"。此"佳人"不同于彼"美人"，它是对自我人格价值之永恒性的自审和自许。思与惟，语义相通，但是仔细揣摩便不难发现，在这里思者外向，惟者内向，反映了诗人在探究生命之永恒价值的时候，具有强烈的对主体性的尊重。

由于尊重主体性的永恒价值，诗篇继续展开"惟佳人"的独特思路：

> 惟佳人之独怀兮，折若椒以自处。
> 曾歔欷之嗟嗟兮，独隐伏而思虑。
> 涕泣交而凄凄兮，思不眠以至曙。
> 终长夜之曼曼兮，掩此哀而不去。
> 寤从容以周流兮，聊逍遥以自恃。
> 伤太息之愍怜兮，气于邑而不可止。
> 纠思心以为纕兮，编愁苦以为膺。
> 折若木以蔽光兮，随飘风之所仍。
> 存仿佛而不见兮，心踊跃其若汤。
> 抚珮衽以案志兮，超惘惘而遂行。
> 岁曶曶其若颓兮，时亦冉冉而将至。
> 薠蘅槁而节离兮，芳以歇而不比。
> 怜思心之不可惩兮，证此言之不可聊。
> 宁溘死而流亡兮，不忍此心之常愁。
> 孤子吟而抆泪兮，放子出而不还。
> 孰能思而不隐兮，照彭咸之所闻。

诗人以"佳人"自喻，既然是"喻"，就带有抒情的间接性，不致浮露张扬，自有另一番蕴藉委婉之妙。执持永恒，是要付出昂贵的情感代价的。从这里描写的佳人姿态中不难体悟到，感伤是抒情诗学的酵素。思念起那佳人独具襟怀啊，折下杜若、芳椒自作安排。在屈赋语境中，折下杜若、芳椒一类香草芳木，乃是对高尚人格修炼的隐喻，可见这位佳人是以美好人格的修炼作为追求永恒价值的起点的。但其收获了人格，同时也收获了忧愁。哀叹抽泣频频地传来嗟嗟的叹息声啊，独个儿隐居蛰伏而苦苦思虑。涕泪交加何等凄怆啊，久思不眠直到天亮。熬通了漫漫长夜啊，掩抑着这番悲哀竟做不到使悲哀去怀。醒来该可以从从容容去周行流荡，姑且逍遥自得了吧，禁不住也伤心长叹可怜兮兮的，那口闷气抑郁着也不能中止。写感伤不可一味地宣泄感伤，那样会一泻无余；善于写感伤者，从相反方向去抗衡感伤，夜则掩抑之，昼则从容而淡化之，却在感伤不能掩抑和淡化中递进一层而显示情感的分量。

进一步写佳人的忧郁症之时，诗人竟然使出了别开生面的妙笔："纠思心以为纕兮，编愁苦以为膺。"纕是带子，膺是络胸，即俗称的"兜肚"。《说文解字》释"纕，援臂也。"《玉篇》释为"带也"。屈原《离骚》"既替余以蕙纕兮"，注曰："佩带也。"又《广韵》谓"马腹带"，《晋语》："怀挟缨纕。"诗人异想天开地设想着把无穷无尽的愁思（丝）抽引出来，搓成带子，再把愁苦之丝编织成兜肚。钱锺书评议道："人之情思，连绵相续，故常语迳以类似绦索之物名之，'思绪'、'情丝'，是其例也。……情思不特纠结而难分解，且可组结而成文章。《悲回风》：'纠思心以为纕兮，编愁苦以为膺'，……'纠思'、'编愁'，词旨尤深。……不平之善鸣，当哭之长歌，即'为纕'、'为膺'，化一把辛酸泪为满纸荒唐言，使无绪之缠结，为不紊之编结，因写忧而造艺是矣。"尽管这位"佳人"已经把满腔愁思搓成带子、编成兜肚，进行了一番情绪的整饬和自我拯救，但心还是空荡荡的，无所适从，只好折下神话中的若木来遮挡日光，暂借一片阴凉，随着旋风的牵引而团团转，进入一种无自主状态。可是无自主的心理状态是非常不稳定的，时而陷入对周围的存在仿佛不闻不见、万念俱灰的枯寂之境，时而又激动起来，心跳得好像沸腾的汤水。姑且抚摸玉佩、衣襟，按捺着激动的情志，怅惘地行走。

生命的永恒价值，并不是在无自主性的出行中可以寻找到的。时间对永恒的寻找，提出了最严峻的挑战。岁月倏忽好像要坠落啊，生命的时限渐渐地将要到来。举目四望，白蘋、杜蘅这些香草枯槁了，茎节脱落了，芳气消歇了而不能并相绽开。这里的"比"字，有并列、亲和、辅助、和协诸义。《管子·五辅》："为人弟者，比顺以敬。"这个比字，就是讲人际关系的和谐，少于二人，不能言比。由于时间的消磨，与受回风摇撼的蕙草同类的白蘋、杜蘅，都变节离异了，不能以其芳气相互和谐，使"佳人"陷入深切的孤独感中。却可怜思念白蘋、杜蘅的，心绪不可抑制啊，即便已经证明它们的言词不可聊赖和依凭。"佳人"失落只能把愁思编成兜肚，又无众芳相与和谐，因此宁愿速死而流亡，而不忍作这样的常愁。在这里，死亡的阴影已经袭来，带自主性的死亡选择高于无自主性的苟生，它既可以解脱生存困境的心灵忧患，又可以证明生命的永恒价值。但是死亡也不是轻易事，充满着不得已而为之的悲哀。"佳人"为此叹息：孤子悲吟而揩着眼泪，逐子被放逐出去而不能再回来。谁能想到这些而心中不隐隐作痛？也只好以死来彰明古贤人彭咸式的理想人格的声名了。

一旦体悟到生命的永恒价值，需要用死亡来作最终的，也是最有权威的证明之后，"佳人"已把一切看透，已获得精神超越的充分力度。由此便出现了其精神登高而追求永恒的奇观：

> 登石峦以远望兮，路眇眇之默默。
> 入景响之无应兮，闻省想而不可得。
> 愁郁郁之无快兮，居戚戚而不可解。
> 心鞿羁而不开兮，气缭转而自缔。
> 穆眇眇之无垠兮，莽芒芒之无仪。
> 声有隐而相感兮，物有纯而不可为。
> 邈蔓蔓之不可量兮，缥绵绵之不可纡。
> 愁悄悄之常悲兮，翩冥冥之不可娱。
> 凌大波而流风兮，讬彭咸之所居。

登高作为象征，意味着人与天相通。它以审美形态模拟着人死而灵魂升天的永恒思慕，也暗合着《山海经》关于昆仑山众神上下，百仞无枝之建木为天梯的神话幻想。这种与神话幻想和灵魂信仰息息相通的登高抒写，开拓了以往抒情诗所未尝达到的精神层面。登上石山去远望啊，路途遥远而又幽寂。进入了影不再随形、响不再随声的无反应之地啊，置身于听闻、深思和冥想都不能把握的境界。心灵在空明寂寥的此地此境中经过过滤，逐渐由静入动，由虚入实，无端地浮泛起来的却是一丝拂拭不去的忧愁：郁郁含愁而没有快意啊，忧戚占据心中而不可排解。心好像被一种无形的马缰绳、马笼头一样的东西束缚着啊，又像有一股烟气缭绕着在上面自动地打了一个结。空明之境的丝丝忧愁显得格外清醇，不及身世的受谗放逐，不及国事的殷忧艰危，解脱尘累而会合幽明，带着浓郁的审美意味而趋向永恒。

当"佳人"以这种透明的忧郁眼光去审视周围的时候,到底看见了什么?四周静穆幽渺而无边无际啊,苍苍茫茫而无形无象。似乎有声音隐隐然互相感应啊,又似乎有物象却纯净到了无为的状态。真个是邈远散漫而不可估量啊,又缥缈绵长而不可缠绕。在诗人笔下,寻找永恒的心路历程充满着神秘感,存在着许多可感受却不可言说、不可分析、不可把握的混沌之境。因此,一种无声无息的忧愁常常引起人的悲哀感啊,神魂高飞冥冥而不可找到欢娱。转过头来还是冲着大波而随风漂流吧,托身于彭咸居住之处去寻找永恒的归宿。清人林云铭《楚辞灯》说:"《思美人》《抽思》两篇皆一言彭咸,《离骚》两言彭咸。惟此篇三言彭咸,自当以彭咸为主脑。"[1] 应该说,这位古贤在这里成为追求永恒的精神方式(不一定连同行为方式)的象征。

诗篇在新的精神层面上实现了"大抒情"的审美形式创造。它在人天相通以求永恒的精神历程中,展示了山外之山、天外之天、极点外之极点的层次递进,显示了抒情诗学中精神力量和审美力量的巨大爆发力。这与神仙幻想也有关系。《说文解字·人部》,于"倦"字之后有"仚"字,也就是仙字。《说文》解释道:"仚,人在山上貌。"段玉裁注:"引申为高举貌。"《隶辨·仙韵》说:"僊,仙本作仚,音许延切。人在山上也。后人移人于旁,以为神仙之仙。"[2] 因此,诗篇在"登石峦"之后继续"上高岩":

> 上高岩之峭岸兮,处雌蜺之标颠。
> 据青冥而摅虹兮,遂倏忽而扪天。
> 吸湛露之浮凉兮,漱凝霜之雰雰。
> 依风穴以自息兮,忽倾寤以婵媛。
> 冯昆仑以瞰雾兮,隐岷山以清江。
> 惮涌湍之礚礚兮,听波声之汹汹。
> 纷容容之无经兮,罔芒芒之无纪。
> 轧洋洋之无从兮,驰委移之焉止。
> 漂翻翻其上下兮,翼遥遥其左右。

---

[1] (清)林云铭:《楚辞灯》,华东师范大学出版社2012年版,第118页。
[2] (清)顾南原撰集:《隶辨》,中国书店1982年版,第177—178页。

氾潏潏其前后兮，伴张驰之信期。
观炎气之相仍兮，窥烟液之所积。
悲霜雪之俱下兮，听潮水之相击。
借光景以往来兮，施黄棘之枉策。
求介子之所存兮，见伯夷之放迹。
心调度而弗去兮，刻著志之无适。

驰向永恒境界的"大抒情"，充满着玄幻的奇丽。它截取了神话幻想向神仙想象和哲理玄思蔓延和转化时的思维要素，点化为妙想天开的诗学思维方式。《庄子·逍遥游》写道："藐姑射之山，有神人居焉，肌肤若冰雪，淖约若处子，不食五谷，吸风饮露，乘云气，御飞龙，而游乎四海之外。"① 此处的"佳人"登上高岩之后，其行为风度与藐姑射山神人庶几近之。登上高岩的峭壁啊，端坐在彩虹的高巅。占据着青天而嘘气成虹啊，追逐着南海之神倏和北海之神忽而抚摸天穹。吸食着清露这种漂浮的水源啊，含漱着凝霜如雪珠般飘落。依傍着神山上的风穴自在歇息啊，忽然翻身醒来而情意牵恋。永恒境界，首先与天之元气相交通。天之元气，嘘之成虹、成风，凝之成露、成霜。当"佳人"以逍遥的姿态，往返于虹、露、霜、风之间的时候，就在深致的精神层面上参与天之元气的运行了。

这番永恒境界的逍遥游，出入于天、地、历史，涉及天学、地学和人学。上述扪天撼虹是天学，下面的凭昆仑、瞰江流是地学。依凭着昆仑山而俯瞰尘雾啊，隐伏在岷山去俯瞰清江。急流激石响得令人心惊胆战啊，又听到汇成汹涌波涛的声音。任情奔泻得乱纷纷无个常规啊，迷茫茫又无个头绪。波涛倾轧着，浩浩荡荡不知从何而来啊，弯弯曲曲地奔驰着不知到哪里才停止。漂流翻腾而上下起伏啊，两翼摇荡而左右奔腾。泛滥涌动而前后推进啊，伴随着潮汐涨落的汛期。这里所谓"地学"，主要是江流发源于昆仑、岷山，奔腾到大海的充满生命力的景观，急流激石，九曲奔泻，不避寒暑，长流不息，可以在这里看到春夏炎气相随，看到烟雨积聚，也可以面对这里悲叹秋冬霜雪俱下，听潮水相互冲击。

值得注意的是，联绵词的使用在这里堪称创造纪录，全诗二十五处用

---

① 陈鼓应：《庄子今注今译》，中华书局1983年版，第25页。

联绵词，而关于地学的十六句诗中竟用了八处。如"磕磕""汹汹""容容""芒芒""洋洋"之类便是。这种语式铺陈激荡，酣畅恣肆，把江流大地的气势写得荡气回肠，观此当可以知道何为"淋漓尽致"了。顺着这股气势而下，便是永恒境界中的"人学"，它也有超越时光的逍遥姿态，却不像天学、地学之刻意铺陈，而带有更多的对历史人物典范的选择性。借助神光电影飞驰往来啊，挥起神木黄棘制成的弯曲鞭子。访求介子推犹存的遗痕啊，去看看伯夷放达的踪迹。对二子的精神风范，内心琢磨着不能丢失啊，刻励明志而无求他适。古圣古贤为数甚多，而"佳人"所选却是不甚显赫的二子，岂无深意存焉？介子推随重耳（晋文公）流亡列国，功成而不言禄，归隐绵上山，愧得晋文公环山封田，"以记吾过，且旌善人"。伯夷乃"圣之清者"，让国位而出逃，又义不食周粟，隐于首阳山而采薇。二子的共同之处在于视禄位如浮云，抱清德等同于生命，难道这就是"佳人"恋恋不舍的人学精髓之所在？

对比于天学之恢宏，地学之飞动，"佳人"之人学未免有点拘谨了。因此，"乱辞"是补人学之不足的，它使全诗奇丽玄幻、汪洋恣肆的"大抒情"落到实处：

曰：
吾怨往昔之所冀兮，悼来者之悐悐。
浮江淮而入海兮，从子胥而自适。
望大河之洲渚兮，悲申徒之抗迹。
骤谏君而不听兮，重任石之何益。
心絓结而不解兮，思蹇产而不释。

由天学、地学返回人学，这就使人学带有通天地之道的深邃感。人学黏着于现实的有限性，它必须沟通天地之道，才能超越过去与未来的承续，生存与死亡的界限，追求与结果的参差。因而诗篇情调转向忧郁与悲悯：我埋怨往昔之有所希望啊，又痛悼未来之惕惕不安。这种既怨且悼的情绪，引导着历史的纵深行。洪兴祖《楚辞补注》卷四释读《悲回风》云："曰：吾怨往昔之所冀兮（冀，幸也。言己怨往古以邪事君，而幸蒙富贵也。一无'昔'字），悼来者之悐悐（悐悐，欲利貌也。言伤今世人见利，悐悐然欲竞之也。悐，一作逷。〔补〕曰：悐，它的切，劳也）。

浮江淮而入海兮，从子胥而自适（适，之。〔补〕曰：《越绝书》曰：子胥死，王使捐于大江，乃发愤驰腾，气若奔马，乃归神大海。自适，谓顺适己志也）。望大河之洲渚兮，悲申徒之抗迹（申徒狄也。遇暗君遁世离俗，自拥石赴河，故言抗迹也。〔补〕曰：《庄子》云：申徒狄谏而不听，负石自投于河。《淮南》注云：申徒狄，殷末人也。不忍见纣乱，自沈于渊）。骤谏君而不听兮（骤，数也。一本作而君），重任石之何益（任，负也。百二十斤为石。言己数谏君而不见听，虽欲自任以重石，终无益于万分也。一云：任重石。石，一作秳。〔补〕曰：秳，当作石，音石，百二十斤也。稻一石，为粟二十升。禾黍一石，为粟十六升。大升半。又三十斤为钧，四钧为石。秳，音库，禾不实也。义与此异。《文选·江赋》云：悲灵均之任石。注引'重任石之何益，怀沙砾而自沉'。怀沙，即任石也，与逸说不同）。心絓结而不解兮（絓，悬。一作结絓），思蹇产而不释（蹇产，犹诘屈也。）言己乘水蹈波，乃愁而恐惧，则心悬结诘屈而不可解。一本无此二句。"① 乱辞延续着地学中江流浩荡之势，进一步写到浮大江和淮水进入东海啊，追从波臣伍子胥而回归自我。另一个沉水而死的古人是申徒狄，《淮南子·说山训》："申徒狄负石自沉于渊，而溺者不可以为抗。"东汉高诱注："申徒狄，殷末人也。不忍见纣乱，故自沉于渊。抗，高也。"② 诗人既前瞻大海，又回望大河中的洲渚，悲悼这位以沉渊避乱世的申徒狄的崇高行迹。人学中的前二子（介子推、伯夷）都是鄙薄利禄、持守清德；后二子（伍子胥、申徒狄）都是托身江海，抗议暴政。穿越时空而聚合在一起的这四子，都是以生命去追求和证明高尚人格的永恒境界的。诗人对他们的人格境界一往情深，对他们的行为效应却不能不有所疑惑：屡谏君王而得不到听从啊，郑重地抱石投水又有何裨益？心如乱丝盘结而解不开啊，思绪成了疙瘩而不能消释。

天地之学的磅礴气势，进入人学之后已蒙上了一层淡淡的怀疑主义烟雾。永恒境界原来要以有缺陷的行为去创造。《悲回风》的最大悲哀就在于，永恒须用忧患的情感代价去冲破逆境，才能获得；永恒实现于瞬间，实现于完美与缺陷并存的有限之中。这是惊心动魄、又令人感慨万千的发现，这也是本诗的深刻性所在。

---

① （宋）洪兴祖撰，白化文等点校：《楚辞补注》，中华书局1983年版，第161—162页。
② 何宁：《淮南子集释》，中华书局1998年版，第1120页。

九 《怀沙》的生命体验

《怀沙》全诗被《史记·屈原列传》录载，紧随之又交代：屈原"于是怀石遂自沉汨罗以死"。因此，本诗向被视为屈子绝命辞，而且"怀沙"与"怀石自沉"同义。如东方朔《七谏·沉江》所说："怀沙砾以自沉兮，不忍见君之蔽壅。"朱熹《楚辞集注》也取此说："言怀抱沙石，以自沉也。"① 联系屈子行迹，此说并非不通。然而自沉之人，以自沉的具体方式为题赋诗，未免有害诗趣。比如自缢者以"怀绫""怀索"为题写诗，难免过于戏剧化，给人滑稽感，有损以身殉难的庄严性。

也许由于诗趣体验的潜在作用，明人汪瑗《楚辞集解》另立新说："按世传屈原自投汨罗而死。汨罗在今长沙府，此云怀沙者，盖原迁至长沙，因土地之沮洳，草木之幽蔽，有感于怀而作此篇，故题之曰《怀沙》。怀者，感也。沙，指长沙。题《怀沙》云者，犹《哀郢》之类也。"② 《哀郢》既是屈子遥祭失陷的故都，那么感怀长沙，是否另有深意？清人蒋骥《楚辞馀论》把这一点推向极端："按李陈玉云：怀沙，寓怀长沙也。其说特创而甚可玩。或疑长沙之名自秦始建，且专以沙名，未可为训。不知《山海经》云：舜葬长沙零陵界。《战国策·楚策》：长沙之难。《史记》：齐威王说越王曰：长沙，楚之粟也。《湘中记》：秦分黔中以南长沙乡为郡，则长沙之由来久矣。"③ 又谓："《史记》：周封熊绎，居丹阳。而《方舆胜览》云：长沙郡治内有熊湘阁，以楚子熊绎始封之地而名。唐张正言《长沙风土碑》曰：昔熊绎始在此地。盖是时楚地跨江南北，或有前后迁徙，或两都并建，俱未可知。"④ 把屈子死地和楚国始封地相联系，是一个颇具文化人类学之诱惑力的命题。可惜楚国始封及其后很长时间，势力未及江南。真正拥有洞庭、苍梧等蛮越之地，应当算在战国楚悼王之相吴起"南平百越"的功劳簿上，尽管春秋晚期湘地已有楚人踪迹。蒋氏据后世杂言以为说，这种务新蹈虚的治学方式是不足为训的。

既然释"怀沙"为"怀石自沉"有损诗趣，坐实"怀沙"为"怀长沙"以及长沙为楚国始封地，则有违史实，那么，怀沙应作何解？题旨乃

---

① （宋）朱熹：《楚辞集注》，上海古籍出版社2001年版，第89页。
② （明）汪瑗：《楚辞集解》，北京古籍出版社1994年版，第193页。
③ （清）蒋骥：《山带阁注楚辞》，上海古籍出版社1984年版，第225页。
④ 同上书，第225—226页。

全诗的诗学思维的原生点,不可不辨。本来题目无谜,注家一味求深,自设谜而猜之。"怀"字的意义可求内证,即"伤怀永哀"之"怀",而不是抱于怀中的"怀";《诗经·邶风·终风》云:"寤言不寐,愿言则怀。"毛传曰:"怀,伤也。"① 如果要略为扩充其含义,则有抒怀的意思,如《世说新语·文学篇》:"当共言咏,以写其怀。"沙,可以指长沙,但是与其取特指义,不如取泛指义,解释为水边沙地。《诗经·大雅·凫鹥》:"凫鹥在沙,公尸来燕来宜。"毛传曰:"沙,水旁也。"② 由此可知,《怀沙》诗题是非常平易清楚的,它无非是在水边沙地独立抒怀的意思。在流水与土地之间体验着天地人间之道,体验着充满危机而又决心超越危机的自我生命。

全诗开头,便紧扣题旨,展开了时空与生命的体验:

> 滔滔孟夏兮,草木莽莽。
> 伤怀永哀兮,汩徂南土。
> 眴兮杳杳,孔静幽默。
> 郁结纡轸兮,离愍而长鞠。
> 抚情效志兮,冤屈而自抑。

以"滔滔"来修饰孟夏,大概只有站在激流涌动的水边才会发生此种通感性错觉。滔滔乃大水漫漫涌来的情形,《诗经·小雅·四月》有句:"滔滔江汉,南国之纪。"这是写"四月维夏"的楚地河流——长江、汉水的水势,自然是永远流淌在屈子的胸中。不过,屈子站立水边以滔滔形容孟夏四月的时候,却把水势之滚滚滔滔和时间之流逝不已以及四月天气之陶陶和暖交相感应而为一了。在异常特殊的天时、水貌的交融感觉中,郢都已破,草木苍苍莽莽,实在有所谓"国破山河在,城春草木深"之况。在此时此地的沙滩中只见草木,不见人影,心情是"伤怀永哀"啊。急匆匆地走在南国土地上,也许是太阳光照在水波上吧,像闪动着眼睛,却杳杳然无所见,好一个深沉的寂静!诗人心中郁结绞痛啊,遭受忧患而长处困境。抚摸着自己的心情,考察着自己的志向啊,备受冤屈,却只能

---

① (汉)毛亨传,(汉)郑玄笺,(唐)孔颖达疏:《毛诗正义》,北京大学出版社 1999 年版,第 128 页。

② 同上书,第 1099 页。

自我压抑，仔细咀嚼。诗篇一开头，就把人带入一个孟夏四月沙滩抒怀的境界，以忧郁的心情体验着旷野上伟大的沉默，体验着流放者冤屈压抑的生命和奔腾不已的内在活力。

在沉默中体验生命，有可能随着日光、波光的闪烁，进入某种形而上的境界：

> 抚情效志兮，冤屈而自抑。
> 刓方以为圜兮，常度未替。
> 易初本迪兮，君子所鄙。
> 章画志墨兮，前图未改。
> 内厚质正兮，大人所盛。
> 巧倕不斫兮，孰察其拨正？

这里的比喻远离香草美人，多为规矩方圆，带有明显的理性色彩。它涉及君子之本、初、度、图、质、正等一系列生命与人格的本质性概念，从许多根本问题上考察人生。"刓方以为圜"具有双重含义，《周礼·考工记·舆人》说："圜者中规，方者中矩。"刓方为圆可以比喻历练人生，变得圆熟，又做到正常的规矩法度未废，所谓"从心所欲不逾矩"是也。又，《老子》五十八章说："是以圣人方而不割，廉而不刿，直而不肆，光而不耀。"其中讲究方正耿直而藏锋敛芒，也是推崇圆熟历练，内圆外方。但是既然方是方正，与之相对的圆就可能含有圆滑之义。"刓方为圆"便可解释为世事把人的方正品格消磨成圆滑，但是诗人抗拒消磨，坚持正常的规矩法度不变。考虑到屈子的人格和下文所述，是不能排除后一种意义的。

改变原初的本然之道啊，这是君子所鄙弃的。那么，何为君子之"初"、之"本"？《离骚》谈论到"初"，即"揆余初度"之"初"，包括家世、生辰、嘉名、内美和修能，都是诗人强调的"人之初"。《橘颂》涉及"本"，这就是"深固难徙，更壹志兮"。这种坚定不移的人格本质，决定了诗人鄙弃朝秦暮楚、变节从俗的人生方式。因此这里反复地强调：彰明规划来标示规矩绳墨啊，以前的追求未尝改变。内心敦厚而品质方正啊，这是伟大的人物所推崇。尧帝时代的能工巧匠阿倕不来砍削啊，谁人察知其中的曲直？诗人在这里树立了"君子"或"大人"的人格理想，在他看来，生命的价值就存在于这种人格理想的崇高感和坚定性之中。

然而这种人格理想为诗人所处的社会环境所拒绝，人格愈高尚，反而陷入愈深沉的生存困境之中：

> 玄文处幽兮，矇瞍谓之不章。
> 离娄微睇兮，瞽谓之不明。
> 变白以为黑兮，倒上以为下。
> 凤皇在笯兮，鸡鹜翔舞。
> 同糅玉石兮，一概而相量。
> 夫惟党人鄙固兮，羌不知余之所臧。
> 任重载盛兮，陷滞而不济。
> 怀瑾握瑜兮，穷不知所示。
> 邑犬之群吠兮，吠所怪也。
> 非俊疑杰兮，固庸态也。
> 文质疏内兮，众不知余之异采。
> 材朴委积兮，莫知余之所有。

作为一位坚强执着的入世志士，屈子由内在的主体世界的考察转向外在的客观世界的考察之时，其诗化的哲理思维表现出浓郁的非庄学色彩。《庄子·胠箧篇》说："毁绝钩绳而弃规矩，攦工倕之指，而天下始人有其巧矣。故曰：大巧若拙。"这里以为要折断巧匠阿倕的手指，毁弃规矩绳墨，天下人才可能有巧智；而屈子在前面的诗中却坚守规矩绳墨的法度，认为只有巧匠阿倕才能察知曲直——这二者显然大异其趣。《庄子·胠箧篇》又说："擢乱六律，铄绝竽瑟，塞瞽旷之耳，而天下始人含其聪矣；灭文章，散五采，胶离朱之目，而天下始人含其明矣；毁绝钩绳而弃规矩，攦工倕之指，而天下始人有其巧矣。故曰：大巧若拙。"[1] 离朱就是离娄，黄帝时明目者，"能视于百步之外，见秋毫之末"。屈子一反庄学中泯灭或超越是非界限的齐物论，叹息：深色花纹放在幽暗处啊，眼盲者就说它不明显豁朗；视力极强的离娄睇着眼睛，瞎子以为他和自己一样看不见东西。当然，屈子的叹息是来自生存环境的体验的。因为现实的社会

---

[1] （清）王先谦：《庄子集解》，中华书局1987年版，第87页。

是一个价值颠倒的社会：改变白色以为黑色啊，颠倒上头以为下头；凤凰关在竹笼啊，鸡鸭却在展翅飞舞；把美玉和石块混杂啊，放在斗桶里用一条刮子刮平估量，就可以鱼目混珠，消解区别。在这里，屈子把庄学中用作相对论玄思的材料，转换为社会批判性的借喻了。屈子之学成了庄子之学的诤友和批判者。

从水边抒怀，至主体反省，再到社会批判，采用的句式多在四、五言之间，相对《九章》的多数篇章而言，显得句短语迫。或如王夫之《楚辞通释》所言："盖绝命永诀之言也。故其词迫而不舒，其思幽而不著，繁音促节，特异于他篇云。"① 不过，在上面一连串急管繁弦的短句之后，却插入一个长句，给人以悲笳长鸣的变奏感：只是那帮结党营私之徒鄙陋而顽固啊，竟不知我的善处何在！一切的是非颠倒、美丑杂糅，其源盖出于朋党的道德鄙陋和态度顽固；要无德者尊德，无异于缘木求鱼，这就是诗人所深长叹息的。叹息之余，句式又转为短促，情调更为峻急。从抒情的主体而言：负担太重而装载过满啊，车子陷滞而不能度过；怀抱美玉而手握宝石啊，苦于不知如何示人。从主体所处的客观环境而言：村邑狗子成群狂吠啊，吠它们所惊怪的人；毁谤贤俊而疑忌豪杰啊，本是庸人的常态。这种主客体的对立和碰撞，制造了诗人的悲剧命运：文采品质粗疏木讷啊，众人不知我的异采；木料木皮随意堆积啊，无人知道我拥有何等珍贵的品德。内在美不能发扬，济世之才反为世道排斥陷害，这就是诗人无以逃避的生存困境，及其对自身生命形式的痛切体验。

生命的真价值恐怕只能从古人即死人那里寻找实现的机会了，真价值的实现恐怕只能以极端的形态即死亡来付之实施了，正如鲁迅在《再论雷峰塔的倒掉》中所说："悲剧将人生的有价值的东西毁灭给人看，喜剧将那无价值的撕破给人看。讥讽又不过是喜剧的变简的一支流。"② 以毁灭来实现生命价值，这是诗人屈原的悲哀，也是楚国的悲哀：

> 重仁袭义兮，谨厚以为丰。
> 重华不可遻兮，孰知余之从容？
> 古固有不并兮，岂知何其故？

---

① （明）王夫之：《船山全书》第十四册，岳麓书社1996年版，第326页。
② 《鲁迅全集》（卷一），人民文学出版社2005年版，第203页。

> 汤禹久远兮，邈而不可慕。
> 惩连改忿兮，抑心而自强。
> 离愍而不迁兮，愿志之有像。
> 进路北次兮，日昧昧其将暮。
> 舒忧娱哀兮，限之以大故。

人在逆境中总要梦怀他高山仰止的人格偶像，用以坚定自己的生命意志。偶像不再入梦，在古人心目中，似乎包含着不久于人世的预感。是否如此，这是文化人类学的有趣课题。《论语·述而篇》记载孔子之言："甚矣吾衰也！久矣吾不复梦见周公！"这成为孔子生命终点即将到来的一个标志。屈子的人格偶像中有一个与古圣帝舜相联系的"重华情结"。他屡屡梦见帝舜重华，《离骚》中遇到心灵困惑，便"济沅湘以南征兮，就重华而陈词"。《涉江》遭流放江南之变，便奇服高驰，"驾青虬兮骖白螭，吾与重华游兮瑶之圃"。到了《怀沙》本诗，确实是到了"甚矣吾衰也"的地步。积累起仁和义啊，恭谨深厚以为自重。帝舜重华不可逢啊，谁能知道我的从容自得？蒋骥《山带阁注楚辞》说："且辞气视《涉江》《哀郢》虽为近死之音，然纡而未郁，直而未激，犹当在《悲回风》《惜往日》之前，岂可遽以为绝笔欤？"[①] 此类议论，实在有点应了屈子所预感的"孰知余之从容"了。视死而悲，尚不是大彻大悟的境界。一旦以死亡作为生存困境之反抗，以死亡作为"重仁袭义"的人格理想的最终说明，便会出现一种大超越的生命体验，便会进入从容自得的精神状态。因此，视死而从容，比起视死而悲切离死亡更靠近一步，对死亡的意义更具有超越性的理解。

由帝舜"重华不可遌"这种生死交接点上的预感性体验出发，诗人进入了与历史机遇、与生命本质的深层次对话。自古圣贤固然存在着不能并世而生的遗憾啊，岂能知道其中有何缘故？成汤、大禹已成久远啊，邈远得不可追慕。对于圣贤不并世的历史安排，诗行中散发出带命运感的迷惑。不过，诗人对这种命运式的安排，也算看透了。克制不平而改变愤恨啊，平抑心情而自勉自强。遭遇忧患也不思迁就凑合啊，但愿心志中存在着圣贤的典范。本诗开头写到迅疾地走向南土，这里又写到把前进路线转

---

① （清）蒋骥：《山带阁注楚辞》，上海古籍出版社1984年版，第130页。

向北方停歇，即转向诗人的故里和郢都的方向，大概也是"鸟飞返林，狐死首丘"这类带灵魂归宿意味的象征行为吧。但是，所见乃是日光昏暗，暮色将垂。既然已达到了体验生命与死亡的超越境界，暮色苍茫岂不正是这种境界的极好色调？屈子竟然也笼罩着李义山忧唐之衰云"夕阳无限好，其奈近黄昏"的苍茫暮色了。因此，且舒展自己忧郁的心灵，以悲哀当作愉悦啊，极限处已心安理得地安排好死亡的大故。死亡在这里已经不再以其黑色的恐惧感而令人犹豫和却步，它将以残阳的嫣红色把一个高洁的生命送向永恒。

本诗的乱辞特别长，共二十四句。在六十句正文之后，以较长的篇幅展开了对"生命—死亡—永恒"的情感体验和哲理思考：

乱曰：
浩浩沅湘，分流汩兮。
修路幽蔽，道远忽兮。
怀质抱情，独无匹兮。
伯乐既没，骥焉程兮？
民生禀命，各有所错兮。
定心广志，余何畏惧兮？
曾伤爰哀，永叹喟兮。
世溷浊莫吾知，人心不可谓兮。
知死不可让，愿勿爱兮。
明告君子，吾将以为类兮。

人们很容易发现，乱辞的"兮"字所处的位置与正文明显不同，除了个别例外，都是置于二句之末，而非置于二句之中。诗人利用语气助词的位置搭配，控制着诗行的语调操作，使双句尾的语调拖长，形成咏叹调的句式，从而造成深远沉吟的语调回旋和意义回旋。由于是在水边抒怀，大概是湘水边吧，又联想到长期流放的沅水边。乱辞开头以"浩浩"来呼应全诗打头的"滔滔"，赋予诗人把生命之流体验为波涛浩荡的江流的意蕴。浩浩荡荡的沅水、湘江，分头急速地涌流啊；长途穿行在幽深偏僻的山林草木间，河道邈远而苍茫啊。湍急、幽深、邈远、苍茫，江水流程成为有生命的流程，因此沅湘较之江汉，更足以称为屈子的生命河。

值得注意者，是"曾吟恒悲兮，永慨叹兮。世既莫吾知兮，人心不可谓兮！"这四句不见于洪兴祖《楚辞补注》和朱熹《楚辞集注》等重要的楚辞注本，而见于《史记·屈原列传》的著录，它与后面的四句："曾伤爰哀，永叹喟兮。世溷浊莫吾知，人心不可谓兮！"用语相近或相同，前后参差对应，颇得《诗经》常见的重章叠句之妙。对应中有参差，把诗情引入不同的境界。前四句引入的是对生命的吟味：重重地叹息而恒久地悲伤啊，深长的叹气充满感慨啊。世间既然无人知道我啊，人心到了无话可说的地步啊！这就令人联想到《庄子·天下篇》所云："芴漠无形，变化无常，死与生与，天地并与，神明往与？芒乎何之，忽乎何适？万物毕罗，莫足以归，古之道术有在于是者。庄周闻其风而悦之，以谬悠之说，荒唐之言，无端崖之辞，时恣纵而不傥，不以觭见之也。以天下为沈浊，不可与庄语，以卮言为曼衍，以重言为真，以寓言为广。独与天地精神往来而不敖倪于万物，不谴是非，以与世俗处。"① 在吟味生命和死亡之价值的时候，诗人屈原的第一关注是自己怀抱着独立不倚、无可匹敌的品质和性情。但是善于相马的伯乐已死了，我这匹千里马又靠什么来衡量啊？万民的生存，各有各的安排。既然命运安排我与伯乐不同时，那就定下心、放宽怀去迎接命运，我又有什么畏惧啊？在吟味生命之时，诗人采取的是性情自许、泰然处世的态度。

参差中有对应，却是相反方向的对应。重章叠句的后四句，引导着对死亡的吟味：重重的悲伤而无休止的哀痛，深长的唉声叹气啊。世间混浊无人知道我，人心到了无话可说的地步啊！在吟味死亡的时候，诗人的终极关怀是人固有一死，要在死中追求永恒。知道死不可辞让，愿不要爱惜残生啊。明白告知君子，我将作为你们的精神类型。这里的永恒追求，还是君子人格理想和精神类型，换言之，其终极关怀和生命第一关注是相互呼应而有所重叠的。诗人独立水边的生命体验和抒怀，兼及此岸与彼岸，以死亡作为生命的界限，又以人格理想作为跨越界限、薪尽火传的精神资源，从而使生命价值有若沅湘流水，浩浩而去，滔滔不已。

十 《惜往日》的自祭文体

《惜往日》是否屈子遗墨，南宋以来聚讼渐起。魏了翁《经外杂抄》

---

① 陈鼓应：《庄子今注今译》，中华书局1983年版，第939页。

因篇中提到"国贼"伍子胥，疑为宋玉、景差之徒追悼屈原之什。后世或疑为河洛间人或战国楚人怀念屈原的作品。影响较大、且话语间带点名士气的，是曾国藩《求阙斋读书录》中的话："自阎百诗后，辨伪古文者无虑数十百家；姚姬传（鼐）氏独以神气辨之，曰不类。柳子厚辨《鹖冠子》之伪，亦曰不类。余读《九章·惜往日》，亦疑其赝作，何以辨？曰不类。"[1] 曾门弟子吴汝纶在《古文辞类纂点勘记》中对乃师的"不类说"又有解释："曾文正公谓此篇不类屈子之辞，而识别其浅句。今更推衍文正之旨，盖他篇皆奇奥，此则平衍而寡蕴，其隶字不能深醇。文正之识卓矣。"这种"类""不类"的主观臆断，离客观的真理性甚远，是不言而喻的。

本篇与屈子其他诗篇确有"不类"之处，不仅如此，屈子诗篇不类之处尚多，《离骚》《天问》《九歌》何尝相类？在没有充分证据之时仅凭"不类"的感觉就否定前人认定的屈原辞赋的著作权，未免有点稀松草率。屈子此时已走到死亡边缘，其身其心已不类于写《离骚》或其他作品之时，以不类之人写不类之作，这也是情理所在。屈子绝命辞多至三篇，却也可以分出层次。《悲回风》《怀沙》思辨死亡的哲学，多有形而上的生命体验和永恒追求；《惜往日》则倾向于形而下，历述自己的人生要点，在离死神不远的时候交给历史去讨个公道。临终而自我评述人生要点的特殊角度，使本诗成为自祭文的创体。因此我们在《哀郢》中看过了屈子如何遥祭失陷的郢都之后，又在《惜往日》中看到他在哪些基本点上近祭即将赴渊自沉的自己了。陶渊明《拟挽歌辞三首》其三云："荒草何茫茫，白杨亦萧萧。严霜九月中，送我出远郊。四面无人居，高坟正嶕峣。马为仰天鸣，风为自萧条。幽室一已闭，千年不复朝，千年不复朝，贤达无奈何。向来相送人，各自还其家。亲戚或馀悲，他人亦已歌。死去何所道，托体同山阿。鸣雁乘风飞，去去当何极。念彼穷居士，如何不叹息。"[2] 陶渊明的自挽，与屈原的自祭，有异曲同工之妙。

据现代心理学研究，人受袭击而猝死之瞬间，心灵中会闪现他一生中最得意的和印象最深的影像。屈子自我祭奠的第一杯酒，也浇在他一生最为风云得意的时刻以及最难忘怀的生存转折点上：

---

[1] （清）曾国藩：《曾国藩全集》第十五册，岳麓书社2011年版，第237页。
[2] 《陶渊明集》，逯钦立校注，中华书局1979年版，第142页。

惜往日之曾信兮，受命诏以昭诗。
奉先功以照下兮，明法度之嫌疑。
国富强而法立兮，属贞臣而日娭。
秘密事之载心兮，虽过失犹弗治。
心纯厖而不泄兮，遭谗人而嫉之。
君含怒而待臣兮，不清澂其然否。
蔽晦君之聪明兮，虚惑误又以欺。
弗参验以考实兮，远迁臣而弗思。
信谗谀之溷浊兮，晟气志而过之。

  实在写得开门见山，临终述事是无须斤斤计较利害而拐弯抹角的。这段逝水年华的追忆，堪与《史记·屈原列传》写得最充实明白之处相参照。痛惜往日曾承蒙亲信啊，受命发布诏令以显扬诗教。奉先王功业以照耀下民啊，判明法令制度的含糊涣漫之处。国家因此富强而法制也建立啊，托付给忠贞之臣而日日安乐无事。国家机密事情放在心中啊，虽有过失还不加惩治。这就是列传所说的：屈原以楚之同姓，为楚怀王的左徒，"博闻强志，明于治乱，娴于辞令。入则与王图议国事，以出号令。出则接遇宾客，应对诸侯。王甚任之。"[1]只不过比列传增加了一点信息：他是以法治国的，在诗教方面也有作为。而且临终自评，当仁不让地以"贞臣"自居。

  给屈子留下最深刻的精神创伤的，是他作为贞臣能吏却遭谗受疏，并被远迁沅湘，出现了政治生涯中不可挽回的由辉煌到黯淡的转折点，尽管他的诗人生涯反由此变得辉煌。心地纯厚而不泄露机密啊，遭受进谗言者的嫉妒。君王含怒而对待臣子啊，不清楚那谗言的对错和是非。蒙蔽了君王的聪明啊，虚假迷误又欺骗了君王。致使君王不做对证考核以验明事实啊，远远地放逐了贞臣而不加思量。君王相信谗毁阿谀的话而混浊糊涂啊，盛气凌人地施行疏黜责罚。此段可以和《史记·屈原列传》所载上官大夫欲夺屈原造为宪令之稿，并进谗言，使楚怀王怒而疏屈原的事体相参，只不过把远迁（包括放逐汉北以及顷襄王之世放逐江南）的遭遇掺入，多年之事不作细辨，体现了算总账时略其小而存其大的特点。同时屈

---

[1] （汉）司马迁：《史记》，中华书局1959年版，第2481页。

原对楚君的态度也有明显变化,怨其受迷误而不辨然否,非其"信谗谀之溷浊",大概也属于临终时直言无忌。随之对自己的清白蒙冤进行评议和辩护,秉笔直书,辞锋锐利,以"贞臣"自许,以"壅君"斥上,一吐多年胸间郁积的隐痛。这也许是使那些愚忠之辈深感"不类"的地方:

> 何贞臣之无罪兮,被离谤而见尤?
> 惭光景之诚信兮,身幽隐而备之。
> 临沅湘之玄渊兮,遂自忍而沉流。
> 卒没身而绝名兮,惜壅君之不昭。
> 君无度而弗察兮,使芳草为薮幽。
> 焉舒情而抽信兮,恬死亡而不聊?
> 独鄣壅而蔽隐兮,使贞臣为无由。

诗人采取极而言之的方式,以诚实无欺的日光月影,以死而不再的宝贵生命,来辩护自己的清白无辜。为何忠贞之臣无罪,却遭受诽谤而强加以罪?说来惭愧,日光月影式的诚实啊,我虽然身居幽隐倒也具备。面对沅水、湘江黑暗的深渊啊,难道我自己就忍心沉入流水?终于身死而名绝啊,惜乎昏君被蒙蔽了看不见日光。所谓"惜壅君之不昭",何为"昭"?昭乃形声字,从日,召声,本义是明亮。《说文解字》释:"昭,日明也。"《尔雅·释诂》:"昭,见也。"《博雅》:"昭,明也。"《玉篇》:"昭,光也。"《广韵》:"昭,着也,觌也。"《周易·晋卦》云:"君子以自昭明德。"《尚书·尧典》云:"百姓昭明。"《诗经·大雅·云汉》云:"倬彼云汉,昭回于天。"《楚辞·大招》云:"青春受谢,白日昭只。"昭又有彰明、显著之义。引申为光、亮光。古时宗法制度排列宗庙次序,始祖居中,二世、四世、六世位于始祖之左方,称"昭";三世、五世、七世,位于右方,称"穆"。坟地葬位的左右次序也按此规定排列。昭又有显扬、显示之义,诸葛亮《出师表》云:"昭陛下圣明。"因此,《惜往日》"惜壅君之不昭",不是采取"斥壅君之不昭"的痛斥语气,而是采取痛惜语气,说明对于世道人心已经看得再透彻不过了。

这就与前面的"光景"即日光月影形成意象系列,而与"幽隐""玄渊"形成明暗度非常强烈的反衬,从而以浓烈的情感色彩凸现自身困境中所包含的历史荒谬性。临渊自沉的决心,于此提前推出,如险峰耸起,具有极大的心灵震撼力。以此而与楚君对质,更其可悲,也更其无所忌惮。君王没有尺度而失察啊,使芳草委弃在泽边幽暗处。怎得打开心结而抽出真情啊,只有坦然面对死亡而不苟且偷生?偏偏上头被封锁、下头被埋没啊,使忠贞之臣走投无路。这里明白无误地暗示了临渊自沉的个人悲剧,乃是一种价值尺度紊乱、言路阻塞、贞臣进身无路的社会悲剧。

然而社会价值尺度是在比较中产生和确定的。过分停留在本人的恩怨荣辱上,难免有张扬自我的狂狷之嫌,也难以在广阔的视野中确立纵横参照的社会价值坐标系统。因此,自祭还须同祭历史上的亡灵:

> 闻百里之为虏兮,伊尹烹于庖厨。
> 吕望屠于朝歌兮,甯戚歌而饭牛。
> 不逢汤武与桓缪兮,世孰云而知之?
> 吴信谗而弗味兮,子胥死而后忧。
> 介子忠而立枯兮,文君寤而追求。
> 封介山而为之禁兮,报大德之优游。
> 思久故之亲身兮,因缟素而哭之。

令人深思的是这里的历史亡灵系统,与《离骚》的历史亡灵系统的损益异同,它们折射了屈子的社会价值坐标体系在其生命不同阶段的承续、推移和变化。《离骚》的巫咸降神一幕的历史亡灵系统是:成汤知遇伊尹,大禹信任皋陶,武丁重用傅说,周文王发现吕望(姜子牙),齐桓公爱惜甯戚。《惜往日》的历史亡灵系统去掉大禹—皋陶、武丁—傅说,而保留了成汤—伊尹,周文(武)王—吕望,齐桓公—甯戚。所增加的是秦穆(缪)公—百里奚,而且列于诸人之首。据《史记·秦本纪》记载,百里奚乃是被晋国消灭了的虞国大夫,逃亡于楚。秦穆公想用重金赎回重用,怕楚国不与,就以非常廉价的五张黑公羊皮为他赎身。此时百里奚已七十余岁,秦穆公与之谈论国事,授之国政,号为"五羖大夫"。这种广纳人才的政策,使秦国在二十余年间"开地千里,遂霸西戎"。增添这么一个历史人物故事,并且列于贤君贞臣的"四君四子"之首,就是强调选拔人才的价值标准应该"唯贤是举",不必拘泥于他们是虏、是庖、是屠、是饭牛者的卑微身份,甚至也不必拘泥于他们的年龄。这四子如果不是遇上成汤、周武王、齐桓公、秦缪公,他们怎能对王基霸业作出巨大贡献,世间又有谁知道他们？联系到自己的忠而受谗、能而见逐，其间的是非然否也就不言自明了。

更令人感慨多端的，是本诗在前述的"四君四子"之外，还从相反的方向和层面增加了"二君二子"，即吴王夫差——伍子胥，晋文公——介子推。除了伍子胥事在《涉江》中也有涉及外，这些历史亡灵的踪影在《悲回风》中已经出现了："借光景以往来兮，施黄棘之枉策。求介子之所存兮，见伯夷之放迹。心调度而弗去兮，刻著志之无适。曰：吾怨往昔之所冀兮，悼来者之愁愁。浮江淮而入海兮，从子胥而自适。"① 可见伍子胥、介子推的幽灵是在屈原写绝命辞的岁月，即死亡的阴影袭来之时出现的，包含着他在生命大限的临界上对历史和人生的新理解。历史和人生具有时间矢向的不可逆转性，因而也就存在着许多不可拯救的灾难以及不可弥补的缺陷。吴王夫差听信谗言而不知好歹啊，伍子胥被赐死而导致亡国的后忧。据《史记·吴太伯世家》，吴王赐伍子胥属镂之剑以死，伍子胥临死时说："树吾墓上以梓，令可为器。抉吾眼置于吴东门，以观越之灭吴也。"② 屈子借伍子胥事迹，对自己临渊自沉之后的楚国亡国的灾难作了沉痛的预言。

对于晋文公与介子推的事迹，王逸《楚辞章句》卷四释读《惜往日》颇详："文君，晋文公也。寤，觉也。昔文公被骊姬之谮，出奔齐、楚，介子推从行，道乏粮，割股肉以食文公。文公得国，赏诸从行者，失忘子推。子推遂逃介山隐。文公觉悟，追而求之。子推遂不肯出。文公因烧其山，子推抱树烧而死，故言立枯也。《七谏》中推自割而食君，亦解此也。"③ 值得注意的是诗句数量的分配，正面的"四君四子"共占诗六句，反面的伍子胥事占诗二句，而介子推事单独占诗六句，可见对此事之重视以及吟味之深。到底吟味出什么？吟味出介子推死后，晋文公的沉痛的忏悔：把山头封为介山而禁止采伐啊，报答他有割股疗饥的大德而对禄位优游处之。思念多年老友的亲切身影啊，因此穿上白丧服去哭祭他。应该看到，语境的变化可以使同一个故事显示出不同的意义。《悲回风》把"求介子之所存"与"见伯夷之放迹"并列，主要是赞美和倾慕二人鄙薄禄位的清高德行。本诗把介子推死后晋文公之痛悔，置于伍子胥蒙谗赐死而

---

① （宋）洪兴祖撰，白化文等点校：《楚辞补注》，中华书局1983年版，第161页。
② （汉）司马迁：《史记》，中华书局1959年版，第1472页。
③ （宋）洪兴祖撰，白化文等点校：《楚辞补注》，中华书局1983年版，第151页。

导致吴国灭亡的后面，其语境的意义指向，是排斥贞臣而导致灭国之后，再来痛哭忏悔，已是噬脐不及了。因此，诗人借祭历史亡灵以自祭，乃是先行祭奠一种不忍见、不忍言的历史预言。

以史为鉴，预言唯危，再来评判现实社会的是非功过，也就语重心长且高屋建瓴了：

> 或忠信而死节兮，或訑谩而不疑。
> 弗省察而按实兮，听谗人之虚辞。
> 芳与泽其杂糅兮，孰申旦而别之？
> 何芳草之早殀兮，微霜降而下戒。
> 谅聪不明而蔽壅兮，使谗谀而日得。
> 自前世之嫉贤兮，谓蕙若其不可佩。
> 妒佳冶之芬芳兮，嫫母姣而自好。
> 虽有西施之美容兮，谗妒入以自代。
> 愿陈情以白行兮，得罪过之不意。
> 情冤见之日明兮，如列宿之错置。

这一大段的感慨，大概产生于遭谗远迁与临渊自沉之间。但是既然把临渊自沉提前告示，形成行为的险峰，又把历史反省拦腰插入，形成时间隧道，那么再来抒发这番感慨便形成了情感的螺旋曲线，在诗学上也有峰回路转之曲折美。有人忠信守节而死啊，有人诡诈而不受怀疑。不加考察而核对事实啊，听信进谗言者的假话。芬芳和腐臭相互混杂啊，有谁每日早晨都去分辨它们。为何香草过早地夭折啊，微霜降临就得戒备。料想是耳听不明受了蔽塞啊，使进谗和阿谀的行为日益大行其道。自从前世就有嫉妒贤能的先例啊，说是蕙草、杜若（均以香草喻贤能）不可佩戴。妒忌艳丽佳人的芬芳啊，丑妇嫫母媚态百出而自我欣赏。你纵然有西施那样的美貌啊，谗妒的人也要挤进来自代。这种讥丑妇、斥谗佞、刺昏庸的语句，是相当平易浅白的。但是由于前面存在着曲折的诗学结构，就在语境的前后互补关系中使平易浅白得到几分含蓄蕴藉的补偿。它紧接着历史反省，但你说它纯然是针对历史吧，除了贴合伍子胥事迹之外，对其余五君五子的事迹几乎不沾边儿。你说它纯然是针对现实吧，中间却隔了一层历史烟尘，隔着烟雾看舞剑，闪闪的剑光也被醇化出几分诗趣。这就是《惜往日》在临死急不择言之时,通过螺旋式结构形态对语句作出的诗化处理,令人不易分辨出它讲的是历史、还是现实,因为现实与历史在螺旋式结构的层层折光中已经不能简单地分析你我了。

话还得说回来,这些讥讽责难的言辞既然用于自祭文体,主要还应视为对自己悲剧人生的社会原因的评说,即便议论到历史人物,也是经过诗人刻意选择的,是一种具有古今同悲之感的议论。因此经过一番螺旋式结构形态的参照古今之后,诗人便自然而然地返回自我抒情的本位:愿陈情来表白自己的行为啊,担心无意中又获罪过。真情和冤枉眼看着一天天明白啊,就像列星明摆在天上。随着楚国陷都失土,灾难迭至,昏庸的专制政治虽然能钳制人的发言,却不能阻止历史的发言。那么,历史证明了什么,如列宿在天上明摆着?这就是屈原曾使国家有富强安乐之望的政治主张以及违背这些主张所造成的灾难。于是诗篇在即将结束的时候,又呼应了它的开头,形成了结构形态上另一种螺旋式的大回环:

乘骐骥而驰骋兮,无辔衔而自载。
乘氾泭以下流兮,无舟楫而自备。
背法度而心治兮,辟与此其无异。
宁溘死而流亡兮,恐祸殃之有再。
不毕辞而赴渊兮,惜壅君之不识。

屈子自祭涉及其行、其命、其德、其术,这里所讲的便是屈子的政治学术思想,及其在楚国兴衰存亡中的价值。《史记·屈原列传》记述他曾参与图议国事,造为宪令,本诗开头又有称"明法度之嫌疑",可见其以法治国的基本思路。他讥讽当时楚国政制的废弛,也是从这条基本思路着眼的:乘坐骏马去奔驰啊,没有缰勒供自己乘载;乘坐竹筏漂下流水啊,没有船桨供自己配备。违背法度而任凭心治啊,国君与这些乘马乘筏者没有差异。这里的"辟",以往的注家多倾向于"辟;喻也;与譬同",一若洪兴祖《楚辞补注》。不过前两行的乘马乘筏已是譬喻;再释辟为喻,就成譬喻的譬喻了。"辟"本是会意字,小篆字形从卩,从辛,从口。"卩",甲骨文像人屈膝而跪的样子。"辛",甲骨文像古代酷刑用的一种刀具。"辟"的本义是法律、法度。《说文解字》云:"辟,法也。从卩、从辛,节制其罪也。从口,用法者也。"《尚书·洪范》的"惟辟作福……惟辟作威,惟辟玉食"便以"辟"称君王。《文选·张衡〈西京赋〉》:"正殿路寝,用朝群辟",用群辟指朝中掌权者,或如李善注引薛综说:"群辟,谓王侯、公卿、大夫、士也。"《广韵》云:"辟,君也。"《尔雅·释训》云:"皇王后辟,君也。天子诸侯通称辟。"《诗经·大雅·文王有声》:"皇王(指周武王)维(语气词)辟。"《汉书·五行志》:"辟遏有德",注曰:"天子也。"又人称天曰辟,如《诗经·大雅·荡》:"荡荡上帝,下民之辟。"又妻称夫亦曰辟,如《礼记·曲礼》:"妻祭夫曰皇辟。"因此,本诗以"辟"当主语,嘲讽以楚君为首的当政者背法治而尚心治,以一己之心的喜怒好恶和亲疏冷热去处理国家大事。屈子以马之有辔衔,比喻权力须有约束,以筏之有桨楫,比喻行为须把握方向,可见他的法治思想是非常讲究战略方向和法纪规范的。《韩非子·用人篇》说:"释法术而任心治,尧不能正一国。"除了韩非讲究权术,屈子注重方向之外,其学术思路不无相通之处。

　　既然国君早已背弃法治主张,而全凭心情的好坏,用跑野马、泛野筏的方式去治理国家,那么国家势必面临着更严重的灾难。于是屈原以一种不忍之忍的矛盾心情,发出自己生命史上、也是楚国命运史上至为沉痛的叹息:宁愿突然死亡而随流水而去啊,恐怕国家祸殃再次降临。不待写完诗篇就去沉渊啊,痛惜昏庸君王不知历史的教训!恐祸殃有再,对应着前面历史反省中伍子胥死而后忧;惜壅君不识,对应着介子推死后晋文公的觉悟和追悔,因而在诗章脉络中形成一个螺旋式的小小回环。所谓"壅君不识",不能简单地解释为希望楚君记住自己,因为既已斥之为壅君,希望他记住自己不仅不可能,而且无价值。"识"应该解释为器识、见识,叹息昏君之不知历史教训,不识贤愚,不辨忠奸以及不明法治、心治之关系着一国的成败存亡。这种器识是以屈子器识作为参照的,他由此把一篇自祭诗,写成了对历史、对楚国的沉痛祭奠。全诗以"惜往日"始,以"惜壅君"终,形成了一个首尾呼应的、由身及国地递进的螺旋式大回环。这篇赴渊前的不毕辞的绝笔之作,散发着楚人的真血性、真野性以及一位站在生命终点上的志士仁人百无禁忌的秉笔直书的意气。这种意气、野性和血性与全诗的螺旋式结构形态互为表里、相得益彰,遂使一篇自祭诗蕴含着沉甸甸的历史精神。

第五章 《远游》：文化智者的精神超越

一 还原一个复杂而博大的诗人

人们往往对特异现象投以疑惑的眼光，疑而惑之，惑以证疑，在疑疑惑惑中考验着自己的思辨能力。《远游》在屈赋中是一个特异，招人疑惑似乎在所难免，尽管对它的研究，对于还原一个完整的"屈原世界"具有难以代替的价值。按理来说，屈原作为风云变幻的战国历史文化语境中敏感的诗人，应该有着丰富、复杂而博大的精神世界，有着独特的哲学领悟和活生生的心理过程。但是人们并不这样去把握他，因为《离骚》等作品给人印象太深了，他应该在德行高洁、忠贞报国，抱着法治兴邦之志方面，像水晶一般透明，连长期流放之时也要整日愁眉苦脸地忧国忧民，容不得做一点心理调节适应。但是《远游》作为屈赋中的特异，偏偏要向这种片面性的思维方式挑战。它告诉人们一个非常浅白的道理：一个铜板有正面、也有背面，在屈赋中，《离骚》是正面，《远游》是背面。它展示了诗人的另一面，或"另一个屈子"。这个屈原深晓战国诸子学术和神话宗教思潮，借用稷下黄老之学以及道家、神仙家的思想资料，对久受放逐被折磨得痛不欲生的心灵进行调适，从而对精神文化作出了奇思妙想、诗趣沛然的探索和开发。也就是说，《离骚》散发着志士的血气，《远游》浸润着智者的明睿。一个真实诗人的心理结构可以是多重的、立体的吗？差异如此巨大的两个思维方向和方式，可以两相合璧，共构一个"志士—智者"双重智慧的诗人吗？对这些问题的回答表明：《远游》研究，应该以辩证思维作为它的逻辑起点。

东汉王逸面对屈原辞赋的实际存在，对于"履方直之行"和"深惟元一，修执恬漠"这种精神的两重性能够共存于同一位诗人的身上，是没有疑惑的。《楚辞章句》说:"《远游》者,屈原之所作也。屈原履方直之行,不容于世。上为谗佞所谮毁,下为俗人所困极,章皇山泽,无所告诉。乃深惟元一,修执恬漠。思欲济世,则意中愤然,文采铺发,遂叙妙思,托配仙人,与俱游戏,周历天地,无所不到。然犹怀念楚国,思慕旧故,忠义之笃,仁义之厚也。是以君子珍重其志,而玮其辞焉。"① 这里把精神两重性,当作屈子生命史的发展过程来对待。

这种非疑惑状态,延续了千余年,到清代胡浚源《楚辞新注求确》发生了动摇:"屈子一书,虽及周流四荒,乘云上天,皆设想寓言,并无一句说神仙事。虽《天问》博引荒唐,亦不少及之。'白蜺婴弗',后人虽援《列仙传》以注,于本文实不明确。何《远游》一篇,杂引王乔、赤松且及秦始皇时之方士韩众,则明系汉人所作。"② 在战国百家争鸣的文化语境中,各家思想既有原创、辩驳,又有借用、渗透,互异而相杂已成每个学派的公例。把楚地的神话幻想、鬼神信仰,与燕齐的神仙方士截然分割,是不符合当时思潮驳杂而流动的状态的。秦始皇时确有方士韩终,《史记·秦始皇本纪》记其与侯公、石生求仙人不死之药。但是中国同名者甚众,也不能排除后世方士托名前世仙人以自神其术,《列仙传》说:"齐人韩众为王采药,王不肯服,终自服之,遂得仙也。"又,《文选》卷二八陆士衡乐府《前缓声歌》李善注引《神仙传》:"刘根初学道,到华阴,见一人乘白鹿,从十余玉女。根顿首乞一言,神人乃住曰:'尔闻有韩众不?'答曰:'实闻有之。'神曰:'即我是也。'"③ 沈祖绵《屈原赋证辩》已引及此。可见韩众故事属于齐学,并流传到魏、秦之地华阴,为初学道者广闻之,因而也为长期坚持联齐抗秦之外交战略的屈子所不会不知。这些证据,使五四以后疑古思潮持韩众为"《远游》非屈原所作的铁证",再也"铁"不起来。质言之,并非战国文化语境中不存在神话想象以及神仙家的思潮,是否承认战国多元思潮在一个命运曲折的诗人身上兼融的可能性,乃是问题的关键所在。

既然不承认兼融的可能性,就有必要把《远游》从屈赋中剥离出来,移植到秦汉人的身上。清末民初的经今文学者廖平是不承认有屈子其人的,他在《楚辞讲义序》中说:"《秦(按:应加'始皇'二字)本纪》

---

① (宋)洪兴祖撰,白化文等点校:《楚辞补注》,中华书局1983年版,第163页。
② 引自姜亮夫编《楚辞书目五种》,中华书局1961年版,第239页。
③ (梁)萧统编,(唐)李善注:《文学》,上海古籍出版社1986年版,第1314页。

始皇三十六年，使博士为《仙真人诗》，即《楚辞》也。""始皇有博士七十人，命题之后，各自呈撰，年湮代远，遗佚姓氏。及史公立传，后人附会改，多不可通。"① 秦始皇的博士都操楚声而赋楚地风物，这实在是时空错乱的滑稽画，而且命题赋得，均成千古绝唱，真不知仙真人赐给博士们何种创造文学史奇观的法宝！吴汝纶《评点古文辞类纂》，则是借用乃师曾国藩的"不类"说（参看关于《九章·惜往日》的评论），凭感觉来仲裁《远游》的："此篇殆后人仿《大人赋》托为之，其文体平缓，不类屈子。……若夫神仙修炼之说，服丹度世之旨，起于燕齐方士，而盛于汉武之代，屈子何由预闻之？"② 他不承认战国思潮流动兼融的可能性，同时否定了屈原诗歌风格的多样性。

既然发现司马相如《大人赋》与《远游》有一些雷同的句子，郭沫若便作出大胆的推断。他在《屈原赋今译·后记》中说："《远游》一篇结构与司马相如《大人赋》极相似，其中精粹语句甚至完全相同，基本上是一种神仙家言，与屈原思想不合。这一篇，近时学者多认为不是屈原作品。据我的推测，可能即是《大人赋》的初稿。司马相如献《大人赋》的时候，曾对汉武帝说，他'属草稿未定'。未定稿被保存下来，以其风格类似屈原，故被人误会了。"③ 郭氏的观点与吴汝纶有差异，他认为《远游》"风格类似屈原"，而并非之所谓"不类屈子"，可见"类"与"不类"多半是一种感觉。既然风格没有问题，那么《大人赋》草稿的推测，主要依据是"与屈原思想不合"。屈原思想到底是何种模样，能否从《离骚》《远游》的差异中整合出一个不那么清澈，却因其复杂而更加博大的屈子精神世界，这是属于研究者思想方法论上的问题。至于要推翻离屈子未远的汉人旧说，理应提出较汉人更可靠的证据为宜。《远游》采取第一人称的抒情角度，浸透着一种"遭沉浊而污秽兮，独郁结其谁语"的生命力度。《大人赋》则采取第三人称的角度，开头即说"世有大人兮，在乎中州，宅弥万里兮，曾不足以少留"，因而它的抒情技巧多用于辞章，奇字满纸而不与抒情主体的生命欲望相融合。从创作动机而言，二者谁更多模拟性，是不言自明的。

当然应该承认，《远游》存在着一个与《离骚》有巨大差异的精神文

---

① 引自戴锡琦、钟兴永主编《屈原学集成》，中央编译出版社2007年版，第293页。
② 引自李中华、朱炳祥《楚辞学史》，武汉出版社1996年版，第296页。
③ 《郭沫若全集》（文学编第五卷），人民文学出版社1984年版，第380页。

化世界和语言表述体系。比如"正气""虚静""无为""真人""化去""壹气""至贵"等术语,便为《离骚》体系所未有。由这套语言所组成的精神世界,自然也和《离骚》有着相当大的性质上和趣味上的差别。也就是说,那些否认《远游》为屈子所作的见解,是事出有因的。不过这些术语多为老庄代表的南方之学以及《管子》所载的稷下黄老之学所习用,它们并不与屈子所处的历史文化处境绝缘。更值得注意的是长沙马王堆三号汉墓出土的帛书《经法》《十大经》《称》《道原》四卷古佚书,已为学界公认为先秦黄老学派的重要著作,也与《远游》的学术语言体系相通。《道原》有云:"恒无之初,迥同太虚,虚同为一,恒一而上。湿湿梦梦,未有明晦。神微周盈,精神不配(熙)。古(故)未有以,万物莫以。古(故)无有刑(形),大迥无名。天弗能覆,地弗能载。小以成小,大以成大,盈四海之内,又包其外……万物得之以生,百事得之以成。人皆以之,莫知其名,人皆用之,莫见其刑(形)。一者其号也,虚其舍也,无为其素也。"[1] 这种"一""虚""无"的具有浓郁的黄老学派色彩的语言体系,乃是《远游》精神文化世界的精髓。至于神仙家的人物行为方式,只不过是对这种精神文化精髓进行诗学表达的躯壳而已。

一旦明白了黄老之学或道家神仙家思想资料,可以存在于屈子所处的历史文化语境之中,随之而至的关键点在于寻找出这种精神文化资源与屈子生命史的契合点,寻找出它在屈子精神结构中与其他成分合构的可能性。以史籍和屈赋本文相互补校,如果相信屈原生于公元前339年,而沉渊自尽于郢都失陷的次年,即公元前277年的话,那么就得承认他是早慧的诗人和早熟的政治家。少冠作《橘颂》以自勉,出任左徒后蒙谗被疏于楚怀王十八年之前,此时还不到三十岁。怀王二十八年从汉北流放地召回,曾出使齐国,阻怀王入秦。《离骚》当作于楚顷襄王初年他不受重用的时候,一开头就陈述与楚宗室有联系的家世,大概是受了顷襄王用其弟子兰为令尹的刺激;女嬃以"鲧婞直以亡身"相劝,大概是看到顷襄王已死心塌地地媚秦,政治形势已不同于怀王之世,劝他放弃联齐战略以免祸;就重华陈词,可能隐约有流放江南的预感,因为《涉江》写流放江南,也就顺理成章地写到"与重华游兮瑶之圃"。另外,《离骚》自称

---

[1] 严一萍编辑:《帛书竹简》,(台北)艺文印书馆1983年版,第47页。

"老冉冉其将至兮，恐修名之不立"，大概也得到了顷襄王初年屈子年逾四十，方能有"老将至"之言。

如果把屈子流放江南，至《哀郢》所说"九年而不复"的"九"字看作实数，那么他开始流放当在顷襄王十二年前后，此时五十三岁，够资格在《涉江》中自称"年既老"了。一个值得注意的现象是，屈子流放江南九年，在抒情述志方面只有出发途中写了《涉江》以及受鄢郢和郢都失陷的震撼写了《哀郢》，写作密度明显低于期限不及它的一半的汉北流放时期，存在着相当长的抒情述志的空白。是他年岁将暮，诗情萎缩了？又不是。他在郢都失陷后一年左右的时间里，竟写出《悲回风》《怀沙》《惜往日》三篇绝命辞，可见他的诗笔愈老仍健。一种可能性极大的解释是他对顷襄王一朝的政治已极度失望，归复无途，遂潜心于诸家学术和民间风俗，以求心理调适。他涉江南渡之初，就写下："驾青虬兮骖白螭，吾与重华游兮瑶之圃。登昆仑兮食玉英，与天地兮同寿，与日月兮同光。"这是否多少透露了他对谈论"长生久视"的黄老之学和神仙家言，在乱世生命调养上也不宜过分排斥？如果可以如此解释；那么长达178句的《远游》便可以填补他抒情述志上的一段空白，作为他僻居江南多年而进行心理调适的结果，借黄老之学或道家神仙家的思想材料，对生命作出兼备哲理和诗情的体验。此时的屈子已是六十岁左右的暮年了。

如果说《离骚》充溢着屈子壮年磅礴外溢的魄力，《远游》则流荡着屈子暮年明心见性的彻悟。人们常因《远游》有些语句重复《离骚》，而怀疑屈子的著作权。然而说不定这是屈子刻意所为，是他一种别具深意的诗学策略。他借看似重复的情境和语句，生发出反重复的深层意义，于熟稔处发掘出另有滋味的陌生感，从而达到自嘲的心理效果和反讽的审美效果。对于这种诗学策略，后面还要详细分析。这里需要补充一点：屈子暮年的彻悟终被鄢郢和郢都的失陷所轰毁，在心理调适的断裂和跳跃中，以更高的心理层次体验着生命、死亡及永恒的意义。但是这种更高的心理层次也不是凭空而得，它除了以《离骚》的志向为精神本质之外，也以《远游》的心理体验作为其形而上思考的阶梯。

二 超越世俗而追求精神自由

在神话、早期宗教、哲学与诗学的网络之间，以审美形态作了一篇有关文化心理学的大文章，这是《远游》的一个基本特征。诗人素抱参政济世之志，入世治世的思想极其浓厚，但凌云之羽被铩，久居僻远的流放之地，返都复职已成泡影，又难免要遭受一些对放逐的罪臣的世俗冷脸和白眼。因此他的心情长期处在压抑状态，需对每受刺激便痉挛惨痛的心灵进行自我抚慰、宣泄和调适，最后想在哲学和宗教的玄想中澄清灵魂，热切地追求精神自由。所谓"远游"，使是屈子式的精神逍遥游。他把对生存困境和精神困境的反拨，视为远游的原始心理动因：

> 悲时俗之迫阨兮，愿轻举而远游。
> 质菲薄而无因兮，焉托乘而上浮？
> 遭沉浊之污秽兮，独菀结其谁语？
> 夜耿耿而不寐兮，魂茕茕而至曙。
> 惟天地之无穷兮，哀人生之长勤。
> 往者余弗及兮，来者吾不闻。
> 步徙倚而遥思兮，怊惝恍而永怀。
> 意荒忽而流荡兮，心愁凄而增悲。
> 神倏忽而不反兮，形枯槁而独留。
> 内惟省以端操兮，求正气之所由。

时俗的逼仄狭隘，诗人早有预感，如《涉江》所云："吾不能变心而从俗兮，固将愁苦而终穷。"不变之初心与混浊之世俗互为扞格，自然会造成逼仄狭隘、愁苦终穷的结果。这里只提"时俗迫阨"，不再像《离骚》那样谈论尧舜、桀纣，党人竞进，谗邪谣诼，显示了某种对君臣朝事的淡漠，是远离、久离朝廷之语无疑。因此这里的"轻举远游"直接针对的不是朝廷政治危机，而是时俗氛围中的生存危机和精神危机。即是说，这里的远游不是"去国远游"，而是"去俗远游"。去俗远游，实质上是精神向自由境界飞升，因而才有"轻举"和"上浮"的话头。精神的质性菲薄而尚未精深，这就谈不上什么因缘，又怎能托乘着太清之气向上浮升？如果不上浮吧，就会遭受世俗的沉浊而污秽的空气所包围，独自郁结着这种浊秽的空气，是不能获得心灵的沟通和共鸣的。无人告语的孤独感使诗人唯有与自己心灵对话，他大概由此患了失眠症：夜间眼睁睁地不能入眠啊，灵魂孤苦伶仃地直熬到天亮。

灵魂在思虑着什么？思虑着天地没有穷尽啊，哀怜着人生总是多艰而辛勤。这是人面对无限宇宙所感受到的生命困惑,或如《庄子·知北游》所说:"人生天地之间,若白驹之过隙,忽然而已。……已化而生,又化而死,生物哀之,人类悲之。"① 思及这种人类的悲哀,诗人叹息道:已往的人,我不能追及啊,将来的人,我又不得知闻。这种弥漫天地的苍凉感,与近千年后陈子昂《登幽州台歌》相通,清人胡文英《屈骚指掌》便说:"往不及,来不闻,即陈子昂'前不见古人,后不见来者'之意。"② 负担着人类悲哀与生命困惑,诗人实在是苦不堪言,精神陷入了彷徨怔忡的状态:脚步徘徊而思维遥远啊,惆怅迷惑长久地占据胸怀。情意恍惚而流荡无主啊,心思愁惨而增添悲伤。长沙马王堆汉墓的战国帛书《经法》说:"虚无刑(形),其袭(衣之背缝,喻中枢)冥冥,万物之所从生……故同出冥冥,或以死,或以生,或以败,或以成。"③ 万物的生死成败所从来的虚空无形、冥冥漠漠的状态,与诗人体悟着生命困惑的迷离恍惚的精神状态相契合,使他这种精神状态在若梦若醒之间,既承担着人类的悲哀,又与道的境界隐隐约约有相通之处。

由此,诗人的精神超越躯壳的束缚,去探寻一个亦道亦仙的自由境界:

　　神倏忽而不反兮,形枯槁而独留。
　　内惟省以端操兮,求正气之所由。
　　漠虚静以恬愉兮,澹无为而自得。
　　闻赤松之清尘兮,愿承风乎遗则。
　　贵至人之休德兮,美往世之登仙。
　　与化去而不见兮,名声著而日延。
　　奇傅说之托辰星兮,羡韩众之得一。
　　形穆穆以寖远兮,离人群而遁逸。
　　因气变而遂曾举兮,忽神奔而鬼怪。
　　时仿佛以遥见兮,精皎皎以往来。
　　绝氛埃而淑邮兮,终不反其故都。
　　免众患而不惧兮,世莫知其所如。

---

① 陈鼓应:《庄子今注今译》,中华书局1983年版,第608页。
② (清)胡文英:《屈骚指掌》,北京古籍出版社1979年版,第184页。
③ 马王堆汉墓帛书整理小组编:《经法》,文物出版社1976年版,第1页。

之所以称这种精神境界为"亦道亦仙",主要是从它的表现形态着眼的。实际上所谓精神自由,是出入于儒、道、仙各家而不受其门户的限制,在融合多端中进行自由的选择与创造。前述那种承担了人类悲哀和生命困惑的迷离恍惚的状态,导致诗人的神魂飘忽疾行而不返回啊,形体枯槁而独自留存。唯有内省以端正操守啊,寻求天地间正气所由来。心境广漠虚静也就恬适啊,淡泊无为而悠然自得。这里的"虚静""无为"是道家的中心术语,比如《庄子·天道篇》说:"圣人之心静乎?天地之鉴也,万物之境也。……夫虚静恬淡,寂寞无为者,万物之本也。"① 《庄子·至乐篇》又说:"天无为以之清,地无为以之宁,故两无为相合,万物皆化。……万物职职,皆从无为殖。故曰:天地无为也,而无不为也。"② 后面的"故曰"来自《老子》第三十七章:"道常无为而无不为。"③ 淡泊无为,恬适虚静,这是道家接纳天地清气,体悟道原道境的一种心理状态。

另一个值得注意的术语"正气",是诗人融合稷下黄老之学的"精气说"与儒家"浩然之气"说的一种创造,它成为屈子追求的自由世界的中心概念。《管子·内业篇》说:"是故此气也,不可止以力,而可安以德,不可呼以声,而可迎以音。敬守勿失,是谓成德。"④ 以德安气,敬守以成德,这样的气也就属于道、属于正的范围。《孟子·公孙丑上》提倡:"我善养吾浩然之气。"又解释道:"其为气也,至大至刚,以直养而无害,则塞于天地之间。其为气也,配义与道,无是,馁也。"朱熹注:"盖天地之正气,而人得以生者,其体段本如是也。"⑤ 后来文天祥《正气歌》也与朱熹的注解一样,把天地正气与浩然之气联系起来,加以颂扬:"天地有正气,杂然赋流形。下则为河岳,上则为日星。于人曰浩然,沛然塞苍冥。"这就是说,诗人在虚静无为的心理状态中体验与寻求的"正气",既指涉稷下黄老之学的道之本原,又指涉儒家刚直正大的心性体验,是诗人有若兰蕙蘅芷般芬芳的品质行为在形而上层面的升华。正由于敬守正气,诗人神思开始轻举高扬,并以神仙家的行为当作轻举高扬的表述方式:听闻古仙人赤松子清尘脱俗啊,情愿受教于他遗留的准则。珍重仙真

---

① 陈鼓应:《庄子今注今译》,中华书局1983年版,第364页。
② 同上书,第483页。
③ 同上书,第203页。
④ (清)黎翔凤:《管子校注》,中华书局2004年版,第931页。
⑤ (宋)朱熹:《孟子集注》,上海古籍出版社1987年版,第21页。

人的美德啊，赞美他们在往世成仙。他们与大化俱去而不见啊，名声卓著愈益延续。

何谓"真人"？《庄子·大宗师》认为真人是把握了与"道"相应合的"一"："其一也一，其不一也一。其一，与天为徒；其不一，与人为徒。天与人不相胜也，是之谓真人。"① 因此本诗提到傅说，注意的已不是《离骚》所谓"说操筑于傅岩兮，武丁用而不疑"的君臣遇合，而是《庄子·大宗师》所说："傅说得之（得道、得一），以相武丁，奄有天下，乘东维，骑箕尾，而比于列星。"② 诗人为此感到兴奋：惊奇傅说托身在箕尾星宿之间啊，羡慕韩众也得到纯一之道。由于有了对"气""一""道"的这种了解，精神自由已经获得意念的支持：我的形体静穆已渐渐远离啊，离开人群隐逸而去。依靠精气变化就层层高飞啊，忽然神气奔驰而引得鬼物骇怪。仿佛远远地看见时间运行，精气亮铮铮地往来。超越俗世的尘埃而善择旅舍啊，最终回不到那个旧日的首都。这也就免除了众人的忧患，只可惜世间莫知我的去向。诗人即便离俗神游之时，也不能像真人那样"无所待"，他的心灵中还闪过旧都的影子，还有几分"世莫知其所如"的惆怅。

因此，诗人的求道心和神仙梦虽然力求纯一，却也漏进了几分生命的困惑：

> 恐天时之代序兮，曜灵晔而西征。
> 微霜降而下沦兮，悼芳草之先零。
> 聊仿佯而逍遥兮，永历年而无成。
> 谁可与玩斯遗芳兮？长乡风而舒情。
> 高阳邈以远兮，余将焉所程？

诗人善于运用富有情调色彩的动词，上一段用了贵、美、奇、羡，色彩明丽；本段用了恐、悼，情调转向黯淡和深沉。这份黯淡和深沉，来自对时间流逝和生命有限的感受，《离骚》中"春与秋其代序""惟草木之零落"的时间意识与生命意识，在这里重现了。恐怕天时顺序替代啊，日

---

① 陈鼓应：《庄子今注今译》，中华书局1983年版，第187页。
② 同上书，第199页。

神明亮向西而行。微霜降下而不断沉落啊,痛惜芳草率先凋零。聊且徘徊而逍遥自在啊,又担心长久历年而无所成就。可见诗人即便在欣赏神仙的逍遥悟道,轻举高飞的时候,也割舍不断那份立德立功的入世心肠。但是立德立功的入世之途已经断绝,世间何处觅知音,谁又可以一同玩赏这些残芳剩草?只能向着晨风吐一口气,舒畅一下心情罢了。在《离骚》开宗明义地提到的始祖颛顼高阳氏,已经非常邈远了,我将从哪里有所取法?"高阳邈远"作为一种象征,也就是《离骚》时代已属邈远。然而邈远尽管邈远,却依然是埋藏在内心深处的一个情结。诗人融合儒道,披上神仙家的外装,想追求超越时俗的精神自由,但时俗可超越却又有不能截然割舍的地方,这就是作为"帝高阳之苗裔兮"的历史责任感。明乎此,就不难了解诗人追求精神自由的矛盾心理,它的迫切性与不得已之处。这是一种"痛苦的自由"。

三 重向道之本质突进

寻求精神自由,是一种复杂曲折的心路历程。既然要在融合儒、道、仙三家中追求精神的超越,就可能会在三家融而不合的裂缝和矛盾中受到拖累。一方面追慕真人,要超尘出世,以进行心理的调适;一方面又不忘远祖和旧都,忧虑芳草凋零,功业无成。这便宛若以《离骚》的入世精神为一个焦点,以《远游》的超俗态度为另一个焦点,画出来的只能是椭圆。它所达到的就不是"得一"的圆满状态,而是一分为二的矛盾状态。诗人之所以叹息自己"质性菲薄",就是因为他长期陷于这种矛盾重重的精神状态之中。自由之有痛苦,既加重了自由的分量,又说明自由尚未达到至善程度。因此可以说,诗人第一次的精神自由追求,是成败参半的,还需重新开始追求。这就是何以其后的文字,冠以"重曰"二字(当然它又可能是乐章之名):

> 重曰:
> 春秋忽其不淹兮,奚久留此故居?
> 轩辕不可攀援兮,吾将从王乔而娱戏。
> 餐六气而饮沆瀣兮,漱正阳而含朝霞。
> 保神明之清澄兮,精气入而粗秽除。
> 顺凯风以从游兮,至南巢而壹息。

见王子而宿之兮，审壹气之和德。

　　《离骚》有云："日月忽其不淹兮，春与秋其代序。惟草木之零落兮，恐美人之迟暮。"这是一种时间意识，由时间的匆匆流逝而感受生命的紧迫。既然前一段写到"天时代序""芳草先零"，以时间意识终，本段也就接过"春秋忽其不淹"，以时间意识始，从而显示结构衔接的严密。春去秋来匆匆地不停留啊，我为何长久地滞留在流放的故居？称流放所为"故居"，又说是"久留"，可见他流放已经颇有一些年头了。时间意识在这里也就是生命流逝的意识，既然无望返回旧都建功立业，又无法脱离迫厄窒息的时俗，如此久留着任生命流逝又有何等价值？诗人是从留待机会、历年无成的生命困惑中，重提精神超越的必要性命题的。

　　值得深思者，是诗人重新开始精神超越所选择的导师或伴侣：轩辕黄帝高远而不可攀援啊，我将随从王子乔去戏耍。黄帝是神话传说中的始祖兼主神，《山海经》涉及黄帝事迹如黄帝杀蚩尤、食玉膏、以夔皮为鼓等以及黄帝遗迹如轩辕之山、轩辕之国、轩辕之台等，全书计有二十四处之多。战国时代的后儒，尤其是神话、道、阴阳、神仙诸家，皆有推崇黄帝言，以致《淮南子·修务训》中云："世俗之人多尊古贱今，故为道者必托之于神农、黄帝而后能入说。乱世暗主，高远其所从来，因而贵之。"[①]诗人一反世俗心理和壅君趣味，把学道对象从传说中二千余年前的始祖主神，置换为二百余年前的不恋王位的王子仙人。据洪兴祖所引《列仙传》："轩辕不可攀援兮（黄帝以往，难引攀也。轩辕，黄帝号也。始作车服，天下号之，为轩辕氏也。〔补〕曰：《史记》：黄帝，姓公孙，名曰轩辕。援，音爱），吾将从王乔而娱戏（上从真人，与戏娱也。娱，一作游。〔补〕曰：《列仙传》：王子乔，周灵王太子晋也，好吹笙作凤鸣，游伊、洛间，道士浮丘公接上嵩高山。三十余年后，来于山上，见桓长曰：告我家，七月七日，待我缑氏山头。果乘白鹄住山颠，望之不得到，举手谢时人，数日去。《淮南》云：王乔、赤松，去尘埃之间，离群慝之纷，吸阴阳之和，食天地之精，呼而出故，吸而求新。吸而求新，蹑虚轻举，乘云游雾，可谓养性矣。戏，音嬉）。餐六气而饮沆瀣兮（远弃五谷，吸道滋也。〔补〕曰：餐，吞也。七安切。饮，歠也。音荫。沆，胡朗切。瀣，

[①] 何宁：《淮南子集释》，中华书局1998年版，第1355页。

音械），漱正阳而含朝霞（餐吞日精，食元符也。《陵阳子明经》言：春食朝霞。朝霞者，日始欲出赤黄气也。秋食沦阴。沦阴者，日没以后赤黄气也。冬饮沆瀣。沆瀣者，北方夜半气也。夏食正阳。正阳者，南方日中气也。并天地玄黄之气，是为六气也。含，一作食。〔补〕曰：《庄子》云：御六气之辨。李云：平旦为朝霞，日中为正阳，日入为飞泉，夜半为沆瀣。天玄、地黄，为六也。《大人赋》云：呼吸沆瀣兮餐朝霞。《琴赋》云：餐沆瀣兮带朝霞。五臣注云：沆瀣，清露。朝霞，赤云）。保神明之清澄兮（常吞天地之英华也），精气入而粗秽除（纳新吐故，垢浊清也。〔补〕曰：粗，聪徂切，物不清也）。顺凯风以从游兮（乘风戏荡，观八区也。南风曰凯风。《诗》曰：凯风自南），至南巢而壹息（观视朱雀之所居也。〔补〕曰：《山海经》：丹穴之山有鸟焉，五彩而文，曰凤鸟。南巢，岂南方凤鸟之所巢乎？成汤放桀于南巢，乃庐江居巢，非此南巢也）。见王子而宿之兮（屯车留止，遇子乔也），审壹气之和德（究问元精之秘要也）。"① 这种学道对象的置换，实际上也是学道心态的置换，从崇拜心态的"攀援"置换为自由心态的"娱戏"了。

在《远游》看来，学道并非苦行，而是娱乐，带点旅游和野餐的趣味，自然比旅游和野餐增添了不少精神文化的内涵。餐食着天地四时的六气而饮着夜间露水啊，口漱着太阳光华而茹含着朝霞。保持着心神的清澈啊，吸入精气而把粗秽之气排除。这似乎是清晨起来，进行一番吐故纳新的吐纳术。诗人采天地之精华，去心灵之粗秽，使身体功能与天地元气相交换，以自然之道来改造俗累之心。这种吐纳修炼改变了菲薄的质性，自然而然产生了轻举上浮的感觉：顺着南风而从风远游啊，到达凤凰栖息的南巢才稍作休息。见到王子乔而留宿下来啊，仔细询问与道相通的"壹气"的冲和之德。"壹气"是诗人问道的一个中心词，它是从黄老之学和庄学中借用来的。《庄子·知北游》说："臭腐复化为神奇，神奇复化为臭腐，故曰通天下一气耳。"② 《庄子·达生篇》关尹答列子说：至人守持纯气，"壹其性，养其气，合其德，以通乎物之所造。"③ 这里的壹气，乃是养心性而通天地之道的关键。《管子·心术下》也说："专于意，一于心，耳目端，知远之证。能专乎？能一乎？能毋卜筮而知凶吉乎？……非

---

① （宋）洪兴祖撰，白化文等点校：《楚辞补注》，中华书局1983年版，第166—167页。
② 陈鼓应：《庄子今注今译》，中华书局1983年版，第597页。
③ 同上书，第503页。

鬼神之力也，其精气之极也。一气能变曰精，一事能变曰智。"① 可知专、一、精、纯，也是稷下黄老之学的"精气说"的要点。

正是就"壹气之和德"这个中心词，王子乔谈论起"道之本质"：

> 道可受兮，而不可传。
> 其小无内兮，其大无垠。
> 毋滑而魂兮，彼将自然。
> 壹气孔神兮，于中夜存。
> 虚以待之兮，无为之先。
> 庶类以成兮，此德之门。

首句与《庄子·大宗师》的话有相似之处："夫道有情有信，无为无形；可传而不可受，可得而不可见。"② 由于授、受二字的转借，二者表述上存在差异，如洪兴祖《楚辞补注》所说："谓可受以心，不可传以言语也。《庄子》曰：'道可传而不可受。'谓可传以心，不可受（授）以量数也。"③ 这里讲的是学道方式，可以心受而不能言传。随之讲道之形体（无形体）：其小，已小到不可内分；其大，又大到没有边际。这种形容也可以同《庄子·天下篇》所引惠施的话相参照："至大无外，谓之大一；至小无内，谓之小一。"这是中国古代对道的形态及物质结构的一种极具智慧含量的见解。王子乔论道，有近《庄子》之言而作了变通之处，有取自庄生之辩论者而加以首肯之处，可见它与庄学互有进退出入，同流而不同派的。

那么，它又如何谈论到达"道"的门径？切莫滑乱你的魂魄啊，道的传达是顺乎自然的。纯一的精气甚为神秘啊，它在子夜时分存在或任人存问。你就虚静地等待它啊，无须有为而抢了它的先。万物都是这样生成啊，这是得道的法门。如此解释"道"，是与前面引述过的黄老帛书《道原》所说的道为"天弗能覆，地弗能载。小以成小，大以成大。盈四海之内，又包其外""一者其号也，虚者其舍也，无为其素也"，有其相通之处。也与《史记·太史公自序》之"论六家之要指"，称述"道家使人精

---

① （清）黎翔凤：《管子校注》，中华书局2004年版，第780页。
② 陈鼓应：《庄子今注今译》，中华书局1983年版，第199页。
③ （宋）洪兴祖撰，白化文等点校：《楚辞补注》，中华书局1983年版，第167页。

神专一,动合无形,赡足万物""指约易操,事少而功多""其术以虚无为本,以因循为用,无成执,无常形,故能究万物之情",可以互相参照和阐释。可以说,如此论道所采取的思路,是舍黄帝之偶像,而取黄老之学的精髓。

既已听取得道法门,就要加以实行了。诗中写道:

闻至贵而遂徂兮,忽乎吾将行。
仍羽人于丹丘兮,留不死之旧乡。
朝濯发于汤谷兮,夕晞余身兮九阳。
吸飞泉之微液兮,怀琬琰之华英。
玉色頩以脕颜兮,精醇粹而始壮。
质销铄以汋约兮,神要眇以淫放。

还是洪兴祖《楚辞补注》卷五对此作出解读:"闻至贵而遂徂兮(见彼王侯而奔惊也。〔补〕曰:《庄子》曰:独有之人,是之谓至贵。屈子闻其风而往焉),忽乎吾将行(周视万宇,涉四远也。〔补〕曰:《天台赋》云:睹灵验而遂徂,忽乎吾之将行。仍羽人于丹丘,寻不死之福庭)。仍羽人于丹丘兮(因就众仙于明光也。丹丘,昼夜常明也。《九怀》曰:夕宿乎明光。明光,即丹丘也。《山海经》言有羽人之国,不死之民。或曰:人得道,身生毛羽也。〔补〕曰:羽人,飞仙也。《尔雅》曰:距齐州以南,戴日为丹穴),留不死之旧乡(遂居蓬莱,处昆仑也。〔补〕曰:忽临睨夫旧乡。谓楚国也。留不死之旧乡,其仙圣之所宅乎?)朝濯发于汤谷兮(朝沐浴于温泉。汤谷,在东方少阳之位。《淮南》言:日出汤谷,入虞渊也。〔补〕曰:汤,音旸),夕晞余身兮九阳(晞我形体于天垠也。九阳,谓天地之涯。兮,一作乎。垠,一作根。〔补〕曰:晞,日气乾也。仲长统云:沆瀣当餐,九阳代烛。注云:九阳,日也。阳谷上有扶木,九日居下枝,一日居上枝。《九歌》曰:缔汝发兮阳之阿。张衡赋曰:缔余发于朝阳)。吸飞泉之微液兮(含咀玄泽之肥润也。〔补〕曰:六气,日入为飞泉。又张揖云:飞泉,飞谷也,在昆仑西南),怀琬琰之华英(咀嚼玉英,以养神也。〔补〕曰:琬,音宛。琰,音剡。皆玉名。《黄庭经》曰:含漱金醴吞玉英)。玉色頩以脕颜兮(面目光泽,以鲜好也。脕,一作艳,一作曼。〔补〕曰:頩,美貌。一曰敛容。普茗、普经二切。腕,泽也,音万。艳,美色也。曼,色理曼泽也。《黄庭》曰:颜色生光金玉泽),精醇粹而始壮(我灵强健而茂盛也。〔补〕曰:班固云:不变曰醇,不杂曰粹。又醇,厚也,美也)。质销铄以汋约兮(身体癯瘦,柔媚善也。〔补〕曰:汋,音绰。汋约,柔弱貌。《庄子》曰:肌肤若冰雪,绰约若处子。质销铄,谓凡质尽也。司马相如曰:列仙之儒,形容甚臞),神要眇以淫放(魂魄漂然而远征也。漂,一作飘。〔补〕曰:眇,与妙同。要眇,精微貌。《广雅》曰:淫,游也)。嘉南州之炎德兮(奇美太阳,气和正也),丽桂树之冬荣(元气温暖,不殒零也。〔补〕曰:桂凌冬不凋。《山海经》:桂林八树,在贲禺东。注云:番禺也)。山萧条而无兽兮(溪谷寂寥而少禽也),野寂漠其无人(林泽空虚,罕有民也。寂,一作家。漠,一作寞。其,一作乎)。载营魄而登霞兮(抱我灵魂而上升也。霞,谓朝霞,赤黄气也。魄,一作魂。〔补〕曰:《老子》曰:载营魄。说者曰:阳气充魄则为魂,魂能运动则生金矣),掩浮云而上征(攀缘蹈气而飘腾也。征,一作升)。命天阍其开关兮(告帝卫臣,启禁门也。其,一作而),排阊阖而望予(立排天门而须我也。阊阖,一作阖阊。〔补〕曰:排,推也。《大人赋》曰:排阊阖而入帝宫)。召丰隆使先导兮(呼语云师,使清路也),问大微之所居(博访天庭在何处也。大,一作太。〔补〕曰:《大象赋》云:瞩太微之峥嵘,启端门之赫弈。何宫庭之宏敞,类乾坤之禽辟。注云:太微宫垣,十星,在翼轸北。天子之宫庭,五帝之坐,十二诸侯府也。其外蕃,九卿也)。集重阳入帝宫兮(得升五帝之寺舍也。一本'入'上有'以'字。〔补〕曰:《文选》云:重阳集清气。又云:集重阳之清征。注云:言上止于天阳之宇。上为阳,清又为阳,故曰重阳。余谓积阳为天,天有九重,故曰重阳),造旬始而观清都(遂至天皇之所居也。旬始,皇天名也。一云:旬始,星名。《春秋考异邮》曰:太白,名旬始,如雄鸡也。〔补〕曰:造,至也。《大象赋》注云:镇星之精为旬始,其怒青黑,象状如鳖,见则天下兵起。李奇曰:旬始,气如雄鸡,见北斗旁。《列子》曰:清都、紫微、钧天、广乐,帝之所居)。"①

"至贵"一词见于《庄子·在宥篇》:"出入六合:游乎九州,独往独

---

① (宋)洪兴祖撰,白化文等点校:《楚辞补注》,中华书局1983年版,第167—169页。

来，是谓独有。独有之人，是之谓至贵。"① 也就是说，诗人是以庄周式的"独与天地精神往来"的想象，来拓展自己对精神自由的理解。听了这番至为珍贵的话就要上路啊，一忽儿我将要行动。随从飞仙在昼夜常明的丹丘啊，逗留在自古来的不死之乡。在这些神圣土地上，人与天地元气相交换就进入了吐故纳新之术更高一层的境界。早晨在日出处的汤谷洗头发啊，傍晚在天地边缘的九阳之地晒干我的身子。吸饮着飞泉的精微液体啊，怀抱着琬琰美玉的精华。玉色透红而满脸光泽啊，精神醇厚纯粹而开始少壮。体质像熔化黄金一样变得绰约灵便啊，神魂幽深而变得自由奔放。这种解除衰老混浊的肉体束缚而达到精神奔放自由的抒写，是借用了道家神仙家的思想资料的载体的，它令人联想到《庄子·逍遥游》中那位神人："藐姑射之山，有神人居焉，肌肤若冰雪，淖约若处子，不食五谷，吸风饮露。乘云气，御飞龙，而游乎四海之外。"②

经过这番与天地元气相交换的悟道修炼，诗人大体克服了菲薄质性，乘云飞升以享精神自由之趣，已经是水到渠成了：

嘉南州之炎德兮，丽桂树之冬荣。
山萧条而无兽兮，野寂寞其无人。
载营魄而登霞兮，掩浮云而上征。

从"南州炎德""桂树冬荣"等涉及地方风物的即景寓意之笔墨中，不难领会到，诗人上征远游的地理学出发点是在他的江南流放所，而且是山野萧条寂寞，人烟稀少之地。洪兴祖《楚辞补注》引《山海经·海内南经》："桂林八树，在贲禺东。注云：番禺也。"③ 番禺在岭南，为屈子足迹未到，但"桂树冬荣"并非汉北风景，则无须怀疑。这一点与《远游》为屈子久居江南流放地所作的判断，若合符契。嘉许南方阳光温暖啊，赞美桂树冬日茂盛。山野萧条而没有野兽啊，田野寂寞到处看不到人。这里桂树的意象值得注意。写树也是写人，冬日为百木凋零的季节，桂树却感受了南方的炎德，欣欣向荣。这就以香木的生机，折射了诗人体悟和获得道的精髓之后精神始壮、元气充沛。同时萧条寂寞的山野本是压

---

① 陈鼓应：《庄子今注今译》，中华书局1983年版，第314页。
② 同上书，第25页。
③ （宋）洪兴祖撰，白化文等点校：《楚辞补注》，中华书局1983年版，第168页。

抑人的精神的环境，如今却为元气充沛的精神上升，提供了一个虚静无为的空间。正是在如此空间、如此生命启示中，诗人写下：载着魂魄而高登云霞啊，超过浮云而向上飞行，从而走上通向精神自由境界的新历程。

四　直入天庭与星宿云霞对话

在分析《远游》的精神自由的极境之前，有必要退一步对诗人这种极境幻想作一些设身处地的解释。所谓精神调适，实际上是对现实的生存困境和精神困境进行内在超越的"白日梦"，在现实中无可奈何地失落了的东西，祈求在审美幻想中获得随心所欲的补偿。它是一种"反面的象征主义"，把人的内心世界与外界事物相互感应契合的"对应性"，转换成一种反面的对应，或倒影式的对应。比如，它把现实生活中的落魄穷愁倒影成屯车万乘，把处处掣肘倒影成随意役使风雨雷电，把险厄狭窄倒影成海阔天空，都是把现实情境倒转过来，然后加以象征的。这种倒转把悲愤换成愉悦，把"一把辛酸泪"换成"满纸荒唐言"，从而进行心理治疗。

应该承认，通过精神调适而达到的自由境界，是很难用诗学语言清晰地表达出来的。它需要一个"思想知觉化"的过程。诗人为此而调动了《离骚》中已有淋漓尽致之表现的神话想象的特长，不过在具体运用中，又要与《离骚》某些语言句式达成"重复中的反重复"的抒情策略的契约。乍看似乎它在"模仿"《离骚》，深思才知它别有意义和滋味。由神话想象演绎出来的天庭游，气度非凡，充分地展示了精神自由的特征。诗人可以自由地造访中央天宫和东西南北各方，有万乘并驰的气势，有摘星涉云的潇洒，出入于天门、帝宫、列宿居所而方便无碍，驱遣飞龙、风伯、云师、雨神、雷公而随心所欲，铺陈渲染，奇丽至极：

> 命天阍其开关兮，排阊阖而望予。
> 召丰隆使先导兮，问大微之所居。
> 集重阳入帝宫兮，造旬始而观清都。
> 朝发轫于太仪兮，夕始临乎于微闾。
> 屯余车之万乘兮，纷容与而并驰。
> 驾八龙之婉婉兮，载云旗之逶蛇。
> 建雄虹之采旄兮，五色杂而炫耀。
> 服偃蹇以低昂兮，骖连蜷以骄骜。

> 骑胶葛以杂乱兮,斑漫衍而方行。
> 撰余辔而正策兮,吾将过乎句芒。

这里的首句,就与《离骚》中"吾令帝阍开关兮,倚阊阖而望予"有重复,重要的改动只是把"倚"字改成"排"字。深入分析便知,这种外在的重复实际蕴含着内在的反重复。《离骚》中的诗人经过漫长的天路驰驱、上下求索之后,才叫天宫守门人开门,遭到怠慢与拒绝,其意义是天路堵塞。此处的诗人是登霞上征,径直进入天庭的,他命令天宫守门人开门,对方就推开天门望着他,其意义是天路畅通。改动个别字眼的相似诗句,由于处在不同的语境之中,意义便显示出巨大的差异、甚至相反,其锤字炼句之精审令人诧异。这就是一种别具滋味的抒情策略,甚至可以说,诗人故意点化《离骚》诗句,用"重复中的反重复"造成强烈的反差:于天宫守门人由势利而变得开通之处,以前后两次上征的不同遭遇来显示一种超越功利的精神自由。由于天门已经敞开,诗人便召唤云神丰隆来领路啊,访问太微垣星官的住所。齐集在重阳九天而进入天帝宫阙啊,造访太白星而观赏天京清都。早晨从天庭练习威仪的太仪宫发车启行啊,晚间才到达医无闾镇守的幽州神山。这番对天宫、星宿和神山的博访畅观,以空间往返的频繁,隐喻着精神的自由与活跃。

中央天宫之游后,继之以东、南、西、北四方之游,展现了精神远游的气势磅礴,境界恢宏,结构圆整。下述的东方之游也许由于初从天庭练习威仪的太仪宫出来不久吧,此行是以仪仗队列的繁盛雄壮见长,以显示精神远游的风云得意和势头雄伟。屯车乘有万辆之多啊,如大江大河一般纷纷溶溶而并驾齐驱。驾上八条飞龙蜿蜒而行啊,载上云旗随风招展。竖起旗杆用雄虹的彩色小旗装饰竿头啊,五色杂呈而光彩明耀。夹辕两马矫健地低昂前进啊,左右边马钩蹄踢腿很是骄纵桀骜。车骑交错纠缠而变得杂乱啊,斑纹闪烁不定而并头行进。把住缰绳而拿正鞭子以使队列变得整齐啊,我将要探望东方木神句芒。东方之游用诗十二句,多于中央之游的八句,但涉及的区域神灵星宿除了那位辅佐东方之帝太皞之佐木神句芒之外,只有下面顺笔提及的太皞自身。而写中央天宫的八句,则涉及帝宫、清都、太仪、大微、旬始和微闾六处。这种句式安排,说明中央与东方的神游各有侧重,中央游侧重于空间的开阔,东方游侧重于仪仗的鲜艳雄奇。其诗学匠心,是把隐喻精神自由境界的各个侧面,分解安排在诸方远游的依次描写之中，使铺陈处减少累赘，雄奇处带几分疏爽，增加了全诗内在肌理的流动感。

以下是西方之游：

> 历太皓以右转兮，前飞廉以启路。
> 阳杲杲其未光兮，凌天地以径度。
> 风伯为余先驱兮，氛埃辟而清凉。
> 凤凰翼其承旂兮，遇蓐收乎西皇。
> 揽彗星以为旍兮，举斗柄以为麾。
> 叛陆离其上下兮，游惊雾之流波。
> 路曼曼其修远兮，徐弭节而高厉。
> 左雨师使径待兮，右雷公以为卫。
> 欲度世以忘归兮，意恣睢以担挢。
> 内欣欣而自美兮，聊婾娱以淫乐。

西方游也是十二句。这里存在着一个微妙的变化：中央游是以云神丰隆为先导的，大概是取乘云上征、驾云漫游的象征；这里却反复强调以风神飞廉启路、以风伯为先驱，它呼唤的已经是一个清凉、潇洒的境界了。王逸《楚辞章句》解释"历太皓"："东方甲乙，其帝太皓，其神句芒。太皓始结罔罟，以畋以渔，制立庖厨，天下号之为庖牺氏。皓，一作嗥。"[①] 王氏的解释把神话与历史传说相混杂，并带有浓郁的阴阳家色彩了。屈子于西游之始，提到东方之帝太皞，是为了与东游之终连接得更严密。进而论之，西游之始顺手拈出东方之神以及下面西游转向南游之时顺手拈出北方之神玄武，有异曲同工之妙，都是为看似无序中暗示了一种深层的次序。它以你中有我、我中有你的形式，说明中央与东、南、西、北之游是一个浑然的完整过程与体系，各有侧重，却又互不隔绝，于圆转自如中共构一个精神自由的极境。

经历东帝太皞就向右转啊，前面以风伯飞廉开路。亮堂堂的太阳还未放光明啊，越过天池（据俞樾的考证，"天地"乃"天池"之误）而直接飞渡。风伯为我充当先驱啊，扫除了尘秽氛围而变得清凉。凤凰张开翅膀

---

① （宋）洪兴祖撰，白化文等点校：《楚辞补注》，中华书局1983年版，第170页。

承托着画有龙形的旌旗啊,在西方之帝少皞那里遇到了金神蓐收。采摘慧星来做旌旗啊,举起北斗星的长柄来做成旗杆。零乱错综而上下簸荡啊,泛游在惊雾流动的大波中。这番西游有特殊的时间、特殊的伴侣以及特殊的举止。太阳未出就飞渡天池,大概与前面所谓"壹气存于中夜"的时间相呼应。楚人崇凤,以凤凰为伴侣自然给西游带来一道特别明丽的风景,更何况"有羽之虫三百六十而凤凰为之长"(《大戴礼·易本命》)呢。至于摘取慧星与北斗星长柄来装饰旗帜,神思妙想,气吞斗牛,而别有一份潇洒。

东游、西游之后,该轮到南游、北游了吧。不,如此轮番铺陈过于刻板,如此结构法乃是死法。在东、西、南、北四游中间,诗人插入了一番随意漫游与俯瞰旧乡以及由此引发的情感波折,于错落着墨之处增添几分参差之美,足见诗人深知诗学辩证法的三昧:

> 时暧曃其曭莽兮,召玄武而奔属。
> 后文昌使掌行兮,选署众神以并毂。
> 路曼曼其修远兮,徐弭节而高厉。
> 左雨师使径待兮,右雷公以为卫。
> 欲度世以忘归兮,意恣睢以担抾。
> 内欣欣而自美兮,聊媮娱以淫乐。
> 涉青云以泛滥游兮,忽临睨夫旧乡。
> 仆夫怀余心悲兮,边马顾而不行。
> 思旧故以想像兮,长太息而掩涕。
> 氾容与而遐举兮,聊抑志而自弭。

西游的回程与东游的回程一样,是向右转回的,因而方位略为偏北。与前面的"举斗柄为麾"相衔接:这里提到了斗魁上的文昌六星以及北方太阴之神玄武。天色也与东游折向西游一样昏暗未明:天时昏暗而朦胧啊,召唤北方玄武神来奔走联络。后面文昌星使唤去掌管行程啊,选派众神来并车同行。王逸《楚辞章句》说:"顾命中宫,敕百官也。天有三宫,谓紫宫、太微、文昌也,故言中宫。"[①] 前述作为先驱的云神、风伯

---

① (宋)洪兴祖撰,白化文等点校:《楚辞补注》,中华书局1983年版,第171页。

似乎已经退役，因为这是漫游而不是赶路。代替他们的是管理百官的文昌，他选用和布置众神一道娱乐。因此随之用了《离骚》中曾经出现的句子"路曼曼其修远兮"，但是表现的已非孤独、坚执和辛苦地"上下求索"，而是缓缓地停鞭向高空飞渡，颇带一点从容不迫的风度了。左有雨师使唤做直接的侍从啊，右有雷公充当警卫。想超尘出世而忘记归去啊，意气放肆而轩昂自得。内心欣欣然自是美滋滋啊，聊且愉快欢欣而极度娱乐。这实在极其志满意得，从诗中使用"恣睢""自美""淫乐"等词语来看，似乎略带贬义，似乎埋伏着某些欲抑故扬、悲从乐中来的阴影。

阴影终于飘来。阴影中对《离骚》结尾"临睨旧乡"的诗句，袭用较多：趟着青云而尽兴无度地游乐啊，忽然俯瞰到旧时的乡土。仆夫留恋而我的心中也悲伤啊，两边的骖马也扭转头来不肯前行。思念旧友而想象其情形啊，深长叹息而掩面涕泣。从容泛游而远远飞去啊，聊且压抑心情而自求安宁。这段抒写，往往被论者用作《远游》模仿《离骚》，从而否定《远游》为屈子所作的重要证据。实际上不妨把它当作"重复中的反重复"的例证来对待。《离骚》中"临睨旧乡"的诗行，意义是怀念故国故乡，因为它在"乱辞"中继续叹息："已矣哉！国无人莫我知兮，又何怀乎故都？"这里"临睨旧乡"，所思念而为之"长太息而掩涕"的是"旧故"，即是依然蹉跎或挣扎于时俗中的老朋友。诗人已经得道远游，超越俗尘，对他们的处境情不自禁地顿生悲天悯人之怀。对象不同，意义自殊，所谓悲从乐中来的阴影乃是由于只能自美其美，未能推己之美及于人之美所致，由此可知诗人精神之博大。还须补充一点，文章贵于曲折跌宕，在精神远游的无限怡悦之中，加进一点对人间的反省，加进一点悲悯的情怀，可以使诗情沉着蕴藉、婉曲多味，而不至于一泄无余。经过这一番乐乎悲乎的情调色彩相间调节之后，精神远游便在螺旋式上升中进入更高一层的境界。

五　在音乐中迫近精神自由的极点

在讨论诗人的南游、北游之前，有必要先探究一下战国时代的五方五帝之说以及屈子以审美形态对这类文化资源的接纳和改造。五方五帝之说，与阴阳五行的宇宙模式相关。《尚书·洪范》即以水、火、木、金、土五种宇宙自然元素为"五行"，在"天乃锡禹洪范九畴"中又有"五事""五纪""五福"一类术语；但是尚未形成完整严密的神秘体系。五行学说神秘化的过程，可以从《史记·封禅书》的记载中发现踪迹："自齐威、宣时，驺子之徒论著五德之运……驺衍以阴阳主运显于诸侯。"①也就是说，与屈子同时而略早的战国之世，驺衍混合阴阳五行和五德始终之说，对应推衍成一个神秘体系，并成为当时俗主心目中的显学。《礼记·月令》（《吕氏春秋》"十二纪"仍之）又以阴阳五行学说整理远古神话和传说的资料，排列出五帝五神的宇宙结构，并且纳入五方与四时对应运行的体系：春月，东方，"其帝太皞，其神句芒"；夏月，南方，"其帝炎帝，其神祝融"；秋月，西方，"其帝少皞，其神蓐收"；冬月，北方，"其帝颛顼，其神玄冥"。中间还插入一个"中央土"，"其帝黄帝，其神后土"。这就把历史传说中按时代顺序排列的"五帝"，加以借用和替代，安置在神秘的宇宙结构中的空间位置上了。

　　了解这种文化思潮的变化，对于剖析屈子精神远游的结构和意义是非常必要的。在这股文化思潮神秘化的进程中，屈子以自由的心态，独辟蹊径，借用和变通其中的传说资源，并且将之审美化了。首先，他以"轩辕不可攀兮"这种敬而远之的诗句，把中央之帝黄帝及其神后土排除在视野之外，从而消解了神秘宇宙结构的严密性。其次，他又拉开了诗学与历史学的心理距离，不用"黄帝""炎帝"这种尽人皆知的中华民族始祖的流行名字，作为五方帝的称号，而改用了"轩辕""炎神"这种特殊称号。这就使抒写不致亵渎民族始祖，也不须对始祖正襟危坐或顶礼膜拜，而增加了诗学操作的自由度。其三，在对待四方之帝与四方之神的态度上，虽然神的名分比帝要低一些，但诗人对神的亲切感似乎超过了对帝的尊崇感。比如东游之中，要整齐队列去专门探讨东方木神句芒，而对于东方之帝太皞只不过是在转头西游时从那里经过。西游之时，"遇蓐收乎西皇"，西方之帝少皞只不过是遇上西方金神蓐收的一个场合，泛泛地称为"西皇"，连名字也没有具体地写上。在以下分析的南游、北游之中还可以看到，南方之帝炎神（帝）只不过代表一个方位，而南方火神祝融则是有具体交代的；只有对北方之帝颛顼略多礼敬，"从颛顼乎增冰"用了"从"字，"历玄冥以邪径"用于"历"字，态度与前述三方之游有明显变化，但冰天雪地似非诗人神往，无非一笔带过而已。从对四帝四神的态度来看，诗人不愿在神游中沾染世俗的名位权势，更多追求的是适意与

---

① （汉）司马迁：《史记》，中华书局1959年版，第1368—1369页。

自由。

且看诗人写得最用力、也最动情的南方之游。这里用了十六句诗，比东游或西游都多出四句：

> 指炎神而直驰兮，吾将往乎南疑。
> 览方外之荒忽兮，沛罔瀁而自浮。
> 祝融戒而跸御兮，腾告鸾鸟迎宓妃。
> 张《咸池》奏《承云》兮，二女御《九韶》歌。
> 使湘灵鼓瑟兮，令海若舞冯夷。
> 玄螭虫象并出进兮，形蟉虬而逶蛇。
> 雌蜺便娟以增挠兮，鸾鸟轩翥而翔飞。
> 音乐博衍无终极兮，焉乃逝以徘徊。

"南疑"也就是南方名山九疑山。《山海经·海内经》说："南方苍梧之丘，苍梧之渊，其中有九嶷山，舜之所葬。在长沙零陵界中。"[①]《离骚》中诗人向帝舜（重华）"跪敷衽以陈辞"，就发生在这个地方。而且也是诗人感受到帝舜的"中正"之道，上与天通，从而驾玉虬上征，"朝发轫于苍梧兮，夕余至乎悬圃"的出发地。有意思的是，《远游》中诗人从王子乔处领会到得道法门，从南州桂树附近乘云上征，在天宫和东、西两方飞驰，绕了大半个圈子后才把九疑山作为精神远游的重要落脚点。这个重要落脚点的郑重确定，说明诗人潜意识中还存在着他最崇拜的古圣帝遗址的深刻印痕，他对精神自由的追求还不能完全排除入世而济苍生的初衷。这为他在鄢郢和郢都失陷之后，连作三篇绝命辞而沉渊自尽，埋下了藕断丝连的潜隐因子。不过他在写《远游》时，也许并未明白地意识到这一点，因而写到九疑山而不提帝舜（重华），在超越政治功利的心态中尽情享受精神自由的快乐了。

指着南方炎帝的方向就径直驱驰啊，我将赶到南面的九疑山。游览了化外之地的原始荒凉啊，像在沛然汪洋中自然漂浮。火神祝融为我警戒和清道啊，奔驰去通知鸾鸟迎接洛神宓妃。安排演奏尧乐《咸池》和黄帝乐《承云》啊，娥皇、女英二女亲自唱起虞舜的《九韶》歌。指使湘水之神

---

① 袁珂校注：《山海经校注》，上海古籍出版社1980年版，第459页。

湘灵弹奏锦瑟啊，命令北海之神海若与河伯冯夷共舞。无角黑龙与水怪罔象同进同出啊，形体婉曲而婀娜多姿。美人虹轻盈地层层环绕啊，鸾鸟高飞而盘旋。音乐博大舒展而终极啊，它好像飘逝在何方而余音徘徊萦绕。这是一种极乐世界的意象鲜丽的歌舞场面，它汇集了古帝名乐，共与歌舞者是美丽女仙和水神，点缀气氛的有楚人崇拜的鸾鸟、鲜艳的彩虹和婀娜的水族。它实际上是以《离骚》式雄奇的笔墨，写《九歌》式清新雅丽的情景，在人、神、自然的和谐愉悦之中，以乐音舞姿把精神自由的境界推向极致。诗人不是在《九歌》中，以人、神、自然和民俗相交融的形态，创造了富有诗歌魅力的精神家园吗？他在这里所追求的精神自由的家园，也是以《九歌》风情为底子，为潜在旋律，可见他的精神根系自由伸展之时还是忘不了那方故乡水土。

遥远的北方为屈子所生疏，他所以要写北游，似乎有点虚应故事，使这番精神远游不致残缺一角而变得圆满。因此他只写了八句，仅及南游的一半：

> 舒并节以驰骛兮，逴绝垠乎寒门。
> 轶迅风于清源兮，从颛顼乎增冰。
> 历玄冥以邪径兮，乘闲维以反顾。
> 召黔嬴而见之兮，为余先乎平路。

四方游中，以此游最缺乏色彩。在南游享尽歌乐悦耳、舞姿蹁跹、色彩斑斓的快乐之后，跌至了苦寒的另一极点，倒也带有一点"没有不散之筵席"的哲理滋味。精神自由也是一种相对的东西，有炎热，也有苦寒。只要适意而行，苦寒也是人生值得体验的另一种风景。舒缓着总缰绳来奔驰啊，远到天尽头的北极寒门。在八风之府的清源把迅风超过啊，在极地层冰上追从北帝颛顼。经过水神玄冥走的是斜路啊，登上地维之间回头顾盼。召唤造化之神黔嬴来见面啊，要他为我先行铺平道路。短短的几句诗中，最有意思的是行进的速度和方式。未到北极寒门之前用了一个"舒"字，表示行进缓慢，似乎不愿过快到达；已到北极寒门之后用了一个"轶（超过）"字，表示行进迅速，似乎恨不得立即走完全程。随后还用了"邪径"二字，似乎要抄近道，他到了地维之间回头顾盼，是否为走完全程抽了一口冷气？总之，这里用一系列动作暗示北游过程中的心理状态，

1004 / 屈子楚辞还原诗学编

也是够传神,实在是迁得妙想的。

在北游终点上有一项重要的安排,就是会见造化之神黔嬴。这意味着诗人要超越空间方位的分隔,实行上下四方浑然一体的纵游,以迫近宇宙万象的原始:

> 经营四荒兮,周流六漠。
> 上至列缺兮,降望大壑。
> 下峥嵘而无地兮,上寥廓而无天。
> 视倏忽而无见兮,听惝恍而无闻。
> 超无为以至清兮,与泰初而为邻。

这最后十句诗虽然篇幅不多,对于把握屈子的宇宙哲学以及认识屈子的思想家素质,却至关紧要。不妨称这十句为无限之游,"道原"之游,它对于前面长篇大论的中央四方的具象之游的超越,是带有本质性的。在诗人探究宇宙起源之时,除了"无为"一词借用于老庄的核心概念之外,又以二二排比的方式连用了四个"无"字:"下峥嵘而无地兮,上寥廓而无天。视倏忽而无见兮,听惝恍而无闻。"前两个"无"字,可与《老子》二十五章相参照:"有物混成,先天地生,寂兮寥兮,独立不改,周行而不殆,可以为天地母。吾不知其名,强字之曰道。"[①] 先天地生的寂兮寥兮的混成状态,自然是混沌未开的无地无天状态。后两个"无"字,可与《老子》十四章相参照:"视之:不见名曰夷,听之不闻名曰希,搏之不得名曰微。此三者不可致诘,故混而为一。其上不缴,其下不昧,绳绳不可名,复归于无物。是谓无状之状,无物之象,是谓惚恍。"[②] 屈子所谓倏忽无见、惝恍无闻者,便是这种希夷惚恍的"无状之状,无物之象"。屈子的"五无"宇宙起源说,与《老子》相通,又与前面反复论证过的稷下黄老之学的"精气说"相呼应。他不相信有什么创世的主神,而认为万有世界是在混沌的壹气中化生出来的,给他铺平通向道之原点的是造化之神黔嬴。《汉书·司马相如传下》颜师古注引张揖注《大人赋》"左玄冥而右黔雷":"黔雷,黔嬴也,天上造化神名也。《楚辞》曰'召

---

① 陈鼓应:《老子今注今译》,中华书局1984年版,第159页。
② 同上书,第113页。

黔嬴而见之'，或曰水神也。"黔嬴兼备造化神与水神的双重身份，使混沌一气化生万物，与五行中的水有不解之缘。北方属水，这也使我们加深理解屈子的中央四方之游，何以把北游作为通向道原的无限之游的最后一站了。

经营四方之外的洪荒之地啊，周流宇宙六合的冥漠之态。上至电神列缺的所在啊，下望东海之外的无底大壑。向下峥嵘深邃而没有地啊，向上寥廓旷远而没有天。观看那倏忽变化之状而一无所见啊，倾听那惝恍迷离之态而一无所闻。越超无为以到达至清之境啊，与宇宙的原始泰初为近邻。《庄子·天地篇》说："泰初有无无，有无名。一之所起，有一而未形，物得以生谓之德。"唐成玄英疏："泰，太；初，始也。元气始萌，谓之太初。言其气广大能为万物之始本，故名太初。太初之时，惟有此无，未有于有。有既未有，名将安寄？故无有、无名。"① 屈子精神远游的最终点是迫近"泰初"，既是迫近道之本原，也是迫近宇宙万物得以生成的原始点。清初治《易》《诗》《庄》均有心得的钱澄之，在《庄屈合诂》中评述《远游》最终点："游穷六合，亦以远矣。然犹在天地内也，不能离见闻也。远之又远，至于下无地，上无天，视无见，听无闻，直出无为之先，太初之始，而后为至道，而后真能为远游者。以此而下视夫沉浊污秽之世，纷纷谗墼于何有哉？如此则一部《楚辞》可以不作，然而原终不能也，亦言之而已！"

至此，屈子追求的精神自由之境已经历和实现了三度超越，第一度超越了沉浊污秽的时俗，第二度超越了生命的困惑与悲哀，第三度超越了天宫四方游的有形有声有色，最后达到与泰初为邻的至清之境。由于三度超越处在三个不同的精神层次，屈子得以在开阔的想象思维空间中，以审美形态选择、转化和融合了战国诸多文化思潮，包括神话传说、儒家正气之学、老庄之学、稷下黄老之学以及神仙家、阴阳家的思想和意象资源，而以南方之学为主，进行了智者兼诗人式的创造。

这是从精神哲学的角度立论的，假如从屈子诗学的角度立论，那么他写得最精彩而最为游刃有余的地方，当是天宫四方之游。因为至清至道之境可心受而不可言传，缺乏真切直观的意象作为审美载体，想要言传又谈何容易？唯有有形有声有色之处，方可写得诗情画意毕现，风光摇曳多

---

① 陈鼓应：《庄子今注今译》，中华书局1983年版，第335—336页。

姿。于道以一统万之处，诗则反过来以万见一，这乃是诗与道之间的辩证法。因此，《远游》诗学结构的似锦繁花，还是绽开于天宫四方游的一路风景之中。若用图形表现这种复杂的诗学结构，则为：

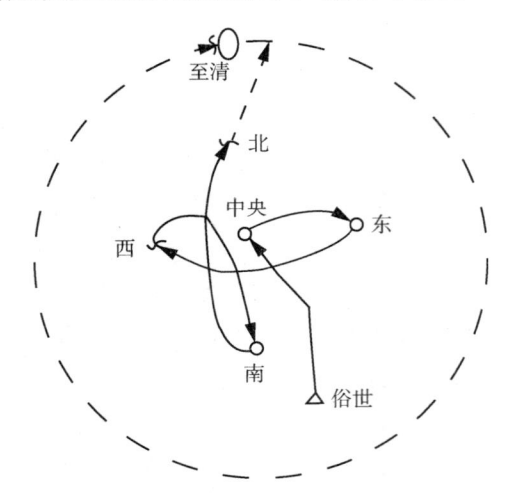

第六章 《卜居》《渔父》的文体创制

一 它们属于屈赋杂篇

列在屈原名下的作品,相对于《离骚》《九章》而言,《卜居》《渔父》诚为另一副笔墨。屈子之作,本来就形态多姿,不拘一格,《天问》之借天发问,《九歌》之人神对歌,均不同凡响。但述志抒怀的文字,除《橘颂》间见第二人称之外,基本采取第一人称的抒写角度。《卜居》《渔父》却均以"屈原既放"开头,采取客主答问的抒写角度和结构方式,依据《汉书·艺文志》把《客主赋》十八篇列入"杂赋类"的体例,不妨把《卜居》《渔父》列为屈赋杂篇。清人章学诚《校雠通义》考察《汉书·艺文志》所透露的刘歆《七略》义例,认为一些书籍内容复杂,为了清理九流百氏之学的源流嬗变,有些著作不妨在不同的目录学类别中重复著录,以便于"即类求书,因书究学"。因而曾收入《屈原赋》二十五篇的《卜居》《渔父》,可以按例收入杂取诸家的《客主赋》十八篇也未可知。

既然是杂篇,杂中有变,杂则生变,它们以文体的变异和创制打开了辞赋形式的新天地,为宋玉赋和汉赋的产生预示了文体的可能性。这就是《卜居》《渔父》"但开风气不为师"的文学史价值所在。然而,杂、变、新以及另具笔墨,都可以启人疑窦,都可以令人产生"此亦屈赋乎?"的陌生感和怀疑。比如清代以辨伪考信见长,自奉"打破砂锅纹(问)到底"的谚语为信条的崔述便说:"周庾信为《枯树赋》,称殷仲文为东阳太守。其篇末云,'桓大司马闻而叹曰'云云。仲文为东阳太守时,桓温之死久矣。然则是赋作者托古人以畅其言,固不计其年世之符否也。谢惠连之赋雪也,托之相如;谢庄之赋月也,托之曹植;是知假托成文,乃词人之常事。然则《卜居》《渔父》亦必非屈原之所自作；《神女》《登徒》亦必非宋玉之所自作；明矣。但惠连、庄、信，其时近，其作者之名传，则人皆知之。《卜居》《神女》之赋其世远，其作者之名不传，则遂以为屈原、宋玉之所作耳。"崔氏以"假托成文"的例证逆推屈、宋，可以启发后人的深入探讨，但未能提供屈、宋自身的本证，使逻辑推理的立足点悬空。"五四"以后，疑古思潮甚炽，胡适《读楚辞》从文体进化的角度提出"大胆的假设"，认为"《卜居》《渔父》为有主名的著作，见解与技术都可代表《楚辞》进步已高的时期"。这也是印象之谈，并未作出"小心的求证"，并未阐明这种进步何以在屈子时期为不可能，或竟然可能。

现代一批学者沿着疑古思路进行探索，在《卜居》《渔父》的创作宗旨上纠正东汉王逸之偏，却未能在动摇王逸认为此二文为屈子所作上，提出足够坚实的证据。王逸《楚辞章句》认为："《卜居》者，屈原之所作也。屈原体忠贞之性，而见嫉妒。念谗佞之臣，承君顺非，而蒙富贵。己执忠直而身放弃，心迷意惑，不知所为。乃往至太卜之家，稽问神明，决之蓍龟，卜己居世何所宜行，冀闻异策，以定嫌疑。故曰《卜居》也。"① 又说："《渔父》者，屈原之所作也。屈原放逐，在江、湘之间，忧愁叹吟，仪容变易。而渔父避世隐身，钓鱼江滨，欣然自乐。时遇屈原川泽之域，怪而问之，遂相应答。楚人思念屈原，因叙其辞以相传焉。"②

王逸对本文的解释，较为浮面。其不知诗人婉曲为辞，取人生之一端托为寓言而加以生发，自己并非"心迷意惑"而故作迷惑，在隐蔽和显现的曲折操作中实现自己的诗学策略。同时他在《渔父》解题中，聊存异说，谓"楚人思念屈原，因叙其辞以相传焉"，为千年后的作者疑案埋下了最初的根据。朱熹《楚辞集注》对二文的解题，在相当大的程度上是与王逸的以上解释持异的："《卜居》者，屈原之所作也。屈原哀悯当世之人，习安邪佞，违背正直，故阳为不知二者之是非可否，而将假蓍龟以决之，遂为此词，发其取舍之端，以警世俗。说者乃谓原实未能无疑于此，而始将问诸卜人，则亦误矣。"③ 又说："《渔父》者，屈原之所作也。渔父盖亦当时隐遁之士，或曰亦原之设词耳。"④ 这里所用"阳（佯）为"

---

① （宋）洪兴祖撰，白化文等点校：《楚辞补注》，中华书局1983年版，第176页。
② 同上书，第179页。
③ （宋）朱熹：《楚辞集注》，上海古籍出版社2001年版，第111页。
④ 同上书，第113页。

"设词"诸语，便是揭示其间的诗学策略的。

　　尤其有力地证明《卜居》《渔父》为屈子所作的，是今人陈子展。他把二文置于战国至两汉的文化脉络或文化语境中，论述了它们的产生和传播的过程。他在《总论〈卜居〉〈渔父〉为屈原所作》中指出："东方朔《七谏·自悲》里说：'隐三年而无决兮，岁忽忽其若颓。'又《谬谏》里说：'念三年之积思兮，愿壹见而陈词。'严忌《哀时命》里说：'务光自投于深渊兮，不获世之尘垢。'王褒《九怀·蓄英》里说：'药蕴兮霉黧，思君兮无聊。'刘向《九叹·逢纷》里说：'辞灵修而陨志兮，吟泽畔之江滨。'又说：'颜霉黧而沮败兮，精越裂而衰老。'早在王逸之前，这些作品都用上了《卜居》《渔父》两篇的词汇和语意，难道这都是偶然的巧合么？尤其是刘向'典校经书，辨章旧文'，算作第一个整理《楚辞》的学者，当是掌握到了关于《楚辞》的全部的原始材料，即从他袭用了《卜居》《渔父》的词句来说，他早就肯定这两篇是屈原所作了。"① 这里引用的材料并非罕见，洪兴祖为王逸《楚辞章句》所作的补注本即有，但一经剔出，便成了《楚辞》各篇之间的集内互证了。

　　有了陈子展这番梳理，郭沫若在《屈原赋今译·后记》中从先秦古韵方面的考察，也可以转用来支持这两篇为屈子所作的判断了。郭氏说："《卜居》和《渔父》两篇，很多人怀疑不是屈原的作品，特别是《渔父》那一篇应该是后人的著作。但作者只是把屈原作为题材而从事创作，并无存心伪托。它们之被认为屈原作品，是收辑《屈原赋》者的误会。这两篇由于所用的还是先秦古韵，应该是楚人的作品。作者离屈原必不甚远，而且是深知屈原生活和思想的人。这在研究屈原上不失为很可宝贵的材料。"② 郭氏治《楚辞》，在疑古思潮势力未消之时，为审慎计，宽泛地把这两篇定为楚人作品。既然无法具体确定另外的作者，为了深入研究文本，取"不纯为杂"以及取不雅正而有新变为杂之义，姑定为"屈赋杂篇"以减少节外生枝的纠缠也是必要的。钱锺书说过一句非常机智的话："假如你吃了个鸡蛋觉得不错，何必认识那下蛋的母鸡呢？"这种机智的价值在于，当一部作品的作者大体可辨，而又无法另外发现切实可靠的反证材料之时，明智的做法是摆脱过分纠缠，而直接进入文本所包含的诗学智

---

①　陈子展：《楚辞直解》，江苏古籍出版社1988年版，第670—671页。
②　《郭沫若全集》（第五卷），人民文学出版社1984年版，第383—384页。

慧和文学史意义。

如果从战国时代的文化发展脉络以及它的文化空间所提供的特殊文体创造的可能性来深入分析，那么在屈原的时代甚至屈原手中，存在着创造出《卜居》《渔父》这类作品的充分的条件。只有从这个时代的文化空间的博大复杂以及创造精神的无比旺盛着眼，我们才有可能承认屈原不仅创造了《离骚》《九歌》《天问》《九章》，而且创造了《卜居》《渔父》如此多姿多彩的奇迹。不然就会感到如此多姿多彩的奇迹出于一代一人之手，简直不可思议。在这里是否有必要解放一下思想，理直气壮地承认在中国诗歌和文章发展史的早期，就曾经崛起过一个世界级的巨人？

自春秋晚期孔子打开私人讲学风气和创立儒家学派之后，学术下移，由官守的积累型文化转为学者的创造型文化，出现了《庄子·天下篇》所谓"道术将为天下裂"的现象。降至战国，在九流竞涌、百家争鸣的局面中，私家著述蓬勃兴起，文体探索和创造之风极盛，孟、荀、庄、韩均有集大成的气魄，异彩缤纷，又各具面目。以致善于"辨章学术，考镜源流"的清人章学诚说："后世之文，其体皆备于战国"[①]"盖至战国而文章之变尽，至战国而著述之事专，至战国而后世之文体备。故论文于战国，而升降盛衰之故可知也。"[②] 近代刘师培《论文杂记》特别表彰其间的重点学者和学派："中国文学，至周末而极盛。庄、列之深远，苏、张之纵横，韩非之排戛，荀、吕之平易，皆为后世文章之祖。"[③] 又说："后世文章之士，赓诗作赋，亦多浮夸矜诩之词。欲考诗赋之流别者，盍溯源于纵横家哉！"这么一个给后世提供了繁多的文体模式的时代，它本身是不崇尚任何固定模式的。各种文体之间互相借用、又互相持异，共同构成了式样翻新又充满活力的流动状态。因此，对于这个时代的文体发展阶段的区分，不能简单地套用文体相对固定时代的成规。

至于客主答问文体，起源极早的古史即启其端绪，所谓"左史记言，右史记事"，《尚书》《左传》《国语》等史籍便多言谈对答。诸子言理，也多主客师生答问之辞，每有临场发挥之趣。《论语》谈仁、论政、言礼、问学，往往采取师生问答形式，如《先进篇》记子路、曾晳、冉有、公西华侍坐言志，便颇带戏剧性。被崔述《论语篇章辨疑》称为"可疑者甚

[①] （清）章学诚：《文史通义》，古籍出版社1956年版，第17页。
[②] 同上书，第16页。
[③] 刘师培著，洪治纲主编：《刘师培经典文存》，上海大学出版社2004年版，第249页。

多"的《季氏》《阳货》《微子》《尧曰》四篇,情形尤为突出。如《微子篇》中的楚狂接舆歌而过孔子以及长沮、桀溺与荷蓧丈人嘲讽孔子诸章,其思潮情调或有与《渔父》正反相通之处。邹人孟轲游事诸侯不受知遇,退而与万章之徒序《诗》《书》,阐述孔子之道,所成《孟子》七篇完善了对话体框架,直称孟子而采取第三人称,与《卜居》《渔父》直称屈原相类。所述多为游事诸侯之事及师徒论学,已把《论语》式的语录体拓展为雄辩滔滔的论辩体。《庄子》论道,每好构设虚无人物,杜撰古帝先贤事迹,玄思神话与禽虫寓言,又随时拉来当代名流故友,描摹这些真真幻幻的论辩隽语,于汪洋恣肆之处颇有妙不可言的理趣。由此可知,在战国文化空间中,孟、庄之辈上承史、孔,已把对话体文章发挥得淋漓尽致,风气所披,使诸子论道常取对话形式,成为战国文体的一大特征。

对《卜居》《渔父》的文章结构产生更多的直接间接影响者,是战国纵横家的游说风气。《战国策》所收集的游士言论,除了都是对话体之外,排比、夸饰、黠智与辞采也是常用的雄辩术手段,遂使苏秦、张仪一辈的言谈应对,于酣畅淋漓之处颇具煽动力。屈原与张仪有过周旋过招,对其纵横捭阖之术多有领教。即以《战国策·楚策》而言,前于屈原,有江乙对楚宣王以狐假虎威的寓言;与屈原同时,有张仪通过靳尚打通郑袖的关节以脱离楚怀王之拘禁的记载;后于屈原,又有庄辛在郢都陷落之后,以"亡羊补牢,未为迟也"讽喻楚顷襄王的名文。屈原自然不属纵横家,甚至鄙薄纵横家朝秦暮楚的无原则行为方式,但从他所处的文化空间而言,他所处的战国大环境和楚国小环境,都有足够的理由可以说明,他能够写出《卜居》《渔父》一类作品。这些文化环境条件,不仅包括对话体的形式,而且包括思潮情调、语式辞采。也就是说,屈子不必等待胡适所假设的"《楚辞》进步已高的时期"的到来,他自身就具备充分的条件站在领这个时期风气之先的开拓者行列。

再来看《史记·屈原列传》,"《渔父》篇记事,司马迁便认为实录,而且他显然认为这是屈原自己所作,更有史料的价值,所以来不及把它完全改为不用韵的散文,就作为一段插话写入传记了"。这已为陈子展所言。值得注意的是,这篇列传一开头就记述屈原"博闻强识,明于治乱,娴于辞令",传记又记载"屈原既死之后,楚有宋玉、唐勒、景差之徒者,皆好辞而以赋见称;然皆祖屈原之从容辞令,终莫敢谏"。开头结尾重复使用"辞令"一语，虽有区别，但也不能排除其间存在某些内在联系。"辞令"指应对之言词，如《礼记·冠义》："礼义之始，在于正容体，齐颜色；顺辞令。"在屈子作品中，《离骚》《天问》之类不能称为辞令，唯《卜居》《渔父》庶几近之。

查考《汉书·艺文志》，在《屈原赋》二十五篇之后，列有《唐勒赋》四篇，《宋玉赋》十六篇，可知这些作品在东汉时期尚未散轶。但是王逸编著《楚辞章句》时，全收屈原作品，列于宋玉名下者有《九辩》《招魂》，《大招》疑及景差，唐勒赋则全然未收。何以出现这种情形？这是王逸（可能还应提到他的前辈刘安、刘向）坚持《楚辞》体例而略作变通的缘故。而对屈原之作，搜集务求其全，连杂篇如《卜居》《渔父》也附带收入。宋玉诸人则只收其近骚之作，从《昭明文选》保存在宋玉名下的《风赋》《高唐赋》《神女赋》和《对楚王问》来看，未入《楚辞》的宋玉、唐勒的作品，当多为沿袭《卜居》《渔父》系统，可以看作"皆祖屈原之从容辞令"的作品。如果把《卜居》《渔父》从屈原名下除去，那么又有何种"辞令"供逐渐远离骚体的辞赋家宋玉之徒去"祖"呢？这难道不是造成了中国辞赋史上的一个脱项或空白吗？进而言之，屈原既然"娴于辞令"，又有"出则接遇宾客，应对诸侯"的机会，面对纵横家巧舌如簧的文字，他岂不也可能产生在文体上加以"应对"的欲望，从而创造一种去纵横家之夸饰，而多诗人之潇洒、情致与韵味的新的辞赋文体？由此观之，《卜居》《渔父》成于屈原之手，不仅具有大环境、小环境的外在文化空间的条件，而且具有他本人"娴于辞令"的主观条件以及对纵横家文体进行反拨的内在动机。

二 《卜居》诗学智慧的外在化转移

《卜居》标志着由骚赋到辞赋的文体形式的历史转折点。在《离骚》《九章》中，我们看到诗人炽热的心灵伴同着他的生命在燃烧，简直要作出"诗就是生命的燃烧"的断语了。可是在《卜居》中，这种炽热欲燃的情感受到节制和冲淡，一句"屈原既放"把为文的作者和文中的人物推开了相当的心理距离。本来要借神话想象和美人芳草之类的隐喻，方能沉郁地发泄出来的内心冲突，在这里却化为面对龟版蓍草而问卜的日常生活场面了。这就是诗学智慧由内向外的转移。这种转移是以民俗为载体的，苏轼《荆州十首》写道："游人多问卜，伧叟尽携龟。日暮江天静，无人唱楚辞。"可见此风于宋犹然。以此为起点，其后在宋玉辞赋中转向高唐神女的神人之遇以及借风讽喻的君臣应对。到了汉代大赋，趣味多在述田猎、记祭祀、夸京都、咏器物，体现了国家大一统的雄伟气象和心理平衡感。但发展到了要查字书、地图、方志才能作赋的程度，作者的内在世界也就难以在其中占有位置了。

然而，《卜居》毕竟处在这种趋向外在化的赋体的开端，不仅尚未走到内在世界难以立足的地步，而且借用外在世界来映照内在世界，达到了一种内外互渗，主客体交融的审美境界。它开头虽然用第三人称推开心理距离，却又先从"心烦虑乱"的内在世界落笔：

> 屈原既放，三年不得复见。竭知尽忠，而蔽于谗；心烦虑乱，不知所从。乃往见太卜郑詹尹曰："余有所疑，愿因先生决之。"詹尹乃端策拂龟，曰："君将何以教之？"

这时的屈原，被贬黜后尚能回郢都会见太卜，而且太卜对他尚称客气，可见处境还不算极端艰难。与流放江南"九年不复"，足不再履郢都有很大的不同，"三年不复见"乃是不复见楚君，事情当发生在楚怀王之世退居三闾大夫，或自疏汉北的时候。屈原这段经历为《史记·屈原列传》所未载，也未为王逸《楚辞章句》所提及，是后人根据《九章·抽思》推测出来的。除了屈原，似乎少有人对这段经历和处境作如此了解，这大概也可视为《卜居》乃屈子所作的内证。

太卜又称大卜、卜正，为卜筮官之长。《礼记·曲礼下》说："天子建天官，先六大，曰大宰、大宗、大史、大祝、大士、大卜，典司六典。"郑玄注认为："此盖殷时制也。"[1] 到了周朝，太卜列于《周礼·春官》，掌龟卜、蓍筮、梦占之法。《卜居》中太卜郑詹尹摆正蓍草（策）、拂拭龟版，乃是他的职业行为。郑詹尹应是郑国灭亡过程中流离至楚国而世袭的太卜。韩灭郑之战，指前423年至前375年之间，韩武子、韩景侯灭亡郑国的战争。直至公元前375年，韩哀侯攻克了郑国的首都，并将都城迁到新郑。此时离屈原问卜已有半个多世纪，大概此郑詹尹已是第三代，他是世袭的郑国太卜，并非楚国太卜。他的占卜术高明，却是以局外人的第

---

[1] （汉）郑玄注，（唐）孔颖达疏：《礼记正义》，北京大学出版社1999年版，第129页。

三只眼睛来考察屈原的处境和命运的。古代有"筮短龟长"的说法,认为龟版占卜吉凶比蓍草更灵验,更具权威性。郑詹尹把蓍草、龟版两副家生都摆上来,可见郑重其事。找权威人物以权威手段来占卜决疑,极写屈原心灵困惑之深,深到了这位拥有权威手段而郑重其事的权威人物,也最终自告不敏。

以下就是文中人物屈原向太卜倾吐心灵困惑了。应该记住,文中的屈原与作者屈原之间是有心理距离的,他采取了"分身立言"的叙事策略:

> 屈原曰:"吾宁悃悃款款朴以忠乎?将送往劳来斯无穷乎?宁诛锄草茅以力耕乎?将游大人以成名乎?宁正言不讳以危身乎?将从俗富贵以偷生乎?宁超然高举以保真乎?将哫訾栗斯、喔咿嚅唲以事妇人乎?宁廉洁正直以自清乎?将突梯滑稽、如脂如韦以洁楹乎?宁昂昂若千里之驹乎?将泛泛若水中之凫,与波上下,偷以全吾躯乎?宁与骐骥抗轭乎?将随驽马之迹乎?宁与黄鹄比翼乎?将与鸡鹜争食乎?此孰吉孰凶,何去何从?世溷浊而不清。蝉翼为重,千钧为轻。黄钟毁弃,瓦釜雷鸣。谗人高张,贤士无名。吁嗟默默兮,谁知吾之廉贞?"

于外在化的问卜场面上,问的依然是内在世界所感受到的人生疑惑。这里连用了八组十六句"宁……将……"的语式,对个人的社会行为选择提出疑问。从"宁"句表达自己志趣,"将"句表示社会认可的选择交错使用来看,这也是贬黜汉北时期所能提出的问题,因为社会还允许他"变心从俗",尚未陷入"愁苦终穷"的绝境。十六个问题涉及政治、道德、才能、器识和风度诸多领域,体现了一个忠贞正直之士与混浊的社会的严峻对立。虽然卜问"孰吉孰凶",但是各种行为已经与其结果明明白白地联结在一起,答案已在问题之中。至于"何去何从",作者心中也有定则,"将"者为其所去,"宁"者乃其所从。他所以要如此提出问题,乃是一种叙事策略,以人物的自我分裂来折射社会危机的心理压迫以及由压迫激发的心理反抗能力。

如果说《天问》借天问事,170余问,问及神话和历史,体现了宇宙论和历史观中的理性精神;那么《卜居》近20问,以心问天,以心灵困惑形式所表达的乃是社会观和人生观中的理性精神。这一点与《史记·伯夷列传》中质疑天道的理性精神相通，可资参照："或曰：'天道无亲，常与善人。'若伯夷、叔齐，可谓善人者非邪？积仁絜行如此而饿死！且七十子之徒，仲尼独荐颜渊为好学。然回也屡空，糟糠不厌，而卒蚤夭。天之报施善人，其何如哉？盗跖日杀不辜，肝人之肉，暴戾恣睢，聚党数千人横行天下，竟以寿终。是遵何德哉？此其尤大彰明较著者也。若至近世，操行不轨，专犯忌讳，而终身逸乐，富厚累世不绝。或择地而蹈之，时然后出言，行不由径，非公正不发愤，而遇祸灾者，不可胜数也。余甚惑焉，傥所谓天道，是邪非邪？"① 司马迁这番借题发挥是与《卜居》的理性精神一脉相通的，其间除了历史意识之外，大概也融合着这位历史家的个人身世之感吧。

《卜居》本段前以"宁……将……"语句加以骈排，后以对偶语句加以承接，语句长短不一，参差错落，极尽抑扬顿挫之能事。从骈排、对偶的语句组合方式来看，它与第一段语句的散漫中略作整齐有明显的区别，这既意味着骚体诗向散文化的转移，也呈现了汉赋以后骈俪倾向加浓的最初萌芽。前六组十二问，以九言为主，个别句子向九言之外延伸，长至十四、十八言。中间二组四问，均为七言，语式趋于对偶。《文心雕龙·丽辞篇》说："故丽辞之体，凡有四对：言对为易，事对为难，反对为优，正对为劣。言对者，双比空辞者也；事对者，并举人验者也；反对者，理殊趣合者也；正对者，事异义同者也。"②《卜居》的对偶属于第三类，即反对式的对偶，或正反相对式的对偶，"宁"句以为正，"将"句以为反，两两相反，往返推移，形成了文章的内在张力。既从正面问：我宁愿诚诚恳恳，朴实而忠诚？又从反面问：我还是送往迎来，无穷无尽地与世周旋？这是从处世的总宗旨设问，随之便推移到政治行为上，从正反两方面设问：宁愿锄去草茅勤力耕作？还是游说大人物而成名？宁愿直言不讳地谏诤而危及自身？还是从俗富贵而娱乐此生？继之又转向道德品质方面，正正反反地提问：宁愿超然世外、高尚举止而保存本性之真？还是忸怩承欢、强笑曲从，去侍奉郑袖那个女流？宁愿廉洁正直而自图清净？还是将圆滑苟同，滑如油脂，韧如熟牛皮，去涂饰堂前柱子？这些正反相对式的丽辞所产生的审美张力，不仅对峙于同一精神层次之内，而且转

---

① （汉）司马迁：《史记》，中华书局1959年版，第2124—2125页。
② （南朝梁）刘勰撰，范文澜注：《文心雕龙注》，人民文学出版社1962年版，第588页。

移于不同的精神层次之间，显示了作者精神探索之深与广。

其间偶或使用楚方言，如今日读来佶屈聱牙的"呢訾栗斯""喔咿儒儿"，便与古楚方言有关。朱季海《楚辞解故》引《方言》第十云："忸怩，惭涩也。楚、郢、江、湘之间谓之忸怩，或谓之戚咨。"① 呢訾乃戚咨的对同一方言的同音记录，这一点是否可以加深《卜居》为屈子所作的感受？不过，这里使用得更多的艺术手段是隐喻，尤其是其中有三组六句以牲畜禽鸟为喻。比如以"千里之驹"对"水中之凫"，这是牲畜和禽鸟的跨类之对；以"骐骥"对"驽马"，这是牲畜之间的同类之对；以"黄鹄"对"鸡鹜"，这是用一鸟对双禽的同类之对。因而这些对偶式隐喻，是种类多样，不拘一格，于排比中不失参差错落的散文之美的。在对前面的八组十六问作了"孰吉孰凶，何去何从"的总括性提问之后，语句突然变短，多用四言："蝉翼为重，千钧为轻；黄钟毁弃，瓦釜雷鸣；谗人高张，贤士无名。"这便以二元对立的语言表述方式，尖锐地揭示了造成自己心灵困惑的根源，在于社会文化的秩序反常和价值颠倒。句式变短，使语气情调趋于紧迫，形成一种富有社会批判精神的斩钉截铁的判断。最后两句的字数略为增长，语气稍趋舒缓：唉唉，默默地还有什么好说，有谁知道我的廉洁忠贞？由于此句处于批判性的判断之后，已是似问非问，问已多余，遂化作一声深长的叹息了。

人物的心灵困惑虽深，但问题的答案已经深蕴于问题之中。因此作品便形成了一种戏剧性结构，为问卜而来，双方对问卜都郑重其事，却得不到卜辞而去。一切都消解在不可消解之中，形成一种不可解而解的戏剧矛盾：

> 詹尹乃释策而谢，曰："夫尺有所短，寸有所长。物有所不足，智有所不明。数有所不逮，神有所不通。用君之心，行君之意，龟策诚不能知此事。"

太卜郑詹尹的话，带有一个卜筮长官的职业性箴言的色彩。他不从中正的方向、而从正中有偏的方向作出回答，从而使答语奇正相生，富有回旋的余地。他的话是当时活的口语，不必像后来的汉赋和骈文那样堆砌典

---

① 朱季海：《楚辞解故》，上海古籍出版社1963年版，第162页。

故，而是随手拈来民间谚语，生发点染，运转如环，从而把尴尬化作哲理性的智慧。"尺有所短，寸有所长"，讲的是事物的相对性；"数有所不逮，神有所不通"，讲的是人生的不可知性。一连用了六个"有所"与四个"不"字，明明白白又重重叠叠，以其间的相对性和不可知性，把早期宗教神学的绝对性委婉地消解了，同时也把一个卜官的权威面孔换成一个智者的聪明玲珑。他以"龟策不能知"把屈原的心灵困惑，排除在早期宗教神学的视野之外；又以"用君之心，行君之意"把屈原的心灵困惑，划归心理研究和社会行为研究的范围，交给屈原的自由意志去作出应有的选择。从全篇的艺术结构而言，如此结局是最佳的结局，同时也是未明性和开放性的结局。其间的未明之明、开放之放，在历史长河上排起了千叠巨浪。

三　《渔父》的散文化诗学之美

写下这个题目，自己也感到奇怪，散文与诗，是两种相对而言的文体范畴，何以它们又移花接木，错综为美了？但这不是我的过错，而是我读《渔父》的第一印象，一种文体往往需要从与之相对相异的另一种文体中，借用和转化某些有效的表现手段，才能化封闭为开放，化沉滞为流动，化严密为疏爽，从而为此一文体输入一种新鲜别致的美学素质，增加文体的弹性与活力。《渔父》的作者就有这么一种好身手，在移花接木的艺术转借和点化中，创造出一篇年代非常古老、韵味却常读常新的散文诗。比起《卜居》，这篇《渔父》具有更为浓郁的旷野清新气息。这不仅指它把人物对话的场所，由室内问卜换作泽畔行吟，而且指它以散文的随便化解诗歌的典重，又以诗歌的精粹提升散文的平易，从而使文体灵转自如，清辞丽句，极具魅力。它一开头，便寥寥数笔，呈现了一幅令人千古难忘的《屈子行吟图》：

> 屈原既放，游于江潭，行吟泽畔；颜色憔悴，形容枯槁。渔父见而问之曰："子非三闾大夫与？何故至于斯？"

这里屈原的肖像，是以四句四言的流水对格式，来进行写意性的描写的。先述地点、行为，然后见到容颜，仿佛由远及近地走过来。屈原肖像的描写，以《涉江》中的高冠长铗以及这里的憔悴行吟，堪称"双璧"，着墨不多，却在衣装、容貌、行为中折射出人物的品格、情趣和命运，把屈子的神采点染得极具魅力了。

渔父是一个极有诗学意味的意象，他意味着与自然、与清净无为之道的融合。这种意象也见于《庄子》杂篇《渔父》，谓孔子弦歌鼓琴，"有渔父者，下船而来，须眉交白，被发揄袂，行原以上，距陆而止，左手据膝，右手持颐以听"。他主张"真者，所以受于天也，自然不可易也。故圣人法天贵真，不拘于俗"，嘲讽孔子"仁则仁矣，恐不免其身，苦心劳形以危其真。呜乎远哉，其分于道也"！[①] 当孔子向他"请因受业而卒学大道"之时，他却撑船而去，隐没于芦苇间。这是《庄子》记载的悟道者与开创儒学者之间两种异质文化对话的寓言。另一个渔父意象，见于《史记·伍子胥列传》，谓伍子胥逃离楚国，经宋奔郑，想过昭关入吴之时，为关吏追捕，"至江，江上有一渔父乘船，知伍胥之急，乃渡伍胥。伍胥既渡，解其剑曰：'此剑直百金，以与父。'父曰：'楚国之法，得伍胥者赐粟五万石，爵执珪，岂徒百金剑邪！'不受。"[②] 这个故事后来在《吴越春秋》《越绝书》和敦煌文献《伍子胥变文》中，有更多的发挥。屈原与孔子、伍子胥的年代不相及，他所遇的渔父不会是孔、伍时候的渔父，只是说这些渔父作为诗学意象有其相通之处，都具有浓郁的自然情趣或道家色彩。这一意象的出现，使行文的文化对话意味顿然变得浓厚。而且屈原笔下的渔父开口便问："你不是三闾大夫么？为何缘故落到这个地步？"说明他们并非特意造访，邂逅于野纯属偶然，颇有点来如浮云，去如黄鹤的趣味。

他们的对话蕴藏着丰富的弦外之音，颇具文化思潮撞击的深度：

> 屈原曰："举世皆浊我独清，众人皆醉我独醒，是以见放。"渔父曰："圣人不凝滞于物，而能与世推移。世人皆浊，何不淈其泥而扬其波？众人皆醉，何不餔其糟而歠其醨？何故深思高举，自令放为？"

屈原回答得潇洒。他不作祥林嫂式絮絮叨叨的诉苦，不述楚宫内外具体的诬陷倾轧行为，而是以思想者的眼光和诗人的语言，直指自己命运的

[①] 陈鼓应：《庄子今注今译》，中华书局1983年版，第866—867页。
[②] （汉）司马迁：《史记》，中华书局1959年版，第2173页。

根源。三句话设喻于水、设喻于酒，两句为骈比，一句为散行，骈比得工稳如诗、流动如散文，从而突出了清、浊、醉、醒这些中心词以及"皆""独"这些情态词，显示了对当时楚国社会勾魂摄魄的洞察，闪烁着精辟警策的神采。乍看起来，这也是二元对立的思维方式，然而由于中国文字的多义互渗的性质，遂使二元对立刺激着二二相乘的丰富联想，成为复合形态的二元对立。比如清浊二字的意义，可以指涉水之清浊、气之清浊、德之清浊、性之清浊、世之清浊；醉醒二字的意义，也可以指涉酒之醉醒、神志之醉醒、识见之醉醒、社会风气之醉醒。各种意义之间据本引申，相互渗透和映衬，形成了一个非常复杂而深邃的联想思维系统。诸义取其长，清浊之辨是从"举世"着眼，讲的是社会状态，一种利欲熏心，不辨贤愚忠奸的社会状态。或如《史记·伯夷列传》所说："举世混浊，清士乃见。"醉醒之辨是从"众人"着眼，讲的是人的精神状态，一种不知战略进退、不明国势安危，只知沉溺娱乐而不思励精图治的精神状态，令人联想到杜牧的《泊秦淮》绝句："商女不知亡国恨，隔江犹唱《后庭花》！"正是出诸这种语义辨析，王夫之《楚辞通释》说："没于窕利曰浊，瞀于安危曰醉。"① 林云铭《楚辞灯》说："浊，指溺利欲言；醉，指无知识言。"② 而且从"举世皆……我独……；众人皆……我独……"这种句式来看，屈原的忧患意识，他对浊世的失望和抗议，比起《卜居》更为浓郁深沉，尽管它的用语较为清通。《孟子·离娄上》云："有《孺子歌》曰：'沧浪之水清兮，可以濯我缨。沧浪之水浊兮，可以濯我足。'孔子曰：'小子听之。清斯濯缨，浊斯濯足矣。自取之也。夫人必自侮，然后人侮之。家必自毁，而后人毁之。国必自伐，而后人伐之。《太甲》曰：天作孽，犹可违。自作孽，不可活。此之谓也。'"③ 孔子南游仅及楚之北境，因此他闻《孺子歌》当在汉水流域。清人顾祖禹《读史方舆纪要》卷七十九云："汉江：州北四十里，自郧阳府流入，又东南入光化县界。《志》云：汉水在州境亦名沧浪水。《禹贡》：又东为沧浪之水。正谓此矣。水中有沧浪洲，或讹为千龄洲。州东十五里有渔梁滩，东南十五里有乱石滩，又东南五里为石门滩，又东南十五里为大浪滩，又州境有鹳门

---

① （明）王夫之：《船山全书》第十四册，岳麓书社1996年版，第372页。
② （清）林云铭：《楚辞灯》，华东师范大学出版社2012年版，第159页。
③ （汉）赵岐注：《孟子注疏》，北京大学出版社1999年版，第196页。

河口等滩,盖皆汉水所经矣。"① 因而沧浪之水应是汉江中游之一段。

屈原邂逅渔父,也应在汉北。渔父劝导屈原之言,散发着浓郁的道家气息。他首先谈论圣人待物处世的基本原则,所谓圣人不凝固滞止于外在事物,而能够与世俗推移应变,这实际上是《老子》六十四章"圣人无为故无败,无执故无失"的思想的发挥。它是用来破除屈原对清浊醉醒作孰是孰非的价值判断的心执的。只有破除这种心执,才能做到《老子》第四章之所谓"挫其锐,解其纷,和其光,同其尘"。既然泯灭了是非之心,自然也就可以心安理得地听从如下的意见:众人都混浊,何不也去搅浑泥沙、扬起水波?众人都沉醉,何不也去吃掉酒糟、喝掉薄酒?这种见解与《庄子·齐物论》中"因是因非,因非因是""彼亦一是非,此亦一是非"以及《大宗师》中"安时而处顺,哀乐不能入也。此古之所谓悬解也,而不能自解者,物有结之"的说法,有其相通之处。不过,对于执着于现实的屈原而言,如此处世,无疑属于他不愿苟同的外博谨愿之名、实与流俗合污的"乡愿"行为。因此渔父反问:你为何要深思、高举,自己招致放逐的倒霉?深思对应于独醒,指屈原忧国忧民的精神状态;高举对应于独清,指屈原高出于世俗的行为方式,这些看似随意措辞之处,也能照应周密,丝丝入扣。

还有一点值得注意,《卜居》中是屈原以问卜的方式表达心灵困惑,以八组十六问排列出两两不同的人生选择,而这里谈论人生选择,却不是出于屈原之口,而是出于渔父之口。这是否意味着屈原已把浊世人生看透彻了,已经感觉到除了流放和献身之外,不再存在着符合自己人生旨趣的另一种选择?

且看屈原与渔父之间,如何继续着既折射不同的文化思潮,又暗示不同心理状态的对话:

> 屈原曰:"吾闻之:新沐者必弹冠,新浴者必振衣。安能以身之察察,受物之汶汶者乎?宁赴湘流,葬于江鱼之腹中。安能以皓皓之白,而蒙世俗之尘埃乎?"
> 渔父莞尔而笑,鼓枻而去。乃歌曰:"沧浪之水清兮,可以濯吾缨;沧浪之水浊兮,可以濯吾足。"遂去,不复与言。

---

① (清)顾祖禹:《读史方舆纪要》,中华书局2005年版,第3727页。

屈原的答辩，是以自己的人格与生命作见证，而反驳了带有明显道家色彩的扬波饮醨、和光同尘的论调。《荀子·不苟篇》有云："新浴者振其衣，新沐者弹其冠，人之情也。"可见屈原的"吾闻之"，是以一则民间谚语所包含的人情物理，并且灌注以理想人格力量，作为处世哲理的理论支撑点的。说实在话，道家思想未尝不具有人处困境中进行心理调适的现实价值。东汉张衡（平子）在"仕不得志，欲归于田"的时候，写成被誉为"东汉抒情小赋之首"的《归田赋》，便宣称"感老氏之遗诫，将回驾乎蓬庐""苟纵心于物外，安知荣辱之所如？"他对待渔父，另具一种钦慕的态度："谅天道之微昧，追渔父以同嬉，超埃尘以遐逝，与世事乎长辞。"张衡接受"老氏遗诫"，采取了与屈原不同的对渔父的态度，但并不是说他能苟同于世俗的微昧与尘埃，只不过他想超然物外而取得身心的嬉乐，而屈原却以疾恶如仇的姿态以保持人格的坚贞。

因此，屈原向渔父反问：怎能以自身的明察清白，蒙受外界的昏暗蒙昧？怎能以干干净净的洁白，而蒙受世俗的尘埃？这里的"身之察察"和"皓皓之白"，前人多释为洁白、清白，未作区分，似乎屈原在轮转为言。其实，察察与汶汶相对，讲的是精神状态上明察而不昏庸，如《墨子·修身》所谓："辩是非不察者，不足与游"，其中的"察"就是明察的意思。洪兴祖《楚辞补注》说"汶汶"，"《荀子》注引此作惛惛。惛惛，不明也"，适好与"察察"在精神状态上相反。"皓皓之白"讲的则是社会行为上的干净清白，这才能与世俗尘埃的污染形成相反的对应。也就是说，屈原的这四句话也是与前面所述的社会状态的清浊之辨、精神状态的醉醒之辨，参差错落，互相呼应的，可见文心之细密。在混浊的世道中坚持清白和明察，是要付出沉重代价的。屈原于此义无返顾，把人格和生命浑融一体，以不全宁无的态度表示：宁赴湘流（《史记·屈原列传》引作"常流"），葬于江鱼之腹中，以生命的终结作为清白明察的理想人格的证明。把决死之志与湘江流水相联系，又印证本篇仿佛作于流放江南时期了。因此，屈原《渔父》篇，作于汉北，而精神则通于沅湘，是屈原思想的总检阅。

渔父听了屈原坚决的陈述，"莞尔而笑"，挥桨划船而去。他笑什么？尽管不必与西方"蒙娜利莎的神秘微笑"相比附，但是渔父的莞尔而笑，也带有几分神秘色彩。渔父之歌，也见于《孟子·离娄上》《孺子歌》，儒家借用这首民间歌谣，是要说明水清水浊是外间的存在，取清取浊全在乎我的选择，因此人间祸福都是自己种下的根子，即所谓咎由自取。然而这首歌谣由渔父口中唱出来，意义自然与儒家的解释不同。大概渔父有感于屈原谈论"举世皆浊我独清"而不能劝，遂唱此歌来隐喻一种道家的处世态度。沧浪江水随季节雨量变化而或清或浊，人应该顺乎自然，超越清浊是非之辨而与时推移，清时用来洗冠缨，浊时用来洗足。道家和儒家对同一首沧浪歌的不同体验以及屈原对清浊醉醒的价值思辨，形成了战国时期不同文化思潮或在场或不在场的对话和争辩。这便是《渔父》以审美的形式，提供给后人反复寻味的屈、道、儒之间别具一格的文化论衡。

于此还有必要探讨一下典籍所言的"沧浪之水"。《尚书·禹贡》说："嶓冢导漾，东流为汉；又东，为沧浪之水；过三澨，至于大别，南入于江。"① 漾水为汉水上游；三澨又名三参水，为汉水下游的支流；居于二者中间的沧浪水，为汉水中游的一条支流，殆无疑义。但是历来注《楚辞》者众说纷纭，并与屈原所说的"宁赴湘流"相联系，把它移至长江以南。如蒋骥《山带阁注楚辞》便说："沧浪水，在今常德府龙阳县，本沧浪二山发源合流为沧浪之水。"② 其实，不把沧浪水移至江南，也可以从全文折射的心理状态着眼，把《渔父》联系屈原流放江南的心理状态。因为此歌既然屈原时代的渔父可以唱，孔子时代的孺子也可以唱，当是古楚民间一首相当有名的歌谣，并非渔父即景生情的口头创作。如果断为屈原时代的渔父口头创作，那它又如何能够倒转时间之流，上传二百余年而出于孔子时代的孺子之口？如果是孔子时就存在的有名的歌谣，二百年后屈原时代的渔父又何必拘于汉北、江南，何处不可唱之？

渔父在歌声中消逝，"遂去，不复与言"。他去得潇洒，有曲终人不见，唯见泽中水的余音绕梁之妙。《论语·微子篇》记述："楚狂接舆歌而过孔子曰：'凤兮！凤兮！何德之衰？往者不可谏，来者犹可追。已而，已而，今之从政者殆而！'孔子下，欲与之言。趋而辟之，不得与之言。"③ 这也是借歌代言，不复与言的结尾方式，其审美效应是言有尽而意无穷，无穷中荡漾着多种多样的社会文化思潮。歌后的平常语用得恰当，又是一曲无声之歌。

《卜居》《渔父》的存在，说明屈子诗学世界的广阔性、丰富性和多

---

① （汉）孔安国传，（唐）孔颖达疏：《尚书正义》，北京大学出版社1999年版，第162页。
② （清）蒋骥：《山带阁注楚辞》，上海古籍出版社1984年版，第157页。
③ （魏）何晏注，（宋）邢昺疏：《论语注疏》，北京大学出版社1999年版，第249页。

重的开创性。它们代表着辞赋文体由诗而散文化、外在化的开端和转折，成为从楚辞到汉赋这两大时代文体的重要结合点和出发点。南宋洪迈《容斋五笔》卷第七说："自屈原词赋假为渔父、日者问答之后，后人作者悉相规仿。司马相如《子虚》《上林赋》，以子虚、乌有、亡是公；扬子云《长杨赋》以翰林主人、子墨客卿；班孟坚《两都赋》以西都宾、东都主人；张平子《两都赋》（案：当为《二京赋》）以凭虚公子、安处先生；左太冲《三都赋》以西蜀公子、东吴王孙、魏国先生，皆改名换字，蹈袭一律，无复超然新意稍出于法度规矩者。"① 即是说，《卜居》《渔父》虽然体制不大，但它们开了一个独特的源头，影响了汉赋四大家马、扬、班、张以及承袭他们的魏晋左思这四百余年间（公元前2世纪中叶至公元3世纪）的大赋的结构体制，这大概是屈子时代始料不及的。屈原辞赋杂篇的这两篇作品，采用了主客问答体制，在内容上兼融了人与自然、人格与文化、命运与宗教，在形式上兼融了诗与叙事、戏剧与歌谣、骈比与散行等多种因素，从而拓展了一种非常广阔的诗学可能性。它们自然是上承《诗经》、诸子文章以及屈子其他诗赋的，然而在战国诸子中的一些人以诗为文，加强说理的魅力的同时，屈子却以文为诗，扩展了诗的社会文化含量。同时还应该看到，《卜居》与《渔父》之间，也存在着格调上的差异：《卜居》思虑深沉，讲究筋骨思理；《渔父》才性发扬，讲究丰神情韵。倘若要作一个不恰当的有点时空颠倒的比拟，那么《卜居》近乎后来的宋调，《渔父》近乎后来的唐韵，反映着两种情调各异的诗学追求。而从两篇所折射的诗人心理状态而言，从心灵困惑到看透混浊人世而产生的坚定，《渔父》可视为《卜居》的续篇。

1997年7月7日写毕；2015年12月15日修订

---

① （宋）洪迈：《容斋随笔》，中华书局2005年版，第912页。

第七章 《招魂》与《大招》的诗学比较

一 二《招》的作者及其诗学渊源

《招魂》是名见于正史的作品，似乎它的著作权的辨认不存在问题。《史记·屈原贾生列传》的"太史公曰"明确记载："余读《离骚》《天问》《招魂》《哀郢》，悲其志。适长沙，观屈原所自沈渊，未尝不垂涕，想见其为人。"① 《招魂》列于其他向无疑义的三篇屈赋之间，说明司马迁认定《招魂》为屈赋，当无疑义。

然而疑义适好出现在今存最早的权威注本《楚辞章句》中，王逸以行家身份作了一番与史家相左的解题："《招魂》者，宋玉之所作也。招者，召也。以手曰招，以言曰召。魂者，身之精也。宋玉怜哀屈原，忠而斥弃，愁懑山泽，魂魄放佚，厥命将落。故作《招魂》，欲以复其精神，延其年寿，外陈四方之恶，内崇楚国之美，以讽谏怀王，冀其觉悟而还之也。"② 王逸不可能不读《史记》，把《招魂》归于宋玉之后，似乎心有不安，便把同类体裁的《大招》归于屈原，却又可能感到这有点不可靠，便在《大招》解题中采取存疑的态度："《大招》者，屈原之所作也。或曰景差，疑不能明也。屈原流放九年，忧思烦乱，精神越散，与形离别，恐命将终，所行不遂。故愤然大招其魂，盛称楚国之乐，崇怀、襄之德，以比三王，任能用贤，公卿明察，能荐举人，宜辅佐之，以兴至治。因以风谏，达己之志也。"王逸虽称行家，但如此阐释"崇德"思想，显然与屈子《涉江》所感受到的"阴阳易位""忠不必用兮，贤不必以"的政治现实不合。

---

① （汉）司马迁：《史记》，中华书局1959年版，第2503页。
② （宋）洪兴祖撰，白化文等点校：《楚辞补注》，中华书局1983年版，第197页。

二《招》作者的混乱，王逸为始作俑者。宋代洪兴祖《楚辞补注》虽然提醒读者："太史公读《招魂》，悲其志"①；却没有改变《招魂》为宋玉作的判断，只是引述"李善以《招魂》为《小招》，以有《大招》故也"②，似乎要转移命题，冲淡王逸与司马迁之间的矛盾。但又说："屈原赋二十五篇，《渔父》以上是也。《大招》恐非屈原作。"③干脆把王逸自打圆场的地方也取消了。朱熹《楚辞集注》则对王逸于《大招》作者存疑处，作了进一步的引申："《大招》不知何人所作，或曰屈原，或曰景差，自王逸时已不能明矣。其谓原作者，则曰词义高古，非原莫及。其不谓然者，则曰《汉志》定著（屈）原赋二十五篇，今自《骚经》以至《渔父》，已充其目矣。其谓景差，则绝无左验，是以读书者，往往疑之。然今以宋玉《大、小言赋》考之，则凡（景）差语，皆平淡醇古，意亦深靖闲退，不为词人墨客浮夸艳逸之态，然后乃知此篇决为差作无疑也。……予于是窃有感焉，因表而出之，以俟后之君子云。"④

总括诸家意见，列为《招魂》作者有二人：屈原，宋玉；列为《大招》作者也有二人：屈原，景差。明清以后，情形发生了变化。明末黄文焕《楚辞听直》依据《史记》之"太史公曰"，谓二《招》作者"概似属（屈）原"。清代林云铭《楚辞灯》对黄说推波助澜，他如此解释《招魂》："是篇自千数百年来，皆以为宋玉所作。王逸茫无考据，遂序于其端。试问太史公作屈原传赞云：'余读《招魂》悲其志'，谓悲（屈）原之志乎，抑悲（宋）玉之志乎？此本不待置辩者，乃后世相沿不改，无非以世俗招魂，皆出他人之口。不知古人以文滑稽，无所不可，且有生而自祭者。则原被放之后，愁苦无可宣泄，借题寄意，亦不嫌其为自招也。朱晦庵谓后世招魂之礼有不专为死人者，如杜子美《彭衙行》云：'暖汤濯我足，剪纸招我魂。'道路劳苦之余，为此礼以祓除慰安之，何尝非自招乎？玩篇首自叙，篇末乱辞，皆不用'君'字而用'朕'字、'吾'字，断非出于他人口吻。……故余决其为原自作者，以首尾自叙、乱辞及太史公传赞之语，确也可据也。"⑤林云铭大概觉得一人不应两度自招，便以

---

① （宋）洪兴祖撰，白化文等点校：《楚辞补注》，中华书局1983年版，第197页。
② 同上。
③ 同上书，第216页。
④ （宋）朱熹：《楚辞集注》，上海古籍出版社2001年版，第140页。
⑤ （清）林云铭：《楚辞灯》，华东师范大学出版社2012年版，第170页。

《大招》篇中所叙饮食音乐之丰盛、美色苑囿之娱乐，皆楚怀王向日所固有为理由，认为屈原"自放流以后，念念不忘怀王，冀其生还楚国，断无客死归葬，寂无一言之理。……特谓之'大'，所以别于自招，乃尊君之词也。"然而，《招魂》所述宫室美女、饮食歌舞之丰盛弘丽，丝毫不让于《大招》，屈子用以自招与用以招怀王者，规格几同，岂非僭妄？

对比《招魂》与《大招》便不难发现，这两篇作品用以招诱魂魄的日常生活的华贵富丽，甚至有点奢侈荒淫，都是非楚王而不能拥有。一种合理的解释，它们都是为楚怀王招魂。《史记·楚世家》记载，楚怀王在败兵失地之际，于三十年被诱入秦会盟，秦失信而羁留之，遂于顷襄王三年病死异国。在当时人看来，这大概是不得寿终正寝的客死游魂了。因此，当秦人归其丧于楚的时候，"楚人皆怜之，如悲亲戚。诸侯由是不直秦。"可见怀王之客死，在楚国内外引起震动之大。晋朝崔豹《古今注》还记述楚怀王死，"化而为鸟，名楚魂"。这大概取自楚人怀念客死的怀王的一种传说。怀王归葬之时，楚国必然举办盛大祭典，并安排文学侍从之臣以近乎《尚书》诰命一类高古的文字，撰写招魂辞而用于典礼，这便是《大招》。屈子在顷襄王初年已不得信任，虽然尚未远窜江南，却大概也不可能受命撰写这种官方文字。但他毕竟是曾经在楚怀王之世受过信任、当过左徒的故人，既有对故主的怀念，又有长期被排挤贬抑的愤懑，因而也不可自抑地自撰一篇招魂辞，因不见用于官方祭典上的私家撰述，就取了一个通行的名字为《招魂》。这就是说，《招魂》与《大招》篇名不同的原因，不在于所招的对象，而在于一者为私家撰述，一者为用于祭典的官样文字。

既然《招魂》是屈子招怀王魂之作，这几乎已成今日学界的共识；那么同一体裁的《大招》，是否也出于屈子之手？前面已说过，在顷襄王初年，屈子已失去充任御用文学之臣的资格，他才不得不以故人身份另撰招魂辞。而且对比二《招》便可发现，二者的用语习惯和行文风格不同，其间所包含的作者才性和知识储备不同，尤其是对顷襄王一朝政治的充满危机意识与充满期待、粉饰之不同。这些来自本文的信息，后面还要详述，它们以语言结构系统表明，《招魂》和《大招》绝非出自一人之手，尽管二者都可以"奇文"视之。如此说来，《大招》的执笔者是谁？

据《史记·屈原列传》，在屈原身后，楚国辞赋之士有宋玉、唐勒、景差。又从后世传为宋玉的《大言赋》《小言赋》来看，三人均是侍从顷襄王之侧的文学之臣。三人当以景差年纪较长，大概在楚怀王末年、或顷襄王初年便以文辞见知于朝。这才有晋人习凿齿《襄阳耆旧传》所说，宋玉"始事屈原，原既放逐，求事楚友景差。景差惧其胜己，言之于王，王以为小臣"。早在习凿齿甚至王逸之前，扬雄《法言·吾子》便有"或问景差、唐勒、宋玉、枚乘之赋也"之句，大概是按年序把景差置于前面。这与《古文苑》所载宋玉《小言赋》，两次提到"景差、唐勒、宋玉"的顺序相同。因此在顷襄王三年怀王自秦归葬之时，景差可能早于宋玉，已居文学之臣的位置，由他奉命撰写《大招》的可能性比宋玉大。同时这是巫祝在怀王丧礼上所用的招魂辞，大概按例不能专署写作者的姓名，因而王逸说"或曰景差，疑不能明也"，似乎事出有因。

然而《招魂》与《大招》，为何在结构和某些具体抒写上，存在着相似、或可资比较之处？这是不能用它们出自一人之手，或某篇抄袭另一篇来解释的。主要原因在于它们所招的对象相同，又大体遵从当时招魂辞的体例。《礼记·礼运篇》记述为甫死者招魂："及其死也，升屋而号，告曰：'皋某复。'"①《曲礼下》又说："复，曰天子复矣。"郑玄注："始死时呼魄辞也。"孔颖达疏："复，招魂复魄也。夫精气为魂，身形为魄。人若命至终毕，必是精气离形。……故使人升屋，北面招呼死者之魂，令还复身中。"② 这是灵魂信仰时代的一种巫术仪式。据《仪礼·士丧礼》记载，登上屋顶招魂者，手持死者衣服向北方招摆，连呼三遍"皋某复"，因为死者灵魂奔赴的幽都在北面，衣服可以黏附着死者灵魂。这是中原为甫死者招魂的方式，招魂辞甚是简单，与楚地风俗差异甚大。而且怀王客死于秦、归葬于楚，已不属甫死者，招魂的目的不是起死复生，而是使其灵魂回归祖宗故土。楚属南方文化，其地毗邻百越与西南夷，巫风极盛，人鬼对话交往每每进入迷幻状态。因此他们想象的灵魂形态，异于北方多少有点理性化的精气聚散的形态，而是一个有情感、欲望、祸患、娱乐，如人间一般亲切，如鬼界一般缥缈莫测的异常丰富的另一个世界。这就使其具有足够的"空间"，在招魂仪式中容纳《离骚》式的上天入地的浪漫想象，为中国诗史独具一格地展示了一个奇诡怪诞的灵魂学和人类学的天地。

---

① （汉）郑玄注，（唐）孔颖达疏：《礼记正义》，北京大学出版社1999年版，第666页。
② 同上书，第125—126页。

古巫风已是茫然难考,从至近世犹存的中国南方和西南方边远民族的招魂仪式中,依然可以推想到荆楚民俗给二《招》提供何种诗学想象的可能性。首先是仪式的独特性和歌辞的多样性。彝族招魂,以公鸡献祭、鸡骨占卜,在米饭和剥皮鸡蛋上插入穿红线的钢针,用小蝗虫为藏魂载体,失魂者招回魂魄之后还要骑上有红褥垫的大马。招魂歌辞也多种多样,据说有"赎魂经""招魂经""找魂经"和"唤魂经",各有各的用场。而且所招之魂,不仅有生人魂、死人魂,还有动物魂、植物魂。如湘西苗族以及彝族、傣族地区,便有招牛魂、马魂、鸡魂、稻魂和麦魂的。这类仪式和歌辞联系着一个超现实的生命拯救和情感寄托的世界,诗人一旦面对它们,恐怕是难以抗拒某种奇异想象和怪诞趣味的诱惑的。

其次,民间招魂辞为了给走失的魂魄指引方向,返回故土,往往采取夸张的对比手法,极度渲染四野的凶险以及家园的安乐。这作为一种歌辞体例,深刻地影响了二《招》"外陈四方之恶,内崇楚国之美"的对比性诗学结构。在近世西南边远民族中,半是恐吓,半是利诱,依然是招魂辞的惯例。比如傣族招生人魂之辞,一方面唱道:"野外有野鬼,林中有大象,它们会吃人,它们会吞魂。魂啊魂,你不要迷失在大树角,藏身在树洞里。大火会烧山,火焰扑过来,烧伤你身体。"另一方面又唱道:"野外不如寨子好,别家不如自家亲。……我们不愁吃,我们不愁穿,牛马满厩,鸡鸭满圈。黄谷堆满仓,布匹压满箩,大象拴满每棵柱。"只有如此从正反两方面陈明利害,方能使迷失的灵魂归位:"头魂要回到头里住,牙魂要回到牙里居。耳魂眼魂要回到头上住,皮魂要回到人身上,脚魂不要往远处奔走,手魂不要贪摘水果和野菜。三十二魂,九十二魂,快快回家乡。"这里以超现实的思维关注着灵魂的安危,却以非常世俗的人情物理引导着灵魂的去从和归宿,平易与神秘掩映,威慑与安抚交融。即便把人体各部分看成各有灵魂所居,因而有"三十二魂,九十二魂"之说,也可令人连称"妙哉"。

其三,这种招魂形式似乎联通着南亚、东南亚,于跨国的文化互渗中,以"楚辞"绽开其诗学的奇葩。英国人类学家詹·乔·弗雷泽的《金枝》,便记述缅甸南部和西南部土人的招魂方式:"缅甸的卡仁人总是关心他们的灵魂,恐怕因灵魂离体而死亡。如果有人恐怕自己的灵魂要走上这一步的话,就举行一定的仪式来留住或召回灵魂。举行仪式时全家人都必须参加。还得准备一顿饭食,内容包括公鸡、母鸡、米饭和香蕉。家长拿着盛饭的饭碗在家常用的梯子顶端敲三下,说道:'卜——尔——罗(prrroo)!回来吧,灵魂,不要滞留在外面了。天如下雨,会把你淋湿;太阳出来,你会受热;蚊蚋要叮你,水蛭要咬你,老虎要吃你,雷电要轰你。卜——尔——罗!回来吧,灵魂!你看家里多么安适呀,你会什么也不缺的。回来吧!坐在屋子里,不怕风吹浪打,安安逸逸地吃饭吧!'说完以后,全家人一起吃饭,饭后每人手腕系上一根经术士念过咒的细绳,仪式就算结束。"这段记载,陆侃如、冯沅君《中国诗史》卷一论述《招魂》时,已据《金枝简编》引述过了。其陈述四野凶险、家中安适,对迷失的灵魂以威慑和安抚兼施的方式相招,是可以同二《招》的抒写方式相参照的,尽管它的用词过于家常化而缺乏诗情魅力。

这种灵魂观念和招魂方式,甚至可以追溯到印度最古典籍《梨俱吠陀》中的一组招魂诗。金克木认为,这部吠陀典籍第十卷第五十八首诗与《招魂》相似:"都呼唤那已远去四方上下或则自然界天、地、山、海等处的魂归来:'魂兮归来!反故居些。''我们召唤你的那个回这里居住下去,生活下去。'但是格式同而内容大有不同。《招魂》说的是上下四方都是恶劣环境,回家来能享福、享乐。《吠陀》招魂却是召唤已远去大自然界各方甚至过去、未来时间里的人,还要他回来居住并且生活;这里丝毫没有死后或远行痛苦而家中安乐的描写。这一对照不但使我们看出两首诗的背景大不相同,一是豪华的贵族家庭,一是较原始的单纯家族生活,而且可以看出双方对世界和生死的观点不同,一是死后到任何地方都不如在家享乐(食、住、娱乐),一是只叫他回来。"这种不同,其实也是人类诗学行程的不同,是古印度巫师口传秘籍与古楚诗人借用巫术形式、却灌注以中国神话想象和作家个性而进行文学创造的不同。

《招魂》句尾以"些"(suo)为语气词,以致后人以"楚些"泛称"楚辞"或楚地乐调。苏东坡《次韵杭人裴维甫》写道:"凄凉楚些缘吾发,邂逅秦淮为子留。"苏辙《栾城后集》卷一《和子瞻雪浪斋》诗云:"谪居杜老尝东屯,波涛绕屋知龙尊。门前石岩立精铁,潮汐洗尽莓苔昏。野人相望夹水住,扁舟时过江西村。窗中缟练舒眼界,枕上雷霆惊耳门。不堪水怪妄欺客,欲借楚些时招魂。人生出处固难料,流萍著水初无根。"辛弃疾《沁园春·戊申岁奏邸忽腾报谓余以病挂冠因赋此》也有句:"山中友,试高吟楚些,重与招魂。"宋人虞俦《尊白堂集》卷一《除夜书怀》诗云："未尽沧浪兴，难招楚些魂。伤心追往事，愁极却无言。"明人杨慎《丹铅录》又说："齐歌曰讴，吴歌曰歈，楚歌曰些，巴歌曰媌。"对于这个语气词，宋人沈括《梦溪笔谈》卷三另有新解："《楚辞·招魂》尾句皆曰'些'，今夔峡湖湘及南北江獠人，凡禁咒句尾皆称'些'。此乃楚人旧俗，即梵语'萨嚩诃'也。三字合言之，即'些'字也。"① 这似乎又是一条《招魂》受古印度文化影响的材料，但楚人是否需要有千里迢迢的梵语的影响才能发出开口即来的一个语气词，实在难以找出旁证。至今湘西还有以"些"字为句尾语气词的民歌，如《桑植汉族"些"字歌》："姐儿住在，三个妹子三，/花果坪哪，两个妹子些：/（上是格，下是格，格子飞，多是扯，扯是溜，呀子儿喂！）/你早些来呀，/大姐些！"这只能说是自古遗传下来的楚音楚调，自然天成，无须自外泊来。然而，"楚辞"或楚乐调被称为"楚些"，而不是"楚只"，是否也透露了一点《招魂》的诗学魅力大于《大招》的消息？

二 仪式诗与文人诗

作者身份的不同以及两首招魂辞的现实功能的不同，深刻地影响着它们的诗学表现形式。文学侍从之臣奉命为楚怀王招魂典礼作的《大招》，想来应该非常严格地遵从招魂辞的固有规范和宫廷文字的法则，用语典重之外，当较近于巫风的本真。屈子从个人身世情感出发而为楚怀王作《招魂》，当可站在正式的招魂典礼之外而把其仪式当作文学素材，对巫风可以入乎其内而出乎其外，使诗篇呈现一种由巫风诗转化为抒情诗的过渡性形态，因此，《大招》的仪式规范特征大于述怀抒情特征，是一种仪式诗；《招魂》在述怀抒情中兼融了巫风仪式，是一种文人诗。二者相较，《招魂》属于更高本质意义上的"楚辞"。

仪式诗与文人诗的差异，在两首招魂辞一开篇就显示出来了。由于招魂典礼上的其他仪式另有人员主持，比如卜筮当由太卜或掌梦之官主持，《大招》尽管属于全部典礼的核心部分，也就无须越俎代庖，牵连其他，只需采取招魂巫者的口吻，直接进入招魂辞本身即可：

---

① （宋）沈括撰，胡道静校证：《梦溪笔谈校证》，上海古籍出版社1987年版，第109页。

青春受谢，白日昭只。
春气奋发，万物遽只。
冥凌浃行，魂无逃只。
魂魄归徕，无远遥只。

　　相对而言，此诗的语言格调显得肃穆凝重，色彩明亮，悲戚敛抑。它似乎把招魂典礼当作新王代替已经凋谢的旧王的一种仪式，自然不能写得过分晦气。而且这里写春日明丽，也为结尾颂扬"美政"预先作了伏笔。青春承接着冬日的谢去，太阳一派光明哩。春气蓬勃奋发，万物竞相滋茂哩。这交代了楚怀王自秦国归葬是在春天，但它的明快抒写，是否也隐喻着新王对旧王的代谢有若时令的转换？因而它用冬日积冰的熔化，象征旧主灵魂的飘散：幽暗处冰凌化水遍流，灵魂不要逃窜哩。魂魄归来，不要遥远地漂泊哩。这里似乎按惯例招魂，看不出有多少悲哀感和焦灼感，更不用说看出对楚国政治的危机感了。

　　值得注意的是，它的句尾使用"只"字，缺乏楚人土音"些"字的亲切感。若果二《招》是短时间内出于一人之手，似乎不应如此变换使用两种语音系统。明代李陈玉《楚辞笺注》说："《招魂》韵下用些，些，楚人土音，所以相呼也。此《招魂》之些所自来也。《大招》韵下用只，只本古韵，见于《毛诗》不一。大索于四方上下鬼神，楚之方言未可概通，必用中原古韵，此《大招》之只所自来也。"清代贺贻孙《骚筏》又作发挥："《离骚》《九辩》《九歌》《九章》之兮、也，《招魂》之些，《大招》之只，虽无关于文，然文之轻重缓促皆在于此，读者因以生哀焉，去之则索然不成调矣。兮、也、只，皆中原音，而《招魂》之些独用楚中方语者，盖魂无不之，闻声则感。故招魂者，必使亲爱之人以方语俚词频频相呼；则魂魄来附。所以用些者，盖不欲以不习闻之语骇之也。若《大招》则多庄重之辞，故不用些而用只耳。"[①] 虽然他们由此而辨认二《招》作者的结论不足为信，但对只、些二字分属中原古音和楚地土语，并由此影响到全篇格调的古雅或亲切的说法，是言之有据的。《说文解字》云："只，语已词也。"《诗经·鄘风·柏舟》有句："母也天只！不谅人只！"有时用于句中，如《诗经·周南·樛木》："乐只君子，福履绥之。"《诗·王风·君子阳

[①] 引自（战国）宋玉著，吴广平编注《集部丛刊宋玉集》，岳麓书社2001年版，第412页。

阳》:"左执簧,右招我由房,其乐只且",笺曰:"言其自乐此而已。"①
《诗经·小雅·南山有台》:"乐只君子,邦家之基",笺曰:"只之言是也。"②《左传·鲁襄公二十七年》又说:"诸侯归晋之德只,非归其尸盟也。"③这是晋国卿大夫之间的对话,可见"只"为中原音,而且它已入《诗三百篇》,已属"雅言"之流。《大招》采用这个语气助词,说明它带有宫廷文字的性质。

与《大招》纯然采取招魂巫师的口吻,作者隐没在巫师口吻背后形成鲜明的对照,在《招魂》的开头,读者分明感受到诗人在字里行间迎面走来:

朕幼清以廉洁兮,身服义而未沬。
主此盛德兮,牵于俗而芜秽。
上无所考此盛德兮,长离殃而愁苦。

抒情视角的变动,深刻地影响了诗学体制。名为"招魂",开头在未指涉所招之魂时,首先指涉诗人自我,带有浓郁的主观性或自叙性。其间采用第一人称代词"朕"和句尾助词"兮"都呈现了与《离骚》相近的行文习惯。我自幼就清白而廉洁啊,身体力行着正义而未尝含糊。坚守着如此盛德啊,为世俗牵累而身世荒芜。君上不去考察这个盛德啊,也长期遭殃而愁苦。诗人在这里交代了他与楚怀王之间的君臣恩怨因缘,交代了从他个人角度作招魂辞的责无旁贷的原因,语气间颇带点"露才扬己"的味道,即便将面对亡魂,他也不改自己仗义执言的耿介风范。

据《史记·屈原列传》,屈子眷顾楚国,系心怀王,忠贞之心可鉴日月,又洞明七国争雄之大局,力主联齐抗秦之战略。因怀王信谗不纳其智谋,招致楚国在虎狼之秦的锋芒下屡屡丧师失土。楚怀王三十年,"秦昭王与楚婚,欲与怀王会。怀王欲行。屈平曰:'秦虎狼之国,不可信,不如毋行。'怀王稚子子兰劝王行:'奈何绝秦欢!'怀王卒行。入武关,秦伏兵绝其后,因留怀王,以求割地。怀王怒,不听。亡走赵,赵不内。复

---

① (汉)毛亨传,(汉)郑玄笺,(唐)孔颖达疏:《毛诗正义》,北京大学出版社1999年版,第257页。
② 同上书,第614页。
③ (周)左丘明传,(晋)杜预注,(唐)孔颖达疏:《春秋左传正义》,北京大学出版社1999年版,第1061页。

之秦，竟死于秦而归葬。"① 怀王客死于秦，实际上已经以一国之君的性命为联齐抗秦与媚秦苟安两条战略路线的孰优孰劣，下了历史的结论，然而迎葬怀王的楚君臣尚执迷不悟。屈子之招魂，实际上是泣血面对历史，以招楚国之魂，既怜悯楚怀王不察其战略思想而导致客死异国的悲哀，又嘲讽已身居令尹高位的子兰为代表的媚秦政策的荒谬。设身处地地立论，这种招魂语气是与当时宫廷招魂大典不协调的，屈子宁可冒大逆不赦之罪也要秉笔直书，这正是太史公读其辞而"悲其志"的原因所在。

由于屈原是曾经受过放逐的弃臣，怀王之死又可能引起他对楚国外交失策的具有切肤之痛的反省，他被排除在为怀王招魂的宫廷盛典撰辞的文学侍从之臣的行列之外，也是顺理成章的。他已无撰招魂辞之位，却犹存撰招魂辞之志，因而所撰之辞除了自叙性之外，还带有明显的寄托性。他采取托体代言的诗学体制，而且所托之体选择的是天帝和巫阳，在原始宗教信仰的等次上远远超出宫廷招魂巫师，以显示某种精神上的优势和突破禁忌的写作谋略：

帝告巫阳曰：
"有人在下，我欲辅之。
魂魄离散，汝筮予之。"
巫阳对曰：
"掌梦？上帝其命难从。"
"若必筮予之，恐后谢之不能复用。"

巫阳是可以沟通天人的大巫师，其名字见于《山海经·海内西经》："昆仑南渊深三百仞，开明兽身大类虎而九首，皆人面，东向立昆仑上。开明西有凤皇、鸾鸟，……开明东有巫彭、巫抵、巫阳、巫履、巫凡、巫相，夹窫窳之尸，皆操不死之药以距之。"郭璞注此六巫"皆神医也"，能操不死之药抗拒尸体的死气，求其更生。② 也就是说，巫阳是昆仑神话系统的大巫，他与灵魂回复人体有关。从这些巫者与凤凰、鸾鸟相对应的位置看，其神通当不仅限于医术。《大荒西经》提到灵山十巫，有巫彭、

---

① （汉）司马迁：《史记》，中华书局1959年版，第2484页。
② 袁珂校注：《山海经校注》，上海古籍出版社1980年版，第298—301页。

巫抵，居其首者为《离骚》中写到的巫咸，其中没有巫阳。但从巫阳在昆仑神话系统的位置来看，当也具有十巫"从此升降，百药爱在"，即沟通天地、起死还魂的功能。这也印证了《国语·楚语下》所记述楚大夫观射父对楚昭王所讲的古巫沟通人神的功能："古者民神不杂。民之精爽不携贰者，而又能齐肃衷正，其智能上下比义，其圣能光远宣朗，其明能光照之，其聪能月彻之，如是则明神降之，在男曰觋，在女曰巫。……于是乎有天地神民类物之官，是谓五官，各司其序，不相乱也。民是以能有忠信，神是以能有明德，民神异业，敬而不渎，故神降之嘉生，民以物享，祸灾不至，求用不匮。"①《招魂》托古巫以自重，实际上是要在原始信仰上超越《大招》一类招魂巫师的功能层面的。

大概是由于《招魂》非宫廷招魂典礼所用之辞，它也就需要重现招魂辞以外的某些仪式。这才有了天帝与巫阳有关卜筮仪式的一番对话，以天帝安排巫阳去卜筮和招魂，自然比宫廷典礼的仪式安排更具有天国的权威性。天帝告诉巫阳说："有人在下方，我想帮助他。他的魂魄离散，你用蓍草占卜，预测它的去向。"巫阳回答道："这是掌梦官的事吧？天帝，你的命令难以听从。"后面的话是天帝重复强调的："你一定要用蓍草占卜以预测一下，恐怕迟了其尸身会萎谢，不能再用了。"这里用对话方式，把招魂之前的占卜仪式巧妙地一笔带过了。从魂魄离散、尸身萎谢一类言谈看来，它与《大招》之"魂魄归徕"一样，都是招亡魂，不应有招生魂与招亡魂之分。只不过《招魂》开篇的自叙性与托体代言性很值得注意，它有若辞赋之前加序一样，提供了一个容纳辞赋主体的特殊的时空框架。如果说其后巫阳的招魂辞是抒情的主体，那么这里包括诗人、天帝以及巫阳的抒写和对答，则属于"元抒情"，一种关于抒情的抒情，与招魂辞处于不同抒情层面的关于招魂缘由的交代。这种"辞赋序—辞赋正文"，或"元抒情—抒情主体"的结构形态，在"楚辞"中属于源于巫风形式、又超越巫风形式的诗学创造，它开拓了散文赋的潮流，对宋玉赋和日后的汉赋产生了深刻的影响。

三　灵魂想象及对立排比、悖论隐喻诸原则

虽然从诗学体制而言，《招魂》与《大招》的招魂辞主体处于不同的

---

① 《国语》，上海古籍出版社1978年版，第559—560页。

抒情层次，《大招》是招魂巫师的直接口吻，《招魂》则是寄托巫阳的间接口吻；但是由于它们的灵魂想象，均源于楚人的巫术思维，因而无论对灵魂的存在状态的体认，还是招引灵魂的方式，都有许多相似之处。在这种巫术思维中，亡魂似乎被看作一种懵懂昏昧、迷离缥缈的精气，神志不清，犹存感觉，会遇到各种凶险祸害，却也耽于声色犬马之乐。这种对灵魂的本然状态的体认，使得招魂巫者甚至把来自一国之主的灵魂，也当作一个迷路的孩子来对待，恐吓与利诱兼施，祸祸福福都敷陈得淋漓尽致，务必使灵魂在两种极端的状态间进行取舍去从，追随巫者回到祖宗的故土。这就形成了招魂辞主体"外陈四方之恶，内崇楚国之美"的对立性结构原则以及陈恶崇美之时极度敷扬的排比性句式组合原则。

然而对于对立原则与排比原则的具体运用，两篇招魂辞之间存在着不同的美学追求。《大招》毕竟是用于宫廷典礼上的文字，在工整的句式组合中追求均衡之美，有别于《招魂》在参差的句式组合中追求流动之美。比如《大招》"外陈四方之恶"，在提纲挈领地总括一句"魂乎归徕！无东无西，无南无北只"之后，采取大体整齐的句式组合写东、南、西、北四方：

> 东有大海，溺水浟浟只。
> 螭龙并流，上下悠悠只。
> 雾雨淫淫，白皓胶只。
> 魂乎无东，汤谷寂寥只。
> 魂乎无南，南有炎火千里，蝮蛇蜒只。
> 山林险隘，虎豹蜿只。
> 鰅鳙短狐，王虺骞只。
> 魂乎无南，蜮伤躬只。
> 魂乎无西，西方流沙，漭洋洋只。
> 豕首纵目，被发鬤只。
> 长爪踞牙，诶笑狂只。
> 魂乎无西，多害伤只。
> 魂乎无北，北有寒山，逴龙赩只。
> 代水不可涉，深不可测只。
> 天白颢颢，寒凝凝只。

魂乎无往，盈北极只。

　　这里的东、南、西、北四个句组的排比，大体是按照一定的规范组织起来的。除了第一个句组由于承接前面的总括性句子缺少"魂乎无东"一句之外，其他句组都包含九句，第一句"魂乎无 X"引导出该方位的凶险现象，到第八句又重复这句"魂乎无 X"以为总结。对四方的描述，大体遵从古人的地理知识：东有大海，南有山林，西有流沙，北有寒冰。其间也散发着类乎《山海经》所述的山水阻隔处多有神怪异物的恐惧感。比如南方的鯣鱅，便令人联想到《山海经·东山经》所载："食水出焉，而东北流注于海。其中多鱅鱅之鱼，其状如犁牛，其音如彘鸣。"① 北方深红色的逴龙，即烛龙，也令人联想到《山海经·海外北经》："钟山之神，名曰烛阴，视为昼，瞑为夜，吹为冬，呼为夏，不饮、不食、不息，息为风，身长千里。……其为物，人面，蛇身，赤色，居钟山下。"②

　　然而《大招》言四方险恶，务求用语简约，几乎一句一物，另一句换另一物，缺乏意象的连贯和动作感。比如写东方，既写大海可淹没人，像水流一般无踪迹；又写黄龙并驾游戏，随波悠然上下；再写雾雨淫淫，一片白茫茫地把水天胶连在一起。这种描述，可以渲染日出处的汤谷的寂寥气氛，但意象不够新颖挺秀。更有甚者，由于北方古有代国，为赵襄子所灭。战国时属赵国，置雁门郡，便杜撰出一条深不可测的代水来。这暴露了作者对神话与古地理学知识的缺乏，以致渊博如王夫之也在《楚辞通释》中说："代水，来详。楚南去并代遥远，或闻桑乾呕夷之水如此尔。"③ 四方之中写得较有特色的是西方：西方的流沙，像大海般苍茫汪洋哩。猪头竖眼的怪兽，纷披着头发又乱又长哩。长爪锯牙，傻笑得发狂哩。魂哟不要往西，那里多有伤害哩。这便把《山海经》式的思维，加以奇诡怪异的、充满动态的发挥了。

　　应该承认，《招魂》把源于巫风民俗的怪异思维，发挥得比《大招》胜出一筹。它对这种思维方式吃得透、化得开、用得活，于奇特的意象运动中展示了一个千奇百怪的凶险世界。以下是它用"巫阳焉乃下招曰"之语，把招魂辞主体推向另一抒情层面，并略作总括之后所写的东方与南方：

---

① 袁珂校注：《山海经校注》，上海古籍出版社 1980 年版，第 101 页。
② 同上书，第 230 页。
③ （明）王夫之：《船山全书》第十四册，岳麓书社 1996 年版，第 419 页。

魂兮归来！
去君之恒干，何为乎四方些？
舍君之乐处，而离彼不祥些。
魂兮归来，东方不可以托些！
长人千仞，惟魂是索些。
十日代出，流金铄石些。
彼皆习之，魂往必释些。
归来归来，不可以托些！
魂兮归来，南方不可以止些！
雕题黑齿，得人肉以祀，以其骨为醢些。
蝮蛇蓁蓁，封狐千里些。
雄虺九首，往来倏忽，吞人以益其心些。
归来归来。不可久淫些！

在短短的句组中，由于运笔善于控制轻重虚实，张扬妖异怪兽的特写，背景的渲染又主次分明、风风火火，使描写富有画面性和动态感。东方是日所出处，因而借用了《山海经·海外东经》关于"汤谷上，有扶桑，十日所浴"，它们轮班出来，"九日居下枝，一日居上枝"的神话想象，设想那里是太阳窝，热得把金石都熔化了。灵魂当然会被烤成青烟飘散，近千丈高的长人是习惯这种酷热的，但它专门搜索烤焦了的灵魂来吃。如此险恶之地，岂是灵魂可以寄托？南方也不可停留，这里恶浊风俗非常野蛮。那些蛮族在额头刺上花纹，牙齿染得漆黑，用人肉祭祀，还要把骨髓做成酱汁。这里的山林也非常荒凉，蝮蛇像荒草一样成堆，大狐狸奔走千里求食。更可怕的是巨大的毒蛇长着九个头，往来穿行如风如电，专门吞人来滋补它那颗冷酷的蛇心。这个特写可以同《天问》中"雄虺九首，倏忽焉在"相参照，说明它属于屈原式的想象，比起《大招》中"王虺骞只（大蛇仰首哩）""蝮蛇蜒只（蝮蛇婉蜒爬行哩）"，不知高明多少倍。同时，这种想象力又植根巫风民俗，如《山海经·海外北经》载"相柳者，九首人面，蛇身而青"，便使想象带上狞怪荒诞的意味。

句组的详略轻重的设置，既牵系着全篇的参差流动之美，又蕴含着诗人关注的重心之所在的感情密码。诗人愈为关切之处，他所用的句组也就愈长，反之则愈短。他实际上是用形式上的长短，来对应内在情感的冷热和浓淡的。屈子为怀王招魂，是感情受了刺激，抱着内在的生命冲动而为之的。因而他不能如文学侍从之臣奉命按招魂辞规格作《大招》那样，使外陈四方之恶的四个句组均衡分配，而必须使四个句组长短不一，以外在的参差来呈现内在的精神关注点之所在。东方句组 10 句，南方句组 12 句，西方句组 17 句，北方句组 6 句，这种详略不一的句组分配方式，显示他的精神关注点在西方。因为楚怀王是陷入圈套而客死在西方秦国，而非寿终正寝于郢都的，这种句组分配方式有深意存焉。且看《招魂》是如何写西方与北方：

> 魂兮归来！
> 西方之害，流沙千里些。
> 旋入雷渊，靡散而不可止些。
> 幸而得脱，其外旷宇些。
> 赤蚁若象，玄蜂若壶些。
> 五谷不生，藂菅是食些。
> 其土烂人，求水无所得些。
> 彷徉无所倚，广大无所极些。
> 归来归来，恐自遗贼些。
> 魂兮归来！北方不可以止些。
> 增冰峨峨，飞雪千里些。
> 归来归来，不可以久些。

中原招魂古礼，本是由招魂巫者手持死者之衣物，向北方幽界再三长呼死者名字，而招引灵魂返回尸身的。《大招》外陈四方之恶而止于北方，与中原古礼不悖；但《招魂》略于北方而详于西方，显然是以情感密码改动招魂辞固有的体制，以楚怀王客死之地作为精神关注的中心。这就是说，屈子为怀王招魂，不是官样文字，不是套数敷衍，而是带着深切的生命情感投入，展开了生者与死者、人与灵魂、现实世界与超现实世界的别具一格的殷切对话。《史记·楚世家》记载，楚怀王陷入赴秦会盟的骗局之后，又受到秦昭王以蕃臣之礼对待的侮辱，但他宁可身囚异国，断然拒绝秦人迫他割让巫、黔中之郡的要挟，昏庸之余尚不坏晚节。被囚的第三年又设计脱身："楚怀王亡逃归，秦觉之，遮楚道。怀王恐，乃从间道走赵以求归。赵主公在代,其子惠王初立,行王事,恐,不敢入楚王。楚王欲走魏,秦追至,遂与秦使复之秦。怀王遂发病;顷襄王三年,怀王卒于秦。"① 可见客死异国的楚怀王的灵魂,是一个不得安生的灵魂,它曾经历过一种在暴力追逐中无所归宿的政治逃亡。因此《招魂》详写西方,包含着对被囚、逃亡、客死的怀王灵魂设身处地的真切关怀,并隐喻着对虎狼之秦的诅咒,它以招魂辞的方式与逃亡中的怀王灵魂一道历险。魂啊归来!西方的祸害,有流沙千里哩。身心被卷入沙漠里的雷渊,腐烂粉碎而不可收拾哩。幸而得以脱身,那里的四外茫茫又是空旷的无人区哩。红蚂蚁好比大象,黑马蜂好比葫芦,硕大无比,食人凶残哩。到处是五谷不生,只能用丛茅来充实肚皮哩。泥土滚烫到能把人烤得焦烂,求水也没有地方可得哩。徘徊游荡而无依无靠,旷野广大而没有尽头哩。归来吧归来吧,到那西方恐怕会贻害自己哩。这里的"赤蚁若象,玄蜂若壶",虽然不及南方的"雄虺九首"之怪诞,但它所描述的雷渊陷人、焦土烂肉之类,却带有西方千里流沙的现场感,显示了诗人对亡魂逃亡的若临其境的关切。

　　《招魂》《大招》列举亡魂离散历险的四方位思维模式,是与中国神话和巫术思维源于东西南北四方部族群落的地缘性密切相关。神话与古地理学结缘,是中国初民多神而泛神的思维方式的一大特点,《山海经》以地理学结构维系神话片断,便是这方面的一大典型。《招魂》《大招》借灵魂想象联结四方怪异,其所描述的东方大海、南方山林、西方流沙、北方寒冰,都是以中国地理状况作为想象的底子,都属某种"土地的神思"。甚至后面"内崇楚国之美"时写廊庑曲折、台榭错落,依地貌而布局,其平展迥曲之形态与西方哥特式建筑的尖顶入云相异,大概也是以这种"土地神思"为原型的实用设计。"土地神思"使"外陈四方之恶"所涉及的一些地名,可以在《山海经》《水经注》一类书中找到出处或位置。蒋骥《山带阁注楚辞》引《梦溪笔谈》解释《招魂》之"流沙千里":"鄜延西北有范河,即流沙也。人马践之有声,陷则应时皆灭。又西域度格尔,有沙海二千余里:沙乘大风如浪,行旅遇之,常为所压。"② 这则记载见于《梦溪笔谈》卷三《辩证一》,沈括曾以龙图阁待制出任鄜延经略使,

---

① (汉)司马迁:《史记》,中华书局1959年版,第1729页。
② (清)蒋骥:《山带阁注楚辞》,上海古籍出版社1984年版,第160页。

所言当为不虚。郿延属《禹贡》雍州，作《招魂》的时代为秦地，因秦文公梦黄蛇而立郿畤得名（参看《史记·封禅书》）。由地理状况反推之，《招魂》详写西方流沙之害，不妨看作是针对楚怀王被囚、逃亡而客死于秦国的审美眷顾。

同是源自神话与巫风思维，《招魂》比《大招》具有更高一层的超越感，展示了更为广阔和深邃的灵魂世界。它于四方之外，引入天国与幽界，形成了天地四方的立体性"六合思维模式"，在楚辞中展示了堪与《离骚》想象相媲美的另一种怪诞幽丽思维。《招魂》中对亡魂的上天入地的寻找和呼唤，也显示了招魂者恳切的、求索不舍的焦灼心情：

> 魂兮归来！君无上天些。
> 虎豹九关，啄害下人些。
> 一夫九首，拔木九千些。
> 豺狼从目，往来侁侁些。
> 彷徉无所倚，广大无所极命于帝，然后得瞑些。
> 归来归来！往恐危身些。
> 魂兮归来！君无下此幽都些。
> 土伯九约，其角觺觺些。
> 敦脄血拇，逐人伾伾些。
> 参目虎首，其身若牛些。此皆甘人。
> 归来归来！恐自遗灾些。

这里以 14 句写天、11 句写地，比写西方的 17 句少、写北方的 6 句多，与写东方的 9 句、写南方的 12 句相近而略多。总之六合的六个句组参差得无一相等，写天、写地的用力程度仅次于写西方。尤其是写天上的九首巨人以及幽都的土伯，未见于其他典籍，当是直接取材于民间信仰，其想象之奇诡怪诞在《招魂》中堪称独步。

值得深思者，是本为天帝委派巫阳去招魂，却对天帝主宰的天国和所支配的三界在道义上的合理性，提出了严峻的质疑。如此悖论，当作何解？天门九重，由虎豹把守，咬害下界升天之人。更有甚者，九首巨人，日拔九千树木，他长着豺狼般的眼睛，轻轻快快地来回巡视。他把人倒拎起来取乐够了，然后丢弃到深渊中，这才向天帝复命，似乎已经完成天帝命令，可以闭上豺狼眼去睡觉了。天帝若能统管三界，那么幽都的统治者土伯的残暴行为，他也是难辞其咎的。因为土伯掌管一方，不可以闲神野鬼视之。人们甚至可以怀疑，是否由于土伯有九条尾巴，与日拔千木的巨人的九个脑袋成双配对，便被天帝委命来管天、管地呢？更何况它的头上长着嵯峨的尖角，脊肉肥厚，指爪染血，凶狠驮驮地追逐着人。它长着三只眼的虎头，身子健壮如牛，这都是用人当美味的好身材。

这便是《招魂》"外陈四方之恶"，把四方发展为六合所造成的有意味的艺术悖论。如果说东南西北四方之妖异，还可以闲神野鬼解释之，不足以责天帝，那么，天在天帝眼皮下，幽都是总管阴魂之衙门，让九首巨人、九尾土伯在那里横行无忌，就不能说不关天帝的有意安排了。巫阳受天帝之命致招魂辞，却反而动摇着对天帝的信仰，这种以子之矛攻子之盾的悖论现象，只能说其间蕴藏着借巫风思维折射人间的隐喻。这种隐喻策略在《离骚》中也使用过，当诗人上下求索，想一叩天门之时，天帝的阍者却倚着天门冷漠地望着他，这是以天上的傲慢来隐喻人间的君门九重，求进无路。《招魂》中天国、幽都的描述，大概也隐喻着人间虎狼当道，指爪染血，以戏弄人、吞噬人为乐事。不然它在后面何以又充满幽愤地总结一句"天地四方，多贼奸些"，用人间政治判断的词语去针砭阴魂世界？

四　顺序即意义原则与内崇楚国之美的弦外音

依照对立原则，《招魂》与《大招》在外陈四方之恶之后，即转向另一个抒写极端，"内崇楚国之美"。对于美恶两极的解读，前人的贡献在于逐渐确定这两篇均为招楚怀王之魂，并辩证它们的作者。比如郭沫若在《屈原赋今译·后记》中说："可见司马迁已经明言《招魂》是屈原所作了。最要紧的还是应该从《招魂》中去找内证。《招魂》的一首一尾分明说出，所招是王者之魂。即巫阳下招的一段，所叙述的也完全是王者生活。宫室园圃，车马仆御，女乐玩好，美衣玉食，那些近于穷奢极侈的情况，决不是自甘'贱贫'的身分所宜有。……那是屈原在招楚怀王的魂。"[①] 郭氏断《招魂》为屈原招怀王之魂的作品，又断《大招》为模仿《招魂》的非楚国作者所为。清人林云铭《楚辞灯》则认为《招魂》是屈原自招，《大招》是屈原招楚怀王亡魂之作。他也是从《大招》所描述的

---

① 《郭沫若全集》（卷五），人民文学出版社1984年版，第381页。

宫廷享乐方式立论的："甫言归来，便叙饮食。歌诗毕，方转入离宫苑囿。盖怀王宫殿现存，不待别营堂室也。即此更可决为招怀王而作矣。"[1] 从两篇招魂辞描绘宫室享乐生活豪华至极而近于奢侈无度着眼，判断它们都是招楚怀王之魂，无疑是合适的。但是诗的秘密，不仅在于写什么，更重要的在于怎样写。前人只注意"内容的形式"，而不深入分析"形式的内容"，虽然知道了这是以楚国宫室生活之华美来招诱怀王的灵魂，但是同写宫室生活华美之间，存在着不同的情感、态度与内在的意义。这种意义的密码，主要不是由它的"内容的形式"，即写了什么，而是由"形式的内容"，即怎样去写而决定的。揭示此中秘密，将可加深理解同招怀王亡魂的文字，却出自两种政治态度以及两个作者之手。

在进行这种分析之前，先来看一看两篇招魂辞在"外陈四方之恶"之后，是如何过渡到"内崇楚国之美"的，即两个极端的抒写单元是如何衔接的。《大招》写得很简单："魂魄归徕，闲以静只。自恣荆楚，安以定只。逞志究欲，心意安只。穷身永乐，年寿延只。魂乎归徕，乐不可言只。"它无非是说，怀王魂魄如能回到楚国，就可以安定闲静，不再有凶险不测，一切都可以随心所欲，自由自在。但是，人既然已死，何以还说"穷身永乐，年寿延只"？"寿"字作何解读耶？《说文解字》说："寿，久也。"寿的繁体"壽"乃是形声字，从老省，畴声，本义是长寿。《老子》："死而不忘者寿。"《尚书·召诰》："则无遗寿耇。"《诗·小雅·天保》："如南山之寿。"《庄子·天道》："长于上古，而不为寿"，注曰："寿者，期之远耳。"《韩非子·显学》："寿，命也。"《吕氏春秋·察今》："病变而药不变，向之寿民，今为殇子矣。"《吕氏春秋·尊师》"以终其寿"，注曰："年也。"《世说新语·贤媛》："观其形骨，必不寿，不可与婚。"曹操《步出夏门行》："神龟虽寿，犹有竟时。"又指年寿、寿限，《文选诗》注引《养生经》："上寿百二十，中寿百年，下寿八十。"《楚辞·涉江》："登昆仑兮食玉英，与天地兮比寿，与日月兮争光。"关汉卿《窦娥冤》："造恶的享富贵又寿延。"又为祝寿、祝福，奉酒祝人长寿，如《史记·项羽本纪》云："若入前为寿，寿毕，请以剑舞。"对"寿"字的多样性体验可知，魂魄返回祖宗之地，安定而不散，就可以享受子孙祭祀，延长冥寿了。这是楚国巫风对灵魂的独特理解。

---

[1] （清）林云铭：《楚辞灯》，华东师范大学出版社2012年版，第177页。

《大招》用于宫廷招魂的仪式，因而不再重述仪式；《招魂》为私家著述，反而需要重现仪式过程。这个道理前面已讲过，又体现在这里两个抒写单元的衔接处："魂兮归来！入修门些。工祝招君，背行先些。秦篝齐缕，郑绵络些。招具该备，永啸呼些。魂兮归来，反故居些。天地四方，多贼奸些。像设君室，静闲安些。自恣荆楚，安以定只。逞志究欲，心意安只。穷身永乐，年寿延只。魂乎归徕！乐不可言只。五谷六仞，设菰粱只。鼎臑盈望，和致芳只。内鸧鸽鹄，味豺羹只。魂乎归徕！恣所尝只。鲜蠵甘鸡，和楚酪只。醢豚苦狗，脍苴蓴只。吴酸蒿蒌，不沾薄只。魂兮归徕！恣所择只。炙鸹烝凫，煔鹑敶只。煎鰿臇雀，遽爽存只。"这里的招魂仪式，具有文化人类学的价值：在路头搭起华美的招魂牌楼，太祝之官倒行着把灵魂导引回来。所用招具有秦制竹笼，齐产丝线，还有郑人缝制的衣服。长声呼啸着："魂啊归来！回故居哩。天地四方，多有邪恶奸诈之事哩。"死者室内设有遗像，显得清静、宽舒、安宁。《文献通考》卷三百三十《四裔七》引范成大《桂海虞衡志》，记邕州一带风俗说："人远出而归者，止于三十里外。家遣巫提竹篮迓，脱归人贴身衣贮之篮，以前导还家。言为行人收魂归也。"[①] 这是民间招生人魂，自然不及《招魂》之豪华隆重，但其招具和仪式可以与之相参。

以下就要分析"内崇楚国之美"这个抒写单元的"内容的形式"和"形式的内容"了。所谓"内容的形式"，指的是两篇招魂辞所描述的宫室别馆、美色酒食、歌舞娱乐的形态和方式；所谓"形式的内容"，则指的是描述这些生活方式的诗歌结构形态和排列顺序。应该强调，结构顺序包含着意义，结构顺序变化，导致意义也会随之变化。何以这篇招魂辞把这种生活内容置于前面，那篇招魂辞却把类似的生活内容挪到后面，其间所蕴藏的意义在文字之外，却又深于文字。前人忽略了这种结构顺序的挪移，因而对两篇招魂辞的分析就难免笼统模糊和隔膜不畅。

略作细读便不难发现，《招魂》的结构顺序是：宫室→美女→离宫别馆→酒食→歌舞→游戏；《大招》的结构顺序是：美食→歌舞→美女→离宫苑囿。这种结构顺序的差异，究竟包含着何种内在意义的差异？先看《大招》是如何落笔的：

[①]（宋）范成大撰，齐治平校注：《桂海虞衡志》，广西民族出版社1984年版，第35页。

魂乎归徕！丽以先只。
四酎并孰，不涩嗌只。
清馨冻饮，不歠役只。
吴醴白蘖，和楚沥只。
魂乎归徕！不遽惕只。
代、秦、郑、卫，鸣竽张只。
伏戏《驾辩》，楚《劳商》只。
讴和《扬阿》，赵箫倡只。
魂乎归徕！定空桑只。
二八接舞，投诗赋只。
叩钟调磬，娱人乱只。
四上竞气，极声变只。
魂乎归徕！听歌撰只。
朱唇皓齿，嫭以姱只。
比德好闲，习以都只。
丰肉微骨，调以娱只。
魂乎归徕！安以舒只。
嫮目宜笑，蛾眉曼只。
容则秀雅，稚朱颜只。
魂乎归徕！静以安只。
姱脩滂浩，丽以佳只。
曾颊倚耳，曲眉规只。
滂心绰态，姣丽施只。
小腰秀颈，若鲜卑只。
魂乎归徕！思怨移只。
易中利心，以动作只。
粉白黛黑，施芳泽只。
长袂拂面，善留客只。
魂乎归徕！以娱昔只。
青色直眉，美目媔只。
靥辅奇牙，宜笑嗎只。
丰肉微骨，体便娟只。

魂乎归徕！恣所便只。
夏屋广大，沙堂秀只。
南房小坛，观绝霤只。
曲屋步壛，宜扰畜只。
腾驾步游，猎春囿只。
琼毂错衡，英华假只。
茝兰桂树，郁弥路只。
魂乎归徕！恣志虑只。
孔雀盈园，畜鸾皇只。
鵾鸿群晨，杂鹙鸧只。
鸿鹄代游，曼鷞鹔只。
魂乎归徕！凤皇翔只。
曼泽怡面，血气盛只。
永宜厥身，保寿命只。
室家盈廷，爵禄盛只。
魂乎归徕！居室定只。
接径千里，出若云只。
三圭重侯，听类神只。
察笃夭隐，孤寡存只。
魂乎归徕！正始昆只。
田邑千畛，人阜昌只。
美冒众流，德泽章只。
先威后文，善美明只。
魂乎归徕！赏罚当只。
名声若日，照四海只。
德誉配天，万民理只。
北至幽陵，南交阯只。
西薄羊肠，东穷海只。
魂乎归徕！尚贤士只。
发政献行，禁苛暴只。
举杰压陛，诛讥罢只。
直赢在位，近禹麾只。

豪杰执政，流泽施只。
魂乎归徕！国家为只。
雄雄赫赫，天德明只。
三公穆穆，登降堂只。
诸侯毕极，立九卿只。
昭质既设，大侯张只。
执弓挟矢，揖辞让只。
魂乎徕归，尚三王只。

《大招》陈设的饮食不可谓不丰。五谷堆有五六丈高，还供设上菰米高粱；鼎中熟肉布满视野，调和得香气扑鼻。其中有鸧鹤、鸽子、天鹅，还可以品味到豺肉羹，鲜美的大龟、田玛，拌和着楚国醋酱。猪肉丸子，豉汁狗肉，加上肉丝炒蘘荷。吴国腌制的蒌芽，味道不浓不淡。摆设上烤老鸹、蒸野鸭、汤泡鹌鹑、油煎鲫鱼、黄雀肉羹，吃来非常爽口醒脾。问题不在于酒食丰盛与否，而在于尚未把灵魂引入宫室故居，便大设饮食，水陆并陈，这就把迎魂变成祭祖享鬼，是在招魂坛或祠堂中举行的仪式。人们仿佛看到招魂巫师逐一指点着丰盛的酒肉供设，三度致祭，三度呼唤"魂乎归徕"，任意品尝哩，随便选择哩，先进些佳味美味哩。这种结构顺序的弦外之音是：王宫且慢入，滞留在离宫中，慢慢地品尝酒食美味。《大招》自始至终没有让楚怀王灵魂进入正宫，只是滞留在离宫享受清福。

《招魂》的结构顺序与之明显不同，是先写宫室，先把楚怀王之魂引入王宫，以正王者之位：

魂兮归来！入修门些。
工祝招君，背行先些。
秦篝齐缕，郑绵络些。
招具该备，永啸呼些。
魂兮归来！反故居些。
天地四方，多贼奸些。
像设君室，静闲安些。
高堂邃宇，槛层轩些。

层台累榭,临高山些。
网户朱缀,刻方连些。
冬有突夏,夏室寒些。
川谷径复,流潺湲些。
光风转蕙,泛崇兰些。
经堂入奥,朱尘筵些。
砥室翠翘,挂曲琼些。
翡翠珠被,烂齐光些。
蒻阿拂壁,罗帱张些。
纂组绮缟,结琦璜些。
室中之观,多珍怪些。
兰膏明烛,华容备些。
二八侍宿,射递代些。
九侯淑女,多迅众些。
盛鬋不同制,实满宫些。
容态好比,顺弥代些。
弱颜固植,謇其有意些。
姱容修态,絙洞房些。
蛾眉曼睩,目腾光些。
靡颜腻理,遗视矊些。
离榭修幕,侍君之闲些。
翡帷翠帐,饰高堂些。
红壁沙版,玄玉梁些。
仰观刻桷,画龙蛇些。
坐堂伏槛,临曲池些。
芙蓉始发,杂芰荷些。
紫茎屏风,文缘波些。
文异豹饰,侍陂陁些。
轩辌既低,步骑罗些。
兰薄户树,琼木篱些。
魂兮归来!何远为些。

从结构顺序就一目了然，《招魂》与《大招》的一个基本的差异点，就在于它把已经客死归葬的楚怀王，依然当作楚宫的真正主人而直接引入内宫。它把楚宫写得越华贵，便越能显示出楚怀王的王者身份。宫室的构造极一时之华美：高堂深宇，栏杆护持着多层的高轩。平台水榭，重重叠叠地面对高山。挂着红绸门户上，透雕着菱形亮格。冬天有深邃的暖房，夏室非常凉快。溪谷曲曲直直，流着潺潺清流。晴光下和风摇动蕙花，飘荡着崇兰的香气。经过厅堂进入内室，室中的装饰也是珠光宝气：上有朱红的顶棚，下有竹席，石板铺地，饰有翠鸟长尾，悬挂着玉钩。用翡翠毛和珠子编织成的被面，光灿灿地闪亮。柔软的绸子作壁衣，还高挂着罗纱帐。帐上五颜六色的流苏绦子，末端缀着半圆的玉璜。如此首先描绘金碧辉煌的外宫内室，意味着首先把楚怀王当作宫室之里里外外，连同他过去起居用的罗帐珠被这一切的主人，而不是只在招魂坛或祠堂享受牺牲烟火的阴魂。如此描写，表明楚怀王的名分正大，表明诗人怀念怀王超过崇敬今王，其间蕴含着对楚顷襄王自立为王的合理性的质疑。

由于《招魂》首先把楚怀王视为楚宫的真正主人，它接着描写宫中美人和离宫别馆，就是顺理成章地以主人身份去拥有和享受这些美人和离宫了：

　　魂兮归来！何远为些。
　　室家遂宗，食多方些。
　　稻粢稻麦，挐黄粱些。
　　大苦咸酸，辛甘行些。
　　肥牛之腱，臑若芳些。
　　和酸若苦，陈吴羹些。
　　胹鳖炮羔，有柘浆些。
　　鹄酸臇凫，煎鸿鸧些。
　　露鸡臛蠵，厉而不爽些。
　　柜妆蜜饵，有帐惶些。
　　瑶浆蜜勺，实羽觞些。
　　挫糟冻饮，酎清凉些。
　　华酌既陈，有琼浆些。

归来反故室，敬而无妨些。
肴羞未通，女乐罗些。
陈钟按鼓，造新歌些。
《涉江》《采菱》，发《扬荷》些。
美人既醉，朱颜酡些。
娭光眇视，目曾波此。
被文服纤，丽而不奇些。
长发曼鬋，艳陆离些。
二八齐容，起郑舞些。
衽若交竿，抚案下些。
竽瑟狂会，填鸣鼓些。
宫庭震惊，发《激楚》些。
吴歈蔡讴，奏大吕些。
士女杂坐，乱而不分些。
放陈组缨，班其相纷些。
郑、卫妖玩，来杂陈些。
《激楚》之结，独秀先牲。
菎蔽象棋，有六博些。
分曹并进，遒相迫些。
成枭而牟，呼五白些。
晋制犀比，费白日些。
铿钟摇簴，揳梓瑟些。
娱酒不废，沉日夜些。
兰膏明烛，华镫错些。
结撰至思，兰芳假些。
人有所极，向心赋些。
酎饮尽欢，乐先故些。
魂兮归来！反故居些。

非常明显，楚怀王的灵魂在这里是具有全部宫廷财富、不容他人觊觎的拥有者身份。兰膏点燃所照出的装饰华贵的十六个美人轮流侍候过夜，这只是宫室里面珍贵奇异的景观的一部分。尤其值得注意，它特别强调这些美女的贵族身份，是"九侯淑女"，而非妖媚的巫女。对此，没有真正的王者身份是不能享有的。强调身份之后，才强调她们的容貌神态：茂盛的头发梳成不同的发型，容态美好竞秀，实在是绝代佳人。弱颜女子亭亭玉立，难为她们有情有义。鲜艳的颜容姿态，扭得像绳子般挤满洞房。蛾眉美盼，眼神炯炯发光。精致颜面，细腻皮肤，眼波一转情意缠绵。

在《招魂》看来，怀王的灵魂是要管理国事的。它虽然没有直接描写，却在不写之写间，暗示离宫亭榭张着大帐篷，也得等待君王有空闲方能光顾。那里于豪华中带点清逸：翡红翠绿的帷帐，装饰着高堂。墙壁涂红漆，窗户敷丹砂，黑玉镶嵌着屋梁。仰看雕刻过的椽子，画有龙蛇。坐在厅堂、伏着栏杆，可以面临曲池。池中莲花初开，杂着绿色荷叶，紫茎的水葵，随水波荡漾着。既是王者休闲，警备是不能松懈的：纹彩奇异的豹皮装饰的侍卫，散布在高高低低的山冈上；有篷的卧车到达之时，步兵骑马列队巡逻。下车所见，则是兰草丛生，种植在门口，琼树成篱，环屋而生。自休闲才到离宫，出行时又侍卫严密来看。《招魂》以侧面着墨的方式透露了怀王灵魂还在掌握国家权力。

《大招》的结构顺序所隐含的政治态度，与此存在着实质性的不同。它既为文学侍从之臣奉命所撰，自然不会触犯新主顷襄王已即位三年这个禁忌。而且它既然先写酒食场面，先行在招魂坛或祠堂对怀王之魂招而享之，而未曾安排入主宫室，那么顺次描述的音乐场面和美色场面，也只能由"第一场面"、即酒食场面决定它们的态度和性质。下面是《大招》的音乐和美色场面：

> 魂乎归徕！不遽惕只。
> 代、秦、郑、卫，鸣竽张只。
> 伏戏《驾辩》，楚《劳商》只。
> 讴和《扬阿》，赵箫倡只。魂乎归徕！定空桑只。
> 二八接舞，投诗赋只。
> 叩钟调磬，娱人乱只。
> 四上竞气，极声变只。
> 魂乎归徕！听歌撰只。
> 朱唇皓齿，嫭以姱只。

比德好闲，习以都只。
丰肉微骨，调以娱只。
魂乎归徕！安以舒只。
嫮目宜笑，娥眉曼只。
容则秀雅，稚朱颜只。
魂乎归徕！静以安只。
姱脩滂浩，丽以佳只。
曾颊倚耳，曲眉规只。
滂心绰态，姣丽施只。
小腰秀颈，若鲜卑只。
魂乎归徕！思怨移只。
易中利心，以动作只。
粉白黛黑，施芳泽只。
长袂拂面，善留客只。
魂乎归徕！以娱昔只。
青色直眉，美目婳只。
靥辅奇牙，宜笑嘕只。
丰肉微骨，体便娟只。
魂乎归徕！恣所便只。
夏屋广大，沙堂秀只。
南房小坛，观绝霤只。
曲屋步壛，宜扰畜只。
腾驾步游，猎春囿只。
琼毂错衡，英华假只。
茝兰桂树，郁弥路只。
魂乎归徕！恣志虑只。
孔雀盈园，畜鸾皇只。
鹍鸿群晨，杂鹙鸧只。
鸿鹄代游，曼鹔鹴只。
魂乎归徕！凤皇翔只。
曼泽怡面，血气盛只。
永宜厥身，保寿命只。

室家盈廷，爵禄盛只。
魂乎归徕！居室定只。
接径千里，出若云只。
三圭重侯，听类神只。
察笃夭隐，孤寡存只。
魂乎归徕！正始昆只。
田邑千畛，人阜昌只。
美冒众流，德泽章只。
先威后文，善美明只。
魂乎归徕！赏罚当只。
名声若日，照四海只。
德誉配天，万民理只。
北至幽陵，南交阯只。
西薄羊肠，东穷海只。
魂乎归徕！尚贤士只。
发政献行，禁苛暴只。
举杰压陛，诛讥罢只。
直赢在位，近禹麾只。
豪杰执政，流泽施只。
魂乎归徕！国家为只。
雄雄赫赫，天德明只。
三公穆穆，登降堂只。
诸侯毕极，立九卿只。
昭质既设，大侯张只。
执弓挟矢，揖辞让只。
魂乎徕归！尚三王只。

　　这里的音乐大概也是设想中把怀王魂招回楚国，继酒食献供仪式之后的另一种娱魂仪式。因为它所采用的乐曲都是现成的时乐和古乐，并没有享用者的创作性参与和娱乐性参与，它只是刻板地列举各种乐曲及演奏方式，似乎属于宗教场合而非生活场合。朱熹《楚辞集注》概述这些乐曲说："代、秦、郑、卫，当世之乐也。伏羲之《驾辩》，楚之《劳商》，疑皆古曲名，而未有考，或谓伏羲始作瑟也。"① 《扬阿》即《招魂》中的《扬荷》，为楚地民歌。这些乐曲或许也多少照顾怀王生前的爱好，但是它只是叙述吹竽奏时乐，用赵制名簫领唱，呼唤"魂乎归徕"，审定空桑瑟的音调。十六个佳人分两队联步起舞，和着诗赋的节奏。叩响金钟，调和玉磬，使娱乐缤纷而有条不紊。四面乐声齐奏，声高入云，极尽旋律变化之能事。又呼唤一声"魂乎归徕"听取歌声辞赋。这些音乐舞蹈的描述，每八句一呼魂，招魂的仪式性压倒生活享受的趣味，是缺乏活泼的娱乐精神灌注其间的。

应该承认，《大招》写美人于娴雅中较多生气，虽然连写五人，语有重复，却也有微妙传神之笔。行文并没有像《招魂》那样强调其宫中贵族少女的身份，令人感到她们是招魂仪式中用以娱魂的妖冶女巫。第一个女子红唇白齿，娇美俏丽，慕德好闲，习礼醇雅，丰肉微骨，一切都调和适中，可以娱人耳目。第二个女子美目善笑，眉毛弯弯的，容貌模样很秀雅，红润脸蛋上带点稚气。第三个女子苗条大方，美丽佳好，双颊饱满，双耳熨帖，眉毛弯成半圆形，绰约多情，娇丽自许，细小的腰肢配上秀气的脖子，活像一个鲜卑少女。第四个女子平和敏慧，溢于言表，面傅粉白，眉画黛青，打扮得芬芳润泽，长袖遮面，擅长吸引客人。第五个女子黑色直眉，眉眼带点腼腆，脸有酒窝，牙齿美得出奇，这副模样是很适宜于嫣然一笑的。更何况丰肉微骨，体态轻盈。这幅"五美图"，描眉画眼，落笔讲究浓淡，是颇得丹青妙处的。以"五"为数，我不敢说它是采用了《周易·系辞上》"天数五，地数五"，或五行五德一类神秘数字，因为行文没有这种暗示。但排列至五，各有神态，也难为作者揣摩着墨之能传达微妙的差异。"小腰秀颈，若鲜卑只"，楚宫好细腰的风气也在这里有所透露，后世如李商隐诗句"虚减宫厨为细腰"，杜牧诗句"楚腰纤细掌中轻"，都是这种风气的回应。只是这里的行文五度呼魂，要怀王的灵魂在这些美人身上寻找"安以舒""静以安""思怨移""以娱昔（夜）""恣所便"，可知它不是描写楚宫中的放荡生活，而是一种娱魂兼安魂的仪式。

按照这种结构顺序和招魂仪式上的态度，《大招》最终也没有把楚怀王的灵魂引入深宫内室，而把它打发到离宫苑囿去了：

---

① （宋）朱熹：《楚辞补注》，上海古籍出版社2001年版，第143页。

夏屋广大，沙堂秀只。
南房小坛，观绝霤只。
曲屋步壛，宜扰畜只。
腾驾步游，猎春囿只。
琼毂错衡，英华假只。
茝兰桂树，郁弥路只。
魂乎归徕！恣志虑只。
孔雀盈园，畜鸾皇只。
鹍鸿群晨，杂鹙鸧只。
鸿鹄代游，曼鹔鹴只。
魂乎归徕！凤皇翔只。
曼泽怡面，血气盛只。
永宜厥身，保寿命只。
室家盈廷，爵禄盛只。
魂乎归徕！居室定只。
接径千里，出若云只。
三圭重侯，听类神只。
察笃夭隐，孤寡存只。
魂乎归徕！正始昆只。
田邑千畛，人阜昌只。
美冒众流，德泽章只。
先威后文，善美明只。
魂乎归徕！赏罚当只。
名声若日，照四海只。
德誉配天，万民理只。
北至幽陵，南交阯只。
西薄羊肠，东穷海只。
魂乎归徕！尚贤士只。
发政献行，禁苛暴只。
举杰压陛，诛讥罢只。
直赢在位，近禹麾只。
豪杰执政，流泽施只。

> 魂乎归徕！国家为只。
> 雄雄赫赫，天德明只。
> 三公穆穆，登降堂只。
> 诸侯毕极，立九卿只。
> 昭质既设，大侯张只。
> 执弓挟矢，揖辞让只。

这完全是一种离宫况味，既没有《招魂》描写深宫内室的罗帐珠被，房屋也建筑得稀疏错落。高大的房屋实在宽敞，朱砂厅堂很是秀丽。南房小坛，可以观看承接雨水的檐溜竹管。曲屋长廊，适宜于驯养牲畜。这哪里是宫廷的景观？完全是把怀王灵魂安置在闲居厚养的离宫中了。闲居之时，不妨到苑囿打打猎，在离宫看看禽鸟；驾马腾驰，徒步游猎，到春天苑囿中打猎去吧（怀王归葬在春天，安排他春猎，似乎有点迫不及待）。玉嵌的轮轴，金饰的衡木，那车子借此增添不少英姿与豪华。白芷、兰草、桂树，茂郁郁、香郁郁地长满一路。魂哟归来！放纵地欢娱吧。苑囿中到处是孔雀，还畜养着鸾鸟凤凰。鹃鸡鸿雁晨起成群，还夹杂着一些水鸟。天鹅此起彼伏地飞翔，长颈绿身的鹴鹅飞个不停。魂哟归来！凤凰在飞翔。这是一种带点豪华气、又带点田园诗风的景象，如此措辞着墨的深层意义，是让楚怀王的灵魂安居离宫苑囿，享受林间之乐、濠上之趣，而不要入主宫廷，干预国事。

屈子《招魂》的深层意义与此悬殊，既然它在结构顺序中第一步就安排怀王的灵魂入主宫室，其次安排他亲近贵族宫妃以及闲暇之余出游离宫，那么以下的酒食、歌舞、游戏，便在与《大招》看似相同之处，蕴含着实质上的不同。这种不同的根本点，是《招魂》中的怀王灵魂，始终拥有王者的身份。且看它写酒食：

> 室家遂宗，食多方些。
> 稻粢穱麦，挐黄粱些。
> 大苦咸酸，辛甘行些。
> 肥牛之腱，臑若芳些。
> 和酸若苦，陈吴羹些。
> 胹鳖炮羔，有柘浆些。

鹄酸臇凫，煎鸿鸧些。
露鸡臛蠵，厉而不爽些。
柜妆蜜饵，有帐惶些。
瑶浆蜜勺，实羽觞些。
挫糟冻饮，酎清凉些。
华酌既陈，有琼浆些。
归来反故室，敬而无妨些。
肴羞未通，女乐罗些。
陈钟按鼓，造新歌些。
《涉江》《采菱》，发《扬荷》些。
美人既醉，朱颜酡些。
娭光眇视，目曾波此。
被文服纤，丽而不奇些。
长发曼鬋，艳陆离些。
二八齐容，起郑舞些。
衽若交竿，抚案下些。
竽瑟狂会，填鸣鼓些。
宫庭震惊，发《激楚》些。
吴歈蔡讴，奏大吕些。
士女杂坐，乱而不分些。
放陈组缨，班其相纷些。
郑、卫妖玩，来杂陈些。
《激楚》之结，独秀先牲。
菎蔽象棋，有六博些。
分曹并进，遒相迫些。
成枭而牟，呼五白些。
晋制犀比，费白日些。
铿钟摇簴，揳梓瑟些。
娱酒不废，沉日夜些。
兰膏明烛，华镫错些。
结撰至思，兰芳假些。
人有所极，向心赋些。

> 酎饮尽欢，乐先故些。
> 魂兮归来！反故居些。

很值得注意的是这个片断的一头一尾。楚国宗室既然都尊崇，自然也涵盖了顷襄王和令尹子兰之辈，因而怀王灵魂可以取食多方，得到整个楚国的供奉。结尾又说你返回故居吧，居地仍故，当然是指楚国的正殿正宫，还说"敬而无妨"，难道怀王灵魂回到故居宫殿，不是理所当然，还有什么妨碍？从分析《大招》中，我们已经捕捉到某种消息，新王是要把客死异国的怀王灵魂安置在离宫苑囿，因此《招魂》只好抬出"室家遂宗"这个大题目，说有了这种崇敬作保障，是没有妨碍的，用此开释怀王灵魂的嫌疑，使之大加施为而无须看别人的眼色。缩短的几句话，是包含着何等深沉和苦涩的政治意义的密码啊。

《招魂》的饮食与《大招》的不同之处，在于它多用了酒。这一点很要紧。诗人想借用酒力，给怀王的灵魂壮胆，但回故居无妨。饮食是种类繁多的：稻米、小米、美麦，还掺杂着黄粱，味道是大苦、咸、酸，还有辣味、甘味并用。似乎楚人嗜好奇辣，在楚怀王之时已见端倪。肥牛的腱子，熟烂而芬香，调和酸味和苦味，陈列出来的是吴地风味的羹。煮鳖烤羊羔，加上甘蔗甜浆。醋烹天鹅炖野鸭，油煎大雁与灰鸽。卤鸡与大龟肉羹，味浓而不伤胃口。油饼与蜜糕，又加上饴糖。珍馐美肴之极，继之以佳酿，它把饮酒作为"食多方"的最高境界：美酒是瑶浆加蜜，斟满了雀鸟状的酒杯。挤掉了酒糟之后冷冻了饮下，实在是醇厚又清凉。豪华的酒杯摆上了，琼浆足够你喝。华酌琼浆，说明所用乃是宫廷之物。

于餐饮之间即有女乐侑酒，姿态奔放无羁，把宫廷日常生活的穷奢极侈表现得淋漓尽致：

> 肴羞未通，女乐罗些。
> 陈钟按鼓，造新歌些。
> 《涉江》《采菱》，发《扬荷》些。
> 美人既醉，朱颜酡些。
> 娭光眇视，目曾波些。
> 被文服纤，丽而不奇些。
> 长发曼鬋，艳陆离些。

二八齐容，起郑舞些。
衽若交竿：抚按下些。
竽瑟狂会，搷鸣鼓些。
宫廷震惊：发《激楚》些。
吴歈蔡讴，奏大吕些。
士女杂坐，乱而不分些。
放陈组缨，班其相纷些。
郑卫妖玩，来杂陈些。
《激楚》之结，独秀先些。
菎蔽象棋，有六博些。
分曹并进，遒相迫些。
成枭而牟，呼五白些。
晋制犀比，费白日些。
铿钟摇簴，揳梓瑟些。
娱酒不废，沉日夜些。
兰膏明烛，华灯错些。
结撰至思，兰芳假些。
人有所极，同心赋些。
酎饮尽欢，乐先故些。
魂兮归来！反故居些。

这是宫廷生活的狂欢场面，酒肴继以女乐，也可以说它充满酒神精神，把中原地区以礼节情、温柔敦厚的诗教和礼乐制度完全打破了。连刘勰《文心雕龙·辨骚》对之也颇有微词："士女杂坐，乱而不分，指以为乐，娱酒不废，沉湎日夜，举以为欢，荒淫之意也。"[①] 以正统诗学看问题，刘氏的判断是有道理的。然而战国楚诗人正是在不受正统诗学约束之中，发扬着一种为《诗经》所未见的令人惊心骇目的酒神艺术精神。它已经不是单纯地或静止地写歌舞，而是把酒色男女糅合于其间，写成一个宫廷放荡生活的动态过程。《大招》写歌舞，从伏羲《驾辩》到叩钟调磬，几乎是一种仪式性的静态的表演，虽然其间两度呼魂，终是与怀王灵魂隔

---

① （南朝梁）刘勰撰，范文澜注：《文心雕龙注》，人民文学出版社1962年版，第47页。

了一层。《招魂》于美人酡颜、竽瑟狂会、士女杂坐、放陈组缨、日夜娱酒之间，并无呼魂之句，而怀王灵魂已在其间享受狂欢之乐了。菜肴尚未上齐，女乐就罗列起来。陈设编钟，按着鼓点造出新歌，演唱起楚地民歌《涉江》《采菱》和《扬荷》。美人已经醉了，红扑扑的面孔醉成了枣红，她以撩人的眼光斜视着，眼睛里一层层地转动秋波。披着细软的花衣，华丽而不怪邪。飘动着长发美鬓，光艳陆离。十六人列成舞队，一色打扮，跳起了被儒家斥为淫荡的郑国土风舞。衣袖高高摆起，就像竹竿交叉，弯腰作抚案的样子退场。

音乐舞蹈的高潮，是表演《激楚》，这在《招魂》中占有一个特定场面。洪兴祖《楚辞补注》说："《淮南》曰：扬郑卫之浩乐，结《激楚》之遗风。注云：结激清楚之声也。《舞赋》云：《激楚》结风，《阳阿》之舞。五臣云：激，急也。楚，谓楚舞也。舞急萦结其风。"① 朱熹《楚辞集注》则谓："《激楚》，即大合众乐，而为高张急节之奏也。"② 从这些字里行间可领会到，所谓《激楚》，乃是众乐并鸣、载歌载舞、高亢急激的狂欢之乐。又，刘向《九叹》有"恶虞氏之箫《韶》兮，好遗风之《激楚》"，可见《激楚》为楚民间狂欢曲，与古典乐曲相悬殊，倾泻着生命的放纵逸乐。《招魂》在郑国土风舞退场之后，竽、瑟一类管弦乐器疯狂地交会鸣奏，鼓声也咚咚擂动，使整个宫廷为之震动，这就是《激楚》的开场鼓乐了。吴歈、蔡讴等各国俗调也演唱起来，伴奏的是秦钟大吕，真有点南腔北调、五音杂陈的况味了。场面上，士女杂坐，乱而不分，解开衣带、帽带乱放着，斑驳陆离，五彩缤纷。以淫荡闻名的郑国、卫国的妖异杂耍，也穿插表演。《激楚》表演到终局，实在是占尽一时风光。

歌舞之余，继之以游戏，这是《大招》所未见的休闲场面。成枭作筹码，摆开了象棋和六博棋。分组同时进行，相互紧逼以求胜。得到头彩又成倍翻番，呼唤着"五白"的好牌面。用晋国制造的犀比金带钩作赌注，哪怕费尽白日的好时光。铿锵撞钟，撞得钟架都摇晃，出力地弹奏起梓木瑟。娱酒贪杯没完没了，非来他一个日夜沉醉不罢休。兰膏明晃晃地点起来，与华灯交相辉映。文辞之徒结撰深思，假借兰花香草表达情意。人各

---

① （宋）洪兴祖撰，白化文等点校：《楚辞补注》，中华书局1983年版，第210页。
② （宋）朱熹：《楚辞集注》，上海古籍出版社2001年版，第137页。

有其独到之处，都是一般的苦心来作赋。饮酒饮到尽欢时，又拿先朝掌故来取乐。最后才来了一句呼魂兼叹息："魂啊归来！回到故居吧。"这番酒神式的狂欢，醇酒美人，狂歌极乐，确实有一点为儒家君子所不堪入目，或者触目惊心。《大招》就没有如此写，它把楚怀王当作客死归葬，王位易手了的灵魂，饮食歌舞都须按仪式办事。在奉命撰辞的文学之臣的心目中，他的身份最多不过是一个只能住在离宫苑圈的"太王"或"太上王"，不能等同于今王，不能入主宫廷而尽享极乐。《招魂》以其诗学结构的顺序，把怀王灵魂安排在入主楚宫的真正王者的位置，其微言大义暗藏着把怀王未死时被拥居王位的顷襄王，挤到"假王"位置的某种倾向。当然，这种弦外之音是借"巫阳下招"的口吻暗示出来的，又以结构顺序安排为深层文化密码，用了诸多曲笔，不易一眼看穿，只有在仔细咀嚼中才知滋味。用这条思路读《招魂》，他在宫中愈是荒唐放荡而不受妨碍拘束，岂不愈是目无今王吗？

五 所谓"颂美政"与民族危机意识

由于对两篇招魂辞"内崇楚国之美"的结构顺序所蕴藏的意义密码未作深入分析，前人对《招魂》《大招》末段的真实价值，也多释而未安，褒贬失据。比如看到《战国策·楚策四》讲庄辛讽谏楚顷襄王中，有顷襄王"驰骋乎云梦之中，而不以天下国家为事"的句子，便认为《招魂》的"乱辞"写狩猎，是针砭顷襄王的。这便出现了清人屈复《楚辞新注》中这番说头："顷襄忘不共戴天之仇，而夜猎荒游，此三闾之所以极目而伤春心也。"又比如《大招》的结尾"颂美政"，人们也不去考究它为何"颂美政"，便导致清人蒋骥《山带阁注楚辞·序》中既指认《大招》为屈子所作，又对其结尾赞美备至："夫屈子，王佐才也。当战国时，天下争挟刑名、兵战、纵横吊诡之说以相夸尚。而屈子所以先后其君者，必曰五帝三王。其治楚，奉先功，明法度，意量固有过人者。《大招》发明成言之始愿，其施为次第，虽孔子、孟子所以告君者当不是过，使原得志于楚，唐虞三代之治岂难致哉？"[①] 这实在是离开历史去谈论虚悬不实的乌托邦，王夫之《楚辞通论》已明白其为"幻设"，却又从另一角度赞扬之："武偃文兴，德上配于三王，魂而来归，乐观其盛矣。此上极言治功

[①] （清）蒋骥：《山带阁注楚辞》，上海古籍出版社1984年版，第3页。

化理之美，一皆屈子所志，而楚之君臣不能用者。故幻设一郅隆之象，以慰其幽怨而诱之使归。所为曲达忠贞之隐愿，且以见非是则泽畔离魂，犯四方之不祥，虽糜烂而不反。其言愈博，其志愈悲矣。"[①] 这是把《大招》视为屈原所作，从而引发出来的曲曲折折的自圆其说。

更可靠的判断，当是兼顾《大招》全篇的结构，进而分析它的本文的结尾：

> 魂乎归徕！正始昆只。
> 田邑千畛，人阜昌只。
> 美冒众流，德泽章只。
> 先威后文，善美明只。
> 魂乎归徕！赏罚当只。
> 名声若日，照四海只。
> 德誉配天，万民理只。
> 北至幽陵，南交耻只。
> 西薄羊肠，东穷海只。
> 魂乎归徕！尚贤士只。
> 发政献行，禁苛暴只。
> 举杰压陛，诛讥罢只。
> 直、赢在位，近禹麾只。
> 豪杰执政，流泽施只。
> 魂乎归徕！国家为只。
> 雄雄赫赫，天德明只。
> 三公穆穆，登降堂只。
> 诸侯毕极，立九卿只。
> 昭质既设，大侯张只。
> 执弓挟矢，揖辞让只。
> 魂乎归徕！尚三王只。

这似乎是面对怀王灵魂尸身所说的招魂辞，对死人说着活人的话，

[①] （明）王夫之：《船山全书》第十四册，岳麓书社1996年版，第428页。

以示吉利。面上涂满香膏，面容显得很愉快，血气也很旺盛。永远善待你的身子吧，保持寿命长久。看你的家族占满朝廷，高官厚禄何等昌盛！这大概指顷襄王继位之后，任用怀王少子子兰为令尹之类，而且还可能重用了一批王族。因此，《大招》呼唤"魂乎归徕"，可以安定地居住在祠堂里了。

居住在祠堂里干什么？就是欣赏今王的"美政"了，所谓"先威后文，善美明只""德誉配天，万民理只""雄雄赫赫，天德明只"之类，完全是不知何者为肉麻的歌功颂德之辞，虽然它的许多思想资料来自先秦典籍，尤其是儒家经籍的美政理想，但是与楚国的现实政治完全对不上号。也许是由于楚怀王归葬之时，顷襄王已继位三年，招魂之余不可不说些吉利话，何况古代丧礼虽然属于凶礼，也有久凶转祥的制度，如《仪礼·士虞礼》说："期（满一年）而小祥，曰：荐此常事。又期而大祥，曰：荐此祥事。"① 然而这种极言美政之辞，用之于客死异国的怀王则谬，用之于昏庸苟安的顷襄王则谀，它实质上是文学侍从之臣受命撰辞的欺世违心之论。在楚国弊政丛集，而在秦军锋芒下连年丧师失土的情形下，《大招》还如此唱颂歌：道路连接千里，车众出行如云；公侯伯等三珪重侯，听察事情如有神灵；对民间夭亡、隐情访察得实，孤儿寡妇都受到抚恤慰问。魂啊归来！已经理顺事情的先后次序，田野村邑千块相连，人烟非常昌盛。美政覆盖各类人众，德泽可谓昭彰。先用威武后行文治，孰善孰美自然分明。魂哟归来！赏罚都够得当了。

《大招》非屈子所作，于此已非常明显。他不可能以长期蒙疏受放之身，在怀王已死、顷襄王用人施政的格局已定的时候，还天真到与那些不值得谈论美政的人，去一厢情愿、毫无忧患地谈论美政。此时谈论美政，不足以说明屈子聪明，或有政治战略眼光。如果他有审时度势的战略眼光，他在顷襄王初年便会预见自己将被流放江南的政治力量的倾斜和隐患。他可能会隐隐地感觉到《涉江》中所说的那种政治荒唐性："鸾鸟凤皇，日以远兮！燕雀乌鹊，巢堂坛兮！"屈子绝不会违心去写《大招》中接下来的这些意思：名声好像太阳，照耀着四海；德誉可配苍天，万民得到治理；北方直到幽陵，南方直到交趾，西头逼近羊肠，东头穷尽大海。魂哟归来！尊重贤士啦。发布政令，献上功绩，禁止残

---

① （汉）郑玄注，（唐）贾公彦疏：《仪礼注疏》，北京大学出版社1999年版，第835页。

酷暴行。选拔俊杰来弹压殿阶，刑罚讥讽的行为变得疲软无用。正直的能人在位，像大禹麾下那样各得其所。豪杰执政，恩泽流布遍施。魂哟来归！国家大有作为，武威雄雄赫赫，天德光明四照；三公肃肃敬敬，三公穆穆，登降玉堂议政；各路诸侯都来朝觐，建立九卿制度。迎宾的射礼已准备好，大射布已经张挂起来。执弓挟箭，大家行着揖让进退的古礼。魂哟来归！这是取法禹、汤、文武三王。这里讲的确是三王之礼、三王之政，颇带点儒家政治理想的色彩。而且光照四海，诸侯朝觐，似乎在向往大一统了。

问题不在于写了什么，而在于为何而写，写出来的现实针对性和可行性如何。在顷襄王初年迎葬怀王的日子里，考诸楚国的内政、外交和军事处境都开始呈现江河日下之势，连庄辛也看到顷襄王"专淫逸侈靡，不顾国政，郢都必危""避于赵，淹留以观之"（《战国策·楚策四》）。于此时际毫无危机感地谈论楚国"德誉配天""雄雄赫赫"，除了图个空头吉利之外，不是谀辞谲言，便是痴人说梦。而且它谈论大一统之四至，谓"北至幽陵，南交趾只。西薄羊肠，东穷海只"。洪兴祖《楚辞补注》说："《战国策》注云：羊肠，赵险塞名，山形屈辟，状如羊肠。今在太原晋阳之西方。"[①] 这就把秦国和三晋的西部都划在大一统的四至之外了，倘若是屈子所为，地理知识不至于如此浅陋。

屈子《招魂》的结尾的忧患意识，与《大招》大相悬殊。它采用"乱辞"体制，这与《离骚》和《九章》中部分诗篇的体制相同。"乱辞"的使用，应该看作是对固有的招魂辞规格的革新和超越，它已经脱离"巫阳下招"的托体代言的层面，返回到全篇开头的诗人直接抒写主观感觉的层面。换言之，《招魂》创造了一种巫风招魂辞体制与楚辞抒情体制相交融的混血型的诗学体制。"乱辞"由于渗透着屈子的社会批判精神、民族危机意识和怀旧情绪，形成了一种悲剧格调。应该看到，在当时楚国衰败迹象日趋严重的岁月，悲剧格调较之"颂美政"的吉利格调，更具有清醒的历史理性，更具有穿透历史深层的深刻性。而且语助词采用"兮"，也与招魂辞的语助词"些""只"形成对照，说明诗人已站在招魂仪式的外面，以历史理性为楚怀王也为楚国招魂：

---

① （宋）洪兴祖撰，白化文等点校：《楚辞补注》，中华书局1983年版，第225页。

乱曰：
献岁发春兮，汩吾南征。
菜蘋齐叶兮，白芷生。
路贯庐江兮，左长薄。
倚沼畦瀛兮，遥望博。
青骊结驷兮，齐千乘。
悬火延起兮，玄颜烝。
步及骤处兮，诱骋先。
抑骛若通兮，引车右还。
与王趋梦兮，课后先。
君王亲发兮，惮青兕。
朱明承夜兮，时不可淹。
皋兰被径兮，斯路渐。
湛湛江水兮，上有枫。
目极千里兮，伤春心。
魂兮归来，哀江南！

屈子首先在这里交代了自己于顷襄王三年迎葬怀王时的行踪。所谓"献岁发春"可以和《大招》开头的"青春受谢"相参照，也就是怀王由秦归葬的那个春天。此时的屈子不仅没有受命为怀王的招魂仪式撰辞，因而暗示《大招》非其所为，而且他似乎不在郢都，而在云梦原野的孤独行程中。他是一个曾经被放逐汉北，如今依然受排斥疏远的"多余人"。贺献新年而春气发动之时，我急急忙忙地向南赶路。绿油油的水蘋长齐了叶子，白芷也抽出了新芽。道路穿过庐江而左边是草木丛生的长林地带，靠近湖沼、水田，一片春水汪汪，远望无比开阔。庐江的地理位置长期是个谜，洪兴祖《楚辞补注》引《汉书·地理志》："庐江出陵阳东南，北入江。"后又有人把它具体化为青弋江，在今安徽境内，但与屈子于顷襄王初年的行踪不合。王夫之《楚辞通释》已提出质疑云："庐江，旧以为出陵阳者，非是。襄汉之间，有中庐水，疑即此水。"[1] 现代历史地理学者谭其骧认为：《招魂》"乱曰"所谓庐江，"在今湖北宜城县北，其地于

---

[1] （明）王夫之：《船山全书》第十四册，岳麓书社1996年版，第414页。

《汉志》为中庐县。……然而何以知兹所称庐江在鄂而不在皖,此可以'乱'本文证之。'乱'下文云:'倚沼畦瀛遥望博,青骊结驷兮齐千乘',再下云:'与王趋梦兮课后先',又云:'湛湛江水兮上有枫',而终之以'魂兮归来哀江南',与鄂西地形悉能吻合。汉水西岸,自宜城以南即入平原,故遥望博平,结驷至于千乘。平原尽则入于梦中。《汉志》:'编(县名)有云梦宫',编县故城在今当阳荆门之西,自梦而南。乃临乎江岸,达乎郢都也。若以移之皖境,则无一语可合。"

如此孤独的湖沼草木间的行程,使屈子悲怆的心灵产生一种幻觉:正在归葬中的楚怀王宛若生前,屈子从其狩猎于云梦——此事当发生在屈子任左徒的青春得意期,即楚怀王中期尚能称雄于七国之时。狩猎之举,为古代诸侯练兵的一种形式。《周礼·夏官·大司马》说:"中冬,教大阅,前期,群史戒众庶,修战法,虞人莱所田之野,为表。百步则一,为三表,又五十步为一表。田之日,司马建旗于后表之中,群吏以旗物、鼓铎、镯铙,各帅其民而致,质明,弊旗,诛后至者,乃陈车徒,如战之陈,……遂以狩田。"郑玄注曰:"冬田为狩,言守取之,无所择也。……天子诸侯蒐狩有常,至其常处,吏士鼓噪,象攻敌剋胜而喜也。疾雷击鼓曰駴。谍,谨也。《书》曰'前师乃鼓,付鼓噪',亦谓喜也。"贾公彦疏:"教战讫,入防田猎之事,故云遂以狩田。"① 楚国有云梦之便,历代楚王多以狩猎为乐,《战国策·楚策一》记载:"楚王游于云梦,结驷千乘,旌旗蔽日,野火之起也若云蜺,兕虎嗥之声若雷霆,有狂兕牛羊车依轮而至,王亲引弓而射,壹发而殪。王抽旃旄而抑兕首,仰天而笑曰:'乐矣,今日之游也。寡人万岁千秋之后,谁与乐此矣?'"②

对照《招魂》乱辞与《战国策》这则记述,似乎楚王出猎云梦带点制度化的倾向。青马黑马四匹驾一车,齐刷刷的有千乘结队进发。烧山驱兽的火线好像悬在远空绵延燃起,把天色熏得黑里透红。从猎的徒步者与驰马者,所到之处都被诱导得驰骋争先,控制与奔驰都进退通畅,又引车子向右转去。与君王奔向云梦,考评着出猎者谁先谁后,君王引弓发箭,射杀了青色大野牛。这里写结驷千乘,将士争先以及君王亲射青兕,借着云梦狩猎的一幕充分地显示着、甚至炫耀着楚人当日的国威军威。而"与

---

① (汉)郑玄注,(唐)贾公彦疏:《周礼注疏》,北京大学出版社1999年版,第772—779页。

② (汉)刘向:《战国策》,上海古籍出版社1985年版,第490页。

王趋梦兮课后先"，也透露了屈子任左徒，未受谗遭疏而备受信任之时，作为近臣奔走于王车左右的情景。青春时代的繁华梦以及怀王客死归葬的凄凉现实的强烈对比，正是屈子虽不能作为文学侍从之臣受命撰辞，却私自捉笔遥祭怀王灵魂的心理原动力。他在合祭一个繁华梦和一个苍凉梦。

然而，这种心理原动力浸透着历史的苍凉感，对照着昔日的繁华梦，苍凉感更深一层。眼前所见的景象已是荒草凄迷，红日继而追逐着夜色啊时光不可以停留，水边的兰草已覆盖了小路啊，道路也要被水淹没。清湛湛的江水啊，倒映着上面的枫树。这幅如梦如幻的景象，实在令人目极千里啊，伤透了那颗春天的心！于无可奈何之处，唯有叹息一声、呼唤一声：魂啊归来，哀江南！这声"魂兮归来哀江南"，实在是联系着一个民族的命运，又叩动后人心弦的千古绝唱。屈子辞赋的魅力，在于那种与透彻的历史理性、高尚的爱国情怀相融合的真挚的感情力量，在于充满审美辩证法、又出于天才妙悟的抒情诗学策略。《招魂》绝非应酬性的受命为文，不像《大招》那样斤斤计较招魂辞的固有规格法度，它是一种生命冲动的结晶。正如它在"巫阳下招"中"外陈四方（应是六合）之恶，内崇楚国之美"，以结构顺序所蕴藏的深层意义密码，对固有的招魂辞格式、也对当时的王朝政治提出深沉而巧妙的挑战一样，它在"乱辞"中超越了招魂辞的固有格式，以悬火蒸天的繁华梦与荒草没径的凄凉现状形成强大的诗学张力，从而逼出了"哀江南"的悲剧情调。《招魂》借生人与死者灵魂的对话，实现了诗歌超越生命界限的奇迹。江南何以为哀？"哀"乃是形声字，从口，衣声，本义是悲痛、悲伤。《说文解字》云："哀，闵也。"《广雅》云："哀，痛也。"《周礼·大宗伯》："以凶礼哀邦国之忧"，注曰："救患分灾。"① 《礼记·檀弓下》："孔子过泰山侧，有妇人哭于墓者而哀。"② 《孟子·离娄上》："舍正路而不由，哀哉！"注曰："伤也。"③ 陆游《十一月四日风雨大作》诗云："僵卧孤村不自哀。"又，哀形容声音凄清尖锐，白居易《琵琶行（并序）》："杜鹃啼血猿哀鸣。"哀又可以引申为同情、怜悯，如《穆天子传》："天子作诗三章以哀民。"柳宗元《捕蛇者说》："君将哀而生之乎？"哀又通"爱"，有爱护之意。如《管子·侈靡》："国虽弱，令必敬以哀。"《吕氏春秋·慎大览·报

---

① （汉）郑玄注，（唐）贾公彦疏：《周礼注疏》，北京大学出版社1999年版，第462页。
② （汉）郑玄注，（唐）孔颖达疏：《礼记正义》，北京大学出版社1999年版，第310页。
③ （汉）赵岐注：《孟子注疏》，北京大学出版社1999年版，第199页。

更》："人主胡可以不务哀。"《淮南子·说山训》："各哀其所生。"哀又连带着哀叹，如杜牧《阿房宫赋》云："秦人不暇自哀，而后人哀之；后人哀之而不鉴之，亦使后人复哀后人也。"承载着如此丰厚真挚的情感分量的一个"哀"字，投入倒映着枫树光影的清湛湛的江南流水上，令人情何以堪，"哀江南"遂成为一个激动百代文士的意象集束，一再见于吟咏。殆至唐朝，白居易以《忆江南》加以纾解："江南好，风景旧曾谙。日出江花红胜火，春来江水绿如蓝。能不忆江南！"纾解与被纾解，形成了文学史上令人津津有味的张力结构。

1997年8月16日写毕；2015年12月17日修订

第八章 《九辩》对"秋天—人生"的双重吟味

一 宋玉其人其作

《九辩》是中国上古诗史中至为绮丽缠绵的抒情长卷，拓展了文人个性写作的文学史潮流，是足以为文学史写上一笔的。它以255句的巨大篇幅，代表着抒情长诗由屈子的《离骚》《天问》《招魂》的浓郁的政治性、神话性和原始宗教气氛，向人性呈现的转变。在体制上，它以"九"字为题，而与屈原的《九歌》相辉映，且并非以组诗方式，而是一气呵成，开启了两汉以"九"字、"七"字为体制特征的辞赋文体的新潮。文学史上屈、宋并称，与《九辩》收入《楚辞》总集有着深刻的关系。

对于此诗的作者和创作宗旨，现在所能看到的最早解释，是东汉王逸注《楚辞章句》卷八释《九辩》云："《九辩》者，楚大夫宋玉所作也。辩者，变也，谓陈道德以变说君也。九者，阳之数，道之纲纪也。故天有九星，以正机衡；地有九州，以成万邦；人有九窍，以通精明。屈原怀忠贞之性而被谗邪，伤君暗蔽，国将危亡，乃援天地之数，列人形之要，而作《九歌》《九章》之颂，以讽谏怀王。明己所言，与天地合度，可履而行也。宋玉者，屈原弟子也。闵惜其师，忠而放逐，故作《九辩》以述其志。至于汉兴，刘向、王褒之徒咸悲其文，依而作词，故号为'楚词'。亦采其九以立义焉。"[①]

王逸的《九辩》解题，不能免俗地混杂着一位东汉学者以阴阳术数以及在两汉、新莽易世之际大行其道的谶纬之学去误读古人的成分。但是排除此类杂质，其间还提供了一些值得重视和探讨的信息：（一）宋玉为楚

---

① （宋）洪兴祖撰，白化文等点校：《楚辞补注》，中华书局1983年版，第182页。

大夫；（二）宋玉为屈原弟子（当是私淑弟子，屈原晚年流放江南，未及门焉）；（三）《九辩》为宋玉"闵惜其师"之作。这些信息显然与仅见于史籍的《史记·屈原列传》的材料，存在矛盾，本传云："屈原既死之后，楚有宋玉、唐勒、景差之徒者，皆好辞而以赋见称；然皆祖屈原之从容辞令，终莫敢直谏。"[1] 本传在"屈原既死"的后面加上"之后"二字，把时间界定得非常清楚，宋玉辈以文辞侍主，主要在屈子流放江南以及郢都陷落、屈子沉渊、楚都迁陈以后的时期。屈、宋之间若有师与弟子关系，《史记》于此不可能不顺笔述及，因此宋玉以屈子为师，只能从宽泛的意义上理解为师承关系，师承其辞采，悯惜其命运。

关于宋玉为楚大夫，不能作为尊爵来对待。明代董说《七国考》卷一《楚职官》："《登徒子好色赋》：'大夫登徒子侍于楚王。'又怀王时上官大夫。按《谷梁传》（僖四年）云：'楚无大夫。'疏云：'无大夫凡有三等之例。曹无大夫者，本非微国，后削小耳。莒则是东夷，本微国也。楚则蛮夷之国，僭号称王，其卿不命于天子，故不得同中国之例也。'《册府元龟》（卷七〇一）云：'楚命大夫为公。'余意楚公、尹之外，又有大夫之官，但列国大夫皆尊爵，楚不过备官耳。"[2]

由于大夫非楚国尊爵，晋朝习凿齿《襄阳耆旧传》称宋玉为"小臣"："宋玉者，楚之鄢人也，故宜城有宋玉冢。始事屈原，原既放逐，求事楚友景差。景差惧其胜己，言之于王，王以为小臣。玉让其友，友曰：'夫姜桂因地而生，不因地而辛；美女因媒而嫁，不因媒而亲。言子而得官者我也，官而不得意者子也。'玉曰：'若东郭㕙者，天下之狡兔也，日行九百里，而卒不免韩卢之口，然在猎者耳。夫遥见而指踪，虽韩卢必不及狡兔也；若蹑迹而放，虽东郭㕙必不免也。今子之言我于王，为遥指踪而不属耶？蹑迹而纵泄耶？'友谢之，复言于王。玉识音而善文，襄王好乐而爱赋，既美其才，而憎之仍似屈原也。曰：'子盍从楚之俗，使楚人贵子之德乎？'对曰：'昔楚有善歌者，王其闻欤？始而曰《下里》《巴人》，国中属而和之者数千人；中而曰《阳阿》《采菱》，国中属而和之者数百人；既而曰《阳春》《白雪》《朝日》《鱼离》，国中属而和之者不至十人；含商吐角，绝节赴曲，国中属而和之者不至三人矣，其曲弥高，其

---

[1] （汉）司马迁：《史记》，中华书局1959年版，第2491页。
[2] （明）董说：《七国考》，中华书局1956年版，第35页。

和弥寡也。'"① 习凿齿是博学能文的襄阳才士，他定宋玉为鄢郢人，当不会有错。郦道元《水经注》卷二八也印证了这一点："城故鄢郢之旧都，秦以为县，汉惠帝三年改曰宜城"，"城南有宋玉宅。玉，邑人。"② 但是习氏关于宋玉事迹，杂取前代书籍，或加点民间传闻也有可能，这就需要打点折扣了。

旧籍记载宋玉事迹者，以刘向编录的《新序》为多，凡三则。《杂事第一》所录的"楚威王问于宋玉曰"一则，完全是抄录宋玉的《对楚王问》，颇有舛误，且把楚襄王误为"楚威王"，在史料信实价值上大打折扣。《杂事第五》的两则，对于了解宋玉的生存处境和心理状态颇为难得，兹录如下：

△宋玉因其友以见于楚襄王，襄王待之无以异。宋玉让其友。其友曰："夫姜桂因地而生，不因地而辛；妇人因媒而嫁，不因媒而亲。子之事王未耳，何怨于我？"宋玉曰："昔者，齐有良兔曰东郭狻，盖一旦而走五百里。于是齐有良狗曰韩卢，亦一旦而走五百里。使之遥见而指属，则虽韩卢不及众兔之尘；若蹑迹而纵緤，则虽东郭缺亦不能离。今子之属臣也，蹑迹而纵緤与？遥见而指属与？《诗》曰：'将安将乐，弃我如遗。'此之谓也。"其友人曰："仆人有过，仆人有过。"③

△宋玉事楚襄王而不见察，意气不得，形于颜色。或谓曰："先生何谈说之不扬，计画之疑也。"宋玉曰"不然。子独不见夫玄蝯（黑色猿）乎？当其居桂林之中，峻叶之上，从容游戏，超腾往来，龙兴而鸟集，悲啸长吟。当此之时，虽羿、逢蒙，不得正目而视也。及其在枳棘之中也，恐惧而掉栗，危视而迹行，众人皆得意焉。此皮筋非加急而体益短也，处势不便故也。夫处势不便，岂何以量功校能哉？《诗》不云乎？'驾彼四牡，四牡项领。'夫久驾而长不得行，项领不亦宜乎？《易》曰：臀无肤，其行趑趄。此之谓也。"④

刘向校理群书于天禄阁，多见上古秘籍，其《新序》或如《崇文总目》所称："大抵采百家传记，以类相从，故颇与《春秋》内外传、《战国策》《太史公书》互相出入。"上引两则之前者，与《襄阳耆旧传》相

---

① （晋）习凿齿：《襄阳耆旧记校注》，荆楚书社出版1986年版，第15—16页。
② （北魏）郦道元撰，陈桥驿校证：《水经注校证》，中华书局2007年版，第668页。
③ （汉）刘向编，石光瑛校释：《新序校释》，中华书局2001年版，第747—751页。
④ 同上书，第751—758页。

参,宋玉所责让之友似为景差。他的生存境遇并不顺心,"襄王待之无以异",大概当的还是"小臣",这便加深了我们对《九辩》中"以为君独服此蕙兮,羌无以异于众芳"的理解。他自视甚高,自喻为日走五百里的良狗、超腾于桂林之中的乌猿以及驾车的牡马。"事楚襄王而不见察,意气不得,形于颜色",在《高唐赋》《神女赋》《风赋》《对楚王问》那种如簧巧舌和生花妙笔背面,隐藏着的却是怀才不遇的感伤与不平。这也可以加深我们对《九辩》中"当世岂无骐骥兮?诚莫之能善御""愿沉滞而不见兮,尚欲布名乎天下"的同情。因此,把这些材料与《九辩》互为表里参证,便不难领会到,这篇抒情长卷不仅悯惜屈子,而且悯惜宋玉自己。

《九辩》为宋玉所作,既为王逸所明言,又于《新序》《襄阳耆旧传》的记载中获得创作动机上的某些说明。西汉扬雄《扬子法言·吾子卷第二》曰:"或问:'景差、唐勒、宋玉、枚乘之赋也,益乎?'曰:'必也淫。''淫则奈何?'曰:'诗人之赋丽以则,辞人之赋丽以淫。如孔氏之门用赋也,则贾谊升堂,相如入室矣。如其不用何?'"① 然而自明代焦竑以后,颇有论者对宋玉的著作权提出怀疑。焦竑《笔乘》卷三,以为《离骚》中有"启《九辩》与《九歌》兮"的句子,便不思《九辩》《九歌》乃古乐曲名,把《楚辞》中的二者都系于屈原名下。他在《笔乘》卷四,又说《直斋书录解题》载《离骚释文》,把《九辩》次于《离骚》之后,《九歌》《天问》《九章》之前,不思这是旧本篇次错乱的可能,断为"决无宋玉所作掺入(屈)原文之理"。清代吴汝纶《评点古文辞类纂》又提出新的理由:"后读曹子建《陈审举表》引屈平曰:'国有骥而不知乘兮,焉皇皇而更索。'洪《补注》亦载子建此语。'国有骥'二句,《九辩》之词也,而引以为屈平,则子建固以《九辩》为屈子作,不用王氏冈师之说。"且不说曹植可能引书有误,即便他认为《九辩》是宋玉悯惜屈原之作,他揣摩这些话符合屈原的意思,因而直接说成是屈原的话,可能会比说成是宋玉文中假托之言,对他"上疏陈审举之义"来,也许更为得体,更有说服力。对于前人在《九辩》著作权上移宋就屈的言论,近人游国恩《楚辞九辩的作者问题》已辨之甚详,于此不赘。而更为深刻的

---

① (汉)扬雄:《扬子法言》,《四部备要》(子部),上海中华书局据江都秦氏本校刻,第14页。

屈、宋之辨，应存在于对文本的细读和研究之中。

《九辩》是宋玉较可靠的作品，犹存如此多的怀疑，在疑古即是学问的风气中，其余作品之真伪更是众说纷纭。本来《史记·屈原列传》已经指认《招魂》与《离骚》《天问》《哀郢》为屈原所作，太史公为此而"悲其志"。但在王逸《楚辞章句》中，《招魂》被指认为"宋玉之所作也"，这已被今人所否定，回归《史记》，判为屈原所作几成共识。这里有必要从《楚辞》和宋玉作品的版本变化脉络中，探讨一下著作权孰真孰伪的可能性和概率。王逸《楚辞章句》一开头就交代，此书为"汉护左都水使者光禄大夫臣刘向集，后汉校书郎臣王逸章句"，也就是说，王逸采用的是刘向编集的本子。《汉书·艺文志》是根据刘向、刘歆父子领校群书，刘歆"卒父业""总群书而奏其《七略》"，为《汉志》"删其要，以备篇籍"的。这就是说，《汉志》所载"屈原赋二十五篇，唐勒赋四篇，宋玉赋十六篇"，均为刘向所及经目。但他在编集《楚辞》时，全收屈赋二十五篇，宋玉赋只收《九辩》《招魂》，其余十四篇以及唐勒赋均不收。这种结集方法，大概主要是从文章体制出发，宋玉赋只有两篇属于骚体诗，其余都是散文化的辞赋体。这种编辑体例，对于保存屈原作品功不可没，但又给人一种错觉，似乎散文化的主客答问方式的辞赋不属于《楚辞》的时代，是辞赋更加发展的时代才可能出现，因此屈原的《卜居》《渔父》的著作权受到怀疑，而且连宋玉是否写过《高唐赋》《神女赋》之类也疑信参半了。疑古思潮实际上是捉住了刘向《楚辞》编辑体例的把柄，未及细读文献，或者读文献未能读通，就于不可疑处存疑了。

《汉书·艺文志》以后，《隋书·经籍志》著录《宋玉集》三卷，不见有《唐勒集》，大概已经佚失。《旧唐书·经籍志》和《新唐书·艺文志》，均著录《宋玉集》二卷。到了《宋史·艺文志》，已不著录《宋玉集》，大概已佚失于宋代。宋玉作品的存佚脉络表明，《昭明文选》的编纂，处于刘向所见的宋玉赋十六篇及《隋志》著录《宋玉集》三卷之间，供选编的宋玉作品大体还算完备。而且它把《九辩》《招魂》同归宋玉名下，既可能参照了《楚辞章句》，也可能见到刘向经目的宋玉赋十六篇也未可知。在这种文献条件和编选者水平之下，入选《昭明文选》的宋玉作品除《招魂》之外，《风赋》《高唐赋》《神女赋》《登徒子好色赋》《九辩》《对楚王问》六篇，大体上都应视为宋玉所作，才算得是尊重古人"历观文囿,泛览辞林",精心遴选,使沉思翰藻得以长久流传的一番心血。

然而《昭明文选》所录,并非宋玉作品的全部。这从屈原赋二十五篇,只选录十篇,便可推知其大概。因此《昭明文选》未载的宋玉赋九篇,在唐宋以后的文章总集中便时有出现。编定与注释于南宋章樵之手的《古文苑》,成于《宋玉集》散轶的过程中,系于宋玉名下的作品有《笛赋》《大言赋》《小言赋》《讽赋》《钓赋》和《舞赋》六篇。《古文苑》是一部"编录未为精核"的总集,存在一些误系人名和传写讹谬的地方,《四库全书总目》介绍此书云:"不著编辑者名氏。《书录解题》称:世传孙洙巨源于佛寺经龛中,得之唐人所藏。所录诗赋杂文,自东周迄于南齐,凡二百六十余首,皆史传、《文选》所不载。然所录汉魏诗文多从《艺文类聚》《初学记》删节之本,石鼓文亦与近本相同,其真伪盖莫得而明也。南宋淳熙间,韩元吉次为九卷。至绍定间,章樵为之注释,……共为二十一卷,则已非经龛之旧本矣。"这种文献版本情形,使《古文苑》中的宋玉赋的可靠性,远比《文选》逊色。比如《舞赋》,章樵注说:"傅毅《舞赋》,《文选》已载全文,唐人欧阳询简节其词,编之《艺文类聚》,此篇是也。后人好事者以前有楚襄、宋玉相唯诺之词,遂指为宋所作,其实非也。"① 清人严可均编《全上古三代文》卷十,即宋玉卷时,便剔除了《舞赋》,并在卷端说:"《笛赋》有宋意送荆卿之语,非宋玉作。"② 又在《笛赋》尾注上重复道:"此赋用宋意送荆卿事,非宋玉作。然隋唐已前本集有之,误收久矣,不必删耳。"③

《古文苑》所收宋玉赋的可靠性较差,然而一些赋名出现甚早。《文心雕龙·诠赋篇》说:"赋也者,受命于诗人,拓宇于楚辞。于是荀况《礼》《智》,宋玉《风》《钓》,爰锡名号,与诗画境,六义附庸,蔚成大国。"④ 范文澜注曰:"宋玉赋自《楚辞》、《文选》所载外,有《讽》、《笛》、《钓》、《大言》、《小言》五篇,皆在《古文苑》。张惠言以为皆五代宋人聚敛假托为之。《文选》有《风赋》当可信。"⑤ 所谓"聚敛",是

---

① 章樵注:《古文苑》(全二册),商务印书馆 1937 年版,第 67 页。
② (清)严可均辑:《全上古三代秦汉三国六朝文》,商务印书馆 1999 年版,第 130 页。
③ 同上书,第 137—138 页。
④ (南朝梁)刘勰撰,范文澜注:《文心雕龙注》,人民文学出版社 1962 年版,第 134 页。
⑤ 同上书,第 139 页。

指《古文苑》中的宋玉赋颇有一些取自初唐《艺文类聚》等类书，斯时《宋玉集》犹存，虽经类书编者摘录删节，甚至误认出处，但也难免保存一些残玑断璧，可供研究宋玉之参考。至于明代刘节编的《广文选》，列于宋玉名下的作品有《高唐对》《征咏对》和《鄢中对》三篇。由于该书取材芜杂，体例卑庸，讹误屡见，其可靠性比起《古文苑》又等而下之了。因此，严可均编《全上古三代文》所收宋玉作品，于《文选》的七篇全收，为《风赋》《高唐赋》《神女赋》《登徒子好色赋》《九辩》《招魂》《对楚王问》；于《古文苑》的六篇收其五，为《大言赋》《小言赋》《讽赋》《钓赋》《笛赋》；于《广文选》的三篇，则摒弃出这部总集，又根据《文选》卷三一江淹《杂体诗》拟潘岳悼亡诗注所引的《宋玉集》，录入《高唐对》。这些作品的真伪程度不等，而且篇数也未能与《汉书·艺文志》所说的"宋玉赋十六篇"相合。见于《古文苑》者除了讹误之外，由于曾经类书删节，篇幅较短而文气局促。而《文选》所录诸篇则写得风流倜傥，绮丽酣畅，辞采飞扬，非一代大辞赋家难以达到如此艺术境界。这一点已为古代杰出诗人所首肯。如李白《感遇四首》之四："宋玉事楚王，立身本高洁。巫山赋彩云，郢路歌白雪。举国莫能和，巴人皆卷舌。一惑登徒言，恩情遂中绝。"李白在这里肯定了《高唐赋》《神女赋》《对楚王问》以及《登徒子好色赋》，均为宋玉所作。杜甫《咏怀古迹五首》其二也写道："摇落深知宋玉悲，风流儒雅亦吾师。怅望千秋一洒泪，萧条异代不同时。江山故宅空文藻，云雨荒台岂梦思？最是楚宫俱泯灭，舟人指点到今疑。"杜甫也肯定《九辩》《高唐赋》《神女赋》为宋玉所作，并把宋玉视为自己诗文之师。历代颂扬宋玉，或受宋玉影响的诗作，还有不少，于此不能备引。我想说的是，应该还文学研究以文学本位的意识，而不能一味地脱离文学自身的特征，过度地以政治意识来扬屈抑宋，致使文学史难以深入文学规律的内在深处了。

对宋玉作品的辨伪存真的历史过程表明，辨伪与存真是一个事情的两个方面，其间存在着务实求真的辩证法关系，不能走到为辨伪而辨伪的先入为主的片面性上。辨伪的目的在于存真，以便在真实可靠而又全面系统的史料辨识的基础上，探索中国文化精神的历程，建立一个美轮美奂而不是残缺不全的中国精神家园。

二 借秋拟人的"奇喻"

王逸解释《九辩》说："辩者，变也，谓陈道德以变说君也。"① 这是以儒家的泛道德论，来解释抒情诗。其实《九辩》的起源很早，与《九歌》一样同巫风、祭祀有深刻的联系。《离骚》有"启《九辩》与《九歌》兮"之句，王逸就曾经注释道："启，禹子也。《九辩》《九歌》，禹乐也。言禹平治水土，以有天下，启能承先志，缵叙其业，育养品类。故九州之物，皆可辩数，九功之德，皆有次序，而可歌也。"② 这里还是与政治道德相比附，因而还得回到原始记述，《山海经·大荒西经》将之与神话、巫风相联系，曰："西南海之外，赤水之南，流沙之西，有人珥两青蛇，乘两龙，名曰夏后开（启）。开上三嫔于天，得《九辩》与《九歌》以下。此天穆之野，高二千仞，开焉得始歌《九招》。"③ 所谓献上三个美女给天帝，这三美女可能就是女巫。既然"辩"与"变"相通，那么《九辩》也就可以解释为乐曲的九次变奏。比如《周礼·春官·大司乐》说："九德之歌，九韶之舞，于宗庙之中奏之。若乐九变，则人鬼可得而礼矣。"④ 讲的就是在祭祀仪式中九次变奏乐曲，以通人鬼之礼。对比《楚辞》中的《九歌》与《九辩》，可以得到一个印象：《九歌》是九首祀神的歌（自然在屈子手中，歌数已有变通），《九辩》则是一首乐曲的九次变奏，它们之间的歌乐体制是非常不同的。《九歌》是一组晶莹可喜的风俗抒情小品，《九辩》是一首哀感缠绵，迂回舒缓的抒情长调。自然在宋玉笔下，《九辩》也如《九歌》在屈原笔下一样，已经离开巫风而被深刻地人情化了。在这一点上，宋玉甚至比屈原走得还要远，使《九辩》几乎荡除了巫歌的痕迹。

《九辩》不是把人带进热闹的巫女歌舞的祭祀场合，而是让人沉浸在一个萧瑟悲郁的自然时令世界：

> 悲哉，秋之为气也！
> 萧瑟兮，草木摇落而变衰。

---

① （宋）洪兴祖撰，白化文等点校：《楚辞补注》，中华书局1983年版，第182页。
② 同上书，第21页。
③ 袁珂校注：《山海经校注》，上海古籍出版社1980年版，第414页。
④ （汉）郑玄注，（唐）贾公彦疏：《周礼注疏》，北京大学出版社1999年版，第586页。

憭栗兮，若在远行。
登山临水兮，送将归。
沈寥兮，天高而气清。
寂寥兮，收潦而水清。
憯悽增欷兮，薄寒之中人。
怆怳懭悢兮，去故而就新。
坎廪兮，贫士失职而志不平。
廓落兮，羁旅而无友生。
惆怅兮，而私自怜。
燕翩翩其辞归兮，蝉寂漠而无声。
雁雍雍而南游兮，鹍鸡啁哳而悲鸣。
独申旦而不寐兮，哀蟋蟀之宵征。

  歌诗以一句悲秋的散文式感叹语句开头，起势突兀，没有感叹者主词。是诗人在叹息，也是秋天在叹息，因为萧瑟的秋风使草木摇落而变得衰蔽凋零，乃是人在秋天对生命行程的感受。前人称此句为"千秋绝唱"，大概也是从这种分不清是人、是草木、是季节的苍苍茫茫的叹息中，感受到心灵的震撼了。以下的诗行更给人"诗无达诂"的感觉：凄凄凉凉啊好像（若）在作客远行，登山临水啊要送他归去了。到底是凄凉的秋天送远行人归去，还是远行人送一年将尽的秋天归去？古人对这两种解释各持一说，其实两种解释可以共存，而组成相互阐发的双义性。诗人在这里用了一个"若"字，形成了以秋天比喻人的生存状态的"奇喻"，从而使全诗设置于以人的生存处境、命运和心理状态为一个系统，以秋天的气候、物象和情调为另一个系统，二者相互衬托、渲染和交融的诗学机制。既然登山临水、情缘殷切地秋天送人、人送秋天归去，那么登山所见，便是空空旷旷啊天高而气冷；临水所见，便是寂寂寥寥啊收尽洪潦而水色澄清。诗人为全诗开了一个相当精彩的头，起势突兀，设喻奇妙，承接绵密，从而创造了一个情调气氛异常浓郁的人在秋天的环境。

  值得注意的是，"憭栗兮，若在远行"这句奇喻，在用语和句式上都相当独特。"若"字既可以释为比喻连词"好像""如同"，或释为句首无意义的发语助词（如《尚书·大诰》："若昔朕其逝"），或相当于副词"乃"，又可以释为人称代词"你"或"你们"：凄凄凉凉啊你（或你们，指秋天与人）在远行。这种多义性的浑融语境，使秋天人格化、人也时令化了，人就是秋天，秋天也是人。在句式方面，本句的重要特点是借用一个"兮"字，把情调状语置于句首形容词之后加以强调，形成了一咏三叹的感叹语调和语句的弹性。同时又把这种句式加以辐射，形成全段中"萧瑟兮""憭栗兮""泬寥兮""寂寥兮""憯悽增欷兮""怆怳懭悢兮""坎廪兮""廓落兮""惆怅兮"一连九句的同句式排比，富有铺陈推移力度地制造了人与秋天的互渗互融的境界。在这种境界中：人带着秋天的印记，人是秋天的人，凄凄惨惨叹息啊薄寒伤人，灰心丧气啊离旧就新。这到底是人离开故旧而投靠新友呢，还是秋天离开旧年迁就新岁，也是滋味多端了。实在此身如秋，令人伤感不已：坎坷潦倒啊贫士失去官职而意气不平。空虚冷落啊留滞异乡而没有朋友，失意惆怅啊只好私自哀怜。应该说，对于人生状态的感受，屈原来得更为慷慨，抒写也就更为雄奇；而宋玉来得更为感伤，抒写也就趋于深细。他们分别显示了《楚辞》中的阳刚之美和阴柔之美。

雄奇则多描写神话世界中的诸神高驰，深细便换了一副笔墨，敏锐地感觉着秋世界中一虫一鸟的动静声响：

> 燕翩翩其辞归兮，
> 蝉寂漠而无声；
> 雁雍雍而南游兮，
> 鹍鸡啁哳而悲鸣。
> 独申旦而不寐兮，
> 哀蟋蟀之宵征。
> 时亹亹而过中兮，
> 蹇淹留而无成。

屈原辞赋驰骋天国，驾龙乘凤，役使风伯雨师，高丘求女，多用芳草美人设喻，至于借动物抒怀，为屈赋所罕见。这说明宋玉赋从神话化向自然化前进了一大步，原始信仰的色彩在这里消退了，人不是以自己的信仰，而是以自己的情感与自然万物相感通，相移情。实在是"天地不仁，以万物为刍狗"，秋气不仁，以虫鸟及人为刍狗。燕子翩翩飞舞而告辞南归啊，蝉儿寂寞地没有鸣声；鸿雁嗈嗈地叫着而南游啊，鹍鸡高一声、低一声地悲鸣不已。这是一种体物移情的写法，写的是候鸟鸣虫对秋天萧瑟气象的感应，折射着的是人对秋天、对悲凉的生命的感应。在万物感秋，人感万物的体物移情描写中，呈现出一个凄凉、寂寞、形迹仓皇的心灵：忙如飞燕，噤若寒蝉，离如南雁，哀若鹍鸡。正是这个寂寞而忙乱的心灵，独个儿通宵达旦睡不着啊，却顾不得哀怜自己，反而哀怜蟋蟀在夜间跳动。

值得回味者，宋玉由宋入楚，他列述众禽鸟时首列燕子，燕子是宋人的图腾。这在《毛诗正义》卷二十郑玄笺注中有极好的说明："《玄鸟》，祀高宗也。（祀当为'祫'。祫，合也。高宗，殷王武丁，中宗玄孙之孙也。有雊雉之异，又惧而修德，殷道复兴，故亦表显之，号为高宗。云崩而始合祭于契之庙，歌是诗焉。古者，君丧三年既毕，禘于其庙，而后祫祭于太祖。明年春，禘于群庙。自此之后，五年而再殷祭。一禘一祫，《春秋》谓之大事。玄鸟玄鸟，燕也，一名鳦，音乙。祀，毛上如字，郑作'祫'，户夹反，三年丧毕之祭也。雊，古豆反。之异，《尚书》云'高宗祭成汤，有飞雉升鼎耳而雊'是也。复，扶又反。契，息列反，殷之始祖也。本又作'偰'，同。又作'卨'，古字也。后放此。'古者，丧三年既毕，祫于太祖。明年，禘于群庙'，一本作'古者，君丧三年既毕，禘于其庙，而后祫祭于太祖。明年春，禘于群庙'。案此序一，注旧有两本，前祫后禘是前本，禘夹一祫是后本也。）……天命玄鸟，降而生商，宅殷土芒芒。（玄鸟，鳦也。春分，玄鸟降。汤之先祖有娀氏女简狄配高辛氏帝，帝率与之祈于郊禖而生契，故本其为天所命，以玄鸟至而生焉。芒芒，大貌。笺云：降，下也。天使鳦下而生商者，谓鳦遗卵，娀氏之女简狄吞之而生契，为尧司徒，有功，封商。尧知其后将兴，又锡其姓焉。自契至汤，八迁始居亳之殷地而受命，国日以广大芒芒然。汤之受命，由契之功，故本其天意。芒，莫刚反。后同。娀，夙忠反，契母之本国名。郊禖音梅，本亦作'高禖'。卵，力管反。亳，傍各反。地名。）古帝命武汤，正域彼四方。方命厥后，奄有九有。（正，长。域，有也。九有，九州也。笺云：古帝，天也。天帝命有威武之德者成汤，使之长有邦域，为政于天下。方命其君，谓遍告诸侯也。汤有是德，故覆有九州，为之王也。长，张丈反。下同。徧，音遍。）商之先后，受命不殆，在武丁孙子。（武丁，高宗也。笺云：后，君也。商之先君受天命而行之不解殆者，在高宗之孙子。言高宗兴汤之功，法度明也。解，音懈。）武丁孙子，武王靡不胜。龙旂十乘，大糦是承。（胜，任也。笺云：交龙为旂。糦，黍稷也。高宗之孙子有武功、有王德于天下者，无所不胜服。乃有诸侯建龙旂者十乘，奉承黍稷而进之者，亦言得诸侯之欢心。十乘者，二王后、八州之大国。武王，于况反，又如字。注同。胜，毛音升，郑式证反。乘，绳证反。注同。糦，尺志反，《韩诗》云'大祭也'。任音壬。下'何任'同。）邦畿千里，维民所止，肇域彼四海。（畿，疆也。笺云：止犹居也。肇，当作'兆'。王畿千里之内，其民居安，乃后兆域正天下之经界。言其为政自内及外。疆，居良反。）"[1] 宋玉在众禽鸟中，首列燕子，是否潜藏着某种国族图腾记忆？以这种图腾记忆，进而放飞群鸟，翩翩然融入"悲哉，秋之为气也"的自然人性感受之中。

《九辩》这种描写不是工笔的，而是写意的，一笔一个地方，一笔一个物种，从天上写到林中、草间，不及精雕细刻，却在牢笼万象中组成一种声音与动作的综合效果，写到了秋天的诸多角落，勾出了秋天的幽眇精魂。《诗经·豳风·七月》写到蟋蟀："七月在野，八月在宇，九月在户，十月蟋蟀入我床下。"其中以蟋蟀写农时农事，牵涉到当时社会情景，尚未见有感情的渗透移入。《诗经·唐风·蟋蟀》以蟋蟀为题和起兴："蟋蟀在堂，岁聿其莫。今我不乐，日月其除。"讲的是蟋蟀在堂庑上蹦跳，一岁便已残暮，今我不快乐，日月光阴便要过去。它以蟋蟀作为起兴，劝说良士在享乐之时常思职守，无忘外患，心中总带上几分忧惧，具有浓郁的政治道德色彩。宋玉写蟋蟀，特多人情，反映了诗歌由道德劝诫向人性情感的转移。自己忧愁得彻夜不眠，还要推己及物地哀怜蟋蟀在凄凉的秋夜中不能安生，这就把人心和秋心混合在一起，使哀物深入到哀己。写彼为的是深化写此，这是用间接描写深化直接描写的一种策略，它往往能够达到一味的直接描写所难以达到的内在深度和婉曲的魅力。最后的感叹，既是感叹众虫众鸟，尤其是蟋蟀，也是感叹诗人自己的处境：时间匆匆忙忙地已经过半啊，这既是讲虫鸟若有知，当知秋天是一年的过半，也是讲自己不能无知，深知已过中年，如此滞留光阴，蹉跎人生，最终将一事无成。屈原的《离骚》便有强烈的时不我待的时间意识："恐年岁之不吾与""日月忽其不掩兮""老冉冉其将至"。宋玉对一年过半的秋天感受得

---

[1] （汉）毛亨传，（汉）郑玄笺，（唐）孔颖达疏：《毛诗正义》，北京大学出版社1999年版，第1444—1445页。

至为深切的，也是这种充满日月流逝与事业无成之矛盾的时间意识，因而不可谓其入世精神不浓烈也哉！这就是诗人作为"贫士失职而志不平"，其精神关注的焦点之所在。联系到《新序》记载宋玉不被楚王重视，"意气不得，形于颜色"，而且还责怪为他引进的朋友，何尝不是出诸这种入世精神和时间意识的作用？更何况他写此诗之时，已是失去官职，落魄为连"小臣"也当不成的贫士了。

三 关于"有美一人"的托体代言

以上是《九辩》九次变奏中的第一章，抒写诗人宋玉"贫士失职而志不平"，抒写他的悲秋与哀己；以下为第二、三章。以下章节采取的重要的抒写策略是"托体代言"。诗中以"有美一人兮心不绎"一句，转移抒写的视境，依托屈子，揣摩和描摹屈子的处境和心境。何为"绎"？绎是形声字，从糸，睪声，本义是抽丝。《说文解字》云："绎，抽丝也。"《集韵》云："绎，施只切，音释。释，或作绎。解也。"扬雄《方言一》云："绎，理也。丝曰绎之。"又引申为扰动，如《诗经·大雅·常武》："匪绍匪游。徐方绎骚，震惊徐方。如雷如霆，徐方震惊。"抽丝的逆向运动，是丝反卷成为疙瘩，本诗"悲愁穷戚兮独处廓，有美一人兮心不绎"，就是悲愁郁积成为疙瘩，难以解开。王逸说宋玉是屈原弟子，《九辩》是"闵惜其师"之作，如果把这种师与弟子关系作宽泛的文章师承关系来理解，那么这种说法未尝不有几分道理。《襄阳耆旧传》说"（楚）襄王好乐爱赋，既美其（宋玉）才而憎之似屈原也"，[①] 也透露了这种托体代言的可能性与合理性。托体代言的策略，在屈原《离骚》中已经使用过。比如女媭詈予、灵氛吉卜和巫咸降神，在某种意义上可以说是屈原采用戏剧化的托体代言，曲折地写出自己内心分裂的状态，借女媭来探讨政治与家庭的冲突，借灵氛来探讨眷恋旧邦和远逝寻芳的冲突，借巫咸来探讨历史上君臣遇合和现实中自己遭遇的反差。说到底，这些都是坚贞不渝的屈原以审美手段分裂出"另一个自我"，以探讨自己的潜意识，探讨人生道路的另一种可能性及其是否具有历史合理性。而《九辩》的托体代言，却不是采取戏剧性的形式，而是以人我合一的细腻心理体验，潜入所托之体的心灵深处，从中寻找与自己心灵的契合点、融合点。

[①] （晋）习凿齿撰，舒芜等校注：《襄阳耆旧记校注》，荆楚书社1986年版，第15页。

换言之，这"有美一人"乃是诗人心目中的理想人格的象征。如果它写的是屈原，也已经是宋玉心中的屈原，正如它写的秋天是宋玉心中的秋天一样。因此，"有美一人"既是屈原，又非纯粹的屈原；既非宋玉，又不排除宋玉的心灵投影。它作为理想人格的象征，是宋玉所理解和悯惜的屈原而产生的一种审美意象结晶。因此，任何简单化、片面化地坐实这"有美一人"为不折不扣的某人，都不可能理解这里的托体代言的神髓，更难以贯通全诗的精神脉络：

> 悲忧穷戚兮独处廓，有美一人兮心不绎。
> 去乡离家兮徕远客，超逍遥兮今焉薄？
> 专思君兮不可化，君不知兮可奈何！
> 蓄怨兮积思，心烦憺兮忘食事。
> 愿一见兮道余意，君之心兮与余异。
> 车既驾兮朅而归，不得见兮心伤悲。
> 倚结軨兮长太息，涕潺湲兮下沾轼。
> 慷慨绝兮不得，中瞀乱兮迷惑。
> 私自怜兮何极，心怦怦兮谅直。

这是《九辩》第二章。它把读者的视野由寂寥的清秋气氛中，聚焦于一个人物的身影速写之上：心情悲忧、处境穷蹙啊独居在空廓之处，有一个美人啊心情不愉快。去乡离家啊来做远客，失意闲散无着落啊，如今要到何处去？这是屈原，还是宋玉？它实际上是以宋玉的心灵，复印出来的屈原流放远方的影像。"有美一人"典出于《诗经·郑风·野有蔓草》："野有蔓草，零露漙兮。有美一人，清扬婉兮。邂逅相遇，适我愿兮。"《论语》记载孔子说"放郑声""郑声淫"。朱熹《诗集传》也说："郑、卫之乐，皆为淫声""郑声之淫，有甚于卫矣。"[①]《野有蔓草》写的是在落满露水的野外草地，与一个清秀美婉的女子不期而遇，觉得她非常适合自己的心愿；要和她一起躲藏起来寻欢作乐。这首郑国民歌表达一种充满野性的恋情，甚至是野合的欲望。《九辩》从这里借典，可见是不受儒家道德观念的束缚。自然这番借用也作了实质性点化，以美丽清婉

---

① （宋）朱熹注，赵长征点校：《诗集传》，中华书局2011年版，第72页。

的女子意象,来象征一种高尚的理想人格。人文情怀在点化中,得到超越性的提升。

既然以美人象征理想人格,那么以男女之情来隐喻君臣关系,也就顺理成章了。屈原《离骚》诸作,是经常使用这种"两性喻"的,宋玉再来使用,便多少有点"即以其人之道,反治其人之身"的艺术用心了。专心思君(夫君,喻楚君)啊真有点顽固不化,君不知道啊又教人无可奈何。心里塞满埋怨啊又积蓄着思念,心烦意乱啊连吃饭的事情也忘记了。这简直是一种刻骨铭心的单相思,以"君"字可释为夫君和君王的双义性,隐喻屈原忠于国家、忠于君王的专精不化。既然如此刻骨铭心,那就去向君道明真情吧:但愿一见啊说明我的情意,君的心思啊却和我相异。车已驾起啊去了又回来,不得相见啊心里悲伤。这里的"君不知兮其奈何""君之心兮与余异",可与屈原《抽思》中这些话相参照:"何灵魂之信直兮,人之心不与吾心同。理弱而媒不通兮,尚不知余之从容。"这些都隐喻着屈原忠贞报国的志向不被理解的悲哀,也是楚国的悲哀,有甚于单相思不得回应的尴尬和痛苦。

然而,这里的美人不能与屈原相等,她是经过宋玉的理解力加以过滤、又加以审美化的屈原式理想人格的象征物。其中经过宋玉的理解而产生变形之处,也是不能忽视的,这些地方甚至代表着"这一个"美人的特质。她驾车访君不遇之后,确实受到沉重的心灵挫伤:靠着车栏啊长声叹息,涕泪飘零啊把车上靠手板沾湿。愤激不平到了极点啊抑制不得,内心烦乱啊迷离困惑,私自哀怜啊没完没了,心脏怦怦跳啊都为了那忠直。这种对美人的描写,与屈原人格之间就存在着错位或差异。不是说屈子没有感伤,那样敏感的诗人处在那样的时代和遭遇之中,没有感伤才是不可理解的。而是说屈原的感伤是一种灌输有伟丈夫之气的感伤,即便他采用"两性喻"之时也不能掩饰此种气质。而这里的"涕沾轼""私自怜"的感伤,难免带点怨妇自怜的气质了。读屈子《离骚》中"长太息以掩涕兮,哀民生之多艰",其间的感伤是带有人本思想特质,具有震撼人心的人格力量。

《九辩》赋予作为理想人格之象征的"美人"的,不是伟岸的人格力量,而是与秋景秋愁渗透在一起的柔情缱绻的情感"力量"——应称呼为"魅力"才对。诗人宋玉设置了"秋天—人"两套抒情系统,交错启动,层层深入,绵密渗透,在第三章中他把自己在第一章对"悲哉秋之为气也"的感受，赋予这"有美一人"：

> 皇天平分四时兮，窃独悲此廪秋。
> 白露既下百草兮，奄离披此梧楸。
> 去白日之昭昭兮，袭长夜之悠悠。
> 离芳蔼之方壮兮，余萎约而悲愁。
> 秋既先戒以白露兮，冬又申之以严霜。
> 收恢台之孟夏兮，然欿傺而沉藏。
> 叶菸邑而无色兮，枝烦挐而交横。
> 颜淫溢而将罢兮，柯仿佛而萎黄。
> 萷櫹椮之可哀兮，形销铄而瘀伤。
> 惟其纷糅而将落兮，恨其失时而无当。
> 揽骐骥而下节兮，聊逍遥以相佯。
> 岁忽忽而遒尽兮，恐余寿之弗将。

面对着秋天与人，面对着理想人格之被摧残，诗中以悲伤忧郁的情调，思考着关于人的哲学，思考着人的生存困境。人在社会，如草木在秋。这种困境除了人承受到社会的正常或反常的压力之外，还在于作为承受压力之主体的人的青春不可重复性以及生命的脆弱性和有限性。这种困境似乎带点命运感，带有生不逢时的悲哀：皇天平分一年四季啊，私自独悲这凛冽的秋天。白露降到百草上啊，瞬即散布到这些梧桐和楸树。王逸认为："百草喻百姓，林木（梧、楸）喻贤人。"① 这就是说，有若秋降白露的社会压迫，遍及于人类的各个阶层。为何第一章"贫士失职"时对秋天的感受多写虫鸟，第三章"有美一人"对秋天的感受则多写草木？这是由于抒情需变换情景，而且情景的变换，引导着意义层面的深入。燕、雁也在悲秋，但它们可以飞向温暖的南方；蝉与鹍鸡也承受秋风袭击，但可以噤声或悲鸣来表示抗议。唯独草草木木，以自己生命的形态变化，默默地承受着时序气候的变化，春荣夏盛，秋衰冬凋。它们是以生命的代价，来面对秋天的。

诗中似乎对夜色情有独钟：溜走的是白天的光亮亮啊，袭来的是长夜

---

① （宋）洪兴祖撰，白化文等点校：《楚辞补注》，中华书局1983年版，第185页。

的黑黝黝。这与前述的"独申旦而不寐兮：哀蟋蟀之宵征"相呼应，都是写夜色中的心情。情钟夜色，其实是以昏沉黯淡的色彩，涂上秋天中的生命过程。离开芳菲繁茂的壮盛日月啊。我枯萎抽缩而充满忧愁。这个"我"，大概既是已失芬芳的草木，又是已逾壮年的"有美一人"，它们与她都感受到青春的不可重复性，感受到生命的悲哀。

秋天的运行是无可抗拒的，诗中用了"既……又……"的句式，强调了这种不可抗拒性，又以时令运行中一派草木凋零的萧瑟景象，隐喻民族的和人生的灾难的加深。秋天既已用白露来先行警告啊，冬天又增加了严霜。收起了广育万物的初夏气候啊，于是生命陷落停止而深藏。在深秋气候的袭击下，生命显示了它的脆弱性。草木枝叶的颜色和形状都发生了变化，令人联想到行吟泽畔的屈原的"颜色憔悴，形容枯槁"。叶子枯败而失色啊，细枝纷乱而交相纵横。颜色滋润而行将疲败啊，大枝仿佛就要枯黄。树梢光秃耸立而可悲啊，形体损毁瘀血成伤。想到它纷杂而将要凋落啊，遗憾它失时而遭遇不当。这里用于想到（惟）、遗憾（恨）一类词语，意味着抒情主体的情感介入，实际上叹物乃是叹人，抒情主体在叹息自身生不逢时。

前面第二章不是讲到"有美一人"驾车访其"君"吗？绕了一个大圈子对秋天中草木生命之脆弱性大发感慨之后，又绕回到那个驾车的"有美一人"，可见行文的参差得体，穿插细密。总持着马缰绳啊按下鞭子，聊且逍逍遥遥地漫游徘徊。这是不得见君而陷入极度悲伤之后，略作心理上的调节和放松。然而这又岂能调节得了，放松得了？新的悲伤又涌上心头：年岁匆匆忙忙而迫近年尾啊，恐怕我的寿命不能久长。屈原《远游》写道："聊仿佯而逍遥，永历年而无成。"也说的是用逍遥徘徊的方式来调节、放松心理上因悲哀造成的紧张，那里担心的只是事业历年无成，而这里却带有某种对生命有限性的恐惧感。也就是说，青春不再，生命脆弱，人生有限，使在秋天中生存的"有美一人"的感伤情调，颇有一点"浓得化不开"了。

因此，这"有美一人"便自我悯惜地徘徊在秋天夜色之下，顾影自怜：

悼余生之不时兮！逢此世之佢攘。
澹容与而独倚兮，蟋蟀鸣此西堂。
心怵惕而震荡兮，何所忧之多方？

卬明月而太息兮，步列星而极明。

　　从前面在旷野林中体验时序运行和自然生命，到这里回到堂前院落体验着自己内心的跳动。那只著名的蟋蟀又鸣叫了，叫得令人"心怵惕而震荡兮"，何为"怵"？《说文解字》云："怵，恐也。"《广雅》云："怵，惧也。"如《庄子·应帝王》"劳形怵心者也"；《孟子·公孙丑上》"皆有怵惕恻隐之心"；张衡《西京赋》"怵悼栗而耸兢"，皆从此义。又引申为伤心，《礼记·祭统》："心怵而奉之以礼。"《管子·心术上》："是以君子不怵乎好，不迫乎恶。"贾谊《鹏鸟赋》："怵迫之徒，或趋西东。"皆作伤心解。那只著名的蟋蟀鸣叫得令人心灵震撼，恐惧而伤心。这就从失职贫士的听觉来到"有美一人"的听觉，成为秋夜中唯一的声音，成为孤独相处时唯一的伴侣。寂静与孤独，都在蟋蟀的鸣与跳中反衬出来了。痛悼我生不逢时啊，遭遇这世道的混乱扰攘。枯寂地从容散步又独自倚坐啊，蟋蟀鸣叫在这个西堂。心中惊惧而震荡啊，为何如此忧虑多端？忧虑多端，包括忧虑深秋中草木衰败，乱世中民生扰攘，因此"有美一人"的生不逢时、怀才不遇的感伤中，渗入了一点民胞物与的仁人之心。她对生存困境怀有恐惧感，这是由于时世混乱把生命的弱点放大了。生命弱点包括它的脆弱性、有限性以及青春不再的矢向性，由于得不到外在的成就感的转移和补偿，便在自悼自怜中发现活得格外沉重。因此"有美一人"只好拥抱夜色，拥抱夜色中仅存的一线微光：仰看明月而长叹啊，散步在列星之下直到天明。这种星光月影下徘徊独步，成为"有美一人"反省自己的生存处境和生命历程的典型环境、典型姿态。她的心灵中瞬息闪现了昔日的繁华梦，诗行由此转入第四章。

四　春梦残后的社会反省

　　对生存困境的心理学研究发现，此境遇中人的焦虑感往往倾向于两个方向：一是对昔日的一度繁华产生眷恋，以安抚焦虑和失落的心灵，排除目前困境是自己品德才能缺陷所致的自责；一是对今日困顿的原因进行剖析，在抗议社会不公平中，排解内心的郁闷。这种思维方向和方式，在生命晚期尤为突出。当人处在离生命终点不远的地方，把他的整个生命作为一个漫长曲折的过程来进行"年终盘点"式的结算之时，其间的成败荣辱以及导致这些成败荣辱的主观与客观因素、个人与社会因素、必然与偶然因素、机遇与命运性因素，都会受到批判性的检讨。也可以说，这是"秋天的思维方式"，在秋天检阅一年的果实，在秋天重温已经逝去了的春梦。

《九辩》第四章也是从秋天里的春天残梦，开始落笔的：

> 窃悲夫蕙华之曾敷兮，纷旖旎乎都房。
> 何曾华之无实兮，从风雨而飞飏！
> 以为君独服此蕙兮，羌无以异于众芳。
> 闵奇思之不通兮，将去君而高翔。
> 心闵怜之惨悽兮，愿一见而有明。
> 重无怨而生离兮，中结轸而增伤。
> 岂不郁陶而思君兮？君之门以九重。
> 猛犬狺狺而迎吠兮，关梁闭而不通。
> 皇天淫溢而秋霖兮，后土何时而得漧？
> 块独守此无泽兮，仰浮云而永叹。

抒情贵乎曲折，曲折才显示出语言脉络的曲线美，才显示出意义转折中的丰富性。以昔日的风华得意把情绪高扬上去，这就更反衬出其后风雨飘零的失落感之沉重；以失落中尚存期待之殷切，再度把情绪提升上来，这就更反衬出期待之落空的心理茫然感；在茫然中以高飞远走，把情绪推移出去以示旷达，却又在藕断丝连中把情绪牵引回来，以增加悲伤。诗行便是在这种抑扬推挽的情绪曲线操作中，显示了"落花流水春去也"的悲剧命运。私自悲痛那蕙花之层层开放啊，缤纷婀娜地开放在华美的花房。为何花朵累累而没有果实啊，任凭风雨摧打得飞扬飘散？总以为君王唯独佩带这种蕙花啊，竟然把它看得与普通花草并无区别。可怜奇谋异思不能通达于上啊，打算离开君王而高远飞翔。心有怜悯而凄凄惨惨啊，但愿见君一面而有所表明。看重生离之时能无所怨悔啊，内心积痛而增加悲伤。繁花飘散，春梦成幻，欲去而频频回头，把一种充满失落的心情写得一波三折，情意缠绵，而又撕心绞肺。

用蕙花自喻，是屈原《离骚》中表达高洁芬芳之品质的"芳草喻"手法。"余既滋兰之九畹兮：又树蕙之百亩"，兰蕙成了香花美德的上品；"揽茹蕙以掩涕兮，沾余襟之浪浪"，如此香花美德受到遗弃，是最令人伤心之处;《惜往日》又说:"自前世之嫉贤兮,谓蕙若其不可佩"。可知"君独服此蕙"的希望落空,也是有历史根源在。因此《九辩》中"有美一人"以蕙花自喻自怜,虽然风骨略逊,却也可以在《离骚》中找到其精神源头,转而作情感缠绵的体验。

这里对蕙花受弃,想去君高翔的一面,仅是点到为止,未能像《离骚》那样在广阔奇丽的幻想中展开艰苦执着的精神探索;却过分渲染欲去还留的犹豫心态,使"有美一人"陷溺于顾影自怜的感伤之中,这正是《九辩》的精神内蕴不及《离骚》刚健充实之处。这"有美一人"于悲伤不已之时,依然纠缠在君与我的关系之中:岂不亦忧亦喜地思念君啊?君王的大门足有九重。猛犬汪汪地拦迎狂吠啊,关口桥梁闭塞而不通。以拦阻狂吠的猛犬,来比喻环绕着君王的谗佞之徒,其讽刺也够辛辣刻薄了,不过它也是借用屈子绝命之辞《怀沙》中的诅咒之语:"邑犬之群吠兮,吠所怪也。"九重之门,守之以猛犬,那么"有美一人"也就命中注定地被排斥在秋风秋雨的野外了。皇天水满为患而下着秋雨啊,大地何时才能烂泥得干?孤寂地独守着这片荒芜的沼泽啊,仰视浮云而长叹。至此,一度闪现的春梦已为秋雨所淋湿泡坏,而抛弃在荒芜的沼泽中了,哪容得你敝帚自珍乎?

逆境使人深刻。当一个人的生命历程由顺入逆之时,他必然以批判的眼光重审现存的社会秩序。这种重审不是旁观的,而是带着切肤之痛,诉诸情感的理性或理性的情感,对逆境的造成作一番辨明因果、判断是非的思考。《九辩》第五章便承接第四章的春梦破灭,思考破灭的原因,逐渐冲淡了前几章的感伤色彩,增加了历史理性的深度:

> 何时俗之工巧兮,背绳墨而改错。
> 郤骐骥而不乘兮,策驽骀而取路。
> 当世岂无骐骥兮?诚莫之能善御。
> 见执辔者非其人兮,故驹跳而远去。
> 凫雁皆唼夫梁藻兮,凤愈飘翔而高举。
> 圜凿而方枘兮,吾固知其鉏铻而难入。
> 众鸟皆有所登栖兮,凤独遑遑而无所集。

这里采用的骐骥、凤凰一类意象,与前数章中秋天的虫鸟草木不同,带有几分崇高感。这些意象的采用,与屈赋有关,如《离骚》说:"乘骐骥以驰骋兮,来吾道夫先路。"《卜居》说:"宁与骐骥亢轭乎?将随驽马之迹乎?"《涉江》乱辞说:"鸾鸟凤皇,日以远兮;燕雀乌鹊,巢堂坛兮。"屈原在不少诗篇中,都以骐骥、凤凰自喻,《九辩》在借用这些意象的同时,也借鉴了屈原的社会批判的理性思路。它揭示了悲剧的产生,原因在于时俗的变乱法纪和委弃贤才。为何时俗善于取巧啊,背弃规矩绳墨而改变举措?斥退千里马而不使驾车啊,鞭打着劣马就去上路。当今之世岂无千里马啊,实在是没有人能够把它驾驭得好。眼见着持缰驾车的并非合适的人啊,所以千里马就蹦跳着远远离去。骐骥(千里马)之喻,主要是针砭楚国执政者不知用规矩法度统御贤才,致使人才外流。春秋时期就有过的"楚材晋用"的情形,至此已成痼疾。凤凰之喻,则展示社会痼疾的另一侧面:小人食禄得志,贤人失位失禄。野鸭野雁都在鱼梁多水草处吃鱼啊,凤鸟更加飘荡无着落地向高处飞翔。圆形的孔眼配用方形的榫头啊,我本来就知道它参参差差难以箝入。这里也借用了《离骚》诗句的意思:"何方圜之能周兮,夫孰异道而相安?"隐喻小人与贤人是难以相安共事的。但是执政者却宠小人、疏贤人:众鸟都有高枝栖息啊,只有凤鸟惶惶不安无处落脚。这里既隐喻着屈原受谗流放,也蕴含着宋玉"贫士失职"的牢骚,二者融合于秋风萧瑟处。

应该承认,诗中对楚国社会痼疾的批判,采取了与屈原大体相似的方向,而与社会相周旋的方式又与屈原有着一些实质上的差异和变通:

> 愿衔枚而无言兮,尝被君之渥洽。
> 太公九十乃显荣兮,诚未遇其匹合。
> 谓骐骥兮安归?谓凤皇兮安栖?
> 变古易俗兮世衰,今之相者兮举肥。
> 骐骥伏匿而不见兮,凤皇高飞而不下。
> 鸟兽犹知怀德兮,何云贤士之不处?
> 骥不骤进而求服兮,凤亦不贪喂而妄食。
> 君弃远而不察兮,虽愿忠其焉得?
> 欲寂漠而绝端兮,窃不敢忘初之厚德。
> 独悲愁其伤人兮,冯郁郁其何极?

文学形象并非历史真实人物的原版复制,这已成了文学认知中的常识。所谓"托体代言",既有作者的精神寄托,又有作为描写对象的"体"的材料,二者之间又要有一个移花接木、整合提升的借代过程。由此形成的乃是一种审美精神的综合体,是不能简单地与现实生活的人物对号入座的。比如《九辩》诗句:"何时俗之工巧兮,背绳墨而改错!"可以从屈原《离骚》诗句中找到它的影子:"固时俗之工巧兮,偭规矩而改错。背绳墨以追曲兮,竞周容以为度。"何为"偭"?《说文解字》"偭,乡也。"段玉裁注:"'鼻在面中,言乡人也。'按:鼻背于,则向人。"如《礼记·少仪》:"尊壶者,偭其鼻。"《离骚》"固时俗之工巧兮,偭规矩而改错",就是违背的意思。但偭字典雅而庄重,背字通俗而轻浮。因而《离骚》的判断是斩钉截铁的,《九辩》的语气在感慨中略存犹豫疑惑。至于这里所说:情愿像行军时嘴里含着竹木做的枚一样不再讲话啊,又曾受过君王深厚的恩泽。姜太公九十岁才显荣啊,确实是由于未能及早遇到和他相配的君王。这些诗行中,君恩浩荡的意识非常浓厚,而且从姜太公九十岁遇明君的抒写中,似乎透露某种失职后复出的幻想。那种衔枚不言的表示,是与屈子蒙谗受疏,就发愤抒情,就指天为证(《惜诵》),以及他流放江南时,高冠长铗,"世溷浊而莫余知兮,吾方高驰而不顾"的行为方式,是相去甚远的。在屈原慷慨高驰面前,所谓感君恩泽、衔枚不言之类,就显得过于萎崽卑庸矣。

承接着前面由虫鸟、草木到骐骥、凤凰的意象转变,这里依然交替使用骐骥、凤凰意象,但这些意象的推出,依然是进两步退一步,瞻前顾后,探头缩脑。请问千里马归向何方?请问凤凰栖息于何处?变古易俗啊世态衰微,如今相马人啊只抬举马肥。千里马隐藏而不出观啊,凤凰高飞而不肯低就。鸟兽还知道怀恋有德者啊,又怎能说贤士不会选择地方?这里嘲讽"相马举肥",是带点幽默色彩的。它嘲讽为政失察,不量才能而视颜色取人,或如朱熹《楚辞集注》引古语云:"相马失之瘦,相士失之贫。"骐骥、凤凰之喻的大量使用,既渊源于屈原辞赋,又与战国楚俗相关。楚人崇凤,至今出土的楚国器物织品多有以凤鸟为装饰者。楚人又尚武好马,这与春秋战国之世良马需求大增的趋势相一致。其时秦国的伯乐,晋国的王良,均为驰名遐迩的相马专家。《吕氏春秋·观表篇》记述有十个善相马者。长沙马王堆三号汉墓出土帛书《相马经》,当为战国晚期楚人著作,它把骏马分为良马、国马、天下马三等,称"伯乐所相,君子之马"。因此对"相马举肥"的嘲笑,大概也是对一种违反社会常识的嘲笑。

由于与民俗相关联,诗中的一些借题发挥,也就颇具独到之处:千里马不着急进用而竞求驾车啊,凤鸟也不贪图喂养而胡乱求食。君王把他们撇得远远的而不考察啊,它们虽然愿意效忠又怎么可得?如此以骏马瑞鸟喻贤才,并勾勒出其清高不俗的脾性特征,是相当值得举贤者深思的。甚至可以说,唐朝韩愈《杂说》之四《马说》也不排除受过《九辩》论骥的某些启发。韩氏发出精警之论:"世有伯乐,然后有千里马。千里马常有,而伯乐不常有。故虽有名马,祗辱于奴隶人之手,骈死于槽枥之间,不以千里称也。"行文勾勒了千里马的食量脾性之后,嘲讽道:"策之不以其道,食之不能尽其材,鸣之而不能通其意,执策而临之曰:'天下无马。'呜呼!其真无马邪?其真不知马也!"这就契合着《九辩》之所谓"当世岂无骐骥兮?诚莫之能善御"的意思。善御的前提是知马,宋玉因此期待着知遇时机的出现。

这种精辟独到的社会批判与谦卑平庸的处世态度,构成了《九辩》中"有美一人"的理想人格的深刻矛盾。这是宋玉与屈原之间认同而不尽同、融合而不尽合的人格类型的矛盾。想要寂寞无声地割断一切头绪啊,私意不敢忘掉当初的厚德。孤独悲愁实在伤人啊,愤懑郁郁何处有个终极?从以情感的理性审视社会,到返回以非理性的情感审视自我的时候,"有美一人"的身上就只剩下两个字:感伤。这就是这个形象与屈原人格,半是相合、半是相离的矛盾状态了。宋玉的无地彷徨,也由此而生。

五 叹老嗟卑的心灵自剖

《九辩》的重要特点是把骚体诗进一步引向内在化。它对人与秋天的吟味,实际上是在捕捉人对其生存境遇的交融着内在和外在的心理感觉。它在春梦幻灭而对社会进行情感理性的审视之后,又迅即转回到"有美一人"内心世界的层次丰富的自剖,写出其精微程度为先秦文学所罕见的心灵乐章。也就是说,宋玉对战国辞赋文体的发展有两个方面的贡献:一是上承屈原《卜居》《渔父》系统,在《风赋》《高唐赋》《神女赋》等主客答问体的散文赋中,把外在化的审美倾向推向极其华丽铺陈的境界。二是上承屈原《离骚》《九章》系统,在《九辩》这篇骚体抒情长诗中,把内在化的审美倾向推向细致绵密、委婉缠绵的境界。统观二者,他为从神话巫风、古乐民谣中建立起体制奇丽的楚辞,打上了更为深刻绵密的文人化或才子化的印记了。

这种审美追求的转移,使《九辩》在场面和章节的开阖上缺乏《离骚》的广度与力度,却在心理层面和心理程序的展示上,有《离骚》所未见的细密婉曲。比如第六章写道:

> 霜露惨凄而交下兮,心尚幸其弗济。
> 霰雪雰糅其增加兮,乃知遭命之将至。
> 愿徼幸而有待兮,泊莽莽与野草同死。
> 愿自往而径游兮,路壅绝而不通。
> 欲循道而平驱兮,又未知其所从。
> 然中路而迷惑兮,自压按而学诵。
> 性愚陋以褊浅兮,信未达乎从容。
> 窃美申包胥之气盛兮,恐时世之不同。

这里一开头就显示了抒写的绵密细腻,思绪低回。它观察社会时多用骐骥、凤凰之喻,一度疏离对秋天光景情调的体验之后,于此重新回到秋天景象中来,并且把时令顺序和心理顺序相交织,由"霜露惨凄而交下"到"霰雪雰糅其增加",秋寒日深,导致"泊莽莽与野草同死"之秋景凋零,从而揭示了心理变化的细致层次和浓郁的情调。霜露惨惨地交织着降下啊——这是写秋天气象,与此相联系的是初受打击,多少还保存霜后天晴的一丝希望的心理状态,心里还侥幸希望这些霜露成不了气候。随之,雪珠雪花搅在一起纷纷飞扬啊——这是由秋入冬的气象;与此相联系的是屡受挫折,希望破灭的心理状态——这才知道厄运就要到来。从诗行使用"尚幸,乃知"的字样,可以看出其中的心理层次变化。其后,诗中排比三个以"愿"字开头的句组,展示了在希望与绝望之间三种方向的行为选择。愿侥幸而有所期待啊,只能置身于莽莽荒野而与野草同死。愿自辨曲直而直接去见君王啊,道路隔绝而不通。愿顺着大道而平稳驱驰啊,又未知将要何去何从。这三个"愿"字句,实际上呼应前文而隐含着三种比喻:与野草同死,呼应着蕙花之喻;自辨曲直,呼应着驾车见君之喻;循道平驱,呼应着骐骥蹦跳远去之喻。由此可知文章脉络之细针密缕,足见其一丝不苟的功力了。

"三愿"选择均告落空之后,心理变化又进入新的层面,即迷惑、自抑,退而讲求修养以及修养之难以奏效。于是中途就迷惑起来啊,自己压抑而去学习诵诗。生性愚陋而又狭隘肤浅啊,实在未能达到从容裕如的境界。私意赞美申包胥的复国气盛啊,恐怕国家形势已经大为不同。申包胥是春秋楚国大夫,在伍子胥率领吴军攻陷郢都之后,他到秦廷哭上七天七夜,感动秦哀公发兵援楚复国。如《淮南子·修务训》所云:"申包胥竭筋力以赴严敌,伏尸流血,不过一卒之才,不如约身卑辞,求救于诸侯。于是乃赢粮跣走,跋涉谷行,上峭山,赴深溪,游川水,犯津关,躐蒙笼,蹶沙石,蹠达膝曾茧重胝,七日七夜,至于秦庭。鹤跱而不食,昼吟宵哭,面若死灰,颜色霉墨,涕液交集,以见秦王。曰:'吴为封狶修蛇,蚕食上国,虐始于楚。寡君失社稷,越在草茅,百姓离散,夫妇男女,不遑启处,使下臣告急。'秦王乃发车千乘,步卒七万,属之子虎,逾塞而东,击吴浊水之上,果大破之,以存楚国。烈藏庙堂,著于宪法。此功之可强成者也。夫七尺之形,心知忧愁劳苦,肤知疾痛寒暑,人情一也。圣人知时之难得,务可趣也,苦身劳形,焦心怖肝,不避烦难,不违危殆。"[①] 这种情形在屈原、宋玉的时代,变成秦军侵陷郢都,是与申包胥时代形势相反了。值得注意的是,屈子晚年经常提到的历史人物系列,包括赐死后浮尸于江的伍子胥,弃禄位而隐居山中被焚死的介子推,谏君不从而抱石沉水的申徒狄,反映出对楚国政治绝望的强烈的社会抗议色彩。而《九辩》提及申包胥,虽然也显示爱国精神,却又包含着挽大厦于既倾的补天幻想。这也应视为屈、宋之异了。

下面由"有美一人"的心理层面深入到其思想内核,揭示其执着的人生原则。为了反衬出这种思想内核和人生原则之难能可贵,它不惜重复了《九辩》在前面已经沿用过的《离骚》诗句来开头:

> 何时俗之工巧兮,灭规矩而改凿。
> 独耿介而不随兮,愿慕先圣之遗教。
> 处浊世而显荣兮,非余心之所乐。
> 与其无义而有名兮,宁穷处而守高。
> 食不媮而为饱兮,衣不苟而为温。

[①] 何宁:《淮南子集释》,中华书局1998年版,第1351—1353页。

窃慕诗人之遗风兮,愿托志乎素餐。
蹇充倔而无端兮,泊莽莽而无垠。
无衣裘以御冬兮,恐溘死不得见乎阳春。

必须承认,这里包含着相当精彩的思想,可谓本篇精华之所在。宋玉以"与其无义而有名兮,宁穷处而守高"作为精神人格自许,是高立地步的。为何时俗那么善于取巧啊,减少规矩而改凿孔眼。独自光明正直而不随俗啊,但愿仰慕古代圣人的遗教。这里的"独"字,颇有点屈原《渔父》中"举世皆浊我独清,众人皆醉我独醒"的意味。它又用于一个"愿"字,已是前面"三愿"之后的第四愿了。到底愿意仰慕的先圣遗教是什么?处浊世而显达荣华啊,并非我心中所乐意;与其没有正义而有虚名啊,宁可穷困自处而守持清高。吃饭不违心而求饱,穿衣也不苟且而求暖。这里所表述的"有美一人"所仰慕的先圣遗教和人生原则,分明受了儒家安贫守道思想的某些影响。《论语·述而篇》记载孔子的话:"饭疏食饮水,曲肱(胳膊)而枕之,乐亦在其中矣。不义而富且贵,于我如浮云。"《雍也篇》又记载孔子称赞颜回的话:"贤哉,回也!一箪食,一瓢饮,在陋巷。人不堪其忧,回也不改其乐。贤哉,回也!""有美一人"的这种人生哲学,与儒家的义利观、苦乐观和孔颜乐处是有其相通之处的。而又将之沉浸在深秋体验之中,为"无衣裘以御冬兮,恐溘死不得见乎阳春"发出绝望大于希望的浩叹。

由此,诗中又吐露了对儒家典籍《诗经》的倾慕。私自爱慕《诗三百》中《伐檀》诗人的遗风啊,愿把心志寄托在"彼君子兮,不素餐兮"的诗句。《伐檀》见于《诗经·魏风》:"坎坎伐檀兮,置之河之干兮,河水清且涟猗。不稼不穑,胡取禾三百廛兮?不狩不猎,胡瞻尔庭有县貆兮?彼君子兮,不素餐兮!"此为首章,其后两章的结尾一再重复"彼君子兮,不素餐兮!"《毛序》认为:"《伐檀》,刺贪也。在位贪鄙,无功而食禄,君子不得进仕尔。"[1]《九辩》借诗托志,却表白自己的安贫乐道,也委婉地嘲讽了尸位素餐的贪鄙之徒,呈现了一种真淳的道德期许。

---

[1] (汉)毛亨传,(汉)郑玄笺,(唐)孔颖达疏:《毛诗正义》,北京大学出版社1999年版,第369页。

对于以下两句中的"充倔",前人曾引《礼记·儒行》中"不充诎于富贵"来解释,但后面的"泊莽莽"显然是从前面的"泊莽莽与野草同死"来的,语义难以贯通。我认为,"充"就是充实;倔,《玉篇·人部》说:"倔,倔强。"《盐铁论·论功》说"(南越尉陀)倔强倨傲,自称老夫",《史记·秦始皇本纪》引贾谊《过秦论》云"蹑足行伍之间,而倔起阡陌之中",就是这个意思。因此这两句应解释为:把安贫乐道作为充实、倔强而没完没了啊,那就只能置身于莽莽原野中没有尽头。这就是说,不改初志,势必要遭受长期流放。如此解释,下两句也贯通无碍:没有衣服皮袍来抵御寒冬啊,恐怕要突然冻死而不能见到阳光明丽的春天。行文至此,又呼应了前面由秋入冬的气候,担心入冬后不能再见阳春,其文章脉络何其绵密,意境何其完整。

然而这"有美一人"并非圣门弟子,所谓"处浊世而显荣兮,非余心之所乐",是以否定句式表达的,所乐何在,却缺乏正面的说明。因此她不能像孔门弟子颜回那样心不违仁,居穷不忧,未尝追慕"克己复礼,天下归仁"的精神世界。她既是高洁自守的有志之士,也是有血有肉的凡人,屡受挫折,难免叹老嗟卑。于是在第七章中,又回到与其情感世界非常协调的秋夜之中:

> 靓杪秋之遥夜兮,心缭悷而有哀。
> 春秋逴逴而日高兮,然惆怅而自悲。
> 四时递来而卒岁兮,阴阳不可与俪偕。
> 白日晼晚其将入兮,明月销铄而减毁。
> 岁忽忽而遒尽兮,老冉冉而愈弛。
> 心摇悦而日幸兮,然怊怅而无冀。
> 中憯恻之凄惨兮,长太息而增欷!
> 年洋洋以日往兮,老嵺廓而无处。
> 事亹亹而觊进兮,蹇淹留而踌躇。

开头的"靓"字与"静"相通,《汉书·扬雄传》颜师古注《甘泉赋》云:"靓,即静字耳。"把"靓"字提到句首而与下句的"心"字相对,乃是为了突出寂静的秋夜境界以及悲由静生的心理内在性。寂静的暮秋长夜啊,心中缭绕郁结着悲哀。"有美一人"在寂静境界中,体验着时间和生命的流动感和不稳定感。这种静中有动，体现了天地之道的运行。诗行不是把秋夜当作静止对待，而是把它置于春秋更迭、四时递进、日月出入、岁时匆匆的巨大的天地之道运行体系中加以检讨。春秋越行越远而年岁渐高啊，于是满怀惆怅而独自悲伤。四季更迭而过完一年啊，光阴不能与它白头偕老。白日的晚照将要沉落啊，明月如黄铜销熔而减毁。年岁飘飘忽忽而逼近尽头啊，老境渐渐到来而使万事废弛。心情摇曳而今日希望明日啊，却总是失意惆怅、希望落空。心中隐隐作痛而凄凄惨惨啊，长声叹息而继之以抽泣。时间，包括岁月、四时等时间刻度，在这里都不是冷漠的存在方式，而是被深度地情感化了。换言之，《九辩》继承了《离骚》的时间意识，在重新体验日月倏忽、春秋代序、美人迟暮、老之将至之时，其体物移情作用不仅用于有形的虫鸟草木，而且用于无形的时间形式。移情于有形，可以触及情感；移情于无形，则直接触及生命了。

"有美一人"的悲哀，乃是生命的悲哀。滞留于荒芜沼泽所付出的岁月代价，乃是生命的代价。她申述了高洁的人生原则，但是道德操守可以提高生命的质量，却不能提供机遇使生命的价值实现于历史之中。这乃是她的悲哀中的难以摆脱的悲哀：年岁浩浩荡荡而一日日过去啊，老境空旷无物而无处托身。万事勤勤勉勉而盼望进步啊，而我却滞留废弃而进退踌躇。岁月留给人的只是空旷无物的老境，人留给岁月的只有滞留和踌躇，一种岁月无情、消磨生命之价值的悲哀已经弥漫满纸。"有美一人"的叹老嗟卑，实质上是一种岁月蹉跎的生命叹息和呻吟。

六 精神困境的黏连与超越

这简直是一种难以逃避的宿命。当"有美一人"执持自己的人生原则，想浊世求安、处穷守高的时候，她受到了岁月磨蚀生命的严峻挑战，陷入了深刻的精神困境之中。因此，对精神困境的突围，成为《九辩》第八章、第九章关注的焦点。它用两章的篇幅，苦苦地思索着精神突围的途径。既然岁月磨蚀生命的挑战，首先来自滞留荒野、事业无成，那么顺理成章的第一关注，便是国家政治和个人命运之关系这个重大的主题。由此思考精神突围，说明"有美一人"具有非常浓郁的入世情怀。

作为一部讲究诗学魅力的作品，第八章也是从秋天夜色起兴的：

>何泛滥之浮云兮，猋壅蔽此明月！
>忠昭昭而愿见兮，然霠曀而莫达。
>愿皓日之显行兮，云蒙蒙而蔽之。
>窃不自料而愿忠兮，或黕点而污之。
>尧舜之抗行兮，嘹冥冥而薄天。
>何险巇之嫉妒兮，被以不慈之伪名？
>彼日月之照明兮，尚黯黮而有瑕。
>何况一国之事兮，亦多端而胶加。

开头用浮云蔽月，隐喻谗臣作梗，下情不能上达的政治运行机制。为何泛滥的浮云啊，突然遮蔽了天上的明月！忠心如明月高悬而愿意呈现啊，然而天色阴暗不能做到。"有美一人"在这里以明月自喻，并非如有些注家所谓以明月喻楚君。《九辩》以天象喻人事，在本章中就采用了浮云蔽月、蔽日、蔽星等多种形式。足见当时楚国政治运行机制中壅蔽现象之严重。月为太阴，象征女性，语承第三章之"仰明月而太息兮，步列星而极明"，可见其钟情夜色而兼及明月，呈现的是一种阴柔美。同样以天象为喻，屈原习惯用词是"蔽日"，如《九歌·国殇》："旌蔽日兮敌若云，矢交坠兮士争先"，突出的是一种阳刚之美，将士的雄风。后来曹植《洛神赋》继承《九辩》用语习惯，也用"蔽月"："仿佛兮若轻云之蔽月，飘摇兮若流风之回雪"，突出的也是阴柔之美，尽传美人的轻盈容态。屈原采取太阳思维，宋玉倾于月亮思维，太阳思维和月亮思维竟有如此不同。不过，《九辩》以月喻"有美一人"之后，又以日喻楚君：愿明亮的日头在空中显耀地运行啊，云气迷蒙把它遮蔽。其间遵从的是君尊臣卑的世俗原则。

可叹者，这种浮云蔽月式的政治运行机制的结果，便是贤者蒙冤。私意不自量而愿效忠啊，或者有肮脏黑点来玷辱他。以下四句与《九章·哀郢》对楚国衰败原因之剖析相重复：像古帝尧舜那样的高行盛德啊，光明高远而逼近天空。为何险恶之徒顿生嫉妒啊，给他们加上不慈的假名？嫉妒乃是一种病态的政治行为，这里以史为鉴，对谗邪之徒的诬陷行为极而言之。随之又呼应前面浮云蔽月、蔽日之喻：那日月的高悬明照啊，尚且有乌云使之蒙上瑕疵；何况一国的事务啊，也更加头绪多端而胶葛交加。这里以简明比拟繁复，揭示了在浮云蔽月的政治机制中，贤人受谗蒙冤是更加无法辩解清楚的。

其次是剖析专制主义的政治体制。由于国君专横、刚愎，政治决策全然取决于其个人的好恶感觉，以"心治"代替"法治"，对内信谗远贤，对外穷兵黩武，使整个国家面临着深重的危机：

> 被荷裯之晏晏兮，然潢洋而不可带。
> 既骄美而伐武兮，负左右之耿介。
> 憎愠惀之修美兮，好夫人之慷慨。
> 众踥蹀而日进兮，美超远而逾迈。
> 农夫辍耕而容与兮，恐田野之芜秽。
> 事绵绵而多私兮，窃悼后之危败。
> 世雷同而炫曜兮，何毁誉之昧昧？
> 今修饰而窥镜兮，后尚可以窜藏。
> 愿寄言夫流星兮，羌倏忽而难当。
> 卒壅蔽此浮云，下暗漠而无光。

《老子》七十八章云："正言若反。"同样一个事象，观察角度不同，可能出现不同的结果。荷叶自是楚地物产，《九歌·湘夫人》以荷叶为屋盖、薜荔为帷帐，崇尚自然情趣。这里的荷叶，却成了喜剧性的嘲弄对象：披着荷叶短衫而感觉鲜艳柔美啊，却宽宽荡荡而系不上带子。王逸《楚辞章句》说："言人以荷叶为衣，貌虽香好，然浩浩荡荡，而不可带，又易败也。以喻怀王自以为有贤明之德，犹以荷叶为衣，必败坏也。"[①]实际上，这是嘲讽楚君讲排场、听信谄媚之言，不务实效的政治行为，必然带来法纪松弛、行为浮泛的弊端。

谄媚遇上骄横，就是尔后的诗行进一步触及的专制主义政治决策的荒谬感了。诗中以骄、负、憎、好这些带情感倾向的动词，揭示了楚君的决策全凭感情的好恶。骄纵臭美而夸耀武功啊，辜负了左右臣子光明正直的劝谏。憎恶忠愤之士的美好道德啊，好听谗佞之人的慷慨高谈。在凭君王个人好恶决定国策的政治体制之中，社会上下群起投其所好，阿谀于朝，重赋于野，因而导致了众人奔走竞进而日日晋升啊，美好素质者受到疏远

---

① （宋）洪兴祖撰，白化文等点校：《楚辞补注》，中华书局1983年版，第194页。

而越发远离。农夫停耕而闲散啊,恐怕田野也要荒芜。事情连绵而多在谋私啊,窃自悲伤日后的危险失败。众口一词而到处炫耀啊,为何是非毁誉如此昏昧不明?从"窃悼后之危败"来看,"有美一人"已承认精神突围在政治途径上的失败。因为在这个领域,百事谋私,众口铄金,在以一人之好恶喜怒定国策的独裁政治体制以及浮云蔽月的政治运行机制下,毁誉失明,谗言难辩,美德君子也就势必要陷身于生存困境和精神困境之中了。值得注意的是本章(第八章)用了两个"窃"字,连同前面数章,全诗共用了七个"窃"字,这是《楚辞》中为《九辩》所特有的语言现象。"窃"(竊)是会意字,从米,以米为穴,意为虫在穴中偷米吃,本义是偷。《说文解字》云:"窃,盗自穴中出曰窃。"引申语义为私自、私下、私意的谦卑之词,如清人刘淇《助字辨略》卷五云:"窃,凡云窃者,谦词,不敢径直以为何如,故云窃也。"。《论语·述而篇》:"窃比于我老彭。"《礼记·礼运》:"小臣窃。"《战国策·赵策四》"触詟说赵太后"云:"窃爱怜之。"均用作表示私意的谦词。《九辩》中的"有美一人"以"窃"字表达意愿、揣测命运和感激君恩,表现一种怨而不怒、婉曲劝讽、隐忍难言的语言姿态,多少把一个理想人格之象征加以委婉化、女性化了。其实,"有美一人"在进行精神突围之时,怀中也是揣着政治策略方面的锦囊妙计的:从今修饰,自己而窥镜自照啊,往后还可以躲窜潜藏。这是一种梳妆打扮,整饬内政、自律从严、待机而动的韬晦之计,对于屡挫于秦师的楚国来说,不失为可资参考的良策。然而这种策略在那种政治体制中,又岂能上达君听?愿寄言给天上流星啊,竟倏忽闪过难以遇上。最终被浮云隔绝遮蔽啊,下沉到昏暗之处不再发光。也就是说,"有美一人"在政治领域的精神突围,道路已绝,连她的锦囊妙计也胎死于囊中了。

在《九辩》那个时代,历史没有提供条件因而也不能设想去改变独裁的政治体制。它只能盼望出现贤明的君王,知人善任,去谗纳忠,以改善政治运行机制。这就是第九章何以发怀古之幽思,首先推崇尧舜之治了:

尧舜皆有所举任兮,故高枕而自适。
谅无怨于天下兮,心焉取此怵惕?
乘骐骥之浏浏兮,驭安用夫强策?
谅城郭之不足恃兮,虽重介之何益?

亶翼翼而无终兮，忳惽惽而愁约。
生天地之若过兮，功不成而无效。
愿沉滞而不见兮，尚欲布名乎天下。
然潢洋而不遇兮，直怐愁而自苦。
莽洋洋而无极兮，忽翱翔之焉薄？
国有骥而不知乘兮，焉皇皇而更索？
宁戚讴于车下兮，桓公闻而知之。
无伯乐之善相兮，今谁使乎誉之？
罔流涕以聊虑兮，惟著意而得之。
纷纯纯之愿忠兮，妒被离而鄣之。

　　诗笔出入于历史传说与现实之间，以尧舜的垂拱而治对比着和针砭着楚国现实的政治危机。它首先讲述一个古老的政治梦，赋予这个政治梦以理想性和权威性。尧舜都有所举贤任能啊，所以高枕无忧而自在安适。料想不曾结怨于天下啊，心中为何采取这种戒惧警惕的态度？《尚书·囧命》说周穆王要继承文王、武王的政治作为，自勉"怵惕惟厉，中夜以兴，思免厥愆"。《囧命》属于伪古文《尚书》，不必说《九辩》"怵惕"一词本于此。但是这里用"怵惕"一词，形容国君处事持身知道戒惧谨慎，以致半夜起来思考如何免除过失，对于理解《九辩》所述尧舜励精图治的行为，不无参考价值。正是由于尧舜戒惧为政，举贤任能，便出现了政通人和的可喜景象：乘着千里马跑得快溜溜啊，驾驭起来又怎么用得上强鞭子？想来城郭坚固但不可靠啊，虽有重甲强兵又有什么益处？最坚固的城郭是建筑在人心上的。这里所隐喻的军事政策和人才政策，是楚国现实政治中不可与之同日而语的。

　　然而这种古老的梦又有何用？只能是"可怜无补费精神"了。"有美一人"不能躲入尧舜时代，楚君又不能从尧舜之治中知所警诫。古人不可及，历史机遇难以重复，在梦与真的巨大反差中，只能加深生不逢时、怀才不遇的失落感。这就是说，以古老的梦来补偿现实的缺陷，只能陷入更深的空幻的精神困境。以下写的是由对古人的恭慎到现实的痛苦的心理过渡，恭慎地转来转去而没个结果啊，忧伤迷糊而愁苦缠人。这一笔过渡很有必要，它说明对心理转移之描写的细致入微。其后就是从尧舜梦回到丑恶现实之后，涌起了一种曾经沧海难为水的感觉。生在天地间好像一个过客啊，功不成而无从效力。愿沉滞荒野而不见用于世啊，还想什么传名于天下？可是一派苍茫而没有知遇啊，徒然愚昧而自找苦食。荒野迷茫而没个尽头啊，忽然翱翔又飞向何方？国有千里马而不知乘用啊，又何必惶惶然另行求取？这一连串的疑问，从宇宙人生到所在的荒野，从凤凰高飞的隐喻的呼应，到千里马被废弃不用的叹息，"有美一人"的心灵迷惑可谓深矣。尧舜高远不可寻踪，那就退而求其次，去探寻一下春秋时代知贤善任的霸主吧。宁戚在车下唱着《饭牛歌》啊，齐桓公听到就知他非常人。没有伯乐那种善于相马的眼光啊，如今谁人使千里马获得声誉？怅惘流涕而姑且思量啊，唯有着意求贤者才可得到贤人。愿意效忠者可谓纷纷不少啊，只是妒忌者人多嘴杂阻塞了他们的道路。历史机遇的不可重复性，使得不仅尧舜之治，而且连春秋霸主的行为，也是可思而不可见了。楚国政治已走入末路，病入膏肓，连扁鹊都见而逃恐不及，想在这里进行精神困境的突围，也是绝路一条。

　　精神突围在外在的社会环境中，已是道路断绝。那余下的就只好转向内在的精神世界，于精神自由中寻求超越。《九辩》在最后借鉴了屈子《远游》的思维方向和方式，它把《远游》式思维放在最后，也暗示了宋玉把《远游》视为屈子流放江南晚期，进行心理调适和精神突围的作品。这里的"游志乎云中"与前面的淹滞于尘世，简直成了两个世界：

　　　　愿赐不肖之躯而别离兮，放游志乎云中。
　　　　乘精气之抟抟兮，骛诸神之湛湛。
　　　　骖白霓之习习兮，历群灵之丰丰。
　　　　左朱雀之茇茇兮，右苍龙之躣躣。
　　　　属雷师之阗阗兮，道飞廉之衙衙。
　　　　前轻辌之锵锵兮，后辎乘之从从。
　　　　载云旗之委蛇兮，扈屯骑之容容。
　　　　计专专之不可化兮，愿遂推而为臧。
　　　　赖皇天之厚德兮，还及君之无恙。

　　应该说：这里的云中游缺乏《远游》式的壮丽辉煌的气势，也较少精神上征过程中的艰难曲折，是泄了气的简本《远游》。行文终了，为篇幅所限，未能广泛地综合战国诸子百家丰富复杂的文化思潮，进行形而上的哲学思考。虽说游志乎云中，多少还沾染着凡间俗气。比如已经决定高举飞翔矣,却还要谦卑地向君王请示告辞一番:愿赐还不肖之躯而别离啦,放任心志游翔于云中。不过,这次云中游所搭乘的还是屈原《远游》所推崇的稷下黄老之学的"精气"。有如《管子·内业篇》所言:"精也者,气之精者也。气,道乃生,生乃思,思乃知,知乃止矣。……精存自生,其外安荣,内藏以为泉原,浩然和平,以为气渊。渊之不涸,四体乃固。泉之不竭,九窍遂通。乃能穷天地,破四海。中无惑意,外无邪灾,心全于中,形全于外,不逢天灾,不遇人害,谓之圣人。"①《九辩》于内在的精神突围中,意欲以精气为中介,使人的精神"穷天地,被四海"。来看精气团团凝聚而盘旋啊,追随诸神到深湛的云霞之中。驾起白虹习习飞扬啊,游历群仙之府丰富众多。这番游历的星宿系统,也与《远游》有所不同。《远游》遵从的是五方五帝配五神的系统,而且在游历东南西北四方时一一拜访;《九辩》遵从的则是二十八宿的系统,而且在一次出游中把它们纳进随从的行列。这就是左边有南方星官朱雀翩翩飞翔啊,右边有东方星官苍龙蜿蜿跃行。虽然五方五帝配五神的系统与二十八宿的系统,在《礼记·月令》《吕氏春秋》,尤其是《淮南子·天文训》有相互整合为一体的倾向,但在其起源上却代表着古代天文学观察和天象神话两个派别。湖北随州曾侯乙墓出土的二十八宿图漆箱,于箱盖上环布二十八宿名称,两端绘有苍龙、白虎图像。这是战国早期(公元前5世纪)之物,说明其时楚地对二十八宿及其四象(东苍龙,西白虎,南朱雀,北玄武)的珍重。由此可知,《九辩》末章对战国文化的汲取是与《远游》互有异同的。异同处可见精气之浩荡与衰微。

　　《九辩》末章在修辞方式上,追随屈原《悲回风》而多用重叠连绵之词,却把重叠连绵之词由句眼移到句尾,从而把苍茫浓重的语调,变得轻松活泼。比如前面的"抟抟""湛湛""习习""丰丰""茇茇""跱跱"等重叠词,都在句尾制造着轻快的情调。随之写道:嘱咐雷师田田打鼓啊,通知风伯飞廉快快扫尘。前面有轻型卧车铃声锵锵啊,后面有重型行李车轮声匆匆。载着云旗迎风舒卷啊,随从的车骑涌动容容。这些重叠词使文句活泼,情调却也比较单纯。它们是以外在的形态和音响,来衬托内在的喜悦的,不及屈原《远游》在东西南北的穿梭游历中那么富有内在心理波折和精神深度。

---

① (清)黎翔凤:《管子校注》,中华书局2004年版,第937—939页。

"有美一人"云中游的精神超越，显得比较单纯；其曲终奏雅，怀念君王，粘连尘世，也显得天真、幼稚。计算着专一的心情不可化解啊，愿意马上推广它去做点好事。依赖皇天的深厚恩德啊，还推及君王的安然无恙。由于精神超越而获得自由，她对楚君不再流露谦卑的态度，而采取推己及人的超然态度。其中既没有《离骚》"忽临睨夫旧乡"时的精神冲击力度，也缺乏《远游》"思故旧以想象兮"那种悲天悯人的宽阔胸怀。她对已为浮云遮蔽的君王，不再计较其使自己流落荒泽、感秋伤怀，甚至可能使自己与野草同死的过错，依然保存着一缕眷恋之情，这就是"有美一人"在感情世界中的宋玉投影了。这也是她精神超越时粘连世俗之处，获得精神自由时的不自由之处。比较屈、宋的思想文章，屈原出身楚国宗室衰族，却带有更多的平民性；宋玉虽为小臣，为失职贫士，反而带有更多的贵族性。这一点，比较《离骚》与《九辩》，不难领略到；若比较《卜居》《渔父》与《高唐赋》《神女赋》，就洞若观火了。人总爱向他缺失的另一个极端探头探脑，充满好奇心，追求新鲜的生活模样。生活之水，总是激荡着旋涡。

1997 年 7 月 19 日写毕，2015 年 12 月 19 日修订

第九章 《文选》所载宋玉赋的诗学价值

一 屈宋并称成立的缘由

文学史上宋玉与屈原并称，已成谈论一代文章风采的惯例。最突出的是刘勰的《文心雕龙·辨骚篇》说："屈宋逸步，莫之能追。"① 《时序篇》说："屈平联藻于日月，宋玉交彩于风云。观其艳说，则笼罩雅颂。"②《才略篇》又说："诸子以道术取资，屈宋以楚辞发采"，"（司马）相如好书，师范屈宋，洞入夸艳，致名辞宗"。③ 其他屈宋并称的说法，于六朝唐初的文章、史籍中屡有所见，尤其是杜甫《戏为六绝句之五》更把此说推向极致："不薄今人爱古人，清词丽句必为邻。窃攀屈宋宜方驾，恐与齐梁作后尘。"古人是在屈宋并称之中，建构中国上古诗史和文章史的高峰的。虽然宋玉那些散文化的辞赋，由于古人的"骚"与"赋"的文体之辨，未收入传统的《楚辞》之中。但为了分析以屈原为主体、屈宋并称的楚辞世界，为了完整地展示有楚一代的文章风采，不论及宋玉的散文赋，当是一个缺乏文学史过程意识的莫大遗憾。

《文选》所收宋玉的作品，如前面章节所述，《九辩》最为可靠，《招魂》已断为屈原所作，此外还有《风赋》《高唐赋》《神女赋》《登徒子好色赋》和《对楚王问》五种。如果宋玉只有《九辩》，尽管也算得上有才华的诗人，但充其量只是屈原开创的骚体诗的继作者，如果加上《文选》所收的这五种散文赋，那么他便是继《卜居》《渔父》之后，使辞赋文体大放异彩的重要开拓者了。他由此而成为汉赋重要而且直接的前驱，

---

① （南朝梁）刘勰撰，范文澜注：《文心雕龙注》，人民文学出版社1962年版，第47页。
② 同上书，第672页。
③ 同上书，第698页。

能够符合明人陈第在《屈宋古音义》卷三《题高唐》中所说，描摹云气山水、禽兽草木"形容迫似，宛肖丹青。盖《楚辞》之变体，汉赋之权舆也。《子虚》《上林》，实踵此而发挥畅大之耳。"[1] 这些说法如果可信，那么宋玉一身而二任焉，既是骚赋的名家，又是散文赋的先锋，实在当得起杜甫的"风雅吾师"的推许了。

然而宋玉这种一身二任的文学史地位，自清朝以后受到怀疑。最足以动摇这种地位的，是否定《文选》所收五篇宋玉赋为宋玉所作。怀疑和否定的理由，主要来自三个方面：（一）假托说；（二）时代不合说；（三）用语习惯不合说。最早主张假托说的，是清人崔述的《考古续说》卷一《观书余论》："周庾信为《枯树赋》，称殷仲文为东阳太守，其篇末云：'桓大司马闻而叹曰'云云，仲文为东阳时，桓温之死久矣。然则是作赋者托言古人以自畅其言，固不计其年世之符否也。谢惠连之赋雪也托之相如，谢庄之赋月也托之曹植，是知假托成文乃词人之常事。然则《卜居》《渔父》亦必非屈原之所自作，《神女》《登徒》亦必非宋玉之所自作，明矣。但惠连、庄、信其世近，其作者之名传，则人皆知之；《卜居》《神女》之赋其世远，其作者之名不传，则遂以为屈原、宋玉之所为耳。"[2]

这段话犯了逻辑错误，B = C，并不能证明一定就 A = C，因为并没有提供 A、B 相等的证据。人们反而会问：后人有假托之风，不正好反证出前人有未曾假托者，遂使后人之假托可以乱真吗？傅毅的《舞赋》假托为《高唐》《神女》的续编，不就在《古文苑》中出现了假托乱真的现象，而被指为宋玉所作吗？真与假是对立统一的，从来就没有"真"，也就无所谓"假"。进而言之，从屈原、宋玉以真名入辞赋，到后来个性色彩减淡之后的汉赋中，司马相如、扬雄以子虚乌有的虚构名字入赋，再到六朝人假托古人名字入赋，不也是文学史中一条顺理成章的线索吗？至于说到年代远近影响到对作者的确认，《文选》成书的公元 6 世纪，上距屈、宋的时代才七八百年；而崔述所处的 18、19 世纪，已经上距谢惠连、谢庄、庾信的时代一千二三百年了。当然，书籍流传的方式不同，这些年代距离是不能简单对比的，但也不能无视于此而作为推倒前人结论的理由。

---

[1] （明）陈第撰，郭庭平点校：《一斋古音集》，中国文艺出版社 2013 年版，第 311 页。
[2] 引自游国恩《游国恩楚辞论著集》，中华书局 2008 年版，第 236—237 页。

否定《文选》所收宋玉散文赋为宋玉所作的第二条理由,是"时代不合"。陆侃如《宋玉评传》说:"赋的进化史可分为三期:第一期代表为荀卿,那时尚未正式称赋(他只把《知》《礼》等篇合称《赋》篇,而无《知赋》《礼赋》等名称),形式方面完全与《诗经》一样。第二期代表为贾谊,他已正式称赋,但他觉得《诗经》式的荀赋不足达意,于是改用《楚辞》的格式。第三期代表为司马相如,他觉得《楚辞》的格式还不十分自然,于是改成偶然有韵的散文,而同时不废贾谊一派的格式……(宋玉)他并不与荀卿一样的用《诗经》式,也不与贾谊一样的用《楚辞》式,他却与司马相如一样的用散文式……以时代最早的宋玉,竟用出身最晚的格式!这一点,在文学史家看来,是绝对不可能的。"①

本书在分析《卜居》《渔父》的时候,已经引用了春秋战国时代的史籍、诸子——尤其是纵横家言的不少例证,说明战国晚期产生屈宋散文赋的各种文学形式要素已经齐备,只待屈宋这样的杰出诗人把它们加以统合和创新了。并不是那个时代不具备这些文学形式要素(如客主答问的形式),也不是那个时代没有产生足以创造新形式的作家,那么又有什么理由可以否定这是产生散文赋的千载难逢的极好的历史契机呢?须知文学文体的发展,绝不是一种单线延伸的过程,而是一种复杂纷纭、犬牙交错、千姿百态的动态系统。战国诸子以及楚国诗人在精神领域的许多创造,并不是其后时代的人们可以轻而易举地超越的。在同一个时代,既产生了荀卿赋,又产生了另一种形式风格的宋玉赋,并非是不可想象的。正如《文心雕龙》所说,"诸子以道术取资,屈宋以楚辞发采",花开两朵各表一枝,说明中国文学具有第一流的原创能力。宋玉在思想家的深刻性上,不及荀卿;反过来,他在文学家的才华上,却为荀卿所不及。那么又怎么能够用一种刻板的文学形式,把他们限制起来呢?由于宋玉赋与荀卿赋在文学才华上的含金量大有不同,它们在汉以后的文学史中的影响和命运也就不同。荀卿体没有得到值得注意的继承和发展,被认为是"中绝"了;而宋玉是真正的文学家,宋玉体却被司马相如一类汉赋大家引为范式,成为汉赋形式借鉴的最重要和最直接的对象。这种先后承续的关系,乃是一代文学趣味的历史选择,是不可以倒因为果的。

---

① 陆侃如、冯沅君著,袁世硕、张可礼主编:《陆侃如冯沅君合集》(第五卷),安徽教育出版社 2011 年版,第 354 页。

第三条理由是挑剔宋玉赋中有些用语不合惯例。这是最讲究内证和实证，因而也最有学术含量、最值得重视的一条理由。游国恩《楚辞概论》列举宋玉散文赋的开篇用语："楚襄王游于兰台之宫，宋玉、景差侍。"（《风赋》）"昔者楚襄王与宋玉游于云梦之台，望高唐之观。"（《高唐赋》）"楚襄王与宋玉游于云梦之浦，使宋玉赋高唐之事。"（《神女赋》）"大夫登徒子侍于楚王，短宋玉。"（《登徒子好色赋》）游氏认为："他们开口说'楚襄王'，自然是襄王死后时作的。但是我们应该注意这个'楚'字。大凡本国人或本朝人说到本国或本朝的君主，绝对无须说出国名或朝名来，这个通则在辞赋里数见不鲜。例如，扬雄《甘泉赋序》云：'孝成帝时，客有荐雄文似相如者。'又《羽猎赋序》云：'孝成帝时，羽猎，雄从。'王延寿《鲁灵光殿赋序》云：'鲁灵光殿者，盖景帝程姬之子恭王馀所立也。'宋玉以楚人而仕于楚，只须说'襄王'就够了，何必连'楚'字都说出来呢？我以为这个'楚'字便是他们伪托的铁证。"[①]

这项质疑涉及战国秦汉数百年间文字形体变异和书籍整理传抄中的版本变化。只要把这两个基本问题梳理清楚，宋玉散文赋何以直书"楚襄王"的问题，也就迎刃而解。东汉许慎《说文解字叙》云："其后（指战国时代）诸侯力政，不统于王，恶礼乐之害己而皆去其典籍。分为七国，田畴异亩，车涂异轨，律令异法，衣冠异制，言语异声，文学异形。秦始皇帝初兼天下，丞相李斯乃奏同之，罢其不与秦文合者。"[②] 这就意味着战国楚文字的形制，与秦汉篆隶文字有相当明显的差异。郭沫若在《两周金文辞大系考释·序》中说："南文尚华藻，字多秀丽"，其中的花体字"鸟书"，显得华贵典雅。但是在秦汉大一统王朝推行文字标准化之后，楚文字已成专家之学，常人几不可识，因此楚籍的整理必然附带着一项在文字形体上改古从今，或旁加注释的工作。刘向领校群书于天禄阁，与其子刘歆先后编撰《别录》《七略》。史载刘向校书的范围包括经传、诸子、诗赋，《楚辞》有他的编集本为王逸《楚辞章句》所本，至于《宋玉赋》十六篇，当也是他们父子编定目次而为班固采入《汉书·艺文志》。假设宋玉赋原来只把楚顷襄王称为"王"或"襄王"，但这在汉朝人看来已不属于专称，不能与大一统时代的景帝、孝成帝相比。因为春秋时代已有周

[①] 游国恩：《楚辞概论》，商务印书馆1934年版，第226—227页。
[②] （东汉）许慎：《说文解字》，中华书局1963年版，第315页。

襄王，战国时代在楚顷襄王之前，已有魏襄王、韩襄王，与他同时或略后又有齐襄王、秦庄襄王、赵悼襄王。考虑到春秋战国之世称襄王者竟有七人，以"辨章学术，考镜源流"著称的刘向、刘歆父子，为宋玉只是称为"王"的地方加注"楚襄王"，或径改为"楚襄王"，也是可能的，甚至是带有某种必要性的。

同时还应考虑到当时的书籍流传方式与印刷术发明之后，存在着实质性的差异。抄写与印刷的不同，是前者具有抄本的变异性，后者具有版本的固定性。《汉书·艺文志》记载："《宋玉赋》十六篇。"到了《隋书·经籍志》，变成了"《楚大夫宋玉集》三卷"，而《旧唐书·经籍志》和《新唐书·艺文志》则为"《楚宋玉集》二卷"。从"篇"到"卷"的变化，意味着由简册转录到帛卷或纸卷上。转录的过程中，前人以"楚襄王"注"王"字的地方，可能窜入正文。即便未有注，也有可能直接改动。比如《宋玉集》的前面，就已加上"楚大夫"或"楚"一类字样，又怎么能排除内文中也有此类添改？彼时的人们如此添改，也许只想到便于阅读，没有想到后人会说这不符合惯例，是"假托"。总而言之，宋玉散文赋中出现"楚襄王"字样，是这些作品在汉以后数百年整理和转录的附带物，并不足以证明它们是假托之作。

整理和转录的过程中出现"附带物"，这倒是汉代文献学史上一种值得注意的现象。对此，只需比较一下长沙马王堆三号汉墓所出土的，取名为《战国纵横家书》的帛书以及经过刘向整理的《战国策》，就可以明白这种整理过程的用力所在。兹举几则以明其例：

　　△帛书第十六则："谓魏王曰：秦与戎翟同俗，有□□心，贪戾好利，无亲，不试（识）德行。……"
　　《战国策·魏策三》："魏将与秦攻韩，朱己谓魏王曰：'秦与戎翟同俗，有虎狼之心，贪戾好利而无信，不识礼义德行。……'"
　　△帛书第二十则："胃（谓）燕王曰：列在万乘，奇质于齐，名卑而权轻。……"
　　《战国策·燕策一》："齐伐宋，宋急。苏代乃遗燕昭王书曰：'夫列在万乘，而寄质于齐，名卑而权轻。……'"
　　△帛书第二十三则："胃春申君曰：'臣闻之，于安思危，危则虑安。今楚王之春秋高矣，□□□地不可不蚤定。……'"

《战国策·楚策四》:"虞卿谓春申君曰:'臣闻之《春秋》,于安思危,危则虑安。今楚王之春秋高矣,而君之封地,不可不早定也。'"

这些例证表明,汉人整理这类古籍,除了把异体字、错字改为正体,并增添个别助词、连词,使语句更有弹性之外,主要在开头处认定这些话为谁所说,在何种背景下说的。因此所增添处,也多为战国时代复杂纷纭的列国名和人名。应该看到,如果没有经过刘向整理的《战国策》以及司马迁的《史记》作为参照,是很难理清这些帛书的头绪的。从汉人整理这些帛书的惯例中也可以领会到,即便《文选》所载宋玉的散文赋中采用了"楚襄王"的称呼,也是文献整理和流布所致,并不能据此而否定宋玉对这些散文赋的著作权。

二 《风赋》的讽喻

在宋玉的散文赋中,《风赋》是最具有社会性的一篇。这种社会性,来自对作为自然现象的风进行社会化或人文化的审美处理。对风的人文化,已见于上古文献,如《论语·颜渊篇》,记述孔子谈论政治说:"君子之德风,小人之德草。草上之风,必偃。"《君陈》属于古文《尚书》,也记载周成王对周公之子君陈说:"尔惟风,下民惟草。"这些都是以风行草偃的自然现象,比喻统治者"德教化民"。《风赋》出于贫士小臣之手,它把自然现象人文化带有更多的平民性。它借风作隐喻或讽喻,透视政事民情的隔离和分化,人文化的程度更为深切、展开和充分,口若悬河,谈言微中,充满着机智的辩才。

《风赋》开篇进入话题的方式,就散发着擒纵腾挪的智慧,仿佛把战国纵横家的辩论才能用于宫廷应对的周旋之间:

楚襄王游于兰台之宫,宋玉、景差侍。有风飒然而至。王乃披襟而当之,曰:"快哉此风,寡人所与庶人共者邪?"

宋玉对曰:"此独大王之风耳,庶人安得而共之!"王曰:"夫风者,天地之气,溥畅而至,不择贵贱高下而加焉。今子独以为寡人之风,岂有说乎?"宋玉对曰:"臣闻于师:枳句来巢,空穴来风。其托者然,则风气殊焉。"

在叙事程序安排上，如此开头就颇有独到之处。较之《卜居》《渔父》，它是少了一点悲愤悒郁之气了，却增添了一个风流才士的婉转翩跹。章学诚《校雠通义·汉志诗赋第十五》说："古之赋家者流，原本《诗》、《骚》，出入战国诸子。假设问对，《庄》《列》寓言之遗也；恢廓声势，苏、张纵横之体也；排比谐隐，韩非《储说》之属也；征材聚事，《吕览》类辑之义也。"① 从一定意义上说，所谓辞赋家兼取春秋战国诗歌和诸子文章的四方面的文体因素，在《风赋》的这段描述中都可以找到。全文是襄王、宋玉的问答应对自不必说，那种健旺的谈锋也折射着苏秦、张仪一类纵横家的影子。以风设喻，可以看作谐趣的隐喻，引用从老师那里听来的"枳树弯曲的枝头招引鸟类筑巢，空虚的孔穴有风吹来"的话，也近于分类辑录事义。

关键不在于能汇集多种文章要素，而在于把多种要素化解和组合得浑然无间，形成一个血肉气脉充盈的艺术生命整体。读《风赋》开头，可以感觉到它自然如风，清新如风，婉曲如风，似乎是以风的行云流水的形态切入风的主题阐述。兰台宫上，有风飒然吹来，楚襄王敞开衣襟迎着风，称说："多么快意啊这股风，我是和平民百姓共享着它吧？"寥寥数语，写得情景如画，落笔颇具潇洒的韵致。襄王此话，含有"王者与民同乐"的暗示性自许。行文之妙，在于以曲折来囤积文章气脉中的势能，宋玉的回答来了一个顺起逆接，在襄王期待着他奉承"王与庶氏共享"的地方，却偏偏来了一个"安得共之"的反问："这只是大王之风罢了，老百姓哪能共享呢？"顺其话题而略作逆转，表面是随意作答，实则举重若轻，一语而暗藏着提挈全篇的力量——以后的议论都是从"安得共之"生发出来的。襄王随着又作了一个"反问的反问"："风这个东西，乃是天地间流动的气体，普遍流畅地到来，并不选择贵贱高低地施加给他们。现在你独独认为这是'寡人之风'，难道还有说法？"襄王的话是当时通行的见解，如《庄子·齐物论》："大块噫气，其名为风。"又如《文选》李善注引刘熙《释名》，为《风赋》释题："风者，汎也，为能泛博万物。"然而，文学的能事是在通行见解中发现独特，以新异而独占地步。没有这种独占地步的发现，不足以知文学之妙谛，于是宋玉搬出老师的说法，来消解襄王的通常见解，认为自然现象由于依托不同的缘故，就产生了风气的特殊性

---

① （清）章学诚：《校雠通义》，上海古籍出版社2009年版，第116页。

和差异。从襄王说的"王与庶人共享",到宋玉说的"王与庶人殊受"之间,行文迤逦曲折地写来,极尽起承转合之妙,它把战国游士之风用于宫廷应对,使这种"述客主以首引"的文体敷叙得非常圆熟了。

以下便是创设新说,说明溥畅而至的风是不能共享,而只能殊受的:

王曰:"夫风,始安生哉?"
宋玉对曰:"夫风生于地,起于青蘋之末,侵淫谿谷,盛怒于土囊之口。缘泰山之阿,舞于松柏之下。飘忽淜滂,激飏熛怒。耾耾雷声,回穴错迕。蹶石伐木,梢杀林莽。至其将衰也,被丽披离,冲孔动楗,眴焕粲烂,离散转移。故其清凉雄风,则飘举升降,乘凌高城,入于深宫。邸华叶而振气,徘徊于桂椒之间,翱翔于激水之上。将击芙蓉之精,猎蕙草,离秦衡,槩新夷,回穴冲陵,萧条众芳。然后倘佯中庭,北上玉堂,跻于罗帷,经于洞房,乃得为大王之风也。故其风中人,状直憯凄惏慄,清凉增欷,清清泠泠,愈病析酲,发明耳目,宁体便人。此所谓大王之雄风也。"

这段描写把可感而无形的风,渲染得声音、色彩、形态和动作繁密交错,已开了汉赋气魄宏大、辞采浓艳的文体先河。但它的敷陈不是罗列堆砌,而是充满生命感。宋玉赋比汉大赋多了几分舒爽气,这是其比起汉大赋奇妙之处。也就是说,《风赋》把风加以生命化了。生命化的叙写谋略有二:一是讲究拟人移情;二是讲究描写的层次。前者是生命化的内核,后者是生命化的过程。首先写风的初起。风从土地上出生,起行于水上青蘋的末端,逐渐进犯和浸淫于山中的沟谷,在土口袋一样的山洞口大肆发怒。风能发怒,表明它有人类一般的生命和感情,不仅如此,它还攀缘上泰山的曲折山坡,在松柏树下面跳舞。这时候它已经达到生命迸发的高潮,飘忽而来,击物磅礴有声;激扬起来,像烈火飞扬一般大发威风。它的声音如雷,在山洞间回旋不定,交错杂乱。它撼动山石,摧折树木,冲击着树林野草。接着它便开始了生命衰落的过程:披离四散开来,吹进孔穴,摇动门闩,脾气也似乎变得鲜丽灿烂,向各处离散转移。这里排比着丰富的动作的和情感的动词,时而以联绵词加以渲染,行云流水般写出了风的生、起、盛、衰的生命历程。

然后解释它是如何带上"雄风"或"大王之风"的素质和性质的。

这样，对风的生命化描写，便由外在之形深化为内在之性。清凉的雄风飘举升降，越过高高的城墙，进入了深宫。那里是花的世界，锦绣的世界。风触摸着花叶，在桂树和香椒之间徘徊，在激流的水面上翱翔。行将撞击着荷花，掠过蕙草，分开秦衡香草，吹得辛夷花伏下身子，盘旋着冲击侵凌，使群花变得萧条了。这也表明，雄风的形成，是要付出"众芳萧条"的生命代价的。挟带着花香的雄风，徘徊于厅堂，向北走进宫中玉堂，举步登上锦罗帐子，经过幽深的住室，这才能够成为"大王之风"。这种大王之风非同一般，具有特殊的功能，大概由于文章写于南方酷暑之时（从开头楚襄王披襟当风称"快哉"，也可证明），这里强调的是凉快的功能。这种风吹到人身上，凉飕飕令人打冷战，清凉得令人不由得叹口气。清妙和软，可以治病解酒，耳聪目明，是很能使人的身体安宁健康的，这就是所谓"大王之雄风"了。

　　风而有雌雄，如此区分自然现象之性别，也是一种人化或生命化的叙写谋略。推究其思维方式的根源，则是以《易经》为代表的"一阴一阳之谓道"的两极对立的思维模式。以雌雄二分的方式写风，实际上写成了有关社会生活中贫富不均、忧乐难共的寓言，诚如元人郭翼《雪履斋笔记》所说："古来绘风手，莫如宋玉雌雄之论。"下面是关于雌风的描写：

　　　　王曰："善哉论事！夫庶人之风，岂可闻乎？"
　　　　宋玉对曰："夫庶人之风，塕然起于穷巷之间，堀堁扬尘，勃郁烦冤，冲孔袭门，动沙堁，吹死灰，骇溷浊，扬腐余。邪薄入瓮牖，至于室庐。故其风中人，状直憞溷郁邑，殴温致湿，中心惨怛，生病造热。中唇为胗，得目为蔑，啗齰嗽获，死生不卒。此所谓庶人之雌风也。"

　　雌风的生成过程和生成形态，已经没有雄风那份神气，那份徘徊翱翔于山水花木间的从容与潇洒，这里只有尘土、腐臭，一派乌烟瘴气。它突然从穷巷中刮起来，在突起的尘土堆上扬起烟尘，冲击着孔洞和门户，吹动沙堆，吹起死灰，扬起污秽腐臭的垃圾。刺斜迫近瓮口做的窗户，吹进了简陋的庐舍。它吹到人身上，令人烦乱郁悒，送来温湿之病，内心忧伤，生病发热。吹到唇上生唇疮，吹到眼上眼发红，令人中风嘴歪，不死不活。这就是所谓的"庶人之雌风"。行文至此戛然而止，没有补叙襄王的反应，却以风的行程审视了民间疾苦，给读者留下了丰富的余味。

《风赋》名为赋风，实为讽世之作。它借雌风与雄风行程的强烈对比，展示了玉堂和穷巷两个苦乐不均的世界。它抒写的不是个人与社会的对立，而是接触到下层社会与上流社会的分裂。它在把风进行社会化和人文化区分之中，借助了纵横家式的雄辩，寄托着诸子寓言式的隐喻，表面看来它在奉承楚王有福气享受"大王之雄风"，实际上却借风之有雌雄，透视了人间的不平等，对下层社会的疾苦怀着广义的人道精神的同情。苏轼在《书柳公权联句》中说："楚襄王登台，有风飒然而至。王曰：'快哉此风，寡人与庶人共之者耶？'宋玉讥之曰：'此独大王之雄风耳，庶人安得而共之！'不知者以为谄也，知之者以为讽也。"[①] 其弟苏辙在《黄州快哉亭记》中又说："昔楚襄王从宋玉、景差于兰台之宫，有风飒然至者，王披襟当之，曰：'快哉此风，寡人所与庶人共者耶？'宋玉曰：'此独大王之雄风耳，庶人安得共之。'玉之言，盖有讽焉。夫风无雄雌之异，而人有遇不遇之变。楚王之所以为乐，与庶人之所以为忧，此则人之变也，而风何与焉？"[②] 苏轼兄弟都是看出《风赋》的讽世意味的。在赋之文体初起于"青蘋之末"之时，能够如此巧设譬喻，洞见社会实情，是非常值得珍视的。

三 《登徒子好色赋》的女色描写

宋玉主要活动于楚襄王中后期，他的晚年可能已是考烈王之世，离楚灭于秦还有二十年左右。对于他今存的作品已无法具体系年，但从作品所传达的年龄心理学的信息而言，《风赋》雄辩而有阅世的深智，当是中年的作品；而《登徒子好色赋》《对楚王问》争强好胜，逞才使气，当是青年时期的作品。从文学呈现的个性精神来看，战国楚地比中原地区强烈。屈原作《离骚》诸篇，已被后世史家挑剔为"狂狷景行""露才扬己"，宋玉的《登徒子好色赋》《对楚王问》虽缺乏屈子那么浓郁的社会抗争性，但从他以夸大的口气为自己品行的辩护中，也不难领略到某种张扬个性的意气。

[①] （宋）苏轼：《苏轼文集》，中华书局1986年版，第2106页。
[②] （清）吴楚材、吴调侯编：《古文观止》，中华书局2010年版，第224页。

第九章 《文选》所载宋玉赋的诗学价值 / 1113

《登徒子好色赋》时期的宋玉大概还很年轻，美貌多才，不容人对自己的品行有丝毫訾议：

> 大夫登徒子侍于楚王，短宋玉曰："玉为人体貌闲丽，口多微辞，又性好色。愿王勿与出入后宫。"
>
> 王以登徒子之言问宋玉。玉曰："体貌闲丽，所受于天也。口多微辞，所学于师也。至于好色，臣所无也。"

这位登徒子又见于《古文苑》所录的《钓赋》："宋玉与登徒子偕受钓于玄洲，止而并见于楚襄王。"但从《好色赋》对登徒子的抨击而不留情面来看，它可能对现实人物有所影射，却不必直书其名，姑立一个别号。又，《古文苑》所录的《讽赋》："楚襄王时，宋玉休归。唐勒谗之于王曰：'玉为人身体容冶，口多微词，出爱主人之女，入事大王。愿王疏之。'玉休还，王谓玉曰：'玉为人身体容冶，口多微词，出爱主人之女，入事寡人。不亦薄乎？'玉曰：'臣身体容冶，受之二亲。口多微词，闻之圣人。……吾宁杀人之父，孤人之子，诚不忍爱主人之女。'王曰：'止，止。寡人于此时，亦何能已也。"① 对照而观之，这篇《讽赋》似乎是《登徒子好色赋》的初稿（或另一版本），所影射的现实人物似乎是唐勒。《讽赋》见于唐人编辑的《艺文类聚》卷二十四《人部八·讽谏》，大概《古文苑》是从这部类书中辑录的。类书对原作进行改写压缩，已失原貌，但也不能因此否定原作曾经存在过。自然，《讽赋》并未抨击唐勒，《登徒子好色赋》已改用"登徒子"名号，以文学虚构的方式抨击对方，因此登徒子不能等同于唐勒。

从宋玉对登徒子的揭短之言，分别从体貌、口才、好色诸方面——批驳来看，行文风格是有点少年气盛的。好色是关系到品德的要害所在，因此对其他方面一笔带过，却以好色一项作为辩驳的焦点，采取以攻为守，或者说有点类乎战国时代著名战役"围魏救赵"的辩论谋略：

> 王曰："子不好色，亦有说乎？有说则止，无说则退。"
> 玉曰："天下之佳人，莫若楚国。楚国之丽者，莫若臣里。臣

---

① （宋）章樵：《古文苑》，商务印书馆1937年版，第61—62页。

里之美者，莫若臣东家之子。东家之子，增之一分则太长，减之一分则太短。著粉则太白，施朱则太赤。眉如翠羽，肌如白雪。腰如束素，齿如含贝。嫣然一笑，惑阳城，迷下蔡。然此女登墙窥臣三年，至今未许也。登徒子则不然，其妻蓬头挛耳，齞唇历齿，旁行踽偻，又疥且痔。登徒子悦之，使有五子。王孰察之，谁为好色者矣？"

此处对女色美的描写，堪称先秦散文赋的绝笔。《诗经·卫风·硕人》以写女色美驰名："手如柔荑，肤如凝脂。领如蝤蛴，齿如瓠犀，螓首蛾眉。巧笑倩兮，美目盼兮！"其中对美人身体各部分加以巧妙比喻，又以巧笑顾盼化静为动，甚得体物传神之妙。而《好色赋》的描写，文笔更加活泼自由，每一着墨，既是描绘，又是评点，散发着写意性的笔外玄思。以骈句形容其体态、肤色、眉目、腰肢、牙齿，最后以画龙点睛的一句作总结："嫣然一笑，惑阳城，迷下蔡。"《文选》李善注云："阳城、下蔡，二县名。楚之贵介公子所封，故取以喻焉。"① 这就把东家少女的倾国倾城之貌点染无遗了。屈原以下、贾谊以上，实在找不出第二个人能写出如此生动流利、又富有表现力的文字，到司马相如辈，则流于堆砌矣。

这首赋的另一项成功，是以夸张性的对比，反守为攻，寥寥数笔便把登徒子写成好色的典型。它在写了宋玉为绝色美人窥墙三年不动心之后，反衬以登徒子沉溺于丑妇，其妻蓬头卷耳，缩唇龇牙，歪行弯背，疥子、痔疮一样不缺。着墨不多，也从颜面五官，写到腰肢皮疾，从而极有表现力地把登徒子与畸形的好色联系起来，甚尔在后世"登徒子"成为好色的代名了。

与《风赋》在宋玉施展雄辩之后戛然而止有所不同，《登徒子好色赋》创造了一种赋外之赋的文章体制。它以秦章华大夫的反应，衬托了宋玉品德的高洁，而且在宋玉洁身守德、登徒子沉迷丑妇之外，展示了第三种对女色的态度：发乎情而止乎礼。而且它的行文是韵散两种文体交错的：

是时秦章华大夫在侧，因进而称曰："今夫宋玉盛称邻之女，以为美色。愚乱之邪臣，自以为守德，谓不如彼矣。且夫南楚穷巷之

---

① （梁）萧统编，（唐）李善注：《文选》，上海古籍出版社1986年版，第893页。

妾,焉足为大王言乎?若臣之陋目所曾睹者,未敢云也。"

王曰:"试为寡人说之。"

大夫曰:"唯唯。臣少曾远游,周览九土,足历五都。出咸阳,熙邯郸,从容郑卫溱洧之间。是时向春之末,迎夏之阳,鸧鹒喈喈,群女出桑。此郊之姝,华色含光,体美容冶,不待饰装。臣观其丽者,因称诗曰:遵大路兮揽子祛,赠以芳华辞甚妙。于是处子悦若有望而不来,忽若有来而不见。意密体疏,俯仰异观,含喜微笑,窃视流眄。复称诗曰:'寤春风兮发鲜荣,絜斋俟兮惠音声。赠我如此兮,不如无生。'因迁延辞避,盖徒以微辞相感动,精神相依凭,目欲其颜,心顾其义,扬诗守礼,终不过差。故足称也。"

于是楚王称善,宋玉遂不退。①

秦章华大夫的这段韵语,称得上先秦文字中写男女情感的妙文。这位大夫是楚人而入侍于秦者,他游历过九州之土、五方之都,自然可谓见多识广,因此他借宋玉的话头奚落谗毁者,乃是作者借有识者之言以表白自己。然而就是如此见多识广的秦章华大夫,他从秦都咸阳出来,游戏于赵都邯郸之后,津津乐道的感情经历发生在郑地的两条河流溱水和洧水之间。值得注意的是,这里男女感情发生的背景是郑卫之风,一种被儒家称为淫荡的风气。如《诗经·郑风·溱洧》便写郑国在春三月上巳之日,男女戏谑于溱洧二水之间,相互赠以芍药花枝的风俗。《毛诗序》说:"《溱洧》,刺乱也。兵车不息,男女相弃,淫风大行,莫之能救焉。"② 本赋把时间选在"向春之末,迎夏之阳",大概是重现这种上巳风俗。而"群女出桑"一语也是有象征性的,桑间濮上,向被视为男女幽会之所,《汉书·地理志》说:"卫地……有桑间濮上之阻,男女亦亟聚会,声色生焉,故俗称郑卫之音。"③ 魏源《诗古微》卷九"桧郑答问"也说:"三河为天下之都会,卫都河内,郑都河南……据天下之中,河山之会,商旅之所走集也。商旅集则财货盛,财货盛则声色蒌。《史记·货殖传》:'中山地薄人众,犹有沙丘纣淫地余民,……女子则鼓鸣瑟,跕屣,游媚贵富,入

---

① (梁)萧统编,(唐)李善注:《文选》,上海古籍出版社1986年版,第893—894页。
② (汉)毛亨传,(汉)郑玄注,(唐)孔颖达疏:《毛诗正义》,北京大学出版社1999年版,第321—322页。
③ (汉)班固:《汉书》,中华书局1962年版,第1665页。

后宫，遍诸侯。'① 此谓河北之卫也。又曰：'赵女、郑姬，设形容，揳鸣瑟，揄长袂，蹑利屣，目挑心招，出不远千里，不择老少者，奔富厚也。'② ……盖古时河北之妹邦、邯郸，河南之溱洧、曹濮，其声色薮泽乎？"③ 更何况秦章华大夫在溱洧向美丽少女吟诵的"遵大路兮揽子祛"，也是《诗经·郑风·遵大路》中的诗句。译成今文便是："顺着大路啊，把住你的袖子；不要厌恶我啊，不找故旧呀？"这大概就是他所说的"赠以芳华辞甚妙"了。可以说，这种男女感情描写的进展，既是以儒家斥为淫荡的郑卫之风为背景，又是不受儒家诗教的束缚而取得的成果。

这段韵语至有魅力的地方，在于它把两性感情交流，揣摩得非常贴切、细腻、委婉，极有分寸感，又极有文字之外的滋味。无论是少女的情意被赋诗赠花挑动之后，"恍若有望而不来，忽若有来而不见"的那份羞涩与犹豫，"意密体疏，俯仰异观，含喜微笑，窃视流眄"的那份多情而矜持；也无论是再次赋诗之后，"因迁延而辞避，盖徒以微辞相感动，精神相依凭，目欲其颜，心顾其义"的那份相互吸引和自重以及"扬诗守礼，终不过差"的那份冰清玉洁，所有这些，都写得真切微妙，沁人心脾，非大手笔不能达到如此境界。总之，《登徒子好色赋》已经把描写女色美与男女之情，推向一个新的水平。这篇作品洋溢着浓郁的青春气息，宋玉有文学家的高才，而无政治家的历练，也于这里显露无遗。也许他由此而未被楚王以好色之名斥退，但他也未能得到重用。

四 《对楚王问》的少年意气

前面已经说过，《对楚王问》与《登徒子好色赋》一样少年意气飞扬，属于宋玉青年期的作品。对此，金圣叹在《才子必读古文》卷之五为《宋玉对楚王问》所作的解题中，也隐约有所感觉："此文，腴之甚，人亦知；炼之至，人亦知。却是不知其意思之傲睨，神态之闲畅。凡古人文字，最重随事变笔。如此文，固必当以傲睨闲畅出之也。"

应该说，宋玉在作这篇对问文字的时候，楚襄王已经对他成见甚深。行文开头写道："楚襄王问于宋玉曰：'先生其有遗行与，何士民众庶不誉之甚也？'宋玉对曰：'唯，然，有之。愿大王宽其罪，使得毕其

---

① （汉）司马迁：《史记》，中华书局1959年版，第3263页。
② 同上书，第3271页。
③ （清）魏源：《魏源全集》，岳麓书社2004年版，第411页。

辞。……'"襄王的质问是先点出他有薄德遗行,后补证以社会舆论,这种语言顺序表明,不待回答,他已心中有数。宋玉的回答也颇值得寻味,他连用三个肯定性应语,语气间是有点诚惶诚恐的。他愿襄王宽罪以毕其辞,以退为攻,又含点反讽意味。

值得注意者,《新序·杂事第一》也载有这则轶事:"楚威王问于宋玉曰:'先生其有遗行耶?何士民众庶不誉之甚也?'宋玉对曰:'唯,然,有之。愿大王宽其罪,使得毕其辞。……'"[1] 前人分析这段文字时,较多考虑到宋玉的年代在屈原之后,不可能与楚怀王之父、顷襄王之祖的威王相对问,因此斥之为伪托。但是他们没有想到翻转一面思考问题,宋玉在写这段对问时,可能只写了"王问于宋玉",后人在整理这段文字时为了判定年代、落实人物,在"王"字之前加上"楚威"二字。明白这一点,也就可以推想出,宋玉的散文赋开头常有"楚襄王"这种不合习惯的用语,乃是后世整理者为了文章眉目清楚而添加的。

宋玉接过楚襄王的话头,又是怎样回答呢?他不是用逻辑推理和现实例证,消除襄王的成见,而是大做文章,用街面的歌声和《庄子》式的幻想来自抬身价。在这种不屑答的回答中,他旁若无人地自抬身价,实际上把怀疑他有遗失行为的襄王,也置于对他不理解的"世俗之民"的行列了。因此这种傲慢中包含着天真,其文章上的胜利是以政治上的招嫌为代价的,这大概是少年气盛的宋玉所不及考虑,或不屑考虑的。且看他进行对答的主体部分:

> 客有歌于郢中者,其始曰《下里》《巴人》,国中属而和者数千人。其为《阳阿》《薤露》,国中属而和者数百人。其为《阳春》《白雪》,国中属而和者,不过数十人。引商刻羽,杂以流徵,国中属而和者,不过数人而已。是其曲弥高,其和弥寡。故鸟有凤而鱼有鲲。凤皇上击九千里,绝云霓,负苍天,翱翔乎杳冥之上。夫蕃篱之鷃,岂能与之料天地之高哉?鲲鱼朝发昆仑之墟,暴鬐于碣石,暮宿于孟诸。夫尺泽之鲵,岂能与之量江海之大哉?故非独鸟有凤而鱼有鲲也,士亦有之。夫圣人瑰意琦行,超然独处,夫世俗之民,又安知臣

---

[1] (汉)刘向撰,石光瑛校释:《新序校释》,中华书局2001年版,第126—128页。

之所为哉?①

宋玉确实是一个多才多艺、才华横溢的文学家，韵语散文兼佳，又知音乐。晋代习凿齿《襄阳耆旧传》说："玉识音而善属文。"北朝郦道元《水经注》卷二十八说："宜城，故鄢郢之旧都。秦以为县，汉惠帝三年改曰宜城。……城南有宋玉宅。玉，邑人，隽才辩给，善属文而识音也。"② 从本文来看，宋玉确实是知音乐者，他列举不同品位的歌曲在民间传唱的情形，来比喻自己的生存处境。客人在郢都唱歌，在唱《下里》《巴人》一类通俗歌曲之时，跟随应和而唱的有几千人。在唱起的《阳阿》和为王公贵族送殡的挽歌《薤露》之时，跟随应和而唱的还有几百人。一旦唱起《阳阿》《白雪》一类高雅歌曲，跟随应和而唱的只不过几十人了。古代音乐有宫、商、角、徵、羽的五声音阶，"引商刻羽"大概是按照严格的旋律把商、羽两个音阶进行委婉的牵引和精致的雕刻，并在其中杂入流畅滑动的徵音阶，这恐怕非有精深的音乐造诣是办不到的。今人曾经推测，"流徵"为楚地歌曲转调的基本音和支撑点，"流徵"的出现，使歌腔不仅商羽不分，而且商徵也有相混的现象，使旋律有多层次调式的朦胧美，曲调则更动听，表现力更强。这就难怪为何国中跟随应和的只不过数人而已了。

这段行文采取排比、迭进的修辞方式，反复刺激人们的情欲感受，又层层深入地推向自己的撇清结论，造成强烈的艺术效果。虽然也许当时未能得到楚襄王的领会，却以"曲高和寡"的成语为后世所认同，对宋玉所表达的品行高洁、知音难觅的处境致以深切的同情。后世对这番譬喻的传闻，也时有所见。如晋人张华《博物志》说："《白雪》以其调高和寡，自宋玉以来，迄及千祀，未能歌《白雪》者。"宋代沈括《梦溪笔谈》卷五《乐律一》，还为此作了一番考证："世称善歌者皆曰郢人，郢州至今有白雪楼。此乃因宋玉问曰：客有歌于郢中者，其始曰《下里》《巴人》，次为《阳阿》《薤露》，又为《阳春》《白雪》，引商刻羽，杂以流徵。遂谓郢人善歌，殊不考其义。其曰'客有歌于郢中者'，则歌者非郢人也。其曰《下里》《巴人》，国中属而和者数千人；《阳阿》《薤露》，和者数

---

① （清）吴楚材、（清）吴调侯编：《古文观止》，中华书局2010年版，第80页。
② （北魏）郦道元撰，陈桥驿校证：《水经注校证》，中华书局2007年版，第668页。

百人；《阳春》《白雪》，和者不过数十人；引商刻羽，杂以流徵，则和者不过数人而已。以楚之故都人物猥盛，而和者止于数人，则为不知歌甚矣。故玉以此自况，《阳春》《白雪》皆郢人所不能也。以其所不能者明（名）其俗，岂非大误也？"① 文学作品中的描述，变成地方一景物，只能说明它的影响之大。至于说某首高雅歌曲在民间流行不广，乃是音乐品位所致，是不能证明某地的音乐风气之强弱。反而可以说，宋玉以音乐设譬，既说明他本人知音乐，又说明当地人好音乐也非稀罕事，因为设譬取诸近也。

清人刘熙载《艺概》卷一《文概》说："用辞赋之骈丽以为文者，起于宋玉《对楚王问》，后此则邹阳、枚乘、相如是也。惟此体施之，必择所宜，古人自主文谲谏外，鲜或取焉。"② 本文的骈俪句式组合，以"故鸟有凤而鱼有鲲"以下四个长句最为明显。虽然其对偶不甚追求精工和句式整齐，但"凤凰如何如何，夫藩篱之鷃如何如何"以及"鲲鱼如何如何，夫尺泽之鲵如何如何"这种并驾齐驱、联手推进的长句式组合，是可以形成抑扬顿挫的旋律感和强大的文章气势的。

从典故资料和幻想形式而言，这些骈俪之句与庄列一流的道家文化有深刻的联系。《庄子·逍遥游》写道："汤之问棘也是已。穷发之北有冥海者，天池也。有鱼焉，其广数千里，未有知其修者，其名为鲲。有鸟焉，其名为鹏，背若泰山，翼若垂天之云，抟扶摇羊角而上者九万里，绝云气，负青天，然后图南，且适南冥也。斥鷃笑之曰：'彼且奚适也？我腾跃而上，不过数仞而下，翱翔蓬蒿之间，此亦飞之至也。而彼且奚适也？'"③ 这段话可以和《列子·汤问篇》相参照，殷汤问于夏革，夏革曰："终发北之北，有溟海者，天池也。有鱼焉，其广数千里，其长称焉，其名为鲲。有鸟焉，其名为鹏，翼若垂天之云，其体称焉。"④ 虽然张湛注的《列子》后出，但从这段材料未用《庄子》的"鲲化为鹏"的幻想方式，而是鲲、鹏对举，或与《列子》原本有关也未可知。宋玉赋显然汲取了这种幻想，但不是鲲、鹏对举，而是鲲、凤对举，这是楚人崇凤的图腾信仰残留的体现。不仅谈鲲说凤，而且把它们与士人相比拟，这便点化

---

① （宋）沈括：《梦溪笔谈》，中华书局2009年版，第85—86页。
② （清）刘熙载：《艺概》，上海古籍出版社1978年版，第14页。
③ 陈鼓应：《庄子今注今译》，中华书局1983年版，第15页。
④ 杨伯峻：《列子集释》，中华书局1979年版，第156—157页。

出世的幻想以抒写入世的情怀了。它由此进一步发挥，在称赞"圣人瑰意琦行，超然独处"之余，颇为自负地嘲讽"世俗之民，又安知臣之所为哉?"从蕃篱之鷃的"岂能"，到尺泽之鲵的"岂能"，终至世俗之民的"安知"，顺势直泻而下的三个反问，相当淋漓尽致地表达了宋玉曲高和寡而洁身自持的孤独感、高傲感和悲愤感。他是在一个不容张扬个性的社会环境中，去张扬个性，只好诉诸笔墨，把这个孤独、高傲和悲愤的人生悲剧交付给历史了。

五 《高唐赋》的巫山情

按照作品所透露的年龄心理学信息来推测，如果说《登徒子好色赋》《对楚王问》是宋玉青年时代的作品，《风赋》是中年时代的作品，那么《高唐赋》《神女赋》便是宋玉晚年的作品了。有所不同的是《高唐赋》《神女赋》带有明显的回忆性，是宋玉晚年回忆青年时代的事情而作，散发着浓郁的怀旧情绪。

《高唐赋》一开头就使用"昔者"二字，推开了执笔的晚年与事情发生的青年时代的时间距离：

> 昔者楚襄王与宋玉游于云梦之台，望高唐之观。其上独有云气，崒兮直上，忽兮改容，须臾之间，变化无穷。
>
> 王问玉曰："此何气也?"玉对曰："所谓朝云者也。"
>
> 王曰："何谓朝云?"玉曰："昔者先王尝游高唐，怠而昼寝。梦见一妇人，曰：'妾，巫山之女也，为高唐之客。闻君游高唐，愿荐枕席。'王因幸之。去而辞曰：'妾在巫山之阳，高丘之阻。旦为朝云，暮为行雨，朝朝暮暮，阳台之下。'旦朝视之，如言。故为立庙，号曰朝云。"

前人曾挑剔首句的"昔者"二字非宋玉自叙口气，殊不知这正是以今日之我叙述昔日之我。"昔"是象形字，像残肉日以晞之，与俎同意，本义是干肉。《说文解字》云："昔，干肉也。"《周易·说卦》"昔者，圣人之作《易》也"，疏曰："据今而称上世，谓之昔者也。"《诗经·商颂·那》："自古在昔，先民有作。"《礼记·曲礼上》："必则古昔称先王。"又《诗经·陈风·墓门》："谁昔然矣"，传曰："昔，久也"；疏曰："昔是久远之事。"又《礼·檀弓上》："予畴昔之夜",注曰："犹前也。"昔又假借为"昨",与"今"相对。如《尚书·无逸》："昔之人无闻知。"《周易·说卦传》："昔者,圣王之作易也。"《孟子·公孙丑下》"昔者疾,今日愈,如之何不吊?"赵岐注曰:"昔者,昨天也。"崔颢《黄鹤楼》诗云:"昔人已乘黄鹤去。""昔"又为傍晚,如《庄子·齐物论》:"是今日适越而昔至也。""昔"又通"夕",夜晚,《广雅》云:"昔,夜也。"如《庄子·天运》:"通昔不寐矣。"《列子·周穆王》:"昔昔梦为国君……昔昔梦为人仆。"因此,昔字常用于晚年对早年的回忆。杜甫晚年回忆早年游历的《昔游》,就是以这两个字开头的:"昔者与高李,晚登单父台。"

那么,宋玉晚年出于何种动机而写此赋?从后面对本赋韵文的分析中可以了解到,此赋大概写于楚襄王新死不久。借怀王、襄王父子两代楚君与巫山神女的艳遇或纠葛作为寓言,一方面可能为了怀念襄王,另一方面又可能为了怀念襄王时代失去的包括巫郡在内的楚国故土。据《史记·楚世家》记载:"(楚襄王)二十一年,秦将白起遂拔我郢,烧先王墓夷陵。楚襄王兵散,遂不复战,东北保于陈城。二十二年,秦复拔我巫、黔中郡。"[①] 这无疑是宋玉与楚襄王一道经历过的莫大的国耻。而楚怀王被骗赴秦受囚之时,秦人曾要挟他割巫郡与黔中郡,被怀王怒斥为"秦诈我而又强要我以地"而加以拒绝。楚国两代君王与巫郡的这种因缘,与巫山神女的传说相交织,自然可以刺激宋玉的文学幻想。楚怀王游高唐,得幸主动多情的巫山神女;而楚襄王虽然斋戒择日,求与神女遇合,却依然若即若离,终至"暗然而暝,忽不知处"。这岂不是借神女的故事,做一篇关于战国晚期楚国历史以及巫郡存丧的寓言?反正此时楚襄王已死,即便事涉隐私,也不会有人去查证了。宋玉早年有点惶恐、又有点自负地辩解自己,到了晚年却可以少有拘束地谈论两代楚君其人了,胜何如哉。

虽然对宋玉的创作背景与动机作了这番探讨,而且在以后的文本分析中还要进一步充实这种探讨,但是文学作品的审美价值的支撑点,主要还要依赖它的形象内涵和表现方式。在讲述了楚怀王艳遇巫山神女的先朝故事之后,本赋并没有急不可待地、因而会难免简陋地直接展示楚襄王与巫山神女的纠葛,而是峰回路转、曲折多姿地从山光水色上从容写来,至《高唐赋》结尾,也未让襄王窥见神女。它首先着笔处,是朝云。朝云既

---

① (汉)司马迁:《史记》,中华书局1959年版,第1735页。

是巫山十二峰之一,在这里又是怀王为神女立的庙名。在楚襄王与宋玉口中,它又成了巫山神女的云霞化身,实在有点变幻莫测:

  王曰:"朝云始出,状若何也?"玉对曰:"其始出也,对兮若松榯。其少进也,晰兮若姣姬,扬袂鄣日,而望所思。忽兮改容,偈兮若驾驷马,建羽旗。湫兮如风,凄兮如雨。风止雨霁,云无处所。"
  王曰:"寡人方今可以游乎?"玉曰:"可。"
  王曰:"其何如矣?"玉曰:"高矣显矣,临望远矣;广矣普矣,万物祖矣。上属于天,下见于渊,珍怪奇伟,不可称论。"

  这里写的朝云,实际上是一种幻想为神女形影的云霞变幻,给人们留下的是一种云雨也有感情的朦胧美。朝云初出之时,茂盛得有如直立的松树。稍为上升,鲜丽得有如妩媚的美女,举袖遮住太阳,好像在望其思念的人。忽然变脸,急奔着像四马驾车,立起羽毛装饰的旗子。凉飕飕的是风,凄清清的是雨。风止雨停而放晴,云彩不知飘向何处。那么朝云所在的山头又是如何呢?宋玉没有急于作正面的答复,为后面的韵文的繁辞丽句的敷陈留下余地,却用了一连串高级的形容词加以赞誉。宋玉认为,这些山峰高大显赫,可以登临远望;又广阔博大,为万物原始所在。上连着天,下见于深渊,其珍怪奇伟之处简直无法评说。这难道是在评述巫山神女吗?神女可担当不起。它把一般山峰难以承当的高级词语,用于高唐、巫山,弦外之音是借神女出没之地,倾泻作者对早已失去的故土的一腔深情了。

  在作为本赋主体部分的韵文中,作者更是把高唐、巫山写得千姿百态,充满神奇色彩,又流注着深厚的感情。作者的眼光非专注于一个神女:

  王曰:"试为寡人赋之。"
  玉曰:"唯唯。惟高唐之大体兮,殊无物类之可仪比。巫山赫其无畴兮,道互折而曾累。登巉岩而下望兮,临大阺之稽水。遇天雨之新霁兮,观百谷之俱集。濞汹汹其无声兮,溃淡淡而并入。滂洋洋而四施兮,蓊湛湛而弗止。长风至而波起兮,若丽山之孤亩。势薄岸而相击兮,隘交引而却会。崪中怒而特高兮,若浮海而望碣石。砾磥磥而相摩兮,巆震天之礚礚。巨石溺溺之瀺灂兮,沫潼潼而高厉。水澹澹而盘纡兮,洪波淫淫之溶裔。奔扬涌而相击兮,云兴声之霈霈。"

以上在介绍了高唐的巨大无比、巫山的广大无边以及它们的山道曲折、岩石堆叠之后,集中描写了雨后山中百谷汇集、汹涌澎湃的流水。繁辞浓墨,创先秦作品写山间流水的记录。其后是分门别类地对山中的猛兽鸷禽、水虫鱼鳖、树木花草在山洪中的形态,进行泼墨式的描写:

猛兽惊而跳骇兮,妄奔走而驰迈。虎豹豺兕,失气恐喙。雕鹗鹰鹞,飞扬伏窜。股战胁息,安敢妄挚!于是水虫尽暴乘渚之阳,鼋鼍鳣鲔,交织纵横。振鳞奋翼,蜲蜲蜿蜿。中阪遥望,玄木冬荣。煌煌荧荧,夺人目精。烂兮若列星,曾不可殚形。榛林郁盛,葩华复盖。双椅(桐木类)垂房(花房),纠枝还会。徙靡澹淡,随波暗蔼。东西施翼,猗狔丰沛。绿叶紫裹,丹茎白蒂。纤条悲鸣,声似竽籁。清浊相和,五变四会。感心动耳,回肠伤气。孤子寡妇,寒心酸鼻。长吏隳官,贤士失志。愁思无已,叹息垂泪。登高远望,使人心瘁。

前面写山洪多用六言、七言的骚体长句,此处写山中众物,则主要用四言(个别为五言)短句,长腔短调相互调节,语气由舒缓转为急促和跳跃。它是以动态写山林物产的丰饶的,虎豹野牛、鹰隼鳄鱼、繁花异木,都为山洪所震骇和掩映。《墨子·公输篇》记墨子劝阻楚王伐宋说:"荆之地,方五千里;宋之地,方五百里,此犹文轩之与敝舆也。荆有云梦,犀兕麋鹿满之;江汉之鱼鳖鼋鼍,为天下富。宋所为无雉兔狐狸者也,此犹粱肉之与糠糟也。荆有长松文梓、楩柟豫章,宋无长木,此犹锦绣之与短褐也。"[①]《高唐赋》把这些丰饶的物产置于山洪的冲击震撼之中,在回忆昔日的繁华之处充满着不安感。

对飞禽走兽的描写,是充满着强烈的动感的,而对山间植物的描写,则由动入静。山花烂漫,栗林茂盛,桐木垂花,随波掩映。但是这种静意味着更深层面的动,一种带有悲凉感的内心骚动。纤细的枝条发出悲鸣,声音像竽笙和笛管。风吹小枝声音清,风吹粗枝声音浊,四方汇合,变化

[①] (清)孙诒让:《墨子闲诂》,中华书局2001年版,第485—486页。

多端。这些声音令人感心动耳，回肠荡气。孤子寡妇听了，寒心酸鼻；失官的长吏和失意的贤士听了，会愁思无已，叹息垂泪。实在是令人在登高远望之时，忧伤致病。这份由风摇树枝而引起的感伤情绪，尤其是忧怜孤寡，同情失官失意的长吏贤士，当不是年轻气盛者的山水游兴，而是晚年失意者的推己及人，很容易让人联想到《九辩》所抒写的"贫士失职而志不平""离芳蔼之方壮兮，余萎约而悲愁"。

随之，作者又返回到山石险峻的描写，俯仰观看山势以及那里香草鸣禽：

> 盘岸巑岏，裖陈砣砣。磐石险峻，倾崎崖隤。岩岖参差，从横相追。陬互横忤，背穴偃蹠。交加累积，重叠增益。状若砥柱，在巫山下。仰视山颠，肃何千千？炫耀虹蜺。俯视峥嵘，窒寥窈冥。不见其底，虚闻松声。倾岸洋洋，立而熊经。久而不去，足尽汗出。悠悠忽忽，怊怅自失。使人心动，无故自恐。贲育之断，不能为勇。卒愕异物，不知所出。縰縰莘莘，若生于鬼，若出于神。状似走兽，或象飞禽。谲诡奇伟，不可究陈。
>
> 上至观侧，地盖底平。箕踵漫衍，芳草罗生。秋兰芷蕙，江离载菁。春荃射干，揭车苞并。薄草靡靡，联延夭夭，越香掩掩。众雀嗷嗷，雌雄相失，哀鸣相号。王鴡鹂黄，正冥楚鸠。姊归（子规）思妇（亦鸟名），垂鸡高巢，其鸣喈喈。当年遨游，更唱迭和，赴曲随流。

对岩石的描写多用奇僻文字，令人感觉到作者已多识奇字，但思路艰涩，不及青年时期的自然流畅。其中写到巫山陡峭，使人站立悬崖心惊胆战，足尽出汗，怊怅自失；并且突然间出现惊愕的异物，来来往往，"若生于鬼，若出于神"，文字境界趋于怪诞。它又写山间众鸟哀鸣嗷嗷，"雌雄相失，哀鸣相号"。又写到古蜀帝变化而成、以啼血闻名的子规（杜鹃鸟）以及妇人绝望愁思而死的思妇鸟。至于"垂鸡高巢，其鸣喈喈"，垂鸡为何种鸟，《文选》李善注为"未详"，但此句当源自《诗经·郑风·风雨》："风雨凄凄，鸡鸣喈喈"，讲的也是凄凉境界。也就是说，本赋在写巫山高峻之时趋于怪异，在写芳草浓密处又点染以鸟鸣的悲哀。它所展示的是一种对自然界非常复杂的心理感受，故土可爱，却又难免凄凉。这种感受，很难说是属于青年心理，而非暮年心理莫属。

本段的最后三句也值得注意："当年遨游，更唱迭和，赴曲随流。"当年的"当"字，有"过去""以往"之义。李商隐《锦瑟》："此情可待成追忆，只是当时已惘然。"陆游《古筑城曲》之四："惟有筑城词，哀怨如当日。"都是如此使用这个"当"字。更明显的是《晋书》卷九十二《文苑列传序》："逮乎当涂基命（案：'当涂高'乃是三国曹魏代汉的谶纬之词），文宗郁起，三祖叶其高韵，七子分其丽则，《翰林》总其菁华，《典论》详其藻绚，彬蔚之美，竞爽当年。"① 这个"当年"，便作往年、昔年之解。然而清人王念孙《读书杂志·馀编下》认为："其一本作'子当千年，万世遨游'，词理甚为纰缪。且赋文两句一韵，多一句则儳互不齐，盖后人妄改之也。"② 又引其子王引之说云："年当为羊，草书之误也。当羊，即尚羊（尚读如常），古字假借耳。《楚辞·惜誓》：'托回飚乎尚羊。'王注云：'尚羊，游戏也。'正与遨游同义。或作常羊，或作徜徉，并字异而义同。"③ 此可以备一说，先秦他文未见之词，宋玉何尝不可以率先创造？由宋玉无意中写下"当年"二字，与全赋开头的"昔者"二字相对照，可以进一步加深我们对《高唐赋》为宋玉晚年追忆青年时代之事的认识。

由于巫山物产丰富，又被作者视为"珍怪奇伟""万物祖矣"，便有了下面方士献祭、襄王游猎的描写：

> 有方之士，羡门高谿。上成郁林，公乐聚谷。进纯牺，祷璇室，醮诸神，礼太一。传祝已具，言辞已毕。王乃乘玉舆，驷仓螭，垂旒旌，旆合谐。紬大弦而雅声流，冽风过而增悲哀。于是调讴，令人惏悷惨凄，胁息增欷。于是乃纵猎者，基趾如星。传言羽猎，衔枚无声。弓弩不发，罘罕不倾。涉漭漭，驰苹苹。飞鸟未及起，走兽未及发。何节奄忽，蹄足洒血。举功先得，获车已实。
>
> 王将欲往见，必先斋戒。差时择日，简舆玄服；建云旆，蜺为旌，翠为盖；风起雨止，千里而逝。盖发蒙，往自会。思万方，忧国害，开贤圣，辅不逮。九窍通郁，精神察滞。延年益寿千万岁！

---

① （唐）房玄龄等撰：《晋书》，中华书局1974年版，第2369页。
② （清）王念孙：《读书杂志》（下），中国书店1985年版，第94页。
③ 同上。

前人认为，此段涉及神仙方士之事，尤其是据《汉书·郊祀志》，认为天子"祠太一"始于汉武帝年间，并判断此赋非宋玉所作。《史记·封禅书》记载："亳人谬忌奏祠太一方，曰：'天神贵者太一，太一佐曰五帝。古者天子以春秋祭太一东南郊……'"① 方士假托古天子祠太一以自神其教，虽为无稽之谈，但并非没有某种风俗信仰的根据。屈原《九歌》已记载祭祀东皇太一。亳是春秋陈国属地，春秋末年楚灭陈，当并入于楚；楚襄王于陷郢之后，迁都陈城，当在这一带地方。因此亳人方士以楚俗托为古天子祭礼，以游说汉武帝。这一点反而可以成为《高唐赋》乃战国楚人宋玉所作的证据。

至于《高唐赋》写到"有方之士，羡门高谿"聚于山间为乐，当作何种解释？神仙方术之风于战国后期，盛于燕、齐。《史记·封禅书》记载："自（齐）威、宣、燕昭使人入海求蓬莱、方丈、瀛洲。"② 又说："自齐威、宣之时，驺子之徒论著终始五德之运，及秦帝而齐人奏之，故始皇采用之。而宋毋忌、正伯侨、充尚、羡门高最后皆燕人，为方仙道，形解销化，依于鬼神之事。驺衍以阴阳主运显于诸侯，而燕齐海上之方士传其术不能通，然则怪迂阿谀苟合之徒自此兴，不可胜数也。"③《史记·秦始皇本纪》也记载："三十二年，始皇之碣石，使燕人卢生求羡门、高誓。"④ 从这些并不难找到的史料中可知，羡门、高誓是秦始皇以前的、也就是战国时期的所谓"仙人"，而且燕地方士也有名为羡门高者，以姓氏方式想沾上一点羡门仙人的仙风道气，《高唐赋》中的羡门高谿也可作如此观。问题在于楚人宋玉，是否存在着接触这种方士仙道的可能性。老庄之学作为南方思潮，在某些地方是有可能从神仙的角度或长生久视的角度理解；郢都失陷之后，宋玉随楚襄王向东北方迁至陈城，其地离燕、齐更近；宋玉晚年失职失意，也有可能从神仙方术中寻找某种精神的麻醉和解脱。即是说，宋玉接触神仙方士之道的主观条件是具备的。神仙方士之道，见于历史记载是在齐威王、宣王时代，即公元前4世纪中期到末期；在燕昭王时代，即公元前4世纪后期到3世纪前期。既然见于史籍，应有相当的势力了。如果《高唐赋》是写于宋玉晚年，即公元3世纪中期，那

---

① （汉）司马迁：《史记》，中华书局1959年版，第1386页。
② 同上书，第1369页。
③ 同上书，第1368—1369页。
④ 同上书，第251页。

么上距齐威王时代半个多世纪,上距燕昭王时代也超过一二十年。这是见于历史记载的时代距离,如果考虑到民间信仰的发生会比历史记载更早,那么这个时代距离也就更大。因此,宋玉接触神仙方士之道的客观历史条件,也不缺乏。而且赋中描写的方士聚会,有"祷璇室",据《文选》李善注引《淮南子》:"昆仑之山,有倾宫璇室",属于昆仑神话、而非海上仙话系统。换言之,这里所写的方士行为,混合着燕齐神仙方士之道,昆仑神话因素以及"礼太一"的楚国风俗,因此具有非常不纯粹的、搬运神仙方士之道的早期受影响的混杂性特征,从中可以窥见楚人宋玉的某一精神角落的复杂状态。

祭祀之后的楚襄王出猎,也写得别有意味。《战国策·楚策四》写庄辛谓楚襄王"驰骋乎云梦之中,而不以国家为事"。因此写到云梦、高唐、巫山,不可不写上楚襄王出猎的一幕。但他出猎时坐的是玉饰车子,驾着四条无角的苍龙,不像是现实中出猎的模样,倒有点灵魂驾东方苍龙升天的嫌疑。伴随着的弦歌雅乐,带有几分凛冽悲哀,几分悲伤哽咽,令人联想到的似乎不是出猎的欢乐,而是出殡的悲哀。出猎的阵势也不是《战国策·楚策一》和《招魂》所写的结驷千乘,野火连天,而是弓弩不发,鸟兽未及逃走,便蹄足洒血,满载而归,这就带点出乎常理的神秘感。这里面是否带有一些楚襄王已不在人世,因而灵魂升天和出猎的信息?

《高唐赋》在结构上如此绕了一个大圈子,大肆描写云梦、高唐、巫山的景色风物,然后才返回楚襄王出猎之事,可见它思念已经失去的云梦、巫郡故土,是与思念楚襄王并重的。最后它才重复全赋开头所叙述的巫山神女的话题。赋中建议襄王若想会见神女,需斋戒择日换装,然后在风起雨止之时,千里而逝。最后的最后,它才劝谏欲见神女的楚襄王关心国事,引起了朱熹在《楚辞后语·叙录》中的嘲讽:"《高唐》卒章虽有'思万方,忧国害,开贤圣,辅不逮'云云,亦屠儿之礼佛,倡家之读礼耳,几何不为献笑之资,而何讽诵之有哉?"[①] 更加莫名其妙的是结尾三句:"九窍通郁,精神察滞。延年益寿千万岁!"这看似是对楚襄王的一种祝福,实际遵循着凶事吉说的巫术性禁忌心理,隐约地透露了楚襄王已死的信息。有若《战国·楚策一》记载楚王打猎时射杀狂野牛,仰天大笑:

---

① (宋)朱熹:《楚辞集注》,上海古籍出版社2001年版,第207页。

"乐矣，今日之游也。寡人万岁千秋之后，谁与乐此矣？"安陵君立即奉承说"大王万岁千秋之后，愿得以身试黄泉"。这里的"万岁千秋"便是以禁忌的方式谈论死。《大招》呼唤魂乎归来，"穷身永年，年寿延只"，"永宜厥身，保寿命只"。这也说明以"延年益寿"祝福死者灵魂的禁忌形式，已进入楚国宫廷招魂仪式。由于可知，《高唐赋》大概作于楚襄王死后，作赋述及与他生前的游乐而纪念之，并且把他与巫山女神联系起来，同时也纪念已经失去了的故土山川。值得强调者，《高唐赋》《神女赋》二赋，极写两代楚君之隐私，唯有两代楚君皆不在人世，才能腾出足够的抒写空间，而文学侍从之臣得以窥见此种隐私，也是津津乐道的。这是一种"窥私癖"。

六 《神女赋》的失落之梦

《神女赋》是《高唐赋》的续篇。如果说《高唐赋》对楚怀王与神女之遇合，只是远望云气，作一些概略的介绍，那么《神女赋》已站在帷帐之间，对楚襄王与神女的交往，作细腻的心理行为的描摹了。这种从远视野到近视野的变化，显示了先秦文学心理描写艺术已取得了长足的进展。屈原《九歌》借巫女祭祀行为，写人神之恋，已甚为清妙可喜；到宋玉《神女赋》则褪去了神话庄严感，增浓了仙话的人情味，描写世俗人物（有史实可考的君王）作为男性主角的人神之恋。这种"寻找神女"的行为，作为人间性欲的一种象征，被用作开发人类原始欲望情感的重要形式，后世如曹植的《洛神赋》便是这种仙话人欲相交织的心理描写方式的继承与发展。

值得注意的是，父子两代同恋一位神女，这种在中原儒者看来，未免有点乱伦之嫌的艳遇之梦，大概也沉积着荆楚之地某些礼教伦理较为稀薄的原始习俗的遗留。但是楚国上层的贵族和文士，当也是对儒学礼教并不陌生的。宋玉如此写，想来可能是把楚襄王以隐秘的、充满内在性欲的梦境来向他讨教，视为他作为文学侍从之臣的岁月里，受到宠信或另眼看待的光荣吧。人到暮年，总要回忆他数十年间最为写意的一幕，如屈原回想他任左徒而受信任"造为宪令"，宋玉回想青年时代为君王解说神女梦，也应当作如是观。你看他写得何等亲切，何等没有隔膜：

楚襄王与宋玉游于云梦之浦，使玉赋高唐之事。其夜王寝，果梦与神女遇,其状甚丽。王异之。明日,以白玉。

玉曰:"其梦若何?"王曰:"晡夕之后,精神恍忽,若有所喜,纷纷扰扰,未知何意。目色仿佛,乍若有记。见一妇人,状甚奇异。寐而梦之,寤不自识。罔兮不乐,怅然失志。于是抚心定气,复见所梦。"王曰:"状何如也?"

玉曰:"茂矣美矣,诸好备矣。盛矣丽矣,难测究矣。上古既无,世所未见。瑰姿玮态,不可胜赞。其始来也,耀乎若白日初出照屋梁。其少进也,皎若明月舒其光。须臾之间,美貌横生,晔兮如华,温乎如莹。五色并驰,不可殚形。详而视之,夺人目精。其盛饰也,则罗纨绮缋盛文章,极服妙采照万方。振绣衣,被袿裳,襛不短,纤不长,步裔裔兮曜殿堂。忽兮改容,婉若游龙乘云翔。嫷被服,侻薄装,沐兰泽,含若芳,性和适,宜侍旁。顺序卑,调心肠。"

从这些对话来看,楚襄王是深深地陷入追求神女的梦魇之中了。本来,宋玉在《高唐赋》中虽然谈及先王与神女之遇,但以大量的语言谈论的,却是对巫山故土的思念。他也曾顺着楚襄王的心思谈论"王将欲往见"神女,必须斋戒择日,却又劝诫他不可怀着淫逸的念头,要"思万方,忧国害",以国事为重。但所有这些,都只能刺激楚襄王的性爱原欲的冲动,实际上他已经陷入意识紊乱,梦幻连绵的地步。黄昏之后,精神恍惚,对神女"寐而梦之,寤不自识",怅惘不乐,又梦见神女,这位君王的痴人说梦已经达到精神失控的程度。君王向臣子如此倾吐内心隐秘,非把他看作亲信是不会如此的;臣子把君王的内心隐秘公诸于文字,则非在君王身后不可,因为生前有所顾忌,死后却无法查证了。这一点也表明,《神女赋》是继《高唐赋》之后,也是宋玉晚年,襄王已不在人世之时的作品。

宋玉的回答盛赞神女的仪容丰姿,美丽到了"上古既无,世所未见"。这是把楚襄王的紊乱意识、朦胧梦像加以明晰化,对其间所隐藏的性爱原欲进行顺势的疏导和发散,不失为一种精神治疗的策略。这里使用的完全是宋玉式的语言方式,非常讲究描写的层次感。"其始来也"如何如何,"其少进也"如何如何,"须臾之间"又如何如何,这种追踪始末、非常有顺序感和层次感的行文方式,令人联想到《风赋》写风的生、起、盛、衰、变的顺序与层次以及《对楚王问》中写"客有歌于郢中者"先后唱各种品位的歌曲，引起和者的众寡不同的顺序与层次。其间的语言趋于骈俪化，以白日喻神女的鲜艳，以明月喻神女的温婉，又称赞她灿烂如花，温润如玉。这种骈俪化并不刻意追求工整，十言，七言，四言，三言，错落有致，不时夹进散句，从容貌、服饰写到仪态、性情，并不在过分的骈俪追求中损害语言的柔婉弹性。最后点明她薄衣而以兰花油洗头，性情和顺适意，宜于在身旁侍奉，以调和楚襄王焦灼的心肠。这些都是顺着楚襄王的意识紊乱的内在心理趋势，进行神女幻象的摹似，使其焦虑的情绪在舒适怡悦之中得到消解。宋玉似乎在施展催眠术。

前人不解这是宋玉对楚襄王进行精神治疗的策略，反认为既然楚襄王在梦中看不真切神女的容貌，而宋玉却能把神女姿容讲得头头是道，那么梦见神女的就不是襄王，而是宋玉。沈括的《梦溪笔谈》之《补笔谈》卷一说："以此考之，则'其夜王寝，梦与神女遇'者，'王'字乃'玉'字耳。'明日以白玉'者，以白王也。'王'与'玉'字误书之耳。前日梦神女者，怀王也；其夜梦神女者，宋玉也。襄王无预焉，从来枉受其名耳。"[①] 这种改动文字另立异说的做法，实在令人难以信从。楚襄王既有欲见神女的意愿，却又梦而未真，此时若是宋玉夸夸其谈地讲述自己梦见神女，只能刺激襄王的忌妒心理，获大不敬之罪。而且襄王对宋玉的"遗行"与好色，不无成见，宋玉若在这方面自夸，只能招致斥退的份儿。按诸人情物理，宋玉大讲神女的容貌姿态，只是在襄王的性冲动难以抑制之时，委婉地采取疏导的策略。

然而这种疏导策略的进一步实施，却引出了一篇体察入微的描写两性心理的妙文：

王曰："若此盛矣，试为寡人赋之。"
玉曰："唯唯。夫何神女之姣丽兮，含阴阳之渥饰。被华藻之可好兮，若翡翠之奋翼。其象无双，其美无极。毛嫱鄣袂，不足程式。西施掩面，比之无色。近之既妖，远之有望。骨法多奇，应君之相。视之盈目，孰者克尚。私心独悦，乐之无量。交希恩疏，不可尽畅。

[①] （宋）沈括撰，胡道静校证：《梦溪笔谈校证》，上海古籍出版社1987年版，第901页。

他人莫睹，王览其状。其状峨峨，何可极言。

貌丰盈以庄姝兮，苞温润之玉颜。眸子炯其精朗兮，瞭多美而可观。眉联娟以蛾扬兮，朱唇的其若丹。素质干之醴实兮，志解泰而体闲。既姽嫿于幽静兮，又婆娑乎人间。宜高殿以广意兮，翼放纵而绰宽。动雾縠以徐步兮，拂墀声之珊珊。

望余帷而延视兮，若流波之将澜。奋长袖以正衽兮，立踯躅而不安。澹清静其愔嫕兮，性沈详而不烦。时容与以微动兮，志未可乎得原。意似近而既远兮，若将来而复旋。褰余帱而请御兮，愿尽心之倦倦。怀贞亮之洁清兮，卒与我兮相难。陈嘉辞而云对兮，吐芬芳其若兰。精交接以来往兮，心凯康以乐欢。神独亨而未结兮，魂茕茕以无端。含然诺其不分兮，喟扬音而哀叹。顺薄怒以自持兮，曾不可乎犯干。

于是摇珮饰，鸣玉鸾，整衣服，敛容颜，顾女师，命太傅。欢情未接，将辞而去，迁延引身，不可亲附。似逝未行，中若相首；目略微眄，精彩相授。志态横出，不可胜记。意离未绝，神心怖覆。礼不遑讫，辞不及究。愿假须臾，神女称遽。徊肠伤气，颠倒失据。暗然而瞑，忽不知处。情独私怀，谁者可语。惆怅垂涕，求之至曙。"

宋玉之赋不是以正面的说教，压抑楚襄王的性色原欲，而是迂回委婉，对其原欲进行疏导和排泄。它先写对神女的直观感觉，她的美丽是得到天地阴阳之气的丰厚的装饰，披着串玉的彩带而神采绰约，就像翡翠鸟要举翼高飞。与这种超人间的美质相比，古美女毛嫱也要举袖遮挡，不足作为美女的范式，连西施也要掩起脸来，和神女相比已经失去颜色了。《庄子·齐物论》说："毛嫱、丽姬，人之所美也，鱼见之深入，鸟见之高飞，麋鹿见之决骤。"[①] 这种在后世小说中成为俗套的沉鱼落雁之美，也不足以同神女相比，可见她已经美到举世无双的程度了。对神女感觉的要点，在于"交希恩疏，不可尽畅；他人莫睹，王览其状"四句。别人无缘看到的，君王能够看到，这便是莫大的福分。但是由于交情与恩情还稀薄疏远，未能尽情地表达自己的情意。换言之，它写的是一种没有结果的莫大福分，一个充满失落感的美丽的梦。这一点成了全赋的情感线索的一

---

① 陈鼓应：《庄子今注今译》，中华书局1983年版，第90页。

个纲领。

在《登徒子好色赋》中，我们已经领略到宋玉是写女性形体美与情态美的顶尖高手。当本赋由对神女的感觉转至对其容貌的正面审视，由简练的四言短句转至丰腴的七言、六言交错的骚体长句之时，他给文学史提供了一幅丰采动人的《神女图》。她丰盈，温润，眉飞色舞，眼波撩人，却又意态萧闲。她有着令人陡起淫欲的如小鸟鼓翼的放纵潇洒，却自身徐步从容，带有几分幽静，并无淫逸的品性。这便是天生尤物与仙风道骨的结合体。而且这幅《神女图》不是画在纸上的，而是画在心灵中的，有血肉，有气韵，充满着令人神魂颠倒的美质感和动态感。她是那么多情，又是那么持重，两性之间一种若即若离、不离不即的心理行为状态，在这里被揣摩入微，写得朦胧缥缈、如烟如雾、堪梦堪思。写两性情感的笔墨，在这里被高度细致化或精微化了。神女久久地注视着我的床帐，眼神好像泛起波澜，此情此态似乎暗示着要发生什么。却又挥起长袖整理衣襟，踏步不安，随之似乎使烦躁情绪变得清静和悦，而且在安逸自得时而心波微动，却始终未能揣摩到她的心意的原本。总之，她在心理上"意似近而既远"，在行为上"若将来而复旋"，犹豫不决，使人琢磨不透。这种琢磨不透，实际上就是一种诱惑力，一种朦朦胧胧的人间味。

从"望余帷"到"褰余帱"（撩起我的床帐），两性交往又进了一步。值得注意的是，这里使用了一些语义双关的表达方式，使行文富有暗示性和挑逗性。比如撩起床帷而"请御"，这个"御"字，既可以作"侍奉"解，如《广雅·释诂一》："御，使也。"又可以作与女子同居性交解，如《礼记·内则》："故妾虽老，年未满五十，必与五日之御。"郑玄注："此御谓侍夜劝息也。"[①] 又如"精交接以来往兮"一句，若把"精"解释为精神，则为男女间精神倾慕与交往；若按《易经·系辞下》"男女构精，万物化成"而解释为精液，则又指的是性交之事。然而行文在一再暗示之后，又一再排除。提到"请御"，又说神女贞洁高亮，终与我为难；提到"精交接"，又说神女答应后哀叹，敛容微怒，自为矜持，表现出不可侵犯的态度。正是在一迎一拒、一推一挽之间，行文写出了神女的人间女儿态，丽而庄，多情而不淫。

---

① （汉）郑玄注，（唐）孔颖达疏：《礼记正义》，北京大学出版社1999年版，第859页。

若是信奉弗洛伊德精神分析学的人,看到楚襄王追求他父亲怀王亲幸过的巫山神女,大概会称之为"俄狄浦斯情结"或"恋母情结"吧。但是即便在战国荆楚之地,中国人的道德感还是对这种"情结"的人类普遍意义提出了挑战。巫山神女敛容整衣,关照一下宫廷中教导妇德的老年女官,便"欢情未接,将辞而去"。虽然她临别时,还藕断丝连,含情脉脉,意态横出,到底是带着白璧无瑕的道德感而"暗然而瞑,忽不知处"的。虽然撇下楚襄王"情独私怀,谁者可语?惆怅垂涕,求之至曙",但有她这一份临去秋波,"精彩相授",毕竟也算是体面的分手,不致过分难堪了。

宋人洪迈在《容斋随笔》之《三笔》卷三中说:"宋玉《高唐》《神女》二赋,其为寓言托兴甚明。予尝即其词而味其旨,盖所谓发乎情,止乎礼义,真得诗人风化之本。前赋云:楚襄王望高唐之上有云气,问玉曰:'此何气也?'对曰:'所谓朝云者也。昔者先王尝游高唐,梦见一妇人,曰:妾巫山之女也,愿荐枕席。王因幸之。'后赋云:襄王既使玉赋高唐之事,其夜王寝,梦与神女遇,复命玉赋之。若如所言,则是王父子皆与此女荒淫,殆近于聚麀之丑矣。然其赋虽篇首极道神女之美丽,至其中则云:'澹清静其愔嫕兮,性沈详而不烦。意似近而若远兮,若将来而复旋。……欢情未接,将辞而去,迁延引身,不可亲附。愿假须臾,神女称遽。暗然而冥,忽不知处。'然则神女但与怀王交御,虽见梦于襄,而未尝及乱也。玉之意可谓正矣。今人诗词,顾以襄王藉口,考其实则非是。"① 应该补充的是,以神女之缠绵悱恻,似就犹推的方式,把楚襄王非常炽盛的情欲消耗殆尽,乃是宋玉不能正面压抑其性意识、而从侧面加以疏导的策略的继续。楚襄王得到的只是一个始而追求巫山神女、终而失落巫山神女的惆怅的梦。巫山神女,乃是《高唐》《神女》二赋反复陈述其广博丰饶的巫山精魂,她的绝世佳丽也是巫山的魅力所在。由怀王遇神女到襄王失神女,岂非楚国拥有巫郡时的疆域辽阔,到失去巫郡后的山河破碎的极好象征?因此,后世以巫山、云雨、高唐、阳台,喻男女幽会犹可,而把妓女雅称或谑称为神女,则是明显的误读了。无论是犹可的比喻还是误读,均说明《高唐赋》《神女赋》二赋已经进入文化现象,或渗入风俗心理,足见其影响之深。它们对人神之恋的高妙的心理描写艺术,使

---

① (宋)洪迈:《容斋随笔》,中华书局2005年版,第458页。

曹植的《洛神赋》也自称"感宋玉对楚王神女之事"而作，而且二赋互为上下篇，"述主客以首引，极声貌以穷文"的体制的创立，也给汉大赋如司马相如的《子虚赋》《上林赋》二赋之类，提供了范式。

1997 年 9 月 12 日；2015 年 12 月 19 日修订